春雨江山

李歆 著

【青龙卷】

中国华侨出版社

图书在版编目（CIP）数据

秀丽江山 / 李歆著. —北京：中国华侨出版社，
2015.4

ISBN 978-7-5113-5373-3

Ⅰ.①秀… Ⅱ.①李… Ⅲ.①言情小说－中国－当代
Ⅳ.①I247.5

中国版本图书馆CIP数据核字（2015）第074455号

● **秀丽江山**

著　　者 / 李　歆
出 版 人 / 方　鸣
责任编辑 / 羽　仙
选题策划 / 刘连生
封面设计 / 姚姚设计工作室+violet
版式设计 / 新兴工作室
经　　销 / 新华书店
开　　本 / 700mm×970mm 1/16　印张/67.5　字数/1159千字
印　　刷 / 三河市中晟雅豪印务有限公司
版　　次 / 2015年6月第1版　2016年5月第2次印刷
书　　号 / ISBN 978-7-5113-5373-3
定　　价 / 99.00元

中国华侨出版社 北京市朝阳区静安里26号通成达大厦三层 邮编：100028
法律顾问：陈鹰律师事务所
发 行 部：（010）82605959　传真：（010）82605930
网　　址：www.oveaschin.com
E－mail：oveaschin@sina.com
如果发现印装质量问题，影响阅读，请与印刷厂联系调换。

目 录
Contents

青龙卷

目 录
Contents
青龙卷

第一章
阴家有女初长成

流　星

　　和死党们一一通过电话后，却被告知晚上都不能按时赴约，我手里捏着手机，气得险些把手机外壳捏碎。

　　全都是一群有异性没人性的家伙，之前还都信誓旦旦地保证得好好的，说什么等考研完了，一定约个好日子晚上一起去观星。

　　可巧今天晴空万里，天文台报道晚上会有流星雨，气象台也说今晚无风无雨，正是观星许愿的最好时机，可当我兴冲冲地打电话过去找人时，那票损友却再次不厚道地集体放了我鸽子。

　　在街上转了两圈，将近五点多的时候天色便慢慢暗了下来。坐在麦当劳餐厅里，透过透明的落地玻璃，我望着外头熙熙攘攘的行人发呆。

　　终于，在扫光桌上的鸡翅汉堡后，我毅然决定回出租屋拐带室友。

　　当初为了专心考研，我特意从家里搬了出来，在学校附近租了一套房子。出租屋是间三室两厅的公寓，一个人住未免太奢侈，为了节省费用，我找了同系女生俞润当室友。过了一个月，俞润又领了个同级但和我们不同系的女生回来当第三同盟军。

　　那个叫"叶之秋"的女孩子性格有点古怪，平时话不多，鼻梁上老架一副黑边框的眼镜，迄今为止我都没看清这位室友五官到底长什么样。这女孩学习起来也很勤奋，经常躲房里一窝就是大半天。听说她学的专业是考古，爱好的却是天文，都是相当冷门的行当。

我和她实在算不上有多大的交情，虽然大家同住一个屋檐下已达四个月之久。不过，我和另一位可爱的俞润同学，倒是很合得来。

"嘿嘿"笑了两声，我将手里的外卖方便袋晃了晃，掏出钥匙开了大门。

门才打开，没等我用诱惑的嗓音喊一声："俞润！"就听客厅里撕心裂肺般传来一阵哭声。

啪嗒！吓得我把外卖袋失手掉在地上，旋风般冲了进去："俞——"

客厅内布置整洁，四下无贼、无盗、无强匪……俞润横坐在沙发上，膝盖上搁着一本翻开的书，手里捧着一大盒面纸，正哭得一把眼泪一把鼻涕，哽咽着像是随时要断气似的。

见我冲进来，她抬起红肿的眼睛瞄了我一眼，随手抽了几张面纸擤鼻涕。

"你……"我抽气，虚惊一场过后觉得腿都有些发软，"你，别告诉我你在看教科书！"

她老老实实地摇了摇头，拎起膝盖上的那本书，鼻音塞塞地说："很好看的，你要不要看？"

"好看就看成你这模样？"余光瞟到封皮，和平时俞大小姐捧着的言情小书不太一样，封皮上题的四个字也很中规中矩。"《独步天下》？你转性啦，居然看起武侠来了？"

武侠倒是我偏好的小说类型，只不过，没见有什么武侠小说能把人感动成俞大小姐这样的。

"不是……"她继续擤鼻涕，"是言情啦，最近很流行的清穿文。"

"哦——"我拖长声音随口应对，回到门口把外卖方便袋捡了起来。那种你爱我、我爱你，爱到死去活来、天崩地裂的小白文我没兴趣。特别是——清朝穿越文！

"又是辫子戏！秃着半个脑袋的男人会长得帅吗？"

"帅啊！"俞润兴奋起来，一双红红的眼睛里绽放出奇异的光芒，"皇太极太帅了……"

我只觉得浑身一阵恶寒，忍不住兜头一盆冷水泼将过去："貌似爱新觉罗家的男人长得都有碍观瞻，特别是皇太极，据说还是个大胖子，这种男人也称得上一个'帅'字的话……"

"咻——"一只粉红小猪抱枕闪电般迎头砸来，我眼明脚快地跳了开去。

"你怎么知道他不帅？四百年前的事谁又说得准了？你又没见过皇太极到底长什么样？你凭什么这么诋毁他？"俞润好似一只被人一脚踩中尾巴的猫，浑身的毛在顷刻间全部竖立起来。她瞪着那双恐怖的兔子眼，从沙发上弹跳起来，张牙舞爪地逼近我，气势相当惊人。

"呃……"我节节后退，果然小猫也有发威的时候，猫尾巴不是那么好踩的。

"你……你也是个后妈！"俞润抽噎了两下，眼眶又开始湿润起来，"你和那个作者一样后妈！呜……我的皇太极，我的阿步……"

砰！随着后背撞上墙壁，我脑门上冷汗都给逼了出来。不得不说，我不碰那些穿越小白文，还真是个非常明智的选择。

"俞……俞润！你……吃不吃汉堡？是麦香鱼口味哦……"我急忙讨好地提起手中的方便袋，在室友眼前轻轻晃动。

小猫咪果然停止了发威，背上倒竖的毛发也乖乖抚平。可就在我认为稳操胜券时，她突然把脸一撇，撅嘴道："坚决不吃后妈的嗟来之食！"

我差点没摔到地上去。

"嘎吱！"东首第一间房的门扉拉开，熟悉的黑框眼镜从门里飘了出来。

"你没出去啊？"我诧异地看着那幽灵似的身影端着马克杯，走到墙角净水器那儿无声无息地续水。

真是难以相信，我之前还以为叶之秋肯定不在家，不然俞润在客厅折腾得鬼哭狼嚎似的，她怎么就能保持一颗平常心，处变不惊地继续留在房里？

"嗯。"叶之秋的声音淡淡的，"过一会儿会出去吃晚饭。"

"哦。那个……我买了汉堡，你要不要……"

一个"吃"字还没吐出，就听身后俞润含糊不清地说道："嗯，我想出去吃火锅。"

叶之秋端着氤氲升腾的杯子，镜片后的眼神古怪地闪了下。

我暗叫不妙，连忙一个旋身，只见俞润满口嚼着麦香鱼汉堡，鼓囊囊的腮帮子上下齐动时，仍不忘垂涎地重复："我已经很久没吃火锅了。"

"撑不死你！"眼看着一只汉堡在半分钟内被那只原还信誓旦旦、拒绝嗟来之食的红眼猫咪风卷残云般吞下肚，我强忍下一把掐死她的冲动。

叶之秋喝完水后自动回房，就在我打算凭三寸不烂之舌，诱惑俞润陪我出去看流星雨时，她却穿了件鹅黄色的羽绒外套，双肩背了只硕大的登山背包，从房里再次走了出来，一副整装待发的样子。

俞润咂吧着嘴，意犹未尽地舔着唇角："这是去哪儿？"

"吃饭啊。"她一本正经地回答，"不是说想吃火锅么？"

我目瞪口呆："你穿成这样出门就为了吃火锅？"

吃火锅需要搞得跟远足一样吗？好像学校门口百米内就有三家火锅店吧。

叶之秋站在玄关准备换鞋，舍弃昨天才买的羊皮小靴，直接挑了双李宁的运动球鞋："不是。"她弯下腰，平静地回答，"吃完饭我要去爬山。"

"爬山？"半夜三更去爬山，她是不是吃饱了撑的？

叶之秋似乎了解我的困惑，回头笑了下，轻声解释："晚上有流星雨。"

流星雨……

我眼睛一亮。

怎么就忘了呢，叶之秋的冷门爱好就是天文呀！

"我跟你一起去！"我脱口而出。

早点儿想起来的话，根本就不用花那心思舍近求远地诱拐俞润。

我喜出望外地追上去："一个人看流星多没意思，这几天考完试我正闲得发慌，不如我陪你吧！"

"唔。"俞润咽下最后一口汉堡，叫道，"那我也要去！等等我，我去穿外套！"

叶之秋靠着墙看着我穿鞋，好奇地问："你也喜欢观星？"

"呵呵。"我讪笑。

哪里是喜欢观星了，不过是看电视上经常演什么对着流星许愿，梦想就会成真之类的烂俗情节，好奇之余也想附庸风雅地尝试一下。我原是不信这些的，可人一旦着急起来，也就有点病急乱投医的味道了。不管是真是假，总之先祈祷一下，但愿自己三月份的成绩单能够成功PASS。

想起前几天，自己甚至还半推半就被老妈拖到城隍庙去烧香拜拜，我嘴角颤抖的笑容越发尴尬起来。

几分钟后，俞润穿了棉大衣，戴上口罩、帽子、围巾、手套，将自己裹得严严实实，像团粽子般从房间里跑了出来。

我们三个人嘻嘻哈哈地跑到离公寓最近的"千禧缘火锅店"搓了一顿，晚上九点多，才带着满身的火锅味从店里出来，打着饱嗝慢腾腾地往市区海拔最高的云台山蹒跚而去。

从千禧缘到云台山山脚，打车的话大概需要五分钟的时间，乘公交车大约十分钟，走路的话二十五分钟。可我们三个立志要减肥消食的女孩子，最后一致选了第三种方式。

九点四十蹭到山脚，等爬上山顶已是十点半。俞润累得嗷嗷直叫，一路后悔地嚷嚷上当，叶之秋爬山的时候一句话都没讲，可细细听她的喘息声，也能知道她体力要比俞润好很多。

山顶上风有些大，可见天气预报也未必精准，幸而夜空无云，视野极好。仰头望去，墨般的穹庐顶上镶嵌着无数耀眼璀璨的星辰，十分抢眼。

"好美……"俞润忘情地伸展双臂，嘴里呵出的白雾一阵阵地消散在风中。

叶之秋稍稍平复喘息后，便从背包里取出天文望远镜，撑起支架，动作熟练地在三分钟内将一架望远镜拼装好。

我在旁边气定神闲地看着她忙活。

"管丽华！"她停下动作，侧目瞟了我两眼，"听说你是跆拳社的？"

"是啊。"毫无方向感的晚风吹得我头发一会儿东一会儿西，盖在脸上扎得皮肤痒痒的。

"社团主力？"

"那是自然。"我将开发丝，得意地笑，"我可是黑带。"

校跆拳社成员两百多人，可黑带级别的算上教练和助教也就九个人，我可真是名副其实的主力加精英。

叶之秋露出惊讶的表情："黑带……一段？"

我还没来得及回答，俞润已在边上抢着说："错！是二段！"她作出一脸的崇拜状，"丽华好厉害呢，我可是曾经亲眼见她一脚把一个一米九的大块头踹了个狗啃泥……啧啧，帅呆了，酷毙了！"

叶之秋更加意外地拿眼瞄我，好似我是外星生物，镜片后的眼神透着诧异和质疑："你真有那么厉害？"

"呵呵……"我干笑两声，笑声含糊。

"啊！流星——"俞润突然大叫着打断了我们。

"哪里？哪里？"我和叶之秋两个人急忙抬头，可夜空仍是一成未变的老样子，连条流星的尾巴都没看见。

"我刚才看到了！我看到了！好漂亮的流星，咻地从东往西……"俞润兴奋地大叫。

"切！狗屎运！"我懊恼地挥手，真可惜，居然白白失去一次机会。

叶之秋低头看了看手机："嗯，天文台说是凌晨一点。照刚才的情形看，也许会提前也说不定。"

一个小时后，星星在天上俏皮地眨眼睛。

两个小时后，星星仍是不知疲倦地眨着眼睛。

三个小时后……

我开始不停地眨起眼睛。

很随意地坐在一块大石头上，俞润紧挨着我，把头靠在我肩上，细微的呼吸声伴随着阵阵热气吹进我的颈窝，困意愈发浓烈。

天寒地冻的二月天，我们却守在寒风呼啸的云台山顶上，等候着传说中姗姗来迟的流星雨。

"真是衰运当头。"我揉着几乎粘在一起的眼皮，小声嘟哝，"居然连流星雨也放我鸽子。"

"丽华——"俞润吸了吸鼻子，声音闷涩地说，"我好饿，你有没有带吃的？"

我顺手在她额头上弹了个响指："你是猪投胎的吗？整天不是看小说，就是吃东西？"

俞润痛苦地呻吟一声，也不知是真的饿昏了，还是被我打疼了。一阵风吹来，她瑟缩得打了个寒战，可怜兮兮地说："我们还是回去吧，我看流星它们也许都回去睡觉了。"

我心里其实也早打起了退堂鼓，听俞润这么一说，于是抬头用眼神询示叶之秋。

"我们不如下次……"

"我给你们讲讲星宿的故事吧。"我的声音被叶之秋突然拔高的音量湮没，她抬手指着星空，笑道，"古人也爱观星，他们常常把星象看成是天命谶纬的提示，这在今天看来愚昧而又迷信，可在当时却十分流行，算是个时尚而又神秘的东西吧……"

我用手捂着嘴，偷偷地打了个哈欠。说实在的，我对这些天文星象之类的东西兴趣不大。

叶之秋的话倒是引起了俞润的兴趣，她坐直身子说道："我知道雅典娜的圣斗士，黄金十二宫！"

"嗯哼……"叶之秋略显尴尬地清了清嗓子，"你说得没错……不过，那是'舶来品'，中国古代的天文研究，是按三垣四象二十八宿来划分的……"

"啊，二十八宿，这个我也知道，南方朱雀，有鬼宿、星宿、柳宿、井宿、张宿、翼宿、轸宿……"

"诶，你怎么知道？你也对二十八宿有研究吗？"

俞润得意地笑："《不可思议的游戏》里有讲啊，我最喜欢星宿了！"

"什么是……不可思议的游戏？"

"动画啊！我初中时就看过了，到现在还记得很清楚呢。那里面的男孩子都好帅啊……"

我站在离她俩身后三米远的地方，见叶之秋用手扶着镜框，肩膀微微发颤的气闷样，忍不住转过身憋着声音大笑起来。

就知道会是这样，俞润这家伙，最大的知识库来源就只有小白文加小白动漫。

天文星象，那大概是她八辈子都不可能真正弄懂的东西。

俞润一扫之前的困倦之态，扯着叶之秋滔滔不绝地讲着动漫里头的情节。我找了棵大树，背靠在树干上，既挡风又解乏地偷懒。就在我眼皮奋拉下来时，叶之秋终于按捺不住地爆发出来："Stop！现在我们只讲二十八宿，不讲帅哥，OK？"

俞润不解地反问："为什么？二十八宿明明都是帅哥来的……"

叶之秋几欲抓狂："二十八宿是星体，不是人！天体划分四等分，分别是东方青龙，西方白虎，北方玄武，南方朱雀。用二十八宿代表为，东方：角、亢、氐、房、心、尾、箕；西方：奎、娄、胃、昴、毕、觜、参；北方：斗、牛、女、虚、危、室、壁；南方：井、鬼、柳、星、张、翼、轸！"

"没错啊！二十八宿代表二十八个帅哥，没冲突啊……"

听着两人鸡同鸭讲的对话，我再也憋不住了，一个不小心，哈哈笑出声来。

这样热闹的夜晚，其实也挺有趣的，我们这三个同住了四五个月的室友之间，原本一直存在的那种陌生隔阂，就在这样的打打闹闹中奇迹般地消失了。

寂寞冷清的夜空，猝然闪亮地划过一道璀璨光芒。我无意间瞥及，"哦"了声，瞪大眼睛站了起来。

"是……流星！"我惊喜无限，"流星雨终于来了！"

我兴奋得大声叫嚷，可是一旁的叶之秋和俞润两个人却是置若罔闻，似乎完全沉浸在拌嘴里，丝毫没有注意到头顶的变化。

一颗！两颗……原本高高悬挂在夜空中的闪耀星辰，这会儿却像是下雨般，接二连三地从天上坠落，在寂静的深夜迸发出不同寻常的灿烂。

在那一刻，我激动得忘了呼吸，大约过了半分钟，只听叶之秋的声音惊讶地叫道："啊，星陨凡尘，紫微横空……"

她的话还没讲完，我猛地感觉眼前一亮，天上似乎有团火焰突然燃烧起来一般，热浪扑面，灼痛了我的双目。我低呼一声，伸手遮挡在眼前。只不过一瞬，光亮陡然消逝，我小心翼翼地睁眼抬头，却见黑缎般的夜空竟诡异地扭曲起来，无数星辰盘旋流转，转瞬间已飞快地交织成一幅幅瑰丽的图形。

我倒抽一口冷气，心里又惊又怕，左右环顾，竟然没找着叶之秋与俞润的身影。我刚想放声大喊，眼前景象突然再度发生变幻。

耳畔回荡起数声野兽的嘶鸣，茫茫穹庐之上，赫然盘踞着四只面目狰狞的庞然大物！

青龙盘旋东方，箕张的龙爪似能撕裂万物！

白虎咆哮西方，奔腾如雷，迅猛无比！

北面黑龟与青蛇交缠，合二为一！

南面一只朱色雀鸟张扬羽翼，带起熊熊烈火！

我彻底吓傻了眼，心中恐惧感剧增，颤栗着双腿勉强往后退去。

左脚微错，才堪堪退了一步，陡然察觉脚下踩了个空，身子倏地从高空坠落……

"啊——"

穿　越

"啊……"

喊声噎在了喉咙里，明明觉得自己已经拼尽全力在尖叫了，可是传到耳朵里的声音却是超乎寻常的微弱。

刚才是在做梦吧？！

黑暗中能够清晰地听到自己的心脏平稳而有力的跳动着。我缓缓睁开眼睑，夜色如墨，房间里漆黑一片……

我轻轻吁了口气，果然是梦呢。

只是这个梦境未免真实得太过惊悚和刺激了！等天亮，一定要跟俞润好好掰掰梦里的八卦，还有那个叶之秋……那么冷静的叶之秋，居然会被俞润搞得抓狂，真是好笑。

我笑着摇了摇头，感觉有些渴，于是习惯性地伸手去摸床头柜。可没想摸了个空。奇怪地"咦"了声，我起身探长右手，指间流动的是一片冰冷的寒气，身侧仍是空空荡荡的，毫无任何可着落的固体。

"不会是俞润又把我的床头灯给拆走了吧？"我纳闷地掀被下床。

"哟——好冷！"哆嗦着挪到床沿，脚踩到地面时，感觉怪怪的，很不对劲儿，"怎么搞的？床板变得这么低？"

床上一时半会儿竟摸不到一件衣服，我冻得实在不行，索性直接拖了被子裹上身："怎么这么重？"脚在地上划拉几下，却没碰到鞋子，没办法，我只得试着点着脚趾起身。幸好地面不凉，倒像是铺了层榻榻米，我又试着踩了下，越发困惑起来："难道我没睡在自己房里？我这是在道馆？"

用手敲了敲自己的额头，脑袋里空空如野，就好像电脑刚刚死机重启般，什么都想不起来。

不会是社团聚会，自己又像上次那样喝醉了，然后那些忙着去约会的师弟师妹们，直接把我丢进了跆拳社的休息室？

"真是没人性的家伙！"估算着休息室的日光灯开关应该在靠近门口的地方，我嘟嘟囔囔地摸黑走了两步，可没等我迈出第三步，就听"砰"地一声，脑门直接撞上一堵墙，顿时眼冒金星，痛得我弯下腰去。

"啊——嘶嘶……"我捂着额头，痛得眼泪都快掉下来了，"别让我再逮到你们，不然有你们好看！"

等天亮抓到他们，非一个个地揭了他们皮不可！

忍痛转身，晕头转向之间也不知道是怎么走路的，等我三步一颠地晃到屋外时，却被眼前匪夷所思的景象给吓懵了。

月朗星稀，晕黄的月光冷冷清清地洒在庭院中，院中堆石，围起一个小小的池塘，池面上结了一层薄冰，月光从冰面上直接反射回来，生生地刺痛我的双眼。

一阵冷风穿堂而过，树梢上的枝叶沙沙作响，院中有两团蜷缩的黑影呼啦蹿起，一怒冲天。

我唬得一屁股跌坐到地上，一颗心仿佛要从嗓子眼里蹦出来似的。那两团黑影在院子里盘旋片刻敛翅落下，我这才看清原来是两只鹤鹤。

但是……为什么这里会有鹤？为什么眼前看到的连绵房舍院落，都是古建筑，就好像……就好像郊区的城隍庙一般。

身后突然有沙沙的细微脚步声靠近，我警觉回头。

一团白色的身影从一间小屋内走了出来，揉着困涩的眼睛，看到我时，面上一愣，似乎有些不大敢相信自己的眼睛："姑娘？"

我张大了嘴，嘴里才嘀咕一句："见鬼……"那白色的人影飞快地冲到我面前，屈膝跪下，视线与我相平："姑娘！你怎么起来了？你……你裹着被子作甚？"

我只觉得有股寒气从脚底直蹿上来，牙齿打颤，咯咯作响。

姑娘？

眼前这个一脸雪白，披着一头及膝长发，穿了一袭白裳长裙，犹如鬼魅般的小女孩，居然喊我"姑娘"？

她喊我"姑姑"还差不多。

"胭脂……"远远的，漆黑的长廊尽头有个幽柔的声音飘了过来，"我听见你在喊人，是不是丽华她又怎样了？"

"表姑娘！"小女孩焦急地回头，"快来劝劝姑娘吧，她卧在风口，冻得脸都紫了……"

"丽华！"随着橘黄色的光源逐渐逼近，一名大约十五六岁的青衣少女手持烛台娉婷而至，和小女孩的装扮相似，同样是长发垂肩，裙裾迤地，只是青衣少女容颜姣丽，更胜一筹。

"丽华……"少女俯下身来，顺势将左手贴上我的前额，掌心触到方才撞出的大包时，我吃痛地往后一缩。"丽华……你的烧刚退，应该在床上躺着好好休息，不能乱跑。这里太冷了，我先扶你回房好么？"

"你……"我诧异地看着她，再次确定自己不认识眼前这位异装少女，"你们是人是鬼？"

少女大大怔住，持烛的手微微一颤，烛火摇曳，映照在她的脸上，显得分外惨淡。

一旁半蹲半跪着的小女孩"啊"地声低呼，双肩微颤着潸然泪下："怎么会这样……怎么会变成这样？表姑娘……姑娘她、她好可怜啊……"

"嘘！胭脂，噤声！"少女紧张地蹙起了眉头，"扶你家姑娘回房，千万别让她嚷嚷，若像上次那样吵醒了表哥……"

"是，是，奴婢省得了。"胭脂打了寒噤，连忙合臂来拖我。

我茫然地抓着被衾不松手，一种莫名的恐惧感从四面八方涌过来，重重包围住我。那个叫"胭脂"的女孩子，手心是滚烫火热的，这是人的体温。

到底是怎么回事？

"姑娘，求求你，快随奴婢回房吧。"胭脂含泪的表情说不出的楚楚可怜，我不知该如何是好，只得静观其变。顺势从地上爬起，我小心翼翼地跟着她回房。

身侧青衣少女擎着烛台，亦步亦趋。

回到房间，胭脂神情紧张地把两扇门阖上，然后小心翼翼地将房内的一盏灯台点亮。随着烛火的袅袅亮起，我终于把房内的整个布置看了个一清二楚。

青幔罗帐，长案矮榻……猛回头，胭脂点燃的赫然是一盏青玉鹤足灯，鹤尾托着一环形灯盘，三枝灯柱上插着三枝腕臂粗细的白蜡烛。

一阵天旋地转，我只觉得呼吸窒息，心脏刹那间停止了跳动般，僵直地呆在当场！

"丽华！"青衣少女早已放下烛台，旋身急急地抱住我的双肩，微微摇晃，"你到底又怎么了？眼睁着身上的病一日重似一日，弄得自己人不人、鬼不鬼的，这样糟践自己，值得么？丽华！丽华！你倒是说句话啊，你难道……真的病糊涂了？病得……连我都不认得了？"

"我……"我嘶哑地开口，看着对方那张担忧、诚恳的脸，想笑却又笑不出来。这是在拍电视剧么？还是……一个荒谬的念头蓦然钻进我的脑海里，我不禁脱口问道，"这算是什么朝代？"

原以为少女会惊讶，却没想她只是脸色略微一黯，反而更加怜惜地望着我："你还是忘了他吧，如今新国皇帝已经坐稳江山，这是没法改变的事了。他原还算是个没落的皇室宗亲，可如今新皇已废了旧朝宗室，他什么都不是了。阴家好歹在新野也是有头有脸的人家，且不说你们门不当户不对，只说……只说他……"她咬了咬唇，定定地看着我，似是下定狠心般毅然说道，"他心里根本没你，三年前他刚行完冠礼，我便托哥哥去问了。他听到你的名字后，只是一笑哂之，之后便去了长安。初时尚闻他在太学潜心研读《尚书》，后来便是杳无音讯。丽华，你听我说，今日你在这里就算是为他憔悴得死了，他也不会难过一丁点儿，你可明白？你……你还是趁早死心吧！"

我一脸茫然地看着她，她说的话我怎么一点儿都听不懂？

难道说……真的穿越了？

而且还是穿到一个未知的空间！

新国？这算哪个国家？

苍天啊！我知道错了！以后一定向俞润学习，多看言情小白文，晚上躺床上时一定拼命做着穿越的痴梦！

求求你，让我回到现实中去吧！拜托让这一切都成为一场梦！

额头上的淤肿在隐隐作痛，我心里凉了一大半，那么清晰的痛觉啊，我——并不是在做梦！

"丽华……"少女哀痛地喊。

"你是谁？"我有气无力地问，"我……又是谁？"

"姑娘……"胭脂捂着嘴，难以克制地低声呜咽，眼泪如断线的珠儿簌簌落下。

青衣少女脸色一白，抓着我的手指猛地收紧，吸气："忘了么？当真……罢罢，这样也好！也好……"她嘴唇哆嗦着，眼眶中已有盈盈泪光，"你记住，我是你表姐邓婵，你是阴府女公子——阴姬丽华！"

失　忆

阴府女公子阴丽华，南阳新野人氏，年方十三……

对镜敛妆，铜镜中映照出一张稚嫩的脸孔。瓜子脸，眉毛偏浓，双眼皮，鼻梁高挺，单就五官拆开看，只一张嘴生得最好，唇形饱满，棱角分明。

老妈常说，嘴大吃八方！小时候可没少夸这张遗传自她的嘴长得好看又实用！

我重重地叹了口气，铜镜中的那个人分明有着我自己的容貌和五官，可不知道为什么，如今却成了一副严重缩水后的版本。

十三岁……满打满算，虚龄也仅仅才十四岁，如果放在现代，这个岁数应该还在念初一。

忍不住翻白眼，为什么不直接让我在十三岁的时候穿过来得了？至少可以逃掉十年枯燥繁重的课业！

胭脂安静地替我梳着长发，我眼珠上挑，瞥见邓婵额前缀着一串兰花珍珠饰物。那原没什么稀奇，只是恰好窗外一缕阳光斜斜照进屋内，光斑舞耀间，那朵兰花的花瓣上竟是奇异地闪现出一抹璀璨光泽。

"金子？"

古代人还真是有钱，特别是像邓婵这样的千金大小姐，穿金戴银不在话下……嗯，我是否该考虑卷一些首饰放身上，保不准自己哪天就又穿回去了呢？

"噗哧！"身后的胭脂掩唇轻笑，在邓婵凌厉的瞪视下，讪讪地低下了头。

"这是华胜。"她手指灵巧地将额前饰物摘下，轻轻搁到我手里。

串珠的丝线乃是三股蚕丝，华胜看似贵重，入手却是极轻，细看之下才发觉原来那朵兰花饰物并非是真金打成，而是铁制。以现代人的眼光看，做工也不见得有多精致，只是在那些兰花花瓣上贴了一层会发光的鎏金金叶，花瓣下衬托的枝叶表面贴上一层翠羽，使之光泽鲜艳夺目。

贴翠！

不期然的，脑海里突然冒出这么个词汇。好像曾听叶之秋提起过，说古代的这种贴翠工艺，足可与现代的镶嵌翡翠珠宝工艺相媲美，不遑多让。

那么，这应该是件很值钱的东西了。

"唉……"幽幽地，身侧的邓婵伤感地叹了口气，"你是真的忘了……忘得那么彻底。"

"表姑娘。"胭脂小声地提醒。

邓婵恍然，连忙尴尬地掩饰道，"啊，瞧我又在胡说了。"

我无声地将手中的华胜还给邓婵，她其实真没说错，我想不忘得彻底都不行。

胭脂替我梳顺长发后，并没像邓婵那样用玉簪环髻绾发，只是用一根丝带将长发在腰部打上结。我照了照镜子，清汤挂面的怎么看都是个普普通通的小丫头，相比之下，我还是更喜欢自己成人的模样，至少在现代化了彩妆后的我，比镜子里的那张脸绝对要顺眼得多。

现在的样子……有点儿憨傻。

望着铜镜里那张不算明朗的脸型，一丝惆怅悄然爬上我心头。

这并不是我该待的地方，我想家了，想父母，想朋友，想……下个月即将公布的考研成绩。

前额突然一阵冰凉，我猛地回过神，却见邓婵微笑着将那件华胜戴到了我的额前："头上肿了一个包呢，用这个遮一下吧。"

"可这是你的……"

"自家姐妹，分什么彼此？"

正客套着，胭脂忽然俯下身来低声道："姑娘，大公子来了。"话里莫名地带着颤音。

邓婵神色一凛，和胭脂一起飞快地移向门口，我原想跟过去，可是没曾想跪坐的时间太久，两条腿居然麻了。

门被打开的同时，我僵直发麻的下半身，扑通侧翻在榻席上。

"表哥！"邓婵的声音唯唯诺诺的，似乎还带着一抹难言的讨好。

我仍在席上痛苦挣扎，这时一双雪白的袜子突然出现在我眼前，顺着那双脚往上仰视，我意外地对上一双冰冷的黑眸。

高冠长袍，紫黑色的肥袖直裾深衣，襟口绣着卷云花纹，更显底蕴深沉，一如其人。我呲牙吸气，莫名地被眼前这位凛冽男子的气势所震住。

多年练习跆拳道的直觉告诉我，这个年岁看似二十上下的年轻男子，绝对不是个简单的人物。

他在注视我片刻后，缓缓伸出手来："听说你病势大好，我原还不信，今日得见，婵儿所言果然非虚。"他的大手一把抓住了我的手，使劲往上一提，便像抓小鸡似的把我轻松拎了起来，"丽华，你的气色好多了。"

他的手异常滚烫，烫得我手心猛出虚汗。

我连忙侧低下头，装出一副羞怯的模样，心中却是警铃大作。

他是谁？大公子……我该如何称呼他？

下颚突然被捏住，强行抬起，年轻男子的眼梢飞斜，使得他眼神凌厉之中又兼带了一分妩媚。很少有男人长了一对桃花眼却还能给人以一种威严气势的，我在被动地对上他的眼眸后，猝然怔住了。

"不记得我了，嗯？"嗓音低醇悦耳。

我干笑两声："呃……有点儿眼熟……"

年轻男子一愣，但随即恢复如常，笑问："婵儿说你病糊涂了，不再记得以前的事，可是真的？"

"也许……有可能。"

"好！忘得好！"他突然没头没脑地高兴起来，"那么，我们再重新认识一下。丽华你记住，我是你大哥——次伯。"

阴家在新野是个大户，据说光是良田便有七百顷，家中子弟、宗室、门客数千人。

外在的东西我尚看不见摸不着，但是说起阴宅，确是大得离谱。

我并不清楚新朝的宅院风格到底是怎样的，但是阴家却是占地极广，像座小城堡似的——以宅第为中心，四周筑高墙，四角上分别筑有两层式角楼。宅第格局又分为东西两部分，西边是住宅，分为大门、中门、厅堂自南向北连在一条轴线上；东边又分前后两院，在廊庑围绕下，前院挖有水井，后院搭建一座五层式望楼。

穿过中阁便是后堂，厨房、仓库、马厩以及奴仆下人的住处都在那里，最夸张的是，那里居然还有一座脊庑殿式武库，库中兵械架上摆放着刀剑、弓弩、二戟、三矛……数不胜数。

整个阴家府邸看起来活脱脱就是一座小型宫殿。

把这些一点点地看在眼里，吸收消化，默记进心里后，我只能无比感慨地自我安慰，好歹自己也算是个富贵小姐命，没有穿越到穷苦百姓家，不然的话，以这里差别于现代的落后生活条件，还不知道要怎么哭死呢。

至少落在阴家，完全不用为吃穿发愁，不用为温饱担忧。

我现在所处的国家名叫"新"，是个名副其实新建的国家，如今也不过才是新朝建国的第十个年头——天凤四年，年末。

仰天望着碧蓝的天空缓慢移动的云丝，我自嘲地想，这个时代算是中国历史上的哪个时间呢？哪个都不是吧？新国……只怕是架空的异空间了。

真是可怜啊，在现代苦苦奋斗了十数年，虽然说不上学富五车，好歹也算熬到了大学毕业。可是偏偏沦落到这里……

低头瞥了眼手中的竹简，我嘴角抽动，再次哭笑不得。

在这里，别说大学，就是小学拼音的知识只怕也用不上。

这里没有纸张，文字记载都书写在竹简或是木牍上，而字体……用的是我连蒙带猜，勉强可以看懂的篆体！

可怜我堂堂准硕士生，如今却成了个半文盲！

"你在想什么？"冷不防地头顶有个声音问道。

我想也不想，随口回答："在想家。"

"家？"对方困惑。

猛地清醒，我抬头看去，邓婵不知何时来到我身边，身上穿了件绿色深衣，乌黑的发丝在风中微微撩起，说不尽的妩媚动人。她低下头来，眸底笼上一层黯淡与失落："你想家做什么？我倒是要回家了。"

"什么？"我一时没能明白她的意思，起身从榻上下来。

"过几日便是元日，我哥哥派人来接我回去了。"

"噢。"愣了半天才明白她说的"元日"应该是指春节。

如果还在现代，应该也是将近岁末，即将迎来新的一年……可惜，现在我却不得不在这个鬼地方辞旧迎新。

"你回家？"我终于明白过来，一把抓住她的手，叫道，"你回哪的家？"

邓婵笑了，眼中的落寂更浓："回我自己的家呀！我总不能在阴家赖一辈子……"

我眼珠滴溜溜地转动，邓婵她……其实偷偷喜欢着我名义上的那个大哥吧？就这几天看来，只要有他出现的地方，她的眼睛便会不自觉地往那个地方瞟。

俊男靓女，看起来很登对啊。

"邓……表姐，你喜欢我大哥吧？"我决定开门见山。

留心观察邓婵的表情，她果然涨红了脸，结巴道："你……你胡……胡说什么。"

"喜欢就喜欢啰！那有什么？"我笑着用手肘撞了她一下，"喜欢就去跟他表白啊！偷偷暗恋有什么意思呢？"

她眼中闪过一抹惊讶："丽华，你……"

"我难道说得不对吗？"我开始发扬21世纪的新女性思想和作为，"你的心意如果不说出来，他又怎么可能知道？就算被他拒绝，但起码你争取过了呀？"

"可是……那是不可能的。"她憋得耳根都红了，小声地惋叹，"就和你喜欢刘秀一样，我和你大哥也是不会有结果的。"

"刘秀？"我对于这个陌生的名字起了好奇心，"他是谁？你说我……喜欢他？"

"啊，不……不是。"她言辞闪烁地回避问题，"那个……我一会儿就走，就不和表哥告辞了，你……你记得替我转告一声。"

"那你过完年还来么？"邓婵也算是我到这里后，结识的第一位朋友，虽然说不上很熟，但至少她能陪我说说话。

总觉得，在以前的阴丽华身上必然发生过某些事，以至于被我取代后，所有人非但不以为忤，居然还表现得像是喜闻乐见似的。

"不一定。也许……"她哀伤地闭上眼，脸上是深刻的痛楚，"也许……"

远处传来阵阵凌乱的马蹄声响，邓婵挽着我的手，两人同时转身侧目。中门大开，两匹白驹由远驰近，竞相角逐。马驹上分别驼着一名华服少年，众多扈从紧随其后，不敢有丝毫懈怠，一行人经中门后左转，转瞬没了踪影。

我眯着眼看了一会儿，好奇地问："他们是谁？"

能在阴家内宅肆意驰骋的人，应该不会是普通角色吧。

"那是你的弟弟，兴儿和就儿。"邓婵收回目光，担忧地看向我，"丽华，我真放心不下，你的病……"

"那你嫁我大哥，做我嫂嫂，照顾我一辈子，岂不是两全其美？"我笑嘻嘻地开她玩笑。

她赧颜一笑，笑容透着尴尬："丽华，你忘了，你已经有大嫂了。"

寒风卷着地上未及扫尽的残雪，带来一股彻骨的冷意。望着眼前这个美丽的少女，脸上流露出的哀伤与失落，不知道为什么，我的心没来由地被揪紧了。

祭　祖

元日，又称元旦、正旦、朔旦、正朔、正朝、元会……形形色色的叫法从不同的人嘴里说出，让我一时有点儿缓不过劲儿。

岁末这日，天色才刚擦黑，初来乍到的我竟是有幸见识了一场别开生面的仪式——逐傩。

原本"我"体弱气虚，胭脂奉命在房里陪我早早安歇，可是我一听窗外飘来的震天锣鼓齐鸣，哪还按捺得住。

胭脂是个奴婢，我说往东她不敢往西，于是强行出了门，瞧了好一场热闹。

所谓的傩舞，最初给我的观感是类似非洲野人跳的那种驱魔舞，印象最深的就是电视上常播的纪录片，一堆黑人手举长矛围着篝火抽风似的跳跃。

不得不承认，刹那间看到如此相似的一幕，我的心情万分的激动与震撼，因为虽然才来的时间不长，可是这里的人给我的感觉都是斯斯文文、彬彬有礼，做事特别温吞的那一类型。很难想象这么斯文古典的人抽风似地跳驱魔舞。

我是个好奇心很重的人，遇上不明白的，不能憋肚子里，更何况我正处于"失忆"中，便顺理成章地以遗忘为由抓着胭脂问东问西。

她讲话条理也不是很分明，我问了老半天，才弄明白了个大概。

这是一种傩舞，据说举行逐傩仪式能够驱鬼逐疫。

从身高体形上判断，那些跳傩舞的人清一色的是小孩子，为首领舞之人穿玄黑色上衣，朱红色下裳，头上罩了一张面具，狰狞可怖。我匆匆一瞥，火光映照下，面具上明晃晃地瞪着金光闪闪的四只大眼睛，不由得心里一阵发毛，急忙把目光移开。

"姑娘，那是方相……"

领舞的名曰方相，我依着胭脂所指看下去，见那方相掌蒙熊皮，一手持矛，一手持盾，身后跟随着十二个孩子，也是头蒙面具。我不敢再去直视那些面具，只见这些孩子手持长矛，分四面八方做冲刺状。

我看得津津有味，这些孩子腾挪跳跃，舞姿矫健，透着一股原始的野性美。

除了这十三名在场中跳傩的孩子外，周围还有一大群十多岁的小孩子，发顶包着红色帻巾，手持火把，起哄似的一齐呐喊："甲作食歺凶，胇胃食虎，雄伯食魅，腾简食不祥，揽诸食咎，伯奇食梦，强梁祖明共食磔死寄生，委随食观，错断食巨，穷奇腾根共食蛊……"

我完全听不明白，忙问胭脂，胭脂小声道："这说的是十二神将……"

我连听数遍，总算记住了，一共十二个——甲作、胇胃、雄伯、腾简、揽诸、伯奇、强梁、祖明、委随、错断、穷奇、腾根。神将的名字不但奇怪还拗口，这个架空的时代还真是有趣，搞出的花样都透着稀奇古怪，有时候感觉这里的风俗文化很古典雅致，有时候又觉得十分古朴原始，处处充满了神秘与矛盾，跟我在电视上看过的任何古装片都靠不上边。

一时心里不由一阵空虚发闷，除夕夜，原是全家团圆的时候，往年的这个时候，我早该在家和老爸老妈一起吃年夜饭，看八点档的春晚……

黯然之余便想拉着胭脂回房睡去，正低头欲走，猛地眼前一花，一张狰狞恐怖的脸凑到我跟前。我吓了一跳，往后错开一步，全身绷紧，若非身上穿着直裾深衣，束住了双腿，想必此刻右脚已毫不犹豫地踢了出去。

"嗤。"虽然低不可闻，但靠得实在近，到底还是让我听到了那一声嗤笑，竟是带着一种不屑嘲讽的口吻。

是谁？居然敢对贵为阴家女公子的我如此无礼？我不悦地蹙起了眉，胭脂紧张地伸手扶住我，似是怕我惊讶之余虚软摔倒。

那张面具上有着与众不同的四只金黄色眼睛，那是方相的面具！我的手掩在衣袖里，五指已紧紧地握在一起。

管你是谁，敢这么吓唬人，如果真是出于恶意，我非揍扁你不可。

持矛的手缓缓移到面具上，然后拇指和食指捏住面具边缘缓缓往上一推，面具下露出一张虽显稚气、却颇为清秀的少年脸容。

也不过才十岁的样子，一双眼却犀利地透着轻慢与冷峻，脸部轮廓分明，五官似曾相识。

"二公子！"胭脂惊呼一声，仓惶行礼。

我心里一跳，猛然想起，这少年的五官样貌之所以看着眼熟，是因为他的长相与我竟有五分相似。

他的嘴角勾起，又是 声嗤然冷笑，重新把面具戴上，一蹦一跳地从我身边跳过，后面仍是跟着手舞足蹈的十二神将。众人簇拥，哄笑着尾随他们一行人热热闹闹地往大门外走去。

"姑娘，二公子刚才特意过来替你祈福呢。"胭脂松了口气，开心地笑道。

"这话怎么说？"祈福？我看他刚才的样子摆明就是故意吓人，像个喜欢恶作剧整人的孩子。

"方相与神将本就是负责驱逐鬼祟病疫，姑娘病了那许久，二公子今日扮方相，特意到姑娘跟前跳傩，逐傩驱鬼……这下可好了，大伙儿刚才把秽疫送出门，姑娘的病可见是要马上好起来了……"

这种迷信鬼神的说法，让我想到了巫医，不禁讪笑两声，应付道："是啊，是啊，马上就会好起来的。"

岁末夜里如此折腾了一宿，好容易挨着床迷迷糊糊地睡去，没过多久，就听屋外响起一片噼啪乱响，把我从睡梦中惊醒。

大年初一，也就是他们所谓的元日早晨，我在雄鸡高唱以及鞭炮声响中从床上爬了起来。

等我梳理完毕，兴冲冲地跑出去一看，才知外头并非是在放鞭炮。

一群人围在堂阶前往火堆里扔一段段削好的竹节，一边扔一边笑嘻嘻地喊："辟山臊恶鬼——爆竹保平安——"竹节一经烧烤，便立即发出噼噼叭叭类似鞭炮的动静。

这可真是大开眼界，原来即使没有火药做成的鞭炮和炮仗，这个时代的古人也能弄出与众不同的年味来。

我眨巴眼，慢慢咧大了嘴笑，忽然脸颊上一凉，竟是兜头溅了一脸的水珠。这天气虽冷，却是万里晴空，没有半片云彩，自然不可能是突降细雨。

我又惊又气地转过身去，正欲发作，那头莲步姗姗地走过来一群女子。领头的是位十七八岁的婉约女子，貌不出众，却难得的行如飘柳，步履婀娜，而她……也恰好姓柳。

她是我大嫂——柳姬，正是那位让邓婵因此钦羡自哀的幸运女子。她到底叫什么名字我无从得知，反正这里的女人都习惯在自己的姓后缀个"姬"、"氏"、"女"之类的字权当自己的姓名，真正的名字反倒不被人熟记。

新朝的人在名字和称呼上非常奇怪，就像我那个名义上的大哥一样，"次伯"并非是他的真正名字，他本名为一个"识"字，次伯乃是他的字。

姓阴名识，字次伯。

记得我刚弄明白是怎么回事的时候，还傻傻地问邓婵，为什么我没有字。她笑着答复："等你及笄，若要小字，让你哥哥取来便是。"

柳姬笑吟吟地走在前头，手里持着一截树枝，边行边做四处挥扬状。她身后跟了一群仆从，亦步亦趋。贴身丫鬟低着头，手里捧着一只漆器方盘，盘上搁着一盎略显浑浊的汤水。

这会儿柳姬正是用树枝蘸了那盎里的汤水，一路洒来。

我微微皱眉，抬手欲擦去脸上的水渍，忽听一路行来，道旁的人欢声笑语不断，竟是以淋到汤水为喜。

"小姑。"柳姬冲我亲昵一笑，眼眉温柔可亲。

我忙笨拙地回了个礼，心不甘情不愿地喊了声："嫂嫂。"末了又补了句，"新年快乐。"

我原想说的是："新年快乐，红包拿来！"话出口时临时改了词，红包是万万不敢当真问她讨的。

柳姬微微一愣，转瞬笑起："小姑气色好多了，听说昨儿个夜里二叔为小姑逐傩了……"眼中笑意盈盈。

我见她没恶意，说话的口吻语气倒像是真替我开心，于是放松心情，笑道："丽华给嫂嫂添累了。"

她惊讶道："哪的话，小姑折煞我了。"说完亲热地过来挽我的手。

我顺手从她手里接过树枝，好奇道："这是在做什么？"

柳姬表情一呆，好在她即使惊讶我的奇怪表现，却不会当面给我难堪，反而善解人意地解释道："这是桃枝。"指着那盆汤水，"这是桃汤……驱鬼辟邪用的。"

"桃汤？"凑近了，我敏感地闻到了一缕淡淡香气，"怎么有股酒味？"

"确是用桃煮的酒……"

柳姬教我如何用桃枝蘸了桃汤挥洒，一个早上，我几乎跟着她走遍了阴家大大小小各处的房舍。

临近中午时分，一天的重头戏——祭祀终于开始了。大家族的规矩、讲究自然也大，阴识作为长房长子，在阴家的地位赫然已成一家之主，整场祭祀便是由他领头。

祭典开始前，有两个捧着礼器的丫鬟不小心打翻了贡果，当时阴识只是不动声色皱了皱眉，也没见他如何动怒发火。我原还暗赞他好脾气，可没想，紧接着他身后有人过来粗暴地将那两丫鬟拖下去打了二十板子。

看着两人哭天喊地地被拖走，阴识却仍是无动于衷的表情，联想到那日胭脂微颤的声音与胆怯的表情，我终于有点理解她的惧意来自何处了。

阴识，一个非常人可以随意触怒的男子。

虽然，他今年也不过二十出头。

他并非是阴丽华的同母哥哥，阴丽华的生母姓邓，论起辈来乃是邓婵的同宗姑母。阴识自小丧母，邓氏进门时他年岁尚幼，可阴家上下却无人敢忽视他这个嫡长子的存在，即便是邓氏后来在生了女儿阴丽华之后，又接连诞下次子阴兴、三子阴就。

子以母贵，一个失去母亲守护的孩子，居然还能在这么庞大而复杂的家族中成长得如此优秀出色，阴识，果然不是个等闲之辈。

有了这层认知之后，一向识时务的我决定为求日后过得舒坦，如非必要，坚决不去招惹阴识。

在一遍又一遍的唱诺声中，祖宗的绣像被高高悬挂于堂前，众子弟虔诚跪拜叩首。

我虽也是阴家后人，却因是女子，只得跪于偏厢磕头。在我上首跪着的人是柳姬，主母邓氏因身体抱恙，已卧榻年余，所以并未来参与祭祀。

和柳姬虔诚的态度相比，我的跪拜磕头显得很没诚意，堂上一声高唱，我便像小鸡啄米般略略点了下脖子，应付过场。好在偏厢里除了我和柳姬外，只有一群侍女相随。这会儿她们只敢屏息匍匐于席上，大气不敢喘一声，哪里还会留意她们的大小姐正在祭典上敷衍了事地偷懒？

祭典无聊繁琐地持续了将近三个小时还没完，连续的跪拜磕头，累得我两腿发麻，腰背酸痛，亏我这副身子板常年练习跆拳道，不然说不准就昏过去了。

昏……

我愣了下，忽然偷笑起来，怎么早没想到呢？阴丽华一病大半年了，身子虚弱，差点儿小命不保，动不动昏厥本来就该是她这样病人的专利吧？

"咚！"我两眼一闭，一头栽了下去。

"姑娘！"胭脂是第一个发现情况不对的人，但她不敢大声宣扬。一会儿柳姬也靠了过来，忙不迭地招呼侍女，七手八脚地将我扶了起来。

我强忍着笑意，继续装昏，只是两条腿麻得实在厉害，犹如千万只小蚂蚁在啃噬，难受无比。

"小姑！"柳姬着慌地掐我人中。

痛！

想想演戏也不能演过火，于是我假意痛苦呻吟，颤抖着睁开双眼。

柳姬松了口气，因为紧张，额头竟渗了一层汗珠，脸色也有些发白。

我不禁有些内疚起来，毕竟这样装昏，初衷只是为了能够偷懒，逃避长跪，没想过要牵连到其他人。

"夫人，大公子来了。"竹帘外有侍从小声禀告，透过稀疏的帘隙，隐约可见偏厢外走来的三四条身影。

我心里一紧，再看柳姬紧抿着双唇，脸色愈发白了。

耳听得偏厢两侧的厢房窸窸窣窣的衣袂摩擦，想必是族内的其他女眷正在仓促退避。一时门前的竹帘卷起，没等帘子卷到顶，"唰"地一声，一只手撩开帘子，一抹颀长身影已然跨进门来。

"丽华。"声音不冷不热，似乎不带丝毫的感情。

我听不出阴识是否在担心我的身体，相反的，总觉得他今天紧锁的眉头下，不苟言笑的眼睛里投注着很深的寒意。

"好些了没？"他蹲下身子，半跪在席上。

我有些心虚地摇头，低声道："好多了，谢谢大哥。"

管一个实际年纪和自己差不多的人叫"大哥"，这一开始让我非常别扭。好在我做人向来随便，不大在这种小节上认死理，毕竟钻牛角尖的下场，只会是跟自己舒心的物质生活过不去而已。

能屈能伸才是理想的生存之道！

这是我一贯奉行的准则。

等了老半天，阴识却没再说话。屋子里静得只听得见细微的呼吸声，我突然感觉那种熟悉的压抑感再度出现，迫得我胸口隐隐发闷。小心翼翼地抬眼看去，却发现阴识正面无表情地拿眼死死盯着我。

这是怎样可怕的眼神啊！

脑袋"嗡"地一声响，刹那间，我几乎以为自己的把戏已然被他戳穿。

"大……哥……"我心虚地低呼。

阴识的嘴角抽动了下，狭长上挑的眼睛闪过一道诡异的光泽："身子不好，要记得好生休养。"低沉的嗓音虽然仍是不带丝毫情感，却足以令我狂跳的心稍许安定了些。

没当场发飙，是否意味着他还没察觉？

"胭脂。"

"奴婢在。"怯怯的女声从角落里飘了出来。

"一会儿去阴禄那里领二十板子，连同你上次的护主不周在内……我不希望再见到第三次。"

"……诺。"胭脂颤颤地磕下头去。

我猛地一震，才欲跳起争辩，阴识突然伸手按住我的肩膀，力道之大，竟将我直起之势重重地按回原地。"累的话就回房歇着吧。"

"我……"

"这不正是妹妹想要的么？"他嘴角勾起，淡淡地吩咐，"兴儿，送你姐姐回房。"

"诺。"身后有个清冷的声音应了声。

阴识似笑非笑地瞥了我一眼，从席子上起身缓缓退出偏厢。阴识转身后，我才看见他身后尚跪坐了一名蓝衫少年。

我被阴识的一句意有所指的话弄得乱了心绪，没等回过神来，那少年已扬起脸来，低沉道："姐姐，可需命人备软轿？"

我怦然心跳，阴兴的话入耳怎么听都觉得不怀好意："不……不用。"

柳姬命两侍女上前左右相扶，这时我才发觉胭脂已然不在偏厢，不由惊问："胭脂呢？"

阴兴原已走到门口，这时听我发问，不禁回头看了我一眼。他的眼神十分古怪，竟像是在看陌生人般，带着一股奇特的困惑与探究，我被他盯得头皮一阵发麻。

天啊，这家子果然姓的不好，要不然怎么从大到小，一个个都是阴阳怪气的？

帘子重新卷起，门外原还站了两名青衣男子，瞧见阴识与阴兴两兄弟出来时，原都笑脸相迎，可等到看清阴兴身后还有个我时，笑容竟全都僵在了脸上。

"阴姑娘！"两人躬身作揖。

我当然不可能认得这二人，一时愣住，不知该如何接口。

"不用理会。"阴兴忽然压低了声音，在我耳边低声说道，"他们只是大哥收养的门客。"

我心领神会，任由阴兴领着我转回后堂，阴识自与两位门客低语交谈，似乎完全忘记了我这个妹妹。

阴兴虽比"我"小了四岁，却长得比我要高出少许，说话做事也处处体现出一股这个年纪少有的谨慎与稳妥，我很好奇他为何对我总有种若有若无的敌意，于是频频拿余光偷瞄他。

"瞧够了没？"将我安顿回床上后，阴兴没等退下的侍女关上房门，便没好气地丢了个白眼给我。"虽然我是你弟，可这般视人，对于一个女子而言，是很失礼的事。"

我不以为然地努了努嘴，学着他的口气，说道："虽然我是你姐，可男女授受不亲，你一个人留在我房里，也是很失礼的事。"

阴兴嗤然冷笑："果然姐姐整日捧着一册《尚书》，不是白费的眼力，儒家礼仪倒是真学到了不少。"

我沉下脸不开口，他不提以前的事还好，只要提到以前的事我就无话可接了，一时无以应对。

"听大哥说，"冷不丁地，他突然冒出一句，"这一回大病初愈，姐姐倒是因祸得福，脱胎换骨了。"

"哦？"我干笑两声，心虚地垂下眼睑，"哪有这般神奇的事，脱胎换骨……"顿了顿，忍不住好奇地问，"弟弟以为姐姐以前是个怎样的人呢？"

"姐姐是个无用的人！"没想到他回答得如此爽快，似乎根本不用多加思考，"和娘一样……"

我吃惊地抬头，只见阴兴规规矩矩地跪坐在床下，俊朗的脸上露出一抹淡淡的悲哀："娘亲的胆小怯懦，让我们姐弟三人从小饱受冷眼，若我仅仅有个无能的母亲也就罢了，偏生姐姐……更是丢尽阴家脸面，让人觉得你是个徒招非议、惹人笑话的傻子。"

"我……"莫名其妙地挨了一通骂，我摸了摸鼻子，硬着头皮假装委屈。

"和懦弱的姐姐相比，我更喜欢强悍的大哥。"他站起身来，缓缓走向门口，"所以，假如你之前真的病死了，我是不会难过的……一点儿都不会。"

"你——"我脊背绷紧，刚刚坐直身子，阴兴已头也不回地迈出房门。

"这家伙……还是人吗？"我气愤得一拳捶在案几上，"自己的亲姐姐病得要死了，居然说不会难过？"我摇着头不敢置信地叫道，"阴丽华啊，你到底是什么人哪？做人怎么有你这样失败的？人缘混得那么差劲，你还真不如死了好！"

转念一想，估计阴丽华还真是受不了这样的家庭环境，所以当真死了，然后老天爷抓了我来顶包。

"我去，这什么跟什么嘛……"

正不停地抱怨，门外忽然响起一个稚气的男声："姐姐，我可以进去么？"

我连忙闭上嘴，起初还以为是阴兴去而复返，可仔细想想又觉得不大可能。

"好，请进。"

门被轻轻打开，一个约摸八九岁，却和阴兴差不多高的少年慢腾腾地跨进门槛，双手高捧一卷帛画。

"姐姐！"他弯了弯腰，算是行礼。

我狐疑地瞧了他两眼："你是……"

"我是阴就。"

阴就……阴家的第三子，"我"和阴兴的同母弟弟。

和阴兴相比，阴就明显偏瘦——阴兴脸型与我相似，长相颇显斯文秀气，阴就却是国字脸，肤色稍黑，乍一看神情猥琐，不是个第一眼就很讨人喜欢的孩子。

"有什么事么？"

阴就低着头答："大哥传话，姐姐虽因身子不适退席，然祖宗不可不拜。是以让我奉了祖宗画像来悬于姐姐房中，姐姐当日夜祭拜叩首，不可忘本。"

没想到他其貌不扬，说起话来却是不卑不亢、有模有样，我忍不住笑道："好，那就麻烦你给挂上吧。"

"诺。"

他麻利地走了进来，将帛画缓缓铺开，悬挂于墙。那幅画像初看时没觉得怎样，反正古代的人物像貌似都差不多，可是再仔细看了两眼，我忽然有种眼熟的感觉。

脸是看不出有啥分别的，只是那人的姿态动作很是眼熟，熟得……不能再熟！

"等等！"我忽然大叫，"这……这是谁？"

我从床上直接跳了起来，大步走下地，阴就诧异地回头看着我。

我盯着那张帛画，越看越觉得可疑，这上头所描绘的人物、背景，怎么那么像我乡下祖爷爷家堂屋上挂的那幅？

"姐姐。"阴就估计被我的样子吓着了，小声地解释，"这是宗祖的画像呀！"

"宗祖？他……是不是姓管？"

"是，宗祖名讳修。"

"管修？！"我怪叫一声。老天，开什么国际玩笑，还真是同一人？我一把揪住阴就的衣襟，"管修怎么会变成阴家的宗祖？他明明是姓管的！"

"姐姐……"阴就吓坏了，慌张道，"姐姐你……你怎么忘了，阴家的先祖原就是春秋管仲公！"

管仲！

我有些犯晕，作为管家的一份子，我自然比谁都清楚这位管仲大人是何等人。只是……这不是个架空的时代么？怎么可能会出现管仲这样的历史名人？

姓阴的怎么又会和姓管的扯到一块儿去？

"姐姐真的不记得了？"阴就见我发愣，有些同情地看着我。

我默默点头："脑子里很乱，弟弟能告诉姐姐，到底是怎么回事吗？"

"嗯。"他轻轻点了点头，拉着我一同跪在席上，"阴家的宗祖管修，乃是管仲七世玄孙。当年宗祖由齐国迁往楚国，曾做'阴邑'的大夫，时人以地为姓，称之为'阴大夫'，后人乃改姓阴氏，这便是我阴氏一族的起源。秦汉之际，阴氏方迁往新野，世居于此。"

"那么……姓管的和姓阴的原是一家啰？"

"可以这么说，老祖宗本是同一人矣。"

"那……"我浑身发寒，脑子仍是乱得像团糨糊，总觉得有什么东西不一样了，答案呼之欲出，"那……现在到底算是什么朝代？新国……你刚才不是说秦汉么？新国的皇帝，他姓什么？叫什么名字？"

阴就稍许愣了下，神情间渐渐露出桀骜不驯的蔑视，嗤之以鼻地说道："那王莽算得什么皇帝，不过是个篡国逆臣！"

王莽！王莽！王莽……

脑袋里轰隆隆的像是被压路机碾过，思绪在片刻的混乱后，跳出这么四个字，"王莽改制"！

惭愧啊，都怪高中时历史学得不精，若是叶之秋在这，必然能将来龙去脉讲得一清二楚。可怜我浅薄的历史知识，仅仅知道外戚王莽篡夺了西汉政权，改朝称帝。

这大概是公元前后的事，也就是……距离现代两千年前所发生的事情！

我晕！怎么会这样？我一觉醒来，就成了两千年前的古人？那我在现代算是死了，还是活着？

圜 阓

新天凤五年，正月。

年里走动的亲戚比较多，最为频繁的当属同住新野的邓家，可是在来了那么多的邓家女眷中，我却再也没见到邓婵的影子。

"姑……姑娘……"新拨来服侍的侍女名叫琥珀，听说是阴识房里的大丫头。

胭脂挨了那二十板子，差点儿把一条小命丢掉，这会儿躺在榻上奄奄一息，若非我偷偷打发替我看病的医生去给胭脂瞧伤，估计这丫头得在大过年的喜庆日子送掉一条小命。

低头束好腰带，我挺了挺腰，从铜镜中看去，虽然说不上玉树临风，可这套衣裤穿在身上，似乎也不赖。

说实话，汉代的曲裾深衣我看不出男女之分，这些正式场合穿戴的正统衣裳在我看来，委实无差。我不喜欢在地上拖得跟抹布似的裙尾，虽说走起路来摇曳生姿，温文儒雅，可我还是更喜欢大摇大摆地迈步，那样温吞吞的跟乌龟爬的走路方式，不符合我的个性。

"姑娘！"琥珀终于确认我不是在开玩笑，吓得脸色都变了，拦在门口把头摇得跟拨浪鼓似的，"姑娘，你不能这样子出去！"

"为什么？"

"请……请姑娘换回女服。"

"我穿男装不好看吗？"

"不……不是的，只是……"

"既然不是，那你还拦着我做什么呢？"我截断她的话，故意装糊涂。

琥珀果然被我绕晕了，我趁她不注意，从她身边一闪而过，顺手弯腰捡了门口的丝履，快速冲到窗口。

"姑娘——"

随着琥珀惊讶的呼喊，我单手撑住窗棂，从窗口横跃出去，轻轻松松地跳到了屋外。

后院四下无人，这个时辰男人们都在前堂喝酒玩乐，下人们都在厨房和前堂之间两头跑，至于柳姬那些主妇们，不是在前堂陪客，就是在房里午睡休憩。

我观察了三天，早就摸透了这个规律，所以甩开琥珀后，直奔后院。

后院养了好些鸡鸭，我才靠近，那些鸡鸭看见生人，便唧唧嘎嘎地吵成一团，这样的意外让我措手不及。这时，后院的小门突然推开，阴就的小脑袋探了进来："姐姐！这里！"

他向我招手，我点了点头，抢在厨房里的庖厨们出来一探究竟之前，飞快地闪入那道小门。阴就及时带上门扉，心有余悸地拍着胸口道："姐姐呀，你可真会吓人，不是说好要悄悄过来么？怎么弄得鸡飞狗跳……"

我噗哧一笑："下不为例，下不为例……没办法呢，那些鸡鸭一看到我便兴奋莫名！"

"为什么？"

"它们争着抢着想当我的盘中餐，我有什么办法？"

"啊？"他呆愣的表情相当搞笑，我拍着他的脑袋，他还没及冠，头上发线中分，梳了两个小鬏，用金色的发带绑了，果然有几分总角小儿的味道。我愈看愈觉可爱，凑上嘴在他脸颊两侧"叭叭"亲了两口。

阴就彻底傻眼，须臾，小脸慢慢红了起来，结巴道："姐姐为何……为何……"

"因为你很可爱啊！"我笑得眼睛弯了起来。

"可是……可是……除了姐姐以外，连娘都从来没亲……亲……"

真是个可怜的孩子。

"那你喜欢吗？"我笑问，"你若是喜欢，姐姐以后天天亲你！"

"啊！"他踉跄着倒退一步，却一不留心撞到身后一个人，"对……对不起……"

"没关系。"很意外，那人非但没生气，反而声音里带着明显的笑意，"你们继续，继续……"

我收起笑容，走上前拉开阴就，只见阴就身后蹲了一名十六七岁的俊美少年，帻巾束发，打扮十分儒雅整洁，可他却大大咧咧、毫没形象可言地蹲在地上，笑容灿若星辰。

我的心脏遽然抽搐，像是要爆炸开似的，疯狂跳动。

痛苦地皱紧了眉头，前后不过数秒钟，我却觉得自己像是心脏病发，差点儿倒地死去。我低着头猛盯着他看，他亦抬头毫不避讳地与我对视。

几秒钟过后，我突然伸手，大概是我出手太快，他竟然没能避开，被我一把捏住脸颊。

"也没什么特别的啊。"我纳闷地说，左手扯着他的脸皮，右手按住心口。心跳这时已恢复正常，仿佛刚才瞬间的异常反应，只是我的错觉而已。

"姐……姐……"阴就尴尬地作势想掰开我的手。

我回神一看，只见那少年咧嘴笑着，右半边脸被我掐得红肿起来，他却似浑然未觉，仍是那样灿烂地笑着。只是……这样的笑容实在诡异。

我打了个颤，连忙缩手，一把抓起边上发呆的阴就，笑着打哈哈："呵呵，今天天气不错……啊，原来后门外就是市肆啊，真热闹。就儿，咱们赶紧去吧！"

阴就稍有挣扎，便被我勒着脖子，强架着拖走。刚走了两步，忽然后领上一紧，我的衣襟被人从颈后拽住了。

"干什么？"我呲牙回头，怒目而视。

俊美少年就站在我身后，一只手伸得老长，修长的手指扯着我的后领，脸上仍是笑靥如花。

"撒手！"想不到这小子站直了身量还挺高，至少和我现在的身高相比，他竟是要高出大半个头，如此一来，他的身高优势再配上那张很臭屁的笑脸，很有种讨扁的感觉。

"不放！"他的声音很悦耳，和他的长相很搭配，清新一如朝阳，可惜讲出来的话却是狗屁不通，"除非……你也亲亲我！"

登徒浪子！

这一刻我怒从心起，才不管他长得好不好看，脚下微错，我大喝一声，腾身一个后旋踢，右脚狠狠踢中他的脸孔。

他猝不及防被我踹了个正着，仰天摔出两米，重重地倒在了地上。着地时发出的巨大碰撞声吓坏了阴就，他两眼发直地站在原地，嘴里"喔喔"地发出呓语。

少年呻吟一声，捂着半边脸挣扎着爬起，我这才明白自己冲动之余闯下大祸。这是阴家后门附近，瞧这少年扮相不俗，只怕乡里乡亲的也是个有名有姓的大户之子。揍了他不打紧，就怕他拆穿我的身份后患无穷，我可不敢想象阴识知晓此事后的可怕表情。

"出师不利！"不等他爬起，我一把拉过阴就，"三十六计，走为上！"

阴就低呼一声，被我拉得一个踉跄。

脚底抹油的功夫是我最擅长的，想当年社团的魔鬼教练三天两头拉人练长跑、短跑，美其名曰锻炼体力，磨炼心智，最后搞得我在校运会上居然力克田径社，一举拿下运动会女子千米和百米的双料冠军。

如今这个身体虽然缩水了，可是体力却仍在，前几日我练抻腿，发现无论柔韧性还是灵敏性，都没有太大的退步。

"姐……"阴就呼呼喘气，"我跑……跑不动了。"他甩开我的手，双手撑住自己的膝盖，大口大口地喘着粗气。

我环顾四周，发现慌乱之间没看清方向，这一通狂奔，居然绕着阴家宅院的外墙兜了一大圈，再过去五十米就回到阴府正门了。

我耸了耸肩，活动开手脚，想象着方才的那一记回旋踢，似乎出脚时腰力不够，火候掌握得有所欠缺……嗯，如果魔鬼教练看到了，估计又要冲我咆哮，吼我姿势不对。

"姐姐……你……你好厉害……"

"哦？有吗？"见阴就肯定地点头，我心里乐开了花，"那你想不想学？"

他迟疑片刻："可是大哥不会允许，而且……我更想学剑术！"

我拿眼瞪他，威逼利诱："难道你信不过姐姐？"

"不……"他笑得很勉强，"只是，我觉得佩剑才更显男儿气概！"

"哼！佩剑很了不起吗？"回想阴识身穿长袍，腰上悬着长剑的样子，儒雅中带着股飒爽英气，的确又帅又酷，也难怪这小鬼那么神往。"你等着瞧，总有一天，我要和那些剑客PK，赤手空拳也能打得他们屁滚尿流！"

"屁……"阴就瞠目结舌，"姐姐，你出言未免太过粗鲁。实在是……"

我敢打赌，他和以前的阴丽华肯定接触不多，不然说不准早就眼珠掉地上了。我笑嘻嘻地拿手搭他肩上，"走！陪老姐我逛市肆才是正经。"另一只手在他眼前作势虚劈，"不然，老姐不痛快，后果很严重！"

阴就缩了缩脖子，忙道："不敢，弟弟遵命便是。"

汉代称商业区为"市"，新野虽然不是什么大城市，市肆倒也不缺。只是这种所谓的市肆在我眼里看来，也就是一圈四四方方的夯土围墙，阴就称这些围墙为"圜"，把一面洞开以供出入的大门叫"阓"，"圜阓"算是他们对这种形式的市场通称。

圜阓中建有市楼，市场的管理员们平时就待在市楼内，无论买家还是卖家都是白天交易，日落罢市，有点类似于现代的菜场和小商品市场。

市肆内卖的东西琳琅满目，我看着那些吃的、用的、穿的、戴的，莫名的就有种说不出的兴奋——这些可都是古董啊！

两千年的古董，就如今而言，大概就只能跑墓里去挖明器，才能侥幸淘出一星半点的残次品来。而我如今，却是真真切切地接触到了这些两千年前的古文化。

一直在市肆泡到天黑，商家收摊，我才意犹未尽地罢手。

我收获颇丰，恨只恨阴识给的压岁红包太少，不够尽兴。回来时仍是顺着原路返回，在后门却没再看见那个惹人厌的欠扁家伙。

和阴就在后院分手，我偷偷潜回房间，翻窗跳进房内时，琥珀正缩在屏风后嘤嘤而泣，哭得眼睛通红。我见她实在吓得不轻，便从集市上买的一堆杂物里挑了支铜钗塞到她手里，却没想她捧着钗子反而哭得更厉害了。

这个时辰估摸着马上就该开晚筵了，于是顾不得再理会琥珀，我匆忙换了套襦裙，端端正正地坐在榻上佯装看竹简。捧着笨重的书简不到一刻钟，门外便传来一阵晏晏笑语，柳姬带着一人推门而入。

"小姑，快瞧瞧是谁来了！"

我起身相迎，柳姬身后一个窈窕的身影闪出，没等我看清，那人已扑过来，抓住我的手，喊道："丽华！"

"表……表姐！"居然是邓婵！

记得上月与她分别，她哀伤的表情曾让我以为，她是再也不会踏进阴家大门了。

柳姬笑道："你们姐妹慢聊，我叫人给你们准备吃的去。"她倒真是个知趣的聪明人。

我请邓婵往榻上坐了，她瞥眼瞧见我随手搁在榻上的一叠书简，忽然娇躯一颤，哑声道："你……你怎么还在看这个？"

"随便看看。"我还真是随便看看，如果不是为了装样子，我才懒得去拿这些笨重的东西。

邓婵取了一卷，展开。

竹简上的字是正经八百的篆体，它们认得我，我不认得它们。邓婵青葱般的玉指轻轻虚拂上面的字迹，感慨道："这套《尚书》你整整读了三年，尺简都被你每日抚摸得这般光滑了……"她幽幽一叹，抬头既怜又哀地看着我，"你就算是把所有人全忘了，也还是忘不了他。"

我照例不吭声，对于过去不可知的东西，我只能选择沉默来掩饰自己的心虚。

她见我不说话，过了好一会儿，长叹道："你想见他么？"

我眉心一跳，好奇心油然升起。

只听"啪"的一声，邓婵将竹简扔在地上，肃然道："他从长安回来了，而且……来了新野！"

"谁啊？"看她突然一本正经的严肃表情，我不禁笑道，"帅哥么？"

她一愣，显然没听懂，好在她心思也没在我的调侃上头。

"丽华！表嫂告诉我，打你病好后，你再没提过他半个字，亦不再有任何轻贱自己的行为。可我仍是想确认一下，如果你再次见到他，还会不会再为他难过，再为他伤心？"

"我……"从她种种言语中，我似乎捉摸到什么线索，看来这个"他"来历不简单，脑子里灵光一闪，我小声试探，"刘秀？"

邓婵的手明显一抖："我就知道你根本没忘，他们都说你变了，我却总是放心不下，你心心念念地想了他那么多年，岂是说忘就忘的？"

"刘秀！"我咀嚼着这个名字。很好奇，到底是个什么样的人，居然让阴小妹爱得死去活来，最后还非得……拖了我来给她当垫背的。

手指握紧，莫名的怒意从心里涌起，我恨恨地道："他在哪里？"

"他本在我家中做客，我哥哥说要来你家贺年，便把他也带来了。"

"哦？"我挑了挑眉，"那他现在应该也在这里啰？"我一甩袖子，大步往外走。

"丽华——"邓婵慌了神，匆匆忙忙地扯住我的衣袖，"你要做什么？"

我很想说去揍人，可是转而看到邓婵慌乱失色的容颜后，我定下心来，笑道："我没想做什么，只是去见识见识……"见识一下到底是何方神圣。

她扯着我不放："你别去，表哥见了会不高兴的。"

我只顾兴冲冲地往前走，一个没留意，就听"嘶啦"一声，右侧袖口被扯裂。邓婵呆住，我举起袖子，似笑非笑地说："表姐，你故意的吧？"

"我……我没……"

趁她不注意，我咧嘴一笑，扭身夺门而逃。

"丽……"

一口气奔出内宅，我直接冲向前堂，经过中阁时，脚下被拖地的裙裾绊住，险些摔倒，恨得我也顾不得礼仪典雅，双手抓着裙摆，提拉着跨步而奔。

以我的百米成绩再加上邓婵磨磨蹭蹭的小碎步，她自然不可能追得上我。一路上侍女仆从皆看傻了眼，侧目不止，我只当未见，此刻在我心里，正被这个名叫"刘秀"的家伙勾起的好奇塞得满满的，这个好奇没有亮出答案之前，我难以安下心来。

"呼……"停驻在门口，我深深吁了口气。

守门的正是管家阴禄，看见我先是一愣，而后脸上竟露出一抹心领神会之色。

"姑娘！"他弯腰作揖，"请随小的来这边。"

我对他的举动感到很不解，他不让我进门，却绕过大门走到一处僻静的窗栏之下，透过纱帷可隐约看见里头席地正坐了七八个人影，上首主人席面上坐着的人正是阴识。

"姑娘在这里瞧一眼便回去吧，莫要为难小人。"

我瞥了他一眼，他满脸真诚，我不禁皱起眉头来。

看样子，阴丽华喜欢这个刘秀，在阴家上下而言并不是什么隐秘的事。阴禄对我这么"人性化"的放水，难道是在尽他所能的帮助我，一解相思之苦？

他倒是好心，只是里头那么多人，而且还隔了十多米远，除了能分清众人各异的服饰打扮外，我哪晓得哪个才是刘秀？

在窗下站了十来分钟，阴禄开始不断催促我离开，我哪肯就这样无功而返，情急之下伸手攀着那窗栏爬了上去。

"姑娘！"阴禄压低声音，急得跳脚。

"唰！"我跨骑在窗栏上，抬手撩开纱帷，冲着厅内大喊一声："刘秀——"

喊声刚落，就见室内诸人齐刷刷地转过头来。该死，到底哪个才是刘秀？

"刘秀——"顾不得阴识那杀人的目光，我硬着头皮再次喊了一声，"你出来！"

席上众人无不目瞪口呆，惊讶莫名，更有人举起袖子掩唇吃吃偷笑。这其中有一白色人影，身形动了动，作势欲起。我急忙睁大了眼，可惜只来得及看清他身穿白裳，体形修长，主人席位上的阴识已离席疾步向窗口走来。

"姑娘！"阴禄跺脚。

我被阴识满身的煞气震住，一个没留神，脚下一滑，翻身从栏杆上向外跌落。若非阴禄在底下及时托了我一把，估计我会摔得很惨。

"快跑！终极BOSS来了！"顾不得脚崴，我单脚蹦跳着仓皇逃命。

惨了！惨了！果然好奇心害死人！这回还不知道阴识会怎样罚我，他……他不会打我吧？那……惨了，要不然我赶紧装体力不支，直接昏倒？

跟个没头苍蝇似的，我在园子里乱钻，心里只想着可千万别被阴识当场逮到，否则绝对是就地正法的下场。

找了个僻静的墙角，我缩着肩膀蹲成一团。闭着眼睛念了千万遍阿弥陀佛，再睁眼时四周静悄悄的——阴识没有抓到我！

忐忑不安地小小松了口气，我用力拍打胸口。天啊，刚才紧张得差点儿肌肉痉挛。

衣袖倏地被一股力道使劲往下一拽，我险些被拽得失去重心，猛回头，却正对上一双琥珀色的眼眸。

"妈呀——"我终是被吓得跌坐在了地上。

"你好啊，我们又见面了……"

"你搞什么？如果想报复，拜托正大光明地来，人吓人是会吓死人的，你知不知道？"心里火大，我不客气地扬手打他的头。

"呵呵。"他居然也不闪躲，任我打骂。

我打了两下，实在难下得去手，只得悻悻地收手，低头瞥见自己破裂的袖管，不由无赖道："你看看，都是你！居然把我袖子扯破了，你赔！"

"好！"他满口答应，一手托腮，笑意盎然地望着我。

我被他盯得心里发怵，顿了顿，突然想起一事，不禁指着他叫："你……你怎么会在这里？"

这家伙不是别人，正是晌午被我在后门口踹了一脚的登徒子，这会儿他的左半边脸颊还有些异样的红肿。

"你刚才为什么找刘秀？"他答非所问。

我倏地抬头，将他从头到脚仔仔细细地打量了一遍。这小子，长相不俗，假以时日必然是个大帅哥，难不成……

"你是刘秀？！"

他笑得只见牙齿不见眼："不是！"

我好不失望，这表情落在他眼里，琉璃般的眼眸一闪，问："这么急切地想找刘秀，难道你就是阴家的女公子阴丽华？"

我张了张嘴，见鬼了，好像这全天下已经无人不知阴丽华对刘秀有意思！

"不，不会。"他喃喃自语，"如果你是阴丽华，没道理不认得刘秀，你到底是谁？"

我倏地站起身，单手叉腰做恶人状，居高临下地戳着他的脑门："小鬼，别没事找事，显得自己多能耐似的。我就是阴丽华，怎样？不可以么？"

"你当真是阴丽华？"他诧异地站起身，高出大半个头的身高优势，顿时让我嚣张的气焰为之一顿，"原来你就是阴丽华。"他伸手摸了摸红肿的左脸，眼神有些迷惘地看着我。

我不愿跟他浪费时间，想想接下来要面对的阴识暴风，我就一个头比两个大。左右瞅着无人，我猫着腰准备溜回房去换下这身扎眼的衣裳。

"喂——"身后突然传来他异常响亮的喊声，我脚下一滑，险些摔趴在地上。"丽华，你记住，我叫邓禹！"

跷 家

世上有后悔药吃么？

看来是没有。

那次无礼乌龙事件后，我被阴识罚去一月的例钱，外加责令禁足。不仅如此，阴识认为我既然能够爬窗，说明我身体恢复得极好，禁足期间膳食由原来的一日三餐减为两餐，除了水果和素食外，一应荤腥膳食全部免除。

他命令我每日面对宗祖绣像思过，早晚一个时辰，不得懈怠。

可怜我每天瞪着管修的那张老脸，憋了满肚子的牢骚，却不能问候他阴识的祖宗八代——唉，谁让姓阴的和姓管的偏巧是一个老祖宗。

在我被关禁闭的第三天，邓婵来看望我，顺便辞行。

我不大好意思向她打听刘秀是高是矮，是胖是瘦，怕她又会胡思乱想。想到那个笑起来很欠扁的俊美少年，于是临时改了话题。

"老听你提起你哥哥，你哥哥是谁我都还不知道呢。"

邓婵狐疑地看了我一眼："难道你就只记得刘秀一人么？"言下之意大为不满，我急忙讨好地给她倒水。

"我哥哥名叫邓晨，字伟卿，你就算不记得他，总该还记得他和刘秀的关系吧？"她故意揶揄我。

我装傻，含糊其词："那个……不大记得了。"

她无可奈何地摇了摇头，叹气道："刘秀的二姐刘元，嫁了我哥哥，她是我嫂嫂！"

我吐舌，关系怎么那么复杂啊！这么一个圈子兜下来，好像每个人都是亲戚一样，阴、邓两家真不愧是新野两大家族。

"那……邓禹又是你的什么人？"

她瞪圆了眼睛，显得十分惊讶："邓禹？你怎么知道邓禹？他不是我什么人，如果非要扯上关系的话，那就是他也姓邓，算是我们邓氏家族的一脉宗亲，在族中论起辈分，他乃是我的远房堂弟。"

我点点头，我原以为邓禹既然姓邓，必是邓婵家人，如今看来关系还是扯远了。

"那他为什么也会来我家，难道不是你们带他来的么？"

"嗳。"邓婵笑了，"你可别小瞧他，邓禹年纪虽小，在邓氏家族、新野，乃至南阳郡，他都是极有名气的一个人物。"

我脑海里浮现出那张欠扁的笑脸，有些不大相信邓婵所言，她看出我的质疑，笑道："邓禹十三岁便能诵诗，名动乡邻，其后受业长安大学，学识才情，堪有人及。这样的人平素就是拜贴相邀，亦未必能请得来，这次他是念着同窗之谊才肯陪刘秀同来。若非瞧着他的面子，那么讨厌刘秀的表哥，岂能让刘秀踏入阴家大门？"

我摇头，怎么觉得邓婵口中所说的邓禹另有其人，实在无法和我认识的那个小鬼联系在一块儿。

她眨眨眼，抿嘴笑："其实，你若是对邓禹有意，我想表哥必会乐意应允这门亲事。"

"开玩笑！我对那种小孩子可没兴趣！"

"小孩子？"她哭笑不得，端着茶盏的手一颤，竟是把水都给泼了出来，"你……你以为你有多大？邓禹虽尚未及冠，可是以他之才，登门说亲之人早如过江之鲫。你呀你，真不知你是何眼光，什么人不好挑，偏偏挑了那最最没落的刘姓子弟。"

不行！不行！为什么无论我说什么，每个人都会把我和刘秀扯到一块儿去？我连这个刘秀是圆是扁都不清楚，凭什么一而再、再而三地让他白白占我便宜？

邓婵走后第七天，阴识命人送来一套崭新的襦裙给我，这让我很是意外，除了年前他曾打发柳姬给我做了几套新衣外，按理禁足期间他不该对我这么殷勤才对。

有道是，无事献殷勤，非奸即盗！

果然，收到新衣的下午，大忙人阴识出现在我眼前。我一丝不苟地跪在管修的绣像前，目不斜视，腰杆挺得笔直，只当他是空气。

脚步虽轻，我却能感应到他正在我身后缓缓踱步，目光如电，如芒在背。过了良久，他才漫不经心地开启话题："新衣可否合身？"

"大哥送的，自然合身。"

身后沉默片刻，忽地嗤声笑起："你怎知这衣裙便一定是我送的？"我诧异地回过头去，在触到他似笑非笑的古怪神情后，心里突地一跳，一种不祥的预感油然升起，"某人说，这是他给妹妹的赔礼。"

我恨不能一头撞上墙去。这个该死的邓禹！一句玩笑话，他居然当真了，当真了不打紧，他竟然还用了这种正经八百的方式来谢罪赔礼。

噢，我能预感到阴识接下来会说什么了。

"你和邓禹……"

"萍水相逢而已。"我不假思索地打断他的话，不知道邓禹那个笨蛋有没有恶人先告状，如果被阴识知道我的行为如此反常，大异于他的乖乖妹妹，那我……

"丽华，其实邓禹条件不错。"他在我身前跪坐下，一副兄兼父职的温柔模样。不得不说，此时的阴识是十分感性迷人的，声音低醇，极具诱惑力。

我险些被他的神情勾得失了魂。

"你不妨考虑一下，我瞧邓禹对妹妹如此上心，也许……"

"不……不可能。"我及时回神。好险，果然不能贪恋"美"色，差点儿就中了阴识的套子。

阴识脸色一变，刚才温柔如父的神情一扫而光，他厉声喝道："难道你还执迷不悟？"我被他翻脸比翻书还快的速度吓了一大跳，没等我反应过来，他已拂袖而去。

一个月的禁足时效很快就满了，在非本人意愿的节食运动下，我成功瘦身。这一个月我倒也没闲着，重新练起了跆拳道，汉代的房间就是方便，特别是阴家这种殷富之家，为讲求舒适度，房间内地面上全都铺着席子，这还不够，冬天又在席上铺了一层毡罽。进门便需脱鞋，穿着袜子在毡罽上走来走去，软绵绵轻飘飘，感觉特别奢侈。

我的房间空间很大，仅是一间内室便有四五十平米，室内除了一张八尺长的木床、一张三尺五的三面屏风榻、一张书案、一张食案以及数盏座灯外，别无他物，汉代的家具中还没有出现椅子、板凳之类磕磕绊绊的累赘东西。

这样的布置和道馆很相似，我又让人把屏风榻、书案搬到外厢，留了张食案便于我直接坐在床上吃饭。我把能省的空间都省了下来，在内室中辟出一个二三十平方的无碍空间，专门练习跆拳道。

一天下来，我便将身体柔韧度完全打开，感觉特别得心应手，唯一要说有什么缺憾的话，那就只剩下身上扰人的长裙了。

汉人服饰华丽却也繁琐，一般女子着裙，内里皆不穿长裤。即便有穿，也是那种胯裆缝得很低，裤腿又肥又大的纨袴。

穿着这样的裙裤练习踢腿，特别是凌空腾挪，简直要我的命。我琢磨了两天，终于让胭脂缝制出我想要的那种贴合腿型的中长裤，胭脂起初只是不解，但是等她看到我穿着她缝制的裤子，腾空飞身踢腿时，那张震骇得说不出任何话的小脸足足让我笑了三天。

我喜欢穿男装，因为只有男装可以不用穿长裙，而且男装的下裳比起女装的深衣裙摆而言，要宽松许多。

反正，在我这个外行人眼里，也实在分不清男式深衣和女式深衣的区别。怎么穿都差不多！

我一直认为一月期满便可以开关放风，我甚至前天就开始谋策外出计划，准备出去大肆采购一番，因为口袋里没钱，我还提前和阴就商量好，这个月暂时先借他的月钱来使。可没想我的一切计划赶不上阴识的变化，就在我满心欢喜地准备出关前，他叫琥珀送了一具古琴过来，说是已替我请了琴师，要我安心留在房里等着学琴。

我当时就懵了，瞪着那具古琴，一把抓过来就要往地上砸。要不是胭脂抱得快，估计一架价值不菲的古琴就得当场粉身碎骨。

"姑娘三思啊！"胭脂声泪俱下。琥珀脸色发白，一时还没反应过来，过了会儿，两腿打颤，扑通坐倒在地。

我舒了口气，强忍着胸口的郁闷，把琴缓缓放下："你放心，我不砸琴，这琴看起来也是件古董，搁到两千年后那就更加值钱，砸了怪可惜的。"

我一松手，琥珀胆战心惊地抱住琴身，当即跳开，离得我远远的，生怕我再发狂。

"我累了，想歇会儿。胭脂，你和琥珀都出去，没有我的吩咐不许进来！"

胭脂和琥珀一脸心悸地走了出去，等她们带上门，我飞快地换装，衣裳照旧换成男服，然而男子的发髻却是我一个人无论如何也盘不起来的，无可奈何之下，我只得顶了一头披肩长发，从窗口直接跳了下去。

这还真得感谢阴识，大概是原来怜惜妹妹体弱多病之躯，所以将寝室安排在了一楼。这若是搁个二楼、三楼什么的，我哪敢这么肆无忌惮地见窗就跳？

脚刚踩到实地，忽听跟前有人沉声道："姑娘，请回！"

我倒退一大步，只见阴禄站在窗底下，躬身向我一揖到底。

有那么一瞬间，我万念俱灰，没想到阴识那么狠，居然连一丝退路也不留给我。我的拗脾气顿时上来了，回去乖乖听从他的话学琴，只怕这辈子都难逃被他耻笑的下场。

"姑娘，请回！"阴禄姿势不变，把话又重复了一遍。

我一不做二不休，不等他站直腰，抬手一记横劈，掌缘凌厉地劈在他后颈。阴禄连哼都没哼一声，便头朝地地栽下，直接趴到地上不动了。

我的一颗心怦怦乱跳。自打考上黑带，实战时和师兄师弟们没少喂招，甚至还练习过掌劈木板，我向来都是全力施为，绝不留情。这会儿虽然刻意收了几分力道，但是毕竟心里没底。

我小心翼翼地弯腰，伸手试探他的鼻息："喂，你一个大男人，可别虚有其表，那么不经打啊。"

几秒钟后，我松了口气，还好，还有呼吸："阴管家，对不住了！地上凉，你躺会儿就起吧。"我吐了吐舌，驾轻就熟地往后院摸去。

绑　架

七百顷田地到底有多大？

我深深吸了一口气，徒步步行了一个上午，原以为自己必然已经走出新野了，可是到田里向耕作的农夫一打听，却发现原来自己还在阴家的地盘上打转。

土财主！阴家果然有钱，据闻阴丽华的父亲阴陆在其七岁时便已过世，可以想象一个如此庞大的家业从此压在长子阴识肩上，他需要有多大的胆识和气魄来一肩担起这个重担。

一方面怀着对阴识的点点愧疚之意，一方面又不甘心被他禁锢在狭小的房间里，乖乖地做大家闺秀，我内心交战不已。

到得晌午，肚子饿得咕咕直叫，出门时逃得太过匆忙，身上连一件值钱的东西也没带。路旁荒僻，除了庄稼竟是连个歇脚的馆舍也不得见。

我第一次真切地感受到了两千年前的落后，不禁更加怀念起在阴家的锦衣玉食来。阴识虽然要求甚严，但至少他对我这个"妹妹"还是挺够意思的。

好容易过了庄稼地，在穿过一片树林后，我终于无奈地承认自己迷路了，在林子里绕了半天跟鬼打墙似的，愣是没能走出去。

绿荫华盖，鸟鸣中啾，好一派早春气息。

我腿软无力地扶住一棵树，欲哭无泪，早知如此，就算阴识让我琴棋书画无一不学，我都不敢再这么任性了。

"哞——哞——"

我耳朵猛地竖了起来，侧耳再听。

"哞——"

　　果然没错，是牛叫的声音，清清楚楚地从左边树丛后传了出来。踉踉跄跄地奔了过去，拨开一人高灌木丛，我的眼前不禁一亮，一辆牛车赫然停在树丛后的空地上。

　　"天不绝我！"我兴奋得手舞足蹈。

　　"什么人？！"还没靠近牛车，猛听身后爆出一声厉喝，"好呀，居然还有人敢偷我们哥仨的车，我看你是活得不耐烦了！"

　　我刚要回头解释，突然眼前一花，一团白晃晃的东西迎面袭来，我下意识地往后退了一步，沉腰扎马。

　　哐当一声，那团白芒落在车辕上，砸出点点火星。我凝神一看，顿时吓出一身冷汗，只见一柄长剑直直地劈入木辕三分，剑身颤巍巍的嗡嗡作响。

　　握剑之人，是个身材高大，年纪在二十来岁的青年，一字眉，眼睛瞪得跟狼一样。在他的注视下，我心脏一阵痉挛，那种不受控制的心跳感觉再次出现。

　　其实他长相原本不恶，只是为了突显自己的霸气，有点儿刻意装酷，硬是摆出一副强悍的架势。不管他是空摆架子，还是真有本事，至少他手上有剑，而他……刚才那一剑，货真价实地向我劈了下来。

　　心跳在数秒钟后恢复正常，这个时候后有凶徒，前有恶霸，我不知道自己接下来该怎么办才能化解此刻的危机。

　　"子张，剑下留情！"斜刺里有个清爽的声音忽道。

　　我脖子僵硬，连头也不敢回，只是死死地盯住了那个叫子张的手中长剑，我怕他趁我分心的时候再一剑劈来。

　　看样子，我一个不小心踩到了雷！而且还不只是一颗，这一踩便是三颗。

　　边上那个说话的人靠了过来，伸手去拦子张的手，小声道："别紧张，只是个小女子。"

　　身后一开始鬼叫吓人的男人也走近，我能清楚地听到他脚踩在草地上发出的沙沙声响："即使是个女子，可她想偷我们的牛车，不能轻饶了她！"

　　"我……你哪只眼睛看到我偷你们的牛车了？"我一时火起，猛地转身，却对上一张惨白的脸孔。

　　那个人个子长得很高挑，身材极瘦，长脸，倒挂眉，鹰钩鼻。这种种加起来都不算得什么，关键是他的脸色，面无血丝，活脱脱的跟个白无常似的。

我的气焰被他的样子吓得熄了一大半，见他眉毛一挑，露出十分不悦的表情，忙笑着打哈哈："我真没要偷你们的牛车，我只是迷路了，见有车停在这里，想过来找个人问问路。"

白无常将信将疑地瞥了我一眼："这女子虽然穿得不伦不类，可是衣裳料子不错，不像是穷苦人家出生。"

持剑的子张从车辕上跳了下来，收剑归鞘："这里是新野地界，南阳郡新野乡除了姓阴的，便是姓邓的最有钱，问问她是姓阴还是姓邓，咱们顺手做了这票买卖再去绿林山亦不迟。"

边上那个讲话最温和、看起来也是最好说话的年轻人犹豫道："我们赶路要紧，这几日官府缉拿得紧，还是勿多生事端的好。"

子张嗤笑道："成丹，你也忒胆小怕事了些。"

成丹面色不悦地沉下脸来，那个白无常随即插嘴道："咱们此次去投奔王氏兄弟，空手而去未免不大好看。如今这女子自己撞到咱们手里，这是老天爷送给咱的便宜事，岂有不要之理？"

成丹闷声道："听闻新野阴识、邓晨，皆不是好惹之辈，我不想徒增麻烦，原是好心提醒，却也并非说是怕了他们！"说着，低头转向我，问道，"女子，你叫什么名字？"

我心里一抖，带着颤音道："我……我姓管，我……我迷路了，我想回家……"原是想装出一副害怕的样子好博取同情，可没想自己是真的害怕到了极点，不禁声音抖得不行，就连眼泪也是不由自主地滚落下来。

以前总爱看一些武侠小说，特别喜欢小说里那些劫富济贫的绿林好汉，如今自个当真身临其境，成了被劫持的对象，却只剩下害怕和哭泣了。

这……真的一点儿也不好玩。

"我想回家——"我索性坐到地上，放声大哭，学着小孩儿撒泼无赖，在草地上蹬腿打滚，"我要回家啊——"

我真的想回家，回去躺沙发上捧着武侠小说，嚼着薯片，喝着可乐，津津有味地品味里那些大侠生死相搏的惊险历程，而不是像现在这样躺在枯黄扎人的草地上，被人拿剑威胁。

那三个大男人面面相觑，过了好一会儿，子张突然大喝一声："闭嘴！不许再哭！"

我瑟缩一下，我最怕他手里的那柄剑，他说什么我哪敢违背，当即收声，匆忙用袖子抹干眼泪："我没哭。"

白无常哈哈大笑，一扫脸上阴霾气息："这小女子有点意思。"

唯有成丹一言不发，我注意到他脸色阴沉，若有所思，才瞄了他一眼，他突然跨步上前，伸手一把抓向我。

情急之下，我下意识地抬手格挡，一掌才要劈出，我猛然觉醒，忙收回双手，假装害怕地护在胸前。

以一敌三，我还没那个自信能够全身而退，更何况子张手里有剑。

这一停顿，成丹已从我腰间"啪"地扯走腰带，我大惊，没等我明白过来，他手里抓着腰带，目光冷峻地睃向我："狡猾的小姑娘！"

我的视线落在那腰带上，脑子里嗡地一响。粉绿色的束腰带子上，用黑色丝线绣了两只对立的辟邪，两只张牙舞爪的辟邪间，口含着一枚红色火球，火球内又用金线绣了一个硕大的"阴"字。

"敢耍老子！"子张噌地跳了起来，我手脚并用，狼狈地从地上翻身爬起，撒腿就跑。

"抓住她！"

"臭丫头！"

"别让她跑了！"

我哪还顾得上回头，一口气冲出林子，身后一开始还听得到追逐的凌乱脚步声，到得后来，脚步声渐息，随之而来的竟是隆隆车辙声。

我喘着气回头一看，只见白无常站在车辕上，驾车飞驰追来。眨眼间，牛车追上我，车上成丹探出上身，左手伸长了一捞，竟一把勒住了我的腰。

我尖叫一声，下一刻已是天旋地转地被扔进了车厢，子张手中的长剑出鞘三分，锋利的剑刃架上了我的脖子。

我被绑架了。

绑匪是个三人组合，听他们平日里坐起闲聊，我大致拼凑了一些情报。

那个长得最像好人，最后却让我阴沟里翻船的成丹，是颖川人；白无常不姓白，姓王，可他名字里倒真有个"常"字，他叫王常，和成丹是老乡；至于那个长得很霸道的子张，则姓马名武，子张乃是他的字，他是南阳人，所以难怪他对阴、邓两家的人情世故颇为了解。

他们三个以前不知道做过什么，得罪了官府，如今都成了亡命天涯之徒，专靠四处打家劫舍之类的混日子。不过，听他们的口气，他们好像只对富户出手，对那些贫苦之辈倒是很客气。

我被逼无奈，说出自己是阴家女公子的实情，当天晚上成丹和王常继续押着我往南赶路，马武却折返回新野，估计是到阴家去索要赎金。

他们的目的地是绿林山，不过王、成二人和马武约好会先在蔡阳碰面，到时候是撕票还是归还人质，全赖我那位大哥够不够厚道了。

阴识……希望他不是守财奴！也希望成丹他们三个人的胃口小一些，没有狮子大开口，我可没自信自己能值得太多钱。

毕竟，阴识和阴丽华只是同父异母的兄妹，而阴兴，那个没啥良心的小混蛋，是完全指望不上的。阴就么，这一个多月和我交情还不错，只是他年纪太小，恐怕在家里还说不上话。至于其他的异母弟弟阴欣、阴䜣等等，直接跳过，提都别提。

我该怎么办？眼看着到得蔡阳后，我被押进一间馆舍，锁在逼仄狭窄的一间夯坯房内，门窗紧闭，我咬着唇空焦急，却也无计可施。

王常的性子和他的长相一样，阴鸷得很，和他待一块儿，时间久了会全身不由自主地起鸡皮疙瘩。所以一般情况下，我宁可由成丹看守我。可是和王常相比，成丹太过精明，我的一举一动，哪怕转个身，说句话，他都会刻意留心，防止我要诈。

三天后的一个雨夜，黑灯瞎火的馆舍外突然响起一阵狂乱的犬吠。我本就睡得不踏实，狗叫了没几声便把我吵醒了。因被劫持在外，我一向不敢大意，所以就连睡觉也从不脱外衣。

我刚从床上坐了起来，正摸黑穿鞋，突然砰的声房门被撞开，有人冲了进来。

黑漆漆的我只隐约看清是个个子挺高的人，猜想着应该是王常，于是猫着腰，趁他在门口磨蹭着想点火镰的当口，急速闪到他跟前，飞身一脚踢了过去。

他反应倒也异常灵敏，衣袂声起，他的身形已向门内掠过一步。我的一脚踢空，身子回旋之间，紧跟着又是一记回旋飞踢，直踹他胯下。

这种违规动作要是被教练看见，不气得他吐血，把我当场开除才怪。可我如今为保性命，却哪还管什么道义，对方人高马大的比我高出一个头，我在身高上占据不到优势，只能想办法攻他下盘。

"啪！"他腾身跳起，双手手心向下压住我的脚，我心里一惊，丝履从脚上脱落，他抓着我的鞋子愣了下，我趁机赶紧缩脚。没想到王常这么难缠，我眼光瞄向门口，决定不和他多费时间，还是逃为上。

正要往门口奔，没想到他的动作比我想象的要快许多，我差点儿没一头撞进他怀里。灰心绝望之余忍不住破口大骂："王八羔子，就知道欺负女人，你们算哪门子的英雄豪杰！全部都是狗屎！"

"你……"王常迟疑了下，不进反退，与我保持一定距离。我刚觉得他的声音有点儿不对劲，他又困惑地问道，"你可是阴姬？"

我大吃一惊，他不是王常！

"你是谁？"

"快跟我走！"他伸手过来拉我，我肩膀往后一缩，避开他的爪子。他呆愣一下，随即说道，"请相信我，我不会害你，把手给我！"

他的声音温柔如水，在嘈杂纷乱的雨声中居然奇异地给人以一种宽慰安心的感觉，我竟是忘了危机，呆呆地把左手递了给他。

手心一紧，一只温暖的大手牵住了我，将我带出房门。我跟跟跄跄地跟着他走了几步，他突然停下，松开我的手说道："对不住。"

我不明白他的意思，他倏地在我跟前蹲下，之后我的右脚脚踝上猛然一紧，他托着我的脚轻轻抬了起来。我低呼一声，晃了晃身子，急忙攀住他的肩膀，他细心地替我把鞋子穿上，而后起身。

黑暗中我虽然瞧不清他的长相，却能感受到他的细心和温柔。

"好了。别怕，我会带你出去。"手再次被他轻柔地握住，他带着我在阴森的过道内穿梭前进。

"你……究竟是谁？"我困惑地开口。他是谁？为什么要救我？

他没回头，轻声柔和地笑："我乃刘秀。"

刘……秀？！

手指微微一抖，他是刘秀！原来他就是那个刘秀！我一阵激动，恨不能立即拉他回来看个仔细。

奔出馆舍的大门，院子里的看门狗仍在吠个不停，可不知道为什么整座馆舍却是安静得出奇，我正觉奇怪，忽听头顶一阵疾风刮过，刘秀猛地将我一把推开，我猝不及防地被他推进磅礴的大雨中，狼狈地摔在泥浆地里。

心头火起，扭头正要破口大骂，却见眼前有两条黑影纠缠厮打在一起。

我惶然地爬起身，雨势太大，光线不够，能见度竟然仅在一米之内，起初我眯着眼还能看见两条模糊的影子交叠在一起，可才晃眼，那些影子已然消失在我的视线范围外，只能隐约听见哗哗的水声中不时传来的打斗和呼喝。

"刘……"我张口欲喊，可转念一想，这迎面不见来人的环境，我静悄悄地站在一边也许还没多少麻烦，万一嚷嚷起来，没把刘秀喊来，反而把歹徒给招来，岂非糟糕。可老是站在雨里，这不也是坐以待毙么？

我伸手抹了把脸上的雨水，衣裳全被雨水浇透了，浑身冷得不行。我打了个哆嗦，鼻子发痒，忍不住打了个喷嚏。

"阿嚏——"我忙捂嘴，可为时已晚，眼前突然跳出一道影子，我紧张地抬手匆忙向那影子劈去。

因是临时出招，根本毫无力道可言，我挥出去的手，腕上猛地一紧，竟是被来人抓了个正着，我焦急地想要放声尖叫，那人却突然用力拉了一把，将我拉进怀抱。

"走！"微弱的喊声之后，我已被他带着飞奔。

是刘秀吗？我心下稍定，幸好不是成丹他们……

"阿嚏！阿嚏！阿——"

一件披风兜头罩下，我错愕地呆愣住，身前那人却已笑着回头："感动的话，就以身相许来报答我吧！"

"诶？"我怀疑自己听错了，愣了两秒钟后，猛然醒悟，伸手快速出击，一把捏住他脸颊，将他的脸拉近我。

雨水肆意冲刷在一张俊美的脸孔上，许是被雨淋的关系，他的脸色有些苍白，虽然那个欠扁的笑容依在，可我却似乎看到他笑容背后的担忧和紧张。

"邓禹！怎么是你？"

他咧嘴一笑："想我了么？丽华，我都不知道原来你那么想见我……"我手上一使劲，他立马改了口气，一本正经地说，"是你大哥让我来的。"

我松开手，远处有个声音突然大声喊道："还不上车！"

扭头，十米开外停了一辆马车，车前打着青铜帛纱灯笼，微弱的灯光下，一人身披蓑衣，手牵缰绳，凛然踏足于车辕之上。

"大哥？！"

"走吧！"邓禹握紧我的手，"你不知道你大哥找你都快找疯了，若非那个马武上门勒索，估计整个新野会被他翻个底朝天。"

邓禹带我奔近马车，我抬头望着车驾上的阴识，雨水顺着斗笠滴下，他的一张脸绷得铁青，浓眉紧锁，上扬的眼梢带出一抹深沉的锐利。

我不知道该说什么好，咬着唇不敢再看他。

"上车！"他沉重地吐出两个字，邓禹在身后托住我的腰将我扶上马车，我手掌打滑，抓不住潮湿的车辕，正觉无奈，突然双臂手肘被人托住，拽上车。

"哥……"与阴识面对面地站在一起，我只觉得呼吸一窒，内心愧疚不已。

"进去！"他不冷不热地放开我。我眼眶不禁一热，他如果大声斥骂我，甚至痛打我一顿，我都不会像现在这样难过。

邓禹随后跟着钻进车厢，见我一脸闷闷不乐的样子，于是伸手替我摘下蒙头的披风，从车上取来一块干净的布帛，轻轻地替我拭干脸上的水珠。

他伸手过来时，我本能地往后缩，却被他一手按住我的肩膀。我满心憋屈地任他擦拭，他擦完脸，转而替我擦拭滴水的长发。

我再也忍耐不住，叫道："干吗对我这么好？我脾气那么坏，喜欢任性胡闹，最会惹麻烦，你们干吗要对我这么好？明明……明明我就不是……"

明明我就不是他的妹妹，明明我就不是什么阴丽华！为什么，为什么要对我这么好？为什么……

我曲起双膝，把脸埋在臂弯里，泪水终于夺眶滴落。

"你是最好的。"邓禹的声音在我耳畔轻轻回旋，"这样的你很好、很好、很好……"他一连说了十多个"很好"，我想哭的情绪被他打断，差点儿笑了起来，忍不住抬头瞥向他。他神情专注地抓着我的一绺头发擦拭着，嘴里仍在不停地说着"很好"。

我嘴一张，凑近他的手指，恶狠狠地咬了一口。他没反应，也不缩手，我松开嘴，摆出一副凶巴巴的表情："这样也好？"

"很好。"他轻轻一笑，伸出被我咬到的手指，轻轻地替我拭去眼角的泪痕，"这样与众不同的你，怎能不好？怎能不惹人喜欢……"

阴家女公子遭绑架事件按理应该说是件轰动南阳的大事，可我回到家好些天却没见有一个地方官吏过问此事，甚至没听坊间有任何关于此事的传闻。

倒是阴母邓氏被吓得不轻，本来就不算太好的身体，转而病情加重。我特别愧疚，回到阴家的第二天，第一次主动前去探望她。

阴母其实还很年轻，不过才三十出头，又是个难得一见的美人，即使是在病中，恹恹之态却仍是不失一种妩媚。

我真替她惋惜，这么年轻就成了寡妇，好端端的一个闺女还莫名其妙地被李代桃僵。虽然这并非出于我本意，可是看她蒙在鼓里，见我平安归来，抓着我的手激动得落泪，不停地感谢老天爷，我心里仍是淡淡地生出一种负疚，倒好像我欠了她什么似的。

阴家一切如常，有关这次绑架事件的内幕以及后期处理，阴识对我只字未提。所谓吃一堑长一智，我倒也学乖了，阴识恐怕还在气头上呢，这老虎须这会子无论如何我是再不敢随意撩拨了。

再过得几天，断断续续地从那些门客口中听来一些片断，我终于把整件事给理顺了。

原来那日马武登门之后，阴识一面答应去蔡阳交纳赎金，一面召集所有门客及亲友商议对策。邓家是我外祖家，听说此事自然不会袖手旁观，阴、邓两家联手的同时，邓禹亦从而得知讯息。考虑到刘氏族人住在蔡阳，熟悉地形，邓禹提议让刘秀兄弟帮忙，阴识本来不答应，可是时间紧迫，大多数人都赞成，也就没再坚持。

底下的事，自然就顺理成章地发生了。和阴、邓、刘三姓族人相比，成丹三人之力根本就是大象和蚂蚁的区别，那间馆舍被围，战况激烈……只是我想不通的是，他们最后竟然把手到擒来的三个绑匪全部给放了。

我被成丹他们整得那么惨，既然抓到了，不送究官府也就算了，怎么还那么轻易地就放他们走呢？

搞不懂阴识他们究竟在想什么。

不过……刘秀，我对他的好奇愈来愈强烈了。

他到底是个什么样的人呢？

文　叔

邓婵订亲了！

听到这个消息，我有些发蒙，一直以来对于邓婵的感情，我都毫不保留地看在眼里，她默默地爱着阴识，可是阴识却从未有任何回应。

汉代奉行的一夫一妻制，并非是说这里的男人不可以娶很多老婆，就好比阴丽华的老爹阴陆，他虽然死得早，可是老婆儿女倒是留下了一大堆。只是……娶一个那叫妻，娶两个、三个，除了正妻之外，那都是小妻，讲白了就是妾。

妾在这个时代地位是很低的，就我在阴家看到的一些情况而言，也就和侍女差不多，若是能有生养的话还好些。以邓婵的条件，恐怕无论如何也不可能会做阴识的妾室，就算她愿意，她大哥邓晨也不会答应。

秋天落果的时候，邓婵终于接受邓晨的安排，嫁去宛城。

邓晨还是极疼这个妹妹的，挑的这个妹婿家世人品皆是一流，邓婵出嫁前一天，我住在邓家陪她，她抱着我无声地哭了一晚上，第二天顶着一双红肿的眼睛，踏上了迎亲的轩车。

邓婵出嫁后，我感到极度的失落郁闷，做什么事都提不起精神。阴识似乎早料到会如此，托人递尺简来，许我四处走走，到各处亲戚家做客游玩散心，不必着急回家。

于是坐上轩车行走乡间，浏览着庄稼地里繁忙的收割美景，我忽然有种感觉像是进入了简·奥斯丁笔下的《傲慢与偏见》里，这样的乡村气息，十分让我着迷。

我期待着能够在亲戚家召开盛大的舞会，然后结识酷得没话说的达西。然而……这只能是梦想。

家住淯阳的邓奉乃是邓晨的侄子，论起辈分来他要比我矮上一辈，可是年纪却比我大出许多，家中妻妾成群。在他家住了没三天，我终因忍受不了那枯燥无聊的静坐发呆，以及他诸多妻妾碎碎念的恶俗言论，拉着奉命陪护我的小弟阴就落荒而逃。

淯阳往东北过去一点儿就是南阳郡的都城宛城，我原打算去那里，可阴就死活不肯，他坚持说宛城人杂，随便带我去会被大哥责骂，除了宛城，其他地方都可以商量。

我眨眨眼，笑了："那我要去蔡阳！"

蔡阳和淯阳一东一西，中间恰恰隔了新野，我这是故意刁难他，没想到他想了想，居然答应了。

见鬼，偌大个南阳郡，我也就知道这几个地名而已，蔡阳倒是去过一回，不过那是被人绑了去的。

"人多的地方不去，只驾车随意走走，然后就回家如何？"阴就也不笨，懂得讨价还价。

"好。"我拖长音，百无聊赖地应声。

到了蔡阳，我发现庄稼还是庄稼，田地还是田地，基本上和新野、清阳也没啥分别，阴就就是死心眼，死活不肯带我去集市采买购物，他编的理由倒也动听："姐姐花容月貌，我怕再有恶人起歹意。"

狂晕一把。

长时间坐这种毫无避震系统的马车，实在是跟自己屁股上的两团肉过意不去，我在蔡阳转了一上午，终于死心了。

"回家吧。"放下窗帘，我郁闷地说。

阴就眼珠骨碌碌地打转，目光在我脸上转了两圈，一副欲言又止的表情，我瞥了他一眼，故意装作没瞧见，取了只软垫子塞到屁股底下。

"姐姐。"他靠近我，犹豫地小声说，"其实再往前一里，便是刘家的田地了。"

我随口哼哼，努力调整姿势，寻找较为舒适的角度歪躺。

"姐姐！"他见我无动于衷，不由拉着我的袖子急道，"都到这份上了，你还在装……"

"装？装什么？"

阴就一翻眼："你心心念念的要到蔡阳来，无非是想偷偷见刘秀一面，如今来都来了，你怎么又怯了？"

"刘秀？"我这才反应过来，很白痴地干笑两声，"是这样吗？刘秀家住这里哦。"

阴就没理会我，探出身去和前头驾车的车夫说了几句，马车缓缓放慢速度。

"从这里开始就是刘家的田地了。"阴就悄悄拉开窗帘的一角，从缝隙中瞧出去，也不见得有什么奇怪之处。

我点了点头："那要怎样才能见到他？到他家里去么？"

阴就惊愕地瞪大了眼睛："登门拜访？你去……还是我去？"

我龇牙："那要怎么见他，难不成你就带我来看看他们家的田，他们家的房？"真搞不懂这个小弟在想什么。

"姐！睹物思人，聊以慰藉，你以前时常捧着一卷《尚书》，为他思念成疾，怎的到如今反而不满足了呢？"

颈后一阵冷风飕飕，汗毛凛立。看样子，这阴家小妹不是普通的花痴，水准居然要比俞润还高出许多。

"回吧，回吧……"我无力地呻吟，再不回去，当真会被人当花痴看待了。刘家的田还不照样是田么，怎么看也都是泥堆的，总不可能种的不是麦子，而是金子吧？

"姐！"阴就突然一把抓住我的胳膊。

"哟——"我吸气，天啊，他掐到我的肉了，"干什么？"我吼他。

"刘秀！"他激动地喊，"是刘秀！真的是他，姐，你快来看！"

我用力甩开他，疼得差点儿没掉下眼泪。刘秀，刘秀，一个刘秀有什么值得大惊小怪的！我恶狠狠地瞪了他一眼，忿忿地撩起竹帘。

大约十多米开外的一块田地里，三三两两地分布着五六个短袖长襦，脚穿草鞋的农夫，正在忙着收割谷物。田垄之上迎风站着一人，身穿白色深衣，腰上悬一长剑，他左手按于剑把上，右手指着那些田地里干活的人，絮絮地说着话。

輧车驶得很慢，靠近他们时，那垄上之人回过头，目光朝我们投来。我将帘子放低，挡住自己的脸，对方看不清车内的情景，我却将车外的种种看得一清二楚。

那是个年纪大概在二十五岁上下的英俊男子，星眸熠熠，鼻梁高挺，好看的唇形微微弯起，带出一抹不以为然的笑意。他浑身上下都散发着与众不同的高贵气质，随意地站在那里，颇有股鹤立鸡群的英武之气。

我心头怦然一跳："诶，刘秀怎么看起来比我大哥还大些。"

"他比你大了九岁，你怎么连这个也忘了。"

九岁！天哪，那不是和我实际年龄同岁？！我又凑近了些，饶有兴趣地盯着他看。

可惜他只是不经意地回眸一瞥，很快就转过头去。马车越驶越近，我渐渐能听到他说话的声音。

"胸无大志，每日只知侍弄稼穑，真乃刘仲也！"

顺着他手指的地方，隔了三四米远，有个人影直起了腰，火辣辣的阳光毫无遮拦地照在他大汗淋漓的脸上，反射出一抹金色的光辉。

我忍不住闭上眼，这样正面看上去太过刺眼，眼睛吃不消。

"刘仲便刘仲吧，"远远地，听到一个温润的声音笑着回答，"反正也没什么不好。"

"没出息的家伙……"垄上的刘秀笑骂。

声音逐渐远去，我仍是频频回首探视。

阴就扯我袖子："算了，能见上一面已是上天垂怜……"

"刘仲是谁？"冷不防地我冒出一句。

阴就愣了下，方道："刘仲是刘秀的二哥……"

"原来是他二哥，好大的口气，居然连自己二哥都敢取笑！"

阴就似乎有些心不在焉，低着头不知在想什么，我说了什么，他也只当没听见。过了片刻，他忽然一拍大腿，叫道："是了！不愧是刘姓王孙，果然好气魄！姐，你不知道，当年汉高祖刘邦有个哥哥也叫刘仲，勤于稼穑，刘邦亦曾如此这般耻笑兄长。如此看来，他是拿自己比作高祖了……他的志向可真是了不得！"

汉高祖——刘邦？！

那个娶了个蛇蝎心肠的吕氏，也就是所谓"人彘"的创造发明者的汉高祖刘邦！

我打了个寒噤，刘秀的宏大志向里不会也变态地包含这一条吧。

忍不住再次撩开窗帘探出头去，这时车虽已驶得有些远了，可转换过角度，避开耀眼的光线，我却清楚地看到面对刘秀的耻笑，刘仲脸上依然绽放出一缕恬静宽容的笑容。

那是个怎样的笑容？白净无瑕的脸孔上，他的双眼微微眯弯，嘴角扬起，虽然身上穿着粗陋的短衣，可他略带孩子气的笑容却让人觉得他正拥有和享受着全世界。

我的心莫名就被这样的笑容所感动，悸动的心情久久不能平静！

"停车！"

我吼得极大声，车夫匆忙勒缰的同时，我已撇下阴就从车厢中蹿了出去。

"姐姐，你要做什么？快回来……"

不顾阴就在身后焦急的呼喊，我提着裙裾，三步并作两步地往回跑。田埂上的泥土很新鲜，褐色中透着柔软的湿润，我轻快地踩过，在离刘秀兄弟三步之遥的距离停了下来。

田里忙碌的人全都停下了手头的工作，连同刘氏兄弟一起，诧异地望着我。

我扫了眼刘秀腰间的佩剑，吁了口气："看你也是习武之人，咱们比比吧，如果你输了，你得给他道歉！"

刘秀眼中不掩惊讶之色，双手怀抱胸前，笑着问："你知道我是谁么？小姑娘家的，居然也敢跟我比武？"

"少啰唆，我管你是谁！"原本我还念着他曾对我有过救命之恩，可现在看他嚣张狂傲的态度，我心里颇有些不爽。

"文叔，怎么回事？"他转过头去，对着慢慢走近的刘仲说道，"居然有人为你抱不平呢。"

刘仲笑了笑，笑容儒雅中透着三分腼腆，他双手交叠，对着我深深一揖："多谢！"

我脸上一红，这人还真不是普通的斯文有礼，虽然穿的不咋样，可比起阴识养的那票门客，却要显得更有修养。

"文叔的魅力还真不是一点点……"刘秀笑着上身前倾，明亮的双眼闪烁着桀骜不驯，"主随客便，你说说怎么个比法？"

我刚张嘴，刘仲忽然把手一伸，搭在刘秀的肩上，轻声道："罢了，你还当真了不成？她只是个女子……"

刘秀撇着嘴把他的手挥开："比武之事岂能儿戏？"

刘仲露出一丝担忧之色，低头看向我："真的可以么？"

望着那张温润如玉的脸孔，我勇气倍增，挺胸道："没问题！"转而对刘秀道，"我们到那边空地去比，还有只是切磋的话，不必用刀剑，你我空手比划几下即可。"

我故意把话说得很漂亮，其实跆拳道擅长的就是拳脚功夫，至于兵刃，虽然也有学过一些，却非我所长。

刘秀笑了笑，伸手摘下佩剑，潇洒地丢给一旁的刘仲。

我麻利地宽衣，将外头的直裾深衣三下五除二的给脱了下来，也有样学样地丢给刘仲："劳驾帮忙拿一下。"

刘秀惊讶地望了我一眼，这时田地里劳作的农夫农妇皆靠拢过来，围在一起偷偷地对我指指点点。

脱去外衣后，我内里穿了件较厚的丝织襦袄，这是种适合家居的短衣，底下照例穿了条由我设计缝制的纨袴。

我喜欢这身打扮，虽然有点不伦不类，却让我重新找回点穿道服练习时的感觉。

"开始吧！"我深吸一口气，双手握拳，搁于腰旁，遵照礼节对刘秀弯腰鞠躬。

刘秀仍是双手环抱于胸，一副老神在此的神态，似乎丝毫没把我放在眼里。

"嗬！"我大喝一声，出其不意地一记横踢，他猝不及防地倒退三四步，若非他双臂恰好挡在胸前，只怕非得将他的肋骨踢断几根。

我这是故意给他个下马威。

他果然吃惊不小，慢慢收敛起轻视之心，眼中燃烧起火一般热焰。回想那日在馆舍，我俩在敌我未明的情况下，也曾过过招，刘秀的身手应该不差，是以我不敢有丝毫轻敌之意。这时见他双手握拳，搏手挥来，我一狠心，以退为进，转身避开他的攻击后，一个回旋后踢，直接踹中他的下颌。

"噢！"他低呼一声，踉踉跄跄地倒退三四步，我料定他下盘不稳，必然仰天摔倒，于是大喝一声，腾身曲腿下劈，打算将他彻底KO。

然而，我仍是低估了他！

刘秀并没有如我想象那般摔倒，在我抬腿的同时，他居然冲过来，抬手一把抓住了我的脚踝，我骇然惊呼。

也许……我会摔得很惨！

就在我闭上眼，准备接受那天旋地转的滋味时，一切静止了。

"文叔！你做什么？"气喘吁吁的声音，刘秀似乎当真动了怒。

我睁开眼，却惊讶地发现刘仲不知道什么时候夹在我俩之间，刘秀的手仍旧抓着我的脚踝，而刘仲的手却已紧紧攥住了刘秀的手腕。

这才是为什么刚才我没挨过肩摔的原因！

"大哥，何必认真呢？"刘仲的笑和煦得犹如拂面春风，让人心里暖暖的。

"我……是她……"

"大哥要做豪杰侠士，可不能对一个女子下手太狠喔。"他眼睛弯弯的，像是一潭泛着氤氲之气的湖水，笑容令他看起来既孩子气，又分外得温柔，"是我的错，大哥就原谅我的胸无大志吧。"

刘秀冷哼一声，松开我脚踝的同时，刘仲也放了手。

"不好意思……"刘仲回头对我抱歉地说。

"为什么要跟他道歉，为什么要承认自己胸无大志呢？"我忿忿地说，"你知不知道，其实如果你不出来劝阻，我未必就一定会输给他啊！"

"我知道。"他又笑了，轻轻拿手抚摸我的头发，"可我不想看到你受伤……"顿了顿，他压低声音，凑在我耳边低声说，"别惹他，他发起狂来可是头蛮不讲理的疯牛。"

我噗哧一笑，转念又觉得蛮不服气的。刘仲的这种态度，看来还是不相信我能赢得了刘秀。

"文叔！"刘秀在边上嚷嚷，"你问问她，她是哪家的女子，倒也真挺能打的！"

刘仲的手掌仍搁在我的头顶，我的身体缩水后，现在大概只有一米五五的样子，他却起码在一米七五以上，所以站在一块儿的时候，只能仰望于他，目光接触到他未留髭须、整洁白净的下巴时，我的脸却不自觉地烧了起来。

这算什么嘛，我的实际年龄明明和他差不多大。

"我知道，"刘仲笑着说，"她是阴姬！"

刘秀正低头佩剑，听到这话，不禁愣住了，好一会儿才鬼叫道："哪个阴姬？别告诉我她是阴丽华？！"

刘仲含笑点头。

我也是一愣，看着那张温润如玉般的笑脸，不禁迷惘起来。他为什么认识我？连刘秀都没认出我来，为什么他反而认得我？

胳膊上猛地一紧，懵懵懂懂间有个声音叫道："姐姐，赶紧走啦！"阴就不顾一切地将我从刘仲手下拖了出来，将我推上马车，"我完了，回家大哥非揭了我的皮不可，姐姐啊，我被你害死了。大哥不喜欢刘秀，你为什么还要跟他那么亲密？甚至还为了他跟那不要命的刘伯升打架，你疯了你……"

我被他推到车厢里侧，不满地甩开他的手："啰唆什么，不满意刚才你怎么不出来制止？我看你八成是躲在车里吓得尿裤子了吧？"

"姐——"阴就气得跳脚，吼道，"你真的是我姐吗？"

"我不是你姐，我没你那么胆小窝囊的弟弟！"我不客气地损他。

"啊——"他尖叫着恨不能拿头撞壁板，"你直接杀了我吧，你现在不杀我，大哥也会杀了我！"

我吃吃地笑了起来，马车晃悠悠地起步，没走多远，车外忽然有人轻轻拍打外壁："阴姑娘！"

是刘仲的声音。

我急忙撩开帘子："我要回家了，下次有机会再见。"

他追着车子小跑，笑道："这个送你。"他递过一把东西，牢牢塞到我手里，"阴姬，后会有期！"

我点点头，放下帘子，忽然有点恋恋不舍起来。

"这是什么？"我拿着手上的麦穗晃了晃，金灿灿的饱满嘉穗，是他刚从田里收割上来的吗？

"秀出班行！"阴就在边上轻轻叹了口气，"这刘秀长得倒也是一表人才……"他指了指我手里的麦穗，嘟哝说，"传闻刘秀出生那年，风调雨顺，收成极好，田里甚至长出一株九穗连茎的谷子，他父亲于是取'秀出班行'之意，取名'刘秀'。"

"哦。"我不大感兴趣刘秀的八卦，只是好奇刘仲送我麦穗的用意，难道是借喻我和刘秀之间……思及此，我恶狠狠地将谷穗放在掌心用力揉搓，眨眼间谷粒一颗颗地滚落，"哼，刘秀这个混蛋！"

"姐，你干什么？好不容易刘秀肯答理你，而且还送你东西，你怎么就舍得把它毁了呢？"

"什么刘秀送的，这明明是刘仲送的！送我的东西，我爱怎样就怎样！"

"哪有刘仲？刚才只刘家老大、老三两兄弟在，我怎么没看到有刘仲？"

"你眼睛瞎了，他……"我猛地住嘴，有种怪异的感觉从心底冒了出来，"刚才……那个，文叔……"

"刘秀排行老三，所以字文叔！姐，这些你不是应该比我还熟吗？"

一阵头晕目眩，我撑着额头，太阳穴隐隐作痛。

我知道古人兄弟间习惯按"伯、仲、叔、季"的次序来排名，可是……我刚才怎么完全没注意到这个细节呢？

原来，那个温文有礼、温润如玉的男人才是刘秀。

我为自己摆出这么大一个乌龙而臊得面红耳赤："那个……那个跟我比武的人到底是哪根葱？"

"什么葱啊，他就是刘伯升啊！蔡阳赫赫有名的小霸王，刘家老大刘缜刘伯升！"阴就一脸的倾慕，"你别说，他真的很厉害呢，上次你被绑，也全亏了由他出面……此人好侠养士，当真有当年高祖之风呢。"

我痛苦地呻吟一声，把脸蒙在臂弯里："我不知道，不知道，什么都不知道啦！管他什么刘缤、刘秀，刘伯升还是刘文叔，我统统不认识啦！"

"姐……"

我遽然抬头，眼睛直勾勾地看着他："我们今天有到蔡阳来吗？我们一直没离开过淯阳对不对？"一把抓住他的肩膀，用力摇晃，我从齿缝中森冷地挤出一句，"今天的事你要敢泄露半句，我就拿刀剁碎了你！"

阴就颤颤地打了个哆嗦："诺。"

我脸色稍霁，笑眯眯地拍了拍他的脸颊："这才乖，就儿真是我的好弟弟。"

第二章

落魄王孙起南阳

冠 礼

新朝地皇三年元日，依然是在繁杂冗长的祭祀典礼中度过，很难想象我这样性格的现代人能够在落后的两千年前整整生活了四年。

这四年，我由原先咋咋呼呼的性子硬给打磨成了别人眼中温柔贤淑的好女子，这得归功于阴识这个大恶魔，在他的高压政策下，柳姬时不时地过来开解我一番，讲一些为人妻者的道理。

"在想什么？"邓禹坐在我对面，从酒尊里缓缓舀酒。

我乐呵呵地端起面前盛酒的耳杯，轻轻啜了一口，酒是去年秋酿的黍酒，上口香醇，带着股淡淡的清香。

我斜着眼瞟对面的小帅哥，不过三四年的光景，他出落得越发像棵水葱似的……啊，不对，更正，是水仙花才对。

"我在想啊，你从家里偷偷拿酒菜来供我吃喝，总是有什么事情要求着我，不会给我吃白食的。"

邓禹轻轻一笑："我有那么市侩么？"

"不是市侩，是你肚里的小九九太多，七拐八绕的……"我伸出一根手指在他眼前晃了晃，啧啧有声。

"变聪明了呀！果然年岁不是白长的，麦饭不是白吃的。"

我横了他一眼，上他的当被他当猴耍又不是一回两回了，再笨的人被耍得多了，也会有自觉的好不好？

我伸了个懒腰，将两条腿朝前伸直。

汉代男女之防虽不像宋明时期那么迂腐，可是对于礼仪的要求却是前所未有的严格。就比如说坐，上了席面，就必须得是正坐，也就是臀部放于脚踝，上身挺直，双手规矩地放于膝上，现代的日本式坐法。

我学了四年，却仍是无法适应这种痛苦的坐姿。

汉代对于坐姿的要求十分苛刻，现代日本男人尚且可以盘腿而坐，可是在这里盘腿称为"趺坐"，在正式场合里也是不允许的。男女的要求都一样，必须得正坐。

还有像我现在这样把两腿伸直了，更是大逆不道的姿势。这叫作"踞"，与礼不合。据说当年孟子看到自己的妻子在家踞坐，居然气得叫嚷着要休妻，若非贤明的孟母劝和，估计他老婆立马就成了下堂妇。

圣人尚且如此，更何况普通人。

这样的姿势，若在阴识面前，就算打死我，我也不敢做出来。唯独邓禹，我从一开始的装腔作势，到后来一点点的原形毕露，他居然连眉头都没有皱一下。渐渐地，我胆子愈发大了，如今我会在任何人面前都稍稍装出一副柔顺的样子，唯独对他，我是尽显本性，甚至恨不能施展回旋踢，一脚把他踹飞出房间。

任何伪装在他面前最后都会被摧毁，他就是有那个本事让我抓狂。

按理说这小子的大脑实在有问题，长了一张媲美绣花枕头的脸孔，脑子里装的却不是符合常理的稻草。为什么我就不能赢他一次呢？难道除了暴力制服以外，我就真的拿他一点辙也没有了么？

我盯着他横看竖看，不得其解，不知不觉中把一尊黍酒干掉了一大半。轻轻拍了拍微微发烫的脸，我闷声道："有话快说！有屁快放！拉屎记得上茅房！"

他仍是规规矩矩地跪坐在对面的软垫上，慢悠悠地替我斟酒，眼睑低垂，很专注地干着手里的活。

"今年……我满二十了。"

"哦。"我点点头，"那恭喜你。"

汉代的男子二十及冠，算是成人。

"过几天我行冠礼，你来观礼好不好？"他抬起来，诚诚恳恳地问。

"好啊。"我满口答应，用手撕下一片干牛肉，塞进嘴里大嚼，"只要你让我大哥同意放我出门，我没什么不乐意的。"

他笑了起来，眼角眉梢带出一种难言的喜气："少吃点吧，"他把我面前的一盘卤汁油鸡拖到自己跟前，揶揄地损我，"你难道不知打年初起蝗虫成灾，南阳郡今年怕是要颗粒无收了。"

我伸长右手摁住那盘卤汁油鸡，恶狠狠地瞪他："颗粒无收跟这只鸡有关吗？"

"当然有关系！"他咧嘴笑着，左手抓住我的手腕，右手用筷子撕下块鸡肉悠闲地放进嘴里，"南阳郡颗粒无收，会有很多人挨饿，你少吃些，可以省下很多嚼用。"

我右臂挣了挣，却没能挣脱他的束缚，一怒之下左手啪地一拍桌案，抄起一副竹筷奋力对准他的手背扎下。

他早有防备，连忙缩手，我手中的筷子落下时方向稍稍偏离，一口气贯串整只鸡身："小气的人，你家穷得连只鸡也吃不起了吗？"我冲他呲牙，用筷子叉起鸡身，张嘴便啃，"那你还妄想什么娶妻生子？我看你连冠礼也索性免了吧，免得承认自己年纪大了没人要……"

对面簌簌轻响，邓禹突然腾身站起，直接跨过案几，欺身而至。

我擎着鸡身，一时忘了接下来要说的话，呆呆地抬头仰望他。这小子打算做什么？一脸严肃的表情，太长时间没挨揍了，皮痒不成？

"满脸都是油……"他单膝点地，跪在我身前，用丝帕轻轻替我擦拭嘴角。

柔滑的丝料滑过我的面颊时，我脸上忽然微微发烫。

这姿势啊，实在太暧昧，我尴尬地仰后，试图不着痕迹地避开这种亲昵："没事，吃东西难免的……"

"还真像个长不大的小孩子。"他突然噗哧笑了起来，"丽华，你什么时候才能长大，有个大人样子？"

我恼羞成怒，屈膝抬腿，准备一脚蹬了他。他灵巧地起身，避开我的攻击，翩然回座。

"臭小子！你才是个乳臭未干的小儿呢！"我忿忿地指着他。

我啊，明明二十七岁了，为什么非得给这种小鬼说成是小孩子？

"要不是跑这鬼地方来，保不准我今年都可以升博士了……"我磨着牙齿恨恨地嘀咕。

"什么？博士？"邓禹好笑地望着我。

猛地吓了一大跳，我以为我讲得很小声，没想到他耳朵贼尖，这样居然也能听得到。

"博、博……博士啊……"

我拼命想着该如何解释这个新名词给他听，没想到他忽然朗声大笑："你想做博士么？女博士？《易经》《尚书》《诗经》《礼仪》《春秋》，此五经博士，敢问你是精通哪一类？"

"什么？"我眨巴眼睛，没听明白。

"朝中中大夫许子威老先生，乃《尚书》博士，我瞧你这房里也摆了卷《尚书》，可否听你讲讲其中大义？"他似笑非笑地看着我说，琥珀色的眼珠子像猫咪般绽放着狡狯的光芒，他起身整装，对着我作势一揖，"容在下洗耳恭听新朝第一女博士之教诲。"

我窘得满脸通红："你个臭小子！会五经很了不起吗？上过太学就很了不起吗？"

"是很了不起呀！"他脸不红、气不喘地回答，"汉武帝始建太学，设五经博士，其时每位博士名下仅学生十人，昭帝时太学学生增至百人，宣帝时增至两百人，元帝时千人，成帝时三千人，直至新朝始建国，扩建校舍，也仅万人……"

我琢磨着他的话，感觉这上太学比起考研统考来不遑多让，门槛还真紧。邓禹算是太学里头的尖子生了吧，这种学生应该很受老师喜欢才对。

心里稍许起了钦佩之意，可嘴上却依然不肯服输："稀罕什么！"

我放下油鸡，从席子上爬了起来。邓禹太学生的身份让我想起了我的大学生涯，我的考研梦……一时情绪低落，意兴阑珊。

"别走！"经过邓禹身侧时，他倏然攥住我的手。

"我吃饱了，要去躺一会儿，邓大博士请回吧！"他用力往回一拽，我被他拉进怀里，扑面而来的是一股淡淡的黍酒香气，"你小子——"

"丽华，嫁给我好不好？"他的下颌抵着我的发顶，低沉动听的嗓音带着一种蛊惑的力量。

我有些头晕，手掌撑着他的胸口，推开他："我大概喝多了……呵呵。"

"也许。"

"呵呵。"我傻笑，佯作糊涂地挥挥手，不去看他的脸色，"你开玩笑是吧？哈哈，我才不上你当呢，你又想捉弄我……"

"是么？"他的声音淡淡的，听不出喜怒。

一颗心怦怦直跳，我确定自己没喝醉，那点酒量我还是有的，只是……我现在只能装糊涂。

嫁人！结婚！在古代？

我实在没考虑过这个问题，或者说我还在逃避着生存于这个时代应该面对的一些事实。其实早在我及笄之后，阴识就已经开始替我物色夫婿人选，这件事我并非完全不知情，但是……只要阴识不跟我最后摊牌，我宁愿很鸵鸟地装作什么都不知道。

我还没这个心理准备。即使以后注定要在这个时空生活一辈子，即使当真回不到原先的轨道上去，我也没这个心理准备，要接受命运的安排，要在这里结婚生子！

这样的将来，要和某个人一辈子生生死死地缠绕在一起，对我来说，实在太虚幻、太恐怖！

我低着头保持沉默，紧张得手心都在出汗，邓禹这几年对我一直很好，我不是没感觉得到，他今天假如没把话讲绝，把我逼到绝路上，我是不想和他闹僵的。毕竟，和他之间撇开男女之情，他算是个不错的朋友。

"也许……喝醉的那个人是我。"他嗫嚅着说了一句，伸手过来揉搓我的发顶，爽朗地笑道，"真是越来越聪明了，这样都不能捉弄到你！"

我随即附和地跟着他笑，只有自己才知道这样的笑容有多尴尬和无奈。

男子的冠礼又叫成人礼，规矩众多，仪式也极其讲究。

先是由筮人占卜出良辰吉日，然后提前三天通知所有宾客前去观礼。我不清楚邓禹是如何说服阴识的，总之，当昨日傍晚，阴识突然跑来告诉我说要带我去观礼时，害我吃惊不小。

大清早便被拖出了门，我原以为是去邓禹家，没想到牛车打了个转，结果却是往邓婵家的方向驰去。

最后的目的地，不是邓婵家，也不是邓禹家，而是邓氏宗庙。

去的时候天色尚早，可是宗庙内却已是挤满了人。我在人堆里瞧见了邓婵的大哥邓晨，俨然一副主人神气，邓禹的父亲就站在他身边，反倒要比他更像个客人。

阴识领我至角落的一张席上坐好，然后一脸严肃地沉着脸跪坐在我身边。宗庙内宾客虽多，可是却没有一丝杂声，鸦雀无声的只听见细微的呼吸声。

片刻后，身着采衣的邓禹披着一头长发走了出来，我顿时吃了一惊。散发的邓禹乍看之下美如女子，他本就长得帅气，现在这副模样更是把寻常姿色的女子统统给比了下去。

我忍不住斜眼去看身侧的阴识，有着一双桃花眼的他，不知道当年行冠礼之时，披发于肩的模样又是何等样的千娇百媚，风情万种……

难怪汉代男风盛行，"断袖"这个词不正是汉哀帝的首创吗？原来实在是帅哥太多作的孽！

等我好不容易回神的时候，邓禹的头发已由赞者打理通顺，用帛扎好。三位有司分别端着一张木案站在堂阶的第一层、第二层、第三层，案中分别摆放着缁布冠、皮弁、爵弁。

邓父在阶下净手，然后回来站在西阶，取了缁布冠走到邓禹跟前："令月吉日，始加元服。弃尔幼志，顺尔成德。寿考惟祺，介尔景福。"元为首，元服指的就是头上戴的冠。

邓父说完祝福语后，将缁布冠郑重戴到儿子头上，一旁的赞者立即上前替邓禹系好冠缨。

邓禹跪坐于席上，由双手交叠，手藏于袖，举手加额，恭恭敬敬弯腰鞠躬，起身时手仍是齐眉。作完揖礼后，跟着便是下跪。

我从没见过邓禹如此一本正经、不苟言笑地做一件事，记忆中闪过的镜头，全都是他嬉皮笑脸的模样。

他的双手一直齐眉而举，袖子遮住了他的脸，直到拜完起身站立，行完一整套拜礼后双手才放下。那一刻，一脸正容的邓禹仿佛一下子从一个男孩变成了男人。

我心中一阵悸动，邓禹现在的样子让我有种肃然起敬的感觉。

而后邓禹的弟弟邓宽陪着他一同起身入房，等到再回来时身上的采衣已换成一套玄服，他依礼向所有来宾作揖。

缁布冠后又是皮弁，邓父依礼祝福："吉月令辰，乃申尔服。敬尔威仪，淑慎尔德。眉寿万年，永受胡福。"

邓禹再拜，而后回房换服。

如此第三次再加爵弁。

"以岁之正，以月之令，咸加尔服。兄弟具在，以成厥德。黄耇无疆，受天之庆。"

等邓禹第三次换服出来向来宾作揖后，他忽然把头转了过来，目光直刺刺地射向我。我脸上蓦地一烫，他抿着唇，若有所思地笑了。

三冠礼后便是醴冠礼，筵席上邓禹依礼向父亲和来宾敬酒，忙得跟陀螺一样，我想跟他讲句话的机会都没有。

"丽华。"一直不吭声的阴识突然打破沉闷。

"嗯？"我有点发呆地看着邓禹忙碌的身影，总觉得今天的他给我的感觉大不相同，可是我又说不出是什么。

"今日之后，邓禹便可告宗庙娶妻生子了。"

"咳！"我一口酒呛进了气管里，忙取了丝帕使劲捂住嘴，胸腔震动，闷咳。

阴识斜起凤眼，眼中竟有了丝调侃的笑意，但稍纵即逝："你没有什么话要对哥哥说么？"

我自然明白他心里在想什么，忙摇头："没有，咳……大哥多虑了。"

一声哄堂大笑将我俩之间的尴尬气氛打破。

"好！好！"邓父大笑，"就取'仲华'为字。"

我还没反应过来，阴识忽然腾身站了起来，取了耳杯径直走到邓禹跟前："如此，恭喜仲华君。"

"不敢当。"邓禹慌忙还礼。

我有些发愣，取了案上盛满酒水的耳杯，一仰头便把酒灌下。

冠者，娶妻告庙。

邓禹他，难道真不再是我眼中的小鬼了么？

那天我喝得有点迷迷糊糊，临走时邓禹拉着跟我说了些什么话，我随口答应着，却是一句也没听进去，只想回去倒头大睡。

然而第二天早起去给阴识行礼，当阴识突然告诉我邓禹已经外出远游时，我犹如当头被人打了一闷棍，脑筋顿时有些转不过弯来。

"什么？"

"他离开新野，四处游历，大概会需要很长一段时间来调整……"

"游历？他想去哪？不是说现在匪寇四起，造反的人越来越多……世道那么乱，他出去干什么？"

"你现在这是着的什么急呢？"阴识似笑非笑，"昨天也没见你这般上心的。"

我蹙起眉，不解地向他投去一瞥。

他淡淡地低下头继续看书案上的竹简："嗯，我把你的意思转达给他了……"

"啊？"我失声惊呼。

"怎么了？"他扬起眼睑瞥了我一眼。

我忙稳住神："不，没什么。"

"其实你不必担心仲华会吃亏，他是个绝顶聪明的人。男儿志在四方，乱世方能出英雄嘛！仲华毕竟年轻，放他出去历练历练，对他有益无害。"

乱世……英雄！

我一凛，看着阴识唇角冷冽的笑意，心情大乱。在我印象中，王莽称帝后没多久就会被推翻，新朝在历史上也不过就是惊鸿一瞥的瞬息，从大的历史导向看，接替西汉的乃是东汉，汉家的天下注定是刘家人的天下。

"英雄……"我喃喃自语，痴痴地陷入沉思。

"丽华！"阴识从书案后站起身来，随手取了一卷书册，在我眼前晃了晃，"仲华有仲华的修行，你呢，是否也该开始你的修行了？"

偶　遇

邓禹离开新野后，四年里只顾吃喝玩乐，从不关心时政的我，开始在阴识的引导下，密切关注起这个动荡的时代来。

"这些是门客们撰写的，这些是大哥写的，这些是我写的……"阴兴每隔一段时间便奉命将厚重的书简送到我房里。

我随意点头，接过书简继续埋头研读。

"什么时候对这个感兴趣了？"阴兴没有要马上离开的意思，反而站在我身后探着头讥诮地说，"姐姐可真是越来越让人刮目了。"

"砰"地一声，我重重地把竹简砸在案几上，舒了口气："你要么坐下回答我的问题，要么就请给我出去！"阴兴这些年对我十分冷漠，让我感觉不出这个弟弟的可爱。

身后沉静半晌，而后哧的一声，阴兴蔑然一笑："好，我倒要听听你会问出什么高深的问题来。"他在我身侧盘膝坐下，一副嘲弄的表情。

我懒得理会他什么心态，想了想，抽出一卷竹简道："今年蝗虫成灾，你怎么看？"

阴兴挑了挑眉，没有吭声，似乎在审度着要如何接口。

我点点头，继续问："收成不好，百姓们吃不饱，后果是什么不用我举例吧？这些书卷里可写得再明白不过——黄河决堤，灾荒连年，天凤四年有了新市王氏兄弟造反，天凤五年又有了琅邪樊崇聚合百余人在莒县揭竿而起，你说今年南阳郡会有什么？"

其实这些年天灾人祸下造成的农民起义多如牛毛，天凤四年在新市动乱之前还有琅邪海曲吕母、临淮瓜田仪等揭竿……之所以我会独独挑了新市王氏以及琅邪樊崇来说事，是因为我从只字片言的描述中已经捕捉到了很新奇的东西。

新市人王匡、王凤，四年前荆州久旱饥荒，长江以北，南阳以南的百姓为了求生，不得不进入草泽之中挖掘荸荠充饥，为了争夺荸荠，众人拉帮结派，殴斗时常发生。王氏兄弟两个适时跳出来为饥民调解是非，于是这批饥民成了最早的起义力量。以后人数越来越多，他们这才转移至南阳郡绿林山——在世人眼中，他们被称为绿林贼，在饥民眼中，他们被称为绿林军，而我在眼中，不管他们叫什么，他们这场浩浩荡荡的行动，中学历史课本上有个名词定义，叫作"绿林起义"！

"啪"的一声，阴兴突然一掌拍在案面上，我纹丝不动，目光冷静地盯着他那只手。

"女子当安守本分，不该过问这些！"

我缓缓仰起头来："柔弱无用不是弟弟一向瞧不起的么？"

他冷冷地与我对视，我毫不避让地直颜面对，冰山般冷峻的表情在僵持了三分钟后，终于开始一点点瓦解。

他嘴角抽动了下，竟而忍俊不禁地笑了起来。随着他不再带丝毫轻视鄙夷之心的笑声，我渐渐释怀，也不再与他针锋相对。

"想不想了解樊崇的赤眉军最近的动向？"

"新国皇帝不会坐等他们势大的吧？"我以问作答。

如果说绿林军还只是固守在绿林山，守株待兔，不成大气候的占山为王，那么眼下士气正宏的赤眉军才是令王莽头疼的大问题。

我托腮冥想，课本上学到的历史知识毕竟是敷衍的应试教育，那所谓的大纪年，在记载了西汉末年有场所谓的"绿林、赤眉起义"后，便直接跳入东汉开国"光武中兴"。

好笼统的概念不是么？光武帝……是姓刘的吧？刘家的人……会是谁呢？刘縯？刘仲？还是刘秀？

哪会有那么巧的事呵！全国有多少姓刘的我不清楚，不过仅是南阳郡，比那三兄弟更接近王室血统的刘氏族人，已是多如牛毛。

忍不住嘘叹一声，第一次感觉自己仿佛融入了这个时代，更比他人多了种先知的优越感。然而除此之外，我也实在没比阴兴强出多少，要不然也就不用那么辛苦的在这里恶补时政。

"真不敢相信眼前之人，会是那个整天除了哭泣，便一无是处的姐姐。"阴兴感慨地说，"是邓仲华改变了姐姐么？人说邓仲华才智过人，大哥对他更是赞不绝口。我以前还不太服气，如今看来，真乃神人也。"

我笑了下，不置可否。随他怎么想，他如果认为是邓禹改变了我，那样更好，省得我再编一大堆前因后果来圆谎。

邓禹……不知道他现在流浪到哪里了。居然当真就这么毫无眷恋地跑了，害得我寂寞无聊时不免有些想他。

地皇三年四月，王莽命令太师王匡、将军廉丹率领十万大军东讨赤眉，官军先在东平郡的无盐县击溃小股赤眉军，而后大肆屠杀，斩首者多达一万余人。而后太师引兵深入，在无盐县的成昌与赤眉军主力交锋。

"新朝的太师叫王匡，绿林军的首领也叫王匡……"我碎碎念地埋头低吟，"难道没别的名字可以起了吗，撞衫得那么厉害！"

"丽华，快来看看这料子，你觉得怎样？"邓婵有三四个月大的身孕了，此刻虽还未怎么显怀，可身上的衣裳还是得重新裁制才行了。

她眼尖的挑中一匹墨绿色的帛布，抖开，绚丽的花纹在邓婵的双臂间栩栩生辉，她的眼光果然不错。

我刚想点头称赞，那铺子老板抱歉地讪笑说："不好意思啊，这位夫人，这匹布已经有客人定下了。"

邓婵失望地"啊"了声，颇有些不舍地抚摸着那匹帛，不忍放手："能不能……"

"连定金都已经收下了，说好太阳下山前来取货的。对不住了，夫人你再看看别的……"

邓婵无奈地搁下，我明白她是真心喜欢这料子，不忍见她失望。都说孕妇需要开心和笑容，不能老是愁眉苦脸的，否则对胎教不好。

我从身上解下两只绣包，估摸着合起来也有三四百铢钱，我把绣包递给卖家，说道："烦劳帮我定一匹跟这一模一样的，十天后送到城东的……"

"算了，丽华。"邓婵拉住我的胳膊，"我不要了。"

"我明天就回去了，难道不兴我走之前送表姐一件礼物么？"见她仍是推辞，我假装不悦道，"既然如此，那我今晚也不住你家了，我直接坐车回新野去！"

"你这丫头！"邓婵拗不过我，不由搂着我笑了，"什么时候变得这么有主见了！"

我俩交了钱，一脚才要离开闤阓，就见迎面低头撞进来一人，冒冒失失的险些和邓婵撞了个正着。邓婵心有余悸地拍着胸口，我很不满地当即反手一把揪住那人的领子，将他拖了回来。

"嗳——"他惊呼，因为走得匆忙，险些被我拉得仰面摔跤。

"撞了人不知要道歉么？"我很不客气地双手叉腰，摆出一副蛮横姿态。这个时代和两千年后没区别的是，欺软怕硬是永恒的真理。

那是个长得还算斯文的青年，年纪看上去也不小了，应该已到而立之年，怎么看也不像是个莽撞鬼。

他一张脸憋得通红，我以为接下来的情况，这男人大概会死要面了的和我争执几句，可没想到他回身后立马躬身作揖："对不住！对不住！是在下鲁莽了，请夫人见谅。"

嘿，还算是个讲理的明白人！我赞许地点点头，正要说些什么，邓婵已拽了我的胳膊，小声道："算了，我没伤着什么。"

我本也没想把事情闹大，既然对方都肯诚心诚意道歉了，自然不会再得理不饶人。正要再说几句漂亮话，然后走人时，就听身后有个戏谑的声音嚷道："哟，哟，我说哪家女子如此刁蛮无礼呢，原来是你阴丽华！"

愕然回头，我不由呆住了，高冠抹额，紫衣长袍，眼前的男子随意的靠门站着，笑容里带着股桀骜不驯的傲骨之气，颀长身姿，颇有玉树临风之态。

邓婵瞧得两眼发直，也难怪，帅哥无论到哪里，总是很吸引眼球的。

我的手指不由自主地收紧，指骨咯咯作响："刘缤？！"

他下颚微扬，摆出一副挑衅的神情："正是，阴姑娘的记性还不错。"

"没你记性好。"这三年多，刘缤基本上没什么大的变化，倒是我身高见长，已经不可和当年乳臭未干的小丫头相比。他居然能够在宛城偶然相遇一眼就认出我来，可见其眼力不赖。

"伯升君！"邓婵忽然敛衽行礼。

我这才想起，刘家和邓家是姻亲，邓婵与刘缤自该相识。

"邓姑娘有礼了。"刘缤一扫轻率之态，突然认认真真的和邓婵对起话来。我睨眼旁观，不时撇嘴。刘缤随手招呼在铺子前正和卖家交谈着的青年，"孝孙！过来见见邓姑娘和阴姑娘！"

邓婵惊讶道："你们认得？"

"这是刘嘉，字孝孙，乃我族弟，自幼父母双亡，寄住我家，先父待他视同亲子。"

说话间，刘嘉已捧着一匹帛布走了出来，满脸窘迫。重新见礼时，我低低地唤了声："孝孙君。"竟把他整得满脸通红，手足无措得险些把帛布掉地上。

我见他手里捧着的正是邓婵方才看中的那匹，不由好奇地问了句："买给尊夫人的么？"

刘嘉大窘："不……不是。这是文叔……哦，是我堂弟文叔买的，我只是……只是替他来拿而已。

真没见过那么容易害羞的男人。我内心窃笑不已，转念想到他刚才话里的意思，不由脱口道："刘文叔也来了宛城么？"

正在和邓婵叙话的刘缤突然侧头，表情古怪地瞥了我一眼，没吱声。

刘嘉腼腆地回答："原来姑娘也认得文叔。他自然在宛城，这回我和堂兄就是陪他一起来的……"

他还想再说下去，刘缤突然靠了过来，对我说："阴姬妹妹打算什么时候回新野？"

他这一声"阴姬妹妹"喊得十分顺口，我却感觉手臂上的鸡皮疙瘩在那一刻全都竖立起来，忙伸手暗暗揉搓。

"丽华明天回新野。"邓婵在边上替我回答。

刘縯拍手道："那可巧了，恰好明天我们也要回新野，不如一起走吧！"

"回新野？"我狐疑地乜视，从他的笑容里敏感地嗅出一丝阴谋的味道，"你们去新野做什么？"

"刚才伯升君跟我说，他们这段日子会住我大哥家里，我大嫂很是挂念兄弟。"邓婵微笑着解释，"这样也好，丽华你明天和伯升君他们一块上路吧，有他们在路上照应着，我也比较放心。"说完，趁旁人不注意，还冲我眨了眨眼，会心一笑。

我愣了半天才反应过来，敢情他们又把和我刘秀扯一块儿去了，怪不得一个比一个古怪。

掐　架

再次见到刘秀的时候，他比我预想中要沉稳了许多，举手投足间仍不减当年温柔气质。上车之前，我便好奇地不时偷觑，越瞧越觉他长得十分耐看。

那双眼睛虽然不算大，可因为时常笑眯眯地弯着，叫人看不清他眼底到底深藏了什么，反而给人一种神秘的亲切感。鼻梁很挺，这好像是他们刘家兄弟的特色，没得挑。嘴唇偏薄，不过却很性感。

刘秀是那种乍一看就觉得很秀气的男生，如果搁到现代去，应该会很受欢迎，长了一张就跟偶像剧明星似的脸孔。

"丽华……丽华……"

胳膊上猛地剧痛，我低头一看，邓婵的两根青葱玉指掐着我的肉皮儿，粉色的纤细指甲长长的在我眼前晃动。

"妈呀！疼啊……"我憋着气嚷，"表姐啊，你掐的可是我的肉啊，你以为是烧饼哪！"

邓婵笑了笑，避开刘氏兄弟等人的视线，一面把包袱递给我一面大声说："这是才买的烧饼，你带着路上吃！"

"我更喜欢吃麻饼。"我低声嘟囔。

汉人酷爱吃饼，这里把蒸成的馒头和包子称为蒸饼，烧成的称为烧饼或者炉饼，油炸的叫油饼，带芝麻的叫麻饼。还有一种叫汤饼的，我一开始还以为是把饼子蘸汤吃，后来才知道其实指的是水煮面片以及面疙瘩。

"你也稍许收敛些的好。"邓婵趁着把包袱递给我的同时，压低声音，"别太过失礼了。"

"表姐，你不觉得你的做法才叫失礼么？"

原本我有自家的车载我回去，可不知道邓婵搞了什么鬼，一大早，车夫跑来告诉我说车轴居然坏了，修好的话需要花上一天。于是邓婵厚颜无耻地将我拜托给了刘氏兄弟，说让我和他们挤一块儿坐车回新野。

真是要翻白眼，就刘家那辆半新不旧的车子，又窄又逼仄，坐上三个人就已经挤得转不开身了，哪里还能塞进四个人去？

"没关系，我坐前面驾车好了！"刘秀持起马鞭，气定神闲地微笑，"阴姑娘的车夫就不用跟着回去了，等这里马车修好，再直接把车架回新野。至于阴姑娘，便要委屈些了，只怕路上会颠着姑娘。"

我忙说谢谢，客套的寒暄中却异样地听出刘秀对我隐约的排斥，不能说很抵触，可他给我的感觉，我就是个陌生人，好像从来就没认识过我一样。

我是外人吗？是，对他而言，我是外人！但我是陌生人吗？

阴丽华这个名字，早在被我取代之前，就被新野百姓八卦的和他串联在一起，我不信阴丽华对于他而言，就只是个"阴姑娘"而已。更何况……那日分别之时，他还送过我一茎谷穗。

挨着车壁坐到最里侧，因为空间实在小，我只能跪坐，还不敢让自己左右胡乱摇摆。一开始觉着还行，慢慢的到后来就开始感觉酥麻从脚背开始一点点地爬升至小腿，甚至延伸至大腿。

我实在撑不下去了，刘秀的驾车技术果然有欠表扬，左颠右晃得我胸闷恶心，偏又不敢有丝毫的失礼之举。

刘縯和刘嘉就坐在我左右方寸之地，紧挨着。刘嘉还好，规规矩矩地正坐着，目不斜视，从启程便把头垂得很低，我只能偶尔看见他一侧通红的耳廓。

令我坐立难安的是刘縯，这家伙看起来漫不经心似的，我却能感觉到他的视线每隔三分钟便会打我身上转一圈。

我咬着唇，默默忍受着两条腿最终完全失去知觉。

"阴姑娘，口渴么？"刘嘉忽然小声地开口，打破了车厢内的沉闷。

我松了口气，点头："谢谢。"略略抬起上身，伸手去接木盥，可没想这时马车猛地一颠，我端着茶盥哗地一晃，饶是我机警，可盥里的水却已无可挽回地尽数泼到刘缜脸上。

滴滴答答的水珠顺着他高挺的鼻梁滑至下颌，然后顺着他优美的脖颈一路滑入他的衣襟。

我干咽了口唾沫，头皮猛地发紧。

刘缜脸皮紧绷，面无表情地看着我手里的那只盥，吓得我一个哆嗦，险些把茶盥扔出去。刘嘉慌忙取出干净的帛巾替他擦拭，他挥手挡开，停顿了下，从刘嘉手里夺过帛巾，自行擦拭。

"对……对不住。"我嘴上说着抱歉的话，可看到他一张夹生脸孔，心里竟然生出一种强烈的暴笑。

"刘秀——"哗啦一下，刘缜猝然劈手挥开车帘，冲车外吼道，"你能不能给我好好驾车！"

隔了好一会儿，才听外头呼呼风声飘来一个细微的声音："诺。"

汉人礼仪，一旦冠礼取字，无论长辈还是平辈，都需称呼其字以表尊敬亲切，刘缜此刻的状态大概已是濒临火山喷发，否则如何会这般连名带姓地喊自己的弟弟？！

我忙尴尬地说："对不起，是我太不小心……"

"不！不！该怪我才是，是我……"刘嘉抢着认错。

"你俩有完没完？"刘缜突然不冷不热地冒出一句，紧接着我眼前一花，一团白乎乎的东西扔到我脚边。我低头一看，原来是那块帛巾。

刘缜使了个眼色给我，我没看明白，疑惑地问："干什么？"

刘缜撇嘴，扔出三个字："替我擦！"

我刚把帛巾捡了起来，听到这话，不由愣住了："什么？"我很不爽地拉下脸。

刘缜指了指还在滴水的头发："道歉也不能弥补过失，得用实际行动来表达歉意！"

"是么？"我的指尖一颤，握着帛巾的手攥紧成拳，"好……我替你擦！"

刘嘉无措地看着我俩，刘缜得意的一笑，在他笑容还没完全收敛之前，我抓起帛巾直接丢到他脸上。

"阴丽华——"

"刘缤——"

他扬起手来，作出一副要打人的样子，我心里一慌，急忙抢过刘嘉手中盛水的漆尊，对准他"哗"地泼过去！

刘缤怒吼一声，弹身而起，我扔掉漆器后也想站起来，可没想到力不从心，腿早麻得失去知觉了。眼看那庞大的阴影已如泰山压顶般盖了下来，我尖叫一声，不顾三七二十一地伸手胡乱揪打。

刘缤头顶的发髻被我一把死死抓住，当即气得哇哇大叫："野蛮的女子！疯子……"

我被他掀翻，忍着脚麻背痛，硬是咬牙揪着他的头发不松手："你个自大狂！变态……"

刘缤怒吼一声，用力一挣，我手上一轻，竟是将他的发冠也给拽了下来。他的发髻松了，眼睛瞪得血红，好似会吃人似的，我缩在角落里瞧着有些发怵。

"真是要疯了！啊——"他大叫一声，张牙舞爪地扑过来掐我脖子，我"啊"地尖叫，忍痛抬起稍有知觉的右腿，用力朝着他的膝盖踹了过去。

腿软无力，没能踹翻他，却没想把他给绊了一跤。扑通一声，他失去重心的身子笨重地摔了下来，手肘下意识地一撑，却是重重地压到了我的肚子上。

"噢——"我惨叫着蜷缩起身子，痛得拼命挥拳打他的头。

下一秒，原以为自己肯定难逃一顿暴打，不死也得重伤，却没想身上一轻，刘缤被人拉开，然后有双臂弯抄起我，将我抱了起来。

"大哥……"一个温柔的声音在耳边清扬，"多大的人，你怎么还跟个女子较起真来了？"

"她是女子吗？啊……她算是女子吗？"刘缤气呼呼地喘着粗气，刘嘉面色苍白，使出吃奶的力气从身后抱住了他，"活了那么多年，你见过这样的女子吗？咱家里有这样的女子吗？伯姬要是敢这样，我一巴掌扇死她，真是丢人……"

"好了，大哥，这是阴姬，不是伯姬！"刘秀的声音温柔如水，"她二人之间本来就没可比性。"

刘秀将我抱出车厢，刘缤不依不饶地追在身后直嚷："我告诉你刘文叔，这样的女人你要是敢娶回家，我和你割袍断义！"

我一听就上火，这算什么话。

"全天下姓刘的死绝了，我也不嫁他！"

"全天下男人死绝了，也没人敢娶你！"

我的肺都快被气炸了，要不是下半身麻得又痒又痛，我早跳下地来痛扁他了。

刘秀迅速抱我转移，小跑着带我拐进路边的一个小树林，身后远远地还不时传来刘缤嚣张的怒吼声。

林后不到百米便听到淙淙水声，一条溪水从林中穿过，水质清澈见底，水底偶见有小鱼欢快游弋。

我的心情豁然开朗起来，和刘缤发生的不愉快渐渐抛却脑后，两千年前的大自然比起污染严重的21世纪，简直有天上人间之别。

我深深吸了口气，闻着淡淡的花香，有些陶醉地眯起了眼。

恍惚间有冰冷的指尖在我额前轻轻滑过，我回过神来，睁眼一看，却正对上一双如水般清澈的眼睛。在那一刻，呼吸不由自主的为之一窒，刘秀的眸瞳，原来竟是如此美丽，仿若那条小溪一般……

"大哥冲动起来就会失了分寸，还请你多包涵些。"他的眼睛又重新弯了起来，露出温柔朦胧的微笑。

我不禁有些失望，真的很想再仔细一点看他的眼睛，那么清澈明亮的眸色，眼底到底还深藏了什么样的秘密。像他现在这样微笑着，虽然看着亲切，却反而令我有种拒人千里的陌生感。

我轻轻从他怀里挣扎下地，忍着脚底的刺麻感蹒跚走到溪水边，波光粼粼的水面，朦胧倒映出一张惨淡狼狈的脸孔。

发丝凌乱，堪比鸟窝。我"呀"地声低呼，跪下身去凑近水面。水中倒影愈发清晰起来，我引以为傲的脸蛋此刻显得微微虚肿，额角有一道鲜明的划痕，估计是互掐的时候被刘缤的指甲刮到的。颈上有一片淤青，大约钱币大小，底下衣襟领口松动半敞，乳沟若隐若现……

我抓住衣襟迅速归拢，一颗心怦怦乱跳，回眸偷觑，却见刘秀坐在一块石头上，手里折了一枝细柳，低头专心地在编织柳条。

我舒了口气，以最快的速度整理好自己的仪容，想到方才的失态恐怕已无可避免地落入他眼中，脸上不由一烫，浑身不自在起来。

"那个……"我舔了舔唇，局促地走到他跟前。其实我没想事情会发展成这样，可就不知道怎么了，和刘缤在一起就跟彗星撞地球一样，不撞得天崩地裂，头破血流就不正常似的。

额头上忽然一凉，他站了起来，将点缀着鲜花的柳环戴在我头上。微风细细地吹过我的脸颊，他的神情传递着无法描述的温柔："这个送你，编的不是很好，可是你戴着很好看。"

我明显感觉到自己的耳根火辣辣地烧了起来，一时手足无措，面对着他的温柔，竟不知道该如何回应。

"我妹妹伯姬每回不开心的时候，只要这样编个花环儿送她，她便会很快高兴起来。"他笑吟吟地望着我，我抬头看着他却发起呆来。

原来……在他眼里这只是个很寻常的哄小女孩开心的手段而已。

"在想什么？"他随口问我。

"哦。"我回过神，掩饰着自己的尴尬，"没……只是觉得刚才和你大哥闹成那样……有些过了，大家毕竟是亲戚……"

的确算是亲戚，可亲戚之间把话说得那么决绝的，估计以后也该划清界线，老死不相往来才对。

"唏！"他突然笑了起来，"不觉得你和大哥都很孩子气么？只怕最后连你们自己都不清楚自己在说些什么？"

"什么？"我听不明白。

"你说，全天下姓刘的死绝了，你也不嫁我！换句话说也就是只要姓刘的没死绝，你便嫁我……"

"啊？"我目瞪口呆，可以这样理解的吗？

"还有我大哥说的就更叫人听不懂了，什么叫'全天下男人死绝了，也没人敢娶你！'？如果全天下的男人都死了，自然也就没人可以娶你了，不是么？"

我眨巴眼，等想明白后，差点儿笑出声来。这个笨蛋刘缤，大概想说的是就算全天下女人都死绝了，也没人敢娶我吧。

两个人在气头上互掐的时候根本没注意到彼此的用词失误，没想到他却连这些都留意到了。

刘秀，他可真是个心细如发的男人！

"所以……"他认认真真地说，"刚才的事请不要放在心上，我大哥虽然鲁莽，但是心地不坏，而且他平时并不是会对女子动粗的人。"

"难道是说我不像女人吗？你也这么认为？"

刘秀微微一怔，继而笑得有些尴尬道："怎么会……"

怎么不会？我在心里加了一句，突然胸口感觉郁闷起来。

"走吧！还得继续赶路呢。"我伸手将头上的花环摘下，面无表情地递还给他，"不是每个女人都喜欢这种东西的。你说的很对，我与令妹是完全不同的，没有可比性。"

闲　聊

这之后和刘縯，甚至刘秀都再没说过一句话。

刘縯半道替换下刘秀去前头赶车，刘秀回到车中后没多久便靠在车壁上开始闭上眼打盹，也不知道他是真睡着了还是假寐，总之这一路直至回到邓家，他都没再睁开过眼睛。

我也留在了邓家，原因无他，只为了我这张惨遭"破相"的脸。

邓晨的妻子刘元在看到我的样子时，着实吓了一大跳。邓晨在问及受伤原由时，我随口扯谎道："许是载的人太多了，难为了文叔君一路小心谨慎驾车，却还是翻了车……"

我刻意把声音放柔了，装出一副娇怯的模样，余光瞥见刘元捶着刘秀的肩膀，责备地说："你向来稳重，这次怎么这般不小心，幸好阴姬没什么闪失，否则……"

"是因为伯升君……"我细声细气地插了一句，瞥眼见刘縯慌神失措的表情，心里不由乐了，面上却仍是摆出一副感激的样子，说道，"多亏他及时拉住我，不然……但是因此连累得伯升君也受了伤，伤得还那么重，我……我真是过意不去。"

斜眼瞥见满脸划痕，半侧颧骨高耸、破皮红肿的刘縯露出那种刹那瞠目结舌的表情，我在心中偷偷一笑，这次我可算是爱心大放送，好心替他隐瞒真相，让他躲过一劫，他要是还有点人性，就该识趣地对我的以德报怨感激涕零才对。

即便如此，邓家的人还是紧张得半死，因为不敢让我顶着这样一张"吓人"的脸孔回家，在刘元的坚持下，我在门庑住了下来——其实别说他们不敢，我更不敢。要是被阴识发现我又打架，我铁定会再次惨遭禁足。

邓晨当即派人上路拦截住那辆本该自行驶回阴家的马车，然后将车夫连人带车一起带回了邓府。

这些细碎的琐事都用不着我操心，我只管美美地一觉睡到大天亮，起床后在房间里练了半小时的青蛙跳，不想却被隔壁接二连三响起的阵阵清脆的欢笑声打断了节奏。

很好奇地换了衣裙出了房间，才走到隔壁房间门口，就听里面有个奶声奶气的童音喊道："三舅舅！三舅舅！这个也给卉儿，这个也给卉儿……"

"你方才已经得了一个，这一个该是舅舅编给我的。"

"我是妹妹，娘说姐姐应该多让着我些！"童音转高，变成威胁的口吻，"你要不给我，我就去告诉娘！"

我探头张望，门未曾关得严实，室内布置简单，一目了然。刘秀盘膝坐在床榻上，身侧偎依着三个女孩儿，最大的不过七八岁，最小的才是个刚刚会坐爬的婴儿，正叉开着两条小胖腿坐在那里流着口水憨笑，小脸蛋肥嘟嘟的十分可爱。

我最喜欢小孩子了，特别是漂亮的女孩儿，忍不住脚下移动，又靠近了些。

刚才讲话的卉儿是个四五岁的小女孩，穿了一身大红衣裳，小圆脸，额前梳着一排密密的刘海，一双眼睛又大又亮，嘴角不满地嘟着。那眼神儿我瞧着有点儿眼熟，细细一琢磨方才醒悟，原来跟那该死的刘缤一模一样。

都说外甥多似舅，这话果然不假。邓晨、刘元这对夫妻所生养的三个女儿，老大邓瑾模样秀气斯文，长得颇有几分刘秀的味道，反观老二邓卉，长得倒是最最俊俏漂亮，只是眉宇间带着一股横劲，跟个小霸王似的，十成十的刘缤式坏胚。

"卉儿，这个给姐姐。"刘秀温和的将一只草编的蝴蝶放在邓瑾手里，小女孩登时喜出望外。

邓卉的小嘴撅得更高了，低头看了眼自己手里的蚱蜢，劈手将姐姐手里的蝴蝶夺了过来："这个漂亮，卉儿要这个！"用力把蚱蜢扔到邓瑾怀里，"这个给姐姐！"

邓瑾捡起那只蚱蜢，又再看了眼妹妹手里的蝴蝶，小脸上犹豫地流露出一丝委屈。真是个老实的孩子，活该被妹妹吃得死死的。

"瑾儿！"刘秀摸着邓瑾的发顶，温和地说，"舅舅另外再编一只蝴蝶给你吧。"

"不许！"邓卉大叫，"最漂亮的蝴蝶只能有一只，三舅舅再编别的给姐姐好了，卉儿的蝴蝶是最最漂亮的！"

刘秀道："那如果舅舅编的别的东西比这只蝴蝶还要漂亮，你要怎么办呢？是不是又不想要蝴蝶了？"

邓卉原本兴高采烈的，听了这话不禁愣住了，还当真显出一副左右为难的样子来。

贪得无厌的小孩子啊！我咂吧着嘴摇了摇头，刚想回去，身后突然冒出个声音："阴姑娘！"突如其来的一声喊叫把我吓出一身冷汗。

回头，刘嘉正一脸腼腆地看着我，手里端着餐点，我一看居然是盌汤面。早起时已快赶上大中午，所以我连早饭也没吃，就等中午开饭呢，这时瞧见这盌香喷喷的面片，肚子不争气地咕咕直叫，饥饿感说来就来，挡都挡不住。

"阴姑娘还没吃东西吧？这汤饼……"

"谢谢！"不等他讲完，我已飞快接过他手里的面盌，就近找了处栏杆坐了上去。汉代的汤面自然不可能像现代的加碱面那样有嚼劲，况且这盌还是粟米面。

我随口吞咽着，从我坐的这个位置透过门缝，恰好能清晰地看清刘秀房内的情景，这会儿他正被两个外甥女缠得脱不开身，邓卉甚至为了抢夺新编好的小玩意都快爬到他头上去了。

即便是这样，他居然半点也没有不耐烦的情绪流露出来，脸上始终一如既往地保持着微笑——真是个非常奇怪的人呢。

"在看文叔么？"

我呛了一下，这才意识到原来刘嘉还在我身边未曾离开。

"文叔其实是个很温柔的人呢。"

我嚼着面含糊地应了声："唔，这看得出来。"

"阴姑娘的眼光不错，文叔绝对会是位好大王……"

"咳咳！"这一次我是真的被呛着了，汤面呛进了气管里，咳得我上气不接下气。

刘嘉吓坏了，手足无措地望着我："阴……阴姑娘，对不起，是我冒昧了！"

"嘎吱——"门扉轻轻拉开，一身儒雅闲适装扮的刘秀依门而立，诧异地问："怎么了？"

我拍着胸口，及时阻止刘嘉胡说八道，抢先道："没……没什么，咳咳……"

"这个姐姐长得好漂亮……"邓瑾站在刘秀身后，抬头笑吟吟地望着我，眼睛里带着一种羡慕之色。这样直言不讳的赞美，让我不禁有些飘飘然起来。

"才不呢！"不想半道杀出个小魔女来，煞风景地插嘴，"这个姐姐吃相好难看！娘一直教导我们，吃饭要讲究礼仪，坐要有坐姿，这样才显得端庄秀丽……"

我脸上顿时如火般烧了起来，都没敢抬头去看一下刘秀是何表情，忙收起面盆随手用手背抹了抹嘴，讪笑："那个……失陪！"

随性而不惯拘束的我，原来在小孩子的眼中，也是完全没有女人味的。

住在邓家的第三天，刘秀便再次去了宛城，事后我才从刘嘉口中得知，原来刘秀频繁往来于宛城和新野两地，是将新野的粮食谷物贩卖到宛城。今年南阳郡遭遇罕见蝗灾，各家各户都只靠着存粮过活，市面上粮食奇缺，供不应求。

刘秀瞅准这个机会，四处收粮，然后集中起来贩卖到南阳都会之所宛城，从中赚取丰厚的利润。

"文叔打小就稳重，人很聪明，不仅读书好，还点子多。"刘嘉感慨道，"当年我随文叔、仲华他们一同去长安求学，虽说有南阳乡绅保举，可真到了长安却发现想进太学大门还是可望而不可及。我是个无用之人，当时还曾劝他二人放弃返回南阳，可没曾想他二人居然投书国师公刘歆，而后凭借着国师的威望，顺利进入太学，拜得中大夫许子威为师。那时在太学，我除了学《尚书》外，还读《春秋》，然而文叔却是一门心思只专《尚书》，问及他时，他称学识贵不在多，专精为上，学以致用即可。他这般聪明之人尚且如此，我却是贪心不足，资质鲁钝，只想着一味贪多……"

这些关于在太学念书的事情，邓禹没少在我耳边吹嘘，只是从另一人嘴里，用另一种视觉角度来表述，却又是另一番意趣。

"那个，你和邓……仲华很熟呢，这家伙……嗯哼，我是说仲华君他读书是不是很厉害？"居然不得不用敬语来称呼邓禹那个家伙，我差点儿掉一身的鸡皮疙瘩。

这臭小子，常常吹嘘自己如何厉害，还时常取笑我，我今天倒要从刘嘉嘴里多挖些真相出来，回头看我怎么向他扔臭鸡蛋。

"仲华他啊……"刘嘉拖长了音，微微皱起了眉头，仰头望天，"叫我如何评价呢，三人中我因资质有限是学得最差的一个，文叔自始至终都是勤勤恳恳地在太学认真念书，心无旁骛。然而仲华他……却更像是去玩的，投壶、格里、六博、蹴鞠、弈棋、书画，这些太学生们课余所玩乐的东西，文叔碰都不碰，可仲华却是无一不精！"

这小子分明便是一活脱脱的纨绔子弟样板儿！搞半天他在太学就学会了这些？

"该不会还包括怎么玩女人吧？"我没好气地撇嘴。

刘嘉俊脸一红，竟然老实巴交地回答："仲华虽是我们中年纪最小的，却极受那些伶女喜爱。"

我"啪"地一掌拍在自己额头，果然误打误撞，全部猜中了。

"《易经》《春秋》《诗经》《尚书》《礼仪》此五经，他却在嬉戏玩乐间便将其学得融会贯通！邓仲华……真乃旷世奇才！"

不敢置信地张大了嘴，我几乎以为自己听错了。

刘嘉的话匣子一经打开，竟是越说越顺，抛开起初的拘束后我发现他其实也是个很健谈的人，只是不擅与生人打交道罢了。

"那个时候仲华不用担心学里的花用，我和文叔二人生活却是经常捉襟见肘，为了多挣些钱，文叔想法子和同室一个叫韩子的人一块儿出资买了头驴，然后赁于他人做脚力，还和一个叫朱祐的同窗一起经营药材。我记得当时药材生意不好做，文叔便想了个好法子，把一些口味较苦的药材和蜂蜜混在一起出售，这样病人服用时口感会好很多，所以后来药材卖得还算不错……整整三年，我俩在长安生活窘迫如斯，全赖文叔擅于经营，仲华不时接济，添为盘资，方得完成学业。"

"刘……刘伯升难道从不过问你们在长安的生活么？他难道不寄钱……"

刘嘉涩然一笑："刘家虽有少许薄田，然伯升素来不喜稼穑，文叔在家时一家子的收入全是仰仗他和他二哥一起春耕秋收。文叔走后，他二哥一人之力要养活全家已属不易，幸而刘元为人不错，虽已出嫁，却仍不忘时常拿些钱送去刘家接济一二。"

我目瞪口呆，无论是在现代的二十三年还是穿越后在这里的四年，我过的基本上都算是衣来伸手、饭来张口的日子。在现代爸妈供我吃穿念书，不计报酬；在这里阴识掌家，同样每月例钱不薄，上次去蔡阳，我见刘家有房有田，以为家境不过比阴、邓略差而已，没曾想竟会困窘如斯。

"刘伯升……"我按捺不住激动，愤然拍案道，"身为长子的刘缜，他不思养家，整日又是在胡搞什么？"

刘嘉道："他喜好结交四方侠士，家中蓄养了无数门客……"

"什么？他不挣钱，还花钱养人？"天知道养那些门客需要多少资金，看看阴识就知道了，若非阴家家大业大，否则早败光了。我就看不出养着那些闲人跟养宠物有什么区别，一样都是浪费钱财、浪费粮食。

刘嘉比了比噤声的手势，压低声音道："你可别嚷嚷呀，我和你实说了吧，这回我们之所以会住到邓府来，实是为了避祸。"

"避祸？"

"伯升对朋友甚重义气，为人慷慨，旁人有求于他，他必倾囊相助……"

我默默在心里加上三个字的评语——败家子！

"这次收留的那批门客里有人因抢劫之罪遭官府通缉，虽说我们事先并不知情，但只恐官府追究起来会惹上不必要的麻烦，所以我们几个才决定到新野来躲上一阵子再回去。"

我恍然大悟，把前因后果一对应，思路顿时清晰起来。我最后得出的结论是，刘缜不仅仅是败家子，还是个害人精！

连累得一家子都不得安宁！

"阴姑娘……"刘嘉停顿了下，突然加重语气，我见他表情凝重，眼底闪动着异样的光芒，不由暗暗心惊，"我今天之所以对你讲了这么多，不为别的……前日我无意中听刘元说起，你对文叔情深意重，只是文叔性子内向，刘家家境无法和阴家相比，仅凭这点，即便是他当真对你有那份心意，也绝不会表露半点。所以，阴姑娘，蒙你不弃，望你能坚持下去，刘家虽然家资微薄，可是家中上及婶娘，下至伯姬妹妹，都是心地纯善之人……"

我慌了神，狼狈得真想当场找个地洞钻进去了。看来阴丽华喜欢刘秀的误会一日不除，我今生今世再难有机会翻身。

"请你——不要胡说！"我从席上弹跳而起，大声叱责，"此事关乎我女儿家的名声，我且在此慎重地说一句，也好请公子你做个见证——我阴姬对刘秀，绝无半点儿女情意！莫再听信谣言，毁我清誉！"

我故意把话说得义愤填膺，气鼓鼓地仿佛受了极大的刺激。刘嘉吓坏了，慌忙从席上爬了起来，躬身对我作揖："姑娘息怒，是嘉莽撞！"

见他一副诚惶诚恐的样子，我不禁生出一丝愧疚，然而为把戏做足了，又不得不加强我"恼羞成怒"的程度。他对着我连连下拜，我一甩袖，装出一副气得发抖的模样从房间里跑了出去。

才奔到门口，忽觉门外有道人影倏地闪了开去，我心生异样，来不及穿鞋，猛地拉开门跳了出去。

"是他？"虽然那影子只在走廊尽头一闪而过，我却从身形背影上一眼认了出来。

怎么会是他呢……他是什么时候站在门外的？

他又都听了多少？

密　谋

小心翼翼地沿着走廊一路摸去，却真的再没见到刘縯的身影，我困惑地摸了摸鼻子："难道还飞天遁地了不成？"

坚信自己方才没有看走眼，于是在院里走走停停，眼梢东瞟西晃，找寻任何与刘縯相类似的物件。这一绕，没想到自己最后竟在偌大个邓府转迷了。

与阴家相比，邓家的宅第更带有一种古朴的官家气派，这也许跟邓家渊源有关——邓家世为二千石官，邓晨的曾祖和祖父都曾官至刺史，父亲邓宏任豫章都尉。

"果然……"晃过一间不起眼的偏房，冷不防里头传出一声惊呼，我身形顿了下，驻足倾听，那声音在那一声激烈的呼声之后，落音极人地压低了，"廉丹真的死了？"

廉丹？名字听着怪耳熟的！

那屋子里静了一会儿，就在我以为没下文的时候，一个颇为耳熟的声线低低传来："没错，成昌之战，太师之师败了！"

太师之师？新朝的太师王匡？啊，我想起来了，廉丹……王莽之前曾派出廉丹和王匡去镇压赤眉军。

这么说，成昌之战镇压失败，王莽军败了？

我一下来了兴致，悄悄贴到窗根下猫腰半蹲，竖起耳朵仔细听壁角。

"廉丹倒也是条汉子，明知不敌，却也难得有这份勇气和决心背水一战！"这次居然是邓晨的声音，"据说王匡撤退，廉丹把自己的官印、符节托人交给王匡，言道'小儿可走，吾不可！'。最后果真被赤眉军杀得全军覆没，自个也杀身成仁了。"

"成昌之役得胜，赤眉军士气如虹，各地流民纷纷加入，使得赤眉军兵容更盛。如今据说正转战楚、沛、汝南、颖川、陈留等地，大有攻占鲁城，挥师濮阳之势。"那熟悉的声线再次响起，我心中的怪异感始终挥散不去，总觉得分外耳熟，却实在想不起是谁的声音。

里头沉默片刻，终于邓晨问道："伯升，你如何看法？"

我小小吃了一惊，原来刘縯也在里面，怪不得我找来找去都找不到他的影，他动作倒快，一眨眼工夫便跑这来了。

"啪！"似是击掌的声响，紧接着刘縯用高亢的声音说道："这还用说么？王莽暴虐，百姓分崩。今枯旱连年，兵革并起。此亦天亡之时，复高祖之业，定万世之秋也……"

我躲在墙根偷听原是漫不经心的，这时听得刘縯发表的一番激昂言辞后，心里却是猛地一抽，仿佛被某种东西意外刺激到了，噗噗直跳。我用手使劲摁住心口，那种悸动的感觉，久久无法平复。

光复汉室……

刘姓王孙！

一时情动难抑，我骤然起身，扒着窗户往里一瞧，却没想竟是黑洞洞的一间屋子。空空如也的摆设，窗棂上尚挂着蜘蛛网，一只硕大的丑陋蜘蛛正攀爬在网上吐丝。

心里寒碜碜的，一股凉气从脚底直升了上来。

这算什么？明明我刚才听见那么多人在讲话，为何一转眼我看到的却只是一间似是荒僻已久的空屋子？

难不成……我活见鬼了？

心里发毛，我瞪着那扇窗后灰蒙蒙的房间，哇地怪叫一声，掉头就逃。

"咚"地一声，鼻梁撞上一堵坚硬的人墙，撞得我眼冒金星，鼻子又酸又痛，触及泪腺神经，一滴眼泪竟是怔怔地从眼角滑落。

他原是冷着一张脸，怒目相对，见我落泪，眼中寒意立减。

我没说话，只是仰着头注视着他，满脑子混沌地叫嚣着光武帝、光武帝、光武帝……

两个人迎面而立，过了片刻，刘缜突然伸出右手，将我挂在颊上的泪痕用力擦去。他使得手劲极大，粗糙的指腹刮得我面颊肌肤生疼。我忍不住低呼，侧头避开。

他霍然抬起左手，一把牢牢抓住我的后脑勺，他的手掌又宽又大，竟是将我牢牢圈固住。我有些傻眼，呆愣的由他一点一点粗鲁的将我的脸擦弄干净。

"阴丽华！"

我慢半拍地应了声，面对他炯炯闪亮的目光，心里莫名的紧张起来。

"阴丽华不喜欢刘秀？"同样戏谑的声音，却没了玩闹的口吻，他看起来像是很认真地在问这个问题。

我小心翼翼地点点头："嗯。"

不是不喜欢，只是绝对不像他们所说的有什么男女之情。要有……也是以前的阴丽华，而不是我。

"一听就知是个蹩脚的谎言。"他突然松开手，嘴角微微勾起，带了种冷冷的讥讽，"既然如此，为何又会让你大哥向文叔说亲？"

"什么？"

"难道是因为文叔不要你，你觉得丢面子，所以现在才改口说……"

"你刚才说什么说亲？"我拔高声音，强硬地打断他的话，眼里几欲冒火，"你讲清楚一点，什么叫我大哥向刘秀说亲？我大哥向来不喜欢刘秀，厌恶他还唯恐不及，哪里……"

"那是因为文叔拒绝了他的好意，拒绝娶他最最宝贝的妹妹！"刘缜嘲讽地望着我，那样冷漠鄙视的眼神令我感觉自己的尊严正被他狠狠踩在脚下。

"什么……什么时候的事？"有些隐埋已久的东西，似乎就要喷发出来，有关于阴丽华和刘秀之间的纠葛，有关于真正的阴丽华厌世自弃的真相！

刘缜双手环抱，一副幸灾乐祸的表情："就在文叔太学结束之前，阴识去长安找过他，说他妹妹得了相思病，病得就快要死了，求他发发慈悲，把这个没人要的妹妹赶紧娶回家吧！"

"你胡扯！"我痛恨不已，飞起一脚踹中他胸口，将他踢得连连倒退，险些摔倒。"什么叫没人要？"我冲过去一把揪住他胸前的衣襟，火冒三丈，"你懂什么？你这个不顾别人感受，就会胡说八道的家伙！"脚下一勾一绊，我用肩膀顶住他，一个过肩摔把他掀翻在地。

"什么都不知道的人，就别在那里满口喷粪！"我尖叫怒吼。

就算阴小妹喜欢刘秀喜欢到为伊痴狂的地步，也轮不到这个吃干饭的败家子来奚落讽刺。我真傻，这样缺德的人怎么可能会是光武帝，怎么可能成为一代开国之君！

刚才真是鬼迷心窍了，我居然会以为他——刘缤能成大器！

刘缤挣扎欲起，我奋力一跃，右手手肘直直地撞击他胸口。

"唔！"他闷哼。

"笨蛋！"我吸了吸鼻子，支起身子预备起身，却没想右臂上猛地一紧，我暗叫一声："不好！"紧接着一个天旋地转，竟是被刘缤拽着滚到地上。

后背撞在坚硬的石板上，触感冰凉，我哆嗦了下，睁眼看见刘缤趴在我身上，两只手摁在我肩胛上，我的腿被他用膝盖压得死死的，动弹不得。

"我是什么都不知道……"他喘着粗气，我能清晰地看到他额上暴起的青筋，"我再最后问你一遍，你是不是当真不喜欢文叔？"

明知自己处于劣势，却根本未曾考虑暴怒的他到底在想些什么，我脑子一热，倔强地吼道："是！不喜欢！不喜欢！不喜欢——打死我也不喜欢……"

火热的唇在下一秒堵上我的嘴，怪异的感觉顷刻间包围住我，唇瓣相触的感觉刺激着全身的感官，思维仿佛停顿住了，四肢僵硬，犹如化石。

也不知过了几秒，还是几十秒，刘缤终于放开我，一手撑地，另一手托着我的头将我拉进怀里："好！我信你！"

"信……信你个头！"我幡然醒悟，挣扎着用力推开他，"敢占我便宜！信不信我撕了你！"

他动作敏捷地跳开一丈，笑道："寻常女子这时候不该是娇羞薄嗔的么？"

我恶狠狠地扑了过去："我是没人要的阴丽华，可不是寻常女子！"

他抓住我的胳膊，将我顺势一带，稳稳地收入怀中，我的脸侧紧紧贴在他的胸口，能清楚地听到他剧烈的心跳声。

"是，你是阴丽华。可你绝对不会没人要！"他感叹着低下头，瞳仁熠熠生辉，不得不承认，这样的刘缤浑身散发着一种王者的霸气，我有心想躲开他，却觉得在他的注视下无力可施。"我要你！"他霸道而坚定地说出这三个字。

我眨眨眼，他不像是开玩笑："你要不起我！"

胳膊一紧，他使劲勒我："我刘缤看中的，必然会得到！"

"你要不起我！"我重复一遍，心中遥想的却仍是"光复汉室"那句话，"我要的男人，得是人上之人！"我抬起头，冷静地对上他灼热的目光，那里有团火种在旺盛地燃烧。我吸了口气，狠下赌注，"算士谶说，我这辈子是当皇后的命！"

这个时代的人极为相信谶纬之说，我信口胡诌，不过是想看看刘缤是何表现。果然，他脸色微变，眸底的笑意慢慢敛尽，转变成一抹倨傲。

唇角最终勾起一抹不屑的冷笑："阴丽华，你——我刘缤这辈子要定了！"

虽然明知这句话乃是我言语挑拨后的结果，可望着他脸上无比认真的表情，却同样令我生出一种眩晕感。

四月初夏之风，带着股躁动的热气突如其来地吹进了我的心里，吹皱一池波澜不惊的静湖。视线不由偏移远处，我不敢去正视他，双颊在火辣辣地燃烧着，刘缤的目光赤裸而毫不掩藏，白痴都能看明白那代表的是什么。

蓦地，我身子微微一颤。数丈开外，有个青灰色的身影站在拐角处，正惊骇莫名地望着这边。刘缤似有所觉，倏然转身，在看到刘嘉的同时却并没有躲开我，反而将手臂收紧，更加用力地将我牢牢搂在怀里。

刘嘉震骇的表情渐渐黯淡下来，带着一种困惑与失望低下了头，慢慢转过身去。

伯　姬

没几日，刘秀便从宛城归来。这次再见他，我却没了以前的那份自在与坦然，只要一想到阴识说亲被拒一事，我就浑身不舒服。

即便我已不是以前的阴丽华，可我如今毕竟仍顶着她的名头苟活，为了避免尴尬，相见不如不见，于是我借口伤养得差不多为由，向邓晨夫妻请辞回家。没曾想刘缜闻讯后，一口否决。

"就这么想逃开我？休想！我刘缜看中的东西，必然不会轻易放弃！"他带着一种恼恨的口气，恶狠狠地盯住我。

"我不是东西！"不理他，自顾自地打着包袱卷，我琢磨着要不要求刘元再做点麻饼带回去，她做的麻饼口味极好，不是寻常人家里能够吃到的。

刘缜可不管这些，他野蛮地伸手拉我，我后背撞进他怀里，他从身后伸臂揽住我的腰，湿濡的唇角贴在我的颈上，炙热的气息传递着他的坚决。

"不许走！下个月我便回蔡阳了，你就不能再多陪我几日？"

从未见有哪个三十好几的大男人有他这么会磨人的，我好气又好笑地拍打他的手背："松手，别逼我跟你打架！我可不是你的什么人……"

"那等我回蔡阳办完事便去新野找阴次伯提亲！"

我心中一凛，脱口道："不许！"

背后紧贴的躯体猛地一僵，他什么话都没说，只是箍在我腰上的胳膊收得更紧了。

"你想勒死我啊……"

话没说完，他突然扳过我的身子，俯首吻了下来，粗狂的气息瞬间吞没我。许久过后他松开我，迷糊的神智在恢复清醒的一刹那看到他洋洋自得的神情，不由为之愠怒。

一拳砸中他的下颚："再敢肆意轻薄，我杀了你！"话虽如此，那一拳到底留了几分力，连我自己都觉得羞臊不已。

"丽华，你并不讨厌我！"他嘻嘻一笑，显得分外笃定和自信。

我不由得感到一阵狼狈，这个刘缜，为什么总喜欢把话放到台面上来。

"可我也没说喜欢你！"我不甘示弱地反唇相讥。

"你会喜欢我的！"他很肯定地回答。

"凭什么？"

"就凭我是刘缜——刘伯升！"

"喊！脸皮厚的我见多了，还没见过这么厚的……"

争吵的最后结果不外乎是我们又打了一架，刘缜摆明有意放水让我，我也就没好意思当真使劲踹他。

这之后我也没真的走成，不知为何，阴家那头来人了，没提接我回去的事，反而带口讯来说让我留在邓家多住几日，还把侍女胭脂从阴家送了来贴身服侍。

我满心不解，思前想后左右逃不过是刘缜背着我使了什么手脚，问他他却是笑而不语，贼贼的样子更让人觉得可疑。我和他两人在邓家走得甚近，闲暇时他开始教我练剑，演习剑招。我对这个很感兴趣，一个肯教，一个肯学，接下来的日子倒也过得不无聊枯燥。

我之前还动脑筋想着该怎样避开刘秀，没曾想连这个麻烦也省了，打从刘秀回来后，邓晨有事没事地就带他出去，各处串起门子。我虽然少根筋，对周边的事不大上心，然而眼瞅得邓家上上下下每个人都显得古古怪怪，竟像是刻意制造空间和机会给我和刘缜独处，我也开始有点觉悟了。

进一步接触刘缜，会发现这个人还真像刘嘉所说的那样，是个思想表面化，一根肠子通到底的单纯家伙。他高兴时会畅怀大笑，愤怒时会拍案而起，喜怒哀乐都不用费心去揣测，直接可从他脸上看得一清二楚。

他是长子，却不管家中生计，只顾挥霍钱财，好侠养士，结交人才。若非我早知新朝将亡、汉室将起，必然会和刘嘉、刘元等人一样，认为他是个不思进取的纨绔子弟，可是就眼下的局势而言，刘缜的志向不用说我也猜到了，他不会甘心就这样默默无闻一辈子，汉高祖刘邦才是他为之奋斗的偶像和目标。

转眼到了月初，刘缜依依不舍地向我辞行，我仍是一副没心没肺的样子，把他怄了个半死，最后终于气冲冲地走了。

刘缜走后没几天，邓家突然来了位新客人，马车驶到门口的时候，邓家许多女眷都出去瞧热闹，我却躲在房里反复练着剑法，比划着如何把跆拳道和中国古剑术相结合，融会贯通。

"姑娘！姑娘！"胭脂兴冲冲地跑进房，把我之前关照的"没事不许打扰我练剑"的话给抛到了九霄云外，"了不得了，姑娘！"

"天塌了？地震了？"我收剑归鞘。天气渐渐热了，体力运动带来的副作用就是挥汗如雨，在这个时代想洗个澡可不如在现代随便开个花洒，冲个蓬蓬浴或是香薰泡那么惬意自如。我哀叹着生活设施简陋的同时，只得取了棉布细细地吸干满身的汗水。

"真真是个大美人呀！美得就跟画中走出来似的……"

"哦？"我漫不经心地听着胭脂唠叨，随口附和。

不行，看样子非得拿个澡盆子放水洗澡才行，全身黏糊糊的，想将就都过意不去。

"姑娘！"胭脂咬着下唇偷觑我，笑容怪怪的，"其实……我家姑娘长得也不错，奴婢以为姑娘比她要好看些。"

"哦。"

"只是……刘姑娘的气质更叫人心折！"

"嗯？"我回过味来，敢情这丫头绕了个弯，并非是在夸我，"什么刘姑娘？"

胭脂嫣然一笑，正要回答，忽地门上轻叩两记，一个软软的声音在外头低声问道："阴姑娘在否？"

我诧异地扫了眼胭脂，她灵巧地疾步走向门口，一连迭地叫道："在的，在的……"

门扉拉开的同时，我看到门外站了个绿衣女子，身材窈窕，步履婀娜，由一名粉衣婢女扶着，袅袅如云般走了进来。细看她的长相，肤白如雪，眉目如画，乌黑的长发挽了个垂云髻，身上穿一袭墨绿色的绢丝襦裙，长长的裙裾随着她的移步而逶迤飘动。

我大大地一怔，这种强烈的视觉震骇当真是前所未有，胭脂形容的果然不差，这美人儿真像是从画里摘下来的。

"那个……请问有什么事么？"我讷讷地开口，生怕说话声音太大，会惊扰了这位娇滴滴的美人。

她扬起头来，果然我瞧得不差，是个难得一见的美人儿，只是她眼中隐含的那份寒意从何而来？

"你就是阴丽华？"果真不鸣则已，一鸣惊人，那咄咄逼人的口吻让我顿时警觉起来。

我撇着嘴点头，随手将擦汗的棉帕丢到席上："有何指教？"

所谓善者不来，来者不善，虽说我还不清楚她到底是谁，可她那双犀利的眼睛里绽放的眼神，可是丝毫没半点要和我友善相处的意思。

目光落在我搁在案几上的长剑上，她冷声问道："你会使剑？"

"不会！"我很干脆地回答，她的口吻像是在审问犯人，这点让我很不爽。

她走近几步，忽然弯腰从几上抓起剑鞘，没等我开口阻止，只听"锵"地一声，长剑出鞘，寒光乍起。

耳听得胭脂一声低呼，那柄剑剑尖直指我鼻尖，美人儿冷冷一笑："此乃我大哥心爱之物，自得剑之日起便悬于腰间，从未离身！不曾想今日竟会落到一不会使剑之人手中，真是名剑蒙尘，所托非人！"

我一轩眉，再次领受她的冷嘲热讽的同时，不由动了真怒。

"不过……勇气可嘉！"她轻轻嘘叹口气，神色稍缓，持剑的胳膊徐徐垂下。

我等的就是这一刻，趁她神情放松之际，快速错步欺近，以掌为刀，一记劈在她的手腕上。她痛呼一声，五指松开，长剑落地，我顺势反手抄住，顿时长剑划空，发出"嗡"地一声长吟。

"不可！"蓦地，身侧响起一声厉喝。

斜刺里有人插了进来，挡在美人儿面前，我猝不及防，长剑劈落时原本算准不会伤到她，只是想将她头上的垂云髻打散而已，料不到会发生此等变故。

"啪！"的一声，来人合掌拢住剑身，幸而我及时收劲，不然剑锋锋利，势必血溅当场。饶是如此，我已被吓得不轻，一颗心怦怦狂跳，乱了方寸。

"搞什么？"我吼道，"你想找死啊！知不知道刀剑无眼？"

刘秀额角沁着汗珠，僵硬地把手松开，脸色一片苍白："对不住！伯姬年幼不懂事，请勿见怪！"

"年幼不懂事？"我翻白眼，刘伯姬的年纪怎么看都在我之上，起码也该有个二十三四了，这样的人也叫年幼不懂事？

刘秀似乎也意识到自己说错话了，微窘地扯出一丝笑容："嗳，是我管教不够！阴姑娘恕罪！"

刘伯姬怯怯地从他身后探出脑袋来，一张脸吓得煞白，可是一双眼睛却是闪闪发亮："三哥，她真是阴丽华？"

"嗯。"刘秀应了声，又宠又怜地瞥了眼妹妹，"去给阴姑娘陪个不是。"

"为什么和你形容得不一样？你以前不是说，阴丽华郁郁娇弱，是个风一吹就倒的纸糊美人，不能娶回家劳作操持家事，只能每日供着，所以不适合你……"

"伯姬！"刘秀难堪地喝止妹妹。

我忽然有种想笑却又笑不出的感觉，归剑入鞘，无力地走回床上坐下，一时无语。

"三哥，"刘伯姬小声地说，"你好没眼光，这么个天下少有的美人儿，却反被大哥后来居上，慧眼捡了去。"

刘秀轻咳一声，拉起刘伯姬的手，把她使劲往门外拖："你又来做什么？不是说好在家陪娘的么？"

"大哥到家后老念叨着阴丽华……我来瞧瞧……"

"娘呢，身体好些没？"

"还是经常咳嗽，不过吃了三哥上次抓的药，夜里好睡些了……"声音渐渐远去，刘伯姬的丫鬟匆匆忙忙冲我行了个礼后，慌慌张张地追出门去。远远的，刘伯姬絮絮的声音仍隐隐传来，"三哥给我买的料子，我做了这身衣裳，可好看？"

"嗯，好看，什么时候你肯让哥哥们给你做嫁衣，你穿了会更好看！"

"庸夫俗子，怎入我眼……"

终于一丁点也听不见了，我却倚着门框，若有所思地发起呆来。

没眼光吗？刘秀没眼光？

我自哂而笑，他倒是个极其聪明的家伙，至少从不做亏本买卖，没眼力的应该是刘縯，我原以为他们刘家的伯姬姑娘该有多温柔贤淑，特别是看过刘元这样中规中矩、相夫教子的典型模范后，我对刘伯姬的好奇心一度攀升。

没想今日得见，压根儿就不是我想的那样。

只怕也是个颇有主见的主儿！

刘縯啊，是该说他粗线条，还是该说他对家人太不关心？刘伯姬的性格和他形容得何止相差十万八千里！

我摇了摇头，回身嘱咐胭脂："给我烧些水，我要洗一洗！"

胭脂愣了下："姑娘又要沐浴？"

"不行么？"天那么热，我又好动闲不住，没一天洗上两回，已是在挑战我的忍耐力了。

"诺。"胭脂低头，乖觉地出门烧水。

谶语

刘伯姬比刘秀小四岁，比我却整大出五岁，像她这样年纪的女子，在这个时代本该早嫁作人妇，她却至今仍待字闺中，不得不令人称奇。

刘伯姬来了几天，几乎一眨眼就缠着我，害得我都没法再专心练剑，就在我被她缠得没法、打算卷铺盖走人时，邓晨转了信函给我，我一看顿时傻了眼。

信是阴兴写的，言道："大哥已去长安游学，姐姐可在邓府多盘桓数月……"

吧嗒！竹片落在地上，我突然发现自己非常想念平静无波的阴家，虽说有时候静得仿若一潭死水，但比起每日受刘伯姬好奇的唠叨，我宁愿沉到那潭死水里去。

住在邓家的最大收获，莫过于收服了邓瑾、邓卉俩丫头，至于老三邓巧，我心里虽然喜欢，却是万万不敢招惹的。周岁不到的小婴儿一会儿拉屎一会儿撒尿，我有次自告奋勇地带了她一天，结果被她搞得人仰马翻，即便是胭脂和刘元的一个小丫鬟一起帮忙，也照样折腾得我心有余悸。

联想到大腹便便的邓婵再过两月就要临盆，也不知她这一胎是男是女，不由心血来潮，突然很想去探望她。可巧听说邓晨过几日受朋友邀请要去宛城赴约，我跟他说搭个顺风车，不会给他添任何麻烦，他听后愣了下点头，算是答应了。

到了当日早起，我拾掇了些刘元做的小衣小鞋，准备一并捎给邓婵，为了防身我又在怀里揣了把尺许长的短剑。才略略收拾停当，胭脂就在房门口催了："姑娘，邓公子他们已经在大门口候着了。"

此时已近初秋，虽说暑气不足，可大晌午赶路仍是难免嫌热，是以才会赶早急急忙忙地上路。半拖半拉的到了大门口，只见道上停了一辆马车，车夫站在车驾上，却不见邓晨人影。正迟疑间，车帘子微微掀起一角，邓晨露了个头，喊道："阴姬，上车！"

我莞尔一笑，"嗳"了声，提起裙裾，单掌在车辕上使力一撑便轻轻松松地跃了上去。抬头一看，邓晨半个身子探出车外，一只右手伸得笔直搁在半空，显然是想拉我的，却没料到我用这种方式自己跳了上来。

我冲他咧嘴一笑，邓晨收回手挠了挠头，嘴里小声地嘟哝了句，我没听清，可车内却很不给面子地响起一声嗤笑。

车帘子掀起，我张目一望，却见里头赫然坐着刘秀。他见了我，颔首一笑，彬彬有礼地打招呼："阴姑娘。"

我一怔，万万没想到他也在车上。

这辆马车虽然宽敞，可身边坐了两名成年男子，其中一人还是我最不想见的刘秀，这不禁令我有种如坐针毡之感。

邓晨极为健谈，一路上不停地谈起王莽新朝近月来的军事行动，我突然想起那日撞见他们一帮子人在陋室中偷偷密谈，虽说最后不知道他们密谈的结果如何，但是邓晨有那大丈夫的雄心壮志，不甘墨守的心思，倒是已被我窥得一二。

刘秀一路只是微笑聆听，却从不对邓晨的话多做自己的任何见解。他这样与刘縯决然相反的态度，让我感觉，他就是一谨言慎行、不敢谋于大事的生意人。

不敢听，不敢讲，更不敢为！

同样是兄弟，为什么差那么多呢？我歪着头想了半天，还是没得出答案。可是我又不能指责刘秀所为乃是错的，毕竟这年头造反可是杀头的罪，并非人人都像我似的是从两千年后来的，很清楚地知道朝代更迭才是历史所趋。

"蔡少公乃是位奇人，据闻得其所谶之语，无一不准……"邓晨絮絮地说着，一刻也不停歇，很少见他这么健谈的男子，简直可比三姑六婆。

我悄悄打了个哈欠，所谓的谶纬之说，起源于秦朝，在佛教还未兴起的这个年代，这里的人们便信奉着这种迷信的预言行为，甚至还为谶言立书作图，称之为"纬"。"谶"和"纬"一样，都是一种变相的隐语和舆论。百姓愚昧，信奉谶纬，致使谶纬盛行，甚至还形成一种流派和时尚。

我对这样的话题不感兴趣。

马车缓缓驰入宛城时已近晌午，邓晨先送我去了邓婵的夫家，不过他没下车露面，所以开门的家仆也并不知情是舅老爷到了，对我这样的小人物光临显得不是很热情。可也活该我运气差，进了门一打听才知邓婵不在家，说是随夫主一块儿出去访客了。

汉代的女子的确没有后世历代那样讲究三贞九烈，抛头露面、走亲访友也是平常之事，可她一个大肚婆，挺着那么大的肚子不好好在家待着休息，跑东跑西，跑得我连顿午饭也没了着落，委实让我恼火。

将东西交给邓婵的贴身丫鬟，我怏怏地从家里走了出来。到门口一看，邓晨他们的马车正要走，车夫站在车驾上扬鞭喝了声"驾"！我撒腿在车后面狂追："等等我！等等——"

追了十几米，引得街上行人纷纷行起注目礼，那马车终于停了下来。车窗帘子撩起，刘秀奇怪地瞥了我一眼："怎么了？"

我不理他，手脚并用地爬上车，钻进车厢："表姐不在家，出门了。"

"哦。"他点点头，不再多语。

"那你在府里等她会儿。"邓晨插嘴。

"谁知道她什么时候回来？"跑得我背上都出汗了，我蹭了蹭肩膀，内里的褒衣单薄，是层纱衣，汗湿黏背的感觉很不舒服。

"那随我们去见识下蔡少公的厉害吧。"邓晨呵呵一笑。

我现在哪还管他什么蔡少公、蔡老公，只要能供我吃饭，他就是我大爷！于是点点头，摆出一副兴致高昂的模样来："太好了！蔡少公的才学，阴姬仰慕已久！"

刘秀淡然的神色微变，将目光从窗外的景色中收了回来，别有深意似的瞥了我一眼。我被他瞧得心里发虚，赶忙挺了挺腰，严肃地问道："文叔君认为呢？"

他静静地看了我一眼，忽然笑了："是，秀亦是仰慕已久。"

他的笑容温柔得仿佛能掐出水来，我已经很久没这么近距离地接触他的笑容了，果然还是和以前一样，极具杀伤力，不管老的、小的，见了这样的笑容估计都只有缴械投降的份。

一时间，不由得看呆了。

脑子里混混沌沌地胡想着，怪道阴小妹对他死心塌地，估计也是被这样的笑容给误伤了，以至最后赔上性命也在所不惜。

到了目的地，胃里早饿空了，感觉走路都有点不着地的飘飘然，心心念念的就是想着赶紧让我吃饭吧。

这也不知道是谁家，屋主人又是谁，总之一进去就见厅里乌压压地坐满了人，一张张的餐桌后跪坐着各色各样的男男女女。我吞了口唾沫，跟着邓晨往一处角落里坐了，有三四个仆人过来招呼，摆桌、上菜、尊酒……动作极为麻利。

我早饿慌了，寒暄客套的话就留给邓晨去应付好了，我抓过木箸冲着案上一盘脍肉插了下去，入口一嚼，差点儿没吐出来。这家做的菜真是够难吃的，这到底是狗肉还是鹿肉，怎么嚼在嘴里吃着更像是萝卜？完全没有一点儿肉味。

"怎么了？"许是见我表情痛苦，刘秀凑过身来，邓晨还没回来，他暂时坐我边上。

"你吃吃看。"我撅着嘴，咽也不是，吞也不是。

他狐疑地夹了一筷子，放嘴里，过了片刻，道："还行啊，怎么啦？"

我眼珠子差点儿脱眶，这人什么味蕾？没舌头的吗？居然吃不出菜色的好坏！

这时仆人又上了一道羹，我拿木勺下去舀，只见清汤，不见底料，只浅浅地漂着几片鲜藕丝。这也算是羹？相比起阴、邓两府中日常吃的鲫肉藕丝羹，这菜色……实在让人不敢恭维。

"二姐夫一会儿就回，等他回来再一起用膳吧。"刘秀在边上谆谆嘱咐。

我愣了下没在意，一边大口往嘴里扒着麦饭，一边继续拿木勺在羹里捣，我不信这锅底就那么没料。

"咳，"刘秀轻咳一声，倾过身子压低声音道，"吃饭时不要发出声音，饭要小口小口地吃，吞咽要快，饭桌上不可掉饭粒，汤……也不可搅得溢满桌面……"

我嘴里鼓鼓地嚼着饭粒还没来得及咽下去，闻言一愣，险些噎住。用力拍了拍胸口顺气儿，瞥见他仍是云淡风轻的一张脸，淡淡的拢着笑意，似乎方才那番话不是出自他口。

好容易把这口饭咽了下去，我把木箸丢开，冷道："我在家就这么吃的。"其实我在家一贯都在房中独自用餐，我也知道自己吃相不雅，至少绝对入不了他们这些讲究礼仪的文人雅士的眼。

"这不是在家里。"他悠悠叹了口气，用绢帕轻轻擦拭桌面上溢出的汤汁，又悄悄将掉落的饭粒捡起，包于帕内。

我满脸通红，他在做这些的时候都显得气度雍容，说不尽的风流雅致。

"这么个死角，谁会看我怎么吃饭？"

"我在看。"

我噎死，一口气险些没喘上来。

"还有，和尊长一起用餐，得等尊长先食，这是应有的礼仪！"他温柔地回眸冲我一笑，一脉纯洁天真。我却猛地打了个寒颤，今天的刘秀怪怪的，平日瞧着特无害的笑容，今儿个看起来怎么有点温柔一刀的感觉。

"不用你教训我，"我嘟嘴，"我大哥都没这么说过我呢。"

"你以后若是嫁入刘家，当尊礼仪，上奉婆婆，下侍小姑……"

"等等。"我差点儿跳了起来，羞得面红耳赤，幸好没人留意，否则真是脸丢大了，"哪个说我要入刘家？"

他没吱声，半晌低吟："其实我大哥他……"

我更为尴尬，打断他的话，说道："你少混说，我和刘、刘伯升……没、没有的事……"

他侧过头来，神情古怪地瞥了我一眼，迅速别开脸去："没有……最好，对你而言……"他没把话说完，底下没了声音。

我心里噗通一跳，那种怪异感又升了起来："文叔？"我试探着喊了声。

"嗯？"他回过头来，淡淡的笑容挂在白净的脸上。

"你真是刘文叔么？"我小心翼翼地问，今天的刘秀有点反常，反常到我几乎以为坐在身侧的这个人是别人，而非一贯有敦厚老实、谦恭有礼之名的好好先生刘秀。

对于我莫名其妙的问题他显得有些愕然，但转瞬便笑开了："虽说见面次数不多，可阴姬也不该这么快就忘了我是谁啊。"

心里再次"咯噔"一下。反常啊，他不叫我"阴姑娘"，却改叫"阴姬"，无形中把我俩之间的距离拉近了许多。可打从四年前的那次，他便没再这么称呼过我，向来都是客客气气的姑娘长姑娘短的前倨后恭。

"在聊什么？"邓晨终于回来了，见我俩已落座，便很随意地挨着刘秀找了只软垫坐下。

刘秀不吭声，我闷哼一声："闲聊。"伸手捞过盛酒的木尊，自顾自地舀酒喝。

不知不觉酒过三盏，邓晨赞了句："想不到阴姬的酒量如此了得。"

"小意思。"我撇了撇嘴，这里的酒都是粮食酿造，入口香甜，酒酿度数都不算太高，和现代的白酒相比，实在算不得什么。

刘秀再次侧目，过了片刻，很小声地在我耳边叮咛："浅尝为宜，酒能误事，切莫贪杯。"

我嘘叹一声，无奈地放开木尊，第一次发觉刘秀啰唆。

我向他勾勾手指，示意他靠近，附耳道："你很鸡婆。"

他眨眨眼，反问："鸡婆是什么？"

我哑然，顿了顿，艰涩地道："鸡婆就是……"

轰地一声，堂上爆出一片喝彩，盖住了我的声音。他听不真切，于是又俯身靠近些，问："什么？"

他靠得如此贴近，我竟能从他身上淡淡地嗅到一股香味，似有似无，有点像是……对了，奥妙洗衣粉的味道。

"什么？"他又追问了遍，吐出的气息吹拂在我的脸上。

我咽了口唾沫，无意识地回答："……鸡的婆婆。"

"鸡也有婆婆？"他诧异。

我脸颊一烫，竟不知该怎么自圆其说，恰在这时邓晨扯了扯刘秀的衣袖，目视中堂，低声道："蔡少公来了。"

刘秀随即正襟归座，我松了口气，眺目望去，只见门口一中年男子满脸堆笑地引着三人大步迈进堂中。中年男子估计便是此间的主人，那三人中为首的是位清癯男子，眼角鱼尾颇深，颔下留髯，须发皆白，颇有仙风道骨之气，看模样形容像是有个五六十岁了，可瞧他迈步的架势，却又身轻矫健，仿若壮年。

少时宾主相敬，各归其位，底下奴仆照例摆席，我远远地瞧着那上的菜色，却是整鸡、整鸭，甚至整只烤狗地往上搬，流水似的没个停歇。

"哼。"我低头看了眼自家面前的菜色，不禁冷哼一声。

都说人分三六九等，原来宾主之间也分待遇的高低。

"没必要这般愤世嫉俗的。"刘秀轻笑，伸手取了块干肉，慢慢地用手撕成条状。我原以为他要把肉塞进自己嘴里，可没想他却把撕好的肉条一齐放进我的盆里，"其实也没那么难吃……有总比没有强！你说呢？"

我不知该如何回答，只得埋头扒饭，鼻子里哼了两声。

这时厅上的客人们大多都停下了用餐，饶有兴致地将全副注意力集中到那位清癯男子身上。我抬起眼睑瞄了两眼，那男子倏地停下与屋主人的谈话，微微侧过头，竟是目光如电般向这个角落射了过来。

前一刻还只是觉得那是个毫不起眼的半老头子，这会儿我却生生被他的目光骇住了。

"老夫昨儿夜观星相，后参悟纬图，得了一谶——"他拉长了声音，众人屏息凝望，好奇地等待着他的答案。他微微一笑，语不惊人死不休："刘秀当为帝！"

吧嗒！

手中的木箸从指间滑落，跳跃着跌到桌面上，我瞠目结舌。

满室宾客顿时像被人捅了的马蜂窝，议论纷纷。

我呆呆地转过头去，恰巧看见邓晨早先一步盯住了刘秀，眼中满是探询深思的意味。再看刘秀却是浑然无事，好像是个局外人一般。

我几乎怀疑是自己听错了："那个……老头刚才说什么了？"

邓晨死死地盯住刘秀，不放过他脸上任何一丝变化："蔡少公精于星相卦算，一生之中所做的大小谶语无一不应！"

我嘴角抽搐，刘秀做皇帝？有可能吗？并非是我小瞧他，只是他性子太过温柔，软绵绵温吞吞，好似一坛永远烧不开的冷水，连个泡都不会冒一下。这样的人没有成为帝皇应有的魄力和手腕！

"蔡先生！"席上有人站了起来，恭恭敬敬地行了个礼，暂时压住众人的纷议，"先生谶言所指可是当今国师公刘歆？据闻国师也擅谶纬之术，数月前他已将自己的名字改为刘秀。先生今日谶言将来可是会应在他身上？"

一时间众人恍然，纷纷附议，连声称是。

蔡少公端坐主席，含笑撸须，不置一词，愈发显得其道行高深难测。

哗！刘秀揽臂将酒尊捞了过来，慢条斯理地往自己的酒盏舀酒。修长白皙的手指稳稳地端着酒器，刘秀将酒一饮而尽，突然起身笑道："怎见得是说国师公，怎见得非是指我呢？"

四下死寂……

片刻后满座哗然，大笑声不断。

刘秀置若罔闻，淡然一笑，身侧邓晨拉他坐下，不顾众人嘲讽地哄堂大笑，激动地问道："文叔你说的可是真心话？"

"嗯？"他回眸一笑，一脸的无辜样。

邓晨急道："若你所言发自肺腑，那……"

"我说什么了，逗得大家如此发笑？"他轻轻一笑，笑容纯真到令人恍惚，"我不过跟大家解释，我的名字也叫刘秀而已！"

噗——我原想喝口酒压压惊，听了这话一不小心把酒水全喷了出来，一时手忙脚乱地取了绢帕捂住嘴，闷咳着转向刘秀。

邓晨明显一副受了刺激的表情，半晌轻叹一声，轻轻拍了拍刘秀的肩膀，重新归座。

真不知刘秀他是真傻还是装傻，若真是傻子，没道理能把买卖做得头头是道，可若说他是装傻，他没头没脑地跳出来唱了这么一出，然后又缩回龟壳中去，这算哪门子道理？

不懂！

我擦着嘴，有些茫然地看着他的侧影。

我弄不懂他到底在想什么。

如果说刘缤是个一眼就能看穿看透的人，那么刘秀，这个刘家的么子刘文叔，却犹如一片布满氤氲的迷潭一般，不拨开迷雾，下水涉足，是永远无法摸清水有多深的。

"吃饱了？"他回过头来，亲切地询问我。

我打了个寒噤，回过神来。

不行！管他是深潭还是死水，关我什么事？他爱干什么干什么去，反正我是已决意要跟着历史脚步前进了。

迷　津

吃到八分饱的时候我借口尿遁，逃出了乱哄哄的大厅。喝醉酒聚在一起的男人们，谈论的话题千万年都不会有所改变，无非是金钱、女人、功名、利禄……粗陋的话语从那些衣冠楚楚的男人嘴里吐出来，完全没了起初的道貌岸然。

这个时刻才刚为未时，日头明晃晃地照在正中，影子就踩在脚下，晒久了头会晕。我左右打量了下，院子一隅并列栽了两株大桑树，枝叶茂密，树荫阴凉。只可惜那处角落地上爬满地藤荆棘，杂草簇簇。

犹豫再三，虽然喜爱那片阴凉，可那些藤蔓荆棘到底还是打消了我的念头。叹口气，刚想转身回去，却不料身后有个人阴鸷地开口："似是而非……"

我吓了一大跳，若非反应灵敏，恐怕已一头撞上了。

蔡少公一双小眼瞪得比铜铃还大，他人长得很瘦，个子却不高，视线基本与我持平，所以与他对视本不该对我造成太大的高度压力，然而那双看似浑浊的眼，此时眸光深邃，冷冽如冰，似乎洞察一切的眼神让我的心情不自禁地颤抖起来。

过了十来秒钟，我才渐渐回复过来。真是奇怪，我在害怕这个小老儿什么呢？瞧他瘦不啦叽的样子，保不齐我一掌就能推倒他。

想到这，我不由胆气一壮，挺胸道："蔡先生有何指教？"

蔡少公不言不语，突然伸出右手食指与中指并立，一戳戳中我的眉心。我竟然没能躲开！他出指速度明明不快，我却没能躲开，甚至连闪避的念头都没来得及在脑海里生成。

"你——不该属于这里！"

我心中一凛，退开一步："笑话，你是主人家请来的客人，难道我就不是么？我为什么不能在这……"

"非也，然也！"

晕，他居然跟我咬文嚼字，故弄玄虚，我不禁起了鄙视之心。看来也不过是个混吃骗喝的神棍而已，哪里就真是什么奇人了！

我懒得跟他搭话，正想绕开他进屋，他却突然说道："你从来处来，可想再回来处去？"

我身子一僵，顿时懵了。

蔡少公不理会我的表情，缓缓走向那两株桑树，我刚想提醒他注意脚下，他却已大步踏足之间，跨入丛中。

"星陨凡尘，紫微横空……"

我猛然一震，只觉得这八个字听着异常耳熟，蔡少公站在桑树下笑吟吟地朝我招手，我不由自主地茫然向他走去，走到荆棘前时，我犹豫着收住了脚步。

"你在这世间找齐二十八人，封王拜侯……二十八宿归位之日，便是你归去之时。"

我听得迷迷糊糊，不甚了了，不由急道："我不懂你的意思，我只是想回家！"

蔡少公撸着胡须在树荫下笑．"天机难测，老大所窥也仅此而已。"

"天大地大，我上哪找人去啊？"回想起我在穿越之前遭遇的景象，情急之下倒是十分信了他七八分。见他还在那不紧不慢地卖关子，我顿时心急如焚。

这是我到这个时代后，唯一一个说中我心事的人，我哪还管他说的是真是假，就算他是在蒙我诓我的胡诌，这个时候对我来说，也是一根救命的稻草，即使这根稻草轻柔得不足以真的救起溺水的我，我却仍要拼力一试！

"命由天定，事在人为！"

"你就不能讲点实质的东西啊！老是说些模棱两可的话……"

"阴姬——阴姬——"远远的，就听身后传来邓晨焦急的喊声，我回头一看，邓晨满头大汗地冲了过来，拉起我就跑。

"做……做什么，表哥……疼、疼……"

"坏事了！"一眨眼工夫，邓晨已拖着我出了大门，我眼睁睁地望着蔡少公瘦小的身影在树荫底下冲我缓缓挥手，而后终于消失在视野中。

"什么坏事了？"我嘟嘴，他刚才倒真是坏了我的大事。

"文叔被仇家盯上了，这会子只怕有危险！"

"什么？"心情仍沉浸在刚才蔡少公的预言中没出来，愣了半天才恍然醒悟，"刘文叔有危险？什么仇家？他那么一本分的老实人，哪来的仇家？"

"不是他结下的仇！"邓晨继续拖着我跑，大晌午街道上冷清清的，也不见几个路人在游荡。

见他欲言又止的模样，我心中一动，叫道："不是他，难道是刘伯升？"

邓晨停下脚步，回首直愣愣地看着我："你和伯升交好，这事原不该对你说……然而事到如今，也不便再瞒你。宛城有一李姓大户，世代从商，其人单名一个'通'字，曾任南郡巫县县丞一职。李通有一同母弟弟名叫公孙臣，精通医术，伯升因母得病，经门客推荐邀其为母探病，结果公孙臣刻意刁难……唉，总之后来，两人闹翻了，公孙臣与伯升比武相斗，结果被伯升一剑杀了……"

"杀……杀了？"我结结巴巴。

"杀了！"邓晨唉声叹气地跺脚，"伯升那性子你又不是不知道，急躁起来哪个敢得罪他？为了这事，文叔托人上下打点，不知道费了多少周折才算压了下来。可今日宴上，我竟瞧见了李通的堂弟李轶。也怪我大意，没往心里去，待宴罢人散，我远远地见李轶找文叔叙话，这才觉出不对劲来。可等我追出去时，早不见他二人踪迹了！"

从不知道原来杀一个人这么简单，从邓晨嘴里描述起来更是轻描淡写。一条人命，在一场莫名的纠纷中丧生，而这个杀人者竟是我所认识的刘缜！

不能不说震惊，但邓晨已给不了让我震惊发怔的时间，他拖着我一口气跑了一百多米，我猛然清醒。

"表哥，这样盲目寻找不是办法，那个李通家在哪里？我们直接到他家去便是。"

邓晨也是急昏头了，经我一提醒，顿时一拍大腿："我怎么忘了这茬！"

李通家不难找，虽说住在城里，不比新野阴、邓两家那种庄园式的广袤，倒也红墙明瓦，修筑得颇为气派。

邓晨上前拍门，我想了想，喊道："表哥，你且在此拖住他们，越久越好……我到后面瞧瞧去！"

看这架势，李通家眷养的门客怕也不在少数，若是对方当真有心要整死一个刘秀，便是十个邓晨前去砸门索人也是无用。

我悄悄避开路人，绕到后院僻静之处，仰头望了望一人半高的围墙，掌心摩擦两下，熟练地攀住墙头翻爬上去。

这种偷鸡摸狗的行为这四年里我在阴家可没少干，一开始还费些手脚，到后来越练越熟，阴家那两人高的围墙我说翻就翻，比走大门还轻松便捷。

就李通家的围墙高度，防得住君子和小人，却难不倒我管丽华！

地点没选错，正是厨房后蓄养家畜的后院，平时没什么闲人会到这里走动，汉代百姓的住房建筑大同小异，我凭着直觉绕开了厨房，找到了内宅，可是面对着一间间的厢、室我却傻了眼，不知道该从何下手。

刘秀若是被他们劫持，最有可能会被关在哪间？

思忖间，远远地前头传来一阵喧哗吵闹声，正是邓晨和李府的家仆起了冲突，一时倒把许多下人吸引过去。我趁机一间间屋子搜了起来，等摸进第三间，忽听房内有个虚弱的声音在讲话。

"你当真无有此心？"那声音底气不足，问完这句后便停住了，似在期待着什么。

屋子里静了会儿，一个低缓的声音回答："次元君真是太高看秀了。"

我浑身一震，这是刘秀的声音，看来邓晨还真没说错，他果然被人掳劫至此。

"刘文叔你无此心，难道你大哥也如同你这般无心么？"那声音陡然拔高，口吻也凌厉起来，一扫方才气息恹恹的说话方式。

房内布置清雅，一幕竹帘低垂，将寝室与外间隔开，帘上缀挂玳瑁珠玉，帘外垂手侧立一青衣小婢。房内人影隐现，床上隔着一张卧几，面对面的跪坐二人。一人背外，依稀便是刘秀的身影，对面一人歪侧着身子。

除此之外，房内似再无他人，我审时度势悄然掩进。

那人缓缓坐直了身子，轻咳两声，听着似在病中，故而底气不足。我抢先两步，奔近竹帘时，余光朝内一扫，果然不见有第三人，于是抢在那名青衣小婢没反应过来前，一掌劈中她的后颈。

"什么人？！"房内有人喝叱，原还在榻上病歪歪的男子跳了起来。

青衣小婢瘫软倒地，刹那间竹帘击飞，竟是被人从里面一剑劈裂，帘上缀着的珠玉之物叮咚散落，滚了一地。我深吸口气，顺势掠进房内，那人一剑未中，跟着追了上来。

我抓起犹在发愣中的刘秀，大叫："还不走？"

电光火石间身后的长剑已然追至背心，我想也不想，一手拉着刘秀，一脚回旋横踢。可情急之下，我竟是忘了身上穿着直裾深衣，方才翻墙时只是将裙裾捞高到膝盖，此刻两条腿仍被紧紧地包裹在裙裾内。这一踢，无论如何也踢不到我想要的高度，眼睁睁地看着那雪亮的剑芒直刺过来。

一个趔趄，危机中刘秀反攥着我的手，将我拖开一尺，险险避开那致命一剑。

这时我的手已摸出藏在怀中的短匕，只差一步便可脱手扔出。

"住手！"他伸手阻拦，将我拖到身后，"切莫误伤无辜！"

对面的攻击奇迹般停止了，我抬眼一看，持剑之人是位青年，与刘秀年纪相仿，俊面如玉，眉宇间稍带病容，却无损其英姿。

我没想到会是这样俊秀的一个人，稍稍愣了下，他定下神来看了我一眼，许是见我竟为女子，神情微骇，却也没多说什么，默默收剑归鞘。

"你怎么找来的？"刘秀握着我的手收紧，手指被他捏得有些疼。

我老老实实地回答："翻墙进来的。"

对面那青年眼眸一利，却仍是没说什么，我朝他冷冷睨了一眼，猜度着此人是邓晨口中的李通还是李轶。

"你也……忒过鲁莽了。"刘秀微微叹了口气。

我蹙了蹙眉："你的意思是我冒险跑来救你，救错了？"甩手挣开他，怒气难遏，"那好，不好意思打扰两位雅兴了，小女子这便告辞，毋须远送！"

刘秀及时抓住我的胳膊，将我拖了回来，无奈地叫道："不是这个意思。"

"那你是什么意思？"我遽然回头瞪他。

他眼如秋水，神情温柔地望着我，嘴角边挂着些许无奈。有道是伸手不打笑脸人，他若是和刘缤一般强横，估摸着我当场就和他翻脸吵起来了，可他那张脸，似乎千百年不知愁苦、悲伤、愤怒是啥滋味，总是带着淡淡的笑意，让人想恼都恼不起来。

"你先坐下！"他拉着我跪坐，指着那青年道，"这一位是李通——李次元！"

李通扬眉一轩，眼中的警惕之意终于放下，对我态度友善地笑了笑。

我抢在刘秀向李通介绍我之前张嘴："我是阴丽华。"若按照刘秀来介绍，估计又会说，此乃新野阴姬云云。

李通轻咳一声，点头含笑："阴姑娘有礼。"

有礼？这简直就是拿话臊我，这样的见面方式无礼至极，何来的礼？我闷闷地坐下，正奇怪这两个明明应该是仇敌的男人，怎么彼此说话的方式这般谦恭斯文？难道说礼仪之邦，就连仇人见面也分外的与众不同？

那头大门推开，一个人影匆匆跑了进来："门外有新野邓晨带着家仆喧闹，许是为了刘秀而来……"

奔得近了，方发现屋内情况不对，小婢倒地，垂帘散裂，他呆呆地望着一地狼藉停下脚步，错愕地抬头。

"这……"

"这是阴姑娘。"李通微微一笑，指着那人对我说，"这是我堂弟李轶，李季文。"我撇撇嘴，没作答理。

李通也不以为忤，处变不惊地对李轶道："季文，你打发下人来把这里整理一下，然后请邓公子入府一叙。"

刘秀起身道："不必叨扰贵府了，秀还有事，需今日赶回新野，迟了恐有误行程。"

"这……"李轶面有难色。

李通眼眸又冷了下来，气氛一度冷场，我坐在那里眼珠子乱转，不知道他们之间在搞什么，若是要报仇，可他们好像还没闹得撕破脸，可若只是单纯的请刘秀到府上喝酒聊天，连白痴都不会信。

刘秀对他兄弟深深一揖，而后拉起尚在发愣的我，从容出了房间。

"刘文叔——"李轶追出房间,"今四方扰乱,新室且亡,汉当更兴。南阳宗室,独你刘氏弟兄汎爱容众,可与谋大事。我伯父爱好星历谶记,常告诫我堂兄云,'刘氏复兴,李氏为辅!'而今我兄弟愿摈弃前嫌,与你共举大事,你为何反退缩躲避?"

刘秀停下穿鞋,默不作声,我顺势回头瞥了一眼。李轶满脸真挚,不似作伪,那李通身披长衣,一边咳嗽一边倚在二门上,虽未追出,却也静静地在期待着刘秀的回答。

我不知道刘秀怎么想,但是李轶的一番话却是深深打进我的心坎里,于是暗中用力扯了扯刘秀的衣袖,提醒他切莫错过良机。

刘秀慢慢直起身,未曾回头,却淡淡地丢下一句话:"既如此,宗卿师当如何?"

李轶神色微变:"我伯父他……"

刘秀回首一笑,笑容儒雅,再度冲着屋内的李氏兄弟一揖:"告辞。"

从李府出来,上了邓晨的马车,虽然邓晨什么都没问,我却终究还是憋不住了。

"既然李轶都这么说了,你为何不答应?这有什么好犹豫的,你大哥在蔡阳广招门客,想做什么要做什么,早已昭然若揭,你又何必推诿……"

邓晨一语不发地看着刘秀,神色凝重。

刘秀正襟危坐,从头到脚未见一丝慌张,他扭头瞥向窗外,有那么一瞬,温柔的眸瞳中竟闪现出一种悲悯的神采。

"李通的父亲李守,官居新朝宗卿师,久居长安。李通若是起事,好男儿意气风发,一酬壮志,却可曾想过家中父老、族中姊妹当如何?"

邓晨面色陡变,神情复杂地低下头去。

我猛地一震,讷讷地说不出话来。

在现代我是独女,身边不乏亲戚朋友,除了父母却没有至亲的兄弟姐妹。到了这里,阴家上下待我极好,可我总有种把自己当成外人对待的感觉。所以,我大概和刘缜、邓晨他们的想法一样都带了种自私与偏激,只想着顺从局势,反莽建汉,更多的还认为亲身参与其中,享受开元乐趣,会比现在这样枯燥无聊的生活强上百倍。

殊不知刘秀的想法却是如此与众不同,不能说他特立独行,不能说他懦弱无能，他只是……把家人看得更重些罢了。

换而言之，我们这帮人，眼里看到的只有熊熊的造反之焰，心里想到的是扬名立万，万古留名，这样的想法其实很自私。

要造反，对个别人来讲很容易，譬如刘缤，譬如李通，他们手底下门客过千，资产也厚，随便拉上人马就可结伙反了朝廷。可是……对于那些手无缚鸡之力的妇孺来说，该怎么办？造反后，对于朝廷来说就是反贼，就是叛逆，刘缤他们可以过亡命生涯，风风火火的大干一场，可家中父老妻儿又该如何？

谁无父母，谁无亲人？

我们，竟无一人替他们考虑过！

我当即惭愧地低下头去，少顷，刘秀却轻轻笑了起来："大势所趋，然我一人可阻否？"

邓晨用力拍了拍他的肩膀，语重心长地道："你能这般想，姐夫甚感宽慰。蔡少公所谶之语，自有道理，刘秀当为帝！天下刘姓宗室千万，或许这个刘秀非是你刘文叔，然而即使你无此心，世间千万刘秀也会应运而生，非人力能阻，天意如此！"

"哎呀！"我几乎跳了起来，邓晨的一番话提醒了我，"蔡、蔡少公！快……快回去，我要找他！我有十万火急的大事找他！"

刚才一通乱，竟然把蔡少公忘得个一干二净。

我的回家之路啊，还得靠他给我指点迷津呢！他可是我的希望稻草！

邓晨不明白我大呼小叫地嚷些什么，却仍是命车夫把车驾回晌午吃饭的那处人家，可去后一打听，方知蔡少公早走了。

我大失所望。

"阴姬！"回程的路上，邓晨见我郁郁寡欢，安慰我说，"蔡少公乃当世奇人，可遇而不可求，若是有缘，来日自可再见……"顿了顿，终是按捺不住好奇地追问了句，"你找蔡少公究竟有何要事，我今日见他与你交谈甚欢，不知都说了些什么？"

"没什么……"我哭丧着脸，"说了等于没说。"

二十八星宿，我要到哪里去寻那命定的二十八人？是男人还是女人，是老人还是小孩，一无线索……

算了！不能太执着，不能……抱太大希望。

我碎碎念地默想，哀怨地一路啃指甲。

第三章
自古红颜多薄命

合　谋

从表面看，一切事务都按部就班，生活似乎也没起太大的变化，依旧是一日三餐，清闲无趣。然而仔细观察与体味，会发现其实有些矛盾已经尖锐得无可化解。

我不清楚西汉王莽新朝到底是怎样被颠覆的，这段历史在我可怜的应试教育课本里几乎是零的记忆，对于念理科的我来说，能记住王莽篡权、东汉更替就已经是很了不起的大事了。若非依稀记得东汉初期有"光武中兴"这个词，恐怕我连光武帝都搞不清楚是哪个朝代的人物。

如今看来真是活该王莽要完蛋，居然连老天爷都不帮他，地皇三年的蝗虫灾情远比邓禹当初预估的还要严重，南阳郡已是民不聊生，转眼入秋，靠地吃饭的百姓却是连一粒粮食也收不起来。

赤眉军越战越勇，王莽讨不到便宜便又派纳言严尤、秩宗将军陈茂自长安发兵，率军攻打绿林军。这场战火直接烧到了南阳，波及甚广。其实绿林军首领坚持固守绿林山，平素也不过攻打竟陵、安陆两个城镇，以抢夺粮食运回绿林山，除此之外，绿林山上的百姓仍是平静地过着自给自足的生活，靠山吃山，鲜少与外人联络。

王莽征剿得越凶，南阳百姓越是受苦，可偏偏今年南阳郡天灾，绿林山上竟发生了疫疾，起义百姓死了大半。被逼无奈之下，在山上蹲了四五年之久的绿林军终于开始转移阵地了。绿林军分兵两路向外转移，就目前局势来看，一路南下渡过汉水，转到南郡一带活动，另一路北上进入南阳。为示区别，外人把前者称为下江兵，后者称为新市兵。

盯着那卷竹简看了足足有十分钟，我长长地叹了口气，虽说绿林军损伤过半，看似伤了元气，还被迫腾出了老窝，其实塞翁失马焉知非福？

固守在山上吃老本，占据有力地形，易守难攻固然是好事，然而时间久了，不思进取，终是一潭死水。如今潜龙脱困而出，死水成了活水，依我看，王莽这一仗虽胜犹败，他痛哭的日子还在后头呢。

南阳……春陵国，汉武帝时春陵侯的封邑，不知道今年能不能安然度过这个秋季？

作为刘家的后人，南阳郡内数以万计的大小刘氏宗亲们，面对此情此景，又会怎么行动呢？

搁下竹简，突然觉得有些心烦，阴识虽然去了长安，可平素我要的那些情报却仍是通过阴兴之手，源源不断地传递到我手上。

"二公子已经回去了么？"

胭脂正在整理床榻，准备伺候我安寝，听到这话，忙回道："应是去了邓公子那里，奴婢听说邓公子邀二公子抵足长谈。"

"抵足长谈？"邓晨和阴兴？他们两个有什么事情非得夜里不睡觉，抵足长谈？

眼皮突突直跳，我隐约想到了什么，可一时却又说不清楚。打发胭脂出去后，我躺在床上瞪着承尘发呆，半天睡意全无。于是索性爬了起来，把房里点着的蜡烛吹熄了，悄悄摸出了门。

邓晨的房间黑漆漆的不见半点烛火，我愣了半天才反应过来，这是他们夫妇的房间，邓晨有事和阴兴商谈，怎么可能会选这间房，即使他不用休息，刘元还要哄孩子睡觉呢。

抬头仰望，新月如钩，悬于中天，星芒璀璨，烁烁如钻，回想慕少公那句高深莫测的谶语，不由得心口纠结起来。

我还能回去吗？我真的还能回去吗？

一路拖沓如幽灵般在邓府内宅游荡，经过那间曾被我视为鬼屋的房间时却远远看见窗影上一缕橙色，淡淡的几道人影投在窗纸上，摇如鬼魅。

夜已深沉，蛛网仍是一丝不苟地悬挂在明处，房内的布置仍如那日所见尘埃遍布，然而不同的是人。

屋子里有人！

仍像上次那般，邓晨一伙人在里头召开他们的秘密集会，避开下人，避开家人。

要知道他们现在干的可都是杀头掉脑袋的事，门客虽多，保不齐这当中有那种奸佞不忠的跑到官府去告上一状，在这敏感时期，这足以让他们吃不了兜着走。

屋内窃窃私语声不断，我几乎整个人都贴墙上了，才隐隐约约听见邓晨的声音低低地问了句："可是都安排妥帖了？"

"诺。"回答的人声音虽低，我却听得清清楚楚，赫然是刘秀！

刘秀也会在里面？他不是一向不参与这些事的吗？

"那便如此说定了，只等九月立秋都试之日……"

手足冰凉，我只觉剧烈的心跳声盖住了所有一切的声音，那个人……怪不得上次听这声音耳熟，没想到……竟是他——阴兴！

难道说这事阴家也参了一脚？这是谁的主意？没有阴识的允许，就算借阴兴天大的胆子，他也不敢自作主张。

阴识到底还有多少事情瞒着我？

九月……立秋！他们到底已经决定了什么？

"先散了吧，小心保密。文叔！"邓晨唤住刘秀，"宛城李家那边没问题吧？"

"嗯，没问题……"

脚步声迭起，我慌忙闪开，躲进光线照射不到的阴暗死角，一时屋内烛火熄灭，房门打开，有七八条人影鱼贯而出。众人相互道了别便散了，我却是大气也不敢喘一口，只等着人都走光了，才四肢僵硬地从角落里走了出来。

立秋——离今日之期也不过仅仅十几天而已，他们谋划了多久？又准备要怎么做？

越是好奇，心里越是无法平静，思前想后，决定等天亮后找阴兴问个明白。

一夜无眠，大清早我顶着两熊猫眼从床上爬起来时吓了胭脂一大跳，小丫头打量我的眼神又惊又怕，我不理她，草草用完早餐便出门去找阴兴。

开门的是刘秀，他与我打照面时也是一愣，惊讶的表情与方才胭脂一般无二。我稍稍低头，避开他的视线，问道："阴兴呢？"

"卯时便回去了。"

"什么？"

"他没去和你告辞么？"

按我平时的作息习惯，卯时我还在和周公聊天，他哪里敢不识趣地扰我清梦？

"没……"我犹豫片刻，看来从阴兴那里挖掘内幕已无可能，于是决定从刘秀身上下手，左右观望四下无人，我一把推他进门，快速反手将房门关上。

"阴姑娘？"那张俊秀的脸上露出困惑的表情。

我也不跟他玩虚的，直接开门见山地问道："立秋之日你们打算做什么？"

刘秀脸上闪过一丝诧异之色，但转瞬即恢复正常，柔柔地笑道："阴姑娘在说什么呢？"

我脸色一沉，这个刘秀居然敢在我面前扮猪吃老虎，如果不是昨晚上早已洞悉他也有份参与，就凭他今天这样的吟吟笑语，我还真会被他蒙住。

"我虽是女子，可你也该知道我的心性，我绝非那种……那种……"

不知何时，明朗的笑容已从刘秀脸上敛起，清澈的眸瞳中闪动着一种令人心悸的光泽，这是我第二次看清他的眼睛，不由得呼吸一窒。

"阴丽华！"他突然叹了口气，低头静静地望着我，若有所思的表情十分迷人。这就是刘秀的另一面？一惯隐在温柔笑容下的另一面？

"阴丽华到底是怎样的女子，这一点我也很困惑……"他微微一笑，又恢复以往超然的神态。"其实，不只阴兴回了阴家，今日我亦要回家！"

"回蔡阳？"脑子急转，我已明了，"你回去通知刘伯升？"

"我还在等一个人，等他来了便立即动身。"

"谁！"

"李轶。"刘秀不再瞒我。

"你和李通他们谈妥了？"

"嗯。"他秀气的脸上再次露出那种悲悯的神气，"大势所趋，非我所能避免。无论我接不接受，以大哥之心，推翻新莽，匡复汉室已成定局。一荣俱荣、一损俱损……这是二姐夫对我所言。"

一荣俱荣，一损俱损！

他的嘴角虽仍有笑意，在我看来却已平添一缕无奈。

"你们……打算怎么做？李通……宗卿师他……"

"李通已遣侄儿李季星夜赶回长安通知宗卿师，李守会赶在立秋之前带着李氏族人撤离长安。"他顿了顿，语重心长地对我道，"你……作为阴家一份子，也该有个准备了，依我看，你还是早些回阴家吧。"

"我不回阴家，我要跟你回蔡阳！"

他怔怔地看着我，许久嗫嚅："为何？"

"既然知道阴家也参与其中，我自然抽身不得。大哥不在家，阴兴还是个束发孺子……"我不愿做个柔弱无能的女人，厌倦了一味躲在家中不问世事的生活。

即使有一日天真的塌了，那天上许多个窟窿里必然有一个得是我捅的。

"你……"刘秀不解地打量着我，目光中审度的味道更浓。

门上轻叩，有人在门外细声禀告："刘公子，李公子到了！"

我咧嘴一笑，扬眉道："好！那我们走吧。"

刘秀在我身后脚步一顿："你当真要跟去蔡阳？"

"是。"

"那……好吧。"他犹豫地松口，"只是……"

他收了口，没再说下去，我不知道他想"只是"什么，见他肯妥协早喜出望外，未再深究。

告　白

追本溯源，刘秀的五世祖乃是汉景帝的儿子——长沙王刘发，也就是西汉赫赫有名的汉武帝刘彻的六哥。不过刘发的出身远没有刘彻那么高贵，刘发之母名唤"唐儿"，乃是景帝宠妃程姬宫中的一名侍女。刘发其实不过是景帝的一夜醉酒云雨后留给唐儿的纪念品，因生母出身卑微，在景帝十五个皇子里，他的地位最低，分封属邑时，他得到的也仅是南方一块潮湿贫瘠之地。

到了汉武帝时，汉武帝为了加强中央集权，分化诸侯王势力，以推恩令的形式，重新分割诸侯王的封地，遍封诸侯王的子弟。由于这一道指令，刘发的第十三子刘买非嫡非长，居然也得到了封侯，封邑就在零陵郡泠道县的春陵乡。

刘买过世后，长子刘熊渠继享春陵侯的爵位，子承父业，而后又传长子刘仁。刘仁嫌南方气候过于潮湿，遂上书当时的汉元帝，内徙南阳郡，得到恩准。这一支刘氏宗族便迁至南阳郡蔡阳县的白水乡，仍以"春陵"为封国之名。

但是刘秀却不是刘仁那一系的，他的曾祖父刘外乃是刘买次子，没有继承爵位的资格，最终官至郁林太守。刘秀的祖父刘回官至巨鹿都尉，职位虽次于郡守，但到底也是个二千石官秩的地方长官。可到了刘秀父亲刘钦却一代不如一代，只做了个南顿县令，到了刘缤，更是摊上王莽篡位，取消了刘氏宗亲的一切应得的待遇。

我花了九牛二虎之力，不惜厚着脸皮拿出缣帛，当着刘秀的面，把这一个个陌生的名字写了下来，才总算理顺了刘秀他们家和汉家刘氏的关系。其实按着这么看，刘缤、刘秀兄弟的确算是刘邦的子孙，身上流着汉高祖的血脉，只不过是旁支的旁支，庶出的庶出……若以一棵参天大树为喻，刘缤他们绝对和大树干无缘，只是纵横交错的树杈上的某片小树叶。

马车东摇西晃，我一边在脑海里整理刘姓族谱，一边呲牙咧嘴地笑。刘秀安安静静地坐在我边上，虽然这一路我的问题既杂且白，他倒是有问必答，丝毫没有半分的不耐。

春陵侯由刘仁传到了刘敞，按说刘敞与刘钦这对名义上的堂兄弟，早已隔了好几代，可刘敞却是个难得的厚道人，他对待宗族宗子的仁爱堪比楷模，刘秀他们家没少得他的好处。

刘秀的母亲樊娴都出自南阳郡湖阳县一户富豪之家，樊家三世兼营农商，到刘秀外祖樊重一代，已开拓良田三百余顷，虽说比不上新野阴家，可在湖阳也算得是典型的士族庄园了。

刘钦和樊娴都这对夫妇感情甚笃，一共生下二子三女，可惜刘钦命不长久，在刘秀九岁的时候便撒手人寰。这一大家子全摊到一个女子身上，境况可想而知。刘秀的叔父刘良时任萧县县令，于是为了减轻家中负担，刘秀便被刘良接去萧县代为抚养，叔父待他极好，送他去学堂接受启蒙，待到成年刘秀才又回到蔡阳，侍奉母亲，耕田务农，维持家业。

手中的笔一顿，不知为何，眼角扫过刘秀沉静俊逸的侧影，心中竟是升起一缕酸楚。这样一个风神俊秀、气质儒雅的人物，打小的境遇却并非是一帆风顺，如果不了解他肩上到底担负过什么，很难相信他会是个下过农田、卖过杂物的俗人。

"怎么了？"似乎觉察到我在关注他，他侧过头来，微笑着看向我。

阳光从窗隙透射过来，金灿灿的光芒映在他白皙的脸庞上，笑容温文儒雅，宁静致远。

怎么还能笑得出来呢？怎么能……一直这样保持着永恒的笑容，他难道不会哭泣，不会伤心，不会失望，不会愤怒的吗？为什么脸上总是能挂着闲适温柔的微笑呢？

我不懂！一个经历过那么多坎坷的人，怎么能一直这么无欲无求地笑着？

"刘文叔……"我喃喃地吐气，他的眼睛清澈透亮，柔软的眼神如若澄净小溪，潺潺流淌进我的心里。"不，没什么！"

我狠狠地感到一阵狼狈，咬着唇仓促地压下头，继续盯着缣帛发呆。

接下来的命运到底是什么呢？

刘秀……他或许是不愿意看到战乱的，他心中对母亲兄弟姊妹的关切度也许远比男儿雄心来得重，可是刘縯……刘縯的壮志注定会打破他心中柔软的平衡。

对不起了，刘秀！历史如此……命里注定的，躲也躲不掉！

我的手指缓缓收紧，心里有个声音很肯定地给予自己答案：刘縯没错！顺应时势，造就英雄，选择这条创世之路才是正确的！

刘秀太过优柔，太过妇人之仁，刘縯之前说的没错，他这个弟弟胸无大志，我绝对不能受他影响！

强迫自己重新整理思绪，让一颗躁动的心渐渐恢复平静。

南阳郡位于荆州北部，东邻江淮，西依武当，南望江汉，正北直指函谷关。说大不大，说小不小，拥有三十余镇，数十万户，人口过百万。界内山脉有绿林山、桐柏山、衡山，水脉有沘水、淯水、沔水、湍水等，算得上是山清水秀、风光怡人，可见当初刘仁颇具眼光。

可南阳地区同时又居住了太多的刘姓宗室，对王莽新朝而言，这就是块雷区，超级敏感的地带。

居摄元年四月，也就是距今的十二年前，王莽居摄辅政初始，因不满王莽觊觎皇位野心昭然若揭的南阳安众侯刘崇与侯相张绍首先发难，起兵攻打宛城，最终却寡不敌众以失败告终。

经过那一次，王莽对南阳郡内的刘氏宗亲分外反感，当时的春陵侯刘敞为了保全南阳宗室，争取朝廷大臣的支持，为其子刘祉迎娶了高陵侯翟宣的女儿翟习为妻。谁知成亲不到一月，翟宣之弟、东郡太守翟义立严乡侯刘信为天子，再次举起义旗号召全国百姓起来推翻王莽政权，起义队伍一度发展到十几万人，然而三个月后，翟义同样以失败告终。

最终的结果是翟习株连被杀，刘祉亦受到牵连，被捕入狱。

王莽称帝后，先将刘姓宗室中的侯爵全部降为子爵，而后又全部废为平民。

如今，邓晨、李通他们的策略就是仿效当年的翟义，趁立秋南阳郡在宛城举行都试骑士时，劫持郡守甄阜和属正梁丘赐，号令大众造反，占据宛城。

到时宛城李通，新野邓晨，蔡阳刘𬭎，三方同时行动，造势响应。

计划是不错，只是我心里始终隐隐落着紧张与不安，难以消除。

"嗯……那个，翟义反莽失败后，下场如何？"

刘秀身子明显一僵，过得许久，他抬起头来，一字一顿地回答："磔尸于陈县！"

我心里噗通一跳。

刘秀却未曾停顿，一鼓作气地说道："王莽命人掘开翟义父祖的坟墓，焚毁棺椁，灭了翟氏三族……"

我身子一颤，马车恰好也是一晃，我急忙顺势扶住车壁，可是一只手不知怎的，五指难以抑制地颤抖起来。

西汉一度盛行厚葬之风，那是因为他们相信死后灵魂在另一个世界里同样有知，事死如事生。加上一贯奉行以孝为先的观念熏陶，祖先的坟墓以及宗庙祠堂，在他们心中乃是与己身荣辱生死同等重要的东西。

悲悯之色在他眼中一闪而过，刘秀的声音有些谙哑，唇角的笑意已不再轻松淡如："如此王莽尤不解恨，他命人把数百具尸体弃置一个大坑中，鞭以荆棘，投以毒物……响应翟义起兵的二十三县义士，如槐里赵朋、霍鸿等，分别陈尸于濮阳、无盐、槐里等五县的通衢大道旁……"

砰！车子猛地一颠，我一头撞在车壁上，额头疼痛钻心。

刘秀急忙收口，伸手虚扶："要紧么？"

我摇了摇头，牙齿狠狠地咬着嘴唇。

想不到，失败者的下场竟是如此凄惨，更想不到，他对失败者的下场竟是如此清楚，难道说，这才是他眉宇间总若有若无地带着一种悲悯之情的真正原因？

失败者，将不存于世！刘縯他们压下的赌注，不仅仅是个人荣辱，而是全族人的性命！

不成功，便成仁！

这一点，刘秀比任何人都看得更深远、透彻！

呆呆地看着那张温润如玉的笑脸，第一次，我的心为了这样的笑容感到莫名的揪疼。

秋风送爽，金灿灿的谷穗随风起伏，犹如层层海浪。

"呀！"我惊讶地直起身，恨不能把整个脑袋都伸出窗去，"不是说南阳颗粒无收么？这是怎么回事？"

刘秀含笑不语，驾车的车夫却忍不住夸赞一句："那得看是谁种的田了！别处种不出谷子来，文叔君自有那本事叫田里产粮！"

"真美啊！"我发自内心的赞叹。从新野一路到蔡阳，一路良田萧条，荒草萋萋，道不尽的凄凉，唯有这时方才得见一些谷熟秋收的喜气。"刘文叔！我认得这里了！那年你就是在这块田里收割……还有你大哥，就站在那田垄上讥笑你！"

刘秀倏地回过头来，直直地看着我，我被他瞧得怪不好意思，哂笑道："那时不识你与刘縯，我还将你和他搞混了呢！"

眸光闪了下，他低喃："为何你会不识……"

他的话没讲完，就听一阵犬吠之声由远及近地传来。

车夫惊喜地叫道："文叔君，是伯升君他们！"说罢，勒住缰绳，将马车缓缓停下。

"丽华——丽华——"刘縯大嗓门毫无遮拦地嚷嚷着，刘秀将车前的竹帘子卷起，才卷到一半，一只大手已等不及地掀了帘子探进头来。"丽华！你果然来了！"

刘縯惊喜无限地望着我，目光烁烁，热情如火。

我被他盯得浑身发烫，他眼中传递的情意未免也太直接赤裸了，竟连一点避讳收敛都没有。

"大哥！这回你瞧见真人，可不会再说我扯谎哄你了吧？"清丽柔软的嗓音掩在刘缤之后。是刘伯姬，她比我提早几日被刘秀遣送回家。

刘秀方作势欲扶我下车，那头刘缤突然探身进来，双手抓住我的腰肢，竟一把将我抱出车外，大笑道："伯姬诚不欺我！丽华，你能与我同患难、共进退，伯升至死不忘你这份厚爱之情！"

"快放我下来！"我惊慌失措。

天哪，那么多人在看，想不到车外除了刘伯姬，居然还围了一大帮人。老少男女，加起来不下十数人。

"大哥！"刘秀跳下马车，恭敬有礼的和刘缤打招呼。

刘缤这才将我放下，走过去拍了拍刘秀的肩膀，面带赞许之色地说道："文叔，你小子总算开窍了，这回干得不错！好样的，是我刘缤的弟弟！"

刘秀腼腆一笑。

刘伯姬挽起我的胳膊，亲昵地拉着我介绍起那群人来，都是刘家的族辈亲戚，我听了不免眩晕。说笑间，忽闻马嘶，却原来是跟在我们后面的另一辆马车到了。

刘缤立时停止嬉戏，肃容整装，与车上下来的李轶正正经经地寒暄招呼。

少时刘伯姬挽着我在一堆亲戚的簇拥下，来到了刘家。

刘家宅院很普通，占地不过阴家宅院的三间主宅那般大小，屋檐盖得也矮了许多，采光更是大有不及。有道是麻雀虽小、五脏俱全，刘家面积不大，几处房间倒也分隔得有模有样，刘伯姬先是把我带到她的房间，命小丫鬟打水给我洗脸。

我瞧那丫鬟有几分眼熟，后来一想，可不就是那日跟去邓府的那个婢女么？

刘伯姬见我发愣，不由笑道："我家粗陋，只怕要请你多多包涵了。你来这为何也不带个使唤丫鬟呀？我上次去新野二姐那里，我娘还非让我带上凝翠。"

我讷讷地接过凝翠递来的湿帕子："车里挤不下那么多人……"刘家的那辆马车真不能装三个人跑长途，不然我非憋死在里头不可。后头那辆车是李轶的，我总不能把胭脂塞他车里吧？这年头，有些身份的男人都不屑与奴婢同席，更何况是同车了，又非是他家的奴婢。

"凝翠不是我的丫鬟！"刘伯姬突然说道，"我家生活拮据，买不起奴婢，打小我和姐姐们都是自己动手，没人服侍。"

我琢磨着她的话，她说这些是什么意思？难道是在暗示我，一旦我嫁给刘缤，必然得抛弃大小姐的身份，过这种艰苦的日子？

我不禁暗自好笑，且不说我到底要不要嫁给刘缤，只说这乱世将起，刘、邓、阴这三家都将卷入战乱，国无宁日，何况家乎？

只怕到时所有家眷都将疲于奔命，哪里还能再安逸享福！

我不在意地笑了笑，对着房中的青铜镜取了梳篦一点点地抿拢乱发。

刘伯姬怪异地盯着我看了足足有三四分钟，欲言又止。一时凝翠出去，门上轻叩两声，有个温和的女音在门外说道："小姑，娘说想见见阴姑娘。"

刘伯姬面色大变，竟然比我还紧张，那门外之人见半天没回答，又敲了敲门，轻声询问："小姑可在？"

"在……"刘伯姬慌张地打开了门，门外站了位年纪比刘伯姬大出少许的女子，低眉顺目，圆脸盘，五官长得还算齐整。

凝翠就躬身站在那女子身后，眉心却是攒得紧紧的，刘海下的一双眼睛一会偷觑我两眼，一会又落到那女子身上，神情复杂而古怪。

我从房里走出来，那女子衣着虽不见华丽，可是朴素中透着落落大方，气质倒也清丽，我不由留上了心。

"小姑快带了阴姑娘去大屋吧，莫让娘久等。"她低声说着，脸上虽挂着笑容，可那笑意却没传达到她眼中去，勉强压低的声音中竟带着一丝微颤。

刘伯姬愣了愣，在那女子的催促下慌里慌张地拉住我："是！不能让娘久等。"

她抓得如此急切，指甲竟在我手腕上抓出几道刮痕，疼得我几欲缩手。

刘伯姬匆匆忙忙地拖着我走，我疾走两步，忍不住又回头观望两眼。

"她是谁？是你大姐么？"转念一想又不对，刘伯姬的大姐刘黄乃是家中长女，年纪应该在刘缤之上，可那女子怎么看也都不满三十。

刘伯姬一个趔趄，惊愕地回过头来："你当真不知她是谁？"

我摇了摇头。

"大哥没跟你提过？"

"他跟我提过什么？"

刘伯姬"呀"地一声低呼，松开我的手，双手捂住了自己的嘴："大哥那个浑人……"

"怎么了？"我开始觉得有些不对劲了。

到了大屋门口，刘伯姬伸手欲敲门，试了几次终是把手缩了回来，回头看了我两眼，咬牙道："这事也不能瞒一辈子，大哥犯浑，我却不能欺你。方才那人不是我大姐，实乃我大嫂！"

我一时没听明白，过了片刻，忽地像是兜头被人浇了盆冷水，从头凉到脚："什么？"

"她是我大嫂，其实她出身不差，和你也是同乡，她爹爹是新野县令潘临，凝翠便是她的陪嫁婢女……"

我冷冷一笑，一种被辱的愤怒犹然升起："她出身好不好关我何事？"

她错愕地看着我："难道……你真想我大哥废她为妾，扶你为正？不……不能啊，大嫂嫁到刘家后勤勤恳恳，操持家务，并无错失，她还替我大哥生了三个儿子，她……"

"够了！"我忍不住喝叱，气得身子微微发颤，"什么正妻媵妾，我阴丽华在你们眼中就是如此肤浅之人么？我……"

"伯姬！是你在外边么？"蓦地，门里响起一个苍老沙哑的声音。

刘伯姬脸上闪过一丝慌张："是，娘！"

"还有谁在啊？"

"回娘的话，是……是阴姑娘。"

"哦……"门里的声音一顿，而后道，"那快请进来吧。"

刘伯姬随即推开了门，随着那扇乌沉沉的大门吱嘎推开，我的心咯噔一下坠落了。

房间不是很大，无法和我在阴家的房间相比，屋里光线不够明亮，散着一股淡淡的中药味，虽然不刺鼻，却也叫人一时难以适应。

刘伯姬领我进去，只见床榻上歪躺着一位年约六旬、白发苍苍的老妇人，床头和床尾分别跪坐着两名垂髫小儿，床榻下的软席上跪坐着一年轻女子，正细心地从药罐里倒出药汁。见我进来，那俩孩子眼睛眨也不眨地盯住我看。

小一些的才三四岁大，黑白分明的大眼睛扑闪两下，忽然奶声奶气地说道："奶奶，这位姐姐长得真是好看，比娘好看……"

"胡说！"对面大一些的男孩立马打断他的话，怒叱道，"娘是世上最美的女子，谁都比不上娘！"说着，恨恨地斜眼剜我。

"章儿！小孩子别乱插嘴，没规矩……咳咳。"老太太用帕子捂住了嘴，一阵闷咳，"带弟弟出去玩儿，别来捣蛋。"

"哼。"章儿从榻上爬了起来，伸手去拖弟弟。

那小小孩儿四肢并用地摇晃爬起，走过我身边时，忽然停下拉了拉我的袖子："姐姐，你真的要当兴儿的娘么？可是兴儿已经有娘了……"

刘伯姬一把捂住那孩子的嘴，把他重新丢给章儿："还不快些出去！"

我兀自傻站在那里，手足冰冷，背脊僵硬，连行礼都忘了。

樊娴都虽然老了，可是那张脸依稀仍保留着几分当年婉约的模样，应该说刘秀很像她，眼神顾盼间尤其相似。

"女子……"樊娴都温和地喊了声，"委屈你啦，缤儿莽撞，你今后……"

"不！"我退后半步，直觉地抗拒她底下要交代的话语。

"娘！"门口有个身影一晃，耳熟的声音在我听来如若天籁之音。

颀长的身影立在门口，稳稳当当地行礼："不知娘的身体近来可好些？儿子不孝，一走便是经月，劳娘挂心了！"

樊娴都激动得从榻上坐了起来，颤巍巍地伸出手来："是秀儿么？快……快些进来，让娘瞧瞧……"

刘伯姬让出道来，刘秀三步并作两步地走到母亲跟前，跪下拜道："娘！"

"我的儿！"粗糙的双手抚上刘秀的面颊，"瘦了……也晒黑了！"

"娘，儿子没瘦。这些时日住在二姐夫家，有二姐照应着，吃的饱睡的好，非但没瘦，还长肉了。娘再摸摸……"

"好，好……没瘦就好。"樊娴都笑了，眼角沁着泪光。

我倔强地咬着唇，一双眼死死地盯住了刘秀。

"啊，瞧我，一见到秀儿就忘形了。"

"娘！"刘伯姬故作轻松地笑言，"阴姑娘又非外人，无妨……"

"是，是，都是自己人。"樊娴都开心地笑了。

我倒抽一口冷气，心中早有千百个声音在叫嚣，在怒吼，恨不能立马冲出这个房间，把刘缤抓过来大卸八块，以消我心头之恨。

可是……我不能。面对病恹恹的樊娴都，不知为何我竟然想起新野阴家的邓氏、阴丽华的母亲来。

什么都能假装，这份关爱之情不能假装，她待我是真心的，真心的为我要成为刘家的一份子而感到高兴不已。

我现在就算有满腔怒火无处发泄，也不能在她面前冲她撒气！

即使冲出这个房门又如何？我今天丢的脸还不够吗？从这里出去以后，他们又会拿什么样的眼光看我？

那个兴儿会怎么看我？章儿又会怎么看我？还有……那个潘氏……

深深地低垂下头，我双手紧紧握拳，指甲掐进掌心。我怕樊娴都再绕着这个话题继续说下去，以我的性子，忍到无可忍之时，会做出难以挽回的冲动之举。

"秀儿啊，眼看着你大哥又要娶亲，你也老大不小了，为何仍是执意不肯说门亲事，叫娘放心呢？你刚及冠那会儿一门心思想要外出游学，说是不想娶妻误人，可你从长安回来后，娘托人给你说亲你又是拒绝。如此一拖就是四五年，你的终身大事啊，究竟还要再拖多久？没见你成亲一日，娘也无法安心闭眼，没脸去见你爹爹……"

"娘。"刘秀抬起头来，微笑着问，"大哥又要娶亲了吗？不知是哪家的女子？"

樊娴都诧异地愣了下："不就是……"

"娘！儿子这四年迟迟不肯娶亲，娘可知儿子心中早有鸿愿？"

"什么？"

"仕宦当作执金吾，娶妻当得阴丽华！"

此言一出，不禁我愣住了，在场的所有人都愣住了。

刘伯姬第一个反应过来，焦急地喊了声："三哥……"

樊娴都迷糊道："这个阴……阴丽华不是那个……"

"娘！"刘秀起身，走到我面前，牵起我的手。

温暖的五指缠绕，我心中一颤，木讷地说不出话来。他冲着我微微一笑，清润如水的眼眸流淌着难以描述的款款深情。"刘秀此生非阴丽华不娶！"

震惊得我都不知该做些什么了，只是傻傻地看着他。刘伯姬吸气声犹自回响在耳边，樊娴都却慢慢恢复了平静，一双眼微微地眯了起来。说实话，就她现在的表情，十成十的和刘秀一般模样，我却觉得心里冰凉冰凉的，说不出的滋味。

过了半晌，原以为樊娴都定会发怒，却没想她眯眼笑了："这女子我喜欢，模样生得极好，老二媳妇，你说是不是？"

那边端着药盏仍处在发呆中的女子回过神来，连连点头："是，是，娘说的极是。"

刘秀拉着我跪下给老太太磕头，我浑身僵硬，木头似的任他牵引摆弄。过后，他又拉起我的手，神态自若地带我出了房间，刘伯姬原想跟来，却被樊娴都叫住了。

刘家院子里种了棵银杏树，扇形落叶从树梢上飘下，在地上铺了一层金灿灿的地毯。脚踩在这些落叶上，软软地踩出一片细微的沙沙声。

"谢谢你替我解围。"我把手抽了回来。

刘秀只是微笑，什么话都没说。

我心中不由一痛，自己也说不清是为了什么。抬头仰望那株高耸如塔的银杏树顶，视线有些模糊起来。

突然很想听他说些什么，听他辩白些什么……

一片树叶袅袅飘落，最后黏到了他的巾帻上，望着那张始终如一的温柔笑脸，我的心一阵阵抽搐，忍不住伸手替他把头顶的树叶拍落，憋气道："真看不出，老实人撒起谎来居然也能面不改色！"

刘秀的唇角微微颤抖了下，脸上仍是一成不变地保持着那个亲切的笑容。

一时无话，两人静静地站在树底，满天杏叶飞舞。

刘縯和李轶从偏厢走出来时，刘秀首先觉察，刘縯见我俩站在一起，先是一愣，而后咧嘴一笑。

我随即迎了上去，刘縯大喜，展开双臂作出拥抱之态。

靠近之时，我突然错身从他边上滑过，右手一拳捣中他的胃部。他"噢"地低呼，捂着肚子弯下腰，我厉喝一声，右臂弯曲，借着弹跳之力，手肘狠狠地砸在他背心。

刘縯站立不稳，喀地一声单膝磕在地上，痛苦地低吟："丽……"

大门口章儿刚带着弟弟玩耍回来，目瞪口呆地牵着弟弟的手，兄弟俩皆是一模一样的表情，既惊且惧地瞧着我。过了片刻，兴儿哇地一声嚎啕大哭，扑进哥哥怀里。

李轶惊愕不已，他就站在刘縯身边，这个变故却是他始料未及，直到我从刘縯身侧昂首跨过，他才恍然大悟地连忙搀起刘縯。

突　变

　　刘缤在与李轶密谈后，召集当地的大姓豪强，一同策划起事。商议过后，决定由李轶和刘秀回宛城协助李通在立秋那日的行动。

　　我执意与刘秀他们同行，不肯留在蔡阳，刘伯姬再三挽留，我只是婉言相拒。

　　刘缤这几日招兵买马，忙得脚不沾地，我先还希望他能给我一个合理的解释，没想他竟是压根儿没来找过我。

　　也许，是我太高估了我自己，低估了刘缤。

　　在他那一腔热血之中，本来女人占据的位置就不多，更何况他已有妻儿，我在他眼里只怕根本算不得什么。

　　和匡复汉室的大业比起来，我……根本不算什么！

　　一行人原车返回，因为离约定的时间只剩下两天，所以马车赶得甚急，一路上没少受颠簸之苦，连我这个身体强壮的人竟也被颠晃得晕起车来。

　　好容易挨到宛城，没想一向宽松、进出自由的城门口突然增派了许多守卫，城楼上亦是有不少手持枪戟、身披铠甲的士兵来回巡逻。

　　端是瞧这架势，已足够让人提起十二分的精神，不敢大意。

　　驾车的是刘家的同宗子弟刘稷，守城的侍卫一反常态，竟是不顾刘稷的劝说哀求，径直动手掀帘检查。竹帘掀起时，我背上出了一身冷汗，手指紧紧抓住了膝盖。

　　许是见车内有女眷，那守卫并未多加刁难，没过多久便放行让车通过。可还没等我松口气，就听后头一阵呼喝，回头一看，却是李轶的车被扣了下来，一群人团团围住了那辆车。

　　刘稷不自觉地放缓了车速，刘秀见状，急忙一声低叱："切莫回头！把马车一直往前赶！"

　　这时候就算再迟钝的人也明白情况不对劲了，刘稷不敢大意停留，猛地一抖缰绳，马车顿时加快了速度，混入人群。

　　到达李通府邸的时候，但见门口进进出出的皆是官兵，府内燃起熊熊大火，滚滚浓烟冲天而起。

　　刘稷面色发白，急忙假装驾车经过，把车拐了个弯从李府快速绕过。

　　刘秀脸上终是没了笑容，可和刘稷相比，并无过分慌张之色。我不得不佩服起他的镇定，面对此情此景，即便是我，也早唬得一颗心怦怦乱跳。

马车在城内绕着弯，正在六神无主的当口，马车猛地刹住，我和刘秀险些被抛出车去。耳听得刘稷扯高嗓门，怒气冲天地吼道："走路不看道，找死不成？"

我不觉松了口气，刚才险些以为车子被官兵拦下了。

刘秀悄悄掀了帘子往外探视，突然"咦"了声，喊道："停一下！"也不待刘稷将车重新停稳，便匆匆跳下车去。

我一把掀了窗帘子，只见刘秀下车后快步走向路边，道旁有位胖妇人手里提了只硕大的包袱卷，瑟瑟地站在风口里。

我猛地一惊："表姐？！"

那妇人竟然是邓婵！

不等我下车，刘秀已扶了邓婵上车。这辆车的车厢实在狭窄，邓婵大腹便便，堪堪爬上车已是吁喘连连。

刘秀往车内扫了一眼，和刘稷耳语几句，刘稷不时点头，须臾，刘稷把缰绳交给刘秀，跳下车驾径自去了。

于是刘秀站在车前驾车，我拉着邓婵细问缘由。

她的气色十分不好，眼睛红肿，面色蜡黄，唇上起了一圈的火泡。我望着她即将临盆的肚子，又是心疼又是生气。

"怎么回事？你不好好在家待着待产，又出来乱跑做什么？"

她舔了舔唇，虚弱地问："有水没？"

我急忙取出陶罐，她竟等不及我拿陶盌倒水，直接抢过陶罐，就着罐口咕咚咕咚一气猛灌。

"你慢些。"瞧她那狼狈的模样，我险些心酸落泪。

过得许久，她才放下陶罐，似乎稍稍有了些精神，却是两眼直愣愣地盯着我。过了几秒，她忽然"哇"地失声大哭。

"表姐……表姐！"

"他们到底在做什么？你告诉我，我哥他们到底在做什么？为什么我的夫主会不要我了？为什么他说有我在，会害死他们全家？你告诉我——"她一把抓住我的手腕，尖长的指甲掐进我的肉里，她泪流满面，凄然哭泣，"这几日城里风声鹤唳，抓了多少人，又杀了多少人，以至人人自危。夫主不要我也罢，休弃我也罢，我只担心……只担心我哥他们会做出傻事来！丽华，你告诉我，你跟我说，我的担心都是多余，这全都是我自个儿在瞎猜，我哥他们什么都没做，对不对？对不对？"

我无措地搂着她的肩膀，不知该如何安慰她。

邓婵嘤嘤哭泣，久久无法平复，我茫然地抬起头，透过稀疏的竹帘缝隙，依稀能看见刘秀的背影。那道背影仿若刘家院中那株苍劲的银杏古树一般，虽然枝叶凋零，却依然给人以稳定踏实之感。

我紊乱的心绪渐渐冷静下来，一会儿邓婵也发泄够了，坐直身子，一边抹泪一边冲我赧颜一笑。

我瞄了眼她的肚子，有些不放心地问："产期应该就在这几日了吧？"

邓婵难掩忧伤地抚着高高隆起的腹部，噙泪点了点头。

我不由皱起了眉头。瞧眼下的局势，宛城已经危机四伏，当务之急不仅是要联络上李通，还要想办法把邓婵送回新野。

正想找刘秀商量一下，忽地从车后跑过来一个人影，轻快地跳上车驾，刘秀及时伸手拉了那人一把。

那是去而复返的刘稷，只听他大口大口地喘着粗气，压低声音说道："找到李通了，他现在躲在一门客家中……"

"到底出了什么事？"

"据说派去长安通知宗卿师李守的李季，半道病死了，宗卿师从别处得知咱们的事时为时已晚……"

我心里咯噔一下，李守从别处得知？他怎么可能从别处得知，他若能从别处得知这个消息，那岂非任何人都能得知了？

人人都知的秘密，那还算是秘密吗？

"宗卿师听了中郎将黄显的建议，自知难以再出长安城，便上书辞呈，请求回乡……"

我的心冰凉一片，这个李守真是糊涂啊，堂堂正正出不了长安城，还不如偷偷摸摸地逃走呢，这下了岂非是自投罗网么？

刘秀问道："结果呢？王莽如何说？"

"王莽当即把宗卿师投进大牢，后黄显求情，保证李家绝无反叛之心，方免一死。可谁知南阳郡守甄阜得知咱们的计划，先一步上了奏报，王莽那厮狂性大发，竟而将宗卿师全家一门诛杀，黄显亦亡。甄阜这几日在宛城更是大肆捕杀李氏族人和门客，已然杀了李通的兄弟、同宗子弟共计六十四人，甚至还……还在李家焚尸扬灰……"

我眼前一黑，险些把持不住自己，联想到方才飞扬在李通家上空的滚滚黑烟，胃里一阵抽搐作呕。

邓婵似乎彻底呆掉了，两眼发直，过了片刻，全身发抖，犹如抽风般。

我被她的样子吓住了，忙伸手按住她，她仍是抖个不停，牙齿咯咯撞在一块，话都说不清楚了："哥……我哥哥他……他……"

"没事！你哥哥没事，邓家的人都好好的！表姐！你别吓我！"

她两眼一翻，竟是朝上叉着眼白直厥了过去。

我急得跳脚，不停地掐人中，往她脸上泼冷水："你醒醒！喂——邓婵，你就算不要命，也还得顾着孩子！"

嚷嚷了老半天，她总算悠悠转醒，可醒了以后不哭也不闹，怔怔地耷拉着脑袋发呆，神情木讷，两眼空洞，这副样子反而更叫人担忧。

"刘文叔，能不能先送表姐回新野？"我知道其实就目前的紧张情势，提出这样的要求实在有些过分，但是邓婵的样子不容乐观，我不希望她和肚子里的宝宝有所闪失。

刘秀尚未回答，那头刘稷已然叫道："眼下都什么时候了，我们好不容易混进城来，怎能就此无功而返？文叔，李通的意思是尽快联络李家剩余的门客以及宛城的一些有志之士，立即购置兵器，继续未完成的计划！"

"计划已经曝露，再要劫持甄阜与梁丘赐，谈何容易？"刘秀眉尖若蹙。

刘稷豪情万丈地道："这又算得什么，没有甄阜、梁丘赐，我们照样能拿下宛城！"

我把嘴一撇，不以为然。

刘稷这人有点五大三粗，不会好好动脑，只会逞匹夫之勇。

"阴姬。"刘秀放柔了声音，"我不能离开宛城。"

我微微蹙起了眉。

"我把马车留给你……"隔着竹帘，我看不清他的表情，却能听出话语中沉甸甸的分量，"我相信以你的能力，一定能把邓婵安然送回新野。"

我的心倏地一沉，这实在是没有办法中的办法了，于是一咬牙，坚定地说道："不用担心，你大可放手去做你应做之事，我会负责把表姐送回家！"

刘秀沉默片刻，轻轻地将赶鞭搁在架子上，纵身跃下车辕："路上小心！"

"嗯。"我没立即掀开帘子出去，轻轻地应了声。

他站在车下身形屹然不动，刘稷催促了几次，他却置若罔闻。我心里一紧，冲口喊道："你也要小心……"

他冲着车内点了点头，这才转身跟着刘稷去了。

生死

出城时并没费太大的事，守门的小卒见车内就一半死不活躺着不动的孕妇，二话没说就挥手放行了。

我从未赶过马车，也从不知道这看似轻松的活其实一点都不轻松。在城内街道笔直顺坦，我还容易掌控些，可到了荒郊野外，那马就开始不听使唤了。我不抽鞭子，它自顾自地溜达到路边啃青草；鞭子抽得轻了，它左右前后乱踱步；抽得重了，它突然尥起蹶子便狂奔发癫，横冲直撞，大有不把马车掀翻誓不罢休之势。

九月的天气，原该凉爽怡人，可我却被一匹马整得大汗淋漓。

道路颠簸，我还好些，但邓婵是一足月的待产妇，挺着个大肚子在车子上受难的滋味却想来不会好受。出宛城时她还是躺在车里纹丝不动，像是傻了，可没等我把车赶出五里，她就开始哼哼了。

先还很小声，渐渐地呻吟声越来越响，越来越让人揪心，我就算想狠心忽略都不成。

"疼啊……"终于，她开始大声嚷叫起来，"疼死我了！我要死了——疼、疼死了——"

我持鞭的手一抖，愈发不知道怎么赶车了。

邓婵的叫声一声比一声凄厉，眼见得日头一点点地从地平线上往下坠落，我的心不禁也跟着颤抖起来，"表姐！你撑着点，算我求你……无论如何请你撑着点！你可别在路上生啊！"

我的哀求没有起到任何作用，甚至连一点微薄的安抚性也不具备，邓婵反而叫得更大声了，不断在车子里打滚似的乱撞东西，我能清晰地听到陶罐碎裂的脆响，能清晰地听到她越来越粗重的喘气声。

"丽华……我不成了……"她憋气，伸手过来拽帘子，"帮帮我！丽华……"

我焦急地扭头，只听"哗啦"一声，偌大一片竹帘子竟被邓婵拽塌，她的手指紧紧地握成拳，竹片的碎屑甚至还插在她的掌心，殷红的鲜血顺着指缝滴滴答答地往下落。

"邓婵？！"我慌了神，顾不得再控马指挥方向，反身爬进车厢。

邓婵面色煞白，眼神涣散地望着我，开裂起泡的嘴唇缓慢地一开一合："我……不生，丽华，帮我……不生……"

她蜷缩地躺在车厢里，空间逼仄，她的腿无法伸直，弯曲的膝盖在剧烈地颤抖。我无措地望着她："我要怎么帮你？邓婵，我要怎么帮你？"

要怎么办？我该怎么办？我六神无主，慌手慌脚地托着她的头用力试着想将她扶起来。

"啊——"她凄厉地惨叫一声，许是牙齿咬到了舌头，雪白的牙齿上沾染殷红的血丝，森冷地咧着，说不尽的恐怖。

她憋住一口气，似乎这口气永远也缓不过来了，膝盖的抖动带动整个身子剧颤，抖着抖着，最后竟像是肌肉痉挛般抽搐起来。

"邓婵——"

"嗯……"她呻吟，时而惨叫，时而低喘。迷殇的眼神，濒死地挣扎着，这一幕在我眼前不停地晃动。

我颤巍巍地将她放平，低下头，目光往下移动，只见自己膝盖所跪之处，正在逐渐漫开一汪血海。

血般绝艳的红色蜿蜒至车厢的各个角落，我打了激灵，双手扯住邓婵深衣长裙的裙角，用力一撕。可我之前已骇得手脚发软，这一扯竟然没能把裙裾扯裂。

我随即低头，用牙咬住布料的一角，用手借力一扯，只听"兹啦"一声，裙尾终于被我扯裂。

深衣内是一条没有缝裆的白色长裤，我已经看不出它原有的颜色，鲜红的血液将它染成了暗黑色。

我从不知道原来生孩子是这么恐怖的一件事，原来一个女人体内居然可以流那么多的血……

"表、表姐……邓婵……"我哽咽地带起哭声。天杀的，这个时候我脑子一团糨糊，浑浑噩噩地像是经历了漫长的一个世纪，根本不知道接下来该做些什么。

"痛……"邓婵的眼睛闭着，呻吟的声音也越来越低，"我不要生孩子……"

"邓婵……你撑着点，求求你！你现在不能放弃啊……"

"我根本……嗯——哼。"她抽搐得愈来愈厉害，一阵阵的肌肉痉挛，样子十分骇人，"不……爱那个男人，我……为什么要……替……他生……"

泪水模糊了我的视线，我声嘶力竭地疯狂呐喊："求求你！求求你！求求你……"

车厢内的光线越来越暗，等到天色完全暗下，整个天地间漆黑一片，伸手不见五指。我再也看不到邓婵的样子，只能听见她断断续续的痛苦辗转、呻吟："表……哥……表哥……表哥……"

我泣不成声："邓婵，你醒醒，求你把孩子生下来……你不能这么不负责任……"

"唉……"她突然幽幽地叹了口气，语音低迷凄婉，透着无限绝望，低不可闻，"你、你……为何从不看我……一眼……"

我哭了许久，她却再无动静，甚至连半丝叹息也吝于再施舍给我。我麻木地跪在温热的血水里，浑身冰冷。

"邓婵……"颤抖着双手，我摸上她的身体，她就这么躺在我面前，面庞冰冷，气息全无。

寂静的夜色，浓得像团永远也化不开的墨。

我身子一震，只觉得胸口撕心裂肺般的剧痛，呆呆地跪在她面前，捧着她的头痛哭失声。

天亮了，当曙光透射进充满血腥味的狭小车厢时，我瞪着干涩空洞的双眼，愣愣地望着浑身冰冷僵硬的邓婵。她的面色在光线下泛着青紫色，眼睑紧紧地闭着，我轻轻用手抚上她的脸颊。

这是张年轻漂亮的脸孔，这是个生机勃发的年轻生命，她才二十岁……才只有二十岁！

我木然地脱下外衣长襦，替她披上，动作轻柔地替她把散乱潮湿的头发重新梳好，回想那时她送我华胜时曾有过的盈盈笑语，如今却都已经不在了。

整理妥帖后，我拉起她僵硬的胳膊，将她背到了背上。

天空有些阴沉，太阳隐在云层里，似乎也不忍窥视这一幕人间惨剧。

我凄然一笑，步履艰难地背着她往荒地里走，半人多高的荆棘划破了我的裤子，在我腰上、腿上割出一道道的血痕。邓婵的身子很沉，压得我喘不过气来，我尽量把她抬高，不让草棘割伤她。

走了大约一百多米，捡了处杂草柔软些的空地，我把她放了下来。取出一直随身携带的短剑，我开始破土掘地。

反复重复着同一个动作，我机械地干了一天，直到太阳再次西沉，眼前终于出现了一个两米长、一米宽的浅坑。

胳膊已经酸麻得抬不起来了，满身满脸的泥，我很想再把坑挖深一些，好让邓婵安眠得更舒服一些，然而心有余而力不足。

汉代的人信奉事死如事生，人死后对于墓葬尤为重视，可我实在已不能再替她多做些什么，如果这样子带她回新野，邓家的人必然悲痛欲绝。

邓婵她……那么担心她的哥哥，我不忍让她失望难过。

邓晨在新野有大事要干，那么多人在等着他指挥行动，唯他马首是瞻，稍有闪失，只怕死去的便不是一两个人，很可能邓家会沦落得和李家一样。

"你且先在这里委屈下……"我闭上眼，双手拢起，把土推进坑里。泥土渐渐覆盖住邓婵毫无生气的脸孔，我鼻子一酸，泪珠儿再也不受控制地簌簌坠落。"你等着，等熬过了这阵，我一定来带你回去……一定……"

捡了块长方形的石条，我把它竖在垒起的土堆前，想写碑铭，却发现身上根本无笔无墨。低头一看裤管上的斑斑血迹，心中一动，于是卷起裤腿儿。被荆棘割伤的伤口仍在淌着血水，我直接用食指蘸了，一笔一划地在石条写下"邓婵之墓"四个字。

等干完这一切，我看着这座旷野里孤零零凸起的小土坟，心头又酸又涩，早已虚脱的体力再也无法支撑下去，两眼一黑，扑通仰天摔倒。

夜幕终于再次降临，草丛中亮起了点点绿光，成群的萤火虫在邓婵的坟茔上空飞舞，绿莹莹的光芒点缀着孤寂凄凉的四野。

我抬头望着星芒隐现的苍穹，不禁感到一阵茫然的心颤。

二十八宿……

难道命运把我送来这里，就是为了见证这些残酷的死亡吗？为什么非得是我，为什么不是别人？为什么偏偏是我？

眼眶中的泪水模糊了视线，一滴滴的自眼角滑落。

我举起手，用手背抹去眼泪，眼中的水气不绝。我闭上眼，用手紧紧蒙上自己的眼睛，强压下心中的悲痛。

昏沉间听得宁静的夜空里幽远的传来一声马嘶，我迷迷糊糊地撑开眼睑，头枕在草地上，身侧是冰冷的石碑，我心里一阵抽搐，痛苦地闭上了眼。

马嘶声再次响起，这一次嘶鸣声高亢清晰，我一个激灵，猛地清醒过来。翻身从地上爬起，却见原本停在路边的马车，这会儿得得得的正往南驶去，有人影鬼祟地爬在车上，扬鞭呼喝。

没想到这种时候，居然还有盗匪觊觎那辆破旧的马车，我又气又恼，脑子里一阵眩晕。一天一夜，滴水未进，我的体力严重透支，可饶是如此，压抑在心底的满腔悲情终是撩起熊熊怒火，我抓起一旁的短剑，踉踉跄跄地追了上去。

马车跑得并不快，估计偷车贼和我一样，也是个不懂驾车的外行，响鞭噼噼啪啪地回荡在寂静的夜里。我憋着气追上马车，强忍着眼冒金星的虚浮，就在奔到与车平行的当口，猛地跃上车驾，向那驾车之人扑了过去。

巨大的冲力之下，他"哎哟"一声被我撞得跌下车去，摔下时我单手托着他的下颌，伏趴在他身前，巧妙地让他给我当了垫背。他后背才挨地，我的手稍许使劲，压着他的后脑勺撞在地上，他连声都没哼，便昏死过去。

我闭了闭眼，顺了口气，从他身上爬了起来，啐道："让你再偷我的马！让你……"

脑后骤然起风，我警觉地缩肩，回旋一脚，身后有人闷哼一声，捂着肚子倒跌一步。可惜我脚软无力，使不出多大的劲，不然此刻他必定也得趴到地上去。

回眸冷冷凝视，我却笑不出来，从马车上又接连跳下两人来，将我成品字型地围住。

没想到，偷车的竟然不是一个人，连同倒地昏迷的家伙在内，居然有四个人。

"是个女子？"

"呵……"其中一人猥琐地淫笑，"长得还不赖呢。"

我身上的外衣脱给了邓婵，眼下只穿了套中衣中袴，落在他们这些猥亵的小人眼中，最是香艳刺激。

我冷冷一笑，抽出短剑，牢牢地握在手中："你们谁先来？"

三个人先是一愣，而后发出轰然大笑，我趁着他们笑得起劲，率先发难。猛身扑向其中离得最近的一人，一剑刺向他的心窝。

他骇然倒退，剑尖才划破他的肌肤，身后有人一把抱住了我的腰，另一人过来抢夺我手中的短剑。

我厉喝一声，右臂一震，挣脱抢剑之人的手，借着抱腰的那股力，双腿腾空踢起，一脚把面前那厮踹出三米远。

腰上的胳膊收紧，我一剑斫下，在那胳膊上划出老深的一道口子，用力之猛，险些把那人的右手齐腕削断。

身后发出一声惨叫，撕心裂肺的哀嚎声将其余二人震住，两人面面相觑，突然一人发出一声低吼："别管这疯女人，抢了马赶紧走！"

他俩也不顾地上昏死的同伴，竟是争先恐后地奔向马车，那胳膊受伤的人凄厉地惨叫："等等我……"踉踉跄跄地追过去。

我冲了上去，短剑晃动，那人捂着伤臂，惧怕地躲开。转眼间，另外二人已把马从车上解了下来，共乘一骑疯狂逃窜。

我气得浑身发颤，眼见自己跑得不可能有马快，绝望中不禁透出一股恨意，牙关紧咬，恨不能当场把剩下的两名恶贼杀了泄恨。

正当我转身时，却听马咴嘶鸣，哎哟声起，逃跑的两个人不知怎的，竟从马上跌了下来。

两个人狼狈地再次爬上马，我拼着最后一股力气狂追而至，心中恼恨至极。

骑在马后的一人急道："快！快！勒马踢她！踩死她！"

脑子里"轰"地一声响，仅剩的那丝理智终于消失，我发狂地冲了上去，一剑刺出。这一剑没有削中他们中的任何一个人，却是狠狠地扎进了马颈。

剑身完全没入，马儿长长地悲鸣一声，我抽出短剑，顿时马血狂飙，一股股的热血喷得我满头满脸，我站在原地颤栗地尖叫："想要马？我给你们！给你们——"

马儿前蹄一软，轰然倒地，一时马血淌了一地，那马一时半会儿却不咽气，侧躺在血洼里四肢抽搐。

"拿去啊！拿去！"我晃动着血淋淋的短剑，疯狂地狞笑，"给你们——你们拿去啊！"

两人狼狈地从地上滚爬而起，面面相觑后竟是撒腿而逃，那个受伤的家伙见势不妙也同样溜之大吉。

我仰天大笑，笑声凄厉，胸口似有块千斤重的大石压着，抑郁难舒。笑到最后，已是雨泪婆娑，纵横满面。

那匹马抽搐了几下，终是不动了，血却是越流越多，缓慢地渗透进土壤里。

我一跤跌坐在死马身旁。

也不知过了多久，远处传来当啷当啷的哑铃声响，随着蹄声逐渐靠近，一头小灰驴在我跟前停了下来，长长的耳朵微微耸动，驴颈上挂着一只青铜哑铃，驴头不时地摇晃带出阵阵谙哑的铃声。

顺着毛驴的脑袋一点点地往上看，竟是意外地触到一双深邃的眼眸，瞳孔乌黑，我第一印象就觉得那双眼黑得很假，竟是一点光泽都没有的深沉。

在那样的乌瞳里我完全看不到半点的流光倒影！

心里一惊，没等看仔细，那双乌瞳的主人已从驴背上跳了下来，紧接着一件粗麻斗篷兜头罩了下来，遮住我衣不蔽体、血污浸染的身体。

忙从斗篷里挣出头来，就听一个悦耳的声音问道："喝水么？"

我下意识地点了点头。

他屈膝半蹲，将一只陶罐递了过来。瞪着那陶罐内滢滢晃动的清水，我咕咚咽了口干沫，狼狈地劈手夺过。

仰头猛灌一气，却听那声音不紧不慢地说道："你干的不坏啊！"

"咳！"我一口水呛进气管，难受得咳个不停。

这话什么意思？

迟疑的放下水罐，我警惕地拿眼瞄他。那是个三十出头的青年男子，肤色白净，长相极为斯文，容长脸，下巴削尖，人显得十分清瘦，也透着一份干练。

他有一双与阴识极为相似的眼睛，眼线狭长，然而阴识的眼稍眉角透着一股子别样的妩媚，在这人身上却完全找不到，但是不得不承认，他长得要比阴识还好看。

那双毫无光彩的眼眸始终一眨不眨地看着我，我却不清楚他是否真是在看我，他的眼里瞧不出任何的情绪。

他突然朝着那匹死马呶了呶嘴："把马分了吧，如果嫌生肉带在路上会坏，就制成熟肉。"见我没反应，他伸手过来取我手中的短剑。

我右臂往后一缩，闪避开去，眼睛死死地盯着他。

"放心，我不会趁火打劫，只是拿水跟你换点肉而已。很公平的交易，不是么？"

我左手抱着陶罐，摇摇晃晃地站了起来："你看多久了？"

他拍了拍手，不动声色。

"刚才盗贼抢马的时候，你就在附近吧？"我冷冷地说，"如果现在马车被抢了呢？如果我无法自保，被那些人渣凌辱糟蹋，甚至灭口，你在边上津津有味地瞧完热闹，最后可还会出来跟他们做交易？"

他面不改色，无动于衷。我的咄咄逼人，犀利言辞，对他来说根本无关痛痒，仿佛我不是在质问他，我只是在自言自语。

手指握紧剑柄，指骨握得生疼。过得许久，我终是松开，轻轻地吁了口气："在马肉烤熟之前，先给我点干粮。"

他咧嘴一笑，露出一口整洁白净的牙齿。在那个瞬间，我恍惚生出一种错觉，这个人，长得一表人才，一派正气，可笑起时却同时给人纯真与邪魅两种截然不同的感觉。

"给你。"他似乎早料到我会这么要求，从驴背上解下一个布袋子，扔了给我。

他扔布袋的同时，我扬手把短剑抛了过去，然后接住布袋。他动作潇洒地接了剑，快步走到马尸，毫不犹豫地挥手割了下去。

听着骨肉分离的咯吱声，我不禁汗毛凛立，空荡荡的胃里一阵恶心，忙捧着水罐以及干粮躲远些。

回到丢弃在路旁的那节车厢旁，我低头默默地啃着烧饼，脑子里想的却是该何去何从，是继续南下去新野，还是调头回宛城找刘秀他们。

冥想间把一块干巴巴的烧饼吞下肚，胃里稍许有了饱意，我叹了口气。眼瞅着那个男人已利落地将马分割取肉，又在路旁捡了些干柴枯枝点了火，准备烤肉。

看看天色，离天亮也没多会工夫了，以这样的速度，估计天亮前一个人干不完这活。要是等天亮碰上过路人，岂不麻烦？

权衡利弊，最终决定还是过去搭把手，于是转身将陶罐搁在车驾上，却意外发现那个被我敲昏的男人还躺在草丛里没有动弹。

冷哼一声，我握紧拳头走了过去，正准备把他弄醒，却没想凑近一看，那人满头是血地侧歪着脸，竟像是死了一般。

我顿时被吓了一跳，只觉得浑身冰冷。刚才杀马是一回事，杀人却又是另一回事！我能安抚自己杀马后的罪恶感，却不代表能跨过心底那道道德准线，默许自己杀人。

小心翼翼地弯下腰，我颤抖着手指去探他的鼻息。

鼻息全无——我浑身一震，僵呆了。

"以前可曾杀过人？"冷不防身后响起这句冷冰冰的问话。

我吓得尖叫一声，弹跳转身，张惶地看向他。

"不、不……我没杀他，我只是……我没下那么重的手，我……"

他静静地看着我，漠然地说道："杀过人的女人，可就不是女人了哦！"

我呼吸一窒，唇瓣颤抖着竟是一个字也说不出来。

他忽然唇角往上一弯，露出一个笑脸来，我心跳如擂，惶惶不安，只觉得他的笑容里透着一种叫人心烦的邪气，绝非善类，不由恼道："我没杀他！"

拂袖逃开，心里却是乱成一团，一时间天大地大，却觉得再无我容身之处。那种罪恶感无论我怎么压抑，总会从缝隙中钻出来，搅乱我的心思。

"我杀过人！"他从身后跟了上来，声音淡淡的，听不出是喜是悲。

我转身看向他，他勾着嘴角冷笑，乌黑的瞳孔乍然绽放一道厉芒，邪魅的气息像是一种有生命的物体一般附着在他身上。我倒吸一口冷气，这个男人，莫名的就会令人产生出惧意来。

"我的弟弟被人害死了，我替他报仇，杀了那个人！"他说得十分轻描淡写，似乎不是在说自己的事。

他越是说得简单淡然，我心里越是发毛，惧意陡增，情不自禁地退后几步，离他远些。

他似有所觉，却没点破我，径直走到火堆旁，将火上的肉翻了个面。油脂从肉上直滴下来，落在干柴上，发出兹兹之声，青烟直冒。

"我不想被抓，所以逃了，可是官府的人扣了我的父亲，为了让他们死心，我找人抬了具棺枢回老家，诈死逃匿……"他仿佛心情十分愉快，一边轻松地说着话，一边不停地忙碌着手里的活。"我现在可已经算是个死人了呢。"

我不寒而栗。

潜意识里我就是觉得他可怕，比那些盗马贼，甚至四年前绑架我的马武等人更可怕百倍！

"其实杀人，并不可怕……生逢乱世，本就是你死我活的一场游戏。今儿你是运气好些，不然指不定就躺在这里了。所以，要么他死、你活，要么你死、他活！你选哪个？"

气氛异常静匿下来，火苗阴冷地摇摆着幽蓝色的光芒疯狂地舔舐着柴枝，直至将它化为灰烬。

我犹豫片刻，终是小声地说道："没有人会想死！"

想到惨死的邓婵，心里又是一阵痛楚。

他颇为赞许地点头："看来是个聪明的女人哪！"

我嗤然冷笑："杀过人的女人不是不能算是女人了么？"

乌沉沉的眼眸再次闪过一道异样的光彩，但随即隐去，他笑了下："是与不是，现在还说不准。"

我走近了些，从地上捡起串好的马肉，放在火上烧烤。

"你叫什么名字？"他突然问我。

我愣了下，半晌答道："阴姬！"

"刘玄，字圣公！"他咬了口烤熟的马肉，露出满意的笑容。

我没在意他的名字，反正大家都是萍水相逢之人，未必会说真名。他自己不也说自己杀过人，已经算是"死"了么，这个也许不过是他死后才用的假名。

"这里是什么地方？"

"这里再往南一些就是小长安，你要去哪？"

我想了想，小长安离新野还有一大段的路要走，如今马车毁了，马也死了，就靠我这两条腿步行，估计得走个七八天。

"我去宛城。"我轻轻叹了口气。

临走时刘秀曾说相信我能把邓婵安全送回新野，可如今却……

"宛城？宛城现在可不太平！你去那做什么？"

"不太平？"我心里一慌，"我有亲戚住城里……"

"最好先别去那里。这些肉我们一人一半，你没意见吧？"

"嗯。"我随意地点了点头，心里放不下的仍是那三个字——不太平。

"好，那等天亮我们便分道而行吧！"他把短剑在马皮上噌了两下，擦去血迹还了给我，"你一个女子，虽然有些武艺傍身，但孤身上路，毕竟胆子也忒大了些。如果……你实在没处去，不妨来平林找我。"

"平林？"我心中一动，"难道你是想……"

平林——如果没记错，两个月前平林人陈牧、廖湛二人举兵响应绿林新市兵攻打随县，拉了当地千余人反了。

难道他竟是要去投奔平林军？

"没错，果然是个聪明的女人！我刘圣公还怕个什么呢，这条命已是赚来的了，不吃亏。"

我茫然地看着他将烤熟的肉分成两堆，包好。

他倒也不欺我是一介妇孺，分得也算公允，说一半就是一半。

"拿去！"他把包袱丢给我，烤熟的肉余热未消，捧在怀里油兹兹，烫得胸口发热。

乱世啊！乱世……

这难道就是我所期盼的乱世么？

这当真是我之前殷殷期盼的生活吗？

这样的生活，当真精彩么？

我茫然无语。

如有可能，我真希望什么都没有发生！一切还和过去一样，邓婵没有死，她快快乐乐的在宛城和夫主生活在一起，平平安安地生下孩子，一家人其乐融融……

我错了！

乱世一点儿都不好玩！因为乱世需要玩的是命！必要时都是以命相搏！残酷得令人发指！

乱世起，百姓哀！

刘　良

这一路过往的行人起初并不算多，然而无论是车马人流，经过我身旁时都会把惊异的目光投向我，在我身上逗留片刻。

我知道这是因为满身血污实在太过扎眼，可如今我除了硬着头皮继续往南走，别无他法，好在刘玄临走并没有把他的斗篷要回去。我把身上的斗篷裹紧，又把帽子兜在头上，埋头前进。

在离宛城还有三四里的时候，路上的行人陡然增多，而且大多是拖儿带女、牵牛推车，仿佛举家逃难似的。这些人纷纷与我背道而驰，且一脸凄苦无奈，更有孩子坐在推车上哇哇大哭，嚷嚷着要回家。

越是靠近宛城，流民越发随处可见，更有许多人在城外徘徊，周边的野地里搭满了草棚架子。

我用包里的五斤马肉跟一户人家换了套干净的粗布衣裳，将自己重新打理得有个人样后，那户人家的三个孩子终于不再瞪着惊恐的眼睛瞅我。

"如今人人都往城外跑，你怎么还偏往里头闯呢？"

据这家的男人描述，前日城内暴乱，有几百人纠结造反，和官府的人打了起来，场面相当激烈。城里的百姓害怕殃及，所以纷纷出城避难，有亲戚的投奔亲戚，无亲无故又不愿离乡背井的只能选择在城外周边徘徊，以观形势。他们指望着官兵能将暴动镇压后，再回到城里去。

我立即联想到刘秀他们，心里绷紧了一根弦，焦虑难安。

"你们难道没想过那些人也许能推翻新朝、光复汉室？"我状似无心地不答反问。

那家的女人瞪着一双茫然的眼睛，扭头去看自己的夫主。那男人撇了撇嘴，嘀咕道："谁当皇帝跟我们又有什么关系呢，我们这些平头百姓所求的无非是三餐温饱，一世太平罢了。"

我微微一震，讷讷地说不出话来。

因天色已晚，城门关闭，我只得在这户人家搭的草棚子里和那三个孩子挤了一晚。第二天准备进城的时候，发现城门口聚集了许多官兵，城内固然有成群结队的人拼命想往外挤，城外亦是围了一圈人翘首观望。

官兵却是将城门死死守住，挥舞着手中的长戟铁戈，强行将围堵的百姓驱散开，甚至还把那些想出城的百姓逼回城内，将才打开的城门重新紧紧阖上。

"怎么回事？"我大惊失色，一种不祥的预感浮上心头。

嘈杂的人声淹没了我的声音，没人回答我的问题，城内的百姓哭爹喊娘，城外的一些壮丁男子纷纷涌上前与官兵理论。

"为什么不让我进去？"

"我爹娘还在城里没出来呢……"

"你们不能这么不讲理……"

乱哄哄的场面持续了将近半个时辰，城楼上突然爆出一声厉喝，压住了底下的吵嚷声。众人一怔，纷纷扬起头来。

朝阳刺眼的照在城楼上，城楼上除了严守以待的士兵外，正中还站了三四名深衣长袍的男子。

为首的那位，唇留两撇髭须，身材虽不见得高大威猛，然居高临下却有种睥睨的傲气。我心下微凛，恰见左右百姓无论男女老少纷纷跪下地去。我不敢造次，忙混在人堆里屈膝跪下，地上坚硬的小石块硌得我膝盖生疼。

城楼上有个中气十足的声音喝斥道："都想造反了不成？你们是不是都不想要脖子上的脑袋了？"

我听这话颇嫌这说话之人蛮横粗鲁，忍不住好奇地问了句："此人是谁？"

跪在我左侧的男人侧头横了我一眼："真乃无知妇人，连南阳郡甄太守都不知么？！"

我不觉一愣。

南阳郡守甄阜！这个人我岂会不知？

按照刘缤他们的计划，立秋谋动时第一个想要绑架挟持的就是此人！只是素来闻知其名，却始终不知其样貌长相，今日得见尊容，实在超出我以往的想象。

只听甄阜在城楼上发话道："近日有逆贼作乱，是以奉陛下谕旨，本官下令关闭城门，这期间若有胆敢擅闯擅离者——斩首！"

城下一片响动，有应声磕头的，也有起哄发牢骚的，那些官兵随即冲了上来，从人堆里揪出两三个闹得最凶的，推推搡搡地把人绑了就走。

我从地上爬了起来，有些茫然地望着城门。

甄阜还活得好好的，显然刘秀他们试图占据宛城的计划并没有成功。眼下这等虚张声势，紧闭城门，四处搜捕，看着叫人心惊胆战，然而从侧面看，却未必不是件好事。起码我知道，现在那些被镇压的人里头必然还有漏网在逃的。

我在心里暗暗祈祷，但愿刘秀平安无事，属于漏网之列，没有被甄阜他们抓到。

只要一想起甄阜对待李通家人的手段，我便不寒而栗。

无法想象若是刘秀落在他手里，会是何等的惨状！

我用马肉跟流散在城外的居民换了些许生活必需品，然后在宛城城外静守了七八天。就在我望眼欲穿，几乎想放弃辗转回新野的时候，宛城的封锁终于解禁了。

城里一无改变，仍是一幅生机勃勃的景象，我站在街道上，远远地望着已成废墟的李府，心里却是一阵阵的发涩。

等了这么多天，换来的不过是清冷萧萧。偌大的宛城，以我一人之力，根本无法查探到刘秀他们的踪迹。

在郡守衙府前，我找到一张缣帛告示，写明某年某月某日诛杀叛逆数十名，那一长串的名字看得我两眼发晕，几乎腿软得瘫到地上去。

强撑着一口气，将那些人名一一察看下去，连看三四遍，确定上头没有我熟识的人名，这才颤颤地离开衙府，离去时只觉得手足冰冷，浑身无力。

看完告示后心里的不安却始终难以消散，郁悒的感觉一直重重压在胸口，思虑再三，我终于决定放弃回新野，毅然南下蔡阳。

从宛城徒步回新野，已是困难重重，去蔡阳更是翻了一倍的路程不止，更不用说这其间我还得横渡一条沘水。

这一路摸爬滚打，我甚至因为不熟悉路况而走岔了道，历经风餐露宿后终于在十月初赶到了蔡阳。

刘秀家我虽去过两次，可每次都是乘着马车去的，到底该怎么走我可实在说不上来，只是清楚记得南阳颗粒无收，只有刘家的田里种出了庄稼。

这日进入蔡阳境内，我又累又渴，想找处人家讨盅水喝。绕过一处芳草萋萋的乱岗后，一片金灿灿的禾苗随风迎摆地跳入我的眼帘。我疾走几步，一时喜出望外，没曾脚下被石头一绊，竟是一头栽在田埂上，昏了过去。

我做了一个梦，梦里依稀看见刘秀站在麦田里冲我挥手，我兴奋得向他跑过去时，却发现一脸狞笑的甄阜从刘秀的身后冲了过来，提着明晃晃的宝剑，一剑刺中了刘秀的背心。

"啊——"我激动得跳了起来。

睁眼的同时，只觉得眼前一阵天旋地转，我捧着头呻吟一声，身子软软地倒下。有双手即使托住了我的后脑，侧目一看，却是一位慈眉善目的中年妇人，正看着我吟吟而笑。

"可算是醒了，夜里高热不止，我真怕你挺不过去呢。"妇人伸手摸了摸我的额头，回首喊道，"女子醒了，军儿，你的粥熬好没？"

门外"嗳"了声，随即一名尚未及冠的少年端着一盏冒着热气的粥跨进门："娘，粥来了。"

妇人将我扶了起来。

"小心，才煮的，有些烫！"少年咧嘴一笑，笑容里带着一种淳朴。他把盏凑近我的嘴，拿木勺子小心翼翼地喂我喝了口。

嘴里发苦，这小麦粥熬得相当滑腻，而且入口带着一股甜爽的清香，令人食欲大增，我忍不住多喝了几口。

"我在粥里拌了些野蜂蜜浆。"似乎瞧出我的不解，少年含笑解释。

一盏粥下肚，胃里转暖，我开始觉得恢复了些许力气，忙问："这是哪呢？"

"这是我家。"妇人答道，"你晕倒在我家田里，是早上我二儿子去田里耕作时把你背回来的。我瞧你是赶了许多路……你打哪来啊？"

我正要回答，猛地窗外传来一阵纷乱的脚步声，然后院子里的门推开了，伴随着一片嘈杂的鸡鸣狗吠声，有不少人在屋外焦急地喊着："良叔！良叔！"

没等妇人从榻前起身，就见门外冲进一人来。人影才晃进门，便扯着嗓门嚷开了："良叔！良……婶。"那人身形猛地一顿，紧跟在他身后接二连三地撞进七八个人来，大约是都没想到屋里尚有其他女眷在，一时都呆住了。眼珠子纷纷在我身上打了个转，然后一齐低下头去没再吱声。

妇人站起身，和气地问："你们良叔不在，和刘安去田里了，有什么事么？"

为首的那人也不过才三十来岁，相貌堂堂，只是神情慌张，仿佛受了什么惊吓，一时难以定神。

"良婶！"身后有人开口，"出大事了……"

一句话没讲完，就被最先的那个人用手肘捅了一下，讲话的人立即闭嘴。

"那个，婶婶，我们去田里找良叔……"

"站着！"良婶忽然叫道，"出什么大事了？子琴，是不是我们家刘安又惹事了？"

"没……"

"刘军！"良娣回过头来，厉声问道，"你老实说，是不是你哥哥又闯祸了？你不许瞒着娘！"

刘军一脸无措："娘啊，哥哥这几天一直在家，和我在田里干活来着，哪都没去，这你不是知道的么？"

子琴忙道："娣娣，不关刘安、刘军的事，跟他们无关……"

"那跟谁有关了？你们气急败坏地跑了来，不跟这两小兔崽子有关，又会是跟谁有关了？"

见子琴不答话，良娣真急了："我到田里找刘安去！"说着便要出门。

"娣！"子琴忙拽住她的胳膊，"唉，我跟你说，真不关刘安的事！其实是……伯升……"

"刘缤？！"异口同声地，我和良娣一齐叫了起来。

良娣诧异地回头看了我一眼，我匆匆忙忙地掀了身上的薄被，跳下床："刘伯升在哪里？刘、刘文叔有没有回来？"

脚才踩着地，就觉得如踩泽地似的怎么也站不稳，一旁的刘军伸手想扶我却终是犹豫了，只这眨眼的工夫，我就一跤跌坐到地上。

良娣急忙搀我起来，我急道："文叔……文叔有没有回来？"

我想听到答案，又怕听到答案，一时只觉得百感交集，各种滋味搅在一起，不由握紧了拳头。

子琴惊异地瞥了我一眼："昨日刘稷倒是先回来了……女子，你莫不是跟着文叔一起去宛城的阴丽华？"

我全仗着一口气硬撑着，这会儿听说刘秀尚未回蔡阳，又骇又急，底气一泄，只觉眼前金星乱舞，喉咙里噫地发出一声呜咽，人往后直挺挺地仰去。

良娣原本扶着我，却没料我说倒便倒，一时没站牢，竟被我带着一起摔到地上。刘安、子琴见状连忙奔过来帮忙，将我俩扶了起来。良娣年纪大了，被我带倒摔在地上，后腰还撞在了床角，起身时不由捂着腰，满脸皆是痛楚之色。

我心生愧疚，想道歉，可话到嘴边想起生死未卜的刘秀，想起一尸两命的邓婵，不由悲从中来。嘴一张，竟是哇地一声哭了起来。

这半月来，我跋山涉水，哪怕吃了再多的苦，我都没哼过半声，流过一滴眼泪。没想到如今闸口一开，竟是再难收住自己的情绪，哭得完全没了平时的豪气。

良婶先是一愣，然后慢慢靠了过来，伸臂将我揽在怀里，轻轻地用手拍着我的背，低声道："女子莫哭，有良婶在，有什么委屈跟良婶说……"

我越哭越伤心，放声悲嚎，似乎想借着这一场恸哭把数日来的委屈与害怕一并发泄出来。

满屋子的男人见此情景，面面相觑，尴尬得不知该做些什么好。

"良叔——良叔——"蓦地，院子传来一迭声的呼叫，第二拨找良叔的人大呼小叫地涌了进来，打断了我的哭声。

"良叔！救命啊，良叔……"转眼间三四个男人一头冲进房门，鬼叫道，"我们都要被伯升害死了！"

良婶未及开口，就听门外传来一把苍老的男声："伯升如何害死你们了？"

抱着我的良婶突然一震，我用衣袖胡乱地抹干眼泪，泪眼婆娑间就见门口人影一晃，一个身穿短衣，脚蹬草鞋，双手擎了具犁头的中年男子一脚跨进门来。

那张脸布满沧桑，两鬓微白，虽衣着不显，然举手投足间却透着一股儒雅之风，非像寻常农夫。最最叫我心悸的是他的一双眼眸，一个眼神投递过来，竟是冷静中透着犀利锋芒。

"良叔！"也不知谁先带头喊了声，随后挤满一屋子的大大小小男儿均颔首垂手，附和着怯声喊道，"良叔！"

"铎！"良叔随手将手中的犁头搁在门外，掸了掸身上的尘土，拔高声音道，"说啊！伯升这小子到底如何害死你们了？"虎目一扫四周，落在我身上时，星芒微现，神情却丝毫未见任何变化。"你们这些平时喊都喊不来的大忙人，今日一齐跑到我家里来，总不会就为了告诉我这没头没脑的一句话吧！到底怎么回事？"

"良叔！"子琴拱手施礼，"良叔得替侄子们做这回主，不然刘氏宗族满门亡矣！"

良叔身子一顿，没吱声，可眉心却紧锁起来，拧成一个"川"字。

终于有人耐不住了，不等子琴慢条斯理地说完原由，大声嚷道："刘伯升反了！他拉着他那群宾客们，扬言要推翻新莽，匡复汉室江山……"

良叔终于面色大变，呆愣半晌，他一把抓住子琴的胳膊，厉喝道："此事当真？！"

子琴点了点头，满脸忧色。

良叔跟跄着倒跌一步，脸色发白地伸手扶住门框，怅然道："这个不自量的忤逆子……"顿了顿，又问，"刘仲和刘秀呢？他们两个也任由老大胡闹不成？"

子琴回道："刘仲向来没多大主见，伯升说要反他便也跟着反了。"

"那刘秀呢？文叔那孩子做事向来稳重，可不是会胡来的人！"

"文叔上月去了宛城，至今未归……"

良叔又气又恼，良婶忙道："你先别忙着生气了，当务之急是先劝着大侄子别胡来才好。另外也得叮嘱族亲，这消息可不能泄漏出去，这……这可是灭门株连的大事，不是闹着玩的！"

众人齐声称诺。

良叔一跺脚，转身就走。

良婶本想追上去，无奈腰撞伤了，根本挪不开步，只得扬声着急地喊道："你又上哪？"

"上伯升家，找嫂子……"声音渐渐远去，也听不清他最后还说了什么。

我大大地喘了口气，打量着满屋子的人，最后视线落在良婶身上，半晌问道："敢问伯母与刘秀如何称呼？"

良婶回头，似乎还没从刚才的震惊中回过神来。一旁的刘军小声地替她回答："刘秀乃我堂兄。"又指着一屋子的人道，"这些都是我们刘姓宗亲的叔伯兄弟！"

我心中早有底数，这时听完刘军的介绍后，再无半分疑虑。

方才那位良叔，不是旁人，应该就是那个打小抚养刘秀成人的亲叔叔——曾任萧县县令，如今还乡养老的刘良！

没想到我虽不认得刘秀家，却误打误撞地跑到了刘秀的叔父家中。

自　责

刘缜在蔡阳招募到四五千人，大张旗鼓地购置兵器，轰轰烈烈地举起了反旗。

就在刘良获悉消息，上门质问后的第二天，刘缜找到了我。我不清楚他是从何人口中得知我的情况的，总之当他神情紧张地站在我面前时，他脸上的惊喜与担忧都不像是假装出来的。

他是真的在担心我，以至于他颤巍巍的伸手抱住我时，我竟没忍心推开他。

"丽华，都是我不好，是我害你受苦了。"

大病未愈的我体力上还是很虚，他的怀抱温暖且强壮，仿若一处可以依赖、停歇的港湾。我疲惫地闭上了眼，软软地将下巴枕在他的肩上，摈弃掉脑子里一切杂乱的念头，只是安安静静地窝在他的怀里，什么都不愿再多想。

"咳。"轻微的，角落里有人闷咳了声，我知道此人乃是故意而为，却没立即睁开眼，仍是懒懒地靠在刘缜怀里，一动不动。

刘缜却是挣了挣，虽然他最后也没推开我，但我却能明显感觉到他的紧绷。

"叔叔！婶婶！"

我倏地睁开眼，侧目望去，只见刘良夫妇正从里屋走出来，刘良一副想发作却硬生生憋住的表情，良婶则是目光中透着点点惋惜地瞅着我。

我在心中轻叹了一声，看样子我刚才的所作所为又引起一个不小的误会。正欲抽身离开，却没想刘缜手上突然加了把劲，反用力搂紧了我的腰肢，将我牢牢地箍在怀里。

我微有嗔恼，抬头瞪他，却发现他把脸侧向一边，正对着大门口。顺着他的视线，我转过头去，猛地身子一颤，惊呆了。

温柔的笑容凝在他的唇边，虽然脸上的气色稍许显得有些黯淡，人也清瘦了许多，却愈发衬托出气质上的空灵博雅。

刘秀站在门口淡淡地冲着我和刘缜微微颔首，算是简略打了个招呼，而后他跨进门来，冲刘良夫妇跪拜："侄儿拜见叔叔婶婶！"

"秀儿？"良婶激动地托住他，惊喜地喊道，"你回来了！昨日听刘樱说，你们在宛城贩粮时遇到了官兵封城，刘樱那浑小子回来时额头还破了个大口子，结了老大一块血痂子，着实吓人。你没什么闪失吧？"

"让叔叔婶婶挂心了，秀一切安好。"

我趁他们叔侄叙话间隙，试图从刘缜怀中挣脱出来，哪知他使的力气不小，竟是越勒越紧，没有半点要放松的意思。我恼了，抬脚在他鞋面上狠狠踩了两脚，他吃痛地皱起了眉。我拿眼狠厉地瞪了他两眼，他这才铁青着脸将我放开。

目光追随着刘秀的一言一笑在移动，他的笑容里隐着淡淡的疲惫，虽然遮掩得极好，我却看得清清楚楚，一时间心里一痛，竟是有种隔世般的恍惚。

回想那日分别，他站在车帘外说过的话——我相信你的能力，一定能把邓婵安然送回新野。

我辜负了他的期望，我其实是个很没用的人，没有照顾好邓婵，没能把她平安送回邓家。

在那一刻，我的眼睛湿了，泪珠在眼眶里直打转，我忙低下头去，悄悄用袖子将眼角的泪水拭干，而后不着痕迹地抬起头。

他们叔侄谈得甚是乐乎，我没法开口打断他们的对话，虽然我现在迫切想知道刘秀在宛城到底发生了何等惊心动魄的变故，他又是如何九死一生地逃回蔡阳的。

刘良有意留两兄弟吃午饭，良婶便亲自下厨忙活。我厨艺不精，完全插不上手，良婶体贴地递了我一簸箕的葱，让我到院子里去剥葱。

剩下叔侄三人在前堂，没过多久，就听刘缤扯高嗓门说了两句，我凝神细听时却又没了声音。看样子刘良叔代父职，刘缤就算再天不怕地不怕的狂妄，也不敢在刘良面前太过放肆。

一簸箕葱快剥完时，院门口栓着的两条狗汪汪叫了两声，我抬头一看，一名三十岁上下的青年推开院中的篱笆门快步走了进来。

"你……"我不认得他，可是凭直觉也猜到此人定然又是个刘氏子孙，正想招呼良婶出来，青年却对我比划个噤声的手势，然后贴着大屋的窗户探身往里瞅。

我好奇地看着他朝窗内无声地打手势，过了片刻，刘缤状似无心的从屋内走了出来，才出门，就被那青年一把拽到了旁边。

"刘赐他们一帮人正领着族里的宗室弟子们在咱们家门口闹事呢，大姐让你赶紧回去！而且还听说乡里有许多子弟都收拾细软准备外逃，生怕受到牵连。"

"哼！"刘缤额头青筋直跳，"一群窝囊废，这等贪生怕死，枉为刘氏子孙！"

"大哥，你赶紧回去瞧瞧吧。娘今天又不肯吃药，我才听人说文叔回来了，怎么也没先回家报声平安？娘最疼文叔，还是让文叔劝她……"

"文叔没回过家？"

"是啊，有乡亲见他徒步而归，可我在家等了半天也没见他人影。娘都急死了，以为我又诓她，后来听人说见他先往叔叔家来了，娘才稍许安静了些。"

刘缤没说话，突然侧头睨了我一眼，目色深沉。

我垂下头，避开他的目光，把剥好的葱拾掇干净，才想去厨房，就听屋内传出刘良的一声大喊："刘仲！为何过门不入，鬼鬼祟祟地站在外头跟刘缤说个什么劲？"

原来他是刘仲！

我收住脚步，不禁回头多瞧了两眼。秉承刘家的优良传统，刘仲的长相不赖，形似刘缤，神似刘秀，应该说正好介于两兄弟之间。

刘良说话间已跨下堂阶，一脸严肃地瞪视着刘仲。

刘仲缩了缩头，不敢不答，却是避重就轻地说："娘病着，挂念文叔，听说来叔叔家了，所以命我来瞧瞧。"

刘良听后面色稍霁。这三兄弟中，一看就知道刘缤最不会装假，他这会子站立不安，面带焦虑之色，只怕一颗心早飞回家了。这等心思，连我都能看得一清二楚，又如何能瞒得过在官场混迹多年的刘良？

"哼！"果然，刘良拂袖回到屋内。

刘缤与刘仲对视一眼，面面相觑。隐约间我瞧见门内刘秀似是冲着他们悄悄挥了挥手，懵懂中的两兄弟顿时恍然大悟，默不作声地踱到院外，然后疾步奔走。

一顿午饭最后只剩下刘良夫妇、刘秀和我四个人吃，刘缤、刘仲溜走不说，就连刘安和刘军两兄弟居然也不在家，我猜度着蔡阳宗亲这回闹得挺凶，估计刘安、刘军也被拉了去，只是不知道这对兄弟会站在哪边。

我一边用餐一边满腹心事，偶尔斜眼打量刘秀，他坐在对面，却是一派悠闲斯文，完全像个没事人似的。

他难道还不知蔡阳刘姓宗室到底发生了什么大事？可瞧方才他打发刘缤、刘仲的样子，却又不像是完全不知情。

看不透他！

和刘缤全然相反，他把心思掩藏得极好，几乎滴水不漏，我根本无法猜出他在想什么。

这顿饭吃得食不知味，饭后刘良外出小解，我原想帮良婶收拾盘筷，她却强行按住我："你既是客人，身上又带着病气，我怎能让你干这些粗活？快快歇着吧。"

我只得作罢，对面一直静坐的刘秀等良婶走后，忽然开口道："病了？"

"没……"我讪讪地低声回答，"已经好了，没事……"

"为什么没回新野？"

他的声音低醇如酒，温柔中不失责备，虽然我明白那原是出于一种关切之意，可一联想到邓婵，刹那间我只觉手足冰冷，手指微微颤抖起来。

"怎么了？"他见我神情有异，便又追问了句。

我咬着唇，强忍住心中的悲痛，起身走到他面前，扑通跪下："丽华有负重托！"

席上一阵窸窣，刘秀几乎是跳着站了起来，伸手扶我的同时，声音亦带着一种颤抖："发生了什么事？"

"表姐她……"我憋着气没有流泪，这个时候在他面前哭泣，只会显得虚假。我不需要任何人因此可怜我，原谅我，这是我的错，是我没有照顾好邓婵。

我伏在地上不敢抬头去看他的表情，刘秀听我把整件事说完后像是呆掉了，半晌没有任何回应，直到刘良蹒跚着脚步回到屋内，才适时打破我和他之间诡异的僵局。

"叔叔！"轻轻的，刘秀终于吁出口气，"秀需得回家探望母亲，这便告辞了。"

刘良似乎觉察到了什么，但他眯着眼却什么疑问都不提，故作不知地点了点头："你且去吧。"

我胸口堵得慌，似乎千斤重的巨石活生生要将我压死。就在这个时候，眼前有片阴影罩了下来，刘秀忽然挽着我的胳膊，将我从席上拉了起来。

我战栗地抬起头，他的脸色平静，没有丝毫的愤怒与责备，那双一向我无法探视清楚的眼眸，此刻正清澈如水地望着我，眼底默默流淌着一丝怜惜，一丝自责……

但所有的感觉都像是我的幻觉般，只一瞬息的霎那，刘秀已掩藏好所有的感情，平静无波地对我说："我们走吧。"

我猛地一颤，连道别的话也没顾得上和刘良夫妇说上一句，只茫然被动地跟着他走出了院门。

天色有些阴沉，似乎转眼便要落下大雨，田埂上的风很大，呼啦啦地压倒田里未及收割的禾苗，一波一波的像是海浪般起伏着。

风吹乱了我的长发，鬓角的发丝在我眼前飞舞着，走在我面前的刘秀，背影透着一股凄凉。我忍了那么久的泪水终于夺眶而出："为什么不骂我？你这样子不说话算什么意思？"

前面的脚步终于停了，他不回身，仰头望着天空，风把他的衣袂吹得飒飒作响。许久，淡雅哀伤的话语零零落落地吹散在风中："这不怪你……错不在你……是我没把你……们……照顾好……"

天际传来一阵闷响，雷声滚滚，仿若一把重锤缓慢地敲击在残破的鼓面上，一声又一声，沉痛地敲击着我的心房。

我再也抑制不住内心的酸楚，扑上去从身后一把抱住他，失声恸哭。

孛 星

刘秀家那三间瓦房的小院里外挤满了人，嘈嘈嚷嚷的像是农贸市场。

我脚下不禁一顿，刘秀却没有丝毫的迟疑，仍是迈开脚步不徐不急地往门里走。我一看没办法，只得硬着头皮紧跟上他。

"刘秀！"

"文叔！"

也不知道谁眼尖先瞧见了他，一时间满院子的人齐刷刷掉过头来，有人惊喜，有人愤怒，也有人茫然……每个人脸上的表情不尽相同，但见到刘秀时都有种如释重负般的轻松感。

那个叫"子琴"的人排众而出，他身后还跟了两个年轻男子，我略略一扫，便在人群里发现了好几个熟悉的身影。

"文叔！"子琴迎了上来，面上未见笑容，只是静静地注视着刘秀，眼神颇为复杂。

刘秀深深一揖："子琴兄。"

子琴原本也许是想先听刘秀解释点什么的，却不料刘秀打过招呼后什么话都没说。他微一错愕，刘稷已从人群里挤了过来。

"刘文叔！文叔！"刘稷一笑，冲过来用力将刘秀一把抱住，"你小子……你小子居然还活着！"他额头破了个大口子，已经结成血痂，足有钱币大小，晃动脑袋咧嘴笑时，伤口愈发显得可怖。

刘秀淡淡地望着他一笑，伸手推开他，拍了拍他的肩膀。

刘秀显得有些冷淡的态度，令刘稷眉头一皱，他正张嘴欲发泄不满，刘秀突然轻声道："稍待片刻……"说罢，拉起我往屋里走。

这时刘嘉迎面走过来，见到刘秀，紧绷的神色猛然一松。

刘秀与他低语几声，刘嘉先是微现惊愕，而后冷静下来，微微点头。

刘秀轻轻一笑，将我托付给刘嘉，随后径自离去。

"他去哪里？"我突然不安起来，刘秀一离我的视线，那种溺水似的无助感立即浮了上来。

"他一会儿就回来。"刘嘉给了我一个鼓励的笑容。

我心下稍定，转身环顾四周，却见满院子刘氏宗亲皆是年少一辈的，估计资格老一些的人正在屋里跟樊娴都绊舌呢。我心里不禁有点担忧，这位老太太拖着一副病恹恹的身子，可别气出什么好歹来。

正满脑子胡思乱想，忽然门外响起一阵马嘶，一队马车轰隆隆由远及近地驰来。当先三辆轺车开道，中间竟是一辆双马轩车，轩车后又是两辆从车。

一时间院子嘈嚷的声音都低了下去，众人惊讶，纷纷把目光投向门外。那一队车辆果然是奔着刘家而来，转眼到得门口，当先轺车上的六名武士装扮的年轻汉子，一齐身手敏捷地跳下地，随后围着那辆轩车四角，按剑而立。

西汉时车辆制度极严，虽说如今王莽篡权，时局动荡不安，但能乘坐轩车之人，也必然不是普通人。这辆双马轩车外侧用加皮饰的席子作障蔽，左右无窗，无法看见里头坐了什么人，但是仔细观察，那车辕竟是青铜铸成，非一般的木制，且车架上还隐隐刻着豹兽图形，端的非比寻常。

就在众人窃窃私语的猜疑声中，那轩车上人影一闪，竟是一先一后下来两个人。

先一人是个年轻男子，一身蓝色曲裾深衣，头戴两梁冠，面若冠玉，神姿俊逸。刘嘉在见到此人时，倒吸一口冷气，面色大变。

年轻男子下车后随即恭恭敬敬地从车里扶出一位老者，这一回不等我看清楚那老者的长相，刘嘉惊呼一声，竟是与子琴二人不约而同地快步夺门而出。

"侄儿嘉拜见伯父！"

"侄儿赐拜见侯爷！"

闷雷一声接一声地滚过，刘嘉与刘赐的音量不高，可喊出的话却犹如石破天惊般，一时间众人纷纷跟着刘嘉、子琴一起跪拜于地。

我茫然无措地站在原地，想屈膝的时候那老者已抬手示意："快快请起。"见众人反应迟钝，便招呼身边那年轻人上前搀扶。

子琴面如菜色，喃喃道："不曾想竟是惊动了侯爷……"

一句话没说完，后头有人大喊："侯爷得替我们作主！这可全是刘缤一人的主意哪……"

老者未曾言语，我打量他虽面色祥和，可眼神顾盼间却透着份犀利，于是心里直打鼓，暗叫不妙。

有道是善者不来，来者不善，这位侯爷到底是何许人？

外头的一番动静终于惊动了屋里的人，屋门打开，刘缤扶着一脸病容的樊娴都蹒跚地走了出来。

尾随樊娴都身后一同出屋的尚有两名老者，这两个人我上次来刘家时曾见过，是以认得。年纪稍长些的是刘秀的族父刘歙，年纪略小些的是他的族叔刘梁。

再往后跟着的是与刘家三兄弟血缘较近些的宗亲子弟，我能叫上名字的也不过两个人而已。一个是刘歙的儿子刘终，还有一个据说是与刘秀一起玩到大的族兄刘顺。

"侯爷……"未等走到院门口，樊娴都突然丢掉拐杖，挣开刘缤，颤巍巍地跪下地去。在她身后，刘歙、刘梁亦是下拜叩首。

"啊，嫂嫂快请起！"侯爷的身手也不太利落，倒是那年轻人眼尖手快，伸手及时托住樊娴都，没让她当真跪下地去。

"樊氏教子无方，愧对刘家宗亲。"

"嫂嫂言重了……"侯爷看似无心地瞥了眼刘缤。刘缤原本低着的头颅突然高高仰起，毫不避讳地与他目光对视。

我趁机扯了扯刘嘉的袖子，小声问："这位侯爷是什么人？"

刘嘉瞪大了眼睛，有些不敢置信地瞅着我："你不知道？这……这是春陵侯……"

南阳舂陵侯——刘敞！

我眼前一亮，原来是他！南阳这一支刘姓宗亲的领头人物，那个当年散尽家财疏于兄弟的舂陵侯刘敞！

如此看来他身边的那个年轻人，应该就是他的儿子了——当年为避新莽对刘姓宗室的迫害，娶妻翟习，却反遭其累的刘祉！

难怪这群姓刘的会吓成这副模样！

看来王莽虽然下令废除刘姓宗室的爵位，但在私底下，刘姓王孙该有的名誉和地位却是一点都没动摇，民心犹存。

"刘缤！"刘敞突然拔高了声音，不怒而威，"瞧瞧你都干了些什么，可是当真要惹得天怒人怨才肯甘心么？"

刘缤紧抿着唇不说话，可神情间的倔强与绝不妥协却是一览无遗地展现在他的脸上。与刘敞面对面毫不示弱地对视了三分钟，刘敞转而低叹一声，"男儿有志，当为赞许，然而你不能罔顾这许多宗亲的性命，狂妄自大。如今你又怎生安抚他们的不满与不安？"

没想到刘敞对刘缤的造反行为竟没有大加指责，我原以为依照他当年对待南阳安众侯刘崇起义失败后谨慎保守的处理方式，他定然会把刘缤骂个狗血淋头，毕竟这样的行为本质上已经是拿南阳刘氏宗亲的性命在赌博了。

刘缤先是一愣，而后防备之心稍去，挠了挠头，埋怨道："这天下本是我们刘家的，如今让王莽这厮夺了去，身为刘姓宗室的一分子，岂能视若无睹、苟且安生？理当齐心协力，讨伐奸贼才是！"

他这一番话说得理直气壮，当下刘赐等人无不面带愧色地低下头去。

其实这些大道理他们不是不懂，只是，夺江山、创功名与自己的身家性命比起来，对于只想过平淡生活的人而言，还是后者更为实际些。

"谁当皇帝跟我们又有什么关系呢，我们这些平头百姓所求的无非是三餐温饱，一世太平罢了……"

不经意间，这句曾经带给我震撼与警醒的话语再次浮现在脑海里。一时哂笑而起，心头淡淡地笼上一层阴影。

刘缤啊刘缤，你今日若是不能妥善地安抚好这些姓刘的王孙宗亲们，将来又如何安抚天下百姓的惶惶之心？你凭什么让全天下的人心甘情愿地跟着你一起玩命造反，一起推翻王莽统治、匡复汉室江山呢？

轰隆——隆——

一声惊雷骤然炸响，天空似是划开道口子，黑沉沉的乌云遽然散开，化作袅袅烟云。就在这种昏暗不明的天色下，一道绚丽的光芒划破长空，照得人睁不开眼。

一片哗然，众人惊呼。

我揉着眼睛，仰望天际。

"星孛于张！"刘嘉倒吸一口冷气，颤声低喃。

"什么意思？"我勉强收回目光，却发现包括刘敞在内的全部刘姓宗室子弟，全都惊骇莫名地望着天空。

正南方的云层在逐渐消散，一颗璀璨耀眼的长尾巴星体正悬挂当空。我眨眨眼，终于确定不是自己眼花。

这的确是颗彗星，长长的尾巴以肉眼观测足足拖了三四米长，彗星发光的本体朝南，扫帚形的尾巴拖在东边，如果仔细看会发现其实它并非是完全静止的，正以极其缓慢的速度往东南方向移动。

彗星！在现代这种天文奇观我只在画报上看到过，没想到穿越了两千年，竟然在大白天看到了。这可实在比看流星雨还带劲！

正欲欢呼叫好时，忽听一个熟悉的声音温和地说道："《易经》曰：'天垂象，圣人则之。庖牺氏之王天下，仰则观象于天，俯则观法于地。'孛星者，恶气所生，为乱兵，其所以孛德。孛德者，乱之象，不明之表。又参然孛焉，兵之类也，故名之曰孛。孛之为言，犹有所伤害，有所妨蔽。或谓之彗星，所以除秽而布新也。张为周地。星孛于张，东南行即翼、轸之分。翼、轸为楚，是周、楚地将有兵起……"

我错愕地转过头去，猛地身子一颤，刹那间惊呆了。

虽然听刘秀之乎者也地扯了一大段叫人不怎么听得懂的言论让我颇有些惊讶，然而和我此刻双眼所看到的景象想比，他刚才到底说了什么已经不是最重要了。

印象中，刘秀有穿过短衣草鞋，有穿过襜褕儒袍，他给人的感觉一向是敦厚有礼、温润如玉。可眼下，正从屋内缓缓走出的他，竟是头戴武冠，穿一袭绛色将服，腰悬长剑，一扫以往给人的感观认知，英气勃发中透着一股果敢与自信。

我简直不敢再相信自己的眼睛——先是大白天出现彗星，再是一反常态的刘秀……这简直就好比彗星撞地球还让人觉得不可思议！

左右观望，见众人诧异之色不下于我，俱是一副难以置信的表情。

"大哥！《尚书》曰：'天聪明自我民聪明。'晏子曰：'君若不改，孛星将出，彗星何惧乎！'如今天命所授，逆贼当诛，汉室必复也！"刘秀笃定地望着刘縯，嘴角一抹淡然自如的微笑。可刘縯却似傻了，呆呆地看着自己的三弟，有点茫然不知所措！

须臾，刘秀突然朝着刘縯跪下，拜伏道："秀当从于天意，追随大哥，光复刘姓江山！"

寂静。

每个人皆是屏息不语，四周静得只能听到呼呼的风声。

在我身前站着的恰巧是刘稷，当下我不假思索抬脚扫出，一脚踢中他腿弯。在他身子往前飞扑趴倒的同时，我伸手一捞刘嘉的胳膊，拉着他一同跪下地去。

"逆贼当诛！汉室必复！"跪地拜倒的同时，我大声呼喊。

手指用力掐刘嘉，他倒也是个聪明人，立即配合着我，大声喊道："逆贼当诛！汉室必复！"

"逆贼当诛！汉室必复！"

"逆贼当诛！汉室必复——"

"逆贼当诛——汉室必复——"

先是稀稀落落的几声附和，渐渐的，呼声越来越高。百来号人像是集体中邪一般，突然兴奋起来，振臂欢呼，好像汉室江山已经唾手可得，刚才那股怕死劲儿全都消失了。

我笑着抬头，目光所及，却见刘秀侧过头来，目光柔软如水，隐有嘉许之意。我冲他吐了吐舌，扮了个鬼脸，再抬头时，却见前面昂然而立的刘縯眼光晦涩如海，极其复杂地瞥了眼我和刘秀。

蓦地，刘縯锵声拔剑出鞘，右臂高擎长剑，直指彗星，大呼一声："自今日起，我刘縯便是柱天都部！"

一时欢声雷动，樊娴都身子一颤，几欲昏厥，幸而刘祉及时搀扶才不至摔倒。刘祉面不改色，可一双眼却是犹如一簇燃烧的火焰般，炽热地绽放着复仇的光芒。

刘稷翻身从地上爬了起来，兴奋地带着宗室子弟们嚷道："我们誓死追随柱天都部！"

不远处，刘歙与刘梁两个老家伙面带诧异，却不多说什么，只是仔细地拿眼辨察着刘敞的神色。

刘敞仍是一言不发，看似冰冷的脸上却淡淡地浮起一抹笑容，稍纵即逝。

刘赐的神情则有些恍惚，就在他犹豫不决时，刘嘉突然把手轻轻搭上他的肩膀，含蓄地说道："子琴你信不过伯升，难道还信不过文叔么？"

刘赐身子一震，尚未开口，身侧的刘顺已然爽朗笑道："文叔那么谨慎敦厚的人都敢放手一搏了，我们还用得着再顾虑些什么呢？"

刘赐眼眸一亮，转而嘴角翘起，扯出一丝笑意。

我明白他这是终于想通，默许了这次的反莽行动。一时百感交集，不由转过头去看刘缤两兄弟。

刘缤一副意气勃发的得意模样，与他相较，才在关键时刻力挽狂澜、扭转劣势的刘秀，此刻却是默默无闻地站在大哥身边，面上千年不变似的挂着一丝淡然的笑容，仿佛刚才他什么事都没有做过。

我怦然心跳，望着那张武冠勒颈的秀气脸庞，在绛袍的映衬下峥露一丝锋芒——这样的刘秀乍看之下与往日无甚分别，可是我很明显地感觉到有什么东西已经不一样了。

眼前这个刘秀，已经远远超出我的想象……他到底还隐藏了性格中的哪一面，是我完全没有触摸到的？

第四章
生离死别断人肠

联　盟

　　刘秀这颗定心丸的效用大大出乎我的意料，在他以身作则的"广告效应"下，刘缜这个柱天都部在数日内居然迅速拉到了两三千人。

　　在刘敞等人无言的默许下，刘缜部署宾客，自称柱天都部，迅速组织起一支以南阳宗室子弟为主的义军，合计约有七八千人。因地适宜，这支义军称为"舂陵军"，亦称"汉军"。

　　刘良听到这个消息时，没再找刘缜，只是让小儿子刘军把刘秀叫了去。一个时辰后，刘秀若无其事地回到家里，看似平静的神情之下，多了抹令人压抑的淡淡哀伤。

　　周围的人都满心沉浸在干大事业的兴奋中，没人会去注意刘秀的稍许异样，我有心想问，却是几番欲言又止。

　　刘秀这个人，如果不是他主动想说的话，就是焖在肚子里煨得肠穿肚烂，也休想从他嘴里撬出一丝一毫来。我很明白从刘秀身上是挖不出什么东西的，于是偷偷去找刘军，细细一打听，才知道刘良痛心一向老实的刘家老三竟与鲁莽的老大同流合污，大加痛斥之余，进而老泪纵横。

　　我能明白在刘秀心中，这个对他有抚育之恩的叔叔占据着多大的分量，刘良对刘秀的失望痛心，必然伤他甚深。

　　"真好看！"刘伯姬趴在窗口，削尖的下巴高仰，昏黄的烛火映照着她雪白的侧脸，轮廓分明，"都第五天了，虽然比先前小了点，可还是那么耀眼。"

她每晚都会念叨着那颗彗星。说来也怪，自打那天雷声大作、乌云遮日之际陡然出现之后，这颗东南缓行的彗星在大白天时便再也看不到了，也许是天气的缘故，可那天的的确确是光打雷不下雨，仿佛这一切风云变幻，还当真是应了天命所授一般。

当然，这些东西拿来糊弄那些相信天命的古代人尚可，我却只能对此一笑哂之。

其实从科学角度上分析，这颗彗星并不是变小了，而是运行轨道逐渐远离地球，想来再过不久，凭借肉眼就再也找寻不到它的踪迹了。

刘伯姬发了一会儿感慨后便转过头来，静静地看着我在灯下写书简，眼睑眨都不眨一下。我被她盯得心里发毛，右手微微一抖，好容易端正的笔尖突然一扭，诡异地画出一串鬼画符。

我叹了口气，无奈地抬头："你又想说什么？"

她樱唇微撅："我前后追问了你五天，翻来覆去不过是想求得一个答案罢了。"

刘伯姬看似娇弱，其实还真是个特别有主见的女子，看来我不给她个答复，她会当真缠我一辈子。

我想了想，很清晰地答道："不是我不答你，是你问的问题实在奇怪，我不知道怎么回答你。"

"哪里奇怪了，不过是问你，到底喜欢我大哥还是三哥罢了。我觉着大哥和三哥对你都有意，你对他们也似皆有情……如今别说我糊涂，想必连我娘也糊涂了，所以只想来问问你，你到底想嫁哪个？"

我不怒反笑："我想嫁哪个？我哪个都不想嫁！"

刘伯姬露出一丝困惑之色。我搁下笔，很严肃地说："我不否认对刘缤、刘秀二人有好感，但也仅止于好感而已。我可不认为自己欣赏某个男人，就非得先存了婚嫁之念。那种一见钟情、非卿不嫁的观念在我看来是非常可笑滑稽的……"

见刘伯姬瞪大了一双眼，我不由顿住，把话说的这么具有现代意识，不知道她能不能听得懂，抑或者会不会吓到她？

正犹豫着，刘伯姬突然伸手过来一把抓住我的左手，笑道："我还以为就我一个人爱作怪，原来丽华乃我的知音人也。"

我被她弄懵了，傻傻地不敢接她的话。

"你不知道哥哥们有多讨厌，我未满及笄他们就开始操心我的婚事，若非我坚持，只怕你现在看到的刘伯姬，与我大姐二姐没有什么分别，儿女成群，相夫教子……"

"儿女成群，相夫教子不好么？"我笑着反问。

"好是好，可也得看是和什么人。"她傲气地扬了扬下巴，"这辈子我定要找个自己喜欢的男子，情投意合方能缔结良缘，绝不会随意委屈了自己。否则，我宁可不嫁！"

我笑着摇头，刘伯姬看似古灵精怪，其实还是无法真正体会到我心中的想法，她毕竟是两千年前的古人，虽然想法比同时代的女子另类了些，可与我所接收的21世纪新女性观念还是有很大出入的。

当下笑而不语，我不想再多作解释，有些话太过惊世骇俗，我一个人别扭着也就完了，可别把好好的刘伯姬也带得不伦不类，那可就真是我的罪过了。

"丽华，其实我三哥很好，你不妨多考虑考虑。"

"好。"我随口敷衍，重新拿起笔蘸墨写字。

"你这是在给你大哥写信报平安么？"

"不是。我大哥他还在长安。"

"那是写给你弟弟的？"

我左手指了指边上的一片木牍："早写好了。"

她瞥了一眼："就这么一句话啊。"

"难道还需写上一日三餐不成？人活着比什么都强。"心里隐隐一痛，竟是再次想起邓婵。

"那你现在又是在写什么？"

我从黯然中回过神来，看着自己手下墨迹斑斑的书简，有点儿耐不住想笑："写日记……"

"日记……那是什么？"刘伯姬好奇地取过那册书简，"是你写的手札吧……《寻汉记》……这是什么？《寻汉记》是什么东西？"

我嘻嘻一笑："好东西。绝对是好东西。"

在现代黄易写了本穿越武侠小说《寻秦记》，讲述现代人项少龙寻找秦始皇的种种经历，如今我身陷两千年前的一世纪，有样学样，岂能不写一本《寻汉记》出来？

光武帝……可惜我的历史太差，若是早知今日，一定提前把汉代历史背到滚瓜烂熟。

刘伯姬狐疑地瞥了我一眼。

我写的毛笔字歪歪扭扭的不是太容易辨认，碰上不会写的篆体字我就用现下通用的隶书代替，如果碰上篆书和隶书都不会写的，我就索性拿楷体字代替，而且还是简写的那种……总之整卷竹简约摸两百来字，里头夹杂了各种形状的文体，别说刘伯姬看不懂，就算让刘秀这个饱读诗书的太学生来看，也照样能看得他一头雾水。

"你确定这是在写字么？"

我咧着嘴尴尬地笑了笑："那个……也不是正经的在写，随便……涂鸦而已……"

好在她对文字兴趣不大，沉默片刻后很快便转变话题。

"你说大哥为什么要派孝孙哥哥去找那些绿林盗匪？"

我眉毛一挑，刘缤日前在初步整编舂陵军后，派遣刘嘉前往新市军、平林军驻地，试图劝说这两支绿林农民军联合行动，以期壮大起义队伍。就决策看，我认为这个做法非常明智，之前宛城兵变的失败，足可看出仅仅依靠南阳宗室以及豪强的力量来对抗新朝政权是十分微弱的，鸡蛋和石头的区别在于，鸡蛋太过脆弱，要想彻底击垮王莽统治，必然得联合目前实力最为强大的基层力量。

不着痕迹地扫了眼刘伯姬，那张美丽的脸庞上带着一种困惑与不屑。

这是张宗亲贵族的脸孔！

这是个拥有皇室血统的高贵女子！

即使她已没落，可她骨子流淌的仍是汉室刘家的血液！即使她从小生活贫困，与一般老百姓无异，可她与生俱来的那种贵族式的自傲却没有丝毫的减少。

南阳郡今年大灾，饥荒来临的那一刻，已被废黜为平民的刘姓子孙和那些落草为寇的穷苦百姓没有太大分别，有些人同样三餐无继，不得温饱。可是这些曾为自己的姓氏而感到骄傲的南阳宗亲，他们无论自己生活怎么艰苦，都不愿承认自己其实已经和那些真正意义上的平民被王莽划分到了同个等级上。

我懒洋洋地伸了个懒腰，故意装作没听到她的嘀咕，打着哈欠说："困了，睡吧。"

"嗯。"她轻轻应了声，我吹熄蜡烛，往床上摸去。

黑暗中只听刘伯姬窸窸窣窣的一阵脱衣之声，然后她在我身侧躺下，散开的长发柔软地搁在枕边，淡淡的散发出一缕幽兰香气。

就在我昏昏欲睡之际，耳畔忽然有个声音幽幽地叹了口气："此生若能觅得一懂我、知我、惜我之人，则无怨无悔矣！"

我嘴角嚅动，有心回她一句，偏偏倦意浓烈，眼皮怎么也撑不开，终是无言地沉于梦乡之中。

早起醒来的时候已是日上三竿，刘伯姬早不在房内，凝翠轻手轻脚地进屋替我张罗着打水梳洗。她是刘缜妻子潘氏的陪嫁丫鬟，在这个时代，陪嫁丫鬟若是成年后还未配婚，多半最后只有一处归所，那便是——媵妾。

凝翠的年纪也不小了，看模样倒也周正，手脚利落，如果把她收作妾室，相信潘氏会很乐意自己多了这么个贴心可靠的帮手，这或许也是潘氏当初把她带到刘家的真正原因。

忽然间觉得有点落寂，不全是为了刘缜而感到难受，更多的是觉得自己虽然在这个时代生活了将近五年，可真正想要融入这个社会，还是很难。

看来我这辈子，即使真的无法再回到21世纪，也不可能在这里寻到一个懂我、知我、惜我的男人了。

我没办法嫁给这里任何一个男人！没办法在这个时代结婚、生子……

自嘲地对镜一笑，身后正替我梳头的凝翠动作明显一僵，许是我的笑容冷不丁地冒出来吓着了她。我忙开口打岔问道："孝孙公子可是回来了？"

凝翠愣了下，细声细气地答道："天亮便已回。"

"哦？"我急忙收拾妥当，穿了木屐开门，"可知是和谁一道回来的？"

"奴婢不知，只是听公子吩咐夫人，中午设宴，有贵客需好生款待。"

我眼珠子骨碌碌地打个转，笑逐颜开。想不到刘嘉这个看似木讷的家伙还有点做说客的本事，我原还担心他笨嘴笨舌的请不来救兵呢。

院子里这几日进进出出多了许多舞刀弄剑的汉兵，我看多了已不觉着奇怪，不过就在我靠近主屋时，却被三名手持长戈的壮汉给拦了下来。这三个人穿着粗陋，显然不是汉军的人，看样子新市军和平林军两处这次派来的人还有些来头。

我悻悻地摸了摸鼻子，正琢磨着退回去到别处转悠，主屋的侧门忽然打开，一个男人摇头晃脑地从里头走出来，身影在我跟前一闪，我愣了下，直觉得这人相貌特别眼熟。

他在经过我身边时瞥了我两眼，起初一副浑不在意的样子，走过三四步的时候突然回过头来，面带狐疑地再次看了我一眼。

"是你！"脑子里灵光一闪，我陡然想起来了，指着他叫道，"是你！怎么是你……你怎么在这里？"

我嗓门极大，这一叫倒把周围闲散练武的汉兵给引了来，那男人皱着眉夸张地往后跳了一大步，我仗着人多胆气十足地冲上去，一根手指险些戳到他脸上："你还认得我么？果然冤家路窄……"我气势汹汹地捋袖擦掌，"你终也有落到我手上的一天！"

他给唬懵了，下一秒回过神来，冲着我破口大骂："这女人莫不是个疯妇！"

他厌恶地挥手拂开我的手指，我倏然变指为拳，右臂缩回然后一拳挥了出去，直捣他面门。他没料到我竟然会动武，猝不及防间，饶是他反应得快，右侧脸颊也仍是被我拳头击中，脸偏向一处，重心不稳地踉跄退后。

"咄！"那三名壮汉见状，手中长戈一横，便要上来架住我。

"放肆！"汉兵也不是吃素的主儿，这些人本就是当地豪强，一向自视甚高，哪容得这些草莽出身的粗鲁汉子在自己的地盘上撒野，看我要吃亏，急忙呼斥着涌了过来。

我腰肢一扭，眼见一枝长戈横在胸前，不由厉喝一声，气凝于臂，化拳为掌，右掌一鼓作气地劈了下去。

"啪嚓！"一声脆响，那三指粗细的木杆应声而裂，持戈的家伙吓得面色煞白，惶恐地瞠目结舌。

只这眨眼工夫，十多名汉兵已将这四个外来人团团围住。

"这……这算什么意思？刘缜！原来你竟是心怀不轨，设了一场鸿门宴……"

门嘎吱一声拉开，屋内的人鱼贯走出，刘缜气势傲人地在门口站定，目光凌厉地扫来："瞎了你们的眼，这是我刘缜请的贵客，岂容你们无礼？"

中气十足的声威当即让这些人退了开去，须臾有人终是不服气地回了句："非是我们无礼，是他们欺负阴姑娘在先！"

刘縯原本严厉的面容陡然一变，目光迅速在我身上转了一圈："到底怎么回事？"他大步向我跨了过来，"丽华……"伸手扶我之前，声音忽然一顿，注意到我脚下的一截断木，勃然大怒，"马武，这是何原故？"

马武用手背蹭了下红肿的脸颊，啐道："我还想问你呢，你倒先质问起我来了！"

刘縯脸色铁青，身形微微一动，作势便要动手。

"大哥！"刘秀及时出言制止。他原本站在人后，这时急忙走了出来，拦在马武和刘縯之间，"莫为了一点小事伤了和气。"

小事？我咯噔一下，听这话就像是一口嚼了粒沙子，碜得我牙根酸疼。

我正要辩驳，刘秀转身淡然地扫了我一眼，看似无意的举动，却让我产生一种莫名的心虚感，那句抢白的话就此噎在喉咙里，重新咽下。

"子张莫怪，一场误会而已，我们屋内叙话。"刘秀胳膊虚抬，做了个"请"的动作。

马武两眼一翻，悻悻地嚷道："老子是出来更衣的，没想到平白无故的讨了这等晦气，这会儿尿还憋着呢！"

众人轰然大笑，方才剑拔弩张的严峻气势被刘秀三言两语温和地拨散了。

胸口一阵气闷添堵，偏生又发作不起来，我气得咬牙切齿，握紧拳头双手微微发颤。正有气没地撒时，倏地身上一冷，直觉得有道视线在某个角落阴冷地注视着自己。我遽然转身，一对乌沉黝黑的眼眸瞬间跳入我的眼帘，眼睛的主人离我有七八米远，若隐若现地混在人群后，我却很明显地感觉到了他可怕而真实的存在感，情不自禁地打了个冷战。

刘秀招呼着宾客重新入内，乌眸的主人站在原地不动，我知道他正在看我，那样阴冷邪魅的目光除了他，不作第二人选。我心生怯意，脚步往边上挪了一步，却不想恰好撞上了刘縯。

"丽华，你没事吧？"刘縯担忧地扶住我，"是不是……刚才那个马武当真对你做了什么无礼的事？你别怕，告诉我，我自会替你作主！"

"不……不是。"这会儿我哪还有心思管马武，转头看去，屋门口已空荡荡的再无一个人影，"平……平林！"我一把抓住刘縯的手，急切地问，"平林军那里派来的使者是什么人？"

"平林？"刘縯愣了下，"哦，陈牧、廖湛对两军合作甚为重视，是以遣了我族兄刘玄前来……"

"刘玄？他真叫刘玄？！"我吃惊得险些跳了起来，"他怎么又成了你的族兄了？"

我一时紧张，指甲竟掐进他的手背，他"嘶"地吸了口气，眼神却出奇的放柔了，笑道："他和我家关系远了些，我曾祖与他曾祖乃是亲兄弟。你知道子琴吧，嗯，就是那个刘赐……刘赐与他更亲密些，他二人乃是堂兄弟，当年刘玄为他弟弟刘骞报仇杀人，被迫远走他乡，后诈死避难，他家中老父老母全赖刘赐代为照顾……你放心，大家都是宗亲兄弟，没什么话不好放开来说的。倒是新市军的那个马武……一身草莽匪气……"他撇了撇嘴，不放心地再次追问了句，"他当真未对你无礼？"

我口干舌燥，心烦意乱。马武的确得罪过我，不过不是现在，而是在四年前。

新市军……马武！脑海里似有道异光快速闪过，我却没能及时抓住，总觉得方才一刹那令我想起了什么重要的东西。

"丽华，哎，丽华。"刘缜感叹地吸了口气，避开其他人的视线，以极其快速的动作在我脸颊上亲了一口。

我猛地一哆嗦，目瞪口呆地望着他。

他盈盈而笑："这些日子实在太忙，等我空些，一定亲自去新野向你大哥提亲！"

我哑然，半晌才惊醒过来，一时无言以对，竟找了个最烂的理由："我哥他……他不在家。"

他笑了，眼眉舒展开来，说不出欢愉："没关系，他会回来的，他很快就会从长安回来的。"他弯腰附在我耳边，轻声低语，"相信我……我会是你最好的选择！"

骑　牛

新市军、平林军这两支绿林草莽出身的农民起义队伍，很顺利的就与刘缜率领的南阳豪强势力联合在一起。

南阳宗室子弟大多具有较高的文化素质和组织才能，熟悉政治，具备治国之能，不过缺点是纨绔者多，能征善战者少。相比之下绿林农民军意志比较坚强，拥有顽强的战斗力，缺点是目光短浅，缺乏远见卓识和用兵谋略。

我坐在辎车上，随着车辆的晃动侃侃而谈，刘伯姬两眼放光地膜拜我："天哪，你怎么懂那么多？寻常男子更不如你！"

我嗤然一笑："这些道理不是我领悟出来的，是以前别人讲给我听的。"

"谁啊？"

我抬头望着天上一朵飘浮的白云，思绪有点扯远，慢悠悠地叹道："是个很有学问的人——姓邓，名禹。"

"邓禹？新野邓禹邓仲华？丽华你指的可是他？"

我把目光收了回来，发现车上不仅刘伯姬惊讶万分，就连车尾坐着的刘黄亦是满脸惊奇。

"你居然认得如此俊杰！"刘伯姬感慨道，"我只知他是我三哥同窗，为人聪明，学识渊博，常听三哥夸赞于他，可惜却无缘见上一面。丽华你真是好命……"说着，羡慕地瞅了我一眼，"脸蛋儿长得漂亮，身手又好，人缘更好，老天爷真是不公平，竟这等厚此薄彼。"

"你听听这话说的，你若是对邓仲华有意，我倒不介意替你穿针引线……"

刘伯姬假装嗔怒地过来撕我的嘴，我仰天一倒，险些撞到刘黄，于是索性往她怀里一扑，笑道："黄姐姐快帮我，伯姬她恼羞成怒了。"

刘黄笑着伸手拦住刘伯姬："伯姬，别没大没小的发癫，看把丽华妹妹吓的。你年纪比她大，可你连人家一成的本事都学不来！就只会怨天尤人，真是个没出息的……"

刘黄假装生气地伸指戳她额头，刘伯姬脸红着躲开了，撇嘴道："我反正已经是个无人问津的老姑娘了，大姐你也别老仗着大姐夫疼你，就老来拿我打趣。小心改天我挑唆大姐夫纳妾，可有你哭的呢。"

"就你嘴贫。"刘黄虽仍面带笑容，我却感觉到她身子不经意间微微一颤，想必刚才刘伯姬无心的一句话还真戳中了她的软肋。

刘伯姬未曾留意，仍是笑嘻嘻地拿姐姐姐夫打趣，笑闹间，她身子歪向一旁，用手一撑，掌心却是扎到了一根尖锐的麦秸。

"好痛！"她不悦地捂着扎红的手心吹气，"为什么非得让我们坐在这种辎车上。"

我从刘黄怀里爬了起来，她向妹妹招了招手，"过来我瞧瞧，可是扎出血了？"

刘伯姬撅着嘴把手递了过去。

这时一辆牛车从后面缓缓追了上来，等两车靠近了些，潘氏直起身子喊道："才好像听见小姑呼痛，可是出了什么事？"

我每次见到潘氏，总觉得有种难言的尴尬别扭，可又不能选择忽视她，当她不存在。于是微微冲她一笑，而后垂下眼睑缄默不语。

"没什么，被这车上载的麦秸扎了下手。"刘黄沉稳地回答，"弟妹，你可知这一路往长聚还需多久？"

潘氏迟疑道："应该不远了吧。"

"章儿和兴儿呢？"

"在车上睡着了。"

"没吵闹吧？"

"没，一听说要出门，都高兴坏了，真是小孩子，他们哪知这可不是去玩……"

两车并肩而行，车速因此放缓许多，姑嫂两个正叙着话，车前突然啪啪传来两声鞭响，抬头一看，却是刘缜骑马赶了过来。

"我说怎么越走越慢了，还以为出了什么事！"刘缜看了我一眼，而后转向潘氏，"你们若有什么贴己话要讲，在家时为何不说个痛快？"

潘氏当即无声，刘伯姬肩膀动了下，正欲开口，刘黄突然掐了她一把，拉着她的胳膊把她牢牢摁住了。

"弟弟且去忙你的吧，姐姐保证赶着辎车一步不落就是。"

刘黄毕竟是大姐，刘缜敢这样毫不客气地质问妻子，对这个大姐却还存有三分敬意，于是冷着脸点了点头，勒马转身去了。

"大哥现在可是越来越威风了。"待他走远，刘伯姬终于按捺不住地发起牢骚。

潘氏默默地将车赶到我们前头，刘黄拍了拍妹妹的手，努嘴道，"别多嘴，赶车去。"

我不由在心底叹了口气。

以前看电视，偶尔也看一些所谓的历史大片，不过多数是清宫剧，唯一的观后感是特别羡慕古人，何其优哉乐乎。

没曾想身临其境后才发现根本不是一回事，两千年前的古代生活，真要打起仗竟是如此麻烦。就好比眼下刘缤正准备拉了人马去打长聚，可真正行动的时候居然是亡命天涯，举家大迁移。

这简直不像是去打仗，而是在搬家……看看身后长长的队伍，都是一些装载了蔡阳宗室各自家眷财产的车辆，更有甚者，居然连奴婢、牲畜一并带了出来，浩浩荡荡地随车步行，场面委实令人叹为观止。

我现在更能体会当初那些宗亲们为什么死活都不肯跟着刘缤造反了，这样的造反方式，没被官兵杀死，也会先被折腾死。

中原战马向来不如北境西域那边游牧地区的马匹来得强壮，西汉时汉朝骑兵坐骑的来源，大多是靠与游牧民族交换粮食、茶叶等生活用品得来的。王莽篡政后，多次挑起与匈奴、高句丽等边境民族的战争，关系恶化，马匹因此极少流入中原。如今民间的马匹数量已是相当稀少，寻常人家拥有马匹，如果不是出自大户，很有可能会被官军强行征走。

马匹，在这个时代而言，是种奢侈品！

春陵军联合了绿林军共计约两万余人，这其中还不包括女眷。人数虽多，但在武器装备上却是相当缺乏，特别是马匹车辆，很多人因此只能徒手步行。

很难想象这样的一支队伍能够拉出去打仗！

长聚虽说是个比乡制还小的地方，却是个极为重要的军事据点。蔡阳刘姓宗室暴动，声势浩大，据说南阳郡守甄阜一接到谍报，即刻派遣新野县尉赶到长聚亲自坐镇指挥。

刘缤将要面临这一仗，其实并不像他口中说的那么轻而易举。

由于车辆少，所以辎车上除了乘人，还兼拖粮草，我不习惯跪得直挺挺地坐在车上给人欣赏，所以坐了没多久便自请下地走路，把空位留给了其他人。

因为多数都是步兵，再加上奴婢、牲畜，这队伍即使想走快，一天之内也实在赶不了多少路，对于平时勤于跑步锻炼的我而言，以这样的速度走上一天不是太大问题，于是乐得边走边欣赏沿途风景。

有四乘马从我身边快速经过，我本没多加在意，可那些人骑马跑出三四丈远后忽然掉头，打马而回。

"女子如此佳人，怎会徒步而行？如不嫌弃，上马与鄙人共坐一骑可否……"

我没好气地抬头瞥了一眼，当先一人衣着光鲜，一看就知出自豪门富户，长得倒也不赖，只可惜目光太过猥琐，一看就知道他心里打的什么主意。

我没理他，径直从他跟前走过，把他当成空气。

不用回头我也能猜到他脸色不会好看，果然身边几位先吃吃地笑了起来，而后低声说了几句，估计是笑他不自量力。

那人显然是个急脾气，受不得激，被人这么一笑，顿时拍马重新追了上来，拦在我身前，阻断我的去路。

"姑娘，我可是一番好意……"

"滚开！"我没闲心听他废话，他脾气急，我比他更急。

今天为了赶路，所以没穿正装，也就一套厚绸襦裙，简短利落，正适合动手干架。

跆拳道的练习我一直没中断过，按说这几年下来，考个黑带三段也不成问题了，只可惜在这里缺少实战，终究是个遗憾。他如果有兴趣当活靶子给我练手，我倒也乐意奉陪。

果然那脸色一黑，那张原本还面带微笑的脸孔，刹那间乌云密布。

我稍稍退后半步，脚踩丁字，深吸一口气，蓄势待发。

他如果敢乱动，我一招就把他掀下马。眼珠一转，忽然心动地发现他胯下的这匹白马不错……

"阴姬！"一个熟稔的声音突然打破沉闷，悠然飘来。

我撇了撇嘴，憋足的劲顿时泄尽，耷拉着肩膀回过头去。

不宽的路面上照常走着许多人，各色各样的人畜混在一起，乱哄哄得有些像是赶集。刘秀坐在一头青牛背上，正穿过人群，慢悠悠地晃过来。

我不禁张大了嘴，眼珠险些脱眶。

为什么我每次见他，他都会带给人一种……呃，难以想象的意外惊喜呢？

"哈哈哈……"那四个人蓦地指着刘秀捧腹大笑，前俯后仰，只差没从马背上跌下。

我耳朵微微一烫，不自觉地低下头。

我敢打赌，那头青牛一定是刘家田里犁地用的耕牛，因为那副笨重的犁具还在牛脖子上套着呢。

"刘秀，你大哥是柱天都部，你难道要骑着头牛上阵替他杀敌不成？"

"以他那缩头乌龟的性子，我才不信他敢上阵杀敌，他骑头牛出来，八成是为打下长聚后驮财物方便……"

"刘文叔，你要脸不要？"

"你可真是孬种，以往曾听你大哥说你是个胸无大志之人，果不其然……你可真丢尽了刘家人的脸！"

"他也算是高祖的后人？哈哈哈……骑牛将军乎？"

一群人肆意大笑，极尽嘲讽之能，我听得怒火中烧，一个箭步冲上去，当先抓向那笑得最欢、讲话最刻薄的家伙，揪着他的衣领使劲一甩，竟把他轻而易举地拽下马来。

这时的马匹还没有配高桥马鞍和马镫，靠的全是两条腿夹着马腹保持平衡，他笑得正得意猖狂，丝毫没防备我会怒气冲冲地把他掀下马。只听"砰"的一声巨响，他四脚朝天地摔了个仰八叉，连连呼痛惨叫。

我哈哈一笑，走过去抬脚对准他胸口便踩，他吓得面如土色，尖叫道："救命啊——"这一声又尖又细，就像一只被人卡住脖子的草鸡。

没等我这一脚踩实，胳膊上忽地一紧，有人抓着我的胳膊把我拖开，我手肘下沉，下意识扭身就是一拳。

拳风虎虎，在砸到那笔挺的鼻梁前我收住了，一颗心怦怦直跳："要命，你拉我做什么？"

刘秀的那张脸就在我拳后一寸距离，险些被我砸成熊猫眼。我心有余悸地收回手，底下哀号的人趁机就地滚了两滚，手脚并用地爬了起来，狼狈地跳上马背。

我挣了挣胳膊，刘秀仍是抓着我不放，手劲不见得捏疼我，却也轻易挣脱不开。我急道："你拉着我干嘛，他们要跑了……"

一阵凌乱的马蹄声响，我回头一看，果然那四个该死的家伙骑着马落荒而逃，跟之前摆出的气定神闲相比，现在他们逃得比兔子还快。

"刘秀！"我气得跺脚。

他终于松开了手，面色如常，看不出半点生气的样子，甚至连丝毫情绪的波动都没有，就像一处平静无波的湖水。我退后一步，呼吸急促，胸口不住起伏，这算什么人？这算什么表情？

他能不能发泄点不同的情绪让人看看？

"你太冲动了！"他淡淡地笑了下。

我脑袋里嗡的一声，像是有什么东西不受控制地炸开了："我冲动？你再说一遍！我冲动？！"我一把揪住他的衣襟，他比我高出半个头，即使我踮着脚尖也够不上他的高度，可我已经气昏头了，双手抓着他的衣襟，猛力地摇，"你还有没有良心？我这么做是为了谁？你真是狗咬吕洞宾……你以为我是你么？居然那么冷血……明知道马武就是当年绑架我的歹徒，你却还要帮着他说话！别告诉我你不知道马武是什么人，别告诉我当年的绑架事件你都不记得了，别告诉我……"

"唉。"耳边幽幽响起一声低叹，紧接着一股力道将我拖入怀中，"别哭，就都算是我的错，还不行么？"

"我哪有哭？！"我倔强地抬起头来，眼前一片朦胧，眼眶里浮着水汽，眼泪顷刻间便要夺眶而出。我抬手揉眼睛，尴尬得声音发颤，"胡说八道！我为什么哭，眼花了你——"顿了顿，不甘心地继续蹂躏他的衣服，拳头一下下砸向他胸口，"什么叫就算你错了，难道不是你错了吗？难道还是我错了吗？"

他哧地一笑。

我仰起头来，刺眼的阳光照在他脸上，皮肤白皙得叫人有些嫉妒，那双氤氲的眼眸近在咫尺，琉璃一样的颜色。眸色如水，一点瞳芒绚烂得就像夜空中的宸星。

星星正倒映在湖面上！

我心里忽然感慨地冒出这么一句。

原来人的眼睛，竟然可以长得这么漂亮。平时他总是笑眯眯的，让人不曾注意他的双眼，现在贴近了细看，才发现原来他的眼睫很密很长，就像蝴蝶的翅膀一样，眨眼的时候会让人有种翩然飞舞的眩惑。

"在想什么呢？"他轻笑。

"没……"细若蚊蝇，我猛地清醒过来，意识到自己刚才花痴的样子被他看得一清二楚，真是糗毙了。

"那怎么突然没声了？"

我一掌推开他，勉强退后三步："骂得口干，省点口水不行啊。"

他笑着转身，从青牛角取下一只黑沉沉的陶罐递给我，我迟疑了下没立即去接。

路上行人熙熙攘攘，有不少人看到了刚才我咆哮的一幕，这会儿正侧目带着笑意注视着我俩。如果说我不尴尬，那是扯谎，我只觉得耳根子火辣辣地发烫。

刘秀拉起我的手，稳稳的把陶罐放到我手里。陶罐子很不起眼，两个耳鼻口上栓了股麻绳，可是罐身很干净，里头盛装的水质也很明净，我捧着喝下第一口时感觉一股冰冷直透胸臆，冻得我打了个哆嗦。

"上来吧！"喝水的时候，刘秀已经爬上了牛背，伸手拍了拍自己身前，"走太多路当心待会儿腿疼。"

我撇嘴："能不能不坐？"

他静静地望着我。

"你不觉得……骑牛真的很……你都一大把年纪了，又不是小牧童。"

"一大把年纪……"他低低地重复，又好气又好笑地弯起了嘴角，"你认为我很老么？"

"不是，我没那意思……"我说的是真话，他才二十七岁，搁古代算是青春已过、老树不开花的年纪，但是如果用现代标准衡量，那可是最佳王老五的美好时光。

没等我把话讲完，他突然弯腰抓住我的右手，使劲往上提的同时，另一只手在我后腰轻轻一托，瞬间将我拉上牛背，稳稳当当地坐在他身前，动作快得出奇。

惊呼声梗在了喉咙里，我愣是没喊出来。等到回神的时候，那头牛已经开始哞哞叫唤着往前踱步了。

"我说……"我咽了口干沫，有点惊恐地抓住了犁具套子，牛背上光溜溜的，突起的脊梁骨戳得我屁股疼得要命。回头看了眼刘秀，他却仍是一派气定神闲、悠然自得，好像骑的不是牛，而是匈奴马。

"我说……"手上一滑，险些摔下牛背去，我急忙反手抓住他的胳膊，"我说你真打算骑着这头大笨牛去打长聚吗？"

"有何不可呢？"他的声音低柔，透着笑意，磁沉的声音从他震动的胸腔中迸发出来，很是动听，"古有黄飞虎骑五色牛，助西伯侯姬昌建周，如今我刘文叔为何不能骑牛，助兄长复汉？"

我瞠目结舌，以前即使和刘秀打过不少交道，也从没听他这么意气风发地说过这样豪迈的话。印象中唯一曾有过的一次，还是在宴请蔡少公的宴会上，他语不惊人死不休地说了那句"怎见得是说国师公，怎见得非是指我呢？"

不过他那天之后的表现，却又实在叫人无法恭维。

可是……为什么刚才说出这番豪言壮语的刘秀，会让人不由自主地想起那天的情景呢？

牛脖子上挂着一只铜铃，走路摇晃的时候会发出沙哑沉闷的响声。我侧耳听了会儿，忽而一震，恍然大悟——怎么没想到这一层原因呢，刘秀之所以落魄到无马可乘，不得不骑牛上阵，全是因我之故——他的那匹马，早在小长安就被我杀了，甚至就连马肉也被我和刘玄瓜分殆尽……

我倏然回头，呆呆地看着近在咫尺的他。

一时间神魂剧颤。

这家伙……其实什么都明白，却偏偏一句话都不曾解释，甚至连半句牢骚都没冲我发过，面对众人永远都是一张风神俊秀的笑脸。

"又怎么了？"他含笑低下头。

"不！没什么……"我大大地吸了口气，很用力地说了句，"你说得很对！就算是骑牛冲锋陷阵，你亦能做个大将军！"

十指慢慢收拢，指甲掐进掌心。很疼，却疼得让我很清楚自己的决定——我要去打长聚！我要夺一匹战马回来！我要还刘秀一匹真正的战马！

长　聚

攻打长聚。

当古代冷兵器时代的战场真正展现在我眼前，当我真正身临其境，亲眼目睹到这种血肉搏杀时，那种血肉横飞、刀光剑影的震撼力无法用任何形容词能描绘。

我从最初的恶心中挣扎出来，渐渐地，身体里竟难以抑制地升起一股热血沸腾的冲动。

我从不知道原来自己的血液里是这等好战的！

当我举着刘缤的那柄青铜剑，刺进一名企图从背后偷袭刘秀的长聚士兵身体时，我的心在发颤，出手却是丝毫犹豫也不曾闪过。

刘秀左手搂紧我的腰，催动青牛往前冲，牛是见红就疯的动物，战场上太多的血腥刺激得它已经不大受人控制。

这头原本温顺的、在田里默默劳作了一辈子的青牛，这会儿却比任何战马都还要勇猛。两只尖长的犄角上黏着淋漓鲜血，血水把犄角涂抹得锃亮，森冷得发出夺命幽光。

我感觉自己就好像这头青牛一样，身体已经不受我控制，仿若沉浸在惊涛骇浪中的一叶扁舟，要想不被沉没，唯有随波逐流。

"别怕！有我在！"

这是刘秀在我耳边不知说过几回的话语，我无言以对。

是我执意不肯留在后方，执意要跟着他冲锋杀敌的，是我私心地想替他多多缴获战利品，好偿还欠下的人情，可真到了生死悬于一发的危急时刻，他没有任何抱怨，竟是一遍遍地不断分心安抚我。

也就是因为这样，他才会被人偷袭而不自知。

我怎能让他受伤？我怎能让他因我而受伤？我怎能允许有人再在我面前死去……只要一想到惨死的邓婵，我的心就不再有丝毫的颤抖了。

杀就杀了！杀人是为了救人！杀人是为了活命！

这在战场上，来不得半点妇人之仁！虽然这与我二十多年的道德理念相悖，但是，当再次挥下长剑的那一刻，我的心已不再发颤，手劲透着狠厉，每一剑必中人要害，毫不留情。

"丽华！"我猛然一震，这是他第一次这般叫我的名字。刘秀喘着气放开我，大叫道，"你来驾牛，往东边去！"

他抬手一指，顺着他手指的方向，我看到不远处有七八面旌旗在迎风飘扬——能有这等排场的地方，必然有大人物存在。

"好！"耳畔的厮杀声与惨呼声不断，在这里没有炮火，没有硝烟，有的只是短兵相接的肉搏战。

拼的是命，洒的是血！

这样的战争更为残酷！没有亲身经历过的人无法体会个中滋味。

那些马匹平时瞧着威风，可真摊上我们身下的这头已经红了眼的疯牛，也只有吓得四下逃窜的份。

刘秀持剑护在我周围，刀戟虽无眼，却没有一丝挨得到我身上，只听得乒乒乓乓声不断，血雾弥漫，就跟蒙蒙细雨一般，在我身上落下不少。

我也顾不上抹脸了，瞪大眼睛，拼命驱使青牛撒开四蹄，往人堆里钻。

七八个举旗的士兵尚未能反应得过来，顿时被青牛撞倒一片，一阵混乱中有个骑青骊马的将军叫骂着往后退缩。

刘秀挥剑一指："冲过去！"

我没半分犹豫，剑身在牛身上猛力一敲，青牛的那身皮脂虽厚，也被我这一记重击敲得吃痛，"哞哞哞"的一声长嘶，四蹄刨得泥土翻飞四溅，气势惊人得往那将军身前冲去。

那将军大吃一惊，估计他这辈子都没见过有人驾牛这么玩命打仗的，稍一愣怔，青骊马被大青牛撞了个正着，咴地一声悲嘶，错步倒退。

若不是我瞧着这匹马体型强健，有点像是匈奴马混血品种，心里存下私心，及时把牛头拽歪向一侧，这匹青骊马早已被牛犄角撞得肠穿肚烂。

那人兀自在马背上咆哮怒吼，我身后却是突然一阵衣袂飒响。刘秀腾身跳起，轻盈如燕地越过我的头顶。

一道利芒耀入我眼，那人惊惶的表情还停留在脸上，可是他的头颅却是顺着刘秀的手起剑落，平平地飞出一丈，刹那间滚入灰蒙蒙的尘土中。

没了脑袋的尸体从马背上笨重地栽下，刘秀凌空一扑，如大鹏展翅般稳稳落于马上。

"别发呆！"他策马奔来，一剑砍落我身后的敌人。

我这才从惊愕中回过神来，木讷地点头："哦，哦……"

那将军的尸首就躺在血泊中，周围的士兵却是不知道受了什么刺激，忽然呼啦啦一窝蜂地散开，有的竟是丢了兵器，跪在地上举起双手以示投降。

刘秀的额头挂着血珠子，那是汗水混合着血水凝成的血珠，脸上惯常挂着的笑容已然不见，取而代之的是一抹凌厉肃然。

心跳忽地漏了半拍，这种表情的刘秀还真是前所未见！狠狠压下心中的悸动，我环顾四周，看着满地狼藉，问道："你刚才杀的人是谁？"

他笑了笑，坚毅的线条瞬间柔和下来，一字一顿地回答："新野县尉。"

简短的四个字却让我惊异得愣住了，片刻后我嘿地笑了起来："射人先射马，擒贼先擒王。"

刘秀一怔，同样惊异地瞅了我一眼，随后眼中的笑意更深："很精辟的见解。"

我顿时恍然，自己无意间竟然说了一些跨年代的东西。这两句话其实出自唐代杜甫的某首诗词，在现代这样的话就跟歇后语一样，张嘴就来，可在两千年前的汉代，却还是新鲜词语。

我眨眨眼，忽然忍不住卖弄起来，张嘴念道："挽弓当挽强，用箭当用长。射人先射马，擒贼先擒王。杀人亦有限，列国自有疆。苟能制侵陵，岂在多杀伤。"

刘秀浑身一颤，猛地睁大眼。

对于汉人而言，这个时候还没有诗词这种体裁，在刘秀听来，我念的或许更像是琅琅上口的五字谶语。

"挽弓当挽强，用箭当用长。射人先射马，擒贼先擒王。杀人亦有限，列国自有疆。苟能制侵陵，岂在多杀伤。"他喃喃地重复了遍，忽而笑道，"字字珠玑，秀受教了。"说着，竟从马上跳下，对着我深深一揖。

我唬了一跳，没想到随口一诌竟换来他这么大的反应。我忙跳下牛背去扶，脸红心虚地说："使不得，使不得……"

两个人正你来我往的谦虚客套，蓦地，身后不远处传来一个沉闷的喊声："什么东西使不得？"

回头一瞧，竟是一身戎装的刘縯策马而来。他身上也没少挂彩，看来杀敌时也必是个奋勇向前、无所畏惧的拼命三郎。

"禀都部，新野尉已亡，我们的人已经攻陷长聚！"

刘縯冷着脸听完斥候的回报后，只是一言不发，一双眼死死地盯住了我，眼里似乎冒着熊熊火焰，恨不得一把火烧死我。

我耸着肩膀，故意撇开他的注视，回过头伸手拍着那头老青牛，小声嘀咕："笨牛，真瞧不出你这等神勇，回去我一定拿最好的饲料……"

"去长聚——"冷不防刘縯一声厉喝，振聋发聩之余身后马嘶，不等我回首观望，腰上已是骤然一紧，紧接着腾云驾雾地飞了起来。

"做什么？"虽然经历刚才的生死搏杀，在牛背上颠颠倒倒的冲击也没晃晕我，说明我的体质相当坚韧。可如果是像现在这样被人像猫似的提着，上下不着地的悬在半空，我仍免不了被吓出一身冷汗。

刘縯没答理我，提着我，把我不上不下地挂在马侧跑了大约五六分钟，这才大手一拎，将我脸朝下、背朝上地横放到了身前。

我头朝下看着鼓鼓的马肚子在眼前晃悠，忍不住尖叫："你发哪门子神经……"

"啪！"

一句话没骂完，屁股上猛然一痛。

"啪！""啪！"又是接连两下，刘缜下手不轻，竟是使了全力。

我痛得眼泪都快出来了，差点儿没咬到自己的舌头。打到第五下，他见我没吱声，力度骤然收敛一半。

"怎么不喊了？"他冷冷地开口。

我闷哼一声，倒挂着的滋味很不好受，感觉脑袋充血，还缺氧："喊……什么？喊痛？你听我喊救命……心里岂不是会更爽，才不要……"

"你还记得你有这条命吗？"他怒吼着将我翻转过来，侧坐于马上。我被他像小鸡仔似的拎来拎去，搞得头昏眼花，眩晕间瞅见他的那张脸煞白，与他衣襟上沾染的血迹相映，分外醒目。"你是真的不要命了吗？"

我闭了闭眼，好容易适应了马奔时的颠簸，却发现刘缜的一张脸真的是臭到家了。看他像喷火恐龙似的表情，我又气又好笑，正要出言讥讽他两句，他忽然用力一拉，竟将我牢牢搂进怀里。

我"咯"地吐了口气，直觉得全身骨骼都快被他勒散架了，偏偏他手劲奇大，我竟挣脱不开，不由气得张嘴就骂："你脑子进水……唔。"

他倏然俯就，低头狠狠吻住我的唇。一口气急转不过来，窒息溺水般的恐惧感深深抓住了我，我猛力用拳头砸他的背，可惜他浑然未觉。

这一吻热烈急切，迅速点燃一团火焰，令我浑身燥热，十一月的冬季，却像是置身于炎炎夏日。就在我快要窒息脱力时，他终于放开我，恋恋不舍地抚摸着我的脸颊，粗声粗气地说："你不要这条命，我要！"

我拼命吸气，刘缜的专制和霸道让我很恼火，可是听了他这样情深意重的话语，却又有丝心痛。

"你怕什么？"我嗤之以鼻地冷笑，"你不信你能做的，我也做得到吗？"

刘缜皱起了眉："我知道你好强，身手亦不错。可你毕竟是个女子，征战厮杀这种以命相搏的事情还是留给我们男人来做的好。"他捧着我的脸颊，手指轻轻抚触着我的肌肤，"文叔这次实在太鲁莽，居然不打招呼就私自带你上战场……"

我不耐烦地打掉他的手，冷笑道："女子又如何？你难道忘了平原郡出了个迟昭平吗？她可不就是个女子吗？她去年秋天拉了数千人反了朝廷，抗官税、荡府衙、杀豪绅、掠贵族、扶危弱，分粮仓……桩桩件件哪样不是她带人干的？迟昭平去年热火朝天的在干这些大事的时候，你还在家抱着大腿享清福呢！"

刘縯张嘴欲言，我却没给他争辩的机会，加快语速，一鼓作气地道："就在今年夏天，迟昭平率部众与富平人徐异卿的义军汇合，转战平原、富平、乐陵、无棣、盐山等地，人马已经发展至十万余众。再反过来瞧瞧你，你现在除了拉拢绿林军勉强凑了两万人之外，又有什么可值得骄傲，你凭什么睥睨群雄、争霸天下？"

刘縯被我咄咄逼人的犀利言辞噎得一句话也说不出来，只憋得满脸赤红。过了好半天，他才哑着声问："你如何知道这些？"

我冷冷一笑。这只能怪阴家的情报网拉得实在太好了，全国各地只要有哪处造反，即使规模再小，人数再少，不出半月，阴识让阴兴转交给我"阅览"的那些书简中，便可将其中详细经过记载得一清二楚，毫无遗漏。

如今王莽气数已尽，各地的起义军犹如雨后春笋般蹿得又快又多，尤其是河北，以赤眉军为典型代表，尽出一些规模与人气都相当高的起义军。

和他们相比，南阳刘姓宗室揭竿的时期已经晚了，再加上宛城兵变失败，李通下落不明……可以说，这条光复之路，未来是崎岖抑或平坦，都还是个茫然的未知数。

阴兴给我看的那些东西，在没得到阴识许可前，我不会跟任何人透露内情。我的决心已下，别说刘縯动摇不了，就是阴识这会儿跑到长聚来拖我回去，我也绝不会轻易妥协。

我的事得由我自己说了算，没人可以替我做决定！

让　利

西攻长聚初战告捷，春陵军士气大振，装备简陋的军队也因此获得了第一批战利品。刘秀因手刃新野尉，在军中居然得了个"骑牛大将军"的戏称，虽然在之后攻打唐子乡时他已不再骑牛，换乘了新野尉的那匹青骊马，然而这个戏称却仍是在军中渐渐传开。

唐子乡位于湖阳西南，属于新朝在南阳郡的门户之地。攻下唐子乡，等于打开了夺取南阳郡的一扇大门。

两次小战的成功让刘縯等人信心大涨，于是又一起将目标转向下一站——湖阳。

刘缤在逼近湖阳后，先让人假扮江夏官吏，诱杀了湖阳县尉，湖阳不攻自破，起义军获得大批辎重，一时间人人脸上都挂满了笑容，女眷们整天叽叽喳喳地谈论着新得的粮食和布匹，高兴得就跟过年一样。

刘家的两姐妹以及两妯娌都不能例外，潘氏想着用缴获的上等丝绸给三个孩子制几身新衣，准备过年时穿；刘黄想着夫主胡珍爱喝酒，便叫人几乎搬空了整座酒窖；刘伯姬想着搜罗奇珍异宝；刘仲的妻子算是最不贪心的，她只敢请求夫主多拿些鸡鸭牛羊等家畜回来。

男人们在前方拼杀，女人们却躲后方坐享其成。我忽然有点讨厌看到她们，虽然我也同样是女人。

最后因为实在受不了她们无聊又没营养的话题，我径直出门散心。

湖阳地方很大，比起蔡阳、新野不遑多让。刘缤的母亲樊娴都就是湖阳人，刘缤打下湖阳后，他们的舅舅樊宏带着樊家门客子弟前来投奔，樊娴都原本对自己的儿子造反忧心忡忡，这时见自己的兄弟带着娘家人也奔了来，惊骇之余反而变得沉默起来。

"这个是我的……"

"我的！"

走出府衙大门，就见刘章、刘兴追逐嬉戏，我绕开他们继续往前走，忽听"啪"的一声脆响，紧接着刘兴手捂着眼睛哇哇大哭。

刘章手里抢了只做工粗糙的木制风车，得意地笑："早告诉你别跟我争了，你跟我抢，还早得很呢。"

刘兴哭得更加大声，哭声带着一种破壳沙哑，他越看越伤心，刘章却是举着风车越来越高兴。

刘兴见状，索性一屁股坐到地上打起滚来："我要……那原本是我的！是三叔送给我的……"

"才不是呢，三叔有好东西只会留给我，三叔最疼我！"刘章扮了个鬼脸，不理弟弟的哭泣，转身就往门里跑。经过我身边时，脚步稍停，侧过头恶狠狠地白了我一眼。

这小屁孩……我回瞪他一眼，他哧溜穿过我，往门里跑。

刘兴还坐在冰冷的地上哭泣，眼泪鼻涕混着脏兮兮的灰尘，把一张脸揉成了大花猫。我迟疑了下，终于还是走到他跟前蹲下身去。

"别哭了，如果你想要那风车，我给你做一个……"

"不要！"殊不知，他竟断然回绝，嘎嘣脆的声音让我吃了一惊，"我只要三叔做的，三叔做得最好！"说完，小嘴一瘪，又放声哭了起来。

就在我和刘兴说话的时候，身后砰的一声，然后有个呼痛的声音随即响起。

我扭过头去，只见凝翠正从门里迈出来，蹦蹦跳跳的刘章一头撞上了她。

"章儿。"潘氏从凝翠身后转了出来，眉尖若蹙，"怎么那么淘气……"抬眼见到我和哭泣的刘兴，眼中闪过一抹惊讶，"章儿你又欺负弟弟了？"

"我……"刘章扭捏着把风车藏在身后，歪着脑袋看了看我，忽然嚷道，"是她！是她欺负弟弟！是她把弟弟弄哭的！"

潘氏原本已疾步向刘兴奔来，听了这话，蓦然愣住，飞快地瞥了我一眼："章儿你少胡说，阴姑姑才不会欺负兴儿，定是你淘气……"

"娘，才不是我，明明是她……"

我倏地站了起来，扬唇冷然瞪了过去，刘章正涨红了脸睁眼说瞎话，被我这么一瞪，竟吓得钻进凝翠怀里，连话也不敢再说了。

估计潘氏和凝翠也看到我瞪人的样子了，可是我管不了那么多，没人可以随便诬赖我，就算是小孩子也不行。

气氛有点儿尴尬，我撇了撇嘴。潘氏把刘兴从地上抱了起来，一边拍着他身上的尘土，一边低声念叨："别哭了，男子汉大丈夫，要像你爹爹那样……"安抚了孩子几句，抬头歉然地望着我，"阴姑娘莫见怪，章儿年纪小，不懂事……"

说话间，刘缤兄弟几个从外头回来。刘缤紧绷着脸，脸色十分不豫，潘氏察言观色，小心翼翼地把孩子往身后搂了搂。果然刘缤发作道："外头不省心，家里头难道也不能让我省心么？争来抢去，为了这点子东西难道你们连手足之情也不顾了么？"走到刘章跟前，劈手将他身后藏着的风车夺去，猛力掼掷于地，一脚踩了上去。

纤细的木工制品如何经得起他的大脚踩踏，顷刻间风车折成数段。刘章吓呆了，刘兴躲在母亲身后，哇地哭了出来。

刘缤大袖一挥，头也不回地径直回府，刘秀叹息着将大侄儿抱了起来。刘章小嘴瘪着，满脸委屈，蓄满泪水的大眼睛恨恨地望着我。

潘氏抱着号啕大哭的刘兴，连哄带骗地将他抱进府去。

"怎么回事？"等他们都走了，我斜着眼问刘仲。

刘仲摇了摇头，并未立即答我话，于是我又将目光转向刘嘉。

刘嘉与我相熟，叹了口气，终将实情相告："绿林军那些人嫌分的财物少了，聚众闹起事来，宗亲们自然不依的，两边因此剑拔弩张，起了内讧。"

刘仲冷哼一声，插嘴道："这些出自匪盗之人皆是不可信的小人，如今尚未见寸功，便已眼红这点蝇头小利，将来更是无法无天。"

我略略一思忖，已然明白其中道理，不禁笑道："既然都说是蝇头小利了，便是把这些小利都拿去做个顺水人情又如何呢？谁叫你们春陵军人少，怨不得人家想坐享分成收大利。他们皆是些草莽之徒，平时聚山为王、打家劫舍，不就是为了谋取财物吗？人家原本没什么大志向，不似尔等谋的是江山。你们若真是还想谋大事，就别为了这点小利起争执，就算是全让出去了又如何，舍小利者成大事，区区财物和偌大个江山比起来，孰轻孰重？"

刘仲被我一席话说得哑口无言，刘嘉目露倾慕赞许之色，许久方叹道："听阴姑娘一席话，方知文叔一番良苦用心。"

刘仲讷讷地道："原来竟还错怪了他，宗亲们都埋怨他胳膊肘向外拐，他也不与我们商量，便自作主张地将所有财物全送予王匡、陈牧等人。"

"当时情势一触即发，也怨不得他不与我们商量。他性子原就内敛，心里打定的主意却是多半不错的……"刘嘉向我投来一瞥，目光中隐有笑意，"阴姑娘心思灵巧，与文叔志趣相投，以后若有不明之处，文叔不擅辩释，倒是可以请阴姑娘代为解惑。"

刘仲点了点头，也不禁笑了起来："时常听娘称赞阴姑娘德才皆备，我原还不解，今天算是开了眼界了。"

我听他们拿我打趣，便也不冷不热地笑道："哪里真就用得着我来代为解惑呢，就凭我这点妇人之见说出来只怕难登大雅之堂。两位真会说玩笑话，这点浅薄的道理其实你们哪里真就不懂了呢，是吧？"

明褒暗贬的几句话登时把他们两个说得窘迫难当，半晌，刘仲尴尬地讪笑两声，连声称是。

我莞尔一笑，就此收口，翩然入内。

投 奔

数日后，汉军攻克棘阳。

这里已离宛城不远，宛城乃南阳郡都，只有最后占领宛城，才算是真正拿下了整个南阳郡的政权。

不过，正是因为宛城乃是政权集中之地，汉军虽连连得胜，我却对能否同样顺利一举攻下宛城，深感忧虑。大多数人都已被胜利冲昏了头脑，特别是那些绿林军，在刘秀将所得财物倾囊相送后，他们对于攻占宛城、瓜分财物的兴趣更浓了。

刘縯其实也不是一个没头脑的人，之前刘秀的权宜做法得到了他的认可，然而在选择一鼓作气攻下宛城，还是稍候时机才定决策上，他开始摇摆不定起来。

这日晨起，雾水朦胧，我正准备去城郊晨跑，才出门便听不远处有人喊："阴姑娘！"

回头一看，只见一辆牛车缓缓停在我跟前，随后车上一人跳下，落地轻盈，身姿颀长，虽粗布短衫，却无损其俊逸。

我眯着眼瞅了半天，眼前陡然一亮，脱口惊呼："李通！"

李通望着我吟吟而笑，脸上满是疲惫之色，人也憔悴消瘦了许多："阴姑娘还记得李某，真乃通之幸。"

宛城兵变失败后，刘秀、刘稷、李通等人都失散了，刘稷、刘秀、李轶先后回了蔡阳，唯独李通，下落不明。很多人都以为李通已死在战乱之中，没想到他竟还能毫发无伤地活着，我激动地上下不住打量他，笑道："不错！不错！上次见你病快快的没什么精神，身手却是一点不含糊，这回你还是一副要死不活的样子，想来应该无大碍。"

李通笑了，身子稍侧："你瞧瞧还有谁来了？"

"谁？"

"阴姬。"车上居然还有一人。一听到这熟悉的声音，我便犹如五雷轰顶。若问这世上我最不愿意面对的一个人是谁，那便是……他。

"表哥。"我心跳加快，颤抖着喊了一声。

邓晨从车上下来，动作很慢，一举手一投足都牵动着我的心，我怔怔地看着他每一个细小的举动。他下车，径直朝我走来。

"阴姬……"他的肩膀微微一动，我下意识地闭上眼。可是最终却并不是我所预想的巴掌，而是一声喟然怅然。

我睁开眼，邓晨面色蜡黄，像是久病初愈，长长的衣裳套在他身上显得有些肥大，他整个人像是瘦了一大圈。

我咬了咬唇，憋着气地开口："表姐她……"

"婵儿的事让你费心了！"

我倏地一颤。

他却只是黯淡地冲我点了点头，没再说别的，一副精疲力竭的模样。

闻讯赶来的刘缤等人将李通、邓晨一干人等迎了进去，潘氏自去迎接尾随其后的邓府内眷。

十多辆大车上陆陆续续下来一大批的女眷，为首的赫然是刘元。潘氏拉着刘元叙话，刘元也是一脸憔悴，姑嫂二人相见，不一会儿都红了眼，举袖拭泪。

"姑娘！"人群里突然蹿出一个人影来，又惊又喜地扑向我，"姑娘！姑娘——奴婢可算找着你了。你没事……太、太好了……"说着，跪在地上竟是抱着我的双腿嚎啕大哭。

"胭脂……"我万万想不到这丫头居然也混在邓家的内眷里，忙拉她起身。

她哭得已是上气不接下气，像是受了万般的委屈。

"你怎么跟来棘阳了，你没回家吗？"

"姑娘！姑娘一走就经月，影踪难觅，连邓公子都说不知道姑娘最后去了哪里……奴婢见不着姑娘，不敢独身回府……"她抽抽噎噎，伤心不已。

我眼瞅着潘氏领着邓府内眷往府衙去了，便拉着她走到僻静无人处，轻声问道："你是怕我大哥责罚你么？"

胭脂先是点点头，接着又急忙摇头，流泪："奴婢担心姑娘。"

我叹了口气，按捺下心头的烦乱，理了理思绪·"你们怎么从新野赶来了？可是发生了什么事？"

"姑娘。"胭脂压低了声，显得极为惊恐，颤颤地说，"邓公子偕同门客反了朝廷……新野宰带着官兵上门剿杀，两边打得惊天动地，死了好多人。"她捂着嘴，乌黑的眼眸浮出深切的惧意，"最后邓公子败了，我们侥幸逃了出来……可、可是邓家的祖坟被刨、宗庙被毁，邓……邓家庄子家舍也全被焚烧殆尽。"

我如遭电击，一把抓住胭脂，颤声："那阴家怎样？"

阴、邓两家盘根纠集，世代姻亲，一荣俱荣，一损俱损！如今邓家落得如此惨淡局面，阴家不可能无恙。

胭脂吓了一跳，瑟缩地回答："奴婢不知。奴婢一直跟随邓夫人……逃出新野后星夜兼程往这里赶，邓夫人说到这里能见着姑娘，所以……所以奴婢心心念念盼着……邓夫人不曾相欺，果然叫奴婢见着姑娘了。"

她说话颠颠倒倒，完全没说中重点。我放开她，转身追进府衙，只这会儿工夫，潘氏已将刘元等人安置进府中后院，院子里走动着不少下人，却独独不见邓晨、李通他们这些人。

前堂上聚了很多人，刘縯让潘氏整治了一顿颇为丰盛的筵席，算是替李通与邓晨洗尘。我冲进去的时候，七八张席上跪满了人，见我进来，皆是不由自主地挺起了上身。

我一脚才踏进门，忽地一阵天旋地转，心脏狠狠抽了一把，痛得我弯腰，险些摔在地上。眩晕间有人疾步过来扶了我一把，柔声问道："怎么出了那么多汗珠子，嘴唇都白了，发生了什么事？"

痛觉只在瞬息之间，凝眸细细感觉时，那种窒息疼挛的感觉已然消逝得无影无踪，我嘘了口气，无力地扶住刘秀："我不要紧，我来找表哥，我有要紧的事要问他。"

说话间目光搜寻邓晨身影，却见堂上俱是清一色身着战袍的男子，其中不乏两位熟人——马武和刘玄。

刘玄和马武分列两张席案，隔了条走道相对而坐，与刘玄同席的还有两名男子，看似相貌平平，仿若寻常乡间农夫；马武身边同样亦是两名男子，相貌酷似，像是一对亲兄弟。

我定了定神，心里跟明镜似的，很多以前想不通的事情豁然明朗起来，不由笑了两声。

堂上首位面东而坐的是刘縯，刘秀作为陪客，坐在面西的侍席上。正思忖进退时，刘秀身侧有个年轻人站了起来，站在席上对着我行了个礼，瓮声瓮气地喊道："嫂夫人好。"

我一愣，看了眼边上的刘秀，刹那间明白过来，顿时霞飞双靥。

那人身材高大，看年纪不大，国字脸，皮肤又黑又糙，一双眼倒是炯炯有神。刘秀轻咳一声，解释道："这位是阴姑娘，非是拙荆。"

那年轻人憋红了脸，好在他脸皮黑，不仔细看也看不出来。见我睁着眼瞧他，尴尬地一拱手："请恕王霸唐突。"

我也不好说什么，笑容挂在脸上连我自己都觉得虚假。

刘縯坐在对面，肩膀略晃，似乎想站起来，我忙一矮身，甩脱脚上的帛屐，跪坐到刘秀的位置上，刘縯神情闪过一丝不悦，终是坐着没动。

刘秀在我身侧坐下，细声询问："需要另置食案么？"

我摇了摇头："不用。"顿了顿，小声问，"我在这儿，不会妨碍你们谈正事吧？"

刘秀笑道："这些正事不正是你最想听的么？"

我眯眼笑得特奸诈："你还真是了解我。"

和刘秀正交头接耳，那边李通已经开始用不紧不慢的声音讲述自己在宛城经历的风风雨雨。虽然这些前因后果我都已经知晓，可是当我听到李家六十三口人被甄阜下令挫骨扬灰时，仍是禁不住打了个寒战。

刘秀伸过手来，轻轻握住我的右手。

我微微一颤，刘秀的笑容仿佛是一剂最好的良药，能够神奇地安抚住我心中的狂乱与不安。

那只温暖的手最后还是松开了，放手时在我手背上毫不着力地轻拍两下，我随即感激地向他投去一瞥。

李通的情绪越说越激昂，在说到亲人惨死时，竟是悲伤地流下了眼泪。

我长这么大，除了电视上看到演苦情戏的男女哭天抹泪之外，还从来没真正见过男人哭泣，这里更是信奉男儿有泪不轻弹，就算是阴兴、阴就小的时候，我也没见他们流泪过。所以，李通的哭泣带给我的震撼力相当大，邓晨想来也是深受其害的一员，李通的话在很大程度上引起了他的共鸣，于是他和李通两个人一唱一和，愤慨地指责着王莽新朝的种种恶行。

众人歔欷，刘縯面色由白转红，由红转青，然后"砰"地一声巨响，他一巴掌拍在了食案上，震得案上的盆盘、耳杯纷纷跳起，酒汤四溢。

"杀到宛城去，要甄阜、梁丘赐这二人抵命！"

我心头一惊，刘縯的性子好冲动已经不是什么稀奇事，但是在这节骨眼上扬言要打宛城，未免也太欠考虑。

我不禁担忧地蹙起眉头，环顾打量，无论是王匡、王凤兄弟还是陈牧、廖湛都露出欣喜之色，马武更是个愣头青，刘縯如果只是"冲动"，那他便已将"冲动"转化为"行动"了。

"都部好主意，咱们这便带领兄弟打到宛城去，叫甄阜这狗贼也尝尝挫骨扬灰的滋味！"他腾身从席上站了起来，拔剑走到正中，竟是击剑长歌，歌声粗犷，透着豪迈之气。

我一个头涨得比两个都大，正大感头疼时，却接触到刘玄意味深长的一抹笑意。

我打了个寒战，小声问道："刘秀，打宛城我们有几分胜算？"

刘秀一愣，半晌才压抑地吐出两个字："不知。"

我心里一凉，刘秀都说不知了，那看来这场仗真要打起来，会是场激烈的硬仗。

"你怕了么？"刘秀端着耳杯，浅尝辄止，唇边凝着一抹淡雅的笑容。他并不看我，目光直视前方，一边欣赏着马武的剑歌，一边继续喝酒，即使是喉结上下吞咽的动作，都能做得那般雅致如兰，"你大哥——次伯，已经回到新野。"

阴识回家了？我眉心一动，心里欣喜的升起一股希望的火苗。有阴识在，阴家就算是化为白地，家中老少也必能保得安然无恙。

刘秀放下耳杯，微微一笑，声音细若蚊蝇："次伯这几年花在阴家庄园的心血果然没白费，阴家固若金汤，门客人才济济，别说一个小小的新野宰苏康，就是甄阜亲自领兵南下，也未必能轻松拿下阴家。"他侧过头来，弯弯的眼睑洋溢起一抹醉人的笑容，"丽华，以你大哥的能力，虽不能保全邓府，然而要保全阴家却是绰绰有余，二姐夫这次能带着内眷宾客全身而退，未尝不是他的功劳。他托二姐夫带了口讯来，让你速回新野。"

我才欲张口，他已快速在食案底下握住我的手，"他知你性野，绝不肯乖乖听劝，所以这口讯不是带给你的，而是说予我听的。"

这一次，他的手攥得很紧，捏得我指骨有种抽痛感，我疼得吸气："为什么我就非要听你的呢？这口讯带给我或是带给你，又有何区别？"

他静静地望着我，眼里氤氲如雾，已没了半点笑容，眉宇间淡淡的笼上一层忧色："你问我胜算几何，我无法答你。换作以前，我从不做心里没底的事情，可是眼见得被逼到今日这步田地，我越来越觉得力不从心。丽华，你是无辜的，你不需牵扯到这些纷争里来。"

心口揪疼，有点酸，也有点涩，说不出到底是何滋味。我咬了咬唇，仍是那句话："我凭什么要听你的？"

他一愣，而后淡淡地笑了，眉宇间的忧色不减："是，你的确没必要听我的。"松开我的手，继续埋头喝酒，这一场口舌之争，竟像是完全没发生过一样。

马武舞完剑后，众人喝彩捧场，我意兴阑珊地也拍了两下手，明显应付的样子让马武兴奋的笑容为之一收。

酒到酣处，气氛愈加热闹，在场的除了刘秀素来内敛文静，唯一还能保持庄重有礼的便只刘玄一人。

从头到尾他看似都在不断地敬酒、陪酒，到现在即使没有百杯，就眼前一尊足有十斤重的陶罐搁下时摇晃的程度，也可猜出尊内所剩酒水已是不多。汉代的酒水多为粮食酿制，酒精浓度的确不太高，但是酒毕竟是酒，像他这么海量，且喝下去面不改色的，在现代当个公关部经理是绝对没问题了。

我对刘玄有种莫名的戒备抵触心理，这也许是因为他是目睹我发狠狂怒，甚至错手杀人的人。

"刘……文叔。"我目光偏移，落在王匡、王凤两兄弟身上，"当年的绑匪三人，我大哥未曾加以任何追究，是否就是应了今日这般局面？"

我等了两三分钟，他只是不答，也不看我，当我是空气。我并不生气，慢腾腾地像在自言自语，"马武在这里了，那么成丹和王常又在何处呢？"我眨眨眼，凑近他的耳鬓，吐气，"不会是凑巧在下江吧？"

刘秀的耳廓居然发红了，轻咳一声，膝盖微微挪动，与我重新拉开些距离。

我一声低笑，越发肆无忌惮起来，恬着笑脸继续挨近他。他被我逼得没法了，终于闷声说道："当年马武、成丹、王常三人之所以绑你勒索赎金，正是为了前往绿林山投奔王氏兄弟。后来绿林山遭瘟疫之扰，被迫分兵下山，成丹和王常眼下的确是在下江，他二人正是下江军的首领。"

我冷哼一声："我大哥没杀他们，也没将他们三个押送官府，一是看在王氏兄弟的情面上，二也是未雨绸缪……"心中忽然一动，有句话想说却未曾说出口。

阴识！如果四年前就能预防到今日的局面，可以想象他的心智与计谋有多异于常人。

刘秀轻轻一叹："次伯是人才，可惜他是个方外闲人，不肯……"

我心中一动，往后飞快退开："是么？我大哥是个精明睿智的闲人，我却是个盲目任性的野人。"不等刘秀开口，我已冷笑出声，"刘秀，你还真是个务实的商人，从宛城转一圈回来后，你便由原来的不闻不问突然转变成出谋划策，你投入得可真是快啊。哼，我阴丽华再天真也知道自己有几斤几两，你现在犯不着为了我大哥讨好我！为朋友我两肋插刀在所不惜，那些带着某种目的才接近我的人，在我眼里，却是连条狗都不如。"

我站了起来，无视堂上众人讶异的目光，淡淡地施礼："既是兄长之命，阴姬莫敢不从，这便收拾行囊，回新野家去。诸位告辞！"

刘秀仰着头，目光幽然澄净地望着我，那双湖水般清澈的眼眸中再次流露出一种哀伤的气息。

我不懂他，从一开始就不懂这个男人，也许他是故意要激怒我，也许他是不擅长剖析自己的内心，也许他是……为了我好。

然而我却觉得和这样的人交往实在太累，什么话他都不明明白白地说出来，什么事都要靠我来猜……这样太累！

我狠狠心，毅然转身。

不管了，由你去！是死是活，由你去！我的人生由我定，你的人生始终归你……

生　离

我几乎是带着一种赌气的性子离开了棘阳，走的时候甚至拒绝了刘缤提供的辎车。其实倒也不是真的不接受，故意给自己的两条腿找罪受，只是一想到他们马上就要攻打宛城，军中辎重本就不充裕，能省还是省些吧。

这本是我的一番好意，可我却偏学刘秀的作派，不说真话，还摆出一副"谁要你们施舍"的样子，把刘缤气得当场抓狂。结果临走那天，就在众目睽睽之下，我和刘缤两个当真在院子里动起了手。

都说拳脚无眼，我当时正在气头上，别说刘缤皮厚肉糙，就是细皮嫩肉的刘秀，我也照揍不误。最后刘缤一个没留神，挨了我一记回旋飞踢，身子倒飞出去两米，活活把潘氏、刘黄、刘元等女眷吓得个魂飞魄散。

"姑娘，为什么我们不往南，反而要往北走？"

我走路早已成习惯，胭脂虽是奴婢，可一向不曾干粗活，从没吃过这等苦头，一路上少不得唉声叹气。

"你就那么急着回家？"我停下脚步等她跟上，乜着眼轻笑，"你就不怕我大哥揭你皮了么？"

胭脂白了脸，哆嗦道："姑娘莫吓奴婢，但凡大公子有责罚，还请姑娘代为求情些，免得奴婢多挨皮肉之苦。"

我噗哧一笑，从她肩上将包袱卸下，随手背在身上："走吧，希望天黑之前能赶到那里。"

胭脂不敢让我背行李，争执了老半天终是抢不过我，只得苦着脸问："姑娘到底是想去哪里？虽说姑娘本事了得，可如今兵荒马乱，四处都有流民匪类，姑娘毕竟还是个娇滴滴的姑娘家……"

"我去小长安。"我幽然叹气，心里填充的尽是苦涩，"我答应过表姐，要带她回家……"

转念想到邓家已化为灰烬，就连祖上坟墓都被刨挖殆尽，当日若非我无能力将她的尸身带回新野，只怕如今她的骸骨也已惨遭凌辱，曝露荒野。

激灵灵地打了个冷颤，眼见天色阴沉下来，急忙催促胭脂："快走！快走！能用跑的最好。"

小长安其实是个村落，说大不大，说小不小。我和胭脂赶到村口的时候，天已擦黑，灰蒙蒙的头顶突然飘下一朵朵雪花。

飘雪如絮，扯不断，理还乱。

当夜借宿在一户农家，因家室简陋，没有门庑，我和胭脂只得在猪圈边上的一间堆放杂物的房舍里挤了一宿。

紧靠着猪圈的就是茅厕，这一晚不只是受冻，还得憋气，好容易撑到天亮，出门一看，我不禁傻了眼。

当初把邓婵葬于草野，我就不是十分清楚地形，只是后来询问刘玄，方知为小长安。我原想小长安地方再大，我慢慢寻找，总能凭借记忆找到位置。可谁想天不助我，这一夜的好雪，竟是将天地方圆尽数染成白色。

一眼望去，白茫茫的一片，我呵着气，双手拢在脸上，怅然若失。

邓婵啊邓婵，你究竟在哪？这可要我如何寻到你呢？

胭脂在风雪中抖抖瑟瑟，眼巴巴地等着我拿主意，可我眼下也没了主张，只得硬着头皮说："等雪稍歇，便是把这山头翻转过来，也要把表姐的坟头找到。"

这句话说出来容易，做起来却是比登天还难。老天爷故意跟我为难，这雪下了三天两夜才算停住，没等天放晴，胭脂却因为夜里受冻，浑身无力，发起烧来。

这样拖拖拉拉一直过了四五天，胭脂的病情才稍见起色，然而天地银匝，积雪凝冰，即使穿了木屐也是一步三滑，别说找坟头，就是蹒跚走出村子，也得费半天工夫。

就在这日晨起，湿润的空气中漂浮了一层大雾，我见之大喜，胭脂不解地问我为什么反而高兴。我笑道："大雾过后，必见阳光。这说明天将放晴，咱们且等着吧，过中午便可出门了。"

两个人正说笑着，忽然听见前堂哗啦声响，这家男主人仓皇失色地跑了来，比手画脚："快跑！快跑！官兵来了！"

胭脂条件反射地从床上跳了起来，抓起包袱就要往外冲，我连忙拉住她，定神问道："官兵又非是强盗，为何要逃？"

男主一拍大腿，懊丧道："可不是连强盗也一块儿来了吗？"不等我再追问，掉头就跑。

胭脂慌道："姑娘！强盗固然可怕，官兵也不得不防啊！"

我点点头，当下拉着胭脂往外跑。适逢天寒地冻，大雾弥漫，出门只听哭喊声与兵刃敲击声互相掺杂，从四面八方涌来，却无法看清五米开外任何景物。

胭脂大病初愈，一见这等状况，早吓得腿软无力，我咬紧牙拖着她在雪地里拼命往前走。没等走上十步，就听咣当一声，一柄明晃晃的长刀破空挥落，砸在我俩脚边。

胭脂吓得"啊——"的一声尖叫。

长刀紧握在一只手上，手腕连着上臂，再往上的部分却是齐刷刷的被斩断了，断口处汩汩地流出鲜血，洒出的血迹犹如红梅般点缀在雪里，触目惊心！

胭脂瞪着那只断臂，频频跳脚，尖叫声不断。

我一把捂住她的唇，凶巴巴地说："不想刀下枉死，最好闭嘴。"

她也是个机灵人，虽事出突然被吓得不轻，到底还是懂得其中利害关系的，于是含泪点头，颤抖不已。

　　我松开手，弯腰将长刀从那断臂的五指中掰下，转身塞进她的手中。她抖缩了一下，终是别别扭扭地把刀握在了手里，只是终究是个未经人事的少女，刀拎在手上竟是抖若筛糠。

　　"你会杀人吗？"

　　她吓得差点把刀丢掉："奴……奴婢不……不……"

　　"那你会杀鸡吗？"

　　"会……会……"

　　我闭了闭眼，强迫自己狠下心肠，无视她眼中的惧意："那你就只当自己是在杀鸡！"

　　我知道自己说这样的话很残忍，不只是在逼她面对最残酷的事，也是在逼自己做最残酷的事！

　　拖着胭脂踉踉跄跄地跑出百来米，厮杀声却是愈来愈厉害，耳边充斥着凄厉的惨叫呼喊，犹如修罗地狱。我暗自庆幸多亏这场大雾遮蔽，总算没让胭脂亲眼目睹战乱的恐怖。

　　好容易跑出村子，我才要松口气，突然前头毫无预兆地蹿出一辆辎车，拉车的牛显然受惊过度，竟是歪歪扭扭地朝我撞来。大雾中的能见度太低，等我看清是个什么东西撞过来时，只来得及把胭脂推开。

　　牛犄角擦过我的肩胛，幸亏我肢体韧度极好，闪得够快，否则一定被那尖角戳个血窟窿。

　　胭脂吓得哇哇大哭，连滚带爬地冲过来："姑娘！姑娘！"也不知她哪来的胆量和力气，竟然举刀就往牛身上砍。

　　有两道人影快速从车上跳了下来，一个扑向胭脂，抢下她手中的刀子，一个则扑向我。

　　我躺在地上还没爬起来，见人影扑至，顺势抬脚蹬腿，一脚踹在那人腰上，同时借力从地上跳了起来。

　　那人"哎唷"一声，捂着腰往后退了两步，抬头满脸痛苦地看向我："是我啦。"

　　我不及思考，顺嘴回他一句："管你是谁！"

　　"阴姑娘，是我……"抬手护住头脸，怕我再打他，"我是刘军。"

"刘军？！"我终于醒悟过来，奔前两步，眼前之人可不正是刘军？再往前一看，那辆辎车上坐满了男男女女，狭窄的平板牛车上居然挤了四个人。

还都是些我熟悉的老面孔——良婶、潘氏、刘兴、刘仲的妻子王氏。

再回头，那个抢下胭脂手中长刀的人居然是良婶的大儿子刘安。

"你们……怎么会在这儿？"我脑筋急转，惊愕不已，"不是说去宛城么？"

刘军道："就是去宛城呢，结果半道儿遇到了伏击，碰上这样的大雾天，根本不知道咱们的人在哪儿，新兵又在哪儿，混打一气……这牛惊了乱跑，我们迷路了。"

"女子。"良婶在车上冲我招手，"你是不是也跟秀儿走散了？上车挤挤吧，让刘安和刘军两个随车步行就是。"

我心里一酸，敢情良婶还不知道我已经离开汉军了，于是婉转道："良婶和两位嫂子若不介意，可否允我的丫鬟上车歇一歇，她病了还没好，实在没什么力气赶路。"

胭脂抹泪道："姑娘……奴婢、奴婢能自己走……"

良婶是个老好人，不等潘氏和王氏答话，她已怜惜地招手："上来吧，都上来，虽然人多，可挤一挤总好过走路。"

我溜眼一看，算上胭脂，这辎车上已经挤了五个人，基本跟个沙丁鱼罐头没区别。我是无论如何都挤不上去了，除非把潘氏或者王氏赶下车。

"我随刘大哥、刘二哥走路就行。"我其实更担心这车严重超载，那头老黄牛已是白沫横飞，就怕想跑也跑不快。

这会子可是在逃命，速度比什么都重要！

事实证明，我的担心不无道理，牛车跑了半里路不到，车轮突然卡进了一个坑里，无论怎么使劲推拉，都没法把车轮从坑里拔出来。

正踌躇不决，忽听周围厮杀声起，竟是一股新朝官兵不知打哪儿冲了出来，雾色中无法得知对方到底有多少人马，我拔出随身携带的长剑，手腕一抖，挽出一朵剑花，挺剑而上。以一敌众，我杀红了眼，使出浑身解数，刘军却突然在我身后闷哼一声。扭头一瞥，他半边身子从右肩到胸口竟给划了一道大口子，鲜血淋漓，浸染衣衫。

我打了个寒噤，正要扑过去相救，他倏然抬起左手往后一指，凄厉地尖叫："快救我娘——"

辎车上那堆女人早吓作一团，刘安手持劈柴的砍刀和三四名新兵混战在一起，明显处于下风，手忙脚乱之余身上已有不少地方挂彩。

我三步并作两步地冲到辎车旁，三下五除二，连砍带劈，将准备爬上马车的几名新兵毫不留情地打下车架。这时已有不少骑兵围住辎车，不住地兜马绕着车子转起了圈子。

"女子！"良婶厉声长呼，"你走——走得一个是一个！"

我心里咯噔一下，胸口像是被什么堵住了，手上动作稍一滞缓，背上一阵剧痛，巨大的冲力迫得我往前扑出两步，险些摔倒。

背上火烧似的疼，我来不及细想原由，便听一声惨叫，刘军口喷鲜血，砰然倒地。魂飞魄散间，就听见身后潘氏一声惨然高呼："阴丽华！求你——"

"娘——娘——"刘兴被潘氏抱着用力抛向我，我不敢大意，忙伸臂去接，只一个简单的动作，却是牵动背上撕心裂肺般的疼痛。

刘兴不懂事的在我怀里踢腾挣扎，哭闹不止："我要娘！我要我娘——"

我闷哼一声，舌根下一股腥甜气息上涌，生生逼出一身冷汗。转眼间，有人抢上车去，良婶为了保护潘氏和王氏，与那人争执，竟被那人推下车去，一时马蹄奔过，活生生地在良婶身上轮番踩踏……

刘安大叫一声，眦眦尽裂，猛身扑上与人拼命，却是被飞来的七八枝竹箭钉在一棵枯死的树干上。

"大嫂，我求你件事……"我抱着刘兴左躲右闪，却听王氏突然凄声高喊，"我没能替夫主生下一男半女，但求大嫂念在你我妯娌一场的份上，若是兴儿侥幸得救，便让他转于我做儿子吧……"

好半晌却不见潘氏回答，我暗叫不妙，匆匆一瞥，果然见她双手抓着一枝长矛，矛尖已没入她的胸口，眼见不活。

血丝顺着她的唇角滑落，我依稀看到她凄婉而笑："好……兴儿一定会……是你的儿……"

我潸然落泪，将哭闹不止的刘兴抱在怀里，杀开一条血路，冲到黄牛身旁。手起剑落，一剑将挂在牛身上的绳索砍断。

那些新兵见我抢牛，纷纷围拢过来，我一鼓作气地带着刘兴跳上牛背。刘兴这会儿估计彻底吓呆了，频频尖叫哭泣，倒是不再挣扎。

我咬牙憋住一口气，拿剑在牛股上轻轻一刺，疲惫不堪的老牛吃痛，踢腾着四蹄奔腾起来。颠簸震动我背上的伤口，我只觉得背上热辣辣的有股热流淌下，眼前一阵阵的发黑。

隐约间，耳边似乎传来胭脂凄厉的惨叫："姑娘——不要抛下奴婢——"

我挥手持剑架开一柄长矛，心虚手软地搂着刘兴不住发抖。

对不起，胭脂……我没办法带你走！你服软屈降吧，以你的身份新军应该不会太过为难你。可是……兴儿，我不能不带他走，以刘缜的叛逆行为，那是满门抄斩的重罪，兴儿落在官兵手里，必死无疑。

泪如雨下，我哽咽着紧紧抱住刘兴。

驱牛冲开包围圈，我体力不支地瘫软下来，上身的重量压住了刘兴，他似有所觉，不舒服地在我怀里蠕动身体。过了许久，也不知他是什么时候止住了哭声，黑乎乎的小手摸上我的脸颊，稚声稚气地说："姑姑别哭，姑姑别哭……我把这个送给你。"

他从怀里掏出一样小东西，一本正经地放到我手心里："三叔说，想哭的时候看看这个，就又会笑了……"

泪眼朦胧地看着手心里的一只草编蜻蜓，我蓦地心里大痛，五指合拢，紧紧捏着草蜻蜓，失声恸哭。

死　别

人都说老马识途，可是老牛……不知道认不认得正确的归途。我无力再驾缰，只得放任它随意踱步。

身上一阵阵的冒虚汗，我反手摸到身后，背上伤口疼得肌肉痉挛，手指触摸之处，却是一枝毛糙的竹杆。

我深吸了口气，看来背心上插着的是枝竹箭了——没被一箭毙命，是否也该庆幸自己命硬？

大难不死必有后福，可是我却一点都看不到自己的后福在哪里。

刘兴哭累了，窝在我怀里闭着眼睛沉沉睡去，小脸上犹自挂着两串晶莹的泪珠儿。我颤巍巍的伸手替他擦去脸上的泪痕，可不曾想我满手是血，手指拭过他细嫩的脸颊，反而将他的脸涂抹得血迹斑斑。

我浑身虚软，眼下兵荒马乱，自己一旦昏死过去，后果当真不堪设想。可是神志昏昏沉沉的，时而清醒，时而迷糊，我知自己大限将至，不敢大意，狠心用牙齿咬破舌尖。

剧痛的感觉让我精神为之一震，我勉强勒住缰绳，驱使黄牛往开阔地带走。

不知坚持了多久，就在我又昏昏欲睡时，猛然听到一阵撕心裂肺的哭喊，那哭声尖锐，像根针般直刺入我的耳膜。

我打了个寒战，眼前凌乱地闪过潘氏、王氏、良娣、刘军、刘安、胭脂的脸孔，那一张张或悲或恨的表情，像把尖刀似的在剐着我的心。

我闷哼一声，从混沌中恢复了少许神志，随着哭喊声的临近，我分辨了半天终于确定那不是我的幻觉，是真的有孩子在哭。

我伏在牛背上微微喘气。刘兴睡得很熟，那样沉稳的睡容让我害怕得几乎以为他没了呼吸——现在的我犹如惊弓之鸟，稍有风吹草动便可击溃我脆弱的神经。

哭声越来越近，就在我看到变得稀薄的大雾中隐约现出人影时，老牛突然驻足，再也不肯往前走了。

也许是动物通灵，觉察出前方有危险，所以不肯再前进了吧？

我心里存了这个想法，一时也犹豫不决，到底是否该上前探个究竟。

便在这时，那一片惨淡的哭声中，一个熟悉的声音苦苦哀求："二姐，求你上马吧！弟弟求你了……"

"文叔，你只管走你的就是……"

"二姐！"刘秀突然厉声尖叫。

这一声透着他的悲哀，他的无助，他的绝望……我从没听过刘秀如此凄凉的声音，仿佛垂死挣扎的动物，发出最后的悲鸣。

刘元的声音平静祥和，和刘秀的一反平时温柔的态度截然相反，这会儿的刘元完完全全是个安抚小弟的姐姐："我和孩子们若是上马，你和伯姬怎么办？更何况……一匹马无论如何也承载不了我们母女四人……文叔，你带伯姬走吧，快走……就算当真遇上了官兵，我们母女不过是群妇孺，想来他们也不至于太过为难我们……"

声音时断时续，我虚软地搂住刘兴，想催牛上前，却发现一点力气也使不上了。也不知刘元最后还和刘秀说了什么，突然"啪"的一声脆响，刘秀一声惊呼，青骊马竟是长嘶奔腾。

"二姐——"刘秀的呼喊声逐渐远去。

刘元啜泣的声音渐渐响了起来。

"娘，卉儿怕，卉儿要三叔，卉儿要小姑姑……"

"娘你为什么要打三叔，为什么要赶他走？"邓瑾不解地问着母亲，她向来乖巧，即使到了这个时候，也没听她因为害怕而哭泣，反而拼命安慰着妹妹。

我的心一阵阵抽搐。

刘秀无力救助她们，我亦是……想到方才不得已抛下了胭脂，我又是自责又是难受，眼泪怔怔落下。

"什么人？！"

"拿下！"

马嘶人吼，纷至沓来的声音惊动了胯下的老牛，它倏然掉头，腾腾腾地带着我继续飞奔起来。

身后蓦然传来刘元撕心裂肺般的叫喊："瑾儿——你们这帮畜牲，她还是个孩子……"喊声嘎然而止。

"娘——别杀我娘，别杀我妹妹，别……"

婴儿哇哇地啼哭，惊惶恐惧……

我心如刀绞，泣不成声。

"那边有个人跑了……"

"快追！"

神魂俱碎，我险些无力抱住刘兴，伴随着一阵接一阵的眩晕，眼前只见得金星乱舞，全身被颠得像是彻底散了架，胸口有股火辣辣的东西直往上冲。

"咳！"我身子一颤，嘴里喷出一口腥甜，刹那间天旋地转，失去知觉。

"丽华！丽华！"有人噼噼啪啪地拍我的脸，下手可真不轻。

眼皮困涩得实在睁不开，我不满地嘟哝："干什么？"

"干什么？"那声音哭笑不得，"你是不是真的不放在心上啊！"然后使劲拖我的胳膊，我不耐烦地甩手。"管丽华，你是真的不在乎了？那好，我告诉你，今天考研成绩出来了，我刚才打电话问了，你落榜了……"

你落榜了！你落榜了……落榜了……

我一个哆嗦，挺身跃了起来。

"哎唷"背上一阵剧痛，我僵硬着身躯惨叫。

"丽华！"有人着急地扶住我。

我痛得浑身发抖，背上的肌肉不受控制地收缩抽搐。

"丽华，你醒醒。"

"我……醒着呢……"哑声开口，连自己都嫌声音太低，我慌乱地抓住身前的胳膊，急道，"我真的考砸了？"

越想越委屈，自己辛苦努力了那么久，居然最后什么都没得到，忍不住揪着那人的胳膊，哽咽地哭了起来。

这一哭，却觉得心口似有滔天的悲哀与委屈涌了出来，愈发难抑，直哭得泪流不止，浑身发颤。

"丽华……你忍忍，再忍忍……"那声音也颤了，搂紧我肩膀却又不敢太使力，"伯姬！伯姬——你好了没？"

"好……好了……"颤栗的声音奔了过来，却听"啪"的一声巨响，像是陶罐摔裂的声音。

我吓得瑟缩了下，耳听刘兴哇哇大哭，顿时清醒过来。

"兴儿……"我睁眼，迷茫地搜索。

"丽华，别动！"一股柔和的劲道按住我，"伯姬，别愣着，重新去烧水！"

"诺……诺。"脚步声慌慌张张的远去。

我睁大了眼、逐渐对上了焦距。眼前是一张憔悴苍白的俊雅脸孔，清澈的眼眸中明明白白地萦绕着担忧与哀伤的气息。

我喜欢瞧这张脸，喜欢看这双眼睛……幽幽地嘘了口气，我攀着他的肩膀自嘲地揶揄·"你还没死啊？"

他身躯一颤，过了许久，双唇颤抖地印上我的额头："是啊……我还没死。"唇角抽动，似乎想笑，可是最后却扯了个比哭还不如的表情。

我想到刘元母子，想到良娣母子，想到潘氏、王氏……一时嘴唇哆嗦，泪水盈眶，想来自己的表情比他好不到哪去。

背上有种麻木般的火烧剧痛，我身子一动，就会牵扯到伤口，不由皱眉道："箭拔出来没？"

刘秀眼神一黯："没。"

我深吸口气，明白他在担忧什么。荒郊野外，这里什么急救设施都没有，更别说伤药之类的东西。这箭钉在我背上，我瞧不见伤势，估计入肉颇深，要是碰上是个铁制的箭镞，那么铁器生锈，搞不好伤口溃烂，还会得个破伤风……

我越想越后怕，咬着唇抖道："你打算让它留在我身上做一辈子饰品么？"

他犹豫片刻，伸手绕到我背后："你忍忍……会有点痛。"

"我他妈的已经忍了那么久了，你还要我忍，难道不知道忍无可忍，无需再忍吗？"

"你说粗口？"他惊讶地瞅着我。

我气结："是啊，我说了，我就说了怎么样？我都快痛死了，你管我讲话粗细……"

他遽然俯身低头，温暖的唇瓣覆上我的嘴。

刘秀的唇软软的，像羽毛一般轻柔拂过，却像是在我平静的心湖砸下一颗石子。脑子里有片刻的眩晕，我伸手抵在他的胸口，娇羞呻吟的想要退却。

见鬼了，这早已不是我的初吻，想当年在大学交往过的男友没有一个足球队，也起码够得上一个篮球队正选。我为什么还得像个青涩的小丫头一样，忐忑局促得脑充血？

一定是因为受伤了，一定是我失血过多……一定是……

他环臂搂着我，一手托着我脑后，不让我回避，浅尝的亲吻慢慢加深力度，我胸口憋闷，脑袋缺氧。刘秀仿佛给我下了蛊，我居然开始期待他进一步的探索。

朱唇轻启，正欲化被动为主动时，背上猛然一阵剧痛，我惨叫一声，两眼发黑，颤抖着倒在他怀里。

"三哥……"刘伯姬怯怯地站在两丈开外，手里提拉着自己的裙裾包裹了一只破边缺口的陶罐，脸上脏兮兮的，黑一块白一块，一双杏目泪汪汪的，鼻头通红，说不尽的楚楚可怜。

她脸上有惊恐、有震骇，手里捧着陶罐不住地颤抖，可是她却把眼睛瞪得大大的，惨白着脸，很硬气地站着。

那一刻，我不禁佩服起她的勇气。

背上的剧痛逼出我一身冷汗，之后冰冻般的寒意如暴风般席卷而来，我瘫软在刘秀怀里，牙齿咯咯打着冷颤。

"把热水拿来！"刘秀冷静地吩咐妹妹。

刘伯姬把水放下，静静地望着我，黑白分明的眼里闪耀着满满的敬意。

"你替她把衣服脱了，小心些，别碰到她的伤口……"

我痛得说不出话来，全身无力得连根手指头都动不了，刘伯姬默不作声走到我身后跪下，刘秀撑着我全身的重量将我扶了起来。

外套被小心翼翼地扒了下来，我看不见刘伯姬的表情，却能清晰地听到她的呼吸急促粗重起来。外衣是深色的，血污了也许还看不出来，可是里面内衣却是白麻裁制，吸水性极好，估计这会儿早被血水浸透了。

她开始脱我的内衣，手指冰冷的颤意透过我的肌肤很鲜明地传递过来，我"咝"地吸了口气，不舒服地哼了声。

"动作轻些……"刘秀小声地提醒。

"三哥……"她颤声，"伤口……衣服黏住了……"

片刻的沉默后，刘秀果断地做出决定："你来撑着她！"

刘伯姬应了声，两人交换了位置，刘秀的手抚上我赤裸的肩膀，虽然同样带着如冰般的寒意，却如磐石般坚定，毫不犹豫。

"丽华……"

我知道他要说什么，虽然我什么话都说不出，却仍是眨了眨眼。

"你撑住一口气，无论多疼，都不许昏过去！你听到没有，我不许你昏！"

我闭眼，睁开时一颗滚烫的泪珠自眼角悄无声息地坠落。

向来柔和爱笑的刘秀，居然也有霸道的一刻，这是我第一次发现刘秀用这种命令式的口吻说话。那么温润如玉的人啊……居然……

嘶——内衣被撕裂，刘秀果断地用撕下的布料蘸了陶罐里的热水，往我伤口上摁去。

我闷哼一声，火烧般的感觉再次涌了上来，我痛得浑身颤栗。入眼，刘伯姬的轮廓从一个变成两个，又从两个变成三个……晃晃悠悠的重影叠在一起，晃动得一片模糊。

"丽华——挺住！"

我屏息,一口气憋得自己满脸通红,眼前的影子渐渐清晰起来,却是换成了刘秀焦虑的脸孔。

我瞪大了眼望着他,他在害怕吗?

是的,他是在害怕!他眼里真真切切地写着惊恐!

这一次,我相信他是真心的,没有戴上任何掩饰的面具,没有掩藏自己的内心,这就是他真正的心意。

好难得,能看到他的心——而他,在害怕!

胸中的一口气终于耗到尽头,就在我以为自己再也接不上下口气时,他突然低下头,鼓足一口气对着我的嘴渡了过来。

"咳!"我缓过一口气。

他迅速脱下长衫,我牙齿打颤地看着他,他极为小心地把自己的外套替我披上,然后将我侧着放倒在一席破席上。

"箭已经取出来了。"他伸手拂开我遮面的湿漉长发,眼神极尽温柔。

眼皮很沉,似有千斤重,我困得实在不行了,可是却怎么也不放心让自己就此昏睡过去。于是强撑一口气,细若蚊蝇地挤出一句话:"箭……拿来……"

刘秀眉头轻挑,露出一个困惑的神情,但他却没说什么,招手让刘伯姬把那支血淋淋的箭捧到我面前。

箭是毛竹削制,做工十分粗糙,我眯着眼,目光下垂落到箭头上,然后大大地松了口气。

还好,只是支很简单的竹削箭,箭头也只是削尖了而已,并没有安上铁制的箭镞。

"谢谢……"我低语一声,全身放松,神志终于渐渐迷离。

纬 图

据说,我这一挨席便是接连睡了三天三夜,且一到夜里便高烧不止,如此周而复始。刘秀兄妹衣不解带的在湿气很重的山凹里照顾我,因为怕我有闪失,就连困极时眯个盹都不敢稍有疏忽,一日两餐,饿了便就着烧融的雪水啃烧饼。

他们兄妹俩如此照顾了我三天三夜，我却什么都不知道，醒来时恍若一梦，虽然体力不支，可是精神却是好得很，一点也想象不出刘伯姬口中描述的那种九死一生的情景。

不过，刘伯姬却是明显瘦了，眼眶眍了下去，脸色蜡黄，下巴尖瘦，愈发衬得那双眼睛大得空洞。

在拿烧饼给我时，她虽还睁着一双眼，表情却是呆滞的，一副恍惚走神的样子，脸上时时流露出悲伤凄凉的神情。

我明白她在想什么，几次想把刘元等人遇害的实情相告，可又怕她承受不了这么残酷的打击，只得啃着烧饼角默默地看着她。

赖以藏身的地方无法用"山洞"来形容，这里也就是一处山面往里凹进去一个瘪坑，堪堪挤上三四个人，只是山面背阴，坑里污水沉积，湿气很重。

洞里唯一一处稍微干燥的地方被我占了，脚边燃着一簇干柴，已经快烧尽了。洞口不时有风刮进来，那股蓝幽幽的微弱火苗顺着风东倒西歪，感受不到一点热度。

刘伯姬缩在火堆边，像只受伤的兔子，双眼红肿，身子消瘦单薄的，火光将她的影子投在洞壁上，长长的像根细竹杆。她身上没穿外套，她的外套这会儿正盖在我身上充当被子，内里穿了身嫩黄色的中衣，却也是破破烂烂的扯去了一大块。

天寒地冻，烧饼硬得就像是块石头。我牙龈发软，咬在饼上居然只能咬个印子，连皮都撕不下来。正食不知味，洞外一阵马蹄经过，我的神经不由自主紧绷起来。一直蹲着不说话的刘伯姬却站了起来，望着洞口喊道："是三哥么？"

门外刘秀应了声，随即拨开覆盖在洞口挡风的破席子跨了进来。他臂弯里还抱着刘兴，那孩子冻得小脸通红，却兴奋地扬着手里的一架风车，看到刘伯姬的时候兴高采烈地喊道："姑姑，你瞧，三叔给我做了架风车……"

刘伯姬顺手从刘秀怀里将刘兴抱了过来，满怀期待地望着他："如何？"

"唔。"他轻轻嗯了声，低着头说，"我用那头牛换回些吃用。"说着，从背上解下一个竹篓，"你把身上的衣裳换了吧。"

她迟疑了下："诺。"

刘秀这才抬起头来，目光向我投来，柔软中闪过一丝悲戚："终于醒了。"

我冲他微微一笑："多谢救命之恩。"这话说得有点见外，但我又实在不知道该对他说什么好。

"三哥。"刘伯姬在他身后不死心地小声追问，"你可有向人家打听……"

"嗯。暂时没什么消息……不过你放心，现在外面很平静，他们应该没事的。"刘秀没回头，这些话仍是背对着妹妹说的，但我却能清楚地看到他脸上闪过的痛楚之色。

他耷拉着脑袋，静静地站着。神情憔悴，眼袋上似是蒙了一层灰，显得颇为倦怠和疲惫。

我的心，莫名地疼了起来，胸口有些酸，有些堵，眼眶一热，像是有什么东西不受控制地涌了上来。

"文叔……"我强撑着挣扎起来，伸手欲拉他的手，却只堪堪够到他的袍角。

"滴答！"手背上一热，有水滴溅落。我的手指不由一颤，刚刚够到的袍角滑落，我呆呆地望着背上的那滴迅速转冷的水滴。

是水？抑或是……

我遽然抬头。

刘秀缓缓蹲下，声音柔和得听不出一丝异样："你背上的箭伤虽不足以致命，却也非同小可。"他示意我赶紧躺下，"受了伤也不知要爱惜自己，你啊你……"

"刘秀！"我有些急，他越是镇静，我越是不安。

"伯姬，你烧些水，一会儿替阴姑娘擦洗伤口。"

我一震，该死的，他居然又改口称呼我"阴姑娘"。

"诺。"刘伯姬随手拿了陶罐，套好衣服出去取雪。刘兴吵着也要出去，她也只好依从。

"刘秀！"待她一走，我冲动地一把抓住他的手腕，动作太猛，结果牵连得背上的伤口一阵剧痛，险些没厥过去。

"别动……"

"你到底是怎么回事？"我一把抓住他的手，他的指尖冰冷，冻得我一阵哆嗦。

他没动，任由我抓着手，眼睑低垂着，翅扇似的睫影投映在他苍白的脸上。

"到底……怎么了？"我隐隐已有所悟，不觉眼睛一酸，眼角滑下泪来。

"谢谢你救了兴儿……"他忽然轻幽幽的一叹，似有无限绝望与哀伤凝聚在这一声叹息之中，下一秒，他突然把我紧紧搂进怀里。

那一刻，他使的力有些失控，我背上的伤口被扯得一阵剧痛，然而我却没叫喊，硬生生地把那声呼喊咽了下去。刘秀的脸埋在我的颈窝，我措手不及地张着双臂，隔了许久，肩上的那份沉重忽然轻轻颤栗起来，耳边清晰地听到他粗重的呼吸声。

"刘……秀。"我的心如同伤口一样被撕裂开。

他知道了。

他果然还是知道了。

"刘秀……"心，痛如刀绞，为死去的所有人，也是为他……

他一个人怎么承受得来？那些都是他最最珍视的家人，是他看得比任何东西都重要的亲人啊。

耳边猛地响起一声浑浊的抽泣声，而后一切归于平静。

我却再也无法压抑自己内心的悲伤，收紧双臂，用力抱住他，流泪满面。

"啊！"是刘伯姬惊呼的声音。

我泪眼朦胧的抬起头，她正一脸慌张窘迫地站在洞口，刘兴呆呆地看了我们两眼，突然拍手笑道："羞！羞！三叔和阴姑姑搂搂抱抱，羞……羞！"

我又羞又窘，哀伤的情绪顿时被打散一半，正尴尬无措时，刘秀放开了手，回眸笑道："兴儿，等你长大自然就会明白了。"

我惊讶地侧目，他面上神情自若，笑语如常，完全找不到一丝悲伤的神气。刘秀起身，笑着将刘兴领出洞去："伯姬，你替丽华换衣裳吧。"

刘伯姬斜着眼，目光异样地打量我，我却仍沉浸在震撼中无法把情绪拔离。

"三哥说了什么感动你的情话，竟惹你哭成这副模样？"她吃吃地笑着，放下陶罐烧水。

"哭……"我迷茫地回过神来，举起袖子擦干眼泪，"伯姬，你三哥总是这样笑眯眯的吗？"

"是啊。三哥最温柔了，从我记事起，他待人都是这般的温柔。"她不以为意地回答。

"可是……他难道不会哭吗？他总是……这么温柔地笑着，难道他从来不会伤心，不会流泪的吗？"

"啊？"她惊讶地回头瞥了我一眼，"听你这么一提，我倒也觉得奇怪呢，我三哥生性豁达，也许没什么事能让他难过得想哭吧，就算有不开心的事，他笑一笑也就过去了……"

不对！

我心里大喊着。

不对！

刘秀绝不是这样的人！

他会伤心！会难过！会流泪……

他会笑，也会哭。

只是他的泪流在心里，流在别人看不到的地方。

每个人都以为他很坚强，很乐观，很豁达，而事实上，他也有他脆弱的时候。只是，他什么都不说，什么都藏在心里。

微笑是他最柔善的面具，他确是个温柔的人，却也是个让人心疼的人。

何苦！这是何苦……为什么总是要把心事掩藏得那么深，为什么总喜欢一个人扛下所有的悲伤，为什么……

"呀！"

泪眼朦胧间，刘伯姬在我身后尖叫一声，没等我明白过来，她已跌跌撞撞地逃出洞去。没过多久，洞口脚步声迭起，她仓皇失色地硬拽着刘秀进洞，像是受到了极大的惊吓。

我没想到刘伯姬竟会把刘秀拖来，这时内衣已然除去，上身尽裸，眼见刘秀一脸茫然地被妹妹拽了进来，我吓得尖叫一声，一把扯过身后的衣裳想挡在胸口遮羞，却没想动作幅度太大，扯痛伤口，我闷哼一声，手上抓的衣裳滑落，软软地倒在草席上无力动弹，冷汗涔涔。

"丽华！"刘秀一个箭步跨了过来。

我浑身发颤，只觉得从头发丝到小脚趾都在燃烧，虽说那天受伤拔箭时也曾如此坦诚相对，可那时我痛得迷迷糊糊，也是权宜之计，活命要紧，根本不可能顾虑到那许多。然而……现在……

刘秀冰冷的手指触碰到我滚烫的肌肤时，我又是一颤，脑袋里像是一锅开水在煮饺子，全糊了。

"伯姬，你把我拉进来，到底想说什么？"他的声音微喑，隐有怒意，随手扯过外衣将我围紧，包得密不透风。

"她……她的伤口……不，不是，她的背……哎呀！"她猛然跺脚，急道，"你看看她的背，就全知道了！"

"胡闹！"

"我没胡闹！"刘伯姬又急又委屈，"反正你都说非阴丽华不娶了，她早晚是你的人，你现在瞧瞧又如何？三哥，先别顾着扭捏了，我是认真的，你非看看她背上的伤口不可，她……她背上有奇怪的东西长出来了！"

我心里猛地一惊！

这话是什么意思？什么叫有奇怪的东西长出来了？难道是……伤口溃烂，流脓，生疮，出蛆……我把种种最坏的结果统统想了个遍，越想越觉心寒。

刘秀犹豫片刻，终于解开披在我身上的外衣，我也没了太多的矜持，一颗心全悬系在伤口上。

"咝……"猛地响起一声抽气声。

我心里愈发凉了半截，慌道："怎么了？"

他们兄妹两个只是不吱声，逼仄的山洞里只听得见噼啪的干柴爆裂。过得许久，背上一凉，我情不自禁的一阵哆嗦，背上的汗毛一根根立了起来，泛起一粒粒的疙瘩。

我能感觉出那是刘秀的手指在我背上游走，冰凉的感觉从右侧肩胛下一路移至右腰，我有些怕痒地扭动了下，那手指倏然离开。

"可觉得疼痛？"

我红着脸摇头："不，只是有点痒。"

身后轻轻"嗯"了声，然后手指继续抚上，这一次却是沿着我背心的伤口打转，缓缓滑向我的左腰侧，我仍是怕痒地扭了扭，刘秀随即缩手。

"我背上长了什么？"

我试着扭头往回看，却是一无所获，入目的是刘伯姬跪坐于后，用手捂嘴的惊骇表情。

"不，没什么。"刘秀一脸镇定地替我披上外衣，"你的伤口还痛吗？"

"有点……究竟长了什么？"我不死心地追问。

刘秀那张骗死人不偿命的笑脸，我才不信事情真像他说的那么轻描淡写，单单看刘伯姬吓得面无血色，我用脚底板猜也知道不会是什么好事。

刘秀仍是敷衍我，我终于不耐烦地大声喝道："究竟是什么东西！"

也许是我声音太响，刘伯姬被我吓得弹跳起来："是……是妖兽……"

"什么？"我怀疑自己听错了，即使她告诉我背上长了个恶性肿瘤，也远比她说这两个字容易让我接受，"妖兽？"

"是……是妖……"

"你别听她胡说。"刘秀打断她的话，扳正我的身子，直颜面对我，"你信不信我？"

他的眼眸清澈如水，我眨了眨眼，毫不犹豫地回答："不信。"

他太会睁眼说瞎话，心口不一，傻瓜才信他的话！

刘秀大大地一怔，大概没想到我竟会如此回答，嘴角微扯，苦笑道："你且信我一次如何？"

"你先说出来听听。"我扬了扬眉，"看你说的是否可信。"

他轻叹一声，似乎在思考怎么答复我，过得片刻，微眯的眼眸陡然睁开："你可知道四象二十八宿？"

我心里"咯噔"了下，想起叶之秋讲解过的那些话，不由背书似的说道："知道。东方青龙：角、亢、氐、房、心、尾、箕；西方白虎：奎、娄、胃、昴、毕、觜、参；北方玄武：斗、牛、女、虚、危、室、壁；南方朱雀：井、鬼、柳、星、张、翼、轸……这关我伤口什么事？"

"你背上有张四象星宿图！"他为难地看着我，"三天前替你包扎伤口时还不曾见过，可见这图案并非是原先就有的……"他捡了根烧焦的木炭，在石壁上画道，"你的伤口在背心正中，现在在你的伤口四周，隐约出现了四象的图案，可是都不全，比如说你的右侧肩胛上，出现了青龙的一对龙角……"

"哈！刘文叔，你在讲笑话吗？你是在跟我编故事吗？"我甩了甩头，刘秀的话其实我心里倒是信了一大半的，因为……我能出现在两千年前，本就匪夷所思，而且的确和二十八宿脱不了干系。

"丽华，这是张纬图！"

"纬图……"我哭笑不得。

我好好的后背，挨了一箭后居然莫名其妙地变成了一张纬图，这算什么？难不成我是巫女？以后我所讲的话便是谶语？

我把目光转向刘伯姬，果然不出意外地发现这丫头的眼神渐渐变了，不再是害怕惊惶，取而代之竟是羡慕与崇敬。

我又抬头看向刘秀，他亦是目不转睛地看着我，两两相望，却是无法得知彼此的心思。

"你想说什么？"既然猜不透他在想什么，索性开门见山。

"依这张纬图看，你中箭之处恰恰是紫微星所在……"

"啊！"刘伯姬低嘘，"紫微星。"

我不屑地撇嘴，自始至终我都没法认可刘秀的话，出现怪异的图画我也许还信得过，反正我身上发生的怪事多了，不差这一桩一件。但是要说能把这图想象成纬图，进而推论出什么谶语，却是让我不屑一顾。

两千年前的古人疯狂地迷信着这一套子虚乌有的学说，可这不等于说我也得陪着他们一起疯狂。

"然后呢？你就接着胡扯吧，我背上除了有龙角，还有什么？"

"龙角代表的是二十八宿中的角宿，除了这个，你背上的纬图还出现了奎宿和鬼宿。"

"没了？"

他愣了下："没了。"

我冷哼一声，静静地系好衣襟："让兴儿赶紧进来吧，别把孩子丢外头冻坏了。"我斜眼瞄刘秀，"兴儿可比某些读过圣贤书的人懂礼多了。"

他低下头不说话，我却发现他耳根子居然红了，不觉心中大乐。这家伙二十七岁的大男人了，一直未婚，难不成当真连一个女人都没碰过？

如果不是碍于刘伯姬在场，我真想上去逗弄他一番，再没有什么事比逗他脸红更有意思了。

第五章
力挽狂澜战昆阳

代 价

汉军在向宛城进军的时候，途经小长安，遭遇新朝前队大夫甄阜、属正梁丘赐统率的大军，适逢大雾，汉军不及新军熟悉地形，竟是铩羽大败，最后被迫退守棘阳。

我身体恢复得很快，在那个逼仄矮小的山洞里窝了两天，已能勉强柱着拐杖下地站立。这之后为了尽快赶到棘阳，尚未痊愈的我被扶上了马背，和刘兴二人共乘一骑，刘秀与刘伯姬两个则步行尾随。

刘秀倒没什么，只是委屈了刘伯姬，她一个姑娘家，细皮嫩肉的，就算称不上大家闺秀，也可算得小家碧玉，这辈子只怕从未吃过这样的苦头。不过好在她个性倔强，即便吃苦受累也从不多抱怨，这点让我不得不暗生钦佩。

我们这一行人在赶往棘阳的路上碰到了汉军败退的残部，刘秀向人借了一辆残破不堪的牛车，让我不必再受骑马之苦。虽然躺在那辆充斥着牛粪杂草味的牛车里并不能减轻多少颠簸之苦，但是只要一想到刘秀此刻心里所承受的痛苦与压力，我便心下恻然，更担心一旦到了棘阳，刘伯姬无法面对残酷的现实。

何况……我并不清楚刘秀到底知道了多少。

他的亲人……经此一役，只怕所剩无几。

这是我的臆测，可我万万没想到真实的情况竟然比我预想的还要糟糕。

到了棘阳，我才知这一仗，不仅潘氏、王氏、良婶、刘元等人遇害，就连刘秀的二哥刘仲、大姐刘黄的夫主胡珍亦横死战场。

刘氏宗亲上下总共有六十多人把性命丢在了小长安，这样血淋淋的结果是谁都没法预料到的。

果然，刘伯姬在听到这些消息后当即一头栽倒，刘黄哭得都快虚脱了，却不得不强打起精神来照顾晕厥的小妹。

我不知道能帮上什么忙，脑子里浑浑噩噩的，总觉得自己听到的，见到的，都不大像是真实的东西。一切仿若梦幻，似乎只要我闭上眼，转个身，再睁开眼时仍能看到贤良能干的刘元洗净双手在厨房麻利地烙着饼，刘全和刘军两兄弟在灶下帮忙鼓风添柴，刘仲和胡珍聚在一块儿品酒，谈天说地，潘氏和王氏忙碌地在陶釜里煮饭烧菜……

泪水渐渐蒙住我的双眼，当泪水顺着脸颊滑落时，眼前的幻影全都消失了，耳边却似仍能听见良婶慈蔼地对我细声呵护："女子，不要哭……"

七八天后，棘阳汉军不仅未从失败中恢复过来，相反，据斥候传报，甄阜、梁丘赐乘胜进兵，把辎重留在泚阳县蓝乡，引十万精兵南渡黄淳水，抵达泚水，在两河之间驻扎营寨，为显破釜沉舟的士气，大军行处，尽数拆毁桥梁，以示歼灭汉军决心之坚。

新市军、平林军见势不妙，竟心生怯意，欲解散脱离，一时汉军内部的合作关系开始面临巨大的分裂危机。刘缤根本顾不上替兄弟妻妹办理丧事，整日忙于军务，夜不能寐。

他的三个儿子，刘章、刘兴以及尚在襁褓之中的小婴儿只能托于刘黄和我照应。刘伯姬回到棘阳便大病不起，刘黄无暇照顾，思前想后只能狠狠心把三个孩子一并送回蔡阳老家。这么做虽说危险了点，可是把三个孩子带在身边，谁又能保证这样就一定安全呢？

"回家兴儿就能见到娘了，是吗？"我把刘兴抱上牛车，小娃儿拉着我的手恋恋不舍，可一双清澈的眼睛里却是充满了无限期望。

刘章搂着弟弟坐在身后，身披麻衣孝服的他，小脸上满是强忍的倔强。刘兴年幼无知，刘章却已能明白死亡是怎么回事了。

我咬着唇瞥了刘章一眼，小声地哄着刘兴："兴儿乖，姑姑得空便去看你。"

"一言为定哦。"他兴奋地笑了，"我要告诉娘，其实阴姑姑人很好……跟娘一样好。"

我心里一阵发酸,不忍再看他天真的笑容,扭过头,哑声:"章儿,你要好好照顾弟弟。"

一阵沉默,我原没指望一向对我怀有敌意的刘章能给予回答,于是背过身,挺直脊背离开。

"阴姑姑!"蓦地,刘章远远地喊了声。

我身子一僵,停下脚步。

"求你……替我娘报仇!"

回过身,刘章跪在牛车上,双手平额,神情肃然地对着我缓缓拜下。

我猛然一颤,那孩子挺直地跪在那里,赤红的瞳眸中充满了仇恨。刘兴不解地仰头看着哥哥,一脸茫然。

我眼眶一热,胸口似有团烈火在熊熊燃烧,半晌艰涩地挤出一个字:"好!"

牛车终于在轰隆中颠簸摇晃地消失在视野中,刘黄掩面抽泣,我怅然地叹了口气,逝者已矣,现在最最关键的是要如何收拾这一盘散沙。

刘缤和刘秀忙得整日不见人影。回到后院,刘伯姬虚虚半躺在床上,脸色蜡黄,唇瓣苍白干裂。令人意外的是李轶居然也在,见我们进来,竟有几分拘谨。我狐疑地瞄了他几眼,刘伯姬垂下眼睑,一脸漠然,似乎根本没注意到李轶的存在。

李轶与刘黄寒暄几句,左右不过是"节哀"的安慰话语,刘黄原还强忍悲伤,他不说还好,一说反倒招得她眼泪潸然不止。我听得心烦,忍不住恶狠狠地瞪了他两眼,他却浑然未觉,仍是细声宽慰,显得彬彬有礼,只是一双眼睛有意无意地不时瞟向刘伯姬。

"季文君……"刘伯姬歪在床上,面颊半侧向内,眼睑低垂,只依稀瞧见她毫无血色的半张消瘦容颜。她的声音很低,缥缈得像是抓不住任何实物的空气。

李轶精神一振,含笑道:"刘姑娘有何吩咐?"

"季文君方才言道我两位哥哥和你堂兄次元君商议欲往宜秋搬救兵,季文君若是得闲,不妨毛遂自荐前往……"

一句不咸不淡的话把李轶噎得半死,我差点儿没笑出声来。看样子李轶来了有好一会儿了,估计是他啰唣话太多,所以惹得刘伯姬不耐其烦地要下逐客令。

当下刘黄送李轶出去，我往床角坐了，嘴角含笑地将刘伯姬的脸扳正："怎么不痛快了？李轶好像对你颇有好感啊，他也是一番好意……"

"我不喜欢他。"她淡淡地回答，长长的睫毛微颤，一串眼泪居然无声无息地滑落下来。我不禁替她心疼，这个冰雪玲珑的女子，难道当真要学着我一辈子不嫁人不成？

我取了帕子去擦她眼角的泪水，她却突然一把抓住我的手，骨瘦嶙峋的纤细腕子迸发出无穷的劲道。她扬起眼睫，水莹大眼中一片氤氲雾气，泫然欲泣的模样楚楚动人："丽华，我求你件事！"

我心怦然一跳，脑子里自然而然地想起刘章临去哀求我的话语。难道……她也要求我替亲人报仇不成？

苦笑连连，我有何德何能？不过侥幸会得一番拳脚，勉强在战乱中苟且保身而已。若要换在以前，我或许还带了几分未来人的沾沾自喜，自命不凡的轻狂和骄傲，可如今历经数番生死劫难，早把我的棱角磨平，我就算能上知天文地理，下通两千年人文历史，也不过是一粒渺小可笑的尘埃。更何况在这乱世之中求存挣扎着的我，其实什么都不懂，没有过人的智慧，刘秀说的一点不错，我的性子好冲动，虽有小聪明，但仅凭这点小聪明和几许蛮力，根本成不了大事。

一时愣怔出神，刘伯姬手指微颤，紧紧地将我拉到跟前，哑声："你到底喜欢我大哥还是三哥？"

"啊？"

"求你给我个答案！"

我万万没想到她竟会是问这个，顿时傻了。

"大嫂没了，你现在应该可以毫无顾忌地选择我大哥了吧？"

我摔开她手，愠道："开什么玩笑，我可没兴趣给人当后妈！"脑海里不自觉地想起刘兴可怜兮兮的样子，一丝怜惜之情涌起。我咬咬牙，冷笑，"是刘缤让你来问我的？"

"不……"她如释重负般笑了起来，憔悴苍白的脸孔有了丝温柔的暖意，"我想我已经得到答案了。三哥他……和大哥不同，他喜欢一个人，会待她很好很好……丽华，你会很幸福，一辈子……"

"是么？"我面上仍是冷冷的，淡淡的，心里却有了一丝不易觉察的抽痛，"不稀奇，他会待每个人都很好很好。你还是安心养病吧，你病了这么些天老不见起色，焉知不是操心太过。"

"我……"

"其实你还是不大懂你三哥，他亲口跟你说他喜欢我了么？"她神色一怔，我已然明了，不禁自嘲道，"他心里到底在想些什么，你真的了解吗？不要因为他救了我，有了所谓的肌肤之亲，便认为他该对我负责，这种想法太肤浅。"

"不是的，我不是那个意思。"刘伯姬想解释什么，可我已经起身，不愿再继续这样的话题。

我不介意和帅哥们玩暧昧，如果纯粹只是一场情感游戏，那我奉陪，但若是动真格的，要我付出真心的一生，我玩不起。与一个受两千年前古文化熏陶下的男子许诺终身，不说彼此存在的文化与性格差异，仅是面对这份感情的责任，我便担负不起。

更何况，那个人还是刘秀！

我敢打赌，爱上刘秀，会是件很痛苦的事情！因为他的沉默内敛，因为他的温柔可亲……他太会隐藏自己的内心，爱上这样的一个人，心会被拖得极累。

我不想做明知不可为而为的傻瓜！

21世纪的女性应该有这份理智的觉悟和冷静！

"丽华！"

"你刚才对李轶说什么宜秋救兵？那是怎么回事？"我故意岔开话题，刘伯姬蹙着眉尖，哀怨地扫了我一眼。

她心里一定怪我逃避话题，我这样在她跟前装鸵鸟也不是一次两次了，她翻个身，背向我，不再吭声。

我无奈地耸肩，这时刘黄急匆匆地跑进来，仓皇之余脚下竟被门槛一绊，重重地摔在地上，我急忙抢上去扶她起来。

刘黄面色煞白，失魂落魄般地抬起头来，失去焦距的眸瞳茫然地望着我。我伸手扶她，她突然尖叫一声，弹跳着后退，撞翻门口一盏青铜羊尊灯。咣啷一声，灯柱上插的蜡烛滚了一地，火星溅到蒲席上，噌地烧了起来。

"大姐！"刘伯姬吓得从床上跳了起来。

我一把推开刘黄，向她身后快速冲去，眼明手快地抄起书案上的一卷竹简，对准起火的蒲席用力拍打。一场虚惊，蹿起的火苗很快被扑灭了，我心有余悸地拍着胸，瘫坐在地上。

"大姐……"刘伯姬踉踉跄跄扑向刘黄。

刘黄趴在地上，表情呆滞地看着妹妹，好半晌，失神的目光终于对准了焦距。"哇"的一声，她伸手一把搂住刘伯姬，放声痛哭。

"大……大姐。"

"娘没了！娘没了……"刘黄用手捶打着刘伯姬的背，颤声哭泣，"娘……她走了！"

抑　情

留守蔡阳的樊娴都猝然病逝。

这位身体一向不算硬朗的老太太，在得知儿子、儿媳，乃至妯娌、侄子等人的噩耗后，终于彻底崩溃了。承受不了打击的樊娴都病情加重，没撑几天便撒手人寰。

等到蔡阳老家的族亲把丧讯报到棘阳时，刘黄、刘伯姬哭作一团。

依照丧制，做子女的理当回去奔丧，为母守孝，可眼下的局势迫在眉睫，岂容他们兄弟二人轻易抽身？刘伯姬伤心之余，病势加重，没过一天，伤心过度、体力透支的刘黄也倒下了。伤痛未曾痊愈的我不得不担负起照顾她们两姐妹的职责，这几日忙得犹如一只陀螺，竟连二门都没迈出过一步。

棘阳汉军人心涣散，绿林军中的新市、平林二军本就是目光短浅的农民散军，有好处捞的时候，他们的积极性还是相当高的，可是一旦遭受挫折，便立即打起了退堂鼓。

新军十万大军逼近，汉军不但军心不稳，就士兵人数上也远远不足，在此四面楚歌之际，刘縯和刘秀分身乏术，根本没有任何机会能够抽身回蔡阳老家，此刻别说回去守孝，只要他们稍有离开棘阳之念，才组织不满一月的汉军便会即刻土崩瓦解。

于是，樊娴都的丧事万般无奈之下，最后只能拜托留守蔡阳的少数乡亲族人代为料理，刘縯、刘秀和李通三人则忙着到宜秋去搬救兵，以解燃眉之急。

也合该天无绝人之路，谁也不曾想到，当初绿林军分散后的最后一支队伍——下江兵，这个时候居然恰恰辗转到了沘阳县宜秋。

下江军的首领不是别人，正是与我结下过梁子的王常与成丹。

当年我被绑作人质，为了解救我，最后连刘秀也被卷了进来。我很担心王常与成丹二人会因此心存芥蒂。若是此次谈判不成，王常他们不肯发兵合作……那可如何是好？

刘黄、刘伯姬两姊妹整日以泪洗面，汉代号称以孝治天下，孝道乃是儒家学者的根本道德，可想而知樊娴都的死对他们这些做子女的打击有多大，特别是……非常时期所累，他们居然没法为母亲完成最后一件人生大事。

据说刘缤这几天的脾气相当暴躁，军营中的士兵但凡有违纪者，轻则关押大牢禁食，重则被竹板打得皮开肉绽。

如此焦急地等了一天一夜，到得第二日晌午，善解人意的刘嘉悄悄托人带来口讯，下江兵同意会师，联合兵力一同抗击新军。

我把消息告诉刘氏姊妹，她俩皆是喜出望外，总算略略扫却多日的阴霾，脸上添了几分笑颜。我找了个借口溜出房间，打算去找刘嘉把细节打听得再清楚些。

出门没走几步路，便见李轶站在中阁探头探脑，不停地踱步，一副踌躇犹豫的样子。我瞧着又好气又好笑，悄无声息的猫腰绕到他身后，冷不丁地在他肩上重重拍了一下。吓到他的同时我跳开一丈，故作惊讶地问："季文？原来你在这啊！方才伯姬还问怎么好些天不见季文的影儿，还以为你当真也去了宜秋呢。"

李轶先惊后喜："伯姬……刘姑娘真的有提到我吗？"

那样说话的样子分外透着腼腆，我不由对他增加了几分好感。其实这个小伙子长得不赖啊，品貌端正，家世也相当，不知道刘伯姬哪点看不上人家，居然一次都没给过好脸色看。

我轻咳一声，没有直接回答他的问题，反问道："可有你堂兄他们的消息？"

"哦，那个……明后天应该可以赶回来了吧。"

"谈得怎么样？"

"还不错。下江军起初不愿合作，张卬与成丹极力反对，倒是那王常有些远见卓识，力排众议……这事最后算成了，接下来就看如何抵挡这次新朝的十万大军。"

我低头沉吟。下江军也不过才五千多人，加上汉军现有的兵力，就算大家齐心协力，拧成一股绳，这样以少对多的胜算几率，仍是微乎其微。

我有多久没见过刘秀了？

好像自从回到棘阳，我和他就再没单独接触过，平时即使碰面，也不过是混在人群里来去匆匆。

这会儿他就在我跟前，低着头弯着腰对着床上的刘家姊妹俩喁喁细语，刘黄关切地询问着他们兄弟去宜秋时的情形，正如我猜测的那样，刘秀的回答总是避重就轻，报喜不报忧，把一趟惊心动魄的经历说的就跟出门旅游观光一样轻松。

三个人都是极力避开母丧的伤感话题，在这种关键时刻，两姊妹也不愿意再给兄弟增添负担。作为一个旁观者，我竟非常能够觉察出他们彼此间的关怀之情。

刘秀也是个不得闲的人，他和李通两个是刘縯的左右手，缺一不可，所以只在房里略略坐了一刻钟便得离去。刘伯姬极力怂恿我去送他，我哪能不明白她心里盘算的那点小九九？

假如我矜持拒绝，反倒显得我矫情做作，索性大大方方地应承下来，一路将他送出门。

"回去吧，不用送了。"

短短半月的时间，刘秀却仿佛历经沧桑，一向温润清澈的眼底脉脉流淌着一种难言的悲切，但是嘴角仍是柔和地勾起一道弧线，看似在笑，我却觉得他在哭。

看着这样一张充满矛盾的脸孔，那种心疼的感觉再次升起，胸口一热，我不假思索地说道："想哭的话就哭出来吧。"

他肩膀微微一颤，眼睛快速眯起，笑容尴尬地凝在唇边，但转瞬又恢复自然，笑道："说什么呢？"他轻轻拍了拍我的肩膀，"你也要多保重身子，恶战在即，你……"

我转身就走。这个人……该死的家伙，不管对什么人都坚定地竖起防护墙，没有人能够跃过那道墙，触及他的内心。他其实是个可怜又怯懦的家伙，不敢把真心显露给任何人！

手腕一紧，他从身后牢牢地抓住我。

我轻轻一挣，他随即松手。我没再往前走，却也并不着急回头，背对着他，听着那平缓的呼吸声慢慢粗重起来。

"你以为自己能够撑多久？"我吸了吸发酸的鼻子，嘲弄地说，"明明笑得比哭还难看……"

"能撑多久是多久。"声音低沉，极力压抑着悲伤，他在我身后平静地回答，"有那么多人在伤心流泪，已经够了，笑远比哭要难。"

笑远比哭要难……

那么，明明想哭的时候，却还得强迫自己微笑，是为了什么？既然知道难，为什么就不会挑个简单点的方式让自己好过一点？为什么非要自己为难自己？

我不懂，我还是不懂，他到底是个什么样的人？为什么处处透着矛盾，为什么总叫人揪心，为什么我难以忘怀那滴如梦如幻的眼泪。

那滴泪，曾经滴落在我手背，却已似蛊毒般渗进我的心里，总让我不由自主地想起他的痛，他的悲。每每看到他的笑，就浮现出那滴泪。

我慢慢转过身去，他就站在温暖灿烂的阳光下，光芒照人，俊秀的脸庞，醉人的笑容，笑得那么纯真，那么温柔，那么……绝望。

真的很想对他说，刘秀，做人……其实不必那么累！

可话到嘴边仍是咽下，我唯有报以报颜一笑。他是他，我终归是我，我没有立场来对他指手画脚，他的人生只能由他自己抉择。

"接下来，可已有了打算？"

刘秀微微一顿，估计没想到我把话题转得那么生硬，他笑了下，眼波流动，荡漾着脉脉温情："你放心。"缓了几秒钟，又补了句，"不会再让悲剧重演，我会尽最大的能力，守护住身边的每个人。"

刘秀轻易不做保证，一旦他肯说出口的话，必然一诺千金。只是……他指的每个人，也包括我在内吗？

我希望答案是什么？是，还是不是呢？

尊　帝

地皇三年十二月底，临近元日，可是南阳郡的气氛却一点都不容乐观，新年的氛围在棘阳更是找不到一丝一毫。

然而就在这等紧要关头，刘缜却下令休卒三日，大飨军士。三日后正是岁末，汉军统分六部，偷偷趁夜袭取蓝乡。

新军十万兵马的粮草辎重皆数安置于蓝乡，临近元日，官兵防守松懈，谁都不曾料到几天前还在欢庆新年的汉军会突然夜袭蓝乡。这一仗打得相当漂亮，新军辎重尽数掳获，到得第二日正是新年的第一天，正月初一，汉军从西南方向攻击甄阜的军队，下江兵则从东南方向攻打梁丘赐的军队。

双方人马在沘水以西展开一场恶战。

到中午，梁丘赐的军队首先溃败，甄阜见势不妙立即拉了人马望风而逃。汉军追到黄淳水边，新军之前为了显示决心自行将桥梁尽毁，这时作茧自缚，反而自尝苦果。河水湍急，新军渡河逃亡，溺死无数，刘缜兄弟率领汉军痛打落水狗，歼灭新军两万余人，河水染赤，梁丘赐与甄阜二人恶有恶报，被刘氏兄弟斩杀。

新朝纳言将军严尤、秩宗将军陈茂听闻十万官兵一战而溃，引兵往宛城撤退，刘缜带兵乘胜追击，在淯阳追上严、陈之军，斩敌三千余人，严尤、陈茂弃军而逃，汉军乘胜北上，包围了南阳郡都宛城。

短短一个月，汉军重新将局势扭转，沘水、淯阳大捷后，汉军军威大震，前来投军的人数也越来越多，竟然在短期内迅速扩充至十几万人。

我一方面替刘家兄弟由衷感到高兴，一方面又隐隐不安。绿林军那帮人不能共患难，同样也不大能同富贵，吃败仗的时候他们只想尽快落跑，如今打胜仗了，只怕会更想着如何瓜分权利。

我的伤早就痊愈了，这段时间留守后方每日坚持不懈地做着康复锻炼，体能训练贵在持之以恒，现在的身体已经满十九岁了，骨骼发育都达到了一定的标准，一旦中断基础练习，柔韧和反应能力会随之减弱。

这个道理，我在高中毕业时就已经深刻体会过了。

养病期间刘伯姬瞧我练跆拳道十分有意思，便心痒痒地想模仿几招，可她年纪偏大了些，已经错过了最佳练习跆拳道的生长发育阶段，不过我也不想太扫她的兴，就把太极一章的内容简单地挑了几招教她，也不过就是摆摆空架子。她倒学得不亦乐乎，惹得刘黄也一起动了心。

她们两姊妹经常会嘻嘻哈哈地扭打试招，虽然从严格意义上讲纯粹是胡闹玩耍，可每当看到她们脸上绽放的纯真笑颜，我便会感到一阵欣慰。

至少，最痛苦的时刻已经熬过去了，笼罩天空的阴霾正在逐渐消散。

笑，远比哭要难！

我愉悦地哼着不着调的曲子，井里打起来的水有些冰手，冻得十指通红，从来没生过冻疮的我，去年冬天破天荒的在左手小指上肿起了一个大包。

把井水倒进大木盆里，我甩掉帛履，脱去白袜，卷高裤腿，奋然跳入盆中。刘黄、刘伯姬加上我，三个人的换洗衣裳在盆里堆得老高，我卖力地踩湿衣物，虽然双脚被冻得有些发麻，却依然快乐地哼着快节奏的歌，腰肢柔软摇摆，跳起了踢踏舞。

正半眯着眼自得其乐，忽然听见身后传来一阵脚步声，我下意识地转过头去。刘缤带着一大帮人正穿过后院往这边走来，经过井边时原是往前堂去的，半途却折了道，反向我走来。

他蹙着眉上上下下打量我几眼，我被他盯得心里发毛，抬脚从盆里跨了出来。

他全然不顾身后众人异样的目光，遽然弯腰，一把抄住我的左脚。

"哎！"我失去平衡地仰天往后倒。刘缤并不松手，我急忙右脚单跳两下，溅起无数水花，不少水珠甚至溅到了他的脸上。

后背撞上一具坚硬而有富有弹性的躯体，淡淡的，带了股奥妙洗衣粉的香气，不用回头我也知道是谁及时救了我，我伸手向后一捞，左手搭在刘秀的胳膊，冲着身前半蹲半跪着的刘缤暗暗龇牙："大将军，假如不想在你部下跟前出丑，你最好收敛一点。"

这家伙已经由"柱天都部"改称"柱天大将军"，身份与地位拔高了好几个等次，今非昔比，统率十几万人的大将军已完全不能和以前统率千把人的小头脑再相提并论。

如今就连王莽也已十分忌惮他的实力，居然开出"封邑五万户、黄金十万斤、位上公"的天价要取他的项上人头，长安中官署乃至天下乡亭到处都挂满了刘缤的画像，悬赏抓拿。

还有坊间传闻，说王莽痛恨刘伯升，每日晨起都要拿箭射他的画像泄愤，这也不知道是真是假。或许传闻存在夸张的成分，但刘缤的军事才能以及统率全军的领导能力，的确让人觉得他是个十分了不起的人。我要是王莽，也得把他列入头号劲敌，重点防范对象的名单。

经历过最残酷的挫折和磨炼后，刘缤已经完全成熟起来了，气质变得更加沉稳，全身上下都散发着一种慑人的张力，就连一个细小的眼神，也极具杀伤力。

沉默是无言的抗议，刘缤不说话，可一双眼也始终没离开过我。要不是顾忌到他身后一大群的部下隔了大老远的向这边探头探脑，不住观望，我真想飞起一脚，把他直接踹到井里去。

赶在我当真起脚之前，刘秀架着我的胳膊，把我从盆里拎了出来。刘缤配合默契地将帛屦套到我湿漉漉的脚上："以后别干这些粗活了，我指派两个奴婢过来，也怪我忙昏了头，疏忽了……"

"分什么粗细的，不过就是洗洗刷刷，以前又不是没干过。"

"阴次伯让你干过这些下人活吗？瞧你好好的一双手……"刘缤怜惜地执起我的左手，我胳膊一缩，把手藏到袖子里。

当阴丽华的这五年，阴识连厨房都没舍得让我去过一回，家里大大小小的奴仆加起来比主人还多，干这些活哪轮得到我插手？我说的洗洗刷刷，是指在大学住集体宿舍自力更生那会儿的事。

刘缤毫不避讳地替我放下裤管，弄得我都不好意思起来，特别是他这种并不算太过分的亲昵举动不仅当着众人的面，还在刘秀跟前……我困窘地把头撇开，视线晃过那群部将，无意中接触到一双冷冽嘲讽的眼眸，乌瞳黝黑毫无半分光彩，我的心随着那深沉的目光猛地一沉。

一袭浅灰色襌衣装扮的他夹杂在那些人里头，毫不起眼，乍一看甚至令人有种错觉，那个带了三分小心、三分拘谨、三分怯弱的英俊男子，并非我之前所认识的刘玄。

难道是我眼花了不成？

"虽说已是初春，井水仍是寒气渗人，你也注意些，别落下什么毛病。"

为什么我觉得刘缤越来越像唐僧？他不是应该很忙吗？难道是太久没有跟我干架了，所以非常欠扁？

好不容易送神似的将他们兄弟送走，心里反而因为方才刘玄的古怪表现而惴惴不安起来。

这个看似老实的刘玄，实际上有一套很强的自我生存守则，从他如今的人缘和地位看来，应该混得还不错。虽然……嗯，表现得有点假。

地皇四年二月的某日清晨，当我独自一人在院子里耍剑琢磨剑招正入迷时，刘嘉突然急匆匆地跑来，二话没说拖起我就跑。

我当时的感觉完全是丈二和尚摸不着头脑，稀里糊涂地被他一口气拉出府衙，塞进马车。

"搞什么？"为了练剑方便，我身上穿的是身素色襦裙，乍一看跟个假小子没啥两样，这副装扮在家穿的随意些倒无所谓，可如果出门见人，未免遭人耻笑。"你带我去哪？"

"伯升那倔脾气上来谁都架不住，文叔让我请你去……"

刘嘉在前驾车，断断续续的话更加使我一头雾水："他跟谁吵架了？"

"你去了便知！驾——"他把车赶得飞快，无暇分心跟我讲话。凉爽的天气里他背上的襕衣却是渗透了汗水，想是这一路赶回来找我找得甚急。

马车超速行驶，半个小时不到就赶到军营里，刘嘉不由分说地将我拽下马车，一改以往腼腆沉静的性子，仿佛天要塌了。

这是我在汉军扩编后第一次来军营，军中的规模与守备跟去年相比，不知道翻了十几倍。负责护营的将士自然认得刘嘉是谁，却少不得用狐疑的眼光不住扫视我。

我这副男不男、女不女的打扮实在很难叫人恭维，汉代男子长得比女人还美的不在少数，男生女貌不出奇，大概是最后认可了我"男人"的身份，士兵们虽然奇怪，却还是卖刘嘉面子顺利放行。

刘秀见到我时，紧绷的神色竟是长长松了口气，冲刘嘉微一点头，对我说道："你跟我来。"

我嗓子眼快冒火了，这一路被刘嘉拽得满头大汗，他们一个个跟打哑谜似的，把我弄得晕头转向却根本不知道发生了什么事。

"我不去。"我的脾气也上来了，真把我当牵线木偶啊。

"怎么了？"刘秀沉声问。

刘嘉道："我还没来得及跟她说明原因。"

刘秀沉吟道："来不及了。"伸手过来拉我，我退后一步，他的手落空，惊讶地看着我。

"我不喜欢被人当棋子。"我一字一顿地说。

刘嘉急得满脸通红："这也是不得已，伯升他……这会儿已在军帐赴宴……"

"绿林军欲立天子！"刘秀突然打断刘嘉的话，直颜面对我。琉璃色的清澈眼眸中卷起惊涛骇浪，一如他的话语，"大哥去阻止他们。"

"天子……皇帝？！"震惊之余，我不禁笑了起来，"为什么要阻止？他们要立天子不是更好？汉军本就需要一个名正言顺的名号来推翻篡权的新朝，如今民心思汉，既如此，不如顺水推舟。不是有谶语盛传，说什么'刘氏复兴，李氏为辅'么？"

刘秀冷静地看着我，目色中有我难懂的光泽："你说的在理，然而……他们要的天子可以姓刘，却绝不会是刘伯升！"

一石激起千层浪！

我骇然失色。怎么忘了这个道理？刘縯太优秀了，这么强有力的将才是王莽的眼中钉、肉中刺，如何不同样是绿林军的心腹大患？汉军只是面上的合作关系而已，贵族豪强出生的春陵军原本就和农民百姓出生的绿林军存在截然相反的阶级立场，大家的政治目的不同，会走到一起，不过是为了共同反抗同一个敌人。可是一旦王莽的新朝被推翻，接替他坐天下的皇帝站在哪一边就显得很重要，天子代表的是哪个阶级统治的利益，哪个就是最后的胜利者！

绿林军汇集了王常、成丹、王匡等一批厉害角色，他们可不都像是马武那样头脑简单的莽夫，心机和谋算绝对不亚于刘氏宗亲。

"那……现在怎么办？"

"我怕大哥沉不住气，在这个时候和绿林军把关系搞僵的话……"

"那你干嘛不拦着他！"我怒吼，"有时间把我叫来，还不如你直接去制止他莽撞行事！"

"他不会听我的。"刘秀笑了下，有点尴尬，"而且我去也不合适，只会令绿林军那些人起疑，激化矛盾而已。"

我瞪了他一眼："那还等什么？他现在在哪？"

等我心急火燎地赶到帅帐时，里头的气氛沉闷压抑到了极致，我托着装有酒水的漆尊，低着头装作普通小厮一样给在席的诸位添酒。

说不紧张是骗人的，虽然我现在的样子离"阴丽华"的标准已相差甚远，可难保不被王常等人识破，我的心提到了嗓子眼，沉住气一边用木勺舀酒，一边扫视四周。

席上诸位除了刘良、马武等人见过我之外，像王常、成丹应该不大会记得我是谁了，毕竟五年多前我还是个不曾及笄的小姑娘，无论如何都不会联想到我现在的这副装扮上吧。刘良算是自己人，不用担心他会拆穿我，我就怕马武那个大嘴巴……

小心翼翼地避开马武，我选了靠近刘缜这一侧的宾客服侍，挨席添酒，好容易蹭到刘缜，我在他身侧跪下，他却睁着一双充满血丝的眼睛，死死地盯住了对面，丝毫没注意我的靠近。

我颔首垂眼，很小声地说道："切勿因小失大。"

他身子猛地一震，不可思议地飞快扭头。我不敢久留，连忙起身走向下一席，尾随的目光如芒在背。

真是个一点儿都不会掩饰的笨蛋！

我在心里咒骂着，漫不经心地继续添酒，却不料身侧的男子嗤然冷笑："阴姬好有兴致，屈尊敬酒，这一杯玄无论如何也得满饮方能回报姑娘厚爱。"

声音细若蚊蝇，但在我听来却不啻为晴天霹雳。我手指一抖，剩下的半勺酒水全泼在了案上。

"伯升意下如何？"一个爽朗的笑声打破沉闷，同时也把众人的注意力都拉拢过去。

我斜着眼，余光瞥见刘玄似笑非笑的表情，他从容不迫地伸出右手，稳稳地托住我手肘："洒了酒，怪可惜的。"

我憋住一口气，心跳如雷，不仅是害怕刘玄拆穿我的身份，更担心刘缜面对成丹的挑衅失控。

那样刘秀的一番苦心便全白费了。

刘缜缓缓扭过头来，目光不经意地瞥过我，在刘玄身上停留片刻后沉声道："眼下局势，反莽义军数不胜数，就规模而论，起于青徐的赤眉军，人数众达数十万，远在我们之上。赤眉军中亦必有刘氏宗亲，如若他们也立了天子，则他日必与我们两虎相争，不利于讨伐新朝大业。"

我大大一愣，真想不到一向冲动的刘缜居然会说出这样一番冠冕堂皇的话出来。看来我平时真是小瞧他了，他虽鲁莽，到底脑筋不笨。

"你什么意思？"对面有人噌地站了起来，但随即被身边的男子强行摁住。

那个人我有点印象，此人名叫张印，去年年底刘缜等人去宜秋搬救兵，就是此人极力阻挠，险些坏了大事。

边上摁住他的人叫朱鲔，进帐之前刘秀有特别提到他，让我多多留心此人。这会儿看他长得斯斯文文，国字脸，剑眉、厚唇，满脸正气，这副样貌很容易博人好感，若非刘秀叮嘱在先，我丝毫不会多加留意他。

其实，今日能走进这个帐子，坐在席上参与立君讨论的，又有哪个会是等闲的小角色呢？

"刘伯升，你是不赞同立天子的做法，还是不赞同立更始将军为天子？你无非就是想……"

张卬满脸横肉，讲话肆无忌惮的程度比马武更夸张好几倍。朱鲔数次制止未果，索性最后跳起来截了他的话，对刘縯道："大将军岂是你所想的这般狭隘心肠，从大局考虑，再没有比刘圣公更合适的人选。若按族谱论嫡庶之分，亦是圣公为先……"

我脑子里轰的一声像是有什么东西炸开了。

更始将军——刘玄？！他们怎么会想到要立刘玄做皇帝？

我不可思议地回过头去，没想到刘玄上身前倾，几乎就贴在我后背，这一回头我的唇无意间竟刷过他的脸颊。

我脸上一烫，转瞬接触到他炯炯目光，不由起疑，沉声喝道："你玩什么把戏？"

"别急。"他忽然左臂一展，进而揽住我的肩膀，我肌肉反射般的一僵，袖管方动，他的右手已快速包住我紧握的拳头。他的嘴贴近我的耳朵，警告道，"想搞砸这场宴会你便尽管打好了。"说着松开右手。

我投鼠忌器，反而不敢再动，他戏谑地轻笑一声，左臂收紧，把我用力往怀里带。我想挣扎，可手劲才发出去便又收了回来，只得恨恨地任由他搂着。

"当啷！"刘縯失手碰翻了耳杯。

我想回头，却被刘玄压着后脑勺牢牢摁在怀里，根本看不到任何东西。他的胸膛宽厚，带着股男儿勃发的热量，我能清晰地听到他强劲平稳的心跳频率。

"我……"刘縯清了清嗓子，有些沙哑地回答，"我没其他的想法，只是以为唯今之计，与其立天子，不如先称王。将来若是赤眉所立者贤，则我等率众往从，若他们没有立君，则等破莽后降服赤眉，再举尊号亦不迟！"

我大大地抽了口气，胸口郁结渐消，不禁嘴角上扬，露出赞许的笑意。

好个刘縯！果然非等闲之辈，这个提议绝对够够赞！而且，他很沉得住气，没有撒泼胡闹，字字句句都显得不卑不亢，既维护了自身权益，又符合眼下的局势。

最主要的，他话中隐含贬义，暗喻刘玄不够贤明。

我心中得意，手指暗藏于袖，狠狠在刘玄腰间拧了一把，我心中有多愤恨，手上就有多大劲。

"想挟持我激怒刘缤？你可棋差一招！"我闷声嗤笑。

估计掐得他挺疼，我能感觉到他平稳的呼吸紊乱起来，过了片刻，他闷哼一声，没再回答。

刘缤的提议得到在场不少人的支持，不只刘氏宗亲，就连马武与王匡等人也认为王莽未破，不如先称王。

就在众人窃窃私语，立场动摇之际，对面张印突然跳了起来，直接跃过食案，冲到了当中的空地上，铿锵抽出腰中宝剑，剑芒划过一道弧线。我心顿时悬得老高，刘缤面无惧色，纹丝不动，张印当着他的面，一剑劈在地上，溅起无数尘土。

"疑事无功！今日之议，不得有二！"

他的霸道和野蛮气势顿时将摇摆不定的绿林军诸人震住，气氛顿时变得紧张起来，我觉得这顶帐子就好像是罐密封的炸药桶，就只差一个小小的火星，就能把所有人炸飞。

我偷眼斜觑刘缤，他面色铁青，肌肉紧绷，双手已然紧紧握拳，怒气喷发只在一念之间。

朱鲔慢条斯理地站起身，走到刘玄身前，恭恭敬敬地拜道："我等愿尊更始将军为帝！"

我骇然失色，怎么会这样？怎么事情的演变，最后仍是……无法扭转吗？

在朱鲔的带头下，绿林军所有将领纷纷起身，向刘玄跪拜磕头，春陵军中支持刘缤的小部分人见大势已去，只得随波逐流，也表示愿拥立刘玄为天子。

毕竟，刘玄虽出自绿林军，终究也是刘姓宗室，汉高祖的一脉血缘。

"不……不……"刘玄慌慌张张地从席上爬了起来，狼狈地向众人还拜，"玄何德何能……玄不能……不敢称帝……如何……做得了天子……"

他讲话向来笃定稳当，我还从没见他有过如此慌乱结巴的模样，一时吃惊得瞪大了眼，简直不敢相信自己的眼睛。

他是当真怕得要死，不敢当皇帝，还是……在演戏装孬？

刘玄被众人一哄而上地围住，我趁乱甩脱他的桎梏。眼看大局已定，刘缤自始至终都跪坐在席上没有挪动分毫，从背后望去，他背脊挺得笔直，坚硬如铁。

我闭了闭眼，不禁为他感到痛惜扼腕。

这该怪谁呢？怪他太好、太强，所以与原本应该属于他的尊荣失之交臂？难道说刘玄就不够强悍吗？

我把目光移向刘玄，被众人奉上首座的刘玄一脸的惶恐，大汗淋漓之下竟是面色苍白的大腿打颤。

这是刘玄吗？那份懦弱的白痴样，真的是我所认识的刘玄？

不！不对！也许是绿林军那帮人误会了什么，难道他们以为拥护刘玄，因为他看似懦弱无能，更方便掌握，容易把他当作傀儡皇帝？如果真是如此，那么他们肯定看走眼了！

刘玄，那个从小处就不断会替自己算计的男人，怎么可能没有足够的城府心机？那个敢为自己亲弟报仇杀人，为保父亲勇于诈死脱罪的男人，怎么可能没有足够的胸襟胆魄？

他们错了！他们都错了！

放弃一个刘缤，选择了一个看似无能的刘玄，这个决定当真明智么？当真值得他们如此欢动鼓舞吗？

刘玄的獠牙，藏在白痴的外表之下，等到他羽翼丰满，终有一天会按捺不住伸出来噬人。到时候，且看他们还会像今天这般得意否。

我冷冷一笑，爬到刘缤身侧，把那只倾斜打翻的耳杯放正，替他重新斟满酒。刘缤默不作声地端起，仰头喝尽。

三杯过后，他面色不改，双目赤红的瞪着那群欢闹的人，冷然道："丽华，你信不信终有一日他们会后悔今日做出的决定。"

我明白他心里有多痛恨与不服，点头婉言："我信！他们一定会后悔。"

刘缤怅叹一声，吸气："你等着……皇后的位置，只可能是你的……一定是你的，谁也抢不走！"

坚定的话语让我为之一颤。

皇后！

皇后……

原来我那日的一句戏言，竟被他当了真！我早忘了自己的胡言乱语，他却从此铭刻在心！

刘缤，你真的……是个地地道道的傻瓜啊！

集 兵

新朝地皇四年二月辛巳朔，春寒料峭，汉军在淯水边陈兵大会，设坛礼祭。刘玄即了帝位，南面朝见群臣。

在即位大典上，刘玄汗流满面，羞愧不堪，举手口不能言，胆怯懦弱的表现毫无一丝天子的气派。

这就是一场戏，我冷眼看着众人入戏，不知道这其中到底有几个人是真正清醒的。这场戏的背景，没有华丽的殿堂庙宇，没有怡人的音乐歌舞，有的只是湍急的河流，肃穆的将士，铠甲的寒光点缀着这场森严的即位大典，预示着未来天下纷争的茫然未卜。

没名没分的起义军终于建立了政权，国号仍叫作"汉"，并把年号改为"更始"，是为更始元年。

皇帝即位后接下来要干的第一件大事便是设立官职，有君必得有臣。

我把那些林林总总的官职在心里划了三个等级——刘良封为国三老、王匡封为定国上公、王凤为成国上公，这是第一等级；朱鲔为大司马、刘缤为大司徒、陈牧为大司空，这算是第二等级；余下的第三等级是九卿、将军。

刘秀就划在这第三等级中，被授予"太常偏将军"一职。太常一职，在秦代称为"奉常"，汉景帝时更名为"太常"，掌管的是宗庙礼仪之类的琐事，算是个看似位居九卿之首实际上却是吃力不讨好的虚职，要知道新建的更始政权不过是才搭起的空架子，统军作战才是正事，什么宗庙祭祀、礼仪章典，在这兵荒马乱的时刻保命还来不及，哪个又有心思关心这些俗务？

更何况，刘玄设这个太常将军时并非专任一人，刘秀只是"偏将军"，在他之上，刘玄还任命了春陵侯嫡子刘祉为太常将军。"偏将军"处左，"上将军"居右，刘秀这个太常不仅是个虚职，还是个副职。在第三等的九卿将军中，他处于下位。

再分析一下上面两个等级，很明显名额中绿林军将领占据多数，不过刘缤毕竟功高，声威卓著，不容忽视，他们无法像打发刘秀那样随便打发掉刘缤，好赖仍是让他占了三公之中的大司徒一职。

更始汉朝建立的同时，长安的新朝政权在迎来地皇新的一年时却是非同凡响。王莽这厮居然广征美女，充斥后宫，开春选了杜陵人史湛之女为继后，以黄金三万斤，无数奇珍异宝、车马奴婢为聘礼，轰轰烈烈地翻开了地皇四年的崭新一页。

骄奢挥霍，荒怠朝政的王莽无论如何也想不到反叛的汉军会在新年里给予他沉重一击，不仅击溃了十万追剿大军，围困宛城，甚至还拥护汉帝即了位。

搞笑的是，他还幼稚地饬令汉军立行解散，表示过往不咎。

捧着手里的缣帛，我先是惊愕，越往下看，越是忍俊不禁。两千年前毕竟不同于现代信息传播那样便捷快速，通过网络几秒钟就可发送E-MAIL，斥候传递回的有效情报往往总是要比实情晚了十天半月，最慢的甚至可达数月，最快也需费时数日。

汉军的斥候素质显然不怎么样，至少我相信刘玄此刻知道的事未必会有我多，就情报传递的速度、准确性以及涉及面的八卦，目前看来，还没有任何人可以及得上阴家。

我笑得直打颤，又不敢太过放肆，憋到最后肚子都笑疼了。目光左移，缣帛的最后，突然换了墨色。

"……莽令各路新兵快马躜行，攻赤眉、铜马、更始……妹速归！"

最后三个字赫然用朱砂书就！鲜红的颜色像是跳动着的血液般映入眼帘，想起阴识那双魅惑的丹凤眼中流露出的责备与担忧之色，我不禁愣住，心绪逐渐澎湃。

"大哥……"即使我不是真的阴丽华，但是不可否认，阴识待我极好，他是真的关心我，对我疼爱有加。

我一再拖延回新野的日期，一方面是因为之前受伤不想让阴识担忧，另一方面……感觉就这样离开，心中似有牵挂，不愿就此回到阴家。虽然我很清楚在阴识的庇护下，阴家才是最安全的所在。

缓缓收起缣帛，将它凑近蜡烛，看着它慢慢点燃，在眼前化为灰烬。

其实，我不过在自欺欺人，以阴识的手腕，既然能够把全国各地的情报掌握得如此精准快捷，又怎会不清楚我到底遭遇了什么？

或许正是因为知道我受伤，所以才更加担心，不断地催促我离开吧！

现在刘玄已经称帝，汉室王朝的旗号重新打了起来，中华历史上再度横空出世的这个"汉"王朝，与之前刘邦建立的汉朝，为了有所区别，后人将其称之为"东汉"或是"后汉"。汉家天下最终是会推翻新朝，重夺江山，这样的结局我早就知道，差别是不清楚其中的经过罢了。如今的发展趋势基本上都跟上了历史轨道，只是，我万万没有想到这个汉朝开国皇帝居然是刘玄！

千算万算，一度在刘氏三兄弟中挑肥拣瘦，在南阳郡千万刘姓宗室子弟中沙里淘金，却没想到最后脱颖而出的人竟是刘玄！

光武中兴，光武帝……

我摇了摇头，哑然失笑。历代能做开国之君的人岂是等闲宵小？刘玄的城府之深，心机之重，恐怕远超我想象。

他这样的人，或许才真正适合做皇帝吧！

桀骜洒脱的刘縯太过真性情，不适合；温润如玉的刘秀太过内敛文静，不适合；腼腆敦厚的刘嘉……

"唉！"我叹了口气，活动着跪麻的膝盖，伸了个懒腰。

王莽正在火速调兵追剿各路义军，汉兵亦是其中之一。

相信过不了几天，刘玄亦会接到此类情报，我倒是很好奇这个"窝囊"的更始帝会如何应对。

是继续装傻，麻痹绿林军将领，还是一展奇谋，恢复本性？

我忍不住笑了。

好戏要上场了，且……拭目以待吧。

月底汉军斥候传递回情报，刘玄仍是一副唯唯诺诺的蠢蠢表现，无有作为，国老刘良趁机向他进谏，让他把军权交给刘縯。令人意想不到的是，刘玄居然同意了，下旨由刘縯全权指挥攻打宛城。

这下我反倒懵了，搞不懂刘玄葫芦里卖的什么药。不过相对铜马军、赤眉军而言，汉军势力的确最弱，如果临阵换人指挥，只怕难以抵挡新军的庞大反扑攻势。

刘縯兵围宛城，目的非常明确，打下宛城作为更始政权的根据地，定都。然而宛城防守稳固，一时间难以攻下。于是刘縯果断的改变策略，抢在新军主力到达前，分兵进击，命王凤、王常、刘秀、李轶、邓晨等人为一路，率军北上，进击颍川郡；派陈牧、李通、朱鲔等人为一路，率军南下，进取新野，掐断宛城的外援。

随着气温日渐升高，北上的汉军在刘秀、王常的率领下相继攻占颍川郡的昆阳、定陵、郾县，势如破竹。经由这三个县夺得数十万斛粮食、牛马辎重，源源不断地转送至宛城外围，及时支援了刘縯攻城的汉军主力。

战争越演越烈，我逐渐按捺不住，南下进攻新野的汉军迟迟未见捷报，许是正在围城打仗的关系，阴家的谍报也失去音讯。我时刻关注新野的战况，担心阴家一家老小的安危，等待的时间越久，我越无法安然。

一夜月上中天，重甲未解的刘縯突然直闯我的营帐，当时不等我从睡梦中惊醒叱责地赶他出去，他已喊道："换了衣裳，这便随我南下去新野！"

我目瞪口呆，好半天才从混沌的意识中清醒过来："你……你要去新野？宛城怎么办？"

"宛城每天照例这么攻城就是，我估摸着一时半刻不易拿下，你每日愁眉苦脸的样子我实在看不下去了，不送你去见你家人，你不会安心！"

刘黄与刘伯姬震骇莫名，我顾不得避嫌，心急火燎地换了身短衣长裤，长发绾起，束髻巾帼，随后取了刘縯赠送的长剑悬在腰间，兴奋地问道："你准备怎么去？"

"兵马一路南下，见机行事。如若顺利，先拿下沿途几个城池，夺些粮草也是好的。"

我频频点头："知道了，随你的意。"

刘縯用手拍了拍我的肩，赞许地说："你不若寻常小女儿般惺惺作态，这副神情倒似大丈夫……"

我拍开他的手，傲然道："难道不知巾帼不让须眉的道理么？"

他愣了愣，笑道："是，你的心愿是做迟昭平第二。"

我昂首出帐："你错了，我不做迟昭平，我只做我自己！"

刘縯说到做到，天一亮就点齐人马出巡宛城外邑，连续一月转战攻下杜衍、冠军、湖阳等地。等到辗转至新野时，陈牧等人居然还未曾把新野一举拿下。

陈牧、朱鲔得知刘縯率兵来到新野，甚至已经沿途拿下其他城池，不禁拉长了脸，悻悻之色一览无遗。李通告诉我们，现在守城的是新野宰苏康，当初正是此人带兵追捕邓晨家人，甚至焚毁邓氏宗族的宗庙与墓冢。

"这么硬打不是办法，难道不能劝降么？"刘缤问道，"新野防守虽坚，终有粮草用尽之日，与其强攻，不如劝降。"

"不是没劝过，只是……苏康顾忌甚多，有那心却没那胆，他们总指望着颍川那边会有援军过来。"

"颍川？"刘缤冷冷一笑，"我信得过文叔，有他守在颍川郡，严尤、陈茂他们一时半会儿没法到南阳来伸援手。"

李通笑了，恍惚间我瞧他眼色怪异地滑过我："要逼苏康投降也不是真就没办法……"

"哦，什么法子？"

我皱着眉默默无声地听他俩一唱一和，过得片刻，帐子里什么声音都没有了，抬眼一看，刘缤与李通一起目不转睛地盯着我瞧。

我了然一笑："就算要阴家作内应，也得我有法子联络得上大哥才行。"

刘缤见我并未生气，轻嘘口气。李通笑道："这个无妨，城内有我们的人，只要阴姬不反对，这便写片木牍，我让人捎带进城如何？"

我的笔迹是独一无二的丑怪，阴识看到木牍，必然不用疑心是他人仿造，这倒是个好法子。

我点点头，大笔一挥，配合地写了几句话，然后交给李通。

刘缤讨好地冲着我一个劲地笑，等李通拿了密函出去，他觍着脸靠近我，柔声唤道："丽华……"

我伸手一挡，将他拒之一尺开外："我只是把这里的情况简单描述了下，到底要怎么做，还得我大哥做决定。"

"是，是，是。次伯愿怎么做都行！"他伸手过来想握我的手，我缩手避开，他有点尴尬，"这次若有机会见到你大哥，我便向他……"

我知道他又想说提亲的事情，慌忙截口道："现在都什么时候了，你脑子里能不能想点别的？"

口气异常凌厉，不禁惊到了他，也吓坏了我自己。

隔了一会儿，我以为他会生气，没想他却肃然起敬地应了一个字："诺。"

密函送出后七天没动静，就在众人失望之时，第八日一大早，新野宰苏康的身影赫然出现在城头，向城下的汉军发话道："得司徒刘公一言，愿举城归降！"

陈牧当即下令停止攻击，少顷刘缜带着我骑马赶到城下，只见苏康颤巍巍地站在城头俯视。

刘缜策马驱前，朗声道："各为其主，你为新朝，我为光复汉业，无可诘咎。君子曰：'人非圣贤，孰能无过，过而能改，善莫大焉。'县宰能迷途知返，扶我汉朝，我刘缜又岂会耿耿过往？大丈夫一诺千金，断不敢以私怨而害邦国大事！"

刘缜的一席话发自肺腑，苏康闻言大喜，亲自打开城门，迎接汉军入城。一场维持了近两月的攻防战，居然就此轻易的烟消云散。

我不管他们如何善后，城门一开，直接策马赶往阴家。

半个时辰后，当我大汗淋漓地驰到阴家大门时，却发现门前一白衣少年卓然而立，见我跳下马，笑吟吟地上前替我拢住辔头："姐姐可算是回来了……"顿了顿，粲然一笑，"大哥说得一点儿不错，他说姐姐今日一定回来……"

"就儿……"我哽声，自去年离家，一晃竟有年余，阴就的个头蹿高了不少。我一把搂住他，他先是挣扎了两下，最后终于认命的让我抱住。

"姐姐，大哥在屋里等你……"

我心儿一颤，头皮一阵发炸。阴识在等我，他在等我……是不是意味着我这回自投罗网，即将要面对众人的兴师问罪，然后被禁足罚跪……

我打了个寒噤，竟有临阵退缩、一逃了之的想法。可转念想到阴识雷厉风行的手腕，一时胆怯，彻底打消了此念。

阴就兴高采烈的才要领着我进门，忽然大门嘎吱敞开，一行人哗啦从门内涌出，为首一人身形颀长，面如冠玉，可不正是阴识本人？

我低下头，准备先跪下来主动认错求饶，阴识抬了抬手，我以为他要打我，刚犹豫要不要躲开，却不想人群中阴兴无声无息地牵了匹通体雪白的高头大马走上前，径自把缰绳塞到我手里。

"诶？"我糊里糊涂地握着缰绳，完全不清楚状况。

"丽华，速去昆阳！"阴识肃然地凝望着我，狭长的眼眸中闪过一道锐利的光芒。

"为……为什么？"

"刘秀有难，你不想救他么？"阴识不冷不热地说，口气轻飘飘的，"当然，如果你不在乎他的生死，那就留下，我原就不愿你去涉险……"

"等等！"我神经质地开口，"刘秀有难？！他……他出了什么事？"

阴兴昧地一笑，掩袖遮住咧开的唇角，声音虽低，却是一字不漏地传到我耳朵里："就知道你在乎得紧，把刘秀看得比自己性命还重的傻女人！"

"阴兴，她是你姐姐！"阴识叱责道，"你应当尊重你姐姐的选择，更何况……她现在的所作所为，丝毫不比你逊色！"

"大哥……"

"什么都不用说了，我替你准备好了马匹和干粮、净水，你这便上路吧！"阴识不容我插话，走过来托起我的腰肢将我抱上马背。

我无措道："大哥，到底发生了什么事？"

阴识仰起头，树荫下，阳光透过树叶，点点金斑顽皮地在他脸上跳跃，精致的五官，白皙的皮肤，令他看上去有种出奇的美。

"王莽发兵了——征召天下精通兵法者六十三家，数百奇人异士，聚集全部郡国兵力，号称百万雄师，誓要夺回昆阳，援助宛城，消灭汉军！"

报　讯

昆阳，位于昆水北岸，城小而坚，与宛城形成犄角之势。对攻打宛城的汉军主力而言，占领昆阳，就等于在东北面树立了一座坚实牢固的屏障，既可牵制严尤在颍川的兵力，又可阻击洛阳的莽军南下增援宛城。

占据昆阳，对于汉军的意义，不论进、退、攻、守，都是关系重大。

王莽显然意识到了这一点，形势逼迫，他就像是个输红眼的赌徒一般，竟是把老本都全部押上，准备硬干一场。他把留在长安、洛阳的主力，甚至把派去东线镇压赤眉的军队都集中了起来，转到南线对付刚刚成立的更始汉朝。

刘縯说的一点没错，先称帝者必成出头椽子，比别人更容易受到打击。王莽这一次动了真格的，临时征抽了许多农夫，由当地牧守亲自带队，到洛阳会合，统归王莽的本家亲信新朝大司徒王寻、大司空王邑指挥。

从三月份起，各路新军逐渐齐集洛阳，总计大约在四十二万人，此外又召集天下精通兵法者数百人，分六十三家，随军担当军师，谋划战略，训练士兵。

五月初，王寻、王邑已率领这支大军南出颍川，正与严尤、陈茂的军队会合，一旦两军会合，则这支军容庞大的队伍，将成为秦汉以来出兵最盛的一次。

从新野赶到昆阳，少说也有四百多里，我骑术不精，原本快马一天就能赶到的路程，我却耗了三天才找对了地方。

这天上午才要靠近昆阳城，却见正北方面刮来一阵强风，风沙滚滚，冲天蔽日。还没等我反应过来，就听隆隆马蹄声席卷而来，跑在最前的是百多名骑兵，之后仓皇奔逃的是数千步兵。我大吃一惊，急忙策马逃向昆阳城门，想赶到那群士兵之前进城躲避，却没想那些人来势汹汹，比我想象中快出许多，没等我挨近城门，潮水般的士兵便淹没了我。

我哑然失声，惊魂回神后才发现，那些狼狈不堪的士兵穿戴不整，泰半作短衣麻鞋装扮，可不正是汉兵么？

才要惊呼，人群里有人喊道："这不是阴丽华么？你怎么会在这里？"

我回头一看，还真是冤家路窄，居然是马武。

此时昆阳城门打开，城门吊桥放下，士兵们争先恐后地涌进城。我的坐骑受众人推搡，有些站立不稳，我勉强勒缰，大声嚷道："刘秀在哪？我要见刘秀！"

马武鄙夷地啐了一口，驱马靠近我："真是个疯女子，这里是你找男人的地方么？你长不长眼？"边说边伸手过来，拿手指戳向我的脑袋。

我冷哼一声，左手一挡，顺势握住他的食指和中指，用力向下一扳，马武顿时杀猪似的嚎叫起来："哇哇哇——"

"我找刘秀有要事相商，可不是来找你玩的！"我冷眼一横，"若你非要找茬打架，我乐意奉陪，不过不是现在，现在本姑娘没闲工夫陪你玩！"

甩开手，他气得呲牙咧嘴，正欲挥舞拳头，身后赶来一人，喊道："马侍郎！为何还不进城？"回眸一瞥，那人也瞧见了我，先是一愣，而后惊讶道，"阴……阴姑娘？！"

我颔首莞尔："元伯君。"

王霸赧颜一笑："是来找太常偏将军的吗？"虽然眼神中略有诧异，他却掩饰得极好，没有流露出太多让我觉得困窘。

我心怀坦荡，觉得此行并无不可告人的秘密，于是点头："是，有很重要的事要告诉他。"

"那赶紧先进城吧。"王霸边说边回头张望，忧心忡忡地道，"新朝的官兵马上就会追来了。"

"发生什么事了？"我边走边问。

王霸未曾回答，马武在前面嚷道："娘皮的，你见过一丈高的人吗？"

汉代的一尺大约相当于现代的二十三厘米，一丈也就是两米三的样子，如果算上NBA篮球联赛的明星球员，这样的身高也不是太稀奇。于是漫不经心地答道："见过，很多……"

马武身子一晃，似乎吓得不轻，马匹踏上吊桥时，他哈哈笑出声来："你唬人呢，真要让你见着了，怕还不当场吓出尿来！"

我反唇相讥："尿裤子的人便是足下你吧。"

"你……"

剑拔弩张之际，王霸及时充当了和事佬，我和马武斗鸡似的互瞪对方。

等进了城门，身后吊桥吱吱嘎嘎地重新吊起，我跟着大部队涌进城，骑马顺着街道没走多远，就听王霸低低喊了声："成国公！"

我精神一震，举目远眺，果然在街道尽头看见王凤带着一群人急匆匆地走了出来，刘秀亦夹杂其中。

刚想出声唤他，马武已从我身侧抢上前，跃下马的同时嚷嚷道："了不得了！让我们到阳关阻截，还不如直接叫我们去送死？新兵倾巢出动，那人黑压压的，一眼望去，蜿蜒数百里，竟是看不到头。最恐怖的是那开路先锋，长得跟个擎天巨柱般也就罢了，身边居然带着一群虎豹犀象。他坐在四马拉乘的大车上一吹号角，群兽齐啸，震得天地为之变色……这哪里是人，分明就是上古神将……"

"马侍郎！"刘秀声音不高，却适时截住马武的多嘴饶舌。然而即便如此，经他一番天花乱坠的夸张描述，王常、邓晨、李轶等人的脸色已然变了。

王霸欲上前禀明详情，王凤示意道："回去再说。"

一行人匆匆离去，我以为刘秀没注意到我，没想他跟着他们走了两步，突然停下转身，目光凛凛地朝我射来。

厉芒一闪而过，刘秀俊秀的面上恢复温柔神情，伸手替我拉住马辔，柔声道："你总是这么叫人不放心。"

我腾身跳下马背，一把抓住他的衣袖。他温柔地望着我，眼神似能掐出水来，看得我一愣，出神之际差点儿忘了自己要说什么。

"那个……"舔了舔干涩的嘴唇，我勉强理清思路，"新兵四十二万人马正往昆阳而来！"

刘秀一愣，一动不动地站着，过了半分钟，他才低声道："那么方才马武说的都是真的了？"

"那个巨无霸也许说的有些夸大！"虽然阴识给我的资料里，对于那个巨人的描述比马武说的更夸张好几倍。

"巨无霸？"

"咳！"巨无霸是我给那家伙起的外号，没想刚才一时嘴快竟说漏了。"就……就是那个会驱驯猛兽的先锋，王莽召集的六十三家之一，他这次是真下了狠心要把我们灭了……"

我把情况简单地跟刘秀说明，他的脸色越来越沉静，等到我说完，那一贯温柔的笑容彻底消失了，取而代之的是令人心悸的谨慎睿智。

我口干舌燥，张着嘴哈了口气。天气越来越热了，不知道昆阳能否撑过这次大捷。

"不如……赶紧带人撤吧？"我小声提议。

"来不及了！"刘秀转身就走，脚步迈得出奇快，"你跟我来！"

回到昆阳县衙，还没进门就听见马武的大嗓子在那鼓噪得天花乱坠。

推门进去，北线作战的主干将都在，除了我所熟悉的王凤、王常，还有骠骑将军宗佻、五威将军李轶、偏将军邓晨……

马武见到我，倏然住嘴，王常不悦地蹙起眉头，目光冷冷地瞄向刘秀。

王凤则是最直接地责备道："刘将军，我们正在商议军务，你擅自带个女子闯进来，成何体统？"

气氛因他一句话而搞僵了，马武虽时常与我拌嘴，心眼倒还没那么坏，见刘秀没头没脑地挨了一顿批，居然仗义挺身道："阴丽华也算不得是外人吧！"

王凤"嗯哼"轻咳一声，表情严肃得好像学校的教导主任。

我"嘁"的哂然冷笑，扭头就走，刘秀顺手抓住我的手，我轻轻一挣，擦身而过："我等会儿再来找你……你不必因我为难。"

说不郁闷那是自欺欺人，虽然我为了不让刘秀难做，主动退了出来，可在经过花园时，终于还是忍不住心底的怒气，拔剑对着花丛一顿乱砍。

正发泄到一半，忽然一阵悠扬的箫声随风送至，若隐若现，似有似无……音色潺潺，如溪水流淌，直沁心头。

我屏息倾听，那箫音婉转承吟，如诉如泣，隐隐透着一股压抑，真真切切合了我此时此刻的心境。听到入神处，我鼻子发酸，胸口像是压了千斤巨石，堵得难受至极。

忍不住顺着箫声寻去，转过一排榆树，眼前出现一棵耸立参天的桑树，阳光将树影拉得一半儿倾斜，光线不明的树荫下有个人倚靠树干而坐，两条腿一伸一曲。我所见过的人中，大部分都刻意讲究礼仪，站有站相，坐有坐姿，剩下一部分就是如马武之流的粗人。

像眼前这样随意而坐，虽不符合这个时代的风范，却并不显其粗鲁，反衬得那人独有一份与众不同的洒脱从容。

那人衣着端正，只是阴影打在他脸上，瞧不清是男是女，我站在阳光里，只觉得无论是男或女，他都像是一个只可远观不可亵玩的神灵，唇边吹响的天籁之音更是让人浑然忘我。

我不敢再靠近，怕打扰到他，远远地离他四五丈远停下，站在烈日下憨憨地听他吹箫。

箫声陡然一转，音色由缓转厉，千军万马奔腾之势像是要从我胸腔中撕裂开，惊骇的瞬间，箫声遽然而止。

那人手持竹箫，缓缓仰起下颌，目光冷淡地朝我扫了过来。我心里打了个突，他的目光冷得像冰，好似刀子在我身上刮过，刻下难以言明的恨意。

"谁让你来的？"

我不禁笑了，他是个男的，而且声音相当好听，就和他吹的箫一样，绝对是精品。

"我大哥让我来的。"我撇了撇嘴，想必阴识一番好意，让我到昆阳来报讯，也不曾料想我会受到如此冷遇。或者说我终究是来得迟了，王莽大军即将兵临城下，我的愿望是带刘秀走，可是以刘秀那种看似温柔亲切、实则坚强隐忍的人而言，必然不肯轻易随我弃城而逃。

兵来将挡，水来土掩！唯今之计，只能走一步看一步，如果刘秀愿意留下死守昆阳，那我便也留下……

心里微微一惊，像是隐隐察觉到了什么，但我随即不确定的将这种感觉从心底里抹去，自晒地摇了摇头。

"你大哥？"磁沉的声音自头顶陡然洒落。吃惊的同时，我手腕上一阵剧痛，右手的长剑居然就此被人夺去。我想也不想，身体的反射力快过我的脑神经，下一秒我的右腿已夹带着风声踢了出去。

鞋尖离他的脸颊仅余两寸，然而就是这两寸距离我却再也无法逼近半分——我的剑隔在这两寸的空间中，剑锋凛冽，寒意森森。

背上沁出涔涔冷汗，热烘烘地湿了衣衫。右脚刹住，腰肢使劲的同时，我左足在原地挪转了半圈，硬生生地把右脚收了回来。

长剑随即移动，剑尖直指我咽喉。

"原以为派个女子来杀我，未免太小瞧于人，没想到你还有些本事，倒也算不得是王凤在肆意侮辱……"

我倒吸一口冷气："你说什么？"

从阴影中走出来的男子，一如我臆想中的那么英俊帅气，他五官精致，皮肤细腻，宛若女子，可是配合着他通身逼人的斯文英气，绝不会有人把他当成女子，哪怕是假想……他长得十分好看，可是正如我一开始的感觉，这样的人高高在上，犹如神灵，只适合远观。

那对眉乌黑修长，眉心若蹙，即便是在他动怒生气的时刻，也总有种挥散不去的淡淡郁悒。他的年纪不大，而我相信我也从没见过他，可是只一眼，我只余光瞥了一眼，心脏的跳动便陡然停止了。

就在我痛苦万分的时候，心跳从静止到狂烈躁动，像是要从胸腔中直接蹦出来似的。我痛苦地呻吟一声，膝盖一软，身子瘫倒的同时，险些把自己的喉咙直接往剑尖上送去，若非他撤剑及时，想必我此刻早已一命呜呼。

这下，不仅他又惊又怒，我亦被吓得说不出话来。

心跳的悸动仅在刹那间，就像是间歇性抽风似的，现在完全感觉不到任何异样，一切又恢复到了正常。我长长地嘘了口气，用衣袖擦去额头的冷汗，也不急着从地上爬起来，索性举着双手说："我想我们之间可能有点误会。"我用嘴努了努他手中的长剑，"这只是一时忘了收起来，我并不是提着它来针对你，我……我刚才拿它砍花来着……"越说越小声，暗暗鄙视自己一把，这般含糊不清、语焉不详的说词，鬼才会信。

白色的裳角徐徐提起，他居然蹲了下来，目光与我平视，眼神也不再那般凌厉，只是忧愁不减。

"那你究竟是谁？"

他给了我一个解释的机会，是否代表着他相信我所说的话？

我欣喜若狂："我是阴丽华，我来昆阳……"

"找刘秀？"

"诶？"

"娶妻当得阴丽华！"他莞尔一笑，笑容沉醉迷人。

我的脸噌地烧了起来。

"王莽的百万大军已经到阳关了吧？"他幽幽地低叹，"明知道这里是龙潭虎穴，你却还是闯了来，他发誓非你莫娶，你便以命相报。你们……"我眨巴着眼，他的声音带了股磁性，听起来十分舒服，"我姓冯名异，字公孙。"

冯异……

我在心里喃喃念着这个名字。须臾，好奇地问道："你是昆阳县令么？"能够出入县衙的人，应该是个有官职的人吧。我打量他气质高雅，更具浓浓的书卷气，不像是个卑微的小人物，故此大胆猜想。

他嘴角抽动，似笑非笑地瞥了我一眼："我不是昆阳县令……我任职郡掾……"

郡掾？

更始汉朝建立之初，对于这些繁琐的官职称谓我颇为费心地钻研过一回。了解这个"郡掾"应该算得上是郡国级别中的兵政官员，郡掾祭酒，主管教育，可见此人应饱读诗书，肚子里有点墨水，而且既是郡掾，属于武官中的文职，自然该是能文能武才是。

只是……听他的口气，好像……

"不错，异实乃汉军的俘虏。"他轻描淡写地说出我心中的疑惑，涩然地苦笑，黯然的忧郁让我的心为之一颤。

他是俘虏！

"我以郡掾的身分监五县，与父城县令苗萌共守城池，抵抗汉军……"

我无言以对。

他嘲弄地看着我："以为我败了？不，父城还在，刘秀不过是趁我出巡属县时，设伏擒住了我，汉军想要拿下父城，岂是轻而易举之事？"

"喊，城在又如何，父城总有可破一日，可你若死了，却不可再活转了。"我打量他冷淡的神气，揣测道，"喂，你既是俘虏，为何会在这里这等逍遥自在？"

他嗤然一笑："因我堂兄冯孝和同乡丁綝、吕晏都在刘秀手下……他们要我效于刘秀麾下。"

我点点头："刘秀人不错啊，虽然没什么大能耐，但至少他为人厚道，绝对不会亏待下属。"

他不可思议地盯着我看了好半天，而后把剑扔在我跟前，直起身："这就是你给刘秀的评价？呵呵，你未免……忒小瞧了他！"

我被他这番冷言冷语的奚落弄得面红耳赤，不由跳起嗔道："既是如此，那你何不降他？"宋、明以后才有忠君不二的思想，在这个两千年前的汉代，尚不存在什么一仆不事二主、一臣不事二君的概念，投降也并非是件令人可耻的事情。

他们信奉的是明君明主。

"我不能留在昆阳。"他斩钉截铁地拒绝，"我知道若非刘秀极力保我，王凤等人当真会对我下杀手置我于死地。"

所以，他一开始才会误以为我是杀手。

我轻轻叹了口气，他似乎有些话意没有挑明，我也不好意思太刨根究底，于是想了想，换了个话题问道："你知道巨无霸吗？"

"何为巨无霸？"

汉堡包——我在心里答了三个字。

"就是身长一丈的怪物！"

冯异眼眸一亮，惊讶道："难道……这次居然连他也来了？"

"嗯，来了……听说还带了许多稀奇古怪的狮子老虎……"整个一动物园园长，马戏团团长，他本人明显可以扮个小丑角色。在这从未见过如此长人的一世纪，他个人本身就是个稀有动物。

"巨无霸……名字倒挺贴切的。"冯异轻笑，"我听过他的传闻，据说天凤元年，匈奴犯边，夙夜连率韩博向王莽举荐一名奇士，高一丈，腰十围，出自蓬莱东南，因其体形高大，为了迎他进长安，韩博甚至建议加阔城门。"

"你见过他没？"

"无缘得见。"他扬了扬手中竹箫，不是很在意地反问，"你真信世上有人能用铁箸吃饭、大鼓当枕、兽皮做衣么？"

我想了想，答："信。"在武侠小说里，这样的能人异士多了去了，即便是现实中，想要做到这几点应该还不算太难。

大千世界无奇不有，要怪只能怪古人信息闭塞，少见多怪。

冯异有趣地看了我一眼，不再吭声。我顿觉气氛尴尬，眼珠微转，没话找话地搭讪："你箫吹得极好。"

"箫？"他愣了下，手腕微转，手中竹箫在半空中划了半圈弧，"这是竖篴……"

竖篴？不是箫吗？我涨得满脸通红。他手中的东西横看竖看都是箫，竹管上有五个孔眼，他刚才不是竖着吹的吗？横吹是笛，竖吹是箫，难道是我理解错了？

"你说的箫是何种乐器？我怎么从来没听过？"

我退后一步，有点明白过来——敢情在这里管箫叫"竖篴"？我头皮一阵发麻，含糊道："跟……跟这差不多吧，我……我不懂音律，随口胡说的……你莫见笑。"

话题扯到这儿，我心里愈发虚了，此人能文能武，学识只怕不下于邓禹，我还是尽早闭嘴为妙，否则说多错多。

冯异低头抿嘴轻笑，他笑得十分古怪，我正不明所以，身后传来沙沙脚步声，刘秀温厚的嗓音随即响起："公孙……"

可不待他把话说完，冯异略一颔首后，已飘然离去。

我微感诧异，转眼观刘秀气色，却并无恼怒之意，反望着冯异离去的身影若有所思，唇角一抹怡然笑意。

"讨论完了？"

"没完。"这一刻，刘秀的脸上才露出一丝疲倦，困涩地揉了揉眉心，"还在争……"

"争？争什么？"我见他脸色不是太好，拉着他躲到树荫歇息，"难不成，又是在争财物？"

刘秀叹了口气，无奈地点了点头。

我讶然。搞什么啊，绿林军那帮扶不起的阿斗，都什么时候了，不想着如何同心协力抵抗敌兵，竟还只顾自身如何博取眼前最大的财物收益，真是对他们彻底无语了。

"那现在怎么办？"

"成国公主张撤离昆阳。新兵奇悍众多，昆阳守备集合全部兵力才不过七八千人而已，以七八千人抵抗百万大军，无异羊落虎口……"

"新军没有百万人，只是故弄玄虚，撒的烟雾罢了……"转念一想，没有百万，也有四十二万，以昆阳的那点人数，还不够给人家前锋营的豺狼虎豹塞牙缝的。

其实……以我的想法，也是主张撤退的。虽说昆阳的地理位置很重要，当初能够打下昆阳也不容易，眼下要是放弃了昆阳，就等于把难题丢给了后方的宛城。宛城久攻不下，这万一要是迎面再碰上个新朝大军，估计也是九死一生占多数，如此一来，节节败退，新成立的汉朝政权估计就得灰飞烟灭……

我打了个哆嗦，这后果，考虑得越深入，便越觉得可怕。

"不能逃吗？"我可怜兮兮地小声问。

刘秀笑而不语，看着我的眼神温柔得让人心醉。他伸出手来，抚摸着我被烈日晒伤的脸颊，连日的奔波使得我现在的皮肤又黑又糙。

我有点羞涩地低头。

刘秀的手指比普通人粗糙，不像是平常养尊处优惯了的公子，这肯定和他经常下地干农活脱不了干系。

"丽华，你本不该来。"他幽幽叹息，又怜又爱的口吻让我心神一荡。

我情不自禁地问道："你不喜欢我来么？"

刘秀瞳色加深，冰澈的眼神仿佛一如溪水般在潺缓流淌，他微笑不语。也许……这便算是他给予肯定答复的一种？

我撅了撅嘴，死样儿，不肯说是吧，不肯说拉倒，谁还稀罕听呢。

五月末的天，艳阳高照，桑树森森，树影婆娑。

这是个晴朗的好天气。虽然气温偏热，风也不够凉爽，但是，有刘秀在身边，能够这样面对面坦然地看到他脸上洋溢着的淡淡微笑，我忽然觉得，这其实也能令人体会到一种前所未有的松弛与惬意。

眼皮不受控制地打架，三天三夜积聚的疲乏逐渐发散开来。我打了个哈欠，有只手将我的头稍稍拨了下，我顺势倒向一旁，闭上眼，头枕着他的肩，酣然入梦。

救　援

没等昆阳守军将领们商讨出一个结果，新朝的四十二万大军在王寻、王邑的率领下已然兵临城下，将小小的昆阳城围了个水泄不通。

站在城楼上举目远眺，但见旌旗蔽天，辎重盖地，滚滚黄尘，千里不绝。这种场面远比古装剧上人为制造的场景更具震骇力，看久了不免心驰神摇，会产生一种透不过气来的强烈恐惧感。

既然我有这种感觉，相信其他人或多或少地也无法避免。

早晨的议会刘秀竭力反对撤军，可是没人听他的，他笑而退走。到如今兵临城下，王凤他们即便有心弃城，也已被彻底断了退路。

一群人抓瞎似的谈了一下午，眼看大军在城外列阵待攻，城内却还是没个定论。王凤虽然官位最高，却是个没多大主见的人，事到临头王常倒是显出其不同寻常的魄力，力主坚守。

众人争来争去没个决策，最后竟派人灰溜溜地请刘秀回去再议。

刘秀也不推却，再次发挥他烂好人的优点，只是去的时候却拉上了我。这一次，在场的大部分人虽然臭了一张脸，却没人再好意思开口轰我出去。

"坚守谈何容易，昆阳城中粮食储备不多，如何守得住？"

"等待援军，援军从何而来？定陵与郾城的兵力，加起来也不过与昆阳差不多。宛城久攻不下，更是抽不出人马来救援……在这里坚守，只是等死！"

七嘴八舌，乱得像锅粥。

王常铁青着脸坐在那里像是斗败的公鸡，完全没了主帅的威风。

于是众人将目光转向刘秀，一直缄默静听的他缓缓启口："兵力粮草甚少，新军强大，并力抵御，方可破敌立功！如果分散溃逃，则势无俱全，必然被新军逐个击破。宛城至今未克，不能及时援救，然而一旦昆阳城破，新兵长驱直入，只怕一日之间汉军皆灭。诸位今日如何还能不想着同心协力，共同抗敌，反欲谋私利，保守妻子财物？"

刘秀说这话时不徐不疾，但是话中的分量却是显而易见的，毫不避讳地直指弊病。

王凤脸皮抽搐，冷声道："谁无妻子？刘将军孑然一身，无牵无挂，你有何胆略，竟来指责我们？"

"对啊，素闻刘氏兄弟文武全才，可平时打仗也不见得你都是冲在前面……"

"你没老婆孩子，自然把话说得比谁都漂亮，现在可不是说漂亮话、逞英雄的时候……"

我气得牙痒痒，恨不能冲过去赏他们一人一耳光。

"够了！"身侧骤然爆出一声厉喝。我心里一颤，几乎以为自己听错了，一向温文尔雅的好好先生居然发怒了。刘秀怒目而睁，一双平时笑眯眯了的眼眸此刻凌厉地迸发出慑人的光芒，"谁说我无妻？"他伸手一把拽过我，将我紧紧搂在怀里，"我最心爱的女子不顾生命危险前来报讯，你们视若无睹，只顾自身，试问你们身为堂堂男儿，难道胆魄尚且不及一女子么？"

掷地有声的一席话把在场的所有人全都震住，室内鸦雀无声。

我的一颗心怦怦狂跳，既为刘秀一反常态的凌人气势，亦为他的一番言论。

心爱的女子……真的，还是假的？

抬眼偷觑，刘秀与平时判若两人，眸瞳中闪烁着不同寻常的锐利："目前城中只七八千人，势难出战，昆阳城坚池阔，易守难攻，闭城不出，可打一场持久战。只是城中粮草不济，最多能撑一月，当务之急是需派人突围出去，前往定陵、郾城召集援兵，或可解围！如此，何人坚守昆阳？何人突围求援？还请诸位将军计议，成国公早作定夺！"

烫手山芋丢还给王凤。

王凤愣了半天，环顾四周，终于涨红了脸憋出一句话："昆阳，我来坚守！"

"我亦坚守！"

"我愿随成国公坚守！"

"我愿坚守！"

一时间众人纷纷投向王凤，再无人提议弃城而逃。

刘秀坚忍地沉声道："昆阳生死，唯系外援，何人敢出城突围，求取救兵？"

这次居然无有人应。

刘秀踏步向前，手按腰侧剑柄，目绽精芒，"既然诸位都愿留守昆阳，那便请诸位齐心协力，死守昆阳！秀不才，独自出城，愿诸位保重，异日昆阳再会，与君同干庆功酒！"说完，转身欲走，我一把拽住他的胳膊。

他目色迷离地扭过头来，我笑着冲他轻轻摇头："傻子，你忘了我了。"

胸口起伏，他深吸口气，伸手抓住我的手，五指紧紧的……交相握住。

"娘皮的，我随你去！"马武骂骂咧咧地冲了出来，"老子不能输给一女子！"

"刘将军！算上我！"王霸越众而出。

"我也去！"

"还有我！"

我凝神一看，邓晨、李轶、宗佻……仔细清点人数，算上我和刘秀，一共十二人。

刘秀对着他们深深一揖，千言万语尽在不言中。

带着这些人出门，才跨出门槛，就见一白衣青年倚树而立，懒洋洋地摆弄着手中的竖篷。

"冯异……"我低喃出神。

一行人经过那棵大树时，他从树杆上撑起身子，指尖拈转竖篷，横臂拦住了刘秀。

"公孙。"

"我并不是帮你，只是昆阳若破，我亦难全身而退，所以……"

"此人不可信！"马武嚷道，"他是新朝的人。"

冯异也不见怪，满不在乎地直视刘秀："信不信，在你。"

刘秀伸手拍了拍他的肩膀，说了两个字："走吧！"

马武挑眉瞪眼，冯异故意冲他狡黠一笑，随即潇洒地旋身跟上队伍，把马武留在原地气得直跳脚。

我噗哧一笑，追上冯异，笑嘻嘻地说："公孙，你其实也很欣赏刘秀吧？不如索性投于他的麾下，汉家天下才是民心所归啊！"

冯异回眸冲我颇有深意地一笑，那样浅浅的一笑让人更加捉摸不透他的真正心意。

新军初扎，阵营尚且有些乱，我们这一行十三骑出昆阳南城门的时候，恰是新军垒灶烧饭的时候，防御最为松懈。谁也不曾料想，毫无动静的昆阳城南侧突然骠出十三匹快马。

等到他们反应过来时，我们已然一口气冲过了十来座营帐。

像是一滴水溅到了油锅里，营地陡然沸腾起来，哄闹声中，刘秀一马当先，手中长剑直取敌首，下手毫不容情，没有半分迟疑。

鲜血在眼前漫开，更像是一朵朵绽放的曼珠沙华，鲜红鲜红的眼色，染红了衣衫的同时，勾起了嗜血的杀戮。

我的心在颤抖，也许并非只是因为害怕，当耳边充斥着振聋发聩的呐喊声、惨叫声，身前刘秀留给我的宽厚温润的背影逐渐被血红的颜色所替代时，心如果鲁钝得连抽搐颤抖的感觉都没有的话，那我基本就不能算是个活人了！

刘秀厮杀在前，邓晨在我左侧，王霸与马武断后，右侧……

"啊——"有人试图偷袭我，被人使长枪一枪刺中心口，惨叫声后尸体随着矛尖被快速挑起，甩出老远。

我呼哧呼哧地大口喘气，余光略扫，瞅见一张英俊忧郁的脸。

是了，护在我的右侧是他——冯异！

他们这些男人啊，虽然口口声声瞧不起我是女子，可到了如此危难关头，却不约而同地把我圈在了队伍中间，默默地守住了我。

我们这十三人，在刘秀的带领下，以我为中心，凝成一团，像支利剑般硬生生破开了新军大营的驻扎阵地，杀出一条血路。

等到夜幕降临之时，我们终于冲出包围，趁着天黑，甩脱了新军的追杀。

实在侥幸啊！直到一口气奔出十里开外，我木讷的脑子才逐渐苏醒，体会到刚才杀出重围时的惊险！

刘秀放缓脚步，一一清点人数，大家虽或多或少挂了些彩，却都不是什么大伤，性命无虞，且十三个人，一个都没有少。

望着彼此狼狈的模样，我们笑了起来，真切的感动于生死一线间彼此产生的那种信任与依赖。

马武伸手递给冯异，冯异笑着与他击掌，出城前的不快与隔阂顿时烟消云散。

我揉了揉鼻子，想笑又想哭。

刘秀策马与我并行，似能了解我心中的感受般，给了我一个鼓励的微笑，笑容分外温柔灿烂。我眼眶含泪，娇嗔的朝他胸口捶了一拳，手劲并不大，却没想竟把他打出一声闷哼。

手上沾染鲜血，热乎乎的，不是敌人的血迹，而是他的。

我吓了一大跳，惊恐地发现他染血的衣襟不知何时已被利器割裂，右侧胸口有道半尺多长的刀口，肌肉外翻，几可见骨。

我差点失声尖叫，刘秀一把捂住我的嘴，轻轻摇了摇头。

他是这群人的主心骨啊！即便是受伤也不能讲出来，否则……会动摇士气！

我抿紧唇，尽量克制住自己激动的情绪，然而瞅着那张依然微笑的脸孔，眼眶中蓄满的泪水却再也抑制不住地直往下落。

泪珠儿一滴一滴地溅落在他手上，他似有所觉，手心微微一颤，松开我的嘴，手指温柔地拂过我的鬓角："我没事……"

眼泪掉得更凶。

他曾给过我一滴泪，而我，却像是要用尽一生的眼泪来还他。

风餐露宿，几乎是马不停蹄地渡过昆水，折南向东，星夜赶往定陵。

刘秀的伤口由我悄悄瞒着众人稍作处理了下，仅是暂且拿纱布裹紧伤口，什么创伤药都没有敷，我很担心他的伤口会发炎，就算侥幸没有感染，可他那样没日没夜地在马背上颠簸，这伤口能长得好吗？

赶到定陵的时候，刘秀的体力已经严重透支，就算坐着说话都是脸色发白，额头冒汗。真难为他居然还能口齿清晰地与定陵守城汉兵交涉，那帮昏庸的家伙一开始竟然怕死的不敢发救兵支援，只想躲在定陵当缩头乌龟。

马武气得差点儿跟人动刀子，就连邓晨、李轶也按捺不住要破口大骂。

刘秀再次发挥他伶俐的口才："今若破敌，珍宝万倍，大功可成；如为所败，首领无余，又哪来的财物可分？"

一番威逼利诱，连哄带骗的终于成功把守城将领给说服了。打从这起，我才发觉原来他并非只单单做生意厉害，我对他的印象再次大加改观，看来以前对他的了解还是太少，一向认为他寡言、爱沉默，属于一棍子未必打得出一个闷屁的内向型性格，从没想过原来他也有能言善辩的时候，真是大大地走眼了一回。

刘秀集合了定陵的兵马后，打算疾驰郾城，这一回我却死活不肯让他继续拼命了。

"我去！你好好养伤，一来一回也用不了多久……告诉你别跟我争，当心我拿棍子敲昏你！"

刘秀先还辩驳两句，见我要狠，不由又好气又好笑地闭上了嘴。到后来的确不再开口啰唆，我强迫他躺床上不许动，他也真听话，只是一双眼睛也不眨了，眼珠子亮得就像两支蜡烛，瞳仁里似有两簇暗红色的火苗在燃烧。

受不了这样针扎般的眼神，我最终还是败下阵来，无奈地替他换下染血的纱布。在擦洗伤口时，着实被那裂得像婴儿嘴般的口子搞得心里直抽抽。

房门无声无息地开了，一条修长的身影闪了进来，我紧张地回头。

两只巴掌大小、长颈的小陶罐子一前一后地投掷过来，我顺手一抄，分别捞在手里。

"药粉外敷，三日一换；药丸内服，早晚各一。"不高不低的嗓音，清清爽爽的透着悦耳的磁实，"硬撑着，未见得便是大丈夫。"

冯异自始至终都未曾瞧过刘秀一眼，却在转身时意味深长地朝我投来一瞥。门扉轻轻阖上，房内重归平静，若非我手中真实地握着两瓶子药，我差点以为刚才那一幕只是我严重疲劳时产生的幻觉。

"他……是个好人，对不对？"我轻轻地歙歙。

"嗯。"刘秀眼角含笑，轻轻地应了声。

整合定陵、郾城的援兵后发现，其实并没有太多的人马可供调度，七拼八凑加起来也就两万多人，真所谓杯水车薪，堪堪及上人家的一个零头。

这头忙着召人，那头斥候却传报昆阳城守不住了，四十二万人马在小小昆阳城外拉开阵势，为了攻城，新军竖起十余丈的云车，用大型冲车撞击城门，甚至还在城墙外挖掘地道，汉军伤亡惨重。

每天都有大批弓箭手轮班不停地从云车上向城内射箭，"矢如雨下"这个形容词用在这里真是一点都不会显得夸张。情报上描述城内百姓艰苦，没办法外出至井边汲水，只得把家中的门板卸下来，顶在脑袋上冒险走出去。

军情如火，半点延误不得。刘秀顾不上伤口尚未结痂，急匆匆地先点了骑兵、步兵各一千名作为援军的先锋部队先行一步。

可没等赶到昆阳，斥候再度传报噩讯——昆阳城内的守军抵挡不住敌军凶猛的攻势，王凤不顾王常等人的劝阻，居然向王邑、王寻递出乞降书！

听到这个消息，真好比当头一棒，刘秀在马上身子一晃，吓得我以为他会晕厥堕马。马武等人破口大骂，我们这十三个人杀出重围搬救兵，冒着九死一生的代价好不容易拉了点人马，原是报着有去无回的决心再杀回昆阳，没想到一番心血最终却换来一份降书。

"别急，未必不是件好事。"冯异淡淡地说了句。

众人不明所以，刘秀嘘了口气，煞白着脸勉强扯出一丝笑容，他挺了挺脊背，道："是，大家别慌，未必就能如他所愿。"

说着，回头与冯异对视一眼，相顾而笑。

我不明白他们在打什么哑谜，但是心里对他们却是抱着极大的信赖的，既然他们两个都说没问题，我悬着的心便又重新放回原位。

一天后，我终于明白他们所指何意，斥候回报，王凤乞降，可是王邑、王寻贪功，竟未答理。想来也是，人家四十二万人马围在城外，连只鸟都飞不过城墙去，不是长他人威风灭自己志气，四十二万人，每人朝城里吐口唾沫，估计也能把小小的昆阳城给淹了。

王邑、王寻都是自大狂妄之辈，昆阳在他们眼里不过是餐前小点，他们的目标是昆阳身后的宛城。拿下昆阳是早晚的事，他们不过是在猫耍耗子，打着玩罢了。

听到这个消息，众人面面相觑，尴尬中却皆是松了一口气，不管王凤之前的心态如何，总之，新军的拒降势必逼得城里的守兵再无一丝退路，只能抛开一切幻想与杂念，誓死一战。

就如同刘秀和冯异打的哑谜一般，他们两个估计早就预料到现在这样的结果了，他们把战局看得比普通人透彻。

或许……我们不会输！

我的心里产生出一点小小的奢望。

或许我们不会输！

虽然42：2，比例太过悬殊，但是……现在，我却涌起一股以前不敢奢想的希望——我们不见得一定会输！

如果在我身上曾经展现过所谓的神迹，那么就请神迹再降临一次吧！

神　迹

六月初一，昆阳城外。

望着迎面列阵的四五千人马，我忽然有种想仰天大笑的惊喜。

这算不算是一种神迹？

王邑那个自大狂，为了显示没把我们两千人马放在眼里，任凭四十几万人放着按兵不动，居然只派了几千人马过来与我们交战！

他这是完全藐视我们，还是他自信过了头？

"娘的，杀他个屁滚尿流，让你们知道老子的厉害！"马武早已兴奋得两眼发红，双腿不住夹着马腹，只等刘秀一声令下，便要冲杀过去。

刘秀不徐不疾地盯着对面旌旗飘扬的队伍，忽尔回头笑着喊了声："二姐夫。"

邓晨闻声上前。

刘秀从怀里摸出一块折叠好的缣帛，装入一只锦囊内，交给邓晨："一会儿交战，你假意突围往昆阳送信，若途中遇阻，则将此锦囊假意失落。你无需恋战，只需使此信由新军捡去，你便立了大功！"

邓晨不解地问："这是什么信？"

刘秀笑道："汉军主力已攻下宛城，正移师北上，前来救援昆阳！"

众人惊喜道："当真？！"

刘秀眨了眨眼，眼线眯成一条缝，笑容纯真得像个孩子："假的！"

"啊？"众人大为泄气。

我噗哧一笑，这个刘秀啊，真是狡黠如狐，尽显商人本质。以前还嫌他呆头呆脑，死板又教条，如非亲眼所见，真不敢相信这种尔虞我诈的伎俩是他这种老实人想出来的。

"好！"刘秀突然振臂高呼，"这是场硬仗，兄弟们，随着我冲！"

没等我反应过来，他已纵马冲出十来丈，马武紧随其后，两千多人如潮水般杀将过去。

战鼓擂响，咚咚的鼓点仿佛落在心口上，震得四肢发麻，热血上涌。

"刘将军平时见小敌胆怯，今日大敌当前，居然勇猛异常，真是奇怪！"

闻得身后有兵卒小声嘀咕，我不由扬声高呼道："小敌容易立功，大敌却要丧命！刘将军实乃仁厚之人，大智大勇之辈，是以，请助将军！"

将士们精神大震，眼中绽放异彩，崇敬之情一览无遗。

两千多人呼吼着与敌军迎面交锋，两军相接，不到一个时辰新军便被击溃，仓皇逃窜而去。

横尸遍野，血流成河。我虽然早已不是第一次经历这么残酷的场面，却仍是被血腥味刺激得胃里一阵阵的翻涌。

这一仗，刘秀一人便斩杀敌首数百，看着他浴血奋战，下马后几乎连站都站不稳的惨淡模样，想不叫人担心都难。

"这么拼，真要把命搭上么？"

"不拼不行。"他松了口气，尽量硬撑着不让其他人瞧出他身体的虚弱。

我扶着他找了处通风的地坐下，他低头瞥见我右手上缠着的带血纱布，惊道："受伤了？"

"被划拉了一个小口子，和你的伤比起来，不值一提。"我刻意轻描淡写地回答，其实伤在手背上，伤口虽不深，却害我右手无法再使劲，连剑柄都抓握不住。

刘秀拉着我的手，小心翼翼地用拇指摩挲着纱布，不堪疲惫地闭上眼，他的神容憔悴至极，下颚一圈青茬子长短不齐地冒了出来，唇瓣一丝血色也没有。

时近戌时，天色正迅速转暗，我在心底叹了口气，怜惜地问："吃点儿东西再睡？"

他没吱声，喉结动了下，累得似乎连眼皮都睁不开了。这半个月来，他的神经都崩得紧紧的，一有风吹草动便警醒，偶尔休息不是跟将士们商讨作战方式，便是一个人窝在角落里拿树枝在沙地上比划作战路线。

我知道他是累了，不只身体，还有心。

虽然我也有份参与打仗，每次只要看他奋不顾身地冲在头里，消失于人群里我就一阵揪心，有心想追上他，却总是有意无意地被冯异引开。时间久了，我再迟钝也觉察出冯异每次皆是故意而为。以他现在的身份与立场，不急于杀敌立功，守在后方原是情有可原，可是他却总出没在我附近，一旦我有什么危险，他便立即替我解围。

低头望着手背上的纱巾，这一次……若非他出手及时，我的这只右手今天估计就得留在战场上了。

抬头再次打量刘秀，眉心紧皱着，他背靠在土墩上，松垮了肩膀。十丈开外有士兵来回走动，有些人在堆灶烧饭，炊烟袅袅，飘散着淡淡的松脂香气。

我伸出左手，小心翼翼地将他东摇西摆的脑袋拨靠在我的肩头。

虽然不知道刘秀私底下到底与冯异达成了一份怎样的协议，但是……他的这份情，我领了。

天色完全黯淡下来，然而昆阳方向却是金鼓齐鸣，响声动天，隐隐传至百里。新军对于昆阳的攻势仍在继续，他们人多，完全可以车轮战，可是昆阳城内人少，将士们显然无法得到更多的休息。

这简直就是在打消耗战，不仅是消耗军用粮草储备，还有体力、人心。

体力一旦达到极限，人心就会跟着崩溃，人的心……其实最为脆弱！

我仰天长嘘，夜空中有个亮点闪了下，忽然坠落，长长的划起一道笔直的光芒。

我一震！营地里已然有人怪叫起来，一片吵嚷。

刘秀从惊吓中跳起，迷茫地睁开眼瞪着我。

我伸手指给他看，低声道："是流星！"

我曾许愿，若有神迹，请再次降临。没想到许的愿这么快就实现了！自从六年前一场流星雨把我送到这个鬼地方后，我还是第一次再见到流星。

星陨，光芒最终消失于新军大营！紧接着远处传来一声惊天动地的轰然巨响，震得天色为之巨变，我抓着刘秀的胳膊，感觉脚下的地皮一阵颤动。

营里一片哗然，众人伸长脖子，瞠目结舌地望着远处新军大营上空炸出一朵巨大的蘑菇云，热浪扑鼻，一层层由内向外不断翻滚着。

"这是什么玩意？"马武踉踉跄跄地跑了来，面无人色，他素来胆大，但是见到这等奇异的天象仍是吓得不轻。

我抿嘴儿想笑，可是不等笑出声，刘秀已朗声叫道："天助我也——整军突围——"

马武仍在一迭连声地喃喃自问："怎么回事？怎么回事？怎么回事？"

我颇觉不可思议地自言自语道："是陨石呢。"

只是不知道这块从宇宙星河中穿透大气层后，砸到地壳的陨石有多庞大，最好能大到把新军四十二万人马全部砸翻，那可真就是神迹中的神迹了！

少顷，刘秀集合了所有人马，迅速往新军大营靠去，说来也巧，才行了半里，斜刺里过来一支浩浩荡荡的队伍，居然是定陵、郾城过来的后续援兵。

两万人马集合到一处后，士兵们的胆气顿时为之一震。

我四下观望，果然又在十步开外的人群里找到了冯异的身影，他不紧不慢地骑马落在我身后，似乎并不怎么关注我。

左手按了按腰间长剑，我试着缓缓从剑鞘里抽出剑，右手使不上力，不知道左手如何，我心里一点底都没有。

白天的那封故意遗落的信件显然起到了作用，新军的布阵出现了极大的偏差，为了防备宛城来援，将大部分的兵力压到了西南方，我们从东面进逼昆阳，防守便没有白天那么严密，而且刚才的异象显然吓到了新兵，这一路冲杀过去，很多人在猝不及防下居然丝毫不做抵抗地掉头就跑。

天快亮的时候，我们在新军大营的重重包围中冲开了一道缺口，渡过昆水。刘秀当机立断，点了三千骑兵，留下大部队命他们带着粮草辎重留守，伺机冲进昆阳救援。

这三千人虽少，却都是骑兵，即便是新军四十二万人骑兵也只占小部分，步兵的战斗力在某种程度上是根本无法与骑兵匹敌的。

而这一次，引来了汉军一万铁骑，领头的居然是王寻。

两军交接，杀得昏天黑地，因为两边都是骑兵，装备相当，战况竟是前所未有的激烈。我拖着受伤的右手，只得左手握剑。剑术我原就练得不够纯熟，换成左手愈发相形见绌。冯异觉察出我的异样，这次也不敢再托大，直接贴在我近侧护驾。

撑了半个多时辰，我精疲力竭，气喘如牛，只觉得左手酸麻得再也举不起来了，冯异喝道："弃马！"

我没听懂他的意思，两眼无神地回头，他枪杆舞动如灵蛇，缨子尽染鲜红。见我没反应，他焦急地策马靠近我，倏然腾身跳到我的身后。

"公孙……"我脑袋一阵发昏，眼冒金星，透支过度的体力似乎再也撑不下去了。

"啪！"脸颊上一记脆响，剧痛感把我激醒。冯异还真下得了手，竟能毫无顾惜之情地掌掴我。我拿右手手背贴着火辣辣的半边面颊，嘟囔道："打人不打脸啊，你让我以后还怎么见人哪！"

他哧然而笑，却并无嘲笑之意。

即便胯下是阴识特意挑选的宝马良驹，我和他两人共骑，终究跑不过人家单骑。比脚力不如人家，那么比武功呢？我一个伤残人士，按理说伤在手上，一双腿还是有点用处的，特别是跆拳道原本就是脚比手厉害，但是依照现在的状况，打仗的时候刀剑远比拳脚更厉害！而且一旦我上了马，两脚离了地，手不能提刀剑，基本就属于是废人了。冯异身手再如何矫健，在如此千军万马之中自保已属不易，如果再多带我一个累赘……

激灵灵地打了个冷颤，我冲动地尖叫："放下我，不然你会死的！"

冯异身子一僵，长枪一挑，将左侧的一名敌兵挑落下马："放你下去，你难道就不会死了？"

死！死……

我会死吗？我从没正正经经地考虑过这个问题，我是穿越的未来人，不属于这个时空，是个"神迹"产生的另类……也许不自觉的潜意识里，我是把自己和他们这些古人区分对待的，我对自己有种莫名其妙的优越感，总觉得自己优于他们。

只是……优越，就不用死吗？

就不会死吗？

浑身的血液像是被全身抽空，我会受伤，会流血，有痛觉，存在自我意识以及真实的情感……我就算是个未来人，却也仍只是个人！

我不是神！

"抱紧我！我们冲出去！"冯异大喝一声，马儿撩起蹶子，将四周围拢的圈子踢腾得散开。

天亮了，可是天上云层却愈发压得低了，许是陨石坠落的缘故，大气层气压受到了影响，天空从上而下逐渐凝成一股白色的气旋儿。

乌云滚滚，雷声隆隆，当气旋越变越粗，当骤雨突至、电闪雷鸣的时候，我失声尖叫。

冯异被我吓了一大跳："伤哪了？"

"不是！"我用手抹了把脸上的雨水，雨点太大，打断了这场混乱的节奏，"是龙卷风——龙卷风要来了——"

"什么？"即使挨得很近，也需得用吼的才能听到彼此的声音。这个时候的风速遽然加剧，尖锐的啸声刮得耳膜震痛。

"龙——"我突然想到他不会明白什么是龙卷风，懊恼地改口，"风——会把人卷到天上去的——"

顾不上管他能听懂多少，我拼命催促马儿背离风眼移动的方向快逃，急得眼泪都要出来了。

也不知道跑了多久，眼前忽然一花，一只黄黑斑纹的硕大东西灵巧地从我身后掠到前面，我唬了一跳，扭头看时，吓得浑身打颤，牙齿咯咯抽撞在一起。

方圆百米的范围，和我坐骑朝着同个方向逃窜的，居然是一大群狮狼虎豹，辍在最后的是体形更大的大象、犀牛……

咬紧牙关的时候不小心咬到了自己的舌头，我神志异常清醒，眼睁睁地瞪着一群猛兽散在四周。我五指僵硬地抓着冯异的胳膊，吓得连呼吸都忘了。

"嗷——"猛然间，身后传来一声鬼哭狼嚎般的嘶吼，不知道是什么怪兽发出的叫声，居然能破开风声，传递至如此远。

缰绳从我手里滑落，我吓得叫了声："妈呀！"转身扑进冯异怀里，瑟瑟发抖。我不怕人多，但那些不是人，是会一口咬死人的凶猛动物，换在平时应该关在笼子里，只能在动物园供人展览。

"喂！"冯异拼命挣开我的手。

我僵硬地斜着眼瞄了一眼，却听群兽放缓了脚步，痛苦地在原地嘶吼，一副想回头，却又不敢的样子。

"嗷——"吼声再度响起，振聋发聩。

隔空传来皮鞭甩空的巨响，群兽终于畏畏缩缩地往回聚拢。

我大惊失色："怎么回事？"

"能让上林苑的畜牲受到惊吓，却又不敢随意逃窜的，只有一人……"

"巨无霸？！"我又惊又骇。

老天啊！怎么那么倒霉，偏偏在这个节骨眼撞上了这个衰神？

"那儿……"冯异拍着我的背提醒我，"有人正和巨无霸对仗呢！"

我壮着胆子看了一眼，不到百米远的身后，巨无霸架着四马拉乘的辒车，正挥鞭指挥着群兽与两三百人缠斗。云层本就压得极低，暴风雨中的巨无霸活脱脱就像一支擎天巨柱。

这时雷电交加，时不时地有滚雷闪电砸下，击落地面，屋瓦横飞，潲水横溢，畜牲们吓得股颤，一部分已经不再听从巨无霸的指挥，开始纷纷退缩逃窜。

我眯起眼，雨幕虽大，我却越看越觉那领队眼熟。

"是谁？"

冯异勒转马首，毅然策马回去："是刘文叔！"

猛兽已然退却，不肯再听从使唤扑咬人群，龙卷风的风眼看似离得很远，可漩涡旋转时产生的风速已使得人重心偏离，站立不稳。

越往回奔我越觉得胸口透不过气来，双手合臂抱住马脖子，双腿死死夹紧，不敢有丝毫的大意。在这个时候仍能像铁塔似地站着纹丝不动的，估计也只有这个"麦当劳汉堡包"了。

先天优势让他在如此飘然欲飞的离心力作用下居然还能稳扎稳打地站在车上，刘秀带着百来号人看似占着上风，其实压根连巨无霸的衣角都摸不着，可巨无霸手中三丈来长皮鞭却舞得呼呼直响，不时有人不幸被他鞭子抽中，一头栽倒，不知死活。

巨无霸身边尚徘徊着三只吊睛白虎，体形比一般黄黑大猫大出许多，虽然兽之本性对天灾有种本能的恐惧，不过看样子巨无霸平时对它们训练有术，以至于对主人的惧怕临驾于自然灾难之上。

刘秀无法靠近巨无霸，当我看到士兵接二连三地倒在巨无霸的鞭下时，心惊胆战的程度已攀升至目裂眦眦——刘秀上衣尽烂，背上有道儿臂粗的鲜红鞭痕，他胸口的伤口也迸裂了，鲜血染红了裹伤的纱布，淋漓全身。

巨无霸指使着三头白虎扑上去咬刘秀，刘秀在疾风中站都站不稳当，摇摇欲坠的样子任谁都替他捏把冷汗，一头白虎挥出前爪挠他的头，他略一矮身，虎爪扫中他头上的武冠，一头长发顿时在风中吹散开。

我惊呼一声，奋不顾身地从马背上跳了下来，想也没想就往巨无霸身上扑去。风速这会儿又加强了不少，我竟有种飘飘然的失重感，身子一轻，凌空翻了个筋斗，避开巨无霸的随手一鞭，一脚对准他硕大的脑门踹去。

脚上穿的是帛屐，我喜欢穿这类的鞋子，不仅是走路轻便，下雨天顺带可当雨鞋，更主要的是它的底子是木头做的，踹人的时候又快又狠，还很痛。

这也算是我的防身秘密武器之一。

巨无霸发出一声怪叫，鼻梁上明显多出一道横杠血印，他摇晃着脑袋，愤怒地指着我骂骂咧咧。我单脚着地的同时，瞥见他鼻管里直喷血，他一边拿袖子不停地擦拭，一边吼叫着从车上跳了下来。

"没见过美女啊，这么爱追着我不放！"

他步子迈得极大，我仗着身手灵活，故意绕着车子打转。他转了两圈没逮到我，怒吼一声，蒲扇似的两只大手猛然抓起车架子，仿若举重运动员般一个挺举动作竟把马车举了起来，四匹马也被牵连得拽起了后蹄。

我目瞪口呆，此情此景完全超出我的想象，这还算是人吗？这……这还算是个人吗？

巨无霸狂吼一声，用力一甩，辎车在他掼力之下竟朝我砸了过来，惊骇之余我的两条腿竟像是在地上牢牢生了根，拔都拔不起来。

千钧一发之际，有人从斜刺里飞扑过来，扑倒我的同时抱着我向边上连滚四五圈。地上的碎石硌得我脊背一阵疼痛，柔软潮湿的发丝盖住了我的脸颊，浓郁的血腥味扑鼻而来。我睁开眼，拂开遮面的长发，并不意外地看到了刘秀苍白的脸孔。

"刘秀……"我低喃。

"咳。"他轻咳一声，嘴里喷出的血沫子溅得我满脸都是。

我慌了，着急地捧着他的脸："刘秀！刘秀……秀……"

他的眼神有些涣散，似乎看不清我的样子，所以强自把眼睛睁得很大，我却分明看见了他眼中迷茫的担忧。

"丽……华，咳。"他闷咳，"可有伤着？"

"我没事，我好好的……一根头发都不少……"我语无伦次，说着说着竟再也压制不住心中的悲痛，呜咽落泪，扯了自己的衣袖拼命去擦他嘴角的血迹，"你别死，你……别死，你死了我怎么办？你死了……我怎么办？"

浑浊的眼眸重新恢复清澈如水，刘秀浅笑，温柔如斯："我不死。"

"真的？"我白痴似的追问。心里实在是害怕得没了底，哪怕他哄我骗我欺我，只要他给个保证，即便是假话，我也会拿来当真话听。

"真的。"他果然给了保证。

我流着泪扶着他坐起来，这时才惊觉巨无霸居然没有追杀过来，猛回头，跳入眼帘的是冯异在暴雨中带着士兵围着巨无霸纠缠游斗。

风速越来越大，龙卷风肆无忌惮地横掠平原，逐渐逼近。我暗叫不妙，这会儿再要跑几乎已是不可能的事，刘秀伤得很重，我和他都没有马。

我挣扎着将刘秀背到背上，他起初不肯，想自己走路，被我狠狠瞪了一眼后终于乖乖地闭上了嘴。

"冯异——找低洼处趴下！"我一边大声提醒冯异，一边跟跟跄跄地背着刘秀往低洼处跑。

风力急剧加强，空中开始出现大大小小的不明物体呼啸飞移。我眯着眼，憋足一口气跑到一处低洼地，将刘秀放下后让他趴在地上，我搂着他卧于他身侧。

才刚矮身，一棵参天大树霎地贴着我的头顶飞了过去，我惊出一身冷汗，目光顺着那棵十多米高的大树回头一看，只听一声巨响，竟是重重砸中巨无霸的后脑勺，巨无霸哼都没哼一声就一头栽在了泥地里。

我搂紧刘秀，闭着眼瑟瑟发抖，六月的天却直打冷颤。风声尖锐，我唯有默默祈祷，希望风眼不会那么凑巧地从我们头顶经过。

耳膜震得嗡嗡直响，就在我透不过气来，脑袋涨得几欲窒息的时候，刘秀身子微动，突然揽臂一把将我拖入他的身下……

风雨……

肆虐。

大地……

哀号。

龙卷风消失于地平线之前，我与刘秀相互扶持着站立在滂沱大雨中，目送这个可怕"神迹"最终远去。

方圆百里一片狼藉，潍水漫出平原，地面上一片汪洋，潍水河道中堵满了新兵尸首，血流成河……

昆阳城外，如今成了一个名副其实的修罗场。

"还撑得住吗？"

刘秀点点头，虽然脸被雨水泡得有点虚肿泛白，可那双眼睛仍显得十分明亮清澈。我略略放了心，身后有脚步声拖沓靠近，我回头，欣然而笑。

"你倒撑得住，我是……不行……了！"两眼翻白，在我身子滑下瘫软倒地前，脑海中最后残存的影像是一身狼狈的冯异神色慌张地冲向我。

真好……能活着，真好！

第六章
锋芒毕露祸轻狂

赏　赐

战至最混乱的那一刻，也就是在龙卷风大扫荡过后，昆阳城内的守兵打开城门倾巢而出，与两万多援军两下里夹击，早被吓破胆的新军顿时望风而逃。据说溃败的新军为了抢渡潍水，淹死者数以万计，最后大难不死的人踏着同伴的尸首侥幸逃过了河。

这一场战役最壮观的落幕我没有亲眼目睹，在我昏过去之后没多久就开始发起了高烧，刘秀忙着带领士兵一鼓作气地击溃新军，无暇分心照顾我，于是托冯异将我送回了昆阳。等我略略恢复清醒后，冯异却也不告而别。

整个昆阳城破落得就跟难民营一样，周围的人我一个都不认识，我有心想了解战况，却找不到一个熟人可以打听。

就在彷徨无助的翌日清晨，阴识突如天神般降临在我面前，二话没说便将我连人带铺盖卷一起搬上了马车。

他面色紧绷，一言不发的样子着实让我发怵，我假借头疼虚弱，躺在车上一个劲地装睡，避免跟他正面接触。过了四五天，直到到了目的地我才知道他竟然把我拉到了宛城。

“宛城什么时候拿下的？”按捺不住好奇，我终于小心翼翼地问他。

他扶我下车，青瓦白墙，院门半敞，门内人影儿一闪，有个人笑着将虚掩的门扉拉大：“大哥！你把姐姐带回来了？”阴就三步并作两步地冲到我面前，上上下下地打量我一遍，目光充满怜惜，"姐，你瘦了。怎么能瘦成这样儿？"

我冲他微微一笑，阴识沉声道："进去叙话。"

进了院子，发现这是一处不大不小的宅子，布置清雅却又不乏奢华，像是哪个大户人家的府邸，搞不好还是个官宅。

"这是谁家？"

阴就扶着我，越往里走我越是好奇。

阴识道："你让我先回答你哪个好？"

我不假思索："先给我说说这宛城是怎么回事吧。"生病的那些日子，整个人都是迷迷糊糊的，虽然耽搁的时间并不太长，却让我还是有种与战局脱节的迷茫感。

"宛城在五月底便拿下了，那时候昆阳最后的决战还没开打吧。"阴识说的云淡风轻，我心里却打了个咯噔。

上得前堂，阴就扶着我在席上坐下，在阴识面前我不敢放肆，只得规规矩矩地正坐着，强忍着双腿的麻痹。

阴识不咸不淡地瞄了我一眼，挥手示意："阴禄，叫两个人去把那张梨花榻搬过来，让姑娘歪着。"

阴禄随即应了，我感激又讨好地抬头冲阴识一笑，他却没有半分动容，一张脸仍是绷得跟蒙鼓面的皮子一样。

一会儿阴禄带着人把一张木榻搬来，阴兴一并跟了来，见到我时嘴里揶揄道："姐姐真是吉人自有天相，四十二万人的大营中来去自如，这份本事世上也只刘文叔跟姐姐才能有了。"

我没好气地白了他一眼，阴就扶着我在榻上歪靠着歇息，还取了扇子替我扇风，同样是弟弟，两个人对我的态度却是天壤之别。

"严格算起来，真正攻下宛城是在五月廿六，三日后据闻刘秀已得知此讯，消息散播得极快，连带新军也知道了，以至军心大乱。"阴识目光睿厉，不紧不慢地问，"以我们的探子都无法在这么短的时间内把这消息传递到你的手里，刘秀却从何处得到这个情报？"

"咳。"我轻咳一声，差点儿不给面子地笑出来。阴识一向自傲于自家的情报网，这回刘秀的这招"以假乱真"没想到误打误撞地还真碰巧了。"刘秀并不知情。"

"难道……"

我微微一笑，点头："他使诈！"

阴识眉心微皱，嘴角下弯，什么话都没说。那头阴兴却是猛一击掌，赞道："好个刘文叔！难得智勇双全，平时真是小瞧了他！"

阴识淡然道："不过是侥幸罢了。"言语间把刘秀的功绩弹压得一钱不值。

"怎会？大哥，刘文叔再不济总也不差于大司徒刘伯升了，你不能因为姐姐的缘故刻意贬低他吧？"阴兴似乎很欣赏刘秀，仅听他的称呼就知道了，阴识从头到尾都连名带姓地直呼"刘秀"，阴兴却称他"文叔"。汉代礼节，从称呼上就可见一斑了。

阴识冷道："刘缜一莽夫而已，如今能否全身而退还未可知，再说刘秀又如何，此人韬光养晦的本事倒是无人能出其右，连我都几乎走眼……"目光沉沉地看着我，我心里莫名的一抖，他似乎隐含了其他深意，我却不敢妄加猜测，"不过，这次昆阳反败为胜，也仅仅只能说他运气好罢了。如非王邑、王寻仗着皇亲国戚的身份狂妄自大过了头，若真听从严尤以及六十三家献的计策布战，如何会输得这般惨不忍睹？让刘秀捡了这便宜？"

我听不明白，阴就小声对我解释了一番。

原来新军围困昆阳后，就在我们十三人突围出去找救兵没多久，严尤认为昆阳城小而坚，不易攻取，曾提议放弃昆阳，转攻宛城，那时候宛城还没被攻下，如果此计成功，后果不堪设想……

从骨子里泛出一股寒气，我不寒而栗，幸亏王邑傲慢，仗着人多势众，非跟昆阳较劲儿。

严尤拿他没辙，便又献一计，诱敌而出——放个缺口让城里的守军逃出来逐个歼灭，比死围猛攻强上百倍。这又是一条上上之计，如果真照着这么做了，以王凤那帮一心想逃的怕死鬼来说，估计早钻人套子了。

"十五年前，翟义叛乱起兵，当时带兵镇压他们的将军就是王邑，结果他未能生擒翟义，遭到王莽好一顿责骂，他心中对此事耿耿于怀，一股气憋到现在，所以誓要全歼昆阳。"阴就幽幽叹气，"如果他没这么狂妄自大，相信早拿下昆阳了。"

"是啊，是啊。"我忿忿地伸手捏他的脸，"真那样你就等着替你姐姐收尸吧。"

"姐姐……"阴就打了个颤，"是我说错了。"

他神色慌乱地看着我，许是想到那后果，真的害怕看到我死去，一双手紧紧地捏着扇柄儿，指骨凸起，泛出白色。

我拍了拍他的肩膀，这孩子，还真实心眼儿："说笑呢，别当真。"

阴识道："所以说刘秀运气好，天时地利人和，哪样儿不占了先……"他嘴角忽然翘起，带出一抹好看的笑容，我看得不禁一呆，但转眼又觉得他笑得实在诡异，心里寒碜碜的。果然，他幸灾乐祸地说道，"这一战他一举成名，我倒要看看他往后如何再韬光养晦。"

我撇了撇嘴，狐狸就是狐狸，何况他还是只成了精的九尾狐。

"大公子。"阴禄站在台阶下，小声禀告，"门外大司徒求见。"

阴识没应声，阴兴长长"哦"了声，眼神怪异地瞧着我偷笑，一副看好戏的样子。

坏痞子！我在心底骂了句，装出一副有气无力的样子呻吟道："大哥，我头晕，想睡会儿……"

阴兴哧的一笑，阴识却没拆我的台，点点头，指着阴就说："三弟陪丽华回房去歇息。"

阴就答应了，等我们转入后院，远远地透过镂空的隔栏能瞅见阴禄正领着刘缤进园子，我连忙加快脚步。阴就领着我进了一间房，我进去一看，顿时愣住了。里头的布置居然跟我在新野的闺房一模一样，我揉揉眼，几乎以为自己眼花了。

"喜欢么？"阴就笑吟吟地说，"大哥可花了不少心思。"

我前前后后地在房间里外转了一大圈，啧啧称奇。房内的书案、床榻、灯饰、帷帐……看似都是我原先用的东西，可仔细一瞧，这房里的摆设显然都很新，并非是从新野家中搬来的旧物，真难得阴识闷不作声地为我花那么大的心思。

嘿嘿，就知道这个大可刀了嘴豆腐心，其实心里比谁都疼我。

刚在内室的席上拉开架势比划了两下，外间门嘎吱推开，阴兴捧着一堆东西走了进来，身后还跟着三四名婢女，手里也提着奁匣。目光一触到那些布帛、妆奁，心猛地一沉，我脱口道："是刘缤送的东西？你赶紧打发人送回去，这礼不能收！"

阴兴面色古怪，半晌开口道："不是大司徒……这些东西，是陛下派黄门侍郎专程送来的。这是下赐之物，我可没胆子敢把它退回去！"说着招呼众人将东西放下。

我愣了大半天才反应过来，诧异道："刘玄？他给我送礼做什么，我……"一句话没说完，便被阴就从身后捂住了嘴巴，阴兴也随即冲进里屋，恶狠狠地瞪我。

"你以为这还是在新野呢？"他压低声音，眼神犀利，满脸的警告，"拜托说话用点脑子，什么人不好学，偏这性子跟刘伯升一个样儿……你就不能学学刘文叔？"

我挣开阴就的束缚，怒道："没上没下的竖子，找打是不是？别忘了我是你姐！"

"是我姐才更讨厌！"

"你说什么？"

阴就吓坏了，想劝架，却又哪边都劝不住。

阴兴怨愤道："若非你在外面招惹是非，又怎会牵连阴家？"

"牵连……我……"

"让你回家你不回，固执己见，一味任性无知……大哥被你拖累得无法再置身度外，如今不得不举家投了汉军。大哥官封校尉，外人瞧着羡慕，其实还不都是因为你，大哥才肯矮人屋檐？你若不是我姐，我打你的心都有了，骂你又如何？"

"什么？"

"别装出那副无辜的样子来，去哄着陛下高兴，大司徒欢喜，偏将军心疼才是正经！"

我哪受得了这样的侮辱，飞脚一踹，正中阴兴胸口。他没想到我会动手，这一脚踹了个正着，身子倒飞出一丈，后背撞上了墙。

这还幸亏我病后体虚，脚力不够，不然非得一脚踢得他吐血不可。

"我警告你，小子！少瞧不起人，有本事你也真刀真枪到四十二万大营里走一遭，你若能活着回来，再来跟我说这些没着没边的蠢话！"

"姐姐！"阴就慌了神。这个三弟是最了解我的臭脾气的，阴兴却是头一遭领略我的拳脚，他身子滑下墙壁，半跪半蹲地缩在墙根不说话，我冷哼两声，慢慢平复怒气。

阴兴比我小四岁，今年也满了十五，我知道他聪明能干，悟性高。比起阴就，阴识格外赏识这个二弟，家里有什么事情也不大瞒他，做什么谋划都有他参与其中。

我走前两步，弯下腰伸手托起他的下巴。

少年倔强狠戾的眼神叫我为之一笑，我索性再往他脆弱的自尊心上撒了把盐："别以为我不知道你搞什么，去年立秋宛城起兵前几日你在邓府都干了什么？难道要我当着就儿的面一一说出来吗？"果然，他面色陡变，我拍了拍他苍白的脸颊，笑道，"你是替大哥做事，还是你自己的主意，这些我都没心思追究，只是……别把我扯进去。别有那心没那胆，观望之余引火烧身，却非把这当中的过错全赖我头上，这个骂名我可不背，也背不起！"

阴兴倔强的眼神瞬间黯淡下去，过了半晌，我拍拍手，直起身，对阴就招呼道："就儿，扶你二哥起来。"我熟门熟路地打开一只柜子，果然发现里头的瓶瓶罐罐一个没少，就连位置都与原来的分毫不差。我从里面摸出一只长形小瓶，晃了两晃，满意地听到里头晃动的水声。我转身扔给阴就，"拿这药酒儿抹他胸口，使劲揉，下手不许轻！"

我故意把语气加重，阴兴面色微变，我忍住笑没开口。

阴就瞧了瞧我，又看了看阴兴，平时不大灵光的脑袋瓜像是突然开了窍，笑说："姐姐别闹了，我知道你其实是为了二哥好，手劲儿不重瘀血不会散开！"

阴兴不经意地瞄了我一眼，我扭过头不看他，假装继续翻我的瓶瓶罐罐："啰唆什么，抹你的药酒去！"

玦　杀

刘玄赐了东西，基于臣礼，我得去叩谢，虽然他这个皇帝当得其实并不怎么样，然而麻雀虽小，五脏俱全，刘秀身为大常，倒当真把这些朝廷应该具备的礼节都给弄全套了。

我不知道我算什么臣子，但是既然要叩谢皇恩，总不能借故推辞，现在不比从前了，阴家一家老小可都在宛城，我要是敢有个闪失，身后可得牵连一大群无辜的人。

进了临时充作行宫的宛城府衙，从外观上看，守卫森严，黄门侍女井然有序，忒像是那么回事。可当我过了中门往里走，迎面碰上那些穿着短衣草鞋、肆无忌惮在园子里大声说笑的绿林军将领后，无异兜头被泼了一大桶冷水。

该咋样还是咋样吧，麻雀终究不可能变凤凰！刘玄、刘秀就算再有本事整顿礼制，也不可能从骨子里把那些没受过教育的粗人变得知书达理起来。

"哦——是阴姑娘！"粗狂的大嗓门冷不防地从我脑后响起，吓得我心蹦到嗓子眼。

马武笑逐颜开地望着我："身子养好了？"上上下下毫不避讳地打量了个够，笑着对身旁的人介绍说，"这是阴姑娘！"边说边翘起了大拇指，"女中豪杰，巾帼英雄！"

我脸上一烫，他还真敢没脸没皮地胡吹。以往见着我总是"阴丽华"长"阴丽华"短的直呼名字，今天怎么这般客气了？

"阴姑娘有礼！"四名年轻男子聚拢过来，笑吟吟地与我作揖。

我连忙还礼。

这四个人年纪不等，却都长相不俗，我心中讶异，才要说话，倏地心脏骤缩，抽搐着疯狂跳动。这种感觉早已不是第一次，但是这一次却是冲击得实在太过厉害，我身子一颤，倒跌两步，若非有人从身后及时架住我的胳膊，我早狼狈地摔到地上。

"怎么了？"温醇的声音，刘秀的脸倒映进我的瞳孔，我深深地吸了口气，勉强从窒息中缓过劲来，"脸色那么难看，身子还是很虚啊。"他把手往我额头上一搭，顺势拉我站直，"为何不在家好好歇着？"

"陛下赐了东西，需得叩谢圣恩。"我闷闷地回答。如非不得已，谁愿去见那个阴阳怪气的刘玄？

刘秀眼神若有所思地闪了下，却未动声色，指着那四个人说道："我来给你介绍一下，这一位是臧宫，字君翁，颍川郏县人氏。原在下江军中效力，这次在昆阳之战中可谓军功卓著……"

臧宫急忙表示谦让："多谢刘将军赏识，为将军效犬马之劳，乃宫之大幸！"

刘秀手往边上移动："这位是祭遵，字弟孙，原是颍川颍阳县吏……这位铫期，字次况，与君翁乃是同乡……"

我睁大眼，铫期身高的起码在一米九以上，肤色黝黑，与马武站在一块儿，活脱脱一对门神！

目光在他们二人之间来回穿梭，我越瞧越觉得像是年历画上的左右门神，忍不住噗哧笑出声来。马武被我神神道道地搞习惯了，免疫力相当高，倒是铫期被我莫名其妙地一笑，竟涨得满脸通红，若非他肤色偏黑，怕是早惹来一大堆的笑料了。

刘秀或许也注意到铫期的尴尬，却故意视而不见，指着最后一位笑道："这是朱祜，字仲先……"

"朱祜？！"我第一直觉便是这名字耳熟，眼见那男子与刘秀差不多年纪，身材清瘦，目带笑意，似乎对我也是一脸好奇。我心中一动，低叫道，"我想起来了，蜂蜜药丸儿……你是邓禹的同窗对不对？我常听他提起你！"

朱祜微显诧异，眼神儿瞟了刘秀一眼，笑道："仲华这小子，背地里说我什么坏话儿了？"

我腼腆一笑，刚才一时情急，竟连名带姓的把邓禹的名字喊了出来，其实说真的，他一行完冠礼就跑了，我从来没用他的字称呼过他，一时间要适应"仲华"这个名，还真有点儿别扭。

"仲华夸你来着。"心里虚，声音也就越说越低。邓禹以前一讲到太学里的那些同窗如何如何，我便嘘他，泼他冷水，说他胡吹。他倒是真夸同学来着，只是反被我掐得够呛。

朱祜朗声大笑，看得出来他为人很是爽朗，一时众人一起说笑着往里走。

我趁人不备，偷偷拽住马武，好奇地打听："我问你，昆阳大战后冯公孙去了哪里？"

马武一愣："冯异？他回去啦！"

"回去？"

"回父城啊！"马武不以为然地撇嘴，"他也算是个人物啦，只是他还有母亲留在父城需得赡养，所以刘将军也不便强留他。"

"那……那他就……这么回去了？"回到了父城，回到了新朝政局之中。那以后若是再相逢，岂非仍是敌我对立？

抬眼望了眼刘秀翩然的背影，心中一动，刘秀与冯异二人之间必然已经达成了某种协议。难道当日冯异誓死相护于我，便是为了要刘秀放他回父城么？

"刘将军这次路过颍川，倒是收了不少勇兵良将！"马武用羡慕的口气叹道，"且不说这几个，就是留在郏县做了县令的马成，也是个了不起的汉子……哦，对了，你还不晓得吧，王元伯没跟我们回南阳郡，他顺道回颍阳老家去了。"

"啊？"王霸回家去了？这又是为何？

"不过，我敢打赌他老兄在家待不久。"马武嘿嘿嘿地咧嘴笑了起来，神情相当愉悦。

真想不到我才不过生了一场小病，却像已与他们的世界脱节似的。

刘秀走路的姿态优雅动人，步履间自有一股贵族的风范，我迷惘地跟在他身后，却感觉与他之间的距离越拉越远。

连阴识都说，刘秀是个韬光养晦的高手，言下之意暗指他城府之深，不言于表。这样的评价足以让我心惊，和刘秀相处这么久，我对他的了解是他这个人什么事都喜欢隐藏心里，温和老实是他的本色，可他却也绝对不像外表那样懦弱无能。这与刘玄是不同的，刘玄是故意装孬，刘秀……我却不信他的温柔善良都是伪装出来的。

他的本性是善良的！

我垂下眼睑，内心犹豫，清澈的静湖已被搅乱。其实……我无法看清他的内心。

我信他吗？他可以值得我相信吗？

又或者……他可不可信，与我何干呢？

他是他，我是我，不是吗？

心乱了，乱了……

无可奈何地低叹一声，百转千折。

刘玄设筵，文武大臣，三公九卿，该到的没到，不该到的倒差不多都齐了。

刘玄的妻子韩姬装扮妖娆地偎依在夫主身侧，不时娇笑着替刘玄盛酒，浑身轻软得没几两骨头。

刘玄一脸轻浮，乍看上去任谁都会觉得这位天子昏庸好色、碌碌无能——绿林军要的也正是他的无能。

我在末席落坐，远远地与刘玄隔了七八丈的距离。虽隔得甚远，却仍似感觉有道阴冷的视线时有时无地刺在我的脸上，使我如坐针毡。

我与刘玄的最初相识乃机缘巧合，这让我比在场任何人都更清楚刘玄的真性情，他也许就是忌惮这一点，所以才会格外对我留心。我非臣非将，他却破格下赐重礼，大加褒扬，这未尝不是一种试探，以及……警告！

我默默无声地饮下一杯酒，酒味甘甜醇美，入喉也不觉刺辣，于是便一杯接一杯旁若无人地自斟自饮起来。

转眼小半尊酒下了肚，少说也有个一斤多。这酒跟甜酒酿差不多，度数虽不高，喝多了却是容易肚胀。从席上起身去茅房，小解完出来就开始觉得头晕眼花。

没走几步，就见刘縯和刘秀两兄弟堵在栅栏口不知道在说什么，看似在起争执，难得的是刘縯一派怡然自得，刘秀倒是一副心急如火的样子。

嘿，什么时候兄弟两个的脾气倒了个个儿？

我一步三晃地走过去，笑道："更衣也要抢么？"伸手拍拍刘秀的肩膀，打了个酒嗝，"孔融让梨懂不懂？"

刘秀满脸狐疑，困惑道："孔融是何人？"

我犹如被人当头棒喝，登时酒醒三分，咕咚咽了口唾沫："孔……孔融，我……我家亲戚……远亲家的小孩子，很……很好玩，呵呵……呵呵呵……"

我落得满脸尴尬，当下脚底抹油，决定先溜之大吉，没想还没跨出一步，就被刘縯揪了回来："等等，今天得趁着这个机会把事情说个清楚！"

我冷不丁地被他拽回来，冲力太大，左肩撞上了刘秀，疼得直龇牙。

"你喝酒了？"刘秀柔声问道，伸手顺势搂住我，"为何总爱贪杯呢。"

我白了他一眼，却没想右手手腕大痛，刘縯抓着我的手腕将我从刘秀怀里拖了出来，刘秀随即一抬手，拉住了我的左手胳膊。

狭窄的门框，两个大帅哥将我夹在中间，我成了汉堡包里面的那块肉饼。这原本也算是件比较浪漫的事儿，按照偶像剧中所演的，这时候的女人心情应该是又矛盾又激动的吧。

我同样如是，只是此间环境实在不允许我有花痴的心情——茅厕就在身后十步之外，臭气熏天，大夏天绿头苍蝇嗡嗡作响，跟轰炸机一样在我脑袋周围转来转去。就算他们兄弟两个再帅、再酷，我也受不了在这里跟他们耗时间，于是猛力一挣手，先是甩脱刘秀，跟着左拳捣向刘縯。

刘缤敏捷地偏头，我不过虚晃一招，左手收回，手肘猛力撞向刘秀胸口，这才是真正的目的。同时右腿膝盖上顶，木屐踹中刘缤膝盖。

兄弟两个同时闷哼一声，我趁机跑开。

"丽华，回来！"刘缤大叫。

我转身冲他们扮了个鬼脸："你叫我回去我就回去？我白痴呀，干嘛要听你的……"

"丽华……"刘秀含笑望着我，"能来一下么？"

我一怔，不知道是不是喝多了眼花，刘秀的笑容实在好看，温柔又不失迷人。他冲着我又是一笑，轻轻招了招手，我傻乎乎地回以一笑，双腿居然不听使唤地走了过去。

刘缤面色大变，怡然自得的表情顷刻间荡然无存，他目露凶光，在我走近时一把向我抓过来，我张嘴就咬，他吓得缩回手去，愕然。

我咯咯娇笑，懒洋洋地用手拍着刘秀的胸口："帅哥，喊我回来做什么？如果没有值得让我多走这几步的合理理由，你就等着姐姐我怎么修理你吧！"

"你醉了！"看似疑问句，实则却是肯定句。刘秀无奈地看了看我，抬头对刘缤道，"我带她去外头吹吹风，醒醒酒……今日筵席上怕有凶险，需多小心。"低头瞄了眼刘缤腰间的佩剑，蹙起剑眉，"大哥，他毕竟已被尊为天子。他是君，你是臣，君臣之礼还得守，不可落人把柄……事欲不善啊。"

刘缤冷哼一声："我向来如此，能奈我何？"

刘秀无奈地瞅着他，刘缤不以为意，突然伸手一把拽过我，搂着我的腰将我强行拖了就走。

我被他们兄弟两个你推我搡的，酒劲上涌，这时候腿脚都有些发软，刘缤硬拉着我走，我挣了两下竟然没挣脱。身后刘秀并未曾追来，我几次想回头张望，刘缤察觉后愈发死劲勒紧我，我根本没法动弹。

被他半绑半架地重新推进了大堂，主席上的刘玄果然又用那种阴沉的目光看了过来，这回眼神中更是添了一分谨慎。

刘缤旁若无人地将我强行带到他那一桌，让我与他同席而坐，这个位置紧挨着刘玄。说实话我对刘玄心存一种莫名惧意，下意识地就想躲开他，像他这种老谋深算的人我惹不起，躲总行吧。

可他似乎并不打算就这么轻松地放过我，身子微侧，凑近我问道："送你的东西可喜欢？"

我支支吾吾地哼了两声，起身恭恭敬敬地行跪叩大礼："多谢陛下！"

刘玄为之一愣，不仅他愣住了，就连在堂上的其他人也都一齐愣住了。这次筵席说穿了并不算什么正式场合，就看皇帝自己都带了老婆出来卿卿我我，更何况满堂左拥右抱之人？

刘玄也就随口一问，没想我会正经八百地给他行了朝见天子的大礼，他愣怔之余不禁尴尬道："免了，免了，平身吧。"

"谢陛下！"我磕完头起身，双手仍是规规矩矩地举在额前，心里记着大嫂柳姬教过的礼仪，不敢有丝毫懈怠。许是刚才酒真喝多了，脑袋本来就晕，没想到这起来跪下起来跪下的连做了几次，身体突然找不着平衡感了。脚踩在席上一晃悠，人就跟着往前栽了过去。

"嗳！"一双滚烫炙热的手接住了我，我惊疑不定地瞪大了眼，刘玄英俊的脸庞离我的鼻尖仅差一公分。

"呀——"我低呼一声，猛地推开他，仓皇倒退。连滚带爬地退了两步，忽有所觉，忙匍匐着磕头道，"陛下恕罪，民女……失礼……"

"丽华！"刘缤在我身后轻呼，转而向刘玄解释道，"阴姬不胜酒力。"

刘玄笑道："阴姬不必惊惶，朕并无怪责之意，今日大家欢聚一堂，一来庆功，二来也是为文叔饯行。"

"饯行……"我惶然扭头，不知何时刘秀已经进来，正坐在对面一张席上与众人推杯互敬。

刘缤将我拉回来坐好，唇瓣不经意地刮过我的耳垂："怎么？舍不得么？放心，他只是带兵去攻打父城。昆阳都不在话下了，更何况区区父城？"

父城？冯异？

心里似乎有点明白了，原来是这样，这才是他们二人之间达成的真正协议吧？

那一刻，望着不远处笑语晏晏的刘秀，我不由肃然起敬。究竟他的城府有多深？究竟他还有多少东西是我不了解的？

手背上骤然一痛，我回神低头一看，却是刘缤用指甲狠狠地掐着我的皮儿。"嗞"的吸了口气，我朝他很不客气地瞪了一眼，没想到他的眼神比我还凶悍。

"你是我的……是我刘缤的！"

我一凛，把手缩回袖子，规规矩矩地搁在膝盖上，假装没听到他的话，一颗心却是失去规律般狂跳起来。

"大司徒，朕看你腰上的佩剑甚是别致，可否解下与朕一观？"

刘玄突然提出要看刘缤的佩剑，这个提议实在微妙，按理刘缤佩剑面君就是不敬的大罪，说严重了更有弑君的嫌疑。可是刘玄偏偏哪壶不开偏提哪壶，刘缤或许会觉得他是吃饱了撑着没事解闷，我却清楚刘玄从不干不利于己的多余事，他既然这么说了，自然别有用心。

心里有这么个念头闪着，于是我格外留意刘玄的一举一动。

刘缤把佩剑递给刘玄，他微微拉开剑鞘，锋芒毕露，他伸手慢慢抚摸着光洁的剑身，一副若有所思的表情。

"喀！"厅上有人打翻了酒水，我循声望去，却发现是刘秀，他趁着用帕子擦拭衣服时，猛地朝我打了个眼色，甚为焦急。

我和他相处日久，彼此间也有些默契，可却从来没看过他流露出这种焦急求助的眼神。正纳闷呢，绣衣御史申屠建突然来到身前，小声提醒："陛下的玉玦掉了。"躬身递予刘玄一块环形玉玦。

刘玄手指拂拭剑身，一张脸看不出任何异常，可我却发现他平时毫无光泽的乌瞳闪过一道凌厉的光芒。

心头一跳，我瞥了眼申屠建手中的玉玦，再环顾四周，陡然发现众人神色迥异，半数人由正坐之姿改为腰身挺起。对于多年习武的我来说，这种姿态落在眼中相当敏感，这是伺机而动的前兆。

目光收回，再次瞪视那块玉玦，陡然间觉得太阳穴上突突直跳。

玉玦——玦——决——决杀！

依稀记得"鸿门宴"上，亚父范增为了提示项羽杀刘邦，也是如此举玦三次！

鸿门宴！

我倏然抬头，目光狠厉地射向刘玄。

他竟敢动了这种念头！

刘玄的手离开了佩剑，徐徐向申屠建手中的玉玦伸去，我心里一紧张，顿时脑袋发热，手脚并用地在席上爬了几步，抢在刘玄触碰到玉玦之前，劈手将它夺了过来。

"好漂亮的玉玦啊！"虽然装傻充愣不是我的强项，可好在今天人人都知道我有了三分醉意，我借着酒劲儿故作天真地赞叹，娇声道，"陛下，你昨儿个赏了阴姬许多东西，可阴姬只喜欢这枚玉玦，不如……我拿那些东西跟陛下换这玉玦，反正陛下也不吃亏！"

"放肆！"申屠建厉喝。

"怎么，不可以么？"我假装委屈地撇嘴，趁着众人不注意，恶狠狠地瞪了刘玄一眼。

玩狠是吧？今天你要是敢张嘴下决杀令试试，拼了这条命也要把你刘玄拖下水，大不了玉石俱焚！

旁人未必留意得到我瞬间的眼神转换，韩姬却是紧挨着刘玄而坐，将我的表情尽收眼底。她被我发狠的样子吓得不轻，娇躯一颤便要张口惊呼，刘玄突然出手用力搂紧她，将她的惊呼声震得没了音。

"既然阴姬喜欢，一并送予你便是。"他轻笑，眉梢欢愉之色大增，肩膀微微颤动，笑声越来越响亮。笑到最后，似乎意犹未尽，他左手搂着韩姬，右臂一振，将外露的长剑收入鞘内，甩手扔回给刘缜。"果然是把好剑！"

刘缜不以为意地接过，傲然一笑。堂上众人的欢声笑语重新响起，刚才一触即发的杀机随即消失，仿佛……一切都未曾发生过。

一对乌沉沉的双眸迎上我，刘玄嘴角勾起阴冷的笑意，他松开韩姬，示意申屠建退开，然后从容不迫地从酒尊里舀酒，不等我有所反应，他把耳杯往我身前推了推，撇撇嘴。

我二话没说，举杯仰头饮尽。耳杯尚未离唇，忽觉左耳一热，刘玄带着酒气的呼吸喷到我脸侧："杀过人的女人，果然不是女人了！"

我浑身一僵，他的话就像柄利剑般贯穿我的胸口，我的手微微发颤，勉强沉住气把耳杯放回食案："多谢陛下赐酒！"

刘玄没心没肺地一笑，笑意沉沉，韩姬饱含敌意地扫视我，我并不在意她怎么看我，左手紧握，冰凉的玉玦在我手里却像块炙热的火炭。

刘玄左手支颐，邪魅的气息再度出现在他眼中，状似无心地再度取水勺舀酒："是不是第一次杀了人，之后再干这种事便会越来越顺手呢？不会再有内疚恐惧的心情了吧？"我不明白他要说什么，警惕地望着他，他将注满酒水的耳杯再度往我跟前一让，"你该谢谢我的，我替你解决了这么大的麻烦事……你现在越变越强，越来越不像女人，你真该谢谢我……"

耳蜗里"轰"地一声像是暂时性失聪了，我能看到他嘴唇轻微地嚅动，却无法再听见他说什么。眼前蔓延过一抹血色，仿佛刹那间我又回到了那个漆黑冰冷的黑夜，周围是野兽的嗷叫，冰冷的尸首，静止的呼吸……

深深地吸了口气，我憋屈地喘气，右手抬起，我颤抖着捧起耳杯，酒水从杯中荡漾出来，滴滴答答的从食案一路洒到我的衣襟上。

是他！竟是他做的手脚！

原来从头到尾我都被他蒙在鼓里，那个盗马贼根本就不是我误杀的，真正下黑手的人分明是他，可他却睁眼说瞎话的把杀人罪责全都推到我身上。

酒水滑入口中，唇齿间充斥的不再是香醇，而是无尽的苦涩，像是鲜血一般，带着浓郁的血腥味。胃里一阵绞痛，几欲呕吐，勉强压住翻江倒海般的恶心后，我将空杯重新放回，再次叩拜，声音带着前所未有的冰冷："多谢……陛下！陛下对阴姬的恩德与教诲，阴姬铭感腑内，来日……必当十倍还报！"

我没有再回头，脸上的汗水顺着颈项滑入衣襟，我假装恭顺地退回刘缤身旁。刘缤关切地说："不能喝酒便少喝些，即便他是天子，你也毋须对他太过迁就，他不过是个傀儡皇帝……"

"别说了。"我嘘出一口气，只觉得支撑住全身的最后一点儿力气都将流失殆尽，"别说这样的话，以后都别说这样的话，别再这么自以为是了。"

刘玄如果真是傀儡，如果真像他说的那么容易对付，是个可以完全忽视的对手，那么今天就不会出现"鸿门宴"，刚才也不会出现那么惊险的一幕。

刘缤是个军事天才，他擅于征战，平定天下，可是为什么独独在这里，小小的大堂之上却显得如此迟钝呢？

刘伯升啊，你是真的没看透这场狡谲阴谋，还是只为了在宽慰我才说出如此幼稚的话呢？

宴罢，待众人散去，我已是汗湿襦衫，晃晃悠悠地从堂上下来，险些踩空石阶。刘秀及时扶住了我，我反手握住他的手，满心的委屈在那一刻迸发出来，眼泪止不住地涌上眼眶，我咬着唇，含泪凝望。

"你做得很好……谢谢你。"

刘缤与诸位大臣寒暄道别，扭过头见我和刘秀在一块儿，满脸不豫，正欲过来，却突然被他舅舅樊宏叫住。

隔得较远，听不大清他们在说什么，只隐约听见什么"范增""申屠建"，樊宏满脸激愤，刘縯却是心不在焉，不时把眼睛瞥向我和刘秀这边。

我涩然一笑，只觉得今天的斗智斗勇耗去我太多心力，颇有种精疲力竭的无力感。然而有一就有二，逃得了这次，保不齐下次又会被刘玄逮到什么机会谋害刘縯。

宛城攻克，昆阳大捷，刘縯、刘秀这对兄弟功劳实在太大。功高盖主，这是君臣之间千古不变的最大忌讳。

"你何时去父城？"

"今日申时点兵，明日卯时出发。"

"这么快？"我如今已是风声鹤唳，把任何风吹草动都想成是刘玄布下的阴谋诡计，"是不是故意调开你？"

"也许……"刘秀苦笑，握着我的手略微收紧，指腹轻轻摩挲着我的手背。良久松开，退后一步，竟是恭恭敬敬地对我一揖到底。

我吃了一惊，忙侧身让开，不敢受他如此大礼。

他笑着拉住我的衣袖："我会尽快赶回来，只是……你也知我大哥性子执拗，在这敏感之期若是一味意气用事只怕反会招来祸端。大哥他，即便是舅舅的话，也未必能听得进去。你天性聪慧，当能明了我要求你什么。"

"你要我看着你大哥？"

他笑道："必要时多提点他，有时候你比他看得透彻，他本性……还是太过单纯。"

我愕然，看着他略带忧伤的笑容，思虑再三终于鼓足勇气问道："那你单纯吗？"

他抿拢唇线，不答。

"和他相比，你本性也那么单纯吗？"

夏蝉在树梢上吱吱地叫着，好一个嘈嚷的午后。无风，却使人微醺。

我想，一定是我的酒还未醒。

刘秀唇角微启，就在我期待会是什么样的答案从他嘴里逸出时，刘縯大步走了过来，大声嚷道："丽华，我送你回家！"

我被他拽得一个踉跄，失望地垂下眼睑。

"大哥！"刘秀伸手拦住刘縯。

刘縯当即翻脸："你又想做什么？我告诉你，你想都别想，是你自己放弃在先……"

"大哥！"刘秀镇静地打断他的话，"我马上就要走了，没别的意思，只想提醒一句——多加留意李季文！"

"李轶？那小子又怎么了？"刘縯拂袖，高声，"他还不死心？伯姬说了不愿嫁他，对他并不中意。他若敢再来纠缠，休怪我对他不留情面！"

"大哥……"

"行了！家里的事你就不用操心了，好好琢磨着怎么拿下父城吧。"刘縯显然没把刘秀的话太当一回事，挥挥手拖着我走了。

当晚，我躺在床上辗转反侧，脑子里不断地回旋着白天发生的一幕幕片断。以刘玄为首的绿林军，他们每个人都很想除掉刘縯这块绊脚石，我要怎么做才能阻止类似今日宴会上的事情再度发生呢？

到底该怎么做呢？

难道要我二十四小时紧随刘縯，做他的贴身小跟班？

圈　套

就在我琢磨着怎么二十四小时留意刘縯的动向时，他却主动送上门来了。打从刘秀前脚刚离开宛城，刘縯后脚就到了我家。只要不忙军务，他多半会在我家蹭饭吃，没过几天就成了常客。

阴识并没怎么发表意见，面上淡淡的，说不上喜欢，可也没叫人赶他出去。倒是阴兴、阴就，以及那票年幼的弟妹们对于身为大司徒的刘縯十分好奇，特别喜欢磨着他讲打仗的事。

一来二去，我反而在家待不住了，只要知道他来，我立马找借口从后门溜走。阴识同样没阻止我的行为，甚至次数多了，我都怀疑他是否故意让阴禄把后院的闲杂人等提前清场，以便我可以不用偷偷摸摸地开溜。

出了门的我无处可去，大热天在街上闲晃的人几乎为零，除了一些小商小贩为生计所迫。我在宛城认得的熟人很多，可大部分都是军中男子，女性朋友也就像刘伯姬、刘黄几个，被逼得实在没办法，我就今天跑东家，明天串西家。

时间久了，大家也心知肚明我在躲什么，看我的眼神都带着一种看好戏的味道。

我到底上哪家打发时间都是随机决定，为的是不让刘缤得讯逮个正着。这一日天热得实在离谱，我懒得走远路，便去了刘嘉那儿。

才进门，就听一个熟悉的声音在门里哈哈大笑："还真是巧了，才提到你，你便来了！"

我心下诧异，快步登阶上了前堂。只见挨着那柱子飞扬跋扈地站了一位满脸虬髯的汉子，我微微一愣，目光触及他额头上偌大的一块疤，顿时认了出来："刘稷？！你怎么留起胡子来啦？"

他大笑着摸了摸毛茸茸的胡须，得意地说："军中诸多不便，我懒得剃了，就这么着吧。你瞧，可显得我英武些？"

我噗哧一笑："英武不见得，瞧着倒挺像是市里杀牛卖肉的！"

一句话笑翻了堂上所有宾客，刘嘉刚喝了口酒，结果一齐喷了出来。

"小女子哪懂什么是美！"刘稷摸了摸鼻子讪笑。

"你不是在鲁阳吗？什么时候回来的？"

席上坐着邓晨、李通等人，都是南阳的一些老熟人。刘嘉命人替我另置了一席，就连食案也添了新的，我也不跟他客气，坐下就吃。

刘稷眉飞色舞地道："难道还不许我回来？鲁阳那么点小地方难道还需打上几年不成？"

我低头吃喝，点点头没顾得上插话。刘缤上我家蹭饭，我到刘嘉家里蹭饭，说起来还真是可笑。刘嘉他们很快就把注意力从我身上转开，重归原先的话题，讲的无非是今后该如何打到长安去，赤眉军又是如何动向等，这些我在家时听得多了，完全没了兴趣，于是一门心思扑在吃食上。

没过十来分钟，却听砰地一声巨响，吓了我一大跳，眯眼抬头，却是刘稷拍案而起，扯着嗓门大叫："本来当初起兵图谋大事的，就是伯升兄弟几个，更始他有何能耐做皇帝？"

我一口牛肉没咽下去，卡在喉咙里噎得气都透不过来。李通、邓晨等人面面相觑，刘嘉柔声劝道："事已至此，何必再提！"

刘稷冷哼一声，不满的情绪嚣张的显摆在脸上。

我猛灌了两口酒，直着脖子用力把肉吞下，长长地喘过一口气。

老天啊，一个不懂收敛的刘缤已经够麻烦了，如今倒又来了个更不知天高地厚的刘稷！我满脸黑线，真希望能立即把刘稷打包发回鲁阳去继续打仗。

午宴过后，宾客纷纷告辞离去，剩下李通、邓晨、刘嘉几个玩投壶作乐，刘稷也玩，只是他手劲大不会使巧，每次都把竹矢投入壶口后又反弹出来。他懊丧地投了十来把后没了兴致，悻悻地退出游戏，跑过来拉着我说："阴姬，我们来玩六博吧！"

六博是一种带有赌博性质的下棋游戏，好比现代人打牌一样十分流行，我经常见人玩这个，只是不懂游戏规则。以前邓禹曾教过我，讲了半天我也只是弄懂一共有十二枚棋子组成，黑白各半，一方执黑，一方执白。黑白棋子可以行棋，而类似箭不像箭，筷子不像筷子的六支箸用来投掷，另外还有两枚鱼形棋，至于游戏规则，什么"枭棋""散棋""对隈"我听得是一头雾水，以至于后来阴就、胭脂都学会了，我还是摸不着半点门道，最后邓禹不得不大叹"孺子不可教也！"，推枰而逃。

再往后，就再也没人在我面前提过"六博"二字。

刘稷取出棋子，我两眼放光，又惊又喜："你真的要跟我玩这个吗？"

"是啊。你动作快点。"他催促着摆好棋子，准备投箸，预备扔的时候顿了下，抬头问我，"有钱么？"

我上上下下摸了个遍，却连只香囊都没找到，今天出门太匆忙，别说钱，身上就是连件像样的饰物都没有。我发糗地咧嘴冲刘稷一笑，正想欠账时，身后有人突然出声："丽华的彩头我替她出了！"啪的一声头顶掉下来一块黄澄澄的东西，滚到了枰上。

刘稷随手捡起那块金子，笑道："出手可真阔气，都说伯升升了官，发了大财，果然不假！"

"臭小子尽会贫嘴！"刘缤从我身后走出，对准刘稷胸口捶了一下，"什么时候回来的，也不跟哥哥我说一声，可见你没把我放在心里。"

"哥哥心里有旁的人，哪里瞧得见兄弟我了？"刘稷大笑间仍不忘调侃。

我头皮发麻，就连刘嘉他们也停下了手中的游戏，一齐看好戏似的把目光向这边投了过来。

我正琢磨着要如何找借口离开，突然院外一阵嘈嚷，没等我们几个反应过来，一大群的士兵气势汹汹地闯了进来，吓得府上的仆人奴婢躲闪不及，失声尖叫。

"怎么回事？"刘嘉作为主人，当先穿鞋下堂，刘缤等人尾随其后。

来人足有三四百人，把刘嘉不大的偏将军府挤了个水泄不通，我机警地往院墙外张望，但听脚步声纷乱沉重，似乎墙外也围了不少人。

"墙外有伏兵！"邓晨小声提醒。

李通点了点头："来者不善！"

领头的都是老相识了，更始帝刘玄跟前的大红人，绿林军的首脑人物张印、朱鲔。张印仍是一副不把任何人放在眼里、不可一世的表情，我看他连走路大概都是横着来。朱鲔倒是斯文中透着文人的书卷气，明知道他是刘氏宗亲绝对的敌对方，我却对他难以产生厌恶之情。

"大司徒，刘将军……"朱鲔客客气气地与众人一一打过招呼，因我是女子，他大概只把我当成府里的奴婢或者姬妾，只瞟了一眼也就没多放心上。

"大司马！"刘缤的位阶与朱鲔相等，也许早在朝堂之上就有过太多的政见不合，是以甫见面便有种剑拔弩张的紧迫感，彼此互相对峙，均想从气势上压倒对方，互不相让。

寒暄客套的招呼刚打完，张印便迫不及待地将矛头直指刘稷："刘稷，你抗命不遵，你可知罪？"

我吓了一大跳，虽然早就预料到来者不善，可也没曾想两句话还没说上呢，便当头给人扣了这么大顶帽子。

这个罪名可大不可小！

别说刘嘉他们，就连素来桀骜不驯惯了的刘缤也不禁悚容色变。

"哈！抗命？抗什么命？你真以为自个儿了不起了还是怎么的？"刘稷仰天长啸，眉毛抖动间额头上的伤疤更显狰狞，"刘玄算什么东西？用一个'抗威将军'名头就想来收买我，呸，想得美！他凭什么做皇帝，凭什么来指挥我？我就不服他怎样？他立过什么功？若论功勋，南阳刘姓宗室伯升若认第二，没人敢认第一；若论嫡系血缘，且不说尚有春陵侯宗子戶伯在，就是……"他说的兴起，回首猛地一指刘嘉，"就是孝孙，也比他更具资格！"

刘嘉的父亲乃是春陵侯刘敞的弟弟刘宪，他和南阳刘氏宗子刘祉乃是嫡亲堂兄弟，从这点看，确实要比刘玄这样的庶出旁支显得正统。

刘缤功劳的确最大，可他是旁支的旁支，庶出的庶出，比起刘玄更不靠谱，绿林军当初也曾拿这个当借口来否决他做天子的条件。

其实到底是为了什么而坚决不让刘缤称帝，原因大家心里都清楚，不过是为了平衡双方各自的利益罢了，心知肚明的答案永远都是隔着一层纱，上不了台面的。然而一根肠子通到底的刘稷却显然不明白这层纱有多重要，又或许，他根本不在乎这层纱的存在与否，意气用事的故意要把它捅破，了结心头的不快！

就在他畅快地把心头不快硬梆梆地甩出来后，我的心一下子跌到了谷底，寒气从我脚下飕飕地往上蹿。

"刘稷！"张印哗啦一声拔出长剑，咬牙切齿，"你想造反不成？"

刘稷毫不示弱，挺身道："少拿你的烧火棍子来吓唬我，爷爷我在鲁阳打仗那会儿，你就只会腰里别着这把破铁在刘玄跟前摇尾！"

"你……"

眼见两个人就要争斗而起，朱鲔一把拦住张印，另一侧刘縯也拉住了冲动的刘稷。

朱鲔冷冷地瞥了刘縯等人一眼，音量不高，说话却比张印有分量得多："大司徒，事到如今，只能烦请你与抗威将军一道回去面圣了！"

刘稷怒道："我一人之事，关伯升什么事？你少借题发挥……"

我脑袋一阵眩晕，这个刘稷，既然知道人家是在借题发挥，难道就不能识时务地闭上嘴吗？再说，看这架势也知道对方是有备而来，这里里外外少说也得有个几千人了，如果单单为了来兴师问罪，向他刘稷讨要说法，至于出动那么多的兵力吗？

醉翁之意不在酒！他们的目的分明就是想通过刘稷把刘縯绕进去！如今反抗是必死无疑，搞不好他们就盼着性格鲁莽的刘縯为了维护刘稷当场翻脸，两个冲动的莽汉撞在一起，正好落实了造反的罪名，然后以数千人的兵力，要搞出个就地正法实在是太容易了！

我急得满头大汗，按捺不住正欲冲上去阻拦，没想刘縯竟漠然道："我随你们去觐见陛下！"说着，拍了拍刘稷的肩膀，示意他稍安勿躁。

我长长松了口气，还好……还好……刘縯虽然莽撞，遇上大事总算没有脑子抽筋。倒是刘稷，我有点担心，以他的性子就算是去见了刘玄，只怕也不肯示弱低头。

朱鲔毫不失礼地请刘縯先行，刘縯回过头来，视线从李通、邓晨等人身上一一掠过，最后落在我脸上。

他的眼神出奇地放柔了，嘴角微微翘起一个好看的弧度，唇形微启，无声地说了句话。我没看明白他说的是什么，一脸茫然，他对我宠溺地一笑，转身而去。

朱鲔带刘缤、刘稷去了，院子里的士兵却丝毫没有撤走的意思，张印按剑傲然地环视四周，对刘嘉等人说道："请诸位将军继续玩投壶吧！这院子树荫底下挺凉快的，容兄弟们也在这歇歇脚。"

听这口气，根本就是把我们一帮人软禁了。

刘嘉和颜悦色地招呼张印入堂上坐，邓晨不着痕迹地朝我打了个眼色，李通漫不经心地指着我道："下去给张将军取些酒水来。"

我低头颔胸："诺。"悄悄退下，径直往后院厨房走去。

那些士兵以为我是府中的丫鬟，倒也并不起疑。等我避开他们的视线后，立即撒腿飞快地绕过厨房，直奔后院。

后门是没法出去的，门外肯定守着伏兵，我寻了处墙垣，顺着靠墙的一棵大榆树往上爬。隐身在茂密的树叶中，我居高临下地往下一看，登时倒吸一口冷气。

院墙外果真被围了个水泄不通，除非我背上长了翅膀，不然根本逃不出去。背上冷汗涔涔而下，这一刻，我忽然觉得事情不妙了。这么大的阵仗，刘玄极力封锁一切消息，说不定当真会瞒着春陵宗室，弄个先斩后奏。

我手足冰凉，攀在树干上瑟瑟发抖，越想越觉心惊胆战。

若是刘缤有个三长两短……

若是他……

我不敢再往下想，这样的假设实在太恐怖，然而它并不是绝对不会发生的事！

趴在树干上，听着知了吱吱的吵闹，我像是被酷暑蒸发了所有的力气，脑袋里一片空白！

这一趴，直到太阳偏西我也没能从树上下来，脑子里昏沉沉的好似中暑一般，浑然不知自己在想什么，思绪凌乱得理不出一个有用的法子。

"大司马！"树下脚步匆匆，隔着一道夯土墙，我隐约瞅见一顶武冠在院外来回晃动。

朱鲔迎面走来，日暮的橘色光芒斜斜地打在他脸上，鼻翼旁的阴影把他的脸色弄得明晦不定。

随着他脚步一步步地靠前，我的心不知为何，突然怦怦狂跳起来，似乎他每一步都踩在我心口上。

"大司马！"那顶武冠也停了下来，"结果如何？"

朱鲔微微一笑，阴影下，那张平时看起来十分儒雅的脸孔陡然间变得异常狰狞恐怖，他缓缓抬起右手，侧歪着脖子比了个砍头的动作，我登时两眼一黑，刹那间只觉得天旋地转。

"当真？！"那人又惊又喜。

"自然！陛下先还有些犹豫，但是见了你的奏疏，立马定了心意！"朱鲔的语气一顿，凉凉地笑道，"不过，季文老弟，你可真是狠得下心啊！哈哈，说什么'刘氏复兴，李氏为辅！'你当初将刘缤捧得那么高，如今却又狠狠把他从马上拉下，甚至亲手将他送进坟墓，此等手段，也只你李季文做得出，你就不怕你堂兄知道了跟你翻脸么？"

"翻脸？早没这脸可翻了……"

胸口似要炸裂开，我什么都看不见，可是那些对话每一字每一句都异常清晰地贯穿我的耳蜗。渐渐地，脑子里开始一片混乱，耳蜗里除了嗡嗡声再也听不到其他声音，我心如刀绞般，恍惚间犹如身轻如燕，魂飞九天。

"砰！"的一声巨响，我从树上重重栽下，人事不省。

求　婚

"哧！"

有声音在我耳边吃吃地笑，透着宠溺。我想睁眼，可眼皮却重逾千斤，不管怎么努力都无法掀开。

"为什么躲我？嗯？那么不愿见我么？"幽然叹息，"以后只怕……当真……无法再见了。唉，丽华……丽华……丽华……"

低喃般地呼唤，无奈而又伤感，一声又一声，充满无限眷恋，犹如涟漪般细细拨乱我的心弦。

我的心很疼，很疼……

泪水不自觉地从眼角滑落："伯升……"

眼睫轻轻颤动，我缓缓睁开眼。朦胧的光线跳入我的眼帘，身前有个模糊的影子在晃动，我情急地一把抓住他的胳膊："伯升！不要去！那是陷阱！不要去——"

"丽华！"

不是刘缜的声音！

我一怔！

右额角一阵剧痛，我下意识地抬手去摸，却被人一把抓住手腕："别动，不能挠！"

视线恢复清晰，顺着那只手臂看过去，阴识关切的神情一览无遗。我心里一酸，哇地一声扑入他怀里，失声恸哭。

阴识僵硬地挺直脊背一动不动，过了许久，他的胳膊轻轻搂住我，细声安抚："你一直是个坚强的女子！所以这次一定也能挺过去的，没什么能够难倒你……"

"不！不！"我拼命摇头，泪如雨下，"他们害死他！他们……杀了他！伯升他……罪不至死！他不该死！不……他不能死——他不能死，呜呜……他怎么可以死……"

"丽华。"阴识低叹，轻轻拍着我的背，像哄孩子似的哄着我，"没事的，都过去了……相信大哥，大哥会永远保护你……"

"大哥……大哥……"我像是溺水的人紧紧地抓住了一块浮板，手指攀着他的肩膀，使得力太大，以至于指甲深深地掐入他单薄的衣衫。

阴识全身肌肉绷紧，但转瞬放松下来，任由我趴在他怀里放声哭泣。泪水模糊了我的眼，脑海里不断地浮现出刘缜的音容笑貌。

无论何时何地，我与他都是掐架打斗多过于友好相处，我向来没有好好待过他，到最后我都还四处躲着不见他……他一直都待我极好，他说过要娶我，我却始终对他若即若离！

"大哥，我是不是很坏？"

"不是，你心地善良，所以伯升才会喜欢你。"

我心中大痛，泣不成声："他最后对我说了句话，可我却没能明白……我不知道他走之前想对我说什么。我明知道他去见刘玄凶多吉少，我却还是眼睁睁地看着他被带走了！若我真的在乎他，就该随他去的……大哥，我没你们想象的那么好！"

"你已经做得够好了。丽华，你无需自责，这不是你的错！你不用太勉强自己……"

"做得好吗？眼睁睁地看着他们一个个地离我而去，我却什么都挽回不了……表姐如此，良婶如此，表嫂、瑾儿、卉儿……甚至现在连伯升亦是如此……大哥，我不要这样惨烈的结局，我的确希望看到大汉光武中兴，可我不要那么多人为此丧命！如果让我重新选择，我宁可回到新野，安安分分地守在家里……”

"丽华，这是命，命里注定……发生过的事已经无法再逆转！"

我下唇咬出血来，颤声："无法逆转……无法逆转……"

是啊，我回不去了！就像莫名其妙掉落到这个时空一样，好像是场游戏，是场梦境，却无比的真实。无论我怎么做，我都无法回到现实中去，我已经陷在这里……我仿佛一直抱着旁观者的心态去看待周遭发生的一切，然而事实上我早在不知不觉中把自己的情感投入进去，对身边的每个人都投入了我最真实的感情。我把他们当朋友、当家人，这和我在21世纪的生活没两样。

可战争是那样的残酷，乱世纷争，东汉崛起，权术阴谋，尔虞我诈……这林林总总又岂是我能控制得了的？

我已身不由己地入了这个局！

好累！好累……

"哥啊，我好疼……"

我的心好疼！

如果仅仅只是场梦，该多好！

从树上摔下来磕到了石块，把我的额头给撞破了。除了刚醒时对着阴识一阵号啕大哭之外，有很长一段时间我都把自己关在房间里静坐发呆。

六月酷夏，时间飞逝，很快就到了月底。

我尽量不让自己与外界接触，阴识也不让外面流传的风言风语打扰到我，他果然把我保护得很好。可是有些事情不是我一味地逃避就真的可以漠视乃至忽视得了的。

刘缤终究还是死了！不在了！

他因为替刘稷辩白，被处以斩首之刑，与刘稷两个人一起，在同一天遇害！

也许他死得真的太冤，太不值，所以就连老天爷也看不下去，连绵不断的雨下了整整半个月。雨势时大时小，却总下个不停，不分白天黑夜的一直下，我有时候趴在窗口常痴痴地想，是不是刘缤在天上哭泣？

不！他那么暴躁跋扈的脾气，做雷公倒是很合适，哭……是不大可能的吧？

哭……

笑比哭难。

我忽然想到了那滴泪，那滴渗进我心里的泪。

刘秀，难道……是你在哭吗？

你可知道，你大哥他已经不在了？

我辜负了你的托付，我总是叫你失望……这一次，只怕是要让你痛到极处了。

你会哭吗？刘秀……其实我比谁都渴望看到你的笑容！

不知不觉中，泪湿衣襟。

最近的我，变得越来越爱哭了。

门上轻轻叩响，我照例不答，如果是琥珀来送饭，她应该知道规矩，一般都会把饭菜端进来放在外间，我饿了自然会吃。

"吋吋！"又是两声，不算吵却再次打断了我的哀伤。

我开始有点不耐烦，忍不住肝火直往上冒，等那敲门声第三次叩响时，我冲着门外怒吼一声："滚——"

终于没了动静，四周恢复了宁静，窗外大雨沙沙的声音冲刷着我心里的愤懑与委屈。

"吋吋！"

我愣了一下，好一会儿才反应过来是怎么回事。

"吋吋吋！"

我从床上滑下，跌跌撞撞，脚步虚浮地冲向门口。"嘎吱"一声打开门，我劈头怒骂："叫你滚听不懂人话啊！你……"

一具浑身湿漉漉的身体突然靠近我，毫无预兆地将我拉进怀里。我没敢动，鼻端间嗅到熟悉的淡淡香气，让我很清楚地知道了来人是谁。

湿气从他身上迅速蔓延过来，很快便洇湿了我的衣裳，风一吹，身上感到一阵寒气，我情不自禁地打了个哆嗦。

刘秀终于像是恢复了理智，慢慢松手。

他的脸色苍白如雪，双靥却透出一抹异样的嫣红，他睁着眼，眼光有些迷乱。

我惊呼一声，伸手触及他的额头。果然，手心下的温度烫得吓人。

"你在发烧！"我慌乱失措，"你什么时候回来的？父城战况如何？你……"

"丽华，你可以嫁给我吗？"

"什么？"

他的脸，红得像是日暮的霞光。雨水顺着他的发髻鬓角蜿蜒淌下，眼神迷离，像是带着一种失控般的疯狂。

这不是平日我熟悉的刘秀！

"你刚才说什么？"我谙哑着声，含泪抬头凝望他。

苍白中微微泛紫的双唇，颤抖着再度开启，音量不高，我却听得再清楚明白不过。

"你能……嫁给我，做我的妻子吗？"

香肠山

李歆 著

【朱雀卷】

中国华侨出版社

目 录
Contents

秀丽江山

朱雀卷

目 录
Contents

朱雀卷

第一章
彼何人哉轩与羲

狩　猎

"在那里！"

"看到了——"

"嘘！噤声！"

虽然极力压着声，却到底因为人多音杂，惊动了湖面上游憩的野鸭。"嗖"的一声，当箭矢从弓上脱弦飞出的同时，湖面上响起一连迭的扇翅声。

忽喇喇——野鸭一飞冲天，翅膀拍打过水面，徒留下点点涟漪。半空中有飞羽飘落，落浮水面，最终，涟漪的水纹在层层扩散中归于平静。

"又是你坏的事！"草丛中冒出一颗脑袋，扭头凶道，"真搞不懂，你非要跟着我们干什么？"

还没凶完，当胸就挨了一记粉拳，一个身穿嫩绿色直裾深衣的小女孩从草丛里蹦跳起来："少扯淡！明明是你们笨手笨脚的……"她站起来也只比那蹲着的两位锦衣少年高出少许，却自有那股天不怕地不怕的迫人气势。

眼看剑拔弩张的似乎要吵起来了，原本伏在草丛中、散于四处的侍卫以及内臣们赶紧凑了上去，几个人求爷爷告奶奶地劝下架来。

我将目光收了回来，无意关心小儿女们逗猫抓狗似的小打小闹，倒是对身旁这一个正襟危坐的孩子更感兴趣。

"怎么不去和兄长们一块儿狩猎呢？"

他扭过头来，童稚未脱的小脸上滑过一道诧异又好笑的神情："娘在说笑吧，那也算是狩猎？"

我强忍笑意，心生赞许，却在面上丝毫不露声色。

"四哥哥！四哥哥！"义王提着裙裾，蹦蹦跳跳地从湖边上跑了来。早起才换上的新衣，到这会儿早污糟得不成体统了。"四哥哥——你来！你射一只给他们瞧瞧，明明是二哥哥和三哥哥没本事，偏还赖我……"

小丫头已经过了七周岁生日，却一点公主的样子都没有，整天咋咋呼呼的。她是皇帝的长女，本该是全国女子的楷模典范，可惜却连普通人家的闺女都不如。我对她女生男相的性格有些无奈，又有些头大，如果她不是生长在皇家，如果她只是个平凡的小丫头，那我不会过多约束她跳脱飞扬的性格。可惜，她是个公主，生来就注定不平凡。

正如她的名字一样——刘义王！她，似乎更适合做一个男孩子！

前几年年幼，尚可以懵懂无知作搪塞推辞，这几年眼见得她越长越大，却仍是半点不让人省心。她的德行有失，代表着皇家脸面有失，于是乎她的嫡母也开始对此颇有微词起来。

"该是时候教导大公主应有的礼仪与举止了。"皇后不止一次重复过这句话了，只是每次都被皇帝含笑打马虎眼地混了过去。

义王是不幸的，因为她的身份乃是长女，所以比起妹妹们，她肩上承担的压力更大些；义王又是幸运的，因为她还不曾受封，而且，即使有朝一日受封公主，也不过与诸侯同邑，终究不是个男儿。

只有皇子，才能真正体会什么叫做压力。

关于这一点，我想再没有人比我身边这个貌似天真、实则机灵早熟的少年更有领悟了吧。即使是比他年长两岁的刘辅和刘英，现在的注意力，也还更多地停驻在如何胡闹贪玩上罢了。

刘阳被妹妹脏兮兮的小手拽着，袖管被印上了两个模糊的掌印。他素有洁癖，喜欢把自己打扮得庄重而不失贵气，特别是在类似现在这样的场合之中。但他的视线也不过在自己污糟的袖子上瞥了一眼，并没有甩开妹妹的手。

义王仍是抓着他的袖子，很卖力地想将他拖到湖边去。

惊扰过后，群鸭仍在半空盘旋，也有三四只胆大的敢憩于湖面，却游得很远。以我目测，从岸边到鸭落的距离，起码在十丈开外。

刘辅和刘英等不来刘阳，便自己拉弓站在岸边射箭，不过鉴于年幼臂力有限，力不能达，更别提准头了。试了十几次，还是刘辅有些意思，有一箭差点砸中一只呆鸭，箭镞扎进水里的同时，也吓跑了野鸭。

湖面上的野鸭越聚越多，却也越游越远。

"真是笨！"刘阳将这一幕尽收眼底，而后发出一声嗤然冷笑。

"去嘛！去嘛！四哥哥帮我射一只！"义王使出吃奶的劲想拖他过去。

他低头，静静地瞅着满头大汗的妹妹，倏地一本正经地说了四个字："母后来了！"

"呀！"义王变了脸色，吓得松开手，小手扒拉着自己的头发，然后是身上凌乱的衣裙，"娘！娘！快帮我看看，这样好不好？好不好？"

刘阳吃吃地闷笑，我白了他一眼，将吓得魂不守舍的义王拉到跟前："才知道收敛呀，那之前还玩那么疯？"

我用手指拨弄着她被汗水浸湿的额发，然后挥了挥手，边上立即有宫女和内侍围了过来，替她散了发辫，重新梳理。她也不再胡闹，乖乖地任人摆弄、整装。

见她惊惶不安的忐忑模样，好似老鼠见了猫一般，完全没了刚才的活泼开朗，我心中顿时又生起一缕不舍与疼惜。

小机灵鬼眼珠子滴溜溜一转，目光与我相触，似乎猜到我在担心什么，不禁又嘴硬起来："我不是怕母后，我是怕听她唠叨。每回她唠叨都是父皇替我解围……可是娘你看，现在父皇骑马去山上狩猎了，一时半会儿赶不回来，这要是……"

"父皇回来了！"刘阳忽然插了句。

义王啐道："你又来诓我！"

"真的！父皇回来了！"刘阳直愣愣地目视远方，伸手一指。

地皮在震动，我从榻上站了起来，掸抚衣褶，敛衽束腰。马蹄隆隆，很快便到了近处，羽林军簇拥下的天子正策马向我奔来。

笑容不由自主地在脸上绽放开来，我缓缓迎向他。

才踏前两步，我又随即驻足停下，手心有些黏湿。义王下意识地往我身后躲，我搂着她，将手放在她纤细的肩膀上。

原在玉辂上休憩的郭圣通闻讯款款下车，曼声笑语地带着一干仆从迎了上去。刘秀不曾下马，临风勒马而立，身着青色暗花深衣的她站在马下，仰着头颔笑看夫主。二人之后，乃是一架猎车，皇太子刘彊年幼，尚不足以驭马，此番狩猎便随车同行。

湖边嬉戏的刘辅见到父亲、兄长归来，早兴奋得丢开手中的弓箭，飞奔上前。倒是刘英，站在湖边有些踟蹰，一副不知是进是退的尴尬表情。

刘彊的猎车上挂着许多山鸡野鸟，虽然算不上什么大猎物，但对一个未成年的小孩子而言，能有这样的收获倒也确实值得嘉许。他虽然身为皇太子，但心性到底还只有十三岁，偶尔也会露出一些孩子气。我远远地看着刘秀不知和郭圣通说了什么，一边说一边回手朝刘彊指了指。而后郭圣通笑得愈发灿烂，刘彊也颇为自得地将猎车上悬挂的猎物解下，跳下车献给自己的母亲。

"四哥哥！"义王从背后合臂抱着我的腰，探出一颗小脑袋，好奇地问，"太子哥哥好了不起呀，是不是？"

连问两声都不见回答，我侧过头，却发现刘阳正目视前方，眸光炯炯，乌黑的瞳孔中似有两簇火苗在兹兹燃烧。

这样赤裸直接，且毫不掩饰的眼神实在让我心悸，我刚想出声打断他的愣忡，没想到他却突然跨步走了过去。

此时的刘彊，刚刚向母后献完猎物，正被胞弟刘辅拖拽着来到湖边。刘辅对着湖心上游弋的野鸭指手画脚，嘴里不时嘀咕几句，刘彊不禁大笑起来。

刘英在一旁讨好地递上弓箭。

刘阳前进的脚步突然停住了，他没回头，用一种恰到好处的音量招呼身后："义王你来，哥哥教你猎鸭子。"

"真的？"义王果然被蛊惑了，抑或她看到自己的保护伞已经回来，便全然忘了害怕母后的唠叨，于是兴冲冲地奔了上去。"我有弓，也有箭，虽然……小了点，可父皇说也能射伤人的。"

"嗯。"刘阳漫不经心地应了句，牵起妹妹的手，一步步地往湖边走。

嗖的一声，刘彊的箭应声离弦，在众人关注下，不负众望地射中一只十丈开外正埋首梳理羽毛的野鸭。野鸭翻倒的同时，惊飞了它身边另一只同伴。

围观众人叫好不绝，刘辅和刘英钦羡不已地拍起手，连连叫好。

刘彊再次挽弓搭箭，然而这一次目标却不大好找了，距离近的野鸭至少离岸也有十三四丈。他挽着弓箭，来回扫瞄了好几次，却迟迟不敢松手放箭。

这时刘阳已拉着妹妹来到湖边，刘彊正在专心猎鸭，刘阳并没有不识趣地上前行礼打扰，反而招手喊了一名小黄门，在他耳边关照了几句。

我一时好奇他葫芦里卖什么药，于是索性放弃留意刘秀与郭圣通二人动向，提着裙裾也往湖边走去。

"贵人小心湿了鞋。"陈敏作势欲扶，我摆了摆手，让她别作声。

我和她两个人跟做贼似的，悄悄辍在这群少年身后。刘彊和刘辅都没留意我的到来，只刘英瞥眼瞧见了，想张口喊的时候，我朝他打了个噤声的手势，他便马上会意地抿嘴低下头。

须臾，小黄门回转，身后跟了七八名内侍，每个人怀里皆捧了只陶罐。刘阳扫了他们一眼，挥手一指，然后这些人立马散开，留下两名站于岸边，剩下的分别跳上两只小舟。

这下，连刘彊也忍不住好奇地放下了弓箭，静观四弟玩什么花样。

内侍们划船到了七八丈开外便停了小船，然后对准鸭群抛洒食物。一时间湖面嘎嘎声不断，群鸭扇翅，兴奋得鼓噪起来。小舟悄悄回划，逐渐将野鸭群大批量地引向岸边，最后小舟上的人停下喂食，岸上的两名小黄门接替着继续向半空中抛洒糕饼碎屑。

刘辅欢呼雀跃的同时，刘阳笑着拍了拍义王的肩膀："去把你的小弓箭取来！"

"四弟，有你的！"刘彊赞许地捶了刘阳一拳，"果然你最会动脑子。"

说话间，刘义王已兴冲冲地将自己的弓箭取来，她年方八岁，所以这把弓箭做得更像是小孩子过家家用的玩具。

刘辅笑道："我的妹妹，你手里拿的那是弓箭么？你还是回宫找太官养的那些小鸡、小鸭射着玩吧。"

义王恶狠狠地瞪了他一眼，鼓着腮帮子嚷："你敢取笑我的弓箭？这是父皇亲手给我做的，你有吗？你有吗？"她扮了个鬼脸，吐着舌头说，"有木事你也让父皇给你做一把吧！"

刘辅讨了个没趣，不服气地说："那不过是父皇做给你玩的，哪还当真能猎杀动物不成？"

这边正要闹僵，那头刘阳却漫不经心地抚摸弓箭，试了试弓弦的韧度，之后居然当真似模似样地搭箭拉开了弓。

弓箭虽小，可那股架势实在不容小觑，我忽然察觉到了什么，刚想出声制止，却不料肩上落下一只手，一个低沉的声音笑着说："随他去！"

我没抬头，目光仍凝在刘阳身上，果然他松了手，那支由细竹竿削成的箭矢离弦飞出，嗖的一下没入一只野鸭颈脖，将那纤细的鸭颈径直射穿。

肩膀上的那只手微微一颤，刘秀低低地"哦"了声，显得既惊讶又振奋。

无怪乎他激动，事实上我更激动，刘阳那孩子成心卖弄，竟是不挑近处的猎物射杀，一箭射中了十丈外的鸭子。

本在抢食的鸭群顷刻间炸翻了，飞的飞，跑的跑，湖面上水珠四溅，骤然而起的闹腾使得旁人无暇再去关注四殿下用妹妹的玩具弓箭究竟射杀了什么样的野鸭。

然而我却知道，刘秀注意到了，不只是刘秀，刘阳身边的皇太子刘彊也注意到了，他的脸色由一开始的诧异慢慢变得凝重起来。

这孩子……真是一点都不替人省心啊！

我在心里无奈地叹了口气，看来改明儿得关照阴兴好好教训教训这个外甥——这小子得意忘形，太爱现了。

郅 恽

孩子总是最容易惹麻烦的，一个已经够让人头疼的了，如果是一群，那麻烦真是无法想象。这一次狩猎刘秀心血来潮，除了六皇子刘苍、七皇子刘延、八皇子刘荆，竟是把全部子女都带了出来，名为狩猎，实则也算是一场家庭大聚会。

再多的宫人也照顾不来这么多淘气顽劣的皇子帝女，这一闹腾，等到起驾回宫，已是日落邙山——雒阳城各城城门早已关闭，夜晚的宵禁令已然开始。

抄近路走的第一个城门是东城北侧的上东门，一行人到达上东门外时，几个小女儿在油画轺车内都已累得早早睡下。只剩下义王不停地揉着眼睛，趴在我膝盖上缠着要我讲故事给她听，其实也早困乏得快睁不开眼，只是兀自不肯死心睡去。

颠晃的车身猛地刹住，我忙撑住车轸稳了稳身子。义王迷迷糊糊地嘟哝："娘，是不是到了？我……我要去看八弟……"

"没到呢，你安心睡。"一边拍着她，一边掀开车帘低声询问，"怎么回事？”

守在车外的陈敏立即答道：“好像是守城门的门候不肯开门。”

“哦？”我来了兴致，原本昏昏欲睡的神志登时恢复清醒，“这上东门的门候是何人？”

“汝南人——郅恽。”

我将已经睡着的义王放平，披好被子，然后从车里出来。陈敏伸手欲扶我下车，我摆手，反而踮起脚站在车辕上远眺。

暮色昏暗，只远远地瞧见火烛映照下，紧闭的上东城门稍许开启了一道门缝，前头的天子玉辂竟也被无情地阻挡在了门外。

“你再去瞧瞧，回来告诉我怎么回事。”

“诺。”

陈敏一溜烟地去了，她体形娇小，加上身手灵活，这一猫腰前去竟无人察觉。我站在车辕上等了十多分钟后，便见靠前的车舆起了骚动，之后没多久，领队的竟然开始驱马转向，欲往南行。

等到玉辂也开始调转方向往南而去的时候，陈敏回来了，我赶紧将她拉上车：“上来说话。”

她才喘着气坐好，这辆轺车便也开始摇晃着启动转向了。

“怎么回事？怎么不进城了？”

“不是不进城，是门候不让进城！”

“什么？”我诧异不已，一个小小的门候居然敢挡皇帝的车驾？

“那个郅恽，说什么天黑瞧不清人，死活不肯开门，好话说尽，恐吓更是无用……”

“哈，有意思。”我不禁拊掌笑了起来，压低声继续询问，“这个郅恽，是何来历你可知晓？”

“奴婢不知。”

“这样，你让人打听清楚，天亮回报给我。”

“诺。”

陈敏下了车，我靠在软枕上，一边拍着义王哄她熟睡，一边在车驾摇晃中闭目养神。

晚归的天子御驾，最终绕道南下，走东中门进了城。回到皇宫的时候已是戌时末，我一面关照那些看姆们将熟睡的皇子公主抱回房间安置，一面急匆匆地往自己的寝宫赶。

"八皇子今天怎么样？"迎面冲出来一个接驾的，我无心受礼，只是焦急地询问。

"殿下白天甚好，每睡一个时辰便醒来玩两个时辰，酉时三刻用了小半盏粱粥，许是想起了要见贵人，哭闹不止，将才喝的粥全吐了出来。之后乳母哄着他睡，他总是不大安静……"

我边听边记，转眼来到寝室，却见灯光昏暗中乳母正抱了我的小刘荆，在室内来回踱步，嘴里有样学样地哼着不成调的曲子。刘荆窝在她怀里，小眼睛紧紧闭着，小嘴含着奶头，却仍在不停哼哼嘤嘤地发出不满的哭闹声。

我放轻脚步靠了过去，示意乳母停止唱歌，笑着将自己的一根食指放进小宝贝的小手里。他果然条件反射的五指并拢，牢牢握住了。我低头轻轻吻了吻他的脑袋，在他耳边轻轻哼起歌来：

黑黑的天空低垂，
亮亮的繁星相随，
虫儿飞，虫儿飞，
你在思念谁……
天上的星星流泪，
地上的玫瑰枯萎，
冷风吹，冷风吹，
只要有你陪……
虫儿飞，花儿睡，
一双又一对才美，
不怕天黑只怕心碎，
不管累不累，
也不管东南西北……

歌词唱到第二遍的时候，嘤咛声停止了，小刘荆松开了我的手，小嘴嚅动着咧开，睡梦中的笑靥格外动人。我示意乳母抱他去睡，小声叮嘱："以后睡着了，别让他叼奶头，这样的习惯不利于他长牙。"

乳母诚惶诚恐地点头，抱着刘荆退下。我急忙又招来刚才那个宫女，细细问道："刘苍睡了没？"

"天刚暗下，乳母便抱六殿下去睡了。只是临睡前还不停地念叨着说要等贵人回宫讲故事，一整天都拉着奴婢的衣角追问贵人何时回来。"

我长长地吁了口气，直接往床上倒去："睡了便好。"

以前曾许愿说要给刘秀生许许多多的孩子，直到皇宫里装不下为止，没想到他还真当了真。打从生下刘阳开始，我便再没有停歇过，等到建武八年从征陇西后回来，我被勒令禁足，开始只能围着西宫这一亩三分地打转起，子女更是不停地一个接一个冒出来。

这三四年间，刘秀亲征蜀中，灭了成家帝公孙述的同时，雒阳皇宫中的郭圣通也接连生下了五皇子刘康、七皇子刘延。

她生老五时，我生小六，她生下老七，我生了小八。看似和谐的后宫，却在这种生育竞争中达到了某种可笑的平衡。

"很累？"一双手摁在我的肩头，一下又一下地拿捏着我肩背上僵硬的肌肉。

我笑道："上了年纪，自然比不得当年……"

话还没说完，他一个翻身已将我压在身下。

"做什么？"我警觉地伸手推他，却反被他抓住了分瓣两侧。

热辣辣的呼吸喷到我的脸上，我笑着扭开头："老不正经的。"

他腾出一只手来在我全身游走，衣衫慢慢解开："身子大好了？"

我瞪眼："怎么，还准备要让我再生不成？"

"肤如凝脂，风韵妖娆。"他慢慢调着情，试图将我的性趣也给挑逗起来。

我一边闪躲一边笑啐："老实交代，你到底还打算让我生几个？没见我现在忙得一点空闲都没有了吗？"

眼线眯了起来，他笑起来还是那么孩子气，虽然十余年的战伐让他历经沧桑——自从冯异病逝之后，这几年不断有故人离开，先是来歙、岑彭二人先后被公孙述派遣刺客暗杀，再是寇恂、王常、耿况、耿纯等人在去年底相继去世。到了今年正月初一，大司徒侯霸竟也撒手人寰。

来歙被刺杀身亡，临终写下遗书，当遗书送交雒阳，刘秀读完之后，整个人仿佛苍老了十岁。那一年他正好四十岁，这之后，他的一日胜似旁人三日，仿佛添加了催化剂一样，时间的车轮无情地从他身上加速碾过。

"再忙一些更好。"他轻笑,爱怜地抚摸着我的面庞,瞳仁在不经意间滑过一丝忧色,"我能留给你的,也许只有他们了。"

他说的隐晦,但熟知他禀性的我,如何听不出他的言下之意,不由得心头一酸,恼道:"满口胡言,你今年四十有二,才不过中年,离老还远得很呢。你别忘了,当年是你自己要娶我的,你娶了我,就得负责照顾我一辈子。"

我说得又快又急,没等说完,他已伏在我身上吃吃地笑了起来:"可怨不得我,是你先嫌我老不正经的。"

我语噎,他趁机低头吻住了我。

许久,我从意乱情迷中挣脱出来,一把抓住他使坏的手,娇喘不已:"你都不嫌累,我还没沐浴呢。"

"没关系。"他含糊不清地继续让唇一路下滑。做了这么久的夫妻,他十分清楚哪里是我的敏感点,哪里能迅速挑起我的欲望。

在他挺身进入的同时,我用手紧紧抱住了他的颈背,意乱情迷地发出战栗的呻吟:"不要怕,秀儿……我会陪着你,我们……一起变老……一起……"

我们会永远在一起!

一起变老,直到死去。

如果你不相信轮回,不相信来生,那我也愿意在另一个世界里永远陪着你,直到天荒地老……

季 札

早起醒来刘秀已经不在身旁,我从床上爬了起来,开始了自己忙碌的一天。让人送刘阳、义王去师傅那里读书;中礼不肯让宫女替她梳头,非要我给她弄;才梳到一半,那边红夫和弟弟刘苍为争玩具打了起来,吵得人仰马翻。

好容易将这几个小鬼打发掉,让宫女黄门带他们到园子去逛,已经是辰巳交替。陈敏悄悄走到我跟前,我这才想起昨晚的事情来:"让你天亮给我回话的,怎么早上没见你人影,又上哪玩去了?"

她莞尔一笑:"贵人吩咐的事,奴婢哪敢贪玩忘了呀。贵人你肯定想象不到，那个郅恽一大早上了奏章，说什么'昔文王不敢槃于游田，以万人惟忧。而陛下远猎山林，夜以继昼，其于社稷宗庙何？暴虎冯河，未至之戒，诚小臣所窃忧也。'……"

"哦？"我托腮笑道，"陛下如何应对？"

"陛下非但未责，反而赏赐了他布帛一百匹，还下令将昨儿个夜里放行的东中门门候贬逐到参封县去了。"

我笑了下，没做声。

陈敏奇道："贵人好像一点都不惊讶？"

"合情合理，无以为奇。"沉吟片刻，我喃喃道，"郅恽这个人倒是个有些见识的，不比那些俗吏。"

"诺，奴婢查过了，此人精通《韩诗》、《严氏春秋》，知晓天文历数。"

"倒真是个有才的……陛下可还让他干什么了？不会仍是让他回上东门做小小门候吧？"

"贵人真是料事如神，陛下命他教授皇太子《韩诗》。"

我心中一凛，昨晚上才想着调查这个郅恽，看看是否可收为己用，没想到居然仍是晚了一步。

"只是教授《韩诗》？"

"诺，陛下命在殿中侍讲……"小丫头机灵得很，显然也早已猜到了我的心思，眨巴着眼笑说，"侍讲殿中，只需将四殿下的课业重新调整一下，亦能腾出时间一块儿听讲。"

我笑了，刘彊的授业师傅拜的乃是太子太傅张湛，此人矜严好礼，在整个三辅堪为百官仪表典范，深得人心。虽然刘阳的皇子身份不如刘彊的太子，但我却总想着能尽我最大的努力给予他最好的教育，就如同现代很多望子成龙的父母一样，千方百计地供子女上重点名校，报考各类补习班。

刘彊作为皇太子能够享受的物质条件自然是最优厚的，这一点全天下没有第二个人能跟他相比，制度所定，这是没办法强行僭越的。但是刘彊这孩子到底能学到多少，这就得看个人先天的资质以及后天的努力了，满朝文武都在关注着这位年轻的皇太子，期待着他的成长，只因为他是皇太子，是建武汉帝的皇位接班人。

"贵人，四殿下回来了。"想得太过专注，直到陈敏在我耳边接连提醒了两遍，我才回过神来。

刘阳发梳总角，安安静静地站在门口，我向他招了招手，他刚跨进门来，身后便咻地蹿出一条娇小的人影，飞扬地笑嚷着："娘，我跟你说，四哥哥今天没听师傅的话，师傅要打他手心，他还跟师傅顶了嘴……"

刘阳变了脸色，但也只是瞬间的事，他沉着脸冷哼了声，没理会义王的告状。

陈敏见他俩回来，早忙着出去张罗午膳，左右没有外人，我将刘阳招到跟前，很严肃地问他："你妹妹说的可是真的？"

他倔强地抿紧唇不吭声，只是还不懂掩藏情绪的小脸上泄露着少许不屑。

我不露声色地问："今天讲的什么？"

"《论语》。"

义王在一旁补充："师傅今日教第一篇《为学》：'学而时习之，不亦说乎？有朋自远方来，不亦乐乎？人不知，而不愠，不亦君子乎？'"

她摇头晃脑地正念得不亦乐乎，换来刘阳一顿白眼："去，一边玩去！你懂什么？"

义王不服气地说："是啊，我是不懂，不懂才会去求学啊！你最聪明，最了不起？娘，你不知道他心眼有多坏，当着那么多人的面，跟师傅较劲儿，反问师傅这教的算是《鲁论语》、《齐论语》还是《古文论语》？他成心捣蛋，自己不想学，还害得我跟二哥哥、三哥哥他们一块儿没得学……"

刘阳涨红了脸，微现怒意："《论语》成于众手，记述者有孔夫子的弟子、再传弟子，也有孔门以外的人。传自今世，载于文字的已有三种版本——《鲁论语》载二十篇；《古文论语》载二十一篇；《齐论语》载二十二篇……既然师傅今日教导《论语》，我好奇他教的是哪一本，问一下又有何错？"

一席话说得义王目瞪口呆，半晌才怔怔地问："那……你认为哪一本最好？"

"差不多。"

"怎么差不多呢？你又怎么知道差不多的呢？"

刘阳横了她一眼，没吱声。我忙打岔道："以后求学虚心些，别老自以为是。去，洗手准备吃饭。"

义王虽然聪颖，到底还是小孩儿，兄长超乎寻常的博学并没有引起她太多的关注，听到有吃的，她举起双手欢呼一声，大笑着跑了出去。

"别太得意忘形了！"我屈指朝他脑门上敲了一栗子，"有时候卖弄过了头，反显得自己浅薄无知。"

他一震，低下头去闷声回答："孩儿并无卖弄之心。"

"我听说前阵子你已经学到《春秋》了？"

"不是……《春秋》已经读完了。"

"哦？"我有点讶然，却还不至于惊骇，"那现在在学什么？去年学的是《礼记》对吧？我还记得那会儿你整天捣鼓什么《大戴礼》、《小戴礼》的……现在教的又是五经的哪一本？进度会不会太快，学得会不会太累？"

"现在开始学《尚书》……梁侯说，如今太学所授乃隶书所载之《今文尚书》，共计二十八篇，若能找到《古文尚书》，则卷中所载多出十六篇。"

我对这些古今版本实在不感兴趣，又不能把自己的感受照实讲出来，生怕给这孩子树立不认真读书的坏榜样，于是假模假样地点头称是，心里却仍是记挂着他小小年纪能否跟上这种填鸭式的讲课方式和速度。

"阳儿，你觉得……你比邓氏那几个兄弟学得如何？"

"梁侯世子邓震学得比我好，梁侯常赞他……"

还算诚实，我点点头。

"不过……"他顿了顿，抬起头来，脸上有了骄傲的光彩，"邓氏兄弟十三人，每人却只攻一项专长，梁侯并不多教。孩儿曾问其原由，他说此乃个人的资质有限。"

我忍不住蹙眉："梁侯说得在理，学问贪多不精，不过……《尚书》你还是得花些心思好好读懂它。"

乌眸闪了一下，他咧嘴笑了："孩儿明白娘的用心，定会好好研读《尚书》，不让娘失望。"

真是个冰雪聪明的孩子，这样的明白事理，懂得分寸，实在是已经大大超出了他的年龄。

我拉着刘阳去用膳，饭快吃完的时候才想起来，急忙提醒道："你父皇让郅恽教授太子《韩诗》，讲学殿中，你得空可去旁听，只是有一点，切忌恃才傲物。"

他顺从地点了点头。

这孩子的书果然没白念，吃饭的时候绝对遵循礼仪，从不随意讲话聊天，有板有眼的架势实在太过肖似他的父亲。

用完午膳，方才撤下食案，殿外代印独有的嗓音已尖声传了进来："陛下驾到——"

不等我出门迎驾，义王已带着两个妹妹飞快地跑了出去，一路嚷嚷："父皇！父皇！你什么时候再带我们出城狩猎？"

头戴通天冠的刘秀一派儒雅从门外进来，中礼扯着他的裳裾，尾随其后，红夫却直接张开双臂拦在他跟前，示意要他抱。

刘秀连眉头都没动一下，依然微笑着蹲下身来，没等他抱起红夫，身后的中礼已纵身跳上他的背，用胳膊勒着他的脖子，大笑不止。

我不由叱道："没规没矩的，赶紧下来！"

中礼偷偷瞟了我一眼，平时我说一她绝不敢顶嘴说二，当然前提是刘秀不在的时候。刘秀在，她狗仗人势，压根没把我的话听进去，只稍稍一愣，随即继续吊住父亲的脖子，撒娇道："娘又教训我了，父皇你下个诏书让娘以后都不许骂我吧。"

前有刘红夫，后有刘中礼，边上还捎带个刘义王在那儿不住拍手起哄，大声叫好，一副唯恐天下不乱的模样。我见刘秀仍是笑眯眯地没有半分火气，不由板起脸，怒道："还不给我赶紧下来，真是没大没小。"我作势扬手，对中礼瞪眼恫吓，"再不下来，小心我抽你！"

"父皇，父皇，娘很凶是不是？"

红夫依偎在父亲胸前，咯咯地笑："娘太凶了，红夫喜欢父皇，不喜欢娘！"

义王双手抱胸，故作深沉地清了清嗓子，学着刘秀的神态眯起了眼，笑语盈盈："《小雅》曰：'将恐将惧，惟予与汝。将安将乐。汝转弃予。'吾微贱之时，娶于阴氏……"

她的一双眼睛酷似父亲，这时刻意模仿着刘秀的形容笑貌，那股子娇憨的神态，真是叫人哭笑不得。当着这些子女的面，我的脸皮终究不够厚实，火候欠佳，一时间耳根子隐隐发烫，像是要烧起来。匆匆瞅了眼刘秀，他却跟个泥菩萨似的，完全无动于衷，任由小儿女作弄始终没有半分怒气。

"下来！父皇在朝上忙了一上午，已经很辛苦了，你们不该这么折腾父皇！"刘阳开口，俨然一副小大人的模样。

许是身为兄长的关系，中礼不卖我的账，却十分给刘阳面子，乖乖地顺着刘秀的背脊滑了下来，不仅如此还招呼红夫说："三妹妹也下来，四哥哥说父皇辛苦了。"

"哦。"年幼的红夫似懂非懂，却很听二姐的话，小手手掌撑着刘秀的胸口，挣扎着要下地。

刘秀拗不过她，只得放开。

我松了口气，幸好刘荆这会儿在睡觉，刘苍刚由乳母带出去遛弯还没回来，不然这六个小家伙凑在一块儿，非把我脑袋搞大不可。

刘秀的脸色看起来有些疲惫，果然昨天郊外狩猎消耗的体力还没得到很好的恢复，我示意宫女看妇们将几个孩子一并领出正殿，那三个女娃儿起初都不肯走，非缠着刘秀在她们脸上一人亲一口，才心满意足地离开。

妹妹们缠着父亲亲热的时候，刘阳却没靠过来，神情扭捏地故意将目光投向别处，只是偶尔会用余光不时地瞥上几眼，神情羡慕中又故作不在意，以此证明自己是男子汉。

"阳儿。"待女儿们蹦蹦跳跳地离开后，刘秀含笑招呼儿子。

刘阳小脸微红，磨磨蹭蹭地走近。知儿莫若母，他那点小鸡肚肠的别扭心思我哪能不了解？这孩子正处在孩提与少年的成长期，性格上比同龄的孩子早熟，心智上却仍无法脱离小男孩的框框。

男孩和女孩不同，女孩可以窝在父母怀中任意撒娇，男孩却是一半小孩天性，一半大人作为，他正在成长，幼小的心灵里对父母除了依赖，更多的是模仿和崇拜。我想我并不适合做他仿效的偶像，父亲的榜样效力对男孩而言，更具优势。

"孩儿叩见父皇。"中规中矩的拜见方式，带着一种怪异，他极力想摆出成年人的姿态，殊不知这样的举动反而更加惹人发笑。

刘秀的笑容里愈发多了一抹怜爱，我在一旁看着他们父子两个，忽然有种奇怪的感觉，刘秀伸手抚摸着儿子的头，那份怜爱中竟像是蒙上了一层悲哀的惋惜之色。我还没看明白这层复杂的感情代表了何种深意，刘秀已闭了眼，长长的眼睫掩盖住了一切光激。胸口起伏，他无声地长嘘了口气，喃喃自语："吴季子……"

我愣了下，如果说刚才那个瞬间让我迷惑，那么这不着边际的三个字更让我摸不着头脑。吴季子？人名？地名？还是……

"愚蠢无比！"刘阳清脆明亮的声音打断我的思绪，他高仰起头，视线与父亲直直对望，红扑扑的小脸上傲然的鄙夷之色一览无遗。

　　刘秀显然被他的回答震住，眼睑陡睁，眸光锋芒万丈，那一刻我站在边上竟有种透不出气来的窒息感。

　　面对父亲凌厉如刀般的凝视，刘阳没有丝毫的胆怯和退让，瘦弱的腰杆绷得挺直，纤细的双肩扛着小小的脑袋，脸上挂着不达目的誓不罢休的倔强。

　　"你懂《春秋》？！"像是疑问句，然而口吻却是毋庸置疑的肯定。

　　我很是着急，却不敢在这当口出声打岔，刘阳有片刻的迟疑，余光略略向我这边瞟了眼，最终仍是难掩自得地答道："是。"

　　"哦？平日教导的师傅是哪一位？"刘秀的话刚落，候在门口的代印便立即招人下去唤师傅。

　　我有些心虚地咬着唇，内心惶惶不安。

　　没多久，刘阳的乳母与授课师傅一并带来，齐齐跪在阶下，刘秀和颜悦色地询问四殿下平时的功课，那师傅冷汗涔涔，三言两句的对话间便露出更多的破绽。我低着头准备接受刘秀的盘问，没想他却只是回头定定地看着儿子，半晌发出一句感慨："十岁，你才十岁啊……"

　　大手在他发顶揉了揉，轻轻叹了口气，转身往殿外走。

　　我急了，追上去喊了声："陛下，其实……"

　　他摆摆手："没关系，容朕再细想想。"顿了顿，扭头喊道，"阳儿！"

　　"诺。"

　　"可明《论语》？"

　　"诺。"

　　刘秀轻笑，对他说道："无欲速，无见小利。欲速，则不达；见小利，则大事不成。"

　　"孩儿谨记父皇教诲。"

　　这对父子互相掉书袋，对答间尽是满口学问，别说我现在根本没心思在意这些，即使听进去了，也完全听不懂他们在讲什么。

　　"陛下。"我还想追上去解释，却被刘阳扯住了胳膊。

　　"小兔崽子，让你不懂得收敛！"我气恼得用拳头砸他，"处处显得自己多能耐是吧？我看你以后还怎么能耐！"

　　他惊慌地跳开，边退边摆出接招的架势："娘你做什么？父皇并没有生气，而且……啊——娘，你使诈，怎么可以偷袭？"

　　"兵不厌诈！"我追上他，施以一顿老拳。

内心着实惶惶不安，刘秀中午的反应让我如鲠在喉，于是等不及中午休憩，让陈敏宣阴兴速速进宫。

阴兴来之前，我已在堂上踱了几十个来回，他前脚跨进殿，我心急如火地一把扯住了他。我的反应让一向镇定的他也吓了一跳，顿时明白事关重大，忙打手势给陈敏。陈敏会意，将殿内奴婢尽数带出，自己也退到殿外。

"什么事？"

"你外甥臭显摆，卖弄小聪明……"我沉着脸，将中午发生的事如实说出。

"吴季子？"阴兴的反应却异乎寻常，他不着急被刘秀察觉刘阳另有授业师傅的事，反而莫名其妙的在意起旁支细节，"陛下当真对四殿下说'吴季子'？"

"我管他有无虮子？你搞清楚，现在问题的重点不是这个。"这三年多来我刻意培养刘阳，为的正是有朝一日让他能有实力与刘彊一较高下。然而这样的用心，只能暗藏心底，无法搁到台面上来谈论——掖庭女子妄论国事，心存更替朝纲伦常的私心，这事若宣扬出去，转眼便是灭顶之灾。

皇太子乃是皇位继嗣，关乎到国家未来的兴衰命运。所谓母子同体，郭圣通与刘彊处于高位十余年，撇开已身的党羽，朝廷上固有的守旧势力也非我等短时能够撼动。

"我倒觉得这才是重点。"阴兴目光如炬，"既是为了让四殿下年少成才，又如何掩其锋芒？这事早一日晚一日并无太大的差别。"他忽然笑了起来，笑得太过突兀，以至于我背后隐隐发寒，汗毛凛立，"贵人不懂《春秋》，无怪乎不明了陛下的心意，按我看，今日之事乃是吉兆。"

"什么？"

"你道这'吴季子'所为何出？《春秋公羊传》中略有提及，此人名为札，排行四，故人称季子，乃六百年前的吴国公子。季札的父亲寿梦在吴国称王，他有嫡子四人，分别为谒、馀祭、夷昧、札。季札最幼，却最为聪颖有才，兄长们皆愿立弟继承国君，于是许下兄终弟及的诺言。吴国的君王之位由谒继承，谒死馀祭继位、馀祭死后由夷昧继位……"

"兄终弟及……那么夷昧死后，季札做了吴王？"

"未曾。夷昧死时，季札恰逢出使鲁国，于是季札的庶出兄长僚便抢了国君的位置，做了吴王。"

"啊？"

"季札回国后，并没有掀起夺位之争，反将僚奉为国君，自认为臣。当时谒的儿子公子光很是不平，认为如果遵照先王兄终弟及的诺言，应该由季札继位，如果不遵照，则国君本该由他来继位，于是光派人刺杀了僚，欲将王位让给叔叔季札……"

我屏住气，阴兴并不是讲故事的高手，所以这个故事本身的语言描绘得一点渲染力都没有，但是不知为何，我却深深被它所吸引。

"季札如何做？"

"让国于光！"阴兴冷笑："吴季子载于竹帛，备受世人推崇，无非是称其贤德。他本该是吴国名正言顺的继嗣者，最终却一而再、再而三地推让掉了属于自己的王位……换成是你，你给予他何等评价？"

那个瞬间，脑海里电光石火间浮出刘阳的回答，我心猛地一沉，那四个字不禁脱口而出："愚戆无比！"

"真不愧是我的甥儿，小小年纪便有如此才情傲气，居然敢如此讥损世人吹捧的圣贤之人！"

我怅然退后，心乱如麻。

吴季子是吴国名正言顺的国君，最终让出了王位，刘秀对刘阳说出"吴季子"，这难道是在潜意识中将儿子比作了季札？

如果这个作比本是无心之言，那么阳儿的回答无异于将深埋在那颗幼小心灵下的"野心"，对着自己的父亲，汉帝天子全盘托出。

刘阳知道吴季子是谁，却打心眼里瞧不起他所做的圣贤之举。

让国？

愚戆无比——

"……娘你为什么要让？为什么？如果你是皇后，我和妹妹们便不会被人欺负……"

"……如果娘是皇后……我大可像太子哥哥一样威风，不……不是！根本没有什么太子哥哥！娘如果是皇后，庶出的他怎么可能成为太子？这个国家的太子应该是我才对……"

三年前我便早已知晓这个答案了，不是吗？

当那个只有六岁的垂髫小儿站在我的床前，咄咄地发泄不平的时候，我便早已洞悉他隐藏在内心的答案。

我的阳儿不可能成为吴季子，即使他的命运因为我的过失，无奈地与吴季子站在了同等的窘境，但是他的最终决定，绝不会和吴季子相同。

让国？圣贤？

狗屁不通！

所以，吴季子——愚蠢无比！

削 王

从新莽地皇三年刘縯率族人、宾客于南阳起兵，到如今建武十三年，刘秀由二十七岁的青年跨度到了四十二岁的中年，十五年的征伐、平乱、光复，无止无休的战争蹉跎了多少青春，挥洒了多少鲜血、埋葬了多少生命，才换来今天这样天下一统的局面？

回想十多年前刚称帝那会儿，颠沛流离，朝不保夕，谁也无法保证刘秀作为汉帝能在众多的霸主中脱颖而出，最后勇折桂冠，在乱世中留存下来，开创万世基业。

打天下、平四方的时候其实远没有考虑那么多，消灭他人为的是保存自己，那时候心里的想法也十分单纯，只要能活下来就行。

去年冬天，吴汉终于将成家皇公孙述打败，收复了蜀地。自此以后，除了也建国称汉帝的卢芳，依附于匈奴人继续盘恒在边疆外，全国的疆域已经基本收复完整，乱世终于结束了。

外患减除后的刘秀，这时候才开始真正肩负起了打理一个国家的重任。收回对外平乱心思后的他，下一步会做如何行动，这不仅仅是我一个人关注的事情，更是满朝公卿格外关注的事。

他绝非贪图享乐的君主，困苦时不是，创业时不是，即使全国尽收辖下后也绝不是。有些擅长谀奉之人，向他进献良驹宝剑，却被他转手送人。后宫到如今也没有扩充的迹象，自皇后以下，仍是分了四等，除了我和郭圣通享有那份微薄到还不够打赏下人的俸禄外，许胭脂和儿子刘英只能在后宫之中求到温饱。

但我并不缺吃少喝，也从不缺钱，虽然公家的俸禄只有那么一点，但私底下刘秀给我的钱并不少，除了供养儿女开销外，我每个月会额外拨出少许钱让陈敏送去给胭脂母子。出手不是太过大方，这倒也不是我小气的缘故，而是因为我一年的俸禄明面上才那么点，如果给得多了，只怕不仅得不了好，反而惹来不必要的麻烦。

郭圣通的长秋宫缺不缺钱，这根本不用旁人操心，刘秀待她的好，是直接赐予她的家族金钱缣帛，她的弟弟郭况恭谦下士，在雒阳颇得声誉，其门下宾客云集，这样显赫的家世，何愁没钱？

刘秀对自己吝于钱财，处处俭从，但是对臣子、将士，却绝不会吝于赏赐。

"贵人。"陈敏进殿的时候，肩上落着水渍，鬓发沾染水汽。她很随意地捋着发梢的水珠，眉目斜飞，却在无意间流露出一抹焦急。

我会意地屏退众人，她快步走近，倾身凑了上来，衣衫上沾染的那股沁凉的水汽随即一并袭来："陛下下诏，长沙王刘兴、真定王刘得、河间王刘邵、中山王刘茂，此五人降爵为侯，分别改封为临湘侯、真定侯、乐成侯、单父侯。"

眉头一挑，我心里突突直跳。

陈敏睨了我一眼，继续说道："另外改赵王刘良为赵公，太原王刘章为齐公，鲁王刘兴为鲁公……"

这下子我当真被震撼到了，刘秀将原有的刘姓宗室纷纷降爵为侯，削夺王位并不稀奇，但是刘良是他的叔父，刘章与刘兴乃是他的亲侄，这些嫡系宗亲居然也被褫夺王位，他的行动竟是比我预期的还要狠绝。

"这次宗室及绝国封侯者共计多少人？"

"一百三十七人，除富平侯张纯念其有功，虽非皇族，仍留侯爵，改封武始侯外，其余诸侯非皇族刘姓者皆夺侯爵，皇室嫡系改王为公，宗族子弟降王为爵。不过，武始侯的采邑仅原有的富平县一半……"

轰隆——殿外闷雷大作，闪电耀眼的破开乌沉沉的天空，直劈对面长秋宫三重飞檐。啪的一声裂响，惊雷在瓠棱上炸开，我只觉得眼前一团白光闪过，迷花了眼的同时，心跳也漏了一拍。

陈敏及时扶住了我，我心有余悸地挣开她的手，慢腾腾地走向殿外。透过重重雨幕，对面长秋宫的宫人正被惊雷炸得四顾奔走，人影叠撞，雨声掩盖住他们惊恐的尖叫。

我攀住栏杆，探出头去，雨丝顿时刮在我面颊上。

"贵人，小心哪。"陈敏在身后示警。

我回头冲她笑了笑："很久没下这么大的雨了。"

她不知该如何应对，眼神闪烁了下，垂下头去，侍立一旁。

结束大规模的战事，收复汉室疆土后的第一件事，竟然如此大阵仗。满朝静待的结果，皇帝的第一份大礼，聪明的人当可从中看出些许端倪来。

"陈敏，君陵那里可有口讯？"

"阴侍中没说别的，只提到了固始侯。"

"李通？"

李通去年不断上陈，推说身体不适，最终辞去了大司空一职。他虽然贵为皇亲国戚，却在国内战事平定的关键时刻抽身撤离三公鼎位，避之唯恐不及之心显而易见。李通是个具有远见卓识的人，算是那拨聪明人里头最早知趣而退的老臣，现在他虽然从三公位置上退了下来，刘秀仍给他按了个"特进"的身份奉朝奏事。

如今眼看着皇帝将收复江山的心思放到了治理国政，分散的权力必然要一点点地收回来。

飞鸟尽，良弓藏。这是场较量，君与臣的较量，皇帝与士族豪强的权益之争。这场争斗没有硝烟，没有刀枪剑戟，残酷性却远不比战场来得轻微。

皇帝要君主专制，朝臣士族自然不肯轻易妥协，孰进孰退？

首先，功臣们要如何安置？按照高祖刘邦的做法，那简直就是一场兔死狗烹的残杀，而当初充当刽子手的人正是高皇后吕雉。

"阴丽华，你有吕后之风！"

不期然的，脑子里突然浮想起一个清冷的声音。

我不禁打了个哆嗦。

当年被那个如狼般邪魅的男子冠上与吕雉相似的评语，我在不屑中甚至带着一种被侮辱的愤怒。但之后经历种种，随着儿女的逐渐长大，再翻史书，重读高皇后本纪，忽然添了一份欲哭无泪的歆歉。易地而处，我或许做不到吕雉当年的狠绝，但是面对一个极力想将自己儿女逼于死地的情敌戚夫人，再柔弱的母亲也会奋起反抗。

当年我不懂，不懂吕雉为何如此心狠，如今身为人母，我忽然懂了她的恨，她的爱，她的无奈……

人善人欺……天不欺！刘秀不是刘邦，所以我或许永远不会成为吕雉。因为，天塌下来，我的夫主会先替我撑住，如果有血腥，他会替我拔剑，毋需由我逼于无奈的亲自动手。我们的子女，他会牢牢守护住，不会任人轻易染指欺辱。

但是……为了阳儿，为了义王，为了我的孩子们，如果真有那么不得已的一天，我不会有丝毫的犹豫，一如当年护犊心切的吕雉。

盛　宴

建武十三年三月十二，擢升沛郡太守韩歆为大司徒。五天之后，除去马成暂代大司空一职，改授命为扬武将军。

这几年三公之中唯一稳固不变的人只有大司马吴汉，虽然我对吴汉惯常的暴行屠杀行为颇有微词，但在整个政局中却又不得不承认，作为南阳豪强士族的中坚分子，我需要他的鼎立扶持，赖以和河北郭氏后党势力相抗衡。

也正因为如此，去年他故态复萌，将已经投降的公孙述的族人满门屠杀后，我并没有像十年前那样，冲动愤怒地拍案而起。十年前牺牲了一个邓奉，换来我今日异常冷血的清醒，不知道这种变化算是觉悟的进步还是人性的退化，我却终于在磕磕碰碰中逐渐学会了走路，在跌跌撞撞中逐步强大——去年年底吴汉将公孙述的妻子儿女，长幼不留，尽数屠杀，真正做到了斩草除根，这等血腥手段，最终换来刘秀的暴怒。

十年前，面对此情此景，我必定会强烈要求诛杀吴汉，以示公义，然而十年后的今天，作为南阳士族的一员，我却在暗中向刘秀力保吴汉。

吴汉对我的价值，非同小可，他可以干出种种失德的暴行，我却不能趁机斩杀他，反得处处予以维护。

春末，吴汉从蜀地班师回朝，我向刘秀建议让吴汉绕道回趟老家宛城，他这几年一直为光复汉室江山奔波，也算得是劳苦功高了。刘秀欣然应允，特准吴汉回乡祭扫，还额外赏赐他谷米二万斛。

四月份，吴汉从宛城返回雒阳，跟着他一块儿抵达京师的还有原先成家国宫廷御用的一干奢侈之物，包括瞽师、郊庙乐器、葆车、舆辇等。以前也听马援提过，说公孙述称帝后，特爱摆皇帝架子，宫中所用之物，仪仗器具，堪称绝绝。但这些我都只是听说过，却从没见过，跟着刘秀这个白手起家、俭朴如昨的汉帝，在这所谓的皇宫里面住了也有十来年了，所见识到的排场却还远不及当年长安长乐宫中的一小半。

公孙述捣鼓的那些奢侈品一到雒阳，第一个受到震动的便是皇后郭圣通。这其中礼乐的器物尤为齐全，而这些，在以往的南宫中是根本找不到的，于是颇受震动的郭皇后决定在宫中摆宴，以壮汉家气派。

这个主意后来不知怎么地传到了刘秀的耳朵里，于是一场原本计划在后宫小聚的小宴最终被扩展为汉廷文武群臣筵。

我敏锐地嗅到了一丝不同寻常的味道，相信与我一样敏感的人不在少数。宴会的前一天，我以阴贵人的身份发出名刺，分别邀梁侯邓禹、建威大将军耿弇二人入宫小叙。结果，邓禹不曾露面，却打发人带了四个字当口讯；耿弇匆忙进宫，我与他二人在宣德殿外碰了面，我只简略地对他说了几句话，半个时辰后，他顶着张惨白的脸，步履蹒跚地离开了皇宫。

夜里闲聊，刘秀状似无心地随口问我："耿伯昭进宫了？"

我想了想，借用邓禹的口讯回答："如尔所愿。"

刘秀握住我的手，笑容里充满沧桑，眼角的笑纹叠得更深："你不当皇后真是可惜了。"

"这话可只能出你口，入我耳，关起门来说笑罢了。"我反手握住他的手，十指交迭，心有所念，于是又忍不住说道，"你难道不担心我成为另一个高皇后么？"

他不答，只是沉沉地笑了两声，忽然凑过身来，用另外一只手揽住我的腰，掌心覆在我的小腹上。

"你的月信迟了小半月了。"

"哇，这你也知道？"我故意夸张地戏谑，既然他想转移话题，我默契地配合一下又有何妨呢？

他抓着我的手，扳弄我的手指，一个个数过去，边扳边念叨："义王眼睛像我，荆儿的脸型有点像我，苍儿长得更像君陵，中礼、红夫……你说，我们的阳儿长得更像谁多些？"

好八卦的问题，我眨巴眼，想了半天终于憋出一句："四不像。"

"咳。"他轻咳一声，"那这一胎，你想要儿子还是女儿？"

"女儿吧。"我细细琢磨了下，"义王、中礼、红夫哪一个都不像我，我想生一个跟我一模一样的女孩儿，然后等她长大了，你看到她，就能时时想起年轻时的我来……"

他吃吃地笑了起来，手指与我缠得更紧了："那这样吧，你给我生个儿子，跟我一模一样，以后长大了，你日日对着他……"

"喊，你当我花痴啊。"突然想到花痴这个词太"新鲜"，太"活力四射"了，忙打岔道，"那我要当真生了这么个小刘秀，你又拿什么赏我？"

"真是不肯吃半点亏啊。"他笑着刮我的鼻子，"若真是这样，朕许你个心愿，你要什么朕便给你什么。"

我心中一动，虽然刘秀的许诺看似有些玩笑多于认真，但我总觉得他的笑容下隐藏着一种说不清道不明的情愫，似乎……这并不仅仅只是一个玩笑式的承诺。

刘秀不是个会享受的君主，后宫甚少歌舞，甚少欢娱，即使腊日、元日等大节，掖庭也没显得格外热闹。所以，当这场盛宴真正在宣德殿摆开时，后宫里每一个宫人脸上挂着的笑容里，比平时多了份期待和好奇。

"果然老了。"我对着镜籢微微摇头，喟叹欷歔，耳垂上的明月珰随即摇晃起来。

指尖抚过脸颊，面上敷的一层香粉，用的是上等细米淘制而成，捻于指尖手感十分润滑细腻。其实这么些年来，我极少在自己的脸上做文章，属于典型的不爱红妆爱武装，然而岁月不饶人，现在再想回到年少时那般跳脱飞扬，挥洒大把青春已是奢望。

"哪里，贵人只是不习惯妆扮罢了。"陈敏的手极巧，她用香粉将我脸上的褐斑和痘痕尽数盖住，眉毛修成远黛眉形，双颊拍了少许胭脂，唇上一点朱丹，画得犹如一颗樱桃。虽然这样的妆容实在不合我的审美观点，但至少落在旁人眼中，面上皆已平添出无言的惊艳。"贵人不施脂粉，也已胜过许多人了。"

发梳垂云髻，以黄金为托、贯穿白珠做成桂枝状的金步摇簪正亮晃晃地插在髻结上，我愣了下，本想将它摘下，手刚举起却又放下，抬头对镜浅笑："你今天是不是打算把我妆扮成二八少女呀？你以为我还跟你一般年纪么？"

"是呀。"许是受到宫筵喜庆的感染，她说话也俏皮起来，"贵人和小公主们一块儿出席，保准让那些大臣认不得你们是母女。"

我无法阻止岁月在我身上留下的沧桑痕迹，陈敏这样十四五岁的青春时光我也曾经历过，而且不止一次。镜中的自己浓妆艳抹，依稀恍惚间竟像那日出嫁时的盛装娇艳，我抿唇一笑，起身披上袿衣，淡淡地吩咐："一会儿让四皇子跟我去长秋宫晨省，其他人让各自的乳母领着去宣德殿，记得切莫错过时辰。"

"诺。"

初夏的风吹到身上，已经带着一股燥热，而这个时候也不过才刚刚旭日东升。我高昂起头，身后紧跟着我的大儿子刘阳。快到长秋宫殿阶前时，刘阳伸手搀住我，我愣了下，盯着他瞅了两秒钟。虽然我不认为爬这十几层的阶梯算什么，但难得这孩子有这份细致的孝心。我没缩手，任由他搀着，一步步往上走。

"娘，给我再生个小弟弟吧。"

"嗯？"步子不徐不疾，"为什么要弟弟？"

刘阳稍稍一顿，随即回答："父皇削了王爵，汉廷上下再无一人称王，诸侯封邑再多，左右也不过是个侯爵，弟弟多了，加起来的力量才会大啊。"

哑然，这个孩子的心智早已超出常人。望着对面嵯峨的长秋宫殿，我由衷地发出畅快的笑声。我果然不会成为吕雉，吕雉为了儿子可说呕心沥血，甘愿背负一切骂名，可最终她那老实巴交的傻儿子却没有一点领悟力，不但不领情，反而埋怨自己的母亲心狠，以至自暴自弃……

"阳儿，你是娘的好儿子，娘以你为傲。"

高高在上的长秋宫，平日门可罗雀，今日却是车水马龙。我才到正堂，刚听说湖阳公主已经到了，身后便传来一声高呼："三嫂！"

刘伯姬匆匆疾走两步，惊叹地拉住了我的手："真的是三嫂，我都不敢认了，在你背后看了好一会儿。刚才还在心里琢磨，这是哪家的姑娘，怎么长得那么像我三嫂……"

"你只管拿我取笑吧。"虽然知道都是些奉承话，但听到耳朵里却仍是无比受用。

刘伯姬年初才刚生下了，产后体形不及恢复，显得比平时丰腴许多，她比我年长四岁，今年三十七岁，按照古代的人均寿命，已经是位不折不扣的中年大妈。

看看她，再想想自己，忽然冒出一个很滑稽的念头，难道我也要一直这么担当高龄产妇，生到四十岁为止？

"哪有取笑之意，我说的都是真的，平时不见你着粉，猛地瞧你这么一打扮，可不跟你未出阁时一样鲜亮么？"她越说越起劲，也不顾这里的场合，大笑道，"只是穿了这一身，显得太静了，我还记得当年第一次见你时的情景，那会儿你可二话没说便要与我刀剑相搏……"

"还说，那次明明是你挑衅在先。"

我和她叽扰两句，趁着停歇的间隙，刘阳恭恭敬敬地拜见姑姑。刘伯姬情不自禁赞了句："瞧这架势，哪里像是个才十岁的孩子，你娘把你教导得真好，颇有你父当年风范。"

"别再夸他了，可经不起你们这么老夸着他，呵捧他。"我谦虚地客套几句，低头对刘阳吩咐，"你先进去给你母后、你大姑姑她们问个安吧，她们问起我时，你就说我和你小姑姑聊几句，一会儿便来。"

"诺。"

等他走开，刘伯姬将我悄悄拉到一边，视线下移，直刺刺地落于我的腹部："是不是真的？"

我一凛，这事我还没通传太医令来确诊，没想到居然连宫外的刘伯姬都已听到了风声。

"还没确定。"

"这次怎么……"话说了一半，她倏然停住，愣愣地望着我，有些尴尬，"这事其实也怪不着你，谁也说不准，没法刻意分先后……唉，瞧我笨嘴笨舌的，我的意思是……"

"我明白。"我假装不在意地笑了下。

刘伯姬的言下之意，是在怪责我怎么这一次没遵照"惯例"来，以往四年中，后宫的皇嗣生育排序，总是长秋宫先传出喜讯，然后隔上两三月，才是西宫。这么明显人为造成的均衡，却能让朝廷内外的所有人，无论是皇后党，还是贵人党都无话可说。

其实我很想告诉刘伯姬，生孩子的事如果存心，并非当真不能刻意分出先后次序来，但转念一想，对方也早已是几个孩子的母亲，这种闺房之事哪里用得着我来八卦？她自然是也早就想到了这一层才会问出这么一番话来。

或许，她更想问的是，她的三哥，到底想干什么吧。

"这次大司马从宛城祭祖回来，什么时候固始侯也回宛城瞧瞧？宁平公主是个有福之人，固始侯待你好，待陛下也好……陛下待他也好……"我只能言尽于此，能否领悟深一层的意思，且看她自己了。

刘伯姬先是茫然，转瞬吸了口气，惊讶的表情终于笑逐颜开："是，是，南阳郡……"

我早知她绝对是个聪明的女子，含笑与她携手一同进殿。

进去才知道其实自己真的来晚了，赶着从宫外给皇后晨省的诸侯夫人，早已熙熙攘攘地挤了满堂。蒲席铺开，能坐得上席的却只有湖阳公主刘黄、郭圣通之母郭主等寥寥数人。主位上端坐着身穿曲裾深衣的郭圣通，发簪金步摇，耳垂明月珰，一样的盛装，只是她的衣襟领口、袖口多加了一层襈，绣了一圈纹饰。

我向她行礼的时候，她一言不发，只是那双眼睛直直地盯住了我头顶上的金步摇，直到郭主在一旁笑着打起圆场："阴贵人身子精贵，赶紧起身吧。"

郭圣通如梦初醒般回过神来，苍白的面上终于有了一丝缓和的笑容："阴贵人起来吧，怎么不见你把三位公主一并带了来？"

我笑着起身："妾怕她们吵闹，让人领着直接去宣德殿了。"

郭圣通随意点了点头，我和她之间虚与委蛇的客套把戏也就到此为止了。待我起身后，立即有人匆忙避席让座，纷纷挪到席外侍立一旁。

主次尊卑之位的顺序重新调整，底下一通忙乱，我一边微笑寒暄，一边用余光打量郭主。她老人家高高端坐次席，却是丝毫没有要挪窝的迹象。

我沉住气，假作未见，在侍席上坐了，右手边紧挨着的正是许美人。

"怎么了？"我见她盯着我头顶发呆，忍不住笑问。

"不，不……没什么。"她略带慌乱地低下头去，相较我和郭圣通，她的妆扮要简单得多，发髻未挽假结，所以也没带任何饰物。若非她化着妆，坐在席上，否则将她往人堆里一丢，也实在分不清是宫女还是美人，那些个诸侯夫人中任何一个都要比她鲜亮得多。

按制，贵人发髻上应该只能簪墨色瑇瑁钗，所以想必今天我一出场便已震晕了很多人。也好，晕就晕吧，我要的也正是这种效果。

诸侯夫人们当中有些相熟，有些却显得面生，我不认得，胭脂更不可能认得。好在上有皇后挡着，无论她们此刻心里想着要如何赶紧巴结也不敢当着面与我结交。

在长秋宫磨蹭了大约半个多时辰，戌时二刻，有小黄门来报，皇帝已下了朝，与众大臣诸侯正往宣德殿去。于是我们这一拨人哩哩啦啦地都站了起来，整理衣装仪容，然后跟着郭皇后前往宣德殿。

我走得较慢，一边还不时和刘伯姬闲聊，刘阳这会儿正被刘黄拉在身边，两姑侄亲热得不得了，反倒显得冷落了另一侧的刘英、刘康。

没一会儿，按耐不住的刘康便自顾自地跑开了，待刘康一走，刘阳忽然停下与姑姑的对话，扭头对刘英低语了几句。刘英听后，竟而笑了起来，刚才那种无所适从的尴尬气氛被轻松挥散。

这一切丝毫不差地落入我的眼中，心里既感骄傲又有些担忧，正想找机会叮咛几句，忽然有个小黄门悄悄走到我身边，附耳低语："中常侍让小人来请贵人移驾……"

没等我有所反应，一旁的刘伯姬已然觉察："出什么事了？"

"没事，我落了东西在宫里，宫里头的人找不着，还得我回去取一趟。"

她不疑有他，只是叮嘱："那你快去快回。"

我跟着那小黄门匆匆而去，却并没有回西宫，反而绕道走捷径奔向宣德殿东侧殿。人未至，便见那里围堵了一群大大小小的孩子，几个随侍的乳母看妇急得满头大汗。

"不要！我就是要他赔！"脆生生的女音，充斥着莫名的骄娇二气。

我叹了口气，压低嗓子喝了声："义王！"

眼前的人群自动分开，然后我看到玉阶下，刘义王正满脸怒气地揪住一位少年的衣襟，在二人脚下不足一丈之处，扔着一支长戟和一把已被折成两段的小弓。

一看这阵仗，我心里已是明白了七八分。众人见了我皆惶恐行礼，唯独那少年，雪白着一张脸，嘴角抽动着，也不知道是不是吓傻了，直直地站着，未曾下跪。

我免了礼，问道："中郎将可在？"

问了半天没人吱声，倒是那少年突然开口道："臣松，叩见阴贵人。"他屈膝与拜，可偏偏义王不给他这个机会，揪紧他的衣襟猛力扭扯。

我看这实在闹得不像话了，呵斥道："还不松手，你哪里还有一点公主的样子。"我抢上一步，劈手砍在她手腕内侧，待她手软之际，直接拎着她扔给乳母，"今儿个你不用去赴宴了，给我回宫好好反省去。"

义王哇地哭了起来，扭着身子边哭边说："明明是他的错，呜呜，是他不让我进殿，抢了我的弓，夺了我的箭，呜呜……"

"带她回宫去！"我不愿把这事闹大，把那些宾客招来，那可真有热闹可瞧了，今天的宴席也不用费心搞什么歌舞杂耍了，直接看大汉公主哭闹的大戏得了。

那少年脱身后，先是整了整自己的衣裳，而后才从地上拾起长戟，站于一旁。其实从第一眼看到他的装扮，我便知道这是名负责守卫宣德殿的郎官，只是他年岁看起来甚小，似乎还不足十五岁。郎虽不是什么大的官职，但南宫中现有的郎官，却半数以上的人选都是从高官及富家的子弟中选拔出来的，这些人或多或少背后总有些来头，特别是像眼前这种未成年的童子郎，更是可以断定其出身背景非同寻常。

"尊父是……"

"父亲乃高山侯。"

我倒吸一口冷气。好家伙，真没预料到这少年竟是高山侯梁统的儿子。这个梁统和窦融一样，都是出自河西士族，当年隗嚣占据天水、陇西，也正是靠了他们才能打败隗嚣，顺利收复河西。

目前朝中的老臣加功臣，以黄河为界限，大致可分河北集团，河西集团，河南集团三类，再往下细分，河南集团这边还分颍川郡与南阳郡两拨。刘秀与我，甚至大多数皇亲宗室皆出于南阳，而皇后郭圣通则出于河北，所以一旦我与郭圣通引发利益冲突，首先波及到朝局震荡的一定会是河南与河北之争。

这些年争来斗去的暗涛其实并不少，只是彼时江山未复，重在平乱，大家的精力更多的是忙于怎么应付打仗，怎么跟人抢地盘。有句话怎么说来着，攘外必先安内，所以大的政治导向、利益冲突都不会太明显凸出。然而等到现在天下太平了，早先前打江山的弟兄也死得没剩下多少了，谁也没有料到之后填补进来的九卿，竟会使得河西士族异军突起，占据了非常重要的一席之地。

梁统，建武五年封宣德将军；建武八年随刘秀从征隗嚣，封成义侯，其兄长梁巡、堂弟梁腾并为关内侯，梁腾还做酒泉典农都尉；建武十二年，也就是去年，梁统与窦融等河西功臣被诏到了京师雒阳，以列侯之尊奉朝议事。没多久梁统便被封为高山侯，官拜太中大夫，他膝下四个儿子都被召入宫中授予郎官之职。

"你是高山侯长子？"

"是。"

我不禁又瞥了他两眼，看他的岁数也不过比刘阳大不了多少，年岁应该与刘彊相仿，只是他眉宇间透着勃勃英气，却远非养尊处优的皇子们可比。

我指着地上的断弓叹道："你可知此弓乃天子御制之物？"

梁松面色煞白，持戟跪倒："臣职责所在，望阴贵人恕罪。"话虽说的硬气，可到底还是个孩子，声音不免有些抖颤。

我本没想就此为难他，这件事想来多半是我那宝贝女儿的错，怪不得别人。

"你快起来吧。义王是我的女儿，她要有什么错，也是我督导不力，应该我向你赔罪才是。"

他错愕地抬起头，呆呆地望着我。

原想再借此多与他攀谈几句，可时间不等人，打老远我就望见代印从宣德殿侧门出来，四下里不住地探头张望，于是伸手将他扶起，拍了拍他的肩膀，和颜悦色地说："往后她再有什么不是，你只管当面呵斥便是。其实她心地不坏，只因是长女，难免被陛下娇宠了些。"

不等他再有所表示，我示意众人赶紧清场撤离。代印也瞧见了我，然后不住地打手势让我赶紧入殿。

我不敢滞留，当即由宫人在前头领路，行色匆匆地走向宣德殿正殿。

藏　弓

走过代印身边时，我小声说了句："多谢你有心。"

代印退到一旁，不露声色地扯高嗓门喊："阴贵人到——"

我深吸一口气，轻移莲步，向内走去，殿中百余人不闻人声，只听衣袂簌簌，纷纷跽起，更有爵秩低微者避席伏地。

眼波流转，秀目掠扫，已将众人众态大致收于眼底，高爵者除三公外，南阳以邓禹为首之臣皆伏地，河北诸将或跽或伏，耿弇先跽而后避席，缓缓伏身叩首。

我并不惊异，只将注意力转移到窦融与梁统二人身上，梁统眼望窦融，窦融目光飘移，最终在席上缓缓伏下了身。

我满意地勾起唇角，从公卿们中间穿过，尚未到皇帝跟前，高榻上的刘秀已站了起来。

"妾阴姬叩见……"

礼才行到一半，刘秀突然一个箭步跨了过来，托住了我的胳膊。

我狐疑地抬头，却意外地发现那双清澈如水的眼眸正熠熠生辉般望着我。

"怎么……我脸上有什么不对么？"我下意识地伸手擦脸，却被他抓住手腕。

"不，没有。"他忽然低头哂笑，拖着我的手，示意我坐到他身边。

我看了下，他左首坐着皇后郭圣通，右首一张榻席上虽然空着，却是与帝后的席位并排而列。

我顿了下，侧首瞥了刘秀一眼，他眯着眼眸视若无睹，泰然自若地扭头与皇后喁喁低语。我深吸口气，终于跨上一步，提着裙裾坐了上去。

腰杆挺得笔直，从来没有这样一个时刻，我的正坐之姿能有这般标准，无可挑剔的优雅完美。双手搁于膝上，十指尖尖，白皙修长，我注视着自己经过细心修剪过的长指甲，那上面染的丹蔻，鲜红中带着一股迫人的力量，像是透过指尖遍布到我全身。

我闭目，睁眼，缓缓扬起头来，嘴角勾勒着自信的微笑，我将目光投向在场的所有人。

南阳宗亲诸将面上或多或少地都浮起一丝笑意，相对比河北诸将面有不悦，甚至有人忿忿地拿眼瞪我。我只当未见，数百人济济一堂，放眼望去，更多的人正若有所思地陷入沉吟思索。

目光转了一圈，正欲收回，忽然感到身侧有道异样的目光正直刺刺地锁住我。我抬眼掠去，却不由愣住了。

那异样的眸底压着一层深重的迷惘、惆怅，陡然间像是将我带回十余年前，呼吸仿佛在这一刻凝结住。

我有些尴尬，咬着唇含蓄地冲他颔首一笑，可邓禹却仿佛走了神，隔着七八丈远，只怔怔地瞅着我。我耳根子一烫，贝齿在唇上咬出了牙印儿，他却仍是恍惚如初。与他同坐一席的李月珑若有所觉，瞥了夫主几眼，却不敢向我这边举目张望，只是在邓禹身旁嗫唇唤了一声。

"咿嗡——"堂上一声琴弦震动，紧接着钟磬丝竹之乐齐奏。

我低下头，长长地舒了口气，一颗心却隐隐开始不安起来。

"你刚进殿来的时候，朕在想……"刘秀忽然挨近身子，用一种柔软如棉的声音絮絮地说。他的声音很低，却并没有被悠长的乐声盖住，细细地钻入我的耳里，夹杂着一种酥痒。

"陛下在想什么？"等了好一会儿，也没见他继续说下去，我不由抬起头看向他。

他的脸庞清俊瘦削，眼角压着细纹，眼神明净如水，水面平静如镜，水底却深藏着一道不可叙述的暗涌。平时很少见他不笑，却也很少见他笑得连那眸底的暗涌也漾出欢愉的浪花儿。

"恍惚觉得你还是那个骑在窗栏上的娇憨女子，朕好像……听见你喊着，刘秀，你出来……等朕明白过来时，竟当真如当年那般站了起来……"

我"嗤"地一笑，笑过之后，才慢慢回味过来其中深意，眼中不自禁地有了湿意。

"刘秀——你出来！"

心里有个脆亮的声音响了起来，我用嘴比着唇形，一字一顿地对他无声念了出来。

眼眸中盛的笑意更浓，像是汪洋浮起浓烈的氤氲，他悄悄握住了我的手，宽大的衣袖遮盖住这个亲密的小动作。

他抿唇一笑，如同孩童偷吃了一枚糖果般，乐陶陶，喜滋滋，醉在其中。

我笑着低下头，泪水已经浸满眼眶，几欲夺眶坠落。

暗自调整情绪，用力吐纳了两口气，我终于吸着鼻子抬头，戏谑道："我只当你是在夸我年轻。"

他无声而笑，脸上说不出的怜爱，许久，长长地吁口气："相识近廿载，我竟是欠你那样多……"

声音细不可闻，他飞快地转过头去，我心中悲怆，强忍的泪意差点克制不住汹涌而出。

殿上歌伎清唱，一曲作罢，宫人已将各色食案有条不紊地抬了上来，安置到每个人跟前。我溜眼一扫，帝后的食案与我面前的菜色一模一样，无有差别，这三副食案均是鬃制木漆，红黑双色相间，漆盘上摆放着荤素各色佳肴，百味珍馐。太官令显然费了极大的心思，菜肴按照礼制摆放，十分讲究——左手边放置饮食和一些带骨的肉食；右手边则摆放着羹汤，黍酒，切下的纯肉；

食案上方摆放着细切和烧烤的肉类，醋、酱等调料放在近处，葱、椒之类的伴料则放在旁边。除此之外，还有一些干肉、牛脯，太官令也将它们分别摆放，弯曲的在左，直的在右。

我默不作声，假装若无其事地欣赏歌舞。殿中鼓点敲响，鼓声震而不乱，庭中空地上摆放着七只盘子，一名身材高挑的舞伎穿着一袭长袖襦裙，腰肢柔软轻摆，伴随着鼓节的敲击，足尖在七只盘中轻盈跳跃，时而振袖，时而扭腰。

婉转鼓侧，蜿蛇丹庭，七盘递奏，振袖足蹈，轻盈如翾。

舞伎的舞姿出众，长袖甩动，如行云流水，翩跹摇曳，加之舞蹈时额生汗滴，一张俏丽的脸蛋更是艳若桃李，神情妩媚，频频放送秋波，一副欲语还休的摄魂模样。

我看得慢慢入了神，内心的激动之情也很快平复下来。这时刘秀先举了锤，动了箸，底下臣子才敢开始饮酒吃喝。

酒喝了好几锤，诸位诸侯及夫人见皇帝没有半分架子，才慢慢放胆开始说笑，不再像宴会开始时那样拘谨。

"你爱瞧这七盘舞？"

我看得正起劲，听刘秀问起，便点了点头，随口道："那女子舞艺极好，脸蛋儿也长得好看……"

"是么？"他轻笑，"朕记得……你的舞艺也极好。"

"武艺？"我困惑地向他确认，很奇怪他怎么会扯到我的武艺上去。

"舞……"他指了指场中旋舞的舞伎，"舞艺……"

"哦——"拖长音，恍然，他原来说的是我的舞艺，不由奇道，"我何曾跳过舞？"

"有。"他很肯定，"朕记得，那年春寒料峭，你挑井水浆洗衣裳，卷了高高的裤腿儿，站在木盆里，赤足踩溅水花，哼唱起舞……朕觉得那等舞姿远要比这七盘舞要来得曼妙生动。"

我面上一烫，涨红着脸怔住了。这是多久前的陈年往事了？为什么我好像记得，又好像不记得曾经有过这么一回事？

汉时的舞蹈种类繁多，不拘男女，除了长袖舞、巾舞、建鼓舞、七盘舞外，还有剑舞、棍舞、刀舞、干舞、戚舞等，我不通音律，自然不懂这些舞蹈，唯一会的，只有将跆拳道的动作揉入到音律中的"跆拳舞"而已。相较之下，"跆拳舞"动作刚劲有力，富有节奏，虽算不上突兀，但也绝对称不上曼妙生动。

为了掩饰绯红的面颊，我端起酒锺，假装饮酒。身后两名宫女手持羽扇，正微微扇着风，我嫌风力太小，便回首示意她俩用点力。

这时，刘秀忽然扬声笑问："当初诸位如果不随朕光复汉室基业，而今又将是何等作为呢？"

一席话问出，那七盘舞也恰好到了尾声，一时间全场鸦雀无声，众人面面相觑。

过了好一会儿，席上才有人不卑不亢地答道："臣年少时曾读书求学，如今可做郡文学博士。"

"哦？"刘秀笑道，"卿乃邓氏子弟，志行修整，何愁做不到一个掾功曹？右将军言辞委实太过谦了。"

邓禹似笑非笑地撇了撇嘴，笑得甚是古怪，眼神却是凄怅到了极处。殿上气氛有些怪异，我眼皮突突直跳，心里的那份不安又扩大了一分。

如尔所愿……

但愿，今日的计划不至于出现纰漏。

"臣有武勇，可以当个守尉，专管捉拿盗贼！"我闻言侧目，不禁乐了。嗜酒成性的捕虏将军马武正摇摇晃晃地从席上站了起来，举杯向皇帝示意。

刘秀莞尔一笑："捉拿盗贼？马子张，你只要自个儿不当盗贼，不被亭长捉住，便已是相当不错了。"

"噗——"酒水不及咽喉，竟被我一口喷了出来。我用帕子使劲摁住嘴，以免再度失态，直憋得脸蛋通红，频频闷咳。

马武显然喝高了，瞪着一双通红的眼珠子，看看刘秀，又看看我，忽然大叫道："喔——臣明白了，陛下取笑臣，是还记着往日的仇怨呢。臣……这就给阴贵人赔……赔罪。"他用勺子从酒尊里淅淅沥沥地舀了酒，一步三摇地向我走来。"阴贵人，我给你赔不是了。我当年被逼沦为盗贼，被猪油蒙了心，一时起了贪念，绑……绑了你……"

他笑着在我跟前跪下，我忙从榻上起身，弯腰伸手虚扶："使不得，将军快请起。"

"十多年前的事了，要不是结识了陛下这等明主，臣这会儿只能继续沦为盗贼而已……那时，那时……陛下为了救你，还跟我们几个动了手。呵呵……呵呵……真是罪过啊……"他跪在阶下，举锺将酒一口喝尽，摇晃着脑袋，毫无顾忌地畅言，"不过，陛下和贵人也真不该再责怪我，怎么说，我这也算是成全了一段英雄救美的佳话啊，若非因此……"

他絮絮叨叨地说着浑话，刘秀也不生气，命身边的中常侍代印扶了马武回席。我趁隙偷觑一旁的郭圣通，虽然刘秀挡在中间，瞧不清她脸上的神气，可那只端锺的手却在微微打颤。须臾，她掩袖将酒一饮而尽，许是喝得急了些，呛得咳了两声，边上立即有宫女端水伺候她漱口。

殿上众位老臣纷纷你一言我一语地说着自己可能干的事，忆起往事，无不一片欷歔。我拿眼细观，唯独河西诸将不发一语，颇有窘意。高居上席的窦融一团和气的面上谦卑从容，眼睑低垂着，不知在思忖什么。他们这些人都不是皇帝的旧故臣僚，如今到了雒阳，官位却不在功勋彪炳的功臣之下，内心感到惶恐也在情理之中。

我会心一笑，今天的宴席真的是越来越有趣了。

"父皇。"见众臣谈论得兴起，皇太子刘彊从席上起身，走到父皇母后身前，一脸的兴奋，"父皇兴兵复汉，行军阵战如此英勇，儿臣从前略有耳闻，却不曾听父皇提起。父皇，你给儿臣讲讲好么？"

那张充满朝气的少年脸孔，彰显着无比的膜拜与期冀，双靥绯红地仰望着父亲。

刘秀居高临下地垂目对望，郭圣通搂住儿子的肩膀，五指按得极紧，刘彊感到痛意，微微缩了肩膀，不明所以地瞥了母亲一眼。

刘秀淡淡笑问："昔日卫灵公问孔子阵战之事，孔子没有回答，知道为什么吗？"

刘彊困惑不解，刘秀拍了拍他的头，神情淡然地加了句："此事非你所及。"

他收回手，若无其事地继续与大臣们寒暄笑谈，郭圣通面色苍白，眼神复杂多变，似怨似恨，转瞬闻得身后一声轻咳，才匆匆收敛，将仍是一头雾水的儿子拉到身边，细细安抚。

我扭过头，却发现刘阳不知何时已来到跟前，正跪坐在榻下，神态自若地取了食案上的刀，动作熟练地割着肉。他分完肉，恭恭敬敬地将盆盘递到我面前，轻柔地喊了声："娘请用。"

我似有所思地夹了块肉送到嘴里："阳儿，父皇问你太子哥哥的话你可懂？"

他轻轻一笑："灵公问陈，孔子不对，典故出自《论语》。"

"我没问这个。"我将肉嚼烂了，慢慢咽下。刘秀的意思如果仅是为了向太子考证《论语》那么简单，也就不会让郭圣通花容失色了。

"嗯。"刘阳敛起笑容，神情淡淡的，只眼梢带起了一抹得色，"孩儿绝不会让父皇娘亲失望。"

我点点头，欣慰地关照："以后行事更需谨慎，有分寸。从今儿起，这殿上的每一双眼睛都会在背后关注你的一言一行。"

"诺。"他应了，随后起身去给父皇母后行礼，酖酒、分肉，谦恭孝道之举不在话下。

歌舞将尽，飨宴将散，我终于按捺不住，暗暗将目光投向邓禹。

没曾想，邓禹竟一直在看着这边，一时四目相接，我又是一震。他的神情太过沉重，重得像是千斤巨鼎，能压得人喘不过气来。但我无法回避，直直地望着他，深深地吸气，毅然决然地与他对视。

我能清楚地看到他最后无语的低叹，神情凝重而麻木，然后从席上起身，整理衣裳。他做这一切的时候，他的妻子李月珑便一直陪在身旁——他起身，她亦起身，他整衣裳，她便伸手帮忙将平褶痕，配合得如此娴熟，如此自然。

在万众瞩目下，邓禹平静而从容地走上殿中央，叩首伏倒，清冷的嗓音盖住所有喧哗，响彻整座殿堂。

"如今江山光复，天下太平，臣奏请陛下收回将军绶印，去甲兵，敦儒学。"他从袖中取出右将军绶印，托举于顶，拜叩。

刹那间，殿上绝音，静得只剩下粗重的喘息吸气声。

刘秀端坐在榻上，没有出声，目色平静，沉吟不语。

阶下又闪出一人，却是左将军贾复，跪于邓禹一旁，也交出印绶，朗声道："臣亦奏请上缴将军绶印！"

冷清的殿上这才像是油锅里落下了一滴水，噼噼啪啪溅起油花来。

窃窃私语声嗡嗡地回荡在宽旷的大殿之上，我将视线冷冽地投射向人群中的耿弇，他微微一震，终于在耿家兄弟数人的注目下，缓缓起身走上堂来，嘶哑着声说："臣亦奏缴绶印！"

油锅终于沸腾了!

邓禹和贾复，皆是出自南阳，这二人可说是等同于皇帝的左膀右臂，随同天子一起出生入死的老臣、功臣、良臣。而耿弇，自从他的父亲耿况以及乐光侯耿纯故世后，河北士族多数以他马首是瞻。

刘秀拈须微笑，再没人比我了解他的心思，他若无十足把握，今日这场宴会岂非白搞了？有道是兔死狗烹，鸟尽弓藏，如今兔已死，鸟已尽，功臣们如若不想成为韩信、彭越、英布，也是时候该稍许懂得些收敛了。

我相信刘秀不是狠心绝情之人，但人生在世，身不由已的事何曾少过？刘秀心再仁，毕竟是个皇帝，若皇权旁落，掣肘他人，岂非君不君，臣不臣？

我做不来吕雉，如同刘秀做不来刘邦，我和他都不是绝情绝义之人，所以退而求其次，罢兵权已势在必行。

自耿弇之后，有识时务者随即附和，纷纷上奏自请缴出大将军、将军印绶。

戏演到这份上，剩下的只是落下帷幕的善后工作了。

刘秀清了清嗓子："既如此……且收回诸将军印绶，封邓禹为高密侯，食邑四县；贾复为胶东侯，李通为固始侯，食邑六县，皆以列侯就第，加位特进，奉朝请……"

诏书其实是早就准备好的，代印假模假样地忙了一通，然后拟诏宣读。这一回罢兵权、增采邑的功臣，共计三百六十五人，其中仅是外戚、皇亲国戚便有四十五人。

一场盛大的君臣欢宴，最终在皆大欢喜的道贺声中画上了圆满的句号。

第二章
北叟颇知其倚伏

春　晖

建武十三年四月廿五，冀州牧窦融受命任大司空。

自从功臣一个个的皆在授予高爵的同时被罢去兵权后，作为河西士族代表的窦融上位，愈发使得他谨慎小心，处处谦卑，唯恐自己遭到皇帝不满。

昔日里胆敢与皇帝分庭抗礼的朝臣有了忌惮，君主权利在一点点的集中。

窦融恰在此时获得重用，从另一个角度来看，他的升迁，更像是被皇帝置身于火炭之上，个中滋味只有他自己才能体会。但从窦融三番两次提交辞呈，也可看出，他这个大司空之位，实在做得有点如履薄冰。

朝廷虽设三公，然而皇帝却躬好吏身，事事喜欢亲力亲为。旧制二千石长吏的任免，需三公委派掾史进行核查，但这旧制到了刘秀这儿，却变成了皇帝直接听取刺举之吏的奏报。

刘秀的亲力亲为，造就了一大批与皇帝亲近的尚书势力抬头。前朝汉武帝时为了突出皇权，削弱相权，将章奏的拆读与审议，转归尚书。如今刘秀的一些做法，显然也是打算利用尚书台，慢慢削夺三公原有的庞大职能与权力。

照此等势头发展下去，假以时日，多则五年，少则两年，三公不被皇帝架空才怪。不过，那些三公九卿，也都不是酒囊饭袋的废物，这一场不见硝烟的政斗，到底鹿死谁手，还未可知。

十月，我顺利产下一子，取名刘衡。四个月后，皇后郭圣通亦产下十皇子刘焉。

建武十四年，时任太中大夫的梁统上疏建议加重刑罚，一度在朝中掀起争论。

建武十五年元旦初始，三十五岁"高龄"的我再度产下一子，取名刘京，至此我已是五子三女的母亲。

按例仍得有一个月的时间被关在房间里无法走动，小刘京很乖，事实上我生养了那么多的儿女，不管性子如何，在襁褓之时都显得特别乖巧，抚育他们的乳母也都称赞说是胎教做得好，所以孩子们不哭不闹，十分好养活。

不过，也有例外。

刘京的小哥哥刘衡，虽然是足月生产，可生下时体重却有些偏瘦，三个月大更是染了一场病，上吐下泻，所以发育得比别的婴儿缓慢，相对地，他的性情也变得格外娇气。他不足周岁便喜欢黏着我，平时不要乳母也不喜欢看妇宫女，任何人抱他，他都会扯着嗓门哭嚷。他这认人的毛病一直到弟弟刘京出生也没得到改善，所以即使我在坐月子，乳母却还是会经常把刘衡抱到我的寝室来见我。

我疼爱刘衡比新生儿更甚，这倒不是我故意将自己的子女分成三六九等去看待，以至偏心。而是随着刘衡的逐渐长大，他的小脸蛋慢慢长开，口眼耳鼻、脸部轮廓无一不像刘秀的翻版。我这几个孩子中，长得像父亲的，男孩当属刘荆，女孩当属义王，可打从有了刘衡做对比后，竟发现再没有比他更肖似父亲的了。

仅凭这一点，我便十分喜爱刘衡，常常将他捧在怀里，使劲亲他的小脸蛋。这孩子虽然从小身体养得不是最好，长相也显得有点文弱，可嘴巴却很甜，从牙牙学语起，他便爹啊娘的时常挂在嘴边，叫个不停。

而刘京还太小，五官紧巴巴地凑在一起，还都没长开，团子脸，粉嘟嘟，肉圆圆。陈敏说小皇子长得像我，我左看右看，也没瞧出个四五八来。

刘衡的醋劲很大，并不因为刘京是弟弟而稍许有了做兄长的意识，别看他年纪不大，背地里却也不是个没心眼的宝宝。有一回我听到床上正在睡觉的刘京哭，扭身去抱他的时候，却发现刘衡整个人压在刘京身上，右手更是偷偷掐着弟弟的小手。

"衡儿，你个淘气的！"我将他拎到自己腿上，抡起巴掌要揍他的小屁屁。他嘴巴一扁，没等巴掌落下，已经眼泪汪汪一副可怜样了。

"你太不听话了，怎么可以欺负小弟弟呢？"我又好气又好笑，想打却又舍不得，看他哭的样子活脱脱就像是在看刘秀在哭，稍有不慎，我便得憋笑出内伤来。

"娘……弟弟，喜欢……不喜欢……"他口齿不是很清楚，一边说还一边涨红着小脸指手画脚，很是伤心生气的表情。

我故意板起脸教训他："弟弟小，娘多照顾他一点也是应该的啊，你看你的哥哥们不也很疼惜你吗？"

看他抽抽噎噎地使劲用小手揉眼睛，却不曾当真揉出眼泪来，我忍不住笑了。这小家伙即使身为兄长，也不过才一岁多，跟他讲什么兄弟友爱的大道理，只怕是对牛弹琴。

心念一转，于是我换了一种方式，恐吓道："记住以后不许欺负小弟弟，不然你八哥哥也会这样对你，知道吗？"

他似懂非懂地忽闪着黑白分明的大眼睛瞅着我，三秒钟后，小嘴一扁，哇地放声大哭。这一回，眼泪倒真是货真价实地掉下来了。

我哈哈大笑，一边替他擦眼泪，一边顺手捏他的小脸蛋。正软声细语地哄着，忽然门口有个声音飘了过来："娘，你叫我？"

刘荆虎头虎脑的如旋风般刮进来，手里拖着一根长长的木棍，他身后跟了一群侍从，手里亦是捧着或长或短、或大或小的各类小玩意儿。

刘衡本已渐渐止了哭声，这乍一见刘荆，竟吓得面色一变，哇地再次号啕，张开双臂拱着脑袋直往我怀里钻。

"你这是做什么呢？瞧你把弟弟给吓得。"我一面假意斥责刘荆，一边搂着刘衡轻拍。

刘荆举了举手里的长棍："我找六哥哥玩，六哥哥说要跟着四哥哥做学问，不理我。"他撅嘴，满腹牢骚，"娘你什么时候才能跟我玩啊，为什么娘你每次生小弟弟都那么麻烦？下次你生妹妹吧，生妹妹就不用躲起来了！"

我忍笑："哥哥们要做学问，你不会去找刘延玩么？"

"七哥哥？算了吧。"他一副老气横秋的模样，摆手，"母后不让他跟我玩，说我太顽劣，把七哥哥也带坏了……娘！"他蹭了过来，表情困惑中带着受伤似的抑郁，"我真是坏孩子吗？"

"当然不是。"我腾出一只手，摩挲着他的头发，安抚，"我的荆儿怎么会是坏孩子呢？"

小孩子天性纯良，十分好哄，他听我赞他，像是一下子飘了起来，喜滋滋地拍着胸脯说："是啊，父皇还夸我呢，说我会替娘照顾弟弟，是好哥哥。娘，父皇说的话是不是要比母后管用？"

我哭笑不得，边上抱着刘京的乳母插嘴道："那是自然，皇帝是天子嘛。"

刘荆顿时欢呼雀跃："那我只听父皇的，不听母后的。"正高兴着，却突然发觉自己手里的棍子被一只小手给悄悄攥住了，不由沉下脸来，"哭气包，你要做什么？"

刘衡眼馋他手里的棍子，嘴巴瘪着，泪水含在眼眶里，小手紧紧攥着，却并不松手。

"荆儿，你不是好哥哥吗？"

刘荆挠头。

"哥哥，玩……"刘衡怯生生地喊了句，眼泪尚含着，小嘴却慢慢咧向两边，冲刘荆绽放出一个绚烂的笑容。

刘衡的笑，到底有几分杀伤力，回头参照刘秀即可知晓答案。果然，刘荆愣了下神，手松开了，很小声地嘟哝："给你玩会儿吧。"说完还不忘加一句，"你别弄坏了噢。"

刘荆与刘衡两兄弟玩在一块儿，我让乳母看紧着，叮嘱她们注意别让棍棒舞到两位皇子，然后伸手将刘京抱进臂弯，这孩子黄疸才退没多久，脸色不红，也不白，呈出一副菜色。

刘荆玩了会儿，忽然冲过来问道："娘，小弟弟为什么那么丑？"

我一愣，嗔道："胡说，小弟弟哪里丑了？"

刘荆爬上床，细细地盯着刘京瞅了会儿，很肯定的说："丑丑的，皱巴巴的……"

"弟弟还没满月，小婴儿长得都这样，你小时候也是这样啊。"

他歪着脑袋想了会儿，伸手向后一指，脆生生地否定："不对，九弟弟就很漂亮。"

我顺着他的手指看去，刘衡正岔着两条小肥腿，活像卓别林似的在室内晃来晃去，听到我们提到他，他扭过头来，不料滚圆的身子失了平衡，顿时一跤跌坐到地上，小手里仍是傻傻地抓着木棍。

我原本以为他摔倒了会哭，没想到他眼眸弯弯地眯成一条缝，反倒咧开嘴笑了起来，露出稀稀拉拉的七八颗乳牙，笑得既傻气又天真，活像个洋娃娃。

乳母心疼地将他抱起来，他还不依不饶地非要下地继续走路，那副样子惹得我又怜又爱，真想抱他过来，在他肥嘟嘟的脸上狠狠亲上一口。

好容易把刘京哄睡了，我让乳母将刘荆和刘衡领了出去，正觉得闹了这阵子，身上乏了，想在床上躺一会儿，陈敏却急匆匆的从外头进来。

我瞧她脸色不对，忙翻身从床上坐了起来。

"有事？"

她略一点头，吸气，声音冷得如同殿外屋檐上未融的冰霜："韩歆死了！"

我先是吃了一惊，不过很快冷静下来："怎么回事？"

数日之前才听闻韩歆因为出言顶撞了皇帝，被罢免大司徒，遣送回乡，怎么突然又死了呢？

陈敏压低了声："韩歆回乡后，陛下随即又遣了使节下诏书严厉斥责。之后，韩歆在家中携子自杀身亡。"

"自杀？"这事可真有点玩大了。这几年刘秀为了不让朝臣在三公位置上做长做久，所以三公的频繁更替已不算是什么新鲜的事，但这回搞出人命，却还是相当叫人震惊。

我眯起眼，微微吸气，这事实在透着蹊跷，刘秀罢了韩歆的职，居然还不依不饶地追加诏书，骂到门上去，直至将人"骂"死，这实在叫人不敢相信。

"调查清楚了没有？这中间可有隐情？"

"暂时还查不到什么眉目，陛下手底下的人把关极严，详细的东西只怕不容易查出来。"

我点点头，人都死了，查不查其实意义并不大。我所担心的是，刘秀如此操之过急的做法，可能会令他的声名有损。

杀鸡儆猴固然是好的，但……我总觉得隐有不安，只是一时间又说不上来是什么感受，不禁叹道："这事能查便查，不能查也别硬来，我们犯不着和陛下的人硬拧着。"

"诺。"

韩歆自杀一事就此撂下，朝中官吏即使心有不满，却无人敢站出来替韩歆辩护。韩歆死后，汝南郡太守欧阳歙继任大司徒。

祓　禊

十年前，王梁代欧阳歙任河南尹时见洛水水道淤浅，不便漕舟运行，于是穿渠引水注入雒阳城下，可是渠道挖成后，水却没有流过来。挖渠饮水失败，王梁在建武七年被弹劾，当时刘秀念他往日功勋，便放他到济南做了太守。

建武十三年功臣增邑，王梁也在名单之列，受封为阜成侯，可转眼才过一年，他便逝于任上。

如今洛水依旧长流，可昔日的故人却一个个都已经不在了。

难怪刘秀会欷歔感慨，实在是原来陪伴过的那些旧友同伴离开的太多了。人生无常，近年来刘秀忙于政务，时常夜不能寐，他年轻的时候仗着自己身体好，在战场上厮杀浴血，到如今随着年纪的逐渐增大，身体状况衰退得尤为厉害。太医令也曾对他讲解一些养生之道，但我明白，如今的刘秀是无论如何都静不下心来了。

他性仁慈，却不等于不善心计，处在这个节骨眼上，他整日琢磨的事只怕比原先更耗神。

去年王梁死后，多年未犯的心绞痛居然再次发作，我感怀过往，不免郁郁寡欢，刘秀便以"奉朝请"的名义，将陈俊、臧宫、朱祜等人先后从地方上征调回京城。

朱祜回京后，刘秀赐他白蜜一石，追忆二人在长安太学求学时做蜜合药的往事。翌日，朱祜便上缴了大将军印绶。

"娘——娘——你也来玩！"

洛水泱泱，刘荆光着脚丫，和刘阳、刘苍、红大几个人一起在河边踩水玩。

我回过神来，淡淡笑着，朝他们摇了摇手。

一年一度的上巳节，适逢旧友重逢，刘秀的兴致极高，带着满朝文武、公侯一起到洛水祓禊。这场暮春之禊，搞得空前轰动，京城贵胄，几乎倾巢而出。洛水河畔，朱帷连网，耀野映云，这场盛宴真是一点都不比两年前罢兵权的那次逊色。

"在想什么？"伞盖蔽日，我仰起头来，华盖下的他笑容中带着难掩的憔悴。

他挨着我坐了下来，因有内臣在侧，我按礼起身避席，却没想被他一把摁住。

"坐着别动。"他没让我起来，挥挥手打发那群侍从退到十丈开外。

河水清潺，鼻端嗅到清新而熟悉的香气，我忍不住咯咯笑了起来。

"笑什么？"

"秀儿，觉不觉得你更适合做个商人？"

"嗯？"他眯起眼。

"一石白蜜换了一个大将军绶印……"

他突然起身离开，我看他走到一株柳树下，径直抽剥柳条。

我没动，仍是静静地坐在原处，过了半晌，正低头怔怔出神，额头上倏地一凉。刘秀笑吟吟地将柳环儿戴在了我的头上，弯腰俯身望着我，和煦的微风拂过他的脸庞，我情不自禁地伸出手去，将手贴在他的面颊上，细细抚摩。

"我戴这个好看么？"

"好看。"他笑答，眼神温柔如水。

我抿嘴一笑，从头上摘下柳环，他递手过来，手上捧着一束野山雏菊。我莞尔一笑，心里暖暖的，他跪坐在我面前，将雏菊一朵朵细心地插进柳藤隙缝中。

"其实……"我捧着花环，扬起笑脸，小声说："我很喜欢，一直都很喜欢。"

他笑了起来，笑声震动胸膛，阳光映照下，他的鬓角折射出一道银芒。

心，倏然胀痛。

我僵硬地维持着笑容，可心里却又酸又涩，说不出是什么滋味。我捧着他的脸，贪恋地看着："秀儿，答应我一件事。"

他一怔，缓缓收起笑容："朕本就欠你一件事，只是，现在尚且为时过早。你再等等……"

"不是那个。"我靠近他，依偎进他宽厚的怀中，汲取着独独属于他的味道。我勾起他的手指，与他拉钩，虽然极力使自己保持平静，声音却仍不由哽咽起来，"你要答应我，要活得比我更长久。"

胸口震动，半晌，他的胳膊环上我的腰，紧紧箍勒住："痴儿，我比你年长九岁……"

"我不管，我要你好好活着，留给我再多的子女，他们长得再像你，也始终不是你。"我噎声，想到那些离去的故人，心里莫名悲怆，"所以，你不能再这么不顾惜你的身子，你是我的……顾惜你自己，才是真正顾惜我……"

腰上的胳膊环得更紧，他是我的秀儿，如何能不懂我的意思。

"你……别做傻事。"

"我一向傻气，做事冲动，你又不是不了解。你若活得没我长，又岂能管得住我不做傻事？"我任性地威胁着，虽然明白这种威胁实在很无理。

他抽了口气，须臾，才哑声保证："我答应你。"

我将花环戴到头上，抛开心头感伤，笑道："好巧的手，再编几个小玩意给孩子们玩。"

他点头应了，从席子外的草丛里挑了一种宽叶的韧草，细细地编起了小东西。

我在一旁指指点点，不等草编物成型便胡乱猜道："这是什么？蝗虫？"

刘秀不答，三两下便编好了一只草蜻蜓，手腕一振，草蜻蜓噗地钻入我的衣领之中。

"呀！"我低声惊呼，急急忙忙地探手入怀，却反把自己的衣领给揉绉了。

回眸瞥到他别有用意的笑颜，我不由嗔怒："你故意的。"

他吃吃而笑，我不依不饶地扑到他的背上。两人正闹得起劲，忽然身后哇的响起一片哭叫声。

我和刘秀紧张得回头，却见身后刘衡泪汪汪地看着扭在一块儿的我俩，一边尖叫，一边不住蹦跳地扭动自己胖乎乎的身体。

"衡儿！"我低呼一声，急忙抱住他，"怎么了？"

刘衡忿忿地瞪着我俩，停止了哭声。我和刘秀面面相觑，不明白发生了什么事。许久，刘秀伸出手来，假意掐住我的脖子，轻轻摇晃。

果然，刘衡立即放声尖叫起来，小手噼噼啪啪地不住拍打着父亲的胳膊。

我醒悟过来，忍不住哈哈大笑，在刘衡脸上吧唧亲了一口："我的宝贝儿，别哭，看爹爹给你做了什么好玩的。"

我把草蜻蜓在他面前晃了下，他果然安静下来，鼓起腮帮子，拍手笑道："虫！虫虫！虫虫飞——飞，飞……"

他迫不及待地抢了草蜻蜓，我揉着他的发顶，感慨道："这孩子，到现在都是口齿不清。"

"没事，说话晚的男孩儿聪明。"

"是吗？"我将信将疑，"可是阳儿和苍儿他们说话都很早啊，难道阳儿他们不够聪明？"

刘秀被我问哑了，摸摸鼻头，讪笑："那……衡儿像我，将来比他们更聪明。"

"喊。"我翻了个白眼，心念一转，忽然对刘衡说道："衡儿！爹爹欺负娘，你帮娘打他好不好？"

刘衡乌溜溜地忽闪着大眼睛，忽然咧嘴一笑，对面刘秀面色一变，扭头就走。我抱着刘衡追了上去，刘衡咯咯咯地发出清脆的笑声，兴奋得手舞足蹈。

刘秀跑得并不快，没几步便故意让我追上，之后我用手托着刘衡骑到了刘秀的脖子上。刘秀伸手拉着儿子的两条腿，我在身后托着儿子的背，刘衡笑嘻嘻咧开嘴，一只手高举着草蜻蜓，一只手紧紧地揪着父亲头顶的发冠。

刘秀架着刘衡沿着洛水岸边跑了起来，欢笑声洒了一路，引来无数惊骇的目光。

来回跑了好几个来回，我担心再闹下去会惹来不必要的麻烦，于是出声适当制止。刘秀停下脚步，吁吁地喘气儿，把刘衡从肩上举了下来，笑道："又重了不少。"

"爹爹，再来！再来……爹爹，再来……"刘衡从牙牙学语起，便只会喊"爹爹"，不会喊"父皇"，怎么教都没用，刘秀也并未刻意要求儿子改口，时间久了，便也习以为常。

"不行喽！"刘秀笑着把他放下地，"爹爹老了，扛不动衡儿了。"

"爹爹，再来……玩，要抱抱……再来……"

"乖。"我蹲下身子哄他，"等一会儿再玩，衡儿要不要吃东西？肚子饿不饿呢？"

他快快不乐地撇嘴，扯着手里的草蜻蜓："要抱抱，不要吃。"

"看你这孩子，怎么把蜻蜓翅膀给扯断了？"

眼见他要小性子把草蜻蜓给扯了，我才嗔责了一句，却马上被刘秀制止："小玩意儿，扯就扯吧，不值得跟孩子生气，本来就是编给他玩的。"

我撇嘴："尽护着他，宠得太过对小孩子不好。"

刘秀温柔一笑，慢慢蹲下身来，抚摸着刘衡的小脸蛋："他还小啊。"说着，眼神渐渐变得迷离起来，"其实朕想给他们更多……"

他侧过头来看我，我也直直地看向他，两人彼此心意相通，不由会心一笑。

"吴汉这两年可没少上奏章，你驳了多少回了？"

"嗯。"他笑意沉沉，回头瞅了眼刘衡，略思量，低低地说，"花了两年工夫呢，朕觉得还是比预期的要慢了。"

"已经很快了，你还教育阳儿说什么欲速则不达。怎的搁到自己身上，便又心浮气躁起来了呢？"我循循开解，"身体要紧，别太拼命了。不差这几年，我们……来日方长，你可别忘了，你的命是我的。"

"来日方长……"他重复着我的话，投向小刘衡的目光愈发柔软。

刘衡甜甜地冲他一笑，突然丢开扯散的草蜻蜓，伸出藕节似的小肥胳膊，一把扯住刘秀颌下的胡须。

"喔……"刘秀低呼，连忙握住刘衡的小手，柔声道，"不行，这个不能扯。"

我笑得跌倒一旁，憋着气说："别啊！小玩意儿，扯就扯了吧，不值得跟孩子生气……扯吧扯吧，宝贝儿，使劲扯，哈哈哈……"

分　封

翻阅司马迁写的《太史公》，会感慨许多帝王之家的悲欢离合，这部被后世喻为《史记》的巨著，如今正珍而贵之地搁在南宫云台其中一间高阁之内。

云台有四间高阁，是贮藏珍宝、书简的宝库，刘秀称帝后从高邑迁雒阳，拉来了共计两千余辆的珍贵典籍，尽数珍藏在云台与云台北面的兰台。

这几年，在宫中度日无聊时，我便会到云台翻阅古籍，不知道为什么，埋首置身于成堆的竹帛中，能令我紧绷的神经很自然地放松下来。后来刘秀知道我的作息习惯，便特意在云台收拾出那间广德殿给我当寝殿，偶有空暇，他也会到广德殿来休憩。

关于高皇后吕雉的种种经历，也是到了这里后，我才真正接触吕雉传奇的一生。客观地将心比心后，我由一开始对她的排斥鄙视，到最后不得不深感敬佩——刘玄说得不错，高皇后叱咤风云，我若能学得几分真传，当可不输汉廷上的任何一位朝臣。

"贵人看什么这么高兴？"

我收了竹简，细心地装入布袋内，系上绦，封存好。陈敏给我端上水果，漆盘内搁着两只剥了皮的桃子，若拳头大小，水汪汪地正滴着蜜汁。

"今年桃子熟得倒早。"

陈敏抿嘴一笑："哪是这季节吃得上的东西？这是郡国上进贡的，算是今年的早桃了，统共也就得了那么两筐。陛下赏了诸侯大臣，太官那儿都没有多余的。"

"哦？那这……"

"掖庭只皇后和贵人各有一份。"陈敏努嘴，眼中有了笑意，"这另外一只是陛下的份儿，陛下让送到西宫来了。"

我一怔，轻轻"哦"了一声，拿起桃子，黏了满手的汁水，想了想又放下："还是给阳儿他们留着吧。"

"嗤。"陈敏笑出声，"四殿下果然聪明，他早料到贵人会舍不得吃，所以送来之前让奴婢先给去了皮。贵人赶紧吃了吧，今儿天热，这东西可放不得太久。若是坏了，岂不是白糟蹋了？"

"阳儿……"我恍然失神。这对父子，行事作风有时真是如出一辙。

咬下一口桃肉，因是早桃，肉感虽细腻多汁，口感却不是很甜，淡淡的如同清水滑过舌尖，桃肉虽不甜，却自有一股甜味早已沁入我的心脾。我喜滋滋地一口口啃完两只桃子，陈敏递上湿帕子。我一边擦手，一边笑问："考考你，昔日武帝施行推恩令，分化王权，那他自个儿的那些皇子，又是如何分封为王的？"

饶是陈敏机灵聪明，能猜到我可能是以古喻今，却仍是无法说出典故来。沉吟半晌，很巧妙地回答："贵人选中了大司马，昔日卫皇后也应该有个不输于大司马的朝臣，向皇帝上疏进言才是。"

"果然是个冰雪聪明的女子！"我忍不住赞了句，指着那堆竹简道，"幸而你读书不多，不然那些博士、士大夫见了你，只怕也得羞愧得无地自容了。"

陈敏赧颜一笑："贵人谬赞，奴婢叩谢。"说着还真给我行了礼。

看着她曼妙靓丽的容姿，我忽然叹道："再过些时日，必然也要替你寻个好人家。"

陈敏脸皮子薄，闻言大窘，涨红着脸不敢接话，半晌找了个话题岔开："贵人，到底当年是谁提出分封皇子的？"

"你不是都猜对了么？"我淡然而笑，一字一顿地说出答案，"大司马——霍去病！"

历史的轨迹如此的相似，又或许是我和刘秀都在刻意仿效这种轨迹。昔日霍去病首先上疏奏请分封皇子，再由丞相率领群僚数次奏请，最终汉武帝在一种被朝臣们"逼迫"的姿态下破了例。如今，历史似乎再度重演，步步为营下，由吴汉奏请，被拒，再奏请，再拒的拖了两年拉锯战，最终的结果将在今天一锤定音。

"你去却非殿打听一下，陛下何时下朝。"

"诺。"

我伸了个懒腰。万无一失，结果，即将在今天揭晓。

古者封建诸侯，以藩屏京师。周封八百，同姓诸姬并为建国，夹辅王室，尊事天子，享国永长，为后世法。故诗云：'大启尔宇，为周室辅。'高祖圣德，光有天下，亦务亲亲，封立兄弟诸子，不违旧章。陛下德横天地，兴复宗统，曜德赏勋，亲睦九族，功臣宗室，咸蒙封爵，多受广地，或连属县。今皇子赖天，能胜衣趋拜，陛下恭谦克让，抑而未议，髃臣百姓，莫不失望。宜因盛夏吉时，定号位，以广藩辅，明亲亲，尊宗庙，重社稷，应古合旧，厌塞觽心。臣请大司空上舆地图，太常择吉日，具礼仪。

建武十五年二月，大司空窦融、固始侯李通、胶东侯贾复、高密侯邓禹等人联合上奏，请求皇帝分封皇子。

这一次，皇帝的批复简明扼要，仅仅一字——"可！"

四月初二，太牢告祠宗庙。

四月十一，使大司空窦融告庙，建武帝十一个儿子，除皇太子刘彊外，包括尚在襁褓之中的十一皇子刘京在内，皆封为公。然而虽同列为公，皇子们各自受封的采邑却高低不等，甚至相差甚大。

右翊公刘辅，封地虽名为右冯翊，但实质则是挂个嘉名好听而已。

楚公刘英，封地楚，位于雒阳东一千二百二十里。八城，户八万六千一百七十，口四十九万三千二十七；

东海公刘阳，封地东海，位于雒阳东一千五百里。十三城，户十四万八千七百八十四，口七十万六千四百一十六；

济南公刘康，封地济南，位于雒阳东一千八百里。十城，户七万八千五百四十四，口四十五万三千三百八；

东平公刘苍，封地东平，位于雒阳东九百七十五里。七城，户七万九千一十二，口四十四万八千二百七十；

淮阳公刘延，封地淮阳，位于雒阳东南七百里。九城，户十一万二千六百五十三，口五十四万七千五百七十二；

山阳公刘荆，封地山阳，位于雒阳东八百一十里。十城，户十万九千八百九十八，口六十万六千九十一；

临淮公刘衡，封地临淮，位于雒阳东一千四百里。十七城，户十三万六千三百八十九，口六十一万一千八十三；

左翊公刘焉，封地为左冯翊，与刘辅的右翊公一样，实属嘉名。

琅邪公刘京，封地琅邪国，位于雒阳东一千五百里。十三城，户二万八百四，口五十七万九百六十七。

除十位皇子之外，三位皇女亦有尊封——长女刘义王，封舞阴长公主；次女刘中礼，封涅阳公主；三女刘红夫，封馆陶公主。

按汉制，皇女封县公主，仪服同列侯。诸王女封乡公主、亭公主不等，仪服同乡侯、亭侯。

自古以来，帝女皆封公主，帝姊妹尊崇者，方可加号长公主，仪服同藩王。我万万没有想到刘秀会将长公主的尊号加给义王，这个年仅十岁的小女孩，居然当真如同她的名字一样，成为不输于藩王的长公主。

"娘！"义王兴奋得双颊通红，手里提着纯缥深衣的长裾，因为跑得太急，头上绑的发辫都散开了。

"舞阴长公主……"陈敏才喊了一声，没等行礼，义王已一头栽进她的怀里，笑声咯咯逸出。

"娘！父皇封我做长公主，我……是不是已经成人了？"

我站在庭中，看着云鬟散乱的笑脸，忽然觉得眼前这个小女孩有种破茧化蝶般的变化。

"是长公主了呢。"我感慨地伸出手，替她把头发重新编成麻花小辫，"你若改不了这毛毛躁躁的性子，始终都只能当个小孩子。"

她不乐意地撅嘴，推开我的手："娘，你又教训我，我是大人了。"叉起腰，她扬起下巴，摆出一副高贵的架势。我正觉得她这副倨傲的神态瞅着有点儿眼熟，她已得意洋洋地笑了起来，"娘，我现在的爵秩可要比你高出许多呢，妹妹们也及不上我……"

眼神一黯，这话像把利剑似的直刺我胸口。想起来了，她这副颐指气使的神气，活脱脱就是皇后的翻版。

"是啊。"我的口气冷了下来，沉着脸静默了会儿，随后敛衽向她拜道，"贵人阴氏见过长公主殿下……"

"娘——"

"贵人——"

陈敏及时扶住了我，我冷冷地望去，义王神情慌乱，语无伦次地念着："这……这……"

我淡淡地吁气："按制，理当如此。"

义王呆呆地站在原地，面色煞白。我心有不忍，虽有心给她一个教训，可瞧她似乎已是吓糊涂的可怜样，又不禁心生怜惜。叹了口气，正想说几句安抚的话，让她吸取教训，以后不许再这般狂妄，门口骤然爆出一声厉喝："刘义王！"

犹如平地炸起一道惊雷，义王纤细的肩膀哆嗦了下，如鸵鸟般地低下了头。

那厢刘阳带着一干弟妹正怒气腾腾地踏进中庭。

"扑通！"刘阳径自跪在我跟前，由他起头，刘苍紧随其后，之后刘荆、中礼、红夫，甚至连刘衡也在乳母的指引下，像只小蛤蟆似的趴在了地上。

我没吱声，作为兄长的刘阳要在弟妹们中树立威信，要的正是这样一个机会。

"义王冲撞母亲，是孩儿督导不严之过，母亲切莫动怒生气，但有责骂，孩儿替妹妹领受。"

我垂首低目，鼻腔里淡淡地哼了一声。

刘阳扭头怒斥："还不快过来给娘赔不是？你当了个长公主，便得意得忘了是谁生养你了吗？长公主的封号很是了不起么？娘当初为了生下你，昏迷了足足三日……"

一通措辞严厉、连恐带吓的激烈喝骂终于将义王吓破了胆，她从小就是个欺软怕恶的主，面上虽是天不怕地不怕的骄娇女，可骨子里却是个最没用的家伙。

义王跪倒在我脚下，抱住我的腿放声大哭："娘，我错了，女儿以后再也不敢了……"

眼看教训也受得差不多了，我瞧她哭得实在可怜，正想拉她起来，忽然心中一动，趁机问道："听说你总爱去找郎官梁松的麻烦？"

小小的身子微微一颤，哭声稍顿之后，她的耳廓红得像是能滴出血来："我……我没找他麻烦，是他……他欺负我……"结结巴巴地说完，哭声又大了起来，试图掩盖她的紧张。

我暗自忍笑，却听中礼声音软软糯糯地说道："娘，梁松并不曾欺负大姐呢。"

义王一听恼了，嗔怒道："就你讨巧！娘，你不知道，上巳节的时候她和窦固玩在一处，还帮窦固被褉沐身来着……"

中礼也不生气，仍是糯着声，不紧不慢地说："是啊，我喜欢他，等我长大了，我要让父皇赐婚，嫁给他！"

"羞！羞！"妹妹没臊，她这个当姐姐的反而羞得手脚没了摆放的去处，从我脚边一蹦而起，"亏你还是位公主呢！"

中礼笑吟吟地瞟了眼姐姐："大姐其实也喜欢梁松吧，既然喜欢，为什么总爱去挑衅滋事呢？大姐难道不怕愈发惹人讨厌么？"

姐妹俩你来我往的对话越来越八卦了，惹得弟妹们在一旁窃笑不止。我心里有了底，于是说道："今儿告庙祭祖，你们也都累了，回去歇着。义王，中礼，红夫，你们既然有了封号，少不得也会有自己的公主傅，娘旁的不求，只求你们好好读书，懂得规矩，少给父皇添乱，使皇室蒙羞。"

"诺。"

一大帮人忽喇喇走了，只剩下刘阳没有动，仍是跪伏在地上，我觉得奇怪，正想问他什么事，他却突然直起身说："孩儿爵邑已定，明日将随父皇前往却非殿听朝。"

我虽然早有心理准备，却没想居然会有如此之快："这是你父皇的意思？"

"诺。"

"除了你还有别人么？"

"还有皇太子。"

心在不可抑制地怦怦狂跳，终于走到这一步了。如果从十个皇子的封邑上能看出刘秀对子女的喜爱和重视程度，那么把庶出的四皇子放到嫡长的皇太子相同的位置上，这显然已经不仅仅只是偏心那么简单了。

"阳儿，你要好自为之。"

成年皇子封王后本应该立即离京就国，以后不得朝廷奉召便不能入京。因为一个不在皇权中心的皇子，自然也就谈不上会对皇太子存在威胁。

然而，我的五个儿子，今年最大的，也不过才十二岁，离成年，尚有八年时间。

八年，足够衍生出很多很多意想不到的变数。

"孩儿明白。"刘阳神采奕奕，那张眉开目朗的清爽面庞，在火热的阳光下，竟泛出一层冰魄般的冷意。幽深的黑眸中倒映出我俯身的影子，透着一股坚毅的压迫感。

提起的心忽然略略放了下来，莫名的，我对这个孩子的能力有了种无比的期待。

"去吧。"我长长一叹，"朝上有听不懂的事，若是不便问你父皇，不妨去求教高密侯。"

"娘。"刘阳神情犹豫，"高密侯说，他能做的都已尽了心，从此以后再不会插手朝政之事。"

心沉了沉，我呆呆地望向宫外，高高的阙楼，重如山峦。树梢上的夏蝉陡然鼓噪，尖锐的叫声刺痛耳膜，我心里一阵悸痛，收回目光，缓缓说道："知道了。"

刘阳似乎看出我心情不佳，十分乖巧地讨好说："孩儿若有不明，亦可请教娘。"

我不禁失笑："娘有多少能耐，尚有自知之明。你以后有什么不懂的，可向你二舅请教。"

"诺。"行了礼,刘阳也出去了。

我心情沉重,竟是比先前抑郁了不少。陈敏会错意,上前小声说:"贵人大可放宽心,两位公主年岁尚小,不至于做出逾礼的事来。"

我嗤的一笑,掩盖住自己内心真正慌乱的原因:"别说她们年纪尚小,即便是真的,又有何不可?"

陈敏不明所以。

"正如中礼所言,我的女儿,大汉的公主,想要喜欢谁不行?"

陈敏闻言一顿,目瞪口呆地看着我。

我笑着拍了拍她的肩膀:"更何况,梁松是梁统长子,窦固是窦融侄子,这两位是何等样的家世身份?"

"贵人这是……"

"啊……"我淡淡一笑,吐出四个字,"乐见其成!"

日头实在太晒了,我转身回殿,临走再次瞥了眼宫墙外的双阙,心里又被浓重的惆怅充塞。

就这样吧,就这样……

这样……也好。

度　田

四月十七,刘秀追封大哥刘縯为齐武公,二哥刘仲为鲁哀公。

六月廿五,建武帝诏令天下度田。

所谓的度田就是以清丈全国土地、核实户口年龄为主的一项经济普查。百姓在定居之后上报家中拥有的实际土地数目,朝廷通过户口登记承认其占有土地的合法性,并于每年仲秋之月定期检核户口、年龄,形成"案户比民"的制度,以此作为赋役制度的基础。

因为战乱时土地兼并加剧,以及地方上大姓豪强刻意隐瞒,使得登记在册的垦田、编户数目远远少于实际数目,致使国家的财政收入受到影响。为了尽快在战后恢复农村经济,解决一些无田农民的实际问题,刘秀诏令州郡官吏进行这次全国性的土地清丈和户籍普查工作。

简单来说,这就是一项全国性土地资源大调查。当刘秀一开始向我提出他的见解时，我并没有意识到这个决策背后意味着何等样翻天覆地的惊世之举，直到度田令公布后，遭到群臣诽议，甚至连久不入宫的阴兴也气急败坏地杀到我面前……

"别告诉我这道诏令，贵人也有份参与其中！"

瞧他面色铁青，额头爆出青筋，浑身充满了煞气，我好心地让陈敏奉上茶汤，供他解渴。可他却不领情，居然一掌打翻汤盌。

汤水溅翻，木盌落在席上，骨碌碌地打着转。

"真是疯了你，不怪人主有这等念头，他在乎的是天下社稷，自然不会再计较这些细微得失。但你不该如此糊涂，陛下欠考虑的地方，你更应该及时提点出来，而不该怂恿……"

"你的意思，是责怪陛下做错了？"我拔高了声音，手按在书案一角，眸光冰冷，不怒而威。

阴兴倏然住嘴，愣愣地瞅着我，半晌，他哈哈一笑，讥讽道："原来你从没明白过！"说完，掉头就走。

我抽出案角的弓弩，搭箭扣弩，嗡的一声破空振鸣，弩箭擦着阴兴的肩膀钉在了他面前的门扉上。

"当我这里是什么地方？由得你说来就来，说走就走？"我将弓弩啪地丢在案上，跳了起来，冲上前伸手搭上他的肩膀。

阴兴本被弩箭震住，这时我手扳他的肩，他顺势抓过我的手，竟然一个过肩摔将我背着摔出去。

腾身离地时我贴着他的耳廓说了句话，他手势一顿，竟然收了力，托住我的腰将我重新放下。我双足一踩到实地，随即飞出一脚，毫不留情地直接踢中他的下颔。

阴兴痛哼一声，捂着下巴滚到了角落："你……"

我拍手冷笑："随口说了句我有孕，你居然也信？你也不动脑子，我才生下小十一多久，怎么可能这么快就有孕？"

他从地上爬了起来，脸上一阵青一阵红："谁知道你们女子的……"

"宫里确实有人又有了身孕了，但那个人，不是我！"我恨恨地咬牙，目露凶光，"听你的话，我多等了六年，眼看着宫里的皇子越来越多，最迟不过年底，宫里便会再添个十二皇子，你还要我等多久？我的忍耐已经到了极限……"

"所以才说你糊涂!"他毫不客气地指责,"陛下之前所做种种,尚不足以撼动士族利益的根本,皇帝要权,只要不夺利,底下人自然也能退而求其次。但度田事关重大,尚无先例可循,你以为陛下就一定能赢得了?"

"为什么赢不了?"我不敢说其实自己心里也是胆怯的,打架斗殴我是高手,但说到玩政治,我怎么玩始终只能算菜鸟一只。我能依赖的不过是刘秀!相信刘秀,相信他选择的时机和决策。

阴兴冷笑:"看来你已经完全失去了判断力,我连你都无法说服,又如何能说服陛下?也罢,道理讲不通,你只静待结果吧,只怕到时前功尽弃,你后悔也迟!"

那一日,我和阴兴闹得不欢而散,最终我也没能悟透他说的话哪里有理?既然之前的罢兵权、封皇子都能顺利进行,没道理度田会赢不了。更何况,无论从哪个角度分析,我都觉得施行度田令对国家,对百姓只有好处,没有坏处。

然而,在我看来有百利而无一害的度田令,甫一推行,便遇到了巨大的阻力,而且这份阻力的强大程度远远超过了我和刘秀的预估。

阴兴之后再没有进宫,但是影士传递回宫里的消息却一次比一次多,一次比一次令人心惊。度田令推出后,各州刺史,各郡太守,不敢得罪当地的士族豪强,便将丈量田亩的数目转嫁到百姓头上。他们以度田为名,把百姓赶出家门,把百姓的房屋、村落都算是垦田之数,以此扩大丈量数目,搞得百姓怨声载道。

拿着这些滴血淌泪的简牍,我手抖得分外厉害,心里有个声音反复地问自己,难道真是做错了?

可是,箭已发,断难收回了啊!

"娘,我跟你说件事。"刘阳掩饰不住喜悦,眼角眉梢都沾染了这份自得,"父皇审阅各郡奏章时,偶得一份陈留郡的吏牍上写着'颍川、弘农可问,河南、南阳不可问'的字句。今儿个早朝,父皇诘问那名相关的官吏,他却唬弄说是在长寿街上捡来的,你说可笑不可笑?"

我眼皮突突直跳,心悸地问:"然后呢?"

"然后?然后躲在帷幄后听朝的太子哥哥也不明了,还问我知不知道原由,我就说,那木牍显然是陈留郡吏对下臣的指令,让他们打探其他郡县田亩丈量的结果。我故意说得大声了点,结果父皇和满朝大臣都听到了,父皇就问我：'如果真是这样，那为什么又说河南、南阳不可问呢？'我答：'河南是帝城，多近臣；南阳乃帝乡，多近亲；田宅逾制，不可能核准。'结果父皇当场命虎贲将出列诘问那名官吏，吓得他马上说了实话，与我的推论并无二样。娘，孩儿这回是不是很争气？父皇对我大加赞扬……"

"河南……南阳……河南……南阳……南阳……"胸口郁闷得快要透不过气来，眼前忽明忽暗，终于，我撑不住那股头重脚轻的眩晕感，人直挺挺地往后倒了下去。

"娘——"

耳蜗里嗡嗡作响，在我倒下去的瞬间，我能清晰地听到刘阳的呼唤，以及随之而来纷乱的脚步声。

为什么……为什么之前就没想明白呢？

"原来你从没明白过！"

原来你从没明白过……

从没明白过！

那样严厉的斥责居然没有敲醒我的榆木脑袋，原来我真的从没明白过……

福　祸

虽然年少时身体曾受过重创，但入宫后因为将养得很好，除了心绞痛的毛病偶尔发作个一两回，阴天下雨膝盖风湿疼痛外，我的身体向来健健康康，即使小小的风寒也不曾患过。

我从没想过自己有一天躺倒在床上，头重脚轻，四肢无力，连续十八天想爬都爬不起来是什么感觉。太医诊断说是忧思过度，加上年少时不注意保养，落下了沉疴宿疾，为今之计适宜静养。

苦涩的药汁喝了一盏接一盏，直到喝得令人作呕。

"你不是要去接见谒者么？"黑黢黢的药汁盛在木盏中，纹丝不动地端在那只白皙的手中，药汁黑亮得倒映出他的眼眉，一如以往的微笑中多了一份忧虑。

"等你喝完药就去。"

固执的人！明明那么固执的人，却总能保持着那么温馨的笑容，让人无法拒绝。

人人都说他温柔仁慈，又有多少人能够了解他性格背后的坚忍与执着？

我伸手接盉，他摇了摇头，将手挪开。我没法可想，只得勉强撑起脖子，就着木盉屏息一口气将酸苦的药汁强灌下大半。

"呼——太难喝了，这样一天三顿的灌水，哪里还吃得下饭菜？你让太医想想法子，下次能不能吃药丸，不要喝药汁？"

他微笑着将盉再度递到我唇边，不理会我的絮叨。我五官紧皱在一块儿，憋气将剩余的残渣一并喝尽，只觉得满嘴的苦涩。

"药里已经加了白蜜了。"

"吃不出来啊。"我呷巴嘴，仍是觉得满口苦味。

放下盉，刘秀轻轻地握住我的双手，放到他的唇边细细亲吻。我平静地望着他，勉强扯出一丝笑容："放心，我没事，不是什么大病。"

他沉沉一笑："好生养着，万事有我。"

我点头，不让心里的酸痛流露在脸上，只是咧着嘴装出一副笑得很开心的样子："你去忙你的，无论你做什么样的决定，我和孩子们都支持你！"

他扶着我躺下。

枕着玉枕，我阖上眼，耳边一阵窸窣，然后脚步声渐渐走远。本想躺下假寐，没想到神志昏沉，居然意识模糊的当真睡了过去，等到再睁眼时，寝室内已点了宫灯，儿臂粗的蜡烛一排排的映得满室光辉。

眼前有个虚影在微微晃动，我无力地眨眼，舔了舔着干裂的嘴唇，只觉得嗓子眼都快冒烟了："你来了？"

对面的人影闻声晃了晃，跪于床头，一干宫女侍从上前，递案端水。

"娘，今天好些了没？"刘阳在床头跪着端过水盉，用木勺舀着送到我嘴边。

温润的水沾上我的唇，我干渴地吞咽，身上时冷时热，浑身肌肉酸痛。

"无大碍。"解了渴，我大大地松了口气，虽然全身发烫，精神不济，却仍撑着让陈敏扶我起身。刘阳想上前帮忙，被我摇手制止，"都下去，我有话和东海公说。"

陈敏想走，被我扣住手腕："你也留着，有些事还要你去办。"

刘阳面露狐疑地瞟了陈敏一眼，我喘气："这女子我信得过……"肌肉酸痛得厉害，说完这一句，眼前竟是一阵儿发黑。

我靠在陈敏身上，略略养神："阳儿，知道娘为什么不让你去听朝了么？"

"不是父皇让孩儿这阵子用心服侍娘亲，不用再去幄后听朝议的吗？"

"床前孝子……呵呵。"果然，再没有比这样冠冕堂皇的理由再恰当的了，这一病还真是值了。我笑得十分虚无，心里又酸又痛。这孩子毕竟才十二岁，虽说IQ值很高，EQ值却仍是不成熟的孩童标准。"为了让你坐上却非殿，你知道娘筹措了多少年，花了多少心思么？"

沉默半晌，床头"嗯"了一声。

"不是你不争气，不努力，你已经做得很好了。只是……这一次，是娘的失误，娘到底还是低估了她，低估了他们……"

"噼啪"，床头的烛花爆裂，响声惊得刘阳骤然一颤："娘……"

心律跳得太快，身上冷一阵热一阵，我一动不动地阖上眼，心口疼得厉害，让我一个字都说不出来。身后陈敏在微微发颤，等了好一会儿，鼻端有东西慢慢贴了过来，冰凉如水。

"死不了。"我陡然睁目，正跪爬上床，一点点膝行靠过来的刘阳吓得往后跳起。陈敏飞快撒手，我虽然瞧不见她的神情，却能清楚地看到对面刘阳苍白的脸上一片惊慌。我情不自禁地心里一软，泪意上涌。

"不用怕，我不会那么容易死的。"我哑声安慰，伸出去抚摸他的头顶，却发现自己的手抖得实在不像话。

刘阳一把握住我的手，埋首大哭："娘！你不能有事，我宁可不当太子，也不要娘你有事……"

"胡说什么！"我怒斥，颤道，"你的亲人难道只有娘一个么？你当初怎么说来着，你的弟弟妹妹们……咳……"

"娘！你别生气！"他慌张地从案上重新捧过木盆，喂我喝水。

我顺了气，胸口像是有团火在烧，逼得双鬌通红，神志却在这一刻无比清醒起来。

"你大舅舅以前常对娘说塞翁失马的典故，娘那时少不更事，总是听过就忘。现下想来，只悔当初听他教诲不够。"

"塞翁失马……淮南王刘安的《淮南鸿烈》？"

这孩子饱览群书，博学强记，然而迄今为止，似乎也止于此。虽然怜惜他年幼，不忍将他童年的美好尽数破坏殆尽，但皇子就是皇子，这实在是没法逃避的事实。

"你能明白它的道理么？"

刘阳愣了下，思忖片刻后答道："老子曰：祸兮福之所倚，福兮祸之所伏。"

"好孩子，你的悟性比娘强多了。"我叹了口气，"这两年来，无论是罢兵权，还是封皇子，娘都在背后支持着你父皇，一方面为的是你父皇皇权稳固，一方面也是为了让你一步步登上却非殿，与你大哥并驾齐驱。娘总以为，走到这一步，一直以来都是胜券在握的，却不料祸福不过转瞬，我在处心积虑算计别人的同时，其实也在被别人算计。"

刘阳握着我的手微微颤抖，我知道他已有了惧意，却没法停下来不说，虽然现实是那么地可怕和残忍，一如六年前。

"阳儿，父皇下诏度田，本意是好的，为江山社稷，理当如此。但正如你所言，河南是帝城，多近臣；南阳乃帝乡，多近亲；田宅逾制，不可能核准。你既能明白这样的道理，应该也要明白，父皇能建国称帝，打下这片江山，靠的是什么人？我们母子能走到这一步，靠的又是什么人？"

刘阳呆若木鸡。

我忍着胸口的剧痛，长叹一声："南阳是帝乡，何尝不是为娘的故乡，莫说那些士族豪强不满度田，转嫁百姓，就连你的舅舅们，也会不满啊。国之根本在于民，这道理虽然不假，但是……国之支柱仍在于大姓士族啊！"

我真傻，十五年前，随刘玄从长安逃亡新丰，我尚能冷静理智地将王莽改制失败的原因分析得头头是道，为何过了这么些年，年纪长了，人却反而糊涂了？

阴兴说得对，刘秀作为帝王，考虑的是大局，但我却没办法做到像他那样。我不是皇帝，我只是一名后宫女子，如果追随刘秀的脚步，我将失去一大批支持者。

这就像是一柄锋利的双刃剑，使用不当便会割伤自己。

"阳儿，你的确是个智力超群的孩子，可是你还不懂人心。如果你不懂人心，不懂帝王术，即使娘将你捧上那个高座，你也没法坐得稳当。"我见他仍是一脸困惑，不禁叹气道，"你唯一的缺点就是太自负，太自信了，难道你以为你父皇真看不懂那木牍上写的话是什么意思，需要你来指点？你又怎能如此鲁莽地断定皇太子便一定看不懂那句话？"

他浑身一震，端盥的手遽然一抖，盥中的水尽数泼出，溅湿床席。

我垂下眼睑，有气无力地用自己的袖子去擦拭那滩水渍："没关系，输了，认输便是。怕的是输了还不知道输在哪里。"

"娘……是孩儿无能……"他轻轻啜泣，哽咽声透着浓浓的屈辱、不甘、伤心。

"不要哭！娘教你拳脚时不是说过么，从哪跌倒要再从哪爬起来！从这一刻起，你就留在娘身边，我们母子远离朝堂，远离度田……撇清这些是是非非……"

"可是……"

"相信你的父皇，相信他有能力应付所有的变故。我们现在要做的，是先保护好自己，不要成为他的负累。"

少年稚气的脸庞透着苍白，脸上犹挂着泪痕，嘴角却已倔强地紧抿。须臾，他重重地点了点头。

我长长地舒了口气，如果这一次能令他学到些东西，引以为戒，那也不失为是件好事。

祸兮福之所倚，福兮祸之所伏！

这一次，郭圣通又教会了我一样东西。

"陈敏。"

"诺。"

"你挑两个身手和反应都不差的人安置到东海公宫里，以后东海公无论去哪儿，干什么事，都要贴身跟随。"

刘阳一凛，飞快地朝我身后瞥了一眼。

陈敏轻轻应了一声。

胸口火烧似的疼，无法让我安下心来，陈敏服侍我躺下，我却突然一把抓住她的手腕，喘着粗气说："你……你也去，以后你跟着他，我要你保证……"

底下的话却无论如何也说不了了，我睁大眼，死死地瞪着陈敏。陈敏略一顿，便马上磕下头去："奴婢誓死守护东海公！"

我虚弱地笑了起来，紧绷的神经终于得到放松，缓缓地闭上眼。

得赶紧好起来啊！为了刘秀，为了儿女，我都得养好身体，不能在这个时候再被人有机可乘。

我要保护他们！守护住他们……

抑　扬

因陈留吏牍事件使得度田令升级，建武帝派遣谒者大规模彻查各郡二千石官吏贪赃枉法的行为。这一查下去的结果委实骇人，十一月初一，第一位浮出水面的高层人物赫然是大司徒欧阳歙。

欧阳歙出身士族，家族世代传授《尚书》，八世为博士，代代出名儒，为世人所敬重。他在汝南任太守九年，仅他亲自教授的学生便有数百人。谒者查出欧阳歙在任期间丈量田亩作弊，贪污受贿的钱数高达千余万，这事被曝光后，欧阳歙锒铛下狱。

其实也许欧阳歙并非枉法第一人，也绝对不是贪吏第一人，之所以首当其冲将矛盾冲突的目标锁定在他身上，无非是因为他拥有位于三公之一的高爵。刘秀要的，正是拿这样的典型人物开刀，以儆效尤。

然而，要想将欧阳歙问罪，也并非是容易的事。朝政上的官吏抱着兔死狐悲的心态，默默抵抗着皇命，欧阳歙门下学徒一千余人集结在皇宫外，请求皇帝饶恕欧阳歙，甚至有人自罚髡剔之刑，把自己从头到脚剃光光，以示决心。

此等场面僵持数日，满朝上下人心惶惶。我虽在病中，深居掖庭，亦能感受到这种暴风雨来临前的紧张气氛。

"贵人请过目！"纱南不苟言笑地将手中的一封简函递了过来。

"这是什么？"陈敏去刘阳身边服侍后没多久，纱南便以采女的身份入了宫，拨到西宫当值。采女的年限是十三岁到二十岁，然而纱南的年纪显然已经超出招收范畴了，这个其貌不扬的女子，有着常人无法形容的冷静，就连说话都是一板一眼，绝不拖泥带水。

当然，我会将她调拨到近身，不是因为她的行事作风，而是因为她是个值得信任的人。纱南，全名尉迟纱南，乃尉迟峻的长女。

她是一名影士，更是一名死士——六年前，她的夫主在阴家的那场血腥大劫中丧生，那一年，她才十七岁。从那以后，她苦练武艺，潜心求学，短短数载便跃身成为阴家影士中极少数的精英份子。

原本要隐瞒身世，谎报年龄，以采女身份入宫的几率十分渺小，不过她入选之时，恰逢郭圣通胎气不稳，需要卧床保胎，而我这边也病着，于是临了挑选采女的事竟落到了许美人的头上。

"平原郡一个名叫礼震的少年，年方十七，不远千里赶赴京城，想要上疏朝廷，替欧阳歙开释罪名。"

"哦？"接过木函，函上木槽内封泥完好如新，我轻轻摇了摇，函内哗啦作响，"里头写了什么？"

纱南并不回答，径直从发髻上拔下一根铜钗。木函重新回到她手上，我目不转睛地盯住了她，却仍是没能瞧清她的手法。不过两三秒的工夫，木函散成三四爿，一片木牍露了出来。

我又惊又喜："你怎么弄的？"印泥完好无损，她居然能将木函拆解开而不动封泥。

"奴婢学了一年。"她讲话总是简明扼要。

我接过木牍，上面的隶书字迹十分工整："伏见臣师大司徒欧阳歙，学为儒宗，八世博士，而以臧咎当伏重辜。歙门单子幼，未能传学，身死之后，永为废绝，上令陛下获杀贤之讥，下使学者丧师资之益。乞杀臣身以代歙命……"

"居然想以身代命，他倒真是个有义气的。"我将木牍扔开，冷笑，"这个叫礼震的人现在何处？"

"行将河内郡获嘉县。"

"找人绊住他，拖延他上京的脚程。"想了想，又补充一句，"这份奏疏迟些时日再递到欧阳歙的同党手里去。"

纱南一愣，但转瞬恢复常态，应声："诺，贵人还有什么吩咐？"

我眯起眼，轻笑："这段时间我仍会卧床养病，外人一概不见，包括皇后那边的使者你也想法子替我挡住了。"

"诺。"

"长秋宫那边怎么样了？"

"都安置好了，恰好皇后临盆在即，宫内征募乳母看妇，这些人都是和奴婢一块进宫的。"

我冷笑道："这回倒真是欠了许美人一份大人情了。"

纱南面无表情地回答："胭脂本是阴家奴仆，虽然做了美人，根底仍在新野。她父亲已亡，如今寡母和弟弟都被接入阴家，侄儿许昌更是做了公子阴躬的入幕舍人。"

我满意地颔首，果然不愧是阴家的掌门人，阴识办事滴水不漏，远比我想得要周密。

室内安静，竹片摩擦声哗哗作响。我一边翻开一卷竹简，一边问道："欧阳歙的掾吏是不是叫陈元？"

"是。"

"他原先可是在固始侯的府上执事？"

"诺，李通为大司空时……"

"嗯，没什么事了。"

四周重新回复宁静，我埋首继续翻看各类情报，许久，抬头，纱南已不在跟前。我合上书简，支颐微笑。

礼震抵达河内郡获嘉县后，自缚上京，希望能够代替欧阳歙一死，可是没等他的奏疏递到皇帝手中，欧阳歙已死于狱中。

一年之内，先有韩歆，后有欧阳歙，两名大司徒先后身亡，震撼朝野的同时，也让天下士人对建武帝刮目相看。

刘秀，绝对不是仅仅只会温柔而已！如果没有认清到这一点，那么作为他的对手，无论是谁，都将一败涂地。

欧阳歙死于狱中的当日，由我亲笔所书的一份密函经纱南的手递出宫墙，再由尉迟峻面呈到了陈元手中。

翌日，陈元上疏替欧阳歙鸣冤追讼，言辞恳切，声泪俱下。刘秀虽未赦免欧阳歙罪责，却也法外开恩，下赐棺木、印绶，赗缣三千匹。这样的结果虽未尽如人意，却到底让欧阳门下学徒忿忿的心也收敛了不少。

"这套先抑后扬的计策真是不错。"阴兴面上淡淡的，他还是跟小时候一样，即使我做得再好，也休想换来他一声赞叹。

"只是陛下与我，各取所需罢了。"

"贵人精神虽然不错，面色也还不是很好，平时还是多注意休息，不要太操劳为好。"

我一顿，万万没想到他会突然说出这么句体贴人的话来，再打量他的神色，却仍是冷冷淡淡，这副性子倒和纱南如出一辙。

我收了竹卷，在床角寻了个义王练习女红时缝制的靠枕垫着臂膀，懒洋洋地歪着半边身子，似笑非笑地盯着他。

阴兴见我目不转睛地直视于他，居然羞赧地撇开头去，闷声："舞阴长公主与梁统世子来往颇多，你也得注意些。"

"嗯？"

"若是可以，不妨让陛下许了这门亲事。梁统在河西那帮臣僚士大夫中颇有声望，若能与梁家结为姻亲……"

我打断他："义王年纪尚小，这事先顺其自然吧。等她及笄成人，爱不爱下嫁梁松，都随了她。"

"儿女婚姻，事关重大，如何能随了孩子的意？"阴兴不满地提高音量。

我不咸不淡地说："当年大哥如何待我的亲事，如今我也不过是依样画葫芦了，难道我画得不像么？"

阴兴面色大变，无语凝咽，默默地垂下头去。

我干笑两声，缓和气氛地打起了圆场："说到亲事，我倒想起一件事来。君陵，你可见过那个礼震？"

"没有。"阴兴不解地看我一眼，又马上将目光投向纱南。

纱南随即答道："奴婢不曾见过，但父亲曾向奴婢描述过，称此人相貌俊朗，颇有正气。"

"哦？能得子山如此赞许，应该不会相差太大。"

阴兴见我笑得怪异，不由狐疑道："可是又有了什么主意？"

"此人有情有义，若为夫婿，想必婚姻当谐。"我垂目轻语，"陈敏年岁不小了……"

第三章
置之死地然后生

赵　憙

　　继欧阳歙之后，扯出来的第二位权贵人物乃是宗室刘隆。更始元年，刘秀持节北上，刘隆毅然弃官追到射犬投奔，他的妻子儿女当时都安置在洛阳。两年后，刘隆随冯异攻打洛阳，共拒朱鲔、李轶，李轶却因此将他的妻儿尽数杀害。

　　平心而论，刘隆对汉室江山所做出的贡献和牺牲是不容忽视与抹杀的，他是功臣的代表，建武十三年的增邑，被封为竟陵侯。刘秀作为建武帝，为了江山社稷、黎民百姓能够舍得弃掉这只卒子，我作为东海公的母亲阴贵人，却不能不出面保他。

　　是时，十二月初，皇后郭圣通临产，诞下嫡皇女。我借此授意朱祜等一班老臣上疏求情，最终这次因度田不实，舞弊贪污者十余人诛死，唯独刘隆以功臣之名，侥幸留下一条性命，贬为庶民。

　　建武十五年十二月廿七，关内侯戴涉继欧阳歙之后被任命为大司徒。同年，安平侯盖延薨。

　　建武十六年九月，河南尹张伋，以及其他各郡太守十余人，被指控丈量田亩舞弊，逮捕下狱，全部处死。

　　为了将度田令有效地实施下去，刘秀使用了前所未有的强硬手段，打击目标相当明确，先从位高权重的三公之一的欧阳歙下手，再是宗室代表刘隆，最后是相当于现代省长级别的太守以及相当于首都市市长的河南尹。各个级别的政客，尽数囊括其中，一时，建武帝凌厉且坚决的手段让朝廷内外臣僚皆是惊惧莫名。

刘秀采用这等严刑酷法，杀了一批最典型的官吏代表，虽然有利于君主专制，却无法解决度田的根本问题，反而加剧激化了矛盾。各郡国不断有百姓受不了因为度田造成的盘剥而奋起造反，除了手无缚鸡之力的百姓外，一些中小富豪地主也纷纷叛乱，抵抗中央的度田令。青州、徐州、幽州，冀州四处，尤为严重。

刘秀肩上的压力空前巨大，一面要推行度田，严打贪官污吏，一面又要派兵到各郡国征剿叛军乱民。

我虽然隐匿内宫，深居简出，然而无论宫内还是宫外所发生的动向，却是了若指掌。刘秀其实对自己杀了那么多官吏一直耿耿于怀，他本不是个心狠毒辣之辈，虽然处在他这样一国之君的地位，厉刑已是无法避免的一种手段。

他在我面前有时候长吁短叹，黯然神伤，我审度着满朝如今能称得上两袖清风，与度田无利益之妨，置身事外之人除马援外，再无第二位合适人选，便让马援伺机开导，但似乎收效甚微，刘秀在短短的半年内遽然苍老。

十二月初六，才刚满四十五周岁的刘秀，双鬓如雪，除了笑起时还保持着一份永恒不变的纯真外，他看上去已宛若一位垂暮老者。

瘦削，清癯，苍白，憔悴……

我心疼他，疼得一宿宿地难以入眠，却只能看着那长燃不熄的宫灯一遍遍地垂泪，恨自己没能力能够帮到他。

他到底做错了什么？要将一个国家的重担如此残酷地压在他瘦骨棱棱的肩膀上！如果当初没有刘缤南阳起兵，他是不是就不用承受这些？他是不是能够快快乐乐地在乡下稼穑为乐？

作为农夫，他的责任仅仅是养活他的家人；可现在成了皇帝，责任却是要养活全天下的人！这样的责任太重，太重了……

大雪漫漫，新的一年来临，元旦的喜气没能化开严寒的冰冻。建武十七年正月，上天送给刘秀第一份残酷的新年礼物——赵公刘良病逝！

刘秀九岁丧父，之后他便被母亲送到了萧县，由叔父刘良抚养。可以说他的启蒙导师正是刘良。刘良对他的涵义已不仅仅是叔侄的关系，在刘秀心里刘良胜于父亲。

如今，在这样一个风雨飘摇的艰难时刻，刘良撒手人寰，刘秀再一次遭到亲人离去的打击。从刘良病中、弥留、离世到最后出殡，刘秀皆亲历亲为。

"别难过了，老人家年纪大了，这是难免的。"见他愁眉不展，我心里难受却不敢有所表露，只得强颜欢笑地劝慰，"我听说叔父临终尚有遗愿？"

刘秀神色一黯，长长地叹了口气："怀县大姓李子春的两个孙儿杀人害命，被怀县县令赵憙追查，那二人遂自杀，李子春亦被抓捕下狱。这事朕去年早有耳闻，李子春此人结交皇亲国戚，当时雒阳京中替他求情之人不下数十人，皆被赵憙挡了回来。如今叔父临终求情，要朕饶了李子春一命，你说这……"

李子春的案子发生在怀县，我虽有闻，了解却并不深。刘秀这两年为了度田，吏法甚严，我知道他早已心力交瘁，实在不忍他在情与法之间再两难下去，于是劝道："法不可不遵，但杀人害命的是他的两个孙子，又不是他本人。要我说，李子春罪不当死，最多也就追究一个督导不严之罪。李子春在牢里也有段日子了，这份罪也抵得过了。"

"丽华。"他伸手搂我入怀，我顺势坐在他的腿上，"朕很想当个好皇帝……"

"你已经做得很好了。别太累了，你也该放松一下。赵憙这人不错，办事神速，将这样的人才困在一个小小怀县做县令未免太屈才了。"

"嗯。"他低下头，将耳朵贴在我高高隆起的腹部。

"平原眼下盗匪猖獗，不妨升迁他去做平原郡太守吧。"

话音方落，刘秀已沉沉地笑了起来，连带着我腹中的胎儿也兴奋得踢腾起来："你啊你……"

"我怎么啦？"我被孩子踢得难受，不自觉地提高了嗓音，蹙起眉头。

他抬起头，在我眉心上落下一吻："公卿若有你一半聪明，朕不知能省却多少心思。"

"他们哪里不聪明了？只是他们的聪明都用在别处了。"说到这里，不禁动了情，心酸得几欲落泪，"你瞧瞧你，都累成什么样了？"

哽咽，我咬着唇撇过头去，不让他看我欲哭的难过表情。他却捧起我的脸颊，扳正了，与我对视。视线一触到他花白的发丝，含在眼眶中的泪水潸然落下，连眨眼的罅隙都没有。

"你即将临盆，老是落泪对眼睛不好。快别哭了……"他替我擦眼泪，捧着我的脸细细端详，"眼睛红红的，你晚上在床上总是翻来覆去，是不是孩子压着你难受？"

我一把抓住他的手，紧紧贴在自己的脸上，泪流得更猛了："你最近总说头晕，你怎么不先顾及你自个儿的身体啊，你要再这么拼命，累垮了怎么办？"

"不哭，不哭……妊妇果然爱哭。"他亲吻着我的眼睑，吻去我的眼泪，"老让我这么吃你的眼泪可不行啊。"

我忍俊不禁，流着泪笑了出来，伸手捶他："没个正经，都一大把年纪了，还不知羞。"

我从他腿上撑着要起身，却被他双臂托住一把从席毡上抱了起来。

"哎，哎，小心你的腰！"我慌乱地吊住他的脖子。

他抱着我有些摇晃，我身子沉，他使了全力才能从跪坐的姿势抱起，只是脸色愈发苍白，也亏他还能保持着微笑："相信我，有我在，定能护你母子周全！"

"信你个大头鬼啊！"我心有余悸地笑骂，"你还当自己是三十壮年啊……"

"我有说过假话么？"

我顺口反问："你有说过真话么？"

他将我抱到床上，闷头不语，过了片刻，就在我忘记刚才那个小插曲的时候，他在我耳边低低地说了句："我没对你撒过谎，一次都没有……"

声音很轻，像是羽毛轻轻滑过，在我意识到那是句怎样的话语时，他已起身离开，笑言："你先睡，朕再看会儿图谶。"

我张嘴欲呼，可声音却哽在喉咙里，一个音节都发不出来。他朝我挥挥手，体贴地吹熄了两盏宫灯，余下墙角一盏，微弱的发出荧荧之光。

因为习惯二人相处时屏退奴仆，所以他一走，寝室内便显得无比冷清。我在床上翻来覆去了半个多小时，却始终睡意全无，于是翻身下床，披了衣裳到外间找他。

"怎么了？"

"睡不着。"我靠在墙上苦着脸说。

他瞟了我一眼，终于吁了口气，无可奈何地卷起竹简，置于案角："知道了。"

他撑着书案起身，顺势吹熄了案上的蜡烛。我嘻嘻一笑，等他走过来，挽住了他的胳膊。

日　食

建武十七年二月廿九，这一天是我出月的日子，所以天刚亮便让乳母抱着尚在熟睡中的小女儿，跟着我前往长秋宫给皇后晨省问安。

郭圣通只比我小三岁，但素来保养得不错，不像我现在丰腴得脸都圆了，还添了层双下巴，毕竟岁月不饶人，我本也没什么好怨天尤人的。不过人到中年还能像郭圣通这样保持窈窕体态，宛若少女的，也由不得人不羡慕一把。

我说了几句例行的场面话，她让乳母抱过孩子，细细端详，赞了几句，赏了两样金饰。我在长秋宫待了差不多小半个时辰，郭圣通留我用早膳，我称谢领恩。才吃到一半，女儿饿醒了，哇哇啼哭，虽是才满月的小女婴，哭声却十分洪亮，郭圣通微微蹙眉，乳母急忙谢罪，抱着小公主慌慌张张地避让到更衣间去了。

我不便跟去，可郭圣通似乎已没了食欲，搁了筷箸，漱口拭手。虽然我还没吃到三分饱，却也不得不跟着停下进食，结束用餐。

没等我的小女儿喂饱，那厢一妇人匆匆抱着啼哭的四公主刘礼刘走上堂来。刘礼刘一岁多，小脸养得肥嘟嘟的，肌肤雪白，小手不停地揉着眼睛，哽咽抽泣。

郭圣通急忙从席上起身迎了上去，将女儿抱到怀里，亲了亲她的小脸蛋，柔声问："怎么了，不哭……你要什么？哦，好的……不哭，母后在这……"

郭圣通正柔声哄着孩子，那边又有侍女禀告："绵曼侯殿外求见！"

适时乳母喂饱小公主出来，我不便再久留，于是请辞。这回郭圣通没有挽留，说了句好生将养之类的话后，让小黄门送我回去。我急忙带着女儿匆匆闪人，领路的小黄门也是个机灵人，愣是绕着我从长秋宫兜了一大圈，等我出了殿走出老远，再回头张望，远远地看见郭况的身影步入长秋宫，除他之外，尚有两个陌生男子随从。

因为距离太远，我无法看清是何人，不过也不用心急，到晚上我自然能知道这两个人是什么身份。

难得今天是个大晴天，清朗的阳光照射在身上，人也懒洋洋的，十分舒服。回到西宫，我让纱南替我换了套淡紫色的襦裙，束腰，广袖，长长的裙摆拖曳在青砖上，走起路来腰肢轻扭，人显得分外妖娆妩媚。我拍了些粉，化了个最简单的素妆，然后去了云台广德殿等刘秀下朝，想给他个惊喜，以补一月别离之苦。

广德殿的布置并没有任何挪动，寝室内也收拾得纤尘不染，与我离开时没什么两样。我习惯性地走到刘秀日常坐卧的床上，只见床上搁了张书案，案上堆放着成摞的竹简，足有二三十卷。不只是书案，甚至连整张床，也同样堆满了成匣封套的竹简。

一看这架势，我便猜到刘秀晚上肯定没好好休息，又熬夜看东西了。我嘴里嘀咕着，随手拣了其中一卷虚掩的竹简，出于本能地瞟了一眼。

很普通的书简，竹片色泽陈旧，一厘米宽，二十三厘米长，标准的尺简——这不是诏书，皇帝所拟诏书竹片需得一尺多加一寸，正所谓"尺一之诏"。既然不是诏书，我便很放心地将竹简拖到自己面前细细看了起来。

初看时我并不曾反应过来，只是略略一愣，有些狐疑的感到惊异，心里甚至还想着，怎么这字体如此潦草，如此丑陋，如此……眼熟？

上上下下通读一遍后，我终于"呀"的一声惊呼，恍然大悟，急忙拆开案上其余数卷来验看。果然，答案一致，确认无误。

"贵人！陛下退朝了。"纱南突如其来的一句提醒，将我从失神中惊醒，我吓了一大跳，手一抖，下意识地收了竹简，匆匆塞进帛套中。

"他……他人呢？"

"往长秋宫去了。"

"哦。"我神志仍在天上飘荡，没能及时回魂，好半天我才傻傻地问了句，"这些东西平日不是搁在西宫侧殿的吗？"

"贵人说的是这些图谶？陛下这段时间一直在苦读，怕在侧殿打扰到贵人休息，所以命人抬到云台殿来了。"

"图……谶？"下巴险些掉下来，什么时候我的《寻汉记》变成谶纬参考读物了？

"陛下说是图谶，难道不是？"精明的纱南立即警觉起来，目光锐利地闪着猛兽般的光芒，"贵人可是发现了什么？"

"没有。"我冷冰冰地扔下两个字。正没主张时，明朗的天色猝然暗了下来，殿内没有点灯，所以那种急遽的光线明暗突变更让人觉得突兀。

"怎么回事？"耳听殿外已响起一片吵嚷，我困惑地向外走。

刚到门口，代印领着一名小黄门匆匆赶到："原来阴贵人早到了这里！贵人准备接驾吧。"

我不解道："陛下不是去了长秋宫么？"

代印指了指天，笑道："今逢日食，天子需避正殿，是以长秋宫去不得了。陛下正折道移驾广德殿，嘱咐小人召阴贵人至广德殿随侍，可巧贵人先到了。"

"日食？"说话间，天色已越来越暗。

代印忙着人点灯，我趁机一个人走出殿外，仰起头寻找目前太阳所处的方位。阳光明显已经不再耀眼如初，一大半已被星体阴影遮挡住，剩下那点月牙光晕也躲进了云层里，像个害羞的大姑娘一样。

我手搭凉棚，正看得津津有味，忽然身下有个稚气的声音问道："为什么太阳会少了一半呢？"

我闻言莞尔，却不低头，用很惊讶的口吻重复道："是啊，为什么呢？"

"不是……不是我。"那声音急了，连忙替自己申辩，"我只是有想过，太阳金灿灿的像块饼……我只是想想而已，不是我吃的，我没有吃掉它。"一只小手攀上我的胳膊，使劲摇晃，"娘，你要相信衡儿，真的不是我偷吃的……"

我忍俊不住，扑哧一笑，弯腰猛地将小家伙抱了起来："哇，又重了，你还说没偷吃？"

"没有！没有！"他摊开一双小手，五指张开，以此证明他的手上没有任何东西，"衡儿没有偷吃太阳饼！"

白白嫩嫩的小手，带着一种婴儿肥，似乎还飘着淡淡的奶香，手背上各有五个小小的圆涡，如同盛装着美酒一般，分外诱人。我忍不住撅唇吻了上去，笑问："这是什么呀？"

"衡儿的手手。"他很老实的回答。

"手手有什么用啊？"

"可以撕饼饼，吃肉肉。"

我在他脸上重重地亲了口："想不想娘？"

他伸手搂住我的脖子，使劲全身力气搂紧，力气之大险些没把我勒死："娘——"他嗲着声撒娇，"娘，我爱你！"

这三个字是我从小教他说的，比教他喊爹娘的次数都多，他也真不负所望，这三个字咬字比任何字眼都准确清晰。

"娘也爱你！我的小宝贝儿！"亲了亲他的额头，又亲了亲他的鼻子，然后是脸蛋，嘴巴……看着这张相似却稚嫩的脸，我心中一动，不禁问了个很傻气的问题，"你看娘是不是老了呢？"

刘衡往后仰，盯着我看了会儿，伸手捧住我的脸一通乱摸，最后喜滋滋地说："不会！娘不老！"我心里一甜，这小家伙的马屁功夫果然了得，胜过他老子百倍。正得意呢，没想到他接着补了一句，"娘一根胡子都没长呢……"

我嘴角抽搐，一脸的哭笑不得。昏暗中，只听对面有人嗤嗤地闷笑，笑声再熟悉不过。我抱着刘衡走了过去，故意装作没看到他，直接将他当隐形人忽略。擦肩而过，不出十秒钟，他果然追了上来，这时一群内侍打起了灯，阳光已尽数被遮蔽，天黑得犹如寂夜。

刘秀命人取来毡席铺在庑廊之下，柔风阵阵吹在身上，并没有真正寒夜中那般的冷峭冻骨。

"你未经我允许，偷看了我的东西！"我没打算绕弯，于是开门见山地表达出我的不满情绪。

"呵呵。"

"少装愣，装愣可含混不过去。"我故意捏压指关节，发出喀喀的声响。

"是朕不对。"他诚恳地说。

沉默，一如突临的黑昼。

我的心，提到了嗓子眼："那个……其实我……"

"这套图谶很有意思。"

"啊？"

"我花了大半年时间，除了看懂几百字外，无法串联出一个整句来。"他大发感慨，"看来我的悟性仍是不够，丽华，不如你给我讲解一下如何？"

"啊？"我很夸张地摆了个晕倒的姿势。那个用简繁体交融写就的《寻汉记》目前所载约五六十万字，积少成多，把它们换成竹简，足足可堆满好几间屋子，我没想到刘秀竟会如此荒唐地认定这些文字记载的是谶纬。

我很想讲出实情，可话到嘴边滚了三遍，最终也没能吐出半个字来。

"衡儿！"灵机一动，我拉过儿子的手，打岔道，"还记得娘生小妹妹前教你的歌吗？唱一遍给爹爹听听。"

刘衡咧嘴一笑，傻兮兮地挠头："唱得不好你会打我吗？"

"不会。"

"那好吧。"他很痛快地接受了娘亲的考验，于是站了起来，一边比画动作，一边哼哼唧唧地唱道："一只……哈巴狗，坐在……哈巴狗，眼睛……哈巴狗，想吃……哈巴狗；一只哈巴狗，吃完……哈巴狗，尾巴……哈巴狗，向我……哈巴狗……"

一遍听完，我完全傻眼，直到他很干脆地拍着小手大声宣布："唱完啦！"我才从无数个"哈巴狗"中觉醒过来，然后——捧腹大笑。

我笑疼了肚子，身旁的刘秀虽然不大明白儿子唱的是什么东西，但一连听了七八个哈巴狗，也早被绕晕了，不禁笑问："你教的什么歌，为什么那么多只狗？"

我喘不上气，趴在席上抽搐着，屡屡顺气却又忍不住喷笑出来。

刘衡再木讷也知道我是在笑他，扭捏着身体，退后两步，小嘴扁成一道下弯的弧，他重重的吸气，鼻翼翕张，一副濒临崩溃的前兆。我意识到后果的严重性，立刻停住笑声，因为忍得不易，以至于涨红了一张老脸，还得十分认真的装出友爱可亲的表情来，起身对他张开双臂："来，宝贝儿，过来……"

"呜……"他喉咙里发出猫叫似的咽声。

我头皮发紧，赶忙站了起来，讨好地抚摸他的小脸。他不领情地摔开我的手，瘪着小嘴，十分委屈地含着眼泪瞪向我："不要喜欢你了，呜……"

"哎呀，不要这样嘛！"我使劲搂住他，呵气挠他痒痒。

他怕痒地往后躲，嘴里救命似地哇哇尖叫，又叫又笑。我不敢闹得太过火，适时收了手，这时日全食的时辰已过，天色正在逐渐放晴转明。

我搂着刘衡不断扭动的身体，嘴唇贴着他的耳朵，柔声哼唱："一只哈巴狗，坐在大门口……"翻来覆去地清唱了四五遍，刘衡也不再闹了，安静地听我哼唱，然后嘴里还时不时地跟着我唱上几句。

我教他唱了几遍，然后在他耳边嘀咕了句，他马上兴奋地跑到刘秀面前："爹爹，你听我唱歌吧！"

不等刘秀回答，他已上举下蹲扭屁股的自顾自地表演起来，口齿虽然不够伶俐，但比起刚才那一遍已经有了飞速提高。

"一只哈巴狗，坐在大门口，眼睛黑黝黝，想吃肉骨头……"两只小手伸前，刘衡学着小狗模样吐着舌头汪汪叫了三声，然后继续很卖力地唱，"一只哈巴狗,吃完肉骨头,尾巴摇一摇,向我点点头……"他先是拼命扭屁股,然后还不断猛烈点头,这样上下不协调的动作,结果是把自己晃得头晕眼花,他嘴里尚在"汪汪汪"地学着狗叫,人却跌跌撞撞地往前面仆倒,一跤摔到席上。

我心里一紧,刘衡这一跤显然摔得并不重,不等我上前扶他,他已利索的爬了起来,仍是疯疯癫癫地学着狗叫,四肢并用地向刘秀爬了过去。

我莞尔一笑,淡定地望着那对容貌酷似的父子俩。

"汪汪汪!汪——"刘衡用头去顶父亲,刘秀却一动不动地端坐。

我心中诧异,走过去坐到他对面,小声问道:"别小心眼嘛,不是我不说,我是实在不知道说什么……"

他面无表情地看着怀里嬉戏的儿子,我倏然住嘴,惊骇的发现他的鼻孔一侧正不断地滴下血来。

"秀儿!"我失声尖叫,刚想伸手去托他的下巴,他脸上肌肉微颤,眼一闭,端坐的身体突然向前瘫倒,重重地压在刘衡背上。

"哇——"年幼懵懂的孩子不明原由,还以为父亲在跟他闹着玩,尽管被父亲沉重的躯体压得气喘咻咻,却仍是不停地发出咯咯的笑声。

心跳仿佛被震得停住了,下一秒,我发出一声尖叫:"秀儿——"手忙脚乱地将他抱起,他的头无力地枕在我的腿上,面色灰白,半张脸被血迹污染,那样惊心动魄的颜色令人毛骨悚然。

"秀儿……"颤抖的用手抚摸着他的脸,触手冰冷,"秀儿,你怎么了?别……吓我了……"

守在云台的宫人乱作一团,尖叫声迭声响起,我脑子里嗡嗡作响,眼前一阵眩晕。

"你起来,不玩了,起来……"手心里全是湿濡的血,带着一股余温,我用袖子抖抖瑟瑟地去擦他脸上的血渍,眼泪簌簌落下,"起来,别开玩笑!这一点……都不好笑……"

血渍越擦越多,我的头眩晕得厉害,四周的景物似乎在天崩地裂地旋转着。可是刘秀的双手耷拉在席子上,手指正在不停地颤抖,四肢微微抽搐。这一切又是如此的真实,完全不像是场恶作剧!

"爹爹!我们再来玩吧!"无知的孩子坐在他的脚边,拍着小手笑得一脸天真,"爹爹,再来一次!再来一次……"

他的体温冷上一分,我的心便麻木上一分。天空正在渐渐转亮,阳光重新普照向大地，可是我却一点光明都感觉不到。

"秀儿……"低下头，我颤栗的吻上他冰冷的额头，泪如泉涌，"别丢下我……"

心中仅存的一点光明，在他重重倒下的瞬间，被残忍地吞噬殆尽。

中 风

不记得是如何把他抬到了广德殿的床上，不记得太医是何时赶来的，我像个失去灵魂的空壳，唯一能做的，是紧紧地握住他的手，无论旁人如何劝说我都置若罔闻。

"请阴贵人让开，容臣把脉……"

刘秀就躺在我面前，不清楚太医在他鼻孔里塞了什么东西，至少现在鼻血已经不流了。但他面色如雪，嘴唇发紫，双眼紧闭，情况似乎比刚才更加糟糕，若非微张的口角尚有咝咝的吸气声传出，我早已精神崩溃。

"阴贵人……"

"贵人，请……"

无论他们怎么拉扯我，我只是不肯松手。我心里害怕，那种强烈的惧意充斥着我全身每个细胞，刘秀的手很冷，我固执地认为我能通过紧紧相连的这双手给予他温暖。

"阴贵人——"清冷而尖厉的声音划空而起，然后一只白皙的手握住了我的手。

我木讷地抬起头来，郭圣通站在我面前，睥睨而视。她的眼神是相当凌厉的，这一刻，我甚至产生出一种认错人的恍惚。

"退下！"简短有力的两个字，透着不容驳斥的威慑力，那是一个国母理应具备的气势。我茫然地看着她，第一次从那张神情复杂的美丽脸庞上读出了一种彻骨的恨意。

是的，她应该恨我！一如……我同样嫉恨着她！

我的无动于衷显然更加激怒了她，覆在我手上的手微微用力，她的眼底透着一股决绝的狠戾。我的手指在一阵剧痛中，被她一根根地掰开。

当最后一根手指也被剥离时，她猛地用力挥开我的手，用一种痛快的厌恶口吻说道："阴贵人产后虚弱，还需静养。代印，择人送贵人回寝宫！"

代印面带难色地俯下身，对跪在床下的我小声央求："小人送贵人回宫吧。"

心如刀绞，不容我再有抗拒，两名黄门内侍冲了上来，一边一个架住我的胳膊将我拽离床头。我愤怒地挣扎，眼睁睁地看着自己离刘秀越来越远，他被无数人一层又一层地包围住，与我生生相隔……

泪水汹涌而出，我张嘴欲嘶声尖叫，可身前的代印眼明手快地及时捂住了我的嘴："贵人，求求你，莫为难小人！"

我心里恨到极处，一口咬在他的手上，他闷哼一声，却不敢喊出声来，忍痛催促手下将我拖出广德殿。我继续挣扎，无奈现在四肢无力，根本施展不开手脚，竟是被这一群黄门硬生生地强行拖到门口。

代印一直没有松开他的手，直至我尝到了血气的甜腥，松开了牙齿，他也没有要放开手的意思。被带离广德殿的霎那，我只觉得天地为之失色，眼前再也看不到一丝光明，我停止了挣扎，像个死人一样被他们拖着拽下阶梯。

然后，前行的脚步突然停住，清脆的耳光声伴随着痛呼声响了起来。很快，四周又重新恢复了安静。

我自始自终低头不语，直到有个身影在我面前跪下，抱住了我的腿，带着哽咽的哭腔喊道："娘……你醒醒！你不能垮，父皇需要你啊！"

这一声呼喊，犹如醍醐灌顶，我顿时清醒过来，也不知从哪生出的气力，推开代印等人，往殿内跑去。

代印在身后急道："东海公，这可是皇后的意思……"

我跌跌撞撞地跑回广德殿，奔到门口时，门前的郎官举起手中长戟要挡，却被其中一人上前阻止。我呼呼喘气，抬眼见那人正是梁松。梁松冲我点点头，拉着同伴闪到一旁，我顾不得道谢，一鼓作气闯进门去。

殿内此时正乱作一团，郭圣通的声音不住惊慌高喊："陛下！陛下！你要对妾身说什么？你看看妾身啊，你在找什么……"

太医们跪了一地，太医令急得满头大汗，皇太子刘彊跪在床头，失声痛哭。

幽深的广德殿内，响彻着一片凄惶哭声，我步履蹒跚地跟跄靠近。

"阴……阴贵人……"有宫女发现了我，言语无措地瞪大了眼睛。

郭圣通闻声蓦然转身，像看怪物一样盯着我，隔了许久，她突然高声怒喝："代印——"

我咬着唇，倔强地含着眼泪，慢慢地在她面前跪下："求皇后恩允，留贱妾在殿内照看陛下！"

"陛下不需要你照看！"像被踩痛了伤处，她厉声高叫，平时那么高贵端庄的面具正在一点点地崩溃。她用手指着我，面色惨白，双目发红，手指不断颤抖，"还请贵人自重！"

我怅然落泪。

自重！我当然清楚自己的身份！这十几年来，我每天都在努力地扮演好自己的角色。在这个皇宫里，我只是个侍妾，郭圣通对我的忍耐已经到了极限，至少我们都在努力不剥下对方最后那点维持自尊的面具，彼此保持着面上应有的融洽和礼节。

但是……

这个时候，我不想离开！即使我不够身份，不够资格，我也要留在他的身边！这个时候的我，已经没办法自重！

"咚！"

"咚！"

两声沉闷的捶击，在愁云惨雾的广室中，仿佛劈下一道惊人的闪电。

"咚！"

"咚！"

郭圣通僵硬地扭转头，太医令惶恐地说："陛下乃……中风发疾，臣等……无能，只……只能尽人事，听……听天命……"

我只觉得两眼发黑，险些瘫倒在地上，那捶击声更响，如同敲在我心上一把鼓槌。骤然间，边上"扑通"一声，郭圣通仰面摔倒，竟是承受不住打击，晕死过去。

众人惊呼，殿内一通忙乱，趁着众人忙于抢救郭圣通，我手脚并用地爬到刘秀床前，那些看顾的太医不敢拦阻我。我泪眼模糊地爬到床头，赫然发现刘秀直挺挺地仰面躺在床上，两眼睁得老大，口角微斜，发紫的唇瓣不住哆嗦，却一个音节也发不出来。

他就这么神情木然地躺着，右手紧紧握拳，一下下地捶着床板。

"咚！"

"咚！"

我扑上去，强忍住那种撕心裂肺的痛，颤抖地用双手包住他的右手，那手一阵挣扎，这一次却是重重地砸在了我的指骨上。

泪流满脸，我紧紧用手握住他的手，痛哭："秀儿！别这样……"

手一顿，挣扎的力道消失了。

我哭着将他的手贴到自己的脸上："是我，我在这儿……"

他的眼珠左右移动，很快找准焦距，对上我的视线。我看他面上肌肉僵硬，似乎根本无法做出任何表情，不禁又惊又痛，失声恸哭。

手中微动，他的手指指腹轻轻摩挲着我的手背，我睁开眼，泪眼模糊地看着他。他就这么看着我，虽然面无表情，然而那般柔软而疼惜的眼神，却让我更加肝肠寸断。

"为什么会这样？"我抚摸着他瘦削的脸颊，心里痛得阵阵痉挛，"我……宁可躺在这里的人是我。"

泪眼婆娑，眼泪不受控制地滴上他的面颊，我慌乱地替他拭去，却终是忍不住抱住他号啕："别丢下我！求求你留下来，我不能没有你……没有你，我活不下去……"

他表情木钝地望着我，眼睛眨动，一滴泪水顺着他的眼角无声地滑落。我哭得愈发伤心欲绝，他的胳膊没法举起来，可是右手却紧紧地攥住了我的手指，很用力，很用力地攥紧了。

"让她出去……"身后气喘吁吁地响起一个微弱的声音，郭圣通在刘彊的搀扶下挣扎着扑到床前，指着我，"出去！"

于是三四个小黄门围上来拉扯，我拼命抱住刘秀，歇斯底里地哭喊："我不走！我不走！"

那些小黄门怕拉扯间牵连刘秀御体，所以都不敢使力，郭圣通直气得脸色发白，靠在儿子肩头，颤巍巍地叱道："不成体统……你、你要胡闹到什么时候？"

我哪里还顾得上那些虚礼，这会儿我只知道刘秀就是我的命，要我离开他，就是要了我的命。

我抵死不从，正闹得不可开交，门外忽喇喇闯进一大批人来。不等郭圣通反应过来，当前已有人疾步向前，在她跟前跪下叩首："求母后开恩！念在阴贵人服侍父皇一场的份上，求母后让她留下侍奉吧！"

郭圣通扶着额头，身子不禁晃了晃，于是刘阳再拜："求母后开恩！"

刚刚闯入的皇子皇女中随即走出刘苍、刘荆、刘义王、刘中礼、刘红夫、刘衡六人，齐齐跪于刘阳之后，齐声哀求："求母后开恩！"

"母后，你让我娘留在爹爹身边吧！衡儿以后一定听母后的话，做母后的乖儿子！"年方四岁的刘衡怯怯地膝行上前，扯着郭圣通的裙裾，半是哀求半是撒娇地说道。

郭圣通紧闭双唇，只是不答。

刘衡急忙招手："哥哥姐姐们快帮帮忙啊，你们也求求母后好不好？我娘都哭了，不管我有多调皮，她从来都不哭的……哥哥姐姐……"

一旁伫立的刘辅等人面面相觑，无所适从，不知进退。

刘衡最后无奈地指向最边上被刘英牵着、正在津津有味地吮着手指的刘京，一副急得快哭出来的表情："弟弟你来，你过来……"见刘京不理他，他很生气地走过去，一把将他拖到郭圣通面前，把弟弟使劲摁趴在地上，"快给母后磕头，求母别骂娘了……"

目睹这一切，我既心疼儿女，又悲悯刘秀，心里只觉得百转千折，已尽数碎成齑粉。喉头哽咽，无法言语，我泣不成声地握紧刘秀的手。

"母后，父皇的身体重要，暂且不必计较逾礼之事吧。"终于，刘彊小声地开口求情。

郭圣通痛苦地闭上眼睛，默默地流下伤心的泪水，她的双手紧握成拳，指骨发白，不住发颤。

整间殿阁内的人都在等待她的最后命令，我掉转头，看向刘秀。

那双灰褐色的眼眸黯然地流露出哀伤的气息，我知道他一定能明白我现在的决心，就如同我能明白他承受的痛苦。

"大司马殿外求见！"代印熟悉的细长声线在门外响了起来，引得殿内一阵骚动。

我伏身在刘秀额上轻轻落下一吻，贴耳窃语："我说过的话绝对说得出做得到，你若不在，我必相随，天上地下，誓死不离。你别想甩开我，知道么？"

这句话才说完，也没听见郭圣通有什么答复，就见吴汉一身戎装地带着窦融、戴涉二人走进殿来，武将出身的吴汉甚至连腰间的佩剑都不曾摘去，眨眼工夫便昂首阔步、雄起气昂地来到床前。

三公齐聚，郭圣通显然没有料到会突然出现这么一幕。刘秀的病情尚未向外公布，按理朝臣不该有所知觉才是。

"大司马臣汉，叩见陛下、皇后！"

"大司空臣融，叩见陛下、皇后！"

"大司徒臣涉，叩见陛下、皇后！"

殿内的气氛顿时变得异常紧张起来，任是再白痴的人也能感觉出一些不对劲。三公之中撇开戴涉、窦融暂且不说，吴汉身为大司马，手中却还掌握着数十万的兵权，况且此人行军打仗，向来奉行屠杀血洗，声名远播，无人不晓，此时贸然携剑出现在皇帝的病床跟前，怎不令人胆战心惊？

刘彊下意识地往父亲的床前挪了挪，略略挡住吴汉的视线。我抬头瞟了眼皇太子，这孩子心存仁厚，不管出于何种目的和立场，至少他心里还是惦记着自己的父亲。

郭圣通不出声，不知道是不是吓得没了主见。

按礼三公向皇帝行礼，皇帝原该离座起立，受礼后由侍从唱："敬谢行礼。"方算成礼。可这会儿刘秀别说起身，他甚至连话都说不出来。

代印在边上左顾右盼，一副不知道该如何是好的模样。事到如今，我也无所谓再做一件逾越的事，心里嘘叹着，从床前站了起来，哑声开口："陛下圣体违和，诸位先请起吧。"

吴汉淡淡地看了我一眼，从地上起身，我命人端枰赐坐，三人均婉谢。吴汉详细地问了太医令病情，窦融与戴涉听后均是一脸肃容，面色不佳，唯独吴汉不以为然地嗤笑："臣以前也曾得过这等毛病，风眩而已，只需自强，当可痊愈。"

听他说得不似有假，可口气却又似乎太过轻巧了些，让人将信将疑。

"陛下也不需吃什么药，只需要驾车出去走走，当可恢复……不知陛下意下如何？"

眼见得郭圣通面露愠色，我心有所悟，壮起胆子说道："陛下口不能言，手尚能持笔。"

吴汉虎目一睁，眼底精芒绽露，我并不躲闪，始终不卑不亢地与他直颜面对。最终他嘴角轻扬，似笑非笑地说了句："那便请陛下笔书示下。"

代印反应最快，我的话才说出口，他已命人备下笔砚，等到吴汉张口吩咐，一片木牍已递到刘秀跟前。我抬眼示意刘彊将刘秀扶起，我故意退开两尺，以免落人口舌，惹下矫诏之嫌。

刘秀虽然右手勉强能动，可手指关节毕竟仍不能灵活运用，我眼见他五指僵硬，形同鸡爪一样抓着笔杆，边抖边写，眼中满是痛楚之色，心口便跟着起起落落的抽痛。

苦捱了十多分钟，叭嗒一声，笔杆从他手中滑落，刘秀终于闭了闭眼，额际的汗珠已经将鬓发浸湿。天知道这十多分钟，他要强忍多大的痛楚，他一写完，我再也克制不住地冲了上去，将他紧紧搂在怀里。

郭圣通自恃身份，反倒不能向我这般无礼放肆，她挺直背脊，长身而立，面上敷的铅华早被泪痕弄花，可这一切却无法折损她的形象。

骄傲、高贵、美艳、雍容、端庄，她做到了一个皇后应有的礼数，而我，却远远逾越了一个贵人应守的规矩。

如果可能，我甚至不要做什么贵人，更不会稀罕做什么皇后，我只想和刘秀二人，守在蔡阳的那三间小夯土房里，安安稳稳地度过余生。

我只要他，我的秀儿……

"皇后！太子殿下！"吴汉将木牍递给窦融、戴涉阅览，而后不疾不徐地对郭圣通禀告，"陛下认同臣的意思，打算御驾出宫离京，回章陵养病。"

"什么？！"异口同声地，郭圣通和刘疆不敢置信地发出一声惊呼。

吴汉道："陛下命阴贵人随行，皇后留在宫中主持掖庭内务……"

"这……这怎么可以！"郭圣通慌道，"陛下的病况如此凶险，轻易挪动不得，又怎能奔波如此长路？太医令，你说，陛下……"

太医令嗫嚅不敢答，窦融将手中木牍递于郭圣通，她犹豫了片刻，才伸手接过。我没看到木牍上究竟写了什么字，但我相信吴汉所言不会有假，因为郭圣通在看清木牍上的字迹后，神情大变，那副表情虽说不上咬牙切齿，却也恨不能将木牍捏碎。

我所认识的郭圣通，无论在何时何地都非常自律，能够克制自己的情感，保持理智和冷静。今日连番失态，想来也是因为刘秀的突然病危才让她失去了理性的思维。

"陛下！"她呆愣片刻后随即跪于床头，苦苦哀求，"陛下你不能拿自己的身体涉险啊，你的病唯有靠太医们合力诊治才是良策……"

刘秀用右手轻轻拍了下床板，张开五指，冲她摇了摇手。

郭圣通顿时语噎，满腹委屈最终化作点点清泪，她瘫软地伏在床上，埋首低咽哭泣。

求 医

初夏的风带着一股青草独有滞涩的香气，迎面吹入宽敞的车厢。

风是暖的，车舆微摇，刘秀闭目安静地躺在车内，头枕于我的双腿上。我怕他吹风着凉，于是伸手去够帷幕，想将卷起的车帘放下，却始终差了些距离。

养了大半月，宫中延医无数次，却仅能靠大量的药物暂时控制病情不再恶化。刘秀被病痛折磨得面容憔悴，眼窝瘀青，皇后与太子党人毕竟在朝中有些分量，在他们的影响下，出行计划一度被中断，言语无绪的皇帝被当成傀儡似的摆弄，整天灌以无止尽的汤药，那段日子简直生不如死。

这样活生生地拖了二十多天，朝廷上大部分臣僚似乎已放弃希望，甚至其中有些人暗中打起了奉立新主的念头，一时间，郭氏外戚势力大涨。然而就在这个关键时刻，失语多时的皇帝突然恢复了说话能力，虽然口齿不是很清晰，但说话条理分明，交代事情时也绝不糊涂。

将京都朝政的事宜做了简单的安排后，重病未愈的建武汉帝毅然下令出乘南巡，这一次任是外戚、皇后党众再如何想方设法地阻止也已无济于事。

我向后倾倒上身，努力的伸长胳膊，用手指去撩拨车帘，一连试了几次却都没能成功。

"把……我……放……"

我吃惊地回头，刘秀正睁着眼睛，眸底盛满笑意地瞅着我。

"醒了？"我赧颜一笑，竟像是个被人无意中窥得心事的少女般，不好意思地嗫嚅，"我怕你着凉。"

他眯眼一笑，哑声："扶我……起来。"

我一手托着他的脖颈，一手托住他的腰背，将他扶了起来。正觉得腿麻，身边"呕"的一声，刚刚坐起的刘秀身子歪侧向另一边，低头呕吐起来，车内顿时充满了一股醺臭酸腐的气味。

"秀儿……"我一把扳过他的肩膀，他吐得掏心挖肺，许是被未吐尽的污秽呛住了气管，顿时面色发青，喘气如风箱，边吐边咳，样子十分狼狈。我心疼得眼圈红了起来，顺着他的气，不停地拍抚着他的背，"头晕不晕？晕不晕？你再坚持一天，明天……明天我们就到偃师了……"

刘秀没有答复我，面色却是越来越难看，喉咙里嗬嗬地发出粗重的抽气声。眼见他喘不过这口气，人便要就此晕厥过去。我来不及多想，快速捏住他的双颊，吐尽胸中浊气，然后对准他的嘴吸了下去。

过了片刻，我将头偏向一侧，将吸出的秽痰吐到一边。这时车外随侍的代印、纱南听到动静后放缓了车速，正探头进来张望，见此情景，不由都呆住了。

"拿水来。"我吐了两口唾沫，将恢复自主呼吸的刘秀扶靠在软垫上，因为怕他再恶心泛吐，便小心翼翼地将他的头稍稍偏向一侧，避免呕吐时再呛到自己。

刘秀一直不说话，眼睑无精打采地耷拉着，也不知有没有清醒过来。

"贵人，水……"代印低低地唤了声。

我看也没看，回手从他手中接过木盆，凑到刘秀唇边："喝点水，润润喉。"喊了几声都没回答，我额上的汗珠顺着脸颊滑入颈脖，刘秀的脸色雪白，嘴皮干裂翘起。刚才他吐得厉害，我怕天热造成他脱水，于是想了想，将木盆递到自己口中，含了水，漱口，然后吐掉。一盆水都被我用来漱口，完了我见纱南提着水壶傻愣愣的毫无反应，便从她手里接过陶壶，直接捧着水壶喝了口，等喝到第二口的时候，却并没有咽下，而是侧过身伏在刘秀身上，嘴对嘴地喂了下去。

这样喂了三四口，忽听车外响起一片呜咽，原来车辇已经停下，车帘未闭，车外有宫人瞧见，竟是禁不住掩面哭了出来。

纱南平素一贯冷面，这时候也不由动容，眼圈微微发红。

我无暇顾及他们的情绪，扶着刘秀挪到干净的一侧："把车内整理干净。"

"诺。"

我跳下车，让那些黄门宦臣爬上车去侍弄。

站在田野里举目四望，这里离雒阳其实并不远，我们赶了两天，却并没有走出多少里路。刘秀的病情一直反复，跟来的太医除了煎药、熬药、温药，其他什么用都没有。

"离偃师还有多远？"

"跑快些，一个时辰。如果走走停停，大约得夜宿，那就明儿才能到了。"

太阳已经西沉，要不了多少时间便会沉到地平线下，到时候夜路肯定不好走。

四下里无风，我站在旷野里，却感觉像是置身在封闭的闷罐子里，憋屈得透不过气来："偃师那边安排得怎么样了？"

"贵人要的人晌午已经到了偃师，只是……"纱南面现一丝难色，"那老头脾气倔得很，上门去请时我们的人与他发生了些口角，他原不肯来……这事是贵人下了死令的，河北的影士不敢怠慢，无奈之下便绑了来。"

我淡淡地"嗯"了声，纱南说话十分谨慎，大概以为我听了会发火，却没料到我反应如此平淡，不禁诧异地瞄了我两眼。

我回头张望，看他们把车队整理妥当，于是很简略地说："催马赶路！一个时辰之后……我要见到那人！"

说完也不理会纱南是何表情，径直走向马车。

车内的布置一应换了新的，只是刚才呕吐后的酸腐气味仍未能消散，车厢一角安置了薰炉，袅袅青烟带着股馨香正飘散开来。

我皱了眉，这股香气可能会引起刘秀的敏感与不适，于是非常不悦地将薰炉直接抄起来扔到车外，咣当一声，也不知吓没吓到车外的人。正觉得心里不痛快，身侧响起一个熟悉的轻笑："还是……那么暴躁。"

闻声吓了一跳，我扭头惊问："把你吵醒了？"

刘秀躺在车内，头枕着木漆枕，脸侧向我，面带疲惫的微笑："没睡……一直醒着……"

我俯下身去，将他凌乱的发丝拨到一旁，细细地梳理："我让他们加快速度，一会儿跑起来我担心你身子吃不消，倒还不如……"

他举起右手握住我的手，很用力地捏了下："醒着……看看你……多陪你……一会儿……"

我捧着他的脸，一阵儿心酸："那你忍忍。"

"嗯。"

说话间，车速加快，车厢左右摇晃，即使是造价不菲、工艺最好的御辇，也不能够完全避震。飞速奔驰下的车辆，摇晃的程度足以使一个身体康健的正常人晕得七荤八素，更何况是刘秀这样奄奄一息的重症患者。

我将他紧紧地搂在怀里，他不说话，甚至连一声低微的呻吟之声都没有，让人感觉也许他已经被震晕了过去。

"我不会让你死的……"我神情恍惚地呢喃。

"嗯，我……不死。"紊乱的气息，强忍的吐气声，他微弱的声音像是黑夜中升起的一点星芒，给予我继续生存下去的希望，无比强悍地支撑起我那颗早已脆弱的心，"不——死——"

四月初二，銮驾夜宿偃师。

馆舍庑廊上的灯在夜风中变得冥暗不明，树枝的阴影投射在紧闭的门扉上，摇曳着张牙舞爪的狰狞，压抑得人透不过气来。

我命人打开门上的锁，推门进去，但见室内萧索，只简单地搁了一张床，一张案，几张蔺席。案几直接搁在床上，一位长须老者，伛偻着背脊，正趴在案上吃力地眯眼写字，他写得极慢，落笔迟疑，且频频出错，不时用小刀将写错的字刮掉重写。

门打开时，他只是凑着烛光向门口下意识地瞥了一眼，却并没有在意我的出现，仍转过头继续冥思该如何落笔。

时隔十六年，我本也没能料到他还能活于世上，看到他的一瞬间，似乎许多尘封的往事便不由自主地被重新翻启。那一刻，我站在门口，竟有了种怯意，不敢再近步干扰。

纱南从我身边走上前欲先招呼，被我一把拽住胳膊。终于，我深深吸了口气，拖着沉重的脚步上前，走到床前，扑通跪下。

"哦？"床上的老者倾身相顾，"这是谁啊？何故行此大礼，老夫受不起……"

"妾身阴丽华，恳求程老先生宽恕怠慢无礼之罪！"

床上老者没有立即表态，我跪在地上，额头触及冰冷的地面，感觉心里的伤痛也一点点在反复翻搅。

"原来是……贵人请起吧，莫要折杀老夫了。"他行动迟缓地从床上下来，我随即捧起身侧的草鞋，恭恭敬敬地套在他的脚上。

他慌忙缩脚，惊呼："你这是做什么呢？"

我不容他退缩，固执地替他穿上鞋，口中只道："旁的且不说，先生乃我故交，是为长辈，理当如此。"

他脚踩实地，踩了踩脚，连声叹气："没想到十余年不见，你高居尊位，居然还能记得我等故人。也罢，也罢……你且请起。"

我不肯起，仍是跪地求道："求程先生救我夫主一命！妾身愿以身代命！"

程驭颤巍巍地扶我起来，我执意不肯，他年老体迈，根本拗不过我，只得气喘吁吁地道："老夫年岁大了，只怕心有余而力不足。"

我心里一酸，烛光下这位年过古稀的老者，满面褶皱，两眼浑浊，就连说话的声音都显然底气不足。我心里刚刚升起的那点希望，喀的一声碎裂开，只得含泪颤道："先生神技，但求一试。"

事到如今，死马当活马医吧！如果刘秀有什么不测，我也万万不可能独活。

"唉。"他长长地吁气，"果然被子陵言中，他这家伙溜得快啊，撇下老夫……唉，也罢，既来之，则安之。老夫姑且一试，姑且一试……"

我重重地磕了头，这才含泪起身，他笑眯眯地望着我，脸色这才变得和蔼起来。

我知道强行掳他来偃师，此等做法毕竟有失妥当，不觉羞愧地红了脸。他细细地看了我两眼，忽然长长地叹了口气："没想到……唉，不说了，不说了，这就请贵人带老夫去觐见陛下吧。"

我忙扶着他的胳膊，搀他出去。眼见程驭从床上摸出一根木杖，拄着颤巍巍地走三步歇一步，我心里顿时又凉了半截。

黎　阳

程驭年纪虽老，医术却要比我想象得精湛，想来这十六年不仅仅只在江边垂钓，隐世不出的同时，他对医术的钻研也已到了炉火纯青的地步，更胜往昔。

刘秀显然没能认出眼前替他医治的老头便是当年在河北下博指路的"仙人"，时隔太久，一面之缘的记忆早已模糊，更何况程驭比起当年"仙风道骨"的风姿，现在的样貌，更似垂垂老朽。

岁月在我们每一个人身上刻画下深刻的痕迹，每一笔都是如此的清晰和残酷，丝毫没有因为个人身份的不同而稍加留情。

刘秀的情况在一天天地好转，经过程驭的施针用药，病情已相对稳定。他的言语已如常人，只是行动上仍有不便，中风造成的手脚麻痹，使得他左半身一度瘫痪，如今在程驭的悉心治疗下，也正在慢慢恢复知觉。

我已忘了自己曾暗自流了多少眼泪，程驭仍如当年一般，用药急且猛，刘秀虽然康复有望，但这其中所受苦痛，却比死还难受百倍。病痛折磨得他夜不能寐，夜里我爬起来替他翻身，总能见他疼得满头大汗，却咬牙不吭半句。

当我哭着问他，既然疼，为什么不喊出来？他却说怕吵醒我。自那以后每天夜里起来，我再没见他醒着，总是安详地闭着眼沉沉入睡，低鼾起伏，状若酣然。然而熟悉如我，又怎么没有觉察到，他疼得微微打颤却极力克制的细微表情。

我懂他的良苦用心，所以在替他翻身，揉捏腿脚的时候便假装不知情，眼泪在我眼眶中打转，我却得强忍着不让它落下，这种滋味，只有他和我才能体会到其中包含了多少心酸。

这一日天气清朗，我用轮椅推他到庭院中赏花，他精神极好，指着荆棘杂草中的一株不知名的兰草与我讲解。可我的心思并不在这上头，他讲了好一会儿，我真正听进去的却没几句。

终于，我的愣怔换来他一声低叹："如果真要出事，也不是在这里长吁短叹便能解决问题的。"

我一凛，回过神来。刘秀坐在轮椅上，难掩憔悴的面容，带着宽仁的微笑，只是眼神十分睿智明利。这让我想起那个临朝的建武汉帝，而非一个病痛缠身的中风患者。

我跪在他面前，头枕在他的腿上，低声呢喃："如果我说一点都不担心，那是骗你，也是骗我自己。"

他用手抚摸着我的头发，低沉地笑："太子留在京里，朕也甚是想念。皇儿们皆有争当孝廉之心，也应为天下表楷。这样吧，传诏他们从驾南巡……"

我倏地抬起头，愣愣地瞅着他。

刘秀看着我，含笑点了点头，目光清澈。

他果然不愧为一朝天子，虽然病了，对于政治的敏锐却一点都没有降低。皇帝病重，独留皇后与太子在京中坐大，独揽朝政，总有一日会惹出大麻烦。

虽说京都有吴汉坐镇，却终不是长久之计。如果雒阳当真发生异变，只怕面临这场惊天动地的变乱，我们也唯有眼睁睁地看着，鞭长莫及。到那时，也许恢复健康的刘秀有朝一日还能有翻云覆雨的手段将这场动乱重新拨乱反正，但是当异变发生之时，我儿刘阳只怕已难逃一劫。

"皇子从驾不是不可，只是……"只是皇太子若从驾，以我们现在的精力，谁又能镇得住刘彊他们？郭氏外戚的人脉与势力如今即使称不上权倾朝野，也难保不会渗透到皇帝身边。

刘秀淡淡一笑，手掌一翻，掌心露出一块金铜饰物，形同虎状，虎身用金丝刻制铭文。他将这半枚虎符放到我手里，轻轻说了三个字："黎阳营。"

我心头剧震。建武六年合并郡国时，朝廷曾改革地方兵制，裁减并改善了郡兵的征调制度，全国一统后，撤销郡常备军，将原来地方上的一些营改编为长期驻守军。这其中为保雒阳、长安两京安全，分别在黎阳、雍县东西两地设置军营——黎阳营位属冀州魏郡，集幽州、冀州、并州三州精兵组建，驻屯黎阳，警戒黄河以北动向；雍营则是原先扶风都尉统辖的部队，驻守雍县，负责三辅地区，作为长安西部的军事屏障。

这两支军队都由中央直接指挥，算是天子部署的嫡系精锐兵力。

如果说我对雍营的军备实力还不是太了解，那对于那支驻扎在黎阳，专门针对河北势力而组建的黎阳营，却不可谓不熟知。因为当年地方武装力量裁员时，阴家安置在河北的突骑军无处可去，考虑到作为外戚，蓄养如此一支精锐部队委实太过扎眼，于是在我接受影士组织后，便将这支由我提议，阴家花了无数心血培养出来的骑兵，以地方零散兵的名义，拆整化零地慢慢融入进朝廷设置的黎阳营中。

到如今，这种渗透已近十年，黎阳营中的一些将领，得力干将背后却仍隐藏着另一种身份。

我手中紧紧握着那半枚虎符，心里悬着的一块大石终于稳稳落下。其实如果没有刘秀这番提议，少不得我也已决定要破釜沉舟，动用黎阳营中的旧部，渡过眼下这个难关。

"你派个得力的人送虎符去黎阳，征调一千骑兵速至章陵。"刘秀压低声音，附耳叮嘱，"这事需做得谨慎，事先不能露了风声。"

我明白其中利害，于是点了点头，起身："调兵的事你且放宽心，保管万无一失。"

他笑道："这点能耐用在你身上，实在大材小用。"

我心中一动，听这口气，竟像是知道些什么似的。只是他这话说得模棱两可，似有意又似无意，一时间倒叫我摸不准他的心思。

刘秀病体稍和，一面下诏召皇子随扈，一面勒令继续往南行。待到进入南阳叶县的时候，他已可以下地行走，身体复原之快，令程驭这样的医者也瞠目结舌，嘘叹不已。

銮驾在叶县停留之时，皇太子刘疆、右翊公刘辅、楚公刘英、东海公刘阳、济南公刘康、东平公刘苍，六人一起抵达南阳郡。因诏书所写为南巡狩猎，所以这份诏书送抵京都时，想必引起了不少人好奇，同时也按捺下无数蠢蠢欲动的野心。

这六位皇子在叶县见到的父皇是非常健康的，至少面上如此。他如常人般跪坐在席上，侃侃而谈，除了面色稍许有些苍白，人瘦了一大圈外，一点都看不出这曾经是个中风的病患。为了这一场别开生面的会晤，事后，我和刘秀忙得整宿都没合眼。当晚，在程驭的叱令下，我使尽浑身解数，一遍又一遍地给刘秀反复活血按摩。

四月下旬，随着天气越来越热，我们这行人总算拖拖拉拉地赶到了南阳郡章陵——刘秀的故乡，在此之前，黎阳营一千余铁骑兵已在章陵等候多日。

从外观上看，刘秀康复得已如同正常人一般无二，皇子们也很服帖听话，没有搞出任何出格的乱子。但恰恰是这种时候，一位身体康健的皇帝需要靠武力来镇压住他的儿子们，这事本身的逻辑就已经非常耐人寻思。

千万别总以为自己是圣人，而别人都是傻瓜，连我们自己都觉得心虚的事，外人不可能看不出一丝端倪。

于是，又一个大胆的计划从刘秀口中吐露——他要将这场南巡狩猎变成名副其实。

这个提议令我们每一个知晓内情的人心惊肉跳，程驭竭力制止，代印甚至誓死相劝，却始终没法动摇他的决心。

"他这是去送死！送死！知道么？就是去送死……"程驭恼怒地回屋收拾包袱，我默默地跟随在他身后，他仍不尽兴，一边理东西一边骂道，"老夫救活他容易么？早知如此，当初何必救他？"

"先生息怒。"我克制地低下头，"陛下也是万不得已。"

"万不得已，糟蹋自己的身体也是万不得已？"

我面色平静地轻叹："是啊，谁让他是人主呢。"

我慢慢展开笑容，程驭不可思议地拿眼瞪视我，我知道他心里气恼，也是为刘秀的身体考虑，纯粹出于一片好意。

"求先生留下吧，陛下未曾痊愈，委实离不开先生……"

程驭背转身不理我，可手中的动作却停了下来，过了会儿，他闷声道："如此作践，真不知是福是祸。"

我淡淡一笑："福也好，祸也罢，我们夫妻患难同当，至死不离。"

飞 羽

定了狩猎的日期，苑囿的安全问题以及诸多细节也一并关照下去。等什么事都筹备妥当，已是戌时末，为了明天能有体力，今晚的睡眠质量也是至关重要的，然而心里毕竟装着事，我躺在床上翻来覆去却始终睡不着。

刘秀受我所累，自然也没法合眼休息。

"秀儿，讲个故事吧。"

"讲故事？"他侧过身，面对向我。黑暗中无法看清他的面容，却能感到那灼热的目光，正牢牢地投射在我脸上，"真像是衡儿，睡不着吗？"

"嗯。"

"想听什么？"温柔的声音，怎么听都觉得十分窝心。

我一把抱住他："讲什么都好，听着你的声音，会让我心里觉得很踏实……"

于是，那个低沉的声音顿了顿，忽然在我耳边吟唱起来。舒缓，动听，宛若一首安眠曲：

　　我徂东山，慆慆不归。我来自东，零雨其濛。我东曰归，我心西悲。制彼裳衣，勿士行枚。蜎蜎者蠋，烝在桑野，敦彼独宿，亦在车下。

　　"我徂东山，慆慆不归。我来自东，零雨其濛。果臝之实，亦施于宇。伊威在室，蟏蛸在户。町畽鹿场，熠耀宵行。不可畏也，伊可怀也。

　　"我徂东山，慆慆不归。我来自东，零雨其濛。鹳鸣于垤，妇叹于室。洒扫穹窒，我征聿至。有敦瓜苦，烝在栗薪。自我不见，于今三年。

> "我徂东山，慆慆不归。我来自东，零雨其濛。仓庚于飞，熠耀其羽。之子于归，皇驳其马。亲结其缡，九十其仪。其新孔嘉，其旧如之何？

这次我第一次听刘秀唱歌，没想到他的歌声如此优柔。我不由自主地闭上眼，沉浸在抑扬顿挫的歌声中。

刘秀像平时哄刘衡睡觉时一样，伸手轻拍着我的背，一遍遍地低声唱着。睡意沉沉，我昏昏欲睡，却又舍不得这梦幻般的声音，内心挣扎着不肯就此睡去，嘴里含糊嘟哝："好听……只是，歌词听不太懂呢……"

歌声一顿，戛然而止，我猛地睁开眼来，迷迷糊糊地问："怎么了？"

他连忙笑了起来，继续哄我入睡，轻轻打起了拍子："没什么。快闭上眼，乖乖睡觉。"

优越低沉的歌声继续响了起来，萦绕在我耳边，我眼皮奄拉下来，终于全身放松地沉沉睡去。

振臂放飞鹞子，翅尖呼啸着划破长空，一飞冲天。我一边轻夹马腹，一边小声叮嘱："你别使力，一切有我！"

脑后嗤笑，刘秀揽臂搂住我的腰，下巴搁在我的肩上，懒洋洋地说："这样子，朕像不像是个昏君？"

狩猎带着姬妾，且二人同骑，当着皇子以及仆从们的面，卿卿我我地贴在一起，虽然面子上的确"昏庸"了点，但总好过他体力不支从马背上摔下来。

"狩猎本就是件玩乐奢靡之事，不值得提倡。"我不敢将马催得太快。不远处，皇子们正骑马带着仆从、猎犬、鹰鹞分散开去，身影迅速没入苑囿的丛林中。

为谨慎起见，我在刘阳和刘苍身边分别安置了十名突骑士兵，加以暗中保护，而刘秀身边更是明里暗里塞了五六十名卫队。

"既然出来了，装也得装得像样是吧？"我拨弄着手中的弓弩，吩咐代印带上十来个人到林中驱赶猎物，"若是空手而归，岂不被人笑话？"

既然没办法当真策马猎杀猛兽，那就设法让那些猎物"主动"撞到箭弩上吧。虽然，这种投机取巧的手段并不怎么光彩。

我将箭装进了弩括中，刚刚拉起弩弦，对着空旷之处试着瞄了下，忽然一阵狂风大作，紧接着一声震天动地的虎啸嘶吼从林中传了过来。胯下坐骑受惊，咴的一声撒开蹄子没头没脑夺路乱蹿，险些将我们二人甩下马背，幸而纱南见机快，一把抓住辔头，拼尽全力勒住马缰。

"怎么回事？"我面色大变，怒道，"让他们赶些獐鹿狐兔过来，怎么反倒招来了老虎？"

代印也是面色惊惶不定，好在他常年服侍在帝侧，在宫里也算是久经历练的老人了，这种时候勉强还能保持镇定，大声吆喝着打发那些小黄门去瞧瞧怎么回事。

这头话还没讲完，那边虎啸声排山倒海地一阵接一阵，越靠越近。呼啦一声，丛林灌木分开，一头吊睛猛虎从林中呼啸着扑了出来，四肢腾飞，虎虎生气。

猛虎显然受人驱赶，不但受了惊还受了伤，背上兀自插着一枝箭羽，随着奔跑的动作不停地颤动。

马匹再度受惊，这一次，刘秀从身后一把勒住马缰，双腿紧紧夹住马腹。骏马嘶嘶鸣叫，总算没有慌乱失措。大批的突骑军闻声围拢过来，猛虎离我们还有一定的距离，随着它从丛林中扑出，身后追逐的猎人也跟着冒了出来。

一共十七八人，我眯眼一看，已瞧清为首之人正是皇太子刘彊。马蹄声再度纷乱地响起，刘阳带着手下也从林中追了出来。

苑囿空旷，猛虎被这两队人马逼得无处可藏，只得咆哮着不断绕场奔跑。恰在这时，刘辅、刘英等人也带着手下一并赶到。

突骑军见状，略略散开，刘秀笑道："让孩子们玩吧，不必去抢他们的功。"

我嗤笑："怎见得我就想去猎虎了？"

刘秀勒马绕开猎虎场地，纵往别处另觅狩猎战场。不知道为什么，我心里总觉得不是很安心，不自觉地回头看了又看。那头虎已是强弩之末，尤作困兽之斗，但观此情形，想必也撑不了多久了。

"别瞧了，若心痒，改日朕陪你去长安上林苑玩个尽兴。"

我嘿嘿偷笑，刘秀真是了解我的心思。笑声未歇，一道灵光在脑中迅速闪过，我猛地一僵，一把抓住他的胳膊，紧张地扭头："章陵……何来虎？"

为了这次的巡狩"作秀"活动，我事先早将苑囿方圆百里都做了周密的筛查，绝不可能放入这等巨型的猛兽在此间任意出没。

一句话将刘秀的笑容完全击溃，我二人面面相觑，片刻后，刘秀勒缰，策马转首。

我的心禁不住战栗，如果这场狩猎背后暗藏不可细说的阴谋，那么……这将意味着一个什么样的结果？

虎啸、马嘶、人呼，一切都在刹那瞬间。我眼睁睁地看着有人从马上滚落，然后围猎的人群像是陡然炸开的马蜂窝，围拢，散开，飞羽流矢宛若飞蝗。

猛虎顷刻间被射死，无奈我眼力甚好，早已看到那个从马背上滚落的人不是别人，正是刘阳。我肝胆欲裂，急欲催马上前查看，才跑了几步，忽听迎面破空声起，一支飞羽如流星赶月般袭来。

"小心！"刘秀的大手摁住我的头，压着我使劲伏低了身。

箭矢擦身而过，我毫发无损地跳了起来，厉声尖叫："秀儿！"

"我没事！"他稳稳地握住我滚烫的手心，"别慌。"

那支箭没有射中我们二人，却余力未歇地射到我们身后的侍从群中，一时间也搞不清到底谁中了箭，只是闹腾得让人心烦意乱。

我下意识地根据箭羽的轨道目测追踪源头，却发现来处正是围猎猛虎的狩猎队伍，根本无法获知到底是谁射的箭脱靶飞到了这边，是有意还是无意……

我从马背上跳了下来，随后代印与我一起将刘秀扶下马。纱南办事效率极高，不等我吩咐，已转了一圈回来，向我报告最新情况。

"东海公无碍，堕马之时，陈敏那小女子拼死垫在了他身下。"

陈敏护主之诚，让我悬着的心终于放了下来。少时，刘秀也得了回报，说是围猎时，东海公的马匹受惊尥蹶，东海公及时弃马，身边的侍从英勇护主，被马蹄踏伤了胳膊。

刘秀嘉许了几句，这件事无从查起，只能当成普通的小意外含混了结。我正要叫代印收拾残局，准备撤离时，纱南忽然挤到我身边，一脸肃穆地说道："程老先生受伤了！"

"什么？"我大吃一惊。

"他被乱箭射中，这会儿已说不出话来了，人一直昏迷着。他年纪大了，伤了血脉，只怕……"

我顿时乱了阵脚，只觉得脑袋一个比两个大，恨不能自己有三头六臂，能够顾及每一个人。好容易护着刘秀离开苑囿，来不及去找刘阳细问原由，便急匆匆地跑去探望受伤的程驭。

果然如纱南描述的一样，那支没射中我和刘秀的乱箭居然不偏不倚地射中了当时随扈的程驭。这个年过古稀的老人，空有一身精湛的医术，却真是应了那句话——医者不自医。

"这样昏了有多久了？血止住没？"我怒气冲冲地质问太医。

太医慌道："箭插在心脉旁侧，臣不敢擅自拔箭。"

对于太医而言，医得好是应该的，医不好却是要杀头的，所以在谨慎再谨慎之余，往往瞻前顾后，延误治疗的最佳时机。

眼见程驭躺在床上，出气多过进气，我又惊又怒，忍不住眼泪潸然而下。

"你不敢拔箭，我不怪你，你想法子把程先生弄醒，保住一口气，听先生如何说。"为今之计，我也只能走一步算一步。

太医抖抖簌簌地下去熬了盏汤药，黑黢黢的药汁能清晰地倒映出我的脸。好在程驭虽然陷入昏迷，还勉强能够吞咽，一盏药好赖灌下去了大半盏。我静静地守在他的床边，心里说不清是什么滋味，只觉得比那汤药更苦，透着无助的凄凉。

约莫过了小半个时辰，程驭才呻吟着悠悠转醒，眼睛总算是睁开了，可他却仍是说不出话来，我只得捧了他的头，将他略略抬高，示意他看自己胸前的伤口。没想到他却无力地摆手，喉咙里沙哑地发出不连贯的音节。

我听不懂他要说什么，心里一急，眼泪反而落得更快。他哆嗦着抓住我的手，在我手心里写了个字。

等我意会到他反反复复写的正是一个"庄"字时，他却骤然撒手。枯槁的手从我手心中滑落，我愣愣地望着自己的掌心，只觉得这个瞬间，脑子里一片空白。

东 山

狩猎归来，皇帝陛下病愈的消息很快传遍天下，同一时间，刘秀做出封赏，封郭皇后所出的嫡公主刘礼刘为淯阳公主。

另一方面，建武汉帝下诏召见庄光。找到庄光的踪迹时，他正在富春山耕田，由于去请的人带去了程驭的死讯，所以这一次庄光没有任何推辞，很快便随车赶到了章陵。

程驭的死讯处理得很低调，按庄光的意思，是要将他的遗体带回河北再办丧事。自建武七年一别，迄今已是十年光景，岁月在我和刘秀身上同时刻下了不浅的痕迹，唯独对庄光，上天似乎格外垂青。他除了所蓄胡须长长了些外，竟然看不出有太大的变化。

刘秀想请庄光留下，随我们回雒阳，入仕为官，却再次遭到拒绝。他一心要走，我们拿他也无可奈何。刘秀身体尚未痊愈，所以设宴款待的重任便压在了我的肩上。几次话到嘴边，可看着庄光一副洞察了然的神情，却又终于咽了下去。

"我以为，你早该坐上那个位置了。没想到，蹉跎了十年，你居然还留在原地，甚至把自己搞得如此狼狈。"

毒舌果然是毒舌，刘秀在时他还稍许有些收敛，刘秀才一退席，他便开始原形毕露了。

我没好气地自斟自饮，他不客气地将手中的空酒锺递到我面前，示意我舀酒。我长长地叹了口气，手刚刚触到酒尊内的木勺，却突然被他冒出的一句话震得顿住。

"你可有什么心愿尚需完成？"

漫不经心的口吻，似乎说的只是无关轻重的话语。

我慢慢地抬头，诧异地看向他。

"我想……"

他略一摆手，咧开嘴露出白灿灿的牙齿："得是你的心愿，不是陛下的。"

"我……"一时语塞，我最想要庄光做的自然是求他留在刘秀身边，以他精绝的智谋，辅佐治理天下。我低下头，将木勺内的酒水小心翼翼地舀入他的酒锺，但呼吸却渐渐急促起来，内心无法平静的我终于将酒水洒在了他的身上。

我不言不语，咬着唇瓣默默地低头盯着自己的膝盖，直到眼眶又酸又痛，心里的惆怅与抑郁扩大到无法再承受的程度，眼泪即将坠落，我在席上骤然起身，向他郑而重之稽首叩拜："望子陵不吝赐教！"

低微的啜酒声静静地在这间昏暗的斗室中回响，庄光的声音清冷，掷地有声："《孙子兵法》始计第一，作战第二，谋攻第三，军形第四，兵势第五，虚实第六，军争第七，九变第八，行军第九，地形第十，九地第十一，火攻第十二，用间第十三……"他侧过头来，平静地看着我，一字一顿地说道，"孙子曰：'投之亡地然后存，陷之死地然后生。夫众陷于害，然后能为胜败。'你既已被人逼到了退无可退的地步，不妨死地重生吧！"

我似懂非懂，但他说的那些话却深深地震撼了我，使我那颗飘荡恍惚的心不由自主地安定下来。

"明天你召一百名心腹给我，我给你耍个好戏法。"他一口饮尽锺中酒，故作神秘地轻笑，我虽不是很明白他的用意，不过凡是他的请求，对我而言却是无有不允的。

这之后，他便沉默下来，只顾低头一锺接一锺地饮酒。室内的气氛一度低落，不多时屋顶上忽然听到窸窸窣窣的声响，竟是下起雨来。

庄光停杯望向窗外，忽尔一笑，神情竟似有了几分醉意。席侧安放了一具筑，本是刘秀想趁兴击筑与之为乐的，无奈体力不支不曾用上。这时庄光将筑拖到跟前，搁于腿上，左手按弦，右手执竹尺击弦。

"咿嗡"一声，丝弦作响，他抿唇一笑，趁着酒兴放声唱道：

> 蒹葭苍苍，白露为霜。所谓伊人，在水一方。溯洄从之，道阻且长。溯游从之，宛在水中央。
> 蒹葭凄凄，白露未晞。所谓伊人，在水之湄。溯洄从之，道阻且跻。溯游从之，宛在水中坻。
> 蒹葭采采，白露未已。所谓伊人，在水之涘。溯洄从之，道阻且右。溯游从之，宛在水中沚。

庄光的声音苍劲有力，与刘秀的歌声大相径庭，一首《蒹葭》唱到缠绵处却又有说不尽的悱恻动人。我于这首《蒹葭》却是熟悉的，听他娓娓唱来，竟似透着无限柔情，宛若正对其在水一方的情人喁喁细语，不免感到有些尴尬。

一等他唱完，我便连忙鼓掌喝彩，借此避开难堪。

庄光一瞬不瞬地望着我，笑问："原来你真懂《诗经》？"

掌声一顿，他的话反而让我更加无地自容。我压低头，很小声地说："不是……很懂。"

我所记得住的有限的古文知识里头，也仅限于《蒹葭》、《关雎》这类的语文课必修词句了。

"贵人竟也有自谦的时候！"他哈哈大笑，手中竹尺在弦上拨了两下。

我心中一动，不禁问道："我这儿恰好有一首好辞，子陵可会吟唱？"

"嗯？"

细细回想，我尽量模仿刘秀的语调，唱了两句："我徂东山，慆慆不归。我来自东，零雨其濛……"再往下，我便记不住了，只得乖觉地打住，面带微笑地望向他。

"调子不错，词用的是《诗经·豳风·东山》。"他没太在意地试着在弦上拨弄了两下，清了清嗓子，唱道：

"我徂东山，慆慆不归。我来自东，零雨其濛。我东曰归，我心西悲。制彼裳衣，勿士行枚。蜎蜎者蠋，烝在桑野，敦彼独宿，亦在车下。

> 我徂东山，慆慆不归。我来自东，零雨其濛。果臝之实，亦施于宇。伊威在室，蟏蛸在户。町疃鹿场，熠耀宵行。不可畏也，伊可怀也。

> 我徂东山，慆慆不归。我来自东，零雨其濛。鹳鸣于垤，妇叹于室。洒扫穹窒，我征聿至。有敦瓜苦，烝在栗薪。自我不见，于今三年。

> 我徂东山，慆慆不归。我来自东，零雨其濛。仓庚于飞，熠耀其羽。之子于归，皇驳其马。亲结其缡，九十其仪。其新孔嘉，其旧如之何？

他唱的一字不差，只是调子略有不同，似乎经过了自组翻唱。我挠挠头，窘道："就好比这首，我便不是太懂了。"

他忽然笑得前仰后合，仿佛听了一个多么好笑的笑话一样："你不会不懂，你这是在假装不懂呢。"笑声稍止，他意味深长地看着我笑，这笑容太诡异，直笑得我脊梁骨发寒，"这是陛下唱给贵人听的吧？"

我被他的读心术吓了一跳，呐呐地涨红了脸，赶忙借着饮酒的姿态掩饰自己的尴尬。

"昔日周公东征，将士不得不与新婚的发妻分离，三年后方得卸甲归家，还乡途中念及家中发妻……这首《东山》果然再贴切不过，真是述尽了陛下当年的相思情事……"他低头调音，声音闷闷的，似有万般感慨，却无从说起，"鹳鸣于垤，妇叹于室。洒扫穹窒，我征聿至。有敦瓜苦，烝在栗薪。自我不见，于今三年……自我不见，于今三年……果然一言难尽……"

声音逐渐低迷，沉默片刻后，他再次击筑，用一种很直白的方式幽幽唱道：

自我远征东山东，回家愿望久成空。如今我从东山回，漫天小雨雾蒙蒙。才说要从东山归，我心忧伤早西飞。家常衣裳做一件，不再行军衔枚。野蚕蜷蜷树上爬，田野桑林是它家。露宿将身缩一团，睡在哪儿车底下。

自我远征东山东，回家愿望久成空。如今我从东山回，漫天小雨雾蒙蒙。栝楼藤上结了瓜，藤蔓爬到屋檐下。屋内潮湿生地虱，蜘蛛结网当门挂。鹿迹斑斑场上留，磷火闪闪夜间流。家园荒凉不可怕，越是如此越想家。

自我远征东山东，回家愿望久成空。如今我从东山回，漫天小雨雾蒙蒙。白鹳丘上轻叫唤，吾妻屋中把气叹。洒扫房舍塞鼠洞，盼我早早回家转。匏瓜葫芦剖两半，撂上柴堆无人管。旧物置闲我不见，算来到今已三年。

自我远征东山东，回家愿望久成空。如今我从东山回，漫天小雨雾蒙蒙。当年黄莺正飞翔，黄莺毛羽有辉光。那人过门做新娘，亲迎骏马白透黄。娘为女儿结缡裳，婚仪繁缛多过场。当年新婚有多美，重逢又该如何模样！

他唱一句，我内心便跟着震颤一句，随着他的歌声，眼前的情景竟恍惚回到了更始二年，那场伤心欲绝的别离，最终造成了我和刘秀今时今日，乃至一生无法摆脱的苦痛。

庄光刻意将话说得很简朴，直到他说唱完，门外隐约传来抽泣声。我知道是纱南守在外头，却没想到连她也会因此被打动，一时心里又酸又痛，竟无法再说出一句话来。

庄光将筑收起，摇摇晃晃地站了起来，对我一揖："贵人不是不懂，是不好意思说懂吧。"他自以为是地摇头大笑，"有夫如此，何愁绝处不逢生路！"说完，踉踉跄跄地扶墙而出。

听那脚步声走远了，在门口似乎碰到纱南，两人细声说了几句话，然后他突然呕吐起来。我直挺挺地跪坐在席上，看着案上冰冷的残酒，忍不住舀了一勺酒，直接泼到自己脸上。

门外渐渐安静下来，我深深地吸了口气，忽然觉得脸上一阵热辣辣的滚烫，用手一抹，却是不知何时泪已满腮。

回到寝室，刘秀早已安寝，跪坐在门口值夜的奴婢替我开了门，我放轻脚步走到床前，看着那熟悉的宽厚背影，忽然情难自抑地抽泣起来。

世上再没有比我更傻、更不懂风情的女子了。

两千年的代沟，使得我们两个错失了无数次沟通的机会。秀儿，和我在一起，你会不会觉得疲惫无助？

"怎么了？"啜泣声竟然惊醒了睡梦中的他，刘秀从床上翻身坐起，整个人困得眼皮都撑不开，手却已下意识地伸过来揽住了我，"怎么了？出什么事了？"

他一迭连声的追问。我扑进他的怀里，哽咽着说："有句话我一直没有对你说过。"

"什么？"他放开我，紧张地看着我，小心翼翼地替我拭泪。

泪水是咸的，可笑容却是发自内心的甜蜜。我吻住他的唇，舌尖舔舐的味道有苦、有甜、有喜，亦有悲："秀儿，我爱你……爱着你，一直都……"

腰上的力道加剧，我被他一把拖入怀中，浅啄便成深吻，他很用力地吻住我，似乎想将我揉入他的骨血。

"我知道。"他喘着吁儿轻笑，滚烫的唇落在我的额头，眼角，眉梢，"知道，一直都……"

眼泪像是扯断弦的珠子，再也控制不住地哗哗落下，他细心地替我一一擦拭，不时地亲吻我的脸颊，吮干我的泪痕，口中不停地低声唤着："痴儿，傻女子……"

程驭死后，刘秀的疗程中断，之后只得按照太医的固本保元的方子来调理，但效果明显要弱于前段时间。我担心刘秀这次的中风之疾没法得到根治，留下不必要的后遗症，因此日夜忧心忡忡，刘秀却是非常乐观，时常反倒过来安慰我。

刘秀大病初愈，下令修葺蔡阳旧宅。五月初一，正当旧宅修整完毕，刘秀带着一干人等准备从传舍搬回老屋居住时，颍川郡出现了千古难见的奇观。

上古传说，有凤栖梧。颍川并不多见梧桐树，却不曾想竟当真招来了凤凰。

当我见到那只高约八尺的硕大凤凰的时候，险些喷笑出来。庄光花费了百人的工时，按他的意愿造就了一只"假凤"，整体构架为木造，上覆五色彩羽，用木轮推动而赖以行走——整个构造的基本原理其实和我当初设计的木轮轮椅没太大区别，只是在外表的塑造上更耗费财力、物力、人力。

借庄光的口吻说一句，这只凤凰根本就是用钱堆出来，不过他不在乎钱，因为幕后出钱的人不是他，而是我大哥阴识。

这只人造凤凰自然不可能给人近观，所以每当凤凰现身，庄光便会使人放飞事先抓捕的各类禽鸟，据闻当时情景，天地为之色变，成千上万的飞鸟绕凤起舞，鸣啼不止，数目之众，黑压压地覆盖了一顷之地。

颍川郡离南阳郡不远，等到这个消息从颍川传到南阳时，有关于凤凰莅临的传说恰好到了尾声。在一些无知百姓的熏染下，凤凰的出现被描绘得更加绘声绘色，大家都说此乃祥瑞之兆。

刘秀听闻后也甚为喜悦，他本是迷信之人，自然对这种祥瑞征兆、上天预示是确信不疑的。

凤者，鸾鸟朱雀也。凤凰既出，顿时轰动整个河南，随后各州各郡皆有使者前来觐拜。自刘秀推出度田令后，各地时有叛乱扰民，民心动摇。刘秀因此采用了一种缓和的手法，下令鼓励叛乱民众互相检举，只要五人中有一人检举揭发，则可以抵消五人的罪行。而对于那些曾经畏怯、逃避甚至故意放纵乱民的官吏，则一律不追究当初的责任，既往不咎。

各地乱民内部因此产生内讧，官吏们也全心全意地开始征剿平乱，汉廷又有了新的朝气。

从整体而言，虽说刘秀对于度田令最终采取了息事宁人的退让态度，但终因他强悍酷罚的手段，综合朝廷内部的整风、尚书台架空三公，君主权利凌驾于朝臣，大权在握等各种因素，刘秀一手推行的这场变革终于也使朝廷内部格局有了崭新的气象。

"我想好了，小公主的名字就叫刘寿，取其长寿之名，希望陛下能福寿绵长。"

刘秀并不大在意，在儿女的名字上，他总顺着我的意，不会有太大的意见。只是这一次，庄光提出他的独到见解："不如换个音同字吧。"

"哦。子陵有何高见呢？"刘秀对于庄光肯停留在蔡阳半月未去，甚是高兴，平时说话的语气对这个脾气孤高狷傲的同窗老友也总添了几分讨好。

然而我却心如明镜，庄光心中自有主见，绝不会因他人意愿而更改自己的决定，他最终还是会选择离开，永远不会跟随刘秀回到雒阳那个勾心斗角的朝政上。

"这个字如何？"庄光书字于缣帛，笑吟吟的呈了上来，原来是个"绶"字。

绶，乃是一种权利、地位的象征，与印玺同理。真难为庄光这样的方外之人能够想出如此妙字，刘秀喜上眉梢，我却在心底暗暗叹气。

果然，等刘秀应允后，庄光站起请辞，这么突兀的决定让刘秀一时有些难以接受，我只得出面解围："程老先生的灵柩还是早日运回河北得好，这一路便有劳子陵了。"

他终究不是我辈中人，无法强留，刘秀似乎也明白这个道理，虽心有不甘，却也无能为力。

庄光临走那日，我奉天子令前往送行，一直送到程驭的灵车出了蔡阳，我的眼泪始终没有停过。

程驭不仅死得冤枉，就连冤仇也无法得以伸张。仇家不是不可寻，只是目标太大，即使寻到了一时三刻也无法替他报仇雪恨。我憎恨自己的无能，对于这位救过我们夫妻的老人，唯有报以愧疚的眼泪。

"回去吧。"坐到车上的庄光，眼中有种笃定。旁观者总要比我们这些当局者来得头脑清醒，"只是需得小心提防狗急跳墙啊。"

我作揖，诚心诚意地道谢："多谢你的帮助，如今河南人心归一，扶持我的人不会少于郭后，这全是你的功劳。"

他捋须颔首，毫不虚心谦让："有朝一日，位立长秋，莫忘故人便是。"

我心中感激，承诺道："故人之情，没齿不忘！"

他哂然一笑，扬起马鞭喝了声，高声道："告辞，不必远送！"

我对着擦身离去的车尾再拜，忽然半空中有一团东西呈抛物线状扔了过来，不等我反应过来，纱南已身手敏捷的凌空跃起，接在手中。

她随即将东西呈给我看，原是一方半新不旧的丝巾，像是家常用过的陈年旧物，染的色泽早已黯褪。丝巾打了结，里面还包了东西，打开一看，却是一尊木刻的人俑，约有一尺多高，头结巾帼，腰悬铜剑，衣袿飘飘，说不尽的婀娜英姿。

这尊木俑刀痕十分陈旧，表面光滑，似乎经常被人抚摸。人俑的五官面容虽无法比拟真人相貌，然而那副身姿装扮却又是格外栩栩如生。

正惊异间，滚滚红尘中被炎炎热风吹送，一个洪亮的歌声在空旷的四野中荡漾开去："蒹葭苍苍，白露为霜。所谓伊人，在水一方。溯洄从之，道阻且长。溯游从之，宛在水中央。蒹葭凄凄，白露未晞。所谓伊人，在水之湄……"

歌声撩人心弦，却终成绝响，连同那车辙卷起的漫天尘埃，一起消失于茫茫天际。

第四章
何当共剪西窗烛

癫　痫

建武十七年五月廿一，建武帝御驾返回雒阳。

盛夏的南宫，巍峨耸立的殿宇在阳光下安安静静的蛰伏着，车驾从朱雀门入宫，百官相迎。一行人绕过平朔殿、千秋万岁殿、中德殿、经章华门，一路到达却非殿。

皇后携众静候在却非门，华丽的宝盖下，盛装打扮的郭圣通领着许美人，静静站在那里，纤细的腰杆挺得笔直，眼神却异常空洞地看着我搀扶着刘秀从玉辂上走下。

从巡的皇太子刘彊以及其他皇子纷纷上前与母后行礼，我紧挨着刘秀站于阶下，面上维持着淡淡笑容，宝盖遮顶，挡住了烤人的骄阳。

众卿在侧，我扶着刘秀踏上却非殿的石阶，远远将后宫的相关人等甩下。

回宫后的第一件事就是马上跑去见见我那个才出生没多久的小公主刘绶，分别将近两月，小丫头长胖了，抱在怀里沉了不少。抱着女儿，我感到了莫大的满足，之后刘京缠着我要我抱，我腾不出手，便让刘衡带弟弟玩。刘衡虽然才四岁，却非常有兄长的架势，把自己的玩具都塞给刘京玩，时不时地还教牙牙学语的弟弟唱歌。

“明儿清阳公主出宫拜祭宗庙，算起来这才是正式的受封礼，你记得替我准备一份贺礼，到时候免不了得去长秋宫贺喜。"一边哄着刘绶，一边关照纱南注意回宫后各项事宜，最近几个月过得太紧绷，让我倍感疲倦，一时间竟有点脑子不够用的迷惘，"我们不在宫里，皇后日常起居可有什么变化？"

"打探过了，这段时间皇后的母亲一直待在宫里相陪，而且，绵曼侯郭况时常进宫问安，除他以外，还有两个人也总是一起跟着出入。"

"是什么人？"

"新郪侯郭竟、发干侯郭匡，这二人是皇后从兄。"

我愣了下，不禁失笑："还当她找了什么帮手，难道朝廷上无人了么？"

"贵人可别小瞧了这两个人。不过，撇开这个，外人总不及自家兄弟可靠，有些事还是得靠自家人，朝廷上那些人哪个不是墙头草，哪边风大便往哪边倒。如今眼瞅着贵人得了宠，风头大涨，皇后要找心腹，自然少不得娘家兄弟帮忙。"

"娘家兄弟。"我冷笑，"比兄弟，姓阴的难道还能输给她姓郭的不成？"

纱南被我逗乐了，忍笑道："是，这次贵人不是才从南阳带了一人回来么？"

"你是说阴嵩？"对于这个阴识推荐的从兄，我除了知道他的名字和粗略的见过一面外，对他的性格、能力完全没有概念。我原本是希望大哥能到京城来帮我，不过这个可能性不高，就连阴就，大哥也不肯让他涉足官场。

阴家人的特质啊，不管做什么都先顾虑明哲保身，为人低调到无法想象。

"当啷——啷——"外间一阵巨响，似乎什么东西掉地上打破了，紧接着小宫女慌张地发出一声尖叫："殿下，你做了什么呀？"

我心里一紧，把手里的婴儿塞给乳母，急匆匆地跑了出来。

只见刘衡站在原地，右手空握成拳，原本握在手中玩耍的木剑不翼而飞。宝隔摆的 盏雁足灯却被打翻在地，灯油倾倒，火苗燎着了纱帷，一下便蹿起老高。

宫人慌作一团，纱南见状一个箭步冲上去扑火。

我见刘衡吓得小脸煞白，人都像是傻了一般动也不动，不觉心疼地冲那些只会尖叫的宫女吼道："都站着干嘛，还不赶紧把小皇子抱出去！"

这帮宫女这才如梦初醒般将号啕大哭的刘京抱了出去，有人刚想去抱刘衡，手还没碰到刘衡的身体，他突然一个跟斗栽倒，额头居然撞在了几角上。宫女吓得失声尖叫，那孩子却似乎当真受惊过度，额头被撞得破了个血口子，他却连声哭闹都没有，瞪着一双空洞的眼睛，连眨眼都不会了。

"衡儿！衡儿！"我尖叫着抢上前将他抱在怀里，一手摁住他出血的额头，一手紧紧搂住他，"别怕，宝贝儿，没事的！"

有机灵的赶紧递了块帕子给我，我心慌地叫道："宣太医，都愣着干嘛，快宣太医——"

火势并不大，纱南很快便把火苗给扑灭了，只是室内被烟熏得呛人。纱南手里拿了一柄木剑过来："剑扔出去砸到了灯……"

我没心思听她报告，只是将不哭也不闹的刘衡抱出房间。一只脚才跨出门，怀里小小的身子微微一颤，忽然哇的一声哭了起来，我的心跟着一颤，忙柔声哄道："不哭，宝贝儿，娘在这儿！别怕……"

哭声尖锐，他一个劲地喊着疼，喊得我心都揪在一块儿了。好不容易撑到太医赶到，在孩子的哭喊声中把伤口处理干净。没过多久，刘秀听到风声后急匆匆地赶了来，他进门时我正抱着哭得嗓子都哑了的刘衡在室内团团打转。

刘衡见了父亲，忽然停住了眼泪，也许是因为伤口已经包扎好。小孩子的心性，哭笑都如一阵风般，他依偎在父亲怀里，眨巴着大眼睛，用一种怯怯的表情对我说："娘，我没有扔宝剑，是它不乖，它不听我的话，自己飞出去的……"

听了这话我真是好气又好笑，眼见他闯了祸也因此吃够了苦头，不忍再责骂，于是用力捏着他的鼻子说："你以后再这样不乖，不听话，我就把你扔出去！"

他很委屈地辩解："我很乖，是它不乖，不是我不乖……"嘟嘟囔囔地撅着嘴，苍白的小脸上尤挂着哭花的泪痕。

我叹了口气，担心刘秀刚刚恢复的身体抱不动孩子，于是说道："还疼不疼？不疼下来自己走，爹爹累，抱不动你了。"

他嘟着嘴，闷闷地说："疼的。"表情不情不愿的，小手还使劲巴着刘秀的脖子，更加搂紧了些。我故意板起脸，冲他摇了摇头，他讪讪地放开手，从刘秀身上滑了下来。下地后，还不忘仰起头，一本正经地对父亲说，"爹爹你抱不动我，等我长大了，我来抱你吧！"

我和刘秀相视一笑，齐声道："好！说话算话！"

这个小小的插曲很快便过去，随着夏季里最热的六月份来临，各个宫殿都忙着用各种方法避暑。我在庭院里挖了个小小的游泳池，中午天太闷热的时候，就教刘荆、刘衡两个游泳。刘荆人很聪明，一教就会，但是刘衡似乎是年纪太小的缘故，却是连续教了一个礼拜，仍是毫无半点收获。

"这孩子的四肢协调性可真差！"坐在阴凉处的我，一边吃着冰镇的水果，一边无奈地叹气，"怎么小的时候看着挺聪明的，两个月不见，像是变傻了，经常莫名其妙地发呆……"

纱南在我身后扇着扇子，刘秀听了这话，从泳池边回转："你也忒心急了些，他才多大点年纪啊。"

我不以为意地撇嘴："阳儿像他这么大的时候，都能揍得哥哥满地找牙了。"说到这里，不由得没好气地白了他一眼，"说起来，这还怪你。瞧着这孩子跟你一个模子刻出来的，心里便总偏心眼地向着，这下好了吧，太宠太娇的孩子长不大，他一见你，马上变得娇气十足，哪里还吃得了半点苦？"

承受着我如此不讲理的咄咄逼人，刘秀没出言指责我对孩子同样的溺爱偏宠，反而笑着承认："是我的错。"

我娇嗔抿唇，刘秀刚坐下，我便用小刀叉一块梨子递到他面前："润润喉。"

刘秀并不拘于在宫人面前与我亲昵，好在在跟前伺候的除了纱南也没别的外人，他笑着吞下水果，一面接过手巾，一边对我说："有件事……想跟你商量下，听听你的意思。"

"什么事？"

"是关于……义王的。"

我坐正了身子，目光明利地瞟向刘秀，他看着我温和的笑着，我轻轻嘘了口气："她才十二岁。"

"朕知道。"

"她是长公主，但同时也是你的女儿。"

刘秀迟迟不吭声，好半天才说："我知道。"

看着水中扑腾的刘衡与刘荆，我有些出神，岁月如梭，转眼我们这些为人父母者竟然又要晋级为祖父祖母了，虽然有些不甘心，却不得不承认自己已经老了。

"听说皇太子新纳的孺子有孕，妾身在此先给陛下道喜了。"我们不是贫贱夫妻，所以子女也非寻常百姓，他们生来便是皇子皇女，命中注定他们应该遵循这样的生存法则。

刘秀无奈地笑道："皇后与朕商议，正有意将此女晋为良娣。还有，宗正、太常上奏，皇太子将为人父，提议早行冠礼，建太子府，立太子妃……"

他的语速十分缓慢，我却终究还是被这样的话语刺得心跳加速。刘彊若是行了冠礼，便代表着已经成人，独立后的刘彊无论如何都不是未及束发之龄的刘阳可比，差距太大了，再加上刘彊一旦有了皇孙，子嗣更是无忧。

我缓缓低下头去，下巴抵在自己的胸前，背脊弯曲，就这么沉重地叩下头去："长公主……便由陛下全权作主吧。"

刘秀搀扶我起身，柔声安抚："你不用太担心，朕瞧梁松这孩子长得极好，义王待他也极为亲近。他们两个相处如何，这几年你不都看在眼里么？"

我几欲垂泪，快快道："可她毕竟才十二岁，哪里懂得好与不好，若是将来发现自己喜欢的良人非是眼前之人，岂非……"

"你放心，只是先定下亲事，若是过几年孩子大了，不喜欢结这门亲，我们再另想他法。"

虽然知道刘秀故意把话说得如此轻松，以便宽慰我这个做母亲的不安，但以目前的局势看，也唯有如此才能笼络河西那帮臣子。虽然不情愿将女儿作为棋子来利用，但作为长公主的义王，将来无论挑选什么样的夫婿，作为母亲的我都不会百分百地满意。

这样矛盾而复杂的心情，一如当初答允将我嫁给刘秀为妻的大哥阴识。

心里正纠结到无法形容，忽然听见池边看顾的宫女发出一声尖叫，不等我抬头，身侧端坐的刘秀已如离弦之箭般冲了出去。

明晃晃的烈日下，原本在水中扑腾的刘衡突然沉到了水底，等到刘秀冲到池边时，已有小黄门将刘衡托出了水面。

我吓得四肢无力，竟足足愣了两三秒钟才反应过来，手足发软的由纱南搀扶着，半拖半拉地跑到池边。

刘秀早先一步抱住了孩子，可小刘衡却面色青紫，两眼失神地望着天空，嘴里发出刺耳的尖叫声，四肢不停抽搐抖动。

刘秀吓得连忙搂住了他，可他仍是不断厉声尖叫，瞳孔放大，嘴里也慢慢溢出白沫来。我惊骇地捂住嘴，手足无措地跪在池边，刘秀怒道：

"宣太医！"

"衡儿！我的衡儿……"我手足并用地爬了过去，头晕得厉害，心里一阵阵的抽痛。"你这是怎么了？你别吓娘啊！"我终于被刘衡突如其来的奇怪表现吓得大哭起来。

纱南在边上突然说了句："临淮公吐血了。"

我一听顿时两眼发黑，幸而刘秀马上解释："不是吐血，是他咬着舌头了。"一手扣着他的牙关，试图撬开他的牙齿，却不曾想反被刘衡咬伤了手指。

刘秀甩了甩手，手指上的血珠溅落在地上，代印心急地想替他包扎，却被他一掌推开："都堵在这儿做什么，还不赶紧去催太医！"

我已完全没了主张，只是捧着孩子的头，摸着还在不断肌肉痉挛的冰冷脸孔，泪水哗哗直流："衡儿！衡儿！"除了一遍遍地呼唤着孩子的名字，我一筹莫展。

细心的纱南取来毯子，将刘衡裹住，可手足冰冷的孩子仍不停地抽搐着，我和刘秀一人摁住他的一只手脚，心也随着他的颤抖在不停地抽搐着。

太医赶到的时候，刘衡的痉挛体征已经不是很明显了，短短十几分钟的折腾似乎耗尽了他的所有体力，安静下来的刘衡蜷缩着单薄的身子，依偎在刘秀怀里，像一只可怜的小猫。

刘秀拂拭着他湿漉漉的柔软头发，太医诊脉时也不肯将儿子交给他人相抱。太医瞧得很仔细，也问得很仔细，不仅问了刚才的病症，还将刘衡的乳母、看妇一并叫来问了日常饮食，及一些平时的喜好习惯等。

一直耗了大约一个时辰，疲乏无力的刘衡在父亲怀中沉沉睡去，太医才诚惶诚恐地宣布了最终答案："临淮公得的乃是癫痫之症。"

此话一出，刹那间犹如头顶劈下一道晴天霹雳，五雷轰顶般劈傻了我。

夭 折

癫痫俗称羊癫疯，发作的时候会有间歇性的抽搐，情况严重的甚至可能致命。

刘衡才四岁，太医说造成小儿癫痫的原因有很多种，以目前的状态来看，他在这半个多月已频繁出现走神、发呆，甚至痉挛性肌肉抽筋，情况很不乐观。虽然能以针灸疗法以及配合药物控制病情，但孩子年纪太小，性情好动好玩，所以在看护上的要求也就格外严格，因为平时症状不明显或者不发作的时候，他和正常的孩童没有任何区别，照样吃喝玩闹，淘气异常。

从开春以来，先是刘秀中风发疾，好不容易挨到刘秀的病情好转，没容我缓过一口气，刘衡又病了。经历了太多次的打击，我早已心力憔悴，之前生完刘绥满一个月便忙忙照顾刘秀，四处奔忙，搞得身体亏空。这就好比一座华丽的大厦，里面早已被白蚁蛀空，不堪一击，所以当这一次打击再次降临时，我没能撑住，一下子便病倒了。

头晕眼花，四肢无力，躺在床上休养的我，常常睁着眼睛不断自我麻痹，幻想着衡儿健健康康，无病无灾，那个被太医确诊得了癫痫的人是我，不是我的儿子。

可怜天下父母心，也唯有在这样的时刻，我深深体会到为人父母的心痛。

"贵人，陈敏来了。"纱南在竹帘外低声通报。

窗外蝉声幽幽，我倚靠在床上，有气无力地说了句："让她进来。"

隔着稀疏的竹帘缝隙，隐约可见陈敏娉婷袅娜的走进屋来，低头跪下不言不语，她那条右臂仍打着绷带，僵硬的吊在脖子上，行动不是很麻利。

我吸了口气："章陵巡狩的时候你做得很好，我没来得及赏你什么，现在想问问你，可有什么是你想要的？"

她没抬头，隔了十几秒钟，才淡淡地回答："奴婢无所求。"

"我曾说过，要替你寻个好人家。"顿了顿，帘外的陈敏纹丝不动，我继续往下说，"平原郡礼震，年少有才，始弱冠，尚未婚配，你觉得如何？"

陈敏微微一颤，扬声道："可是两年前为欧阳歙请命之人？"

我笑道："你记性倒是真好，正是此人。难得他有情有义，陛下嘉许其仁义，拜官郎中。我纵观朝中才俊，唯觉此人可作佳婿，托付终身，与你也是身份相当，堪称良配。"

陈敏沉思不语，纱南在边上打趣道："贵人的眼光，挑人是万万不会错的。"

说笑了一阵，陈敏这才叩首，低低地说："奴婢全凭阴贵人作主。"

纱南在帘外戏谑道："女子脸皮薄啊，才说到夫婿，脸便红了。"

能为陈敏解决终身大事，我心里也像是放下了一个包袱，于是长长地松了口气，笑道："等你出嫁，少不了给你添置一份殷厚的嫁妆，等合了六礼，下个月选定吉日，便将你风风光光地嫁出去。"

"贵人……"陈敏的声音细不可闻。

"去吧，这段时间你仍住在东海公那儿，可别偷懒怠工啊。"

"诺。"

纱南领着陈敏退下，我觉得头有些晕，索性合衣躺在床上寐息，半明半寐间也不知道入了一个怎样颠倒破碎的梦境，心头总是空落落的。再歇了片刻，忽听耳边有婴儿啼哭之声，我一个激灵，猛地从床上坐了起来。

汗湿薄衫，我惊魂未定，唤来帘外跪侍的宫女端水压惊，一会儿纱南进屋，我问道："可曾听到有孩子在哭？"

"不曾。"她神情古怪地瞅着我，"想是外头的蝉声扰了贵人好梦，误听了吧？"

我拍着胸口，只觉心跳异常得快，极是恶心反胃："太真切了，好似就在耳边。"

"贵人太多虑了，太医说，贵人劳神思虑太过，需要好生静养。你老这么思前想后，如何能把病养好呢？"边说边服侍我重新躺下。

我一把抓住她的手，心有余悸，忐忑不安地说："去偏殿瞧瞧临淮公怎么样了。"

她笑着抽了手："才去瞧过，正睡着呢。睡前还赖着乳母扇扇子，不许歇手，说怕热。"

"是么？"我松了口气，"那等他睡醒了，我过去瞧瞧……"

"贵人快别这么着，大热的天，你还病里挣着去瞧临淮公，且不说自己受累，这万一要是将病气传给了他，岂不糟糕？"

我听了也觉说得在理，不由自嘲道："看来为了儿子，我也得赶紧好起来才行。"

纱南取了床头的羽扇，慢悠悠的替我扇起风，身上的汗意在凉风下渐渐散去。我闭上眼，继续昏沉沉地睡去，恍惚间依稀仿佛看到刘衡蹦蹦跳跳地跑进了屋，满头大汗地扯着我的袖子，嚷嚷："娘，起来陪我玩！"

我迷迷糊糊地没法动弹，他拉不动我，不由急了，扭着身子又哭又闹："娘，起来陪我玩！陪我玩！我要娘陪我……呜呜，我要娘陪我……"

心里忽然一颤，悲痛欲绝，我挣扎着想哄他，却无论如何也发不出声来，不由愈发着急起来。

"衡儿——"

眼前金星乱撞，我捂着胸口呼呼喘气。

纱南的手一抖，扇子跌落在我身上。我大汗淋漓地看着她，胸口不断起伏，室内寂静，帘外静静地跪坐着两名侍女，知了在窗外的树梢上吱吱的叫得甚欢。

"纱南……刚才衡儿来过没？"

"没……没有。"她弯腰拣起扇子，面色煞白，手指紧紧地捏着扇柄，"贵人是魇着了吧？"

我瞧她神情有异，心里忽然浮出一个不祥的念头，于是不顾头晕眼花，从床上爬了下来。纱南急忙拦住我："贵人这是要做什么？"

"我去偏殿瞧瞧衡儿。"

脚刚踩到地，便觉得整个屋子都在旋转，我"哎唷"一声跌坐在地上，纱南一把抱住我，哽咽地喊了声："贵人……"牙齿咬着唇，眼泪簌簌落下，竟是再也说不下去了。

我惊骇地望着她，笼在心头的阴影不断扩大："你……是不是有什么事瞒着我？"

虽是不确定的质疑口吻，然而纱南的抽泣声却越来越大，她紧紧抱住了我："你别怪陛下，陛下也是怕你担心，你现在身子那么弱，怎么还能……"

"到底发生了什么事？"我厉声尖叫，眼前刹那间发黑，我紧紧地抓着她的胳膊，心里慌得像是溺在水中，无法透过气来。

纱南哽咽："昨儿个夜里临淮公突发高热，太医们连夜救治，却始终无法止热。刚才偏殿来报，临淮公因高热惊厥，抽搐不止……"

我一把推开她，使出全身的力气站了起来，憋足一口气颤道："我要去见我儿子！我要我儿子！我要见我儿子！"

"贵人哪！"纱南抱住了我，失声恸哭，"奴婢……背你去！"

偏殿的气氛很是压抑，进门的时候纱南不小心绊了下，我紧紧地攀着她的肩膀，手心里全是黏黏的冷汗。

室内太医们围作一团，我在当中很轻易地便发现了刘秀的身影，一夜的疲惫，他满面憔悴地坐在床上，见到我进来，平素一惯温柔的脸上竟然流露出哀伤绝望的气息。

长久以来，无论面对怎样巨大的困境，刘秀始终都能保持淡淡的微笑，即使再苦再痛，他的微笑予我是一种莫大的精神鼓舞，那是竖在我心里的一根巍立不动的支柱。然而现在那根支柱却在瞬间轰塌了，与刘秀的这个照面，我分明听到了自己的内心有样东西在清脆地碎裂开。

刘衡被脱去了衣物，赤身裸体地躺在床上，太医们给他一遍遍地用热水擦拭着身体。那个白皙羸弱的小小身躯正在太医们一双双刚硬的手掌下微微震颤，四肢无意识地阵阵抽搐着。

我目瞪口呆，已经完全忘了要如何发泄自己的情绪，只觉得自己的心在那一刻已经随着孩子的震颤被抽空了。

刘衡的小脸通红，双目紧闭，我眼睁睁地看着他的抽搐越来越强烈，眼睁睁地看着太医们紧张地将软木塞到他嘴里，眼睁睁地看着那么多双手强行按着他瘦弱的胳膊和腿脚，眼睁睁地看着……看着……

"按住他！"

"快施针！"

太医们惊慌失措的声音唤回我的神志，抽搐中刘衡口中咬住的软木掉了出来，刘秀毫不犹豫地将自己的右手塞到了他的嘴里。

抽搐……

抽搐……

满脸通红的孩子，终于在那一刻安静下来。

太医们无声地退开了，刘秀将孩子抱了起来，小心翼翼地搂进自己怀里。他的右手被咬伤了，掌缘上的牙印宛然，鲜血正汩汩地从伤口里冒出来。有太医上前想替他包扎，却被他猛地用力一掌推倒在地。

那个赤裸洁白的身躯，白嫩瘦小，一如软绵绵的小羊羔，寂静无声地躺在刘秀怀中。我依稀记得那一年我将他生下来，他也是这么软软地趴在我的怀里，赤裸裸的，皮肤很滑，胎发很软，小脸皱皱的，纯洁美好得像个小天使。

刘秀用手抚摸着孩子的脸，拂开那丛被汗水湿透的头发，在那苍白的小脸上轻轻落下一吻。

我就这么看着他抱着儿子一言不发地静坐在床上，那双始终盈满笑意的眼眸中落下了滚烫的泪水，一颗一颗地滴落在刘衡的脸上。

无力的从纱南背上滑落，我跪趴在他们父子二人跟前。隔了好一会儿才胆战心惊地伸手去触摸孩子的脸颊，指尖触到一点冰冷，我吓得缩了回来，颤抖着去摸刘秀的脸，擦拭他脸上的泪水，傻傻地问："你哭什么？"

刘秀抽了口气，埋首呜咽："是我对不住你！"

"你说……什么？"嘴角抽动，我居然笑了起来，一滴泪从我的眼角滑落，我笑着说，"衡儿是不是又淘气了？你别生气，等他醒了，我好好教训他！"

"我对不住你和孩子……我救不了他！"

"你胡说什么！"我突然拔高音，尖叫道，"我的衡儿只是睡着了！他睡着了！他睡着了！"

太医们忽然哗啦啦地一起跪下，连同屋内屋外的宫女黄门："请陛下与阴贵人节哀，临淮公已薨！"

"你们胡说什么！"看着满地的人影，我怒吼着，愤怒地指着他们，"知道胡说八道的下场是什么吗？你们一个个的……都想死吗？你们……"

胸口像是有把火在熊熊燃烧，这把火一直烧到了我的喉咙里，我哑着声尖叫，当火烧到极处，心里又像是突然冒出一股寒意，冷得我浑身发抖，全身像被冻住了似的。我的尖叫声被冻在了喉咙里，纱南抱住我的腰，想将我拖开，我挣扎着，发疯般地扑向那个已经没了体温、不再抽搐的孩子。

可我最终没能成功，许多人围了上来，哭着劝着将我拉开，把我从偏殿抬了出去，我仰着头，看到刘秀像是石化成陶俑般，纹丝不动地跪在床上，紧紧地抱着儿子——那个活了还不满四周岁的小人儿，那个爱缠着我讲故事的小人儿，那个唱哈巴狗会忘词的小人儿，那个会说长大了抱我们的小人儿……那个我十月怀胎生下、视若生命的小人儿。

"我的衡儿——"

晕过去的那一刻，眼前是一片白茫茫的世界，我听不见任何声音，看不到任何东西，然而却异常清楚地知道，我的心里有块地方缺失了，再也填补不回来。

衡儿！我的宝贝儿……

真　相

建武十七年六月廿九，临淮公刘衡薨，赐谥曰"怀"。

按照《周书》中对谥号的解释，"怀，思也，慈仁短折曰怀"。《尚书》记载，"传以寿为百二十年，短者半之，为末六十；折又半，为三十"，然而我的衡儿却仅仅活了三十年的十分之一。

我整日以泪洗面，夜里躺下也像是一直都醒着，白天醒着时又像是在做梦。起初几日，我连身边的人都不大认得，恍惚中似乎看到刘秀带着刘阳、义王等一干儿女站在我面前，那些孩子抱着我不是哭就是叫，但到底说了些什么，我却都记不起来了。

按照风俗，夭折的孩子置于瓮棺，不入成人墓穴，仅得一席之地丛葬于家族墓室之间。刘秀的先人皆安葬在老家章陵，所以不只太常、宗正赞同将刘衡的瓮棺迁往章陵安置，就连皇后也表示暑热夏季，宜及早迁葬。

等我恢复清醒，在众人的宽抚下勉强打起些精神时，刘衡的丧葬事宜已经安置妥当，因为是殇亡的小孩子，所以即使是临淮怀公，也并不值得大操大办。丧仪办得极为低调，派了些人把孩子的瓮棺带去章陵安葬，这事就算了了。

整个夏天，我待在寂静的西宫里没有迈出大门一步，每天都在那里痴痴地想，所谓的丧事根本没有存在过，所以我的衡儿指不定还在宫里某个地方跟我躲着猫猫，等我去找他……找到他的时候，他又会像以前一样，扯着我的胳膊，用那口齿不清的语调对我说："娘，再玩一遍！我们再玩一遍……你还来找我，好不好？"

这段时间，皖城被叛民李广攻陷，刘秀不得不抽身忙着调派虎贲中郎将马援、骠骑将军段志率兵前往讨伐。这场战事一直拖到九月，才总算以攻破皖城、斩杀李广的结局告终。

刘衡的死只在朝廷内外掀起了一点涟漪，但遵循兄弟悌礼，本已提上议程的皇太子成人冠礼因此暂缓延后。刘衡死后百日，宫内上下除服，那点小小涟漪终于扩散淡化，朝廷内外恢复如常。

除服后，还是纱南提醒我，应该趁着这个时候将陈敏的婚事给办了，毕竟已经拖了好几月。我也知道这其实是纱南好心，希望我能找些事做，分散些思子之情，不至于每日待在宫里胡思乱想。

我欣然默许，于是礼家纳征，下了十万钱做聘礼，婚礼的日期也定了下来，就选在十月初三。可真到了那一日，刘阳却突然跑来告诉我，陈敏不见了。

据刘阳描述，打从前天便没有人再见过陈敏了，平时她在跟前服侍，除了出入更衣间，她都遵从我的指令，不离刘阳左右。陈敏失踪后刘阳虽然觉得奇怪，却并没有惊动外人，等了一日仍不见她踪影后，还曾派人来我宫里问过纱南。只是他们暗地里将皇宫搜了个遍，也没找到陈敏的踪影。

眼看日已中天，我万万没想到这场婚礼进行到此，竟然会搞成新娘落跑收场，不由又气又急："她这是在胡闹什么？"

纱南急忙按住我："她不是爱胡闹的女子，贵人应该信得过她的为人。"

我虽病愈，到底体虚，一时间火气上来，胸口竟觉得发闷，仍是忿忿难平："传辟邪令，若是皇宫里头找不到她，那就翻遍全城，即使掘地三尺也要把她给我挖出来！"

我说的也是一时的气话，当时只考虑到婚礼无法如期举行，没法给礼家一个交代，所以特别恼火。哪知一语成谶，翌日有影士回报已找到陈敏的下落，纱南一大早就急匆匆地离开了西宫，一直忙到晌午才回来。

"人呢？"

纱南的脸色不大好看，杵在门口半天也没答复一句话。

我不禁来气："怎么？她不敢来见我了？既然做得出，又岂会怕我责骂？她若是不想嫁给礼震，当初大可直接……"

"她死了。"

我一愣，底下的话尽数噎在喉咙里。

纱南双手握了握拳，抬头又重复了一遍，字字清晰："陈敏死了！"

"什么？"我倒吸一口冷气，简直不敢相信自己的耳朵，"死……了？怎么……怎么回事？"

"辟邪令下，全城影士搜寻，最后在广阳门附近的一口水井中找到了她……"

我又是一震："水井？"

"是！井水源自洛水，井口窄而井腹深，若非陈敏会些武艺，临死用刀钉入井壁，使自己悬于井中，她的尸身一旦沉入井底，任是影士再有通天彻地之能，只要洛水水位一日不退便始终难以发觉。可真要等到井水下降，尸身只怕也早化作白骨了。"

我忽然觉得纱南是在讲一个离奇的故事，而不是在描述陈敏的悲惨遭遇。纱南虽然面色发白，可讲解的每句话每个字都异常清晰，丝毫没有掺杂个人感情，这个时候的尉迟纱南看上去是如此陌生，那种坚忍冷漠的表情，已经不再是一名普通宫女，而是变身成了一名死士。

我突然意识到了事情的严重性，能让纱南有如此表现的，必然事关重大。陈敏的死透着蹊跷，这件事绝对没有那么简单。

"说下去！你们都查到了什么？"我站起身来，声音不由自主地开始颤抖。

也许，陈敏之死只是个引子，由这个引子开始，将牵扯出一长串触目惊心的内幕。

"陈敏失踪后，我们在东海公的寝宫外找到一些打斗的痕迹，循着那些细微的血迹，一路追出皇宫，最后猎犬把我们带到了广阳门。陈敏有令在身，需不离东海公左右，不可能贸然追敌出宫。那口井位于广阳门附近，地处偏僻，却也不是无人取水的废井，她在落井之前显然还活着，也不可能是自己要跳井寻短见。所以，父亲与众位叔伯分析后，认为对方劫持陈敏出城未果，最后就地将她推落井中灭口的可能性最大。"

我抿紧唇不出声，纱南飞快地瞟了我一眼，继续往下说："她真正死因是失血过多，血尽人亡……但是尸体的姿势很是奇怪，她一只手抓着匕首，另一只手手心里攥着一把缝衣针，另外在她头顶发丛里，也找到了一些针，针尖已入脑髓……"

我如遭雷殛，好半天才从齿缝里挤出一句森冷的话："你想告诉我什么？"

纱南忽然跪下叩首，哽声："不是奴婢要告诉贵人什么，而是陈敏拼死要告诉贵人什么！"

她伸出手来，掌心的十余枚明晃晃的绣针刺痛了我的眼睛，我退后一步，瞪着那些针，只觉得那样雪亮的颜色正噬人般的从她掌心跳起来，一头扎进我的心里。

之后的十多分钟里，我都处在一种神游太虚的状态中，纱南始终高举着手，没有退缩，也没有闪避。许久，许久，我终于重新听到了自己的心跳声，很慢，也很沉重："陛下现在何处？"

"云台广德殿。"

我从她手中接过那些针，这种精铁磨制的缝衣针，随处可见。如果在平时，它只是缝制衣物的针黹用具，而现在，它成了一种杀人凶器。

抽身跨出门槛的时候，我落泪了。如果之前三个月我所流的泪水代表了缅怀与思念，那么这滴泪，已经转化成强烈的恨意。

十月初四晨，刘秀命谒者阴嵩持节前往章陵，以临淮怀公诞日四年为祝祭。同时，雒阳城内外戒严，黎阳营出调骑兵两千，雍营调步兵五千人，分别向雒阳靠拢，驻于城外南北各二十里。

卫尉增加兵卫，梁松兄弟四人分别守卫西宫内外各处殿阁门户，东海公刘阳称疾，不再外出朝请，居西宫内休养。

在这种紧张而又怪异的氛围下，我守着我的八个子女，在煎熬中渡过了八天八夜。终于，十月十二，阴嵩一行返回雒阳。

有些事背后的真相，我敢想象，却不等于我敢去面对，所以，当我鼓足勇气从刘秀手中接过那只漆盒，颤抖着打开，看到盒内铺垫的雪色帛罗上静静摆放的那枚铁针时，我已被震得一句话也说不出来。

针约一指长，针尖和针尾已经生锈，中间那部分则被一小团血肉紧紧黏裹住。

我瞪着它，死死地瞪着它。

"丽华！"刘秀一把抱住我。

我不哭、不闹、不嚷、不叫，甚至连呼吸都没有，只是全身僵硬地盯住那枚血肉模糊的锈针。

"哭出来！"他拍打着我的脸颊，焦虑地捧着我的脸，"你哭出来……"

我将针从盒内拣起，凑到他眼前，木讷地问："就是这个东西要了我儿子的命，是么？"

刘秀的眼神是灰暗的，他仰头吸气，然后重重地叹气，将我猛地拉进怀里，使劲全力抱住我。

眼眶是干的，我无言地看着自己手中的这根针。

记得程驭以前讲解针灸之法，曾说起："若幼儿八岁以下，不得用针，缘囟门未合，刺之，不幸令人夭……"

我的衡儿，是不幸中的不幸！那个令他早夭的癫痫之症，不是因为他体弱得病，引起突发惊厥，才会不治夭亡，而是某些别有用心的人精心策划的一出惨烈悲剧！

双指间一空，铁针不翼而飞。十四岁的刘阳面无表情地站在我面前，手里紧紧握住那枚针。他的眼神怪异，眼瞳布满血丝，像是要淌出血泪来。须叟，他将针细心地用帕子包好，放入怀中，默默地冲着我和刘秀一叩首，然后起身扬长离开。

看着那个瘦削的背影渐渐远去，我嘴角抽动着，冷然一笑："我不会哭的，仇恨的眼泪不该留给我的衡儿，但是……会有人记得的，永远……永远……记住这份至亲骨肉换来的血泪！"

刘秀不言不语，半晌低沉地喝了声："代印！"

"诺。"门外有个慌张的应声。

"诏三公、宗正至广德殿。"

"遵命。"

门外响起急促的脚步声，可想而知代印不是在走路，而是在疾跑。

我万念俱灰地跌坐在床上，那个经历苦心策划、筹措了无数年等待的结果即将来临，我却没有感受到半分喜悦。人生如戏，戏如人生，这话真是一点不错，在这个大舞台上上演的这幕戏，不到最后谁都永远无法猜到结局。

可是……为什么，最终促成我们达成愿望的契机，代价竟是永远带走了我们的衡儿？

为什么？

为什么会是这样？

废 立

建武十七年十月中旬，建武汉帝提出召三公商议废后事宜，举朝震动。

如果换作以前，我或许还会对这件大事有所期待和喜悦，然而现在，这颗心里除了麻木的痛之外，只剩下满满的恨意。

十月十八，最后一次，也是唯——次，刘秀将废后的决定在早朝廷议时正式提出，之后，除少数人略有微词，提出废后有损帝德，恳请天子三思慎重外，二千石以上官秩的公卿竟无一人站出来表示反对。

那日的廷议我早安置耳目，不等朝臣散朝，我便早将廷议的内容打探得一清二楚。

我本想在广德殿等刘秀退朝，没想到今天有此想法的并非我一人，我前脚到云台，还没找榻坐下，便听门外黄门高喊："皇后驾到——"

离开西宫时，我把纱南留在了宫里，名义上是照顾刘阳、义王他们几个，实际上是不想再让悲剧有重演的机会。庄光说的很对，现如今最重要的是要提防狗急跳墙——前车之鉴，我早已被狠狠地咬了一口，鲜血淋漓。

广德殿的宫女刚想应声接驾，我摇手一摆，悄无声息到藏到一架屏风之后。屏风边上是一堆摞成高塔状的竹简，从间隙中可以很清楚地看到前殿的一切动静。

郭圣通穿了一袭缯衣，身上没有佩戴任何首饰，未经敷粉装扮的面色显得有些蜡黄，容颜虽然带着憔悴，可目光却是极其敏锐的。她刚进殿便立刻将殿内的宫人统统赶了出去，然后自己找了张木榻独自坐下。

她坐的位置是我平时最常坐的，因为我膝盖受不得寒，所以每年入冬，刘秀都会吩咐宫人早早将厚厚的毡垫铺在榻上。

郭圣通坐上榻的那一瞬，神情有些愣怔，手指无意识地拨弄着毡垫。我冷眼在书堆后窥觑着她的一举一动，完全没有出去跟她照面的打算。

少时，刘秀果然莅临广德殿，或许是事先得到通报，知道郭圣通在殿内，刘秀进门时的表情不是十分明朗，浓眉深锁，任何人都能看出他在极力克制和压抑着某种情绪。此刻的刘秀在我眼里，正传递着一种非常危险的讯号，彼此共同生活了那么多年，相信郭圣通也该有所体会，眼前站着的是朝堂上叱诧风云的建武汉帝，而非平日和颜悦色的好好先生刘秀。

郭圣通径自从榻上起身，整了整衣装，不等她跪拜行礼，刘秀已冷声开口：“皇后不在椒房殿里歇着，来这儿做什么？”

郭圣通面无惧色，动作丝毫不曾停顿，仍是按礼拜下，然后起身。

刘秀却不还礼，两人面对面僵持地站着，殿内突然安静下来，静得只听到二人的呼吸声，一急一缓。郭圣通微仰着头，平静地望着刘秀，过了好一会儿，她忽然冲他一笑：“陛下似乎很急着要将妾身赶出椒房殿，既如此，歇与不歇，何在乎这一天半天的？妾在长秋宫住了一十六年，原以为会一直住下去，就这样无声无息地守着陛下，直到薨死宫中。看来这终究是妾痴心妄想，陛下心里未必愿意守着妾……”她面上虽淡淡地保持着微笑，可眼眶中却无声地滑下泪来，泪凝香腮，她的笑容终于在涟涟泪水中崩碎。

她低头啜泣，刘秀撇开头，绕过她，拂袖：“回去吧，朕无话可对你说！”

郭圣通突然从身后一把抱住他的腰，泣不成声：“我做错了什么？你要狠心抛下我？昔日宋弘不娶湖阳公主，你曾赞他不弃糟糠，为什么现在你又要抛弃我？我到底做错了什么？"

"你……做错了什么？"刘秀用力推开她，眼皮突突地跳着，平时笑眯眯的眼眸此刻却迸发出慑人的寒芒，"原来你什么都没错！"他退后一步，冷冷地笑，"你可以用后半辈子好好思考这个问题，你到底做错了什么！朕自问从未亏待过你，尊你为后，立刘彊为太子，而你郭氏却又回报给朕什么？"

"别再说什么尊我为后的谎话！"郭圣通突然厉声尖叫，之前的美好形象在瞬间崩塌，"你是真心要尊我为皇后的吗？你若真心，何故又要在给阴氏的诏书中如此羞辱于我，你将我皇后的颜面置于何处？你又想过我将情何以堪？说什么母仪天下，可你却对你的臣民们说我这个皇后是靠一个贵人让出来的，那我算什么？我算什么？自我嫁你，这十八年来，我娘家戚族扶持你登基为帝，我为你生儿育女……年少时我娇憨不明事理，你也从不对我发脾气，连我娘都说我找了个疼我爱我的好夫婿。你事事顺从我，夫妻相敬如宾……你的确不曾亏待过我，可你也从未真心把我看成你的皇后，你的妻子……我不仅在你心里不算什么，在天下人面前，我也不过是个惹人耻笑的可怜虫而已！我算什么皇后？算什么皇后？"她痛哭流涕，扯着刘秀的胳膊，身子慢慢滑倒，"你明知我待你的心，明知道我要的是什么，为什么……我只是迟了半年而已，为什么始终不肯给我一次机会？我做错了什么？我最错的是不该嫁给你！不！我不后悔嫁给你，永不……"

"你不是迟了半年……"刘秀幽幽地截断她的宣泄，挣开她的拉扯，"为了等她长大，我用了五年！仕宦当作执金吾，娶妻当得阴丽华……朕说过的话一定说得出做得到！当年真定纳娶，朕曾言会尽最大的努力让你衣食无忧，朕自问也做到了！"

郭圣通凄然一笑，眼神绝望到极点："五年……原来我不只迟了半年，当初你愿意用五年的时间去等她，所以现在也愿意再用五年的时间作准备，目的不过是为了将我逐出长秋宫，好让她当皇后，是不是？衣食无忧？你果然是我的好夫主啊……陛下现在打算把贱妾安置到哪里呢？陈阿娇有长门，霍成君有昭台宫，陛下打算将贱妾迁到哪里？"

"依你的所作所为，诛九族亦不为过……"

"哈哈……"她仰天大笑，怅然道，"陛下何必非要给贱妾强扣罪名呢？废后，难道仅仅是为了这个理由？陛下筹划了整整五年，难道刘彊不死，陛下今日便不会废我了？”

刘秀目光陡然一利，我在书堆后不禁气血翻涌，险些冲了出去。

“衡儿才不过四岁，你可真是个好皇后啊，心狠手辣，当真堪比吕雉、霍成君！若朕驾崩，你当上皇太后，又将如何待朕幼孤？”

郭圣通一直笑，不断笑出声来，她从袖中取了丝帕，慢慢地将脸上的眼泪擦干，然后收敛笑容，恢复回那个雍容冷静的贵妇人模样。

“事到如今，陛下要皇后玺绶只管拿去便是！你我结缡十八年，难道如今为了废后，陛下便要如此不择手段地污蔑贱妾么？这也太让妾寒心了！妾作为后宫之主，统领掖庭，身为怀公嫡母，没有尽到照拂之责，以至于皇子夭殇，陛下伤痛。妾有难辞之咎，陛下因此要废谪妾，天经地义，妾实也无话可说！”

刘秀不说话，只是看着她，她不躲不闪，仰着头直颜面对。

“朕的掖庭，你……哪都不用再去。”

很平淡的一句话，却让极力维持镇定的郭圣通为之一颤：“陛下何意？”

“你我夫妻情份，只到今日止！”

郭圣通大叫一声，向前扑出，刘秀退后一步，她猝不及防地摔倒在他脚下，惨然道：“你……你居然这么狠心，不止要废我后位，还要将我休离……我和你做了这么多年夫妻，生育了六个子女，难道你一点都不念夫妻之情吗？你怎么可以这样对我！怎么可以这样——”

刘秀一步步地往后退：“你总把错怪在别人头上，怨怼之心如此强烈，总觉得是别人对你不起，欠你许多。你有没有想过，若非念及情义，看在儿女的面上，朕大可诛你郭氏满门！”

二人纠缠不休，郭圣通只是愤怒地嘶喊，叫得嗓子都哑了：“妾无罪——我的孩子，绝不能留给那个女人……那个狠心的毒妇，一定会挟私报复……”

刘秀怒极：“你自己心若鹰鹯，才会以己心度人！”不再理会她歇斯底里的呼喊，拂袖转身离去。

郭圣通趴在地上失声痛哭，哭到伤心处，起身将殿内的灯具、摆设一一砸掉。她满头大汗，一边哭一边咒骂，广德殿内一片狼藉，最后她喘着粗气向书堆走来。

“阴丽华——我和你不共戴天……”

哗啦啦一声巨响，擎天般的书塔在她的愤怒下被推倒，竹简崩塌散落，我站在原地一动不动。

郭圣通在看到我时大大一愣，面上的表情十分复杂，瞬间闪过无数种，尴尬、痛恨、憎恶，更有屈辱。

而我，我不知道自己是怎样看待她的，虽然只是一眨眼的瞬间，但我相信从她眼中看到的我，不会比我看到她，好到哪里去。

手紧握成拳，指甲深深掐进肉里，我强忍着挥拳的愤怒，不冷不热地说："不共戴天？原来我对皇后有杀父弑母之仇？感谢皇后教会了我这四个字……皇后的教诲，我会铭记在心，时刻不忘皇后与我，有着不共戴天之仇！"

这是第一次，我和她正面交锋，完全撕破脸面，彻底决裂，很直接地展露出对彼此的嫉恨厌恶。郭圣通脸上还挂着未擦干的泪痕，鬓角松动，花容憔悴，她愤怒得像是浑身要燃烧起来，可是论起单打独斗她远不是我的对手，她虽然愤怒，却还不至于没有脑子。更何况，她一直是那个骄傲的郭皇后，她不会选择用泼妇的手段来与我争锋。

"你很得意？终于还是你赢了！"

我冷笑："胜负还未有定论，在我看来，这才是刚刚开始！"

"你……你还想怎样？皇后是你的了，我把它还给你……"

"错了！不是你还给我的，是我的母亲，我的弟弟，我的儿子，是我的亲人们用鲜血换来的，这样的不共戴天，我如何敢忘？刚才听你自比前汉孝宣霍皇后，这个比喻可真是贴切，霍成君与母共谋毒害太子，被孝宣帝废黜，贬入昭台宫。你可知那一次霍氏族戚一共死了多少人？一千户，无论少长皆斩！霍氏最后只剩下霍成君一人……"

郭圣通瑟缩地抖了下，明明眼中已有惧意，发白的脸上神情却依然倔强如初。

"别怕！千万不要畏惧，这场游戏才刚刚开始，以后会越来越好玩，越来越……有趣！在姓郭的死绝之前，你千万别说不玩啊！哈哈……哈哈哈……"

"疯……疯妇！你这个恶毒的　　"

笑容一收，我一本正经地说："差点忘了，以后我会好好照顾陛下的庶子，让他们感受到嫡母的关怀和温暖。就像郭皇后当初一样……"

"阴丽华！我不信陛下会宠爱你这样心如蛇蝎的女子，陛下绝不会允许你伤害我的孩子……"

我奇道："皇后你怎可如此恶意中伤贱妾？贱妾自然待陛下的子嗣视同

己出！"

郭圣通闻言一愣，然后才觉察出不对劲，倏然转身。

门口站着一脸阴沉的刘秀，身后还跟了一名臣吏，我刚才跟郭圣通对话时只是余光瞟到门口有人影晃动，这会儿细看才发觉原来是负责教皇太子《诗经》的郅恽。

刘秀的去而复返让郭圣通措手不及，大惊失色下竟是恼羞得不顾礼仪，直接从门口冲了出去。刘秀也不阻拦，眼里似乎没有看到郭圣通似的，只是脸色慢慢放柔了，对我说："什么时候来的？宫里可有人照看？"

当着郅恽的面，我不便放肆，于是照足规矩行了礼："只是来瞧瞧陛下，送些点心。"

"陛下！"郅恽在门外忽然高声说道，"臣听闻夫妇之间的相处之道，即便是做儿子的也不该过问，何况做臣子的？所以陛下要废后，臣不敢作任何进言。只是，臣希望陛下对于相关人等，能酌情处理，莫使天下对社稷有太多的议论。"

刘秀身子一僵，我挽着他的胳膊很明显地感受到了他的变化，不由得侧目向郅恽多瞧了两眼。

郅恽不卑不亢，泰然自若。我心里说不出是何滋味，经过这么多年的精心布置，朝中势力，包括三公在内的官吏虽然经过一次次大大小小的反复洗牌，皇权已经比较集中，但郭圣通在位十六年，加上太子，总有那么一股守旧势力想极力保全他们。

郭圣通虽然倒了，可是太子仍在。

我瞟着郅恽暗暗冷笑，此人有勇有谋，心里跟明镜似的将目前的局势看得异常通透，知道废后已是大势所趋，无法挽回，便想退而求其次地保全太子。

"郅恽最善推己及人，自然也该清楚朕做事绝不会失了分寸，一切自会以江山社稷为重！"刘秀紧握住我的手，漠然回头。

郅恽如释重负，展颜笑道："陛下乃一代明主，自有考量，是臣多虑了！"说完，稽首顿拜后告辞离去。

等郅恽一走，我整个人瘫软倒地，幸而有刘秀及时抱住了我，才免于摔倒。

我浑身发抖，感觉冷得厉害，仿佛是从骨髓里拼命渗出那种要人命的寒意，夺人心智。刘秀紧紧地搂着我，我们彼此都不说话，却能清楚地听到对方心跳声。

即使蜷缩在他的怀里，我也无法感受到温暖，很冷，很冷，冷得刺骨。终于，我颤抖着开口："秀儿，我要真变成吕雉该怎么办？"

仇恨蒙蔽了我的心智，仇恨的种子疯狂地在我心里生根发芽，枝蔓已经紧紧地将我缠绕住，束缚住，无法挣脱。

"没关系，只要……我不是高祖就好！"他抚摸着我的头发，用一种异常坚定的语气，温柔地安抚我紧绷的情绪。

翌日，建武帝亲书诏书，告三公曰："皇后怀执怨怼，数违教令，不能抚循它子，训长异室。宫闱之内，若见鹰鹯。既无关雎之德，而有吕、霍之风，岂可托以幼孤，恭承明祀。今遣大司徒涉、宗正吉持节，其上皇后玺绶。阴贵人乡里良家，归自微贱。'自我不见，于今三年。'宜奉宗庙，为天下母。主者详案旧典，时上尊号。异常之事，非国休福，不得上寿称庆。"

我一整晚没睡，天不亮便被叫起来梳妆，纱南很是激动，我却觉得心境十分麻木，完全没有大惊大喜之感。

事前我并不知道这份诏书的内容，等到大司徒戴涉与宗正刘吉带人来到西宫，当众宣读诏书时，我才得以知晓这份出自刘秀亲笔的废立诏书的内容。当宣读诏书开始，我的情绪终于开始起了波动，尤其是当我听到那句"自我不见，于今三年"时，心里突然涌起一阵暖意，竟冲散了我的抑郁之情。

刘吉将刚从长秋宫收缴来的皇后玺绶交到了我的手上，说了声："请皇后移驾却非殿！"

我颔首点头，刚要起行，刘阳带着弟弟妹妹们急匆匆地赶来道贺，一起向我跪拜道："恭喜母后！"

我忽然觉得"母后"这两个字特别刺耳，好在人多喧闹，这个念头刚冒出来便马上被他们七嘴八舌的嬉笑声给冲淡了。

一行人簇拥着来到却非殿，望着那绵延如天梯般的石阶，我的记忆之门忽然打开，时光像是陡然间倒转回十六年前，那一次我也是站在这个位置，带着一种内怯的心情爬上了却非殿的石阶。

十六年前，我在这里接了贵人印绶，十六年后，同样在这个地方，当着三公九卿、文武百官的面，我接受了皇后玺绶。

刘秀从至高处走了下来，笑着向我伸出手来。殿内钟磬之乐响起，我被他引领着，携手走上属于我的位置。

今后要走的路还很长，也许前方还会有更多的坎坷等着我们，但我相信，只要我们彼此相爱，我们能一直携手同行，永远在一起。

柔　道

建武十七年冬十月十九，建武帝废皇后郭氏，立贵人阴氏为皇后。

对于废后的处置，皇帝诏曰："不可以奉供养。"刘秀与郭圣通正式解除夫妇关系，将她的名号逐出刘氏宗庙，日后不得子孙供奉。

恢复自由之身的郭圣通被迁出掖庭，安置于北宫居住。

作为雒阳皇城的南宫以及位于南宫北侧的那片宫阙，原是吕不韦所住的文信侯府，高祖刘邦当年定都雒阳城，将南宫修葺作为皇宫居住，之后虽迁都长安，南宫却仍作为行宫得以完好的保留下来。再经历了两百多年，南宫迎来更始帝刘玄定都，照例又是一次翻新修葺，到刘秀为帝入住南宫，虽然生活简朴，但宫殿楼阁却年年都在整修。

但是与南宫同年代遗留下来的北宫却没有那么幸运，历经风霜的北宫，那些殿堂高阁外观虽然犹存，内里却大多木制腐朽，破落衰败得还不如雒阳城的一些富户民宅。说它是冷宫尤不为过，但是北宫不属于掖庭，郭圣通搬入北宫，名义上已经与皇室完全无关。

按民间习俗，被休弃的下堂妇或丧夫的寡妇可随长子赡养，所以按常理，郭圣通离宫后最恰当的去处是随长子刘彊同住。但这个显然不可能，废后郭圣通绝对不能与身为皇太子的刘彊凑到一块儿去！

于是刘秀将刘辅提升为中山王，郭圣通作为中山王的母亲则被封为中山王太后。这个尊号的赐予几乎就是一种变相的讽刺，前一天还是汉室母仪天下的皇后，在今天却成了个无关的陌生人，被尊称为王太后——从此以后，她的身份，也仅代表是中山王刘辅的母亲，与刘秀再无瓜葛。

她的后半生，活动范围将仅限于北宫一处充当中山王府的宫阙内，行动处处受人监视，不得随意离府。因刘辅未曾成年，所以虽然封王，却仍留在南宫掖庭，连同郭圣通的其他五个子女一起，归我抚养。

继刘辅封王后，刘秀将其余九位皇子，也都理所当然地从公爵晋升为王爵——这个结果，算是刘秀在前几年废除王爵制的洗牌后，重新审时度势发牌。相信随着我这个阴皇后上位，日后朝廷内部的集团势力也将会出现一场天翻地覆的大调整。

纱南对于这样的结果显然不大满意，但她性格内敛，从不曾多嘴抱怨句什么，只是一整天都紧绷着脸，目光寒意凛冽，让那些小宫女见了她，一个个如临大敌。一直挨到日落，太官准备晚膳，她才因事问了我一句："椒房殿那边已经清理完毕，留在长秋宫的宫婢和内侍，皇后打算如何处理？"

"那些不清不楚的直接送出宫，遣散回家。没问题的，还留在长秋宫当值。"

"诺。掖庭令刚才来问，皇后准备何时搬去长秋宫？"

"空着吧。"

纱南一愣，我抬头，淡然道："我没打算搬，这里住了十几年，惯了，长秋宫先空着吧。其实……住哪都一样，不是么？"

"那……要不要将殿阁重新修葺一下，也布置成椒房？"

"不必了。你跟了我这些时日，何曾见我是讲究这些的？"

"诺。那奴婢这就去回复掖庭令。"

我见她要出去，突然叫住她："你等等。"

纱南闻言回转，我一瞬不瞬地盯着她看，直到她低下头去："皇后还有什么吩咐。"

"明天我和皇帝回章陵，你留在宫里照应诸位君王、公主，不得有半分懈怠。"

"诺。"

"太仓那边已经安置了太子宫，敕令皇太子搬迁。我和陛下商议过了，等太子良娣明年产子，便让太子行冠礼，纳太子妃。至于中山王等人，一切用度照旧，不得有所缩减……另外东海王、东平王、山阳干、琅邪王，殿内各加一名尝膳小黄门。"

纱南面上闪过一道抗拒式的悸色，虽然表情只是一闪的瞬间，却一丝不差地落入我眼中，我知道她心中埋怨我厚待郭圣通的子女，不禁冷冷一笑，假装什么都不知情地继续说道："我看湆阳公主和刘绶岁数相仿，就让她俩在一处住吧，吩咐乳母一并哺育，不得有差。平日无论小刘绶吃什么，湆阳公主便也吃什么，不分嫡庶。你听明白我的意思没？"

声音不高，却让纱南慢慢变了颜色，半晌，她答复："奴婢一定照皇后吩咐去做，只是……奴婢以为既不分嫡庶，那以长幼为分，应当是洧阳公主吃什么，小公主才可吃什么……"

我微微一笑："既然知道，那就用心去做。"

"诺。"

门外有小黄门的声音细细地提醒："皇后，陛下驾到！"

我起身接驾，走到门口时，见纱南秀眉紧锁，似在思索什么，于是幽幽叹了声："纱南，皇后不是那么好当的！"

纱南不甚明了地看着我，我抿唇一笑。甬道对面，刘秀正踱步走来，我正了正色，快步迎向他："妾身拜见陛下！"

不等我跪下，刘秀已扶住我的胳膊，顺势将我揽进怀："天冷了，以后加件衣服再出来。"

凛冽的风刮在我的脸上，我眯着眼，细细打量他，那样温柔的笑容，犹如宝石般弥足珍贵："不冷！"

"之前才大病了一场，如今天气转冷了，也要多注意保养！"

"我知道。"我细语，"你放心，我会好起来的。"

他紧紧搂住我，带着我走进殿内，殿内热气迎面扑了出来，我一时受不了刺激，鼻头发痒地打了个喷嚏，他不禁笑道："你瞧瞧你，还是如此逞强。"说着，让代印取了一件长麾要替我披上。

我忙闪开，眼神坚定地转向他："不是逞强，我早过了那个逞强好胜的年纪。如今我是你的皇后，以后做事会更加有分寸，你放心……"

他感慨地抱住我的肩膀："我知道，你会是个好皇后！最好的皇后！"

虽然刘秀在诏书中说明皇后的废立非国休福，勒令郡国不得上寿称庆。但在我走马上任，成为皇后的第三天，他却急急忙忙地带着我直奔章陵而去。

此次回章陵的目的很简单，祭祀刘氏父祖，祭庙拜祠。章陵老家连着今年年初的那次，这十多年我只随刘秀来过几次，但因为身份有限，每次都没法踏进祠堂宗庙的大门，进行祭祀。

四十六岁的建武帝破天荒地在老家换上了农耕时粗陋的短衣，下到农田里侍弄庄稼。这时虽是冬季，但随着二年三熟制的普及，田里正忙着抢种冬麦，以期来年夏天能够收获。冬麦的推广，使得百姓们在青黄不接时能够起到接续的作用，不至于断粮。

这是我第一次全程目睹刘秀干农活，虽然他在麦田里播种时，搞得那些近臣、内侍们手忙脚乱，大大削弱了稼穑的乐趣。起初我只是站在垄上看着他忙活，时不时地还同一些胆大的农户交流心得和经验，时间久了，刘秀的兴致却没有随着时间而减弱，反而更加兴致高昂起来。

"这麦子种得晚了些。"

"是啊，是啊，本该秋末便种上的，今年晚了，不过动作麻利些抢种，应该问题不大。"

皇帝下田的消息像长了翅膀，飞快地在各个村落传递，很快，过去那些熟识的亲戚便大着胆子寻上门来。

当年刘缤在蔡阳征集宗室子弟起兵反莽，所有男丁皆从军，之后死的死，伤的伤，章陵剩下了无数老弱妇孺。这些在当时留守的一代人，许多人从辈分上算来都是刘秀的伯母、舅母、姑母、婶娘，刘秀设宴款待，席间殊无半分帝王架子，全然一副晚辈姿态。

刘秀既如此，我自然也不会再是什么皇后，当下按着族中礼节，向各位长辈一一行礼，倒是吓倒了一大拨人。

混在亲戚堆里温柔而笑的刘秀，突然给我一种强烈的熟悉感，仿佛又回到当年那个令我心动的儒雅青年，对人对事对物，皆是一副敦厚老实的淳朴模样。

"皇后不知，文叔小时候可淘气了，还把我们家地里的麦穗拔出来玩，结果被狗追……"

我咬着嘴唇，想笑又不敢大声，斜眼乜了他一眼，见他含笑，一副若无其事的表情，不禁说道："婶娘唤侄儿文叔，又何故对侄媳见外呢？"

老夫人年过六旬，脑筋却一点都不糊涂，当即拉着我的手笑道："我这不是不知道侄媳叫什么名儿嘛！"

"老嫂子！"边上有人拿胳膊肘捅她，憋着满脸笑意，"这么有名儿的女了，你怎么给忘了？当年为了她，文叔发下宏愿，南阳郡可说无人不知……"

她一说，顿时堂上的人都吃吃地笑了起来，每个人脸上都洋溢着了然的笑意。

老夫人猛地一拍巴掌，未语先笑：“瞧我这记性！阴姬——丽华！阴丽华！娶妻当得的那个阴丽华！”

她的调侃换来哄堂大笑，在这样善意的笑声中，我竟不自觉地红了脸，回眸悄悄向他望去，他目光柔如海水，也正笑意盈盈地凝望着我，我心神一荡，脸上愈发烧了起来，柔情蜜意，心中又甜又羞，居然像是回到了少女时期一般。

老夫人感慨道：“文叔年少时谨言慎行，待人诚信，从不与人敷衍，温柔率真，想不到竟然能做皇帝！”

刘秀笑道：“我做皇帝，也是以柔道治国！”

我与他相视一笑，老夫人叹道：“女子，文叔真是一位值得托付终身的良人啊！”

我颔首，真心实意地说：“婶娘说的是，得嫁文叔为妻，阴姬此生足矣。他不只是我的夫，更是天下苍生的君主，我定会一心一意地辅佐于他，做一个贤妻！”

堂上诸人感动嘘叹，老夫人拍着我的手背，眼眶中泛起微光：“文叔是一代明主，女子，你会是一代贤后！”

我和刘秀过着寻常夫妻的贫贱生活，甚至偶然兴之所至，我会亲自下厨给刘秀煮饭做菜，虽然手艺不佳，可他却连一句抱怨的话都没有提起，每次都甘之如饴地吃得津津有味。

在章陵住了一个多月，直到十一月底，阴识才迟迟登门拜访。这么些年，我与他从未断过消息，但兄妹相见却还是第一次。以前我不知道他为什么总躲着我，这一次，我见到了他本人，却终于明白了其中的原因。

多年未见，阴识身上独有的沉稳气质更加成熟，像是一杯浓茶，在经过数次冲泡后，方才真正透出其中的醇香。跪伏在我面前的人，眉目依旧，只是右侧脸颊从眼角下方延伸至嘴角，一道凸起的疤痕却狰狞地霸占在那张英俊无俦的脸孔上，让我的目光无法避视。

我心里大痛，喉咙里哑着声刚刚喊了声：“大哥……”他已对我吟吟一笑，面上肌肉抽动，附带着那道疤也跟着扭曲颤动。

“你到底还是坐上了这个位置！”

他说得一派轻松，我却如鲠在喉，忍了好久才将酸楚之意稍稍压住：

"代价太大了。"

"你已经做得很好了，"他笑了，眼神平静，已没了当初的锋芒毕露，"毋需太过自责。"

"福祸相倚，大哥，难道有些事真的是命中注定吗？"

"如果你一直纠结在丧子之痛中，只怕对每个人都不会是福！"

他的目光很坦然，带着一丝丝的柔和，虽然面上的疤丑陋狰狞，但附在他的脸上却并不让人觉得恐怖，反而让我抑郁的心扉悄然开启，只有在面对着阴识的时候，我内心紧绷的弦才会全然放松。

"其实我远没有你称赞的那么好……"

如果我当真机警，程驭死的时候我就应该觉察其中可能另有隐情，我还是把一些事想得太简单了。庄光提醒我应该提防狗急跳墙，他这个局外人都留意到了，我却仍是懵懵懂懂。

自刘秀中风发疾，性命垂危，无论宫内宫外我处处设防，把什么都考虑到了。却还是忘了，这么多年的相处之下郭圣通待文叔亦是有情，如此精心布置下的一个局，怎可能最后毁于毫无准头的一支飞箭？

"你既已做了皇后，今后会有很长的一段路要走，东海王的将来还要靠你继续扶持！"

我无奈道："大哥，即使同为废后，郭圣通毕竟不是霍成君，无论我心中有多恨，郭氏都不可能像当年的霍氏一样连根拔掉，毕竟霍成君无子，而郭圣通却有五子一女。陛下以柔道治国，绝不可能像当年武帝那样将卫子夫连同一子三女一并诛杀，郭圣通待陛下有情，陛下亦不是绝情绝义之人，要他杀妻灭子，这样毫无人性之事我不敢想象会在他身上出现……"

阴识笑道："你如今已经是个很好的皇后了！你能有这般领悟，大哥很是欣慰，原还以为今天要费上一番唇舌，没想到你已能自己想明白其中的利害！"

我大大一愣，诧异道："难道大哥此番前来，为的就是劝导我放下心结？"

"心平才能心静，心静才能理智地看待周遭的人和事，你日后作为皇后，要权衡的利弊更多，如果太过执着纠缠于简单的仇恨中，看不明方向，终会误人误己！太子党众仍在，要扶持东海王成为下一任储君，你这个皇后任重道远，还需戒骄戒躁，不断努力啊！"

我听出他的话外之音，竟是一副欲置身事外的心态，不由急道："大哥，难道事到如今你还是不能帮我一把吗？郭氏外戚在朝中如何，你不是不清楚，你为什么不能也帮帮我呢？"

阴识笑容神秘，目光深邃："这个么，未雨绸缪，我只是看得比你更远了些而已，你以后自会明白的。"说完，竟是不再停留，起身离去。

望着他远去的背影，我心生感触，竟不由自主地落下泪来。都说帝王之家无亲情可言，而我一路走来，却得到了无数人的默默支持，爱情、亲情、友情，我被这种种情感包围着，使我永远不会感到孤单。

今后的路还很长，他们虽然不能在我身边，但我相信，他们会一直关注我，支持我，守护我……

执　手

年底的时候回了雒阳。这一年北方边境上一直不安稳，匈奴、鲜卑、赤山乌桓联合，不断侵扰边塞，杀掠吏民。刘秀将任职襄贲县县令的祭遵族弟祭肜调到辽东郡任太守，祭肜果然不负众望，屡次击败蛮族入侵。

然而北边才稍稍安定了些，交阯郡又出现危机。交阯郡位于中国南方，按照现代版图看，应属越南地界，而在两千年前的汉朝，交阯郡属于茫茫原始丛林，很多地区未经开发，居住的人口以少数民族为主，风俗与中原迥异，经济条件更是停留在母系氏族后期阶段，百姓过着刀耕火种的原始生活，完全没有教条律令的概念。

汉吏治理这一片土地是相当困难的，所以冲突时常发生。而这一次，出现叛乱的始作俑者乃是一对名叫征侧、征贰的姐妹花。据说这姐妹俩武艺高强，率领当地族人，一举攻占了交阯郡。九真郡，日南郡，合浦郡等地闻讯纷纷响应，偌大个南方，竟被她们连续攻陷了六十多座城池，前不久传来消息，征侧已然建国，自立为女王。

这是个非常了不起的女性，比起当年的迟昭平，有过之而无不及。

"你有什么看法？"刘秀简单地把事情来龙去脉说完，然后静默等我答复。

我笑着眯起眼，有关征侧的八卦，我远比他知道得更多，于是将奏章推了回去："于私，这事起因原也不全是她们的错，朝廷早有规定在交阯不施行汉律，交阯太守苏定非要用强硬的手段来强压蛮夷，抓了征侧的夫主指望杀鸡儆猴，怎料征侧非寻常女子，竟而反之。这事要搁我身上，只怕我会比她做得更绝！"

刘秀嗤的一笑，已没了刚才的愁云。

"于公……"话音一转，我不免叹息，"交阯、九真各郡乃我汉之疆土，不容国土分裂，所以叛军必须镇压，征侧姐妹忤逆朝廷叛乱之罪绝不可纵容！"

"嗯。"他沉吟片刻，"朝上也在议论此事，你觉得让谁去合适？吴汉已经请缨……"

"不妥。大司马还是留在京里好！"如果让吴汉去，到时杀得兴起，只怕交阯百姓又难逃屠城灭族之祸。交阯那个地方穷山僻壤，地形复杂，一旦进入地界有可能会化整为零，变成游击战，这对擅长整形战阵的汉军而言，是个极大的挑战。要知道1961年爆发的越南战争，美军那么强悍的兵力也没在越南游击战中占到便宜。我左思右想，除了吴汉外，只有一个人适合打这一场，"马援、段志破皖城、斩李广有功，不妨让他们一试。"

刘秀笑道："原来你也属意马文渊！"

"从雒阳到交阯，表面上看起来是陆路近些，但山道崎岖，其实远不如绕道走海路便捷……"他不吱声，只是似笑非笑地盯着我看，我这才觉察到自己多了嘴，忙解释道，"以前家中有宾客乃交阯人氏，故略有所闻。"

刘秀失笑道："我瞧你兴致勃勃，莫不是想亲自挂印出征？"

我感念他的体贴，没有对我熟悉疆域的事情详加盘问，不免调皮起来："征氏姐妹如此骁勇，我家义王名字中即便有个王字，也不过是个长公主。而征侧身为女子，竟能统御兵卒，自立为王，怎不令人刮目？"

他无奈地说："那可不行，你现在是朕的皇后！你得留在宫里陪着朕。这样吧，朕授命马援为伏波将军，段志为楼船将军，率兵两万人，取海路平交阯之乱！"

"再加个人。"我眨眨眼。

"哦，你还中意何人？"

"庶人——刘隆！"

刘秀微微一愣，笑道："也好，且让他承你一回人情。朕重新启用刘隆，封他为扶乐乡侯，仕官中郎将，让他做为马援的副将随征！"

我大喜，搂住他的脖子，在他脸上狠狠亲了一下："我先代刘隆谢过陛下！"

"如此谢礼，未免太少。"嘴里小声嘀咕着，顺手一抄，他将我捞进怀里，温热的唇随后印了上来。

建武十八年二月，蜀郡守将史歆叛变，攻打太守张穆，张穆翻城逃走，才苟且活得一命，可成都却因此陷落，刘秀派吴汉率兵一万前往讨伐。

马援向交阯推进得十分顺利，见山开道，行了一千余里辗转到了交阯。征侧显然没料到汉军绕海而至，甫一交锋，果然大败，之后仗着地形，隐入丛林，与马援率领的汉军展开了一场游击战。

因为对征侧关注，我虽不能亲至战场，但心里对她却有种说不出的好胜之心，所以对于马援在交阯的战事不免格外留心。马援果然心存仁厚，他每攻下一座城池村庄，非但约束士兵不扰民，还帮助当地百姓收拾战场，迅速恢复家园。在这样宽仁的影响下，当地土著反抗的情绪很快被大大削弱，一些叛民甚至主动归降，得到这样的消息时，我不禁对当初自己的眼光和判断得意起来，如果去的人是吴汉，只怕结果和美军当初攻打越南别无两样，强硬的手段导致民众反抗加剧，如此想要收复交阯的几率实在微乎其微。

当时刘秀不在宫里，正在长安巡狩，祭祀后土。我写信与他，言辞难免自夸，他总也顺着我的意，褒扬不断。

而另一面，吴汉的强悍也在成都发挥得淋漓尽致。他征调了广汉、巴、蜀三郡兵力，围攻成都，一直打到七月份，一举拿下成都，斩杀史歆后，乘胜乘筏而下，直入巴郡。吴汉做派一如既往，那些反叛的首领，在他手里没一个能存活，不仅如此，他还将叛党的数百户人口，全体迁到了南郡、长沙，然后才班师还朝。

事后，刘秀还借此事向刘阳教授用人之道，知人善任，统御者眼光要准，擅于用人，收效才会事半功倍。

这一日在宫中闲来无事教刘京写字，刘礼刘也在一旁看着，时不时还懂事的给兄长磨墨，刘绶虽小，却是个极淘气的，不时地在边上捣乱。

因是夏天天热，纱南取了冰湃的水果正要端过来给孩子们解暑，忽然门口脚步声急响，刘秀匆匆走了进来，连个通告都没有，唬得宫里的侍从慌忙起身接驾。

我见他神色凝重，一时倒也吃了一惊，不等开口询问，他已吩咐："换身衣裳与我出宫吧。"

我瞧他眼中流露出些许哀伤，于是问道："什么事？"

他先不答，只是很用力地扯开身上的深衣，我忙叫人过来替他宽衣。他脱了头上的通天冠，才长长叹了口气："固始侯薨了。"

我一愣，脑筋竟然没能马上转过来。直到听他吩咐代印："准备车乘，轻车即可，不必安排太多人跟从……"我才如梦初醒，不敢置信地低呼："李通！怎么……他今年才多大岁数啊！怎么就……"

"他素有消渴之疾，以前也老发毛病……"

我心里一阵难过，不觉悲伤道："那可如何是好，伯姬她……"

刘秀身子一僵，愈发惆怅起来："赶紧换了衣裳……"

我忙一迭声地唤纱南替我换衣梳妆，匆匆忙忙地一通收拾，临出门纱南还问了句："皇后不吃午膳真的不要紧吗？"

"哪还顾得上这些啊。"想到刘伯姬，心里愈发添堵，哪里还有胃口吃得下饭。

到固始侯府时，门口已经聚集了许多同样前来吊唁的官吏，我跟着刘秀下车，一面与众人招呼，一面心里像火烧似的记挂着里头的情形。

果然，才踏进门，便听到凄厉的哭声响作一团，断断续续传了出来。等到了停尸的堂前，除了出来相迎的家丞，十数人皆是全身缟素，披麻戴孝的伏在地上嘤嘤哭泣，其中有一妇人身穿粗麻丧服，头、腰皆扎绖带，胸前缀布，足穿麻鞋，手扶棺柩哭得连气都喘不上来，一旁的女眷又拖又拽，却始终难以让她的情绪平稳下来。

刘秀暗中握了握我的手，我会意上前，将伤心欲绝的刘伯姬从棺柩上拉了下来，她起初只是痛哭，双手紧紧抱着棺柩，怎么也不肯松手，等看清是我时，才哆嗦着嘴唇，绝望地松开手。

我将她紧紧搂在怀里，她扶着我的肩，许是哭了太久，声音早已喑哑："丽华！我要怎么办？他就这么走了，我要怎么办？他怎么可以丢下我一个人……"

我眼眶顿时湿了："你怎么是一个人？你还有儿女啊。"她头发散乱，一双眼又红又肿，我心酸地撩开她额前的乱发，细声安慰，"想想你的李音啊，他才替你生下长孙；还有李雄，他是你的幼子，虽然陛下体恤，封他做了召陵侯，可他毕竟还未成年，你难道不管他了吗？"

我一边说，一边招手从堂上哭灵的孝子贤孙堆里唤出李雄。才五六岁大的李雄扁着嘴，脸上挂着大把眼泪鼻涕，冲上来一把抱住刘伯姬，哀痛地喊了声："娘——"

幼子的一声孺慕呼唤，将刘伯姬震醒，她哭着抱住儿子，母子俩顿时哭作一团。

我不忍再看，眼泪止不住地哗哗流淌。

少时，刘秀赐下赙钱，由李通长子李音接了。

在固始侯府待了足足两个时辰，我见丧家事忙，反为了招待帝后多费周折，内外皆有不便，于是对刘秀提议："先回宫吧，我们待在这里，也帮不上忙。"

刘秀也明其理，歔欷叹道："也好。"

我扶他起身："等出殡之日再来送葬，也算全了你们之间的情分。"

"旁人不了解，你却是知道的，当年若无次元襄助，何来我今日？"

回想当年情景，仿佛历历在目，少年意气风发，拔剑在手，英雄出世，谁也没有预料，时光易过，犹如白驹过隙，转眼我们都已经老了。

回宫的路上，我坐在车里，脑子里反反复复地浮现的皆是当年的情景，那个面如冠玉的年轻男子，如今却毫无知觉地躺在棺木之中，任由亲人为他哭断肝肠也无济于事。

其实何止是李通，细细回想起来，当年与我们并肩作战的同伴，到如今，还活在世上的也仅寥寥数人。年华消逝，我们……都在慢慢变老。

"秀儿……"我握住他的手，他的手心是温暖的，让我觉得很是安心。我将头靠在他的肩上，伤感地说，"你会一直陪着我吧？"

五指箕张，他的手指与我的手指相互交缠在一起，牢牢握住："会的，一直陪着你。"

"即使我们老去……也要一直一直在一起。"

"是，即使我们老去……"他侧首凝望，那般柔软温润的眼神似一把锁，牢牢地扣住我，许下一生一世的承诺："死生契阔，与子成说。执子之手，与子偕老——我们会一直一直在一起！"

死生契阔，与子成说。执子之手，与子偕老。

即使我们老去……也要一直一直在一起……

一直在一起……

第五章
留灵修兮憺忘归

心　计

交阯之战一直持续到建武十九年春，才有消息传来说马援斩了乱党之首征侧、征贰两姐妹的首级，如今正继续追缴残余党羽。

那么难打的交阯居然只花了一年多时间便轻松获胜，伏波将军居功至伟，声名大噪。

若论起我当皇后的这两年，遇到最大最多的收获，那便是国内乱党四起，叛民滋扰不断，总有小股势力在地方上伺机捣乱，不得安生。比方说这一次，河南又有一伙以单臣、傅镇为首的乱民，攻占了原武城，自称将军。

"禀皇后，太子来了！"门外有宫女小声通禀。

我原在内室舒展拳脚，听了这话方歇了手，纱南给我递来巾帕的同时对外头吩咐说："请太子殿下到堂上坐候。"

我喘气："让他不用天天来报备了，怎么总是不听呢？"

"此乃为人子的孝道！太子乃储君，自当为天下人表率，这么做是对的。"纱南絮絮念叨，替我选定一袭青色曲裾深衣，我默认地点了点头，然后脱下湿透的内衣，换上干净的中衣，伸开双臂，套上深衣袖子。纱南低着头，忙前忙后地绕着长长的衣襟，最后束上腰带。

"这孩子禀性厚道，且不问他来瞧我的这份心里含了多少孝心，至少面子和礼数上实在没有缺失。"换好装，我想了想，回首对纱南莞尔一笑，"你还别说，我呀，真怕了他的没有缺失。"

纱南明了我的意思："世上哪有完人？他再谨言慎行，也总能寻到不是。"

我正往外头走，听到这话，不觉停了停："这孩子待我不错，我倒不想平白往他身上泼脏水。"

"其实依奴婢看，皇后心里只怕早拿定主意了！"

真不愧是纱南，这几年没有白白跟着我。

门口帘子卷了起来，宫女跪坐在地上给我套上鞋子。门外阳光耀得人晃眼，我的心情却十分愉悦。到前堂时，果然不出所料的看到刘彊恭恭敬敬地正襟危坐，见我进来，忙起身行礼，举手优雅，投足不苟，完美得挑不出一丝错来。

我嘴角不自觉地翘了起来，他等我坐上枰，方才拜道："儿臣给母后请安，母后今日可好？"

"好。"

好！当然好，神清气爽，哪可能有什么不好的呢？

其实我与他之间实在无话可说，他不是我亲生的，长到十九岁，除了这一年半以来天天上我的宫里跑进跑出之外，我和他打小从没亲近过。这种毫无感情交流的继母与嫡子间的尴尬关系，让我有点儿郁闷，又有点儿犯愁。

按照刘彊的习惯，不管他愿不愿意，有话没话，他总会在我这里待上半个时辰，无非也就是例行问些家常，实在无话的时候，我也会主动询问些他的生活。

"刘丘满周岁了吧？"

"是。"

"听说太子妃有喜了，真该恭喜你啊，你之前一连得了两个女儿，真希望太子妃这一胎能添个男丁，也算是陛下的长孙了。"

刘彊的脸色慢慢变了，眉头轻颤，好一会儿他才勉强透出口气："但愿如此。"

我知道他在畏惧什么——太子妃昨天黄昏才请的脉，事出突然，他还没来得及上报宗正，我今天却慢条斯理地随口说了出来，怎不令他胆战心惊？

"我挺想刘丘那孩子的，什么时候你把她抱来我瞧瞧……另外告诉太子妃，好生将养着身子，初一、十五别急着进宫给我问安，我明白她有那份孝心就够了，还是养胎要紧。"

"多谢母后体恤。"他神情木钝，显然受惊不小。

"太子太傅张湛抱恙快两年了，总是歇在家里，太子的课业可别因此耽搁了。"

刘彊又是一哆嗦，低下头嗫嚅："有郅恽督导儿臣……儿臣不敢懈怠偷懒。"

我也不忍再为难他，于是微笑道："你能明白这个道理就好，这便去吧。"

"儿臣告退。"

我让小黄门送他出去，等他身影消失在尽头，纱南不以为意地冷哼："张湛摆明是和皇后作对，摆谱给陛下和朝臣看。皇后不如索性给他点厉害瞧瞧，直接废了他的官职，贬为庶民，逐他出雒阳。"

我嗤的一笑："原来纱南也有沉不住气的时候。"

"奴婢不是沉不住气……以皇后之尊，难道还要看他们那帮太子党的脸色不成？"

我起身走向隔间的书房，纱南尾随。

"张湛德高望重，素有贤名，我们刻意动他反而不得人心，要收拾他其实易如反掌，我从不担心郭圣通被废后，太子余党们还能在朝廷上咸鱼翻身，搞出什么花样。"

书案上摆放着一堆的竹简，这些东西都是最近两年的卷宗，我让纱南花了两天时间特意整理出来："只怕真正的风暴在这里！你可瞧出什么端倪没？"

她不明所以地摇头，满脸的困惑："奴婢不明白。"

低头冷眼看着摞叠的竹帛，我从当中抽出四五份资料扔给纱南，纱南一一看完，面上困惑之色不减，纳闷地说："单臣、傅镇劫持官吏，在原武城内自称将军，这事陛下不是正打算调兵征剿吗？还有，那个曾经自称'南岳太师'的李广，不是早在建武十七年便被伏波将军给砍了吗？皇后想让奴婢看什么呢，难不成这两起叛乱之间还有什么联系不成？"

我哈哈一笑，这女子虽然政治触觉不够敏锐，但她的机警却恰到好处地弥补了这一缺点。

"难道……真有什么不对劲的？"她的脸色渐渐凝重起来，"有关这两起叛乱的消息，奴婢都有看过的，没发现什么……"

"可你忽略了一个人——维汜！"我大声打断她的话，一针见血地揭开谜底，"此人在民间十分有名，他装神弄鬼，妖言惑众，说自己是神仙下凡，广招弟子，形成一个庞大的派系。建武十七年初陛下中风，朝上曾有人提议召维汜进宫为陛下驱鬼除病，被郭圣通采纳，若非陛下当时恢复言语，严词拒绝，你我可能还有幸在宫里一睹这位传奇巫师的风采。不过，之后维汜这个妖巫越来越神乎其技，吹嘘过火的下场当然是难逃一死，当时连坐了他的弟子数百人，也算得上是轰动一时的大事。"

纱南屏息，神情凝重地看着我。

我微微颔首，笑道："其实两年前在皖城闹事的李广，正是维汜的弟子，当时他打的旗号是维汜未死且已经得道成仙，倒也诓骗了不少愚昧百姓，跟着他一块儿造反。同样的，现在正闹得火热的单臣、傅镇二人，与李广师出同门，都是维汜的弟子！"

"啊……"她悚然动容，"那么，这些年的动乱，难不成都是有预谋的？是有人在背后……蓄意……"

我笑得分外灿烂，明眸微微眯起，淡然悠闲地说："现在可再也不比两年前了，你说呢，纱南？"

"皇后打算怎么做？"

我笑问："你觉得臧宫合适否？"

"去年皇后求陛下拜他为太中大夫，难道那时候便已谋算好了？"

"比起太子党羽，最值得我信任的也只有那些与我有过患难之交的老臣了，只可惜……"

底下的话我没有说出来，纱南却也明白，老臣死去的已经太多，我这个皇后做得太晚了。建武十五年，俙侯杜茂落下截断军需，唆使手下杀人的罪名被免官，削减户邑，贬逐参蓬乡为侯。我本想调他来京，没想到今年年初得到消息他已撒手人寰。除杜茂之外，更令人扼腕的是外放到豫章做太守的李忠，刘秀调他上京的时候，没想到他已重病在身，他抱病奉诏，抵达京城后终于一病不起，杜茂去世的消息传到京城后没多久，他也随即病逝。

当年随陛下东征西讨，如今又能为我所用的老臣实在少之又少。

建武十九年春，刘秀派遣太中大夫臧宫率领北军包围原武城，除了北军之外，还出动了黎阳营骑兵，共计数千兵力。

没过多久，臧宫递回奏疏，称敌兵粮草充足，久攻不下，请皇帝示下，于是刘秀召集公卿、诸侯、藩王一起至大殿商议对策。

日头渐渐偏西，我站在庑廊下逗弄着手中的飞奴，信鸽咕咕叫着，伸着坚硬的喙，一口口啄着我掌心的黍米粒，颈脖的翎毛不停地抖动，我爱惜地抚着它柔顺的羽毛。

余光瞥处，看到有小宫女匆匆忙忙地跑上西宫殿前石阶，然后在门口找到等候多时的纱南，附耳低语。

我收了手，振臂将飞奴放上天。忽喇喇的扇翅声过后，灰鸽一飞冲天，身影渐渐缩成一个小黑点，消失在瓦蓝的天空中。

纱南上了楼，嘴角含着笑意。

我歪着头笑问："都妥了？"

纱南像是松了一大口气："皇后料得真准。大臣们都说要重金悬赏，唯独东海王提议放松包围，打开一个缺口后诱敌出城，陛下也很赞同大王的建议，只是奴婢也不免担心，万一不成可如何是好？"

"不成？"我嗤然一笑，"怎么可能不成？小小妖巫算得什么，只要陛下愿意，黎阳营的突骑军将整个原武城踏平都不在话下。这是桩有赚无赔的买卖，臧宫知道该如何应付。"

"是，想不到陛下和皇后考虑得如此周全，是奴婢多虑了。"

"你想得对，世事无绝对，我们也不能掉以轻心。这一次，索性趁此机会，直捣黄龙！"纱南有些听不懂我的说词，我呵呵一笑，也不多解释，只是关照，"找个机会，去请郅恽来一趟。"

"郅恽？他可是太子的人……"

"正因为他是太子的人，而且是太子身边最具洞察力、最懂得揣摩圣意的人，所以，才更要找他。"

"皇后是想……"

"有时候，对太子施压，不如对他身边亲近之人施压来得容易！"

正说着话，忽听廊上传来一片嘈嚷，小黄门满脸尴尬的在门口探头回禀："皇后！舞阴长公主与涅阳公主来了，小的们想拦，但是挨了长公主打……"

这句话还没说完，就听有个娇滴滴的声音叱道："果然是恶奴、刁奴！好你个阉货，居然敢在我母后面前搬弄是非！"口里说着，粉拳已不停招呼在小黄门身上。

　　她小时候跟我练过些拳脚，虽不是学得十分好，出手却也比寻常女子要有力得多。这时只听那小黄门蹲在地上抱头"哎唷哎唷"大叫，一时也分辨不清是真疼还是假嚎。

　　"住手！"不管真假，女儿骄纵忘形的模样却总是我所不喜的，"你这像是什么样？"

　　义王缩了手，一脸忿忿，想张嘴替自己争辩，却被身边的刘中礼及时拉住胳膊。

　　"娘！"中礼笑嘻嘻地拖着姐姐进门，"我们不知道娘在休息，不让人打扰，才会误以为是这小黄门诓我们！娘你别生我们的气！"

　　她故意不唤"母后"而喊我"娘"，我哪能猜不出她卖的这点小小的乖，心里虽然气恼，却仍是被她哄得消了大半："又上哪淘去了？"

　　义王额头上的汗把额际的发丝都打湿了，中礼虽然故作平静，其实也好不到哪去。

　　"这么急急忙忙地跑来找我，到底哪里又不顺心了？"

　　义王扭头看向中礼，眼神示意妹妹说话，没想中礼咬着自个的嘴唇却始终不开口，有些苍白的面颊浮起一片红云。

　　我大为惊讶，对于我这个二女儿，向来可是敢说敢做，性格爽朗磊落，行事不拘一格，可从来没见她有过这副扭捏羞涩的模样。

　　义王见状，突然高声嚷嚷："二妹流血了，流了很多血……唔！"

　　中礼一把捂住大姐的嘴巴，一张小脸窘得通红。

　　我稍稍一愣，转眼有所领悟，眼睛瞟向纱南，纱南会意，挥手将殿内的宫女黄门一并驱逐出去，然后关上了门。

　　"你堵我嘴做什么？快憋死我啦！"

　　"谁让你胡说八道的！"

　　"我哪有胡说八道，我明明说的是实情，你……"

　　中礼气得直跺脚，捂着脸不住地扭动身体。我乐呵呵地将她拉过来搂在怀里："原来是我们中礼长大了呀！"

　　细细看这个二女儿，五官细致，眉眼娇柔，已非当初稚嫩的孩子，忍不住感叹，果然时光如梭。

　　"娘，二妹会不会死啊？"义王一脸担忧地问，"宫里的女医说不要紧，可我见她和中礼叽叽咕咕不知道说了什么，吓得中礼脸都发白了……"

"少浑说。"中礼红着脸争辩，"你什么都不懂。"

"我不懂？难道你就懂了么？"

我噗嗤一笑，原本女孩子来初潮这档子事，我私底下更留心大女儿义王，真没想到中礼会后来者居上。

"这是好事呢，没什么好害羞的。"我摸着中礼的小脸蛋，她的脸色真的不是太好看，"肚子疼不疼？"

她摇头："乳母给我熬了糖水，现在好多了。"

难得这孩子能如此镇定，我心里欢喜，忍不住笑道："中礼长大了，这算是个喜事，你想要什么，告诉娘……"

她眨巴眼，黑白分明的大眼睛亮了起来："要什么都可以吗？"

"是啊，只要娘能办到的。"

"娘一定能办到。"她兴奋地拉住我的胳膊，激动地说，"只要娘开口去求父皇，父皇一定会听娘的话！"

我诧异起来，正待细细询问，一旁的义王也跳了起来："是啊！是啊！娘你快去救救梁松吧！"

我被她们两姐妹不住拉扯，脑袋都快晃晕了："你们……总要告诉我发生了什么事吧？"

"都怪那个伏波将军多事！说什么杜保不是好人，让侄儿不许跟杜保来往，搞得父皇现在很生杜保的气，顺带还训斥梁松和窦固。他们两个好可怜，听说今天在朝上不住磕头谢罪，都磕出血了……"

我目光转向纱南，纱南冲我微微点了点头，悄悄走向殿外。

义王仍在喋喋不休，我听了半天也理不清个头绪，于是制止她再呱噪，转头问中礼："究竟是怎么一回事？你一五一十地跟我讲清楚，不许有丝毫隐瞒，若有欺瞒，我也帮不了你们。"

中礼神情晦涩，目光闪烁，过了片刻，她敛衽跪在我面前，拜道："女儿不敢有所隐瞒，但求母后看在女儿的面上，让父皇网开一面，饶过梁松与窦固吧。"

她口齿伶俐，说话有条有理，远比义王的浮躁片面之词来得理性。原来，事出之因在于身在交阯的马援写给侄儿的一封信，教导兄长的儿子马严、马敦二人，告诫他们与人交往要慎重。信中举例提到两个人，一个名叫龙述，时任山都县令，一个名叫杜保，时任越骑司马。马援叫侄儿宁可学龙述，也不要学杜保。

这原是封十分普通的信，可不曾想有人在皇帝面前参奏杜保行为轻浮，祸乱群众，奏书提到了马援训诫侄子的信，借此弹劾梁松、窦固二人与杜保结交。刘秀将马援的信和奏书一并给梁松、窦固看，把这两个年轻人吓得不住叩头流血。

听完我并没有马上表示什么，故意岔开话题，戏谑道："义王气愤，我能理解是为了梁松，中礼这么紧张，又是为了什么？"

义王偷笑，用手肘悄悄捅着妹妹，哪曾想中礼一点也不羞怯矫情，反而很大方地说："母后，你也说女儿已经长大了，女儿心里喜欢窦固，自然偏向于他。"

我失声而笑："听你的口气，难道还想请父皇赐婚不成？"

"女儿很小时便说长大要嫁窦固，如同父皇当年发愿说娶母后一样，绝非狂言虚话！"她说得非常认真，我收了笑容，有些发怔地瞧着她，第一次觉得眼前这个女儿，当真长大了。

"母后知道了。"爱怜地拍了拍她们的手，我瞥眼见纱南去而复返，于是说道，"先回去，母后心中自有计较。"

二人大喜，拜伏后携手离去，一路上两姐妹有说有笑，十分开心。

纱南来到我跟前："叫人查过了，与刚才涅阳公主说得并无不同，只是伏波将军的原话与那告诘奏书上的转述有些出入。伏波将军在家书中对龙述与杜保的评价都甚好，赞龙述忠厚谨慎，夸杜保行侠仗义，只是告诫侄儿若仿照龙述的言行，虽学得不像，却也能学到一些谨慎严肃，好比雕刻的天鹅不成也能仿得像只野鸭；但是若学杜保，学得不像，却可能画虎不成反类犬，变得为人轻浮，所以让侄儿们不要学杜保。"

我沉吟不语，眼望着窗外，明亮的光线从窗外照射进殿内。纱南静静地侍立在我身侧，没有出声打搅我的思绪。

过了半晌，我噫呼一声，从榻上站了起来："这件事，无论谁对谁错都不值得我们大惊小怪，只是……有个问题令我觉得很是想不通，为什么马援的家书，会落到上奏书弹劾的人手中？这原也只是一封家书而已，这整件事原也只是孩子们交友的小事而已，值得如此大费周折么？"

我回眸冲纱南浅浅一笑，她没料到我会提出这么奇特的问题，一时无言以对，竟也呆了。

太　子

四月，臧宫按照东海王献的计策攻下原武城，斩杀单臣、傅镇后班师回朝，论功行赏，臧宫升任城门校尉。

另一头，在江山舆图的最南侧，马援追击征侧余党，一直追到居风，直到岭南地区全部平定，获得全胜。

喜讯传到京城，恰是闰四月底，刘秀趁着兴头上，把叔父刘良的嫡子刘栩，侄子刘章、刘兴，一齐由公擢升为王。

随着盛夏的来临，刘彊越来越惶恐不安，上西宫请安时，时常恍惚走神，满腹心事，郅恽的劝导对他的影响十分巨大，最终他向皇帝提出辞让皇太子之位，愿任藩王就国。刘秀先是不允，这事便拖了几个月。

"想给刘阳改个名讳。"坐在床上批复奏疏的刘秀，忽然向我提了个很奇怪的建议。

"为什么？"孩子的名字好好的叫了十五六年，怎么会突然想起要改？

"上个月给阳儿做生日，我便在想……当初恶日产子，取名'阳'字本意为避邪除恶——这名讳不好，日后孩子承继大统，难免要被人嚼舌根。所以，趁着这个机会，不妨改个名字。"

我本对他的说法嗤之以鼻，但他说得一本正经，倒令我收起了不屑之情："真要改名？"

他点了点头："还是改了好。"

我想了想，忽然问道："皇帝的名字，史官是否会因此避讳？"

他愣了下，大约没想到我会把问题绕到这个奇怪的地方去，不由笑道："是有这么一说。"

我点头，嘴角不由自主地勾了起来："我想好了，就让阳儿改名'庄'！"

"庄？！"他又惊又奇，但转瞬已然明了，难以自抑地笑了起来，"果然是小淘气的，你与他斗气究竟要斗到什么时候？真像是个小孩子……"

眼波流转，我横了他一眼，也忍不住笑了起来："他不是喜欢改名字吗？不是喜欢孤云野鹤，乡野垂钓，不问世事吗？自然也不会稀罕名垂竹帛！我这不也是成全了他的心愿么？这回索性让他把姓也一并改了吧！"

刘秀眼神温柔地望着我："你是否还想借此逼他出来？"

我长长叹了口气："也只是奢念罢了，我想……他大概是再也不会离开富春山了。"

刘秀也黯然地点了点头，我俩心意相通，不免一起欷歔感慨。我依偎进他的怀里，诚心祈愿："但愿，今后平安顺心，再无烦忧之事！"

"但愿……"

建武十九年六月廿六，建武帝诏曰："《春秋》之义，立子以贵。东海王阳，皇后之子，宜承大统。皇太子彊，崇执谦退，愿备藩国，父子之情，重久违之。其以彊为东海王，立阳为皇太子，改名庄。"

刘彊带着自己的妻女搬入了北宫，与其母郭圣通所住的殿阁相隔不远。刘彊恪守孝道，每五日入宫向我问安，风雨无阻。

"那母子二人可还算安稳？"

"东海王与中山王太后来往并无不妥！"

殿外在下着倾盆大雨，那一声接一声的滚地雷，让我的心也跟着一块炸响。久久地，我望着那昏暗深厚的云层，叹了口气："未雨绸缪，有些事还是谨慎些好。大哥何时能来京城？"

阴兴的脸色阴郁得一如外头的恶劣天气："诏书已经下了，自然不敢轻忽懈怠，不日内即可抵达雒阳。"

"怎么？还在怪我多事？"

"臣不敢。"

"你们是我手足兄弟，如果连你们都不帮我，那我们母子又能怎么办呢？这么多年，人哥在家也该歇够了，这一次顺便把阴就也一并带到京城来吧。"我见他面上淡淡的，眉宇间竟是有种隐忧，不禁又好气又好笑起来，"不过是让大哥做个执金吾，统辖京城警备，让你做个卫尉，负责皇宫警备，这算得上什么要紧官职，竟把你俩吓成这样？我的用意也不过就是想让你们保护好皇太子，不想让一些居心叵测之人有机可乘。朝廷上的事，你们自然不必插手……"

"皇太子的事，我们做舅舅的，自当竭尽全力！"

阴兴对待朝廷政务，以及人际关系等方方面面的态度，竟是比昔日郭况更加小心谨慎，从不落人把柄口舌，以至于刘秀也时常称赞于他。

阴识先到京城赴任，没多久阴就带着家眷一并来了雒阳，我在西宫侧殿接见了柳姬以及一群阴家的侄女。这些侄女有好些我才是头一次见，年龄都在十岁以下，身量虽小，却一个个都已尽显美人胚子。柳姬与我寒暄时，指着其中一个腼腆的小女孩儿说："皇后可瞧着这孩子有几分眼熟？"

那女孩儿含羞低垂着头坐在角落，柳姬将她拖了出来，推到我面前，托着她的下巴使她的脸蛋一览无遗地呈现在我眼前。

瓜子脸，双眼皮，剑眉英气勃勃，鼻梁高挺，双靥绯红，唇形饱满，棱角分明。说实话，她并不是众多女孩子里头长得最出色的，但她的长相却令我心中怦然一动。

"这是……谁……"

"是二弟媵妾琥珀生的女儿，闺名素荷，今年九岁……"

"素荷？"我忍不住笑了起来，"是记得有这么个孩子，没想到长这么大了！"

我伸出手将她再拉近些，素荷有些害羞，却也睁着一双好奇的眼睛，乌溜溜地不时偷偷用余光打量我。

"你瞧瞧这孩子的眉眼，长得别提多好了，你看看她的嘴，那模样，那神情……我一见着她呀，就觉着她和……"

我微微一笑，漫不经心地接口："是啊，真不愧是我们阴家的女子！"

柳姬清了清嗓子，笑容里添了几分暧昧："皇后的几位大王也生得甚好，眉清目秀，特别是皇太子……"

我不着痕迹地插了句："大哥身体可还好？前日我见他嗓子有些哑，今天可好些了？若是吃药不见好，我让太医令丞去府里瞧瞧！"

柳姬兴致勃勃的劲头被我硬生生地打断，脸上一阵泛红，急忙窘迫地摇头："不……不要紧，有劳皇后挂心，夫主他……已经无大碍了。"

"毕竟上了些岁数，比不得年少时了，平时也该多注意休养，当然，这还得靠嫂子时时提醒……你们一家子人才搬来京城，车马劳顿的，家里一定有许多事情等着嫂子主持内务，我也就不耽搁你了。我们家的女孩儿，即使不沾国戚这层亲，走出去也必然是人见人夸，断没有输给别人的。"

柳姬欲言又止，最后只能讪讪地领着侄女们拜别。我让小黄门送她们出去，等她们出了殿门，纱南才从隔间后走出来。

"其实夫人说的话在理，皇后为什么不考虑亲上加亲呢？"

我不说话，只是看着她微笑，须臾，她被我怪异的目光盯得别开眼，很不舒服似地耸了耸肩。

"亲亲之义……有利有弊。"我不愿多做解释，于是将话题扯开，"方才听柳姬提及，进宫时在宫门口见着湖阳公主的油画軿车了，怎么过了这么久，也没见她上我这来叙叙话？"

"奴婢让人去打听一下，怕是去了陛下那里。"

"最近风闻湖阳公主的家丞，在京城里仗势欺人，闹得怨声载道，有官吏夫人进宫将话带到我这里。你也是知道的，她是皇帝亲姐，陛下对待家人素来重情，他姐妹兄弟如今只剩下一姊一妹，更加怜惜百倍。去年妹婿又没了，他对李家以及宁平公主的赏赐你不是没看见，湖阳公主早年丧夫，寡居至今，她即使骄纵，皇帝也不会忍心太过责难于她——皇帝家的事，说小是家事，说大了也是国事，于国体我是皇后，于家礼却还是湖阳公主的弟妹，不便多插手其中，他们姐弟的事，还是由得他们姐弟去解决得好。"

纱南点头道："也是，皇后若是对湖阳公主有所约束，她必然心怀怨怼。"

主仆二人正对这些鸡毛蒜皮的琐事唠着嗑，忽有小黄门引着中常侍代印急匆匆地走了进来。代印侍奉皇帝多年，随着年岁的增长，机灵之余更添了稳重，像现在这样慌张的表情倒是不常见。

我才让纱南给他让席，却不料他已满头大汗地说："皇后还是赶紧去前殿说和说和吧，老这么闹下去，可如何了得。"

我心中一动，已猜到他说的事十之八九与刘黄有关，于是无视他的着急，故意装傻笑问："子予，我听说陛下已经定了由议郎桓荣教导太子诗经，左中郎将钟兴来教授太子以及诸位君王《春秋》。不知道桓荣与钟兴这二人有何等学问，你且说与我听听！"

汗水浸湿了他头顶巧士冠的冠沿，他举着袖子擦了擦鬓角淌下的汗珠，苦笑道："皇后，此事容后再禀不迟——倒是那湖阳公主，这会儿正与陛下……"

我将目光移开，摆出一副置身事外的姿态，代印愈发急了，跪下拜道："这事只有指望皇后出面调解了，皇后也不忍见陛下生气吧，若是气坏了身子……"

他搬出刘秀来，倒还真让我硬起的心肠马上软了下来，不由叹了口气："这究竟又是怎么一回事啊？"

"是、是这样的……这件事全赖雒阳令董宣的不是！今天早起公主出门，路经夏门外万寿亭，董宣带人强行拦截公主车驾，态度傲慢无礼至极。他不仅拦了车驾，还拔刀画地，谩骂公主，甚至……杀了公主随乘的一位家丞……公主受了屈辱，进宫说与陛下……"

我从榻上腾身站起，唬得代印住了嘴，呆呆地看着我。

"纱南！"

"奴婢在。"

"困了，去焚个熏炉，我先歇个午觉……"

代印大惊失色，忙膝行至我跟前，高叫："卑臣错了！卑臣说实话！实在是湖阳公主的家丞白天当街杀人，事后一直藏匿公主府，董宣为缉拿贼凶，不敢擅闯公主府，便在夏门外守候……所以，这才……"

我呆了呆，站在原地驻足，过了一分多钟才缓过劲来："你说前殿在争吵，谁和谁吵？"

"是……是那个董宣……陛下听了公主的哭诉很是生气，所以刚刚传唤了董宣，预备棰杀。那董宣却死活不肯认错……正闹得不可开交……"

我低低地噫呼一声，心里却像煮开的开水咕嘟咕嘟沸腾起来，若换作以前，说不定我早拔腿冲出去了，可现在却由不得我不沉下心来反复思量。

不是不想主持正义，按照律令，杀人者偿命，董宣的做法不仅不应得到惩罚，反而应该对其行为大肆表彰。然而……偏偏他得罪的人是刘秀的亲姐姐，我的大姑子，刘黄待我并不薄，我若在这份上出面与她相悖，于情可实在说不过去。

正自为难，代印低低唤了声，态度十分之哀恳。

我扭头对纱南苦笑："你瞧瞧，这皇后可是容易当得的？"

我赶到前殿时，距离董宣奉召入宫已过了半个多时辰，本以为争吵最激烈的高潮部分早已过去，我进去时只需过过场也就罢了，谁料到一脚才跨进门槛，便目睹了一幕惊心动魄的场面。

眼前呼的有道黑影闪过，竟是对准门口的顶梁大柱撞去，我下意识地冲过去拉住那人的腿，只这么一阻，却仍是没能制止那股强大的冲力。只听得砰的一声巨响，屋顶扑簌簌掉下一片夯土灰，呛得我不住咳嗽。

"丽华！"刘秀在我身后喊了声，我定了定神，却见自己面前躺了个须发花白的老者，估计是脑袋撞在门柱上了，冠歪了不说，还搞得一脑门子的血。

我"哎唷"叫了声，刘秀已挽着我的胳膊将我拉开。有两名小黄门麻利地将那老者扶了起来，虽然额头磕破了，好在我拽着他的脚，缓了下冲力，他的神志还算清醒，寒着脸色沉声说："陛下圣德中兴，而纵奴杀人，将何以治天下？臣不须棰，请得自杀！"

说话间，他推开两名小黄门，挺直了脊背，一副大义凛然的神情。我万万没料到事情会发展到这等惨烈的局面，回头看刘秀脸色也变了，面色煞白，刘黄却是气得浑身发抖，被自己的丫鬟扶着，哆嗦着嘴唇说不出话来。

"陛下！"我低低地喊了声，硬生生地卡进这个不算和谐的气氛中，含笑说，"这都是在做什么呢？董令，凡事不必太较真！湖阳公主毕竟是帝姐啊，你冲撞公主算不算是失礼之举呢？不妨给公主赔个礼，磕个头也就是了，公主大人大量，哪里会和国之栋梁多计较呢？"

刘秀与我心意相通，听了这话，立即配合默契地说："皇后说得极是，大姐也绝非是要阻拦你履行公务，只是你不分尊卑，冲撞了公主，所以今天才会有此纠纷。你给公主赔个不是，这事就此揭过吧！"

没想到董宣哼了一声，竟是看都没看刘黄一眼。我和刘秀顿时尴尬起来，进也不是，退也不是，代印连忙打手势让那两名小黄门摁住董宣的脖子，将他强行按倒在地。

董宣跪在地上，双掌撑着地面，却是死活不肯低头，小黄门急得大汗淋漓却也完全没有办法，他只是愤怒地瞪着眼睛，挺着僵硬的脖子，誓不低头。

刘黄气得冲刘秀直嚷："文叔你为白衣平民时，大哥在家里藏匿逃犯，官员连大门都不敢探下头，而今你当了天子，难道连一个小小县令都镇不住了？"

刘秀听了，不怒反笑，对姐姐摊了摊手，半开玩笑半认真地说："天子和白衣不一样啊！"

我偷偷扯了扯他的衣袖，示意他看董宣。那个年近七旬的老者，还在与小黄门做着顽强抵抗，一张橘皮纵横的脸上满是倔强不屈的硬气表情。我忍不住在心底喝了声彩，却又对他这种不会拐弯取巧的性格感慨欷歔，这样的人，即使是个好官，也可能因为不懂官场人际之道，时时将自己逼入绝境，不断碰壁吃亏。

"果然是个硬脖子的家伙！"刘秀笑骂了声，拂袖，"强项令出去——"

此言一出，已算是给了董宣一个大大的赦令。

眼瞅着刘黄脸皮抽搐，张嘴欲呼，我急忙大声笑了起来，拉住刘黄的手将她扯到一边："太子最近有没有到你府上去拜望？这孩子整日念叨着姑姑……"我一边扯话题，一边将左手负在背后频频打手势让董宣走人。

我不清楚董宣明不明白我的用意，好在那两个小黄门并不算笨，从地上架起董宣，快速往门外走了出去。

刘黄被我巧舌如簧的家常话给绊住，几次想对刘秀重提董宣之事，却总被我找话题不着痕迹地绕了过去。刘秀与我配合得更是天衣无缝，直把刘黄哄得晕头转向，最后也乖乖地带着奴仆离开了大殿。

她一走，我立马瘫倒在榻上，肩膀垮塌着，一副无精打采的倦怠模样，刘秀走到我身后，替我捏压发酸的肩膀："好在……总算是把两边都摆平了！"

我回首与他相视而笑，心有戚戚焉："强项令！好个强项令啊！你打算怎么褒奖这个强项令呢？"

刘秀莞尔一笑："今天这事，的确是委屈他了。"想了想，唤来代印，"替朕拟个诏书，赏雒阳令董宣三十万钱！"

"诺！"代印应声到隔壁去拟诏。

这事好在没闹大，总算得以解决。我庆幸之余大大地松了口气，正要开口说话，不曾想身后的刘秀突然迸出一句："你瞧，这皇帝可是容易当得的？"那口气说词，竟与我刚才对纱南所做的抱怨之词如出一辙，我大大怔住，转瞬难以自抑的掩面大笑，双肩震颤不止。

病　发

建武二十年四月初三，太仓令犯法，大司徒戴涉牵扯其中，下狱身亡。同时，刘秀为避免三公连任，权势坐大，于是将窦融从大司空的位置上撤下来。

窦融撤下后没多久，吴汉便病倒了，且病势严重，太医前往诊治后断定时日无多。到了五月初四，吴汉病逝。

对于吴汉，我在私底下对他的评价总是不大好的，虽然他功勋卓越，功绩显赫，为汉室的中兴做出了不可磨灭的巨大贡献，但在我心里始终存在着一个疙瘩，他的杀戮与他的功勋同等。

我曾经不太理解刘秀为何独独对吴汉如此偏心，不管吴汉犯再大的错，刘秀总是对他极度信赖，在那些老臣中，也唯有吴汉，从建武元年任大司马起，至今历时二十年，丝毫没有动摇他的地位，一如既往地执掌着全国最大的兵权——迄今为止，三公之中，大司徒从第一任邓禹算起，已经换了六人，大司空亦是自王梁起，连换四五人之多。

细数这些被替换下的三公们，邓禹如今已经撒手不管政务了，伏湛、侯霸均已病逝，韩歆、欧阳歙、戴涉三人更是身居高位反遭皇帝忌惮，最终皆是不得好死；宋弘不肯娶刘黄，做了五年大司空，后来因为涉险诬告上党郡守被免职回家，数年后病死家中，因为没有儿子，他的爵秩也无人继承。相比而言，李通贵为国戚，却深明高处不胜寒的道理，早早地退避辞官，如今虽然身故，但家族荣华依旧长盛不衰。

作为一个驭人有术的皇帝，刘秀会对窦融的连任产生顾忌，却似乎永远不会对吴汉产生怀疑，他对吴汉的信任感始终让我感觉有些莫名，这样的困惑直到吴汉离世，看到刘秀赐予的谥号之后，我才恍然大悟。

回想起当年在河北追缴王郎，更始帝安插心腹谢躬到河北，名为助攻，实则是监视刘秀，怕他功高震主。刘秀对此只能面上与谢躬虚与委蛇，二人同在邯郸却分城而治，最后是吴汉充当了刘秀的那把利刃，趁着谢躬被尤来军击败，在邺县伏击，将退走中的谢躬杀死。刘秀封了萧王，当众人皆以为他已死的时候，也只有吴汉跳出来扛起了坚定不移的大旗，预备奉我为王太后，刘秀之侄为王，继续未尽大业……这样的事例比比皆是，刘秀信任他，不仅是因为他能征善战，更是因为他的一片赤胆忠心。

他对刘秀的忠心，无人能出其右，旁人或许忠的是国家，忠的是社稷，忠的是大义，忠的是节孝，忠的是万民，唯独吴汉，忠的……只是刘秀一人。

于是，吴汉死后，刘秀赐谥"忠"，是为"忠侯"，下诏书悼念，出殡时派出北军五校、轻车、甲士送葬，一切葬仪参照前朝大将军霍光葬仪旧例置办，荣宠之崇，创开国之最。

天下大定后，临朝恢复为五日一朝，但自吴汉故世后，刘秀一度心情低落，竟连朝会都空了两期。我知道他心里不痛快，昔日老友在自己眼前一个个死去，这种滋味换谁都有点难以承受，我劝他出去走走，要是嫌闷，可以带着儿子们去长安上林苑狩猎游玩，散散心。

他没反对，却也没说什么时候启程，夏天暑气重，他一直闷声不响，有几天甚至始终躺在床上发呆。这么拖了三四天，我看他没精打采的状态有增无减，心里不免着急起来。有几次见他下床去更衣间，似乎连走路都没什么力气，脚步虚浮，最近几次居然要小黄门搀扶才可勉强走路。

我怕他中暑，便召太医令入宫给他诊病。没想到太医令还没来，却已遭到他的极力反对。

"为什么要避医？"我不理解他的做法，太医令明明已经受到传唤，在殿门口等候着了，为什么还非要固执己见的不肯看病？

今天的刘秀似乎变得十分不可理喻起来，他不肯就医，无论我浪费多少唇舌都没用，他只是躺在床上闭目不答。我生气到极点时硬把太医令从门口召了进来，谁知道他突然从床上坐了起来，吼叫着又把太医令赶了出去。

太医令慌不择路地逃了出去，既不敢违抗圣意，又不敢轻易离开，于是守在门口踯躅，分外为难。

我被刘秀的言行气到跳脚，极力保持的好脾气顿时荡然无存，我上蹦下跳气得破口大骂，只差没掀案，他却老神在在地躺在床上闭目养神。骂得狠了，他不怒反笑，眼神温柔地望着我，那种能将人溺毙的如水目光刹那间将我的怒火给浇灭了。

我注定拿他没辙，我属火，那他铁定就是能灭火的水。

"秀儿，让太医进来瞧瞧好不好？"最后无计可施，我甚至用上了无赖战术，不顾自己四十高龄的脸面，黏住他，学着小女孩儿般不住撒娇。

"我没事。"他温柔地笑答，看我的眼神愈发柔软，但除此之外，对于诊治一事却绝口不提。

翌日，刘秀开始变得异常嗜睡，一天十二个时辰，他却有九个多时辰都在睡觉。有时候我守着他，觉得他睡觉的姿势很是奇怪，不打鼾，不翻身，直挺挺的一躺就是好几个时辰，中间偶尔醒过来，却是神情疲惫，连说话都细不可闻，有气无力的样子实在不像是个睡眠充足的人。

我越来越惊疑，于是终于忍耐不住，趁他熟睡的时候，勒令太医令进殿给他诊脉。太医令先还有所犹豫，见我面色不佳，便不敢再推阻。诊脉的时候，我也担心刘秀会惊醒，所以和太医令二人跟做贼似的，蹑手蹑脚，不敢发出声响。万幸并没有吵醒，他睡得极沉，呼吸轻缓，听不到一点鼾声。

太医令靠近床侧，乍见之下，突然变了脸色，急急忙忙地跌坐在床头，屏息诊脉。我见他神情凝重，心猛地被提到嗓子眼里，眼皮不住地跳着。

"怎么样？"

"请……皇后容臣再请左脉！"

我咬着唇，点了点头，于是太医令爬上床，从另一边将刘秀的左手托了起来。我心跳得非常快，殿内静得连跟针掉地上都能听见。好一会儿，太医令才小声地询问："陛下最近可有头痛目眩之感？"

我怔住，一时不知从何答起："他……一直躺在床上歇息，很少下床走动。"

太医令颔首，拇指掀开刘秀紧闭的眼睑，左右各查看了半分钟，这才从床上爬了下来。我看这么大的动静，刘秀都没有醒来的迹象，一颗心倏然沉到了无底深渊。

"皇后！"太医令跪到我面前，语气沉重，"恕卑臣直言，陛下病情不容乐观，乃风眩宿疾发作，像这样昏迷太久，会……"

耳蜗里嗡的一声鸣响，四周的摆设似乎都在不住地晃动，太医令的嘴在我眼前放大，一开一合，我却听不进一个字，只是无力地嗫嚅："不是……已经好了么？不是都已经治好了么？怎么会……"

眼泪刷的滚落衣襟，我终究无法令自己自欺欺人，三年前的那场中风终究淘空了刘秀的身体。

脑子里很乱，我扑倒在床头，抓住刘秀的右手，紧紧攥着。他的手，表皮粗糙，掌心结着厚厚的茧子，手背上青筋高高凸起。这手，曾经抱过我，曾经摸过我，曾经牵着我的手，说要伴我一生……我低下头吻着那只手，眼泪含在眼眶里，胸口似要炸裂开的疼。

也不知哭了多久，朦胧中有只手轻轻地摩挲着我的头顶，然后一个虚弱的声音在我耳边笑问："怎么了？"

我抬起头来，对面那双温润的眼眸正柔软地注视着我，心中不禁大恸："为什么要瞒我？你明明病了，为什么不告诉我？"

说完，眼泪又汹涌而出。

刘秀用左手撑起身子，半躺半卧，身后过来一人伸手欲扶，竟是刘庄。刘秀摆摆手，虚弱地吩咐："朕和皇后有话要说，你们都先出去。"

我这才注意到原来室内已挤满了人，我的几个子女都赶了来，乌压压地跪了一地。听到刘秀如此吩咐，刘庄看了我一眼，率先领着弟妹们出去。

"别哭。"粗糙的指腹滑过我的脸颊，擦去我的眼泪，"你也知道，吴汉说过，这种病药石并不见得有多效用，最重要的还是靠自己的意志力。我原打算自己挺一挺的……"

我哭道："别再提什么吴汉了，他人都不在了，说过的话哪里就比太医还有用呢？"

刘秀笑了笑，脸色很是苍白，浮肿的眼袋透着忧郁的憔悴，半晌他细细地说了句："世上没了劝导自强的吴汉，同样也没了医赛扁鹊的程驭！"说完，冲着我满是无奈地一笑。

我的心像是被狠狠扎了一刀，痛得泪眼模糊，紧紧抓着他的手，反复地念叨："不会的，你不会有事的……"我揉搓着他冰冷的手背，神经质地碎碎念，"即使没有程驭，没有吴汉，没有任何人，至少你还有一个我……"

"丽华……"声音很轻，轻得像根好不着力的羽毛，缥缈地漂浮在空中。他缓缓阖上眼睑，像是在安慰无助哭泣的我，"你别怕，我只是累了，睡一会儿就会没事的。别怕……不会离开你……"

声音越来越低，最后终于混成一片含在口中模糊地低咽，我着急地摇晃他，大叫："别睡！你别睡啊！你早就睡够了，赶紧起来……别睡了……别睡……"我趴在他胸口，听着他微弱的心跳声，满心的恐惧，哽噎得难以自抑，"我很怕……秀儿，我很害怕，你别这样吓我行不行？我很怕啊——"

我很怕，很怕，很怕，很怕，秀儿，你知不知道，我胆子其实很小，唯一能让我留在这个世上，留下来面对这一切的勇气全来自于你的微笑！

如果失去你，我便等于失去了一切！

"不要睡了，求求你，真的不要再睡了……"

太医令、太医丞急召太医入宫，十余名太医齐聚会诊，开出的药剂比平时重了两分，然而即使如此，刘秀的病情也不见有丝毫好转。随着他陷入昏迷的时间越来越长，公卿朝臣纷纷询问皇帝起居，太常进言，依礼应请大司马至南郊祭祀祈祷，请大司空与大司徒告请宗庙，告祭五岳，请求诸神保佑。

然后此时的三公位置皆已空置——吴汉病殁，戴涉犯案诛死，窦融免除连任，三公竟已无一可用之人。

刘庄向我讨主意，我不敢擅自作主，只得趁刘秀稍加清醒的时候，伺机询问相关事宜。刘秀虽然病重，脑筋却不糊涂，马上报了一个人名出来。我当即醒悟，于是命代印代拟诏书，诏张湛任大司徒。

我不知道刘庄对于刘秀做出如此决定有无疑虑，是否能体会其中的良苦用心，但他是个能沉得住气的孩子，对于这样的安排没有提出任何疑问，只是照办。

我的这些孩子里头，最先跳起来的是刘荆，这个乳臭未干的小毛孩子，直言不讳地追问我，为何父皇要如此抬举废太子的人？

他这一开口，义王、红夫二人也按捺不住，纷纷表达出她们的不满情绪。我这几天被刘秀的病情加重折磨得头痛欲裂，根本无心回答他们的问题，正想让大长秋带她们回中宫时，身后有个清朗却不失稳重的声音回答说："明为退，实为进！"

我大吃一惊，回头搜寻才发现原来说话的人是平常话最少的刘苍，这孩子从出生到如今十年间都没让我太操心，他总是很安静，也很乖巧懂事。我这些子女里头，头一个让我操心最多的自然是长子，其次长女，其余人或多或少从小都少不得头疼脑热，调皮捣蛋，唯有刘苍这个孩子，始终安安静静的，以至于有时候忙起来，我经常会忽略掉他的存在。

"苍儿。"我招手唤他靠近。

他乖巧地喊了声："母后！"

我忽然发觉这孩子瘦了，下巴略尖，皮肤更是白皙得不输女子，小时候看他的脸型长得有些像阴兴，如今再看，倒有了几分阴识的味道，只是那双眼眸很冷峻，乍看像阴兴，细看又有阴识的稳重。

我怜惜地将他拉到身边，这孩子具有典型的母舅家的气质，不像是刘家人："能跟娘解释一下，什么叫'明为退，实为进'吗？"

他抿着唇，扭着脖子从周遭的兄弟姊妹间一一看了过去，其他人都屏息等答案，他的目光未曾停留，最后落在了刘庄身上。

兄弟俩略一对眼，刘庄冲他微微颔首，刘苍便笑了，笑容里多了几分腼腆，那双眼眸却更亮了："母后，孩儿年幼无知，斗胆妄言揣测，若有说错的地方还请母后宽恕——孩儿以为，此时朝中三公悬空，其中更以大司徒为甚，自建武十三年起，连任大司徒均以罪人之身横死，韩歆、欧阳歙，及至戴涉……张湛原为大哥属官，父皇此时将他拜为大司徒，张湛若真是有见识的人，必不敢接任……"他说到这里，又瞟了刘庄一眼，刘庄赞许的笑了起来。

义王脸上一片茫然，红夫略有所悟，中礼则笑而不言，剩下刘荆年幼，低头不语，也瞧不出他是什么反应，兄弟姊妹几人表情各一。

我既诧异于刘苍敏锐的洞察力，又从内心深处感到一阵宽慰。这几个孩子或娇憨可爱，或聪慧过人，到底都已渐明事理，这样也好，能省去我好多牵挂。

念及此，我心中一阵激动，忍不住抓着刘苍的手交到刘庄手中，让他们兄弟姊妹几人手拉手团团抱住，我拥着他们，热泪纵横："你们都很好……娘很是为你们骄傲！往后……你们几个骨肉连心，要相互扶持，即使……即使娘不在你们身边，你们也……也要……"

我泣不成声，刘庄、刘苍同时面色大变，一齐喊了声："母后！"

我摇摇头，示意他们噤声。刘庄面色雪白，刘苍心软，终于还是没能忍住流下泪来。其他几个孩子都没反应过来，只以为我是在为刘秀的病情悲伤难过。

托　孤

张湛果然如刘苍所讲的那样，不敢接手大司徒这个烫手山芋，这几年刘秀的强硬手段，让朝中所有人都见识到了帝王专制的决心和手段。张湛不敢违抗诏命，便装疯卖傻，公然在朝堂上大小便失禁，说自己身体差，病入膏肓，无法胜任三公这样重要的职责。于是，拜张湛为大司徒一事最终不了了之。

当然，影士那边也另有消息透露给我，私底下，张湛为了面子，仍对这些亲信好友夸口，他不愿承我的情，他的心仍忠于旧主郭圣通。

我对这样毫无实际效用的言语自然不会放在心上，事实上更多的舆论认为，皇帝能在病危之时，不计前嫌地委任废后僚属，实乃有情有义之人。这也说明，皇帝宽仁，皇后贤德，即便对废后郭氏及废太子从属，也肯量才施用。

到六月初，刘秀已连续昏迷两天三夜，病势沉疴，每天只能靠米浆汤药续命。太医禀明，刘秀的病情已由起初的风眩引发黄疸病，体内热毒积聚，导致他的眼珠发黄，慢慢的全身肌肤也将转为黄色，到时神仙也回天乏术。

我日以继夜地守着他，心里早已做好了最坏的准备，于是将前朝的事宜交托皇太子处理，因为朝中无三公支撑，便让刘庄但凡有不明的地方自去找几位舅舅商议。

六月初六，东方渐白，当更漏里面的细沙即将漏尽时，昏迷多日的刘秀发出了一声呻吟。广德殿内分外安静，我跪坐在床上，安详平静地望着他。

"醒了么？"我在他耳边低语，"是不是有蚊子咬你了？"

手指触到他的脸颊，有点烫手，我一边轻笑一边将他扶了起来，把他的头轻轻挪到自己的大腿上："秀儿，一会儿太阳就要升起来了，真想让你陪我上邙山看日出啊！"

床头那对铜凤灯发出微弱的光源，光线打在刘秀脸上，颜色蜡黄得惊人。他的眼睑闭合，长长的眼睫覆盖着，除了依稀可以分辨出眼珠正在阖着的眼睑下微微转动，居然没法听到他的呼吸声。殿内仍是很安静，空气中混进了朝阳的燥热，许久过后，他的胸腔震动，闷闷的传来一声咳嗽。

我从怀里掏出准备好的篦子，低声问："替你梳个头好不好？你看你睡了这么多天，头发都乱了。"

他没出声，我默默地将他的发髻拆散。长发顿时披泻下来，发丝很长也很稀疏，发色白多黑少，我捧着一绺长发，牙齿紧紧咬着唇，用篦子小心地将发丝梳通。

"疼不疼？你常笑我粗手粗脚的，也是……我连孩子们的总角小辫都梳不好，义王常说让我梳头不如直接拔头发……你放心，我轻点梳……可不敢下手重了，你瞧你，头发那么少，哪里……还经得起我扯啊……"自言自语地说到这里，忽然哽了声音，我吸了吸鼻子，强颜欢笑道，"疼不疼？疼你可得吱个声，不然把你的头发都给扯光了，我可不负责哦……"

他又是一声闷咳，身子随之剧烈地抖了抖。我忙道："知道了，知道了，我不扯，不扯……最多扯光了，我负责……"顿了顿，眼泪忽然簌簌滚落，"我会对你负责，一辈子……负责给你梳一辈子的头，这样你可满意了？"

他的额头滚烫，我已分辨不清是他的体温还是我的体温，强打着精神将他的发髻盘好，又问："今天戴什么冠子好呢？其实，我还是喜欢看你戴巾帻……我跟你说啊，我一直都记得呢，那年你穿着短衣麻鞋，站在田里笑得那么满足……唉，不许笑我，听到没，不许笑……"

他一直没出声，眼睑始终紧闭着，整个空荡荡的大殿内，只有我自言自语的声音在幽幽回荡。

我俯下头，在他额上轻轻印上一吻，抬头看了看他的脸。他的表情很安详，呼吸时快时慢，天色渐渐亮了起来，光线从窗外透了过来，我和他沐浴在灿烂的阳光下，周身似有无数尘埃在盘旋飞舞。

"又睡着了呢，怎么那么贪睡？你还说今年是我的整岁，要替我做大寿的！怎么能耍赖呢？"低低的叹了口气，我宠溺地呢喃，"睡熟的样子，还真像个孩子呢。"我抚摸着他的脸颊，手指滑过那熟悉的五官轮廓，贪婪地望着他，然后俯身在他苍白的唇上用力吻下，深深吸吮。

泪水，顺着鼻梁，最终滑入口中。舌尖舔尝到的，是一种决绝的心痛。

天色大亮，陆续有太医进来问诊，方丞一如既往地拿着药方交给药丞督管太医煎药，然后将熬好的汤药交给代印，按例，作为近侍的中常侍会先尝过药，再喂给皇帝服用。我直接省了这道环节，无论是尝药还是喂药，都由我亲力亲为，我不愿假手他人。

刘秀在与生命赛跑，我在和他赛跑，不管他打算跑去哪，我都已决定要和他永远在一起，并肩作战，永不分离。

从日升到日落，刘秀再次昏睡了十三个时辰，第二天天亮，我正累得歪在床侧蜷缩休息，忽然感觉有人在边上盯着我看，我一个激灵，从昏沉中跳了起来。眼皮才勉强撑开，便听到有个声音沙哑地在笑："这回蚊子该咬你了！"

我眨了眨眼，瞪着空洞的眼睛，好半天才对上焦距，看清楚面前的人影。

"秀儿！"

他平躺在床上，颧骨处有一抹异样的绯红，眼线眯成一道缝，笑得十分惹人心疼。

"你好了？"我又惊又喜，刘秀的精神不错，不仔细看，根本看不出是个重症垂危的病人。

嘴角弯起一个好看的弧度，他的笑容还是那么迷人，我欢喜得险些要跳起来。他却突然握住我的手，轻轻捏了捏，很小声地说："帮我做件事。"

我愣住，总觉得他的语气不同寻常。

"把太子和阴兴喊来，朕……有话要说……"

刹那间，像是被人兜头泼了一盆冰水，心里冻得结成了厚厚的冰。我神志恍惚地看着他，他的眼神慢慢转变成一种尖锐的疼痛，不舍与无奈像许许多多纠缠交错的荆棘，紧紧地勒住了我，让我痛得无法呼吸。

纱南就守在门外，她很快转告大长秋，大长秋分别派人传唤皇太子和侍中阴兴。刘庄正守在云台的侧殿，所以闻讯赶来得十分迅速。

刘秀极力保持清醒，等到阴兴气喘吁吁从宫外赶到广德殿，已是过了半个时辰。这半个时辰内刘秀只略略对刘庄说了两三句话，他似乎一直在等……维持着仅剩的体力，苦等……

这段时间，我已说不上是悲伤还是哀痛，心里麻木得已经体会不到任何感觉，刘秀紧紧握着我的手，使我不再感到害怕，情绪也渐渐恢复平静。

"君陵……"刘秀伸出手，才半个多月工夫，手腕便足足细了一圈，腕骨棱棱突起，他用手颤巍巍指了指跪在床侧的刘庄，"这孩子天赋聪颖，禀性纯善……朕不担心他将来不会做一个好皇帝，只是他现在年纪尚小，偶尔难免会使小性儿。做皇帝的儿子或许能使性儿，但是假如做皇帝，行事往往身不由已，万万不能由着自己的性儿来，当心怀天下，多为社稷苍生着想……你是他的亲舅舅，从小看着他长大，他的禀性你最熟知，你的为人朕也最熟知，所以……所以……朕今天便将他托付给你了！"

阴兴从进殿开始脸色就一直阴沉着的，等到刘秀强撑着一口气说完，他的表情已变了数变。刘秀吩咐代印将刚才的话记录下来，这才大大喘了口气。我在他颈下塞了只软枕，让他将身体的重量靠在我的身上，我从背后支撑住他。

刘庄呜咽声逐渐响起，这个时候，他更像是个无助的孩子，虽然打小就出类拔萃，才智过人，但他毕竟也才是个虚岁十七的少年。在父母眼中，孩子永远只是孩子，永远有操不完的心。

阴兴叩拜："陛下！恕臣……恕臣不敢从命，臣无才无德，如何辅佐太子殿下？陛下不以臣外戚之身，委以重用，臣感激涕零。既如此，陛下何不将太子托付皇后照拂更为妥帖？"

我微微一笑，抢在刘秀之前答道："本宫无法照拂太子！"

我说得很冷静，阴兴一愣之际，刘庄已膝行到床前，放声号啕大哭。阴兴与我目光对视，我不闪不避，对他额首："阳儿以后就拜托给你了，我相信你和大哥不会辜负陛下与我的期望！"

"皇……皇后！"

我的手在腰间一阵摸索，最后用力摘下系在腰上的辟邪挂坠，递给阴兴："这个……物归原主！我希望……它会庇护我的孩儿，保佑汉室！"

"皇后——"阴兴颤栗地大叫。

我嘴角含笑，目光平静："弟弟，请你带你外甥出去，我和陛下……还有些体己话要说。"

阴兴颤抖地接过那枚辟邪令，双手握拳，沉痛地弯腰跪伏。刘庄哭得声音都哑了，迟迟不肯离去，嘴里只是喊着"父皇""母后"，一声声撕心裂肺，催人断肠。

我不忍再看，撇开头挥挥手，示意阴兴赶紧拖他出去。大长秋与中常侍代印等人皆是机敏之辈，马上配合默契地将殿内的闲杂人等全部清离，但又不敢当真走远，于是成堆人都挤在寝室的外间候着等动静。

我知道他们心里都在想些什么，但我不在乎，经过刚才那番折腾，刘秀似乎累了，躺在我怀里沉沉地阖上双目。

我轻轻地抱住他，嘴唇贴附在他的耳边，细语呢喃："秀儿，天这么热，你一直这么睡下去，连澡都懒得洗，嗯……你身上都有味了……"我咯咯一笑，"不过，你放心，我不会嫌弃你！我很好吧？你如果肯亲亲我，我便给你挠背！"

他没有反应，我嘴角抽动一下，哂笑："我跟你说哦，这辈子你能娶到我，可真是你最大福分！你要懂得惜福，要记得永远对我好，知道么？"我把手伸进他的衣领，熟练地替他抓挠背部。他很瘦，背上没有多少肉，我不敢挠得太用力，只是轻轻地上下来回挠骚，边挠边问，就好像平日那样与他彼此闲聊，"舒服吧？舒服的话要记得说出来啊，我告诉你啊，还是照老规矩办，我给你挠多久，你要翻倍挠还给我……嗯，还要再给我捶腿……"

眼泪潸然而下，我没有哭出声来，一边流着眼泪，一边笑着继续和他说着话："我这么好，你怎么能离开我呢？你年纪不小了，离了我你可怎么办？找不到东西怎么办？谁陪你聊天？谁给你挠痒？所以啊，你怎么能离开我呢？你去哪不得带上我呢？你说是不是？我最了解你了……你舍不得丢下我的……就像我也最舍不得你，我们两个……怎么能够分开呢？怎么能够……分开……"

殿外阳光明媚，我和刘秀的影子重合在一起，被拖曳出老长老长。那影子从房间的左边一点点地移到右边，我僵直地坐在床上，怀里紧紧抱着我这一生挚爱的男人，不停地与他说着话，仿佛他也正在与我说着话一样。

金 穴

六月初八，人人都道皇帝不行了，私底下连棺椁都已预备下，还有人上奏择地赶造寿陵，忙得跟什么似的。那头东海王刘彊也带着同胞兄弟进来问安，却被挡在了寝室外，只在外间，隔着竹帘子给父皇磕头尽孝。我倒也没分什么彼此，连皇太子也一并赶了出去，不让在跟前伺候。

听说外头已经连棺椁都备妥后，我开始绝食，谁劝都不理，皇太子、东海王等十名皇子跪在殿外哭求，我只让纱南转了六个字："生同衾死同穴！"

这句话一转出去，殿外霎时响起一片呜咽之声，我抱着刘秀一坐就是一天，纱南带着小黄门送膳食进来，我只取了米粥，细细地喂给刘秀，其他的碰都不碰。

如此过了两日，我腹中空空，饿得连胳膊都抬不起来，最后只得浑身无力地躺倒在刘秀身侧。起初我还能侧着头一直看着他，又撑了两日，神志却逐渐浑噩起来，反复做着同样一个梦，梦里依稀看到刘秀竟好了，身上的黄疸热毒也退了，开始由小黄门进些米粥，太医道喜，室内跪满了人。

我也觉得很高兴，流着泪却说不出一句话，很想抱住刘秀放声大哭，可浑身无力到连大哭的气力也没有了，只能默默无声地淌着眼泪，心里却是无限欢喜的。

但我也知道这终究不过是场梦境罢了！

汉人崇尚的灵魂不灭，究竟是真是假？如果这种信仰是真的，那么死亡并不代表结束，也许我死了，便能永远和刘秀在一起了。不仅如此，那些曾经一同出生入死的兄弟们，又能重新聚在一起……每每想到这里，我都会感到一股轻松的愉悦包围着自己。

秀儿，我们……要永远在一起！

"秀儿……我们，要永远在一起……"

"好，永远在一起！"梦境里，他紧紧抱着我，语音哽咽，情难自抑。

子女齐聚满堂，跪了一地，每个人都在哭泣，却又像是带着一种难以描述的欣喜。

"可算清醒了。"太医令嘘叹着抹了把额头的汗。

我趴在刘秀的肩上，举目扫视，纱南端着一只盌跪爬上床："皇后用些巾羹吧，熬稀了，正好润胃。"她含着热泪，用木勺舀了勺递到我嘴边。

我下意识地往后躲，无力地呻吟："拿开……"

纱南哭笑不得，刘庄走了过来："我来吧。"接过木盘后，跪着爬上床膝行向我靠近。

我只觉得眼前金星乱撞，满心困惑，使劲全身力气，我推开刘秀，瞪着眼仔细看了看，他形容虽然憔悴，却目光清净。

"这是……怎么回事？"勉强说出这六个字，我胸口一阵发闷，险些缓不过劲来。

刘秀轻轻嘘了声，安抚道："别说话，好好休息。"

刘庄舀了勺子递到我唇边，含泪颤道："娘，没事了，父皇无恙，已经醒来了，你吃点东西吧。"

我又惊又喜，迷惘地转头去看刘秀，只见他靠在软枕上，虽然满身疲惫，却是非常真实地正瞅着我吟吟而笑。我兀自不信，伸出手去摸了摸他的脸，哑然："我不是在做梦吧？"

边上有人噗嗤一笑，但转瞬已鼻音浓重地哭喊："母后，这是真的，父皇昨天就醒了，你也要快快好起来！"

目光从义王身上移开，我看了看中礼、红夫、刘苍……一个个看过去，每个人眼睛都是红红的，泪光中情不自禁地带着一抹欣喜。我长长地松了口气，身子一软，往后倒去，幸而纱南眼明手快地接住了我，与此同时刘秀也紧张地伸出了手。

我顺势握住刘秀递来的手，未语泪先流。双手交握，刘秀懂我心意，轻声说了三个字："舍不得……"

靠着自身坚强的意志力，刘秀的病情一天天好转起来。而我，因为只是体力透支造成的昏厥，所以一旦恢复进食，身体自然比他好得要快很多。六月十四，尚在病中的刘秀任命广汉郡太守蔡茂为大司徒，太仆朱浮为大司空。六月十六，从交阯前线闻讯赶回的刘隆，以功补过，被封为骠骑将军，代理大司马之职——这个位置，原本刘秀有意留给阴兴，却被他以无功无德之名谦逊却坚决的推辞。

从鬼门关转了一圈回来后，我和刘秀皆平添了一分惜福感恩之心，回首往事，沧桑廿载。

期间有官吏上奏，皇长子东海王既已成年，理当令其往封地东海居住，不应滞留京都，别居雒阳北宫的东海王府。这之后，朝廷上蠢蠢欲动，有不少废太子党众纷纷要求刘彊就国，刘秀就此事与我商议。

就目前形势看，为了巩固皇太子的地位，防患未然，最好的办法是将废后与废太子的势力连根拔起、一网打尽、斩草除根、永绝后患——历朝历代的废后哪一个不是最终跟随政治势力的破灭而灰飞烟灭？但刘秀是绝对做不出杀子灭孙这样灭绝人伦之事，他不是汉武帝刘彻，能不顾亲情，狠心将卫子夫连同卫太子全族杀个精光。既如此，若想保住刘庄的地位，我们要做的，必然也得动足脑筋。

我的想法其实很简单，既然诛杀不能，那便唯有禁锢——封国那么远，一旦把人放了出去，离开雒阳，身为皇子的藩王们会在背地里捣鼓出什么样的事来，谁也吃不准。

"既放不得……那便怀柔重赏吧。"我叹了口气，说出自己的看法，"也希望他们能够有些自觉，懂得收敛。"

只要他们不步步进逼、欺人太甚，处事低调不张扬，我也并非是没有容人之量的。只要他们乖乖的，不要总想着一些不该想的……

"除了赏赐外，朕还想……将郭况提升为九卿……"

我蹙眉，情绪中瞬间流露一丝不满，但转眼瞧见对面斜躺在床上的刘秀笑得甚是淡定，脑中灵光闪过，已然明了，不禁噗笑："亏你想得出。"

刘秀见我不反对，便笑着招来代印，拟下诏书，一一交代。

六月十九，建武帝下诏将刘辅从中山王的封邑改封为沛王，放出宫去，与母郭圣通一并住在北宫，郭圣通改称"沛太后"。与此同时，大加厚赏郭况，官封大鸿胪。

大鸿胪这个职位，位于九卿之一，官秩为中两千石，名头听起来的确不错，主管的却是诸侯及四方归附的蛮夷。只要是有关诸侯藩王的事都归大鸿胪管，除此之外，还兼管四方夷狄来朝进贡的使者以及那些在京充当质子的诸侯子弟。

郭圣通的五个皇子既是藩王，又是质子，让郭况当这个大鸿胪看管外甥再好不过。这算是一种提醒，也算是一种警示，让那些得了封邑却暂时无法就国的皇子，有所自觉，假如藩王在京有所错失，追究起责任来首当其冲的便是大鸿胪。

郭况升为九卿之一，外人瞧着感觉是皇帝顾念旧情——郭圣通虽然被废，郭家却仍得到异常荣宠，大病初愈后的皇帝数次临幸郭况府邸，赏赐金帛，丰盛莫比，以至于百姓给郭况家送了个响亮的外号——金穴！

圣宠如斯，京师民声无不称赞天子有情有义，是位宽厚仁君！

外　交

建武二十年秋，九月里伏波将军马援从交阯班师回京，从交阯带回一尊高三尺五寸、围四尺五寸的铜马，此马乃用在南方缴获的骆越铜鼓所铸，意义非凡。刘秀分外欢喜，将铜马立于宣德殿下。不出两月，因乌桓、匈奴屡次犯边，匈奴甚至频频袭击天水、扶风、上党各郡县，不断滋扰边塞百姓，马援再次主动请战，刘秀恩准。

马援出发时，刘秀命文武百官送行，据闻当时梁松、窦固二人在其列。

早年因为内乱，无论从军队兵力还是民生国情，刚刚建立的汉朝都不足以应付周边的少数民族，特别是匈奴。为此，刘秀采用的仍是忍辱负重的怀柔政策，建武六年，委派归德侯刘飒出使匈奴，馈赠大量金钱，当时匈奴单于对使者傲慢无礼，刘秀丝毫不动声色，待之如初。

到了十二年，留守五原的卢芳部下随昱归降了汉廷，逼得卢芳舍弃辎重，仅余十来骑人马逃入匈奴。卢芳的势力瓦解虽是好事，却也在某种程度上造成了北方各郡的汉军被迫与匈奴正面接触，兵戎相向。至那以后，匈奴向河东等地大举入侵，汉军的守军根本无力抵挡。

迫于匈奴南犯的强大压力，刘秀采取的措施是重兵设防，迁徙边民。

在较短的时间内，刘秀调集了大量的军队，在北方各郡构筑防线，这条向内地收缩的防御线贯穿了西河、渭桥、河上、安邑、太远、井陉、中山、邺城等地，绵延数千里——当时朝廷正分封功臣，以卸甲收兵权，但杜茂、马武、朱祐、马成、王常、王霸等人却仍驻防在这道防御线上，抵挡外敌入侵。因为国家才刚刚收复江山，所以重心必须首要放置在恢复经济生产上面，而汉室兵力有限，实在无力控制广阔的边远地区，为此刘秀审时度势，采取退避三舍的防御战略，陆续放弃幽州、并州一部分土地，将那里的居民迁徙到内地居住。

马援驻守北方边境后，曾于建武二十一年秋率三千人主动向乌桓进攻，可惜无所收获。而辽东郡守祭肜，却打败了一万余鲜卑骑兵，这一仗直打得鲜卑再不敢靠近边塞。

这一年的冬天，匈奴再度袭击了上谷、中山两郡，马援率众誓死抵抗。

就在匈奴和汉频频发生摩擦和激战之际，西域各国却因为忍受不了莎车王的骚扰，而纷纷向汉廷求助。

西域位于大汉的西北方，对于汉廷而言，西域距离原本便隔得甚远，如今为了应付匈奴，更是放弃了北面的幽州、并州的一些土地，造成匈奴进一步深入。西域境内的车师前、鄯善、焉耆、精绝、龟兹等十八个小国惧怕被强大的莎车国吞并，于是期盼着中国能伸出援手。他们各自将自己的王子遣送到雒阳充当质子，表示只要中国肯出兵，在西域设置都护府，使得莎车国不敢再在西域称王称霸，有妄动之念，那他们便愿意从此向中国俯首称臣。

面对这样的请求，朝臣们有人认为是天上掉馅饼的大好事，有人则不以为然，以泱泱大国自居，声称不必将那些蛮邦小国放在眼中。

这是一项涉及国家政治外交的决策，公卿们讨论了无数次，也没有得出最终的结论。而十八国质子的相继抵达，倒是着实忙坏了大鸿胪郭况，质子们皆是带着珠宝进朝贡奉的，仆从多则数十人，少则也有十余人，这一并加在一起，需得安置的人口委实不少。再加上连日降雪，天气骤冷，少不得又得添置衣物棉被，炭炉柴火之类日需用品。

相对于朝廷上的火热朝天，刘秀的反应似乎稍显冷淡了点。我冷眼旁观，即使他不开口表态，于他心中所想也能明了几分。

这一日风雪交加，我一手牵着刘缓，一手牵着刘礼刘，从西宫往云台殿走去，这一路虽有庑廊遮掩，却仍被劈面的雪片儿刮得迷了眼。两个孩子倒是不亦乐乎，面对白茫茫的雪景分外雀跃。

广德殿内备着炭炉，甫一进门便觉得暖意袭人，我呵着气儿，拉着两个孩子走了进去。刘秀正伏案看牍，见我进屋，忙站了起来，刘缓笑嘻嘻地喊了声：“父皇！”便张开双臂扑了过去，倒是刘礼刘年长略懂事些，乖巧地站在地上，娇滴滴地说：“孩儿拜见父皇！”

这当口刘秀已将刘缓抱在怀里，我怕刘秀受累，急忙打发乳母去将刘缓抱下，她却不依不饶地反紧巴着刘秀的脖子，怎么哄也无济于事。

这全因刘衡年幼夭折，故此之后刘秀特别溺爱这个小女儿，今年初还将郦邑县划为刘缓封地，号郦邑公主。

雪珠子扑簌簌地砸在窗户上，天色却又暗了些，我瞧殿内虽然点着灯，光线却终究不够亮堂，不由嗔道："让你不要太过费神，你总是敷衍我……如今你这身子可不比少年了。"

刘秀莞尔一笑，连道："是，是，谨遵皇后之命。"说着，抱了刘绶向内室走了进去。

寝室内为了保暖，在门口挂了厚重的帷幔，人一进去便有觉得身上又暖了一成。我才念叨着："怎么不把外间的书案搬里头来？"就听身后"阿嚏"一声，却是刘礼刘捂着嘴打了个喷嚏。

我回过头，见她站在门口，身上还披着貂鼠麾衣未曾脱去，灰色的貂毛披在颈口，反衬得她一张小脸肤白如雪。她年幼身小，脸蛋儿还略带着童稚的婴儿肥，但细长的眉睫，忽闪的眼眸，却在刹那间令我恍惚起来。

"母后……"许是我盯着她的眼神太过异样，她有些羞怯地低低唤了声。

我回过神来，眨了眨眼，紧绷的脸慢慢松弛，嘴角也弯了起来："怎么不脱了外衣？"她见我神色缓和，便也笑了笑，伸手解了麾衣，转身交给宫女，我伸手给她，她笑吟吟地将手放入我的掌心。

触手很暖，五指白皙且修长，我将那小手搁在掌心里搓了搓，柔声笑道："指甲可又长长了，等会儿让纱南姑姑给你剪一下。"

"我也要。"不等刘礼刘答话，刘绶在父亲怀里高声扬言。

刘礼刘腼腆一笑，那样纯粹无瑕的笑容再次令我的心为之一颤："多谢母后，母后待我真好。"

嘴角抽搐了一下，我迷瞪着眼不说话，室内忽然就静了下来。也不知过了多久，刘秀在身后推了推我，轻声唤道："丽华……"

我才如梦初醒般回神，身后搂过刘礼刘，笑道："尽说傻气的话，你是我的女儿，母后不疼女儿又疼哪个？"

刘绶听了，一连迭声地嚷道："那我呢，母后可疼我呢？"

我笑着回头："一样！你和姐姐都是母后的心肝宝贝儿！"

刘绶似乎并不满意这样的答案，不悦地嘟起了嘴，刘礼刘却笑了起来，笑靥如花，洋溢着满满的幸福。我冲她轻轻一笑，她拉着我的手使我的身子伏低了些，然后踮起脚尖，在我脸上重重地亲了一口，赧颜而笑："我最喜欢母后了！我要做母后最最乖的女儿，长大了也要像太子哥哥和长公主姐姐一样孝顺母后。"

"好孩子！"我笑着摸了摸她的脸，随手从案上拿了一只鞠球给她，"和妹妹一块儿到外间蹴鞠去吧，母后和父皇说些话儿，一会儿再来陪你们玩。"

刘礼刘应了，刘绶见有得玩，便也顺从地刘秀身上溜了下来，姐妹俩携手欢欢喜喜出门而去。

我在床上坐了下来，有点儿愣怔，纱南端了盆热水来给我泡脚，刘秀却打发她出去，然后挽起袖子亲自动手。

我也没推辞，两只冻成冰坨似的脚一入水，感觉整个人也似活过来般，暖洋洋地说不出的惬意。

水声哗哗作响，我伸手抚触他花白的鬓角，一时欷歔："真不知这样做，是对是错？"

他闻声抬起头来，双手湿答答的，眉眼却笑如春风："只要你觉得是对的，就坚持下去，不要顾虑左右……"

我又是一叹："如此说来，西域的事，你已有了主意？"

他神色一正，我拉他起身一同踞坐于床头。

"朕……打算送西域诸王子归国，另外备些厚礼让他们带回去……"

我闻言一震，静默不语。

我和他两个人都不开口说话，彼此目光胶着对视，眼眸乌沉，黑亮的瞳仁清晰的倒映着我的脸庞。盆中的水渐冷，我猛地提足，哗啦水珠四溅。

"如此甚好。"

他"嗯"了声，仍是弯腰替我擦干脚，然后用手紧紧握着，掌心微凉。

我忽然有一搭没一搭地说："记得那年饥民流浪到我家中，大哥和二弟都不在，我硬逼着三弟收容难民，三弟嘴上不敢说什么，心里却是不大乐意的。我其实也知道，家中人口众多，在那种时局下，能顾得上族人温饱已属不易，如何顾得上旁人？又再者……活人一时易，活人一世难，我看似救活了那么些人，却不想最终累人累己……"

刘秀轻轻喊了声："丽华……"

我抬头冲他一笑："连年的战乱，国民更需要休养生息，恢复经济，这些才是当务之急。西域离中原太远，要我们派兵驻扎，设置都护，维护那些国家的利益，共同抵抗莎车国的欺凌，说实话，这个担子太重了些。边境上地广人稀，你宁愿舍弃幽州、并州，将边境上的百姓撤离到内里，缩小疆域，担心的不正是国家财政有限，照拂不到那么多的地域吗？既如此，如何还能再有多余的精力顾忌到更深远的西域去？"

他放开我的脚，又是一叹："丽华，朕实在不是个好皇帝。"

"你这样都不算是好皇帝，我真不知道衡量好皇帝的标准是什么了。"我笑着套上袜子，"依我愚见，武帝晚年时对匈奴、西域用兵，穷兵黩武，挥霍军饷，置万民于水深火热之中，也实在算不得是什么好皇帝。"

刘秀微微变色，愣了半天才哑然说了句："朕如何比得武帝……"

我失笑道："是，原该拿文帝、景帝来与你作比，但我仍不希望我们的阳儿将来成为刘彻那般的皇帝，哪怕……他将来能名垂竹帛，永留青史。"我不由自主地绷直了腰板，"我这人鲁钝，没有什么仁德的大智慧，在我看来，西域对于我们汉朝的意义实在微乎其微，昔日张骞出使西域，为的是联合大月氏夹击匈奴，这是出于军事战略考虑。如今看来，西域于我们有何用？它的土地，它的物产，它的百姓，对我们既没有用处，又非是兵家必争之地，那些大大小小的属国要来有何用？设置都护，耗费国力，劳民伤财，得不偿失。你倒是还念着情分备了礼物，若换作是我，早将他们打发回老家了……"

他哂然一笑，搂住我的肩膀，将我揽进怀里："谢谢。"

"谢我什么？"

"谢你替我辩解，还费心用了那么多说词赞我。"

我大笑："那你不如将那些预备给西域诸王子的大礼省了，直接送给我吧！"

刘秀闻言，不禁也忍俊不禁地大笑起来："果然是财迷！"

我回道："非我财迷，是你抠门！我倒还记得前年你去汝南南顿具，那里的父老百姓如何说你来着？"

他眼中笑意更盛，我抿唇窃笑，"公公曾任南顿令，所以你免了南顿一年的赋税，吏民们让你索性减免十年，你却说什么都不肯，最后讨价还价的，才勉强又加了一年。"那年的事之所以让我记忆犹新，是因为当时君臣百姓一块乐着，那些吏民瞧着刘秀脾气好，竟打趣揶揄皇帝，说皇帝小器，明明舍不得那十年赋税，还假作大义凛然。

这件事回想起来，至今仍能让我大笑不止。我的秀儿，有时候看着还真不像是个皇帝，丝毫没有皇帝的架子不说，作风气派，也仿若当年庄稼地里锄禾稼穑的朴实青年。

"朕的确是抠门。"他收起笑容，忽然眼中添了一分愧疚之色，拉起我的手说，"虽然贵为皇帝，却没能让你过足锦衣玉食的奢华生活。你贵为皇后，无论吃穿用度，却远远及不上前朝皇后，是我累你受苦……"

我一把捂住他的嘴："幸而你不似前朝皇帝那般奢华，若也搞得后宫佳丽三千，我非一头碰死在这云台阁廊柱上！"我故意说得醋意浓烈，得以冲淡了他的愧色，"不贪你的金，不图你的银……只要你的人，你的心……"

室外的风雪似乎更加大了，呼啸的风声在窗外盘旋，然而我的心却是异常温暖。我们依偎倚靠，无需过多的言语，彼此间互相守望，偶尔的一个眼波交缠，那个瞬间，便已经是永恒。

建武二十一年冬，汉建武帝婉言谢绝西域各国，遣送充当人质的王子归国，并致送厚礼。十八国在听说中国不肯派遣都护后，大为恐慌，于是向敦煌太守发出檄文，请求王子留在汉境，希望能够以一种中国同意派遣都护的假象来阻吓莎车国。

敦煌太守裴遵如实奏报后，刘秀应允。

建武二十二年，刘英及冠，从宫中搬了出去。其实比起刘彊、刘辅，他在宫里住的时间已经算长的了，可即使如此，许美人与唯一的儿子分别时仍是哭得死去活来——我恩怨分明，念着许胭脂在宫里的这十几年还算老实本分，刘英亦是乖巧听话，于是吩咐大长秋，以后每月的初一十五，楚王刘英进宫拜见我之后领他去许美人宫中，让他们母子小聚半个时辰。

许美人自知后半生的倚靠尽在儿子身上，而在这之前，这些倚靠却又全在我的一念之间，于是愈发在后宫谨言慎行，闭门不出。

正是这一年秋末，九月里的一天下午，我尚没从午睡中醒来，却听到宫中一片惊慌的尖叫声。我被尖叫声吵醒，没等睁开眼，便感觉身下的床在不住晃动，飘飘忽忽的床倒不像是床，而像是一艘漂浮在海面上的小船。起初我以为自己在做梦，可是四周紧接着响起咯咯的声响，我睁开眼，看到屋子里的摆设都在颤动，案几上的成摞的竹简滑塌仆倒，最终跌落在地上。

下一秒钟，我条件反射式的从床上跳了起来，寝室内没有人，但屋外头却很吵，夯土墙的墙粉在簌簌往下掉，呛人的石灰粉弥漫在狭小的空间内。

我捂着口鼻正打算往外冲的时候，迎面冲进来一个人，差点撞到我身上。

"皇后！"纱南的身手相当不错，她见我无恙，不由松了口气，忙拉着我的手说，"赶紧出去！屋子里不能待了……"说话间就听啪的一声，也不知道是什么东西从顶上掉了下来，摔碎了。

千钧一发，我哪还顾得上去瞧是什么东西碎了，忙反手拉住纱南，两人一同跑了出去。

出了西宫主殿，才发现园子里已经站满了人，或蹲或站，有不少宫女宦者害怕得相互抱成一团，也有些胆大的抬头对着屋顶指指点点。

脚下仍在不住晃动，天摇地动也不过如此，不断有人从西宫内跑出来，嘴里恐怖地尖叫着："地震了——"

我心里骤然发紧，这才意识到情况的严重性，叫了声："我的孩子——"心中着急，险些厥过去。

纱南见我六神无主，忙拉住我说："皇后别慌！太子和几位大王、公主都没事，皇后也赶紧退到安全的地方去吧。"

所谓的安全之所，左右不过是些空旷的平地，我回头顺着纱南手指的地方瞧去，并没有见到刘庄等人的影子，却依稀看到另外有个熟悉的身影正急匆匆地跑了过来。

"丽华——"地震得太厉害，人勉强能站得住，刘秀几乎是跌跌撞撞地从外头跑了来，好几次他都几乎跌倒。

我"哎唷"叫了一声，赶忙喊道："你别动！别动！赶紧蹲下！"可他哪里听我的，硬是跟跄着跑到我跟前，代印等人慌慌张张地尾随其后。

地震持续了约莫五六分钟，随后便静止了。安静下来的皇宫，有种说不出的诡异，我和刘秀携手并肩地站在一起，那些原本害怕到哭泣的宫女抽泣了两声，在帝后面前也不敢太过快弱，纷纷止住了哭声。

然而那一刻，我却很真实地从刘秀眼中看到了惧意。

建武二十二年注定是个多灾多难的一年，九月突发的地震，震中不偏不倚的位于南阳，据南阳太守上奏，南阳房屋倒塌，地面开裂，百姓被压被埋，死伤无数。除南阳郡外，此次受到地震波及，受灾的郡国多达四十二个，占全国郡国总数的五分之二。

刘秀的惧意不是没有道理的，如此毁灭性的天灾造成了庞大的伤亡人数，巨大的经济损失更是不可估量，这对于正在恢复农业经济发展的汉朝而言，无疑是一次最沉重的打击。另外，换个思维角度去想这件事，令刘秀感到恐惧的还有他骨子里的迷信思想在作祟，由于缺乏正确的科学论证观念，古人往往会把天灾想象成为是上天的惩罚，常人如此，更遑论刘秀这个老迷信？最为要命的是，这次地震的震中在南阳，那可是帝乡，所以刘秀更加深信是上天在对他的所作所为有所警戒。

我当然不可能苟同他的胡说八道的唯心主义论，于是据理力争，抢在他带人告祭上天之时，让大司农及时调拨赈灾粮款。

全国各郡县的赈灾救助很快便发动起来，皇帝诏书："日者地震，南阳尤甚。夫地者，任物至重，静而不动者也。而今震裂，咎在君上。鬼神不顺无德，灾殃将及吏人，朕甚惧焉。其令南阳勿输今年田租刍稿。遣谒者案行，其死罪系囚在戊辰以前，减死罪一等；徒皆弛解钳，衣丝絮。赐郡中居人压死者棺钱，人三千。其口赋逋税而庐宅尤破坏者，勿收责。吏人死亡，或在坏垣毁屋之下，而家羸弱不能收拾者，其以见钱谷取佣，为寻求之。"

十月十九，负责营城起邑这块土木工程的总负责人——大司空朱浮被免职，翌日，光禄勋杜林被任命为大司空。

地震发生没多久，青州又突发蝗灾，全国上下顿时再度被阴霾笼罩。

恰在此时，留居敦煌的西域王子们忍耐不住思乡之情，纷纷逃回西域，莎车国王因此获知中国不会派遣都护到西域去，于是带兵攻打鄯善，甚至斩杀了龟兹国王。鄯善国王上书汉廷，表示愿意再派王子到中国当人质，请求中国一定要委派都护到西域去，镇压莎车王的猖獗气焰。

这道奏疏除了恳切之词外，末了附加了一句不轻不重的话——如果中国不派都护前往，他们便只能去投靠匈奴了。

正被国内灾情搞得焦头烂额的刘秀听闻此事后，不咸不淡地回复了一句："现如今使者与军队都不可能派到西域去，如果诸国力不从心，则东西南北自在，听凭尔等抉择！"

好一句"东西南北自在"，把鄯善国王言语中如同儿戏的胁迫论调尽数还击了回去。鄯善国碰了一鼻子灰，最终迫于无奈，与车师国一起降附匈奴。

和 亲

年底的蝗灾，不仅造成青州受损，甚至也波及到匈奴。匈奴不仅遭受蝗灾，更有旱灾，赤地数千里，人畜饥疫，死耗太半。

彼时匈奴老单于过世，传位于自己的儿子左贤王乌达鞮侯。原本按照匈奴人兄终弟及的传位习俗，应该由老单于的弟弟知牙师继承，但老单于在位时，为了让自己的儿子继位，不惜下毒手杀害了自己同父异母的兄弟。知牙师的死，让下一代子侄辈中的右奥鞮日逐王比心存惧意，因为按照兄终弟及的方式，应该是知牙师继位，如果按照传子的方式，他才算是第三代中的长房长子，属于首选。

比不满老单于霸道的做法，却又惧怕这位叔父以对付知牙师的手段同样来对付他，于是明哲保身，带着自己的人马远离王庭，极少参与庭会。

然而乌达鞮侯即位后没多久便也死去，他的弟弟左贤王蒲奴继位做了大单于。比得知后心中更加怨恨，恰逢匈奴旱蝗不断，他趁机向汉廷示好，派使者到渔阳郡，向汉朝提出和亲。

渔阳太守将奏书送交到雒阳时，正是新年伊始，朝臣们为了要不要答应和亲进行了一番激烈的讨论。

匈奴的和亲要求就像是一滴水，溅落到一锅沸油中，宫中宣扬得沸沸扬扬、绘声绘影，都在背地里议论说皇帝有意和亲，欲将皇室公主许嫁匈奴。

谣言一天未经证实，我便一日不会轻信，但是义王、中礼显然不会这么想，两姐妹虽然都已过了及笄之年，但我心里总还想着她们未满二十，年纪尚幼，是以至今还留在宫中未曾出阁。我没想到和亲的事对她们影响如此之大，直到这两个孩子跑来找我哭诉，我才意识到女大不中留，若是还将她们留在自己身边，只怕她们心里反倒会埋怨我这个做母亲的太过不通情理。

"阳儿今年也该行冠礼了，你有何打算？"

刘秀将宗正的奏书递给我瞧，我没看，随手搁到一旁："按照礼仪规格办，就让太常和宗正负责好了。"比起刘庄的成人礼，现在我更关心女儿，"太子及冠后也该纳妃了……这倒也提醒了我，我们的两个女儿早已成人，是时候出嫁了。另外，今年也是红夫的及笄之年，虽不想这么早将她嫁出去，但我也想给她挑个人品好的夫主，我瞧着驸马都尉韩光为人不错……"

"丽华。"他伸手握住我的手，一副无可奈何的表情，"你不用这么急，和亲的事朕还没最终决定。"

我淡淡地回应："那陛下又能中意何人呢？与陛下血缘近些的王侯中并无待嫁女子，唯独齐王刘章有女……"

"正是要与你商议此事。"刘秀揉了揉眉心，神情疲惫中带着一丝哀痛，"才接到谒报，齐王薨了。"

刘章……

我愣住，一时忘了该说什么。

"朕下诏赐谥哀王，按礼他的子女当守孝三年。"他停顿了下，然后为难地看着我，"朕想……"

我下意识地缩手："我马上让梁家和窦家下聘，另外，韩家那边也会纳征……"

"丽华……"他反而更加用力地握住我的手。

我急躁地用力一挣，大声道："我辛辛苦苦十月怀胎生下的女儿，不是用来当和亲的牺牲品的！"

刘秀长长地叹了口气："你误会了，我没有要把女儿送去匈奴和亲的意思。"

我怒火上涌，哪里还听得进去，推案而起："这事没有商量的余地，我不是不爱国家，不爱社稷，不爱黎民百姓！但我做不到那样胸襟伟大，能亲手将自己的女儿送入火坑！"

我欲走，他却从身后拉住了我："自汉始，中国便不断与周边番邦和亲，高祖、惠帝、文帝、景帝、武帝、宣帝、元帝，历代均不能免，朕……"

我心里又气又痛，不等他底下的话说完，便急慌慌地挣开手，夺门而逃。

这一路上脑子里纷乱地想了许多许多，想到连年的战争，想到边境万民的凄苦，想到地震坍塌，想到蝗灾赤地。

从广德殿回到西宫，怒气已消去大半，整个人也冷静下来，忽然觉得有说不出的无奈和沮丧。

纱南了解我的倦意，扶我到床上休息，才躺下没多久，就听窗外有人在嘤嘤哭泣，

"谁在外头哭呢？"我心里烦，于是口气也跟着不耐起来。

纱南急忙叫人出去查看，没多会儿小宫女回报："是洧阳公主在廊下

哭泣。"

我闻言翻身从床上起来："又是谁欺负她了？快把她领进来。"

少顷，眼睛红彤彤的刘礼刘怯生生地走了进来，见了我，不曾说话便跪下磕头，然后又抽抽噎噎地哭了起来。

我见她小小的身子跪伏在地上，肩膀不住的颤抖，心里最后存的一点不耐也随之散了，忙让纱南扶她起来。

"这是怎么了？好好的又哭什么？上学被师傅责骂了？哪个宫人服侍得不好，冲撞了你？还是哪个嘴碎又胡说了什么，惹你伤心了？"

我连猜七八个原因，她总是抹着眼泪不说话，只是一味摇头。

"公主！"纱南跪坐在她身边，面带微笑地安抚她，"你这样只是哭，不说明原由，如何叫皇后替你作主呢？"

刘礼刘闻言果然愣了下，然后红肿着眼睛抬起头来，懦声问："大姐……大姐她们是否都要出嫁了？"

我扬了扬眉，目光移向纱南，纱南冲我微微摇头。

刘礼刘一边抹泪，一边抽咽："大姐、二姐要出嫁，三姐也有了合适的夫家，他们说……他们说宫里只剩下我和小妹没有夫家，所以……所以蛮子来求亲，父皇要把我送给蛮子……"勉强说到这里，已是声泪俱下，哭得气都喘不过来了。

我恍然，不禁又是好气又是好笑："你就为了这个伤心么？"

她连连点头，哽咽："我不想去那么远的地方，他们说匈奴很远，去了那里便再也见不着父皇母后了！"

我鼻子一阵儿发酸，叹气道："傻丫头，怎么那么傻，你才多大？母后怎会舍得将你送去虎狼之地？"

"可是……可是他们都说……我不是母后亲生的，母后不喜欢我的生母，所以、所以……这次一定会选我去和亲……"她哭得上气不接下气，满腹委屈。

我对她又气又怜，叱道："你若要这么想，岂不是将母后这么多年待你的心都一并抹杀了么？"说到动情处，声音不禁哽咽起来。

刘礼刘浑身一颤，急忙跪下，磕头谢罪："孩儿错了！母后对孩儿疼爱，抚养多年，与众姐妹并无二样……"见我伤心落泪，她又惊又急，"我错了！母后，你别哭，都是我不好！"她用手胡乱地替我抹泪，我酸涩地别过头，她激动的张开双臂一把抱住我，放声大哭，"娘啊——你就是我的亲娘啊——"

"礼刘……傻孩子！你个傻孩子！"我被她哭得心酸不已，一时间母女二人抱作一团，痛哭不止。

纱南费了好大的劲，说了一箩筐的笑话，才终于勉强减了些许悲伤的情绪。我又好言安慰刘礼刘，让她放心，这才哄得她依依不舍地回去了。

等她一走，我稍稍平复心绪，屏退开左右，对纱南道："去查清楚，到底是什么人在涫阳公主跟前搬弄是非，离间中伤！"

许是我语气太过严厉，纱南竟被吓起一跳。

我咬牙冷道："是哪些人，我心里也有数，你直接去找掖庭令，叫他查清楚涫阳公主今天都见什么人，若是宫中奴婢，直接送交暴室！"

纱南应诺后离开，她前脚刚走，后脚中黄门在外禀报："陛下驾到！"

我心里不悦，却也只得站起来接驾，刘秀慢吞吞地走进寝室，看到我时一怔，叹气道："都到了做祖母的年纪，如何还这般冲动？你瞧你，又哭得眼睛都肿了。"

我不愿提刚才发生的事，只是低头不语，这时殿外又报："涅阳公主来了！"

我和刘秀互望一眼，我下意识地往床内挪了些许。

刘中礼进门时怀里竟还抱着一具箜篌，她目光平静，面带笑意，脱去外麾后向刘秀和我分别请了安。我怕被她看出我哭过的痕迹，然后问东问西引出一堆不必要的麻烦，所以特意将脸撇开。

"女儿新学了一件乐器，练得有些心得，想请父皇与母后指点一二。"

刘秀含笑点头。

中礼略略顿首，退后两步坐在榻上，将箜篌横卧在自己的腿上，先不紧不慢地挑了两个音，然后忽的纤纤玉指一拨，悠扬的丝弦之声如流水般倾泻而出。

中礼抬眼飞快地向我俩瞥来，眼波流转，朱唇轻启，婉转娇柔地唱道："吾家嫁我兮天一方，远托异国兮乌孙王。穹庐为室兮毡为墙，以肉为食兮酪为浆。居常土思兮心内伤，愿为黄鹄兮归故乡。"

歌声清亮，却带着一种幽深的哀怨。歌词一经唱出，室内众人均在瞬间变幻了脸色，我亦是颇为震动地抬起了头。

如果没记错，这首《黄鹄歌》应是汉武帝时被嫁到乌孙和亲的江都王之女刘细君所作，歌词中所包含的怨恨之意，悲苦之情，当真闻者落泪，欷歔难抑。

刘细君嫁的乌孙王老迈，年纪堪当她的祖父，乌孙王后来又把细君送给自己的孙子，细君受不了这种番邦乱伦的习俗，向汉武帝求诉，结果却被皇帝告知国家要与乌孙联合对付匈奴，让她乖乖听从当地的习俗，听之任之。细君最终嫁了两代两任乌孙王，在乌孙郁郁而终，而自她死后，武帝又送了一位公主刘解忧到乌孙和亲，刘解忧一共侍奉了两代三任乌孙王……

自汉高祖起，记录在案的和亲公主有十六人之多，这其中包括帝女、宗室女、宫女，这些女子虽然从大义上成全了一个国家、一个民族的利益，但是作为个人而言，她们的命运皆是惨不忍睹。

中礼唱完《黄鹄歌》后，从榻上起身，怀里仍是紧紧抱着箜篌，一动不动地盯住了自己的父亲。她肤色莹润洁白，宛若一尊白玉雕塑，只那双眼像是有两簇火苗在熊熊燃烧着，不知为什么，看到她如此表现，竟然不由自主地联想到当年的自己。

许久后，刘秀伸手鼓起掌来，笑道："中礼弹得真是不错。"顿了顿，回过头对我说，"之前朕的话还未说完，你便走了，朕想告诉你的是，即使和亲历代均不能免，朕作为汉皇帝，却绝对不会牺牲自己的女儿，亦不愿牺牲我汉家女子！"

我睁大眼，一时间忘了是该哭还是该笑，咬着唇百感交集地望着他。

"你放心……"他轻轻拍了拍我的肩膀，"朕已命中郎将李茂前往匈奴报命，两国可以交好，不过和亲一事不会再提起。"

我感动地赧颜一笑。

中礼叩首："多谢父皇怜恤！女儿替妹妹们谢过父皇母后！"

我爬下床去，伸手拉住她的手，她的手指冰凉，手心里全是湿冷的汗水："你也是个傻孩子呢！"说着，我转身对刘秀说，"我们的孩子们，都很善良友爱，是不是？"

刘秀温柔一笑，毫不犹豫地答道："是。"

第六章
天长地久有时尽

手　足

"令月吉日，始加元服。弃尔幼志，顺尔成德。寿考惟祺，介尔景福。"

"吉月令辰，乃申尔服。敬尔威仪，淑慎尔德。眉寿万年，永受胡福。"

"以岁之正，以月之令，咸加尔服。兄弟具在，以成厥德。黄耇无疆，受天之庆。"

随着太常一声声的赞词，刘秀将最后一顶爵弁戴上刘庄头顶，刘庄换上太子服饰，依礼向文武朝臣作揖行礼。

太常高声："皇太子庄，冠字子丽！"

全场喝彩，君臣主宾间欢笑祝贺，钟磬管弦之乐响起，刘秀站在离我七八步远的地方，拉着儿子的手，向我缓步走来。

子丽——刘子丽！

眼眶倏地湿润起来，我分明还在咧着嘴感动而笑，可热泪却已不可控制地盈满眼眶。

建武二十三年春，太子及冠，迁太子宫，按制配官署太子少傅一人，太子率更令一人，以及太子庶子三人、太子舍人五人、太子家令一人、太子仓令一人、太子食官令一人、太子仆一人、太子厩长一人、太子门大夫一人、太子中庶子五人、太子洗马十六人、太子中盾一人、太子藉率一人。

一个月后，舞阴长公主、涅阳公主先后嫁给梁松、窦固，置公主府，宗正按制配设公主家令一人、公主丞一人、公主主簿一人、公主仆一人、私府长一人、直吏三人、从官二人。

宫里似乎一下就冷清下来，子女们一个个成家立室，让我有种雏鸟离巢的失落。这种很明显的失落情绪一直延续到了夏天也始终没能摆脱。我相信刘秀或多或少也有这样的感觉，只是做父亲的毕竟不如做母亲的那样，总把孩子看得很重。

我突然感到无聊起来，每日里捧着竹帛，却时常走神。

红夫许了韩光，我的本意是要再留她四五年，毕竟她才十四岁，可是这孩子自从两个姐姐出嫁后，竟吵闹着也要马上嫁出去。十四岁的年纪在这个时代而言，也确实具备了成家的条件，何况红夫向来早熟，生得亭亭玉立，生理发育一点也不输给她的姐姐们。刘秀是个很开明的父亲，一向依从女儿，更何况在他眼里，十四岁嫁人并不算什么大事。

我最终拗不过女儿的哭闹恳求，手心手背都是肉，她的一句"母后偏心"比任何实际行动都具备杀伤力，于是，婚期定在了今年秋天。

五月初七，大司徒蔡茂去世，刘秀心里本属意让朱祜接这个位置，没想到还没等提到台面上，朱祜病危，拖了一个多月病情越来越沉重，最终撒手人寰。

八月份，大司徒之位尚未决定谁来接替，大司空杜林又逝去。

老的一代正在不断离开，新的一代逐步取代上一代。我忽然有种长江后浪推前浪的感慨，但对于前浪死在沙滩上的理解，诙谐之余不免又生出一种冷冽的悲凉。

月底馆陶公主刘红夫出嫁，婚礼办得甚为隆重，我和刘秀两个没有因为一年内连办三场婚礼而轻忽了这个三女儿，一切礼仪排场均按照前两场婚礼置办。红夫甚为欢喜，我却在婚礼上再次情不自禁地流了眼泪，说起来这孩子也许把嫁为人妇当成是脱离父母管束的一个台阶，出嫁那天黄昏，她兴高采烈地踏上油画軿车扬长而去，居然连句分别的宽心话都没有留下一句，真是有点没心没肺。

婚礼上照例有许多夫人内眷入宫帮忙，我也因此再次见到阴识、阴兴、阴就等一些娘家兄弟。只是这一次阴兴给我的印象太过震撼，我万万没有料到短短半载时光，他竟变得如此消瘦，宽大的曲裾深衣束腰裹在身上，仍是显得有些宽松。容颜不止憔悴，而且苍老，明明才三十九岁，看上去感觉却好似一个小老头，背脊佝偻，一只手握拳拢在唇边，借此掩饰寒暄招呼时的咳嗽失礼。

我不敢相信自己的眼睛，于是让大长秋召来阴兴妻子询问，但阴夫人见了我言谈举止总是分外拘谨，家常的话倒问出了些，不过都是报喜不报忧，实在探不到我真正想听的，于是只得让纱南另外找了琥珀来见我。

一见之下，发觉琥珀也瘦了许多，见到我时她按礼给我磕头，末了却伏在地上直接哭了起来。原来阴兴病了快一年了，起先只是偶得风寒，药也吃了好多，却仍是时常感到心悸无力。最近半年病情加重，恶心反胃，吃什么吐什么，折磨得渐渐没了人形。

她边哭边说，我越听越心惊。

阴兴为了不让我担心，所以隐瞒病情，其实这不单单是他一个人的意思，阴识、阴就等人也都没在我跟前提过只字片语。如此过了这么久，若不是阴兴病得脱了人形，只怕我会被永远蒙在鼓里。

若按我以往的性子，自然恨不能即刻跳起来冲到前殿去，把阴兴从人堆里揪出来痛斥一顿。但我终究已非当年的无知少女，婚礼结束后，我和刘秀商议，最终由刘秀出面敕令太医令属下太医们前往阴兴府邸瞧病。

既然他的心意是不想让我担心，我若出面，反而白白辜负了他的一番好意。于是仍是假装不知情，暗中却让琥珀和纱南彼此保持联络，互通消息。

如此过了一个月，刘秀在朝上任命了陈留郡玉况为大司徒，又对我说，阴兴的病情大有起色，他准备将大司空一职留给阴兴担任。

听到这么说，我悬了一个月的心终于放了下来。

十月初二一大早，我才起床梳洗，大长秋便进门禀报："侍中阴兴媵妾柯氏在宫外求见！"

我先是一愣，还没开始生出什么想法头皮上便是猛地一阵剧痛，纱南慌得丢开梳篦，道了声："奴婢失手……"

我更感到莫名其妙，狐疑的瞥了眼面色发白的纱南，答复大长秋："领柯氏进来！"

大长秋立即着人安排西宫配殿作为接见室，小半个时辰后，琥珀踉踉跄跄地走了进来，进门时她脚步虚浮，我注意到她的一双眼又红又肿，像是才哭过的，走到我跟前果然结结巴巴的却连话都说不连贯了："夫主命贱妾……请皇后凤驾……"

我不禁失笑道："怎么就被君陵识破了呢？不过你也算不简单了，能瞒他一个月……"

琥珀期期艾艾，不知该说什么好。

我继续笑道："他骂完了你，难不成还要把我找去再说一通么？可没这么便宜的事，我不去，你让他想秋后算账只管自己进宫来见我。"

琥珀脸刷地白了，就连唇上的血色也褪得干干净净，站在室中央，无助地望着我。

纱南插嘴，很小声地喊了声："皇后！"喊完却又欲言又止，只是长长地叹了口气。

我正觉得奇怪，廊上黄门高喊："皇帝驾到——"唬得琥珀腿一软，竟扑通跪倒在地。

我愈发觉得琥珀今天的表现异常怪异，思忖间刘秀已从外面走进来，素来温柔的脸上却有了一丝沉静的神色，见到琥珀的一瞬间，他面上闪过一丝了然。

"丽华，你且去！朕令门侯替你守着中东门，你不用急着按时回来……"

刘秀的话渐渐让我收了笑意，我的目光从他身上移到了琥珀身上，又从琥珀移到了纱南，每个人的神情都带着一种淡淡的哀伤。事到如今，我即使再木钝也能觉察到一二分不对劲儿出来。

"君陵他……"

"他想见见你……"刘秀长叹一口气，"赶紧去吧！他，在等你！"

话音刚落，我已条件反射般跳了起来，仓惶地从室内奔了出去，全然不顾纱南在身后频频呼唤。

軿车停在了门口，不等黄门通禀，我已急匆匆地下车步行。开门的下人明显带着困惑的表情，我没时间跟他多解释，直闯而入。

长长的裙裾拖曳在地上，虽然我已奋力疾行，无奈深衣束缚住腿脚，无论走多快也迈不开大步。胸口像是有把火在烧，火旺到一定的燃点，已经不知道是什么感觉。

中黄门开道，一路上被呵斥的宾客仆人吓得纷纷避让行礼，我无暇顾及，直接登堂入室。

正室的房门外也挤满了人，许多人在廊下徘徊，有些人面熟，有些人却面生得很，我秀目一扫，顿时许多人矮下身去。

第一重门被打开了，我迈了进去，昏暗不明的室内跪坐着大大小小的阴氏族人，包括阴兴的妻姜子女，在我进门之前，他们这群人不知道在讨论着什么，及至我进门，声音倏地停了，然后所有人一齐转过头来看向我。

"皇后——"场面有些混乱，显然这些人也没料到我会出现得如此突兀。

我站在门口很努力地平息着紊乱的呼吸，目光穿过这些族人，直接落到紧闭的二重门上。

"都静一静！"很平淡的声音，音量不高，却出奇地有力度，将嘈杂的人声顷刻间压了下去。

我循声望去，却见面东的上首席位上，端坐着一脸沉静的阴识。

他约束住族人后，冲我微微颔首，然后视线转向二重门，跪坐在门边的小丫鬟立即卷起了竹帘子。我缓步向里走去，帘内浓郁的药味扑面袭来，幔帐虚掩，床前跪坐着一女，正端着药盏，一勺勺的将汤药喂到阴兴嘴里。

阴兴半倚在床上，精神委顿，瘦得只剩下皮包骨的身子羸弱地撑在偌大的床上。我忽然怯步，不敢再往前走，小腿肚的肌肉抖个不停。

药喂了一半，只听"呕"的一声，阴兴身子一颤，竟是将才喂下去的汤药尽数吐了出来。呕吐物溅了满床，床头的少女也不能幸免。阴兴吐得精疲力竭，仰头躺在床上呼呼喘气，少女咬着唇，默默地用自己的袖子抹去床上的污秽。

我看得热泪盈眶，心里又酸又痛。

阴兴长长吸了口气，忽然哑声说："我知道你不喜欢我，你只喜欢阴就，同样是弟弟，为什么偏对我爱理不理？"

我浑身一僵，才要迈出去的步子顿时有停在了原地。那少女显然早已习惯，柔声说："没有的事，爹爹你快别这么想……"

阴兴呼吸如同拉风箱，进出气息甚为急促。他面朝上躺着，我看不清他的表情，却觉得他的语气像是突然回到了孩童时代，少年心性甚重。

"爹爹早亡，我们一母所出，为什么现在你待就儿比待我亲厚？"他忽然强挣着撑起上身，然后枯瘦的右手如鹰爪似的一把攥住素荷的手腕，素荷吃痛，手中的药盏骨碌碌地滚到地上。

阴兴吃力地看着她，脸上的表情分外复杂，许久之后，他才软声说：

"好吧，我错了，不该骂你是个无用的人！对不起……我不是真的要骂你，只是生气你为了刘秀不懂自爱，总是糟蹋自己……你别再爱理不理地跟我怄气了，我们还和以前一样好不好？你以前待我……待我……"

一口气接不上来，换来的却是一通撕心裂肺的大咳。

素荷慌乱地站起身来，手足无措地看着浑身颤抖的父亲。

我急忙跑上前，只见阴兴两眼翻白，手脚僵硬地抽搐着。素荷见到我慌得跪下，我一把抱住阴兴，小心翼翼地拍着他的胸口，一边替他顺气，一边对素荷吼："还不去叫太医来！"

素荷被我吼得一颤，哆哆嗦嗦地解释："爹爹……爹爹他……"

说话间阴兴呻吟一声，顺了那口气，悠悠转醒。

我扶着他，他慢慢转过头来，眼眶深凹，眼袋瘀黑。他看了素荷两分钟，然后又继续转过来看我，浑浊的眼神一点点地回复清晰。

"皇后！"他艰涩的吞咽唾沫，颈部突起的喉结滑动分外明显。

素荷听到后，双眸一亮，姣好的面庞上闪现出一丝期盼："爹爹！是皇后……是皇后来瞧你了……爹爹你可算清醒了，我这就去叫太医——"

阴兴伸手想拉她，却没拉住，素荷像阵风似的刮了出去。

阴兴的手无力地垂了下来，我小心翼翼的将那副瘦骨嶙峋的身躯放倒，阴兴倚靠在被褥和软枕上，也不说话，鼻端的呼吸时而缓慢，时而急促。

"君陵……"我舔着唇，试探性地喊他的字。

阴兴又是一声呻吟，然后闭上双目："有劳皇后特意来探望臣，臣感激不尽，不过皇后出宫多有不便，还是早些回去的好。"他似乎非常疲惫，勉强说完这句话便不再有任何动静，偌大的室内静谧得只有他细微的呼吸声存在。

我守着阴兴过了半个多时辰，直到确定他当真熟睡后，踮着脚尖无声地走出寝室。

帘子重新被人卷起，外间的情形与我来时别无分别，有妇人在掩袖啜泣，也有子女伏地默不作声。等我从里面走出来，一屋子的妇孺顿时用一种不可名状的依赖眼神紧紧锁住我。

我被这些期冀的眼神狠狠刺伤，那一刻其实我和他们的心境是一样的，完全无助。因为就目前的情形观测，阴兴的病情看来无法保持乐观。

我深吸口气，径自绕过人群，走到阴识面前。阴识刚想要行礼，立刻被我使劲摁住了肩膀，他象征性地挣扎了两下，也就不再坚持。

"君陵到底得的什么病？"我尽可能地让自己的语气显得平静，可话说出口才发觉原来声音早已发颤。

阴识让出席位，做了个请的手势，我强按住激动，摆出一个皇后应有的优雅姿态，端坐于席子中央。阴识选了下首的另一张席坐定，这才面无表情地开口："能拖到现在已属不易，太医云，左右不过是拖时间罢了。陛下垂恩，这一个月来也曾来过数趟，君陵的意思，陛下亦是明白的……今日皇后能来这一趟……我想君陵也该知足了。"

我只觉得脑子嗡的一声响，思维在那一刻停顿了："你们……你们居然一起欺瞒我……"言语哽咽，心痛到极处，底下的话已再也说不下去。

虽然从早上看到刘秀、琥珀等人异常的反应起，我已隐隐觉察不祥之感，到了这里见过阴兴病得神志不清、胡言乱语的情形，心里愈发凉了半截，但我不到最后总不愿相信这是真的，他才三十九岁！正当人的一生中最鼎盛的壮年啊！

想到此，我从席上腾身站起，慌得那些才刚刚落坐的晚辈又急忙起身。

"皇后可是要回宫？"阴识的声音不紧不慢地响了起来。

我脚步不停，没有向门外走，却反而又走向内室。门口的小丫鬟没料到我有这样的举动，一时间连帘子都没来得及卷，我也不做理会，自己掀了帘子走了进去。

这回床前换了个人服侍，不是丫鬟，也不是素荷，而是阴兴的正妻曹氏。我进去的时候，阴兴正低声对曹氏嘱咐什么，曹氏只是哭泣，伤心欲绝。

等我走到床前时，阴兴忽然精神一振，对曹氏说："就这样吧，你先出去，照顾好孩子……我还有话要对皇后说！"

曹氏虽然伤心，却也不敢拂逆夫主的意思，于是颤抖着走了出去，刚走到门口，她的两条腿一软，整个人瘫软地倒了下去，幸而门口的丫鬟眼明手快，及时抱住了她，这才免于摔倒。

"瞧她那笨手笨脚的样啊，二十年来未有长进……"阴兴看着妻子的背影，忽然半嘲半讽地笑了起来。

我无语凝咽，胸口像是塞满了棉絮，实在堵得慌。阴兴表现得越轻松，我的心情便越沉重。

"我想……这个东西是时候还你了。"阴兴试着抬手，可胳膊一直在抖，却始终无力抬手，最后他只得用眼睛不停地瞄着床头。

我随即会意，伸手在他枕下摸索，很快便摸到一件冰冷的长条形器物。

抽出一看，果然是只白玉雕琢的玉匣。看着分量很重，入手却远没有表面那么笨拙，我当着他的面打开玉匣，毫不意外地看到了那块辟邪玉坠吊牌。

"以后还请皇后自己妥善保管为好！"

我想他正试图笑得云淡风轻的，可病中的他早已身不由己，勉强挤出来的笑容竟比哭还难看。

"君陵……"我也想笑，最终嘴角抽搐着，也只能扯出一丝比哭还难看的笑意。

他看着我，眼睛睁得大大的，大约过了十多分钟，就在我错觉的以为他昏睡过去时，他忽然哑声开口："姐姐，我要是死了，你会不会记挂我？"

我浑身一颤，眼泪刷地落了下来。这么多年来，他第一次那么毫无顾忌地喊我姐姐，我一阵激动，喉咙里呜咽着点了点头，然后又马上摇了摇头："你不会死！你不会死的……姐姐不会让你死，你别胡思乱想……"

他笑着摇了摇头："何必自欺……"

"你不会死的！陛下还要拜你做三公，太子还需要你的辅佐……"

他继续摇头，重重地喘了口气："太子已经成人，自然会自己拿主意了……你今后地位将更尊崇，但有件事一定要牢记，切莫让阴家人卷入朝政的漩涡……"

他越说越低声，说到最后，像是睡着了一般，消音匿声。

我捂着嘴，眼泪流得更凶，不知过了多久，阴识踱步来到我的身侧，用一种空洞的声音说："让他好好去吧！"

我一跤跌坐在地上，放声号啕大哭，顷刻间，室外起了一阵骚动，然后整座宅院像是醒悟过来，哭声骤响，我被淹没在了一片伤心欲绝的哭泣声中，犹如浸泡在无边无际的海洋，海水冷得彻骨，透着无止尽的绝望。

阴识走上前，伸手在阴兴额头摸了下，然后托着他的背，把他身下的软枕抽走，将那具已没了生息的瘦弱身躯摆放平整。做完这一切后，他坐在床头，默默无声地看着这个弟弟。

没多久，阴兴的嫡长子阴庆扶着母亲哭喊着走了进来，身后紧随阴庆的弟弟阴博、阴员、阴丹等人，最后是一大群其他族侄亲戚。

阴识这才颤抖着双腿站了起来，一手扶起哭泣的我，一手向门外一挥："入殓——发丧——"

眼泪，顺着他黯淡的面庞，缓缓滑落……

弄 孙

阴兴的大半生皆跟随刘秀鞍前马后，鞠躬尽瘁，默默无闻，得到的最高爵位不过是关内侯，此等封号空有其号，却没有国邑。

事后我才得知病中刘秀去探望阴兴，曾问及政事以及三公朝臣各色人等，阴兴自知难以痊愈，向刘秀举荐见议郎席广、谒者阴嵩。阴兴殁后，刘秀果然依从他生前之荐，擢升席广为光禄勋，阴嵩为中郎将、监羽林军。

阴氏一族因我之故，本应荣耀到极致，然而上至兄长阴识，下至胞弟阴就，为人处世皆是低调到不能再低调，明明身为皇亲国戚，但是阴氏一族的荣耀威望，却还不及废后郭氏金穴的十分之一。

我铭记阴兴临终遗言，尊重阴识、阴就等人的意愿，未曾大加赐封，只是念及阴兴一脉寡幼可怜，遂动了心思，将年满十三岁的阴素荷归于采女之列，接入宫中与我朝夕为伴。

纱南见状，曾数次探询我的用意，我只是缄笑不语。

建武二十四年春，匈奴八部大人共同决议拥立比为呼韩邪单于，与蒲奴南北分立，自此北方匈奴分为南北两部。南匈奴呼韩邪单于比向中国通款，表示愿永为藩蔽，扞御北虏。朝上百官议论纷纷，皆说蛮族不可轻信，只有五官中郎将耿国独排众议，认为可以参照汉宣帝的前例，接收归附，命南匈奴部落抵挡东边的鲜卑，北方的北匈奴，作为四夷标榜，维持沿边各郡的秩序。

这一年的秋天，武陵郡雄溪、门溪、西溪、潕溪、辰溪的蛮族攻打临沅，朝廷先是派出武威将军刘尚率军征伐，结果全军覆没，后又派出谒者李嵩、中山郡太守马成，仍无法取胜。于是，在这种情况下，伏波将军再次请命出征。

马援的年岁比刘秀长了九岁，今年已六十有二，刘秀怜其年老，没有答应。没想到马援竟不服老，坚持出征，刘秀只得同意让他率领中郎将马武、耿舒等人，统军四万人，南下攻打五溪。

十月，匈奴南单于比再次派使节到中国，请求归附，朝上百官各持己见，意见不可统一。

同月，皇太子刘庄得长子，取名刘建。

知道我盼孙心切的刘庄特意命人将婴儿抱进宫来，那天我从乳母手中接过孙子，怀里那个软乎乎的小东西正眯着眼，嚅着嘴在吧唧。顷刻间一种从未体会过的惊喜瞬间充盈我的全身，我激动地对正往这探头张望的刘秀喊："你这人，还杵在那装什么？还不赶紧过来看看孙子！"

刘秀笑得有几分困窘，却没说什么，慢吞吞地踱过来。我抱着婴儿凑近他，笑得只见牙齿不见眼："你看看这孩子，这眉，这眼……哦，还有这嘴巴，像不像我们子丽？"

刘秀只是一味傻笑，我抬头看了眼他，试探地问："要不要抱抱？"

他捻着胡须，微微摇头。

我嗔道："做什么？嫌弃我们建儿不是你的长孙？"

他嗤的一笑："你呀你，脑袋里尽是胡思乱想……朕是担心孩子太小，朕抱得不好……"

我眼珠一转："怕什么，我们建儿岂是寻常小孩！"说着，不由分说地将婴儿塞到刘秀怀里，嘴里还不忘咋咋呼呼地尖叫，"抱好啦！我可放手了——"

刘秀本就紧张，这下更乱了，手足无措地托住孩子："等……等下……"

我其实心里有数得很，右手仍是牢牢托着孙子的小屁屁，不曾完全放手。但刘秀却还是吓坏了，刘建的身子包在襁褓中，仍是软得叫人不忍用力。一通手忙脚乱后，刘秀终于抱住了孙子，额上却渗出一层细密的汗珠。

我这才放脱手，用帕子替他擦汗，大笑："瞧你，真是越老越不中用了！抱个孙子而已，难道竟比上战场还可怕吗？"

刘秀一副哭笑不得的表情，宫里服侍惯的宫人对我俩的相处方式早已见怪不怪，倒是那些太子府的仆妇一个个都惊得目瞪口呆，大约从未想到皇后竟敢如此大胆奚落皇帝。

刘建在刘秀的怀里不哭不闹，我心里又添上几分欢喜，转头问起那乳母小皇孙的日常生活习惯。刘秀抱着孩子，不急不躁，分外有耐心地在房间里踱着步。纱南悄悄领其余人出去，室内顿时冷清下来。

也不知过了多久，刘秀忽然走到我身后，用手肘撞我肩膀："睡着了……"

我闻声扭头，只见刘建躺在爷爷的臂弯里，眼睑似睁似闭，留着一道缝隙，红嘟嘟的嘴微张，口水正顺着嘴角流下，熟睡的小模样真是说不出的可爱。

我忍不住低头在孩子脸上亲了一口，感慨："连睡觉的姿势都那么像子丽小时候。"

刘秀轻轻嘘声，示意我低声，我抿嘴冲他一笑。那边乳母见状，忙跑过来接，刘秀怕吵醒孩子，不肯给，仍是自己抱着，一时搞得乳母甚是尴尬，手停在半空中，伸也不是，缩也不是。

我笑道："快给了她抱下去搁床上睡，哪能让小孩子睡在手里的，天长地久养成习惯了那还得了？"

刘秀这才哂然一笑，小心翼翼地将孙子抱还给乳母。两人正将孩子换手，忽听室外咣的一声巨响，刘建睡梦中受到惊吓，身子猛地一颤，嗓子里咳咳地哭了两声，眼看就要哭醒，乳母赶紧将他搂在怀里，不住地拍哄。

刘秀不满地蹙起眉："这外头是谁在当值？"

我走到门口，侍女打起帘子，我向外走了几步，恰好碰见廊上一步三回头的纱南。

"这是东张西望什么呢？"

纱南未说先笑，扶着我的胳膊，将我拉远了些："太子殿下来了！"

我听她口气暧昧，不禁问道："来了又怎样？今天皇孙都抱了来，他理当进宫，我正嘀咕怎么这么久还没见到他人影呢。"

"不是，不是……"她笑着摇手，见左右无人，才忍俊不住地小声说，"刚才太子撞到素荷姑娘了！"

我一愣，半晌眯起眼来："哦？"

"皇后不去瞧瞧么？太子看见素荷姑娘，眼睛都发直了。"

我本来打算去瞧热闹的，听她这么一说，反打消念头，含笑转回寝室。

寝室里乳母正抱着刘建不住呵哄，刘建受了惊吓，且加上觉没睡够，所以哭闹不止。刘秀也甚为着急，不时地在边上团团转悠。乳母见他如此，不敢放肆，反而更加不知该如何是好。

我站在门口看了会儿，招手喊人抬来一架屏风，竖在床后，吩咐乳母到屏风后给孩子喂奶。

刘秀站在屏风前沉思，我挨近他，手肘撞了撞他的胸口，回眸飞了他一眼。他有些不好意思地低下头，我见左右只有纱南一人在远处静候，于是肆无忌惮地叉起腰，手指戳着他胸口，小声地指责："我生了五子四女，将他们一个个养大成人，你怎么到现在连这点自觉都没有？"

他笑着握住我的手指，连声称是："你生儿育女，劳苦功高，实在不易，为我受累了……我在这里给你作揖拜谢！"

终于念得我受不了他的贫嘴，快速拉他起身，娇嗔："不要脸，纱南可都瞧着呢，你也不怕失了身份！"

"我的身份是什么呢？"他装腔作势地抬头想了会儿。

"你说呢？"

他乐呵呵地低下头："不就是阴丽华的夫主，刘子丽的父亲，刘建的祖父么？"

我噗嗤一笑："那我就是刘文叔的妻子，刘子丽的母亲，刘建的祖母！"

他搂住我："是啊，可见我们两个真是天作之合！"

我大笑："越说越贫了，你个老头，今天偷吃蜂蜜了吧？"

"没。"他否认，"不曾偷吃，只早起在嘴上抹了些蜜。"他笑吟吟地看着我，耸肩，"没办法，人老了，怕夫人嫌弃，实在不得以而为之啊！"

我听他越说越不像话，再加上刘建的哭声越来越响，便挥挥衣袖，丢下刘秀，往屏风后走去。

刘建哭得又急又喘，小脸涨得通红，乳母抱着他，试着将乳头塞他嘴里，他却只是啼哭，始终不肯俯就吸奶。见我进来，本来就满头大汗的乳母更是窘迫。

"小……小皇孙不肯……吃奶……"

我横了她一眼，年纪很轻，约莫不到二十岁，不禁问道："你生了几个孩子？"

她不提防我会问这样的问题，半晌才期期艾艾地回答："贱妾生的是头胎，当初太子家丞征召乳母，要的就是头胎产子的……"

我点点头，为了让皇子皇孙得到最好的哺育，所以都会这么严格要求乳母的条件，只是这些被选进官邸工府的乳母本身都是年轻少妇，自身缺乏养育婴儿的经验，乳汁虽好，在带孩子上面却欠缺良多。

见我沉默不语，那乳母更加胆怯心慌，加上刘建的哭闹始终没有止歇，搞得屏风外的刘秀也按捺不住出声询问，"建儿怎么一直在哭？"

乳母愈发慌张，一张年轻的脸孔吓得毫无半分血色，颤抖着眼睫可怜兮兮地望着我。我看了看她，又看了看哭闹不止的孙儿，不假思索地从她手里抱过小刘建，一手托着他的小屁股，一手轻轻拍打着襁褓，轻轻晃悠，口中不自觉的哼唱起来：

黑黑的天空低垂，

亮亮的繁星相随，

虫儿飞，虫儿飞，

你在思念谁……

天上的星星流泪，

地上的玫瑰枯萎，

冷风吹，冷风吹，

只要有你陪……

虫儿飞，花儿睡，

一双又一对才美，

不怕天黑只怕心碎，

不管累不累，

也不管东南西北……

　　哭声渐止，当最后一个音符随着我的吟唱消散在寂静的室内，小婴儿再次阖上眼睑，甜甜沉入梦乡。

　　食指轻轻拂过刘建头顶柔软微卷的胎发，我心生怜爱，轻轻俯下头在他额头亲吻。抬头时，却发现刘庄正站在我面前，脸上满是感动，眼中充满柔软的笑意，隐隐似有莹光流动。我朝他撇嘴嘘声，甩头示意他出去，然后转身将刘建交还给涕泪纵横的乳母。

　　看到乳母将刘建哄放在床上，我才放下心来，绕过屏风，只见刘秀正坐在榻上，一手支颐，眼睑下垂，一脸安详。刘庄坐在他下首，手里捧着一份份的竹帛，正逐一念给父亲听。

　　见我出来，刘庄急忙起身，脸上真诚地笑了开来："这首歌谣记得小时娘时常唱来哄我和弟弟妹妹们睡觉，这些年弟妹年纪都大了，也是许久不曾听娘唱了。刚刚听到，真是忍不住心绪澎湃，倒令我想起许多小时候的事来。"

　　我笑道："你可算知道你小时候有多淘气，有多闹我心了！"

　　刘庄被我说得不好意思起来，舔了舔唇，向我作揖顿首："孩儿让母后操心了！"

　　我低头瞄了眼那些竹帛，伸手去推刘秀："孙子睡着了，难不成你也睡着了？若是想睡，不妨去老老实实补个觉，好过在这坐着犯困。今儿朝会，你可是一大早就起了。"

刘秀低哼一声，睁开惺忪的眼眸，舒展四肢："果然岁月不饶人，说到精力，朕倒确是输给马文渊那老儿了！"

我转到他身后，替他揉捏僵硬的肩膀，随口问道："又在为匈奴的事烦心？"

刘秀未答，刘庄已抢先解释："今日父皇拿此事询问朗陵侯，他却说愿领五千铁骑去立功！"

我一愣，转瞬大笑："臧宫这厮居然放出此等夸口大话？五千骑兵也想去对付匈奴？这竟是比樊哙还要会吹牛了！"

当年匈奴冒顿单于写信侮辱吕后，吕后与群臣商议，樊哙曾夸口率十万汉军去扫平冒顿，以此出这口恶气。

当然，这显然是不可能的事，所以当年吕后最终也没有对匈奴用兵，而是采用了平和的外交手段化解了这件事，由此可见吕后身为女子却非同一般的胸襟，以及高于群臣的政治远见。

"陛下是何看法？"我转头看向刘秀，刘秀目光炯炯地反看向我。

刘庄道："父皇已婉言谢绝了朗陵侯……"

我"哦"了声，正待坐下，忽听刘秀拾了枝尺简，一面敲打书案，一面朗声念道："挽弓当挽强，用箭当用长。射人先射马，擒贼先擒王。杀人亦有限，列国自有疆。苟能制侵陵，岂在多杀伤。"

我猛然一颤，先还有些不置信，待听他把整句诗念完一遍，又咬字清晰地重复了遍最后四句"杀人亦有限，列国自有疆。苟能制侵陵，岂在多杀伤。"才彻底清醒过来。

"你这是……"

刘秀突然伸手一拉，手上加大力，将我摁在席上，然后起身，对着我作了一揖。

"这是做什么？"今天这对父子先后拜我，搞得我脸皮再厚也有些承受不住了。

"妻贤夫之福啊！"他毫不掩饰的赞赏让我更加心虚，愧不敢当。

刘庄趁机使劲拍马屁："母后母仪天下，乃天下妇人楷模！"

我虽有些自知之明，却也在这父子俩甜言蜜语的马屁中被吹捧得有点晕乎了，不免得意地咧嘴笑了起来："你这小子，如此讨好为娘，自然是有所求。"

刘庄装傻，只是浅浅一笑，却没有说什么，我见他并不开口，索性也假装不知，一家三口随即换个话题聊了开去。

情　理

建武二十五年，马援讨伐武陵蛮夷，大军进抵下隽，有两条路可以通向敌营，一条从壶头深入，路虽近但路况不好，沿途凶险，危机四伏；另一条从充县取径，路虽好走可战线拉得很长。当时副将耿舒建议走充县，马援认为补给路线拖得太长，粮草消耗太大，不利于战事，所以选择从壶头深入蛮夷腹地。

正所谓将在外君命有所不受，何况行军打仗，若有分歧自然听从主将，没想到这事还真僵持不下了，最后两项决策都呈报到了朝廷，摆到了刘秀面前。

我对这种事事都非要刘秀亲力亲为的做法感到十分厌恶，虽说刘秀是个能干的好皇帝，但不管屁大点事，都要呈报上来，非搞得让皇帝来一一指定该如何做，手把手地教导，这实在跟刘秀亲征没太大的区别。

刘秀的身体若好，管他多少折腾我也不会有多大的意见，可如今他的身体真是拖了一天算是挣一天，经历过两次中风后，他哪还有再多的精力和脑力事事亲为？这些富有作战经验的将军，不仅不能分忧解劳，还事不分大小，动不动向朝廷禀告，滋扰皇帝，在我眼里简直就是无能的表现。

刘秀最终准了主帅马援的战略，大军从壶头深入。就在我以为事情已经解决时，一日朝会，耿弇向刘秀呈上一封信，信的内容是耿舒写给兄长的，大致说的是之前他上书献策应走充县，补给路线虽长，可保人马安全无虞，如今却被困在壶头，进退不得，数万将士忍受酷暑炎热，不久便会死伤殆尽，全军覆没，使人痛惜。而之前在临乡，蛮夷忽然集结于大营前，原本趁夜偷袭，可将敌军歼灭，但马援却像个做小本生意的西域商人，每到一处皆要停顿，以至于良机错失，倍受挫折。如今中暑疫情蔓延，和他当初料定的一样，这全因马援不听他的谏言之故。

说实话当刘秀将这份信转给我看完后，我有那么一刻特别郁闷，四万人的性命啊，居然在高温炎热的赤白之地全被困在壶头，进退两难。但也不能因为耿舒的一面之词而偏听偏信，一味认定马援有错。在我个人意识里，总觉得这二人一个是主将，一个是副将，意见或有相悖，但争吵翻脸到如此地步，也真是叫人对这两人如同儿戏的行为无法产生好感。

"朕打算派梁伯孙去武陵，质问马援整件事的来龙去脉，暂代监军！"

我表示赞同，同时也提出建议："我看这事不管是马援还是耿舒，太过纠缠谁对谁错只怕难以得出一个准确的结论，此次出征尚有另一名副将，不如让伯孙也去问问马武的意思。"

刘秀默许，于是翌日梁松告别妻子，乘坐驿车前往武陵。

梁松抵达武陵后数日，从武陵传回消息，马援确如耿舒所言，且罪证凿凿，将士们对他早已不满，军心大为受挫。之后陆陆续续又有消息传回，上书奏曰当年马援南征交阯，班师回朝时装载了一车的明珠犀角，另外附加了马武与侯昱的证言。此事一经捅出，举朝哗然，朝中官吏纷纷上表，例证确有此事，只是当时伏波将军军功赫赫，锋芒太盛，无人敢言。

这番一而再、再而三的告诘终于令好脾气的刘秀动了雷霆，下诏收回马援新息侯的印绶。诏书发出去没多久，梁松传回消息，马援已死，言辞中隐射其实乃畏罪羞愧自杀。

盛夏酷暑，马援的尸体从武陵运了回来，马援妻儿前来收尸，却不敢将马援的棺柩运回祖坟安葬，只是在城西买了几亩地草草掩埋。

一代名将最终竟会落得如此下场，死后不仅难以栖身，且还搞得身败名裂。欷歔之余，不禁想到当初多亏有他，才能拉拢隗嚣，他自投靠汉朝，历战无数，军功累累，只是一时贪念之过，才惹来如今的大祸。

念着往日的交情，我倒有心留意起他的身后事来，有道是人死如灯灭，他既已死，那些罪过也算抵得过了，不应再累及家人。不曾想我还没派人上门查访，马援的妻儿早已自己登门。

一连数日，马援的妻儿皆跪在宫阙口请罪。宫阙口乃百官上朝等候列队的必经之路，据闻马援的侄子马严用草绳将自己和马援的妻子蔺氏、马援的四个儿子、三个未出嫁的小女儿一并捆系在一起，跪在朱雀门宫阙下。如此酷暑，寻常人躲在室内都觉得闷热难当，那几个妇孺跪在毒辣辣的太阳底下又如何吃得消？

刘秀迫于无奈，只能命人将梁松的奏章送到他们跟前，告知马援罪行。原以为此举可以打消他们的愚行，没想到他们晚上回家后，竟然上书诉冤，白天仍是浩浩荡荡一行人跪于宫门，如此反复，接连上了六道诉冤状。

我对此感到惊讶万分，如此锲而不舍的韧劲真让我对马援家人刮目相看之余也起了些许困惑。

刘秀对诉冤仍不予理会，没想到前任云阳县令朱勃，也一并跪在宫阙，上书为马援辩护。朱勃的奏书递到刘秀手里，刘秀虽然没说赦免马援的罪行，却同意了马援家眷所求，恩准回祖坟安葬。

这之后刘秀夜里睡觉总不踏实，时常天不亮就醒了，偶尔闭眼躺在床上，却总能听到他不留神逸出的嘘叹之声。我愈发觉得可疑，于是着人将朱勃的奏书全文抄录下来，让素荷通读，然后一个字一个字地讲解给我听。

全文七百余字，字字珠泪。这个年纪六旬的老人，为了知交不惜跪在宫阙请书，其心之诚，绝不亚于当初礼震舍身为欧阳歙请命。

素荷很小声地讲解完，我知道自己脸色不大好看，所以这个孩子读完后连声都不敢出，我不忍吓着她，示意她出去，然后将纱南唤了进来。

"马援究竟是怎么死的？朱勃的奏书上称，当时军中暑疫严重，不仅士兵得病，就连马援也不能幸免。如果他真是病死的，又何来畏罪自杀一说？"

纱南静静地听我说完，低头想了半天，才讷讷地说："依奴婢看，此事已了，不必再去追究，既然陛下已认定其罪，那他自然有罪。"

我一愣，这话听得可真耳熟！想当年欧阳歙一案也颇多疑点，我不也照样睁一眼闭一眼地混过去了？

可是……

"不一样啊……"回想刘秀辗转反复，难以安眠的样子，我无奈地叹了口气。上了年纪的人，总会不自觉的回顾过往，年轻时做过的一些错事，当年看来也许并不怎么样，可随着年岁的增长，往往会难以抒怀。早年为了架空三公，刘秀对付韩歆、欧阳歙等人的手段确实狠厉了些，之后刘秀也时常郁闷，结果当时还是我让马援去劝导他，宽他的心，没想到如今因果循环，这样的事竟会轮到马援自己头上。

三年前南阳大地震，刘秀更加认为是他早年推行度田，酷政造成上苍震怒，才会引来灾祸。马援若是罪有应得自然最好，但如果是冤枉受屈，只怕刘秀会因此难过一辈子。

"皇后！"纱南不能理解我的想法，于是再次好心地提醒，"那可是你的女婿啊！"

我一震，顿时呆住了。

这真是一个无法逃避的严峻问题啊！

朱勃的奏书已使这档官司的疑点初露端倪，如果真要深挖下去，势必会挖到一些不堪入目的东西。至于到底会挖出些什么，这还是未知数，但有一点却是现在就可以预料到的——如果马援无罪，那么查证说马援有罪的梁松便难逃罪咎。

我左思右想，反复考量了半天，终于决定放弃。我想令刘秀辗转反侧的原因只怕也正是在此，如果马援无罪，那有罪的人又该是谁？是梁松，是马武，是侯昱，是满朝文武，还是一国之君的皇帝？

薏　米

"皇后！"素荷入宫与其说是服侍我，倒不如说成是我在照顾她。

"要叫姑姑。"其实这孩子性子像极了琥珀，心肠软，脾气好，但也或许是因为她的长相，我对她又别有不同。

自她十三岁入宫，到现在已近两年，眼见得个子长高了，眉目间的熟稔感却越来越强烈。闲暇时，我常常喜欢把她叫到身边，什么都不做，只是静静地看着她，听她说话，看她替我研墨，忙前忙后……

我也曾兴起说要教她跆拳道，只是一来我年纪大了，作为皇后在宫里舞刀弄剑的也极不方便和雅观，二来素荷这孩子喜静不喜动，我教了两回，发现她的根底并不太适合习武，身体柔韧性和四肢的协调性远不如刘缇。

但我终究不死心，心底深藏了某种执念，因为太过渴望以及急切，总是不舍得让它就此擦肩而过。就如同世上千千万万的母亲一般，总希望在子女后代的身上找到自己的影子，寄托自己已经逝去的美好年少时光。

素荷的五官长得十分像我，这在宫里早已成了公认却不敢随便拿来议论的秘密，而且我正一直努力在使她越来越接近那个年少时神采飞扬的阴丽华，可惜却总不大如意。

唯一能察觉我心中这股的执念的人，只有那个与我同床共枕数十年的老公，但他对此却没有任何表示。有次我试探着向他提起素荷，他却只是笑着反问我："世上安得两个阴丽华？"

世上如何不能有两个阴丽华？至少，我这个管丽华，迄今已经冒名做了三十几年。

虽然刘秀对素荷的存在不在意，但宫里却少不了对她在意的人，刘苍、刘荆等与她年纪相仿的皇子，都削尖了脑袋借故接近素荷，待她也比对待其他宫人大不相同，不仅如此，就连住在太子宫的刘庄入宫请安时，也时不时地会把视线移到素荷身上。

记得刚入宫时，素荷为人老实，所以常常被顽劣的刘荆欺负到哭鼻子。那时候我让刘苍教素荷拳脚，一面半开玩笑地对她说："如果你肯扇他一巴掌，踹他一脚，他以后肯定不敢再欺负你，反而会死心塌地的听你话！"

我心里实指望着素荷能豪气干云地说一句："好！下次我一定揍他小样的，给他好看！"可结果仍只能得到委曲求全的一句话："这如何使得？奴婢不敢僭越！"

不能不说失望，失望之余，剩下的全是满满的失落。

我期冀从她身上找回当年那个任性天真的自己，却始终只是徒劳，也许，她最像的那个人不是我。

但我仍纵容素荷在宫里放肆，赋予她许许多多其他宫人无法得到的特权与恩宠，以至于有时候刘绶会很嫉妒地抱怨说我对待侄女比对待女儿还要好。

"昨天你娘给你带什么好东西了？"我歪在床上，她在床位替我拿捏着小腿。

"哪能有什么好东西比得过宫里的？"她心不在焉地回答。

这孩子心里藏不住事，什么心事都摆在脸上呢。

我不动声色："的确家里有什么能比得上宫里的，回头告诉你娘，让她少操心，你只说你的亲事全由姑母作主呢，凭你爱嫁哪个便嫁哪个！"

素荷苍白的面颊忽然红了起来，那双水汪汪的眼睛亮了起来，熠熠动人。她朝我飞快地一瞥，含羞下按捺着一种兴奋，但口中却仍是低声说："皇后真爱拿阴姬取笑。"

我笑了，喜欢听她自称"阴姬"时的口气，喜欢看她羞红的双耳，喜欢看她雀跃的表情，喜欢看她娇憨怀春的模样，我贪婪地从她身上找寻着岁月逝去的痕迹。

"皇后！"

"都说了几百回了，无人时，你只管叫我姑姑。"

"姑……姑姑，奴婢……"

"也不必用谦称。"

她脸更红了，胡乱的寻找话题化解自己的窘迫："娘说，昨天在宫门口没看到马家妇孺……"

笑容蓦然僵在唇边，马援的事是我心底的一根刺，目前是触碰不得的。我刻意忽略接触这件事，相信刘秀也已决定息事宁人，所以朱勃被遣送回了家乡，大臣们对此事的态度也都冷清下来。

但素荷显然不会知道我心中所想，她继续讲道："听说是因为马援的幼子病了，正四处寻医救治呢。想想也是，那么毒的太阳，跪上一整天，皮都掉几层了……"

我突然从床上坐了起来，素荷没提防，吓得赶紧缩手。我勉强挤出一丝笑容，拍拍她的肩膀："乖女子，你先出去，姑姑想打个盹。"

素荷自然不会反驳，顺从地出去了，我躺在床上发了会儿呆，过了会儿，听见纱南的声音在外间很小声地问："皇后歇了？"

我犹豫了片刻，终于还是起身将她叫了进来："马家现在情况怎么样了？"

纱南一愣，下意识地垂下眼睑，缄默不语。

我叹气："我不是想要追究些什么，我知道权衡轻重，只是这心里始终挂念。"

纱南抬起头看了我一眼，迟疑了许久才说："马援的小儿子马客卿医治无效，昨夜已经夭折了……"

我心里猛地一凉。

纱南担忧地看了我一眼："马援之妻蔺氏悲痛，哭了一整晚，听说人有些不太清醒……"

心里愈发纠结起来，不知道为什么，听纱南叙述的时候，我脑海里竟浮现出刘衡的影子。

"这事陛下知否？"

她摇了摇头："京城之中已无人关注马家，平日与马援交好的人也不再上门，家中门客散尽，真是……"

底下的话她没说下去，我却完全能明白她要说什么。树倒猢狲散，这等世态炎凉古今无有不同。

"我……"那句话哽在喉咙里，我怔怔地看着纱南。马援的死不能打动我硬起的心肠，然而马客卿的夭折却像是在我心上深深扒开了一道旧伤痕，"我想去马家看看。"

纱南一副不敢苟同的眼神，她嘴里不敢说什么，心里只怕认为我也疯了。

打铁尚趁热，我心里想什么便做什么，于是起身换衣服："只说去太子宫，从上东门出宫，然后转道去马家。不必铺开随从仪仗，免得引人注目！"

马援的府邸并不在城中，位置有些偏，我在宫外换乘了一辆装饰朴素的马车，轻装简骑的去了马家。

宅院门可罗雀，夯土墙面焦痕斑驳，院墙外种着几亩秸秆植物，约莫一米来高，非谷非稻，不知为何物。

我想走近些看清楚，于是下车，素荷急忙打着伞替我遮挡阳光。

纱南则上前叫门，没多会儿有人出来开门，一身的大功麻衣。

"你们……找谁？"那是个年纪比素荷还小几岁的女孩儿，面容清秀，脸上泪痕未干，眼睛和鼻头都是红红的，看到我们一大群人站在门外，惊讶之余不禁也警惕起来。

"我家夫人……特来拜会马夫人。"纱南侧身让开，使那女孩能看清楚我。

我冲她微微点头一笑，她虚掩着门，狐疑地打量了我两眼："我娘……不便见客！"

纱南上前一步欲解释，那小女孩像是受到很大的惊吓，猛地将门关上。

纱南无奈地回头向我瞄了眼。

我不以为忤地笑了笑，继续走到墙根下看那些杂草一般的植物。泥土被太阳晒得裂开无数到细口子，秸秆已发黄发蔫，我正要探下身细看，那大门嘎吱一声打开了。

从门里出来一个女孩儿，也是披了一身的大功，但身量却要比刚才那位高出许多。

"方才可是这位客人要见家母？"女孩说话语调很慢，谦和中又带着一种韧劲，没有半分惧怕生人，眼神清澈坦荡，倒颇得几分马援的真传。她目光在众人身上打了个滚，最后落到我身上，然后停住，彬彬有礼地对我作揖道，"刚才多有得罪，还请贵客海涵。"

明晃晃的阳光照射在她乌黑的秀发上，白皙的肌肤微微沁出一层汗珠，她不抹也不擦，任由汗水顺着脖子滑入衣领。

"客人先请堂上坐！"她侧身做了个请字，面上虽无欢笑，却又让人觉得她待客真诚，毫无怠慢之心。

"多谢！"纱南道了声谢，率先进入马府，素荷扶着我进入府内，只见树木幽幽，院中栽了杏树、桑树、榕树等好几株参天大树。主宅就建在树荫下，人一走进去，迎面便感到一种与世隔绝般的阴凉。

我无意中瞥见那个将我们拒之门外的小女孩正缩在一棵榕树后，瞪着乌溜溜的眼珠，仍是一脸戒备地盯着我们。

给我们开门的女孩领我们上了堂，我在阶下一边脱鞋，一边故作轻松地搭讪："刚才那位是你的妹妹吧？"

她顿了顿，回首看了眼树下的女孩，然后回答："不是。那是我的异母姐姐，只比我大一岁。"

我大为惊讶，眼前这个女孩身材修长高挑，虽然长相稚嫩，但举手投足气度从容，待人接物自有一股稳重的气质，一点也不像是小女孩所有。我来之前便知马援尚有三个未曾出阁的女儿留在家中，原以为她会是三女中的长者，却没想到会完全料错。

"女子。"趁隙我抓住了她的手，乐呵呵地拍着她的手背，漫不经心地问，"你叫什么名字？今年多大了？"

她果然不怕生，大大方方地回答："我叫马澄，今年整十岁。"说完，手指向阶下的一个小女孩，"这也是我异母姐姐，名叫马姜，今年十二岁！"又指向堂外树荫下怕生的女孩，"那是马倩……"

说话间马姜正拾阶而上，听闻妹妹介绍，她腼腆地冲我们勉强一笑。相对于马姜有些生疏的礼貌，马倩却仍是死死地盯住我们，令人有种背心发痒的感觉。

"家慈卧病在床，不能见客，还请夫人见谅。"马澄以晚辈礼向我稽首，让席西侧面东。

我正惊讶她的知礼，马姜已很小心地探询："请问夫人如何称呼？"

我正准备瞎编胡诌，那边马澄已脆生生地开口："二姐，你且先带三姐去照顾母亲，吩咐管家好生看顾夫人的随从，这里由我照应即可。"

她年纪小，且是庶出，在家中本应地位卑微渺小，做不得主，插不上话，却不想马姜的反应出乎意料，非但没有反驳，反而当真听从地下堂去领着马倩走了。

待马姜、马倩一走，马澄又屏退开丫鬟，正在我们诧异她小小年纪行事作风宛若大人般成熟时，她忽然推开身下的席子，敛衽跪地，向我拜道："罪臣女马姬叩见皇后！"

这下子，不仅我惊吓，就连纱南等人也俱是变了脸色。

"你怎知我是皇后，不怕认错人么？"我和颜悦色，微笑相询。

马澄镇定自若地回答："去岁腊日我在太子宫观傩戏，曾有幸见过皇后仪容，自问不会认错。"

"太子宫？"

"诺。我家大姐有女贾氏，选入太子宫为良家子，去岁有孕，晋孺子。腊日我正是陪大姐入太子宫探望贾孺子。"

"贾孺子……"刘庄成人后，太子宫按例遴选良家子，他这孩子禀性也不知道随了谁了，竟是今日爱这个，明日爱那个，雨露均沾，纳了不少侍妾，仅这两年工夫，便接二连三地添了两女一男。我说了几次，他却总是面上答应，背地毫无收敛，依然我行我素。

如果没记错，这个晋封孺子的贾氏乃是我的第二个孙女刘奴之母。

"原来竟也是亲戚。"

马澄又磕下头去，这次抬头时眼眶已经红了："不管出于什么原因，皇后能微服莅临寒舍，已足以令我等感激涕零。"

她虽然强忍热泪，但面上悲凄之意却难以掩饰，再如何坚强能干，到底还只是个十岁的孩子。

"你的兄弟呢？"

"堂兄带着他们四处奔走，替先父鸣冤……"说到这里，声音发颤，那个削瘦的肩膀也在细微地打着颤。但她始终不卑不亢，从识破我的身份到现在都不曾开口求过我半句。

"你难道不想替你父亲申冤么？"

她一颤，泪珠潸然而下："为人子女者，孝道为先，替父申冤乃天经地义之事，不容退怯。但我认为皇后自有主见，非我哭诉便可动摇一二，既如此，不必再提只字片语。"

我对她发自内心的生出好感，这孩子思维敏捷，条理清楚，难得是家中遭逢如此劫难，居然还能像现在这般冷静理智，别说她还只是个十岁的小女孩，即便是成年人恐也难得做到这一步。

"今日能识得马援之女，也算不虚此行。"我没做出任何承诺，她也没有开口求过我任何事，我俩彼此心照不宣。这样冰雪聪颖的女孩儿如何不教人喜欢？

临去时，马澄送我到门口，素荷与纱南安顿我坐上了车。马澄先只安静地站在门口遥遥相望，就在我们准备离开的那一刻，她忽然冲到墙根下拔下一丛秸秆，飞快地向马车冲来。

"皇后——"她脸色苍白地望着我，那双通透明亮的眼眸中饱含恳求的婉转眼神，双手颤巍巍地将那把秸秆递到我跟前。

因为拔得太过心急，她的手被批针叶片割伤，白皙的手背上纵横交错着数条血红条印，分外刺眼。

"这是什么？"我笑吟吟地问她，"女子，是要送给我做礼物么？"

"这是……这是……"阳光下，她的脸却出奇的白，毫无血色，汗水打湿了她的秀发，碎发黏贴在她的面颊上。她嗫嚅许久，终于鼓起勇气，将秸秆放到我的车上，"这是我爹爹从交阯拉回来的一车明珠犀角！"

我眼皮突突地跳了两下，面上却丝毫未有改变，只静静地瞅着马澄。她呼吸急促，大大的眼里盛满希冀和渴望，虽然她嘴上什么都不说，可是那双玲珑剔透的眼睛却将她心底要说的，想说的，全部说了出来了。

我暗自叹息一声，淡然颔首："如此，多谢你的礼物！"

马澄的手缩了回去，竹帘随即放下，我没再去留意她的表情，那双眼只是死死地瞪着面前那丛干蔫的植物。

马车晃晃悠悠地开始起步，我木然地伸手，从那秸秆上捋下一把穗子，双手合十，细细一搓，落下许多黄褐色的种皮来。过了片刻，掌心便只剩下一粒粒的细小种子，比麦粒大，一端钝圆，另端较宽而微凹，背面圆凸，腹面有一条纵沟深深凹陷。

素荷惊讶不已，不由好奇地问："这是什么？"

我默默地拣起一颗塞入嘴里，牙齿慢慢嚼动，种粒被磨成粉状："薏米……"

寿　陵

"结果怎样？"

纱南面带难色地觑视我。

我不冷不热地放下狠话："在我跟前不准说半个谎字！事情轻重我自个儿拎得清，不用你来决定哪些该做，哪些不该做！你若故意说谎来诓我，别怪我翻脸无情。"

纱南这才取出一只黑木匣子，递给我："交阯遍布瘴毒，南方产果薏米，食用后能轻身省欲，压制瘴气。马援在军中常和士兵以薏米为主食，且因南方薏米果大，是以班师回朝时，特意拉回一车薏米果种，希望在京师附近播种养植。马援拉回的薏米种子未曾相送于朝中权贵，外人不识薏米，故此纷纷猜度为奇珍异宝……"

我咬了咬牙，冷笑："原来这就是所谓的明珠犀角，奇珍异宝。哼，一群没见识、没眼没皮的东西！有道是三人成虎，如今果真如此！"我执起木匣，狠狠地砸在地上，"查！我要彻底查清这背后到底是怎么一回事！究竟有哪些人自作聪明，敢将帝后当作愚翁蠢媪来欺要！"

木匣被摔裂，纱南这才明白我动了真怒，气性冲头，马援的事不查个水落石出，明明白白，我定不肯善罢甘休。

阴家的影土力量经过这些年的培养，触角早已遍布全国各地，若非阴识再三叮嘱不可毫无节制的发展，有可能我会让这股谍报力量直接插入到匈奴、乌桓以及西域各国腹地去。

如今影士的效率之高常人难以想象，不过短短数日，一卷卷的竹帛捆扎着摆放到我的书房案面上。真是不看则已，越看越怒，即使我早有心理准备，知道梁松曾经因为马援没少挨刘秀的责备，然而马援作为他父亲的同辈，他心中不满也无可奈何，毕竟尊长乃是礼仪美德。

梁松是我的女婿，也就是半子，不管他在这件事里头夹带了怎样的私心，我心里总是偏向于自己的孩子。但我千算万算，也绝料想不到梁松所作所为并非幸灾乐祸、落井下石那么简单——事实上早在他被派往武陵做监军时，马援便已经感染暑疫身亡。所谓的罪证确凿，马援最后羞愧自杀云云，纯属子虚乌有。

朱勃说得好，一个人说某人是坏人尚不足信，但三个人一起说某人是坏人时，却会使人信服。刘秀和我都不是圣人，在无法得知真相的情况下，自然更容易接受周围的一些舆论观点，更何况提供这些观点的人都是素日最亲近的心腹老臣，以及是最信赖的两个女婿。

"马家原与窦家有姻亲之义，但近日马严已令蔺夫人向窦家提出解除婚约！"

我点头，马援冤屈，窦固也有份参与，马严如此做法，也算得是有骨气的。

但细细想来，马援之所以落得如今这般收场，未见得就不是这素来骨子里的傲气作祟，终酿此等苦果。马援确实有才，能文能武，但他为人太清高孤傲，使得满朝之中，竟出现那么多人见不得他的风光，在他落难之时，未见多少权贵替他及他的家人伸出援手，反而一个个争相落井下石。

人缘竟是处到如此差劲的地步！马援若是在天有灵，看到自己的遗孀孤儿求告无门，落魄如斯，不知会否有所感悟。

"梁松在壶头暂代监军，如今那边将士军心如何？"

"还不是很清楚详细情形，只知蛮夷围困，步步进逼，将士耐不住暑热病倒的人越来越多……"

"可见得速战速决！"我沉吟片刻，问道，"那里可有值得信赖的人手？"

纱南回道："有。原监军宗均乃是南阳人，可信。"

"既如此，依我计行事……"

梁松查完马援事件后，武陵郡壶头已成一处死地，将士相继伤亡数字超过大半，义王挂念夫主，恳求父皇诏令梁松回京复命，刘秀应允。

梁松前脚离开壶头，后脚宗均便与剩下的将领商议，战事持久不下，预备矫诏向蛮夷招安。耿舒、马武等人伏地不敢吱声，宗均以将在外君命有所不受的论调，假传皇帝制书，将伏波军司马吕种提调为伃汃陵县的代县令，再派吕种手持假诏书，前往蛮夷大营。

明面上行招安之举，暗里大军悄然尾随，以防不测。

十月份有消息传到京师，蛮夷部众杀了自己的主帅，向汉军投降。

宗均亲自前往蛮夷之地，将乱民解散，各自遣送回原籍，然后委派地方官员就任，做完这一切后才班师回京。

宗均班师从武陵动身的那天，我盛装穿戴，跪在了西宫的大殿之上，向刘秀坦承指使宗均矫诏之举，却刻意瞒下了梁松、窦固等人对马援的污蔑手段。

空荡荡的大殿，刘秀蹲下身，扶着我的胳膊，眸底布满浓郁的怜惜。我与他两两相望，知我如他，一如知他如我，二人心意相通，早已无需多做解释。

宗均未曾抵京，自劾矫诏之罪的奏书已先一步送到，皇帝非但未曾怪责，反嘉许其功，派人出城迎接，赏赐金帛，特准其不需回京复命，可先行衣锦还乡祭扫祖坟。

马武回京后，我派人将一株薏米秆送到他府上。三日后朝会，马武在却非殿上亲自交出印绶，卸甲而去。

"母后这回未免太过托大了，这么大的事也只有父皇才会任由母后自作主张！"

面对刘庄的担忧，我不知道要用什么样的言语来对他讲述这其中的枝枝节节。这孩子如今已经成年当了父亲，在刘秀的教导下，朝政的事情他也渐渐能够摸熟。宗均矫诏，不罚反赏的内情能瞒得住公卿，却不能完全瞒得住他，所以刘秀对他的解释是，因为自己的身体原因，故此授意由我全权处理。

《太史公》书上很清楚地记载着历代后宫女子参政的例子，无论是高皇后吕雉，还是文皇后窦姬，最终都不为史家所喜。想当然尔，自然也不会被新帝所喜，哪怕……新帝是自己的儿子、孙子。

我忽然有些领悟到阴识长久以来的良苦用心，虽然嘴上仍不愿承认这在帝王之家其实是种很现实的平常事，但心里却已隐隐生出一股莫名的惆怅。

建武二十五年末还发生了一件令我们夫妻伤心的事——我的表哥，西华侯邓晨故世。

当初刘元惨死小长安，刘秀称帝后追封她为新野节义长公主，立庙于新野城西。邓晨死后，刘秀特派中谒者前往料理丧事，招引刘元孤魂，使夫妻二人得以合葬邙山。

出殡那日，刘秀与我一同送灵柩上山，亲眼目睹地宫墓道关闭，最后坟茔之上覆盖住厚重的封土，想到昔日亲密无间的人终于长眠地下，心里说不出的感伤。

那日刘秀站在山头，迟迟不去，我挽他手的时候，发现他双眼通红，脸色白得惊人。这些年我最担心的就是他的健康，最怕的就是他太过劳累，大喜大悲，情绪波动太大引起风眩旧疾。是以见他如此，忙出声安慰："别难过，二姐等了表哥这么多年，如今总算是夫妻团聚了……"

我本意是想安慰他的，可是看着眼前荒凉高耸的厚重封土，心里忽然也觉得空了，说到这里声音哽咽，低着头竟不知道怎么再把话接下去。

山上风大，除了新夯的封土裸露着黄色的泥土，四周尽数被皑皑白雪覆盖。刘秀呵了口气，白色的雾气在他唇边飘散，和他缥缈的声音一起，冷清地飘散在冰削的空气中。

"丽华，如果有一天……"

我一把捂住他的嘴，惊惧地瞪大眼睛，脑子里一片空白。

他就这么低着头，目光柔软地注视着我，脸上带着浓浓的不舍。

我的手开始不由自主地发颤，他握住我的手，放下。

风刮在脸上，刀割般疼，他的掌心拂过我的面颊，拇指轻轻摁住我的眼角，我这才醒悟过来，原来竟已在不知不觉中落下泪来。

"别这样。"他忽然笑了起来，沧桑的眼角鱼尾纹褶叠，可他的笑容依然那么温柔无敌，眼神依然那么醇如蜜酒。他这一笑，似乎又将这几十年的时光都化在弹指之间，"这是早晚的事，与其逃避，不如坦然面对。"

我狠狠地咬着唇，倔强地呢喃："我不……"

他抚摸着我的面颊，怜惜之情尽显在脸上："如果真有那么一天，我希望……你能坚强。因为你不仅是我的妻子，还是孩子们的母亲！"

我低垂下头，慢慢的由呜咽变成啜泣，然后声音越来越大，终于到最后，他双手稍稍一用力，将我带入怀中，狠狠地勒住我的腰："别哭……你只要记得，我是不会离开你的。即使将来阴阳相隔，我也会守在原地，一直等着你……"

天空开始飘雪。

碎絮般的雪片在风中不断旋转飞舞，逐渐迷离了双眼。

建武二十六年正月，建武汉帝选址建造寿陵。

生老病死乃人生规律，那日自邓晨墓前听了刘秀的一番话后，我也知这事难以避免，一个人的最终归宿皆是如此，不可能长生不老。

从风水看，邙山最具气势，乃帝陵最佳选址，但我只要一想到西汉的那些帝陵便不寒而栗，无论帝陵建造得如何华丽奢侈，也难逃赤眉军一通狂盗。

尸骨无存且不说，最可怕的是将来沦落成吕雉那样的下场，百年后还要被狂徒凌辱。

我把我的意思说给刘秀听，刘秀表示赞同，于是对负责建造帝陵的窦融表明态度，寿陵规格不讲求有多富丽堂皇，他本是白衣皇帝，一生勤俭，死后坟茔若有陪葬，也只需安置一些陶人、瓦器、木车、茅马，这些东西容易腐烂，最好使得后世找不到皇陵所在，没有盗墓之扰。

最终陵址弃邙山不用，选在了邙山山脚，黄河之滨，以现成的地形作枕河蹬山之势。朝臣们虽讶异，然而帝后一致决定了百年归所，他们便只好无奈地闭上了嘴。

我又另外关照窦融，前汉皇陵的建造风格，或是帝后不同陵，或是同陵不同穴，皆是分开安葬，但本朝虽也称汉，却不可与前朝风俗同等。窦融明白我的意思，自去督造不提。

我却仍是不放心，时不时地找来刘庄，在他面前碎碎念的提到陵寝的事，刘庄却很不愿意听我念叨那些死后会如何如何的事，总是借故岔开话题，显得不是很有耐心。这样的情况经历了几次，还真把我逼急了，有一次直接拉住他不放，大声训斥："你个孽子，难道要我死不瞑目吗？"

"娘——"我料不到这么一句急话，竟将这个一贯孝顺的大儿子逼得在我面前跪了下来，涕泪俱下，"你能不能不要总是想着百年以后的事？你知不知道，你每次绘声绘色地在我面前讲，百年后可得清闲，能与父皇一起登邙山看旭日，携手黄河边散步，日落栖身帝陵，过着清清静静的寻常百姓夫妻生活……娘啊，儿子不愿你离开，我还没好好侍奉你，你每次这么说，都让儿子觉得心上很疼啊——"说到动情处，他抱着我的腿，哭得像是七八岁的小孩子，毫无形象可言。

我怔怔地看着他，觉得心都快被他哭碎了。

也正是从那以后，我再没有在任何一个子女们面前提过死字。

井 丹

建武二十六年，合肥侯坚镡亡故。

建武二十七年五月十一，刘秀下诏，三公更名，大司徒与大司空皆去掉一个"大"字，大司马则改称太尉。

同年，北匈奴单于蒲奴派使者前往武威郡，请求和亲。朝会上皇太子刘庄力排众议，认为南匈奴单于比新附，北匈奴惧怕中国攻打，所以才求软依附，但如果接受北匈奴的和解，则恐怕南匈奴心生疑惧，到时候弄巧成拙，反而得不偿失。

刘秀赞同刘庄的看法，下令武威郡太守不接待北匈奴使者。朗陵侯臧宫、扬虚侯马武见此，趁机上书，请求皇帝出兵攻打匈奴。他们认为匈奴分裂，今非昔比，此时出兵恰好可以借此创下流芳百世的丰功伟绩，垂名竹帛，比肩卫霍；而刘秀作为皇帝，若是趁此机会一举灭掉匈奴，功德更可盖过汉武。

刘秀认为汉人在边境开荒垦田，只是为了防御敌人，如果贸然发动战争，以消耗半个国家的资源来做一件未必一定能做到的事，只不过穷兵黩武罢了。与其博后世美名，不如在当世做仁君，让百姓休养生息。

刘秀的坚决表态，就此让那些期望借此有所建树的将领从此不再提起攻打匈奴。

这一年，刘秀的舅舅樊宏逝世，谥号恭侯。刘秀重用赵憙，并询问他要如何才能使汉室江山稳固长久？赵憙提议将封王的皇子，尽早送到各自的封地去。

皇子们成人后羁留在京，本意是为了就近监视这些皇子的动向，然而刘彊、刘辅、刘英甚至提前迁出皇宫的刘康与刘延，五王一齐住在北宫，时间久了，在北宫进进出出的三教九流也多了起来。这些拥有各自丰厚食邑的诸侯王，平日里无所事事，除了斗狗遛鸟外，还爱收养宾客。

他们一个个都是闲赋在家的诸侯王，享受着封邑，钱多的最好用处就是蓄养门客。古有吕不韦门客三千，今时今日五王所居北宫处所，门下之客加起来何止三千？

五王里面又以沛王刘辅最得人心，他矜持严厉，遵守法度，礼贤下士，散尽家财招揽人才为门下客。他还喜好经书，常与门客一起讲解京氏《易经》、《孝经》、《论语》以及图谶。昔日吕不韦与门客为博声誉做书《吕氏春秋》传于天下，刘辅也作一书曰《五经论》，时人将此书通称为《沛王通论》。

北宫五王居所，向有眼线安插其中，刘辅所作所为我无所不知，《沛王通论》一出便在权贵之间争相传递称颂，人人赞誉刘辅为贤王。

我对古论一窍不通，那卷已成籍的《沛王通论》由底下人完本抄录后进献至我的案头，我一个字都没翻阅过。在我而言，《沛王通论》里头到底写了什么内容并不重要，就好比《吕氏春秋》对于吕不韦而言，真正的目的绝非为了只是为了要传世后人他的思想与觉悟。

吕不韦要的只是世人对他"一字千金"信诺的赞许，而刘辅要的也只是一个贤王的美名。

"我都想就这么算了，得过且过，眼不见为净，偏有人不愿清静！"历朝历代都不会少了这类皇子夺嫡的戏码，郭圣通若是肯安守本分，我也不愿欺人太甚，自然予她颐养天年，得享天伦的晚年。

"可见得人心始终是不足的……"我深深叹息。

那一年的岁末，宫里照例迎来了腊日逐傩大戏，整个南宫热闹非凡，皇帝、皇后与膝下的十位皇子、五位公主，以及皇孙们齐聚一堂，共享天伦之乐。也正是这天夜里，少府奉皇后诏令，将沛太后郭氏从沛王府邸另迁入北宫一处偏远角落的殿阁居住。

与此同时，刘秀下诏命鲁王刘兴、刘章的长子齐王刘石往自己的封地就国。

到了第二年开春的正月，刘秀又将刘兴改封为北海王，把鲁国的封地并入东海王刘彊的采邑，对刘彊格外恩厚。

到这份上，刘秀仍是希望用怀柔手段令诸位皇子有所收敛，在我看来其实很不以为然，怀柔在前几年还有些效用，如今郭圣通的儿子们一个个都大了，即使少了其母在背后挑唆煽动，但多年的执念早已在心里扎根，难免不对皇权有所期冀和妄想。

住在北宫的五位诸侯王现在拼命培植自己的势力，招揽党羽，沽名钓誉，声望盖过皇太子，若是再这样放任下去，后果将是什么，已经可以清晰预见。

"只希望他们兄弟几个能懂得孝悌之德，能体谅我这个做父亲的良苦用心，实在不愿看到他们彼此手足相争！"刘秀说出这句话时候，满脸的无奈。他年纪大了，老人的思想，更看重家庭和睦，子孙同乐。

我原有的不满，终于在他无奈而颓然的叹息声中尽数化为乌有："但愿如你所愿，子孙孝悌，互敬友爱，手足无伤！"

是年，祝阿侯陈俊逝世。郭圣通迁居一隅后半年，宾客之争始终没有消停，五位诸侯王甚至为了拼比人气，开始互相抢夺能人贤士。据说京城太学里有位精通《五经》的贤才，名叫井丹，五王曾经先后轮番派人去请。井丹天性清高，倒有几分当年庄光的傲气，刘疆等人碰了不少壁，却都没有死心，先是慕名邀请，到后来搞得倒像是竞赛了，都以能请到井丹为堂上客为荣。

纱南告诉我，京城中已经有人开设赌围，看谁最终能赢得井丹青睐。眼看这事闹得越来越不像话，刘秀固然生气，但除了训斥几句，也别无他法。

我一面要宽抚刘秀，照顾他的身体，一面还要烦恼这帮唯恐天下不乱的混账庶子，也是疲乏得一个头涨做两个大。也许真是上了年纪，最近我睡眠时间明显减少了许多，每晚挨着枕头要等上一个小时才入眠，但是第二天天不亮就醒了。周而复始，搞得我精神状态也不是很好，太医开了方子调理，需要每天服药，可我又嫌中药味苦，所以这药吃得也是断断续续的，没个定性。

好在身边还有个乖巧听话的素荷相陪，这孩子比刘礼刘和刘绶更让我觉得贴心——刘绶是顽劣淘气的，任谁瞧见她都觉得头疼；刘礼刘虽然温顺可人，但毕竟非我亲生，我虽然有心待她好，但每次只要一看到她越来越形似生母的相貌，我总会不舒服。所以相比之下，我还是更喜欢阴素荷这个侄女。

转眼素荷已经长到十八岁，她虽是宫人，却没人把她看成是皇帝的女人，所以自及笄起上门向阴兴媚妻曹氏提亲的权贵也不少。曹氏不敢随意作主，就这么拖了三年。

这日阴就进宫问安，眉宇间有股难掩的喜色，我旁敲侧击地问了三四遍，他才终于透了口风。

"姐姐应该知道井丹吧？"

井丹的事闹得那么大，京城上下不知道他的还真没几个，

我淡淡地点点头，没表露任何情绪，阴就脸上却流露出窃喜之色："我对那五个家伙诡称有法子能请到井丹，只需一千万钱即可，那些家伙还真信了……"

我惊讶地瞪大了眼，这下可再难保持平静的样子了，忙问："你这又是在胡闹什么？之前有人在陛下跟前说你猖狂，要不是我拦着，还不知陛下会如何看待你呢！"

阴就满不在乎地挥挥手："陛下爱怎么看便怎么看，我一不求功，二不求名，无所谓旁人如何诋毁我。"他乐呵呵地凑过身，压低了声，"姐，我可

听说北宫里的那位，怕是快不行了呢，这事是真是假？"

我下意识地缩了缩手，榻上正搁着一卷太医令送来的太医出诊记录。

"你又哪听来的风言风语，可别又傻乎乎地中了某些人的计，给人当枪使。"

他皱了皱眉："不是真的吗？那真可惜了，害我白高兴了一场，得钱千万，也比不得这个叫我高兴。"他在我跟前可真是一点都不会懂得掩饰，即使人过不惑，还天真得像个初出茅庐的孩童。

"姐姐的事你别乱操心，倒是你自个儿的事……"说到这里，我突然想起一事，便顺口问道，"阴丰今年也有十七了吧？"

"十八了。"

我心里默算，笑了起来："可有中意的女子？"

阴就瞪眼："这我哪知道？这得去问他娘！"

就知道这些当爹的没心没肝，我问了也是白问："你回去记得问问阴丰，若没有意中人，立庙及冠后先别忙着给他娶亲。"

阴就倒也不是糊涂人，听我这么一说，转瞬明白过来，拊掌笑道："婚姻大事由姑母作主也是好的！"

送走阴就后，我坐在原处动也不动地发呆，拿起那卷竹简又细细看了一遍，无非是说什么积虑成疾，病人情绪消极，有厌药之举。

反反复复地将竹简看了三四遍，心里如火似炭地煎熬辗转，犹豫再三，终于放下竹简，扬声召唤门外守候的宫女："去把清阳公主叫来！"

膏肓

仪仗出行，浩浩荡荡的队伍几乎拖曳了二三十丈。

北宫的建筑虽然古旧，但自从刘秀的五个儿子搬到这里居住后，都已在外部装潢上大有改善，各处府邸的大门口皆修了汉白玉的石阶，门柱包金，夯壁粉白，马车经过时朝外一瞥，最觉得这些门面金碧辉煌，大有富贵之气。

"这是你哥哥们的家，你要是在宫里住着闷了，也可以出宫找他们玩。我记得大鸿胪家也住得不远，那是你舅舅家，平时亲戚间也该多往来走动。"

刘礼刘咬着唇瓣，颔首低胸，手指拨动着自己腰上的佩带，始终不发一语。我一路指着窗外的王府指认，她连头都没抬一下。

辒车停了下来，我含笑拉起她的手，她的手冰凉，这在酷热的夏季还真是罕见："到了！一会儿可得和你娘亲热些，她见了你，一定会很高兴，别太生疏，叫她失望。"

"母后……"

"乖孩子，她是你娘啊，你别扭什么呢？"

竹帘卷起，我拉着蔫巴巴的刘礼刘下了车，早有负责看顾殿宇的家令站在门口迎接。

其实这只是座门面不起眼的配殿，房间并不算多，空间倒也宽敞。进门庭院内光秃秃的连根树都没有，倒长了许多草。

"这是怎么了？"我指着那些杂草丛生的地方，厉声叱责家令，"住人的地方居然弄得这般死气沉沉，这屋子里的家丞奴仆都上哪去了？手烂了还是脚烂了，连根草都拔不动了？"

家令吓得双腿打颤，急忙跪下道："皇后恕罪！小人知错了。"

我怒道："别以为你不归少府管便可任意妄为，官家是不给你薪俸，但你别忘了，这里所有的人手，薪俸可都是从沛王食邑里支出的。花钱养着你们这帮人，难道就为了使你们这般怠懒敷衍的对待沛太后么？"

家令愈发吓得连话也说不出了，只得伏在地上磕头，我四处看了下，拉着刘礼刘往正屋走，才跨上石阶，就听身后家令哆哆嗦嗦地回道："皇后……沛太后，住在偏厢……"

我收回脚步，回头问："怎么好端端的不住正屋，反住到偏厢去？"

"沛太后自从搬到这里，便一直住在偏厢，她曾言，自己配不得住正屋……小人自然遵从沛太后的意思。自抱恙后，太医也说偏厢不够通风，阴暗潮湿，不宜养病，但沛太后坚持不搬到正屋去，我们也实在没办法。"

我拂袖转向偏厢，到门口时，勒令随扈侍从留在门口，只带着刘礼刘一人推门而入。

偏厢果然如家令所形容的那般，即使在盛夏高温，甫一踏入，仍能感到一阵阴凉之气扑面袭来。屋内家具简陋，角落四隅各点了盏铜灯，以此照亮室内不太明亮的逼仄空间。

床幔低垂，走近些能闻到一股淡淡的药草味。

"谁？"帐内有个沙哑的声音警惕地叫了起来。

我不出声，只是静静地看着那幔帷帐。少顷，咳嗽声起，有个影子在帐内坐了起来："来人——"

我回身拉刘礼刘，示意她过去。刘礼刘蹙着眉拼命摇头，我沉下脸来，努了努嘴，在她背上推了一把。

她磨磨蹭蹭地挨到床边，幔帐内的人还在不停地咳嗽，她慢吞吞地伸手将帐子撩起一角。

我站在七八丈开外，看到那掀起的一角露出郭圣通枯槁憔悴的脸来。刘礼刘瞪大了眼，手忽然一哆嗦，撒手向后弹跳了三四步。

"啊……"郭圣通惊呼一声，急急地挥开帐子。轻纱飞舞，帐内帐外的一对母女隔着几步之遥互相对视着，"你……你是……"

刘礼刘又往后缩了几步，郭圣通侧身趴在床沿上，尖叫："别走——礼刘，我知道是你！礼刘——我的女儿……"右手笔直地伸向刘礼刘，沧桑的脸上泪水纵横，"你过来，让娘好好瞧瞧你，我的女儿，我的女儿啊……"

礼刘似乎被这种场面吓到了，一时不知该如何回复面前这位涕泪俱下的老妇人，惶恐的侧首求助似地看向我。

我冲她安抚地点头笑了笑，刘礼刘苍白紧绷的脸孔终于舒缓下来，对着我是勉强一笑。

郭圣通注意到女儿的异样，顺着她的视线慢慢转过头来，我与她目光相接，一瞬不瞬地盯住她，眼睁着她的表情由伤心变成错愕，再转变为惊怒，眼中强烈的恨意似乎要在我身上烧灼出一个洞来。

"阴丽华——"她尖叫着一掌拍在床板上，状若疯癫，"你……你又安的什么心？你把礼刘怎么了？你这个心肠恶毒的女人，你夺了我的后位，抢了我儿的太子位，如今又想使什么阴毒无耻的手段谋害我的女儿？阴丽华，你个下作的贱人，你不得好死！我诅咒你不得好死——我诅咒你阴家满门全都不得……"

"啪！"一记清脆响亮的耳光，在幽冷的斗室内骤然响起，打断了郭圣通疯狂的咒骂，也彻底打碎了她濒临崩溃的心。

刘礼刘高举着手，浑身颤抖地站在床边。郭圣通高仰着头颅，脸上除了震惊，还是震惊。

"你……"她捂着脸，不敢置信地呢喃，"你不是礼刘……你是……那个贱人的女儿……你是刘绶！"

我走上前，将愣怔得除了颤栗说不出话来的刘礼刘拉到身后："她是礼刘！"

"你胡说——"郭圣通震怒，"咳咳咳……"一通咳嗽过后，她好不容易才缓过一口气，却突然大叫："我知道了，你这个居心歹毒的贱妇，想用这种法子来挑拨我们母女的关系，你把礼刘教化得连亲母都不认，你……你好毒的心思……"

"你……你闭嘴！"刘礼刘突然从我身后蹿了出来，喘着气，小脸涨得绯红。她的声音在颤抖，纤细的背紧紧贴在我胸前，双臂却下意识地张开，护住我，"不许你……不许你再诋毁母后！母后将我辛苦养大，视如己出，从没因为我是庶出而轻视我，但凡姐妹们有的，我亦尽有。妹妹比我小，又是母后亲生，可母后从未因为偏心她而冷落我！你……你怎可如此侮辱我的母后？"

"你的……你的母后？"郭圣通倒吸一口冷气，脸上似哭还笑，凄然悲愤到了极处，一口气深深地压在喉咙里，然后猛然爆发出来，她疯狂地拍着自己的胸口，痛心疾首，"你看清楚，我才是你的亲娘！是我生了你，我怀胎十月把你生下来，难道为的就是让你这样帮着外人来羞辱我吗？"

郭圣通像是疯了一般，举止癫狂，我将刘礼刘重新拖到身后，叱道："生病了就该好好养病！有什么不满你只管冲我来就是，何必吓着孩子？"

郭圣通只是号啕："你是我的女儿！我盼了一辈子才等来的女儿啊！为什么要这样对我？你认奸作母，掌掴生母，你可还有半点为人子女的孝心？"

刘礼刘狠狠咬唇，脸上神情闪烁，一半是害怕，一半是倔强。我把她搂在怀里，轻轻拍打着她的背，她忽然挣脱开来，指着郭圣通抖抖簌簌地说："凭你是谁，我只认父皇和母后两个人！我有眼睛，有耳朵，有心，会看，会听，会想，早年父皇为何废黜你，你到底对我九哥做了什么你自己心里明白。母后这十多年来从未在我面前讲你一句不是，她总是教导我，我的舅家姓郭，让我不可忘本，要恪守孝道，她真心待我，你却恶意揣测，可见你这人的心地本就不正。父皇乃一代仁君，再没有比他更温柔心慈之人，他跟你做了十几年夫妻最后都对你忍无可忍……你有什么脸面自称是我的娘？我告诉你，我娘只有一个，我心里永远只认她一个，我舅舅家姓阴，不姓郭！"

这番绝情的狠话从她嘴里说出来后，郭圣通骤然止住了哭声。

刘礼刘厌恶地瞟了她一眼，挽住我的胳膊："娘，我们快些走吧……你好心劝我来探望她，其实还不如不见呢。"

"礼刘，这话可说不得，这毕竟是你的……"

"咳咳……咳咳咳……咳咳咳咳咳咳……"一通急骤的剧咳后，郭圣通手捧胸口痛苦地蜷缩起身子。

刘礼刘愈发急着拉我离开，口中只说："人心污秽，这间屋子也沾染了晦气，娘还是不要在这里待了，免得过了病气！"

我刚要劝解几句，就听郭圣通躺在床上沙哑地呻吟："别走……咳咳咳，礼刘，咳咳，礼刘……礼刘……咳咳咳咳，把我的女儿还给我……还给我……咳咳咳……咳……"

刘礼刘听见，气得一跺脚，蛮腰一扭，调头跑出门去。

昏暗幽冷的斗室内，撕心裂肺般的咳嗽声与风箱般的喘气声交迭回响。

双手拢在袖管中，我握紧了拳，脚步沉重迟缓地踏近床边，看着她面容憔悴、披头散发的凄惨模样，我忽然觉得那口长久以来一直压抑在我心上的怨气终于发散出来，我居高临下地睥睨她，冷眼望着她在生与死的边缘挣扎、哀号。

"太医说你的五脏六腑都出了问题，即便天神降临也救不了你了。"

她拼命捂着嘴，瞪大的黑色瞳仁配上一圈瘀青的眼圈，说不出的诡异："咳咳……咳咳……"

"你咳血也不是一天两天的事了，我听你身边的婉儿形容，说你现在喝下去一盏黑色的药汁，能咳出来半盏鲜红的血液。这孩子说话真爱夸张呢，你说是不是？"

"咳咳……咳咳咳……"

"我替你抚养这个女儿整整十一年，你瞧着怎么样呢？是不是很漂亮？长得就跟当年的郭皇后一样倾国倾城呢，而且啊，她还很乖，很听话，十分的温柔孝顺，善解人意。我想有她陪着我，今后颐养天年的生活应该会很有趣味。"

她闷咳地瞪视我，鲜红的血丝正从她的指缝里丝丝缕缕地溢出来。

我忽然一拍手，笑道："对了，还有你那五个儿子，这五个兄弟里头啊，我瞅着刘疆勉强算听话，其他四个做哥哥的，却没一个有做哥哥的样儿啊！唉，我现在天天替他们发愁，平日里还有你在后头指点约束，这一旦你不在了呀，那四位藩王没了脑子，一犯浑，也不知会做出什么傻事来呢，想想都觉得提心吊胆的。郭妹妹，你说是不是？"

"咳咳……"指缝里的血液流淌得非常快。

心中的怨气发泄完后，我忽然没了兴致，长话短说道："也罢，你先忙着吧，时辰不早了，陛下要是找不着我，又得念叨上半天。我走啦，想骂的话最好趁我没走出这扇大门之前，把握好机会吧。"

我施施然地转身，才刚走到门边，就听身后"扑通"一声闷响，似乎有什么重物落地。我一脚跨出门槛，身后猛然传来一声凄厉的尖叫。

门内门外，仿若两个截然不同的世界。我手搭在额前，避开刺眼的阳光，心里有些沉重，有些酸涩，又有些空洞，在不知不觉中，一滴眼泪已从腮旁滚落。

"母后！"刘礼刘撑伞过来替我遮阳，"别难过了，不值得。"

我嘘了口气，勉强一笑，借故左右张望："素荷呢，在车上么？这傻女子，车厢里多闷热啊！"

刘礼刘忽尔抿唇一笑："表姐不在车里，她在哪儿我知道，可我怕说出来母后会不高兴。"

"哦？我为何会不高兴？"

她笑得愈发欢了，我仔细观察她的神色，发现她是当真没把郭圣通的事丝毫放在心上，郭圣通在她眼里只怕与无关紧要的陌路人没太大区别，重要性还及不上一个素荷。

"母后，你来——"她招手让我附耳，很小声地说，"表姐溜去高密侯府了。"

"什么？"

她忽然得意地笑道："我一直以为母后无所不知，却原来还不知道表姐与高密侯的六公子暗通款曲已久。"

"久……有多久？"我急匆匆地穿过院子，直奔殿外。

礼刘道："我也不是很清楚，只是曾无意中听表姐对她娘哭诉，担心母后不肯成全她与邓公子。"

邓公子……高密侯的六公子……

我骤然刹住脚步，礼刘险些撞到我身上。见我变了脸色，她才开始意识到不对劲："母后！难道……你真有意要让表姐做太子哥哥的太子妃？"

宾 客

建武二十八年六月初七，那日雨下得特别大，因为湿气太重，我的两条腿又犯了宿疾，膝盖疼得连路也不大好走，刘秀怕我无聊，索性也不忙着批审奏章了，两个人坐在床上有一搭没一搭地说着闲话。

"高密侯为六子邓训求亲。若说年纪，邓训比素荷大了两岁，论家世人品倒也相当。"

刘秀替我拿捏着腿，漫不经心似地说："子丽也不过比素荷大了六岁。"

我抿嘴笑道："说起来年纪长幼尚在其次，难得的是邓训为人老实敦厚，家中连妾侍都没有，素荷嫁过去后，他自然也会待她一心一意。"

刘秀马上反驳："那倒也未必。邓仲华妻妾成群，家风如此，邓训也未必能……"

我斜睨着眼偷笑，他有所觉察，忽尔低头一笑，底下的话便没再说下去。

我推了他一把，谑笑道："你这老头，老了老了，醋劲还这么大。这都是哪个年头的陈醋了，你闻闻，酸不酸哪？"

我故意把手凑近鼻端扇了扇，刘秀大窘，却仍是装出一副云淡风轻的模样。

我俩正说笑，门外代印的影子微微一晃，似乎想进门，探了下头却又缩了回去。

"带子鱼！"我大声招呼，"老东西，一把年纪也学顽童捉迷藏不成？还不赶紧进来！"

代印这才讪笑着走了进来："皇后真爱说笑，卑臣瞧陛下正和皇后说话，所以不敢打搅。"

"到底什么事？你若报的是急事，我便饶你，若是报些无关紧要的事，看我不罚你！"

代印叫道："哎唷，我的皇后喂，自然是大事才报上来的——京城发生命案了！"

刘秀闻言敛了笑容，我奇道："命案就该上报廷尉！哪能报到皇帝这里？"

"死的那个是原赵王郎中刘盆子的兄长刘恭，杀人的那个则是寿光侯刘鲤！廷尉不敢擅断，上报宗正。这会儿宗正在宫门外候着，卑臣进来讨个圣意，看这事要如何了结？"

刘秀尚没什么明确反应，我却从床上跳了起来："刘鲤杀了刘恭？何故？"

"呃……"代印犹豫了会儿，才回道："据廷尉报称，刘鲤记恨当年父亲为刘恭所害，是以结客袭杀刘恭，以报父仇！"

"胡闹！"我气得一掌拍在床上，"刘恭何曾害过刘玄性命？这个刘鲤，小时候我还抱过他，打量他一副聪明样，怎么如今大了，做事这般糊涂？当年刘玄投降赤眉，若非有刘恭以性命担保，刘玄早已丧命。谢禄害死刘玄后，是刘恭替他收了尸身，之后又不惜以身犯法杀死谢禄替刘玄报仇，若非陛下法外开恩，念他重情重义，刘恭早已抵命。这个刘鲤啊，愚不可及，竟然错将恩人当仇人！如此蛮横行事，忘恩负义，怎不叫世人心寒？"

刘秀见我激动，忙出声宽慰，一边又细细地询问："奏报说结客袭杀，难道刘鲤还有同党不成？"

代印面露难色："这事还真叫人犯难了。近年北宫诸王结纳宾客，刘鲤依附沛王，这些党众，正是沛王宾客！"

"咣啷！"刘秀面色铁青，一挥手把床上的酒锺扔得老远，锺内酒水淋漓地洒在床上，"这个不听教诲的忤逆子！"

我肃容道："不听教诲、死性不改的又何止他一个？不过，这个贤王，结党纵凶，不分青红皂白，害人性命，也未免太猖狂了点！"

正生着气，门外大长秋又十万火急似的有要事禀告，等不得让代印退下，他已激动地报道："回陛下与皇后，才北宫来报，沛太后——薨了！"

这年夏天，伴随着雷雨阵阵，雒阳城内卷起一片血雨腥风。沛太后郭圣通薨逝后数日，棺枢尚搁置在灵堂未曾出殡，沛王刘辅便被抓捕入狱，囚禁牢中。刘秀同时下诏各郡县，搜捕诸侯王所有宾客，处决杀害刘恭的凶手。入狱连坐的宾客互相招供，一共牵扯出一千多人涉案，最终除这一千多人尽数处死外，其余人等也各自按轻重罪名遭到处罚。

三日后，被刘秀叱责痛骂的刘辅从牢中放了出来，与同胞手足料理母亲丧礼，将郭圣通灵枢送上邙山安葬。

八月十九，居住于北宫的五位诸侯王——东海王刘彊、沛王刘辅、楚王刘英、济南王刘康、淮阳王刘延，受诏离开雒阳，前往各自的封地居住。

十五岁的左翊王刘焉以年幼为由被留在了雒阳皇宫，虽然结党聚众的藩王被驱逐回各自的封地，但我不能不留一手，即使如今郭圣通已经不在了，威胁太子的宾客势力也被皇帝连根铲除，但成年后的藩王们一个个都不是省油的灯，远放在外，即使不掌兵权，也实难叫人心安。

五王就国后，刘秀召开廷议，要替皇太子刘庄寻觅师傅，朝堂上的臣公察言观色，一致推荐阴识，只博士张佚一人反对："陛下立太子，是为阴家？还是为天下社稷？若是为阴家，可拜原鹿侯，若是为天下社稷，就该举贤纳才！"

刘秀听后，觉得张佚能直言，便拜他为太子太傅，另拜博士桓荣为太子少傅，赏赐辒车、乘马。

这件事决定后，有许多阴氏内眷借着进宫请安的机会，在我面前表现出诸多不满，认为陛下这是在防范阴家。

我对这些抱怨置之不理，而阴识那边更是一点动静也没有，再过了一段时间，那些阴家夫人们也都没了声息，进宫时再不提及此事。

这一日得闲，我对刘秀提议："邓训与素荷这两孩子年纪都不小了，难得他们情投意合，不如就选个日子替他们办了这门亲事吧。"

刘秀没有马上答复我，只是坐在案边，一锺接一锺地喝着闷酒，直到我实在看不下去，上前去夺他的酒锺，他才红着眼，喃喃地对我说了句："对不起。"

我有些心酸，更多的却是坦然。

"你也是为太子好！在我而言，手心手背都是肉，哪一块我都无法割舍，一面是自己的儿子，一面是自己的兄弟。可太子毕竟还年轻，人情世故远没有你看得通透。你为了他，能杀一千多宾客，驱逐其他成年的儿子，我为什么不能做这点？何况，我大哥向来看得也远，你想得到的，他很早就已经想到了，所以不用多虑，阴氏子弟从不是争这点意气的小家子。"

"是，阴次伯向来……看得比谁都透彻！"刘秀摇头一笑，"不过，还是要多谢你能体谅我！"

我笑道："子丽是太子，是未来的皇帝，可他怎么说也是我的儿子，你难道要为了我的儿子来谢我不成？万万没有这样的道理！难道只许你替儿子考虑深远，就不许我这个做娘的多替儿子考虑周全些？"

刘秀感慨："娶到你，果然是我最大的福气。"

他伸手揽过我，我靠在他怀里，直接在他手上喝了锺酒，甜中带辣的酒气差点呛出我的眼泪："以后酒还是少饮为好，不管发生什么事我都会站在你这边支持你，你用不着犯愁。你不是高祖，我也不是高皇后，夫妻间没什么事不好摊开讲，不用担心我会为了这样的事生气，我早不是那个任性冲动、总给你惹麻烦的阴丽华了。"顿了顿，我心生感慨，不由叹息，"谁让我们是帝后呢，帝王之家只能如此，我们已经尽力了……素荷还是更适合邓训，子丽要不起她，我也舍不得委屈她，那孩子……我是真心喜欢她。"

刘秀点点头，伸开双臂将我紧紧搂在怀里。

刘彊临走，将他的长女刘丘留在宫里与我作伴，说是替他在母后面前略尽孝道。我让刘秀破例封刘丘为县公主，将泚阳县划为她的食邑。一入宫就收到这么一份大礼，令那个虚岁也才十一岁大的小女孩颇为受宠若惊。

八月正是历年招纳采女之期，三年孝期满，这一次马严将他的三个堂妹的名字也报了上来。宗正入宫将所有采女名单呈上时，我特意从当中勾出了马澄的名字。

"这个马澄，选入太子宫吧！"

隔着一层竹帘，虽然看不清宗正的表情，但听他的口气却是并不满意的："回禀皇后，此女年方十三，臣以为不入选为好。"

"采女选的不正是十三岁到二十岁的女子么？她既然年龄符合，为何不能选呢？"

"皇后有所不知，此女乃马援幼女，臣以为不宜纳选。"

"马援虽革去爵禄，但马援的姑姐妹曾入选前朝成帝的婕妤，同葬延陵。论家世，马家女子当可入选。"

宗正也不是个糊涂人，话都说到这份上了，他自然也听得出我在偏帮马澄，于是称了声"诺"，便不再反对。

我思忖片刻，又道："算她是太子宫的人，不过先拨她到我宫里服侍，阴素荷正好要出嫁，就让她先补上这个缺。纱南，吩咐少府，也不用拘了哪份，就把双份儿的俸禄都一起算在这位马姑娘头上便是，也免得麻烦。"

说是麻烦，其实也不过是推辞，真要做起来哪里会被这点小事烦住。纱南明白我的心思，大声答应了，这下别说宗正，就是外头听候的大长秋，以及身边随侍的黄门宫女们也都明白了我的心意。

这个马澄，不管她身家原是马援之女，多么遭人不待见，但有我今天这句话放出去，她在宫里宫外便是一位比阴素荷更值得呵捧的新宠。

第七章
此爱绵绵无绝期

封　禅

建武三十年是刘秀称帝第三十年，二月里朝中官吏上奏皇帝封禅泰山，被刘秀严词拒绝。

四月初九，刘秀将刘焉的封号从左翊王改为中山王，从皇宫中迁到宫外居住，却只字不提让他就国的事。

是年冬，胶东侯贾复薨，谥号刚。

到了建武三十二年，朝臣虽不敢在皇帝面前说起，背地里却一直议论着封禅的事，于是一本写着"赤刘之九，会命岱宗"的《河图会昌符》送到了刘秀于里，信奉谶纬的刘秀立即让人女婿梁松去查，然后《河图》、《洛书》又冒了出来，条条框框都在暗喻刘秀应该去封禅。

恰在这个时候，司空张纯提出封禅之事，刘秀当即准了。下诏令一切礼仪参照武帝刘彻的规格办理。

我对泰山封禅一事，非常不赞同，封禅之举，非但劳民伤财，且要经历长途跋涉，刘秀的身体如何吃得消？无奈底下梁松等人一个劲地煽动，坚信谶纬的刘秀又觉得非常有理，于是一场建国以来消耗最大，也是最为隆重的祭祀活动——封禅开始了。

刘秀带着文武大臣是正月二十八离开的雒阳，大军浩浩荡荡向东，我本不愿去泰山看他们穷折腾，但又实在放心不下刘秀的身体，于是只得同行。

二月初九队伍抵达鲁国，在刘彊的灵光殿内休息了两天，才又继续赶路，不过临走刘秀让刘疆也一块儿跟着前往泰山封禅。二月十二到达奉高后，刘秀令虎贲中郎将率部先上山整治道路，接着让侍御史、兰台令史率领工匠上山刻石。

二月十五，天子、王侯、三公，以及文武百官分别在馆驿、汶水之滨斋戒，十九日车驾才算到达泰山脚下，我和刘秀居于亭中，百官列于野外，从山脚往上看，只觉得山腰云气缭绕，气势迫人。

二十一日夜祭祀过天神，天一亮便正式开始攀登泰山，向泰山之巅进发。

刚刚上山的一段路，尚可骑行，但不久山路就变得崎岖难行，必须经常下马牵行，到达中观，已离开平地二十里，马匹无论如何也上不去了，只能将所有马匹和车辇都留在中观。

从中观仰望泰山之巅，天关如视浮云，高不可及，其间山石奇崛，石壁宵窣，道路若隐若现。大部分的官吏平日养尊处优惯了，何曾受过这等苦楚？不少人体力不支，倒于路边小憩，老弱者更是僵卧石上，过了好久才缓过力来。

原本整装齐发的队伍，到这里成了一盘散沙，漫长的队伍散布在弯曲的山道上，连绵二十余里，形如盘蛇。

刘秀站在山崖陡壁间，花白的须发被风一吹，似要随风而去一般的缥缈感。站在他身旁的我忽然很害怕，紧紧地拉着他的手，也不管身边有没有大臣在关注，只是拽住他不放。

"别怕。"他喘着气，回头给我打气，"一会儿就到山顶了。"说着，托住我的手肘，搀扶着继续往前走。

"我不是怕累……"不知为什么，眼泪忽然不争气地涌入眼眶，不由跺脚道，"你都六十好几的人了，不好好待在家里享清福，为什么偏偏要来爬泰山？这要折腾出个好歹来，我……我……"

他挽着我的手，笑道："朕活了这六十一年，值了！"

山上空气稀薄，越往上越冷，快到天关的时候，我只觉得膝盖发麻，无论如何都迈不开脚步，只得叹道："不中用了！你且去吧，我在这里等你们下山！"

刘秀默默地看着我，眼中又怜又爱，然后背转身弯腰蹲下。

我又酸又喜，在他背上拍了一记："你哪里还背得动我！"

刘秀道："不试一下怎么知道？"

我执意不肯，身边伺候的人急忙抢着要背，却都被刘秀拦了下来。正僵持着，山上有三四个人影冲了下来，一路高叫："让儿子来背！"

刘庄带着弟弟们从山顶返转，纷纷抢道："儿子们背父皇、母后上山！"

到达天关，只见山顶岩石松柏，郁郁苍苍，若在云端。仰视天门，如同穴中观天。再直上七里，逶迤的羊肠小道只容单人攀索而过，刘庄、刘苍等人轮流背负着我和刘秀直上天门。

泰山之巅，鸟兽绝踪。再往东行一里，方看到新筑的祭天圆台，在这圆台南北两侧，是当年秦始皇与汉武帝封禅的遗迹。

圆台高九尺，直径三丈，台上是一丈二尺见方的祭坛。等到文武百官全部到齐后，于坛边次第就位，手持玉笏，面北而列，虎贲军执戟列于台下，气势威严，封禅大典正式开始。

刘秀从东阶缓步走上祭台，面北而立，尚书令手捧玉牒，由皇帝用玺印亲自封讫。将玉牒封入祭台的方石下。刘秀对天而拜，群臣同拜，高呼："万岁——万岁——万岁——万岁——"

声震山谷，久久回荡，我再也难以抑制激动的情绪，眼泪夺眶而出。

立于泰山之巅，世间风雨皆在脚下，四顾遥望，山雾弥漫。远处山峦隐约可见，千里锦绣，万里江山。

刘秀一手搂住我的腰，一手指向远方："皇天庇佑，一统四海，造国改物，抚民定业，风调雨顺，人神易听……但是丽华，这片江山，是秀的，也是你的——这是我们的秀丽江山！"他牢牢地抓住我的手，十指紧紧缠绕。

天地融于一处，这一刻时间仿佛全部停止，自来到这个神秘的时空，与刘秀初识、相遇、相恋，一幕幕如同电影残旧的片段，飞快地在我脑海里闪现。

这是我们的秀丽江山！

我们的——秀丽江山！

登 遐

封禅完毕后，御驾于四月初五返回雒阳，四月十一大赦天下，改年号为中元，将建武三十二年改为中元元年。

从泰山回来后，刘秀的身体便一直不大爽利，而我的两条腿更是时常疼得厉害，偏偏这时候又传来全椒侯马成的死讯，只让人觉得诸事不顺，于是索性一连办了好几场婚事用来冲喜。

先是将淯阳公主刘礼刘嫁给了郭况的儿子郭璜，一个月后又将郦邑公主刘绶嫁给了阴就的儿子阴丰——礼刘原本不肯嫁，她不认郭况是自己的舅舅，是以死活不肯，我好说歹说，她才勉强答应，临出嫁还对我说，若是舅舅家敢有不敬，她便与郭璜立即休离。

把刘绶嫁给阴丰，我考虑最多的是这孩子从小被娇宠坏了，吃要吃好的，用要用好的，小时候觉得孩子年幼，她出生的时候宫里的物质条件已经不像早期那般苛刻了，所以也由着她要风得风要雨得雨。物质满足的同时又助长了她许多公主气焰，这样的女孩儿，不是我这个做娘的要偏心，她实在是不适合嫁为人妇，做人的好儿媳。我不愿看到她将来在婆家受委屈，以她的脾气肯定会把家事闹得比国事还大，所以早几年我就有了准备，嫁外人不如嫁熟人，我的娘家人当她的婆家人，也算是自家人，彼此有个照应。

刘绶是个长不大的小孩子，情窦未开，即使已经十七岁，心性却远像个小孩子，吃喝玩乐才是她的生活重心，对于夫主是何等样人，她根本不在乎。

东海王刘彊参与封禅后没有回到鲁国，反而一同回到了京城，他在雒阳待了大半月之后上书要求返回封地，却被刘秀把奏书退了回去，不予批复。于是，嫁完两女儿后，我又替沘阳公主刘丘物色了一位夫婿——窦融的孙子窦勋，打着为刘丘筹措婚礼的借口，暂时有了挽留东海王的合理理由。

刘秀笑称我有保媒的瘾，老爱替人牵线搭桥，搭配婚姻，而且还忙得不亦乐乎。

"丘儿是刘家的长孙女，把她嫁出去，也许到了明年，我们就能当上曾祖了！这难道不比你带着数千人马去爬那劳什子的泰山来得更有意义吗？"

我知道我的唠叨很没实质性的价值，甚至还有点强词夺理，但我管不住这张嘴，就爱跟他抬杠。

如今他老了，我也上了岁数，年过半百，眼也花了，牙也松了，但话却比平时多多了。幸而刘秀的脾气没改，永远都是温吞吞、笑眯眯的禀性，无论我唠唠叨叨重复念它多少遍，他都始终不会厌烦。

"一会儿担心自己老得快，一会儿又惦记着要当曾祖，你呀，顾得上哪头呢？"

我抢白："这是两码事！"

刘秀笑而不语。

停了会儿，我又忍不住念叨："阿澄那女子，我瞧着子丽待她也亲厚，两个人一见面就如胶似漆的黏一块儿，子丽还求了我很多次，让我把她拨回太子宫去，也好早定名分。我才不傻呢，他现在贪恋着阿澄才每天往我这宫里跑，我要把阿澄给了他，我还能天天见到他？"

"你也别把太子说得如此不堪，他可一直是个孝顺的孩子！"

"喊！"我笑睥，"谁还不知道你们男人的心思，假模假样！子丽现在在盘算什么我不是不知道，他啊，就想把阿澄的肚子搞大了，然后名正言顺地把她从我这里带走……唉，刘老儿，我问你，这两孩子在一起的时间也不短了，怎么阿澄还是一点动静也没有呢？倒是那个她的外甥女贾氏，宗正来报，又有孕了。"

刘秀轻咳一声，掩饰着尴尬，窘道："儿子儿媳的事，我这个做公公的如何知晓？你也糊涂了，拿这事来问我。"

我一愣，转瞬哈哈大笑起来："你少在我面前装正经，你那点花花肠子，我早摸得一清二楚了。"

他别开头，急忙插入其他话题："我说，阴老夫人，你的腿好些没？"

"好什么呀，好不了了！就这么着吧，还能指望跟年轻时候那样生龙活虎么？现在骨头都硬了，膝盖疼的时候连腿都抬不起来，更何谈抻腿了！"说到这里，不免又伤感起来，上了年纪才知道年少时的冲动，是多么地无知与鲁莽。

刘秀笑吟吟地挨近我，替我轻轻拿捏小腿肌肉："一会儿泡泡脚吧，爬岱岳那么高的山巅，你也辛苦了。"

我撇了撇嘴："跟你在一起，哪一天又是不辛苦的？"顿了顿，抬眼看他又爱又怜的眼神，不禁嘴角勾起，莞尔一笑，"可我不后悔，我想如果时光倒转，让这四十年重新再来一遍，我还是会选择和你在一起。"

他忽然一把将我拉进怀里抱住，用尽全力地抱住我，直到我快被他勒得喘不过气，大叫："刘老儿你吃错药啦！勒死了我，看还有谁能给你挠背！"

刘秀噗嗤一笑，并不放手，只是力道放松了许多。

我和他彼此相依相偎，一时无语。

年底，明堂、灵台，辟雍建成，这也算是刘秀这辈子唯一花钱建筑的殿宇，却仍与自身享受无关。

随着这三处宫殿建成，刘秀的健康状况开始急遽衰退，可即使如此，他反而比平时更加勤勉辛劳起来。每天天一亮便上朝听政，直到中午才散朝，回来后也不休息，不断接见三公、郎将，谈论朝事，直到半夜才肯就寝。如此周而复始，刘庄实在看不下去了，找了个机会规劝父亲爱惜身体，注意休养。

没想到刘秀和蔼地回答儿子："这样的忙碌令我自得其乐，因此并不觉得辛苦！"

刘庄欲再劝，却被我拦了下来。

夜深人静，看着他挑灯与公卿长谈，神采飞扬的神情，我唯有将眼泪强咽下肚："这是他的最后时光了，让他做他喜欢干的事吧。"

刘庄很是震惊，我唯有含泪冲他微笑宽勉："你的父皇，正在用他最后的力量，教导你成为一个合格的皇帝！"

"母后！"

"就这样吧！让他高兴点，孩子，你要努力呢！努力让你的父皇放下心……"

民心日趋稳定、经济逐步繁荣的汉帝国，进入了崭新的一年。作为皇后，我开始十二时辰寸步不离地守在皇帝身边，即使上朝，我也坚持坐在帷幕后等待，静心聆听他与公卿们的争辩。

我和他彼此交流的话语并不多，他把更多的时间留给了公卿大臣，留给了几个儿女，留给了国家的继承人。我所能坚持的，只是不离不弃地默默守候在他身边，陪伴着他，注视着他，聆听着他……

二月初一，刘秀终于无法再起身上朝，但他坚持要待在前殿，我二话没说，让人打包搬了些许行李，陪着他一起住进了前殿。

前殿分前后进，前面就是上朝的议会之所。刘秀病后，太医令、太医丞携诸多太医进宫，太尉赵憙到南郊祭祀，司空冯鲂与司徒李欣告宗庙，拜诸神。

从头至尾，一切都进行得井然有序。

我整宿地不合眼，只是陪伴在他的身边，每天数着朝阳升起，夕阳坠落。

如此过了五天四夜，刘秀清醒的时间越来越少，这日正是初五，晚霞洒遍前殿的每寸角落，金灿灿地映照在壁柱上，煞是耀眼。

刘秀忽然口齿清晰地说了句："真好看！"惊得殿内守夜的人全都站了起来。

我跪坐在他身边，握着他枯槁的右手："是啊，很美。"我笑着回答他，就像这几十年来中的每一次问答一样，轻松而随意。

刘秀笑了起来，虽然满面尘霜，老态龙钟，但在我眼中，却仍似当年在农田里乍见的那个笑容一样，纯粹无暇，知足幸福。

我扶他坐了起来，他不看底下乌压压跪了一地的公卿与朝臣，只是拉着我的手："秀丽……江山，以后要麻烦你了……他们……未必不是好孩子，希望你能……多多扶携……"

我点头："我知道。我一定把秀丽江山完完整整地交到太子手上，那是你的心愿，也就是我的。"

他轻轻一笑，我拥着他坐看夕阳，直到光晕在殿内逐渐黯淡下去，他才从枕边摸出一只两尺见方金镶玉的匣子，当着所有人的面递给我。

我单手接过，只觉得入手一沉，我的心也跟着这份沉重的分量往下一沉。

看着我接过玉匣，他忽然长长地嘘叹口气，紧皱的眉头舒展开，表情变得异常轻松起来。

眼睑慢慢垂下，我只觉得那个倚靠在我肩膀上的身子越来越沉，越来越沉。

"我等你……"他低低地说了三个字。

眼泪不禁夺眶而出，我泣不成声，抱住他大声哭道："男子汉大丈夫，说过的话不能反悔，你既说了等我，那就得一直、一直、一直等下去！哪怕你是得道的圣君，也不许撇下我偷偷成仙！哪怕等到海枯石烂，地老天荒……你都得等着我！一日等不到我来，你便一日不许登遐飞仙！你听到没有？听到没有？"

我哭得凄惨，底下更是一片呜咽之声。半晌，才有一个细不可闻的声音贴在我的耳畔，气息微弱地说："秀……等，阴姬……记得……后会有期……"

肩上一沉，耳畔的气息突然断了。

我如坠梦中，抱着他瘫软沉重的身体，不敢轻易挪动分毫。

殿内仅剩的一点霞光也终于黯淡下去，我紧紧搂住刘秀，泪水无声地滴落在他的脸颊上。

太医立即上前探息诊脉，然后一阵窃窃私语，最终也不知道过了多久，殿内响起代印强忍悲痛的一声高呼："皇帝驾崩——"

"皇帝驾崩——"

"皇帝驾崩——"

"皇帝驾崩——"

响亮的高呼声次第传将出去，殿内一片哀号之声，刘疆、刘庄、刘苍、刘荆、刘焉、刘京以及一干皇孙放声大哭。

少顷，三公闻讯从前殿朝议处赶来。代印在我身后请示，我只是抱着刘秀痛哭，并不理会，他只得哽声向外喊了句："皇后诏请三公典丧事！"

赵憙、冯鲂、李欣三人鱼贯而入，皆是一身白色襌衣，头戴白帻而去冠。赵憙躬身禀告："回皇后，依制城门、宫门皆闭！虎贲、羽林、郎中各署戒严！皇城内外戒严！"说话间，门外有大批近侍中黄门手持兵器涌入殿内，站立两旁，严守以待，吓得跪在地上的一些尚在哭泣中的皇子皇孙们都惊慌失措地站了起来。

我低头最后看了眼怀中安详闭目的刘秀，轻轻在他额头亲吻，哑声："你放心，这片江山我会继续替你撑起来！你可以好好休息了……记得，要等我！"

赵憙上前一步，从我手中接过刘秀，我从床上下来，脚刚踩到地面，眼前突然一片漆黑，若非纱南眼明手快地扶住我，我早摔在地上。

"皇后！你要保重身子啊！"

我咬紧牙关，憋气点头，"是，我明白！"口中虽然要强，眼泪却止不住簌簌滚落。

泪眼婆娑间，眼看着赵憙、冯鲂、李欣三人将刘秀的尸身平放在床上，把他的手足四肢拉开摆正，然后脱去身上的衣物开始做最后的洗浴，我像是在被利刃搅割，痛彻心肺，再也忍不住哇的一声哭了出来，哭喊着扑了上去："秀儿——秀儿——秀儿——"

声声熟稔的呼唤，却再也唤不回他的答复。

纱南使劲拽回我，我痛心疾首，满屋子的人都在哭，哭声震动整座皇城。

片刻后，三公清洗完毕，有守宫令奉上黄绵、缇缯、金缕玉柙等物，赵憙将一枚白玉唅蝉放入刘秀口中，然后取过一缎黄锦，一层层地将尸体包裹起来。

我哪里还能承受得住，嘴里含糊地叫了声，仰头厥了过去。耳边嗡嗡声不断，渐渐的声音从模糊又变得清晰起来，是刘庄在抱着我痛哭。

我悠悠转醒，发现自己正半躺半坐在榻上，回头一看，衣敛已毕，床上四平八稳的摆着一具外裹金缕玉柙的尸身，刘秀临终给我的玉匣正摆放在尸身边上。

赵憙走到我跟前跪拜，口中说道："请皇后宣大行皇帝遗诏！"

我被人搀至床边，手一触到冰冷的玉匣，眼泪便再次滚滚而下。玉匣虽未上锁，锁扣处却有皇帝亲盖的紫色玺印封泥。破开完整的封泥，打开玉匣，里面露出一层黄色锦缎，缎面上整齐的摆放着一块白色缣帛。

我颤巍巍地取出，交给赵憙。赵憙携同冯鲂、李欣三人齐拜，殿外阶下的百官亦同拜。

赵憙展开缣帛，扬声道："大行皇帝陛下诏曰：'朕无益百姓，皆如孝文皇帝制度，务从约省。刺史、二千石长吏皆无离城郭，无遣吏及因邮奏。'"

遗诏刚读完，阶下百官已齐声恸哭。

我捧着玉匣，哭得连气也喘不过来了，这时纱南在边上忽然说道："咦，这玉匣底下好像还有东西……"

我低头一看，却见那块垫底的黄锦有些凹凸不平，像是底下还铺了什么东西，于是伸手去掀。黄锦掀开，底下果然还有一层，是件叠得非常齐整的衣衫，布料虽然精细，颜色却已褪淡泛黄。

刘庄膝行上前，小心翼翼地将匣底的衣衫捧出——刘庄提领，刘苍与刘荆二人各托一只衣袖，刘京跪伏在地上，拉直裾角——衣衫在我面前展开，却是一件陈旧的女式直裾深衣

直裾深衣一经打开，便听"籁"的一声，有团东西沿着布料滚下，在众人的惊呼声中，径自跌落在我的脚边。

我僵直着一动不动，刘京离得最近，弯腰伸手要去捡，我大叫一声：

"不许碰它！"吓得他赶紧缩手。

我撑着床沿，身子一点点滑落到地上，颤抖的手刚伸出去，泪水便已模糊了双眼。掌心紧紧握住那束枯黄的谷穗，饱满的穗粒随着我双手的颤栗在微微摇晃。

"秀……等，阴姬……记得……后会有期……"

阴姬……记得……后会有期……

"这个送你。"

"阴姬，后会有期！"

阴姬，后会有期……

很久很久以前，有个笨女孩脱下自己的深衣忘了取回来，只顾没头没脑地拉着弟弟落荒而逃……然后，有个笑得很好看的青年追上她的车，送给那个笨女孩一束刚刚收割的谷穗……

一茎九穗，秀出班行！

"这个送你……阴姬，后会有期！"

"啊——"我嘶声哭泣，将谷穗紧紧贴到心口，恸哭着弯下腰。

那是个很笨、很蠢、很迟钝的女孩，但他却真的为了一句"后会有期"执著地等了很久很久……他给了她一生的幸福，她总以为是自己先爱上他，总以为是自己先对他付出了感情……却从不知道因为自己的笨拙，让他苦苦等待了那么久。

秀……等，阴姬……记得……后会有期……

"秀儿……秀儿……我的秀……"我弯着腰，紧紧地捂着那束谷穗，无助地唤着他的名字。

即　位

遵照大行皇帝遗诏，丧礼遵照文帝旧制，一切从简，除发竹节告知郡国各诸侯王之外，诏令二千石官吏皆不需赶赴京城奔丧，也不必遣使吊唁。

丧礼由太尉赵憙主持，皇宫内外早已戒严，北军五校的兵力将皇宫围成铜墙铁壁。大行皇帝小敛，尸身装入棺椁，之后便是大敛。

我和皇子们都换了白衣，五官、左右虎贲、羽林五将各自率兵，手持虎贲戟，驻守在大殿台阶的左右侧，内闱之中仍由中黄门持戟守备。接近更漏时分，稍作休息后的群臣再次入宫。大鸿胪郭况设置九宾位置，由谒者领着皇太子及各诸侯王立于殿下空地，面西而立，左手顺次往左，从北到南依次为刘庄、刘彊、刘苍、刘荆、刘焉、刘京……再往南则是宗室诸侯王，站在最末的乃是樊氏、阴氏、郭氏等外戚诸侯。

空地中间位置则分置百官，统一面北排成一列队伍，依次先是三公，然后是两千石官吏，再是特进侯、列侯、六百石官吏、博士……最底下的人数众多便分为两列站立，以西首者为尊。

我站在西侧位置，面东而立，身后按等级跟着刘义王、刘中礼、刘红夫、刘礼刘、刘绶五位公主，许美人列于公主之后，最后面才是宗室内眷。

等到众人全部就位后，郭况一一清点人数，由谒者报与赵憙知晓。夜风阵阵，更深露重，四周火把照得殿下宛若白昼。赵憙环顾所有人，最后目光落在我身上，微微躬身。

我随手抹了把脸，把眼泪擦干，颇觉疲惫地闭了闭眼。正是在这眨眼的瞬间，赵憙突然转身，他的身后石阶之上正站着一名中黄门，赵憙动作飞快，右手握住中黄门腰间长剑的剑柄，铿锵一声抽剑出鞘。

四下里响起一片抽气声，人群里起了一阵不小的骚动，但有好些人立即注意到我对此并无反应，马上冷静下来。赵憙横剑殿阶，指着刘彊等诸侯王厉喝："咄！目无尊卑！诸王岂可与太子争列？"

刘彊当先打了个哆嗦，吓得脸都白了，涕泪纵横的脸上只剩下惊骇之色。

刘苍最先反应过来，向赵憙一拜："诺。"往后退了一步，身子侧向北，遵臣礼。刘焉与刘京随即也退后一步，转向北面。赵憙右手手持长剑，疾步走到呆若木鸡的刘彊跟前，左手挽住他的胳膊，沉声："请东海王遵礼法！明尊卑！"

刘彊又一哆嗦，虽然他与我隔了一段距离，我却分明看到他眼中流露出无法掩饰的恐惧。赵憙不由分说地扶着他退后，支配着他的举动，直到符合礼节为止。刘彊归位后，赵憙斜视扫了眼刘荆，刘荆一言不发，沉着脸朝赵憙稽首，也依礼向后退了一步。

赵憙点头表示赞许，重新回到殿阶上，将长剑还给中黄门。少顷，郭况循礼扬声高呼："哭——"

场上的人顿时一起跪伏于地，放声号啕恸哭，只剩下刘庄一人，以太子之尊仍可站立，却是哭得捶胸顿足，伤心欲绝。

赵熹、冯鲂、李欣三人踏上高阶，在凄厉的哭声中一步步走向殿阁。我跪在殿下，前额触地，不敢去看那高殿的入殓仪式。大概过了小半个时辰，殿内烛火全灭，我的心随着那一下沉重的棺木合盖声，再次被震裂开。

我无力地抬起头，哭的时间太久，早已声嘶力竭。眼眶是干涸的，眼泪不再盛装在眼眶里，而是如决堤的洪水般在我心里横冲直撞！我把伤口浸泡在咸津津的泪水中，那种伤痛，只有自己能够体会。

东园匠用锤子将一枚枚铁钉敲打着钉入梓宫，那一声声叮叮当当的击锤，仿佛正将钉子直接钉入了我的骨肉。

入殓完成，火把重新燃起。灵堂、梓宫布置就位，先由太常奉上猪、牛、羊太牢祭奠，然后按照顺序，太官食监、中黄门、尚食等官吏依次献祭。

哀号阵阵，赵熹从殿上匆匆下来，走到我跟前，叫了一声："皇后！"

我如摊烂泥般无力地跪在地上，义王与中礼等人将我从地上搀了起来，我虚弱地挥手："太尉公依礼行事便是！"

赵熹称诺，走上殿阶，高声："《尚书·顾命》曰，太子即日即天子位与枢前，故臣等请太子即皇帝位，尊皇后为皇太后！"

我强忍眼泪，勉力挤出一字："可。"

赵熹对着黑压压的人群挥手，于是群臣起立，依次退出。刘庄含泪从对面走到我面前，跪下喊了声："母后……"声音悲切，哽咽得再也说不出其他。

我抚摸着他的头："你的父皇，东西赴难，以车上为家，传荣合战，跨马操兵，身在行伍，自而立之年建起这个国家，为百姓、为黎民、为江山、为社稷，兢业三十余年。而今你亦三十为帝，母后希望你不要辜负你父皇的期待，做一个好皇帝……"

"母后……母后！"刘庄抱住我的腰，失声痛哭，"儿子不敢功比父皇，但也绝不辜负黎民社稷，必然做一个心怀天下的仁德天子！"

我们母子抱头痛哭，边上立即有人上前劝慰，拉开我们两个。避入内室，纱南取来衣物，替我一一换上。我任她支配，大约过了小半个时辰，宫女取来铜镜与我自照。

镜内妇人身穿曲裾深衣，蚕丝织就，上绀下皁，隐领与袖缘都用縧带镶边，头戴剪氂蔮，耳珰垂珠，瑇瑁制成的尺长摘簪横插入发髻，摘端饰花雕铸成凤凰于飞，凤以翡翠作羽，口衔白珠钏，钏末坠以黄金镊。左右又各有一根横簪插入蔮内，赖以固定蔮结。

衣饰华美，气度雍容，我第一次穿戴上了太后的品装，心里却痛得连话也说不出来。镜中人眼睛虚肿，神情憔悴，但经过纱南的巧手修饰，已掩去不少垂暮之色，我抚摸着鬓角的白发，凄然一笑。不知道秀儿看到我这样装扮，可还会笑着赞我一句？

回到前殿，刘庄也已穿戴完毕，头戴旒冕，玄衣纁裳，日月星辰十二章绣于衣上。

恍惚间，我似乎又看到那个步履稳健，英姿勃发的熟悉身影迎面向我走来。一时感怀难抑，我站在廊下，视线逐渐模糊，泪水涟涟，溅湿衣襟。

大臣们陆陆续续返回，皆是身穿吉服，手持玉笏，按照平日朝会时的次序依秩列位。

殿内灵柩前设置御座，赵憙携刘庄登上台阶，站在御座前面北稽首，宣读策皇帝书。读毕，右转面东，将传国玉玺与六枚皇帝印玺跪呈新帝。刘庄双手接了，登御座上坐下，命中黄门将玉具、隋侯珠、斩蛇剑跪着授予太尉赵憙。

交接完毕，中黄门宣礼毕，殿下群臣拜伏高呼："万岁——"

新帝即位，尊我为皇太后，遣使宣诏打开城门、宫门，撤去屯卫兵。

四更后，百官退去，纱南等人扶我回宫休息。

卸去妆容，我疲惫不堪地和衣躺在床上，明明已经累到极致，可是阖上眼却始终难以入眠，眼泪不自觉地从眼角滑落。床畔空了，平时同床共枕的人如今却在前殿的灵堂上，安静地躺在冰冷的梓宫内。

我翻身坐起，惊醒了床下打盹的马澄："太后想要什么？"

我掀开被子："我想到前头去看看！"

她急忙伸手按住我，柔声道："灵前有陛下及三公、太常以及诸王照应，太后请安心歇息吧！"

我颤道："我睡不着，想去看看他，陪他说说话！"

马澄一愣，转瞬才明白过来，垂泪跪在我面前："太后！陛下还要仰仗你的扶持，大行皇帝驾崩，陛下已是伤心欲绝，若是太后再……陛下该怎么办呢？"

她的哭声惊动了外头，纱南匆匆忙忙地跑了进来，见我披头散发的赤脚站在床下，低呼一声，哽咽道："太后！"

我茫然地看着空荡荡的房间，右手缓缓放在自己的心口——这里，就像这间房一样，也是空的……

栽　赃

大行皇帝停灵发丧，全国哭丧三日，大司农从国库中拨钱，每户贴补六丈粗布钱，举国服丧。刘辅、刘英、刘康、刘延等诸王接到符节后，入京奔丧吊唁。

朝臣草拟大行皇帝谥号与庙号，商议了许久，最终奏了上来。刘庄向我请示："《周书》云，能绍前业曰光，克定祸乱曰武，是以尊大行皇帝谥曰'光武皇帝'，庙称'世祖'！母后可有异议？"

能绍前业曰光，克定祸乱曰武——光武皇帝——光武中兴！

做了三十几年的夫妻，亲眼看着他一点点将江山从四分五裂到统一完整，看着他使百姓停止流浪，安居乐业，虽然我无法得知现在发生过的事与我存在过的那个时代的历史是否完全吻合，历史的轨道有没有因为我的存在而被颠覆、偏离……但我真真切切的知道，光武皇帝，光武中兴，不论在哪个时空，唯有他能担得起"光武"这两个字！

"汉世祖光武……"我抚摸着缣帛上的字迹，眼泪一滴滴的坠下。

因距离远近不同，诸侯王抵达京城的时间也分先后，但每一个都是从城门外一路哭到宫里。

吊唁哭灵，宫门除早起和晚上会开放外，其余时刻一律严令诸王回各自的住处休息，不得在宫内无故逗留。治丧期间，一切娱乐活动均被禁止。

这日正独自坐在宫里发呆，刘庄忽然来了，自他灵前就位以来这十几天，我还没机会与他碰面，他要忙着吊丧，忙着接手政务。

"母后！"刘庄瘦了，脸上胡须刺茬的，虽然瞧着落拓，但双目锐利，举手投足也添了少许霸气。

他终于不再是那个在我怀里撒娇嬉戏的小孩子了！

"有事么？"如果不是大事，他大可与赵熹商议着办，而且他原先在太子宫里头也养了一批亲信，这会儿都提拔了起来，如果不是发生了事非要我出面，他也不用来找我。

"有份东西，想请母后过目。"他坐在我对面，屏退开所有人，甚至连纱南也被请了出去。然后他掏出一只绿绨方底口袋，慎而重之递给我。

袋内是一块叠得方方正正的巾帕，帕上留有熏香，一看就知不是常人所用之物。浅灰色的底，黑色的隶书小字，密密麻麻写了一整面。

君王无罪，猥被斥废，而兄弟至有束缚入牢狱者。太后失职，别守北宫，及至年老，远斥居边，海内深痛，观者鼻酸。及太后尸枢在堂，雒阳吏以次捕斩宾客，至有一家三尸伏堂者，痛甚矣！今天下有丧，已弩张设甚备。间梁松敕虎贲史曰："吏以便宜从事，勿有所拘，封侯难再得也。'郎官窃悲之，为王寒心累息。今天下争欲思刻贼王以求功，宁有量邪！若归并二国之众，可聚百万，君王为之主，鼓行无前，功易于太山破鸡子，轻于四马载鸿毛，此汤、武兵也。今年轩辕星有白气，星家及喜事者，皆云白气者丧，轩辕女主之位。又太白前出西方，至午兵当起。又太子星色黑，至辰日辄变赤。夫黑为病，赤为兵，王努力卒事。高祖起亭长，陛下兴白水，何况于王陛下长子，故副主哉！上以求天下事必举，下以雪除沉没之耻，报死母之仇。精诚所加，金石为开。当为秋霜，无为槛羊。虽欲为槛羊，又可得乎！窃见诸相工言王贵，天子法也。人主崩亡，闾阎之伍尚为盗贼，欲有所望，何况王邪！夫受命之君，天之所立，不可谋也。今新帝人之所置，强者为右。愿君王为高祖、陛下所志，无为扶苏、将闾叫呼天地。

我匆匆一瞥，已气得四肢冰冷，手足发颤，待看到那句"上以求天下事必举，下以雪除沉没之耻，报死母之仇"，气得一掌拍在案上："一派胡言——这是哪个写给刘彊的？"刘庄一言不发，我气得将帕子捏在手里，几乎揉成团，"郭况？"

刘庄仍是不说话，我知道自己猜得不假，愈发气得浑身发抖："他们这是在自寻死路！"

刘庄这才慢吞吞地开口："东海王正在殿外候传……"

"他还有脸来？这种大逆不道的乱臣贼子，直接诛九族都够了！"

"母后息怒！"刘庄一面宽抚，一面宣召刘彊入殿。

刘彊是一路哭着爬进门的，手足并用，狼狈至极，幸而刘庄有先见之明，将闲杂人等全部屏退开，不然任何人看到我现在发狂的模样都会被吓破胆。

一见到刘彊哭哭啼啼的那副衰样，我多年培养的涵养尽数被击溃，怒火中烧，指着他破口骂道："原来这么多年，你们心里就是如此以怨报德的！说什么'君王无罪，猥被斥废'，什么'太后失职，别守北宫，及至年老，远斥居边，海内深痛，观者鼻酸'，早知你们这些混账东西怎么养最后都会变成白眼狼，当初不如狠狠心将郭氏满门抄斩，一个不留！也好过留下几只不识好歹的狼崽子，放任你们现在甥舅几个联合起来密谋造反，活活气煞我！"

刘彊嚎啕大哭，言语无序，不断趴在地上磕头："不是……不是……儿臣不敢……"

见我气得不轻，刘庄过来扶住我，无奈地喊了声："母后，你先别动怒，听东海王把话说完。"

我只觉得胸口纠结，郁郁作痛，捂着胸口喘气道："这个该死的孽障，嘴里还能吐出什么好话来？"

刘彊哭道："不是……臣不敢……臣待陛下忠心耿耿，绝无贰心！"他指天诅咒，面无人色，满脸涕泪。

"母后，此书正是东海王交予朕的，朕相信此事与东海王无关！"刘庄的语气淡淡的，谈不上悲哀，更谈不上欢喜。

我虽然气愤，理智尚存，听刘庄这么一说，即刻问道："这可是你舅舅写给你的？"

刘彊一怔，转瞬流泪道："臣委实不知原委，匿名无落款，臣收到投书后不甚惶恐，当即抓住了送信使者，愿听凭母后圣裁……先皇崩亡，儿臣未在母后跟前略尽孝道，反因此累得母后气恼，实乃罪过，难辞其咎！请母后责罚——"说着，脱下丧服，肉袒请罪，颤抖着跪伏于地，重重磕头。

见他悲泣如此，我的头脑反而冷静下来，抬头看了眼身边的刘庄，问："陛下打算如何处置？"

"尊母后示下！"

我叹气："这事先别宣扬出去，即使要查，也需暗访。光武皇帝尸骨未寒，你们兄弟几个若是当真犯下这等忤逆大罪，或因此搞得兄弟反目，兵戎相见，涂炭生灵，真是叫亡者何安？"

心里伤心，忍不住又落下泪来。刘庄与刘彊只是赔罪，我哭累了，也骂累了，这才让刘庄领着刘彊出去。

我爬到床上躺了会儿，挨着枕头想到刘秀临终嘱托，伤痛之余又重新升起一股勇气，于是努力从床上撑起，将纱南叫了进来。

我把唆使谋反的信提了提，纱南虽然惊讶，面上却淡淡的，处变不惊的姿态已深入她的骨血，这一点上我永远及不上她。

"太后想让奴婢查什么？"

"送信的使者被当场抓获，无论如何刑讯逼问，只一口咬定是大鸿胪差使。这信不管是否伪造，虽匿名不具，但口吻确实是郭况不假。陛下质问大鸿胪，他却矢口否认，声称并不认识此人，愿以死明志，以证清白。这么多年来，眼见得郭、阴两家外戚相争，明里是郭氏添光，实则郭氏远不如阴氏懂得先帝的心思。外戚就是外戚，皇帝是君，外戚是臣，哪怕是再器重、亲近的亲戚，君臣这条底线也绝不可越界。郭氏虽然一向嚣张，但我不信郭况行事会如此愚蠢。先帝在时，虽然怀柔重情，但也正如信中提及的那样，皇权神圣不可欺，一旦越界，必然予以重击，绝不容情。同理，封禅之后，作为前太子的刘彊被扣京师，先帝的用意是不想看到他们兄弟反目，所以留了这一手防备，同时也算是给郭氏的一个警告。先帝驾崩，留下太尉赵憙主持丧仪，赵憙的为人，想必刘彊已领教到厉害，君臣之礼，尊卑有别，这当口新帝已立，兵权在握，郭况若是看不透这一点而妄想在虎口拔牙，他既没兵又没人，岂非自寻死路，枉送全族人的性命？"纱南并不插嘴，安静的听我分析完。

我顿了顿，目光明利，发出辟邪令："这事蹊跷，不管真相如何，我坚信空穴来风，事出有因，顺着这条线给我挖！我不管背后到底是什么人在捣鬼，只要威胁到皇帝的人，我都不会姑息养奸！"

我答应过刘秀，要守护好这片秀丽江山，要将它完完整整地交到儿子手上！为了这个目的，我会亲手替刘庄扫平一切阻碍！

哪个敢觊觎，我便灭了哪个！

"啪！"一记耳光甩在脸上，将他打得一个趔趄，险些趴在地上。我尤不解恨，抬腿一脚踹在他胸口，"你这个孽障——"

刘荆跪在地上，不躲不闪，被我踢了个正着，却仍是神情倔强地高昂着头颅。他的脸上被我挠出的五指印通红，颧骨瘀青红肿。

长这么大，除了小时候他们调皮淘气得太过分时我会用藤条抽打他们的手心外，我从没动过他们一下，虽有痛骂，却从没像现在打得这般狠，更何况如今刘荆早已成人，早有了自己的儿女。

我气得头晕眼花，手指指向他，直戳到他的脑门："你……脑子里装的难道全是豆腐渣？你到底想做什么？写匿名信栽赃嫁祸，东海王到底还是你的大哥，虽非一母所生，总也是你的兄长，你难道要害死他不成？"

我对刘荆又打又骂，刘庄不劝也不拉，只是静静地站在那里看着，脸色肃然，目光深邃，喜怒难辨。影士的调查结果固然让我伤心欲绝，但我也实在不愿看到自己的儿子自相残杀，所以虽然恨到极处，言语间却仍是有所维护。

实指望他能有所悔悟，将错就错，向自己的皇帝哥哥认个错，可没想到他根本不领我的情，反而昂着头，冷笑道："同样是父皇母后的儿子，凭什么四哥能当皇帝？论长相，诸子中我最肖似父皇，我哪点输给四哥？为什么我只能做人臣，他却能继承父皇的衣钵，成为人主？"

脑袋轰地一声炸了，血液逆流，手脚发冷。

我千方百计替他掩饰，骗刘庄同时也是在骗自己，总希望能给刘荆的逆行编造一个解释的借口，一个让我不至于绝望到心碎的借口。

然而……为什么非要这么残酷地讲出来？为什么非要让我亲身面对这样残酷的真相？

我提防郭圣通的儿子们，提防郭氏外戚，小心谨慎地提防了十几年，防他们心生贰心，防他们势力坐大，防他们打着前太子的旗号东山再起……我防这防那，防东防西，唯独忘了防自己的儿子！

右手举起，又无力地垂下，全身颤栗。

刘荆满脸傲气，全然不知悔过的表情再次刺上我的心。

我只觉得万念俱灰，伤心到了极处，脚下一个踉跄，整个人瘫坐在地上。

"若早知生你出来如此不孝，不如不生……"我放声大哭，满心的绝望。

刘荆虽然倔强傲气，但见我哭得伤心，也不免有所动容。刘庄缓步走到我跟前，跪下道："母后，事已至此，伤心无用啊。"

他说话语气平静，毫无波澜，似乎不带丝毫个人情绪。我不由自主地打了个寒战，猝然抬头："你想做什么？"

刘庄深吸口气，瞥了眼刘荆，神情已不像刚才那般冷淡，只是难免疲惫与惆怅："朕又能怎样？母后在担心什么呢？他是朕的胞弟，他有错，朕这个做兄长的也有责任……"他搀扶着我从地上站了起来，"母后放宽心吧，儿子知道该怎么做，这件事交给朕来处理。"

我惊疑不定，既痛恨刘荆大逆不道，又担心刘庄会对自己的兄弟秉公办理，内心矛盾，犹如放在火上煎熬一般。

刘庄将这件事秘而不宣，不过刘荆罪孽深重，虽念及手足之情，不予追究，却仍是将他调离皇宫，勒令其住到河南宫去，出入都有人严加看管。

三月初五，是出殡的正日。夜漏二十刻，由东园匠人抬着皇帝灵柩上了灵车，太仆御者驾驶四轮殡车，身边站立头戴黄金面具的方相，殡车上插着"天子之柩"的旌旗。

灵车上缚着六根白丝挽成的挽绳，长约三十丈，每根挽绳由五十人牵引。大驾仪仗出城廓，一路往原陵而去，那一日，举城呜咽，哀号漫天，天上飘着小雨，似乎连天都在哭泣。

东园匠将灵柩抬入地宫，又将随葬明器一一摆入，随葬品五花八门，吃的、穿的、用的，应有尽有，一切仿照生前所需安置，虽多却都不精贵，没有一件奢华之物。摆到最后，我挥了挥手，示意列在仪仗最后的几十辆辎车上前。东园匠人以及随行武士数十人一起动手，在众人困惑的注视下将车上装载的一千余册《寻汉记》尽数搬入地宫。

光武帝终于永眠于枕河蹬山的原陵，墓道合拢的那一霎，我没有流泪，只是对着原陵呢喃地应下承诺。

"后会有期……"

分　钗

丧礼完后，刘彊、刘辅、刘英等人开始陆续返回封国，许胭脂以楚太后的身份跟随她的儿子回楚国，颐养天年。胭脂临走时，到我宫里请辞，我没见她，她跪在殿门口千恩万谢，声泪俱下，执著地隔着两道门给我磕了头、谢了恩后，才离开了这个困守了她三十几年的皇宫。

藩王们虽然顺利离去，但出了刘荆那件事，即使对外刻意隐瞒，也免不了流言四起。经此一闹，新帝虽然即位登基，但能否如同先帝一样将朝中的那般老臣操控自如，尽在掌握，还需要一个艰辛的磨合期。

新帝要培养自己的领导班子成员，同时也要与老臣们融合，新旧交替的时代，极大的考验着一个帝王坚忍的素质和强劲的手腕。

刘庄的脾气有点像我，年轻气盛，干什么事都风风火火、雷厉风行，眼里掺不得一粒沙子。这样的行事作风，适合严打整风，却不适合现在这个过渡阶段。

一个月下来，刘庄瘦了许多。但他一日不开口，我便一日不闻不问，终于有一天他下朝后直奔西宫，虽然仍是什么话都没有，但他却忽然像小时候那样，把头枕上我的膝头。

我轻轻抚摸着他的头发，扶他直身，替他将头上的通天冠戴正，怜惜之情溢于言表："你首先要摸清楚他们的意图，然后才可以和他们讨价还价……一味强来，岂不是只会让他们对你这位天子失望么？一旦少了他们的扶持，后果是什么，你应该也是清楚的。所以，有时候脾气还是收敛些，多想想你父皇以前是如何应付他们的。做皇帝，和大臣们打交道，也是门学问呢。"

刘庄彷徨而惆怅地叹气，眼中有了受挫后的郁结与不甘。

看他愁眉不展的样子，我真替他心疼，忍不住叹道："你弟弟……荆儿不争气，不代表着你的弟弟都不争气，你考虑下看看。"

他缓缓点头："朕有想过，但即使让刘苍帮朕，一些老臣也未必肯真心相信朕，全力辅佐……"说到这里，他恨恨地以拳砸掌，"那帮狡猾的老东西，跟朕虚与委蛇，总有一天朕非……"

"孩子话！"我摇了摇头，好气又好笑。

刘庄报然一笑："唉，朕也知这只能在母后跟前说说气话而已。"他顿了顿，"其实……朕不是没经过深思熟虑，放眼满朝文武，若论资，论功勋，论威望，再无一人能出高密侯之右。朕幼时还曾蒙他授业，高密侯有多少能耐，朕深信不疑。而且邓家有子十三人，个个德才兼备，皆可为朝廷所用。朕有心请高密侯辅佐朝政，相信高密侯一出，诸事皆可平，但他却以年事已高为由谢绝，朕现在真的一点办法都没有了。"

刘庄和我说话的当口，恰好马澄前来请安，她竟也是一脸忧郁，满腹心事，但她隐藏得极好，面上淡淡的，既保持着守孝时应有的节制，又不缺儿媳侍奉婆母应有的柔顺。

我和他俩闲聊扯了小半个时辰，马澄见我神情疲倦，便巧妙地使了眼色给刘庄，二人极有默契地一起告退。

他俩走后，我失神地坐在榻上一动不动，连纱南何时走到我跟前的都没留意到。

纱南喊了好几声，我才回过神来，诧异地反问："你说什么？"

"眼见得天要黑了，太官打听你今晚宵夜要吃什么，他那边好先预备食材。"

我无意识地"哦"了声，仍是没把她的话放在心上，心里百转千折，思绪纷乱。我又愣了好一会儿，才抬头对纱南说道："你到云台广德殿去，把东阁柜子上格里的一只妆奁匣子给我取来。"

纱南一怔，随即答道："东阁柜子上格是锁着的，钥匙不在奴婢这儿，太后可是交给马贵人保管了？"

我摇了摇头，颤巍巍地起身，抖抖瑟瑟地爬到床上，然后在床头的暗格里一通摸索，最后摸出一把黑沉沉的钥匙。那一刻我居然没勇气去细看，直接递给纱南："拿去……"

纱南接过钥匙，在我身后玩笑似地调侃："太后藏了什么好东西呢？那柜子里头原来满当当的装了你娘家给的陪嫁，这么些年，你老让奴婢开柜子取东西打赏人，柜子都快搬空了——原来还有好宝贝藏着呢。"

我没回头，没好气地啐道："叫你去拿就去拿呗，哪来那么多废话！"

纱南察言观色，马上听出不对劲，收了声，转身就走。脚步声快到门口时，我打了个激灵，神经质地喊了声："慢！"

纱南停了下来。

我胸口憋得透不过气来，用力吸了口气，才万般艰涩地开口："取了匣子，不必拿回来给我，直接叫人送到高密侯府去。记住，叮嘱送去的人，一定要交到高密侯手里，不得假他人之手转交……"

"诺。"

"等等！"我仍是不放心，转过身，直视纱南，"还是你亲自走这一趟，旁人我不放心。记得要高密侯亲自打开匣子，你等他看过东西后就回来，不必等答复，也不需转告任何话！"

"诺。"不管我用意为何，纱南懂得规矩，不该问的绝对不问。

她走后，我待在房间里坐立难安，宫女伺候我吃宵夜，我也是食不知味。大约到二更天时分，纱南才回来。

"匣子交到高密侯手上了，东西也打开看了，高密侯一句话都没说，奴婢交了差便直接回来了。"

心里七上八下地忐忑不安，听了纱南的话，忽然平静下来，像是乱到了极处，心境却是空了。于是淡然一笑："已经很晚了，赶紧回房睡觉去吧。"

一宿无眠，脑子里浑浑噩噩地想起了很多片段。

明明上了年纪，明明有些事情距离现在已经过了很长很长的一段漫长岁月，但是那些零碎的片段却能够清晰如昨般地印在脑海里。

天蒙蒙亮的时候，听到大长秋的声音在门外小心翼翼地询问："太后可起了？"

我一个激灵睁开眼，嗓子里干得像火在烧："什么事？"

外头听到我的问话，起了一阵骚乱，有三四名宫女赶紧进来伺候，大长秋在外头回道："高密侯宫外求见！"

宫女正递了热帕子给我擦脸，听到这句我闪了神，帕子没接牢，叭嗒掉在地上。

我在宣德殿南侧的庑廊下接见了邓禹。旭日才从地平线上升起来，加上庑廊前后通风，坐在廊下也不觉得气闷。这些年，我时常看见邓禹，只是大多数情况都是在节庆朝贺上打个照面，更多时候甚至只是在熙熙攘攘的人堆里远远惊鸿一瞥。次数并不多，每回都觉得他变得厉害，特别是这几年，须发半白，明显见老。

我想，这种情况不仅他是如此，比他小两岁的我亦是如此。

岁月催人老，转眼，我们两个都已是白发苍苍的老人了。

邓禹穿着素色襌衣，迎面走来时，宽大的衣袍被风吹得鼓了起来，两袖盈风，他整个人看似要迎风飞到天上去一般。

"高密侯臣禹拜见太后！"

我眯起眼，邓禹离得远，我竟无法看清他的脸。宽绰的庑廊下，故人相见，却碍于身份有别，尊卑中透着浓烈的尴尬。

纱南机灵，使眼色将廊下的宫女黄门统统带走，退到十丈之外的天井中去等候，如此一来，既不违礼制又能畅所欲言。

庑廊下只剩下我和邓禹，我欲言又止，不知道该如何启口打破僵局，只得尴尬地将目光投放在远处十几个黄门宫女身上。

犹豫间，忽然觉察邓禹靠了过来，离我居然只有数步之遥。我猛然一惊，忙指着面前的蒲席："请坐！"

他依言坐下，却在坐下前把席子挪近了些，这下我跟他之间的距离近得几乎促膝可碰。我有些慌乱，他却毫不在意，坐下后，双目平视，一瞬不瞬的盯着我看，那个眼神说不出的怪异，似要将我看穿。

过了好一会儿，他忽然咧嘴一笑，因为笑得突然，我根本就没心理准备，考虑过各种各样的开场白，却万万没想到他会冲着我笑。他这一笑，我下意识地便也回了他一个笑容，两人同时笑了起来，尴尬的气氛居然一扫而空。

他从袖管内取出一样东西递了给我，我迷迷糊糊地伸手接过，低头一看，却是半支白玉断钗。我心里一凉，脱口道："你不愿意？"

他仍是看着我笑，只是笑容里多了一份难以描述的酸楚，像是在笑我，又像是在笑自己。

话一出口，我便后悔地只想咬掉自己的舌头。当初邓禹送了这支半钗，允诺无论何时何地，只要我愿意都会带我离开……可是如今沧海桑田，我却要用这半钗之约来央求他答应其他的事。

卑鄙如我，又有何面目问他愿不愿意呢？

正羞愧难当，邓禹当着我的面伸出左手，掌心竟然也躺了半支断钗。他一言不发地将两股断钗拼在一起，冰冷的玉器碰撞，发出一声碎冰般的"喀"——分离了三十四年的白玉钗终于合到了一起。

邓禹痴痴地望着席上的那支玉钗，眼神又爱又痛，半晌后，他径自离席起身。

我抬起头，呆呆地仰望于他。

"倾禹所有，允你今日分钗之约，一生无悔！"他淡淡地念了句，稍顿，稽首向我深深一拜，郑重地说出四字，"如尔所愿！"

旋身，离去。

庑廊的风势强劲，衣袂在裂帛般的呼啸声下飒飒作响，那个振袖欲飞的卓然姿态渐行渐远，逐渐淡化成一个模糊的轮廓。那个瞬间，我的心口异常胀痛，眼眶不自觉地湿了。

四 年

中元二年四月廿四，新帝刘庄诏曰："予未小子，奉承圣业，夙夜震畏，不敢荒宁。先帝受命中兴，德侔帝王，协和万邦，假于上下，怀柔百神，惠于鳏、寡。朕承大运，继体守文，不知稼穑之艰难，惧有废失。圣恩遗戒，顾重天下，以元元为首。公卿百僚，将何以辅朕不逮？其赐天下男子爵，人二级；三老、孝悌、力田人三级；爵过公乘，得移与子若同产、同产子；及流人无名数欲自占者人一级；鳏、寡、孤、独、笃癃粟，人十斛。其施刑及郡国徒，在中元元年四月己卯赦前所犯而后捕系者，悉免其刑。又边人遭乱为内郡人妻，在己卯赦前，一切遣还边，恣其所乐。中二千石下至黄绶，贬秩赎论者，悉皆复秩还赎。方今上无天子，下无方伯，若涉渊水而无舟楫。夫万乘至重而壮者虑轻，实赖有德左右小子。高密侯禹，元功之首；东平王苍，宽博有谋；并可以受六尺之托，临大节而不挠。其以禹为太傅，苍为骠骑将军。大尉憙告谥南郊，司徒欣奉安梓宫，司空鲂将校复土。其封憙为节乡侯，欣为安乡侯，鲂为杨邑侯。"

刘秀在位时，为掣肘三公，所以对三公绝不另外封侯。刘庄即位后打破刘秀的惯例，将三公封了侯，却另外捧出了一个骠骑将军置于三公之上——方法虽不同，用意却是一样的。

刘苍数番谦辞，都被刘庄拦了下来，不仅如此，刘庄又特别下诏，令刘苍设立单独的骠骑将军府，可任命长史、掾史等官员四十人，且位在三公之上，真正使刘苍居于一人之下、万人之上的位置。

而拜为太傅的高密侯邓禹，皇帝更是令其在朝议时不必与群臣一样面北而坐，特许其上尊位，面东参议。

在以刘苍、邓禹为代表的新旧两派势力的共同努力下，汉室的江山终于再次恢复了新的生机，一切又重新趋于平静。

然而到了秋天，陇西郡又发生乱民骚动，沿边的羌族官吏纷纷断变。刘庄先是命谒者张鸿征调各郡兵力围剿，孰料铩羽惨败，汉军全军覆没。

于是这一回，仍是由我出面找到马武——自马援死后，马武卸甲去印，赋闲在家。我去找他出山，重新领兵打仗时，这个打了一辈子仗、年过六旬的老家伙竟然当着我的面，痛哭不止。按他的原话形容，这几年他憋在家里，感觉英雄无用武之地，就快发霉了。

十一月，刘庄委派中郎将窦固、捕虏将军马武，率兵四万人讨伐乱民，照例又是新老搭配、干活不累的模式。

朝廷的运作在新旧搭档中顺利过渡，刘庄对于日常公务的处理渐渐上手，我有心放手，慢慢地不再多过问政事。

"你是说把贾贵人生的五皇子过继给马贵人抚养？"马澄自入宫，已经过了五年，可始终一无所出。我知道她也十分想要孩子，每次看着宫里头其他贵人生的孩子，她面上不说，暗里却为自己不会生育哭了很多次。

"贾贵人是马贵人的外甥女，都是亲戚，过继个孩子也没什么大不了。"刘庄说得轻描淡写，我却很不以为然。不是女人如何能够体会自己的孩子被人夺走的滋味？贾贵人虽然另外还有一女，但五皇子刘炟毕竟也是她怀胎十月所生下的。

刘庄站在我面前，时不时回眸瞥觑马澄，颇多怜惜维护的模样，而马澄则诚惶诚恐地站在他身后，低着头不发一语。我本想反对，看到这里，却顿有所悟，我这个儿子，一向风流成性，如今竟会为一个不会生养的贵人操起心来。

如此煞费苦心的折腾，到底为了什么，我已能猜得一二，于是笑道："只要贾贵人愿意，也没什么不可的。"

刘庄十分高兴，马上回头对马澄说："母后允了，你还有什么好担心的？"说话间，门外乳母将褴褛中的刘炟抱了来。刘庄伸手接过，放到马澄怀里。

马澄瞪大了眼，姣好的面容涨得通红，眼圈里含着眼泪，又是激动又是感恩。

"人未必非要自己的亲生子，只要你真心疼他，爱他，抚养他就够了！他将来待你必然比亲生子尤为孝顺，你若不信，且看看母后，她一手带大了淯阳公主，淯阳公主奉若亲母，其孝心之诚，哪里又比不上其他公主了？"

我没想到刘庄竟然拿我作比，一时愣住。刘炟在马澄怀里不哭不闹，睁着乌溜溜的大眼睛一点都不怕生地看着她，她激动得眼泪都下来了，当着我和刘庄的面跪下抽泣："多谢太后！多谢陛下……妾……终于有儿子了……从今往后，妾待此子，必视若己出！"

她哭得泪流满面，刘庄将她从地上拉了起来，突然一把搂进怀里，长长地叹了口气。

"别……压着孩子了……"马澄紧张地腾出手，下一秒才意识到我还在跟前看热闹，一张哭花的脸顿时涨得要爆了似的，连耳根子也血红一片。

我笑吟吟地看着他俩，刘庄只有一瞬间的羞涩，转瞬便又恢复如常，对着我拜谢道："多谢母后成全！"

我知道这句话背后真正的潜台词是什么，于是回道："有些事，水到渠自成，操之过急反而不好。"

刘庄冲我欣然一笑，眼角眉梢已布满喜气，兴冲冲地扶着马澄，两大一小三口一起离去。

看着这两人相依的背影逐渐远去，我欷歔着向身后的纱南嘀咕："我真的老了，是不是？"

纱南不回答，只是软软一笑，笑容里也带着一种难言的寂寞。

按礼，天子守孝，一日抵一月，所以普通人三年的孝期，天子只需要守三十六天即可除服。但是刘庄不干，他不以自己的帝王身份为尊，仍是坚持替刘秀守满常人的三年孝。于是这三年里，他不幸姬妾，禁止娱乐，饮食茹素，于是按照这种逻辑，本该早立的后位也因此悬空。

中元二年末，慎侯刘隆薨逝。

刘庄即位后第二年，始建新年号，改元永平，是为永平元年。

转眼夏天来临，宫里宫外正忙着避暑防虫，却忽然有消息传来，说东海王刘彊病了。他年纪轻轻的生场病，这样的小事我原没放在心上，可没多久却又有传报，说刘彊病势沉重，似乎药石无救。我这才警觉起来，暗中派人前去打探虚实，得到的回报却是真假难辨。正在困惑时，刘庄却派遣自己近身的中常侍、钩盾令护送太医令、丞乘驿车前往鲁城灵光殿，同时下诏命沛王刘辅、济南王刘康、淮阳王刘延一起到鲁城去。

这样的阵仗，其用意几乎就是断定刘彊不活，让他们几个同胞兄弟赶去见最后面了。我尚在怀疑刘彊病情的真假，但是刘庄却甚为笃定，完全不担心这几个异母兄弟聚在一堆会否闹出事来，他的这份笃定令我心生疑窦的同时也感到一阵心寒。

我有心把事情的来龙去脉搞清楚，但这时偏偏邓禹也病倒了，因为年事已高，所以邓家甚至已替他准备好后事。素荷日日进宫向我及时汇报公公的病情，我牵挂着邓禹，也就无心再去关注刘彊。

这日素荷又进宫，没想到同行的居然还有邓禹的妻子李月珑，我正纳闷，李氏已哭哭啼啼地求道："夫主眼瞅着不行了，撑了口气，却非说要见见太后，否则死不瞑目。妾实在无法，斗胆求太后移驾，念在夫主为朝廷效命，操劳数十年，了了他的心愿吧！"

我如遭雷殛，虽然心里早有了些许准备，但真到了这一步，却发觉自己还是无法承受。

到了高密侯府，那样肃杀的气氛紧紧勒住了我的喉咙，我害怕得喘不过气来。李氏一路领我进了主室，发现邓禹已经被抬到了外间，堂屋上甚至连棺材都已经备好了，一屋子的子孙含泪相守。

邓禹还没咽气，果然如李氏所形容的那样，他直挺挺地躺在床上，已是出气多进气少，但那双眼睛却仍是瞪得大大的，无神地望着头顶的承尘。

进屋的时候我几乎是踉跄着扑到床前，完全没了太后应有的仪态。邓禹似乎感觉到我来了，转过头来瞟了眼，忽然傻呵呵地一笑。

我原是要哭的，眼泪都已含在了眼眶里，却仍是被他的笑容所感染，眼泪迸出的同时我也笑了起来，但紧接着下一秒，我便忍不住嘤嘤地哭了起来。

邓禹向我身后瞟了一眼，紧接着门嘎吱一声阖上了，屋子里静悄悄的，只听得到我的抽泣声。

"嗨……"他轻轻地打着招呼，沧桑的脸上依然挂着淡淡笑容，"我现在很高兴……很高兴你能来……我以为……以为又是一场空等……"

我流泪哽声："你还有什么心愿……你说……可要我封赏你的子女？"

他柔柔地看着我，笑着摇头。

"不要封侯拜将，那就金钱万贯？"

他仍是摇头。

我哭道："那我还能做些什么呢？"

"丽华……"他轻轻叹息，"我只要……你别怪我……我以前就曾说过，这一生，功名利禄也好，乱臣贼子也好，都只为你……所以，只求你到最后不要怪我……"

我呆呆地看着他，他的眼神中除了歉意，更多的是坚定。我忽然醒悟过来，颓然地歪倒在床边，像只泄了气的皮球，我不敢置信地喃喃："是你……原来是你……"

"即使我现在不坦白，相信……你以后也会明白，我从没骗过你什么，也不愿看到你为难……刘彊，不得不除……"

我猛然一震。

刘彊，不得不除！

我其实比谁都清楚他说的是实话！真真正正的大实话！

我不是没动过这样的念头，特别是当去年那封栽赃信捅出来时，我真想杀了刘彊一了百了。那件事固然是刘荆做得不对，但是刘彊收到信后的反应超出常理，他马上抓了使者，把信上交，他如果不是事先早就知道那封信不是他的舅舅所写，而只是一封借刀杀人的伪信，他如何敢将这样的罪证交给皇帝？他如何敢把自己舅舅全家的性命大公无私地交到皇帝手中？我不信他有这么愚蠢，为了向皇帝表示自己的清白，不惜告发自己的亲舅舅。

刘彊一向不是个绝情的孩子，从小敦厚，为人胆小，无太多主见，擅于听从旁人劝解。这样的孩子，如果真收到一封号称是舅舅给的密谋信，第一反应会是害怕，不敢当真成事，第二反应会是烧掉信件……但刘彊当时的反应显然已经超出了他的性格，就好像当年推行度田时他让刘庄故意抢了风头一样，告发栽赃信的背后，何尝不是他们在反告刘荆呢？

这样的人，即使不是大奸大恶之人，即使他敦厚老实，但因为他是先帝长子，又拥有着前太子这个耀眼的光环，仅仅基于他的身份，便能被许多人趁此利用，而刘荆只是其中之一。

刘彊不是祸首，但他却是祸源！只有除了他，才能真正消除隐患，否则，以后会有更多个"刘荆"不断地冒出来。

我想过要除掉刘彊，这个念头在我脑子里盘恒了无数个煎熬的日子，但我只要想到刘秀的临终嘱托，心肠便再也硬不起来了。最终，我放走了刘彊，让他和他的兄弟们一样，回到自己的封国。

"皇帝知道么？"

邓禹不答，呼吸声渐渐急促。

"皇帝他知道么？"我继续追问。

"别问了……"他喘气，很无奈地看着我，"知道与不知道，都不重要……"

"我……"一口气噎在心里，只是觉得疼，疼得难以呼吸。

"我就是……不想让你再操心……你还是这么傻啊，为什么……为什么不能糊涂一点呢？试着放手吧……要相信天子，他可是……你和光武帝的儿子啊……"

我脑子一片空白，无助又彷徨地看着他。

邓禹冲我虚软地一笑："你……你……"他忽然说不出话来，声音憋在喉咙里，嘴唇嚅动，却一个音都发不出来。

我又惊又急，连忙半爬上床，把耳朵附在他嘴边，紧张地直掉眼泪："你想说什么……我听着呢……"

等了片刻，除了粗重的呼吸声，却仍是听不到一个字，我急得汗都滴下来了。倏地，我右侧脸颊一凉，柔软却微冷的唇瓣贴着我的鬓角滑过。

我悚然一惊，错愕地转过头来。他睁着眼，心满意足的笑了，但笑了没多久，眼神却又迅速黯淡下去。

"丽华……"他低声唤我。

我没回答。

"丽华……"声音里透着哀求。

我心一软，轻轻"嗯"了声。

"丽华……"他仿佛没有听到，仍是继续一遍又一遍地喊着我的名字，"丽华……丽华……丽华……"

声音越来越低，我的心一下子提到了嗓子眼里，他忽然笑着闭上了眼："年少时，我以为那是四年，如今才知，那其实就是一生……"

我静静地守在他的床边，无声地落下泪来。

屋子里很静，能听到夏蝉的呱噪声，我仿佛回到了那个炎热沉闷的午后，当我揉着惺忪的睡眼从午睡中醒来时，那个帧巾束发的俊美少年子持黏蝉的网兜，傻兮兮地站在我的窗外，汗流浃背，烈日下的笑容却依然灿若星辰。

"邓禹……"我低声念着他的名字，"你怎么那么傻？"

他静静地躺在床上，无声无息的仿佛睡着了一般。

"你才是……真正的大傻瓜……"我捧着他的脸颊，眼泪一滴又一滴地滚落在他脸上，有一滴滴在了他苍白的唇上，很快滑入他的口中。我颤抖着在他额头亲了一下，继而是面颊，最后是冰冷的唇……

年少时，我们以为那是四年，却不知，那其实就是一生。

丽 华

永平元年夏五月，高密侯邓禹薨，终年五十七岁，谥号元侯。

五月廿二，东海王刘彊薨，临终前上疏谢恩："臣蒙恩得备蕃辅，特受二国，宫室礼乐，事事殊异，巍巍无量，讫无报称。而自修不谨，连年被疾，为朝廷忧念。皇太后、陛下哀怜臣彊，感动发中，数遣使者太医令丞方伎道术，络驿不绝。臣伏惟厚恩，不知所言。臣内自省视，气力羸劣，日夜浸困，终不复望见阙庭，奉承帷幄，孤负重恩，衔恨黄泉。身既夭命孤弱，复为皇太后、陛下忧虑，诚悲诚骨。息政，小人也，猥当袭臣后，必非所以全利之也。诚愿还东海郡。天恩慜哀，以臣无男之故，处臣三女小国侯，此臣宿昔常计。今天下新罹大忧，惟陛下加供养皇太后，数进御餐。臣强困劣，言不能尽意。愿并谢诸王，不意永不复相见也。"

字字血泪，令见者伤心，难以自抑。遗书中刘彊谨小慎微的婉言提到他子嗣稀少，男丁薄弱，希望能将之前刘秀多赏的封地退出，让还未成年的儿子刘政带着家人退回到原来的东海郡去，他的真正用意无非是想以己命换得家人平安。

刘彊的丧礼办得异常隆重，除了我亲自带着皇帝出城至津门亭举哀外，皇帝还特命司空冯鲂持节，前往鲁城治丧，破例诏令楚王刘英、赵王刘栩、北海王刘兴、沘阳公主刘丘前去奔丧吊唁。刘庄本来还让涓阳公主刘礼刘随刘丘一块儿去鲁城，但是刘礼刘以身怀有孕的说辞拒绝，只转托平时交情最好的馆陶公主刘红夫代替前往。

我并不清楚邓禹到底用了什么法子逼死了刘彊，但是看到这样的遗书，除了感到愧疚外，实在想不出别的。我曾答应刘秀尽量保全他的子嗣，但这场夺嫡之战仍是比我意料中的要来得残酷数倍，最后到底还是伤了很多人。

纵观刘彊这一生，最悲哀的就是做了太子，使他成为这场政治争斗中最不幸的牺牲品。

政治，如此残酷，如此绝情……叫人不忍却又无可奈何。

每每看着御座上的皇帝，看着他越来越成熟地运用帝王心术，将文武百官、天下民生一一操纵在手中，我除了欷歔之外，只剩下无言的感慨。

七月，马武等人攻打西羌颇见成效，但是拘禁在河南宫里的刘荆却又开始不安分起来。经过刘彊之死后的我，在某种程度上早已领悟到这个国家的第二代汉帝，性情上绝对与他的父亲天差地别，就如同以前常将刘秀的政治手腕比作是武当太极，那刘庄就是实打实的少林绝学。

两个都是我的儿子，即使刘荆不争气，倒行逆施，可他毕竟还是我的儿子，我没办法眼睁睁地看着他成为第二个刘彊。

"我不管你要怎么当这个天子，但凡我在的一天，你都别再叫我看到你们兄弟相残！除非你现在就想气死我！"

刘庄虽然强悍，但对我还是极为孝顺，我不再插手国事，幸而阴家也从不涉足朝政，现在想想，愈发觉得阴识当初的决策有多英明，预见性准得叫人生畏。

刘荆最终被改封为广陵王，即日前往封地就国。

原先的山阳国距离雒阳八百一十里，广陵离雒阳却翻了一倍不止，整整一千六百四十里，差不多相等于现代的江苏一代。这样的沿海地带，在现代看来是座非常富饶的城市，但在两千年前的汉代，那里瘴气重，湿气浓，根本不适宜生活，基本属于蛮荒地界。

我虽然心疼刘荆，但是想到他的所作所为，又忍不住生气，刘庄不杀他，已是法外开恩，顾惜了手足之情。

是年，好畤侯耿弇、朗陵侯臧宫薨。

永平二年，已经二十二岁的中山王刘焉得以就国。

年底，护羌校尉窦林贪赃枉法，被捕入狱，最后死于狱中。窦林乃是窦融的侄子，当时窦氏家族在京城炙手可热，属于名门望族，族中之人除了窦融做过三公外，还娶了三位公主，窦家在雒阳的私宅、官邸，从祖父辈到孙子辈首尾衔接，占地广袤，十分惊人。窦林死后，刘庄不断下诏责备窦融，最终吓得窦融辞官回家养病。

对于这样那样的事，虽然还是不断有人到我面前哭诉，但我已决意不再过问朝事，所以常常装聋作哑，反正我这个太后年事已高，这几年的记忆力正在不断衰退，偶尔忘些事情，干出些老糊涂的蠢事，也很正常。

原本以为日子就是在等死中慢慢煎熬，万万没想到人算不如天算，当初考虑到自己刁蛮的小女儿嫁不出去，所以将她许配给了侄子阴丰，亲上加亲，彼此也好有个照应。可没料到刘绶的脾气太过任性，阴丰又是个倔强暴躁的性子，两人互相不能谦让，整日为了鸡毛蒜皮的事起争执，搞得整天家无宁日，直至闹到最后，阴丰一怒之下竟然将刘绶杀了。

杀公主是灭族大罪，阴丰吓得随即畏罪自尽。两个孩子就这么枉送了性命，阴就觉得愧疚，对不起我，对不起阴家，竟而与妻子二人一同自杀谢罪。

一家子，四条人命，宗正将命案呈报到我面前时，我抖得两只手连木牍都拿捏不住。

白发人送黑发人，这四个人，其中有我的亲生女儿，有我的手足兄弟……我痛心疾首，悔不当初，可这一切换不来他们鲜活的生命。

阴家上下一片凄惶，他们这些族人战战兢兢地过了几十年，在阴识的领导下，家族繁衍得极其迅速，资产也颇为丰厚，然而我这个从阴家出去的太后，却并没有给这个家族带来多大的荣耀。相反，阴家为了避嫌，一味地低调再低调，搞得外戚不像外戚，甥舅不像甥舅。

阴识终于为此累得病倒了，年过六旬的他写了份帛书给我，可我当时正沉浸在伤心难过的情绪中无法自拔，没有理会他给我的信函。直到过了好些天，我才缓过神来注意到有这么一卷东西压在了镇玉石下。

看完那封帛书后的第一反应，我即刻赶到了原鹿侯府，但这时的阴识已经陷入昏迷。我带着满腹的疑问和焦虑，足足等了三个时辰，太医们用尽一切法子，才终于让阴识暂时醒了过来。

当他看到我手里的帛书时，黯淡无光的眼眸忽然有了神采，我举着手里的帛书问："这是真的？"

他点点头。

我激动地吐气："原来这么多年，你什么都知道！"

他不作声。

我有些憋屈，看着他苍老的脸，脸上的刀疤却没有因为岁月的流逝而被消磨去。我深深地吸气，然后呼气，努力使自己激动的情绪平复下来："这么多年来，你到底为什么要对我这么好？既然你一早就知道真相，为什么还要对我这么好？"

"我记得……那年冬天天特别冷，一场接一场的雪，几乎没有停过。"他双眼的焦点并不在我身上，视线穿越过我的身体，仿佛望向了未知的远方。"丽华一遍又一遍地翻阅着《尚书》，情绪越来越不稳定，她哭的时候还好些，如果哪天不哭了，我心里反而多了份担心。我整天提心吊胆的，让小子丫鬟看紧她，可即使这样仍是出了事。腊日那天本来要逐傩，家里人多手杂，天刚黑，傩戏还没等开始她就不见了，所有人都出去找，家里乱成一团……我找到她的时候……找到她的时候……"他顿了顿，似乎在努力回忆，又像是沉浸在回忆中，忘了再继续表述。

我在他床头坐了下来，很平静地看着他，在他沉稳的叙述中渐渐找回了理智。

"我找到她的时候……她踩裂了结冰的河面，整个人掉进了冰窟里……"

我微微一颤，虽然已经有所觉悟，但听到这样悲惨的事实，仍是有点心酸。

"我在河面上发现了你……我不知道你是谁，也不知道你从哪来，这些都不重要，重要的是，你和丽华长得很像，如果不是你们身上穿的衣物不同，我几乎分辨不出你们两个谁才是我的妹妹。丽华被封在了冰河下，你却躺在冰面上，星光下，你俩就像是水镜中的两个交相辉映的对影……那天是我把你背回了家，是我替你换上了丽华的衣裙，是我……亲手把你变成了我的妹妹——阴姬丽华！"

我紧抿着唇，眼睛涨得酸痛，不管阴识出于什么样的目的将我背回了家，我都得感谢他。是他救了我，给了我第二次生命，待我视若亲妹。

"你昏迷了好几天，醒来后却说自己忘了一切，不管是真是假，在我看来这都是一件好事。确认你马上适应了自己的新身份后，我独自一人到河边将丽华从冰河下挖了出来，将她掩埋在阴家的祖坟里。她才十三岁……情窦初开，花一般的年纪，却就这样过早的凋谢了。虽然她的死不是刘秀亲手所为，但要我不迁怒记恨，我实在办不到的……"

我知道他说的是实情，在最初很长的一段时间里，他对刘秀的感情都带着一种难以描述的矛盾，既赏识他，又厌恶他。

"丽华虽然不争气，但家人都很关心她，在乎她，我不敢想象如果她的死讯公开后，家里会乱成什么样，君陵……也许会拿刀冲到蔡阳刘家……"他的眼神忽然放柔了，眼底有深深的无奈和惆怅，"把你取代丽华，这个决定虽然是我一时之念，但事后看到大家越来越喜欢你，渐渐地连我自己都糊涂了，时常产生错觉，以为你真是我的妹妹阴丽华。这么多年后，我对当初那个丽华的印象早已模糊，完完全全被你所取代，所以……真也好，假也好，都不重要了。重要的是，你是阴家的一份子，是我们所有人都喜爱、敬佩的那个阴姬丽华！"

我早已泣不成声，我的身世来历，在这个时代而言就是一个神奇的谜，连我自己守了这四十几年都觉得是件不容易的事，可他却独自一个人坚守着这个秘密，默默地看着我这个外来的入侵者，一点点地取代了他所心爱的小妹，无怨无悔。

"大哥！"泪流满面，我在他床头跪了下来，额头触碰冰冷的地面，"你永远是我的大哥！不管我和你有无血缘，我永远是你的妹妹，是你看顾了一辈子的阴丽华！"

"你起来！"病床上的阴识忽然挣扎着用手肘半撑起身子，冲着我厉声喝道，"你这成何体统？堂堂天子之母，如何在这拜我？你起来——"

我被他骂得直打哆嗦，他双眼通红，红得像是要淌出血泪来，我直挺挺地跪在地上，忽然感觉不知所措起来。

阴识半侧身躯，伸手颤抖着指着我，哑声："毕生最大的心愿，唯守护阴氏族人，我不求功名，不求利禄，但是……阴家……不能垮……"

我马上明白他的意思，哭道："阴姬无能，但一定竭尽所能，保全阴家！"

他深深地看着我，最终颓然地倒下，躺在床上喘息，声音暗哑低迷，似在自语："三弟自杀谢罪，你念在他子嗣单薄，千万别让他这一脉断了……"

我频频点头，哽噎得一句话都说不出来。阴识再度陷入昏迷，我喊了太医进来，灌汤逼药，折腾到了晚上，阴识又醒了一次，这回他召集阴氏子孙说了一番话，最后把嫡长子阴躬喊到跟前，交代了临终遗言。

更漏时分，阴识撇下济济一堂的阴氏子孙，怀着无限遗憾，与世长辞。

料理阴识丧事的同时，皇帝对于阴丰弑杀公主的处理结果也出来了，念在甥舅一家的情分上，准予不追究旁人，这件事就算不了了之。

是年，淮阳侯王霸薨。

永平三年二月，三年孝期满，皇帝除服，公卿提出当立皇后。皇帝对此没任何表态，最终由我出面，提议："马贵人德冠后宫，就立她吧！"

皇帝并无异议，于是二月廿九，擢升贵人马氏为皇后，立马氏之子刘炟为皇太子。

四月十七，皇帝封皇长子刘建为千乘王，次子刘羡为广平王。

曲　终

永平三年刘庄动起了脑子，想要把北宫推倒重建，大兴土木，充做后宫之用。时逢大旱，尚书仆射钟离意冒死进谏，刘庄本来听不进去，我得知后，将他喊到西宫，耳提面命一番。

"先皇一生节俭，不乐享受，现在国家虽然稍见起色，但也实在经不起这样的折腾。天子怎可以为了自己的私欲而任意挥霍？"

刘庄羞愧，伏地认错，北宫重建一事就此搁浅。

也就是这年的年底，我带着他去了趟章陵，拜祭刘氏先祖。从章陵回来，我的腿脚便再不利索，及至后来，连日常行走都十分困难，所以更多的时间我都待在寝宫里不出去，但因为有影士的存在，我对刘庄的一些作为还是了若指掌。

永平四年春，刘庄出宫观览城第，打算到河内郡去游猎，刘苍上书规劝，刘庄知晓后，马上知错返回。

我观察了他好几年，发觉这孩子虽不是个创世皇帝，但在守成上，也算是个有为之君，虽然脾气太过刚烈，但国家的经济民生在他手里，确确实实在突飞猛进。

有感于这几年我身体状况越来越差，脑子也不比原来活络，于是找了个机会，我把刘庄找来，慎重地将辟邪令交到他手中。刘庄并不清楚影士机构的来龙去脉，我也说得含糊其辞，只假托这是他的父皇留下来的东西，念在他治国有方，现在　并交给他全权负责。

我不知道将影士交给刘庄会引发什么样的后果，但他是我的儿子，是我和刘秀两人寄予了厚望的接班人，秀丽的江山要靠他一肩挑起来，国家的未来要靠他去创造！

正如邓禹所说，我要相信他，要学会放手，因为他是我和刘秀的儿子——我和刘秀的使命已经完结，剩下的，就只能看他自己努力了。

是年夏，杨虚侯马武薨。之后没多久，千乘王刘建夭折。到了年底，两年前因向地方索要贿赂被免职的梁松，因为四下传播匿名书被捕，作茧之人终自缚，尽管义王哭着求我和刘庄，但是梁松最终仍是死在了狱中。

梁松死后，刘苍请辞骠骑将军一职，希望能就国回到封地。我虽然舍不得儿子离开，但也知道他老架在这么一个重要的位置上，功劳太大也始终是个祸端，于是忍痛放行。刘庄却仍是替弟弟保留了骠骑将军的职位，虚席以待。

永平五年二月十六，东平王刘苍归藩就国，天子赐钱五千万，布帛十万匹，与刘苍同时就国的还有我的幺子刘京。

是年冬，阴就亡故后满三年，刘庄特召阴就之女入宫，封为贵人。

永平六年二月，王洛山挖出宝鼎，有人呈现给皇帝，借机阿谀奉承，结果反被刘庄斥责。

刘庄为帝的政治手腕虽然强硬，与刘秀的宽仁手段大相径庭，但是我相信他是一个好皇帝，没有辜负刘秀对他的期待。

永平七年正月，刘苍、刘京返回雒阳庆贺元日，刘庄感念前世中兴功臣，于是下诏替二十八位功臣画像，然后将画像悬挂于云台殿。

又有人传言说此云台二十八将乃天上星宿下凡，拯救苍生，匡助光武皇帝，创下赫赫功绩。此言虽讹，却是那些愚昧百姓对功臣们的一片仰慕欣羡所至。

云台二十八将以邓禹为首，依照生前爵秩与民间四象二十八宿传说，依次排序为：

太傅高密侯邓禹————————————青龙角宿

大司马广平侯吴汉————————————青龙亢宿

左将军胶东侯贾复————————————青龙氐宿

建威大将军好畤侯耿弇————————青龙房宿

执金吾雍奴侯寇恂————————————青龙心宿

征南大将军舞阳侯岑彭————————青龙尾宿

征西大将军阳夏侯冯异————————青龙箕宿

建义大将军鬲侯朱祐————————玄武斗宿

征虏将军颍阳侯祭遵————————玄武牛宿

骠骑大将军栎阳侯景丹————————玄武女宿

虎牙大将军安平侯盖延————————玄武虚宿

卫尉安成侯铫期————————————玄武危宿

东郡太守东光侯耿纯————————玄武室宿

城门校尉朗陵侯臧宫————————玄武壁宿

捕虏将军杨虚侯马武————————白虎奎宿

骠骑将军慎侯刘隆————————————————白虎娄宿

中山太守全椒侯马成————————————————白虎胃宿

河南尹阜成侯王梁————————————————白虎昴宿

琅邪太守祝阿侯陈俊————————————————白虎毕宿

骠骑大将军参蘧侯杜茂————————————————白虎参宿

积弩将军昆阳侯傅俊————————————————白虎觜宿

左曹合肥侯坚镡————————————————朱雀井宿

上谷太守淮阳侯王霸————————————————朱雀鬼宿

信都太守阿陵侯任光————————————————朱雀柳宿

豫章太守中水侯李忠————————————————朱雀星宿

右将军槐里侯万脩————————————————朱雀张宿

太守灵寿侯邳彤————————————————朱雀翼宿

骁骑将军昌成侯刘植————————————————朱雀轸宿

今年的元日朝会比以往任何一年都要热闹，子子孙孙齐聚一堂，我的儿子，我的孙子，我的曾孙子，所有人都围绕在我身边，承欢膝下……作为一个老人，能在晚年含饴弄孙，也算是一件幸福的事了。

记得很久以前和刘秀闲聊时，曾经有一次聊到彼此最喜欢什么样的死法。当时年少，曾玩笑说，好女子当不输男儿，死也要死在疆场。

刘秀那时候是怎么回答的呢？嗯……隔得太久，原话我已记不清了，但他的意思我是明白的。他说我是个有福之人，即便将来辞世，也会是寿终正寝，会躺在床上，身边环绕子嗣，然后在众人的眷恋不舍与深切祝福中毫无遗憾地离开。

关于生与死的话题，于少年是百无禁忌的玩笑，于中年则是敬畏惧怕的禁忌，随着年龄逐渐的增长，对于这个，或避讳、或坦然，想法各不相同。

无力地望着眼前哭泣不止的刘庄，目光穿梭至他的身后，义王、中礼、红夫、礼刘、刘苍、刘京……乃至孙子、曾孙辈的，大大小小在我床头跪了一地。

纱南托着我的背，扶起我喂了口汤药，我觉得胸口郁闷，且药汁苦得叫人恶心反胃，含在喉咙里没能咽得下去，又从嘴角溢了出来。

纱南抽泣，太医看了看我，又回头看了看皇帝，终于耷拉着脑袋，颓然地摇了摇头。

一屋子的人哭得愈发伤心，我却笑了起来，颤巍巍地抬起胳膊，像以前无数次常做的那样，抚摸着他的额发，软声哄道："阳儿不哭，娘很高兴……娘终于能遵守约定了。"

视线越来越模糊，眼皮沉重的直想耷拉下来，我听到刘庄痛哭的粗重抽气声，以及一屋子沉闷的哭泣，忽然也觉得难过起来，于是故作轻松地说道："把窗户打开透透气……"

纱南看了看皇帝，然后走到窗边将窗户打开。冷气从窗外迅速涌入，隆冬的夜，窗棂上挂着冰棱，夜空却格外璀璨。

我呵了口气，眼泪顺着眼角无声滑落："好美……"话音才落，只见夜空中陡然划过一道光芒，一颗流星从东向西迅速坠落。

我有些恍惚起来，记忆中似乎也曾这样看过流星陨落。

二十八宿归位之日，便是归去之时……不知道为什么脑海里忽然冒出这么一句，我转过头，看着啼哭不止的刘庄，柔声说："别哭，我知道你舍不得娘，可是娘……更舍不得你的父皇。"我揉着他的发，又看了眼刘苍等人，嘘叹，"西域有神，曰'佛'。佛说灵魂不灭，人生有轮回……如果我们有缘，我希望下一世还能做你们的母亲，照顾你们生生世世……"

"母后——"

"母后——"

"母后啊——"

声声哭泣断人心肠，我睁眼看马澄领着刘炟跪在人后，于是伸手召她母子近前。我看了她很久，感觉心里有千言万语要说，可话到嘴边却一个字也想不起来。

马澄是个冰雪聪明之人，见我如此，流着泪说："妾当不负母后厚望……"

我长长地叹了口气："孩子……皇后，不是那么容易当的，你……以后，要好自为之啊……"

年幼懂事的刘炟在边上稚气地插嘴："祖母，你别哭，炟儿给你唱首歌……"

我微微一笑，他站了起来，低低地唱了句："黑黑的天空低垂，亮亮的繁星相随……"

我心中一动，感慰至极。

黑黑的天空低垂，

亮亮的繁星相随，

虫儿飞，虫儿飞，

你在思念谁……

天上的星星流泪，

地上的玫瑰枯萎，

冷风吹，冷风吹，

只要有你陪……

虫儿飞，花儿睡，

一双又一对才美，

不怕天黑只怕心碎，

不管累不累，

也不管东南西北……

眼前时而微亮，时而昏暗，我转头看向那片看似遥远又似触手可及的夜空，视线渐渐模糊。

朦胧间，天空群星闪烁，光芒耀眼，夜空扭曲旋转，星辰流转，逐渐交织成一幅幅瑰丽的图形。

青龙盘旋，腾爪箕张！

白虎咆哮，奔腾如雷！

玄武交颈，狰狞纠缠！

朱雀翔翼，烈焰焚空！

神志一阵恍惚，四神兽的光芒敛去，天空中浮现出一个个熟悉的身影，他们或长衫、或短衣、或披铠、或佩剑……那一张张熟悉的脸上全都洋溢着开心的笑颜。

邓禹、冯异、耿弇、吴汉、朱祜、马武、马成、臧宫、贾复、寇恂、岑彭……

每个人的笑颜都是那么轻松惬意，无声的朗笑从他们嘴里逸出。慢慢的，他们向两侧分开，让出一个通道。通道的尽头现出一位白衣青年，白净无暇的脸孔上，他的双眼微微眯弯，嘴角扬起，笑容略带孩子气，将手中一株金灿灿的嘉穗递向我……

黑黑的天空低垂，

亮亮的繁星相随，

虫儿飞，虫儿飞，

你在思念谁……

天上的星星流泪，

地上的玫瑰枯萎，

冷风吹，冷风吹，

只要有你陪……

虫儿飞，花儿睡，

一双又一对才美，

不怕天黑只怕心碎，

不管累不累，

也不管东南西北……

屋子里的人一齐哽声吟唱，哭声被呜咽的歌声所取代。我在轻柔的歌声中安详而满足地笑了起来，眼睑眨了眨，终于再也无力支撑，沉沉阖起，眼中饱含的泪水无声地顺着眼角滑入云鬓。

番外·余韵

永平纪事

永平七年正月初五，流星大如杯，从织女西行，光芒照地。同月廿十，皇太后阴丽华崩，终年六十。枢将发于殿，髃臣百官陪位，黄门鼓吹三通，鸣钟鼓，天子举哀。

皇帝欲尊谥号，公卿上奏曰："汉世母氏无谥，皇后以帝谥为称即可。虽吕氏专政，上官临制，亦无殊号。"

皇帝驳道："吕氏、上官岂可与朕母比制？"

众臣无言以对，遂定谥号——光烈！

冠帝谥曰"光"，有功安民曰"烈"，秉德遵业曰"烈"。

司空告光烈皇后谥号于祖庙。

光武原陵，山方三百二十三步，高六丈六尺。垣四出司马门。寝殿、钟虞皆在周垣内。堤封田十二顷五十七亩八十五步。

二月初八，原陵坟土启封，墓道开通，美道开通，皇帝于便殿拜谒，太常引导光烈皇后灵枢进入墓道，除去丧杖。帝后灵枢左右并列，同穴共寝。中常侍手持丧杖，皇帝至光武帝、光烈后枢前，伏地跪哭。

永平八年，冬，十月，北宫改建完成。

北宫与南宫比肩相望，各宫殿奢华气派，亭台楼榭，元泉冽清，宛若人间仙境。北宫落成后，皇帝诏令掖庭迁入北宫居住，南宫内原先光烈皇后居所西宫封存，光烈皇后生前所用之物，一概遵照原样摆放，宛如在生。

是年，使者出使西域返回，迎天竺沙门佛学，传布中国，雒阳始建佛家第一寺——白马寺。

永平九年，广陵王刘荆言行放肆，意欲造反，皇帝念在手足之情，不予追究。

永平十年，二月，广陵王刘荆畏罪自尽。

永平十一年，春，正月。

沛王刘辅、楚王刘英、济南王刘康、东平王刘苍、淮阳王刘延、中山王刘焉、琅邪王刘京进京来朝。

刘苍至云台拜谒二十八功臣像，见二十八人之后又添加了王常、李通、窦融、卓茂四人的画像，一共三十二人，却唯独不见马援。

当年马援蒙冤，在朝外或许是个不可言传的秘密，但在他们，早已是心知肚明的事。

"当年涉及之人，如今俱已不在，何不趁此替马援平反？向天下昭告马援功德，以显皇后一片孺慕孝心？"

皇帝听后并不回答，只是看着那些画像，回眸冲东平王意味深长地一笑，笑容颇为含蓄。

东平王先是一呆，随即恍然。

永平十三年，楚王刘英谋逆谋反，群臣奏诛，皇帝不忍为之，遂废刘英王爵。特赦许太后仍留住楚宫，赏赐汤沐邑五百户。新郪侯郭嵩、发干侯郭竣，连坐出狱，皆国废。

永平十四年，押解至丹阳郡时，前楚王刘英自尽。因刘英一案牵扯入狱者，从雒阳皇亲至侯爵，到各州各郡的乡绅豪杰，多达数千人，或诛杀，或贬逐，时世人称之为"楚狱"。

五月，封已故广陵王刘荆之子刘元寿为广陵侯。

永平十五年，淮阳王刘延，大逆不道，诅咒天子。

罪名查实，群臣奏请诛杀刘延，皇帝感念刘延罪名较刘英轻，改封刘延为阜陵王，食邑仅为两县。

永平十六年十二月三十，夜。

漏壶内的沙砾无声无息地滴落，皇帝站在西宫庑廊下的台阶上，静静地仰望苍穹繁星，默默无语。

马皇后从身后走来，屏退开侍女，轻手轻脚的将一件貂裘披在了他身上。皇帝没有动，仍是痴痴地凝望着泼墨似的夜空。

世事繁华，一息转瞬。

原来已过了十年。

他的掌心中紧握着一块辟邪挂玉，润滑的表面不知被他粗糙的指腹磨过多少次，每次端坐朝堂面对公卿们纷乱的奏谏，无法得出一个令他满意的结论时，他便会不自觉地抚摸这块玉佩。他知道他们每一个人在私底下所做的小动作，有些令他感动，有些令他恼恨，靠着小块小东西背后庞大的力量，他甚至将外戚势力监控得不敢轻举妄动。世人皆说，这位汉朝继任光武的天子，政察奸胜，帝性褊察，喜好以耳目隐发为明，公卿大臣无不遭到斥责。

他的脾气很大，无法做到像父亲那样宽厚温柔，不论遇到什么样的事总能微笑示人。他更像母亲，碰到大臣做错事，甚至会忍不住拿手杖打人。也难怪被打的那位郎官药崧会在捱不住打的时候钻到床下和他对质，说从没见过哪个皇帝居然会亲自动手打郎官的。

掌心的玉被捂得滚烫，他不禁无声地笑了起来。

他的母亲……光烈皇后阴丽华。

小的时候，他常常和弟弟妹妹们埋怨，说母亲的脾气太烈，如今看来，自己身上流淌的血液真的全是拜她所赐。

他的确是很像母亲的吧？可他自问为帝十七年，兢兢业业，上对得起列祖列宗，下对得起黎民百姓。他永远不敢忘父母临终嘱托，一生的追求都在努力做一个好皇帝，无愧做这个秀丽江山的主人。

"陛下，该歇了。"夜凉风寒，近年来皇帝的身体一直不大好，马皇后时时挂怀。

皇帝回眸看了她一眼，她永远这么端庄，这么多年后宫安宁和谐，她功不可没。他做不到父亲那样专情，也害怕独宠她一人，她心知肚明却总能宽仁体谅。马氏作为外戚，就和阴氏一样，低调不争，她的兄弟叔伯并没有因为她做了皇后而飞黄腾达。

至于外戚郭氏……

他永远记得在自己十四岁时，曾用那枚带血的铁针发过的誓言。他有他的手段，有他为帝的准则，性格虽是天生，与父亲迥异，但是耳濡目染，父母对他的影响，已经无法用简单的话语来概括。

"什么时辰了？"夜漏未尽七刻，便是新的一年，即将迎来百官朝贺的元日。

"去打个盹吧，天不亮就要早朝，紧接着要去原陵拜祭，休息不好，会精神不济的。"

想到自己一副憔悴，病容恹恹的模样去见父母也甚为不妥，于是他点了点头："不必回北宫了，你陪我在母后的寝宫里待会儿。"

马皇后顺从，挽住他的手，二人搀扶着走入西宫。

是夜，他躺在西宫寝殿的更衣别室，听到窗外传来咕咕、咕咕的飞奴叫唤，他从床上坐起身，那飞奴栖息在门槛上，一边跳跃一边频频回头张望，灵动异常。他忽然起了好玩之心，翻身下床，那一刻他忘了平素召唤飞奴的法子，竟像个孩童似的张开双臂，蹑足悄然跟随。

飞奴起起落落，一直飞到了寝宫，他合臂一扑，飞奴噗噗噗张开翅膀飞入房内。他嘻嘻一笑，掀开珠帘，绕过屏风。

光影朦胧，橘黄色的烛光在眼前跳跃，母亲阴丽华踞坐在床上，周身堆满了木牍书简，秉烛书写，父亲刘秀在一边默默地替她脱下丝履，念叨道："别写了，歇会儿。"

丽华一扬眉，那种俏皮的笑容随即像会发光似地散发开来："你说我这书名起的不好，我非改个好名出来不可。"

"《寻汉记》委实不甚悦耳……"

"你说不好听，那你给起个呀！说得容易！"

"又有多难的事……"刘秀将她的脚泡在热汤中，问，"烫不烫？"

"不……"她咬着下唇噗笑，脸儿红扑扑的。她忽然丢开毛笔，俯身在他耳边轻声说："就叫《秀丽江山》可好？"

刘秀仍是淡淡地一笑，笑容宠溺，丽华却不依不饶的强行将他的身子转

了过去，左手抓住他的衣领，右手呵了口气，快速地伸入他的领内，嘴里发出
桀桀的怪笑声。

刘秀"嗖"地吸了口气，无奈地摇头。

"哈哈哈，果然好暖和。"

"这么冷的天，手都冻冰了，让你歇会儿还不听。"

丽华慢慢替他挠背，面上的笑容促狭，果然没多久，刘秀浑身颤栗起
来，忍不住叫道："丽华别胡闹……"

"还说不怕痒痒……哈哈……"

刘秀忍不住发笑，扭动着身体避开她的搔扰，丽华哪肯轻易罢手，两人
嬉闹着扭抱在一起，滚到堆满书简的床上。

皇帝看得目瞪口呆，正欲上前请安，忽听咣当一声，床上的一捆书简被
踢到床下，打翻了盛水的金盆。

烛火噗的熄灭，四周一片漆黑，耳边只剩下幽幽的咕咕声，他大叫：
"父皇！母后！"

马皇后急忙将皇帝推醒，皇帝睁开眼，呆呆地回首望着昏暗的房间。须
臾，两行清泪无声地从腮旁滑落。

永平十七年正月初一，元旦，百官、诸侯藩王朝贺。

昼漏上水时分，皇帝、皇后率文武百官上原陵祭拜。其时雾气凝重，气
温极低，原陵高耸的封土上栽满了杏树，皇帝站在陵前仰望，只见千树万树凝
结甘露，犹似梨花开遍原陵。

佛家有云，甘露乃不死永生。

皇帝遂命百官采集陵树上的甘露，进献给先父母。

那一夜，当白天的热闹喧哗尽数散去，皇帝没有回到北宫与众姬妾欢庆
节日，仍是去了西宫的寝室，静静地跪伏于床前。

床上摆放着一副阴太后生前所用的镜奁，他将奁内的饰物一件件翻出
来拿在手上，看着那些熟悉的旧物，回想起昨日如栩的梦境终于忍不住号
啕大哭。

马皇后与一群侍女黄门皆跪伏于地，悲泣难忍。

永平十八年六月初六，永平皇帝刘庄崩于东宫前殿，时年四十八岁。

是日，皇太子刘炟即位，尊马皇后为皇太后。

尊先帝谥号为"明"，庙号"显宗"。

显宗孝明皇帝自称无德，遗诏曰：不起寝庙，将朕的神主牌位存放于光烈皇后的更衣别室即可。

春雨江山

李歆 著

【白虎卷】

中国華僑出版社

目 录
Contents

秀丽江山

白虎卷

目 录
Contents
白虎卷

第一章

化险为夷出绝境

允 婚

静默，我在震骇中忘了该如何答他，他屏息，蹙起的眉尖刻画着深切的痛，氤氲如雾的眼眸中闪现着一种复杂莫名的神情，或许是期盼，或许是害怕，或许是担忧……

我迷失在他的眼神中，探究地试图从他脸上寻出我能真正明白的答案。

心在悸跳，耳根火辣辣地在燃烧。

他在等待答复，我舔了舔唇，未等张口，就听身侧传来一声厉喝："她不能！"

遽然扭头，阴识面色铁青地从走廊尽头的阴影下走出。大雨滂沱，雨声震耳，然而那比雷电更为高亢的声音却斩钉截铁地截断一切幻象，"你休想——"一个箭步的跨度，在我还没从刘秀带来的震惊中转醒过来前，他已然一掌将刘秀推开，右臂将我揽至身后，"趁早打消你的念头！你要如何装疯卖傻那是你的事，若是妄想打她的主意，休怪我对你不客气！"

阴识虽然一直阴阳怪气，有时候对我兄代父职，更是严肃得像个老学究，但他与人结交向来都是八面玲珑，面上功夫相当圆滑高明，我从没见他像现在这般毫不留情地当面与人翻脸。

特别那个人……还是素有老实人之名的刘秀。

刘秀低垂着头，过得半晌，忽尔轻轻一笑，肩膀轻快地抖了下："我明白了。"双手高举，冲着阴识深深一揖，"打扰。"

他退后两步，却没转身，我眼睁睁地看着他摇晃之余一脚踩空台阶。

"小心哪——"我大叫一声，不假思索地从阴识身后抢出，一把拽住他的手。无奈刘秀已经大半身子倒了下去，这股力太大，我没能把他拉回来，反被他带着一同朝阶下直坠了下去。

扑通一声，我和刘秀二人一起摔在了泥地里，雨水混着发黄的泥土溅得我满头满脸。我的鼻梁撞上了他的下巴，疼得两眼发酸，幸亏台阶不高，不然这么仰天摔下来，不断骨也非得脑震荡。

阴识在我落地的同时飞快地跳了下来，紧张地将我从地上拉了起来："没摔着哪吧？"

襦裙被雨水淋湿后紧裹在我身上，我举着沉甸甸的衣袖，指着仰天躺在地上一动不动的刘秀直喘粗气："他怎么不起来，不会是摔昏了吧？"

"你管他作甚？"

"不是……他在发烧。"我挣脱开阴识，焦急地抓住刘秀的衣襟，"刘秀——你醒醒！"

刘秀双目紧闭，脸如白纸，我抬手贴他的额头，即便是在冰冷的雨水冲刷下，额上的温度也未见丝毫的冷却。

体力还没完全恢复的我根本没法将刘秀从地上拖起来，我拽着他的胳膊扭头对阴识喊："大哥，快来帮下忙！"

阴识沉着脸一动不动，雨水顺着他紧锁的剑眉滑过他微眯的眼梢，透着冷意："你帮了他这次又如何，他终是要死的！"

"大哥——"我来不及多思量阴识话里的深意，仅仅为着他的讥诮与冷漠而恼怒起来。刘縯的死已经让我自责难过不已，他如何还能拿这样绝情的话再来刺激我。

"我要救他！我就是要救他！我宁可自己死了，也不会让他死！"我恶狠狠地宣泄，几乎是咆哮般冲着阴识大吼大叫。

滚烫的眼泪不知不觉地堕下，混在雨水中，被冲刷得干干净净。

我要救他！

刘縯死了！无论如何我都不能再眼睁睁地看着刘秀出事！

忍住泪水，我愤恨地瞪了阴识一眼，强撑一口气，拽着刘秀的胳膊试图背他起来。阴识一副恨铁不成钢的表情，扬手欲打，我闭上眼，下意识地扭开头。可是那一巴掌最后并没落在我脸上，只听一声冷哼："将来你可别后悔！"我身上陡然一轻，睁眼转身，阴识已将昏迷的刘秀背到了自己背上，径直往我房里走去。

我又惊又喜，感动得破涕而笑，快步追了上去："不会的，大哥，我绝不会后悔……"

救刘秀！不计一切代价！

我不会后悔！永不会……这个世上已经没有了刘𬘭，我不愿再失去刘秀！我宁可自己死了，也不要再看到悲剧发生！那种失去亲人的痛楚，承受过一次就够了！

阴识对刘秀并不像对我这般客气，把他背进房后一松手就任他重重摔在席上。砰的一声巨响，刘秀的脑袋撞在了地上，我心疼地喊："轻点啊！轻点……"

"女大不中留！"阴识冷哼，低头看着面色苍白的刘秀，倨傲地问，"你真想嫁给他？"

我满脸尴尬，想回答说"不"，可那个字在舌尖上转了三圈，终是没能吐出去。我红着脸含糊地支吾了两声，没做任何正面回答。

阴识瞥了我一眼，目色深沉，就在我好奇他异于平常的表现时，他突然弯下腰，左手揪住刘秀湿漉漉的衣襟，右手照他脸上啪啪就是两巴掌。

我惊呆了。

"起来，别装死！"

刘秀苍白的脸颊顿时泛了红，兴许是这两巴掌真的管用，蝶翅般的黑睫颤抖了两下，眼睑缓缓掀开了。

他一脸茫然地看着面前的阴识，两个人彼此对视着，渐渐的，阴识的眼神越来越凌厉，刘秀的眼神越来越清澈。

他俩始终不开口，屋子里闷热得像是个大火炉，他们两个是炭，而我正仕灰上烤。

"嗯哼。"我清了清嗓子。

阴识退开一步："你起来！"

刘秀单手撑地，摇晃着勉强站直了，雨水顺着他的袍角滴滴答答地落在席上，瞬间洇湿了大半张席子。

"丽华不会嫁给你，除了这个，你要什么我都答应。"

刘秀微微一笑，轻轻地摇了下头。

阴识眼底寒芒闪动，锐气逼人："你打的什么主意，旁人不知，难道还能瞒得过我么？你要娶何等样的女子都随你，相信即便不是丽华也不会有多少差别。若是那样，我非但不会阻你，还可全力助你……"

阴识话里藏话，我不是听不出来，可我此刻却没多少心思去仔细琢磨他的意思。刘秀身子微微一晃，似乎站立不住转瞬便要晕倒，我担忧地望着他，想伸手扶他一把，可又怕越发触怒阴识，弄巧成拙。

"我只要她……"

"刘秀！"勃然怒吼，阴识挥起右拳砸上刘秀下颚。

刘秀像只沙袋似的砰然倒地，我惊呼一声，阴识的第二拳转眼落下，我伸手一挥，抓住他的手腕顺势扭住胳膊。阴识微微一愣，左手伸出掰开我的纠缠，我来不及多想，屈膝抬腿，脚尖直踢他肋下。

阴识松手，往后跳开一步，我转身扑向刘秀。

阴识那一拳可没手下留情，一看就知道是使了全力的。刘秀嘴角破了皮，唇上挂着血丝，颔下更是肿起一大块青紫。

"他病着呢，你打他干什么？趁人之危是小人行径，你要找他比武，难道不能等他病好了？"

背后没了声。我顾不得理会阴识的反应，撑着刘秀站起，他的样子既狼狈又落魄，瞧了叫人心里愈发不忍。

刘秀微微一笑，笑容带着几分苦涩，他对我摆摆手，挣开我的搀扶，径直走到阴识跟前。阴识靠墙站着，脸色阴晴不定，可他看着刘秀的眼神，却活似一柄利剑，要将他千刀万剐。刘秀双手交叠举于额头，双膝落于席上，竟是向他跪了下来，拜道："但求次伯成全！"

阴识扭头，冷淡地漠视他。

"大哥……"我小声开口。

桃花眼陡然怒睁，凌厉的眼神让我为之一颤，底下的话顿时忘了要怎么说出口。

刘秀再拜："求次伯成全！"

三拜："求……"

"你莫求我！你且去问她——"阴识厉声，伸手直指向我，"丽华，你看清楚这个男人，他要娶你，为的不是怜你、爱你……他在火里受着煎熬，为了要险中求胜，为了要苟且活命，他打算拖你入火坑！你只是他利用的一个工具，他不爱你，六年前如此，现在亦是如此！你别被他的花言巧语迷昏了头！"他一口气说完，胸口不住地起伏，深吸口气，"终身大事，你……自己拿主意吧。"

刘秀直挺挺地跪着，背影孤单而冷清，单薄潮湿的衣裳贴伏在他身上，勾勒出一个消瘦单薄的身影。

我的脑子很乱，乱得就像一团打了死结的麻絮。

刘秀不爱阴丽华！的确，他和以前那个阴小妹或许当真毫无感情可言，但是刘秀对我……他对我，也是……不！不！我和他之间并无任何承诺，即使有感情，也和爱情无关！我本不信刘秀会爱上我，他对我若即若离，就如同我对刘缤一般！

但是，他为什么会突然向我求婚？到底是为了什么？

衣裳被雨淋湿了，透着股寒意，我打了个哆嗦，只觉得全身的汗毛都炸开了。阴识期盼地等待着我的回答，他是希望我能理智地拒绝，的确，我很理智！我比死去的阴丽华理智！因为我不是她！不是那个为爱情自伤至死的傻女孩！

跨前两步，我在刘秀身侧蹲下，侧着头静静地看他。

他的侧脸很漂亮，犹如刀削般轮廓分明，即使此刻脸色白得像纸，嘴角挂着血，一缕散发湿答答地贴在脸颊上，狼狈中尽显落魄潦倒，也仍然无损他的儒雅，他的温柔。他的确算是个好人，但……并不是心思单纯的好人！

忍不住伸手将散发从他脸上拨开，他身子一震，慢慢扭过头来。

眼球布满血丝，可那双眼却仍是清如小溪，温柔的气息潺潺地流入我心里。我的心猛地一软，柔声问道："你想娶我？"

刘秀唇角抿紧，定定地瞅着我。须臾，他紧绷着下巴，沉重地点下头。

我笑了，却不知道这份笑里有多少苦涩以及心痛："好！我答应嫁你！"

"丽华——"阴识失声惊呼。

刘秀亦是不敢置信般地看着我。

我含笑点头，淡淡地说："你回去准备吧，想什么时候亲迎都行！"

阴识颓然地叹了口气，拔腿就走，我急忙拉住他的胳膊，低低地，恳切地喊："大哥……"

他顿住，半晌挣开我的手："嫁妆我自会替你备下，不用你操心。"

"大哥……"

阴识头也不回地去了。

我愣愣地望着空荡荡的大门，门外的雨帘犹如重峦叠嶂，遮蔽住我的视线，我无法看得更远，就像……无法预知今天做出的抉择，会遭遇怎样的未来。

"丽华……谢谢……"暗哑的声音，透着真诚。

我苦涩地扯出一丝笑意。

刘秀，我们的这场婚姻，但愿……不是个错误的选择！

亲　迎

雨，淅淅沥沥地连续又下了两天，终于在第三日夜里止了。

天亮时分，阴家迎来了一位客人——朱祐。

汉代婚仪分为纳采、问名、纳吉、纳征、请期、亲迎六部分，也就是通常所说的"六礼"，我原以为非常时期非常手段，我和刘秀的婚礼自当简而化之，可没想到即便是非常时期的非常手段，刘秀仍是托了这位同窗做了大媒，照足了六礼的步骤来操办，一步都没省。

然而从最后定下的日期可以看出，这场婚礼仍是稍显紧迫仓促些。

听说刘縯的葬礼比我的婚礼还不如，简单的似乎世上本没有刘縯这号人存在过，我心里发酸，但也明白这是没办法的事。

日子挑在七月初一，却也是今年夏天最热的一天，好在亲迎是在晚上，按规矩得等到太阳落山，临近黄昏时分，新郎才会过来接人。

婚礼，昏礼……

我哂然一笑，双臂平摊，任由琥珀跪在席上替我撸着裙裾下的褶皱，做最后的妆容整理。玄黑色的曲裾深衣，长长的裙摆如凤尾般拖在脚后跟，我扭过头看着那逶迤的裙摆被一对五六岁大的童男童女分别抓在手里，神情不禁一阵恍惚——黑色的裙裾，如果换作白色，像不像是婚纱呢？

头顶金步摇颤动，桂枝状的流苏儿碰撞在一起，发出叮咚的悦耳声响。

"唉，小姑真是貌如仙子！"

我眨眨眼，回过神来。

柳姬满脸欢笑，柔柔地端详着我。

"真的吗？"我露出一丝欣喜的笑意。

无论这场婚礼的意义是什么，毕竟这是我人生里的第一次……我要结婚了，新郎是刘秀，不管我对他，或者他对我的感情究竟存在怎样别扭和怪异的利害关系，至少，对于一个女孩子来说，古今如一——做一个美丽得令人称赞的新娘子，是每个女人镌刻永生的梦想。

我轻轻扭动腰肢，沾沾自喜地问："是不是很怪？我平时从不绾这么复杂的髻子！"

头顶的发髻有点沉，发笄用以固定假发的时候将头皮扯得有些痛，可是梳发的妇人说这是必须的，不然假发即便与真发绞在一起盘髻，也会因为不够牢固而掉下来。

"不会！"柳姬笑道，"小姑梳了这高环望仙髻，配上这身行头，真的是态拟神仙，恍若仙子下凡呢。"

我羞涩地拿手指挠了挠刺痛的头皮，却被她急忙制止："别乱动，你只是不适应，慢慢会习惯的……"她握着我的手，手心儿很热，暖暖的，"小姑，你以后为人妇，刘家虽无公婆伺奉，但小姑尚在，你……"

说到这里没声了，估计是想到了自己，她也是为人妇，阴家的小姑是我。

果然婚姻不是好玩的事，家家有本难念的经。想到这里，我突然又很庆幸起来，幸亏我和刘秀的婚姻，不过是逢场作戏。

是场戏……只是不知道会有多少人认真地完成这场戏。

刘玄现在心里是如何想的呢？阴识能够看透刘秀的心思，难道精明的更始帝会独独走眼？

和他们这些人精相比，我涉世显然不够深，对于这些阴谋算计，仅仅才看出了些许皮毛。而且我性子也太直，藏不住事，比智商，我这个本科学历的现代人或许不差多少，但是比城府心机，实在差远了。

唉，要是邓禹在这就好了，最起码有些事我还能找他商量下。这个世上，再没人比他更聪明了吧？

"姐姐，时辰到了！"回过神来，却见阴兴、阴就两兄弟站在门口。阴就一脸的喜气，阴兴也在笑，只是笑容有点儿古怪，怎么看都觉得假。

琥珀搀着我出门，童男童女尾随其后，阴就喜滋滋地瞧着我，赞道："姐姐真是个大美人啊！"

我赧颜一笑。

阴兴上下打量了我一眼，却截断了我的去路，指着通往大门的道路说："大哥让姐姐不必去行礼了，婚家亲迎的队伍就在大门口，这便去吧！"

我心里一紧，说不出的滋味。

因为婚期压得紧，阴母邓氏以及族中长辈还留在新野没来得及赶来，论起尊长，这里当属阴识最大，女子出嫁，理应拜别才是。

他让我不用行礼就直接出门，听起来像在体贴我，其实却是大大的冷落了我。

我心里难受，可面上却不好显露出来，于是笑了笑，回身对柳姬道："哥哥不在，长嫂如母，这礼对嫂嫂行也是使得的！"

柳姬一脸惊讶，我不等她推辞闪避，恭恭敬敬地屈膝拜了下去。

未等出大门，远远就见同样一袭玄黑曲裾深衣的颀长男子，笔直地站在门外，翘首以盼。

我抿嘴儿一笑，没来由的心里欢喜起来，一扫方才的郁闷。门里门外聚了许多人，有婚家来亲迎的，也有姻家送亲的。刘秀扎在人堆里十分显眼，犹如鹤立鸡群，见我款款走出，他疾步向我奔来，惹得人群发出一声轰笑。

两腮飞红，我似娇且羞地瞥了他一眼，忐忑激动的心情越发强烈。

数日未见，刘秀的面色已不似病中那般惨然，可下巴上的瘀青仍在，我仰着头，目光闪烁地迎上他。他的眼睛弯起，笑得十分开心，我却突然感到一阵惘然，不由自问，这样的笑容，到底有几分是真？

刘秀握住我的手，手心滚烫，我的手指瑟缩地颤抖了下，终于坦然而笑。众亲友在门外欢呼道喜，我略略数了下，姻家送亲的人没几个，大部分都是婚家过来亲迎的人，但真正是属于刘氏宗亲的族人同样一个没有，就连平素最最亲厚的刘嘉也未曾见。

我心中透亮。

刘秀欢喜无限地扶着我上了车，在我东张西望的时候有人将我和刘秀缳带相结，这与古装剧中新郎新娘各执红绸一端的情景类似，只是我既不戴红帕喜巾，也不穿凤冠霞帔。

这样的场面更像是现代婚礼，只是……我娘家人似乎并不怎么热情。

想当年邓婵出嫁，姻家送亲的人可丝毫不比婚家亲迎的人数少，如今再看我，站在大门口的几乎全是下人，就连熟识的门客也没几人露面，阴识更是避而不见，连个人影也瞧不见半点。

我眼睛有点酸涨，心里难免堵得慌。

阴兴忙前忙后地张罗，阴就依依不舍地站在车下看着我，一个劲儿地对刘秀说："姐夫，你一定要待我姐姐好……"

刘秀笑着保证，眸光温柔得似能软化一切，我险些把持不住，醉死在他那柔水般的眼神里。如果不是心知肚明，如果不是尚存一丝理智，我几乎也要被他认真恳切的表情所打动，以为他说的都是真的。

"姐夫！姐夫！"阴就抓着刘秀的胳膊，使劲摇晃，"我姐姐脾气虽然不大好，可心地却是最最纯善的，她今后若有什么不是，你千万别跟她太计较……"

我额头挂起三道黑线，这小子在胡说八道什么？

正要朝他瞪眼警告，他突然垂下头，语带哽咽："她最爱口是心非……即便面上冷淡，可她待姐夫你的一片心却是世间少有……姐姐，弟弟今日好开心，姐姐盼了那么多年的心愿，终于……"

我再也忍受不了了，一掌将他从车上推了下去。

阴就在地上摔了一个结结实实的屁墩，惨叫的同时换来身旁刘秀的一声轻笑。

我扯了扯缰带，背上不安地冒起汗："他……他说的都不是真的，黄口小儿信口雌黄，你……"

手背上一热，刘秀笑吟吟地伸手握住我的手，满脸温柔。

他的笑容是克敌制胜的最佳兵器，在这样的温柔一刀下真是不死也伤。我失神地看着他发呆，这个男的……今后就真的是我老公了？

有人在外头嚷了一声，马车颠动一下，似乎就要启程了。刘秀仍是毫不避讳地望着我，笑容里竟有种说不出的宠溺与爱怜，我心里居然涌起一丝丝不易觉察的甜蜜。

车子晃了两晃，却没继续往前走，过了一会儿，头顶一片阴影罩下，抬头一看，却是阴兴探头进来，表情怪异地看着我俩。

他抿着嘴，目光淡淡地扫过我，最后停留在刘秀身上。十五岁的少年，身量未足，五官尤带着稚气，可他说的话却带着不容忽视的迫人气势。音量不高，可隐含的压力却任谁都能听得出："这女人很蠢，但再蠢也是我们阴家的人，就算嫁入你刘家为妇，也还是阴家的人。今日是你自个儿求了她去做你的妻子，不管你出于何种目的，她既然做了你的妻子，你便要待她真心实意的好，若是今后有什么地方对不住她……"他移过脸瞥了我一眼，像是在对刘秀说，又像是对我在说，"这婚姻既然能结得，自然也能离得！"

我咽了口唾沫，好家伙，才刚开始结婚呢，似乎已经料到我会离婚了。不过……阴兴这小子，面冷心热，果然还是刀子嘴。虽然这几年他不怎么待见我这个姐姐，说话没大没小，举止无礼傲慢，可真落到实处，他心里其实还是向着我的。

我心里充满欢喜，第一次感受到这个弟弟的可爱之处，忍不住伸手勾住他的脖子，叭的一声在他脸颊上印下一个鲜红的唇印。

阴兴脸上一阵青，一阵白，呆愣几秒钟后，他气急败坏地用袖子拼命擦着自己的脸颊，低声怒叱："疯子！"头一缩，哧溜消失在我跟前，仓皇而逃。

我掩唇笑得肩头直颤，刘秀伸手搂住我，我靠在他胸口，感觉到了他胸膛同样的震颤，诧异间抬头，那抹灿若朝霞般的明朗笑容毫无遮拦地跳入我的眼帘。

心咚的一声，漏了一拍。

"秀何幸，娶妻丽华，至宝也。"他俯首轻柔地在我额上印上一吻。

马车终于起动，亲迎的大多数亲友都是随车步行，队伍走得并不快。我在颠晃中依偎在刘秀怀抱，闻着淡淡的熟悉的香气，竟像是喝醉酒般微醺。

车行十余米，突然身后飘来一阵悠扬的丝竹之声，我凝神听了片刻，大叫一声："停车！"手脚并用地从车上爬了起来，没曾想刘秀跟我绦带相结，我爬了一半被绊得摔在他身上。

"小心！"他圈住我的腰。

我扒着车厢扭头看，阴兴、阴就带着一大帮人站在门口，丝竹之乐是从阴家院墙内传来的，我眼眶一热，激动得手指都颤了。

"丽华。"刘秀搂住我，微微叹息。

我垂下头，似哭还笑地说："大哥并没怪我……"

刘秀轻轻拍着我的背，脸上露出一丝宽慰。

接下来的婚仪从简，可少不得还得在座落于城里的将军府内大宴宾客，只是来宾皆是刘秀的部下，诸如朱祐、祭遵、臧宫等人皆在席，刘氏宗亲仍是一个不见。除此之外，王凤、陈牧、张印等人，甚至李轶、朱鲔二人亦在席间。

敬酒之时，看着他们这些人谈笑风生，明里说着恭喜，暗里充满挑衅的话语，我差点儿控制不住自己膨胀的怒气当场发作。再看刘秀，倒是应付得极有分寸，推杯换盏，喜气洋洋的脸上看不出半点儿不妥，全然一副新郎的开心模样。

什么叫韬光养晦，这一夜的闹腾下来我总算是全都看明白了。

怪道阴识直言刘秀非等闲人物，这会儿就连我都不得不服他。要忍下这口气，岂是常人能够做得来的？

等筵席完毕，众人又胡天胡地的借着酒疯儿闹起了洞房，我被他们一干人灌了不少酒，好在酒量不差，不然非得出糗。这般胡闹一直熬到寅时，人才散去。

我累得往床上一倒，连妆都懒得卸了，可闭上眼，李轶、朱鲔、张印等人的脸孔却不断反复地出现在我脑海里，晃来晃去搅得我睡意全无。

不远处传来嘎吱关门声，我一个激灵从床上坐了起来，刘秀关上门后，脚步沉重地走进内室。晕黄色的烛光摇曳下，他的笑容已然敛去，取而代之的是一脸疲惫与哀伤。

"刘……"

他向我走来，突然扯下腰带，身上的玄黑深衣随即散开。我目瞪口呆，后半句话硬生生地卡在喉咙里。

心跳得飞快，我情不自禁地往床角退缩，他身上的衣襟敞开了，宽大的喜服甩落床下。出乎意料的是，刘秀在喜服之内穿的并非是亵衣，而是一身正正经经的白色素绢直裾深衣。

我惊骇得噫呼出声！万万没想到这么热的大夏天，他居然会在玄黑色的喜服内穿了套缟素，他这是……这是在替刘縯戴孝！

"秀……"我哽咽，眼泪夺眶而出，从床上爬起扑入他怀里，痛哭。

哭声方逸出，唇上一紧，他的大手紧紧地捂住我的唇。我泪流满面，不明所以地抬头，却见他又痛又怜地看着我，哑声："不能哭。"

不能哭……

不能哭！

曾几何时，哭泣竟然也成了一种奢求！我默默无声地流着眼泪，泪不曾断，可声已哑。

是的，不能哭！隔墙有耳，谁知道这外头又有多少耳目在盯着，就等着逮我们的行差踏错。刘縯被他们害死了，接下来就是刘秀，只要被他们找到丁点的借口，刘秀又会像刘縯一样，惨死在他们手里。

我打了个冷颤，不敢想象那样的结果，害怕的用力抱住他的腰。我想保护他！这个想法或许十分可笑，可我就是想努力守住他！

那么多熟悉的人一个又一个的从我的生命里消失了，我不要刘秀的命运再和他们一样！

"丽华，丽华……"他同样用力搂紧我，下巴搁在我的肩窝里，热热的呼吸拂在我的耳旁。一声又一声的呼唤，他反复念着我的名字，声音微弱、低沉、伤感，乃至绝望。

这一幕让我想起那日小长安溃败后，在逼仄潮湿的山洞内，他亦曾有过如此彷徨不安的悲伤。

屏息，我的唇角咬出了血，腥甜的味道刺激着我的味蕾，有点涩，有点苦："哭吧！求你……哭出来！"

如果有泪，请你不要在心里哭泣！请你相信我……

笑远比哭难！特别是眼下这种时候，哭泣已成了奢望，笑容已成了坚忍的伪装。这样的人生实在太过悲苦，他肩上的压力太沉太重，我甚至不敢想象同样的感受若是摊到我身上，我能不能承受得住万分之一的痛。

压抑的喘息声渐渐加重，由细变粗，一声声微弱的喘息最终化作抽噎，闷闷地钻进我的耳朵。心如刀绞，我分担不了他的痛，他的苦，只能颤抖着将他用力抱紧，紧紧地……紧紧地抱住他。

我不会放手！他若是在水中沉溺，我必然下水救他。无论我会不会游水，我都要救他！

洞房花烛夜，烛泪相伴到天明！

真正痛苦的磨难与考验，随着旭日东升的曙光，悄无声息地拉开序幕。

面　圣

新婚第二日需行家礼——按照规矩，成亲后我算是成为"人妻"，可要想成为"人妇"，还得拜见长辈，拜宗庙方可入宗祠，算做真正的刘家妇。

南阳刘姓这一脉的宗主是刘敞，宗子是刘祉，若是按照原先的规矩，我在家拜了刘良后，还得和刘秀一块儿去拜见刘敞或者刘祉，可是眼下汉朝初建，更始帝刘玄尊位，这个大宗主大家长的位置再大已大不过他去。所以无论如何，觐见天子已成了势在必行的一招。

去见刘玄，说不紧张那纯粹是哄人。我不善掩藏情绪，若是万一在面见时露出丝毫破绽，不但救不了刘秀，只怕还会给他当场招来杀身之祸。

一路上乘车去衙邸，我心里七上八下的直打鼓，刘秀仍是一副从容淡然的老样子，波澜不惊。

车子停在了偏门，刘秀才搀着我下车，就见申屠建犹如鬼魅般从门里突然闪了出来，笑脸相迎："刘将军！"

刘秀自然谦让一回，两人都是客客气气的寒暄，申屠建一双眼有意无意地瞥了我几眼，笑着对刘秀说："刘将军，陛下让你去偏殿。"

刘秀点了点头，带着我进门打算往左拐，却不料申屠建伸手微微一挡，笑道："刘夫人止步！"我一愣，他皮笑肉不笑的样子十分寒碜人，"刘将军一人去见陛下足矣，夫人自请往祠堂拜礼吧。"

这算什么意思？

我狐疑地抬头去看刘秀。刘玄的用意难道是想把我们拆开，逐个击破？

刘秀接收到我的眼神询问，暗暗点了下头，算作默许。其实申屠建既然把话说到这份上，我们就算想反对也已是妄想，更何况，刘玄是君，我们是臣，刘秀的一条小命正系在刘玄的一句话上，我们没有任何能力反抗。

我乖乖地跟着一名小黄门去了祠堂，所谓的祠堂，其实在战乱时期哪可能弄得规模大正规？不过也就是府衙里头的一间偏厢清理出来暂作祠堂，四壁悬挂着汉高祖刘邦、汉惠帝刘盈、汉文帝刘恒、汉景帝刘启等一列西汉皇帝的画像，堂内供奉着三牲鲜果，安安静静的空无一人。

小黄门把我领进门后就走了，我怕明里没人，暗中却有人窥探，不敢有丝毫懈怠，规规矩矩地按着礼数冲这些毫无生气的画像磕头行礼。

行完礼我跪在席上未起，等了半晌仍不见有人出来招呼我，于是大着胆子四下里张望。堂上静悄悄的，晨起时曾下过一场小雨，前后半小时，还来不及润湿地面雨就停了。雨虽小，却把地上的暑热给蒸发出来，愈发显得气闷。

树梢上传来吱——吱——吵闹声，昨晚闹腾了一宿，我只在天明时分才稍稍阖了下眼，刘秀估计是整晚都没睡。也是，心里若是压着那么重的心事，又有几个人能睡得着呢？

我直挺挺地跪在席上，百无聊赖地将那些帝王像一一看了个遍，最后支着下巴，目光停驻在汉武帝身上。

线条粗糙，画工很是一般，就连人物的五官、神态都是那般的抽象。我怔怔地瞧着有点儿出神，都说汉武帝是汉朝历史上，乃至中国历史上最有作为、最有魄力的皇帝，因为他最为人所知的功绩，是替汉人扬眉吐气击退了匈奴。

我撇了撇嘴，心下大不以为然。人人都说他好，却只是看到他为帝风光的一面，他倒真是名垂青史、万古流芳了，现代人说起汉武帝来哪个不知哪个不晓？就连电视剧也老拿他的丰功伟绩来炒作，从政治到爱情，把他描绘得天上有、地上无，前无古人后无来者似的。

其实不过是个穷兵黩武的家伙罢了，风光了自己，苦了百姓。还有他那不值一提的爱情，又有什么值得炫耀的？先有金屋藏娇，再来卫子夫、李夫人、钩弋夫人……这些跟他扯上关系的女人最后都没一个有好下场。

闷热的空气里静谧得流转着一种异样的感觉，我收了神，鼻端隐约嗅到一股香气，淡淡的，似乎是檀香味……

猛回头，我惊出一身冷汗，拼命压下舌尖的尖叫，忙用膝盖蹭动着转身，磕头叩拜："贱妾……拜见陛下！"

"平身。"

"谢陛下！"我战战兢兢地从席上爬起来，倒不是真就那么惧怕他，只是他这么悄没声息的出场方式，着实将我吓得不轻。我还没从惊悸中缓过劲来，站起时只觉得手足无力，掌心里黏黏的腻着汗水。

刘玄并不曾让亲信跟随，身侧连个伺候的小黄门也没有。我眼珠子转动，低头瞅着他足上的丝履，大气都不敢喘一声。

闷热的感觉让人有点吃不消，汗水将我的内衫浸湿，我忽然想起，他这会儿不是应该在偏殿接见刘秀的吗？怎么会突然出现在祠堂？

"恭喜了。"不冷不热的声音，听不出是嘲讽，还是调侃，但总之不大可能是真心道贺。

我把头压到胸前，再次矮下身去："谢陛下。"

胳膊一紧，我没能跪得下去，他托住了我的手肘，我的心跳怦怦加速。因为挨得近，经过薰香后的冕服上散发的檀香味愈发浓郁，我手心发腻，五指握紧了又松开，不知该如何应对。

刘玄把我的沉默当作了不抵抗的默许，他的手非但没撤回去，反而用力一拉，将我直接搂进他的怀里。这下子，我再难保持冷静了，变脸道："陛下……"抬头一瞧，他脸上似笑非笑，眉头挑动，似乎在鼓励我继续说下去。

我倏然住嘴。

"想对朕说什么？"

按着我往日的心性，已经不是要"说"些什么了，我动手的速度远比动嘴要快。可是现在，我却只能强按心头怒火，勉强扯住一丝笑意："陛下这是刚下朝么？"

他穿的不是便服，而是冕服，头上顶着十二垂旒的冕冠，白色的珠玉轻微摇曳，偶尔碰撞发出碎冰般的声音。珠玉遮挡住他的五官，使得他的脸孔即使近在咫尺，也带着种朦胧不清的恍惚。

也许，皇帝佩戴的冕冠之所以要垂这十二旒玉，就是不想让阶下的臣子们看清天子的表情，揣摩圣意。

同样，隔着这层旒玉，我完全无法看透刘玄，然而心里却有个声音一再地提醒着我：要忍！不管他说什么，做什么，都得忍住！

他不过是想挑起我的怒火，让我冲动之余犯错罢了。

"嗯，才下朝……"他顺着我的话应答，一副猫戏耗子的口吻。

"陛下不是应该往偏殿去见贱妾的夫主么？"

"不急。"

他并未放开我，旒玉垂荡，甚至刷过我的额头，那双眼乌沉如墨，一点光泽都没有，黑白分明间我却丝毫看不清他的瞳仁。

这就是个恶魔！

就是他，为了排除异己，为了稳固头上这顶冕冠，残忍地杀害了刘缜！

"你可真是个祸水呢。"他轻轻吐气，盯着我的眼神让我全身汗毛凛立。

"陛下何出此言？"笑容就快挂不住了，他成心想逼我失控。

"仕宦当作执金吾，娶妻当得阴丽华——这是刘文叔当年发下的宏愿，妇孺皆知，如今他位列九卿太常，与执金吾相差无几，眼下又娶了你阴丽华，真可谓如愿以偿。只是……"

"只是什么？"

"我朝孝义为先，刘母樊氏亡故，刘秀依礼当予宁三年，丧期内违礼娶妻是为不孝；其兄尸骨未寒，刘秀不予厚葬，操办丧礼，反将其妹许于李通，是为不义！如此不孝不义之人，我刘姓宗室如何容得下他？"

我重重地吸了口气，只觉得胸口热辣辣的似要烧起来般。须臾，我咯咯一笑，脆生生地答道："陛下，汉初文帝曾下令'出临三日，皆释服'，后至武帝时虽恢复了秦时的三年丧制，但今时不同往日，眼下天下分崩，新朝倾国兵力四十余万败亡，败局已定。孙子有云，将在外君命有所不受，君命尚且如此，何况礼制乎？至于刘缤……"我心中一痛，面上却是笑容不减，"刘缤祖护刘稷作乱，是为逆贼，陛下已将其斩首。陛下乃是仁君，未尝牵连无辜，株连家人，我们夫妇自当感激涕零，与逆贼刘缤划清界限才是。试问，逆君者即为逆天，对逆天者何谈义字？"

我一口气把话说完，心里痛得没了知觉，这番说词在来之前我早已烂熟于胸，可当真要亲口讲出来，却是比割我一千、一万刀还痛。

刘玄稍愣片刻，忽然哈哈大笑，眼前旒玉乱晃，竟像是要笑得疯癫般无状。我心知此人心机甚深，此刻不知道又在玩什么花样，被他这么肆无忌惮地笑得我背上冷意飕飕。

"阴丽华！你当朕是什么人？"

"陛下自然是天子！是皇帝！是明君……"

他的食指点在我的唇上，止住我的话，笑意沉沉："朕不是明君，奉承的话朕爱听，但是……你说的奉承话不好听。"

我恨不能张嘴一口咬下他的手指。

食指下滑，贴着我的下颌将我的脸抬了起来，拇指指腹一点点地摩挲着我的唇。我打了个冷颤，这样暧昧的挑逗动作，再白痴的人也能觉出哪不对劲儿了。

他眼睑一眯，我心中顿时警铃大作，再也顾不得后果，缩腿扭头就跑。脚步才刚移动，便被他一把拽了回来。我劈面一巴掌甩了过去，却反被他擒住手腕，动弹不得，身上穿的是件曲裾深衣，两条腿绑得跟美人鱼似的，根本无法抬腿。我心里一急，另一只手试图推开他越来越靠近的脸。

匐的一声，两个人纠缠倒地，我没挠着刘玄的脸，却把他头上的冕冠给扯歪了，一时间系在他颌下的缨子勒住了他的脖子。他恼怒地皱起眉，弹压住我四肢的同时腾出一只手解了缨结，甩手将冕冠扔出老远。

啪的一声，听着那巨大声响，我的心遽然一沉。

"我是……我是刘秀的妻子！"我颤声做最后的抵抗。

他的唇蛮横霸道地压下，我紧闭双唇，牙齿咬得死死的，脖子猛地用力朝上一顶。砰然一声，我眼前一阵金星乱撞。他被我撞得也不轻，呲地抽了口气，笑骂："真有你的。"

"呸！"我趁机啐了他一脸唾沫，"放开我！"

他压着我的四肢，居高临下地俯瞰，神态倨傲带着一抹戏谑："现在……朕还算是明君么？"

"调戏臣妻，你是昏君不如！"

"啪！"他狠狠甩了我一巴掌，打得我牙根儿发酸，左耳嗡嗡鼓噪。

脖子上一紧，他捏着我的下巴将我的脸扳正，我恍惚地对上他的视线。他再次笑问："朕是明君么？"

"你……"指力加强，下颌骨一阵剧痛，我抖抖瑟瑟地回答，"陛下……乃是明君……"

疼痛的力道消失，他用手指轻抚着我火辣辣的左脸，笑道："还是说的不好听。"

我扯着嘴勉强一笑，用连自己都觉得恶心的口吻谄谀地说："陛下乃是千古明君，仁心仁德，万古流芳……"

他吃吃轻笑，乌黑的长发从他肩上披落，发梢随着他笑声的振颤不时地拂过我的脸颊，麻酥酥的刺痒难当，我微微侧过头，不去看他的癫狂得意，却又被他卡着下颌强行扳正。

"阴丽华，你为何要嫁给刘秀？"

我直直地望入他眼底，乌黑的瞳仁一如既往的看不到一丝光泽，他的眼里没我的倒影，有的，只是一望无际的黑暗。

"陛下真是爱说笑，贱妾对夫主的一片爱慕之情，南阳妇孺皆知，陛下又何必故意羞辱贱妾呢？"

"嗯——"他拖长鼻音，似在思索。片刻后，他将我从地上拉了起来，我摇摇晃晃地站定，只觉得头晕目眩。现在不是我报复的时候，穿着这身累赘的服饰，我一点儿胜算都没有。而且，他是皇帝，就算我打赢了他又如何？他能对我做的未必我也能对他做，以下犯上这种罪名可是会掉脑袋的。

死我一个不要紧，如果连累了刘秀，甚至阴家全族老幼，那我就真是罪大恶极了。

他拢起脑后的长发，发丝飘逸，俊美的外表透着几分邪魅："这么说来，恭喜你们夫妇百年好合，朕也理当送些薄礼以备庆贺才是。"

我猜不透他又想打什么主意，忙道："不敢当的……"

"这样吧！"他打断我的话，带了三分狡黠、三分兴奋地说，"刘秀昆阳有功，朕便任命他为破虏大将军，封——武信侯！"

我心一颤，一时间根本捉摸不透他的喜怒，只得顺着他的话，应承道："贱妾代夫主叩谢陛下！"

风　云

刘秀爵封武信侯，一时间上门道贺的官吏同僚络绎不绝，大有要把武信侯府大门门槛踩破的趋势。刘秀闭口不提昆阳的战功，碰到有人谈及刘縯遇害一事，亦是唯唯诺诺地含笑岔开话题。

新婚半月，人前我俩恩爱有加，他甚至不避亲友地替我画眉绾发，那种亲昵的姿态不仅让旁人信以为真，就连我，也时常会生起一种似假还真的恍惚。然而到了晚上安寝，却仍是我睡床，他睡席，互不相扰，这固然是我的提议，可他……居然一点儿反对的意思也没有，当真在床下打了半个月的地铺，毫无半句怨言。

没有旁人在的时候，他总是穿一袭缟素。每每睡至中夜，我会被他梦里的低咽惊醒，爬下床去瞧他时，他却犹自未醒，只是枕畔已湿。

那种刺骨的痛，夜夜相伴，这或许是他二十八年的生命里最软弱最无助的一次。也幸好，他能这般相信我，把这份软弱毫无避讳地展现在我面前。

刘秀——他骨子里其实是个很要强的男人！虽然他总是面带微笑，看似无忧无虑，可我却更清楚地了解到他不为人知的软弱。

刘秀违反丧制娶妻，不仅如此，还在最短的时间将刘伯姬许给了李通，两家定亲后没多久，便又择日完婚。

出嫁那天，刘伯姬拉着我的手，恋恋不舍之余更是满脸的担忧："三嫂，三哥太苦了，以后就只能拜托你了。"

她是个心气极高的女子，这么多年都坚守未嫁，我懂她的心思，原是誓言非意中人不嫁，还记得她曾畅言："此生若能觅得一懂我、知我、惜我之人，则无怨无悔矣！"

然而最终她选择嫁给了李通！

我明白她的出嫁就跟刘秀娶亲一样，都是为了使刘秀的"大逆不孝"更加深入人心，混淆视听。但是对于她最终选择的夫主，我却仍是心存芥蒂。

什么人不好挑，为何独独选了李轶的堂兄李通？

"三嫂……"她凑近我，贴着我的耳畔涩然一笑，"你有一颗七窍玲珑之心，然而我宁愿你有时候糊涂些，把事情想得简单些，那样你和三哥相处，会比现在更幸福许多！"

我似懂非懂，从什么时候起，连刘伯姬也学会讲话暗藏玄机了？那般直来直往爽直性子的姑娘，此时即将嫁为人妇，却是带着一颗处处警惕的心踏上了軿车。

她以后会幸福吗？

肩上落下一只手，刘秀从身后搂住我，轻声："次元为人甚好，你毋须担心。"

我点了点头，在鼓乐声中目送軿车远去。

是的，即便是权宜之计，刘秀也不会随意把妹妹的幸福当成儿戏葬送——李通无论从家世、才学、相貌上皆是上上之选。

伯姬嫁给他，也确实没什么不好。

我微笑着仰起头，刘秀的皮肤在晚霞的映照下泛出一层透亮的色泽，犹如刷上髹漆的漆器，倍觉惊艳。

轻轻地将手放进他的大手里，袖管下我和他紧握双手，五指交缠。他俯下头，我俩彼此相顾一笑。

也许的确是我太过多虑了，如果把什么事都想得简单些，我会非常幸福吧。

因为，刘秀的确是个不可多得的温柔之人！与他朝夕相处，并不如我当初对于古代男子想象中那般排斥。

就在我和刘秀新婚，刘秀有意躲避朝政，韬光养晦的同时，天下局势却是起了天翻地覆的变化。

长安城内，因为当年蔡少公震惊四座的一句："刘秀当为帝！"引得之前改名"刘秀"的国师公刘歆在道士西门君惠的挑唆下，与卫将军王涉、大司马董忠、司中大赘孙伋一起企图合谋杀掉王莽，恢复刘姓宗室。可没想孙伋临了倒打一把，向王莽告密。谋反之事曝光，王莽将董忠施以剐刑，且株连其宗族上下以醇醴、毒药、白刃、丛棘……无一幸免。

刘歆与王涉闻讯后自杀谢罪，可他们的家人，亲族却仍是难逃死罪。

整个长安朝野陷入一片血雨腥风，王莽自此觉得谁都不可信，他以前最最亲信的是王邑、王寻二人。可王寻在昆阳大战中被刘秀杀了，如今只剩下一个王邑在外地继续征讨叛乱。王莽觉得身边没有亲信之人，便把王邑召回长安做大司马，又让大长秋张邯为大司徒，崔发为大司空，司中寿容苗䜣为国师。

新朝地皇四年、汉朝更始元年七月下旬，就在新莽政权在长安自相残杀，天水成纪人隗崔、隗义与上邽人杨广、冀人周宗等，起兵应汉。这群人起初只有数千人，推举隗崔的侄子隗嚣做了上将军——隗嚣原受刘歆赏识，举为国士，刘歆死后，他归了故里。

隗嚣带领这批人攻下平襄，杀了王莽的镇戎大尹李育，又遣使聘请平陵人方望为军师。方望建议他"承天顺民，辅汉而起"，隗嚣听从其言，立庙邑东，祭祀汉高祖、太宗、世宗，牵马操刀，割牲而盟。其盟言曰："凡我同盟三十一位大将，十有六姓，允承天道，兴辅刘宗，如怀奸虑，明神殛之。高祖、文皇、武皇，俾坠厥命，厥宗受兵，族类灭亡。"

紧接着隗嚣又命人写下传檄郡国，披露王莽慢侮天地，悖道逆理，甚至鸩杀孝平皇帝，篡夺其位的滔天大罪，檄文遍传天下：

汉复元年七月己酉朔。己巳，上将军隗嚣、白虎将军隗崔、左将军隗义、右将军杨广、明威将军王遵、云旗将军周宗等，告州牧、部监、郡卒正、连率、大尹、尹、尉队大夫、属正、属令：故新都侯王莽，慢侮天地，悖道逆理。鸩杀孝平皇帝，篡夺其位。矫托天命，伪作符书，欺惑众庶，震怒上帝。反戾饰文，以为祥瑞。戏弄神祇，歌颂祸殃。楚、越之竹，不足以书其恶。天下昭然，所共闻见。今略举大端，以喻使民。

盖天为父，地为母，祸福之应，各以事降。莽明知之，而冥昧触冒，不顾大忌，诡乱天术，援引史传。昔秦始皇毁坏諡法，以一二数欲至万世，而莽下三万六千岁之历，言身当尽此度。循亡秦之轨，推无穷之数。是其逆天之大罪也。分裂郡国，断截地络。田为王田，卖买不得。规𪊨山泽，夺民本业。造起九庙，穷极土作。发冢河东，攻劫丘垄。此其逆地之大罪也。尊任残贼，信用奸佞，诛戮忠正，复按口语，赤车奔士，法冠晨夜，冤系无辜，妄族众庶。行炮烙之刑，除顺时之法，灌以醇醯，袭以五毒。政令日变，官名月易，货币岁改，吏民昏乱，不知所从，商旅穷窘，号泣市道。设为六管，增重赋敛，刻剥百姓，厚自奉养，苞苴流行，财入公辅，上下贪贿，莫相检考，民坐挟铜炭，没入钟官，徒隶殷积，数十万人，工匠饥死，长安皆臭。既乱诸夏，狂心益悖，北攻强胡，南扰劲越，西侵羌戎，东摘濊貊。使四境之外，并入为害，缘边之郡，江海之濒，涤地无类。故攻战之所败，苛法之所陷，饥馑之所夭，疾疫之所及，以万万计。其死者则露尸不掩，生者则奔亡流散，幼孤妇女，流离系虏。此其逆人之大罪也。

　　是故上帝哀矜，降罚于莽，妻子颠殒，还自诛刈。大臣反据，亡形已成。大司马董忠、国师刘歆、卫将军王涉，皆结谋内溃，司命孔仁、纳言严尤、秩宗陈茂，举众外降。今山东之兵二百余万，已平齐、楚，下蜀、汉，定宛、洛，据敖仓，守函谷，威命四布，宣风中岳。兴灭继绝，封定万国，遵高祖之旧制，修孝文之遗德。有不从命，武军平之。驰命四夷，复其爵号。然后还师振旅，橐弓卧鼓。申命百姓，各安其所，庶无负子之责。

　　这道文辞犀利、慷慨激昂的檄文一出，竟是四方响应，数日内召集十万兵马，攻打雍州，杀了州牧陈庆。紧跟着打安庆，杀了大尹王向。这股兵力所到之处，陇西、武都、金城、武威、张掖、酒泉、敦煌，各郡各县，竟是纷纷归降。

　　同在这个月，任职新朝蜀郡太守的公孙述，起兵成都。蜀地肥饶，兵力精强，南阳汉军起兵时，南阳人宗成、商人王岑起兵徇汉中响应汉军，他们杀了王莽庸部牧宋遵，聚集起数万人。公孙述先是遣使迎宗成等人入蜀，而后又声称："天下同苦新室，思刘氏久矣，故闻汉将军到，驰迎道路。今百姓无辜而妇子系获，此寇贼，非义兵也。"竟是把宗成等人指鹿为马地说成是假汉军，杀了他们的同时更是侵吞了那数万兵马。

之后，公孙述自立为蜀王。

八月，宗武侯刘望起兵，占领汝南，自立为天子。严尤、陈茂前往投奔，于是刘望以严尤为大司马、陈茂为丞相，欲夺天下。

天下大乱！

先前纵观农民起义军虽多，左右能成些气候的也只赤眉、绿林、铜马等几支队伍。但自昆阳大战之后，新朝兵力告罄，实力大减，刘歆等人偷觑机会，意图谋反。虽然最后谋反不成，却也成为一个契机，将原本煮成一锅粥的天下搅得更烂。

稍具野心的枭雄趁机崛起，打着汉室刘姓招牌的造反队伍已不单单只更始汉军这一支。你说自己是正牌汉军，别人也说自己是正牌汉军，可最后能入住长安未央宫的刘姓真命天子却只能有一个。

我大叹一声，额头贴伏在垒满木牍、竹简的案上，茫然中透着彷徨。到底什么时候才能光武中兴？这个已知的结局到底离我还有多远？

抑或……历史已经改变，脱离了我所知道的命定结局？！

激灵灵地打了个寒战，我摇着头把脑袋里闪过的一切不吉的念头给甩了出去。我摇头叹息，忘乎所以，以至于刘秀进了寝室，站到我跟前我都不自知。直到有根手指戳到我额头，将我的脸抬了起来："一直摇头做什么？"

刘秀身上换了缌麻，另一只手举着烛台，仅看他的装扮，我便知道房内已无外人，于是伸了个懒腰，打着哈欠道："看了一天，头有点晕。"

幸好阴识知道我对篆体字头大，用来传递信息的简书写的皆是隶书，可即便如此，长达八小时坐在案边盯着这些东西，连蒙带猜的将它们都囫囵读了个遍，仍旧不是件容易的事。特别是那些官面上的通告檄文，斟词酌句，字字皆是精辟的文言文用语，对于我这个理科出身的准研究生而言，IQ再高也吃不消这么消耗脑力。

"那便赶紧歇歇吧。"顿了顿，他望着我沉沉地笑，"我去给你打洗脚水。"

我忙拉住他："别……"

"这不费什么事。"

"别去。"我涨红了脸，拉着他的袖子不放，"你过来坐下，我有很重要的话要跟你讲。"

刘秀是个性子极柔的人，平时我若用这种软言细语来跟他提要求，他都不会拒绝。果然，他没再强求，走回来挨着我在席上坐下。

他坐姿笔直，我却是两条腿朝前伸得笔直，后背还顺势靠在夯土墙上，借以偷懒，减轻腰背肌肉压力。

他对我不雅的坐姿视若无睹，只望着我笑问："何事？"

我舔了舔唇，思虑再三，终于从案上翻出那块写有隗嚣檄文的木牍，慎重地摆到他面前。刘秀诧异地看了一眼，三秒钟后眉心略略一皱，竟是不动声色地将木牍推开，婉言说："丽华，你不必拿这个来给我看，我不想……"

"难道你以为我和外面那些人一样，也是想试探你的真假么？"

"不。"他轻轻叹了口气，"我在你面前无需作假。"

"那就是了。眼下时局那么混乱，你不关心时政，在人前做做样子也就罢了，难道还真的打算什么都不管不问了吗？"我把木牍往他身前推，"我让你看，你看就是。"

他含笑挡开木牍："我不是那个意思……只是，我不想通过你知道这些。"

"为什么？"我冲口问出。话说出去了才猛地愣住，细细品味出他话里的意思，不觉痴了。

他……不愿意通过我得到这些情报讯息，这是不是说，不想利用我占阴家的便宜？我眨眨眼，心里有一丝丝苦涩，又有一丝丝惊喜与甜蜜。

刘秀手指轻轻敲在木牍上，轻笑："隗嚣的这篇檄文写得气势如虹，口诛笔伐能到这种地步真是让人大开眼界。"

"你……你看过这篇檄文？"

"檄文早已遍布天下，就算我再如何糊涂，每日也总要上朝聆训的。"

这倒也是。他虽然极力表现得诺诺无为，可这等伎俩能瞒得过朱鲔、李轶等人，我却不信刘玄会一点疑心都没有，完全当他是无害的放任不管——其实刘玄不但没有放任不管，甚至将刘秀长期羁绊在身边随侍，有时候甚至一连几天都不放他回家，害我总是提心吊胆，生怕他和刘縯一样遭遇不幸。

"不过，陛下只是让我完善礼制，其他的……什么都没让我过问。"刘秀似乎能猜到我心里在想些什么，漫不经心地把答案说出口。

我心中一动，一手支颐，似笑非笑地冲他眨眼："老实招来，你究竟了解多少？除了这篇檄文，你还知道些什么？"

他笑意沉沉，目光中隐现赞许之色，嘴唇朝书案上堆砌的木牍、竹简一努："差不多……你了解的，我都知道些，你不了解的……我也知道些。"

我柳眉一挑，又惊又喜。好家伙！到底还是小瞧了他！

我忍不住伸手捏他的脸，他稍稍往后一让，明明可以顺利躲开，最终却仍是让我捏了个正着。我眯着眼，像是在问他，又像是在问我自己："刘秀，你究竟是个什么样的人？我究竟嫁了个什么样的人呵？"

他伸手握住我的手，细细摩挲，声音愈发的感性温柔："是个娶了你，会对你一辈子好的人。"

我抿嘴儿一笑，与其说我们两个像夫妻，不如说更像朋友、知己、亲人……起码，他对我亲昵却不过分，尊敬却不疏离，也许在我俩彼此心里，对方都占据了一定分量，但是这个分量里包含多少爱情的成分，连我自己都说不准。

"刘秀……"

"你应该称呼我一声'夫主'。"

"那是在人前！"我哼哼。夫主，这种文绉绉的敬称，只适合在官面上使用。

"那也应该喊我的字——文叔。"

"那还是在人前……"

他又开始鸡婆了！结了婚以后才发现，其实刘秀这人性子虽温吞，话却是一点都不少。平时少有接触他私生活的机会，真正接触了，才知道原来他沉默寡言都是表象，私底下他的话很多，能言善辩，还特别地……鸡婆！

他定定地望着我，面上假颜怒色，可眼里透出的宠溺却分外温柔。

我嘻嘻一笑，带着撒娇的口吻腻声道："人人都喊你文叔，那我跟别人有什么区别呢？我是你的妻……自然要与众不同些。

他的嘴角勾起一道好看的弧度，食指弯起，在我鼻子上轻轻刮了一下。

我低呼一声，表示抗议。他眼角眉梢都带着抹笑意，我很清楚他并没有在生气，此时无论我喊他什么，他都会接受，于是眼珠子一转，凑近他轻声嘘气："秀儿……"

他肩头猛地一颤。

这个昵称，我以前听樊娴都和良婶喊过，揣度着这该是他的小名。其实这里的男子打从及冠取字之后，无论长辈还是同辈，都会以"字"来称呼，以表示尊重对方已经成人。也许……自他成人后，也唯有他的母亲和类似养母的良婶，还会忍不住把他当作孩子，时常唤他的小名儿。

"丽华……"他的瞳仁似是蒙上了一层薄雾，声音略带颤意。

我小声地低喃："秀儿。"

他上身前倾，慢慢向我靠近。我的心怦怦地加快节拍，他的脸越靠越近，温暖的鼻息吹拂在我的脸上，我脸上微微一红，竟是不由自主地阖上了眼睑。

唇瓣上轻柔地印上一吻，轻轻的触碰使我心灵为之一颤，险些儿把持不住瘫软倒地。辗转缠绵的亲吻逐渐加深，他伸手搂住我的腰，舌尖撬开我的唇齿，灵巧地滑入我的口中。我脑袋里嗡嗡作响，心跳加快，呼吸也紊乱了。

刘秀的额头贴着我的额头，鼻尖抵着我的鼻尖，细微的呼吸声，暧昧地在我俩之间环绕。

"真是……"他按着我的后脑，将我的头压进怀里，他的呼吸有些急促，让我又惊又羞，"我可是比你大了九岁呢。"

我偷偷撇嘴，九岁？！那是身体的年龄，就心理年龄而言，我和他可是不相伯仲。于是越发恶作剧地唤道："秀儿！秀儿……这个名字很好听，以后没人的时候我就这么叫！"我从他怀里挣扎着出来，眼波流转，促狭又赖痞地说，"你若是反对，那我以后就直呼你的名字！"

刘秀看着我好一会儿，终于无奈地笑了："随你吧。"

我笑嘻嘻地从席上爬了起来，只觉得窝了一天，腰酸背痛，伸着懒腰活动开僵硬的手脚。案上还有一堆的资料没有来得及看完，刘秀细心地替我将翻乱的书简重新卷了起来，一卷卷的堆放整齐。

看着那些满当当的竹简，我不由一阵气馁，低头见他神情专注地收拾着书案，忽然心中一动，我跳到他身后，身子趴在他背上，双臂从身后环住他的脖子，轻轻摇晃："秀儿，给我讲讲时政吧！"

"时政？"

"就是……你对眼下天下分崩、群雄并起的分析和理解啊！你怎么看待今后的局势和发展呢？"

刘秀沉默不语。

我不依不饶地继续加大幅度，拼命摇晃他："别跟我装傻，我知道你才不傻！不许拿对付外人的一套来敷衍我。"

他终于笑了起来，笑声动听悦耳地逸出，我能感觉到他喉结的振动，心里一阵儿迷糊，似乎被这诱人的笑声给勾去了魂魄。

他轻轻拍着我的手背，一摇一晃地说："好……我说……唔，别再晃我啦……头晕了。"

"晕了才好。"我不假思索地脱口而出，"晕了你才会说实话。"

"我答应你，以后无论你问我什么，我都说实话！"

"真的？"

"真的。"

沉默。我停下晃动，静静地趴在他的背上，下巴顶上他的头顶。

"我不信。"我轻轻吐气，半真半假地说，"你是个大骗子，还是骗死人不偿命的那种。信了你，才是傻瓜。"

他幽幽吁了口气，牵着我的手，将我拉到身前，示意我坐下："隗嚣也好，公孙述也罢，这些人无非或明或暗地打着汉家旗号想一夺天下，即便夺不得这片江山，分得一杯羹亦是好的……至于刘望，呵呵，我只能说，先称尊者未必就真能握住江山社稷……"

"就像刘玄一样。"我心直口快，"能笑到最后的人才是真正的赢家！"

刘秀怔怔地瞅了我一眼："也不尽然，我们这位陛下……"他轻轻摇了摇头，浅笑，"如果真是那般无用，南阳刘姓宗室也罢，绿林军也罢，在大哥死后，只怕早成一盘散沙。"

他眉心微微揪结，露出一丝苦痛，我怜惜之心顿起，伸手抱住了他："别再想那些不愉快的事了，你以后有我……你有我了……"

他仰天长叹，默然无声。

我闭上眼，不忍看他痛苦的表情，于是故意装出一副困倦之意，嘟哝道："秀儿，我困了，咱们明天再接着聊吧。"

"好，"他的声音恢复百般温柔，善解人意地说，"你且宽衣，我去替你打水。"

我点点头，默默地看着他离开，心里只觉得一阵揪痛。

伤疤就算愈合了，仍然还是块伤疤，即使面上完全看不出来，可是到底痛不痛，却只有自己知道。

我尚且摆脱不了这份痛楚，更何况刘秀呢？

泣　告

新朝地皇四年、汉朝更始元年八月，更始政权的主脑们在宛城廷议，最终决定不落人后，抢先向困守关中的王莽新朝主动发起进攻。

于是，更始帝刘玄遣定国上公王匡攻打洛阳；西屏大将军申屠建、丞相司直李松攻打武关。汉军兵分两路，浩浩荡荡向洛阳、武关扑去。

汉军的强大攻势，不仅使三辅震动，也使各地的造反势力毅然响应起来。杀掉当地牧守，自称将军，用汉年号，以待诏命的队伍，在短时间内，遍布天下。

彼时，析人邓晔、于匡在南乡发兵响应汉军，邓晔自称辅汉左大将军，于匡自称辅汉右大将军，攻入武关。武关都尉朱萌，杀了王莽新朝的右队大夫宋纲后，归降汉军。

王莽得知武关被破后，惶恐之余召来王邑、张邯、崔发、苗䜣四位大臣，商议对策。结果，大司空崔发引经据典，说《周礼》《春秋》中经传，国有大灾，宜号泣告天。

于是面临着国破城亡的王莽最后居然带着文武百官到南郊，自陈符命，仰天号啕痛哭。不仅如此，他还命臣工做了《告天策文》，召集太学的学生以及小吏百姓一起哭，只要这些人里头有哭得最响亮、最悲哀、最感天动地的，就升他做郎官——这一升，居然还当真一下升了五千多人。

"哈哈……哈哈哈……哈哈……哎唷！笑死我了……哈哈哈……肚子疼啊……"我蜷缩在席上，手里抓着竹简不停地抖。

阴就面色发窘，阴兴强忍片刻后，终于忍耐不住地用鞋尖踢我："注意礼仪啊，姐姐！"

他咬牙切齿的表情让我愈发感到好笑，忍不住指着他笑道，"弟弟啊……兴儿，你还那么卖力读书做什么……哈哈哈，太学生……好了不起……哈哈，只要会哭就不就成了么？你以后多照照镜子，好好练练该怎么哭得漂亮……"

"姐姐！"阴就手忙脚乱地把我从席上扶正，细心地替我整理褶皱的裙裾。

我笑得眼泪都出来了，望着手中的竹简，强忍了半天，却又止不住地再次爆笑起来。阴兴给了我一个"无可救药"的白眼，拂袖走了。

我又笑了好一会儿，才强忍着止住了，只是愈发觉得肚子都笑痛了，四肢发软，无力地趴在案上缓气。

"就儿，大哥做什么去了？"

"早起发了名刺，让阴禄去请了好些人来，这会儿正在堂上宴客呢。"所谓的名刺，也就是现代人所指的那种个人名片，只不过这里是写在木片或者竹片上的。

我很好奇阴识巴巴儿地发了名刺请来的都是些什么人，于是一边假意看简，一边漫不经心似地问："都有什么客人啊？"

"我也不大认识，方才二哥倒在，你还不如问他呢，他都认得的。"

我狠狠剜了他一眼："你也跟我耍心眼不是？小兔崽子，你还嫩着呢。"一扬手在他脑门上敲了个爆栗，"真不愧是阴家的人啊，你算是翅膀硬了？羽毛还没长齐整呢，就敢跟老姐我耍心机了……"

我作势欲打，阴就忙笑着讨饶："姐姐饶命！弟弟知错了……"我收了手，阴阳怪气地瞅着他，他吐了吐舌，小声嘀咕，"尽说阴家人的坏话，姐姐如今可算是刘家妇了！"

"哟！"我牙缝里滋气儿，一骨碌从席上翻身站起，"好小子，皮痒痒了吧？！"

"别……姐姐，我认错还不行吗？"求饶间阴就头上又挨了两记，抱头逃窜，"来的客人里头有朱祜、来歙、岑彭、冯异、臧宫、祭遵、铫期、马武……"

他一口气报完，我停下追逐的脚步，陷入沉思。

阴识请的这些人良莠不齐，论身份，论立场，来歙乃是刘嘉的妻兄，朱祜则是刘秀同窗，祭遵、铫期、冯异算是刘秀部下，这几个人都没什么太大的问题。但是臧宫、马武却是绿林军的人，而岑彭原先是棘阳县令，棘阳被克后他投奔了甄阜，甄阜死后他逃到了宛城，汉军打宛城时就是他死守城门。后来城破，本来所有人都说要杀了他，幸得刘缤出面保全，于是他做了刘缤的属下。如今刘缤不在了，他又做了朱鲔的校尉。

说实话，我对岑彭此人殊无半分好感，不管他以前都干了些什么，有多大的本事，至少他现在是朱鲔的部下。阴识结交刘秀的属下本无可厚非，可是为何又要去巴结绿林军的人？

心里渐渐添堵，像有块大石头压在胸口。有些事情真不值得拼命推敲，越是往深里挖掘，我越会怀疑自己的智商，到底是我钻牛角尖多虑了，还是事情本不像我看到的那般简单？

虽然在名义上我已经嫁了人，可是娘家却是没少回，阴家仍保留着我的房间，里头的布置照原样儿丝毫未有改变。

按理妇人出嫁后便不可再多回娘家，除非夫家休妻或是双方离异。可是一来两家同住宛城，二来刘秀对我的行为基本无约束，所以就算有人对此略有微词，也不能多插嘴质问我们夫妻间的私事。

在阴家看了一上午的竹简，中午用过午膳后我睡了半个多时辰，醒来的时候恰好堂上散席，我躲在暗处，看着阴识将客人一一送走后，才闷闷地走了出来。

"姑娘要回去了吗？"阴禄正要关门，回头看到了我。

我点点头。

"那需要备车么？"

我又摇了摇头。

开玩笑，现在宛城是什么形势？所有牛马、辎重、车辆，能用于打仗的东西全都抽调到了战场上，虽然我知道阴家肯定还藏有私产，牛马牲口什么的必然不缺，但那都是充作食物所留，若是被我大摇大摆地套上车走大街上去招摇，岂不是自寻死路？

"那让姑爷……"

阴禄还待再说些什么，我摇了摇手："没事，就那么点路，哪里就能走瘸我的腿了？"临出门，又回头关照了句，"替我跟大哥说一声，我回去了，改日再来。"

午后日头正毒，烤得我头皮一阵发烫，我迂回着尽量找有荫影的地方绕回去，时不时的踩着影子在空无一人的大街上蹦蹦跳跳地穿梭前进，倒也平添几分乐趣。

正专注着寻找下一处的荫影，忽听跟前噗嗤一笑，我正一步向前跳出，没来得及抬头，嘭的下撞上了人。

那人被我撞得后退半步，却仍是好心地扶了我一把，怕我跌倒。我揉着鼻尖又酸又痛抬起头，先是惊讶，而后不由笑了："是你啊！"

"唔，可不就是我。"冯异站在树荫底下，声线依旧犹如磁石般悦耳，听得人心头痒痒的、酥酥的。他有一副迷人的嗓音，难得的是他竖篷也吹得极好，我曾听过他吹的篷曲，只是不知能否有耳福听他放歌一曲，想必，那样的嗓音，必成天籁。

"在想什么？"

我倏然回神，大大地汗颜一把，不知不觉中自己竟站在他面前发起花痴来，忙掩饰地笑道："没什么……你、你从哪来啊？"

话刚问出口，我就特想抽自己一嘴巴。他刚从阴家散席出来，我这不是明知故问吗？

冯异吟吟一笑，若有所思，片刻后点了点头，答道："刚从夫人兄长阴校尉处用完午膳，正打算回去呢。夫人是要去哪？"

"我……我回家。"我结结巴巴，无心中说错了一句话，结果换来他语气上的明显疏离，这让我羞愧得直想就地挖个地洞钻进去。

"那么，夫人走好，异先告辞了。"

"那个……公孙！"擦肩而过时，我鼓足勇气唤住他。内心交战片刻，终于决定赌上一把，"你……你怎么看待文叔？"

昆阳之战，他与刘秀虽是敌对方却惺惺相惜的成了一种不是朋友的朋友，过后刘秀攻打父城，据闻双方未经几许交战，父城县令苗萌便在冯异的劝服下，举城投降。

即便当日同样身为十三死士之一的李轶背信弃义，谋害了刘縯，但我总觉得冯异是值得信赖的，这也许只是我主观片面的印象，就如同我一开始对朱鲔印象颇好，对岑彭却没来由的不起好感一样。这样的主观意识或许会害我失去正确理智的判断能力，可是……我向来是感性大于理智的人，就像刘秀说的，我做任何事都爱冲动。

我对冯异是信任的、有好感的，从相识之日起我在潜意识里就没把他当成敌人，他是我的救命恩人，也是我的朋友。

"武信侯？"

"嗯，你是不是……也觉得他无情无义？他违制娶妻，你是不是也会因此瞧不起他？"

冯异并没有马上回答，相反，他的沉寂让我内心更加地慌张起来。或许我错了，这番试探毫无意义可言，刘秀把自己伪装得极好，几乎瞒过了所有人。

我仓促行礼："是我唐突了。"不敢再看他的表情，转身就走。

"刘夫人！"那个磁石般的声音突然响了起来，"何必在意旁人如何看待武信侯，只要夫人能明白侯爷的心意不就够了么？"

我诧然扭头，冯异站在几步开外冲着我遥遥相望，面色平静，目光中充满睿智和理解。我内心激动，酸涩的情绪压抑在胸口，好半晌我心怀感激地冲他一揖："公孙，文叔就拜托你了。"

他嘴角含笑，冲我微一颔首，转身离去。

我深吸一口气，忽然感觉肩上的担子轻了许多。

刘秀的忍辱负重，未必真就无人能懂！未必……

厨 艺

皇天无亲，惟德是辅！

就在王莽带着文武群臣在南郊号啕大哭，指望感动天地的同时，于匡、邓晔打开了武关大门，迎入西屏大将军申屠建、丞相司直李松率领的汉军兵马，两军会合后一起攻打京仓。邓晔派弘农郡掾王宪为校尉，率数百人渡过渭水，攻城略地，以汉军旗帜相互号召四方；李松派偏将军韩臣，率领数千汉兵，西出新丰，大败新朝波水将军，追至长宫门。

长安诸县大姓豪族，闻讯纷纷率宗族门客来会，汉军所到之处，势如破竹，郡县争相归附。

捷报频频传回宛城，众人雀跃，喜形于色。

刘秀虽官封武信侯，却是担了个虚名，除了每日上朝应卯，其余时间都泡在家里。在外人看来我们这对夫妻恩爱无比，刘秀为了我似乎什么都抛弃了。昔日在昆阳大战上显示神威的刘将军已经一去不返，现在在他人眼中，刘秀只是个宠爱妻子、碌碌无为的渺小人物——这跟他之前在蔡阳勤喜稼穑，耕田卖粮的形象十分符合，所以大家都相信，刘缤死后，刘秀少了可以替他撑腰扶持的人，他这个人本身也就不再具备任何威胁性了。

但是也就在我准备放下心头大石之际，这天一大早，黄门使者突然急令来传刘秀，没说三句话就把他给拉走了。我在家急得犹如热锅上的蚂蚁，脑子里一片混乱。眼看到中午刘秀还没回来，我哪里还等得下去，急匆匆地换了短衣长裤，抓起佩剑就往外冲。才走出中门，却见刘秀在冯异的陪同下，两人正有说有笑地穿过院子。

刘秀谈笑间瞥见了我，微微一愣，跟着冯异也注意到了我，见我这副打扮，也是一愣。

我站在原地，呆呆地望着刘秀，转瞬间眼眶湿了，我丢开手中长剑，飞一般地奔过去，一把抱住了他的腰。

"怎么了？"冲力太大，刘秀被我撞得倒跌一步，双手扶住我，避免我摔倒。

我把眼泪蹭到他的衣襟上，哽咽："不！没什么……"

虽然嘴上没做太多解释，他却似乎猜到我在担忧些什么，双臂更加用力地搂紧了我："我回来了……"顿了顿，笑道，"我午饭还没吃呢，公孙也饿着呢，家里可有什么吃的没？"

我这才意识到冯异还在边上瞧着，顿时困窘得满脸通红，扭捏地从刘秀怀里挣脱出来："我到厨房瞧瞧去。"

一上午我都在替他担惊受怕，哪有什么心思吃东西，武信侯府名头说得响当当，其实府里并没几个俾仆。我到厨房一看，冷灶冷釜，冷清清的竟连一个人都没有。

我当即从陶缸里舀了瓢水，毫无头绪地抓了两把麦子。指缝间的麦粒摩擦，发出沙沙的响声，我一边淘米一边发怔，突然肩上被人轻轻拍了下，我惊跳转身，险些把手里的瓜瓢给扔了。

冯异平静地看着我，几秒钟后，他从我手里顺理成章地接过瓜瓢，搁到灶上。

"会煮饭吗？"他低着头将麦粒洗净，倒进釜内。

我咬着唇，别别扭扭地小声回答："不太……会。"

在21世纪煮饭这种事情已经完全交给电饭煲，就连炒菜煮汤，简单些的一般都能用微波炉搞定，太过复杂的菜式自己不会弄又非常想吃的话出门走几步就能找到饭店。我从没觉得自己厨艺不精是什么大错，以前如此，现在也同样如此，因为在阴家，阴识从没让我进过厨房。

女子远离庖厨，在我看来并不算什么可耻的事情，但是今天，当我看到冯异这个能文能武，马上拉得开弓，马下吹得好箫的昂藏男儿站在厨房里，用他那修长白皙的十指动作麻利迅速地在厨房展示华丽的厨艺时，我生平第一次生出羞愧的念头。

就在我发愣的工夫，庖厨急匆匆地奔了进来，冯异支使他去点火鼓风，炉子里的火顿时旺盛地燃烧起来，本就闷热的厨房温度刹那间急遽攀升。

"兹啦！"冯异在铜釜内倒了勺肉油，呛人的油烟飘了起来，充斥着每个角落。我用袖子捂着鼻子退到门口，并非我不想帮忙，而是实在不知道要怎么帮这个忙。

今天真是被冯异彻底比下去了，不知道他娶亲了没有，他夫人该是个多幸运的女子啊！瞧这人，长相英俊，性格又好，上得厅堂，下得厨房，这种极品男人别说在古代，就是搁现代也绝对是个抢手货。

正恍恍惚惚地胡思乱想，冯异突然将煮好的一盘菜往我手里一塞，左手顺势挥了挥，示意我端出去。

盘子烫手，我险些拿捏不住，扑鼻的菜香引得我齿颊生津。手上是盘碧绿的韭菜，韭菜正是时令蔬菜，可一般庖厨烹制多用水煮，除了一些荤类肉食，这里真正用油爆炒的素菜并不多见。因为这个时代并没有菜油，更别说什么色拉油，这里的油脂一般都是提炼的动物油，所以真正拿肉油炒素菜的，我还真是头一次见。

但是油炒的韭菜颜色碧脆，泛着油光，十分显眼，这是水煮的菜色所无法比拟的。我心中一动，情不自禁地用手指捻了两根韭菜，顾不得烫嘴，飞快地送入口中。

"味道如何？"

鲜美的滋味在我舌尖滚动，我不假思索地答道："好吃！"

冯异回头冲我一笑，我这才明白刚才自己偷吃的动作已被他撞见，不由大窘，低着头转身溜出厨房。

刘秀在厅上端坐，手里捧着一卷竹简正在聚精会神地看着，我脚步放轻，蹑手蹑脚地靠近他，原想吓他一跳的，却没想他突然抬起头来，笑吟吟地看向我："公孙的手艺如何？"

我大大地一怔，不可思议地反问："你怎么那么肯定，这盘菜就不是我做的呢？"

他笑而不语，我反被他笃定的神情瞧得更觉不好意思，把盘子往他面前一放，屈膝坐在他对面，撅嘴："你很得意么？你的妻子不会勤俭持家，捻不了针，裁不了衣，就连做饭也……"越说越觉得自己真是缺点满身，我数落不下去了，鼻腔里哼哼两声，"反正一荣俱荣，一损俱损，我丢人就是你丢人，你有什么好得意的？"

"我有在得意么？"他不动声色，目光瞥及韭菜，赞了句，"果然好手艺。"

"还没尝呢，便已是赞不绝口了，那……"我眼珠微微一转，忽然冒出个很不纯洁的念头，我托着腮笑眯眯地说，"你这么欣赏公孙，不如娶了他吧！"

刘秀的手微微一颤，险些失手把书简跌落，那一张千年不变的柔情面具终于被我吓得变了脸色。

我摇晃着脑袋，继续装傻："男子二十及冠，你今年都二十八了，与我才是初婚，是不是以前……"

一只大手猛地伸向我，将我喋喋不休的嘴捂得密不透风，刘秀额上微微见汗，我暗自憋笑得肚痛，恨不能在席上打两个滚。

自哀帝与董贤的"断袖"闻世以来，男风之好在这个时代已不再是什么惊世骇俗的大秘密，我倒觉得这里的男男玻璃之恋，比之现代更为开明。而且，这里的男子多为俊美之辈，且又不失温柔气息，上上之品在此间一抓一大把，想不让人往那方面去想都难。

"侯爷！"冯异翩然出现，身后跟着一名奴婢，将烧好的菜食一并端了来。

刘秀放开对我的桎梏，我冲冯异挥挥手，眼波暧昧的在他们二人之间不住地流连徘徊。

刘秀的笑容透着些许尴尬，冯异不明所以地扫了我一眼，我忙讨好地取了木勺替他俩舀酒。

冯异笑赞："夫人真是难得的贤惠之人！"

我掩唇轻笑，笑声如夜枭般聒噪，才不管他是真心还是暗讽，一律当好话接收："公孙的厨艺才叫好呢，我哪里能及得上你的万一？"

刘秀举杯敬酒，冯异称谢后饮尽，两人推杯换盏，闲聊家常，却闭口不提朝堂之事。菜没少吃，酒也没少喝，转眼七八斤酒水下了肚，我眼看着酒尊空了，冯异脸红了，刘秀原本就白皙的脸更是没了血色，忙借口续酒，捧起空空的酒尊奔进了厨房。

我不会做醒酒汤，不过听说醋能解酒，便直接找出醋坛子把醋倒进酒尊里，那刺鼻的味道顿时酸得我眼泪都快下来了。如果就这么端回去，即使堂上那两位已经烂醉如泥也未必肯喝这么难闻的东西。

想了想，手忙脚乱地又舀了两瓢水加进尊里，晃两晃把兑水的醋摇匀，我又急匆匆地跑了回去。

武信侯府本没几个使唤的下人，为了让刘秀与冯异谈话方便，我又刻意勒令下人不得靠近前堂，所以等我回去的时候，那两个人已是伏案半倒，却没一人看顾他们。

我微微叹了口气，正待进去，却听冯异突然喑哑着问："今后有何打算？"

"唔。"不知道刘秀是不是喝多了，他没多言语。

冯异的嗓音带着一种独有的磁性，即便有些沙哑，也仍透着沉稳："你娶了她……"

"嗯。"

踏足台阶的脚步登时顿住了，我深吸一口气，强压住心头的激动，闪到一旁，背贴着门柱，努力调整呼吸的同时，却发现自己的心跳不受控制的加剧了。

"听说阴次伯很是反对结这门婚姻？她为了你甚至不惜和她大哥反目？"

低沉的笑声缓缓逸出："没那么夸张……听说的事往往做不得准……"

"哦？那娶妻当得阴丽华也做不得准喽？"

我的一颗心几乎吊到了嗓子眼，汗水从我的额角顺着鬓发、颈子滑入衣襟。

刘秀并没有回答，屋子里静了好一会儿。

我猜测不出他此刻的表情是什么，只是觉得太阳穴微微发涨，人就像是中暑了似的，浑身无力。

"嗒！嗒！嗒嗒——嗒——"堂内传来有节奏的木击声，不知道是谁拿木箸在案上轻轻敲打着节拍，一声声，若有若无的，却似敲打在我的心房上，令人颤栗。

"文叔，你莫负了她！"轻轻的虚叹，冯异低声，"不管阴次伯打的什么主意，我信她是真心待你。"

"嗯。"沉默片刻，那个温柔的声音终于轻快地笑了起来，"我知道……"

许是刘秀的轻快欢愉感染了冯异，他也笑道："拿下长安指日可待，陛下让你修撰章典礼仪，你觉得如何？"

"不过是合朔、立春、朝会、郊祀、宗庙等事宜，这些往日我与巨伯做得难道还少么？"

看不到刘秀是用什么表情说的这些话，但是冯异听完居然朗声大笑："也是，将这些朝廷大典，说予那些乡野草莽听，不过对牛鼓簧！"

两人说笑一阵，我瞅准时机，故意在台阶上踏重脚步，笑嘻嘻地进门："厨房里最后一坛酒也被我取了来，你俩可还有酒量喝么？"

刘秀脸色雪白，冯异面色赤红，乍看之下二人皆已微醺，可细心观察却不难发觉他俩的眼神俱是一片清明。

刘秀微微哂笑，示意斟酒，冯异亦是豪气干云地说："夫人尽管满上。"

我笑嘻嘻地替他们舀满耳杯，他二人虽未醉，到底不如平时灵敏，竟然不疑有他地举杯一饮而尽，连个迟疑的盹儿都没打一个。

我趁他们举杯之际赶紧连退三步。

一时耳杯放下，刘秀、冯异两人面色有异，对视一眼后，冯异低垂眼睑从袖子里摸出一方巾帕，凑着唇将口中的醋尽数吐在了帕子里。

再看刘秀却并无任何动作，只是将目光投向我，半是斥责半是宠溺地摇了摇头，满脸无奈。他将酒尊取过，细细地在尊口嗅了一回，问："这是什么？"许是刚才咽下了那口醋的缘故，他的嗓子明显哑了。

"醒酒汤……"我很小声地回答。

"咳！"冯异终于缓过劲来，"多谢夫人的……醒酒汤。"

用罢午膳，刘秀与冯异在偏厢闲聊，我独自一人躲在房里发狠劲地练了一个多时辰的跆拳道。

刘秀进房的时候我正练得满身大汗，不仅汗湿内裳，就连外头套的那件素纱襌衣也尽数湿透，紧黏在汗湿的肌肤上。起初我还浑然未觉，直至注意到刘秀目色有异才惊觉自己曲线毕露地走了光。

我慌乱地大步跳到床上，抖开薄被直接裹上身，也顾不上嫌它闷热，只尴尬地问："你进来做什么？"

刘秀仅在那瞬间有点呆滞，一会儿便又恢复原状，若无其事地说："公孙回去了，我来瞧瞧你。"

"哦……"我稍稍静下心来，见他神色如常，反倒觉得是自己太大惊小怪。于是松了松被子，让自己透了口气，"是不是要准备晚饭了？"

"我已经吩咐庖厨在准备了。"他从橱里翻出一件干净的襌衣，平淡地问，"替你打水沐浴？"

"不用……这事留着让琥珀做便是了。"

"琥珀去厨房帮忙了，我替你打水也没关系。"他顿了顿，回头冲我一笑，"我恰好闲着呢。"

"刘……"我收声，眼见他出了门，终于长长地吁了口气。

刘秀替我搁好洗澡的木桶，又替我调好水温，细致的程度竟然比琥珀做得还要好。我笑嘻嘻地说："秀儿真会伺候人，赶明儿我重重有赏！"

他也不生气，笑着与我作揖："谢夫人赏赐！"

我哈哈大笑，差点笑岔了气。

他走近两步，再两步，直到胸口离我仅半尺距离。

我倏地止住笑，愕然："做什么？"

"秀预备亲自伺候夫人沐浴，只盼能得夫人更多的赏赐！"

我呆了半分钟才听出他话里的暧昧调情，眼睛瞪得极大，简直不敢相信自己的耳朵。

这是刘秀吗？这是我认识的刘秀吗？居然……

我昂起下巴，狡黠一笑，无所畏惧地进行反调戏。我右手手指捏住他的下颚，眯起眼，摆出一脸色相："秀儿……真乃秀色可餐矣！"

刘秀果然少近女色，估计他也绝料不到我会比他更"好色"，被我厚颜无耻地反调戏后，闹得耳根子通红。我笑得愈发张狂，全没顾虑到有些玩笑得适可而止，开过了火，闹得没台可下，就真得一起完蛋。

可是这会儿我哪想得到这番道理？！等我想明白的时候，却已被刘秀从被子里拖了出来。他双手托起我的腰，我迫于春光外泄，且事出突然，吓得只顾伸臂交十地挡在胸口，这一停顿的瞬间，刘秀已将我扔进了木桶里。

扑通一声，水花四溅，木桶的水漫至腰间，我呆若木鸡地站在水里。

刘秀吃吃轻笑："夫人还需秀如何效劳？"话虽如此说，可腰上的手却是很快便移开了，他转过身，作势欲往门外走。

我"嘿"地一声桀笑，扑过去臂弯一把勒住他的脖子："敢暗算我，你也不瞧瞧我是谁？"手上一使劲，刘秀猝不及防地被我仰天拖进水桶里。

这下水花更是扑溅得满头满脸，桶里的洗澡水漫溢，洇湿了好几张席子。

我一不做二不休，右手仍勒着他的脖子，左手五指箕张揪住他的头顶，将他拼命往水中按去。他先还挣扎，但下水七八秒钟后，渐渐不动了，我收住放肆的笑声，松开手，轻轻喊了声："秀儿？"

没有任何反应。

我愣住，慢慢地感到一阵莫名的惶恐，手忙脚乱地把他从水里捞了起来。

他的头仰面朝上，双目紧闭，我用手拍着他的脸："秀儿！秀儿……我错了！我们不玩了好不好？"我手指微颤地去掐他的人中，如果这招不行的话，就只能拖他到席子上做心跳复苏的急救措施了。

掐人中掐到我手指疼，他却仍是没半点反应，我伸手去摸他的脉息，可能因为手抖得太过厉害，手指搭了几次都没摸到动脉血管。我眼睛一下就红了，哽着声骂："你给我起来，我不跟你玩了！我……"眼泪溅到水面上，泛起点点涟漪，我终于放声恸哭，"你别死——"

一只大手无声无息地递到我面前，接住了我的一滴眼泪："对不起。"

我倏然抬头，刘秀不知什么时候睁开了眼，正一脸歉疚地瞅着我。

我呆住，发愣的伸手去捏他的脸。

"对不起……"

我猛然跳起，用力抱住了他，抽泣："都说了不玩了！你为什么还要吓我？！"

他轻轻拍着我的背，负疚地说："对不起……一开始只是和你玩笑，没想到你居然当真了，瞧你那么紧张的样子，一时间我反而不知道该如何收场了。"

我恨得牙痒，恨不能咬他一口，又哭又笑道："好你个刘文叔！居然把我骗得那么惨，我真蠢，怎么忘了你是个大骗子，以后再不能信你……"

刘秀捧住我的双颊，眼神温柔似水，缓缓低下头来，我余怒未消，哪肯就此屈服在他的款款柔情之下，一把伸手推开他，背转过身去。

"出去！"我努力装出一副很凶的口气。

我和他两个泡在澡盆里，夏日衣衫单薄，湿透的衣裳黏在身上，透视度不说百分百，也几近半裸。我不清楚刘秀是何反应，反正刚才我不小心瞄到他的胸口时，居然心跳加快，四肢无力。

我是色女！我思想不纯洁！我在心底暗骂自己没出息，要不是他下半身还泡在水里遮挡了视线，保不齐我会当场喷鼻血。

"丽华！"

"出去啦！"我双手攀住桶沿，憋得面红耳赤。

真是块木头啊，再不出去休怪我行无礼之举，到时候如果做出一些吓死古圣人的事情来可绝对不是我的错。

"你……"

"出去！出去！"

"你的背……"

"出去——出去——再不出去……"

"你背上的纬图……"

"……休怪我……"

臂膀上猝然一紧，我被刘秀硬生生地扳过脸，他一本正经地对我说："你背上的纬图起变化了！"

三秒钟后我才反应过来，"啊"了声反问："你说什么？"

"去年还只有角宿、奎宿、鬼宿，现在却多出许多……"

"什么？"脑海里突然冒出电影《红樱桃》里的女主角被德国纳粹在背上文身的那段景象，我打了个冷颤，失声尖叫，"怎么那鬼东西还在？"我反手触摸后背，"你快帮我洗掉它！"

他抓住我的手，不让我用指甲去挠，只是笑道："既然是纬图，又如何轻易消得掉？"

"什么纬图不纬图的，我不要那玩意……"顿了顿，猛地想起蔡少公的谶语，激动之余突然冷静下来，侧头问他，"是二十八宿图？"

"嗯。"

"又多了哪几个？"

"除了之前的角宿、奎宿、鬼宿外，又多了箕宿、斗宿、牛宿、危宿、壁宿。"

他念一个,我便在心里记一个。默数了下,一共八个,心里顿时喜忧参半——如果蔡少公的胡诌真有几分准数,那么二十八宿就应该代表我要找的二十八人,如此展开联想的话,起码有八个人已经出现了——可到底是哪八个人啊?!

"阿嚏!"鼻子发酸,我下意识地把手捂住嘴,"阿——嚏!"

"水凉了!"身后哗啦一片水声,我扭头一看,却见他湿答答地从桶里爬了出去,往门外走,"我去加热水!"他衣衫尽湿,一路往门外走去,袜子踩过的席面上留下一串脚印。

"阿嚏!"我打了个哆嗦,忙收回目光,趁着他开门出去的工夫,赶紧从桶里爬了出来,三下五除二地将身上的湿衣扒了下来,重新换了件干净的。

房间里突然沉静下来,我屈膝坐在床上,头枕在膝盖上,回想起方才的一幕,脸颊不自觉地慢慢发烫。

门上轻叩,我即可应了声,可最后推门进来的人却并不是刘秀,而是琥珀。她手里提着桶热水,小声地问:"侯爷命奴婢送热水来了,夫人需要奴婢留下来伺候沐浴吗?"

没来由的,心里竟生出一丝失落,我淡淡地摇了摇头:"不必,我自己洗。"

"诺。"琥珀是我的陪嫁丫鬟,她虽不像胭脂一般与我贴心,却也知道我的脾性,于是恭恭敬敬地应了声,躬身退出。

游 戏

新朝地皇四年、汉朝更始元年九月,汉兵直逼京都长安,新朝已无兵可遣,王莽只得大赦城中囚犯,发放兵戈,歃血为盟,然后令自己的岳父史湛带领这支由囚犯组成的乌合之众出战。行至渭河,未等两军交战,犯人出身的士兵们便一哄而散,逃得不剩一人。史湛成了光杆司令,只得转回。

汉兵对长安发起猛攻,兵破宣平城门攻入,长安人朱弟、张鱼趁机拉了城中百姓,操戈响应,进逼皇宫,一把火烧了王莽居住的九殿明堂,火势延及未央宫。

王莽避火带着玺绶逃到宣室前殿，结果被商人杜吴赶到杀之，缴了玺绶，东海人校尉公宾斩下王莽首级，其他人为了争功，抢夺尸体，节解脔分，争相杀者竟不下数十人。

没想到一代枭雄的王莽，最后竟落得死无全尸。

新朝完蛋了，公宾把王莽的首级给了校尉王宪，结果王宪趁着汉军大部队还未抵达，竟自称起汉大将军，公然入住东宫，穿王莽的衣，乘王莽的车，甚至还玩起了王莽的女人，俨然把自己当成了新一代的王莽接班人！

这等得意忘形的下场自然可想而知，等李松、邓晔、赵萌、申屠建等赶到长安，当即以王宪得玺绶不献为由，治以大不敬罪，把他给当场处斩。

王莽的首级不日内送至宛城，如今府衙内的刘玄指不定已经乐开了花，更始汉朝上上下下的群臣们估计已经在构想如何进驻长安了。

"今天怎么回来得这么早？"

刘秀显得兴致颇高："定国上公在洛阳生擒王莽太师王匡，斩之。陛下闻讯十分欢喜，是以晚上设宴，为此次大捷庆功。"

汉朝定国上公是王匡，王莽太师也叫王匡，不知道被一个与自己同名同姓的人砍掉脑袋是何感想。我欷歔一声，心有所感，不禁好奇地问道："据说王莽的首级被悬于圜阓，百姓争相围观，唾骂之余甚至还拔去了他口中舌……这事是真是假？"

说话时我尽量控制自己情绪，把语调放得极稳，可心里却对这样落井下石般的泄愤行径大大瞧不起。刘玄命人将王莽首级悬挂在人多的市集之中，无非就是向世人炫耀他的胜利，同时竖立他的天子之威。

刘秀并没有马上回答我，他一边解下颌下的缨子，一边转过身来面向我。

我被他异样的目光盯得一愣——虽说外表看似并无多大差异，但是相处日久，我早摸透刘秀的一些细小习惯，但凡他不说话，眼珠子一动不动地盯着人看，哪怕脸上笑得再天真无邪，也准没好事。

"唔。"他轻轻应了声，眼睑低垂，若无其事地解下头冠。

我猛地踮起脚尖，将他的发髻扯散，乌黑的长发瀑布般披散下来，刘秀含笑再次转身。

"说实话！你答应过我要说实话的！"

"我没对你说假话……"

"可你肯定也没说出全部的真话！"

他再次无奈地瞥了我一眼，我的固执也许真的让他很头痛，但我就是如此认死理，不打破沙锅问到底绝不罢休。

"宛城百姓不止将其舌头切了，还把它给分吃了……"

我目瞪口呆，刹那间思维停顿，风化成石。

他顿了顿，叹气："这是全部的真话！"

我趔趄地退后一步，胃里一阵恶心。勉强忍住胃里的翻腾，我憋住一口气，瘪着嘴不说话。

刘秀倒了杯水递给我，眼神半是怜惜半是无奈："有时候何必非得知道得那么清楚呢？"

我哑口无言，就着杯口慢吞吞地喝水。脑子里忽然回想起刘伯姬出嫁前对我说的那番话来："……你有一颗七窍玲珑之心，然而我宁愿你有时候糊涂些，把事情想得简单些，那样你和三哥相处，会比现在更幸福许多……"

何必执着？！

何必……

目光稍移，落在那满摆牍简的书案上——阴识送来的资料里边也是避重就轻地没有写得太详细，只是含糊的一笔带过此事。

其实他们的用心和刘秀一般无二，我又何必非固执得问出个子丑寅卯来呢？

刘玄这个皇帝越做越有模有样了，虽然宛城的府衙作为行宫暂住，地方略略偏小了点儿，不够气派，可是汉朝封赏的官员们按品级倒是一个不少。

男人们去堂上饮宴，女人们则屈于堂下，女眷中的带头人物正是刘玄之妻韩姬。刘玄虽然称了帝，却并没有把这位原配立为皇后，如今汉朝上下见了她皆称呼一声"韩夫人"。

当然她这个"夫人"之名和我那个"刘夫人"的身份就品级和地位而言是绝对不可同日而语的。按照秦汉时期后宫的品级划分，可以分为八等，即皇后、夫人、美人、良人、八子、七子、长使、少使。皇后乃是正妻，按我的个人理解，她这个"韩夫人"少说也是个贵妃级别啊。

只是……按汉代一夫一妻的婚姻制度而言，贵妃再尊贵，也不过是个姬室而已，如果仅从寻常夫妻婚姻的定义考虑，她这个韩夫人还远不及我这个刘夫人来得体面。

韩夫人虽说不上绝顶美艳，倒也是个说话干脆、做事泼辣干练的女子，瞧她喝酒跟喝白开水似的爽气，真是一点儿不输于男子。

其实我也好酒，可是在这么多人眼皮底下我还是懂得收敛的，所以只是象征性地喝了两杯，便伺机找个借口离席了。

府衙的住处虽不大，可刘玄夫妇入住后，倒是把花园重新修葺了一遍，秋夜落叶缤纷，踩着厚厚的树叶漫步，倒也别有一番情趣。

我在曲廊里随意拣了块大石头坐下，心里琢磨着等刘秀散席后，我和他一块儿回家。

夜凉如水，秋风徐徐送吹拂在我脸上，这一年的秋天也即将过去，马上就会迎来寒冷的冬天，然而我回去的征途还很久远、漫长……不知是何年……

"窣！"身后有细小的声音突然响起，我警觉地回头，不期然地对上一双毫无光彩的黑瞳。

惊吓之余我马上意识到自己的坐姿，敢在这个时代坐在石头上的人，别说女人，就是男人里头也找不出几个来。我忙利索地站起，挺直了背，恭恭敬敬地拜礼："贱妾叩见陛下！"

手肘上一紧，刘玄托住我没让我跪下去："朕刻意放慢了脚步，却还是惊扰了你。"

"是贱妾失礼。"

他摆摆手，颧骨微微泛出酡红色，呼吸间满是酒气："朕来问你，朕若是入长安定都，天下皆服否？"

"陛下乃是天之子，定都长安，匡复汉室江山，民心所向，众望所归！"我低着头，尽量使自己的语气显得百分百诚恳。

刘玄沉默片刻后，呵呵呵地笑了起来："果然有长进。"

我心中一凛，头垂得更低，恨不能把脑袋顶到他鞋面上去。

他从我身边绕过，突然往我刚才坐过的石头上一坐，大马金刀的模样委实让我差点眼珠脱眶。

"陛……陛下……"

他可是天子，九五之尊，形象威仪可是头等重要，这副样子若是被人看到，那还得了？

他向我招手，嘴角含着笑，眼眸中有丝朦胧的醉意："今天再给你上一课……"

我心中警铃大作，偏又不能当面顶撞他，只得笑着应付："陛下但有教诲，贱妾自当聆听。"

他哧然一笑："你大哥阴识，朕有意提拔于他，你说朕该赏他个什么官做才能真正物尽其用？"

"大哥出身寒微，文未得入太学，武未能驰疆场，陛下如此抬举贱妾娘家，贱妾已是感激涕零，如何敢向陛下争要官职？"

"啧啧，这说话的口气……倒是与阴识如出一辙，真不愧是兄妹俩。"他顿了顿，抬头望天，"阴识打的什么主意，别以为朕不晓得。你说朕乃众望所归，只怕未必，远的不说，就说你大哥，他心里对朕便未必是全心全意。"

这话说得重了，我吓得背上滚过一阵冷颤，忙跪下拜道："大哥对陛下绝无二心，望陛下明鉴。"

"阴识是个人才，朕顾惜人才，也不会滥杀无辜，否则开了这个先例，像邓禹、庄光这般的能人隐士愈发不肯归附，于朕所用了。你大哥不过是跟朕要些皮赖的小心眼罢了，他还不敢公然与朕为敌。"他冷冷地乜了我一眼，如冰般锐利的眼神令人不寒而栗，"听说当初你执意要嫁刘秀，你大哥不允，甚至在家里打了你？你可对他报有怨怼之心？"

"父亲不在，长兄如父，婚姻原当由兄长作主，是贱妾无礼，不敢心生怨怼！"这算哪门子的八卦谣言？传到刘玄的耳朵里，怎么版本进一步升级，居然变成了阴识痛打不争气的妹妹？

"阴识当真打了你？"

"呃……"

"这些小伎俩糊弄旁人倒也使得了。"他从石头上站了起来，拍去裳裾上的落叶，"他若当真执意反对，何必打你，只需紧闭阴家大门，不让刘秀踏足阴家门槛一步即可。如此惺惺作态，不过是做给朕看的，好叫朕明白他与刘秀面上不和罢了！"

我打了个冷颤，一阵风吹来，背上才出的汗水透风蒸发，全身上下愈发的冷。

我不是不明白，我不是不懂，我只是……想试着用刘伯姬说的法子来麻痹自己敏感的神经。就如同今天白天刘秀才说的那样，其实我可以不必事事都追根究底，无论阴识也好，刘秀也好，他们都是真心待我好的人，都是我在这一世的亲人，他们就算确实有心算计了我，也绝不会害我……

我猛地摇了下头，想要把脑子里纷乱的杂念统统都甩出去。可是我面前这个恶魔般的男人显然并不打算放过我，他一把按住我的肩膀，桀桀怪笑。皎洁的月色下，那张半明半暗、躲藏在月影下的笑脸竟是那般的狰狞可怖。

"让朕来教会你认清一个事实，你——阴丽华，不管你是何种心态嫁给刘秀，你始终不过是他们手中权衡利弊的一颗棋子！"

"你胡说！"我按捺不住激动的情绪，鼓足气大声驳斥，"胡说！是你自己内心阴暗，把每个人都想成如你这般阴险狠毒，你以小人之心度君子之腹！"我气呼呼地甩开他的手，忘了该有的礼仪，忘了他是一国之君，终于被他挑拨得脑袋发热，心里说不出的烦躁和生气。

"哈哈，哈哈哈……朕的确算是个真小人，可你的夫主却是地地道道的伪君子！"

我扬起手，手刀在空中劈到一半时被他猛地抓住手腕，他俯身逼近我，那张俊美邪气的脸孔几乎毫无阻挡地贴到我的眼前："你明明就是头狼崽子，却偏要收起你的利爪，把自己扮成一只乖巧无害的小猫。你不觉得这样做也很可笑吗？"

我挣扎，怒目瞪视："那按陛下的意思，这么一次次地逼迫我、刺激我，就是为了让我从猫变成狼，重新把爪子伸向你喽？"

"呵呵，你还太嫩。"他抿着唇笑，像是在看杂耍百戏的看客，"爪子还不够锋利，所以要好好地打磨，如此假以时日，你才能真正成为一头能撕裂人的野狼！"

我倒吸口气，怒极反笑："我看你就是个疯子！"我抬脚用力向他膝盖踹去，他松开我的手，跳后一大步。

"从古至今，没有哪个皇帝在常人眼中是正常的！"他诡异地笑，不知是在自嘲还是自得。

我大口大口地喘气，努力抚散胸中的郁闷。

心口隐隐作痛，我极力想忽略，无奈这个创口已被刘玄硬生生地当面撕裂，无法再逃避开它真切存在的痛觉。

的确，阴识若要拒绝我嫁给刘秀，最有效的办法就是不给他任何机会见到我。刘秀能够顺利无阻地出现在我房门口，向我求婚，焉知不是阴识有意放他进来的？

阴识结交绿林军中将领、刘秀部将，他在刘秀、刘玄敌对的矛盾中寻到了一种看似两不相帮，实则左右皆留有退路的最佳平衡点。

我不清楚在阴识的谋划中，我到底起了多大的作用，但我宁可相信，他并不是一开始就为了算计我而预先有了这番布置，只是因为有了这样的契机，而顺便利用了一把。

这是我的底线，我的底线令我只能接受后一种解释，而无法接受前一种猜测！

刘秀可以不爱我，但是阴识不能出卖我！

我也绝对不允许他出卖我！

"阴丽华，你花了如此大的代价不过是想换回刘秀一命。不如朕与你一起来玩个游戏，看看这一次你心爱的夫主能否通过这个小小的测试？"

我扬了扬眉，完全不知道他又在打什么鬼注意，只是警惕地牢牢盯住他。

"稍后朕便会派他去三辅，张罗定都事宜，如果他离开宛城后有任何异动，那么……"他意犹未尽地笑。

我脊背不自觉地挺直了，冷道："陛下的意思，是要贱妾留居宛城为质？"

"这是理所应当之事！"

扣押人质，这在这个时代的确是很普遍的行为，例如诸侯国会定期遣派王子到京都为质；取得虎符，领兵外出打仗的将军会把家眷滞留京城扣做人质，已示绝无擅夺兵权滋生叛乱之心。

让刘秀带着人马离开宛城，前往三辅，这是多么诱人的机遇！这哪里是"小小"的测试，分明就是一个诱人的陷阱。

"当然，你也可以私下把我们的游戏透露给他，不过那样的话，你可就看不到你要的结果了。"

好敏锐的洞察力！

我微微一凛。

我为了救刘秀，义无反顾地嫁他为妻！那么他呢？是否当真只是在利用我？他对我除了爱情之外，可否还有一丝亲情、恩情、友情存在？

我想知道！我心里有股强烈的获知欲望！但是理智又告诉我，这个欲望是不对的，我不该轻信眼前这个男人，不该听信他的任何诱惑。我应该相信刘秀，相信自己的判断力，这种无聊的测试，是把锋利的双刃剑，会击垮我们彼此间患难与共的信任感。

这是一个阴谋，是刘玄布下的一个阴暗的局！

"你不用现在答复朕，玩不玩这个游戏你说了算。过些时日刘秀才会接到诏书，你有充裕的时间可以慢慢跟他描述朕的游戏规则！"

我无言以对，紧皱着眉头保持缄默。

他也不生气，反而像是中了头彩似的异常兴奋，一边往廊外走，一边还不时地回头冲我挥手告别。

说，还是不说？

我陷入两难的煎熬境地，脑袋似乎被劈成两半，天使和恶魔在里面激烈地对战——我无法抉择！

"丽华……"轻幽幽的一声呼唤，将我游离的神志拉了回来。倏然抬头，刘秀正面带微笑向我款步走来，"可以回去了。"

他笑着伸手挽住我的手，长满茧子的掌心是温暖而有力的，他虽然看似弱不禁风，可是那宽宽的肩膀却是我平时最喜爱的倚靠。

"嗯……我们回去吧。"

第二章
蛟龙入海任遨游

财富

因为长安未央宫遭大火焚毁，宫殿修葺整理太过费时费力，于是更始帝刘玄决定先定都洛阳，任命刘秀为司隶校尉，先到洛阳去整修宫殿官府。

司隶之位秩比二千石，监察三辅、三河和弘农七郡，上纠百僚，下察郡守，权比九卿。这算是个手握实权的要职，远比徒有虚名没有实权的武信侯要实用得多。

刘秀去洛阳，我被留了下来，虽然明里都说是不便带女眷同去，其实大家都心知肚明，把家眷留下，不是为了带在身边不方便，而是为了博取皇帝的信任，迫于无奈留下人质扣于皇帝手中。

直到刘秀离开宛城的前一天，我都没勇气和决心把整件事的实情对他和盘托出，我暗存一种赌博似的心理，希望即使不明说，刘秀也能明白我的立场与苦处，希望他能像我不顾一切救他的心一样，不会因为刘玄抛出的这块大诱饵就把我轻易给丢弃了。

他一定会得到机会趁机摆脱刘玄的监视与束缚，重振旗鼓，大展雄风，但绝不是这一次。

难以描述我是抱着怎样忐忑纠结、百折千回的心情送别老公，他就像是只风筝一般终于脱困而出，而我，作为刘玄手里拽紧的那根风筝线到底够不够牢固，还全然是个迷惘的未知数。

刘秀走后，我在武信侯府住了三天，守着空荡荡的房间突然感到莫名的空虚和悸怕，于是我让琥珀收拾了几件随身衣物，重新住回了阴家。

阴识对我超出常规的行为未置一词，阴就却对我又能住回家来感到十分高兴。

出嫁不过三个多月，我却对阴家的生活觉得有点儿陌生，去年这会儿我离家一别经年，回到家后也未有任何不妥的感觉，但是现在心境却像是突然转变，处处都显出一分疏离。

我无法说清心中的感受，是在潜意识里埋怨着阴识曾经对我的利用，造成了现在心理上的一种隔膜？还是……我已经适应了有刘秀陪伴的新生活？没有他的日子，我就像是失去了些什么东西，那种怅然若失的感觉说不清也道不明，却像张蛛网一般牢牢地缠住了我。

住回阴家有一点好处，那就是可以第一时间取得最新情报，能够抢在刘玄之前了解到刘秀在洛阳的动向。

如预想中的一样，刘秀以他无人能敌的个人魅力，赢得了三辅吏民的一致好评，更有老吏为此感慨垂泪，声称"不图今日复见汉官威仪！"。

面对如此高的评价，我固然替他欣喜，同时也担忧刘玄会因此更加对他产生忌惮。不过好在刘玄也并不空闲，他很忙，他的注意力不可能像我这样一直关注着刘秀一个人。

刘玄称帝之后，试图摆脱绿林军那帮人对他的掌控，开始逐渐露出他的本性，不甘心永远做个受控于他人的傀儡皇帝。他开始培养自己的亲信势力，如果说绿林军代表的是农民草莽阶级的利益，那么唯一能和他们对抗的只有士族阶级，更何况刘玄本就姓刘，他的血管里流淌的是刘氏宗亲的血液。

与刘玄关系最亲近的人是他的堂兄刘赐——刘縯死后，刘赐便继他之后做了大司徒。除此之外，左丞相曹竟也甚得他的器重与信任。

"兴儿，曹竟是否有个儿子名叫曹诩？"

"姐姐也知道曹诩？"阴兴尚未回答，阴就却已经忍不住惊讶地喊了出来，"他们父子眼下可是正得宠啊……"

阴兴在暗地里使劲掐了弟弟一把，阴就蓦然闭嘴，悻悻地摸了摸鼻子。

我心知肚明，却假装没有看到。

昨天我去找冯异，见他正与一年轻人相谈甚欢，后来介绍才知此人乃是左丞相之子。当时我总觉得冯异将我介绍给曹诩颇有深意，曹诩听说我是刘秀夫人时的态度也显得相当热络，丝毫没有因为刘秀的关系而对我刻意保持疏离——自刘缜死后，与我夫妻交往如此不避忌讳的人还真是少见。由此，我对曹诩印象分外深刻。

我懒洋洋地歪在榻上，指甲轻轻刮着小木槽内的封泥，余光却把阴兴、阴就在角落里交头接耳的小动作尽收眼底。

用以捆系竹简的绳索已被拆启，散落一旁，木槽中嵌的封泥斑驳脱落，已经无法瞧清原来封泥上印的字迹。

两千年后的信息传播，大量使用电子、网络，现代人为了保护私密信息不受泄露，一般会以密码来防盗。而两千年前的古人也不笨，虽然可以书写用的纸张还没有出现，但赖以传递信息的牍简，笨重之余却也并非不能防止被人私自拆看。

像我手中的小木槽便是专为防止信笺被私拆而设，在捆缚牍简的绳端交叉扣上小木槽，槽内捺入粘泥将绳结封住，泥上再盖上专属的印章。收到信笺拆看时，只需先确定封泥完好无损即可。

我用指甲轻轻挑刮着那些残存的粘泥，那两兄弟贼腻腻的表情落在我眼里，不由得让我一阵别扭。我现在所看的资料不外乎是阴识"允许"我看的一部分原件，还有一部分是阴兴手抄誊写的复制稿，无论从哪个角度看，我都是处于被动的。以前或许没有这种感觉，甚至起初还颇有些抱怨阴识逼我看这些无聊且难啃的时政，可现在我身处乱世，也已成为这个滔天巨浪中的一滴水珠，在我避无可避、历经艰辛以后，我比任何人都清楚，能够比别人抢先获取这样一份详细全面的信息有多重要！

阴家有套完善的情报系统，遍布全国。即便是在这个战火连天的乱世之中，阴识都能第一时间掌握到最全面的信息资源，这就是一种财富，一份价值远大过金钱土地的庞大资产。拥有了它，才能比别人看得更远，料得更准。

然而这些年以来，我享受着这份财富的同时，却没好好思考它的本质，这个系统到底是如何存在的？它的内部结构到底如何？阴识如何操控它们？

目光流转，阴兴已经停止了对阴就的说教，阴就满脸通红地憋着气，在兄长面前局促不安地垂首不语。

阴兴十五岁，阴就才十三……可是我敢断定，阴识不只让阴兴参与了这个情报组织的操作系统，就连阴就，也正在逐步地学习和成长，成为他的左臂右膀。

可是阴识却只是让我享受着这份财富，而从没把这份财富的来源和渠道让我知晓半分。我知道我不能贪心，这财富本就不是我自己的，我何来的资格去抢夺这份不属于自己的东西？

但是……但是……

我闭了闭眼，无力地慢慢向后躺倒。

扪心自问，此时的我，确实像个贪婪之徒，若是非要说我完全没有动了那份心思，那是自欺欺人！

洛　阳

更始元年冬十月，奋威大将军刘信在汝南击杀刘望，并诛严尤、陈茂二人，郡县皆降。

局势果如刘秀当初所料，刘望成了最快完蛋的一个天子，称帝时间不过短短两月。

与此同时刘秀在洛阳一切顺利，置僚属，作文书，全心全意地致力于恢复汉代旧制，整修宫府。他所做的一切既未逾权，也未渎职，完美得让人无法挑剔。

刘玄最终下诏迁都洛阳。

在这个时代生活了六年，我最远去过的地方是颍川郡的昆阳、定陵、郾县，而且是为了在兵荒马乱中去寻找救兵。大多数的岁月时间我都消磨在了新野，或者顶多也就是在南阳郡内走走亲戚，那时候最让我兴奋的是能得阴识许可去趟宛城。因为南阳郡郡都宛城，在我这个乡巴佬眼里，已然是座规模很大的城市。

是的，我是乡巴佬！没见过大世面的乡巴佬！

所以，当我从辎车中探头，仰头远望洛阳城南高耸的四座城门时，我的整颗心都在激动地颤抖。

洛阳城位于洛水以南，邙山以北，整体东西长六至七里，南北九至十里，略呈长方形。我虽然对地理不是太熟，却也明白这座古城在21世纪已经化作了一堆废墟，埋入地底，不复存在。而两千年后的洛阳市与我现在所见到的洛阳城存在地理偏差，即使没有时空的差异，所占的土地也并不是同一处。

"太棒了！"我不顾刘黄的拉扯，大步跨到了车驾前，立在车夫身边，张开双臂仰天赞叹。

成千上万的车辆鱼贯涌入，洛阳城共有十二道城门，仅南面便有四道。刘玄的车舆走的是平城门，我们则经西侧的津门进入。

秦时吕不韦被秦王嬴政罢免相国之位后，封文信侯，食封河南、洛阳十万户。吕不韦在封地内对洛阳城进行了扩建修复，文信侯府分南北两阙，从平面上看就像是个南北交错的"吕"字。汉时刘邦初都洛阳，修葺南面的宫阙后以此作为行宫。

用四个字来形容叫"目不暇接"，规模雄伟、宏丽壮观的古代建筑群透着一种深沉而有威严的气势，让人不由自主的生出一种景仰与崇敬。

"听说长安比洛阳更大，殿宇楼阁更加华丽……"刘黄强行将我拉回车里，笑着摇头，"你这副样子若是去了长安，岂不要连眼珠子都得抠出来？"

我并不以此为耻，指着车外的汉军将士道："你瞧瞧他们，哪个又比我好了？"

汉军士卒多数为绿林农民出身，他们惯常是跟土地打交道，一辈子摆弄农耕稼穑，因为吃不饱才扛起锄具变武器造了反，如今入了这种大都市，想不被迷花眼实在需要极大的克制力。

他们这种刘姥姥进大观园似的心情很快便由内在体现到外在，许多像马武那般不通文墨、不拘小节的粗汉早大叫着冲进城去。欢呼声，马嘶声，尖叫声……乱作一团。

刘黄让车夫把軿车赶到道旁，尽量给疯狂的人群让出道来。我有些担心身后那两辆负载书简的辎车会被冲散，不时地探头往后张望。

狰狞的贪恋之色毫无意外地显现在那些肆虐抢夺的士兵脸上，我心有余悸地瞪大眼，他们这些人，原是受剥削的底层百姓，被逼无奈才造反，为的是有口饭吃。可在他们不愁温饱之后，却早忘了当年揭竿的初衷，人性中的贪婪自私显露无遗。他们只知道抢夺财物，完全不顾虑洛阳城百姓的死活利益，只知道抢得一点是一点，抢到手的才是自己的，抢不到的永远是别人的。

刘黄也被眼前的疯狂吓住了："我们还是赶紧找文叔安置吧。"

我望着街道上疯狂奔蹿的人流木然地点了点头，洛阳百姓无辜的哭泣声犹如一道道的鞭子抽打在我心上。

"哗啦！"身后的巨大声响惊动了我，我从车上爬了出来，果然看见两辆辎车中的一辆由于驾车的牛受惊，失控地撞上了驰道旁的一座望楼底座。

辎车倾斜，一只轮子高高翘起的离了地面，车轮兀自打着转儿，而车上装载的一匝匝简牍却像雪山崩塌似的纷纷从车板上滑落。

我来不及细想，赶紧从车上跳了下来，三步并作两步地往后跑。青牛有点焦躁，车夫不住地拿鞭子抽着，我急道："赶紧把这些书简拾起来是正经。"

汉代读书识字的文人并不多，能武者未必能识文断字，能文者却大多能舞刀弄剑。但能文能武的儒生毕竟少见，所以也难怪当年邓禹为自己乃是太学生而自得不已。古典文籍、五经兵法等等文字典籍都记载在笨拙原始的简牍上，这些东西并非是家家户户都有，拥有这些简牍在某种程度上还代表了一定的社会地位。

试想当年吕不韦为修撰《吕氏春秋》，许诺一字千金，可见典籍之宝贵。

不过……这两牛车拉的，却并非是古人的五经、兵法，而是我自己写的《寻汉记》，我花了将近一年的时间才勉强写下了两车子书简。别看这些书简占地挺多，其实满打满算，我的《寻汉记》也不过才写了万把来字。

我蹲在路边把竹简一份份地捡起来，刘黄也过来帮忙，从我手里接了竹简重新码放回车上。这时突然背上一股冲力撞来，我还没来得及反应过来就被撞得趴在了竹简堆上。

撞倒我的人是位妙龄少女，紧跟着我之后摔在地上，长发挡住了她的半张脸，透过如瀑般的发丝，隐约可辨那皙透如雪的肌肤。

刘黄一边将我从地上扶起来，一边埋怨那名少女走路不长眼。少女跪倒在地上，瘦削的肩膀微微发颤，叫人见之不忍。我让琥珀去扶她起来，她瑟瑟的带着颤音，犹如蚊子般吐气："对不起。"

若非我紧挨着她，见到她嘴唇在动，还真不容易能听出她说了些什么。

正想对她说些什么，街道拐角涌出来一大群人，叫嚷着："在这里了！"而后径直走来。

少女抖得愈发厉害，一双手不自觉地拉住了我的袖子，躲到了我身后。我回眸一望，只见来的人皆是二三十岁的壮丁，手上虽然没拿兵器，可一个个肌肉纠结，一看便知都是些练家子。

"姑娘！"我原以为来者非善，可没想那些人到了跟前，却一反常态，客客气气地对我身后作揖，"姑娘回去吧，莫让小人们难做。"

刘黄比我会瞧眼色，见此情景不露声色地将我拉到一旁，那少女无处可藏，楚楚可怜地退后一步："我不……"

"姑娘请回！"

"不……"她无计可施，突然别过脸，有意无意地把目光投向我，"我不要回去！"

我一头雾水，虽然弄不明白这算演的是哪一出，但那少女一脸凄楚的样子却着实让人心生恻隐之心。我脑子一热，正欲豁出去不管三七二十一地替她出头，身旁的刘黄突然使劲掐了把我的胳膊。

我疼得咝气，只这么一停顿，少女便被那群人连逼带吓地给带走了，走时还回眸瞥了我一眼，眼中含着泪水。

我望着她远去的背影发呆。

"弟妹，闲事莫管！"

"可是……"

"你知道那女子是谁么？"

我摇头。

"你都不清楚她是谁，如何敢随便招惹那些人？"她叹了口气，"你得多替文叔想想。"

我心里说不出是何滋味，默默地低下头。这时候琥珀与车夫已将书简都拾回车上，刘黄见我闷闷不乐，伸手拍了拍我的肩膀："别闷着了，你若知道她是谁，便不会如此不快了。"

"姐姐认得她？"

她笑道："自然认得，不然如何敢阻你。我的心又非铁石生成，难道当真会冷漠至此，见人危难而故意不施援手？"这番话半是自嘲，半是玩笑，说得我反倒不好意思起来，"那些人是赵家的奴仆，那女子是赵姬。"

"赵姬？"

"诺。你若未曾听说过她，也当听说过她的父亲赵萌！"

赵萌？！我眼睛一亮，赵萌乃是刘玄培植的亲信之一，就是他和申屠建一起冲进长乐宫，诛杀了王宪。

刘黄笑吟吟地问："弟妹觉得赵姬相貌如何？"

我仔细回忆方才情景，虽只匆匆一瞥，感觉那少女年纪尚幼，身量偏瘦之外，对她的长相倒是印象十分清晰。赵姬的美貌绝对在刘伯姬之上，假以时日，必然是个韵味十足的大美人。

我虽未正面回答，想必刘黄也已料到我的答案，她颇有深意瞥了我一眼："陛下要的人，你我如何敢拦阻？"

我心里一跳："你是说，赵姬是陛下选中的人？"

"呵呵，韩夫人这回可是要大大失宠了……"

我在后宫争宠之事上的敏感程度显然不及刘黄，我把大部分的注意力都放在跟刘秀有关的政治活动上面，分析整个局势和走向已经让我精疲力竭，我哪还有心思再去管这些后宫争宠的狗血戏码？

"弟妹，赵姬对你的印象应该不错，你往后得空便多往宫里走动走动……我们女人虽然不能对朝廷政务多干预，但在后宫那种地方却总能插上些话的。你若能和赵姬攀上交情，获取她的好感，对你、对文叔都有好处！"

分　手

刘秀憔悴了许多，以前朝夕相对，虽也感觉到他日渐消瘦，却总没有像现在这般感受深刻。重逢再见的那一刻，他站在树下微笑以对，笑意朦胧。

风吹树动，落叶缤纷，刘秀站在树下，笑容一如初见时那般灿烂纯真，美好得让人不敢眨眼。一时间我忘了自己该说些什么，做些什么，只是同样站在他对面，冲他傻笑。

刘黄推了我一把，掩唇含笑带着琥珀等人离去，把这份相对安静的空间留给我们夫妻。

都说小别胜新婚，然而我们的新婚充满了无限的忧伤与无奈，此刻的重逢同样带着尴尬与歉疚。我虽未真正做过些什么有害于他的事情，但是因为我的私心，我的的确确对他产生了某种不信任的质疑，否则便不会有他任司隶校尉到洛阳整修宫府这一出。

"这几日你过得可好？"

"好。"

"你瘦多了……"

"还行。"

"公孙没有做好吃的给你吃么？"

他愣了下，随即伸手拂开我额前的散发，笑："他乃我主簿，可不是咱家庖厨！"顿了顿，右手环住我的腰，将我轻轻带入怀中，"还说我呢，自己不也瘦了？"

"瘦了吗？我没觉得。"

"嗯……"

我鼻头一酸，心里愈发歉疚起来，索性紧紧抱住他，下巴搁在他右侧肩膀上，闷闷地说："我们以后都别再分开了，好么？"

细微的呼吸声突然粗重起来，过了片刻，他终于吐出一个字："诺。"

更始帝刘玄定都洛阳，入主南宫后的第一件事就是广招后宫佳丽。

《礼记·昏义》中记载："古者天子后立六宫、三夫人、九嫔、二十七世妇、八十一御妻，以听天下之内治，以明章妇顺，故天下内和而家理。天子立六官、三公、九卿、二十七大夫、八十一元士，以听天下之外治，以明章天下之男教，故外和而国理。"

刘玄虽然没有读过什么书，可是他手底下有专门管礼仪的人能指导他该怎么做，这个人不是旁人，正是刘秀。

按说刘秀能够指点的关于礼仪方面的事多了去了，比方说衣着——汉军进驻洛阳城时，上至公侯，下至士卒，皆是一身短打襜褕装扮。襜褕算是便服，男女皆可，我有时为了行动方便也喜欢穿这类衣服，只是这毕竟算不得是正式服饰。在绿林军那些平民眼中或许这副打扮还不怎么样，可是落在三辅那些士大夫们眼中，实在难登大雅之堂。所以汉军进城虽不久，流言蜚语便已四处传播，有人甚至形容汉军是一群穿着妇人衣衫的乡下人！

然而刘玄对手下这些乌龙笑话都未曾放在心上，他唯一重视的礼仪之道，竟然只是后宫制度。

按照汉代早期的后宫制度，后宫分为八品，到汉武帝时又对后宫品级做了进一步的扩充，增加了婕妤、娙娥、傛华、充依四等，到汉元帝再次添加了昭仪。随着时间的推移，汉代的后宫如此有增无减地一再扩充，到了西汉末，后宫妃妾已经变成了十四品，除皇后以外，下设等级有昭仪、婕妤、娙娥、傛华、美人、八子、充依、七子、良人、长使、少使、五官、顺常，最末的第十四等又分为无涓、共和、娱灵、保林、百石、良使、夜者等。

自汉武帝、元帝后，掖庭人数增至三千，史上所谓的"后宫粉黛三千人"，正是由此而来。

要搞懂这些仅是听起来都令人头大的后宫等级，还不如让我直接回去做高数习题。刘秀耐性极好，不徐不疾，娓娓细述，我却是越听脸色越发难看，一个帝王到底得拥有多少女人才能知足？

也是，这个时代媵妾如同财产，就跟家中拥有的奴仆一样，都是身份地位的象征与体现，这是封建社会男人的劣根性，只是皇帝比普通人更有能力去体现这份无耻奢靡的劣根性。

我忍不住狠狠剜了刘秀一眼，许是我的眼神太过凌厉，他住了嘴，给了我一个疑惑的眼神："还是没听明白？唉，听不明白其实也不打紧……"

他把竹简收起，我猛地伸手按住他："你熟知礼仪，那我倒要请教，陛下宠幸赵姬，欲立其为后，可若论长幼尊卑，后位当立韩姬。如此妻妾颠倒，陛下可算是失仪？"

刘秀一愣，须臾笑道："你何时也这等关心后宫之事了？"

我关心后宫？天知道我多讨厌刘玄，若非刘黄授意需与赵姬搞好关系，我才懒得每日进宫。

赵姬年轻貌美，能歌善舞，刘玄宠幸赵姬早已不是什么秘密，当年的糟糠之妻韩姬恐怕早被他抛诸脑后了。如今汉朝制度一点点地完善起来，加之四方归服，怎不令刘玄得意忘形？特别是能与绿林汉军一较高下的赤眉军在听说汉室复兴后，欣然归附。赤眉军首领樊崇亲率二十多位将领来到洛阳，刘玄将他们一一封为列侯。

刘玄一旦得意起来，就有点像是刹不住的高速赛车，皇权使他深埋在骨子里的私欲进一步膨胀。

他不断派人出去招抚原先反莽的地方势力，这个活却并非如想象中那么好干，虽说汉朝占据了两京，灭了王莽的新朝，如今算是"名正言顺"的"正统"汉室，但却也难免会有人不服。即便是赤眉军的樊崇，也不过是把将领带到了洛阳受封，可他的真正兵权却并没有上交朝廷，赤眉军几十万的兵力至今仍留在濮阳一带，按兵不动。

"城里有首民谣你听没听过？"我没回答他的问话，反笑嘻嘻地打起了拍子，"灶下养，中郎将。烂羊胃，骑都尉。烂羊头，关内侯……"

这民谣是洛阳百姓为讥讽汉军里不通礼仪的贩夫走卒们如今都当上高官

所做。灶下养指的是伙夫，烂羊胃就是小贩，这些目光短浅的汉军兵卒在洛阳抢掠无数，贪婪且毫无涵养，洛阳百姓深受其苦。

刘秀温柔的神情微微一凛，慢慢地他收了笑容，突然摆出一副很严肃的表情。

我很少看到他以这种表情示人，印象中具有这般肃穆神情的刘秀，只有在昆阳力排众议，千钧悬于一发时才锐芒乍现。

"丽华！"他眸光清明，深邃的眼神透着如冰般的坚忍，"我打算去河北！"

我大大地一怔，拍击的手掌顿在半空。

显然，他并非是在跟我商量一件事，而是在郑重地宣布他的一个决定。他是深思熟虑过后才有了今天对我的启口。

"河北？你想做河北招抚使节？"我放下手，"陛下……肯放你走？"

"我想去，便自有法子能去！"

我睁圆眼，瞪着他，他也不躲闪，目光与我交接，坦然中带着一点儿歉疚。

我呼吸一窒："你打算要我如何做？"

"如果陛下当真同意我持节北渡，我希望你能先随你兄长回新野……"

"你……不要我了？！"心上莫名地一痛，羞愧与愤怒同时在我胸口炸开，我脑子里一昏，不容他再继续说下去，音调骤然拔高，"你的意思是现在用不着我了！你脱离刘玄掌控的时机已经成熟了！所以……所以……"我大口大口地喘气，我不清楚自己到底在讲些什么，只是深埋在心底的某根纤细脆弱的弦丝终于被他张到了极至，砰然断裂。

眼泪很不争气地夺眶而出，我紧抿着唇，喉咙里像是塞了许多棉花，再也发不出声来。

刘秀坐在我对面，面对我的叱责，他却一句话都不说，房间里静谧得让人郁闷心慌。

骄傲如我，如何能忍受这样的侮辱。我能忍受他的利用，但是我无法忍受他的丢弃。我不是一件东西，我有我的感情，不是他想要就要，不要就扔的东西！

"你狠，算你狠！"我憋着气，把脸上的眼泪擦干，挺直腰杆，"你不必写休书，我自请离去——现在是我不要你！刘秀，你听好，是我不要你！是我——阴丽华不要你了！"

我昂着头从他面前扬长离去，努力仰高下巴，不让委屈的泪水含愤滑落。

我醉了。

虽称不上酩酊大醉，但一气喝下这么多酒还是生平第一次。醉酒的感觉挺难受的，想放声嘶吼却偏偏又喊不出口，胸口像是堵了块大石，恶心、反胃、头晕、眼花，可偏偏神志却格外清醒。

我像是醉了，却又像是彻底醒了。

脚步是趔趄的，琥珀扶着我，一声声焦急的呼唤就回荡在我耳边，视线朦胧中仿佛看见一个酷似刘秀的身影跨过门槛向我走了过来，我愤怒地抓起案上的一只耳杯朝他砸了过去："滚——给我滚出去！"

陶制的耳杯砸在冰冷的地上，摔得粉碎，我腕上无力，扔不了那么远，琥珀满头大汗地跪在地上捡拾那些碎片。没了她的扶持，我膝盖突然一软，整个人仰天倒下，疲惫得连眼都睁不开。然而身体困乏如斯，偏偏耳力却仍是异常清晰，室内脚步声凌乱，有人抱起了我，然后琥珀的声音在大声呼唤着："夫人！"

我始终闭着眼，不是我不想睁眼，只是我已经心力交瘁，无力再动弹分毫。意识终于渐渐模糊，我在心底叹了口气，深深歆羡，强迫自己忽视那股涌起来的酸痛。

刘秀，古人一诺千金，你的一诺却换得来一钱否？

果然是个……伪君子！

不经意间，湿热的眼泪已从我眼角沁出，顺着脸颊无声地坠落。

宿醉的代价是换来早晨的头痛欲裂，都说酒能解忧，一醉解千愁，说这话的人简直是扯淡！我把自己灌得在地上爬都爬不起来，可神志分明却仍是清醒的，无论是昨夜醉着，还是今晨醒着，我都没能如愿以偿地忘却刘秀加诸在我身上的耻辱。

我愤恨地抓过床上的一只枕头，甩手丢了出去，琥珀恰在这会儿端着汤盆进来，枕头险些砸到她头上。

"夫人！"她知道我心情不好，所以言语间格外添了一分谨慎，"这是侯爷吩咐奴婢给夫人准备的醒酒汤！"

我揉了揉发涨的太阳穴，伸手将汤盆端起，思虑片刻，终是不愿跟自己的身体怄气，仰头喝尽。

将汤盆放下，我接过琥珀递来的漱口水，把满嘴的苦涩味道稍稍漱去，这才问道："侯爷现在何处？"

她愣了下，抬头瞄了我一眼又飞快地垂下眼睑，小心翼翼地回答："夫人难道忘了，侯爷昨晚照顾夫人一宿，卯时才离开的，这会儿正躺在隔间休息呢。"

我冷哼一声，看来昨晚没醉糊涂，刘秀果然来了。可他来了又如何？这婚我是离定了，反正这也是他心中所愿，只不过不让他主动写休书，面子上有点过不去罢了。

"夫人可要去瞧瞧侯爷？"琥珀又问了句。

我就像被突然踩了尾巴的猫，顿时尖着嗓子叫了起来："我去瞧他做什么？我不需要见他，他也不用再来见我！你这就去收拾收拾东西，等会儿跟我回阴家！"

突如其来的强硬决定吓坏了小丫头，我的愤怒毫不遮掩地暴露在她面前，好在她有些惧怕我，虽然满脸惊疑的表情，却不敢多问，低低地诺了声，端着空盆退了下去。

我从床上撑起了身子，这里是接待宾客的门庑，并非我与刘秀的起居寝室，门庑在前院，门口走来走去的闲人多，若是在这里闹起来难保不被人看笑话。

一边安安静静地坐在床上等琥珀收拾好东西回来找我，一边脑子里却像是无数人在打架似的乱着。我这么孑然一身的回到阴家，该怎么跟阴识他们解释？以阴家兄弟的才智，无论我编造什么样的理由，也遮瞒不去我和刘秀分手的事实。

我恨不能抱头撞墙，想到当初刘秀求亲时阴识的极力反对，那时即便阴识有算计我的成分在里头，可他毕竟也给过我忠告，是我不肯听他所言，自愿答应嫁给刘秀为妻。

这些往事历历在目，真是越想越觉恼火，压抑的怒气在胸中一拱一拱的，一股打人的冲动在急速膨胀。我十指收拢握拳，猛然大喝一声，一拳砸向对面的夯土墙。

夯土墙表面刷的一层白灰簌簌掉落，部分尘埃飘入我的眼睛，我下意识地闭上眼，抬手去揉眼。

"别动！"双手倏地被人抓住，"你的手流血了，而且手背上也沾了灰！"

在那声音响起的霎那，我身子一震，像躲瘟疫似地甩开他："不劳侯爷挂心！我这双眼……本来就是瞎的，不然也不会……"

"好端端的何苦拿自己的身体赌咒？"刘秀轻叹一声，"你若不想见到我，我走就是。你别忙着揉眼睛，我让琥珀进来照顾你，还有你的伤口……"

"滚！"我闭着眼睛怒吼，眼睛里的异物刺痛眼球，激得我眼泪不自觉地直往下落，"别让我再见到你，不然我见一次揍一次！"我挥舞着拳头，恶声恶气地警告。

房间里安静下来，我站在原地微微发颤，我不知道刘秀离开没有，心里既想让他赶紧从我眼前消失，又期翼着他能给我个合理的解释。

我是那么地相信他！我总以为我和他之间，即使算不上是推心置腹的骨肉亲人，却也是彼此依赖、深信不疑的患难至交！

深信不疑……不疑？！

猛然间脑子里闪过一道亮光。

不疑……我当真对他做到了深信不疑么？

我打了个冷颤，嘴里不自觉地逸出一声低唤："秀……"

"奴婢给夫人端来的净水需放在哪里，夫人是要洗漱还是……哎呀，你的手怎么流血了？"

已到嘴边的话终又重新咽下，我怅然若失地低下了头。

他果然还是走了！

主　意

阴家这回并没有跟着汉军举家迁都洛阳，除了大部分宗族仍留在新野外，就连原居宛城的百来口人丁也没全部跟过来。阴识带着妻子和二弟阴兴等十多口人暂住在洛阳城上西门大街，汉代的城池皆是坊市分开，上西门附近是处市集，那里龙蛇混杂，显然并非是长久居住之地。

我以前常常因为住的地方靠近圜阓而兴奋不已，毕竟出门就能买到东西，逛集购物乃是我的人生乐趣之一，可是现在回想起来，不禁对阴识的别有用心有了一番新的认识。

古语有云：小隐于野，大隐于市。阴识的做法，也许正好与他处世不偏不倚的求存心态相吻合，况且，市集乃是聚集人气最佳的地方，三教九流之辈皆出没于此，阴识若要收集和传递情报，这些人也许正是最好的媒子。

我带着琥珀也挤到了这处不大的宅院，之前我曾想过无数种解释的理由，可没想最后竟一种都没用上。在这里住了三天，不只阴识没问过我一星半点，就连平时最爱冷言讥讽的阴兴见了我，也未曾摆出一丝的不悦之色，而阴就则压根就没跟来洛阳，据说已被阴识遣回新野老家，伺奉母亲。

我隐隐嗅出一丝不寻常，可待在房里纳闷了三天也没找出究竟是哪里不对劲儿。我未出嫁前在家向来嘻嘻哈哈，没一刻安静，突然之间像这样什么都不做的闭门三天，想不引人注意都难。可我的一切反常，偏偏落在阴识、阴兴两兄弟眼里却是视若无睹，怎么也没想到，阴家上下第一个忍不住好奇和关切之心、敲响我房门的人竟是我的大嫂柳姬。

柳姬跪坐在席上，因为怕膝盖着凉，来串门时，她的贴身婢女翡翠手里还专门拎来了厚软的垫子。她已经有四个多月的身孕了，肚子虽然不显大，可我瞧她正襟端坐的模样也委实替她吃力，于是便请她上榻。

柳姬摇着手婉言谢绝，她在新野素以温柔娴淑著称乡里，阴识这几年纳的几房小妾都是她主动张罗的，且从不以正妻的身份欺压那些妾室。婚后这几年她一直未有所出，可我的侄子侄女们倒也没见得少添，只是不管怎样她的身份在妾室们的眼中都高高摆那呢，她是正妻，是主母，妾室们在她跟前和翡翠这样的奴婢没多大区别，即便是最受宠的姬妾到了她跟前，也得乖乖地按照尊卑礼节给她磕头，听她任意使唤。

汉代的宗族很讲究身份，也就是要求子嗣嫡出。亲不亲生的没关系，哪怕是外头抱养的养子，只要名分上是正房所出，这孩子的身份和地位就明显得比其他兄弟姊妹高出一个级别。如果是长子嫡出，那就更厉害了，只要他老妈不犯大错，没被休弃，那他就是未来的家族掌门人。

我悄悄瞄了眼柳姬短袖遮掩下的腹部，甭管阴识有多少儿子，只要她这一胎是个男孩，那他铁定就是我阴氏一族的宗子，未来的宗主。

在现代看多了清宫剧，里头常被挂在嘴边的一句台词叫"母以子贵"，可这话搁在汉代得倒个个儿来，换成"子以母贵"才是正解。甭管将来孩子多聪慧，多讨人喜欢，嫡出就是嫡出，庶子就是庶子，老妈的身份就是孩子未来命运的保障，这是打从一出生就注定了的。

"小姑在想什么那么出神？"

"噢！"我回过神，发觉自己神游天外，短短五分钟，我胡思乱想的竟然扯到了那么深远的家族问题上。

柳姬虽然正坐，可身子却下意识地稍稍前倾，一双手也未曾放在大腿上，而是护在了腹部。她脸上笑容虽淡，但眉宇间露出的却是真情实意的母性温柔。我心中一动，忽然想起邓婵来，一时间悲切之情更浓。

柳姬似有所觉："当年阴家遣了媒人到家中纳采，我便曾听媒人提起你与姑爷间的纠葛，我只是不信，嫁与你大哥后，因你总在病中，半年多都未能见上一面，反倒让我对你愈发好奇起来……"她轻轻地笑了下，有点儿不好意思。

我用一种期待的目光瞅着她，鼓励她继续往下说。

阴小妹和刘秀之间究竟发生过怎样的一段情结，一直是我心中未解的谜团。以前对刘秀不熟悉，我对这事虽然好奇却并不太上心，这会子旧事重提，倒让我来了兴趣。

不只柳姬好奇，换了我，我会更加好奇百倍！

"后来你身子好了，性子却并非像外传的那般抑郁寡欢，我新到你家为妇，你也未对我多加刁难，反而俏皮可亲。嫁到阴家的这么些年，我看着你一点点长大，在名分上你虽是我小姑，可我自己知道，我心里更多的是把你当成妹妹来疼爱。"她抬手扶触我的眉心，眼中怜惜之情大起，"我只希望你能快活些，能看到你像以往那般畅怀大笑，我觉得那比什么都好……你当初与邓仲华那般要好，我原以为你会嫁他为妻，谁知造物弄人，最后竟还是跟了……"

"嫂嫂。"我伏低身子，将头轻轻枕在她的膝盖上。

她怜惜地摸着我的鬓发："以前你整日淘得像个长不大的孩子，没想一出门一年有余，回来时已成了个有主见的大姑娘。你哥哥说你愿嫁武信侯，我当时听了十分吃惊，可既是你的选择，旁人也不好强求你什么。只是……只是别怪嫂嫂多嘴，我总觉得武信侯与你……你俩性情迥异，只怕合不来，你终不免要受委屈……"

我眼睛发酸，听着这般诚恳的肺腑之言，险些落泪："嫂嫂，我知道你是真心疼我。"

"你既知我疼你，便听我一句劝，你若狠得下心，这次便离了他，邓仲华与你情趣相投……"

"嫂嫂！"我没想到她会扯上邓禹，倏然抬头，一时间涨得面红耳赤。

柳姬无奈地看着我，千言万语最终化作一道叹息："你终还是舍不得！也罢！"她唉声叹气，"你与武信侯起争执，不过是为他动了持节北上之念，其实你若不愿他去，原也不是难事。你与宫中的赵夫人关系甚好，若是能求得她在陛下面前讨个主意，你还怕武信侯能走得成么？"

我猛然一震，双手藏于袖中微微发颤。她以为我只是因为刘秀要北上，不舍分离才会抑郁如此？！

不！我怨的不是分离，我恨的是刘秀的背弃！

柳姬出的这个主意虽不是很好，却未必无效。我只需让赵姬在刘玄那吹几道枕边风，生性多疑的刘玄又岂会轻易把刘秀放出洛阳？

"容我……仔细想想。"

刘秀，刘秀……是你不仁在先，那便休怪我无情绝义！

释　疑

从上西门去往南宫，最近的宫门乃是西侧的白虎门。车行到宫门前，白虎门旁的两座望楼已遥遥在望，我心里七上八下，兀自踌躇不定。

"吁！"车子晃了下，我身子往前一扑，忙攀住车壁勉强稳住。

不等发问，车前驭者已朗声禀告："夫人，是冯主簿拦在车前，你看……"

我刷地掀开车帘，果见过道上停了辆马车，冯异半侧着身站在车前，白虎门前人流往来并不多，冯异拦在道上，想不引人注目都难。

我从车上跳了下去，三步并作两步地走向他。冯异闻声转身，翩翩有礼地冲我一揖："刘夫人！"

我吸了口气："足下拦我去路，意欲何为？"

他并不着急答话，眼皮耷拉着像是没精打采，我不耐烦地翻了个白眼："若无要事，容我先走一步。"

没等我迈步，眼前一花，冯异手持竹篓挡住我去路。

"异已在此等候两个时辰。"他仍是低垂着眼睑，眉宇间淡淡地拢着一层忧伤，声音低低的，沙哑中带着撼动人心的迷离。我向来知道冯异的声音一如他的篓声般悦耳动听，却不知这样醇厚的声线也有如魔域般的阴鸷，他扬起脸来，目光如电般直刺我的心房。我猝不及防地倒退一步，心跳急速加快，无比惊异地看向他。

他脸上仍是一片沉静，无喜也无怒，唯一的神情，就只有眉宇间那点始终挥散不去的忧郁："夫人为何事进宫？"

我被他阴阳怪气的样子逼得快神经质了，忍不住恼火道："我为何不能进宫？我进宫见赵夫人又不是第一次了，为何独独今天例外？公孙君有何指教，不妨直言！"

"好！"他收回竹篓，沉思片刻，忽然改了语气，"你了解文叔多少？"

我张了张嘴，无语。

我了解刘秀多少？

这算什么问题，难道我了解的还不比你多么？

十指紧了紧，我不由冷笑："不多，该了解的都了解罢了。"

"娶妻当得阴丽华！阴丽华——你真是叫人大失所望，你也实在不配文叔对你说的这句话！"丢下这么一句莫名其妙的话，他转身就上了马车。

"等等！"我伸手拽住车套，不让他驾马挥鞭。"你把话说清楚！我最厌烦你们这些自作聪明的人把话说一半留一半的，我脑子没你们那么好使，听不出你们话里的玄机，你对我若有什么不满，当面说出来就是了！"

他在上，我在下，他扬鞭欲挥，我不顾形象地抱紧马颈。那驾车的马被我勒得透不过气来，嘶嘶地直喷响鼻，愈发弄得我狼狈不堪，即便如此，我仍是倔强地不肯松手，死死瞪住他。

他哭笑不得："你倒真是一点没变！好吧，我直言以告，也省得你榆木脑袋不开窍，枉费义叔待你的一番真心。你到车上来！"

在宫门前拉拉扯扯的毕竟太不像样子，更何况我和他的身份不同，大庭广众下怎不尴尬？

我二话没有，手脚利落地爬上他的车，回头对我的车夫喊道："你先回去！"

冯异驾车飞驰而出，他的这辆马车空间小，除了驭者，只能再载乘一人，且四面无遮挡，人乘上去只得直立在车上，无法安坐。

好在他的车技不赖，那驾车的马也十分温顺听话，街道两旁栽种的槐树嗖嗖倒退，冷风吹在脸上如同刀割一样。我撑了十多分钟，终于受不了地大叫："你要出城，直接走广阳门不就得了？"

他微笑不语，马车拐了个弯，带着我俩直奔北面而去。

出洛阳城谷门就是邙山，山峦叠嶂，苍翠如云。来到邙山脚下已无路可再供车辆上山，冯异将马系在山下的树木上，拖着我直奔邙山。

我先是莫名其妙，再后来想回头已是为时已晚，天色渐黑，山下洛阳城门关闭，城中万家灯火，烛火虽不如现代的霓虹灯耀眼夺目，可居高远眺，天地相接，却是别有一番景致。

"好美！"洛阳城全景尽收眼底，我忍不住发出一声赞叹。

"饿不饿？"一块麦饼递到我面前。

我伸手接过，看着冯异捡来枯枝干柴，准备点火，忍不住笑道："你给我的印象是什么，你可猜得到？"

他顿了下："不知。"

"吃的！"我摇着一根手指比划，笑得连腰都直不起来，"看到你就想起家里的那口大铁釜，一打开盖子，满是扑鼻的香气。你就像那口釜，只要跟着你便不愁没吃的。"

他居然没生气，反而一本正经地想了想，然后点头："那你以后便跟着我吧。"

这话说的有点儿怪，我呵呵笑了两声，昏暗中偷觑他两眼，却见他神色如常，似乎并没多在意刚才的话。我耸了耸肩膀，看来是我多心了，神神道道的自作多情。

"今晚回不去了，得在山里住一夜。"

"为什么带我来山上？"

他嘴上虽然说回不去了，可表情却一点都不着急，可见成竹在胸，带我上山是他的计划之一，只是不清楚他在搞什么鬼。

冯异用火石点着了火，冷意顿时被逼退少许："那里有处草庐，可去暂避。"他顿了顿，回头瞥了我一眼，突然带着自嘲的口吻笑道，"若我心够狠些，便不该带你去草庐避风，应该让你真正尝一下风餐露宿的滋味。"

我直翻白眼："风餐露宿？我又不是没尝过！我说，你葫芦里究竟卖的什么药？"

他举着火把径直在前头领路，我高一脚低一脚地跟在他后面，起初还追得上他的步伐，可随着夜色加深，脚下的路况已完全只得凭感觉摸索前进。他渐渐与我拉开距离，一片黑乎乎的树影中我只能眼睁睁地瞧着那点飘忽的火光，渐行渐远。

"公孙——"我着急地大喊，"等等我！公孙——冯公孙——"

完蛋了！那点火光终于消失在我视线中，山里树木多，野兽也不少，猫头鹰咕咕地叫着，那叫声虽不凄厉，可怎么听都觉得心里碜得慌。背上寒飕飕的，我左右张望，总觉得暗中像是有双眼睛在盯着我。

"冯异！你个王八蛋！"我身上没带火石，怀里仅有刚才他给的一块麦饼。我想了下，与其乌漆抹黑的在不熟悉路况的山里乱蹿，还不如守株待兔，等着冯异原路返回。

我避着风口，在一棵大树下蹲下，将那块干涩的麦饼囫囵吞下，然后在地上摸了根腕粗的枯枝和一块巴掌大小、轻重合适的石头。我把树枝握在手里，石头摆在脚下，舔了舔干涩的唇角，按捺着性子瞪大眼睛抬头望天。

林中树叶太密，遮蔽住了夜晚的星光，稀疏的光点透过重重枝叶落下，仅够我勉强看清方圆两米内的影子。

寒风瑟瑟，我冻得直打哆嗦，等了快半个时辰也没见冯异回来，耐性一点点耗光，忍不住骂起娘来。为了给自己壮胆，我拿树枝敲打石块，边敲边唱："两只老虎，两只老虎，跑得快……跑得快……一只没有眼睛，一只没有耳朵，真奇怪……真奇怪……"

反反复复唱了二十来遍，怒火中烧，于是改了词："一只冯异，一只冯异，跑得快！跑得快……挖了你的眼睛，剁了你的双脚，让你跑……让你跑……"

我越唱越响，唱到第三遍，突然左侧"嘎"的一声异响，我想也不想，捡起地上的石头朝声音的源头处使劲投掷出去。

石头落地声响起的同时还有物体仓促移动的声音，我大喝一声，冲上去挥舞着树枝拦腰劈了过去。

一声闷哼让我手劲一顿，那是人的声音，并非野兽的喘息。

"公孙？"我疑惑地问了句。

过了约摸半分钟，对面轻轻传来那个熟悉的声音："你可真下得了手！"

"真的是你啊！"我收了树枝，拄在地上，笃笃敲地，"既然回来了，干吗不出声？鬼鬼祟祟的，挨打也是活该。"

他走近两步，昏暗中显现模糊的轮廓："在听某人唱歌，不敢多有打扰。"

我脸皮一抽，想笑却又笑不出来："呃……我的声音不太好听……"

"走吧。"他叹了口气，转身欲走。

"等等！"我急忙大叫，"你走得太快，我跟不上。"

又是一声低微的叹息，一只手伸了过来，轻轻地扯了我右侧的衣袖。他在前头走，我在后面跟，高一脚低一脚的几乎是三步一跌，他扯着我的衣袖也不回头，只管朝前迈步，只是在我跌跄时稍许停顿，却并不搀扶。

我心里冒火，刚刚压下的怒气再次升腾上来，偏巧脚下又一次被树根绊倒，我膝盖碰到地面的同时，右手往上一搭，五指牢牢抓住他的手臂，用力往下一扯，使了股巧劲，将他一同拉倒。

他单膝点地，瞬间弹跳起身，我只是牢牢抓着他的胳膊不放，借力一并站起。

"夫人……"

他欲缩手，我反而左手迎上，一同抓住他的左臂："如果还想故意甩下我，那可办不到。"

冯异停下动作，任由我抓着胳膊不再挣扎，过得半晌，忽然笑了起来。他笑起的声音更加悦耳动听："一旦持节北渡，文叔每日过的皆是如此生活。前途茫茫，生死未卜，餐风露宿，朝不保夕……你难道还不懂他待你的心意么？"我哑然失语，他逼近一步，俊朗的面容进入我的视线，忧郁中透着一丝怜惜，"他是怕你吃苦，持节北渡，招抚河北各路义军，虽然能脱离更始帝的掌控，但是陛下不会派一兵一卒与他，各路义军也不会真么容易听从招抚归降。他孑然一身北上，是拿命在做赌注。你怎不想想，你是他的妻，他若不带你走，大可打发你回蔡阳老家，他家中虽无高堂，却尚有年幼侄儿需得抚育，他让大姐刘黄归蔡阳，独独让你回新野娘家，这是为何？阴丽华啊阴丽华，你以为你了解文叔，可你为何却不明白他待你的一番良苦用心？他是怕自己命不久矣，万一有个好歹，提前遣你归家，也好让你大哥替你作主，改嫁他人，不至于为他误了终身！"

我如遭雷砸，两耳嗡嗡作响，大脑像在冯异的炮轰下突然当机了，完全没了思考的能力。

怎么会是这样？

他是为了我好？！

手指无力地松开，我瘫软倒地，一跤跌坐在树根上。

如果冯异说的都是真的，那么我……我这几天又都为刘秀想了些什么，做了些什么呢？我不但没体谅他的好意，反而曲解了他的一番心思。

这能怪谁？

刘秀的古怪性子，一棍子打不出一个闷屁，三句话中有两句半是虚话，剩下半句是敷衍。他的这些坏毛病，我又不是第一天才领教，为什么独独这一次我会对他误会如此之深？

以前再如何不堪，我也从没怀疑过他的纯善，他待人的一片赤诚，为何现在我俩成了最最亲密之人，反而在心灵上疏远了呢？

我为什么不能像过去那样信任他了呢？

什么时候……什么时候我对他产生了猜忌？什么时候这份猜忌在我心里竟如同毒瘤一般疯狂滋长，最终令我失去理智？

为什么会变成这样？为什么？

眼泪顺着指缝渗落，我哽咽吸气，泣不成声。

冯异说得对，我一点都配不上文叔！别说做妻子，就是做亲人、知己、朋友，我都远远不够资格！

"夫人！"冯异的手缓缓搭在我的肩上，"我带你去草庐吧。"

我木然地由他搀起带往草庐，没走多远，便见泥地里插着一支火把，正是刚开始冯异点燃的那支。他弯腰拾起火把，高高擎举，照亮道路。

我这会儿就算再鲁钝，也终于察觉出他的用意来，不由羞愧道："你带我上山，故意甩下我，留我孤身一人在山中夜宿，为的是要让我吃尽苦处，体会文叔用心？"

他不答反问："你是个聪慧的女子，在别的事情上一点就透，悟性极强，为何偏偏不懂文叔的用意呢？"

"你若怨我，为何不索性扔我在山里独自熬上一夜？"

他脚步放慢，过了片刻，轻声低喃："是，我原该心狠些才是。"

赵 姬

在山上熬了一宿未曾合眼，脑子里颠来倒去想的都是刘秀。天明洛阳城门开启，冯异将我重新送到白虎门前，随后离去。

南宫有四门，分别以四象神兽为名，其中朱雀门作为南宫正南门，与洛阳城平城门相通直达城外，乃属专供帝王将相出入之道，故四门中以朱雀门最为尊贵，其建筑也格外巍峨壮观，据闻远在四十里开外的偃师，遥望朱雀门阙，天门宛然与天相接，堪称奇观。

我以前进宫走的最多的是玄武门，经由玄武门往西去赵姬住的西宫，白虎门这条路我尚属第一次走。

南宫宫殿的总体大小换算成现代计量单位，南北长约一千三百多米，东西宽约为一千米，总占地面积达到了一千三百平米，虽是旧朝遗留未曾多加翻修，却也有宫殿三十余座。

我还没去过长安，不清楚长安的长乐宫、建章宫和已经被大火焚毁的未央宫到底有多大，但是仅仅观摩洛阳南宫，便已能揣测一二。都说现代遗留的明清皇宫紫禁城雄伟壮观，依我看只是可惜了这些汉代殿宇无法保留到两千年后，不然必将震惊世界。

我神思恍惚地过了白虎门，因为没马没车，我只能步行，途经一座重楼殿宇，建有高阁四间，门前侍卫严加把守。我原想退避而过，可不知为什么那里却似有股神奇的力量总引得我频频回首。

"刘夫人，请往这边走。"此刻给我引路的是名中黄门——我进白虎门的时候恰好碰上了曹诩，他不便邀我上他的车马，便寻了个中黄门带我去西宫。

"请问……那里是处什么地方？"我回头对那四间高阁指指点点。

那中黄门回首笑道："夫人有所不知，那间殿名曰云台，乃是宫中贮藏珍宝、简牍章典之所，极为重要。"他们都是原先留在洛阳宫城伺候的老奴了，这些在我看来像是迷宫般的楼道，在他们而言，却是闭着眼都不会走错的。

云台往北乃是兰台，这些楼宇殿阁皆建在十几米的高处，每座殿阁下有数十级的汉白玉石阶，上有复道相通，可供人行走，而不必下楼往返奔波。这样的建筑风格不禁让我想起现代拥挤的大都市为人车分流而建造的立交桥与地下通道。

那中黄门是个识趣之人，其后每过一处，不等我出言相询，便主动指点殿名与我知晓。

转眼过了阿阁，他却没再领我走复道，而是径直走石阶下了楼，从楼底绕过后面的那间殿宇。殿外空荡，了无人声，鼻端间或嗅到一缕缕的淡淡异香，非麝非檀，不知是何薰香。

那中黄门突然加快了脚步，但是步履放下时却又轻盈无声，显得异常小心翼翼。

奔命似的无声疾走了十余步，眼见得西宫在望，却听头顶有个女声突然娇斥："站住！"

那中黄门脚步一顿，急忙转过身来，我不明所以地也转过身。

"哟，我说这身影怎么瞧着有点儿眼熟，原来是阴姬啊。"

我循声抬头，只见对面复道上站着七八名盛装女子，莺燕娇媚，各具姿色。为首跟我说话的那人却是老相识——荣宠明升暗贬的夫人韩姬。

她现在虽然已由妻变妾，可到底是皇帝的小妾，名分降了，地位却是升了。我不敢轻视，忙恭恭敬敬地跪下行礼："妾身拜见韩夫人！"

等了好一会儿也没听她说句平身的话，却听楼上一群女子嬉笑声不断。

"妹妹们笑什么，你们是笑她衣着狼狈呢，还是笑她不会打扮？"韩夫人的声音冷冷的，似笑非笑中凛然透着一股威严，那些刚才还在笑闹的女子登时皆住了嘴。

我在山上蜷了一宿，天亮也没顾得上梳洗就直接进宫了，想来自己现在的模样委实端庄不到哪去。

"你等皆是些乡野村妇，不晓得她的美名，真乃井底之蛙。"韩夫人指着身旁的女子们不停地数落，"那可是武信侯夫人，新野第一美人儿。当年武信侯为了她，曾发宏愿，天下皆知——仕宦当作执金吾，娶妻当得阴丽华！啧啧……"

我暗地里磨牙，只当没听见她指桑骂槐的讽喻。

"阴姬这是要去哪啊？"她倚在栏杆上笑问。

"回夫人的话，妾身……往西宫探望赵夫人！"

顶上轻轻"哦"了声，半天没了声响，我跪在冰冷的青石板上，膝盖有点受不住。过了约摸一刻钟的时间，眼前出现一双丝履，长长的裾尾拖在身后，衣上的薰香有点儿刺鼻，我鼻子痒痒的，险些打喷嚏。

"阴丽华！"一只手突然向我伸了过来，我下意识往后缩，那手捞个了空，长长的指甲离我的眼皮仅三公分。

"大胆！"玉指染蔻，颤栗不止。

韩夫人原想擒我的下巴，大概她做梦也想不到我居然能闪开，也居然敢闪开。

我倔强且略带嘲弄地抬起头来，与她目光相交。

韩夫人年纪应该不小了，她是刘玄的原配，就算旁人不说，我猜她也已年过三十，岁月的沧桑一点都没对她有丝毫的吝啬，该赋予的痕迹一点都没少半分。她原不是富贵人家出身，跟着亡命天涯的刘玄想必也没过上几天舒心日子。

她在脸上施了一层厚重的胭脂，这张堆满浓妆的脸孔与年轻貌美的赵姬相较，孰胜孰负，明眼人一看即知。她现在唯一能倚仗的，不过是期望刘玄能念及多年夫妻之情。但是刘玄像是那种不贪美色的人吗？仅看他将贫贱之妻定名分为夫人，又想立新宠赵姬为皇后这件事看来，韩姬成为下堂妇已成定局。

"别以为攀上了赵姬那个小贱人，你就能享荣华富贵了！"韩夫人面色阴沉，目光狰狞，似有千万恨意欲将我捏碎在她手心。

"夫人误会了，妾身……"

"你敢说你没在背地里挑唆那小贱人与我争夺后位？"我跪地不起，她居高临下咄咄逼人，手指在我眼前不住晃动。

我用余光四下扫视，却见左右宫人早已主动回避不见人影，于是索性抬手"啪"地拍落她那只嚣张的手。

"你……"

"皇后之位乃陛下裁定，除了陛下，没有任何人有权力置喙……"

"你这贱妇！"她扬手再次挥来，我脚尖点地，腰杆一挺从地上弹跳而起，退后两步，似笑非笑地望着她。她气得脸色煞白，"你……你……"

"夫人请多保重，妾身还需往西宫面见赵夫人，恕妾身先行告退。"

"你……你敢对我如此无礼？赵姬算什么东西，你别忘了，如今住在长秋宫椒室的人是我，不是她！"

我冷冷一笑："那想必夫人不久便会遇到乔迁之喜了。"

"阴丽华！你这个泼货，如此傲慢无礼，你将来必不得好报……苍天有眼，终有一日也叫你尝到这种贬妻为妾、屈于人下的羞辱！"她说得咬牙切齿，因为太过激动，脸上的粉簌簌直落。

我想笑，却突然生出一缕怜悯之情。红颜已老，然而昔日恩宠却已不再，相濡以沫，最后终是相忘江湖。

"你在想什么？"

"嗯？"我回过神。

赵姬笑吟吟地托腮凝望着我，菱角般的朱唇未撅，眼中带着明显的笑意："你今天心不在焉，从踏进我这宫殿门槛起便不停地走神儿。"她抿嘴一笑，冲我眨了眨眼，神秘兮兮地压低声音，"我知道你在想什么？"

我心里一惊，下意识地重复问了句："想什么？"

"你在想……武信侯！"

我松了口气，原来她只是在调侃我。

我并不想对她说起韩夫人恼羞成怒的事情，赵姬才十六岁，虽然在普通人眼中已是成年小妇人，可落在我眼中，却仍是个不知人间愁苦、涉世未深的小女孩。

她非常天真，一双眼清纯得就像头无害的温顺小鹿，快乐时两眼也会带笑，悲伤时无需流泪便已叫人心疼怜惜。这般天生柔媚的女子，不需太多调教，已能凭天性掳获君王的宠爱。

赵姬原是大家闺秀，就和以前的阴小妹一般无二，她足不出户，在家里除了一大堆奴仆外，基本与外人毫无接触。其实她也渴望有朋友，只是还没机会交友就被刘玄招入掖庭。

我的主动示好很轻易地就博得了她的好感，也或许我实在太了解刘玄的秉性，对她稍加点拨就让她荣宠不断，以至于入宫没多久便晋封为夫人。之后，在她的父亲赵萌的默许，甚至鼓励之下，她开始放心且毫无顾忌地信任我，如今她对我即便没有言听计从，也已是百般依赖。

虽然赵姬与我亲近，前提不过是赵萌觉得我有利用的价值，但这只是赵萌的心思，不等于赵姬。这女孩子待我倒是真心真意，不曾与我设防，只可惜……我却真是揣着私心在巴结和利用她。

"夫人真是说笑了，我想他作甚？"

"还说不想他！"赵姬突然刮了下我的鼻子，俏皮地笑，"昨晚上陛下都跟我说了，如今朝上的三公九卿们正为了武信侯出使河北的事在争论不休呢，陛下都被他们吵烦了，今儿个早起我好说歹说，他才肯上朝的呢。"

"此话怎讲？"

她得意地笑："瞧你，先前还装着一副漠不关心的样子。其实朝上的事我是不太明白的，只是听陛下的口气，好像河北各郡国的势力非常强大，必得物色一名得力之人前往，否则弄巧成拙反倒不好了。"

我连忙点头。

"大司徒认为宗室成员中除了武信侯再无一人适合持节北上，只是大司马等人极力反对……"她漫不经心地对镜试贴花黄，一旁的宫女手捧铜镜在她身后替她打着反光，另有三名宫女正托着一件深紫色绸缎面的曲裾深衣，持薰炉细细地薰着，室内香气袭人，这股薰香味与长秋宫椒房殿的香味迥然不同。

继刘縯之后担当大司徒乃是刘赐，他虽是刘玄的堂兄弟，但是与刘縯、刘秀兄弟的交情倒也非浅。

就眼下看来，刘玄已在洛阳扎稳脚跟，刘縯遇害已过数月，刘秀的无为使得刘縯以前在军中积聚的人气与军威渐渐消弭。对于刘玄而言，刘秀此刻已然不成威胁，他不再将没有大作为的刘秀放在眼里也属正常。

退一步而言，刘秀无论如何也算是刘玄的族弟，同宗之人甚少自相残杀，即便当日残害刘縯，也是由朱鲔等人出面。碍着这层血缘之亲，刘玄到底还是念了份情，倒是朱鲔、张印等人却固执地抱着斩草除根之心，绝对不会有丝毫手软。

"我听爹爹说渡黄河去北面招降，其实是份苦差事，你和武信侯新婚燕尔自然不舍分离，他若是去河北，你怎能不随了去？"赵姬回过头来，"你一个花般娇艳的女子，怎可去那种地方受苦，不如等陛下退了朝，我找机会替你进言，让陛下择旁人去吧。"

我的心怦然一跳，两眼发直地望着一脸诚恳的赵姬。半分钟后，我举手加额，缓缓拜下："夫人！夫主身为刘氏宗亲的一份子，理当为陛下分忧解劳。这是夫主为国为君效犬马之劳的心愿，我既为他的妻子，岂能拖累于他。"我重重地叩下头去，额头贴着室内铺垫的貂毡上，眼睛涨得酸痛，"万望夫人成全！"

"哎呀！"赵姬慌张地将我扶起，"你我情同姐妹，说好无人之时，不必行此大礼。你……你夫妇二人实乃忠君仁义之人，仅凭你们的这份心，便该我替陛下谢过你们才是。"

她单手虚扶，一旁的宫女见状急忙搀着我的两侧胳膊把我扶了起来。

我说不出心里是何滋味，苦涩、酸痛、伤感，就像打翻了五味瓶，酸甜苦辣涩一股脑地涌了进来。

"为陛下，为大汉……为人臣子，理当竭尽全力……"最后的这番话，我如鲠在喉，边说边打噎。幸而赵姬没什么心机，不仅没瞧出不妥，反而以为我是激动得说不出话来，高兴得笑弯了眼。

追　随

若是当初见识过刘秀在昆阳之战中雷霆万钧之势的人，必然对他印象深刻，难以忘怀。所以也难怪他即使忍辱负重，装聋作哑，朱鲔等人始终不肯对他放下戒心。

有道是宁杀一百，不漏一人，成大事者不玩唬人的那套虚假玩意，动辄必然见血。

但刘秀毕竟是有些手腕的，从昆阳大战中便可见一斑，朱鲔、张卬、申屠建、李轶等人强烈反对纵虎归山，然而刘赐极力举荐，刘氏宗亲之中，刘嘉、刘良更是力挺刘秀。最最让人叫绝的是，左丞相曹竟，尚书曹诩，这对父子竟也站到了刘秀这一边，对他大加赞扬。

整个朝政上的天平倾斜了，所以等到赵姬的枕边风这么不经意的轻轻一吹，刘玄当即拍板，下诏任命刘秀为破虏大将军，兼代理大司马之职，持节北渡黄河，镇慰州郡。

话说得好听，官封得也漂亮，帽子挺大，可实际上刘玄未派一兵一卒，说白了刘秀只是挂了个不怎么样的汉朝官名去河北，跟随他同去的都是他手下部将。

刘秀封将的同时，阴识以妻子产期将近请归故里，刘玄准奏，升阴识为偏将军职，归邑新野，算是成功由京官往地方官平稳过渡。

刘秀的送别宴吃了一席又一席，他事先早已将刘黄遣回蔡阳老家，而我自从那次大吵过后便愤然搬回娘家，之后每每听闻侯爷府内歌舞升平，却再没有回过一次。

转眼到了启程动身之日，刘秀、阴识两个竟像是事先商量好似的，居然挑在同一天离开洛阳。

这一日我起了个大早，天刚蒙蒙亮我便收拾妥当，背了包袱、佩剑出了寝室，才从门里一脚跨出来，就听跟前有个声音不咸不淡地说："你到底还是这么干了！真是没一刻让人省心啊！"

一个修长的身影掩在廊柱的阴影下一动不动，此时天未大亮，廊上燃了一夜的烛火却都熄了，未曾再添换新的蜡烛。

"你这是想阻我？"我将佩剑悬挂于腰侧，双手举高，袖管滑动，露出一截白皙的上臂。我摆出一副搏击的姿势，气势凌人，今天无论是谁都休想挡住我的去路。

阴兴皮笑肉不笑的样子着实欠扁，不过他讲的倒是大实话，丝毫没有遮掩避讳："你的身手在我之上，我若想拦住你，过个四五年或许希望更大些……"

我忍不住笑了，戒备之心稍减："那你是来送我的？"

随着旭日初升，屋脊上斜射下的光芒逐渐将黑暗驱逐，阴兴完完全全地曝露在阳光下。他的脸色有些苍白，眼睛微微充血，略带倦意，似乎一宿没睡："别以为我想来，是大哥让我在这等你的……"

我太了解他的刀子嘴豆腐心了，心中笑开了花，脸上却不敢露出一丝一毫来："哦。"

"给你！"阴兴半递半丢地往我怀里塞了只沉甸甸的木匣子，我双手接住，胳膊猛地一沉，"这里是二十金，你自己看着办吧。"

二十金！这可不是一笔小数目！汉代有银器，可是流通货币却只使用金子与铜钱，王莽改制的时候将铜钱改来改去，乱了流通市场，倒是金子一直保值不变地在流通。金子使用单位为斤，听起来挺吓人的，不过这个一"斤"和现代的一"市斤"在重量上却差了很多，我估摸着这里的一斤也就等于现代半斤的重量。

二十斤金，装进匣子捧在怀里也足有五公斤重，这分量虽不是十分之沉，可压在我胳膊上时间久了也酸得慌。

我把木匣子在手里掂了掂，使劲捧牢了，生怕一个不小心摔到地上。

一金等于一万钱，这要按古今货币物价比例换算，那我手里少说也捧了个十万元人民币；如果能把这些金子搬回现代，那黄金的价值可就更高了，金店里头的黄金买卖都是按克计算的，一克黄金的市价是……

"嗒！"额头上猛地被人弹了一指，阴兴一脸古怪地望着我："白白浪费我的唇舌，你张着那么大嘴，三魂去了七魄的样子真是丢人。真乃万幸，刘文叔肯娶了你，要不然……"

"滚！一边待着去！"我既得了金子，自然不再跟他多啰唆了。

眼看天要大亮，我也担心阴兴是阴识派来拖延我的，再和他磨蹭下去，只怕事情有变。我警惕地瞄了他几眼，示意他别挡我道！我捧着二十金，幻想着能把这些金子带回21世纪，飘飘然地下了堂。

快走到门口时，阴兴突然幽幽喊了声："姐……"

我诧异地回过头来，他站在廊下，修长的身形，清俊的五官轮廓，我突然发现原来这个弟弟长得也挺帅气可爱的，只是我从一开始就爱跟他抬杠，心中对他的爱惜之情远不如对阴就来得亲厚。

"兴儿，好好照顾家里，你……"

阴兴胳膊一抬，一道白光遽然从他手中激射而出，我随手一接，只觉入手冰凉。

"这个你拿去，或许……日后有用。"

我低下头瞥了眼，掌心中是块一指长、半指宽的银制吊牌，东西虽然不大，做工却是相当精致，吊牌朝上的那面刻了一只肋生双翅的辟邪，兽须齿爪无不栩栩如生。我心中一动，猛地将吊牌翻过，果见另一面乃是一个篆体的"阴"字。

我快速抬头，阴兴已不在廊下，我追上去几步，低呼："兴儿！"

他正穿过中门，听我唤他，便转过头来，神情复杂地远远望着我："别对哥哥说起。"说完这句，他转身匆匆离去。

望着他消失的背影，我掌心紧捏那块吊牌，手指微颤，恨不能将吊牌直接嵌进我的手心里。

洛阳往北翻过邙山，便是滔浪滚滚、宽约百里的黄河。

这个时代所谓的河南、河北，完全不是现代中国地图上划分的河南、河北两省的概念，按字面理解其实就是河之南，河之北。在中国版图上河流密如蛛网，然而却只有黄河被称为"河"，其它的河流在这里都不算是河，只能叫"水"，诸如汉水、汜水、渭水、汀水、湍水、洛水……

令我意想不到的是，刘秀一行人的脚程居然如此之快，我坐下骑的乃是上等良驹，马不停蹄地一直追到黄河边上才终于发现了车马队伍的踪迹。

刘秀等人出行虽然未带笨重的辎重车辆，但人数少说也有数百，他们能在如此短的时间之内赶到黄河边，定然是提前出发所致。

我远远地站在高处望着逶迤的队伍，旌旗不展，悄然无声地哪里有半点朝廷官派使节的气派，倒与普通走货商队一般无二。

我深深吸了口气缓缓吐出，脸上渐渐有了笑意。一扬鞭我催马急追而上，嘴里嚷道："刘秀休走——"

前面队伍前行的节奏缓了缓，突然开始疯狂地往前疾奔，车辆急赶，步行尾随的众人已经开始撒腿跑了起来。

"刘秀——休走——"我憋着笑，仍是粗着嗓子高喝。

坐下坐骑脚力甚好，那些靠双腿奔跑的人哪里是我的对手，没几分钟的工夫我就赶上了这批狼狈逃窜的队伍，一头扎进人群。

众人纷纷警惕地将手按在了剑柄上，有些神经过于紧张地竟然已拔剑在手，我秀目一扫，发现最靠前的一辆双马轩车还在不停地往前奔，当下也没再顾得上跟眼前这些人啰唆，直接纵马追上。身后沥沥拉拉跟上一大串人，有怒吼的，有尖叫的，有斥责的……

"车内之人可是破虏大将军？！"我高声质问。

那马车在奔了七八丈后突然停了下来，轩车中人影一闪，有人直接从车上跳了下来。我心跳加快，那人影我熟烂于胸，过目难忘，于是强按住兴奋从马上跳下，向他疾走几步。

刘秀脸上惊异之色一闪而过，双手伸前，我突然屈膝在他面前跪下，朗声道："小人新野阴戟，乃阴氏家仆，奉主母之命特来追随主公，效于鞍前……"

胳膊上猛地一紧，却是刘秀的手指牢牢地攥住了我。我微微抬头，他目光深邃，如团化不开的浓墨，神色极为晦涩难懂。

我虽未戴发冠，却头顶帻帕，一身青色褕褕，足上仍是套了最爱穿的木底帛屦，这整套行头原属阴兴，他身材个人与我相差不多，我顺手牵羊地从他房里摸了出来，穿着虽然稍许嫌肥了些，倒也还将就。

只是阴兴才十五岁，所以他的行头仍是未成年的装束，按理未成年的男子不能佩剑，但好在乱世谋存，也管不得那么多礼节。为了防身，每个人身上或多或少的都带着兵刃武器，换作太平盛世，剑悬左腰那叫装饰，如今却是杀人护己的最佳利器。

这时散开的人群纷纷聚拢来，有人在边上轻轻"咦"了一声，之后又有人发出一声噫呼。我目不斜视，只是盯住了刘秀。过得片刻，他的双眼弯成一道缝儿，嘴角勾起和煦的笑容："好！"他随手拉起我，"既是夫人一番美意，秀自当领受。阴戟……今后还需你多多照拂……"

我咧嘴一笑，没提防胳膊一拽，旋风似地被人拉了过去，一只蒲扇似的手掌拍在我肩上，险些没把我拍吐血："好小子，骑术不赖，行动也够敏捷。你有何本事，刘夫人居然巴巴儿地差了你来护卫大将军？"

是个粗人，长得倒也人模人样，不过二三十岁的年纪，只是面生得很，我以前从未见过。我在心里冷哼，正想反手抓了这只手给他来个过肩摔，心口却突然毫无预兆地一阵剧痛，紧接着眼晕胸闷。这种情况我早已见怪不怪，眨了眨了眼，人软软往后仰倒。

那人眼睁睁地看着我倒下，又惊又奇，我忍不住在心里哀叹一句：老兄你倒是拉我一把啊！

眼看便要当着众人的面一头栽下，身后却突然靠过来一具温暖的躯体，恰恰替我挡住，同时我腰背上被一只手掌不着痕迹地托了一把，我急忙借力稳住身形，再一凝神，头晕心慌的毛病业已退去。

我回头一瞥，站在我身后的冯异冲我含蓄一笑，若无其事地走向另一侧，似乎刚才什么事都没有发生过，我心存感激地冲他报以一笑。

刘秀对这一切仿佛浑然未觉，只指着那男子对我笑道："这是马成，字君迁，他原在郏县任县令，听闻我要去河北，弃官追随。"

我一听登时肃然起敬，原先的不屑刹那间消失得一干二净："君迁兄！"

马成憨然一笑，丝毫未曾对我的身份起疑。谁让汉代俊俏男人太多了呢，像我这等姿色的女子穿上男装虽不见得有名著淳滟潇，但与大多数娇羞柔弱的娇娥相比，还是比较贴近小白脸式的帅哥形象的。

只是……我目光一掠，在人群中毫不意外地找到了几张熟悉的面孔，这些人脸上均带着善意的微笑。

我冲邓晨、铫期、祭遵、臧宫等人一一颔首示意，他们皆饱含微笑地转身各自上马而去。我再一看，落在最后的居然还有王霸，昆阳之战别后，他便回了老家，后来汉军迁都洛阳，他别了老父仍是投奔了刘秀。只是这段日子我和刘秀一味僵持冷战，也没怎么留意这些以前的相识部将。

"阴戟！"刘秀向我招手，面带微笑，柔若春风，"随我一同乘车如何？"

我犹豫了一下，终于还是点头答应。冯异适时地从身后过来，牵走了我的马，刘秀扶着我的手肘欲托我上车。

"不用！"我伸手攀住车辕，敏捷利落地爬了上去。

刘秀随后也上了车。

这种轩车按礼制乃是专供三公列侯乘坐的轻便型马车，车舆两侧用漆过的席子作障蔽，形制与双辕轺车近似，只是舆两侧的障蔽更为高大，人坐在车中，能望见前后的景物，两旁却因有屏蔽遮挡，不能外窥。

刘秀端坐在车上不发一言，他不主动开口，我也不好意思没话找话说，只得眼珠子滴溜溜地转来转去，从前打量到后，又从自己的双手一直打量到天上飘动的白云。

滚滚黄河咆哮的激流声在耳边不断回荡，我百无聊赖地随着马车的晃动而上身前后摇摆，眼皮儿开始不受控制地打起架来，睡意阵阵，倦乏难抑。

就在我抵挡不住困意频频打瞌睡时，一只手轻轻地抚上我的脸颊，指尖温暖而又熟悉的触感让我的心头一颤，我倏然睁开眼，直愣愣地扭头看向刘秀。

"别睡……天冷，小心着凉。"他的温柔一如往昔。

我心里最后的那点抵触与不满，终于在他温柔的笑容里轰然溃散。我别过头，不让他看到我动容的一面。

只是平平淡淡的一句话，却已让我满心感动。

"你答应过我，我们以后都不会再分开……"我伸手勾他的小指，"男子汉大丈夫，说过的话一言九鼎，驷马难追，不可不作数。"

他柔柔地笑，那笑容如蜜，能甜到人心里："好。"

我忍不住在心里大叹一声。

他以后若是食言，我又能拿他如何？他的笑容永远是防御敌人、保护自己的最好武器。温柔一刀，他在微笑时即便满口胡言乱语，十人之中必有九人会深信不疑，剩下一人，譬如我，是明知不可信却仍是会稀里糊涂地中了他的蛊。

我一本正经却又无可奈何地看着他，低喃："你是个祸害！是个大骗子！不管你是何用意，出于何种目的，我终是资质鲁钝，看不懂你的心……秀儿，总有一日，我会被你的谎言耍得团团转，最后失去所有的信任和耐性，离开你，真正的、永远的……离开你……"

一根手指轻轻点在我的唇上，他的目光清澈，如同一条小溪般潺潺流淌，莹莹闪动："你信不信我？"

换作以前我早把"不信"两字丢了过去，然而这一次面对他真诚的眼神，我心中一软，竟是不受控制地低声呓语："想信，却又不敢信！"

"信我！丽华，其实你什么都不用做，只需信我……"

第三章
亡命天涯两相依

追　寻

　　横渡黄河后，首先进入的地界乃是河内郡。虽然刘玄未曾遣派一兵一卒，然而才过黄河没多久，以前曾跟刘秀一起并肩作战过，或者有过交往的人开始陆陆续续地像马成那般，弃官从洛阳甚至家乡赶来。

　　傅俊乃是其一，他是颍川襄城人，以前也参与了昆阳之战，因功被更始帝封为了偏将军。汉军攻下洛阳、长安两京后，他因家中亲人故世，辞归颍川郡奔丧。

　　再有一个就是刘姓宗室子弟刘隆。居摄元年，也就是距今十七年前，安众侯刘崇起兵讨伐王莽，当时刘隆的父亲刘礼也曾参与其中，结果事败被诛，举家株连，刘隆因未满七岁，得以幸免。

　　刘隆原在长安游学，后来刘玄定都洛阳，他便携带妻子儿女举家迁到洛阳，官拜骑都尉。可当他听说刘秀奔赴河北，竟毅然单枪匹马地弃官追至。

　　形形色色的人物开始进入我的视线，我有点应接不暇。直到这个时候，我才开始慢慢看清刘秀的另一面，他有他独特的人格魅力，不然不会有那么多人不顾一切，放着大好前途不干，辞官弃家地追随他亡命天涯。

　　他并不真如我想象的那样，只单单是个喜弄稼穑的农夫而已。刘縯错看了这个弟弟，他并非是个无能的人。

　　我以阴戟的身份留在了刘秀身边，少部分亲信，譬如邓晨、冯异、王霸等人对我的真实来历皆是心知肚明，只是他们都心照不宣的形成了一种默契，不管人前人后，他们全都口径一致地称我为"阴戟兄弟"。

这个不是秘密的秘密，让我以男子身份在北行的队伍中安然生存下来。

这一日匆匆忙忙赶到邺县，车马劳顿，我坐车坐到想吐却什么都吐不出来，头一回领略晕车的滋味。

冯异是刘秀的主簿，这职位类似于现代的秘书，皇帝的生活有侍中打点，刘秀便只能靠主簿了。好在冯异这人心极细，平时话很少，眉宇的神情总是淡淡的，似乎什么都漠不关心，可偏有把一切都看在眼里。一路上也幸得有他照料，这沥沥拉拉几百号人才不至于太过狼狈。再怎么说也毕竟是大汉使节，虽说人数不多，排场也不够气势，可到底代表了汉朝的体面。

进入十一月，气温逐渐降下，时而下雨，时而飘雪。这路途越往北走，风雪越大，越能领略到不同寻常的北国风光。

月挂树梢，刘秀挑灯夜读，从洛阳传来的谍报称刘玄在众臣的怂恿下准备迁都，而且已经派刘赐前往长安打点。当初长安破城之时被朱弟、张鱼等人火烧殿门，这把大火不仅使王莽的女儿定安太后葬身火海，还殃及未央宫。当年王莽毁了刘氏宗庙，所以刘赐这一次到长安干的活跟之前刘秀干的司隶校尉一般无二，都得先去打打底，把宗庙和宫室重建，该修的修，该补的补……

"你苦着脸做什么？"刘秀拿着那块帛书已经大半个时辰了，两眼发直，也不知道他在想什么。我把他书案上的油灯灯芯挑亮些，"刘玄迁都也是好事，长安乃是虎踞龙盘之地，他如今不仅得了传国玉玺，还得了高祖的斩蛇剑，承续汉统也算是名正言顺了，自然得去长安定都。"

刘秀闻言不答，过得片刻，笑着摇了摇头。

我不满地推了他一把："别卖关子，你若觉得我说得不对的便讲出来嘛。"

"所谓'国家之守转在函谷'实乃谋臣们的臆测，此一时彼一时，现今的局势岂是高祖时可比？若是迁都长安，把朝廷重兵调入关中，山东、河北、中原，争雄者比比皆是，关东不平，则天下不宁。届时天子尊号固然名正言顺，却对中原局势鞭长莫及。一旦迁都……后果不堪……"

我瞪大了眼，一个看似简单的迁都问题没想到居然涉及那么多方面。可是汉朝已立，这在历史上可是有根有据的，史称"东汉"。难道刘玄做这个东汉之君还能有什么变故不成？东汉开国光武中兴，那可是名垂青史，无法改变的历史!

想到这里，我不禁打了个寒噤，难道说历史要变?

但是一旦历史变了，那后世怎么办? 两千年前的历史变了，那两千年后的世界还存在吗?

"在想什么?"

"不……不想什么。"我嗫嚅，手脚无力地转身，"我去睡了，你也早点睡吧。"失魂落魄地走了两步，突然脚尖一绊，一个踉跄险些摔倒。

刘秀及时跳起从身后抱住了我:"怎么了? 不舒服?"

他的手自然而然地贴上我的额头，我彷徨不安地摇了摇头。如果两千年后的世界不再是我认识的那个世界，那我即使找到了二十八个人，继而回到现代，却也已经物是人非，回去又有什么意义?

"丽华? 你说句话，哪儿不舒服了? 怎么额上尽冒冷汗?"

我猛地一把抱住了他，内心的惶恐不安尽数发泄出来，只有依偎在他怀里，闻着那熟悉的淡淡清香，我才能有片刻的宁静。

也许……我其实……真的回不去了!

"别担心，一切有我……"他轻轻拍打着我的背，温柔得像是在哄孩子。

"大司……"门是虚掩的，我进来时也没觉得有栓上门闩的必要，没曾想马成居然会推门冲了进来。看着他一脸错愕的表情，三秒钟后我才反应过来，急忙一把将刘秀推开，整个人向后弹出三尺远。

"大……司……马……"马成的眼神有点儿走样，表情更是古怪。

"什么事?"刘秀一派自然，回眸笑问。

他有泰山崩于前而面无改色的勇气，我却还没修炼到他那份镇定自若的功力。脸颊慢慢发烫，我低着头盯着自己的鞋尖，不知道该如何是好。

"前堂有人求见!"

三更半夜的，会是什么人居然还非得巴巴儿地让马成来跑一趟? 转念我又有点明白为什么别的人都不来，独独差了他来。想来是冯异、邓晨等人皆知我的身份，怕夜深了我们夫妻安歇，旁的人惊扰总说不过去，就差了这个什么都不知道的木讷家伙来当惊梦人。

只是……房门未锁，马成不请自入，这样的结果肯定也是冯异他们没有预料到的。

"哦？是何人求见？"看得出来，刘秀是有点儿好奇的，只是面上完全看不出一丁点罢了。

斜着眼偷睨他的表情，突然发现刘秀的轮廓在我脑海里刻画得越来越清晰。虽然他总是只有微笑、笑、大笑，这么相差无几的三种表情，但是相处久了，会发现他在举手投足间还是能够通过一些小动作看出他内心细微变化的。不过一般情况下，外人根本不大容易察觉他的异样，更别说他有意扮猪吃老虎的时候，那时他有名的温柔一刀已经几乎媲美小李飞刀——例无虚发！

他这个人呢，即便保持同样的微笑，在不同的时候，不同的场合，我现在已能慢慢揣摩出他的不同心境。

越想越得意，我忍不住托着自己的下巴坏坏地笑了起来。刘秀其实也就一个普通地不能再普通的人，他也有激昂、愤怒、伤心、失望的时候，只是不大形于色罢了。温柔是他的武器，微笑是他的保护色，在这层保护色下，真实的刘秀……

"什么？你再说一遍！"陡然间突然迸发的振奋声音使得我的魂从太虚境界震了回来。刘秀的眉结在舒展，虽然同样是微笑，但这一次他的笑容是发自内心的。

我在心里暗暗给出结论——只是……是什么事情让他如此高兴？

"他……"

"他在哪里？"没等马成复述，刘秀已快步出门，走了两步后，他突然转过头来，冲我招了招手，"阴戟，你来……我们一起见见这位老朋友！"

"诺。"

刘秀的笑容愈发深沉，他没顾得上再答我，加快脚步走向大堂。

堂上烛火通明，堂下石阶旁的一棵大树下，形只影单地站着一个人。马成引着我们两个快步登堂，我困惑地频频回首，那树下的人影终于动了下，从阴影中稍稍移至月下，冲我扬了扬手中的竖篆，示意我赶紧上堂去。

等我再回首，刘秀已走远，却听里头笑声传出，在月上中天的凄冷夜里显得格外热闹。我想了想，终于还是打消了去堂上见客的念头——如果是老朋友，那他必定认得我，万一在众目睽睽下没心没肺地把我"供"了出来，泄了我的老底，这堂上能人众多，无论哪个都不是省油的灯，又岂会猜不透整件事的来龙去脉？

"怎么不进去？"看我走到树底下，冯异略有惊讶。

"那你怎么不进去？"

"人太多……"

嫌人多？

我斜眼瞧他一副安静淡然的模样，忽然觉得他这个人十分耐人寻味。看似冷漠无情，偏又爱管闲事，说他古道热肠吧，他又如此拒人千里。

抬起头看着天上的繁星，想到了那一场改变我命运的流星雨，忽然心生感慨。我已经很久不去想念现代的朋友、亲人以及所有相关的一切，这时看着冯异，却突然联想到了叶之秋。

这两个脾性古怪的人，给人的感觉，还真有点儿相像呢。

"快进去吧，里头有你想见的人……"

我漫不经心地"诺"了声，思维仍停留在自己的忆念中没能拔出来。

冯异的身子稍稍前倾，背脊离开树干，手中竹篾朝前点了点："你不去见他，他也总会来找你……"

我顺着他指的方向扭头，却见堂上匆匆下来一人，手持木杖，点地笃笃有声，黑暗中瞧不清那人是谁。

但听冯异在边上又补了句："你好自为之。"我诧异地回头，却见他说完竟然扔下我走了，连头都没回一下。

笃地声越来越近，声声急促，点点颤栗。我还没顾得上回头，那声音已然来到我身后："丽华……"

一声沙哑的呼唤令我浑身一震。我不敢置信地猛然转身，刹那间惊愕得说不出话来。

眼前之人满脸风尘，肩背佝偻，双手微颤，若非手中尚有一根木杖支撑，只怕一阵强风吹来也能将他刮倒。

"丽华……我终于找着你了。"

左手持杖，右手向我伸了过来，我像是中了魔法般无法动弹，任由他的手抚上我的脸颊。

"呵呵……长大了，丽华也终于有个大人样了。"他的掌心绑着布条，指腹冰冷而又粗糙。

我打了个哆嗦，颤声："邓禹……"

吧嗒一声，邓禹手中的木杖跌落，他整个人突然向我倒了过来，我急忙抱住他，叫道："邓禹！邓禹……来人哪——来人——"

堂上本已有人跟着邓禹一同出了门，只是他们似乎有意让我和邓禹叙旧，全都聚在门口远观而不走近。听得我厉声呼喊，这才全都快步奔了过来。

众人合力将邓禹抬到堂上，到了灯火通明处，我再看细瞧，却冷不防唬得倒抽一口冷气。

邓禹满脸须渣，面无血色，嘴唇冻得发紫，身上穿了件破旧的夹袄，面上划破了好几道口子，灰蒙蒙的棉絮从里头露了出来。

"怎么回事？他怎会搞成这样？"我激动地尖叫。

医官急匆匆的背了医箱赶来，堂上人多且挤，刘秀趁乱将我拖出门。

"到底怎么回事？"我强迫自己保持镇静，但是内心的震撼却已让我发出的声音不受控制地开始颤抖。

"他从新野来……"

"然后呢？"

"他自及冠之后便游历四方，没人知晓他去了哪里。陛下倾慕他的才名，曾四处派人寻访，终是无果。"刘秀深吸口气，语气有点沉重，"方才据仲华自述，因刘赐在长安移文露布，广诏天下，他始知我持节北上之事，念及同窗之情，特前来投奔。他身无长物，有的只是一身的五经杂学，若我不嫌弃……便……"

"别说了！"我痛苦地闭上了眼。

什么五经杂学，什么若不嫌弃，这哪里像是我认识的邓禹会说出的话语？他一直是个神采飞扬，如阳光般灿烂的人，恃才傲物，学富五车，他会自得自夸，却从不会自贬身价！

他当真是因为得知刘秀北上而千里追寻？还是……我猛地睁开眼，提气冲到门口。

在医官的指挥下，众人已各自散开，可邓禹仍躺在大堂的席上昏迷不醒。刘秀默默无声地跟了过来，在我身后站定。

我哽咽："他可是徒步而来？"

"嗯。"

泪水已在眼眶中打转，我不忍地别开眼。

我敢肯定他自从离开新野后就再没回去过，为什么如今反会从新野赶来？他回新野了么？既然要投奔刘秀，为何还绕道回新野？为何把自己弄得如此狼狈？

"丽华……我终于找着你了。"这是他见到我后说的第一句话。

我终于找着你了……

我的心一阵抽搐。

笨蛋邓禹！世人都说你聪明，可在我看来，为什么你总是那么愚不可及！

眼泪无声地落下，我急忙伸手抹去，哑着声问："他无大碍吧？"

"仲华只是太累了，他为了追上我们，日夜兼程，只怕这一路都没怎么好好休息。"一只手搁上我的肩膀，"你别担心，他没事。"

我点点头，一种悲伤的无力感滑过心头："没事就好。夜深了，我先回去睡了。"

我不敢看刘秀是何表情，低着头与他擦身而过。

"丽华……"

我驻足。

"好好休息！"

无力感无限地扩大，我奈拉着肩膀闭了闭眼："诺。你也早些安歇吧，仲华若是醒了，告诉他我明天再去探望他。"

刘秀没再出声，我加快脚步，头也不回地离开。

阳　谋

一宿无眠，闭着眼在床上翻滚听了一宿的北风呼啸，想象着邓禹在这样恶劣的气候下踽踽徒步，杖策千里，心里愈发不是滋味。

天亮时分，我终于顶着两个熊猫眼从被窝里钻了出来，因为睡眠不足脚步有点儿虚，心里更是空落落的。

邓禹被安置在门庑东头那间房，与我住的厢房大概隔了七八间，我从房里出来，望着廊庑尽头，犹豫着要不要去。

"嘎吱！"隔间房门突然拉开，冯异懒洋洋地倚在门廊上，淡淡地瞥了我一眼："他已经醒了。"

"哦。"我尴尬地扯出一丝笑容。

冯异重新将门阖上。

我深吸一口气，心情沉重地走到东头第一间，举手正欲叩响房门，房里蓦然传出一阵耳熟的笑声。

"那依仲华所言，秀得以承拜专封，仲华远道追来，便是想谋取个一官半职？"

"非也！"邓禹的精神显然恢复不错，中气虽仍不足，却也不再沙哑无力，"君子之交淡如水，要出入仕途官宦，禹早已名列更始汉朝……"

两人对话你来我往，虽然显得亲热，彼此却仍是用的谦称。哪点像是当年同窗之人，竟是还不如刘秀与其他部将之间的交情。

我放下手，黯然地停在门外。

"那……仲华此意为何？"突然话锋一转。

按刘秀的个性，这话应该仍是笑眯眯地问出来的，可是因为此刻看不到他的表情，所以反而令我清楚地听出言下隐藏的那份犀利与冷冽。

"禹——不欲为官！"

"既不欲为官，何苦甘冒风雪，千里跋涉，前来寻我？"那个"我"字长长地拖了个尾音，咄咄逼人之势礴然欲出。

我暗暗心惊，刘秀向来沉稳内敛，这般主动挑衅实属罕见。耳听里头气氛紧张，我伸手欲推门闯入，却不料腕上突然被人扣住。

冯异五指牢牢攥住我的手腕，面无表情地冲我摇了摇头。他目光锐利，表情严肃，一反常态，就连出手也是丝毫没留情，我的右手腕骨像是要被他捏断般，剧痛难忍。

房内邓禹的声音突然拔高："但愿明公威德加于四海，禹得效其尺寸，垂功名于竹帛耳！"

我呼吸一窒，冯异松开手，轻轻推启眼前门扉。

"知我者，仲华也！"刘秀敛衽，对着邓禹深深一揖，邓禹侧躺在榻上含笑不语，目光斜移，见我进来，微现动容之色，身子略略挺了挺。

冯异冲邓禹淡淡一笑，彼此目光交接，颇有种惺惺相惜的深意。邓禹面色虽差，精神已是尚可，胡须皆已剃净，面容光洁，服饰清爽。随着我一步步地走进内室，他的笑容逐渐绽开，一如朝阳，耀眼得让人睁不开眼。

"丽……"

"嘘！"我用食指点在唇上比了个噤声的动作，笑道，"小人阴戟，见过邓公子！"

刘秀一如既往的微笑，眼线弯弯眯起，冯异在我身侧"嗤"的一声轻笑。

邓禹上下打量了我一遍："阴戟……阴姬……"他笑着摇了摇头，眼中的宠溺毫无掩饰，"属你鬼点子最多！"

"多谢邓公子谬赞！"

"以后称邓将军吧！"刘秀微笑着补了句。

我一愣，转瞬明白过来，大声道："诺！护军阴戟见过邓将军！"

"护军？"邓禹轻轻一笑，竟是从榻上站了起来，托住我的手肘，对着我粲烂一笑，"不如便做我的护军吧！"将头稍偏，侧向刘秀，"明公可舍得？"

他下颚稍侧，然而目光仍是一瞬不瞬地盯着我，我耳根子发烫，只觉这话说得甚为不妥，可又偏挑不出他的错来。

刘秀以笑充愣，没说好也没说不好。倒是一旁的冯异，眸底锐芒闪过，似已动怒，教人不寒而栗。

邓禹笑嘻嘻地放开我的胳膊："明公持节北上，如今已达邺县，下一步意欲何为？"

一句话便轻巧地化解了紧绷的气氛，冯异面上稍稍缓和。

"愿闻将军详言。"邓禹虽才名远播，不过仍是个才二十一岁的年轻人，若他无过人之处，而刘秀却在部下面前如此青睐恭谨，未见其功先封其官职，只怕会引起许多人的不满。

邓禹笑得没心没肺，刘秀这般礼贤下士，他却像没听到似的反将目光转向冯异。

两人目光相接，冯异嘴角抽动，似笑非笑地露出一个古怪的表情。过得片刻，邓禹仍是不接话，不吭声，把刘秀晾在一个尴尬的境地。

我一时间没反应过来他们在搞什么把戏，正不明所以，冯异忽然无奈地幽声吁气，慢吞吞地开口解围："更始诸将纵横暴虐，所至掳掠，百姓失望，无所依戴。今公专命方面，施行恩德。夫有桀纣之乱，乃见汤武之功；人久饥渴，易为充饱。宜急分遣官属，徇行郡县，理冤结，布惠泽……"

这番话讲得虽文绉绉，却是简明扼要，字字珠玑。特别是他引用的那些道理，浅显易懂，入情入理，却又弦外有音，耐人寻味。

邓禹笑得只见牙齿不见眼，刘秀喜出望外地拜道："公孙言之有理，如此，便由公孙与次况分别抚循属县，登录囚徒，抚慰鳏寡，亡命自诣者免其罪，既往不咎。"

冯异称诺，邓禹突然接茬道："莫忘暗察地方二千石官吏是否诚心归附，以及各级官吏的动向！"

冯异瞥了邓禹一眼，眼底的斥责消失了，慢慢地竟浮出一丝笑意。

我忽然觉得背上滚过一阵寒意，他们三个……简直是在打太极。我虽然不善那些所谓的阴谋、阳谋，可眼没瞎、耳没聋，对于他们三个之间你来我往的暗流至少还能品出一二分来。

要死啦！若他们以后总是这个样子说话做事，我还不得被逼疯了？凡事不能只看表面，凡事不能只听一遍……我暗暗咬牙，真恨自己的无能，这些话我就算能听懂又如何？要我也这么说上一遍，我还真想破脑袋也想不出来。

但是孰胜孰负？

我细细琢磨了下，貌似没有输赢，他们三个都是赢家。唯一吃了点亏的人大概是冯异，他性子向来懒散，若非邓禹这么激他一激，他还不会老老实实的跳出来。

我忍不住抿拢嘴偷笑，邓禹果然是个聪明的天才，甫一见面就能看透冯异的特质与才能！

笑到一半，目光触及淡然笃定的刘秀，忽然敛去笑容。这三个人中，看似敦厚老实，最会装憨的舍他其谁？一个怪异念头突然刷地闪过，我猛地想起一个人来，气质作为与此刻的刘秀如出一辙！此人在后世可是大大的有名，正是三国时期的刘备！

"更始帝意欲迁都长安，可如今山东未平，赤眉、青犊的军队，数以万计。更始帝外不能挫其精锐，内不能自主刚断，控制大汉局面。部下诸将皆是庸碌之辈，志在财币，争用威力，鼠目寸光，只图眼前富贵，朝夕快乐而已。没有忠良明智，深虑远图，尊主安民的安邦之臣，四方分崩离析的形势早晚可见。"邓禹款款而谈，这番言论，既与刘秀的某些观点不谋而合，又大胆地将冯异方才的弦外之音尽数说破，"明公虽建有藩辅之功，终属受制他人，无处自立。于今之计，莫如招揽天下英雄，务悦民心，立高祖之业，救万民之命，以明公之才略而思虑天下，天下可定！"

我骇然失色，这……难道当真要刘秀自立为王不成？公然反抗更始汉朝？就凭这百来号人？

刘秀收了笑容，目光深邃地望着邓禹，邓禹毫无惧色，目光坦然。

我的心怦怦乱跳，视线在刘秀、邓禹二人之间来回穿梭。

"河内之地披山带河，足以为资，其土地殷富，且是商朝旧都所在。明公若能占有河内，犹如高祖之有关中！"邓禹音量拔高，气定神闲，指点山河，"之后兵定冀州，北取幽并，胡马为用；东举青徐，引负海之利；南面以号令天下，天下不足定也。"

刘秀面不改色，我闭上了眼，只觉四肢虚软。

隔得半晌，只听刘秀轻声道："公孙，你且去吧！"

"诺。"冯异答应了，行礼退下。

我想了下，转身追了出去，冯异脚程极快，只片刻工夫便已行去七八丈。

"公孙！"

冯异转过身来，静静地瞅着我。

我神色激动："公孙……"

"邓仲华果然不愧为邓仲华！"他有感而发。

我脑袋里"嗡"的一声响，颤道："难道……你也是这般想的？"

他轻轻一笑，笑容帅气而干练："我也只是敢想而已！"

"那么文叔……他……"

"你放心，时机未到，文叔向来谨慎稳重，无万全之策，他绝不会轻举妄动。"他淡淡地加了句，"你该相信他的能力！"

我脑子完全乱了。

"我此刻得去找铫次况共商抚循属县之事。我这一走……文叔全靠你了！"

"我……"

"邓仲华非等闲之人，得他相辅，文叔当可事半功倍。只是，他……你……"他欲言又止，话意点到即收，"我先走了，珍重。"

我黯然目送他离去。

乱世当起！难道这就是男人们的宿命？不甘寂寞的枭雄们妄图争霸天下，就连淡泊儒雅的刘秀也不能例外？

伤　情

若把刘秀比作后世的刘备，那么刘秀得邓禹襄助，好比刘备得了诸葛亮。

接连数日，刘秀皆未回房，夜宿邓禹房中彻夜长谈，困了倦了，也直接睡在邓禹那里。两个人简直如胶似漆，有说不尽的话，道不完的事。若非我深知两人性取向都没问题，还真是又要忍不住想歪。

冯异与铫期抚循属县，所到郡县，辄见二千石、长吏、三老及官属，考察政绩，一如州牧行巡部县。同时，刘秀下令废除王莽苛政，恢复汉代官制，笼络地方官吏，他接受邓禹的建议，开始有意在地方上树立威信，重新培养自己的力量。

这些措施，使得当地吏民欢喜无限，争持牛酒迎劳，刘秀一一婉谢。

随着威望的提高，不断有人前来投军，刘秀从洛阳拉过黄河的这支队伍，由原先的一百多人急遽增加了数倍。

在邺县初获成果，刘秀拉着队伍继续往北开拔，这一次的目的地乃是赵国的都城邯郸。

才到邯郸，便有巨鹿宋子县人耿纯前来拜访，这个耿纯时任更始汉朝的骑都尉，他有意结交刘秀，出手甚是大方，竟是送了许多马匹和缣帛。这些物资对眼下的我们而言，可真是一笔天大的财富，特别是马匹，那可是行路负载的必须。

耿纯一共送了五十多匹马，刘秀命人养在马厩，精饲伺候，马夫丝毫不敢怠慢。

这一日我到马厩转了一圈，回来后回房取了点东西，直接找上刘秀："你把那五十匹马送给我吧！"

刘秀正与邓禹商议政务，冷不防地听我这么一说，顿时愣住，像是怀疑自己听错了。

邓禹哈哈大笑："你又想搞什么？"

我皱着眉，讨价还价："没法全给的话，你让我挑三十匹也成！"

邓禹满脸好奇和不解："你真要？"

"嗯，再给我三十名弓射精湛的步卒！"

刘秀秀眉一挑。

邓禹惊得从席上站了起来："你要组建骑兵？！"

我搓了搓手，点头："数量是少了点，不过刚开始……马马虎虎先凑合着吧！"顿了顿，去推像是老僧入定的刘秀，"你给不给倒是说句话啊？"

刘秀笑而不答。

邓禹叹气："骑兵可不是给你拿来玩的！"

我二话不说，将怀里抱着的那匣子金子尽数倒在了书案上："这里是二十金，买你三十匹马可绰绰有余？！"

邓禹目瞪口呆，刘秀淡淡地扫了眼那些黄澄澄的物事，问："你哪来那么多金子？"

我不耐烦地回答："我的陪嫁，不行么？"

"喀！"邓禹手中正在把玩的一块金锭落地，骨碌碌径自滚到我的脚下。

"既是如此，我想……我没法再反对……"

我大叫一声，冲上去忘形地搂住刘秀的脖子，笑道："就知道你最好了！"

刘秀被我摇得晃来晃去，无奈地说："去吧！去吧！那五十匹马全归了你，我倒要看看你怎么捣鼓……"

我满心欢喜，蹦蹦跳跳地跑出房间，来时如电，去时如风。

回房换了身骑马的武士装束，兴冲冲地跑到马厩，看着那群精神抖擞的马儿，一扫多日的阴霾，心情霍然开朗。正自顾自的乐着，忽然后领上一紧，我的衣襟被人从颈后拽住。

我本能地将脖子一缩，脚下微错，腾身抬腿一个后旋踢。

领子上的力道骤然消失，我的踢腿竟然落空，一道青色的人影迅速闪避。我左脚撑地，右腿架空，脚尖离他鼻尖仅差一厘米。

邓禹伸手缓缓推开我的脚："一年多未见，这架势练得可是愈发得心应手了。"

我收脚站定，嗔道："干吗鬼鬼祟祟地在背后搞偷袭？"

他微微一笑，目光投向别处："第一眼见你时，也是这般……我当时便想，世间怎么会有如此顽淘的女子？"我哭笑不得，他这话算是赞我还是损我？"可还记得那一年你多大？"

"嗯……"我数着手指在心里默算，"十四岁。我记得好像是正月里，因为才刚过完元日没多久……"

"十四岁。"他侧过头来迎上我的视线，"好快，都快满六年了……明年你双十芳诞，可想过要什么样的礼物？"

我摇了摇头，实在想不出自己想要什么，脑筋一转，突然压低声道："不如你现在就送我一件礼物吧。"

他"哦"了声，好奇地问："你想要什么？"

我伸出右手，将小指翘起："你得先答应我，替我保守秘密……这事只能你我两个知道，以后谁问你都不能说！"

"只你我二人知道？"

"嗯。"

他眸光一闪，笑道："诺。只你我知道的秘密！"他驾轻就熟地伸指与我打勾、盖章，动作娴熟，毫不陌生。

我抿唇一笑，从袖内的暗袋掏出一块缣帛递了给他。他先还对我的神神道道不以为意，等到缣帛一打开，霎时面色大变。

"这是什么？！"

我对他的反应一点都不奇怪，优哉地笑："马鞍啊。"

他深深地瞥了我一眼："前后两端飞檐式的马鞍？"

我笑着点头。

"这底下垂的是绳子什么？"

"马镫。"

他用手指细细地抚摸着那个仅凭我有限记忆勾勒出的高桥马鞍与马镫："真是绝妙的东西啊。"

我早知道他悟性高，这个东西若是搁在别人手里或许一时半会儿还不容易明白是怎么回事呢，他却能一眼便发现其中的妙处。

在这个时代打仗，步兵仍是主力，骑兵更多的时候只是承担斥候侦察、侧翼包抄、骚扰遮断、偷袭追击等辅助任务。这主要还是跟骑兵的战斗力有关，马上虽也有安置马鞍，却只是一种隔开人与马的简单工具，人骑在马上奔跑时，前后颠簸根本无法自控，而且因为脚下没有马镫可以踩踏着力，人骑在马背上，只能双手紧紧抓着缰绳，双腿紧紧夹着马腹，稍有松懈便有被摔下马的危险。

这种骑马方式，不仅无法适应作战，还使得马匹作为交通工具的效用大打折扣，很多人宁可选择将马套上笼头，让它拖着笨重的两只车咕噜赶路，也不愿单骑而行。

骑兵若要成为战场的主力，首先得把双手从束缚中解放出来，否则如何弯弓射箭，如何操持长戈，如何万人军中取其敌首？

高桥马鞍和马镫还有没有别的好处我暂时说不上来，不过我敢保证这两样看似简单的东西，定可使骑兵的战斗力提升一个极大的飞跃。

"你如何想出来的？如何便被你想出来了呢？"邓禹激动到无以复加，"匈奴人骑术惊奇，世人皆道是其马匹精壮所至……这一年多我游历四方，始知匈奴骑兵的装备与我中原迥然不同……"

我暗道一声惭愧，我的IQ还没高到能自己搞创造发明，这个不过是借了两千年后的马鞍图样简化而成。

他感慨一阵，收起缣帛："图样儿虽有了，可东西还得做出来看实不实用……你可是想让我找人悄悄把这副马鞍做出来？"

"哈哈！果然聪明！"我笑哈哈地捶着他的肩膀。

虽然这一年我身高稍许往上蹿了那么几公分，可跟他比却仍是小巫见大巫，这会儿我与他面对面站着说话，视线仅能平抵他的下颚。

邓禹突然抓住了我的手，我心儿一颤，笑容发窘地僵在了脸上。他的眼神放柔了，一缕异样的疼惜在那对瞳眸中流转："他待你好不好？"

我噎然，一时无言以对。

他失落地叹了口气，语气低迷："你终究还是嫁了他……"

"邓……仲华，我……"

"一年前放开了你，不是为了要你弃我选他！"他紧拧了眉，似有满心的不甘与懊悔，"我只是不想给你太多的压力，以为你玩心重，只是个什么都不懂的孩子……若是早知今日这番变故，当初便是拼着惹恼你，也必求阴次伯将你许予我！"

眼眶猛地一热，一年前的我还是个无忧无虑的女公子，那时候满脑子想的尽是吃喝玩乐，惹是生非。我虽是从21世纪穿越过来的现代人，可打一生下来就没吃过苦，两千年后有父母疼爱呵护，两千年前则有阴识替我一路收拾烂摊子。应该说我很自我为中心，潜意识里认为自己是现代人，把自己的位置摆得非常高，甚至还幼稚地想跟着刘缤、邓晨他们一起扬名立万。

我把生活想得太过美好，把一切的起起落落想成是出电视剧，总以为自己是导演，能够掌控一切……然而，生活并不如我想象，活在这个乱世之中，苟且偷生已属不易，更何谈其他？

现在的我已不敢奢求名垂青史，但求平平安安，希望身边的每一个人都不用再受颠沛流离之苦。

岁月荏苒，时光不再，过去的美好毕竟是过去了，命运无法逆转。

"他待我……极好。"我哽咽，"真的……很好。"

"会比我待你更好么？"他自嘲地勾起唇角，满脸落寂。

"仲华……"

"现在并不算晚，只要你愿意，我可以带你走……我来这里，为的便是带你走！"

"邓禹！"我完全没料到邓禹竟也会有如此强硬果断的一面，公然把话挑明了说出来，一反以往的含蓄，"邓禹，你松手……"

我挣扎着想抽回自己的手，他却反而越握越紧，痛入骨髓。

因为持杖跋涉，他的手掌心被磨破了皮，溃烂流血不止，养了七八天才稍许结了痂。我挣了没多久，便感觉手背肌肤一股热流涌动，湿润的液体犹如一股润滑剂，我被他紧握住的手滑了下，用力一挣，居然甩脱了他的束缚。

手是拔出来了，可满手沾染的鲜血也让我神魂一窒，再看眼前的邓禹，他正神情黯然地看着自己血肉模糊的双手，一脸绝望。

"我……我……"我慌了神，赶紧掏出帛帕替他包扎，"对不起……我没想弄伤你。"

"丽华，你当真如此讨厌我吗？"他语音微颤，竟像是要哭出来般。

轻轻甩开我的手，帛帕飘落地面，他转过身慢吞吞地往回走，双手无力地垂在身侧，滴滴答答地在路面洒下一连串鲜红的血滴。

我茫然地看着他孤寂消瘦的身影，满心酸楚。

刘 林

在平地上擅长拉弓射箭之人，未必能做到马上骑射。

这个时代就算有骑兵，在进攻的时候也多数会选择将马停住，或者甚至跳下马来拉弓射箭。站在原地设计目标和骑在飞速奔跑的马背上射击完全是两个概念，所以当我看到那些平地上的神箭手们一上马就成了只会搂着马脖子、吓得面色煞白的狼狈样，直气得连连顿足。

邓禹自那以后就再没来找过我，我也不知道那个高桥马鞍和马镫弄得怎么样了，毕竟这里的物质条件有限，我也不知道那种两头翘起，能固定身形的高桥马鞍到底是怎么制作的，印象里也就在电视和报纸上见过几眼。

这一日被那些射箭射得一塌糊涂的"神箭手"们气得不轻，于是早早打道回府。才走到驿站馆舍门口，冷不防里面冲出一个人来，身材极高，骨架却极单薄。我没料到有人会贸然冲出来，两下凑巧了，竟是砰地声巨响，撞了个正着。

我身子一晃，小腿上肌肉自然而然地绷紧，平时马步扎得好，优势便在此刻显出来。对方却没我这么幸运，"哎唷"叫了一声，重重摔在门槛上。他一只脚已经跨出门外，另一只脚却还在门内，这下摔倒，竟是结结实实跨坐在门槛上。

以这种姿势摔下去，我想想都替他叫衰，忍不住表情痛苦地扁了扁嘴。果然那男人"嗷"的一声低吼，脸上一阵青一阵白，丝丝抽气。

"老兄，你要不要紧？"问话的客气，却没有半分歉意。

原因无他，一来是他冒失在先，我并非故意；二来他不是帅哥，不仅不是帅哥，还长了一脸麻子，再加上他面部肌肉抽筋的乱嗷，就算原有三分帅气此刻也已破坏殆尽。

"瞎了你的眼！"他张牙舞爪地扶着门，勉强从门槛上站了起来，鼻孔朝天哼哼着。

我懒得跟这种人浪费时间，看都没看他，直接绕过他走进大门。

"你……你们等着！终有一日我要叫你们后悔……"

那人居然站在门外煞有其事地放起了狠话，我诧异地回头瞄了两眼，突然发现邓晨、臧宫、刘隆三人此刻正站在离大门不到七八步远的地方，饶有趣味地瞧着热闹。

"那是什么人？"我忍不住悄悄挤过去凑热闹。

邓晨噗哧一笑，臧宫简明扼要："已故赵缪王刘元之子刘林！"

刘隆做进一步详解："赵缪王刘元本是景帝七世孙，后因无故杀人，被大鸿胪所奏，削去王爵，处死……"

"哦——"原来是这么有来头的一个人物，刘邦的子子孙孙们遍布全国各地，果然是天下刘姓原一家，走哪都是本家亲戚。姓刘的大人物我实在已见多不怪，当下也没怎么放在心上，只是轻描淡写地问，"他来干吗？"

仍是刘隆回答："刘林对父亲之死耿耿于怀，一直希望有朝一日能恢复王位。大司马执节河北，出巡郡国，他岂肯放过这个大好机会？"

臧宫道："他来献计。"

"献计？"我诧异地问，"他能有什么计策可献？不会是什么下三烂的阴毒之计吧？"

臧宫面色微变，刘隆惊讶道："你如何知晓？"

我哪知道，不过是随口胡诌的！

邓晨这时候插嘴道："你快去瞧瞧文叔吧，他刚才动了怒，一气之下把刘林轰了出来！"

"什么？"我怀疑自己听错了，不确定地反问了句，"你说……主公动怒？"

三人默默点头，一致给予我十分肯定的答案。

"为什么？"奇迹啊！刘林到底做了什么，居然能把老好人的笑面虎刘秀气得连风度也不要了，当场翻脸？！

邓晨鄙视道："刘林那厮说有妙计可破赤眉，文叔礼贤下士，待他敬若上宾。谁曾想这厮忒过歹毒，竟让文叔将黄河自列人县段决开大堤，水淹河东百万之众，涂炭生灵，草菅人命！"

我骇然惊心，破堤淹灌黄河下游，不只几百万人的性命给赤眉军陪了葬，还要赔上上千万的良田，这条毒计也太丧尽天良了！

难怪刘秀会生气！换我肯定将那刘林一顿暴打，哪会只是轰他出去这么便宜。

只是……

"赤眉不是已经归顺大汉了吗？大家暂且相安无事，我们何必还要主动去招惹他们？"

"阴戟！"邓晨压低声，口吻严肃又略带叱责，"你最近在忙什么？文叔经常找不着你……樊崇等人早已反出洛阳，你身为护军，难道一点都不知情？"

"什么？！"我大吃一惊。最近忙着建骑兵队，确实对其他事情不太上心，可是赤眉反叛这等大事，即便我不主动打听，阴识方面也该早有谍报传送到我手里才是。

我低下头，心里渐渐冰凉。

一时大意，我竟忽略了这处细节——打从我过黄河入河内以来，就再没收到过阴家传递的任何一份密函，甚至连份家书都未曾有过。

阴识……他是出了什么事？还是，他已经打算不管我了？

"我去找主公！"我一跺脚，扔下他们三个，往馆内疾冲。

"秀……"

原以为房内无人，没想到脱了鞋子一头冲进去，房里的两个大男人正面面相对。

许是眼花，在那瞬间，我竟觉得房里有种剑拔弩张的气氛。

刘秀转过脸来："何事？"神色虽如常，但语气冷漠，我心里打了个咯噔，看来邓晨说的果然不错，他当真动了怒气。

邓禹一脸苍白，面若寒霜，冷意逼人。

"樊崇反出洛阳，这是怎么回事？"我来不及多想，劈头发问。

刘秀长长叹了口气："赤眉军将领归顺之后虽得封侯，却都未有食邑，空有虚名，樊崇等人会有不满情绪也属正常。只是陛下在洛阳宠幸后宫，不问朝政，听之任之，不加抚慰，终是导致赤眉众将不告而别。如今赤眉军重新整饬军队，大有向西转进之势，只恐日后……终成我汉朝大患！"

我只觉得脑袋发涨，刘玄难道不嫌自己树敌太多？还是实在因为强敌环伺，所以今朝有酒今朝醉，他开始自暴自弃地拼命捞取眼前享乐？

"阴护军！"邓禹走到我跟前，"劳烦出来一下。"

我没多想，随口应了声，跟着邓禹往门外走。

"丽华！"冷不防身后传来刘秀一声呼唤。

我转过身，打了个询问的眼神。

他站在门里，愣愣地看了一会儿，嘴角勾起一道弧线，笑容里有种疲惫。他笑着冲我挥挥手："没什么事，你先去忙吧。"

"诺。"我跟着邓禹出了门。他在前面走，我在后面跟，心里不停地盘算着该怎么跟他道歉，那一天……我不仅伤了他的手，还伤了他的心。

"马鞍……做出来了。"

"真的？"我又惊又喜。

"我何时骗过你？"他回过头来，眼中深情表露无遗。

"你不生我气了？"

"哈！这样就生你气，那我早该在五年前就被你气死了，哪能安然活到今日？"

我哧地一笑："那你还一本正经地吓我，你知不知道你刚才的脸色有多臭？"

"是么？"他摸了摸自己的脸，"我一直以为自己这张脸长得还不错呢。"

我翻起白眼："你啊，自恋成狂……"

"若你也能这般恋我成狂该多好。"

我愣住。一别一年，说他完全没改变那是不可能的，至少以前的邓禹不会这么露骨地表达自己的情感。虽与他嬉戏玩闹多年，他却总能谨慎地保持着若即若离的含蓄与分寸，但是现在……我成了有夫之妇，他却反而一点儿收敛都没有了。

"这个给你！"他摊开手掌，重新结痂的掌心平躺着一支古拙的白玉钗。

"这是……"

"本想在你及笄礼之时替你绾上，现在……"他语气一转，抬头看了我一眼，笑了，"现在你身穿武袍，威风凛凛，这个自然也用不上了。"

及笄，我的成人礼……

虽然女子有十五及笄一说，却也并非满了十五岁便得行成人礼，至少阴识就一直任我披头散发的混到十九岁，直到出嫁前夕。

当时朱祜受刘秀之托前来纳采，按照六礼步骤，我的成人礼便选在请期之后匆忙举行，绾发用的发钗正是刘家纳征时送来的聘礼。我当时想的尽是如何保全刘秀，婚后该如何应付众人，根本没有多余的心思去考虑自己的及笄礼够不够气派。反正都是过过场的仪式而已，婚礼都是如此了，更何况及笄礼？

邓禹其实真正想说的只怕不是这句玩笑话，我从不知道原来他对我的用心竟是如此之诚，当初他毫无留恋地走了，我虽然心有不舍，但在阴识严厉的修行课程安排下，没多久便将他离去的伤感之心丢开。

"我……能替你绾上么？"他小心翼翼地打量着我的脸色，眼中流露出哀恳的神色，"我只是想瞧上一眼……"

我低叹一声，在他期盼恳求的眼神中心软如棉，终于缴械妥协。

默默地背过身去，我抬手摸索着将头顶的帻巾解下，满头青丝泻下，沉甸甸地压在我的心上。我闭上眼，任由邓禹用颤抖的双手挽起我的长发。

松松挽髻，冰冷的玉钗滑过我的发丝，颤抖的不只是他的手，还有我的心。

邓禹笨拙地将玉钗绾住我的发髻，虽然他扯得我的头皮一阵阵地刺痛，我却咬着唇强忍着什么都没说。

终于，他长长地松了口气："好了！"

我转过头，头皮紧绷的感觉猛地一松，我暗叫一声糟糕，伸手摸向脑后，却终是迟了一步。发髻散开，玉钗"啪"的一声脆响摔在地上。

笑容还没来得及从邓禹脸上完全褪去，我喘了一口气，震骇的低头去看脚下的玉钗，却已是一分为二，从两股簪衔接处生生地摔裂。

"我真是……笨手笨脚……"邓禹轻笑一声，蹲下腰将两股摔裂的玉钗捧起，手指微颤。

"仲华！"我拉他起来。

他依然在笑，嘴角颤抖地咧着，眼里却是一抹凄厉的绝望。

我心里一惊，看到他这般受伤的表情，突然感觉自己毁了他，就像这断裂的玉钗一样，我毁了他……

"分钗破镜……果然……无法挽回么？"

"仲华！"

为什么……为什么我会有那种错觉，自己仿佛正在一点点地扼杀他？

"仲华！你看！你看……"我勉强挤出笑容，从他手心里拿起一股钗笄，草草地将自己的头发按男子发髻的样式盘于头顶，然后将那支一半的单股玉钗插于发髻中，牢牢固定住。"我现在可是阴戟呢，护军阴戟！你看我这样盘髻，是不是更有男儿气概？我明年二十啦，你说这算不算是行及冠礼呢？仲华，去年你及冠的样子可真帅，我瞧得眼珠子都要掉下来啦！我……"

我拼命想活跃气氛，他却是一言不发，只顾直愣愣地盯着我的发顶。倏地，他伸手将自己头上的发冠摘下，摸索着将另半支钗笄插入发髻。

我呆呆地仰着头望着他的头顶发冠，一时之间有点儿反应不过来。他忽然将我揽入怀里，在我耳边轻声允诺："我现在不勉强你——但是假如哪天你想离开了，只需给我捎句话，哪怕一个眼神，一个暗示，我便会立即带你走！"

我身子一颤："仲华……"

"倾禹所有，允你今日分钗之约，一生无悔！"他放开我，眼底透着无比的决绝，帅气的脸上没有半分玩世不恭的表情。

他是认真的，并非随随便便地说笑……这样的神情，神圣无欺，我曾见过，与他及冠成人那日在庙堂之上如出一辙。

须臾，他恢复了常态，惫懒的笑容重新回到脸上，他笑着退后几步，边退边用手指着我笑："别忘了，这世上并非只有刘文叔能给你最好的！"

说完这句话，他洒脱地一转身，留下我一个人站在无人的角落发呆。

我知道世上并非只有刘秀能给我最好的，我自然知道……泪水无声地蓄满眼眶，我仰起头来，望着凛冽瓦蓝，不带一丝云彩的天空，眼角笑着流下泪。

何况……刘秀给我的，从来都不是最好的！

我们两个的关系，是夫妻？朋友？知己？还是……爱人？

又或者，其实什么都不是！

我擦干眼泪。最近情绪太过纤细敏感，动不动就流泪，这实在不符合我的性子。我得赶快把注意力收回来，现在不是儿女情长的时候，我还有一堆的事要做，我要建立骑兵营，要做好护军工作，要联络上阴识的情报网，要继续写我的《寻汉记》，还要……寻找二十八宿！

我很忙，现在忙，以后会更忙！我没有时间让自己停留在这里胡思乱想。

"啪啪！"我用力拍了拍自己的脸，强迫自己冷静下来。丢开那些奢侈的乱七八糟的念头，我转身往马厩走去。

邓禹说，马鞍已经做出来了，我得去验收成果！

一曲悠扬的调子骤然飘起，篥声却不曾由低音转高，竟是突兀地将音律拔高，再拔高，犹如乳燕冲霄。尖锐、凄厉、脆弱……一如我刚才纤细感伤的心境。

是他！

篥声近在咫尺，我加快脚步，穿过中阁，果然在廊庑屋檐旁的那株大树下找到了那抹白色的影子。

就在我想靠近的时候，篥声刹住，冯异收了竖篥，突然转身而走。

这下子我反而愣住了，我进门的时候他分明看到我了，为什么避而不见？他去各郡县整顿风气也有好一阵了，好容易回到邯郸，怎么见到我反倒如同路人般漠视。

我踟蹰地来到那棵树下，轻抚树干，积雪压住了松叶，层层叠叠，白色与绿色交相辉映。我转身，学冯异的习惯将后背懒洋洋地靠在树干上，缓缓闭上眼。

淡淡的松脂香气混杂着冰雪的寒意，一点点地包裹住我，我心神放松地睁开眼。

蓦地，我浑身一颤，双目圆睁。

原来……竟是如此！

从这个视角，竟是将方才我与邓禹所处的角落，透过镂空的中阁窗洞，半遮半掩地尽收眼底。

亡　命

刘秀北上的下一站是真定所辖射犬城。

临近年关，元日将至，即便困苦如我们，也或多或少地沾了点新年的节气，大家在射犬奔忙之余不自觉的脸上带起了笑容。

我训练的五十名骑兵也开始似模似样，我心有所慰，只是时机未到，仍是不便拿出来与人炫耀。

然而事情并不如我们所想的那么一帆风顺，大年将至之际，一个措手不及的变故惊雷般砸向我们每一个人。

我们前脚刚离开邯郸，后脚那个奸险歹毒的小人——赵缪王之子刘林便率百骑兵卒驰入邯郸城，进驻原赵王宫殿，拥立了一个叫"刘子舆"的家伙为天子。

刘子舆封刘林为丞相，拉拢了赵国大姓豪族，封李育为大司马、张参为大将军，杜威为谏议大夫，李立为少傅。

这一切的变故，我们这批更始汉朝的使者一概不知，直到更始二年正月初一，刘子舆命少傅李立起草檄文，分遣使者，徇下幽、冀各州，移檄郡国，我们才慢半拍地惊醒。

"制诏部刺史、郡太守：朕，孝成皇帝子子舆者也。昔遭赵氏之祸，因以王莽篡杀，赖知命者将护朕躬，解形河滨，削迹赵、魏。王莽窃位，获罪于天，天命佑汉，故使东郡太守翟义、严乡侯刘信，拥兵征讨，出入胡、汉。普天率土，知朕隐在人间。南岳诸刘，为其先驱。朕仰观天文，乃兴于斯，以今月壬辰即位赵宫。休气熏蒸，应时获雨。盖闻为国，子之袭父，古今不易。刘圣公未知朕，故且持帝号。诸兴义兵，咸以助朕，皆当裂土享祚子孙。已诏圣公及翟太守，亟与功臣诣行在所。疑刺史、二千石皆圣公所置，未睹朕之沉滞，或不识去就，强者负力，弱者惶惑。今元元创痍，已过半矣，朕甚悼焉，故遣使者班下诏书。"

这份诏书通过层层传看，最后递到我手里，我瞪着它看得满头大汗，却半天也没瞧出个所以然来。再抬头看刘秀剑眉紧锁，一言不发，邓禹、冯异等一干人等皆是面色铁青，如丧考妣。

"这个刘子舆又是什么来头？"我明知不该问，却还是小心翼翼地问出了口。

如今不比看阴识给的密函谍报，这道檄文诏书上通篇官话，且用的字体还是篆书，我就算能看懂几个字，也想不通其中的道理。

没人理会，堂上的气氛静得吓人。

过了一会儿，马成跳了起来，居然附和着我的话嚷道："就是！这道帛书上到底写的是什么？你们识文断字的看懂了也不加解释，坐在那哭丧个脸，真是让人干着急！"

一席话自暴其短却丝毫不觉愧疚，要不是现在的气氛实在不宜打趣，我早笑倒了。

傅俊、王霸、臧宫等人面上皆是一红，想来他们也是识字不多，武功是有的，只是文墨却和我一样不太通，勉强认得几个字的，平时还能糊弄过去，可真碰上长篇大论的文章，却都是半瓶子醋，空晃荡。

"诏书上说，刘子舆乃是汉成帝遗留在民间的子嗣！"终于，冯异艰涩地开口，他身为主簿，即使刘秀不开口解释，他也有本分得把话交代清楚。"当年成帝时期飞燕、合德淫乱宫闱，残害宫中子嗣，即使侥幸孕胎的宫女也无一幸免……"

我眼眸一亮，这个典故我知道，各种各样的电视剧把这个故事都给拍烂了。后世所谓的"环肥燕瘦"的成语正是打这儿起的，汉成帝刘骜最后死在了赵合德的身上，精尽人亡，也算是开创了一代帝王史篇。因为他被赵家姐妹折腾得无子，最后只能立弟弟定陶王刘康的儿子刘欣为帝。这个刘欣也不简单，正是玻璃的鼻祖，始创"断袖"美誉的汉哀帝。

"汉成帝何来的子嗣？若有子嗣，当年皇室早翻找出来立做天子了。成帝薨了已近三十年，如今死无对证，信口雌黄，岂不是随便哪个人都能跳出来说自己是帝王之后？"刘隆不满道，"我刘姓宗室的血统岂容他人胡乱玷污？"

"就是，之前也曾有人说自己乃是刘子舆，结果被王莽杀了。怎么如今又冒出个刘子舆，谁知真假？"

众人七嘴八舌，邓禹犀利地切中要害："河北豪强拥兵自立，本就只是需要一个名目罢了。这个刘子舆是真是假对他们而言并无多大区别……倒是我们，晚了一步！"

众人一凛。刘林举着刘子舆的名头传檄天下，动作之快的确是我们这群人无法想象的，刘秀之所以到河北来，为的就是招揽这些拥兵自立的豪强，让他们归顺大汉，如今才走了没几站路，居然跑出个刘子舆，抢先把人都拉了过去。

这是河北，是人家的地盘，等刘子舆势力坐大，又岂容我们在他地盘上抢人？

刘隆道："邯郸本是赵国都城，汉初高祖宠幸戚夫人，封子刘如意为赵王，重在邯郸建造王宫。大司马原是帝室后裔，入住王宫本无可厚非，但大司马尊礼，以'非王者不能居王宫，居王宫乃僭越'为由反住馆舍，那刘子舆是什么东西，竟敢鸠占鹊巢，实在让人着恼！"

这种话题多说无益，再抱怨愤慨又如何？现在人家占也占了，天子也做了，还怕你在这里气得跳脚吗？

我冷冷睃了在场众人一眼，一群人都闭口不语，脸色说多难看就有多难看。

这次真是吃了信息闭塞的哑巴亏，太大意了。我再一次深刻体会到了阴家情报网的重要，长期地收到最新情报，让我早有了依赖性，这会儿阴识说撒手就撒手，果然刹那间我成了瞎子。而在这人生地不熟的河之北，刘秀他们这群人就算再聪明，也不可能料事如神。

我长叹一声，从席上站了起来："那还等什么？天上不会掉馅饼，趁着人家还没追过来，赶紧收拾包袱跑吧！"

"你说什么！"马成拍案而起，额上青筋跳动。

"说什么？说的大实话！就凭我们这么点人马，是够人家打，还是够人家杀？"

"竖子大放阙词，这里哪有你说话的份？你拿过刀没？杀过人没？打过仗没？"

我秀眉一挑，在场熟知我来历的人全都紧闭着嘴巴不吭声，一些不清楚的却跟马成一样打心眼里瞧不起我，冷冷地斜眼轻视。

我正要发作，刘秀突然站了起来，他这一起身，身侧冯异、邓禹、坚镡等人也纷纷起身。

"回去收拾行礼，整队连夜出发！"刘秀声音虽低，却带着一股不容抗拒的威仪。越到紧要关头，他内在的那股狠劲才会爆发出来，一改平时温柔软弱的模样。

马成显然还不太适应刘秀另类的说话方式，愣了半天，嘴巴动了两下，终于垂下头："遵命。"

风云难测，前一刻还风光无限、前途光明的大汉使节顷刻间变成落荒而逃的狼狈之身。刘子舆不仅控制了邯郸以及周围许多地盘，甚至悬赏十万户要取刘秀项上人头。

这个刘子舆还真是看得起刘秀，当年王莽恨极刘缤之时，开出的天价悬赏也不过五万户食邑，他倒好，为了杀一个小小的汉朝使节，居然开出翻倍的天价之中的天价。

这里头肯定少不了刘林那痞子使坏的份。

正月初三，我们赶到了卢奴城。

自刘子舆称帝的诏书传檄各郡之后，得到讯息，且投靠归附邯郸政权的人越来越多，我们已经不敢随意跑哪个城池乱钻了，万一不小心钻进敌方的套子，那可就真钻进了老鼠笼子，死路一条。

面对此情此景，大家开始商议要不要考虑往南撤，河北看样子很难再待下去了，而且仅凭我们这点人根本不是刘子舆的对手，除非洛阳肯出兵打邯郸。

不过刘玄这会儿大概正忙着迁都长安，根本顾不来河北这边的动向。等他把政权搬到长安，那么对于邯郸而言，真可谓鞭长莫及，白白把大好屏障让与他人。

虽然大家都闭口不说，但彼此却心照不宣，目前形势下我们其实已相当被动，狼狈得犹如丧家之犬——我们的确是更始帝放到河北的一只忠犬，只是现在河北不好混，刘子舆开始打狗，我们的主人却对我们不闻不问，任凭我们一路东躲西藏。

这一路上不断有士兵吃不了苦，或者眼见前途未卜而逃跑，我们好不容易在邺县招募到的一千多人，到达蓟县的时候只剩下三成不到。

一切又给打回原状，仿如渡河之初，只是那时候的情势即使艰难，至少安全还是无虞的，现在呢，刘秀从一支绩优股骤然变成一支连连跌停板的崩盘股，前景堪忧。

不过也有例外，在众人纷纷逃离的时候居然有人孤身前来投效，这是件让人感到非常不可思议的事，所以当那青年风尘仆仆地冲进馆舍谒见刘秀时，一大帮人惊弓之余把他当作邯郸的细作，结果起了冲突。

等我出大堂，马成、祭遵、傅俊、坚镡……一干人等皆躺在了地上，我再一扫眼，居然在地上还发现了王霸。

这会儿还好好地直立站着的就只有远处躲大树底下瞧热闹的冯异，铫期正跟那青年在动手，不过看那青年的身手灵活，武艺绝对在铫期之上，铫期所仗的不过是膂力和蛮劲，勉强还能支撑片刻。

"住手！"我厉喝一声。

铫期打红了眼，对我的喝阻根本没听得进去。这几日大家都跑得累了，不只是身体累，更主要还觉得特别憋屈。对于他们这些热血男儿来说，谁愿意跟个丧家之犬似的东奔西跑呢？

那青年倒显退意，只是铫期不依不饶，我恼了，冲上去对准铫期右腿腿弯就是一脚。铫期猝不及防，膝盖一软，扑通栽地上了。正巧那青年一拳砸过来，我想救铫期却又不敢大意硬接，于是飞起一脚直踹对方面门。

汉代的男子崇尚武力，虽自汉武帝起儒学盛行，但男子成年后仍是喜欢腰悬佩剑，奉为时尚。这一点连纯粹的太学文生也不例外。

所谓"剑者，君子武备，所以防身"就是这个道理。击剑武斗渐成风俗，以前还算是项强身健体的竞技类项目，一搁到乱世，就真变成武侠小说里头描写的那样，成了生死之搏——刘缤当年与李通的同母弟弟公孙臣就是为了给樊娴都医病给不给面子的这点小事，拔剑相向，结果公孙臣死在了刘缤剑下。

如果早年久居深闺的我还不太懂得他们男人之间那点好勇斗狠的恶习，那么现在的我早已耳濡目染，深知其害。

汉代的男人会使剑，使刀，会十八般武器也统统不算稀奇，但是拳脚相加时很少像我这样以腿功见长。

那青年唬愣了一下，急速后退，我腾身一记侧踢，仍是直踹他的面门。我抢的就是速度，拼的是快、狠、准，哪容他有思考反击的余地，连连将他逼退三四丈。

铫期在身后叫了声："好！"

青年面上一冷，目露精芒，我顿时明白这家伙是个不好相与的高手，不敢大意直追，占了这几分便宜后撒腿就撒。身后怒吼一声，他果然追了上来，我想也不想，心随身动，腾身一记后踢。

木屐踹上他的胸口，他怎么也想不到我跑着跑着还能来这么一下回马枪偷袭，顿时仰天摔倒。

众人大叫一声，喝彩声不断。

青年动作灵活，落地后一个弹跳便已稳稳站直，丝毫没有半点受挫的痕迹。我即刻醒悟，若单比武技，此人身手或许远在我之上，只是他从来没见识过跆拳道的招式，所以才会被我打了个措手不及，可时间一长，我终要落败。

心念一转，我索性不再做攻击状，双手合拢，作揖道："小人阴戟，多有得罪！"

好汉不吃眼前亏，我才没那么白痴去硬碰硬，更何况我也绝非好汉。

青年收住脚，回我一礼："我乃上谷郡太守之子耿弇，父亲命我前往洛阳，进贡以献归附大汉诚意。"我尽量保持客气的冲他微笑，他继续说道，"途经宋子县，听闻刘子舆称帝，我的两名随从不听我劝，逃去投奔邯郸……"

他说得诚恳，我却品出一丝傲气。这个人不过二十岁出头，搞不好在家里就是一名二世祖，身手不错，长相也不错，五官刚毅，不苟言笑，浑身上下散发着一种年轻人特有的孤傲。

然而孤傲却并不偏激！只是更加恰如其分地烘托出他独有的气质。不管他是不是二世祖，至少他来了，敢在人人都投奔大好前景的刘子舆时，反而找上了落难的刘秀。

看帅哥正看得起劲的我，心口突然一震，耿弇的影子在我眼前瞬间一分为三，我的心脏麻痹，腿脚发软，竟是站立不住地扑通摔在地上。

"阴戟！"一时间众人乱作一团。

摔倒也只是刹那间突发的事情，连我自己都说不上来为什么身体会突然虚脱，不受控制。铫期离得我最近，可他不敢抱我，马成想抱却被祭遵等人挤到一旁。

他们眼看着我躺在地上却只是大眼瞪小眼，连扶都不扶我一下，这种场景真让我哭笑不得。好在眩晕一会儿就过去了，我缓了口气，用手撑地慢慢坐起。

"哐当！"有什么东西砸碎了，接着密集的打斗声透过围堵的人墙传了过来。

我从地上爬起来，顾不得掸去身上的尘土，分开人群一看，呆了。

一直在树底下摆弄竖篾的冯异不知道怎么跑了过来，居然还跟耿弇交上了手。

"你们不要欺人太甚！"耿弇动了真怒，拔剑相向，下手再不容情。

冯异用篾架住他的剑："你伤了她，自然就得付出代价！"

两人针锋相对，我急忙冲过去大叫道："住手！住手！误会！误会……公孙！"我上去抱住冯异的胳膊将他往后拉，"人家是好心来投奔的啦！"

冯异松了松劲，有点意外地上下打量我，满脸困惑："你没事？"

"没事！没事！不小心绊了一跤罢了，你还不知道我么？我是打不死的蟑螂，哪能那么容易就出事？"

冯异的眼神登时变得阴郁而古怪，盯着我瞅了三秒钟后，他突然撒手，转身就走。

"喂——公孙……"

他头也不回，脾气怪得叫人捉摸不透。

这头邓晨等人已经和耿弇热络起来，称兄道弟，我无可奈何地目送冯异离去，耸着肩膀转过身来，却无意间触到一双冰冷的眼眸。

耿弇虽与众人寒暄客套，可是目光却是越众而出，冷若冰霜般直射在我身上。

我头皮猛地一炸，也顾不得猜他是何用意，低声道："我去回禀主公！"缩了缩脖子，趁机开溜。

突　围

耿弇比邓禹小一岁。

他果然是个挺傲气的家伙，听说邓禹任将军，年纪居然只比自己大了一岁，颇有不服，可后来听到我这个跟他交过手的冒牌护军，居然比他还小上一岁时，他无语了。

耿弇极力建议刘秀迅速征发上谷兵马，然后平定邯郸，他年少气盛，几次三番后，刘秀终于笑着赞了他一句："小儿郎乃有大志！"

这话乍听像是赞美，特别是配合刘秀温润如玉般的亲切笑容，任谁听了都觉得是赞美。我却了解刘秀这家伙又在使坏，他这话的确是在赞美耿弇没错，同时也是敷衍，这个时候若真让他联络上谷，发兵平定邯郸，那几乎就是痴人说梦。

也许以前我们还对刘子舆的真实性怀疑三分，那么现在已是升级到了七八分。刘子舆他们扯谎的本事越来越大，居然对外声称南阳的汉兵是他们的先驱，甚至还说十几年前造反被斩的东郡太守翟义还活着，此刻正在替他们拥兵征讨，出入胡汉。

说这样的谎话也真不怕地下的翟义有知，从棺材里跳起来找他们算账。

可惜，真正明理的没几个，这等弥天大谎一出，效果惊人，一时间赵国以北、辽东以西，皆从风而靡。

初四，我们离开卢奴城，准备前往涿郡蓟县。

蓟县原是燕国的都城，我瞧这光景，从过黄河这一路往北、再往北，蓟县差不多已算是到了现代的北京城边上了。

一到蓟县，刘秀即命王霸到大街上张贴告示，以更始汉朝的名义招兵买马。

人困马乏，好不容易在馆舍安顿下，还没等我挨到枕头，就听门外吵了起来。我只得强撑起身，重新穿上盔甲，开门出去。

大多数人都未曾歇息，围堵在门外。

王霸满脸通红，冲着刘秀等人嚷道："明公让我去贴告示招兵，可是满城百姓皆笑我自不量力。明公啊，我们在此只怕待不长久，蓟县的人心早被刘子舆收买了去……"

这头正乱着，突然馆舍外冲进来一个人，人还没到跟前就嚷嚷开了："不好了——邯郸追兵已至涿郡——"

脑袋里"嗡"的一声轰鸣，我身躯晃了下，幸亏双手及时扒住了门框。

刘秀脸色泛白，一双平日总是眯着的眼睛此时却睁得极大，眼眸黢黑，衬得那张消瘦的脸颊愈发得白。

我没来由地感到一阵心疼。

这段时日的逃亡，让他身心皆疲，可他为了稳定人心却不能表露出一丝一毫的担忧与紧张。什么事都藏在心里，不能说……

"传令下去，重整行囊，撤离蓟县，准备南归！"邓禹反应最快，当机立断。

"大司马！"耿弇挺身而出，"今兵南来，断不可南行！渔阳太守彭宠乃是刘公同乡；上谷太守，乃我父亲。若发此两郡精兵，控弦万骑，邯郸子舆，何足挂齿！"

他说的倒也在理，追兵从南边来，我们若不往北跑，反往南撤，岂不自投罗网？

但是谁也不敢保证再往北跑还能坚持多久，或许今天，或许明天……不等我们赶到渔阳或者上谷，就会被追兵赶上。更何况渔阳与上谷皆是他人地盘，彭宠与耿弇的父亲耿况现如今还没有投靠邯郸，等过几天，形势变化得愈发恶劣，他们会不会还能这般坚持效忠更始汉朝，支持刘秀？

未来是茫然的，我虽是未来人，却对这段历史完全无知。这就像是场赌博，拿自己的命赌今后的命运！

"伯昭！"刘秀笑了，也唯有他，在这种危机关头还能淡雅如菊般的微笑。他指着耿弇，对众人朗声道，"我北道主人也！"

他这么一说，那是决定听从耿弇的建议，让他当往北的向导，继续北上了。

众人面面相觑，虽有不解，却都没有表示反对。稍后各自散去，准备继续北行的事宜。

"丽华！"

我仍扶着门框站着，想来连日奔波，我的脸色不见得会多好看。

隔着一道门槛，刘秀眼神朦胧地望着我，眼底柔情荡漾，有怜有愧。

我坚定地笑了下，对他伸出手去。

他伸手将我的手握住，宽大的掌心中尽是黏湿冰冷的汗水。

"没事的！一切都会好起来的！"我看到了他心底的脆弱，这个男人，那么温柔，那么体贴，什么忧愁都藏在心里。"等到了渔阳、上谷，一切都会好起来的。"

"丽华……"他感叹一声，揽臂将我抱住，臂力收紧，似要将我的腰肢折断，"累你一路相随……"

"秀儿，嫁鸡随鸡，嫁狗随狗呢。"我笑着调侃，心里却是一片酸涩，"就算是要做丧家之犬，我也只能跟着你一起跑，不是么？"

唇上忽然一冷，刘秀突然吻住了我。冰冷的唇瓣，火热的深吻，他像是要发泄一种压抑许久的情绪，这般的热切，这般的痛楚，以至于好几次我俩的牙齿都碰撞在了一起。

他吻得我的唇上有丝痛，可是我无法拒绝他，无法狠心推开他，满心的痛，随他一起沉沦。

"咣啷——"

乍然而起的巨响将我俩惊醒，侧头一看，马成呆若木鸡似地站在院子里，脚跟前一堆破碎的陶片。

"我……我什么……什么都没看到！"他惊慌失措，掉头就跑，结果脚下踩到陶片，狼狈地滑了一跤。

"哈……"我回头看向刘秀，再也憋不住地大笑，"哈哈……哈哈哈……"

"你还笑！"他捏我的鼻子。

我拍开他的手，笑得有点儿喘不过气来："明公……大司马刘秀……龙阳断袖……哈哈，这若是传出去……"

他用力将我推进门，随手带上门，将我重重地压在门板上："一世英名毁于你手！"

他的呼吸暖暖地拂在我颊旁，酥酥痒痒，我心里一跳，哑声："刘秀，放手！"那张英俊儒雅的脸近在咫尺，我心猿意马，渐渐把持不住心神，"再不放手，后果……自负……"

他显然听不懂我话里警告的真实意思，居然又凑近了些，满眼笑意："你我已是夫妻……"

听了这话，我再无犹豫，左手绕到他脑后，压下他的头，踮起脚尖将唇凑了上去，封住他的话，右手抚上他的鬓角。

他的肌肤滚烫，如同燃起的一把火，我的主动出击令他神志大乱。

一时间他像是忘了呼吸，眼神迷离，两腮彤红，欲望之火在他眼底熊熊燃烧，胸口起伏不定。

"后果自负……"我的手指在他鬓角流连，踮起脚尖将嘴唇凑近他的右耳垂，伸出舌尖轻轻一舔。

他浑身一震，重重吸了口气："丽……华。"

我眨眨眼，看他满脸困窘与青涩，想到他以前的种种表现，猛地醒悟："难道你还是处……"倏然住嘴，我咬着唇吃吃地笑，他懵懂不知，困惑地望着我，这个表情实在太可爱，太诱人了，纯如婴儿。

我忍不住在他唇上啄了一口："乖，以后跟着姐姐混，姐姐会好好疼你……"心里突然为这个发现兴奋不已。

"你又在说胡话！"他笑着捧起我的脸颊，"有时感觉你像个长不大的孩子，需要人细心呵护，有时又感觉你比任何人都要有担当，独当一面，不输男儿。丽华……"他抓着我的手摁在自己胸口，"这一生有妻如你，夫复何求？"

一时满室温情，我感怀动情，一颗心怦怦地跳着。

刘秀那双清澈如水的眼睛越来越低，终于，他低婉地叹息一声，俯首吻下……

"大司马！"

门上砰地一震，有人在外头用力拍门，巨大的冲撞力将我震得背上大痛。门并没有闩上，若非我背靠在门板上，外头的人早破门而入。

"文叔——在不在？阴戟——"外头有点混乱，吵嚷声不断，而且叫门的人显得很是焦急。我转身拉开门，邓晨正打算拍门，高举的手险些打到我的脸上。

"得罪！"他放下手，神情紧张，"蓟县广阳王之子刘接起兵响应刘子舆，他正带兵欲来捉拿文叔……"

"什么？！"

真是屋漏偏逢连夜雨，怕什么来什么！

我推了刘秀一把，叫道："赶紧撤！"

邓晨道："我把马牵来了，趁乱赶紧逃得一个是一个……文叔，蓟县三门已闭，唯有南门开启，据闻邯郸有使者到，刘接命城中二千石以下官吏皆出城迎接。咱们现今只能趁乱从南门闯出去了，说不得……"

"杀出去！"我口吻一厉，接过他的话，毫不迟疑地将刘秀推了出去，"表哥，你带文叔先走！

"阴姬！"

"丽华！"

刘秀反手抓住我的手腕。

"我去去就来！南门见！"我挣脱他的手。

"丽华——"

顾不得身后焦急的呼喊，我满脑子都只容得下我那五十匹战马。

一口气跑到馆舍后的马厩一看，混乱间真正还留在马厩里的马匹只剩下三十来匹，其他的估计早被人偷跑了。

我怒发冲冠，朝着那剩下的三十来人吼道："还愣着干什么？上马！随我突围！"翻身上马，指挥着那些跟没头苍蝇似的的骑兵冲出馆舍，"去南门！"

"遵命！"

街上一片混乱，馆舍外竟被一些不知打哪来的百姓堵了个水泄不通。骑兵队冲了几次没成功，我拔剑怒吼："闪开！不想死的就统统给我让路！"

他们这些无良之人动的那点歪脑筋，我还不够清楚么？不过是想趁乱起哄，刘秀的一条命值十万户侯，这种利诱趋势下足可使人性泯灭，更何况蓟县的百姓与刘秀没半分交情，他是谁、是死、是活都不要紧，要紧的是他这个人可以替他们换来金子、财富、权势！

人群汹涌，嘈嚷声不断，有些农妇拿烂菜叶子丢向我们。这一起头，顿时有人有样学样，居然捡了路边的石块扔过来。一些壮汉膂力惊人，捡的石头不但大还有锋利的尖角，我身边有个士兵没留神，脑门上被砸了个正着，顿时血流如注，捂着脑袋惨叫一声栽下马去。

我急红了眼，这时南边突然传来一声兴奋的尖叫："抓到刘秀了——刘秀在这里——"

人群一顿，哗啦如潮水般往南边涌去。

我的心跳乱了，勒着马缰的手不自禁地在颤抖："上弓箭！"一瞥眼，见身后只寥寥数人听我的话把箭搭上了弓弦，其他人还都懵懂茫然地没反应过来。

我气得险些抓狂，声嘶力竭："上弓箭！随我冲到南门去！这一路谁敢阻挡！见神杀神，见佛杀佛！"

我豁出去了，谁要敢动刘秀试试，他是我的……谁敢动他一根手指头，我要他碎尸万段！

三十余骑奔腾起来，挡在我马前的人，我毫不留情地挥起马鞭驱赶："挡我者死——"

这一刻，我仿若嗜血的煞星。刘玄说得对！杀过人的女人就不再是女人了！此刻的我，心生魔障，管他无辜善良，谁要想取刘秀的命，我定先取了他的性命！

兴许是这股煞气吓坏了那些百姓，毕竟手无缚鸡之力，他们只想捞点好处，没想以命相搏，于是尖叫着纷纷让路，有些避让不及的，被马蹄绊倒，生生踩踏。

南门，紧闭！

门口百姓围堵，我一眼就看到骑在马上的邓禹等人，可是无论我怎么搜索，却始终不见刘秀的身影。我双目眩晕，一口气险些缓不上来。

足踩马镫，单手持缰，我高高直起身子，举目远眺。身穿华服高冠的刘接站在城门上瞧着热闹，上千士兵堵在城门口，正与邓禹他们动手交战。前有官兵缉捕，后有百姓围堵，当真寸步难行。

"给我放箭！"我举剑一挥，剑尖直指刘接，"哪个能射他堕楼，重赏万金！"

我急糊涂了，赏金随口胡扯，哪管它能不能兑现。顷刻间嗖嗖声响成一片，直射城楼，刘接见势不妙，早被家将掩护着缩回城垛。

我又将剑尖指向城门口的士兵，可惜我们自己人也混在一起，无法射箭乱扫："冲过去！"

骑兵队踩踏着隆隆马蹄声，如怒龙般卷了过去。

"阴丽！"有人迎面策马靠近，我定睛一看，居然是冯异。

"文叔呢？"

"他在后面，次况跟他在一起……"

我掉转马首，直奔后方，果然没走多远，就见刘秀被一群无知百姓围在中间，车马动弹不得。铫期站在车驾前，手持长矛，却不知该如何是好。

"铫次况！"我怒喝一声，"你婆婆妈妈的在干什么？"

铫期眼睛一亮，如释重负："阴……护军！快来！大司马不准滥杀无辜！"

"该死的混球！"我破口大骂，手中长鞭一卷，没头没脑地见人就打，"滚开！我的剑可不是拿在手上当玩具的，找死的话就上来试试！"

围堵的百姓尖叫，抱头鼠窜，人群松开了，有几个还不死心的，我挥手让骑兵弓箭准备，哪个再敢拦在车前，杀无赦。

那些人这才明白过来我不是开玩笑，轰的下作鸟兽散。

我气喘吁吁地靠近车马，见车上刘秀右臂淌血，左手持剑，一脸的惨白。他见我过来，居然还笑得出来："你……"

"砰！"我挥手一拳砸在他脸上。

众人错愕，就连尾随我过来的冯异也呆住了。

"这个时候……这个时候还逞什么英雄？！"我哽咽着声音嘶吼，强忍住不让自己落下泪来。他臂上的伤看来十分吓人，血污长袖，"好！你仁心仁术，你要做好人、博美名，那便让我来当恶魔好了！"

说话间刘接的手下正闪电般包抄而至，我怒火中烧，策马冲将过去，扬手一剑砍上冲在最前的士兵，将他直接砍落下马。

"我替你杀！"我厉吼。

"丽华——"

"你敢再给我受个伤试试？！"我红着眼，回首冲他怒吼，"你伤一处，我杀一人！"

"丽华——"

"为了你，杀人放火，我在所不惜！"

"丽华——趴下——"刘秀疾吼，突然从车上跳了起来，一脚踏上车驾，飞身向我扑来。

电光火石间，我被他抱入怀中拉下马，身侧坐骑嘶鸣一声，被人一刀砍中脖子，轰然倒地。

刘秀带着我在地上连滚三四圈，我惊魂未定，回首只见冯异策马挑枪断后，铫期一把将我俩拖上马，气沉丹田，大喝一声："跸——"

跸！天子出巡，卫队清道时的吆喝用语。这一声如雷般的断喝，将众人吓得刹那间丢了魂魄。

趁着众人发呆的罅隙，铫期策马拉着马车飞奔向城门。

鲜血四溅，横尸遍地，邓禹等人已将守门士兵尽数斩杀，南门开启。马蹄脚踏着累累尸首，从开启的门缝中穿越而出，奔向茫茫苍野。

饥　饿

急遽的马蹄声叩击着冰封的旷野，稀薄的空气冰冷刺骨。我吸着气，双手紧紧抓着刘秀的衣襟。

眼中的雾气渐渐上升，终于一声尖锐的呜咽从我嗓子里逸出，仿佛洪水陡然间泄闸，我再也抑制不住心底的恐惧，颤抖着抽泣，泪如雨下。

"没事了，没事了……"刘秀搂紧我，下巴顶住我的发顶，柔声安慰。

我抽噎，哭得连气都喘不过来，泪眼模糊，我把头埋在他的胸口，全身发颤。

"快别哭了，看，君迁来了……一会儿又要吓着他了。"

我连忙用袖子胡乱抹脸，转头一看，身后空荡荡的，身侧除了驾车的铫期，只有冯异一脸肃穆地骑马紧随，哪来马成的身影？

"哪有……"我倏然回头，瞋目瞪视，"你又骗我？！"

"不哭了？"他笑眯眯地看着我，脸上血色全无，白皙得似一张白纸，我打的那一拳的拳印却是彤红地印在右侧。

我心里一阵愧疚，忍不住泪水又涌上眼眶："疼不疼？"我伸手细细抚摸他的脸颊，瘪着嘴不让自己再哭出来，"对不起……"

"比起胳膊上被划拉的那一刀，这个算不得什么……何况，"他左手捧住我的脸，替我擦去泪痕，"我明白你是因为担心我……"

他不提也就罢了，一提我的心更疼，颤栗地抓着他的衣襟，想强装出一副凶悍的样子，可偏偏眼泪不争气地拼命掉："以后……再不许你这么心软，你的命是我的，不许你这么……这么不把自己当回事！"

他的笑容敛去，眼中怜惜无奈之情更浓："我的命一直都是你的……"

身后马蹄阵阵，我咬着唇匆忙将眼泪拭净，回头一看，邓禹、祭遵、臧宫、傅俊等人三三两两地先后带人赶上。

半个时辰之后，天色渐暗，朦胧中前方的丘陵逐渐变成一团墨色，清点人数，竟是只剩下了几十号人，那个"北道主人"耿弇却是不知去向，生死未卜。

人困马乏，那些只能徒步跟在车马后面狂奔的兵卒，更是跑得一个个脱了力。

渐渐有人撑不住摔倒，脚步笨重，行进的队伍开始慢下。没过多久，就听"扑通"一声，邓禹从马上摔了下来，滚落地面，在雪堆里连打数滚后，一动不动。

我惊呼一声，纵身跳下轩车。冯异动作敏捷，早先我一步，从马背上跃下，托起邓禹。

邓禹脸色蜡黄，嘴唇发紫，两眼无神地笑了笑："无碍，我没受伤，只是四肢乏力……"

冯异道："你身体太过虚弱，之前元气大伤，尚未复原，方才的打斗使力太过狠了……"

我凑过去，担忧地问："仲华你要不要紧？"

"我没事！"邓禹冲我咧嘴一笑，故意捂着肚子，愁眉苦脸地说，"只是……饿了。"

我被他搞笑的模样弄得噗哧一笑，伸手握拳在他胸口虚捶了下："赶紧起来啦，丢人的家伙，亏你还是将军呢！"

在冯异的扶持下，他摇摇晃晃地站了起来，我看他脸色实在难看，额上虚汗连连，竟不像是在冬天，而是身处酷暑一般。

"真的饿了？"

"嗯。"

我转过头望着冯异，冯异别过脸去瞧祭遵，祭遵一脸无奈："走得太过匆忙，什么都没顾得上，辎重尽数留在了驿馆……"底下的话无需再多作解释，大家心知肚明。

说实话，其实我也早饿了，虽不至于饿晕，却也觉得肚腹空空，饥肠辘辘。刚才因为精神紧张所以还不怎么觉着饿意，这时一经提醒，方觉饥饿难耐，越是想吃的越饿得发慌。

远处丘陵缥缈，荒郊野外的到哪去弄吃的？天气越来越冷，天上已经开始飘起雪粒，看来用不了多久，风雪便会加剧。武侠小说里描写的"前不着村后不着店"大抵就是指这种情况了，可是小说里的英雄侠少们都会在偏僻的旷野遇到世外高人，而且他们武艺高强，随随便便就能打到野味，怎么也饿不着、冻不着。

一想到野味，我的胃饿得一阵抽搐。

邓禹无法骑马，刘秀把轩车让出来给他，自己骑马。

我跪坐在邓禹身旁，他直挺挺地躺在车里，微闭着眼，雪花飘落，覆盖在他脸上，他也不伸手拂拭。那种黯淡毫无生气的模样，让我悚然心惊。

我用袖子擦去他脸上的雪水，火把的映照下，他的皮肤显得有点儿发黑发紫，我不知道这是光线问题还是我的心理作用。我心生惧意地伸手推他："仲华！仲华！别睡……你醒醒！"

推了好半天，才终于有了声微弱的呻吟，我继续不死心地摇晃："醒醒！文叔说前面是饶阳，到了饶阳就能找到吃的了。"

邓禹的胳膊微微抬起，掩在袖管中的手轻轻握住我的手："我有点困……"

"困也不能睡！"我断然呵斥，"你起来，我陪你说说话，你便不觉得困了。"说着，硬拉着他坐了起来，

车子一晃，他的上身软绵绵地倒在我怀里，冰冷的嘴唇滑过我的耳鬓："丽华，你亲亲我吧。"他的声音又低又细，却像根针似的刺痛我的耳膜，我手一抖，冲动之余差点把他从车上丢出去。

他的手掌紧紧地包住我的手，我的五指冰凉，他的手却反而烫得像只火炉："就像你小时候亲阴就那样，亲亲我……我一直想你也那样亲我一下……"他傻呵呵地笑了，脑袋枕在我的肩膀上，笑得我的肩膀微微发颤。

我压低声音，咬牙："你是不是又皮痒欠揍了？"

"呵……"

"少跟我装疯卖傻，我……"

鬓角一暖，他的唇瓣冰冷地贴上我的脸颊，一触即撤。

我呆若木鸡，铫期就在前面驾车，我不敢肆意声张，不然事情闹开就不好了。

"你不肯亲我，那便我亲你吧……"他低婉嘘叹，上身倏地一沉，脑袋

从我肩头滑落。

"仲华!"我及时搜住他,这才发觉他脸色异常,"仲华……仲华……"我急得六神无主,左右寻人,我不敢去惊扰铫期,只得叫住靠得最近的冯异,"公孙!仲华怕是受了风寒,他……"

冯异踏雪靠近:"你尽量让他别睡,保持清醒……"他有点儿心不在焉,过了会儿,压低声音靠近我,"文叔的情况也不太好,伤口血流不止……"

"啊!"我惊呼,"他、他怎么样?那要怎么办?公孙!你快想想办法!"

正焦虑万分,忽听前面铫期沉闷地喊了句:"已到饶阳地界!"

汉时在交通要路上,设置了亭、传、邮、驿,以利交通。亭是行旅宿食之所,十里一置;传是供官吏住宿的地方,备有车马,供官吏乘坐;邮用来传递文书,五里一设;驿是马站,三十里一置,供传递文书和奉使往来之用。

无论是邮置还是驿站,都设有馆舍,也称传舍,主要用来接待来往官员,是招呼驿车、驿骑休息,调换马匹车辆,供应食宿的场所。

我们最初来到河北,一路就是靠住宿传舍北上,可是今非昔比,进入饶阳地界后,虽然也能找到传舍,却不敢轻易再去投靠——如今草木皆兵,万一再像蓟县那样,岂不是自投罗网,让人轻易瓮中捉鳖?

传舍无法去,城邑更不敢随便进驻,我们这一行人为了躲避邯郸追兵,饥寒交迫之余只得在饶阳东北寻了一座亭子稍作休息。

亭名曰"无蒌",还真是名副其实。蒌是种长在水滨的野草,而这座无蒌亭内残垣断壁,蛛网密布,竟是连株蒌草都长不出一棵。

风寒陡峭,北方的寒冷天气着实让我们这些长居河南的人吃了大亏,幸而无蒌亭虽破烂不堪,至少还能勉强遮风挡雨。

众人捡了柴木,在亭内点了几处篝火,几十号人挤在一处,暂作取暖,只是肚中饥饿却是无法仅靠饮食雪水能够填饱的。

邓禹发烧,我让邓晨取雪块不断替他做物理降温。刘秀手臂上的伤勉强止住了血,却因失血过多,整个人精神状态十分不好,恍恍惚惚的样子怎么看都叫人揪心。至于其他人,也都是前胸饿得贴后背,疲累无力地蜷缩成一团,不时地喝着煮融的雪水,暂以充饥取暖。

才过丑时，风雪加剧，凛凛寒风夹杂着雪花不断打进亭内，火苗飘忽，隐隐泛着幽蓝之光。众人小心翼翼地守着火堆，添柴加木，生怕唯一的取暖源头熄了。

亭外西北风刮得正紧，呼啸凛冽，听来更觉凄凉。沉沉靠在夯土墙上昏睡的刘秀遽然睁开眼来，双目寒芒毕露，我心知有异，细辨风声中竟夹杂着阵阵马嘶声。

刘秀悄然给我打了个眼色，我心里有数，不动声色地从亭内走了出去。亭外茫茫漆黑一片，风雪正紧，栓在亭外树木旁的群马不安惶恐的嘶鸣，哧哧有声。

右手按上了剑柄，我顶着风雪往外走。

暴风雪中目力仅能测到数丈开外，走了没多远，猛地嗅到一股浓烈的血腥味。我心里一凛，像是触电般从头顶麻到脚趾，长剑铿锵出鞘。

走得越往前，血腥味越浓，昏暗的夜色下，终于让我看清地上横躺了一具马尸——马身仍是温的，雪花飘落遇热即融，显然这马才死没多久。

马血淌了一地，我惊骇地抬起头，两丈开外，一个鬼魅般的身影缥缈地站在马尸前。

冯异手持长剑，迎风而立，长袖裳裾飒飒作响。那张白皙的俊面上沾着点点鲜血，若非一双眼明亮如昔，未见疯狂，我险些以为他已堕入魔道。

"你……杀马……"我哑声，颤抖的声音吹散在风中。

他蹲下身子，轻轻拍了拍那匹死马，从那马背上卸下木制的高桥马鞍与马镫，丢到我脚下："若是一匹不够分食，我会再杀第二匹！"

"你……"

"你的骑兵操练得不错，马匹杀了固然可惜，却不足人命可贵！"他横了我一眼，面上平静无波。

此情此景，让我陡然间回想起那年在小长安与刘玄分割马肉的场景来。

我打了个哆嗦，嘴巴张了张，只觉得口干舌燥。

"回去吧！这种血腥的事，你一个女子多看无益！"他开始用长剑分割马肉，顷刻间那双惯常持箸吹弄的纤长手指沾满殷红的血腥。

"我帮你！"我持剑跨步。

他诧异地抬头，眼中的惊讶之色一闪而过。

"你一个人干太慢了！最好能再喊些人过来帮忙！"我埋头割肉，动作虽有迟疑，却仍是强忍着胃里翻涌的恶心，把长剑当刀使，一刀刀地割下。

"你……"冯异按住我的手，"不用勉强……"

我推开他的手，涩然一笑："勉强才能活下去！"

他深深地瞥了我一眼，终于无语，我和他两个人分工合作，忙得满头大汗。刚把马皮剥去，将马肉分割成大大小小的几十块，便听身后有人大吼一声："好哇！你二人居然胆敢杀马！"

回首一瞧，却是马成、王霸、臧宫三个。马成虽出言恫吓，脸上却是笑嘻嘻的，他看了眼地上分割好的马肉，搓着双手，一副垂涎欲滴的馋相。

"是大司马让我们来的。"臧宫笑着解释。

冯异面不改色地指了指那堆已经分割好的肉："拿去架火上烤了吧，不够还有……"顿了顿，又从怀里掏出一只圆圆的小陶瓶，丢给臧宫，"这是盐！"

"太好了！"马成翘起大拇指，满脸钦慕。

等他们三个帮忙把马肉都搬回无蒌亭，我早已累得两眼发黑，想必对面的冯异也好不到哪去。

身上累得出了汗，被风一吹，愈发感到寒冷。

"阿——嚏！"我吸了吸鼻子，将手上的血迹用冰冻的雪块擦了擦，双手早冻得麻了，没什么知觉，"回去吧！"

我站了起来，谁知蹲的时间太长，这一起身，居然眼前一黑，当真什么都看不到了，脑子里一片眩晕。

"丽华！"冯异及时扶住我，"你得进去吃点东西。"

我眩晕感刚过去，猛地听他这么一说，想到那鲜血淋漓的马肉，竟是再也忍不住胃里的恶心，哇的一声吐出一口酸水。

我呕得连苦胆都快吐出来了，虚脱地摇手："你……呕……别说了……"

如果没有亲自干这宰马分尸的活，或许我面对烤熟的香喷喷的马肉，饥饿之余也会食指大动，大快朵颐。可是现在……我只要想到马肉，脑子里浮现的便只剩下血淋淋的场面。

"你这么饿着也不行啊！"他轻轻替我拍着背。

我摇头："让我歇歇，或许……或许过会儿适应了就好。"

冯异长长叹息一声，拉住我的手，欷歔道："你随我来吧！"

我被他牵引着走到无蒌亭后避风处，那里正栓了三四匹马，见我们走近，居然恐慌地起了一阵骚乱。

冯异将我安置在一堆稻草上，捡了干柴生起火堆。我又饿又困，缩在角落里瑟瑟发抖。

他不知打哪儿捡了只破瓦罐，手脚麻利地抓了几把积雪扔进去，等雪水烧开后，他从怀里摸出一只蓝色的小布袋子。

我瞪大了眼，他居然从布袋里倒出一把粟米。

"啊！"我情难自禁地噫呼，脊背挺直坐起。

粟米的香气很快便在空气里飘散四溢，我肚子饿得咕咕直叫。

"公孙，你真是一口好釜！"我忍不住赞道。

他好气又好笑地睨了我一眼，默默守着瓦罐，火候差不多的时候，他把破瓦罐从火上挑了下来，用自己的袖衽包裹着，小心翼翼地端到我面前。

"没木箸，你将就着喝吧，当心烫嘴！"

"啊，居然还有赤豆……豆粥啊，好香……"我细细地抿了一口粥汤，馋得口水直流。再一看眼前替我捧着粥罐的冯异，剑眉朗眉，笑意盈盈，说不出的温柔体贴。我心中一动，心虚地小声补了句："你也吃……"

"你先吃吧。"他淡淡回绝，明明心细如发，体贴入微，却偏一副无关紧要的冷漠。

我抿唇一笑，边吹边喝，两口热粥下肚，感觉胃里暖了，四肢也没刚才那么虚软无力了。

"好神奇的豆粥……"我舔着唇呢喃。

"怎么了？"

我目光闪烁的睨了他一眼，欲言又止。

他微微一愣，转瞬问道："你要把这豆粥给文叔？"

我顿时大窘，低下头细若蚊蝇："这个……受伤生病的人……吃点清淡的东西比较好……"

好半晌也没见对面有反应，我不好意思地悄悄抬头，却见冯异正目光炯炯地望着我："傻女子！"他歆歆，和蔼赞叹地伸手拍了拍我的头顶，"还等什么？赶紧送去吧！粥冷了就不好吃了。"

我大喜过望，兴奋地捧着瓦罐站了起来，步履蹒跚地往亭里走去。

骗　术

我把豆粥捧予刘秀，把功劳皆归于冯异，大加褒扬。

"你吃过没？"他并不多话，失血过多让他精神十分萎靡，唇角干裂，恹恹之气甚浓，然而那双琥珀色的眼眸却是一贯的清澈温润。

"吃过了！"我不等冯异插话，笑眯眯地把瓦罐献宝似的凑到他嘴边，"你尝尝，公孙的手艺极好。"

刘秀笑了下，示意傅俊另取一只陶罐，分出一大半豆粥，朝邓禹努了努嘴："仲华一直昏睡，无法吃肉，你把这些粥给他强灌下去，或许好些……"

傅俊答应一声，接过陶罐去了。

我舔着干涸的唇角，殷切地催他："你快吃啊，冷了就不好吃了。"

刘秀柔柔地一笑："遵命。"

见他老老实实地将剩下的粥喝掉，我松了口气，只觉得浑身酸软，背转身刚想找处干净的地方躺会儿，却接收到冯异担忧的眼神。

"去吃点马肉？"

我摇了摇头，满脸厌恶。我不是不饿，只是实在吃不下，只怕勉强吞咽下去，也会恶心得吐出来："我先躺一会儿。"

"阴戟！"刘秀轻轻喊我，向我招了招手，"这儿靠近火，你躺这儿歇会儿吧。"

我应了声，脚下虚浮地飘了过去，在他身边蜷下。

干柴被火烤得噼啪作响，我阖上眼，脑子里一阵清醒，一阵糊涂，迷迷糊糊间我嘟哝了句："秀儿，仲华醒了没？"之后便彻底失去意识。

再次睁眼的时候，天已大亮，耀眼的强光刺得我眼睛一阵酸痛。我欲举手遮挡，全身酸软无力，竟连胳膊都抬不起来。嗓子眼里像是冒火般干哑刺痛，肌肉又酸又痛，脑袋更像是刚被大卡车重重碾过，耳蜗里嗡嗡作鸣。

"醒了？"低柔的声音在头顶响起，有片阴影飘来，恰巧覆盖上我的眼睛。我睁眼一看，却是刘秀举着左手替我挡住了光线。

"嘎……"喉咙哑了，发不出声，我清了清嗓子，仍是觉得有东西硌在嗓子眼似的，又痛又痒。

"喝点水，润润喉。"刘秀扶我起来，让我靠在他怀里，然后腾出左手去取陶罐。

雪水冰凉，我一口气灌了小半罐，凉飕飕的感觉像是骤然间驱散开我胸口的郁闷与烦躁。

"我怎么啦？"声音哑得像口破锣，虽然隐隐有点明白是怎么一回事，却偏还要多问这一句。

"风寒！来势汹汹，你这一病比仲华不知凶险多少倍。"他心疼的低头望着我，眉心攒紧。

"仲华……"

"仲华昨天天亮就醒了，倒是你一躺下便睡了一天一夜，滴水未进……"

我转动眼珠，四处大亮，可就连干这么小的一件事也颇费体力："这……到哪了？"

"饶阳！我们进城去！"

"嗄——为什么……进城？"

怎么突然要到饶阳城里去？不是说好不再随意进入城邑冒险的吗？

刘秀不吭声，过了半分钟，答非所问地说了句："丽华，你已经两天没吃东西了。"他低下头，眼神迷离中带着一种隐隐的痛，"公孙说，你根本没吃那罐豆粥……"

我垂下眼睑，心里酸酸的，涨涨的，像被某种东西塞得满满当当。

"傻子！"他似在叱责我，声音略带鼻音，沉闷之余皆是辛酸。

额头上陡然一凉，有水滴溅落，我悚然一惊，抬眼望去，刘秀双目微红，眼眶竟是湿了。他笑着握紧我的手，拇指指腹细细摩挲着我的手背："痴儿呢，我的痴儿……"

随着他的一声低喃，我清晰地听到填满自己内心的那样东西轰的一声炸开了，一股暖流从心房涌出，流向四肢百骸。酥酥的，麻麻的，就好像喝了酒一样，令人微醺，神魂皆醉。

一匹马的肉量显然不能维持太久，才几天工夫，我们这一行人中便没几个还能算是正常人。一个个衣衫褴褛，面黄肌瘦，比乞丐好不到哪去。

进驻饶阳传舍是刘秀的主意，我一开始还搞不明白他到底想做什么，可是等到他带着我们大摇大摆地进入驿馆，声称自己乃是邯郸使者时，不只是驿站的驿吏傻了，就连刘秀的部将们也都被他一本正经的表情唬得一愣愣的，半天没反应过来。

饶阳果然已属刘子舆的地盘，驿吏听说我们是邯郸来的使者，虽因我们的形象有点欠妥而稍有疑虑，却终是不敢轻忽怠慢，没多久工夫，各种食物便被讨好似地端了上来。

刘秀的这群部下早饿得两眼发花，一见到食物，真好比一群饿狼见到羊羔一般，顿时风卷残云，狼吞虎咽，抢作一团。

"来喝点巾羹，这个清淡些。"刘秀体贴入微地盛了一盏汤羹，预备亲自喂我。

我斜靠在墙上，虚软的瞅着他笑，张嘴一字一顿的比着口型："大——骗——子！"

他只当未见，冲我眯眼一笑："张嘴，小心烫。"

我顺从地喝下一口汤。

他这么不避人前的亲昵真是前所未有，我心里一暖，乐得接受他的殷切照顾。

单从外表上看，刘秀是个丰神俊秀、温润儒雅的公子，虽然落魄，气质却高人一等，加上那万人迷似的笑容一成未减，使得那个驿吏虽满脸狐疑，最终到底还是被他纯真的笑容所蒙骗过去，乖乖地端出丰盛的食物。

只是那些部下的吃相，实在太欠雅观了。除了冯异、邓禹还能稍加自抑外，其他人都跟疯了似的，只顾抓了吃食拼命往嘴里塞。

我喝下一盏汤羹，又吃了点麦饭，留意到冯异一边吃东西，一边把案上的枣糒、蒸饼之类的干食悄悄装入一只青色大布袋。

我会心一笑，也有样学样地抓了几块麻饼，因为没地方放，我直接揣入怀中。刘秀一直在边上瞧着不吱声，我冲他吐了吐舌，他笑了，笑容中满是无奈的疼惜。

众人正吃得尽兴，突然堂外"咚""咚""咚"地擂起一通响鼓，鼓声震天，伴随着鼓声的还有驿吏一声尖锐的高喊："邯郸将军到——"

当啷——啷——

一石激起千层浪，众将神情紧张地拔出腰中佩剑，纷纷弹跳而起。

我的一颗心跳得飞快，手心里冷汗直冒。

众人将目光移向刘秀，刘秀沉吟片刻，忽然挥挥手反示意大家重新坐下。众将惊疑不定，不安地左顾右盼，警惕四周动静。

我伸手握住刘秀的手，他冲我哂然一笑，从容不迫地朗声高呼："邯郸将军与我乃是至交，他来得正好……有请邯郸将军进来叙话！"

我手指一颤。

话传了出去许久，堂外始终无甚动静。过得片刻，那驿吏畏畏缩缩地走了进来，脸上挂着心虚的笑容："是小的看错了，邯郸将军……不曾来过……"

刘秀剑眉一轩，不怒而威："竟敢无中生有，欺蒙本使，还不给我滚出去！"

驿吏吓得腿股打颤，满头冷汗地退了下去。

众人这才从惊魂中找回些许神志，邓禹笑着赞了句："明公好气魄！好胆识！临危不乱，竟能一眼识破那小人耍的小把戏！"

刘秀微微一笑，并不居功自夸。

在众人的笑声与赞叹声中，我长长地松了口气。刚才真是吓死人了，那驿吏煞有其事，搞得跟真的似的，若不是刘秀镇定，估计我们这一堆人今天都得阴沟翻船栽在这里。

"此地不宜久留，诸位可曾吃饱？"刘秀环顾四周，语调沉静厚重。

邓禹接道："那驿吏既已起了疑心，我们的身份迟早必被拆穿，还是趁早离开饶阳为好！"

众人皆表示赞同，于是收拾行囊，一行人以最快的速度撤离驿馆。

车马驶近城门，才要准备出城，忽听身后远远的有人放声大叫："来者不善——勿要放行——"

我扭头一看，那人提着长裾一路追来，气喘如牛，可不正是驿馆的那名驿吏？

守城的士卒本已打算放行，这时听得那驿吏一迭连声的示警，纷纷围拢起来，更有人想将洞开的城门合拢关上。

我急了，大叫道："冲过去！"可惜嗓子哑了，喊出的声音只有自己听得见。

"冲过去——"同样的三个字响亮的从我身后传来，却是发自邓禹的振臂一呼。

我拔剑出鞘，左手攀住车轼，一脚踩上车上的横栏，迎风而立，准备来个鱼死网破的最后拼杀。

其实这时我大病初愈，肌肉酸痛，手上握着长剑尚且不停地打颤，真要让我杀敌，我搞不好会先砍到自己。刘秀显然也清楚我的身体状况，从身后一把将我抱住："下来！不许再乱来！"

"可是……"

"一切有我！"

蓦然回首，刘秀浑身散发的那股杀气看得我不禁一呆。

"秀……"

"我不只是你的夫主，也是你的倚靠——你还有我，所以无需逞强！"长剑在手，他不容置疑的将我拉到身后。

眼看一场血战即将爆发，却听混乱中门卒中有人高喊了声："天下讵可知，而闭长者乎？放他们过去！"

那人显然极能服众，一声令下，原本已关上一半的大门重新打开，我们的车马急速地穿越而过。

诧异中我扭头眺望，一名绿衣门吏手持长剑越众而出，一剑刺入那名大呼小叫示警的驿吏的身体。

最后落在我眼中的一幕，正是那驿吏缓缓倒下的残影。

第四章
心系君兮君奈何

渡　河

　　溽沱河位于饶阳之南，激流奔腾，宽约数百米的河面终于将我们这群精疲力竭的亡命者挡在了河边。

　　寸步难行，王霸奉命前去探视，回报的结果让人心寒发抖——河水湍急，河面上没有一只渡船。

　　邯郸的追兵已然逼近，自从我们的行踪在饶阳曝露，已经完全处于挨打被追的境地。要想活命，逃亡的脚步就一刻都不能停留，哪怕累得连气都喘不过来。

　　不想死，就只能硬着头皮往前跑，一刻也不能停！

　　然而……

　　溽沱河！

　　绝情的溽沱河将我们硬生生地堵在了河岸。

　　身心皆疲的众人接受不了这么残酷的打击，逃亡的士卒日渐增多，这些逃散的人一旦遇上邯郸的追兵，我们的行踪便会被立即发现。

　　在风雪中昼夜兼行换来的代价是惨痛的，蒙霜犯雪，裸露在外的肌肤全都冻裂生疮，尤其是脸上，每每张嘴说话牵扯到脸部肌肉，都会感到一阵钻心的疼。

　　这一日我随王霸再探溽沱河，仍是一无所获，无法找到船只就无法渡河，无法渡河就意味着我们只能等死。

"大司马！"

"元伯！"见到我们回来，刘秀等人立即一拥而上，"如何？可找到船只？"

我刚想摇头，王霸却突然说道："用不着找船只了，河面已结冰！等雪再下个一夜，把冰冻实了，明晨即能渡河！"

"真的？太好了！"刘秀如释重负，众人难掩欢愉之情。

我死死咬着唇，直到舌尖舔到一股腥味。

王霸撒谎！河面根本未曾结冰！但是，如果他不这么说，人心离散，不用等到明天天亮，所有士卒便会逃得一干二净。

这一晚，躲在避风的破草庐内，我含着眼泪默默地依偎在刘秀怀中，听那北方呼啸了一夜。

"秀儿，还记得昆阳之战么？"

"嗯。"他抚着我的长发，低喃。

身旁躺着一干将士，鼾声此起彼伏，我们两人独自小声耳语。

"那一日我曾祈祷上苍有灵，能出现神迹，结果……"我涩涩地吸气，"你说我背上有纬图，那是不是代表着我的心愿，上苍都能听见？如果这是真的……如果纬图真的有那么神奇，我希望……神迹能够再一次……"

我哽咽着再也说不下去，他用力抱紧我，粗重的呼吸激荡在我耳畔："我知道……其实滹沱河并没有结冰……"

我捂着嘴恸哭流涕，呜咽地憋着气，泪如雨下："秀儿……我要你活……我只想你好好活着，哪怕得用我的命来换……"

他重重地吸了口气，用尽全身的力气将我抱在怀里，恨不能将我揉入他的身体，融入他的骨血。

北风，凄厉的尖啸了一夜。

这一夜，我在绝望的心碎中沉沉渡过。

身畔紧紧相拥的是我的夫！

秀儿……我愿拿命来换你生的希望！

只因为……我爱你……

雪，漫漫飞舞。

众人欢愉的笑脸绽放在这雪花飞絮的寒冬，唯一没有笑的，是刘秀与王霸。

后者震惊，前者沉默。而我，则漠然地倚在岸边的石壁上，静静地望着停止咆哮的滹沱河。

神迹再次出现！

滹沱河一夜冰冻，虽然河面上的冰层还不算太厚，然而从我站立的地方一眼望到彼岸，耳边已再无任何河流流淌的水声。

滹沱河结冰了！

邓禹与冯异指挥着士卒挖来细沙撒在冰面上，先把马匹、车载陆陆续续的运到对面，看着冰面上一步三跌、小心翼翼的犹如企鹅般的笨拙身影，我心里却是带着一种难言的苦涩。

刘秀与冯异交代了几句话后，转身向我走来，看着他一步步接近，我不禁一阵紧张，双手交叉，十指拢在袖管内不住绞着。

他在我面前站定，目光平静，脸上殊无半分笑意，这样严肃的刘秀是十分骇人的，长期沉淀的气势像是陡然从他微笑的面具后面喷发出来，牢牢地罩住了我。

我无法动弹，屏息低头，不敢去看他。

打从昨晚承认自己的心事后，我便不敢正面面对这个男人。

他是我的老公，也是我喜爱的男人！

我爱上了他，在无知无觉中竟让自己放下了如此深沉的感情，这在以前是我完全不敢想象的事情。

我爱上了一个古人！一个两千年前的古人……而他正是我的老公！

老婆爱老公，天经地义，然而……我们两个的相遇，命里注定相隔了两千年。

我该放弃，还是该继续爱下去？又该如何继续爱下去？

我很迷惘，对他，对我……对我们的命运，我们的将来，迷惘得看不到下一站在哪？

我从未体现过如此疯狂深刻的感情！但是我无法欺骗自己，我是……真的爱着他！

可是秀儿，你呢？你对我……可也……

胳膊一疼，刘秀使劲攥住我，将我一路跟跟跄跄地拖下河。结冰的河面滑得站不住脚，即使事先已经撒了黄沙，在两脚已冻得发麻，根本无法再有良好的抓地感时，也很难保持平衡。

更何况，刘秀根本就没让我好好地找到平衡感。

他头也不回地使出蛮力硬拖着我在冰面在滑行，这么粗鲁的行为简直一点都不像是我认识的那个刘秀。

滑到河中央时，我终于忍不住喊了声："痛……"

攥着我的那只手猛地一震，他终于回过头来，并且松开手："对不起。"

我没有要责怪他的意思，可是他眼中强压的怒意与懊恼，却像根针一样扎进了我的心里。我不明白他为什么动怒？他的怒气来得快，去得也快，就算他当真还在生气，至少我刚才已经提醒了他，他也意识到了，所以他的情绪很快便收敛起来，瞬间恢复如常。

嗒！嗒！嗒……

脚下踩着的冰层微微振颤，沿岸的地平线上陡然出现一片黑压压的乌云，邯郸的追兵犹如天降！

我和刘秀面面相觑，在下一秒骇然失色。

"快跑——"

几乎是同一时间，我俩扶持着向对岸狂奔，脚下一路打滑，我们连滚带爬地跑完这说长不长、说短不短的一百米。

身后金鼓齐鸣，我喘着气回头，却见身后的追兵也已下了河面，摇摇晃晃地开始踩着冰面追击逼近。

离对岸还剩七八米远，岸上的部将声嘶力竭地呐喊尖叫，邓禹急得跳脚，若非王霸、铫期死死拽住他，他早纵身跳下河来。

心跳如雷，脚下一滑，"啪"的一声，我摔了个狗啃泥，刘秀急忙拽着我的胳膊拼命拉扯。我趴在冰面上，手掌刚刚撑起，只听一声清脆的"噼啪"声响，掌心下的冰面居然裂出一道白色的缝隙。

我魂飞魄散，刘秀拦腰将我抱起。

就在那个霎那，噼啪声如爆竹般接连响起，不等我反应过来，身后一阵巨响，滔天水声震动，激浪溅起的水滴淋到了我头上。

惨呼声、尖叫声、怒吼声、马嘶声，各种各样恐怖的声音混杂在一起。

滹沱河面如同一座濒临崩溃的死亡之谷！

刘秀抱着我冲向对岸，脚下的冰面迸裂速度惊人，转瞬来到脚下，就在离河岸一步之遥的距离，我们脚下踩着的最后一块冰面崩塌了，我的身子一沉，直觉得往下坠去。

"秀儿——"我嘶声尖叫。

右手一紧，我的两条腿自膝盖以下没入刺骨的河水中，刘秀右手五指抓住了堤岸旁一块凸起的石块，左手紧紧与我右手相握。

湍急的河流将我的身子冲激得左右摇晃，刘秀赖以支撑的那块石头随时有松动的可能，我仰头凝望，岸上的人趴在地上，试图从上面去抓刘秀的胳膊。

可是，他的右臂有伤……两个人的重量无论如何也不是一条伤臂能够负载得起。

"放手……"我低低地说。

右手一痛，他拼尽全力地抓握，捏得我五指剧痛。

"放开我……"那一刻心里突然像是松了一口气，居然一丝恐惧也感受不到了，我坦然地仰望着他淡淡的笑。

昨晚说过的话犹自回荡在耳边：秀儿……我要你活……我只想你好好活着，哪怕得用我的命来换……

我愿拿命来换你生的希望！

我将五指松开。

他似有所觉，瞋目裂眦，眸光中射出前所未有的决绝："你若放手，我亦放手……你若上天，我必上天，你若下水，我必下水……你在哪我在哪……"

心猛然一颤，刹那间眼泪夺眶而出。

右手五指最终重又握拢，十指交缠，牢不可破。

上游河面上冲下大量碎冰，不时与我的身体撞击在一起。我咬紧牙关，屏息强忍住双腿撕裂般的疼痛，大约撑了五六分钟，岸上的冯异终于想办法够到了刘秀的手臂，众人齐心协力地将他拖了上去。

我全身麻木，牙关叩得铁紧，刘秀的左手始终与我的右手紧紧缠连在一起，等到大家一把我拉上岸，刘秀猛地将我紧紧搂在怀里。

他的怀抱温暖而又结实，我打了个寒噤，飘散的意识稍许清醒，浑身发冷，牙齿开始咯咯打颤。

河面一夜结起的薄冰层负载不起邯郸大批的追兵，尽数崩溃，半数以上的士兵全部落入水中，惨呼挣扎，水面上扑腾一片。岸上剩余的追兵除了忙着救人外，只能隔河破口大骂，以泄愤恨。

"我们走！"刘秀将我打横抱起，起身时右臂一颤，无力地垂下，险些将我摔落在地。

"给我！"邓禹从旁伸出双手，"我来抱她！"

刘秀面无血色地冲着邓禹柔柔一笑，手下却没任何动作表示要把我交出去。

两人目光胶着，雪花飞舞间似有一层虚幻的迷离，阻隔住一些我看不懂的东西。

冯异低着头走了过来，用那独有的磁石般的天籁之音叹道："我来吧。"说着，伸臂过来接我。

这一次刘秀没有拒绝，他将我移交给了冯异。

冯异的怀抱比刘秀的还要柔软温暖，我不停地打着冷颤，贪婪地汲取着他身上所有的热量。

"别担心，一会儿就好！"冯异抱着我上马，敞开麾袍将我紧紧裹住，牢牢地拥在怀里，"我保证不会让你再有事！"

指　路

相传周武王伐纣，与八百诸侯在孟津会盟，兴兵灭商，在渡过孟津之时有白鱼跃入武王乘坐的行船，从此便留下一个"白鱼入舟"的故事，传至后世，白鱼入舟被引喻为殷亡周兴一种吉兆。

王霸的一次扯谎，结果滹沱河当真一夜结冰，他在后来跟人绘声绘色地说起这件事时，一直拿"滹沱冻结"与"白鱼入舟"相提并论，久而久之，这件事已被渲染得神乎奇迹。

刘秀因王霸的急智表示赞赏，当即任命他为军正，赐爵关内侯。这些以更始帝名义所封的官职对处于风雨飘摇的众将而言，效用或许还不如赏赐一块麦饼。

我们终于平安渡过了滹沱河，虽然冰破的时候，有一些没来得及上岸的随从跌进滚滚河流，生死未卜，即使侥幸逃过劫难的人也都是元气大伤，然而总体说来，能活着过河总比死在河里，或者落在邯郸追兵手里要强出百倍。

但是过河之后，我们并未因此脱困，马上面临新的状况——天寒地冻，一路蓬断草烂，满目的萧瑟凄苦。茫茫四野，鸷鸟休巢，征马彷徨，地阔天长，却远不知归路在何方。

我们……迷路了。

临时躲避在一处废弃的茅庐内，看着庐外无声地大雪渐渐变成飘摇的细雨，听那雨声打在茅庐顶上的沙沙声，怎不叫人倍感凄凉。

冯异将私藏的一点麦饼用水泡开，加了些不知名的野草，烧了一大瓮的麦饭，邓禹负责生火，众人将湿衣脱下烘烤，草庐内弥漫着一种令人窒息的绝望气息。

我的双腿被冰水冻伤，膝盖以下完全没了知觉，痛觉延续到了大腿，每日疼得我坐立难安。这两天一直是冯异在照顾我，几乎吃喝拉撒我都得找他。一开始我还心存别扭，但刘秀身为大司马，是队伍的领军者，不管到哪都得由他主持大局，不可能二十四小时只绕着我打转，做我的私人保姆。

邓禹倒是一逮着空暇便来陪我聊上两句，只是冯异防他跟防狼似的，只要他一靠近，便会毫不客气地沉脸。

我当然知道冯异在担心什么，从那日我知晓他看到我与邓禹的分钗之约起，我就知道他会成为捍卫刘秀利益的坚强后盾。

最后在这种无可选择的环境下，我不得不学会自我催眠，漠视冯异的性别归属。时间相处久了，我渐渐发现就算是开口跟他讲要上茅厕这种窘迫私密之事，我竟也能说得脸不红心不跳，脸皮堪比城墙。

这场雨足足下了一天，直到第二天早上才停止，大家勉强打起精神重整出发，然而失去了方向的逃亡队伍就像嗅觉失灵的猎狗，不知何处才是生路。

一上午的时间全花在走走停停、进进退退地寻找出路上，现在河北遍布刘子舆的爪牙，别说我们这会儿迷路不知身在何处，就算真了解自己所处的位置又如何？我们无路可逃！既无法逃回洛阳，也不知该去投奔谁！

原先还有个耿弇堪当北道领路人，可是自从上次逃亡后他便失踪了，至今下落不明，生死难料。

"有人！"走在队伍最前面的一名随从大叫一声，顿时弄得所有人神经兮兮地竖起戒心。

"何人？"刘秀从轩车上站起身，目视前方。

打探的人很快一溜烟小跑回来，笑逐颜开："禀大司马，是位白衣老者！"

"单单老者一人么？"

"是，并未见他人踪迹。"

众人皆是一副如释重负的表情，正欲过去寻访老人问路，哪知前头山路上，一名白衣老者态拟神仙般地向我们缥缈行近。

老人年近花甲，须发皆白，粗布长衫，风采卓然，仙风道骨，叫人见之顿生好感。可他这副模样怎么看都不像是位山野村夫，如此突兀地出现在这种杳无人烟的地方，着实让人起疑。

"老丈！"刘秀原要下车拜见老者，却被邓禹拦阻，同时祭遵、铫期、王霸等人也都有意无意地成品字形状将刘秀乘坐的轩车守护住。

其实不能怪他们几个过于谨慎小心，就连精神萎靡不振的我都已隐隐觉察出这位白衣老头的来历不简单。瞧他的年岁明明已相当老迈，然而精神矍铄，走起路来步履轻盈，完全没有老年人那种力不从心的感觉。

那老者并不言语，只是捋着自己雪白的胡须，满是橘皮皱纹的脸上和蔼可亲地笑着，笑容却似乎别有深意。

过得片刻，不等人发问，他突然举手朝刘秀深深一揖，这个突如其来的举动不由让人震惊，那种无法捉摸的神秘感更加浓郁地从他身上散发出来。

老人直起身，手却未曾放下，身子微侧，竟是面朝我所在的方向，又是一揖。

我无措茫然地左右观望，却发现自己身边除了牵马的冯异再无他人，他……这是在对我行礼，还是对冯异？

需知汉代礼仪相当讲究，尊老敬长，是为做人道德最基本。那老头实在没道理在荒郊野外，对一群陌生而落魄的年轻人如此屈尊行礼。

行完礼，那老者突然伸手朝南一指，发出从头到尾第一声，也是唯一一声呐喊："努力！信都郡为长安守，离此只余八十里！"

众人皆是一愣，也不知是谁先发出一声惊喜的狂笑，然后大家兴奋得一齐跳了起来，欢呼雀跃，喜悦之情难以言表。

信都郡仍属更始汉朝，居然没有投靠邯郸！

在这种走投无路的绝境，还有什么比听到这个消息更让人振奋的？

眼里热辣辣的，我差点又没能忍住眼泪，刘秀无意似地回眸冲我一笑，欣慰之色在他眼底闪烁。

这个消息太过振奋人心，结果分心之余，谁都没再去留意那个来历不明的老人，等到有人回过神想找他再问个清楚时，却骇然发现老人不见了！

来时蹊跷，去时诡异！

我背上一寒，虽是无神论者，脑海里却没来由地冒出一句熟悉、滑稽的电影台词——神仙？妖怪？谢谢……

"神人也！"也不知谁多嘴，居然当真把我心中所问的答案给念了出来，顷刻间眼前伏倒一片，数十人接二连三地拜倒。

我满脸黑线，在这个谶纬盛行的封建社会，再没有比万能的神仙更能合理的解释各类离奇事件，从而愚昧大众，消除众人疑虑。

如有神助！今时今日，我总算真正领会这个词给人带来的震撼力了。跪拜在地上的那些随从们在前一刻还是灰心丧气，一副世界末日来临的颓丧模样，现在却是一脸誓死效忠的表情坚定不移地望着刘秀。

我将目光从众人身上一一滚过，最后落到刘秀身上。原指望他比别人冷静些，面对这种事情能够客观些，可惜我错了！

我竟忘了，刘秀再冷静理智，他毕竟仍是个两千年前的古人，是个受古代文化熏陶的汉代男子，而不是我这个从小接受21世纪科学教育的现代人。

他跟我不一样！我们之间……终究隔了两千年前的差距！

影　士

刘子舆称帝后，河北豪族望风而从，唯有参与过昆阳大战的信都太守任光、和成太守邳彤二人领兵固守城池，不肯归降邯郸政权。

然而这两郡的兵力却是异常薄弱，孤城难守，信都郡犹如刀尖行路，岌岌可危。

就在我们得"仙人指路"后没多久，在前往信都郡的路上遇上了邳彤派出的两千精骑接应，沿途一路护送至信都。任光亲率部将李忠、万脩等人出城相迎。不久邳彤也从和成赶来相会，为刘秀接风洗尘。

逃亡将近月余，终于让溺水垂死挣扎的我们又缓了这口气，虽说信都也并非是个理想的安身之所，但好歹不用再过风餐露宿的逃难生活。

我的腿伤比想象中要厉害许多，请了城中许多医生前来诊治，效果都不算很理想。困境时满脑子想的只是要如何活下去，温饱问题得到解决后，我开始为久治难愈的腿伤揪心。

如果一直治不好，是不是我下半生就得一直躺在床上无法动弹？我的跆拳道，我的理想，我的抱负，我的希望，甚至我的……爱情，都将统统化为泡影。

那段时间刘秀很忙，整天和部将们商量着是冒险带着少量的信都兵力冲破重重关隘，杀回洛阳，还是继续留在河北，以命相搏，保全二郡？

邯郸离信都很近，危机并没有消散，无论是走是留，未来的希望都是微乎其微的渺小。

白天的时候刘秀一直不曾露过面，甚至连邓禹、冯异、邓晨等人也找不到人影，他们丢下我一人住在传舍，虽然每天都会有医生来探诊，但这种压抑的封闭式生活马上就让我感到一种欲哭无泪的绝望。伤痛拖得越久，我的情绪越消沉。

更始二年二月，寒冬已经逐渐远去，可我的心却仍困在冰冻中没有走出来。

夜深了，又一个无眠的夜晚。我闭着眼睛，耳朵却凝听着门外的动静，为了避人耳目，刘秀白天脱不开身有时便会在晚上悄悄过来。

他来瞧我，却始终没有打扰我，每次他都以为我沉浸在睡眠中，殊不知我因为伤痛睡眠极浅，房间里稍有异动我就立即惊醒了。他不点烛，也不说话，只是坐在我的床头默默地看着我，有时候会待一晚上，有时候却只停留短短几分钟。

我能感觉到他的气息，却没法猜透他的心思。

门上轻轻一响，我心微微一跳，赶紧翻了个身，脸朝内背朝外。这道门外日夜有人守卫，只是大门却始终未曾上闩。

等了十多分钟，等得我一颗心按捺不住怦怦狂跳，房里却没有任何动静，连进房的脚步声，或是些许呼吸声都没听见。

难道……他不曾来？或是已经走了？

我猛地翻身从床上坐了起来，漆黑的房间内有团黑影一闪，显然被我突如其来的反应给吓了一跳。我刚想笑，却突然意识到有点儿不对劲——房间里除了我和那个吓得弹跳的黑影外，还有一个影子，靠在墙角一动不动地站着。

"谁？"我下意识地将手伸入枕头底下摸剑，房里的人绝对不可能是刘秀或者其他我认识的人，这种外来入侵的危险气息让我整个神经都敏感得颤抖。"什么人？！"

"姑娘……"衣袂窸窣，那个离得稍近的人影向前踏了一步，敛衽行礼。

声音不高，是个男声，一声简简单单的称呼令我呼吸一室。我的身份向来隐藏得极好，就算是一路逃亡，同行的人也没瞧出丝毫破绽。

他如何知道我是女的？既能知道我是女的，那我的身份理应也瞒不过他，为何他不喊我"夫人"，反称我"姑娘"？

"你们是谁？"听他的口气似乎并无恶意，若是真有歹意，我双腿伤废，无法移动，他们要对我不利，当真易如反掌。

"兹！"那人晃动火绒，一丝光芒在漆黑的房内乍然跳起，照亮了四周丈圆距离。

借着火光，很清晰地看到一张年轻的脸孔，五官端正，面相淳朴，只是我对这张脸毫无印象，不像是刘秀军中的将士。

"姑娘！"他手举着火绒，突然双膝落地，竟是朝着我跪下，拜道，"小人尉迟峻拜见姑娘！"

我不明白他搞什么玄乎，决定以静制动。

他指着角落里那人说道："这位乃是程老先生！"

角落的影子终于动了以下，作揖行礼："程驭见过刘夫人！"

这个声音听起来十分耳熟，脑子里灵光一闪，我脱口惊呼："是你！"

那人笑道："夫人好耳力！"顿了顿，指使尉迟峻，"子山，把灯点上吧。"

尉迟峻应了，随后将室内的蜡烛一一点上。房间能见度大增，程驭一身白衣，长髯飘飘，我嫣然一笑："那日承蒙老丈指出生路，大恩大德，阴姬在此拜谢！"

"不敢当的！"程驭笑道，"老夫受人之托，忠人之事……子山！"

"诺。"尉迟峻躬身上前，左手摊开，掌心露出一物。我愣住，盯着那东西看了老半天，低头从自己的腰佩解下那块阴兴送我的银质吊牌。

两物相比，除了尉迟峻手中之物材质乃是木胎漆器外，大小、图案、文字无一不同。我倏然抬头，睃了眼尉迟峻，又侧头扫了眼程驭，心中的困惑已然解去大半。

尉迟峻低头道："小人专事河北诸务，原先对外的身份乃是饶阳城南门长……"

"啊？！"

"那日小人无意间瞧见姑娘腰间吊牌，始知姑娘乃是主公遣至河北与小人接洽之人，只是当时情况危机，由不得与姑娘相认，多加解释。小人为助姑娘顺利走脱，于是杀了那名驿吏，又命手下影士在城中放了几把火，扰乱秩序……"

"难怪那日迟迟未见追兵……"我喃喃自语，因为太过激动而脸色潮红。如此说来，在下博城西，程驭突然现身来了招仙人指路，也并非是什么如有神助等虚幻无边的怪诞，他本是有意前来助我们脱困，所以特意等候在下博。

阴家的情报网……影士……原来竟是如此神奇！

虽然还不是太了解，但我似乎已经有一点点接近它的系统内部了。忍不住低头摩挲着那块银质吊牌，想着临走阴兴送我时的古怪表情，心里忽然生出一股暖意。

"子山已混入信都军中，刘夫人可借机将他调到身边做事，今后有他在，想必定能助你一臂之力！"

程驭的一番话令我精神大振，喜出望外道："若能如此，那真是太好不过了！"

程驭笑道："老夫对影士之事不便插手，此番前来，只为受人所托，替夫人疗治腿伤而已！"

我心中一凛，程驭此人怎么看都不像是普通人，隐隐有股世外高人的仙风道骨。我本不信阴家能网络到这种淡泊高人效命，果然听他口吻，不过是受人所托。指路也好，救命也好，都算是还人情债，只是不知这个所托之人，是阴兴还是阴识？

"老先生精通医术？"

"略知一二。"

我把身上的被褥掀开，正欲卷起裤管，尉迟峻猛地把头侧向一边，程驭阻止道："夫人把手递给我，我给你把把脉……"

程驭的看病手段与普通医生一般无二，末了，同样开出药方。他没把写有药方的木牍给我，直接交给了尉迟峻，并且细细嘱咐了服药的细节。

他在说话的时候，我分心想着其他事，没仔细听清他说了些什么，等他讲完，我终于忍不住问道："刘子舆真的是成帝的儿子吗？"

程驭与尉迟峻面面相觑，半晌，程驭轻轻一笑："你们聊吧，老夫先走一步。"不等我挽留，他竟是扬长而去。

"先生……"

"程老先生并非影士，他离开是为了避嫌。"尉迟峻一本正经地回答，"邯郸称帝的刘子舆并非成帝之子，他原是邯郸城中一名卜卦算命的相士，姓王名昌，人称王郎。赵缪王之子刘林投奔刘秀不成，心生怨怼，是以找了王郎冒认成帝之子，两人兴风作浪，已招揽北方各郡兵力不下数十万。"

我欷歔长叹，其实邯郸政权已然做大，现在不管是真子舆还是假子舆都已经不是很重要了，河北的豪强愿意相信王郎是子舆，他就是真子舆，假作真时假亦真。

"现下时局如何？洛阳那边可有什么最新的消息？"

"回姑娘，昨日收到消息，汉朝更始帝已迁都长安！"

"什么？他……已经迁都了？"

刘玄如果在这个时候迁都，代表着我们回洛阳的可能性降为零，刘秀若不想死，只得全力坚守信都。

逃回洛阳的希望彻底破灭了！

"是。李松担任先遣，护送文武百官尽数迁至长安。更始帝入住长乐宫，封赏刘姓宗室六人为诸侯王，又封了十四人为异姓王。"尉迟峻抬头瞄了我一眼，见我未有表示，于是继续补充道，"这六人乃是定陶王刘祉、宛王刘赐、燕王刘庆、元氏王刘歆、汉中王刘嘉、汝阴王刘信……"我仍是没吱声，尉迟峻索性一鼓作气，"十四位异姓王分别是比阳王王匡、宜城王王凤、胶东王朱鲔、淮阳王张卬、邓王王常、穰王廖湛、平氏王申屠建、随王胡殷、西平王李通、舞阴王李轶、襄邑王成丹、阴平王陈牧、颍阴王宗佻、郾王尹尊。"

我两眼发直，在听着那些熟稔人名后，手指收拢握成拳头，指甲深深掐入掌心，疼的却是心："他们……也配封王？"

"这十四位异姓王，除朱鲔表示自己非刘姓宗室，不肯领受外，其余皆已受封，不日将传檄郡国，大赦天下。"

尉迟峻显然没能领会我心中的痛恨源自何处，他虽然机敏能干，却远不会明白那一个个令人厌恶的名号之后，掩藏着我多深的憎恨。

"这些……这些原该是他的……都该属于他……"我握紧拳，一拳捶在床上。

"姑娘是指大司马刘文叔？"

我闭了闭眼，黯然："我累了，明天我会想办法把你调到身边。"

"诺。"

疲乏地躺倒，顾不得等尉迟峻离开，泪水已然难抑地自眼角落下，沁湿枕巾。

他们都忘了你了……

这些原是你拿命拼回来的！原是你应得的！可是……他们现在却享受着你拿命换回来的江山，一个个封王拜侯，荣耀扬名！

天下的人，还有多少记得你？还有多少记得你刘縯——刘伯升！

伯升，看着我！终有一日，我定要叫这些害死你的人血债血偿！这笔血债要从他们身上一个个地讨回来！

议　亲

信都郡开始招兵买马，因为实在无人肯来，所以放榜文时，便特意招募一些亡命之人，并允诺出攻傍县，如果不降，便听任士卒抢掠。

人为财死，鸟为食亡，这点道理果然不假，没多久，居然招募了四千兵力。而后刘秀任命任光为左大将军，李忠为右大将军，邳彤为后大将军，万脩为偏将军，皆封列侯。

一切准备就绪，刘秀命任光、李忠、万脩三人率兵进入巨鹿，然后伪作檄文称："大司马刘公将率城头子路、力子都兵百万众从东方来，击诸反虏！"

城头子路与力子都乃是河北造反的两股势力，城头子路有兵二十万，力子都亦有十余万人。刘秀谎称已与这两部联合，虚张声势，吏民得知后奔走相告，倒也替信都军争得不少兵威。

而后推兵直逼堂阳县，堂阳县守军被刘秀所布疑兵震慑，竟是当夜投降，刘秀顺势进兵邻县。

我虽然行动不便，无法随军，可因为有尉迟峻在身边，刘秀的一举一动却反要比常人知道的更清楚。

近日刘秀带兵前往昌城，聚兵昌城的刘植率领数千兵马开城迎接，刘植因此被刘秀拜为骁骑将军。

程驭开的药我每日都按时服用，然而收效甚微，眼见得半月过去，刘秀带兵越行越远，我却不得不留在信都，实在叫人郁闷。

"姑娘，你还有最后三剂药，程先生关照这三剂药得每隔三日服用一次，中间不能中断，只是……药性甚猛，禁忌甚多，姑娘服用后若有不适，请一定忍住。"

吃苦我不怕，我只担心自己无法再走路："只要能治好腿疾，怎样都使得。"

尉迟峻捧着药盆准备出去，走到一半突然回头问："姑娘想不想去昌城？"

我愣了下，没想到一向循规蹈矩、从不说废话多嘴的尉迟峻居然也会问这么八卦的问题。我莞尔一笑，大方的回答："若非腿伤未愈，我必随军前往——夫主去哪，阴姬自然跟去哪！"这句话字字真心，绝非虚伪客套。

尉迟峻沉吟片刻，忽道："小人……送姑娘去昌城吧！"

"昌城？我这副样子如何去？"

"只要姑娘想去，小人自有办法。"

尉迟峻的办法其实很简单，他找了辆马车，一路颠簸地将我送往昌城。这一路可真是受罪，我本来腿就疼，这下骨头差点没被他颠散了架。

可是尉迟峻十分固执，我不明白他为什么那么固执地非要把我送到昌城，难道仅仅是因为我一句"想去"，他便尽忠的想要替我完成心愿？

这……好像并不太像是一个资深影士会干的事情。

在前往昌城的路上我开始服用第一剂药——果然是猛药！一盆药我才喝下去不到半个时辰，便觉腹痛如绞，挥汗如雨，一开始还能勉强忍住，到后来竟是痛得我在车上直打滚，一双腿又痒又痛，恨不能一刀砍掉算了。

若非程驭是阴家兄弟特意请来的所谓高人，我一定会认为他不是在医病，而是要整人害命。

这一剂药足足痛了我两个时辰，才算得到解脱。翌日晨起，我忽然发现自己的小腿肌肉有了知觉，不再像以前那么木钝。

我又惊又喜，原来那么痛也是有回报的！果然是吃得苦中苦，方为人上人！

抵达昌城是在黄昏，城门已快关上，尉迟峻似乎对昌城街道十分熟悉，不用问路，便径直将车赶到了府衙门口。

与门吏通禀后没多久，门里便冲出来一堆人，没等我寻到刘秀的影子，就听马成扯着大嗓子狂笑："阴戟，好样儿的！我就知道你在信都憋不长，可不还是跟来了？腿伤可好了？"

我踞坐于车内，脸上挂着微笑，尉迟峻转身正欲背我下车，马成已兴匆匆地冲到车前："你来得正好！算你小子有口福……"

"君迁！"

"君迁！"

"君迁！"

异口同声地，马成身后响起一迭串的呼喝声。

马成莫名其妙地回头："你们干吗？阴兄弟来昌城正好赶上喝一杯刘公的喜酒，这可是喜事……"

杵在门口的邓晨、王霸、祭遵等人面色尴尬，臧宫不断地给马成打眼色，见他还在喋喋不休，甚至忍不住动手将他扯向一边。

笑容从我脸上一点点敛去，我抱着侥幸的心理，结结巴巴地问了句："哪个刘公？"

我希望听到的答案是刘隆，或者随便哪个姓刘的，可是偏偏事与愿违，马成的答案丝毫没有给我留一点余地。

"瞧你这话问的，怎么几日不见，连刘公都不记得了，自然是大司马！我跟你说，他这回要娶的可是……唔！"

臧宫一把捂住马成的嘴，他拼命挣扎，铫期与臧宫一左一右架住他的胳膊，将他连拖带拽地往门里拉。

"站住！"我气得身子发抖，抬手指向马成，"把话……说清楚！"

马成唔唔吱声，臧宫与铫期愣了下，两人对视一眼，窣然扭头拖着马成跑了。我眼睁睁看着他们三个消失在府内，微颤的手指倏地指向邓晨等人："到底……怎么回事？"

邓晨低头不语，祭遵都成了哑巴，我气得用手捶车："我既已到此，你们还能瞒我几时？"

尉迟峻在车前跪下："姑娘请息怒！"

我红了眼，厉声道："尉迟峻！你是否早知此事？你送我来昌城，你……"

"姑娘息怒！"

"阴姬！"邓晨忽然叹道，"大家知道你性烈如火，所以才瞒着你不说，你也别太死心眼，丈夫三妻四妾不是很正常的事吗？何况文叔年纪也老大不小了，至今膝下无子，有道是不孝有三，无后为大，刘家的香烟今后可全靠他一人了……"

我浑身颤栗，胸中有团熊熊火焰在炙热地燃烧。

怎么忘了，怎么就忘了，怎么可能因为那个人是刘秀，我竟全然忘了这个社会的婚姻法则！

三妻四妾……这个时代男人的劣根性！

我气得说不出话来，邓晨的话在旁人听来句句在理，在我看来却是最最狗屁不通。

"你不必这样，你待文叔的心，我们了解，文叔待你的心，我们也明白。如今不过是替他再娶房妾室，你仍是正妻，日后即便妾有所出，你也是嫡母……"邓晨在辈分上算是我的表哥，旁人不敢在我面前说教的话，他硬着头皮一点点地掰给我听，"你总不能一直霸着文叔不娶二房吧？"

"有何不可？"我的泪已经含在眼中，却仍是不肯服输地咬着牙冷笑，"我就要霸着他，一辈子……他不可以有别的女人，只能属于我，只能爱我一个！"

邓晨骇然，王霸唇线抿成一条缝，眼中已有明显的不赞同。

泪怅然坠落。

只属于我！只爱我一个……这真是我的一厢情愿啊！如今我再如何痴心，也不过是妄想，他居然瞒着我娶妾！他怎么可以……如此伤我！

深深吸气，我仰起头，哽咽："我要见文叔！"我尽量保持声音的平稳，然而却无法抑制内心的颤抖。

邓晨皱眉道："阴姬，你真叫人失望！这般妒妇行径，毫无宽容贤德的雅量，日后如何操持家业，如何当得一家主母？你别怪表哥多嘴指责你，今日即便你大哥在此，也会这般劝你——不管你爱不爱听，一个已婚女子，就该有身为人妇的自觉与守则，你怎可如此偏激？"

"就算大哥在这儿，也别想拿什么大道理来压我，我不听，也不会答允，新妇若是敢进刘家门，我拿刀捅了她！"

"阴姬！"邓晨厉声，"不许说疯话！"

"我要见文叔……"我脑子里浑浑噩噩的，仿佛听见了自己心碎的声音，"我……只听他一句话，只要他亲口对我说他要娶妾，我便……答应……"

邓晨喜道："当真？看来你性子虽倔，到底还是能听文叔的话！快进去吧，别忘了你现在的身份，一个大男人在门外哭泣落泪，总是说不大过去的！"

尉迟峻迟疑地看着我："姑娘……"

"背我去见他！"我擦干眼泪，心里冰凉。

"诺。"尉迟峻背我一路进府。我趴在他背上，只觉得胸口一阵阵的抽搐，心脏像是负荷不了快速地跳动而要炸裂开般的疼。

行到一半，尉迟峻突然停下脚步，低低地喊了声："姑娘……"

我漠然抬头，只见三四丈开外的道上挡了一个人，满脸忧色与心疼的瞅着我。

我快速地垂下眼睑，低头吩咐尉迟峻："走吧，去见大司马！"

"诺。"尉迟峻加快脚步。

与邓禹身边擦身而过时，他低低地说了句："我等你……"

尉迟峻的脚程极快，我只听见这三个字，后面的便再也听不清了。然而恰是这三个字在我伤痕累累的心上再次狠狠地扎了一刀。

我果然是个笨蛋！当初既然能对邓禹狠下心肠，理智地处理自己在这个时空的情感纠葛，为什么一碰上刘秀，就自乱阵脚，全盘皆输了呢？

我不禁自嘲冷笑，摇摇晃晃地看着尉迟峻踏上一级级的台阶，最终上了大堂。因为处得高，眼波流转间已将堂内各色人物尽收眼底。

刘秀高居首座，原以为他见到我时至少也该有些内疚或是自愧、惊慌的神色，却没想他正坐于席，面不改色，居然连半点异常反应也没有。

我的心愈发往下沉，如堕冰窟，身上一阵阵的发寒。

"这位是……"刘秀身侧坐了位四五十岁的长须男子，略略抬起上身。

我只瞥了一眼，便觉目眩头晕，那人的五官到底长什么样也分辨不清了。

傅俊道："这位是护军阴戬，刘公一路北上，多亏有他一路扶携。刘将军莫要瞧他年纪小，阴护军的一身武艺可是出类拔萃，数一数二的厉害！"

"哦，是么？"那人哈哈一笑，赞道，"那可真是年轻有为，令人钦佩啊！"

尉迟峻将我安置在末席，退下时在我手心里写了个"植"字，我顿时明白，原来此人便是昌城主人，新封的骁骑将军刘植。

我原为质问刘秀娶妾之事而来，可现在刘秀却像个没事人似的端坐高堂，底下更有数十位将士齐聚一堂，且半数以上的人是我所不熟悉的新面孔。这里更像是正在商讨军务的会议室，这般严肃的氛围下，顾虑到我此刻的身份，一时反倒不好发作，只得按捺住性子坐在末尾。

然而脑子里却是十分混乱，他们在讲什么我完全没听清楚，眼前一幕幕闪过的尽是这些年与刘秀在一起的点点滴滴。从相遇、相怜、相伴，再到允婚下嫁，然而是不是注定我们只能走到这里，注定无法相爱，更无法相守？

因为他是两千年前的古代男子，因为我是两千年后的现代女子，因为有了两千年的时代鸿沟，所以……婚姻、道德、习俗、文化，这些看不见却真实存在着的差距终于还是将我俩阻隔开，像是一道无形的墙，永远无法逾越。

恍惚间，马成的大嗓门突然将我游离的神志拉了回来："刘公，这等美事，有何不应？你还在犹豫什么？"

我猛地一震，眼睫颤颤地扬起，脸转向刘秀。

刘秀并未看我，低头目视身前，微微拈笑："秀已娶妻……"

任光笑道："哎呀，知道知道，世人皆知刘公那句'娶妻当得阴丽华'！我们没让你娶妻，只是纳那刘扬的外甥女做妾……"

冯异不冷不热地说："刘扬是何等样人？他的外甥女又是何等样人？岂肯轻易屈为妾室？"

臧宫悄悄瞥了我一眼，犹豫着说："妻妾总有先来后到之分，阴丽华……名分早定，断不可更改。"

我的一颗心堵到了嗓子眼，只觉得胸闷难受。看样子这事比我想象的更离谱，他们现如今一个个的，不管对我的身份知情的还是不知情的，所考虑的并非刘秀该不该纳妾的问题，而是该如何妥帖安置这个妾室的身份。

我攥紧拳头，嘴里轻轻嘘着气，这会儿真是连动怒的力气都没有了。

"妻……秀已有了，妾……不需要！"刘秀忽然在众人的争执中站了起来。

"刘公！"刘植叫道，"我与那真定王磨了五天五夜的嘴皮子，他最后愿以外甥女嫁与刘公，此乃化干戈为玉帛的天赐良缘，刘公为何不允？"

刘秀脚步没停，径直走到门口，面朝我，背向刘植，缓缓一笑："娶妻丽华，夫复何求？"

"刘公——"邳肜一声厉喝，"大丈夫能屈能伸，这桩婚姻从眼下看来无非是有些受人胁迫，非刘公意愿。然而同盟联姻，娶一女子而保得真定十万兵力按兵不动，何乐而不为？若是由得真定王依附邯郸，我等腹背受敌，势危矣。此事有百利而无一害，刘公为何要如此意气用事？"

刘植劝道："天子一聘九女，诸侯一娶三女，刘公两女，并不为多。刘扬亲附，若不结为姻亲，如何肯真心归降？刘公情系发妻阴氏，此心天地可鉴，我想阴夫人识大体，自然不会介意妒嫉。况且……刘扬的外甥女郭氏并非凡女，与公有缘莫要错过！"

刘植话音刚落，任光及时附和："伯先所言甚是，刘扬的父亲真定恭王刘普实乃景帝七世孙，他的妹妹人称郭主，贵为一国翁主，身份显赫，所嫁郡功曹郭昌更是曾把数百万田宅财产让与异母兄弟，举国震动，人称义士。郭昌早卒，儿女幼小，郭主带着一双儿女投奔兄长，刘扬待外甥视若己出……刘公，郭氏人品家室，皆属上流，莫说做妾，便是扶为正室，亦是门当户对，绰绰有余。"

"娶妻郭氏，保雄兵十万不予为刘子舆所用，望刘公三思！"

我倒吸一口冷气，只见满堂部将，皆离席跪拜，恳请刘秀娶妻郭氏。

郭氏！郭氏！郭氏……

一颗心疼得像在被刀剜，终于，怒气再也抑制不住，我愤而怒叱："主公已言明不愿纳妾，你们何故咄咄逼人？既然你们口口声声赞那郭氏如何的好，不如由你们去娶回来吧！"

一时堂上鸦雀无声，知情的皆瞠目结舌，不知情的则在停顿两秒后转移目标，七嘴八舌地开始不断指责我。

"你怎敢这等放诞无理？"

"果然年少不明事理！"

"竖子，你可知道真定王刘扬镇守真定郡，手中握有兵马十余万，其弟临邑侯刘让、族兄刘细各拥兵数万，成三角列阵，互为倚重。如今刘扬依附邯郸，我们欲取邯郸，先得过了真定王这一关，若不能拉拢于他，则真定发兵，十余万兵马瞬间压境，兵临城下。若能与他联姻，则十余万兵马化敌为友。一来一去的这笔账，你自己算算……"

"娶一女子得真定王襄助，不费吹灰之力……若是不娶……"

我被轰炸得头昏脑涨，憋着气从头到尾就只咬紧一句话："不娶就是不娶！"

眼看知情者们也终于按捺不住，纷纷加入指责我的行列中，我有心想逃却陷于包围无法逃脱。他们这些人碍于无法当面斥责刘秀拒绝联姻，便都借着骂我的言语来骂刘秀——典型的指桑骂槐！

我一张嘴自然不敌几十张嘴，想动武偏又有心无力，抓狂之余正欲捂耳朵放声尖叫，突然人群分开，刘秀挤进包围圈，对众人一一行礼："诸位！诸位莫动怒……秀原是一乡野村夫，娶妻阴氏，已偿夙愿。郭氏贵不可言，恕秀不敢高攀！"

趁着众人僵化的瞬间，他弯腰横抱起我，扔下一干人等仓惶而逃。

奈　何

刘秀再三保证绝不纳妾，我犹自不肯轻信，恨不能一天二十四小时严密看守他的一言一行。

到达昌城后的第二天，我服用了程驭所配的第二副药。服用之前我还没心没肺地跟刘秀绘声绘色描述这药性如何的霸道，简直比剜肉剃骨还疼。他虽不置可否，可等尉迟峻把药端到我面前时，我皱着眉头将苦涩的药汁一口口咽下后，他镇定自若的脸色终于变了——那一刻，我忽然觉得，如若剜肉剃骨之痛来换得他的一片真心，那也值了。

然而这第二剂药出奇的温和，服下药后半小时，我开始哈欠连连，没撑过一个小时，我便沉沉睡了去，人事不省。

等我醒过来的时候已是翌日巳时二刻，都快接近中午了。尉迟峻不在我身边，守在我床头的也不是刘秀，而是……冯异。

不知为何，睁眼第一眼瞧见冯异时，我心里便有种说不出的不舒服，仿佛被人卡着脖子，窒息得透不过气来。

"醒了？"

撑起上身，我坐在床上开门见山："如果还想做朋友，最好什么都不要说，我不想听。"

"你怎知我想说什么？"他笑了起来，然而眉宇间的那丝忧郁却始终未曾舒展。

我顾左右而言他："文叔呢？"稍稍动了动被褥下的脚，惊喜地发现脚趾和脚踝竟已能活动自如。

"被他们请了出去，恐怕一时半会儿难以脱身。"

"那些人很无聊。"

"呵呵。"他轻笑两声，像是在幸灾乐祸似的。

我白了他一眼："你笑什么？"

"没什么，只是笑刘文叔历经万种艰辛磨难，最后却要毁在这里。"

打从他出现在我床前，我便知道他来此的目的绝非探望病情那么简单，于是冷冷一笑："你不用拿话激我，我说过不听的，你说什么都没用。"

"我不说什么！"他退后一步，半侧于身。刹那间，脸上的笑容骤然敛去，他的手中已多了一柄短剑。寒芒逼喉，锋利的剑刃冷飕飕地逼近。

我头皮一麻，危急关头上身往后躺倒，与此同时双手抓过被面兜头向他甩了过去。

"兹啦"一声，被褥被利刃割裂，残絮纷飞，冯异手持长剑，面罩寒霜。方才那一击已非寻常意义的玩笑过招，若非我闪得及时，或许早被他一剑刺穿咽喉。

"冯异！你什么意思？"我动了真怒，咬牙切齿地瞪着他，"你现在可是欺我有伤在身？你也真不怕被人耻笑！"

"你总是要死的，与其让你将来愧疚自缢，不如我做恶人，先成全了你们夫妻！"

"你胡说什么？"

"我胡说了么？"他逼前一步，帅气的脸庞碎无半分笑意，像是长着天使面孔的恶魔，"你不让文叔娶郭氏，便该想到这种后果！"

"什么后果？！你少危言耸听！"内心震颤，其实并不是真的不明了眼下的时局，只是我不愿去明了！我真的不想去思考娶或者不娶的后果，我顾不来那个大局，如果我连自己的老公都保全不了了，凭什么还要我去保全大局？

凭什么？！

"外头那些部将，从洛阳一路追随投奔，难道便是因为大司马刘文叔儿女情长，英雄气短？因为他爱美人不爱江山？他们到底为了什么才誓死跟随刘公，一路北上？如今娶一女子而能轻易化干戈为玉帛，文叔却是执意不肯，这难道不是寒将士们的心么？刘扬不降，则他日必然兵戎相见，血战疆场，你难道想看到士兵为你一己之私流血送命？你要这跟随文叔的两万人统统去死不成？"

"别说了！"我大手一挥，激动得呼呼喘气，"关我什么事？关我什么事？这关我什么事？"

"古之欲明德于天下者，先治其国；欲治其国者，先齐其家者，先修其身；欲修其身者，先正其心……心正而后身修，身修而后家齐，家齐而后国治，国治而后天下平。"

修身、齐家、治国、平天下！

为什么一定要扣这么大一顶帽子在我头上？两万人的生死存亡，系在刘秀取舍之间！真有那么玄乎吗？

不要开玩笑了！凭什么？凭什么这种事情非得逼着要我接受？

"我……听不懂你在说什么？"我颤栗着仰起头，强逼自己忽略掉内心的惶恐不安。"我只知道，什么都能与人共享，唯有牙刷和夫君不能……"

冯异的目光深邃中带着一种怜惜，但是即使如此又如何？他仅仅只是以他的认知来度量我的痛楚，这是完全不够的！牙刷和老公，是不能跟其他人分享共用的！

身处这个时代，已经让我从此没了牙刷的享有权，难怪连我最后唯一的那点奢望也要剥夺吗？

"你这是在逼文叔去死！"他一字一顿地说。

随着他两片嘴唇的缓慢开合，我的心仿佛正被他拿刀一刀刀地捅着，鲜血淋漓。

"得天下有道，得其民，斯得天下矣。得其民有道，得其心，斯得民矣。得其心有道，所欲与之聚之，所恶勿施尔也——文叔若无此担当，枉为英雄！则离失人心不远矣，等到身边再无一人忠心相随，在刘子舆传檄天下，十万户取文叔首级的追剿下，他就算想卸甲回蔡阳归田都无此机会——他如何还能活着踏出河内郡？"

冯异的话无异一剂强心剂！所有人里面就属他的话最残酷，最冷血，也最现实！寥寥数语，已把我不愿去想明白的利害关系尽数戳破。

我其实不过想做一只笨笨的鸵鸟而已，他却非得把我埋头的沙砾全部拨去。

实在是……太残忍了！

"你……其实你比任何人都不愿看到文叔去死吧！"他很肯定地看着我，"既是如此，何不现在成人之美？眼下文叔感恩于你，自然不愿做出违背你心愿的事情，但是你可曾考虑过，身为男儿丈夫，若是为一女子放弃大好前途，事后即便苟活下来，天长日久，会否因今日之失而渐生懊恼？只要他将来心存一丝悔意，你们夫妻之间今后还能像现在这般坦然无私么？你既已能处处为他考虑，不如宽容大度些，反可使他承你的一片深情！"

头顶一阵旋风扫过，我头晕目眩，胸口闷得喘不过气来："你……这是你自己的想法，不是文叔的想法！子非鱼，安知鱼之乐？"

冯异冷笑对答："子非我，安知我不知鱼之乐？"顿了顿，语重心长地说，"丽华，你虽性情豁达，宛若丈夫，然而……你非真男儿，男人是有抱负与追求的！男人的有些想法，是你永远也无法明白的！"

我垂下眼睑，默不作声。

脚步声窸窣响起，冯异踏前两步，忽然伸手抬起我的下巴。我泪眼婆娑，模糊间只能看见他的影子在我眼前晃动，随后幽幽一叹："我亦有妻室，然而自问今日若我与文叔易地而处，别说是纳刘扬的外甥女为妾，便是废妻为妾，扶她为正亦不会有半分迟疑。"

我打了个冷颤，只觉得一股寒气从他的手指间直逼过来，要将我整个人吞噬。

"可你……毕竟……不是他！"我艰涩地说，"你不是他，所以他能做到的，你不能！你能做到的，他不能！"

冯异放开了我，乌黑透亮的眸瞳中倒映出我苍白的脸色，隔了许久，他无奈地笑了："是啊，我毕竟不是他。如果是我，即便废妻为妾，我若敬她，重她，宠她，爱她，便是一万个郭氏也抵不上她一个。即便无名无份，她依然是我心里最疼惜的一个女人……无可替代！"

说这些话的时候，那个低沉的声音感性得像是静谧的汪洋，柔软、蛊惑、迷人。我的心一阵阵地抽搐着，原来，这并不是我一个人对刘秀的认知啊！虽然我多么希望冯异能否决掉我的判断，证明是我看走眼。

然而……刘秀他，深深吸引着我的，不正是这个优点么？

现在只是换个角度，优点却同时也变成了缺点！

"秀儿他……"眼泪滴下，我咧嘴笑了，一边古怪地抽着嘴角笑，一边眼泪像是断线的珍珠般不停地坠落。"他一向不会有负于人！"

冯异不是刘秀！刘秀也不是冯异！

冯异可以妻妾成群，然后专房专宠，可是对于刘秀而言，他不会娶了一个女子回来当花瓶摆设。

让一个女子独守空房，那是何等残酷的事情！将心比心，这位作为政治联姻筹码的郭氏又何其无辜？

刘秀是个烂好人，性情温婉，却并不代表没有自己的固执。他向来宁可伤己，不忍伤人！若是当真娶了郭氏，必会对她负责到底！

就像……曾对我说过的那样，他"是个娶了你，会对你一辈子好的人。"

"丽华……"

"呜……"我埋首于臂弯，哭得再无半分形象。心里空荡荡的感觉，像是被人彻底挖去了一样最重要的东西。

"别哭了！"他抚摸着我的头顶，难得的软声细语，"我知道这样逼你很残忍，只是……若不逼你，将来文叔若因此遭遇不测，你会更加自责一辈子！"

"呜呜……"

"我带你出去走走好么？别哭了……"

我什么都不想再去想，只是觉得想哭，眼泪如江河决堤般倾泻。我并不是个爱哭的人，哪怕是受再重的伤，我都从没掉过一滴眼泪，然而现在，我却像个无助的孩子般，蜷缩在床角痛哭流涕。

冯异打横抱起了我，我只是一味哭泣。他带我出门，门口尉迟峻的声音低低喊了声："姑娘！"

冯异解释："她没事，会好起来的。"

"姑娘，主公派人传信，让你回新野！"

我抬起头，尉迟峻淳朴的面容呈现在我眼前，而在他身后，赫然站着邓禹。

"丽华，别难过了，这事……也怪不得文叔。"居然连邓禹也这么说？

我愣了下，突然感觉这世上再无一人能够真切地了解我的痛楚。是啊！这里是1世纪的西汉末年，不是21世纪的现代。"我陪你回新野，好不好？你要不想回家，我带你游遍天下如何？"

我黯然摇头。

邓禹转而皱着眉头问冯异："你这是要带她去哪？明公在堂上被数百将领围得无法脱身，你身为主簿，不该随身守卫么？"

"守卫之事，应是护军之责。"他俯首有意无意地瞅了我一眼。

说话间，邓晨急匆匆地赶了来，见我们几个正站在门口，不禁喜道："总算找到诸位了！赶紧想个法子吧。大司马执意不受，言道'富贵不能淫，贫贱不能移，威武不能屈，此之谓大丈夫。'众将跪地直谏，若是再不允协，恐伤人心……"

冯异、邓禹听了转身就走，我很想说："我不去！"可话到嘴边却仍是没能说得出口。几个人跑到堂屋，果然堂上堂下跪满了人，挤得根本无法插下脚。

站在人群后面，望着那层层叠叠的人影，跪下，起立，再跪下，起立……犹如波浪般此起彼伏，看不到尽头。

泪水渐渐模糊了视线，隐约间那晃动起伏的人影却如刀刻般刻入我的记忆深处。

"啪"的一声，我的心里似有什么东西彻底碎裂，我吸了口气，胸腔中迸出一声沉重的怅然："诸位——请回——"

跪伏的人群闻声扭头，一张张或年轻、或苍老的脸上均是诧异之色。

"大司马……明日即动身亲往真定……提亲……"

情　浓

早春，稀疏的阳光透过窗牖照进房内，飞舞的尘埃在金色的光芒中跳跃，像是充满生命力的飞虫。

一切看起来都是那么美好，窗外的花开了，草绿了，春意盎然，生机勃勃。

阳光将我的影子拉长，我静坐在榻上，默默地看着身下的影子，从西往东慢慢移动。刘秀就站在我对面，我一动不动地坐了一下午，看着日暮、日落，天色逐渐变黑，他也一动不动地站了一下午。

他不说话，我更是无从说起，想跟他说几句真心话，却又怕自己狠不下心，最后心痛反悔。所以我只能默默低着头，两眼发直地看着自己的影子，随着日落的瞬息一点点地移动，最后终于……踩到了他的脚下。

脚上的鞋是双做工粗糙的平头麻屦，那是我在信都养伤时学着做的，因为记不得他的鞋码，结果做得有些紧脚，原让他送给其他人穿的，他却笑着把它硬给套在了脚上。

"啪嗒！"一滴泪溅落在自己的手背上，我缩了缩手，心里愈发堵。

以后，怕是再不需我这么费尽心思的做鞋给他穿了。

"你真要这么决定？"蓦然，刘秀开口。

我浑身一颤，张了张嘴，却是无语凝噎，隔得半晌，他不死心地又重复追问了句："你当真要我去真定？"

双手拢在袖内，十指掐进掌心，怎样的疼痛都及不上我那颗已经碎裂的心。

我僵硬地点了点头，停顿片刻，眼泪簌簌直落，我咬着唇用力再次点头……点头。

"阴丽华——"他突然拔高声音直呼我的名字。闻声惊栗抬头，婆娑的视线中，刘秀面色煞白地瞪着眼睛望着我，"你……真要我纳妾？"

我强忍泪水，心如刀绞地凝望着他，一个"不"字险些冲口而出。

他静静地看着我，眼里有惊、有怒、有怜、有痛……最后，这抹让我一辈子难忘的复杂表情终于尽数收敛去，他怅然地轻笑两声："既如此……秀谢过夫人的一片贤德之心！"说着，竟朝着我深深一揖。

我张嘴，喊声却哑在喉咙里。刘秀行完礼后，转身离去，留下最后一道卓然的背影。

我贪婪地把这抹影子收在眼里，刻在心里，转身掩面啜泣。

寂听风唳，坐待天明。

空洞洞的漆黑房间，仿佛又回到了新婚那晚，刘秀拥着我无声落泪……

"秀儿……"无力地呻吟，我转动发僵的脖子，慢慢看向洞开的大门。

东方渐白，闪耀的晨曦之光刺得我的眼睛剧痛，尉迟峻悄然无声地杵在门口，我抬手揉着发疼发胀的额角，虚软地问："都准备好了？"

"是。"顿了顿，稍有迟疑地答，"卯时二刻，大司马会率队出发前往真定，届时城中诸将皆会出城相送，我们在这个时候离开最不易被人发现。"

"嗯。现在……什么时辰了？"

"已是寅末。"

我心里一颤，闭了闭眼："知道了，你先出去，我换上女裙更方便出城……"

"诺。只是……姑娘，今日又是服药的时日。"

"是吗？我倒忘了……"若是现在服药，怕是又会出现什么稀奇古怪的药力反应了吧。可是程驭的这三剂药的药效的确有目共睹，他既然再三叮嘱不能错过服药时间，还是遵照医嘱比较妥当。

"子山，你这就去把药熬上，我服了药再走。"或许药效惊人，等这第三副药喝下去，我的双腿便能立刻康复，下地行走。

尉迟峻走后，我开始磨磨蹭蹭地脱去武服。换上女装后，却是照样不会盘髻，我握着邓禹送的那半支玉钗，沉吟片刻，将满头乌发在脑后挽了两绕，随随便便的将长发打了个结，然后将玉钗随手插入发鬓，梳了个不伦不类的发型。

卯时二刻，耳听门外一阵喧哗，距离虽远，却是人声鼎沸，热闹非凡。

我先还对镜梳妆，到后来手中所持梳篦啪地落地，全身上下不可抑制地颤抖起来。我双手俯撑镜簽，却仍是无法强迫自己安静下来，镜簽被我晃得咯咯乱抖，震得镜簽上的铜镜移了位。

"姑娘……"

"药——好了没？"我猛回头，厉声而问。

尉迟峻蹙眉："程老先生嘱咐，需文火煎熬，不可操之过急。"

我忽然一松劲，颓然地趴倒在镜簽上，脸埋在臂弯内，只觉得心如死寂。

"姑娘……还有些时间，你……不去最后见见……"

"出去！"

"姑……"

"出去！药没好你就去熬药！在你把药端来之前不许再踏进我的房门！出去——"几乎是用吼的声音把尉迟峻轰出了房间后，我一动不动地趴在镜簽上，眼泪却是再次无声地从眼角滑下。

辰时初刻，那盏黑得能倒映出我发肿双眼的药汁终于递到了我的手里，我一仰头想也不想地喝了下去。

"子山，不管一会儿我的神志是否清醒，午时前我们必须离开昌城！"我冷冷地把盏还给尉迟峻，"这是命令！"

"诺。"

服下药不到十分钟，我便开始觉得浑身燥热，像是有把火在我的肚腹中燃烧起来，汗湿鬓发，豆大的汗水顺着脸颊滑入衣襟。

嘴里又干又渴，我强忍了半个多小时，终于忍耐不住将外头的一件襌衣脱了去，可身上仍是着了火般，一开始只是上身热，双腿却是冷如冰块，到后来气息流转，却又像是整个倒了个个儿，变成上身冷，下身热。我像是在冰与火中煎熬洗练。

口渴到嗓子痛，我刚想开口招呼尉迟峻去倒水，谁曾想刚提了口气，一股热辣辣的气流便从胸口直蹿上来，喉咙口涌起一股腥甜。

"噗——"口中猝然喷出一口血雾，在一片鲜红颜色中我仰天晕厥。

有双大手流连地在我脸上拂拭，指茧的粗糙刮疼了我的肌肤，我不满地想用手去推，可是胳膊却怎么也抬不起来。

眼睑猛地睁开，我滴溜溜地瞪大了眼睛。

那张文雅白皙的脸孔就在我的眼前，剑眉弯眼，温婉的笑容中透着满满的怜惜与心疼。我眨了眨眼，小心翼翼地伸手去触摸，食指指尖点上他的鼻尖，指尖的感觉是木钝的，我再次不确定地将手移到边上，轻轻摩挲他的脸颊，掌心的温暖湿润让我一颤——这样的感觉真真切切，绝非幻觉。

"你……没走？"

他俯下身，突然用力吻住了我的唇。柔软的双唇相触，我脑子里轰地一声，最后那点理智终于被燃烧殆尽。

他的唇沿着我的下颌一路滑向我的脖颈，唇瓣游移之处，如遭电击。我忍不住发出一声沉闷的呻吟，伸手抱住他的头。

高高的长冠打到我的下巴，我打了个寒噤，突然从失魂中清醒过来，嗓子里逼出一句话："你为什么在这儿？！"

他的唇已然滑至我的胸口，衣襟半敞，酥胸未露。刘秀抬起头来，琉璃色的眸瞳变得异常晦涩难懂，他盯着我看了许久，终于吁了口气，不答反问：

"你为何吐血？"

我一愣。难道他是因为我吐血才又半道折回的？我不经意地往窗外投去一瞥，却见乌黑一片，竟已不像是在白昼。

床前一盏陶灯照得他面色如雪，他伸手固定住我的脸，不让我再东张西望："你到底要我怎么办？"

我鼻子一酸，险些又要落泪，忙咬着唇，轻笑："其实……吐血并不是什么大不了的事，那是……"

唇上一紧，他用发颤的手紧紧捂住我的嘴："你总以为自己很强，为什么不肯承认自己其实也很软弱呢？"

我讶然，转念想到他可能有所误会，那口淤血其实只是单纯的服药所致，并不曾对我的身体造成什么伤害。

轻轻扳开他的手，我哽声轻笑："你自己何尝不是？"

我们两个可怜虫，其实都是那种遍体鳞伤也不肯轻易说痛的人！

我抬手捧着他的脸，手指留恋不舍地从他的眉毛扫起，一点点地滑到他的眼睛、他的鼻子、他的嘴巴："秀儿，我要你活着！能看到你活着，比什么都好！"

"只要我活着就可以了吗？"

"嗯。"继续不舍地看着他，突然很心酸地想，如果能这样看他一辈子该多好？就这样看着他慢慢变老……

"秀儿……"我贪恋地凝视着那张干净的脸庞，"蓄了胡须的秀儿又会是个什么样呢？"

三十而立，四十不惑，中年的刘秀……五十知天命，六十花甲子，老年的刘秀……

我轻轻笑了两声，遥想得出神，也遥想得心疼，我的愿望只是他能好好地活着，将来能够躺在床上得享天年，寿终正寝，而非亡命乱世，惨遭横死，尸骨无存。

泪水滑入嘴里，带着咸涩的滋味，我笑得却是异常地粲烂："秀儿！我的秀儿……"我凑上唇，主动吻住他。

舌尖滑入他的口中，唇舌交缠，苦涩的泪水中带着一丝丝甜蜜。

刘秀的呼吸逐渐加重，我半眯着眼，左手握住他的右手，半拖半拉地将它覆上了自己高耸的胸乳。

心系君兮君奈何

他的手在轻轻发颤，我腾出右手主动将自己的衣襟扣带解开，他的手突然加重力道，我嘤咛一声，突然将他一把推开。

刘秀红着一张脸，略带惊异地看着我，嗫嚅："对不……"

我猛地扑了上去，将他推翻在床上，双手撑住他的胸口，双腿分开跨骑在他身上。

"丽……华……"

我低埋着头不去看他的脸，只觉得自己全身肌肤都在发烫，我咬咬唇，毫不迟疑地伸手去解他的衣襟。只是由于太过紧张，加上对于他身上这套衣裳的不熟悉，结果反而扯了半天连外套也没解开。

我气恼地扒扯，把那件穿戴比平时更正式的官服扯得乱七八糟，可是即便如此我仍是解不了那恼人的衣裳，心里不禁一阵发酸，竟是怔怔地落下泪来。

刘秀自被我推倒在床，便没发出一声异议，哪怕衣襟被我扯得袒露大半胸膛，也未曾有丝毫反应。我停止了手中的扯动，眼泪越落越凶，那种绝望似乎团团包围住了我，令人窒息。

他没吱声，只是慢慢地撑起上身，伸手过来轻轻替我拭干眼泪。我感觉特别不好意思，用手背蒙着落泪的眼睛，别开头不去看他。

他将我的手拿开，攥着我的手腕牵引着带到他的衣襟系带下，我怔怔地没反应，只是哽咽抽泣，脑子里木讷地还没怎么反应过来他的用意。

他轻轻叹息一声，修长的手指灵巧地解开自己的衣裳，三两下便把上身的衣服给脱了个干净。我两眼发直，袒露在我眼前的胸肌十分强健，一点都不像他外表那么瘦弱。

过得片刻，我面上慢半拍的爆红，烫得耳根子都要烧起来了。正当发糗之际，半敞的酥胸一烫，刘秀居然凑上脑袋，把唇印滚烫地印上了我的心口。

"嗯……"我闷哼一声，身子发颤，四肢软软地险些瘫倒。

他及时托住我的后背，另一手将我身上披挂的衣衫尽数褪去。

"秀……"我无力地攀住他的肩膀，指尖下的体温异常滚烫。

刘秀饱含柔情地在我额上落下一吻，而后眼睫、鼻尖、唇角……吻一点点地落下，悱恻缠绵。

我神魂剧颤，胳膊环住他的脖子，亵衣被最后褪去的瞬间，全身因紧张而泛起一层细密的小疙瘩。

"秀……秀儿……"我轻颤，在他的柔情下沉溺。

"嗯，我在！"他轻哼，鼻音虽重，声音却是无限温柔。

"哦……秀……儿……"他的亲吻、抚触令我神魂俱失，只得迷茫地瞪着模糊的泪眼看着他。

他紧紧地抱住我，赤裸的肌肤贴合在一起，那种紧密无间的感觉令人赞叹，我忍不住探指在他背上不规矩地游移，终于惹得他霍然翻身，反将我压在身下。

"秀……"动情地曲起双膝，我将腿缠绕他的腰肢，像条蟒蛇般紧缠不放。如果可以，真想一辈子，就这样缠住他……绝不放手！

"嗯……"我娇喘着低吟。

"疼么？"他低下头吻去我的泪水。

在这种关键时刻，他居然还能强迫自己停下来，还能紧绷着脸，满头大汗地憋红了一张充斥情欲的脸孔来问我这样的问题。

这该死的温柔！

我在心底咒骂一句，用力勾下他的脖子，凑上红唇紧紧吻住他。

疯狂！痴迷！沉沦……

他是我的男人！是我跨越了两千年寻的夫，我爱他！

对他，爱无反顾……

第五章
蓦首阑珊笑旧颜

庄 遵

更始二年春。

刘秀率后大将军邳彤、中坚将军杜茂、右大将军李忠等人，亲往真定迎娶郭氏。真定王刘扬大开城门，率众迎接，刘秀以晚辈身份见礼于刘扬。

郭氏，闺名圣通，年方十七，比我小三岁——密函中传递来的文字上并未详细描述她的容貌长相，只介绍了她的家室背景，虽已刻意简化，但是那显赫的家族，却像座沉重的石碑一般压在我心上。

刘秀他……此刻会在干什么呢？

笑拥新人？还是……会有一点点的念及我这个旧人？

我自哂地摇了摇头。都不重要了！这些都已不再重要！从我那夜悄然离开府衙，离开昌城起，我便已经决意要放弃这段感情了。

不是不爱他！只是没办法同时爱他和他的女人……虽然这并不是他的错！

离开昌城后我并未立即南归，反而继续北上，来到了下博附近。原是为寻访程驭而来，然而找到他在下博郊外的住所时，却发现程老先生并不在家，府中童子将我二人安置于门庑暂作安歇。

草庐清幽，绿竹环伺，倒是一处绝佳的世外桃源，十分适合隐居。门前引滹沱河支流为水源，淙淙溪水从竹林山涧中叮咚溅下，春风拂过，竹叶沙沙作响，迎风起舞，翩翩动人，尽显有凤来仪之姿。

"姑娘！"尉迟峻从门外匆匆赶回，满头大汗。

我收回心神，见他神情紧张，不禁问道："婚姻既定，难道刘扬还三心二意不肯归顺么？"

"不是，婚礼行过三日，真定王已同意归附大汉！"

"那……"心里一阵别扭的抽搐，我勉强挤出一丝笑意，"那不是很好么，你做什么如此慌张？"

"信都急报！"他长长嘘了声，顾不得擦汗，递给我一份竹简。

简上所扣木槽中的封泥未曾拆封，竹简上插了三根雉羽——居然是份加急函！这样的书函原本应该快马发往南阳新野，递到阴识手中亲览才是，没想到尉迟峻竟会如此轻易地交给了我。

我心中一动，用小刀快速挑破木槽封泥，解开捆绳。竹简上密密麻麻地刻着十几行字——皆是用刀斧刻画而成，并非手抄墨笔——写的是隶书，但是字迹潦草，在这种无逗号、句号分割字句的时代，一般情况下讲究书写的人会选择一句一行，可是这份竹简上的字密密麻麻地排在一起，我瞪着眼睛看了老半天也没看懂几个字，更别说弄明白其中讲的什么事了。

我大为头痛地将竹简丢还给尉迟峻："你给念念……"顿了顿，又马上改口，"不必念了，你把大致情况跟我叙述一下就好！"

"这个……小人只怕不便……"

他倒也知趣，居然懂得避讳。我眼珠一转，银吊牌是阴兴私自给我的，阴识这会儿到底知不知情我并不清楚，若是知道那自然是好，若是不知……万一得知我假借吊牌看了不该看的机密，甚至插手组织内部操作，不知道会不会雷霆大怒。

虽然不怕他会打我杀我，可我也实在怕他生气起来又想些稀奇古怪的东西来惩罚我，为杜绝这种后患发生，倒不如现在索性把尉迟峻一同拖下水，成为共犯。

我微微一笑："我让你看，你看就是了！"

他犹豫片刻，终于勉为其难地拿起竹简，随着目光的上下游移，他的脸色愈发凝重，片刻后，啪地收起竹简："信都危矣！"

"信都？"

"王郎派遣大将军张参进驻柏人城，而后命信都王督率部众围困信都！"

信都城内有大姓豪族马宠，杀死守门的汉军将士，打开城门接应邯郸军，信都城不战而失！太守宗广带兵抵抗，可惜寡不敌众，已被生擒。信都王与马宠押着宗广，满城搜捕汉军将士家眷，李忠的老母妻子、邳彤的父亲、弟弟以及妻子等数十人皆被囚禁！"

我惊得险些跳起："这是什么时候的事？"

"就在几天前——正是我们离开后不久发生的事！"

我倒吸一口凉气，因为刘秀娶妾之事，尉迟峻诱我前往昌城，最终却使我一手促成了这门婚事。然而塞翁失马焉知非福，当初我若仍留在信都养伤，只怕倾巢之下，我亦难逃被俘的下场。

"刘……刘……大司马那边可有动静？"

他摇头："只听闻大司马与郭夫人在漆里舍大宴宾客……想必还未收到消息。"

我心里如刀割般一阵剧痛，伏于案上，稍稍缓了口气："刘扬的十万兵力可否……"

"刘扬只怕是指望不上的，大司马与其联姻为的也只是刘扬能与刘子舆划清立场，刘扬老奸巨猾，若大司马想借他兵力谋事，刘扬是断断不肯轻易交出兵权的。"

其实尉迟峻不解释，我也清楚这其中的要害关窍，刘扬只是想在乱世中搞投机生意而已，赔本的买卖自然是不会做的。

"子山，依你看，李忠与邳彤等人会如何做？"

"有两种可能，一是他们被逼对大司马行不利之事；二是不肯受挟，忠于大司马，放弃自己的家人。"

选前一种那是人之常情，选后一种则是忠肝义胆，无论是前一种还是后一种，以刘秀的性格都不会坐视不理。就算李忠等人选择了第二种，刘秀也会坚决反对。

我托腮冥想，手指不停敲击着案面，时时有声。

"子山！我们在河北有多少影士？"

尉迟峻吓了一跳："姑娘的意思……"

"调集人手，想办法把李忠等人的家眷都给救出来！"

他脸色刷的白了，扑通跪下："姑娘请三思！此事万万不可！"

"有何不可？"

"影士只负责传递四方消息，互通有无，他们的身份有些只是平头百姓，贩夫走卒……这些人并不适合放到明面上，更不适合行军打仗！"

"你起来！"我蹙起眉，叹道，"我没说让他们去打信都，河北的影士撑死了也不会超过五百人，拿这些遍布四方的零星散丁去打信都，我还没疯呢。"

尉迟峻松了口气，心有余悸地从地上爬了起来："姑娘料得真准，确实不足五百。"

"河北……这些人……花了几年？"

我含糊地问了句，原以为他会听不明白，却不料他反应灵敏得超出我的想象："三年。"

三年？！三年的时间发展了五百人！

我相信阴家的这些影士绝非汉朝招募士兵，只要是个男人就能领取俸禄，扛起戟戈，为国效命。阴家所收的影士必然忠贞不二，忠心与守口绝对毋庸置疑。

五百人啊……且是散在河北各地，该怎么利用这些人脉去解信都之危呢？

"万物变化兮，固无休息。斡流而迁兮，或推而还。形气转续兮，变化而蟺。沕穆无穷兮，胡可胜言！祸兮福所依，福兮祸所伏；忧喜聚门兮，吉凶同域……"门外蓦然传来一声激昂高调，听起来虽离此还有些距离，却不禁让人精神为之一振，"……祸之与福兮，何异纠纆；命不可说兮，孰知其极！水激则旱兮，矢激则远；万物回薄兮，振荡相转。云蒸雨降兮，纠错相纷；大钧播物兮，坱圠无垠。天不可预虑兮，道不可预谋；迟速有命兮，焉识其时……"

"是程老先生！"不只我，尉迟峻也很快辨认出那声音的主人，不禁大喜道，"还以为他这一走，两三月内不会归家，没想这么快就能碰上了。"

我又惊又喜，程驭这个老头儿有点本事，我现在能够恢复行走能力，全靠他给我开的那个药方。如能向他讨教解救信都之方，定能胜我在这冥思苦想，不得其法百倍。

刚从席上起身准备出门相迎，忽听那声音转低，似有若无，隔了一会儿，再不闻程驭之声，却另有一股清扬的声音如鹍鸟般直冲云霄："……小智自私兮，贱彼贵我；达人大观兮，物无不可。贪夫殉财兮，烈士殉名。夸者死权兮，品庶每生。怵迫之徒兮，或趋西东；大人不曲兮，意变齐同。愚士系俗兮，窘若囚拘；至人遗物兮，独与道俱。众人惑惑兮，好恶积亿；真人恬漠兮，独与道息。释智遗形兮，超然自丧；寥廓忽荒兮，与道翱翔。乘流则逝兮，得坻则止；纵躯委命兮，不私与己。其生兮若浮，其死兮若休；澹乎若深渊止之静，泛乎若不系之舟。不以生故自宝兮，养空而浮；德人无累兮，知命不忧。细故蒂芥兮，何足以疑！"

这一唱一喝间的对答实在令人屏息，我虽听不懂他们在讲什么，但是这种汉赋的激昂壮阔却令人心旷神怡，直抒胸臆。

尉迟峻早已抢出门去，我站在门边发呆，脑子里仍在琢磨着那些晦涩却回味无穷的句子。

"哈哈哈……"没过多久，程驭的笑声随着他仙风道骨般的身影一起从大门外飘入，"原来是贵客到访，恕罪恕罪，我与子陵在河边赛钓，日出垂竿，日落而息，竟忘了时辰……"

我冲他行拜礼，恭恭敬敬地叩谢道："阴姬来此，只为多谢程先生的救命之恩！"

"你谢我大可不必！"他一身蓑衣，斗笠尚未摘下，忙俯身将我扶了起来，"老夫不过受人之托，你若要谢，也应谢受托之人，而非老夫！"

我正纳闷不解，却见程驭回头笑道："子陵，你既有心帮人，索性便帮人帮到底吧，这个恩情我可不敢再替你白担着了。"

走廊尽头，隔开十多米站着一个颀长的身影，左手钓竿，右手竹篓，身披蓑衣。我好奇地伸长了脖子，当那只持竿的手将头上的斗笠缓缓摘下后，我猛地一颤，惊艳得忘了呼吸。

那是个看不出有多大年纪的年轻男子，之所以说看不出他的年纪，是因为他长得十分秀气，单看五官长相，仿若少年，然而气质淡定，目光睿智，却又似需不惑之年才有的成熟沉稳。

要说我见过的美男也已不少了，论气韵，有貌胜女子的冯异；论邪魅，有似邪似魔的刘玄；论阳光，有没心没肺的邓禹；论儒雅，有温润如玉的刘秀……可是，没有任何一个似眼前这位，让人根本找不出任何形容词来描述。

凝神细瞧，那其实也不过就是一个普通人，可就是这么一位普通人，让人一见之下大有自惭形秽之感。

"刘夫人。"子陵微微颔首，不卑不亢。

"这……"我嗫嚅地不知道该怎么还礼，紧握的手心里全是黏湿的汗水。

程驭呵呵一笑，适时解围："这是庄遵，字子陵。真要说起渊源，他可也算是你夫主昔日太学同窗……"

我愈发吃惊，刘秀的同窗我所熟知的那些人不外乎朱祐、邓禹、刘嘉……却从未曾听说有个叫"庄遵"的人。单看程驭之才，便可推断他所结交的这位小友定非泛泛之辈，而且……听程驭的口气，似乎当日托他出面解我夫妇之危的人正是这位庄遵！

难道我之前认为是阴识、阴兴所托，竟是完全猜错了？

我来不及细想，匆匆上前几步，跪下拜道："阴姬拜谢庄公子！"

"不敢当！"庄遵弯腰虚虚一扶，却并未与我有实质性的接触，我循礼磕了三个头，这才算真正谢了救命之恩。

起身的时候，僵硬的膝盖一麻，竟然刹那间失去知觉，木钝得摔下地去。我用手及时撑地，又惊又窘，尉迟峻低呼一声，急忙将我从地上扶了起来。

庄遵视若未见，程驭"咦"了一声，两根手指出手如电般搭上了我的脉息。

"你……"程驭的脸色转暗，又气又惊，瞪着我足足盯了两分钟，"你……"他表情怪异，突然把脸转向尉迟峻，怒道，"我不是关照过，服药时禁忌甚多，需小心……"

他向来和颜悦色，这般动怒的样子不禁把尉迟峻吓了一大跳，就连我一颗心也是怦怦直跳。

"小人……一直遵照先生嘱咐……不敢……"

"如今说什么都晚了！"程驭气恼地将我的手甩开，"房事乃第一禁忌，我当初怎么交代你的！"

"姑娘向与大司马……分……分……"

我把头压在胸前，又羞又愧，一张脸涨得犹如猪肝。当着三个男人的面被人指责闺房之私，就算我是个21世纪穿越来的现代人，也经不起这么活生生地拿来当教材。

"欲修长年，必先远色，矧病者乎！病既因虚致邪，务宜坚城却寇。新瘥后精髓枯燥，切不可为房事，犯房事劳复必死……"

"嗯哼。"庄遵清了清嗓子，用询问的口气打断程驭的忿忿，"事已至此，再说无益！刘夫人如今可是有何不妥？"

蓦首阑珊笑旧颜

程驭冷哼一声，我愈发觉得他虽是在指责尉迟峻照顾不周，同时也是在指责我在夫妻之礼上不够收敛："她这双腿算是废了！"

"啊！"我低呼一声，险些瘫到地上去。

怎么会发生如此严重的后果？为什么吃药还与做爱相冲突？我根本不知道服用那三副药还有这种要命的禁忌！早知如此，当初便是借我十个胆，我也不敢去碰刘秀一根手指啊！

扭头去看尉迟峻，已是呆若木鸡。大概他见我和刘秀为了纳妾的事闹得不可开交，刘秀又被那些部将缠得分不开身，从未在我房里留过夜，所以……他是个年轻小伙，要他来转告我房中禁忌，想必他也开不了口。

就这么着……我稀里糊涂地撞在了枪口上！

欲哭无泪，我颓然地垮下脸。我的腿……废了！

这是什么概念？是不是意味着我要成为跛子？瘸子？还是……瘫子？

冷汗涔涔而下，刹那间感觉自己真是世上最衰最倒霉的一个！莫名其妙地穿了两千年，好容易爱上了一个男人，可最后老公娶了小妾，不再属于自己；末了就在自己以为还能靠自身撑起下半生时，却又残酷地告诉我——我的腿废了！

庄遵问："可还有什么办法解救？"

我紧张地抱着仅有的期望小心翼翼地看向程驭。

程驭沉吟片刻："死马且当活马医吧！我也不敢说有治愈的把握！"

我心中一痛，黯然闭上眼。

死马……且当活马医！秀儿！秀儿！你可知我现在的可悲遭遇？你可知我即将面对的伤痛？你可知……可知……

始　计

更始二年三月，耿纯率领宗族宾客约二千余人投奔刘秀，刘秀封其为前将军。因有信都人质事件为例，耿纯这次投奔不仅托儿带口，背井离乡，甚至走后还特意命人焚毁故园房舍，如此一来，即便是族中尚存些许动摇之心的人，也再无可供反悔的余地。

耿纯这一招，做得相当干净利落，忠心可鉴。

于此同时，信都方面派出使者，递送威胁信函给予李忠等人，结果李忠竟将随侍的马宠之弟、校尉马忠斩于剑下，已示其绝不受马宠等人威胁，忠于刘秀的坚决。

刘秀随之告示吏民，能救出信都汉军家眷者，赐钱千万。

去年北上之时，留于洛阳的朱祜，此刻不远千里赶来会合，与他一路进入河北的还有刘嘉力荐的贾复、陈俊二人。此时已经身为汉中王的刘嘉悄悄替他们三人准备好马车，命人一路护送北上。刘秀遂命朱祜顶了我的空缺做了护军，陈俊为安集掾，贾复为都督。

兵分两路，刘秀一面遣左大将军任光率兵回救信都，一面亲带汉军逼近柏人城，在极短时间内先后攻下下曲阳、卢奴、新市、元氏、防子等地，势如破竹，更是攻下鄡县，杀了王郎的一员大将李恽，甚至在柏人大破王郎的另一个得力干将李育的部队。

刘秀虽然在偏南的战线上占尽了一连串的优势，可谓旗开得胜，然而任光带领士兵攻打信都，却成了件相当棘手的问题。投鼠忌器下的任光，连一场正面之战都不敢随意主动叫阵，生怕里头的人质遭遇危险。

这许多许多的事几乎是同一时间在不同的地方同步发生着，小小的草庐成了情报的中转站，我在养伤调养期间，整理着一堆各种各样、有用无用的讯息，然后将之分拣，把一些有价值的东西再传回新野。

以前我只是享受这些免费资源，现在真正在第一线接触一手情报，这种感观又非平时可比。信息量太多太杂，且要从中辨别真假，规避轻重，再加入自己对实事利弊的权衡、分析、判断，这还真是件相当考验人的脑力活。

程驭显然很清楚我在忙些什么，但他对我的忙碌颇有微词，不是因为我占了他的地接私活，而是作为病人的我，实在是很不听话，且很不配合的那一个。

病人是需要好生休养的，就如同那位庄遵庄公子一般。虽然我看他体格健壮，气定神闲，精神抖擞得一点毛病也没有的样子，可每当我试探性地问起程驭，他总推说庄遵只是他的病人，言辞模糊，大有敷衍之意。

庄遵是个十分古怪的人，他也住在程驭府上，每日日升而出，日落而归，白天从不见他的人影，晚上也从不见他踏出房门半步。

时局纷乱紧张，在长安流连于醉生梦死中的刘玄，终于意识到了王郎政权存在对汉朝的威胁有多严重——或许他原本就很清楚，只是想看好戏的隔岸观火，准备等着看刘秀是如何死法。

但是刘秀蟑螂般顽强的生命力在河北颠沛流离之余竟幸运地延续了下来。刘玄没得好戏再看，刘秀被王郎追杀的狼狈日子已经一去不复返，他也只能收敛起看好戏的心情，匆匆结束游戏，在前大司马、宛王刘赐的禀奏下，派使者西行，征召隗嚣、隗崔、隗义，同时派出尚书仆射谢躬率振威将军马武，带兵赶往河北，与刘秀的军队会合，共灭王郎。

刘秀此刻在河北的性命已是无虞，再不用过当初提心吊胆，生怕有今朝没明日的生活。但是其他地方征战再如何旗开得胜，若是信都的汉军眷属有失，以他的性子，必然会愧疚一辈子。

再好、再多的江山也换不来亲人的一条性命！这一点，刘秀应该比任何人都深有体会。

又是一整夜未曾合眼，我绞尽脑汁也想不出一条对策来，枉费我平时总自以为是地为自己是现代人，IQ高而沾沾自喜，可平白搁一大堆情报在手里攥着，我却仍是一筹莫展。

秉着死马当活马医的原则，程驭如今当真把我当成了他手里的一具临床试验品，从各种药剂到针灸，无一不试，我的腿初来下博之时尚能行走，到得后来，下肢无力，居然当真如他所断言的那般，形同残废。

我很怕长时间瘫在床上会造成肌肉萎缩，于是想尽办法，画好两张图纸，让尉迟峻替我做了一对拐杖，外加一架简易轮椅。

草庐四周便是大片竹林，尉迟峻就地取材，他对我的奇思妙想早已见怪不怪，只是我没料到拐杖和轮椅竟会引起了庄遵的兴趣——打从第一次见面后便再无交集的庄遵通过程驭，邀我前去一叙。

这个邀请让我感到很莫名其妙，虽然我不否认对庄遵有强烈的好奇心，但是他一个四肢健全的正常人不来就我，凭什么非要我这个坐轮椅的去就他呢？

原本看在程驭的面子上我也不该拒绝才是，可我只要一想到庄遵若有若无间所展示的狂傲，便有些不大想去答理他。

程驭似乎看出了我的心思，笑道："你一宿未睡，愁的是什么？"见我不吱声，他一面收起银针，一面颇有深意地说，"机会便在眼前，如何不懂把握呢？"

他话里有话，我不是听不出来，略一迟疑，诧异道："先生的意思……

难道是说那位庄公子有办法能解我之虑？"

"呵呵，"他轻笑两声，十分肯定地告诉我，"若子陵肯出手，信都之危当可迎刃而解。"

"当真？"我又惊又喜，那个庄遵竟能得程驭如此高的推崇和评价。

"你去试试不就可以知道真假了么？"

程驭这么一说，我真恨不能背上长对翅膀飞过去，连忙嘱咐尉迟峻推我到庄遵的房门口。隔着那扇薄薄的门板，我却没来由的感到一阵紧张。

"庄公子！"象征性地敲了两下门，尉迟峻将我推到房内。

庄遵正伏案支颐，不知在冥想些什么，见我进来，抬头间眸光中闪现一片惊喜。他从席上长身而起，连鞋都顾不上穿，光着脚向我直奔而来。

甫到跟前，便屈膝蹲下，目露惊艳之色："有意思的东西……"他手抚轮椅，那种专注的眼神让人怦然心动。

我尴尬地笑了笑，看来这位庄遵还真是个痴人，居然会对我的轮椅那么感兴趣，难道他的癖好是做木匠？

"做工看着挺简单，难得的是这想法，刘夫人如何想出来的？"

"呃……其实也没什么，人力推之，我不过是仿辇车与鹿车罢了！"辇车也就是挽车，是一种人力牵拉的双轮车；鹿车则是人推的独轮车，因容量窄小，只能装载一头鹿而得名。

"哦？"庄遵似乎有点不大相信。

我暗自蹙眉，总不能实话实说，说这是仿造两千年前后的东西搞出来的仿冒品吧。

接下来的时间，庄遵把注意力放在了我身下的轮椅上，他一直绕着我左右前后不停打转，这种感觉真让人觉得怪异，没奈何我只得让尉迟峻把我抱到榻上靠着，把轮椅让给好奇宝宝专心研究。

庄遵的书案上堆放得乱七八糟，竹简、木牍、缣帛，笔、刀、砚、墨……什么都有。我伸长着脖子瞅了两眼，发现除了《诗经》《尚书》等我日常熟见的文章外，最上面一卷打开了一半的竹简上，显眼处用刀刻着一个大大的篆字。我原无心细看，可晃眼掠过，那个字已深深地刻入眼帘——计。

计！计谋的计！计策的计！计算的计！

我心有所动，轻轻抽出那卷颜色早已发黄、甚至偏红的竹简。竹简完全打开，右侧第一支尺简上刻的字终于完全显现出来。"计"字上面尚有四个大字，我就算再白痴不懂篆体，这四个字连蒙带猜的也早看得明明白白——孙子兵法。

这是《孙子兵法》之《计》。

《孙子兵法》我听过，知道这本书大有来头。古往今来，只要是关系到行军打仗的，无不把这本书当成必备宝典。但是，对它，我仅能称之为如雷贯耳，却从不知道这里面到底讲了些什么实质性的东西。

手里捧着那卷《计》，瞪大眼睛，从头读到尾，不知所云，连基本的字，我也只认得一个开头："孙子曰……"再往下，就只能是它认得我，我不认得它。

> 始计第一。孙子曰：兵者，国之大事，死生之地，存亡之道，不可不察也。"冷不防手中书卷被骤然抽走，隔着一张书案，庄遵眉飞色舞般的倒背如流，"故经之以五事，校之以计，而索其情：一曰道，二曰天，三曰地，四曰将，五曰法。道者，令民于上同意，可与之死，可与之生，而不危也；天者，阴阳、寒暑、时制也；地者，远近、险易、广狭、死生也；将者，智、信、仁、勇、严也；法者，曲制、官道、主用也。凡此五者，将莫不闻，知之者胜，不知之者不胜。故校之以计，而索其情，曰：主孰有道？将孰有能？天地孰得？法令孰行？兵众孰强？士卒孰练？赏罚孰明？吾以此知胜负矣。将听吾计，用之必胜，留之；将不听吾计，用之必败，去之。计利以听，乃为之势，以佐其外。势者，因利而制权也。兵者，诡道也。故能而示之不能，用而示之不用，近而示之远，远而示之近。利而诱之，乱而取之，实而备之，强而避之，怒而挠之，卑而骄之，佚而劳之，亲而离之，攻其无备，出其不意。此兵家之胜，不可先传也。夫未战而庙算胜者，得算多也；未战而庙算不胜者，得算少也。多算胜少算，而况于无算乎！吾以此观之，胜负见矣。

实在不得不佩服他的好记性以及好口才，虽然我完全听不懂他在说什么，但是出于礼貌以及藏拙的心态，我仍是很卖力地为他鼓掌。才要喝彩，却不料被尉迟峻抢先一步："庄公子真乃神人也，字字精辟。"

庄遵笑了笑，我横了尉迟峻一眼，有气无力地哼哼："这是孙武写的，孙武是……"一时记不起孙武是哪个朝代的人，只得临时改口，打混道，"孙子！所以此书乃称《孙子兵法》，是部兵书。"

"夫人果然见识非凡！"庄遵赞道，"早先听闻夫人巾帼不让须眉，我原有些不信，如今看来，传闻非虚。"

尉迟峻喜道："原来姑娘也看过这书，那可真是太好了！姑娘可否给小人详细讲解一下其中要义？刚才听庄公子背诵了遍，虽不明详意，却已深感震动。若得要义，必能增长学识，受益匪浅。"言辞恳切地说了这一番话后，他竟朝着我跪了下来。

我不禁大为窘迫，让我讲解《孙子兵法》？不如让我拿块豆腐撞头来得更直接！偏偏尉迟峻不依不饶地冲我磕头，真心诚意的欲拜师求教。

看来这个时代有文化的人真的不多，能识文断字，真正能接触到文字类古籍的人更是少之又少。也许在他们眼中，通晓《孙子兵法》的人是非常了不起的……我眼珠一转，抬头触到庄遵似笑非笑的表情，顿时灵机一动，笑道："我一个妇道人家能懂得多少道理，又能教你多少道理？子山你放着眼前真正的大家不拜，却来拜我，岂非舍本逐末？"

尉迟峻"啊"了声，幡然醒悟，膝行至庄遵处，叩首："求公子教导。"

庄遵没拒绝，可也没说答应，目光打我身上转了一圈，笑道："夫人还真会推脱责任。"

"岂敢。"我嫣然一笑，于榻上敛衽肃容，恭恭敬敬地对他一拜，"阴姬也正要求教公子，望公子念在与我夫主曾同窗相交一场的份上……"

"夫人过谦了。"我万万没想到，庄遵坦然受了尉迟峻的拜礼，却死活不肯受我的礼，居然对我还了一拜。

我才升起的一颗饱含希望之心，瞬间崩塌。这之后庄遵又将话题绕回到了轮椅上，尉迟峻为了巴结这位学识渊博的"老师"，恨不能当场把我的轮椅拆成一片片，再拼装组合给他看。

"姑娘，庄公子真是位人才。"回去的路上，尉迟峻把这句话嚼了不下十次。

我意兴阑珊，回到自己的房间后，只想蒙上被子倒头就睡。尉迟峻却没有要马上离开的意思，我掀起眼皮乜了他一眼，轻轻"嗯"了声。

"姑娘。庄公子给了小人这个，小人愚笨，吃不准他是何用意。"他递过来一片竹牍，上面用墨工工整整地写了个隶书的"弇"字。

我愣了片刻，突然"哎呀"一声，叫道："子山！你赶紧替我查一个人！"

"诺。小人马上去办，不知此人是……"

"耿伯昭！上谷郡太守耿况长子——耿弇！"我双掌略一撑案，内心抑制不住有些激动，"他原在蓟县投奔刘秀，后兵乱失散，生死不知。耿弇此人身手委实了得，我不信他会遭遇不测……庄子陵既然提到'弇'字，必是对他有所暗示。子山，你速去替我查明耿弇现落何处，又在干些什么？"

损　己

尉迟峻的办事效率让我再一次见识到了阴识安插在河北的影士力量。

耿弇果然没有死，蓟县突围之时，他与我们一行分散走失，之后便北走上谷，劝说父亲同约渔阳，起兵攻击王郎。恰时王郎亦遣兵进逼上谷，胁迫耿况投降，兵临城下之时，多数人赞同投降王郎，唯有功曹寇恂力排众议，反对投降。

好在耿况对于这个寇恂倒是颇为信任，言听计从，于是寇恂动身往渔阳联络渔阳郡太守彭宠。

彭宠其实也收到了王郎勒令投降的文书，与上谷的情形极为相似，多数人赞同归降，唯有安乐县令吴汉向彭宠陈说利害，再加上寇恂的及时赶到，两边一说合，彭宠终于决定联合两郡兵力，讨伐王郎。

上谷、渔阳二郡素为天下精兵所出之地，尤其是这两郡的骑兵号称突骑军，破阵溃围，天下无敌。彭宠遂发突骑军两千，步兵一千，由手下吴汉、盖延、王梁率领出征南下。

渔阳兵南攻蓟县，首战告捷，斩杀王郎大将赵闳。与此同时，寇恂返回上谷，与上谷上史景丹、耿弇一同挥兵南下，与渔阳军队会合后，一路夺关斩将，攻占了涿郡、中山、巨鹿、清河、河间等郡国的二十二县，杀王郎大将、九卿、校尉以下官员四百余人，斩首三万余众，威震河北。

"这个耿弇……想不到竟有如此作为！"看完整摞厚重的书卷，我歆歔不已，当时耿弇孤身来投，不过是个年方及冠的毛头小子，几乎没多少人把他放在眼里。没想到，就是这么一个不起眼的小子，居然能把河北搅得天翻地覆。

"上谷、渔阳二郡兵力转眼便会与大司马的军队会合！"

我的手指在案面上时时敲击，沉吟片刻后毅然下了决定："子山，通知河北、河内所有影士，务必配合上谷、渔阳，乃至陛下从河南遣派的军队，援助信都，不惜一切代价也要把那些汉军家眷从马宠手中解救出来！"

"姑娘！"尉迟峻大惊失色。

我摇着食指斩钉截铁地说："我要活的，不要死人！"

"姑娘，如此一来，即使影士能侥幸存下性命，可因此暴露身份，也再无影士存在的意义了。主公在河北花了三年才培植出的这点人脉，或许会因此完全葬送……"

"这是我的决定，你遵照执行便是！你只需负责把人平安救出即可，余下的……后果，自有我全权负责！"

话说到这种份上，尉迟峻也不好再与我争辩什么，他深深地看了我一眼，惋惜失望地低下头去："小人……遵命。"

等他出去，我全身脱力般地仰天躺倒在席上。

豁出去了！

把好不容易握到手中的这点家当，全部押上！

刘秀，你可知我为你所做的一切？

不，你不会知道！我也……永远不可能让你知道！

刘秀与谢躬的数万人会合后，旋即引兵东围巨鹿。因信都人质受胁，加上巨鹿顽强防守，十余万汉军连续攻城，相持不下。

彼时，耿弇带领上谷、渔阳两郡的数万兵力南下会合，汉军实力大涨，集结各方势力围救信都。为了解救城中人质，我孤注一掷，将阳家在河北的全部影士人脉全部调到了明处，想尽一切办法从信都牢狱中将汉军家眷解救出来，随后又秘密护送出城。

马宠失去人质的要挟，在任光以及耿弇所率两郡兵力的反攻下，守城兵力全面崩溃，信都被汉军重新夺回。

然而此一役，看似有惊无险，背后付出的却是河北影士势力的付之一炬。当尉迟峻禀明五百影士消亡过半，剩下的一百多人也因此无法再留在原地隐藏身份，等同于失去影士作用时，我正配合程驭的针灸，丢弃拐杖，如婴儿学步般步履蹒跚地做着初步的康复训练。

尉迟峻面色铁青地把伤亡报告汇报给我，我没等听完，便一跤狠狠摔下地。尉迟峻并未像往常那般着急搀我起来，只是冷冷地望着我，似在伤心、生气，甚至失望！

不仅仅是三年的心血付之一炬，还因为我的这一决策，几乎便是拿影士的性命换了李忠等人家眷的性命。

一命换一命！在某种程度上，我这是干了件相当损己利人的赔本买卖——折损了阴家，成全了刘秀！

也难怪尉迟峻不能谅解，在他眼中，刘秀再娶，我这个刘夫人已形同下堂妇，保全娘家才是正道。而我，却恰恰彻底反其道而行。

这下子，只怕阴识那里我也难辞其咎，没脸再回阴家寻求栖身。

相信不管是谁，若是听说此事，都会断定我干了件两面不讨好的蠢事吧？！

垂睑轻笑，满心苦涩，却终是无悔。

爱上刘秀，便早已注定了无可救药！

痴儿呢，痴儿……

更始二年四月，王郎派出数万援兵增援巨鹿，刘秀率军队迎战，不料战斗失利，汉军竟连鼓车与辎重也被敌军掳去。幸得景丹率突骑军勇猛冲击，大破王郎军队，斩首数千。敌军死伤纵横，景丹甚至带兵挥骑追奔十余里。

上谷、渔阳的突骑军不仅让刘秀、让世人见识到了它的威力，也让我隐埋心底的那点心思又重新活络起来——我想建立一支骑兵！以北陲固有的骑兵模式再配合上我搞出来的高桥马鞍、马镫，相信一定能把骑兵的威力成倍扩大！

我把这个主意讲给尉迟峻听时，他先还不大苟同的皱起眉头，脸上夸张的神情似乎认定我在说天方夜谭。可等我十分肯定地把马鞍、马镫的图纸交给他，并详细描述其作用后，他紧皱的眉头舒展开来，取而代之的是一脸的惊讶与赞叹。

这种表情我早在邓禹身上就得到了初步证实，所以也就不再为他的大惊小怪而沾沾自喜,为了加快行动,我让他赶紧先搞几副样品出来,而且有了之前的实践效果,我更是对样品的成功率自信满满。

然而几天后,没等样品递到我手里,尉迟峻便告诉了我一个非常现实的问题:没有足够的启动资金。

缺什么都不能缺钱,没钱那叫寸步难行。长期以来,我都一直处在衣食无忧的状态中,即便最困苦的时候,也不过就是风餐露宿,杀马饮血。但这些都是个人的存活问题,我还真没仔细想过,要养活一大帮人,招揽壮丁,组成一支骑兵该付出多大的代价。

钱!最大的问题是,我没有钱!

换而言之,想要做成这件事还得回去跟阴老大开口要钱,否则一切免谈。这兵荒马乱的年代,可不是随随便便振臂一呼,便能招来一群不要钱的人的。平民百姓肯当兵打仗,很大程度上并不是为了什么远大理想而参军的,他们为的不过是军中三餐温饱,每月所得军饷罢了。

行军打仗讲究三军未动、粮草先行。其实招揽军士,组成骑兵,又何尝不是如此呢?

我把阴识安插在河北的情报系统全部搞瘫痪了,以至于现在刘秀那边再有什么动静,我也无法及时得知,更无法向新野传递任何情况。在这种情况下,阴识没有气得从新野杀到下博来把我痛揍一顿已属不易,我若再开口向他索要一笔数目不小的钱……他会有可能给吗?

只怕他会真把我当疯子!而且是个又想企图挖娘家钱,拼命倒贴夫主的超级疯子!

要怎么样才能让阴识相信我,心甘情愿地掏钱出来呢?

我愁得接连几日吃不下饭,尉迟峻见状,好心提点道:"庄公子足智多谋,计策无双,姑娘若有难解之事不妨去请教他。"

还真是一语惊醒梦中人,我竟忘了还有庄遵这号人的存在。于是急忙拄着拐杖去找他,没想到庄遵用一副不可思议的表情上上下下打量了我一遍后,嗤声:"你都已经这副样子了,还想怎么折腾?"

那种神情,不屑中似乎还带有替阴识极度的惋惜,仿佛在说:"有妹如此,不如去死。"

我也清楚自己给阴识捅了多大的篓子,所以尽管庄遵的眼神让人很不舒服,我也尽量克制,低声应和:"公子说得极是,但……"

"但你还是不死心是不是？"他冷冷地接过话去，"当真不见棺材不落泪，好好的女子，费这心搞这些做什么？你若真有闲暇，不妨先替你的这双腿多考虑考虑！"

他声色俱厉的样子让我打了个寒噤，没来由地联想到了阴识。大哥他，若是见到我落到现在这副惨状，估计会比庄遵更愤怒吧。

"程先生说……我的腿有治愈的希望……"潜意识里竟把庄遵想象成了阴识，我很小声地解释，唯唯诺诺。

"哼。"他冷哼一声，"程老先生说的是，也许……有治愈的希望。"他加重了"也许"两个字的发音。

我一哆嗦，咬着唇可怜兮兮地说："求公子出个主意，阴姬感激不尽。"

他翻了个白眼，很不耐烦地挥手，轰我出门："去！去！去！是你要钱，又不是我庄子陵要钱！"

再无二话，竟然当真像赶苍蝇一样把我轰了出来。

我气得差点破口大骂，庄遵这家伙，看起来一副斯文样，接触久了，便会发现其实他骨子里又狂又傲，也许他真有才，也许有才的人与生俱来的都带了股狂傲之心，可至少邓禹不这样！

邓禹有才，或许他也狂也傲，但至少他从来不会用这么恶劣的态度来对待我！

那是因为……他对你的感情不一样——心里有个小小的声音不经意地将事实泄了底，我愣住，顿时百感交集。

也许……的确如此。对待不同的人，才会用不同的心去对待。就像冯异说的，他若爱一个人，必然会专房专宠，无可替代。

然而刘秀……他……

猛地摇了摇脑袋，把心中的疼痛强行略去，我深吸了口气："子山，扶我回房，我要写信给大哥。"

"姑娘可想到法子了？"

我诡谲一笑，凉飕飕地说："方才庄公子不是都已经交代了吗？"

"啊？小人怎么没有……"

"庄公子说了，以我的名义是要不到钱的，但如果以庄子陵的名义的话……"

尉迟峻两眼发直地瞅着我，半晌打了个哆嗦，垂下头去："小人……明白了。"

劫　持

因为失去了影士的互通有无，不仅河南的讯息传递不到河北，便是河北的动荡局势，足不出户的我也无法再详详细细地摸得一清二楚。

两耳不闻窗外事，我在下博真正过起了隐居的生活。

整个五月，因为实在无可事事，我非常勤快且主动地配合起程驭的针灸治疗。随着气候转暖，天气变热，我的双腿已经能丢开拐杖，稍稍踱步了，只是平衡感有些差，腿上肌肉没力，想要快跑已是不太可能，若要施展跆拳道，那更是妄想。

我也明白，程驭能把我这匹死马医成这样已属不易，虽然心里非常别扭伤心，面上却不敢露出丝毫不悦的神情，深怕程驭怪罪。

到得五月末，盛夏来临之际，尉迟峻告诉我，新野来信了，阴识准了我的要求，托人秘密送来两千斤金。

我长这么大，除了听说王莽娶后时花了三万斤金当聘礼外，还是头一次听到这么多金子，欣喜之余只差没搂住尉迟峻狠狠亲他一口。可是没等我乐开怀，他便当头泼了我一桶冷水："主公吩咐，这些金子只可用于组建突骑军及重建影士所用，不许姑娘插手碰上一丁点儿！"

我像是被人当头一棒，愣了老半天才撇着嘴，不满地龇牙："真是小心眼的哥哥，我能偷了他的钱还是怎么的……"

"那倒也未必不可能……"

"你说什么？"我忿忿地瞪眼。

他立马乖觉地改口："小人只是听从主公调令。"

"知道了！知道了！我绝不插手干预，我哪只手要是敢碰那些金子，便让我的手跟腿一样……"

尉迟峻变了脸色："姑娘何必诅咒自己？"

"反正我的腿已经这样了，再多只手算什么？"我一半玩世不恭，一半自暴自弃地挥手，"没我什么事了吧？那明天我去看程老先生、庄公子两个赛钓，你就不用来找我了，趁早忙你的去吧！"

如果要构建突骑军和重建影士，相信接下来的日子他会忙得完全抽不开身，与其让他左右为难，不如我主动回绝比较好。

他似有所觉，张嘴欲言又止，终是俯下头，轻轻应了声："诺。"

河畔边的茅草最矮的也长到半人高，绊在脚边让人皮肤刺痒，隔开十多丈，程驭与庄遵分散在东西两头，各自倚在一棵大树下，纳凉垂钓，显得优哉神往。

我已不知道多少次狼狈地跌倒在草丛里，然而这一左一右却视而不见，只顾自身的垂钓之乐。草须扎得我浑身发痒，裸露在外的肌肤更是被蚊虫肆意叮咬，残虐不堪。

我当时的念头，真想点一把火，把这大片的草场全都给烧了，最好能把那两个看似悠闲的家伙也烧得屁滚尿流。脑子里想象着他们两个在大火中丢掉鱼竿，狼狈逃窜的样子，我忍不住大笑起来。

笑声终于引得庄遵回过了头，距离甚远，看不清他是什么表情。我正笑得欢畅，忽见他倏地从河畔跳了起来，右手指向我，厉声大吼。我听不清楚，手搁在耳后示意，他竟着急地丢下鱼竿向我奔来。

"跑啊——"奔得近了，终于听清了他的吼叫。

那一头程驭也撩起长袍，健步如飞般沿着河堤奔跑起来。

我愕然回头，刹那间背后一条彤红的火线映入眼帘！

"妈的，怎么真烧起来了？"背后被人猛烈一撞，我下盘不稳，当即一头栽倒。庄遵大手一捞，扛沙袋似的一把将我甩在肩上，我憋着气尖叫，"火——不是我放的……"

我也只是这么想罢了，谁能料到这种天干物燥的天气还真能勾起火苗来，这可真应了我这张乌鸦嘴，平白惹来一场无妄之灾。

幸而今日气温虽高，风势不强，否则大火迅速蔓延，我们三个人不被烧死，也会先被浓烟熏死。

但是……事实比我们想象得要糟，因为大火并不是从一个方向烧过来，而是从三面一起蔓延，形成了一个没有缺口的包围圈。这样巧合的着火点显然不可能是天灾，而是人祸！

庄遵跑得有些气喘，程驭年纪大了，更是面色通红，挥汗如雨。眼瞅着火势越烧越大，火线越逼越近，草场在顷刻间化做人间炼狱，熊熊大火把人烤得口干舌燥，热浪扑面袭来。

"你会不会凫水？"

我打了个愣，这才慢半拍地明白庄遵是在向我问话。

"会，只是……"

不等我说完，他和程驭对望一眼，竟同时往河边跑。

"只是我……"

扑通一声摔进了河里，我嘴正张着，冷不防一口河水倒灌进来，呛进气管。"咳！"咳嗽的同时，又是一口水涌进口鼻之中，河水没顶，我在激荡中七荤八素地一径沉坠。

杀千刀的庄遵！我会游泳那是以前！现在我两条腿根本使不上力，你让我游个屁啊！

一边咳一边吞咽大量河水，这口气从落水时便没控制好，结果憋不了多久，胸口便开始发闷、发涨，我的脑袋晕乎乎的，双手乱抓。河底的光线不是很好，且水温没有河面上温暖，越往下沉越觉河水刺骨。

就在我快要失去知觉的时候，手上一痛，胡乱拨拉间似乎拍到了一个活物，我不管三七二十一的死死缠住，不曾想却被那人一脚踹在腰上，挣脱开去。

水底……一片漆黑。

双脚似乎已经踩到了柔软的淤泥，终于，在极度的绝望和恐惧中，我失去意识，脑中一片空白……

人 质

我没死。

只是意识恢复清醒的时候却同时很不幸地发现自己被人捆住手脚，蒙上双眼，塞在一辆车里飞驰狂奔。

我是被颠醒的！

根据行车的速度和颠簸的程度，可以感觉到这不是辆牛车，搞不好还是辆双马拉的车子。醒来后的第一个念头就是阴识派人抓我回家，可是事后想想又觉得不对劲，如果是阴识要绑我回新野，绝对不会派人放火，那一招就算没要人性命，也委实惊险。

阴识没道理罔顾我们三人的性命，下此杀招。

可如果不是阴识，又会是谁呢？

刘秀？我摇头，他若是敢这么待我，我一定拿刀捅了他！

一路猜测，却总是毫无头绪。劫持我的人手似乎挺多，三四个人轮流日夜看管我，除了解手方便时松开捆住我手脚的绳索片刻时间外，平时连眼罩都不许我摘下偷瞄一眼。

没过几日，这行人便似乎换了一拨，然后多了个女人来照顾我的三餐饮食。他们待我并不严厉，虽然从不与我过多交流，但是对我的态度还算宽容，并不多加苛责刁难，且听口音又像是南阳一带的人，所以我暗暗希望这些人真是阴识遣派来的。

因为，比起旁人来，至少阴识不会害我性命。

在路上颠簸了大半月，终于听到了他们松气的声音，我猜度着大概终于要到地头了，他们得以交差，而我，却要独自面对真正的挑战。

戴了将近大半月的眼罩陡然间被解下，强烈的光线刺激得我下意识地埋首于掌心。

手腕上猛地一紧，我神经质地颤了下。虚掩在脸上的双手慢慢被人拨开，我眯着眼小心翼翼地弹开一条隙缝。

朦胧的白光中有团黑乎乎的影子在我眼前晃动，我倏地睁开眼，刺眼的白玉垂旒在我眼前左右晃动着，冰冷的珠玉不时轻拂过我的鼻梁。

"哇啊——"我吓得失声尖叫。

那双乌沉沉的眼眸却不怀好意地笑了，似乎对我的反应十分满意。

"想不到会再见到朕么？"

"刘……刘……陛下！"我结结巴巴地吐出最后两个字，诚惶诚恐地磕头，"贱妾……拜见陛下。"

说内心惶恐倒也不假，至少我是真的被他吓到了，千算万算，怎么都没算到掳劫我的人会是刘玄。

"抬起头来！"头顶的声音冰冷而又威严。

我不敢违背，立即抬头，刘玄站在我面前，居高临下，目光睥睨："知道朕为何请你来么？"

请？这算哪门子的请？

"贱妾不知。"

他笑了下，笑容极美，却像是朵罂粟，笑容背后透着浓郁的糜烂腐败：

"那你知道自己在哪么？"

我左右环顾，但见四周金涂玉阶，砌皆铜沓，用来隔开殿阁间栏的更是金玉珠玑，在明晃晃的铜灯照耀下，光彩夺目。

"这……难道是……"

"这是朕的长乐宫！"

我浑身一颤，心中的臆测果然成真。长乐宫，我居然被人从下博一下子掳到了长安，千里迢迢，刘玄花了那么大的力气掳我来，到底为了什么？

几乎是潜意识的本能，我将肩膀缩了下，身子愈发伏得低了，鼻尖几乎可以碰着席面。

下巴上猛地一痛，刘玄的右手卡着我的脖子将我提了起来，我差点被他勒断脖子，一口气没喘上来，忙跟跟跄跄地站起身，顺着他的手势仰起了脖子。

他的目光一冷："你的腿怎么了？"

我呼呼地吸气："废……废……"

他并不松手，却听一声嗤笑在我耳边缥缈回旋："呵呵，如此说来，小狼崽的利爪……"笑声桀桀，戛然而止，取而代之的是一片森寒，"谁干的？"

我不寒而栗，被他变脸的速度又吓了一跳，期期艾艾："没……"脖子上的手劲一紧，我憋了口气，忙老老实实地回答，"是被刘子舆的追兵撵到了滹沱河……我不小心掉到了冰河里，受了寒气……"

"刘子舆……王郎！"他冷笑，表情如魔，"如果是他，那么这个仇刘秀已经替你报了。"

我咽了口唾沫，不太明白他的意思，然而听到他提起刘秀，敏感的神经线却再次拉响警报："夫主……贱妾在下博养伤，已……已久未联系……"

"呵呵，如今刘秀美人在怀，春风得意，自然不会再将你这个废人放在心上。"

明知道他说的话不可当真，然而我的心却倍感受伤的揪痛起来。

刘玄松开手，我无力地摔到地上，为求效果逼真，我把脸掩在袖下，肩头耸动着凄然抽泣："陛下何必挖苦贱妾？"

这原是场表演，做戏给刘玄看的，可不知为什么，心上的痛却是真真切切的，酸涩的泪水不用我使劲挤，便已自然落下。

"你可真是令人失望，朕原以为你还有些用处的，却不料竟是如此没出息！娶妻当得阴丽华竟连一个真定郭圣通都比不上！"

"哇——"我放声大哭，一半真一半假，哭到后来连我自己都忘了是在演戏，像只被人踩到尾巴的猫，痛到极处，终于忍不住跳了起来攻击，"你自己不还是一路货色，正因为有了你这样的天子做标榜，才……"

倏然住嘴，刘玄的眸色愈发浓郁深沉，我闭上嘴重新低伏下身子，这一次恨不能在地上挖个洞把自己掩埋起来。

"如此说来，倒真是朕的不是了！"他不怒反笑，令人愈发捉摸不透他的想法，"起来吧，不必老跪着，若是行动不便，朕命人给你端张榻来。"

我一凛，忙用手背胡乱抹了眼泪："不敢。"这两条腿就算再没力，站立行走已不是什么大问题。如果不是他掳我上京，估计这会儿继续在程驭的针灸调理下，恢复的效果会更趋理想。

想到程驭，不禁想到庄遵……不知道他们两个有没有事，以庄遵的身手和机敏，照理该无大碍才是。

脑子里正胡思乱想，刘玄已坐上一面雕刻着九龙祥云的屏风榻，我略想了想，故意装出一副弱不禁风的模样，步履蹒跚地挪到他身前，他瞧着我走路别扭的样子，不满地皱了皱眉。

"刘秀剿灭邯郸王郎有功，朕已封他为萧王。"

我娇躯一颤，想不到短短两月，刘秀竟已灭了王郎？！

刘玄不徐不疾地说："朕念萧王有功，欲召他率部回长安，河北那儿另派苗曾任幽州牧，韦顺任上谷太守，蔡充任渔阳太守……萧王回京后，你们夫妻亦可早日团圆！"

我愣在当地，讷讷地说不出话来。这一招可真够毒的，明为犒赏，实则罢兵。刘秀若是没了那点兵权，他这个萧王立即被打回原型，与一年前没啥两样。

脑子进水了才会乖乖听话回长安，若我是刘秀，就算接到诏书也会假意先拖着，矫诏不归，你又能拿他如何？

心里渐渐地明白刘玄"请"我回长安的原因了，我暗自冷笑，面上却无限欢喜地说："多谢陛下成全。"

他挥了挥手，和颜悦色的神情仿若兄长："你原是萧王王后，明媒正娶，郭氏若是仗着舅舅的十万兵马以武相挟，妄图夺你后位，朕自不能让她如愿。你且放宽心，萧王回京后，朕封赏你的兄弟，必不会让你输于郭氏。"

假如不是太了解眼前这位更始帝的过往，听了这番感人肺腑的话真会免不了感激涕零，只可惜，我早被打过无数次防疫针——他的话若是可信，母猪只怕也会上树。

他的心思，不仅仅是想要利用我召回刘秀，还顺带想挑拨我和那个素未谋面的郭圣通的关系。我和郭圣通之间心生嫌隙是小，若是由此引发刘扬对刘秀不满，那刘扬手中掌握的十万兵马便会立即变成倒戈之师，刘秀危在旦夕。

"陛下！"我突然不想再跟他装糊涂了，和他这样的人玩糊涂，其实不过是场笑话。我抬起头，语笑嫣然地望着他，眼睛一眨不眨，"陛下为何总能这般体贴贱妾呢？贱妾真是受宠若惊呀！"

他笑了笑，嘴角嚅动，方欲启口，却发现我笑容古怪，不禁一愣。过得片刻，紧绷的肩膀一松，他哈哈一笑，双腿踞坐，上身后仰，双手撑在榻上："果然是阴丽华啊！"

我脸上挂着虚伪的笑容，淡淡回应。

"来人哪——"刘玄收起笑容，大声召来中常侍，"带这位姑娘——"他伸手指向我，狭长的眼线眯了起来，"去长秋殿！"

萧　王

长安有三宫，即建章宫、长乐宫、未央宫。

建章宫是汉武帝时期建造的，在长安城西；长乐宫原为秦时的兴庆宫，汉高祖五年重建，改名为长乐宫。三宫之中，长乐宫位于长安城东南，所以通常又被称为东宫。长乐宫乃是西汉初期的政治中心，之后惠帝搬迁至未央宫，留下长乐宫为吕后居住，于是便有了"人主居未央，长乐奉母后"之说。

新末长安城破，王莽被杀之时，未央宫一度曾燃大火，幸而并未损及整体，但要想重新修葺到原来那种富丽堂皇的程度，以更始汉朝现在国库里的那点微薄之资，只怕远远不够，所以刘玄带着他的那帮文武大臣、后宫嫔妃们理所当然的选了长乐宫作为办公居住地。

长乐宫皇城四面各开有一宫门，其中以东、西两宫门为主要通道。宫内共建有十四座大型建筑，包括正殿、长秋殿、永寿殿、永昌殿、宣德殿、大厦殿、临华殿、高明殿、建始殿、广阳殿等，另外还有温室、钟室以及月室……

为了区分行政与居住两大用途，整体宫城建筑亦分为前殿和后宫两个群体。前殿四周有围墙，南门开有殿门，门内设有庭院，庭院宽阔广大，是举行朝仪的地方。通常，院内车骑陈列，旌旗招展，卫戌之士，交戟站立……这些情景非我所能亲眼目睹，仅能从赵姬的口中听她描绘一二。

当然，她在描述这些时，那双漂亮的眼眸会如同宝石一般闪闪发光，然而去除天然雕饰后的宝石，却已在不知不觉中悄然蒙上了一层薄薄的尘埃——这是我在一年后再次见到赵姬时萌生的感慨。

那个当日纯真懵懂的娇俏女孩，如今已是身居长秋殿的一宫之主，虽然没有明确后位，但是她已经取代刘玄的原配韩姬，从洛阳的西宫堂而皇之地搬入长安的椒房，这等荣耀在无形中宣布了韩姬的彻底失宠。

我忽然有点儿感伤，韩姬当日咬牙切齿般的诅咒犹响在耳，果然如她所说，今时今日的我，其实已开始一点点地品尝到她的悲哀，她的伤痛，虽然不是很明显，然而那个已由真定接到邯郸宫温明殿内入住的郭圣通，那个虽与我素未谋面、妾身未明的女子，何尝不是另一个赵姬翻版？

非妻非妾，我远离了自己的老公，而她却独宠在怀，与他朝夕相伴，取代了那个原本属于我的位置。

恨否？怨否？

我不知道，或者说心里那种疼痛惆怅，已经复杂得连我自己都分辨不清那是种什么样的感觉。只是……不愿再去触摸！

赵姬在说话的时候，脸上绽放着幸福的光芒，这种神采里不知道包含了多少她对刘玄的爱意，但显然她是尊重着他的，因为那不仅仅是她的夫主，而且还是一国之君，上天之子。他有着别人没有的权力和威严，这一点足以让一个什么都不太懂的小女孩分外迷恋。

他也是极宠她的，刘玄给了她能给的一切，仅看这长秋殿中装饰的奢侈，便可窥得一二。

刘玄并没有对外公开我的身份，我住在长秋殿，一半像是客人，一半像是因犯。刘玄似乎也明白以现在的我，想造成对刘秀的威胁几乎已不大可能。他是男人，以他的心态与立场衡量我对刘秀能起到的作用，他应该比谁都了解。

放我在长秋殿住，还请了宫里的太医来替我诊脉、抓药，刘玄似乎并没有因为我没了利用价值而丢弃我。

我仍是猜不透这个阴鸷的男人，猜不透便意味着我和他的这场较量，我仍处于下风。

萧王果然抗诏未归！

接到诏书后的刘秀以河北未平为借口，拒不从命。

看到刘玄眼眸中燃起的那簇愤怒的火焰，我好笑之余又忍不住悲哀起来。虽然从理性角度出发，自不愿刘秀当真奉诏听命回到长安，但是他怎能一丝犹豫也没有呢？他难道不知我落在刘玄手中？又或者……我对他而言，真的已经不再重要了！

比不得他在河北创下的基业，比不得他千辛万苦得到的江山，比不得那个如花似玉的郭夫人……

我知道自己不该胡思乱想，在这种彷徨无助的紧要关头，我应该尽量把事情往好的一面去思量，尽量宽慰自己，让自己对未来能怀抱一丝美好的希望。然而我能控制得了自己的身体，却没法控制自己的心，那丝惴惴不安的疑虑与揣测，终究还是在我的心上划下了伤痕。

更始二年六月，萧王刘秀拜吴汉、耿弇为大将军，持节北发幽州十郡的骑兵。幽州牧苗曾被吴汉格杀，耿弇则擒杀了更始帝任命的上谷太守韦顺和渔阳太守蔡充。

幽州震骇，城邑莫不望风而从，十郡的精骑全部被调发，萧王又任命朱浮为大将军，任幽州牧，治于蓟县。

这等行径已经不仅仅是抗诏不遵那么轻描淡写了，刘秀在极短的时间内，把更始帝派到河北，试图换防的将领尽数格杀，重新换上了自己的人。

更始帝气得暴跳如雷，我从来没见过他发火，印象中的刘玄虽然阴冷，在人前却仍能保持着玩世不恭的天子之风。

赵姬显然也不太适应刘玄的怒火，所以当他将一只鎏金镶玉铜枕迎面砸过来时，她吓得连闪躲都忘了。我及时拖了她一把，只听"咣！"的一声，铜枕砸在地砖上，滚出老远。

地上凹陷了一个坑，铜枕也塌了一角。

赵姬面色雪白，娇躯抖得愈发厉害。刘玄怒气未歇，伸手对她一指："你出去！"说着，嗜血的眼神恶狠狠地瞪了我一眼。

赵姬抖抖索索地在宫女搀扶下匆匆离去，剩下我一个孤零零地站在大殿中央，在六月酷暑中不受控制地冒着冷汗。

"他可真是顾惜你啊！"不阴不阳的冷笑，刘玄缓缓逼近，一只手故伎重施地卡住我的脖子，"居然敢这么肆无忌惮地除掉朕的人！"

脖子上的力道一点点地加重，我被他勒得难受，张大嘴使劲吸气。

"夫债妻偿！"

我憋红了脸，他要真想弄死我，索性拔了剑一刀结果我，这么做摆明就没想要取我的性命，要的不过是折磨我。看我痛苦，他就高兴，典型的精神病、虐待狂。

"为什么不求饶？嗯？"他将我拎到眼前，黑沉沉的眼眸近在鼻端，我有些厌恶地撇开目光。"你对朕不满么？别忘了，现在待你不仁的，是他，不是朕！"

他搡开我，我倒跌两三步，一跤摔在地上，自始至终，我都保持着沉默。刘玄唱着独角戏无人应和，没多久也就厌了。

"阴丽华，"他突然放柔了声音，面色平和中带着一丝怜惜地望着我，"他不要你了。"

白玉垂旒轻轻地晃动，寂静的殿堂中随风漾开一丝不同寻常的气氛，我坐在地上喘气，慢慢地收拢身体，尽量将自己蜷缩起来。

"嗯。"喉咙里刺痒干涩，我无意识地应了声。

"这样也没关系吗？"

"嗯。"没关系的，已经没关系了……

"你不会伤心吗？"那声音像是好奇起来，带了股轻快的笑意，然而很意外的却没有嘲笑与讽刺。在这个冷清的宫殿里，那个原本厌恶的声音突然变得亲切起来，"不会……哭吗？"

我摇了摇头，强忍着心里那股又酸又痛的感觉，笑了："不会。我和他早没有关系了，在他娶她的时候……"

脚步声缓缓靠近，一声婉转的叹息声在我头顶响起，刘玄把手递到我跟前。我吸了口气，把手递给他，他用力一拉，便轻轻松松地将我从地上拉了起来。

"那么……"他的目光看向殿外，面色平静，看不出一丝异样，"忘了他……"没等我应声，他回过头来，沉沉一笑，这是我第一次见到这张俊颜上露出无暇纯粹的笑，"跟朕在一起。"

我愣住了，仿佛没有听见他说话一样，盯着他的笑脸停顿住了。

他握着我的手紧了下："他不能给的，朕都能给！"

"呵呵……"莫名地，我笑了起来，不清楚心底是喜是悲，只是我笑了，笑得差点落泪，"那如果我要你的江山呢？你也能给么？"

他回眸瞥了我一眼，笑意沉沉："你要，便只管拿去！"空着的另一手灵巧地解开颌下的缨子，径自将头顶戴着的冕冠摘下，递将给我。

垂目而视，那顶冕冠华丽而又贵重，十二垂旒在我眼前碰撞出一串碎冰般的声响，悦耳、动听。

我抬起头，任由泪水从眼角滑落："这样的死物要来又有何用？江山……予我又有何用？"

第六章
荣辱不惊云卷舒

君　臣

更始二年秋，萧王率领大军攻打巨鹿、东郡等地的铜马军。

与当年南阳郡的绿林军相仿，河北也有农民军，只是和其他地方不同的是，这些起义的农民军有大大小小数十支，势力非常分散。在这些农民军中，铜马军、高湖军、重连军大致属于一个集团，当年吕母带宾客起义，势力相当庞大，后吕母亡故，旗下众人便分散入赤眉、青犊、铜马的势力之中。

铜马军在鄡、博平、清阳一带活动，不仅战斗力极强，且人数众多。刘秀亲征，采用坚壁自守战术，将因为人数众多、给养困难的铜马军赶到了魏郡馆陶。铜马军残部之后与闻讯赶来增援的高湖、重连二军会合，也难挡汉军的锐气，最终铜马军在蒲阳被逼无奈全军投降。

纳入铜马军兵力并重新整编后的萧王兵力已达数十万，强兵在手，羽翼日丰，刘秀因此得了个"铜马帝"的称号。

这个称号让刘玄甚为恼火，只是这一次他没有再在我面前发作，而是指着案上成摞的奏疏，似笑非笑地对我说："真想不到刘秀用兵如神，看他斯文秀气，一副受气包的样儿，居然会有此等能耐。"

我侍立一旁，手拢于袖，淡淡微笑，不置可否。

轻视刘秀的能力，是更始帝执政中最大的败笔。当年的昆阳之战，历历在目，虽说拜天时之利甚多，然而刘秀在当时所展现出的机智与果断，早已显示着他非池中之物。

刘玄将我羁绊在身边，让我以赵夫人闺中密友的身份暂居长秋殿，非主非仆，他每日临驾长秋殿，似乎是来探望赵姬，又似乎是来看我……他对我的态度出乎意料的尊重，甚至连稍许过分的举止都未曾有过一点，与之前那个邪恶如魔鬼一般的人物判若两人。

萧王在解决铜马军后，并未就此停歇，紧接着又引兵南下，攻打河内射犬聚的青犊、上江、大肜、铁胫、五幡等十余万的农民军。

为避免再发生刘秀鲸吞这些农民军的兵力，刘玄命令尚书仆射谢躬带兵襄助萧王。名为襄助，其实不过是想尽可能的不让萧王势力继续扩大，压制刘秀。

刘秀与谢躬二人在消灭王郎后，曾各自领兵驻于邯郸，分城而处。刘秀攻打铜马时，谢躬并未有所作为，此次南下攻击青犊，得更始帝授命，谢躬与刘秀联合，刘秀率兵进攻青犊军，谢躬率队攻击山阳的尤来军。

北方的战事隆隆打响，我在长秋殿中翘首祈盼，却不能显露出一丝一毫的担忧，唯恐引起刘玄质疑。

如果我处在刘秀的位置，事到如今，已不能再放任谢躬这样的人在身边置喙，然而一旦除掉谢躬，则代表着与刘玄彻底翻脸。如果明着来不行，那么暗除亦可，只是不知刘秀肯不肯这么干。

殿外落叶缤纷，天空云卷云舒，七月流火，秋的气息浓郁地充斥着每个角落。

连我自己都不清楚是从何时起，我的心肠已变得如此坚硬如铁，竟能把一条人命看得如此轻淡，或许这一切真该拜刘玄所赐，是他让我懂得了要如何保护自己，要如何硬起心肠，要如何在这个乱世生存，如何分清自己的朋友和敌人……

背后有异感靠近，我假装不知，拢在袖中的手指握紧、放松，再握紧。

"你认为刘秀是个怎样的人？"声音低沉，略带暗哑。

我故作惊讶地回身，盈盈拜下，那双属于天之骄子的手及时托住我的手肘。我娇弱地喊了声："陛下！"

他的眸底有丝黯然，比平时更添一份深沉。三十而立，意气风发，汉家天子，中兴之主，眼前的这个男子，他真是历史上那个东汉王朝的开国之君么？

我掩藏住内心深处的鄙薄与不屑，暗暗地审视着他，他在后宫之中醉生梦死，不是他不想做一个大权在握的自主皇帝，只是强迫他做傀儡娃娃的那根控线还未彻底断裂。朝上除了他的亲信势力外，把持朝政主力的仍是那些昔日的绿林军主脑。

"陛下……可是有什么不痛快？"我明眸浅笑。

他看了我许久，终于低叹一声："谢躬死了。"

我有片刻的惊讶，却假装不解，惋惜道："谢将军如何便……"

手肘上一紧，他的指甲掐痛我的胳膊："他败于尤来军，退兵邺县，遇伏而亡。"眼眸一烈，我在他眼中看到了浓烈的杀意，"你们不是常赞萧王为人敦厚老实，怎的如此敦厚老实之人，竟也会使这等奸诈之计？"

"陛下！"我连连呼痛，蹙眉道，"贱妾不明白陛下的意思！"

他推开我，冷道："谢躬不曾死于尤来的伏兵，他是死在留守邺县的魏郡太守陈康之手。"

"那又如何？"

"萧王虽不在邺县，可他的部将吴汉、岑彭却恰恰去了邺县。"

我挑眉冷笑："那又如何？"

"谢躬死了，他的部下已尽数归于萧王，振威将军马武奔赴射犬城，未向萧王兴师问罪，却反而归降了。"

我暗自好笑，马武虽然一直身处绿林军，但他与刘秀惺惺相惜，那等交情是在昆阳之战上并肩抗敌、生死与共换来的。刘秀若是求他归降，简直易如反掌。

"那又如何呢？陛下！"第三次，我从容不迫地把这句反问丢了出来。

他高深莫测地睨着我，不怒反笑："你好像一点都不惊讶。"

"何需惊讶。"我笑道，"姑且不论谢将军是如何亡故的，萧王总还是大汉的萧王，是陛下的萧王，他为臣，陛下乃君，君臣名分仍在。陛下如此在意萧王的所作所为，难道是为了最终逼得他在汉朝无处安身，而像公孙述那般自立为王？还是……像当年刘望那样，尊号称帝？"

刘玄倒吸一口冷气，脸色慢慢变了。

"贱妾以为，当务之急，眼光并不应短浅地放在萧王身上，如今萧王连连征战，剿灭收并河北各路自立势力，这不也是替我大汉朝敛兵扬威么？萧王再如何兵多将广，那也是大汉的萧王，陛下的臣子。比起担忧远在河北的萧王，贱妾以为陛下不如多想想近在咫尺的赤眉军才是正理！"

说完这些话，我不忘摆出一副谦卑之态，毕竟在我面前的这一位乃是一国之君，即便他的癖好与众不同，喜欢看我咄咄逼人的发狠，却也不代表他能容忍我以下犯上，拂逆龙鳞。

该如何把这个分寸把握得恰到好处，我还得继续作进一步的摸索探试。

良久，刘玄吸气："你平时也是这样和刘秀讲话的？"

我思量片刻，模棱两可地答："陛下难道还不了解贱妾是何等样人么？"说罢，抬头嫣然一笑。

他有片刻的愣神，而后轻笑，伸手抚上我的面颊，呢喃："野性难除的狼崽子！"

我下意识地想躲，却最终克制住，忽略他的手掌在我脸上抚摸的触感，笑道："难道陛下不喜欢贱妾如此讲话？如果陛下认为贱妾言行太多放肆，那恳请陛下责罚，从今往后贱妾必当引以为戒……"

刘玄猛地将我胳膊一扯，拉入怀中，他的手揽着我的腰，灼热的鼻息喷到我的脸上。我脊背一僵，险些忍耐不住欲出手打人，好在他只是搂住我，并未再有进一步的动作。

"阴丽华，你有吕后之风！"

吕后？吕雉？！

心里猛地一跳，刘玄的话好似当面扇了我一巴掌，就连呼吸也变得沉重起来："陛下为何拿贱妾比作吕后？"

永不敢忘记，后人是如何评价这位西汉开国之后的，用"蛇蝎心肠"四字尚不足形容贴切，刘玄居然拿我跟她做比，压抑不住勃发的怒气，面上愠意乍现。

刘玄是何等样的人，怎能看不出我的不满，于是眯眼问道："怎么？你似乎对高皇后颇为不屑？"我冷哼一声，未予答复，刘玄似笑非笑地瞟了我一眼，"高皇后的才智决断，你若能多学得几分，当可不输男儿矣！"

我万万没料到刘玄竟对吕雉的评价如此之高，记忆中对吕雉的唯一印象便是她用极其残忍的手段对付戚夫人，将其剁去四肢，剜目割耳，喂食哑药，最终丢入茅厕制成了"人彘"。除去这个，我对吕雉的生平轶事，一概不知。

刘玄轻轻拍了拍我的肩膀，唇角噙笑："留在朕身边，朕会让你变得比高皇后更厉害……"不知为何，他的话莫名地让我感到一阵毛骨悚然，禁不住打了个冷颤。

他却未察觉我的异样，反把目光移开，慢慢转向殿外："赤眉是么？"他低喃，须臾咧嘴笑了。笑声自喉咙逸出，震颤的感觉透过不算厚的衣料，从他身上很清晰地传达过来，我忽然觉得身上有些发冷。

缓缓抬起眼睑，首先映入眼帘的是尖瘦的下巴，目光上移，最后停留在那一圈浓密的髭须上，我敛起笑容，目光一点点的变冷。

有吕后之风么？无法得知那位"蛇蝎心肠"的吕雉若是身处我今日的境地，会是何等作为，或许谈笑间便能翻手为云，覆手为雨。她能做到的一些事情，我未必有那份本事做得到，可若要我留在这里眼睁睁地看着亲者痛仇者快而无动于衷，也同样不可能。

一叶落而知秋！

那如果在不知不觉中，落叶已铺满整座长乐宫呢？

西　征

自更始二年初起，叛逃洛阳的樊崇等人便回到了濮阳，重整军队，而后赤眉军不断向西转进，势力一度扩大。

等刘玄把注意力重新放到这些草莽身上时，赤眉的军队已经发展成了二三十万人之众，主力兵力无数，旁支更是无算，这样的兵力再加上离长安如此近的距离，威胁性的确要比刘秀更让人觉得大出许多倍。

然而即使刘玄察觉出赤眉军的威胁性，也无法要求朝臣们相信他的判断。每每看到刘玄下早朝之后，愤怒到扭曲的脸孔，我突然有些明白为何那么富有心机和野心的更始帝，最终会选择泡在后宫与嫔妃耳鬓厮磨，醉生梦死，虚度年华。

这种心有余而力不足的感觉，的确能把人的锐气随着时间一点点地磨光。刘玄想做个真正大权在握的自主皇帝，可偏偏张印、中屠建等人不让他如意，掣肘之痛，岂是简单的愤怒二字可以形容？

在长乐宫这座瑰丽的宫殿中，我隐隐嗅到了一丝不易觉察的血腥，这是个一触即发的危险信号，就如同高压电线一般，只差一个触点，便能在瞬间迸发出几百万伏的火花。

陇西的隗嚣奉诏与叔父隗崔、隗义一同入了帝都长安，他的军师方望却因此离开了他。许是有了樊崇等人投奔后复逃的先例为戒，刘玄对隗嚣等人的来归极为重视，不仅拜隗嚣为右将军，隗崔、隗义仍沿袭旧号，为偏将军，赐府邸，住在未央宫附近，而且为了方便往来，还特许其随时出入殿堂。

转眼到了更始二年冬十二月，蠢蠢欲动的赤眉军主力终于按捺不住，在樊崇等人的率领下，向关中进军。赤眉军进逼的速度极快，在极短的时间内通过了函谷关，长驱直入，直逼长安。

刘玄急命比阳王王匡、襄邑王成丹与抗威将军刘均等分据河东，丞相李松、大司马朱鲔据弘农，以拒赤眉。然而赤眉军来势汹汹，岂是王匡等人能够抵挡得了的？

更始三年正月，赤眉军已达弘农，更始汉朝将领苏茂领兵抵抗，被赤眉军杀得大败，赤眉连战告捷，士气大振，各路投奔，人数竟达三十余万。

"陛下！"

"滚——"

站在长秋殿外的复道上，凭栏倚望，远远地看到韩姬跪在地上苦苦哀求，一干莺燕宫娥尾随其后，俱伏于地。

刘玄已经接连数日未曾早朝，他似乎在堕落地发泄着自己的种种不满，然而更多时候，他会选择窝在长秋殿，一边欣赏赵姬歌舞，一边与我同案对饮拼酒。

刘玄的酒量我是知道的，那是名副其实的千杯不倒，凭我的那点酒量，想要放倒他几乎是不太可能的事情。我原以为他想将我灌醉，意图不轨，谁知恰恰相反，他待我循规蹈矩，并无非礼之举，而且每次最先醉倒的人绝对是他。

每一次临幸长秋殿，他都会把自己灌得烂醉如泥，这已经不属于正常人能够理解的范畴了，他在使劲地发泄，使劲地愤怒，最后把一切现实中得不到的东西寄托于酒后的醉生梦死。

醉酒后的他是极其安静的，与清醒的时候不同，清醒的时候他是人前假装昏庸，人后满心算计，醉了，便什么都无所顾忌了，只是安安静静地睡了，像个毫无烦恼的孩子。

但是人，又怎能一直沉醉在糊涂的梦里？

看着楼底哭哭啼啼地上演了一场夫弃妻的薄幸戏码，我不禁涩然冷笑。

是啊，世事难料，又怎能让你舒舒服服地沉醉在梦里呢？痛苦的滋味，是无论怎么躲都躲不掉的！

"陛下！"转眼刘玄已经登楼，我恭恭敬敬地叩拜。

按照往常的习惯，他很快便会让我起来，然后拖着我去找赵姬，但是今天却一反常态的只是站在我面前，不发一言。

背上两道灼热的视线胶着，我才觉不妥，头顶的声音已冷冷洒下："听说，你和邓禹颇有些交情？"

我不明所以，不敢胡乱接话，只得把头低着，小声答道："儿时有过些许接触……"

胳膊上一阵剧痛，竟是被他使劲拽着拉了起来，他满眼怒气，脸上却仍在笑着："邓禹领精兵两万，以韩歆为军师，李文、李春、程虑为祭酒，冯愔为积弩将军……正由箕关进入河东郡。箕关激战十余日失守，邓禹此时正带兵往安邑而来！"

邓禹……西征！

箕关与函谷关隔河相望，谁也意料不到邓禹会在这个时候率兵西征，如今河之南的弘农有赤眉大军包围，河之北的安邑出现了萧王的部下邓禹……这似乎是屋漏偏逢连夜雨，也难怪刘玄会抓狂，他最最忌讳的两股大势力，居然在同一时刻兵压京都。

"你不是说，萧王是臣，只要朕不施压威逼，他是不会谋反的么？"他用力摇晃我，我只觉得全身骨架都快被他摇散了。

"陛……陛……下……息……怒……"我的声音在颠晃中被震得七零八落，已无法串联成一句整话。

他猛地推开我，巨大的掼力使我重重地撞在栏杆上，后腰上一阵剧痛。我在心里骂了句"混蛋"，面上却只能诚惶诚恐地继续跪下："陛下息怒！如今赤眉军发兵进逼长安，邓将军率部西征，未必便如陛下认为的那样乃是意图谋反，趁火打劫。陛下！陛下又怎知那不是萧王派来的勤王之师呢？"

"勤王？朕看他想擒王才是真！"

"陛下请三思！"我重重地磕头，额头碰上冰冷的砖面，冷得刺骨。

"用不着朕来三思！"他冷哼，"即便朕愿信他，只怕有些人也早容不下他！刘秀，他这是在自掘坟墓！"

刘　鲤

邓禹在安邑打了数月，刘玄似乎把他当成了宿敌，居然不惜一切代价，将防备赤眉军的王匡、成丹、刘均等人调往河东，誓要与之决一死战。

渐渐的，刘玄来长秋殿的次数少了，有关外头的那些战事我了解的也少了，赵姬更是个两耳不闻宫外事的典型后宫代表，我再有心打听，也仅知更始汉朝已处于一种焦头烂额的状态之下。

转眼已是四月，夏日炎热的脚步一点点地临近，长秋殿的宫人已经开始忙碌地准备起度夏用品。

起初在宫里无所事事之时，我还会望着殿外的天空静坐发呆，时而遥想着那些故人们此时此刻都在干些什么。然而困守的时间一长，慢慢的连我自己都麻木了，每一日皆是重复着前一日的枯燥生活，毫无新意，也毫无乐趣——这便是后宫女子的生活。头顶的天空永远只有那么一小块，犹如那只坐井观天的青蛙。

这一日天下小雨，一大早韩姬便借着宫宴之名将赵姬请走了，长秋殿冷清清地只剩了几个留守的黄门与宫女。我先是坐在回廊下吹风听雨，等确定殿内当真无人之后，便摸到了偏殿。

抻腿——这项以前日常做惯了的动作，如今重新再做，竟有些僵硬，腰板与大腿内侧的肌肉有明显的酸痛感。我微微吸了口气，看来想要恢复到以前的状态，还得花一番心血重新锻炼才行。

抱着头在室内绕墙做了一小时蛙跳，衣衫被汗水沁湿了黏在身上极不舒服，满头大汗，淋漓洒下。待听到前殿有人声远远传来，我便收工，调整呼吸装作漫不经心地走了出去。

赵姬带着宫人进门便撞见了我，呆了片刻后讶然低呼："姐姐这是怎么了？"

"出去走了走。"

"下着雨呢，姐姐也不叫人跟着，你看都淋湿了。"赵姬娇嗔不已。

"没事，雨下漫步，别有情趣。"我撒谎不打草稿，面不改色，"一会儿去泡个澡，把衣裙换了也就是了。"

赵姬回身吩咐宫人："赶紧烧水伺候阴姐姐沐浴。"

"诺。"

四月的天，阴雨不断，天气似热还凉，身体抵抗力差一些的人很容易着凉。那一次我并没有感到任何不适，倒是出殿赴宴的赵姬却感染了风寒，病倒了。

期间刘玄来探望过两次，每次总是来去匆匆。原以为赵姬不过是生场小病，可是没过几天，她半夜突然大叫肚子疼，在床上不住打滚，脸色煞白。等把太医请到宫里来时，床上已满是鲜血……

太医最后诊断为小产。

这是赵姬的第一胎，许是以前年纪小的缘故，入宫以来她一直未有得胎的迹象。然而无论是赵姬，还是我，都没有生孩子的经验，以至于得胎两月竟是浑然未觉，最后竟使得好好的胎儿流掉了。

赵姬小产后翌日，刘玄命人将我带离长秋殿，送入长信宫居住。

长信宫乃是长乐宫主体建筑，自从惠帝迁居未央宫后，长乐宫便成了皇太后居住之地，其中长信宫乃是太后寝宫。

刘玄父母皆已不在，唯一的亲弟也被人杀害，但是他有三个儿子，长子刘求、次子刘歆、么子刘鲤。

长信宫久未住人，我贸然入住后，宫里因此新添了许多宫人。没过几天，有个十多岁的少年领着一个四五岁大的小男孩，在侍中的陪同下走进了长信宫。

少年华衣锦服，长相端正，容貌酷似刘玄，所以不等他自我介绍，我也早猜出他是谁。他走到我跟前，面无表情地打量着我，我正犹豫着该不该向一个小屁孩磕头行礼时，他已将手中牵着的小男孩往我身边微微一引："父皇让我把弟弟领来长信宫住，以后他便由你照顾。"他的口气不算凌厉，但也并不客气。

在我愣怔间，一只柔软的小手已经放入我的手中，那是个匀脸柔肤、乌眉灵目的男孩儿，长得十分漂亮，跟个瓷娃娃似的。

他微扁着红嘟嘟的小嘴，瞟了眼哥哥，又怯生生地瞟了眼我。我蹲下身，笑吟吟地喊了声："是小鲤鱼么？以后跟姑姑一块儿住好么？"

孩子怯怯地瞅了我一眼，眼神灵动中带着一股怕生的腼腆："我叫刘鲤，不是鲤鱼。"声音小小的，很软很娇，同时还带着一点小小的抗议。

我哈哈大笑，蹲下身子，捧着他的小脸用力亲了一口："以后就叫你小鲤鱼，真是可爱的小鲤鱼！"

刘鲤不安地扭动着身子，试图脱离我的魔爪，我和他闹着玩的时候，刘求蹙着眉，满脸忧色："你好好照顾他。"

我抿了抿唇："陛下将三殿下送到长信宫来，自有送来的道理，大殿下不必太担忧了。"

他闷闷不乐地点了下头，转身离开。

快走到门口的时候，怀里的刘鲤突然喊了声："大哥——"他的小嘴瘪着，一副想哭却又不太敢的可怜表情，"娘真的不要鲤儿了吗？"

刘求顿住脚步，却并未回头："鲤儿，以后你留在长信宫，跟这位夫人一起住……"

"哥——"哀声更悲，刘鲤像是终于意识到了什么，在我怀里不断挣扎，"鲤儿会乖，会听娘的话，我要娘……我不要住在这里，我要找娘……"

刘求的身影终于消失于宫门口，刘鲤的眼泪哗地滚了下来，小小的唇哆嗦着，却出乎意料的很快安静下来，不再吵闹。看着那张被眼泪糊成一团的雪白小脸，我心里一软，忍不住将他小小的身躯搂紧。

傍晚时分刘玄莅临长信宫，用晚膳的时候，刘鲤安静又懂事地坐在末席，在宫女的侍奉下自己吃着饭菜。

刘玄看起来与平时好像并无两样，可是我跪坐于席上，却是如坐针毡，饭菜送入口中，如嚼石蜡。一顿饭吃完，月已挂上树梢，刘玄命人将昏昏欲睡的刘鲤送入寝室歇息，我假装漫不经心地说："赵夫人小产，陛下也该多往长秋殿探望才是。"

言下的逐客之意昭然若揭，他不可能不明白我要说什么。

他用巾帕擦了擦嘴，眼睑低垂，嘴角挂着一抹笑意："朕把刘鲤送到长信宫来，你可明白为的是什么？"

他并没有要马上离开的意思，我听他的口气，知道自己想完全假装不无所知已是不能，于是叹气道："可是因为鲤儿的母亲——韩夫人？！"

这种涉及后宫的钩心斗角我委实不感兴趣，后宫的女子为了争宠，总喜欢干一些损人利己的事，这些我就算没有亲身经历，影视剧也看得多了。俗话说三个女人一台戏，更何况这后宫有三千人……

他把刘鲤送到长信宫与我同住，从某种程度上确实保护了我——用他自己的儿子当人质，来达到震慑韩姬的目的。

"韩姬么？"刘玄笑着摇头，"她还没那么大的能耐。凭她一人又能掀起多大的风浪？朕只是想让她认清楚事实罢了，到底她该站在哪一边才是最正确、最明智的。你认为呢？"

我心里一凛，紧抿着唇没敢接话。

"怎么？阴丽华便只这点眼力么？"

"陛下这是在考贱妾呢。"我举袖虚掩唇角，一半是为了掩饰自己的不大会作假的情绪。

"别在朕面前跟朕装傻！"他笑着起身，长长的宽袖拂动，高大的身形慢慢靠近我。

当阴影笼罩于我头顶的时候，我伏下上身，恭恭敬敬地磕头道："贱妾愚昧，请陛下指点迷津。陛下将贱妾送至长信宫，自然不希望贱妾有朝一日如同赵夫人腹中的胎儿一般……"

"哼。"他冷哼一声，"你当真看不透么？阴丽华，你若看不透这些，朕救你也是枉然。你记住，能在这个世上苟活下来的，永远不能指望别人的怜悯与援手，要想活只能靠自己！"

"贱妾……惶恐！贱妾愚昧……"我跪伏在席上微微颤抖。

头顶一声蔑然嗤笑："看来你尚欠调教，倒是朕太高看你了。等你有一天想明白了……"声音停顿了下，突然转了口气，"如若想不明白，倒还不如现在便死去痛快！"

冰冷的话语，透着绝然的冷酷与无情。

额头抵着蒲席，直到脚步声逐渐远去，再也听不到一丝不好的动静后，我才慢腾腾地直起发麻的脊背。

以我的性格，真的很难掩藏自己的内心，我向来是冲动的，直爽的，毫不掩饰的。我开心是因为我真的开心，愤怒是因为我真的愤怒。曾几何时，我已逐渐改变这样的心性，也学会刘秀那套装傻充愣的本事了呢？

是为了活命吗？人类的求生本能果然无穷大。

双手撑着席面，我慢腾腾地爬起身，慢腾腾地往寝室走。

纱帐内的刘鲤，睡容憨态可掬，那是个纯洁无瑕的孩子，还是无忧无虑的懵懂时期。这样的孩子又怎能明白在阴暗皇宫中，他已成为他父亲手中的一枚棋子？

以赵姬那样单纯的性子，或许，腹中的胎儿掉了，未曾祸及她自身安危，乃是一种幸运。

我在床沿坐下，伸手撩开纱帐，近距离地瞧着刘鲤的睡颜，思绪不禁缥缈起来。

自古后宫与政治密不可分，后宫代表的是外戚势力，也就等于是朝廷的党派势力。刘玄说的自然是对的，在后宫之中凭韩姬一个小小的夫人自然不可能有什么作为，真正兴风作浪的只怕是朝廷内的那帮大臣。

会是什么样的人，有胆子敢和堂堂更始帝作对，而更始帝似乎却拿对方没辙呢？

放下纱帐，悄然退出寝室，长信宫冷清而又萧索，上百盏宫灯将我的身影映照得支离破碎，无数残影拖在我的身后。

篡改历史的下场，是否便是再也无法回到现代重新做回管丽华呢？

蓦然回首，望着地上的那些个或长或短、不住摇曳的残影，我不禁黯然神伤。

坠　崖

更始三年夏四月，在蜀中自立为王的公孙述不甘心只称王，终于按捺不住自称天子，国号"成家"，改更始三年为龙兴元年，以李熊为大司徒，弟弟公孙光为大司马，公孙恢为大司空。改益州为司隶校尉，蜀郡为成都尹。

又一个国家在西汉末年的土地上横空出世，公孙帝命将军侯丹进白水关，北守南郑；将军任满从阆中下江州，东据扞关，筑宫南郑，招兵买马，以谋天下。

公孙述称帝，按理说刘玄应该非常生气才是，可是我见到他时他却满脸欢笑，没有丝毫的不悦之色。这点虽然让我颇觉诧异，但刘玄本就是个喜怒无常的家伙，他笑的时候未必代表着高兴，不笑的时候也未必一定代表着心情恶劣。

"你进宫多久了？"

"回陛下，快一年了。"去年我被掳来长安是在六月，时光易过，岁月如梭，转眼已近一年了。

他笑了，显得心情十分之好："等满一年，朕带你去上林苑狩猎游玩。"

上林苑乃是皇家苑林，据说南到秦岭，北至池阳，东过露水，西越横山，广袤三百余里，长安诸水尽括其中。说起上林苑，我忽然想起巨无霸来，当年昆阳之战，他所统率的猛兽，便是出自上林苑。

"在想什么？"

"噢，没……"我回过神，有些儿失落，往事如昨，历历在目，然后却已时过境迁，人面全非。"陛下今日似乎心情甚好？"

"是啊。"他也不否认，只是眼神中闪烁的某种诡异的光泽令人有丝寒意，"你能猜出朕在高兴些什么吗？"

我差点翻白眼，若能猜得出，我便是他肚中的蛔虫。

"请恕贱妾鲁钝。"

眼底的寒意愈深，他靠近我，脸孔逐渐放大，那双乌黑的瞳仁有种吸人精髓般的邪气："朕昨儿个才收到的消息……"他舔着唇，笑容阴冷，"萧王北徇燕赵之地，在顺水北岸追击乱军……"

他的语速刻意放得极慢，我突然有种不祥的预感，一颗心莫名狂跳："然……然后呢？"能让他这么高兴的，总不见得是刘秀又打了胜仗。

"萧王亲征，只可惜战况激烈，途中遭伏兵追击，萧王——坠崖身亡！"

轰隆！瞬息间如遭雷击，我脑中一片空白，过得片刻，僵硬的身躯突然难以抑制地颤栗起来："你……呵呵，是骗人的吧？"抬起头，刘玄脸上的笑意已经退得一干二净，我拔高声音，"是骗人的！"

"你果然还是很在乎他！"

我浑身一颤，脑中乱得犹如一团糨糊，他刚才说的，只是在试探我，还是刘秀真的发生了意外？我手足冰冷，四肢无力，明知道他说的话未必可信，或许只是试我的一个奸计，然而……然而……我始终无法使自己狂乱的心绪平静下来。

"这个玩笑一点都不好笑！"我愤恨地瞪着他，"我没你那么冷血，他再怎么说，也是我的夫主……"

"他死了！"他面无表情地打断我的话，"这不是玩笑，他是真的死了！"

我膝盖一软，砰地瘫坐于地："你撒谎，你……撒谎……"

"朕之所以那么高兴，是因为萧王刘秀已死！哈哈……哈哈哈……"他仰天长笑，双手举高，拜于天地，"朕乃真命天子，自有天神庇佑……"

玄黑色的服饰犹如恶魔张开了狰狞的翅膀，他的影子在我眼前化成两道、三道……无数道，叠影重重。刺耳的笑声尖锐地震动着我的耳膜，痛恨啃噬着我的心，一点一点化作滴血的泪。

刘秀……我的秀儿……不在了。

不在了……

剧烈的眩晕感彻底击垮了我，眼前一阵发黑，我只是觉得冷——冷得心痛！冷得彻骨！冷得绝望！冷得……疯狂！

秀儿……那个会对我微笑，会对我流泪，会对我说"你在哪我在哪"的男人已经不在了……不在了……

你若放手，我亦放手……你若上天，我必上天，你若下水，我必下水……你在哪我在哪……

"大骗子！大骗子！大骗子——"双手发疯般捶地，我猛地失声痛哭。

你在哪我在哪……

可我只是想要你活着，只是想要你好好活着……

"大骗子……"喉咙里涌起一股腥甜，晕眩中我被人晃晃悠悠地抱了起来。

"朕……没有骗你……"有个声音幽幽的回荡在耳边，出奇地温柔，"相信朕，朕以后都不会再骗你……"

神志一阵儿恍惚，黑暗中仿佛那个温润似水的男人又站在我眼前，微笑着对我说："我答应你，以后无论你问我什么，我都说实话……"

我哭着搂住他的脖子，颤抖着用尽全身的力气抱住他，一遍又一遍地泣诉："别离开我，别离开我……"

"朕，不会离开……"

不知道是怎么度过那个混沌的日子的，一整天我都神情恍惚，时而感觉有很多人影在我身边穿梭，时而听见刘秀用无限深情的声音，在我耳边一遍又一遍地低喃呼唤："痴儿呢……我的痴儿……"

泪水淌到双眼干涩，呼唤歇斯底里到嗓子暗哑，然而无论我如何发泄不满、如何发泄悲愤，都无法使时光倒转。

我只是想他能好好活着……而已，仅此而已。为什么连这么渺小的希望都不给我，为什么经历那么多坎坷，最后还是要让他离开……为什么？为什么？难道只是因为他的存在妨碍了历史？因为他是萧王，因为他的强大威胁到了光武中兴，所以注定要他消亡，所以他的最终结局只能和他的兄长一样，消亡在不可逆转的历史洪流中？！

那我这个未来的闯入者又算什么？又算什么？我以为自己能护他周全，以为用那样的委曲求全，能够换得他一生的平安……我是他的妻，是肯为了他舍弃性命，换他一生平安的妻子。可我最后却无法陪在他身边，相隔千里，他已一个人悄然逝去，我却被困掖庭，无法……陪他，即使连去寻他的自由都没有。

就此错过，悔恨一生！

刘秀！刘秀！秀……

"房里没声了……"

"许是哭累了吧？"

"难道是睡着了？"

偏殿有脚步声靠近，我伏在枕上瞪着眼睛，一动不动。

两名小宫女蹑手蹑脚地出现在我床前，我忽然一个挺身坐起，吓得两个丫头失声尖叫，小脸煞白。

"你，留下；你，出去！"我沉着脸哑声命令，"守着殿门，未经我的允许，任何人都不得放进来。"

两个小姑娘面面相觑，低声道："诺。"

留下来的小宫女约摸十三四岁，圆脸，刘海齐眉，露出一双黑白分明的眼睛，忽闪忽闪地透露着一丝惧意。

我将身上的外衣解开，一直脱到亵衣，然后转过身，将颈后的青丝挽起，露出赤裸的背部。

"呀——"

"闭嘴！"我沉声厉喝，"不过是拿胭脂作的画而已，有什么可大惊小怪的？！"

"是……是……"尽管有我的胡扯和警告在先，那丫头仍是吓得不轻。

我让她捧起一面铜镜，然后站到另一面大些的铜镜前。镜面光洁平整，只可惜怎么看都不如现代的玻璃镜那么好使，光线折射后我只能隐约看到整个背部肌肤，狰狞扭曲地趴着四只丑陋的动物。

我倒吸一口冷气，强做镇定地问："你可认得四灵兽？"

这个时代崇拜鬼神之力，也许一个小宫女并不会清楚二十八宿是什么，但至少守护天地的四灵兽应该是耳熟能详的，不说皇宫掖庭，便是寻常百姓家也常用四灵兽图案镇宅。

果然那丫头抖抖索索地回答："奴婢……认得。"

裸露的肌肤微凉，我凄然一笑："这是陛下替我画的，你瞧着可好看？"

那丫头又是一哆嗦，手中的铜镜险些失手落地："好……好看……"顿了顿，又忍不住小声地问了句，"夫人……这是拿针刺的吧？"

我一震，似乎不堪忍受空气中的凉意，竟是浑身一阵颤栗。

"难怪夫人哭了一宿，想必……想必画的时候很疼……"性虐待之类的事情在这座沉重的皇宫里并不少见，只是这小宫女居然会自动往那方面想，倒是省去我再编其他说词来圆谎。

我咬着唇，随手抹去不小心滑落的泪水，笑："是啊，很疼……"只是疼的不是背，而是我的心，这种疼痛，注定纠结一世。"告诉我，这四灵兽画得可有残缺？"

"没……没有，陛下……画得精巧细致……不曾有缺……"

"都齐全了？"

"是……须爪宛然，栩栩如生……夫人，奴婢有些害怕，这画儿太真了……好像要吃人似的……"

齐了！四象二十八宿！

闭上眼，眼泪一滴滴地坠落。

二十八宿归位之日，便是我归去之时！归去……一切顺应历史，恢复原样。犹如我不曾来过，不曾出现在这里，不曾遇上刘缤，不曾爱上刘秀，不曾参与种种。

光武帝！光武中兴！东汉朝！

不曾来过！不曾爱过！

轻轻抽泣，泪水模糊了我的眼睛，我仰起头，把眼泪和苦痛一并吞咽下肚。

"夫人……"

"去把烛台拿来。"

"夫人？"她不解地放下铜镜，听话地取来一盏陶灯。

我半侧回头，凉凉地冷笑："替我毁了它！"

"啊？"

不容她退缩，我一把抓过她的手腕，烛台倾倒，滚烫的烛油尽数淋到我的背上。

"呀——"她仓皇尖叫。

我痛得直打冷颤，却紧攥着她的手腕不许她逃走，一字一顿地警告："你记住……若是敢把今日之事泄露半点，我……我便对陛下说，是你故意拿烛火想……烧死我！"小丫头吓得连话都说不出了，抖得比我还厉害。

背上火烧般的撩痛，也许已经烫得起泡了吧。

大汉朝，光武中兴……

痛到极至，我突然想放声大笑，即便是历史又如何？即便他是光武帝又如何？

刘秀已经不在了，我最最珍视的人已经不在了，我还在乎这些狗屁历史干什么？顺应历史有什么好？即使顺应了历史也无法让我留住他！

顺应了，失去了，然后铸成永远的悔恨，无法让他好好活着！

既如此，那么……便让这个世界跟随他一起沉沦吧！

颠覆历史！让那个存于历史中的东汉王朝，让那个得意洋洋的汉光武帝……陪他一起覆灭！

王　后

伤口出乎意料的受到感染，我本来只是想偷偷毁了背上的四象图，却高估了在两千年前的医疗条件，烫伤如果处理不及时也是会要人命的。

伤口发炎，一向自诩强壮的身体也终于在病菌的摧残下崩溃，高烧致使全身无力的我连续昏睡了好几天，等到我勉强睁开眼，映入眼帘的却是刘玄一双充满血丝的眼睛——血红血红，似乎会吃人的眼睛。

"你若死，朕灭你阴氏一族！"他抓着我狂怒嘶吼。

我虚软地趴在他怀里，赶在自己再度陷入昏迷之前，在他耳边丢下一句可怜兮兮的话语："他们终究不肯放过我！圣公……阴姬没法再陪你了，你……你多珍重……"

"阴丽华——"

那张模糊的脸孔终于消失在我的视野里，我暗自冷笑着沉入睡眠。

"叮铃……叮……铃……"风吹铃动。铃声空灵幽远，似近还远，我仔细地辨听，铃声却又似乎断了。

胸口有些闷，背上火烧般疼，我尚有意识，而且清楚地知道自己的神志正在一点点的恢复，因为痛觉越来越明显。

"没事了。"那是一个略显苍老、却又十分熟悉的男声。

"当真？"

"陛下请看，她眼睛虽然闭着，可是眼珠却在缓缓移动，草民敢保证，用不了两个时辰，便能醒转。"

"那便好。"刘玄长长吁了口气，"宫里的太医没一个及得上你，赵萌举荐的人果然不错。这样吧，你无需再回赵府，朕封你个官职，你且留在长信宫好好照料阴夫人。"

"臣遵命。"

窸窣的脚步声远去，我呻吟着慢慢睁开眼，朦胧的门扉洞开，有一群人恰好走了出去。

"醒了？"苍老的声音仍在身畔未去。

我闷哼一声，只觉得浑身酸痛，趴睡太久，胸口憋闷，呼吸不畅。

"我还没死么？"声音嘶哑得不像是自己的，我冷然嗤笑。

"有老夫在，岂能让你说死便死？"

很自负的口吻，我愣了下，扭头，讶然："程……程……"

他冲我眨眨眼，我咽下底下的话，谨慎地左右瞟了两眼，殿内四角正守着五六名宫女："夫人背上的烫伤已无大碍，只是双腿曾受寒气，还需多多调养啊。"

我心知肚明地点点头，随侍的两名宫女将我从枕上扶起，我努力起身端坐，气息微乱："你们……去瞧瞧三殿下，都下去吧。"

将殿内的宫女与小黄门都打发出去，程驭渐渐收敛笑容，面带叱责地问："好端端地怎么把自己搞成这副模样？"

我心里一酸，乍见故人的欣喜并没有使我维持太久的好心情："程老先生如何进宫了？"

"受人之托。"他故作冷淡地回答，"我混入赵萌府上，做了入幕之宾，另外……"他压低声，"尉迟峻也已到了长安。"

我一颤："当真？"

"人是在他手上搞丢的，你以为你的兄弟能轻饶了他？"程驳轻笑，"他在河北急得差点儿把地皮都给翻过来，甚至还偷偷寻到邯郸温明殿去了……"

我突然升起一丝期望，颤巍巍地问道："那萧王……萧王他……"

程驳眼神一黯："望夫人节哀。"

胸口像是被人用巨锤用力锤了下，痛得我几欲晕厥。看来是真的了，上天居然连半点希望都不留给我，我自嘲地冷笑，刚刚燃起的那点希望之火顷刻间被重新浇灭。

"眼下，河北局势如何？萧王的部将们预备如何处理手中的数十万兵马？"

程驳对我过于冷静的反应甚是惊讶，愣了半晌才"哦"了声，答道："萧王长子刘彊尚未满月，且此子乃是庶出，刘彊之母郭氏乃是刘扬外甥，仅是这层关系，那些部将便不愿尊其为主……"

"刘……彊！"心里的破洞呼呼地灌着冷风，我以为自己够坚强，以为自己已经什么都不在乎，可是……"萧王长子"这四个字，仍是像支利箭般生生刺穿了我的心，"萧王……有后？"

"萧王亡殁，军心散乱，兵退范阳，诸将不知所为，有人曾提议将留居邯郸宫的郭氏母子接于军中，奉为主母，却遭到诸将极力反对。吴汉另提议接回留于南阳郡蔡阳的萧王侄儿，承袭王位，诸将皆无异议。"

"为什么？"我脑子里浑浑噩噩的，尚不能运转自如，只觉得头痛欲裂，"既然萧王有子，为何还要另立子侄为王？"

"你糊涂啊！"冷不防程驳当头棒喝，"一年前，你把萧王让与他人，难道如今连太后之位也要拱手不成？还是你久居长乐宫，逍遥快活得已忘了自己还是萧王名正言顺的王后！"

"不要说了！"我捂着耳朵，眼泪潸然而下，那声"王后"对我来说犹如万箭穿心般痛苦，"人都已经不在了，还要这王后有什么用？他已经……已经不在了……"

程驳蔑然一笑："无知！你可曾仔细想过为何诸将宁可选择萧王侄儿，也要反对郭氏母子？你不要这个太后之位没关系，可是你难道想眼睁睁地看着萧王创下的基业毁于内讧？"

我倒抽一口冷气。

刘秀的部将多数乃是南阳旧部，譬如邓禹、邓晨、吴汉等人，除此以外还有以冯异为首的颍川人氏，即便剩下的那些以耿弇、耿纯等为首的河北人氏，也与真定王刘扬无利益瓜葛。汉人十分讲究出身，妻妾尊卑，嫡庶有别，郭氏即便有刘扬十万兵马撑腰，那些曾经跟随刘秀出生入死的部将们也绝不会甘心奉刘彊为主，听从郭氏外戚。

要说惟一能在名分、地位上能够与郭氏母子抗衡的，只怕唯有同样出身南阳郡的我——刘秀明媒正娶的嫡妻阴丽华！

"他们……想要我做什么？"

"自然是由你当王太后，出面主持大局！你虽无子，萧王之兄刘伯升却有三子。长子刘章继承长房一脉，次子刘兴已转房继承刘仲一脉，剩下幼子……恰可继于你做儿子。此举合情合理，你若有子，则承袭萧王，比庶出的刘彊强出百倍。"

我凄然哀叹："他都不在了，子侄们却还得由着他们算计来算计去。刘家三兄弟若是在天有灵，情何以堪哪！"

"此乃命！"

"命？"我冷笑，"我不信命……"

程驭似乎不愿与我多聊这些宿命论，他从袖中取出一分折叠好的缣帛，飞快地塞到我手里："这是尉迟峻托我带给你的。老夫不便在此久留，改日再寻机会来瞧你。"

我刚想打开缣帛看内容，突然殿门被砰地推开，凌乱的脚步声急速逼近，程驭见状，急忙在我床头跪下，用身体遮挡住我，假意替我把脉。我心领神会，趁机将缣帛塞入袖中。

才匆忙藏好，刘玄高大的身影已出现在我眼前："果然醒过来了！"欣喜之色不掩于表，我还是第一次见到他如此真切的表情，没有丝毫的虚伪做作，不禁瞧得一呆。

程驭默默退开，刘玄竟不避讳，当着那么多人的面握住我的双手，手掌阖拢，包住我的手："觉得怎样，可好些了？"

我尴尬得直想甩手，可惜却被他握得更紧。

"你们都下去！"他沉下声摒退左右。

"陛下，夫人病体虚弱，还需大加调养，不宜过度劳累。"程驭"好心"提点。

我顿时被他搞得面红耳赤，程驭的确是好心想帮我解除刘玄对我的骚扰，可是从另一个侧面，可以听出他对我和刘玄的关系，显然是有些误会了。

刘玄却是浑然未觉，且还十分赞同地点了点头。

程驭悄悄给我打了个眼色，示意我小心，然后跟随一应随从退出寝室。

等人全都清场了，刘玄反倒松开我的手，双手背负，沉吟不语地在室内踱起了步子。我瞧了他一会儿，精神不济地趴回床上，眼珠随着他的身影左右移动。

他越踱越快，看得我眼花，最后不得不阖上眼闭目养神。

"朕知他们仍欲像当初那般挟持朕，以令天下，朕尊帝两年有余，难道还得被他们牵着鼻子走么？"刘玄说得咬牙切齿，极尽愤恨，我猝然睁目，只见他昂首站在床前，目光炯炯地俯瞰于我，"朕乃天子，若无护你周全之能，枉为帝！"

伏于枕上，我将脸埋于臂弯间，须臾抬起脸，已是泪水涟涟："陛下……"

他蹲下身子，轻柔地替我拭去眼泪："朕宁愿听你唤一声'圣公'！"

我垂下眼睑，假作无语凝噎。

他抬起我的下巴，目光灼灼："曾子言曰：'鸟之将死，其鸣也哀；人之将死，其言也善。'朕明白你那一声'圣公'确是发自肺腑，得你那句话，不枉朕待你的一片真心。"

心神猝然一颤，我险些儿忘了自己在做什么，怔怔地说不出话来。

真心？何为真心？像他这样的人，又何来真心？他可懂得真心到底是怎样的？

不过是个昏淫无耻、阴险奸诈的小人而已！

反 间

怎么也想不到尉迟峻托程驭给我的密函，手笔竟是出自阴兴——这是封由阴识口述、阴兴代笔的家书。

与他们兄弟一别将近两年，如今看着熟悉的字体，回首往事，不禁情难自抑。近来午夜梦回，常常泪湿枕巾，每每想起过去的种种经历，脑海里时常浮现刘秀的音容笑貌，便觉心痛如绞。我虽刻意回避，却也难以避开这种噬骨蚀肉般的痛楚。

那封家书写得分外语重心长，阴识待我的怜惜之情，回护之意，字里行间处处可见。他让我安心等候，既已得知我所在，必寻机会救我出去云云。

我了解他的为人，他说得出自然做得到，可是现在我并不想离开长乐宫，我还有事没有做完，心愿未了之前我哪都不会去。

程驭打着太医的身份，又与我碰了几次面，每次都暗示我尽快找机会脱身，尉迟峻会在宫外接应，然后快马送我去邯郸。

我假装不知，刘秀已经不在，我心里剩下的除了满腔悲愤再无其他，我无意要当什么王太后，继承什么萧王遗愿。河北的数十万兵马谁要谁拿去，这些都已与我无关。我唯一想要做的只是……毁了这个可憎的宿命！毁去这个让刘秀消失的东汉王朝！

赤眉军的队伍仍在不断壮大，到了五月里，突然有消息说樊崇等人为了使自己的草寇身份名正言顺，打算拥立一个十五岁的放牛娃刘盆子为帝。如果消息属实，那么那个拥兵已上百万、大军正逼近京都长安的赤眉军，对于更始汉朝的打击，无异是空前的巨大。

与此同时，又有报称萧王的兵力正继续北上燕赵，孟津将军冯异竟暗中致信洛阳城中留守的李轶，以谢躬与马武的不同境遇作对比，试图诱降李轶。

这个消息乃是程驭转告，因为冯异行事隐秘，想必刘玄尚不得知。洛阳算是更始政权的老巢，虽然京都迁移，但是洛阳仍然留有三十万兵力驻守，领兵之人正是老谋深算的朱鲔。

我对朱鲔和李轶的恨意绝对不下于刘玄，只要忆起刘縯当年惨死的一幕，我便恨不能亲手杀了这两个罪魁祸首。

"已经无碍了。"

"嗯。"我早已不在意自己的身体好与坏，只要剩下一口气让我完成所要做的事情即可，然而客气话却仍是不得不说，"多谢程先生。"

程驭翻白眼："老夫并非指你那点小小的烫伤，老夫所指乃是你的腿疾。"

我慒然："我的腿……"

"已经痊愈，只是以后刮风下雨，天气变化膝关节会有所不适，其他的，已可活动自如，一切如常！"他见我并无惊喜，不禁奇道，"怎么，对老夫的医术没有信心？"

"哪里。"我淡淡一笑,"我这是欢喜过头了……先生的医术自然是最好的。"

"可你好像并不太在意。"他敏锐地眯起双眼,手指撸着稀疏的胡须,"换作以前,你怕早已开心得蹦跳而起了。"

我笑道:"先生,我已二十有一,总不能仍像个孩子似的蹦蹦跳跳吧。况且这里乃是掖庭重地,即便再高兴,也得懂得收敛,不是么?"

程驭若有所思,过得片刻,轻咳一声,不着痕迹地换了话题:"大树将军……嗯哼。"他眼角余光扫动,确定方圆十丈内无人靠近后,快速塞了块缣帛给我。

我打开一看,上面的字迹仍是阴兴写的隶书,记录说冯异率兵北攻天井关,得了上党两座城池,而后挥军南下,夺得成皋以东十三县,降者十余万,军威大振。更始汉朝河南太守武勃率领万余人马与冯异战于士乡亭,冯异挥兵破之,阵前斩杀武勃,歼敌五千余人。

我心中一动,疑惑道:"李轶打的什么主意?"

"他与冯将军私下达成协议,所以留在洛阳城中按兵不动,闭门不救……"

我冷哼一声:"他之前为了讨好刘玄与朱鲔,害死了待他亲如手足的刘伯升,这会儿大军压境,为了讨好冯异,他又打算出卖朱鲔。这样的反复小人,如何还能轻易信得?"我将缣帛凑近烛火,目色阴沉地盯着那橘红色的火苗嗞地点燃,将白色的帛料一点点化作灰烬。"李轶这个背信弃义的小人,死不足惜!"

程驭瞠目结舌,满脸不解。

"像他这种人,一剑杀了都嫌污了我的手。既然他最擅背信弃义,不妨便让他自食其果。你让子山想个法子,把李轶与冯异私通之事稍稍透露给朱鲔。哼,朱鲔若是听到风声,必定起疑。届时洛阳城中两虎相斗,得益的反是城外的冯异大军。"

说完,我转过脸面向程驭,却见他神情木讷地望着我,像是有些傻了。我这才猛地意识到自己刚才说那些话的时候,一脸咬牙切齿,就连口吻也是极其森冷恶毒。

"程先生……"我心虚地低下头。

"明白了。"程驭背起药箱,低叹,"我会如实替你转告。"

"先生……我……"

"夫人足智多谋，胆气过人，只是……希望你能够平心静气，切勿妄动杀念，此乃苍生之福。"说完，他竟对我深深一拜，拜闭扬长而去。

我在宫中耐心等待程驭的再次光临，可是自他出宫，接连三日不见人影。到得第四天，刘玄下朝后竟直奔长信宫。

"舞阴王李轶死了！"他边摘冕冠边喘气，伸手的侍中慌慌张张地替他接住脱下的朝服，然后另由宫女替他换上常服。

我的心怦怦乱跳，一阵紧张："死了？怎么死的？"

"啪啦！"一声，刘玄泄愤似地将冕冠砸在地上，吓得侍中膝盖一软，跪地膝行捡起冕冠，连连磕头。

"他与冯异私下勾结，这厮自以为做得隐秘，殊不知密函被人发现，送至朱鲔处。朱鲔为防他兵变，连夜遣了刺客将其暗杀！"他大步跨来，轻轻松松地爬到我的床上。"这不，早朝时，张印、申屠建、隗嚣等人联名上疏……"他突然一掌拍在案上，怒气在瞬间爆发，"这群私结朋党的家伙！"

看样子刘玄并没有因为李轶背叛一事而愤怒，他的怒气仍是冲着那群在朝中颇有势力，能和他对着干的绿林军首脑。

死一个李轶算得什么？在他眼里，杀死一个人不过跟踩死一只蝼蚁一般无二，他在意的不是那条人命，而是他的皇权。如何才能在这紧要关头趁机除去对手，巩固皇权，这才是刘玄这会儿打的一箭双雕的鬼主意。

"其实这件事陛下何必着恼，如今冯异正率兵南下进逼洛阳，李轶已死，朱鲔在城中独自尊大，独掌兵权，已是大大的不妥。以我愚见，陛下不如下诏让朱鲔主动出击！若是再坐等下去，还不知冯异的兵马会扩展到何种程度，所以这一仗适宜速战速决，拖得时间越久，对我们越不利。"

这番话一讲完，刘玄便用一种耐人寻味的深邃目光死死地瞪着我，换作平时我早心虚地退避，可是眼下的情景已不容我有丝毫胆怯，于是极力做到神情坦然，目光毫不避讳地与他的视线交缠，彼此凝望。

"朕赞你有吕后风范，果然未曾说错！"就在我快要撑不下去的时候，他却突然笑了。

我暗暗松了口气："陛下谬赞。"

刘玄伸手过来，力度适中地握住我的双手。掌心被汗水黏湿，十指冰凉，我下意识的便想把胳膊往后缩。

"丽华，朕愿做高皇帝，你可愿当朕的高皇后？"他笑吟吟的，那张英俊的脸孔难得的显现出一抹温柔。

我愕然，眼睛一眨不眨地看他。那张脸逐渐放大，我盯住他的唇，咬咬牙在最后关头闭上了眼。火热的唇瓣覆了上来，先是额角，然后鼻梁，最后滑至双唇。髭须扎痛我的肌肤，我难以克制地颤抖起来，强烈的厌恶感在翻涌，两种截然不同的感受在脑海中激烈冲撞，理智让我极力忍受他的亲抚，冲动却又使我愤怒得想一掌推翻他。

他的手极不规矩地在我身上游走，我闷哼一声，背上肌肉绷紧，拼着将结痂的伤口迸裂流血的代价，终于使他退却。

"怎么了？"

"疼……"我把疼痛感夸大了十倍，哆嗦着呻吟。

他手指上沾着我的血迹，平时一贯冷静的表情正一点点崩落，他高声换来守候在外殿的侍中："能卿！速宣程太医！"

殿外一个"诺"声应了，即去。

"伤口裂了，要不要先把衣裳脱下来？"

"陛下！"我喘息着阻止他，"陛下贵为九五之尊，不必为贱妾这点小伤太过挂怀。"

"小伤？"他又气又笑地望着我，"你呀你，真是要强。"

"赵夫人温柔依人，陛下若想瞧人撒娇，大可去长秋殿。"我似假还真的娇嗔，引得他哈哈大笑。

约摸过了一刻钟时间，程驭在侍中的拖拽下气喘如牛地进了长信宫大门。我不让刘玄脱我的衣服是因为我对背上创口迸裂的程度心知肚明，伤口本该已经愈合了，不过是我为了避开他的亲热而故意收缩背上的肌肉撕裂的，下手轻重，我自有分寸。看着凶险，其实并不算什么大事。

我连哄带骗地把刘玄轰到偏殿等候，程驭果然是高手，稍加探视已明其因："怎的如此不小心？"

我不答，反问："可有什么药能让病情反复，伤口一时半会儿愈合不了的？"

程驭吹胡子瞪眼："你疯啦。"

我嫣然一笑："也许。"

他定了定神，蹙眉："无需拿伤口作赌，老夫开副药方，添上一味药，可使人四肢无力，状若重患……"

"多谢先生，阴姬感激涕零。"我跪在床上拜谢。

"是药三分毒，你见机服药，能停则停，切勿逞强。"

"诺。"程驭坐到案前开药方，我望着他的背影犹豫再三，终于嗫嚅着开口，"舞阴王之事……多谢先生。"

他背上一僵，停下笔："你这可谢错人了。长秋殿赵夫人小产后微恙，老夫这三日羁留宫中，未曾觑得机会出宫通知子山。"

"什么？"

他回头，目光锐利："看来有人与你不谋而合。"

我错愕难当，一时陷入沉思，难道是冯异？

"唉，舞阴王气数如此，此乃天意，不可逆转。"他感慨地摇晃着脑袋。

我心有所动，忍不住点破他："看来先生不是无法出宫，而是不愿出宫呢。"

他轻笑两声，背影挺拔如松，沉笔疾书，只当未闻。

写完药方，出门交给侍中，刘玄趁机进殿嘘长问短，我忙于应付，再无闲暇分心关注程驭。

这是我最后一次在宫里见到程驭，这之后，据闻他不辞而别，杳无踪影。

挑　拨

适逢我在长信宫病情反复，缠绵病榻之际，朱鲔已令苏茂、贾强率三万人马渡过巩河，攻击寇恂据守的温县，自己同时率领数万兵马进击平阴。檄书传至河内郡，寇恂即刻发兵，并传令属县同时调集军队，于温县会合。

翌日会战之际，冯异派出的援军及时赶到温县，兵马云集，幡旗蔽野。寇恂命士卒登城鼓噪，苏茂、贾强闻风丧胆，竟被寇恂挥兵追击，横扫千军。贾强阵亡，苏茂手下数千人溺死河中，一万多人被俘，寇恂一鼓作气追至洛阳。

与此同时，冯异领兵渡河，击溃朱鲔军，与寇恂大军会合。朱鲔退守洛阳，城外大军绕城环行，兵威震得洛阳城内一片惊恐，城门紧闭，再无一人敢出城应敌。

如果说朱鲔兵败，退守洛阳已令刘玄郁郁寡欢，那么赤眉军挥兵西进，直抵高陵，则让整个长安齐震。

屋漏偏逢连夜雨，更为惨淡的是，调往河东镇守的比阳王王匡，淮阳王张印竟在这个时候被邓禹大败，狼狈地逃回长安。

洛阳被围，河东已失，赤眉压境，更始汉朝岌岌可危。

刘玄又重新开始酗酒，逃回长安的王匡、张印面对如此困境，再次发挥小农阶级的本性，私下联络诸绿林将领，商议着长安怕是保不住了，不如带兵把城里能抢的财富大抢特抢的捞上最后一把，然后转回南阳。实在不行，最后还能回绿林山占山为王，重新做以前那个山大王。

这样没品味的提议居然得到了一大批绿林出身的将领支持，于是他们与穰王廖湛、平氏王申屠建等人竟在朝上联名上疏，请求更始帝退往南阳。

如果答允，那可真是从哪来回哪去。强盗出身的绿林军果然不愧为鼠目寸光的一群小农，打从一开始我便知道这群人结伙打天下除了替自己捞财别无其他目的，可是这样的人偏偏占据大汉朝的主流。毫无远见，毫无政治头脑，更无治国统兵良方。

要刘氏豪强阶级出身的刘玄放弃在长安当皇帝，跟着一群强盗跑回南阳当山大王，这简直比杀了他更痛苦。

所以，不用我在边上煽风点火，代表着贵族利益的更始帝与小农利益的绿林将领之间的矛盾已尖锐到再难缓解的地步。

刘玄下诏命王匡、陈牧、成丹、赵萌屯兵新丰，命李松镇守掫城，守关拒寇。

殿门嘎的一声，打破午后的恬静，似乎是有人故意弄出声响想要吵醒我。我懒洋洋地"嗯"了声，眼皮微掀，即便是夜晚，在这个奢侈华丽却充斥诡异的长信宫，我亦不敢使自己沉梦酣睡，更何况是小小的午憩。

"姑娘！"来人在我床前跪下，轻声软语。

我打了个激灵，从床上一跃而起："你是谁？"

"小人刘能卿！"他抬起头来，面色平静的望着我，目光清澈，丝毫不像作假。

刘玄的侍中——刘能卿。

我警惕地瞅着他："侍中有何指教？"

"主公让小人转告姑娘一件事。"他咧嘴一笑，笑容纯真，"萧王未死，已至鄗县。"

脑子里像被一根针狠狠地扎了下："什么？刘秀还活着？"等我意识到自己失态的时候，话已出口，我忙掩饰，强作镇定，"你什么意思？"

"姑娘果然谨慎。"他也不着恼，却从袖中摸出一件东西，指尖一松，一块铜牌在我眼前左右晃荡。

我的手下意识地便去摸腰上的银质吊牌。

刘能卿笑道："姑娘若还有疑虑，不妨瞧瞧这个。"他像变戏法似的又掏出一只锦匣，匣上用绳子捆缚，木槽内的印泥宛然，原封未动。"这是主公命影士传到长安，昨儿个才交到小人手上。"

"你……"我将信将疑地接过锦匣，刮去印泥解封。匣内放了一片缣帛，帛上仅四字——"能卿可信。"

字迹乃是我看惯了的阴兴手笔，绝不会有错。

我一阵激动，捧着缣帛的手不禁颤抖起来。刘能卿微微一笑，抽去我手中的缣帛，在放置一旁的灯烛上点燃焚毁。

"刘秀真的还活着？"

"是。"

"之前不是说他坠崖了么？"

"当日情况危急，耿弇将军掩护萧王突围，萧王策马陟崖，不料马失前蹄，胯下坐骑将他摔下马背，而后一同摔下崖去。所见之人皆道萧王遇难，其实仅仅坐骑坠崖，萧王仅受轻伤，后幸得马武将军率精骑殿后，才得以化险为夷。不过，那些奔散的士卒退回范阳，不知内中详情，纷纷传言萧王阵亡，这才有了诸多谣言。"

我呆若木鸡，良久才消化掉这个惊人的消息。一时也不知道是不是高兴过了头，心里酸涨难当，竟是怔怔地落下泪来。

"刘秀……未死？"

"是，萧王一直都在领兵四处征战。"他抿嘴一笑，"萧王足智多谋，即便不是亲征，偶尔指点谋略，胜似军师。"他似乎极为欣赏刘秀，说这些的时候，脸上不自觉地露出敬佩之色，"一招借刀计不仅轻易取了舞阴王性命，更使得洛阳城中人心猜忌，许多人因此越城投降。”

离间计，一箭双雕。

“你是说李轶之死，乃是萧王用计？”

“正是，萧王命冯异将军故意泄露双方密约，使得朱鲔疑心李轶，最终杀之。”他得意地一笑，“这事虽说隐秘，却又怎能瞒过我们影士的耳目？”

我长长地嘘了口气。

刘秀的确足智多谋，但是以他的为人和性格，真不像是会出此狠毒之计的人，我微微一憷，转念推己及人。暂且不管刘秀会如何对待杀兄仇人，单单反思己身，若再给我一次选择的机会，我会否放弃复仇，饶恕李轶？

伯升……

十指收紧，我握拳，微颤。

刘缤临去时留给我的笑容，像是一枝穿心利箭，深深地扎在我的心上，无法拔去。

“姑娘……”刘能卿连唤数声，我黯然失神，“主公命小人在宫中助姑娘一臂之力，姑娘凡有差遣，小人自当竭力襄助。”

我一愣，半晌才反应过来他说了些什么：“大哥他……没有要求我回去么？”

“主公未曾提及。”

“那……尉迟峻可还在长安？”

他露出困惑之色，反问：“尉迟峻是何人？小人并不认得。”

我皱起眉头，虽然有点诧异刘能卿居然不识尉迟峻，但是作为一个情报组织，为保持各个成员身份的隐秘性，内部成员互不相识，上下级之间选择单线联系的可能性的确比较大。

稍加分析后，我对阴识的远见卓识愈发只剩下钦佩的份。他没有让刘能卿劝我回新野，甚至连离开长乐宫的话题都没有提，难道是因为他知道我想干什么？

“能卿！”

“诺。”

如果有刘能卿在旁协助，那么程驭配的那副药我就不必再继续服用了，有他替我遮掩，要瞒过刘玄已是轻而易举之事。

“陛下可曾在私底下命人打探过比阳王、淮阳王等诸王的动静？”

他的面上闪过一道稍纵即逝的讶异，虽然掩饰得极好，却还是被我瞧得一清二楚："是……陛下的确曾授意小人留意诸王行动。"犹豫片刻，终于坦白道，"不敢欺瞒姑娘，这件事小人已密呈主公，只等主公拿主意……据潜伏于诸王身边的影士密报，淮阳王张印、穰王廖湛、随王胡殷、平氏王申屠建以及御史大夫隗嚣私下里合谋，欲劫持陛下，弃长安转南阳……"

我兴奋得两眼放光，不由击掌笑道："好！"

刘能卿被我的动作吓了一跳，不安地询问："姑娘为何叫好？"

我冷冷一笑："你这就去把这件事原原本本地告知陛下。"

"啊？"

"正是要让陛下知晓，他的诸侯王欲对他不利，也好早作防范啊！"脑海里想象着刘玄在得知这个消息后的愤慨表情，不由得心中一阵冷笑。

刘玄，我倒要瞧瞧，你会怎么做！怎么做才能避免这场灾祸！

更始帝得侍中刘能卿告密后，转而托病不朝。

他和张印等人不碰面，躲在后宫不出去，他们一时也确实拿他没办法。然而老躲着也不是一回事，俗话说，躲得了一时，躲不了一世。他是君，张印等人是臣，总不能君臣间一辈子不打照面吧？

"陛下！"趁他喝得也有七八分醉意，我含笑娓娓道来，"何不化被动为主动呢？"

他酗酒不是一天两天了，如果不是亲眼目睹他日复一日的酗酒成瘾，真的很难相信眼前这个眼睛充斥血丝，醉意朦胧，会不时冲我憨笑的男人是那个心计深沉、杀人不眨眼的更始帝。

"主动？"虽然有了醉意，却不等于他可以成为我随意摆弄的木偶，他倾过上身，带着满身的酒气，将手搭在我的肩上。

"是的，陛下。主动——诱敌深入！"我坦然抬头，目光平和地与他互视。

他一边笑一边极力稳住东摇西晃的脑袋，宠溺的伸出食指点在我的鼻尖上："诱敌深入……呵呵，朕知道你想干什么……朕知道……你想……干什么。"他突然一把抓过我，用力把我拖进怀里，隔着单薄的衣裳，能清晰地听到他心跳的声音。他重重吸气，然后缓缓吐气，一吸一呼间酒气浓烈呛人，"好！就依你！诱敌深入……朕什么都依你！"

他像是醉糊涂了，又像是还很清醒。

也罢，对他无论何时何地都不可掉以轻心，只当是在装糊涂吧。我展臂轻拥住他，用无限柔情的声音安慰："我不会让任何人杀你！"

耳畔的呼吸均匀，刘玄头枕在我肩上，在我怀里一动不动，似乎已经熟睡。

我嘘气，神情麻木地望向窗外，声音低沉中透着无比的坚定："你是我的……没人能杀你……"

逼　宫

"如何？"

"张卬、廖湛、申屠建、胡殷四王已至前殿，只有御史大夫隗嚣还未到。"刘能卿小声耳语。

我点了下头，举起刘玄钦赐的宝剑，扬声召唤："执金吾何在？"

"臣晔，谨遵圣命。"一名身披盔甲的魁梧汉子跪下听令。

据刘能卿描述，执金吾邓晔乃是刘玄培植的亲信势力之一，值得信任，他手下的士兵也可任意调用。只可惜，执金吾主要担负京城内的巡察、禁暴、督奸等任务，就好比现代的警察一样，手中的兵力有限。不过张卬等人都是狡猾的老狐狸了，若是随意将宫外的军队调集入宫，定会有所察觉。

"邓晔，陛下命你守住宫门，一会儿四王入殿，你率兵将他们拿下，若有反抗，格杀勿论！"我故作严厉地高声，"你可明白？"

"诺，臣定不负陛下重望。"邓晔起身，身上笨重的盔甲在他转身跨步的同时，摩擦出响亮的声音。

我精神振奋，招呼刘能卿："走，去前殿！"

长乐宫前殿四周竖立高墙，殿门朝南，门内设置的庭院，正是平时天子上朝，举行朝仪的地方。我从进入长乐宫以来，还是第一次脱离禁锢，自由出入后宫。手中长剑紧握，体内的血液似在沸腾燃烧，仿佛又回到了那个金鼓鸣响的战乱杀伐场。过不了多久，这里亦将成为一座炼狱。

人未至，声先闻，兵刃交接之声不绝于耳，看来围捕行动发生的比我预想的还要快，双方竟会这么快便动上了手。

匆忙奔到前殿，却见殿中十余名兵卒围斗一人，兵多敌寡，看似占着优势，但敌方骁勇，手中长剑挥舞，顷刻工夫已连伤数人，竟似要突破重围，闯出殿去。

我厉喝一声，拔剑冲进殿去，那人正背对着我退向殿门，忙于应付士兵群攻的他显然没料到身后的偷袭。只听"噗"的一声，我手中长剑刺入他的背胛，也亏得他身手敏捷，关键时刻能听风辨音，及时闪开一旁，要不然这一剑早已当场刺穿他的心肺。

他怒吼一声，犹如垂死挣扎的野兽，猛地旋身一剑向后挥来，我拔出长剑，跳后两步。

血红的双眼，愤怒的眼神，那张熟悉的脸孔上溅满鲜血，也不知是他自己的，还是别人的。

"是你——"惊愕之后是愤怒的一声厉吼，他挥舞着手中长剑，撕心裂肺地尖叫，"你——"

"平氏王，尔等意欲劫持陛下，以下犯上，图谋不轨，实乃死有余辜！"

我仗剑冷笑，他尤作困兽之斗，狂啸怒吼："我无罪！你污蔑我！你这个贱人——我要觐见陛下——"

"陛下不会见你！"我打断他，一字一顿地说道，"申屠建！你可曾料到自己也会有今日的下场？"

他呼呼喘气，声若风箱。我冷笑着从腰带上扯下一块环形玉玦，朝他扔了过去。叮咚一声，那扁圆的东西砸在他脚边，在地砖上滚了两圈，嗡嗡地发出清脆的颤音，直至静止不动。

申屠建怒目圆睁，瞪着脚下的那块玉玦，渐渐地他脸上露出惧怕之色，全身颤栗，手中长剑几乎把持不住。

"这是陛下赐你的！"我挥手，殿外的伏兵即刻冲进殿内，与殿内原先的士兵一起将他团团围住，"申屠建，一路好走。"

我转身，大步跨出殿门。

殿内铿锵一声，紧接着一阵乒乒厮杀，偶尔夹杂着一二声申屠建垂死的悲鸣。

我闭上眼，深吸一口气，酷热的炎炎夏日，血腥之气在这肃杀的朝堂之上弥漫。

这仅仅是个开端，仅仅是个……开端而已！

"姑娘！"

我倏然睁眼，收敛感伤，刘能卿正躬身站在我面前。

"邓晔呢？我要的是四个人，怎么殿上只剩申屠建一个？"

"这四人原都在厢房等候，小黄门假传圣谕宣他们进殿时，张印、廖湛、胡殷三人突然生疑，转而奔出殿去，邓晔这会儿正亲自带人追击。"

长乐宫前殿东西两边皆配有厢房，皇帝举行朝觐时，大臣们往往先在厢房对一些重大决议反复商讨决定，然后再到前殿中进行。

"那隗嚣呢？"

"始终未曾露面。"

我不禁皱眉。张印、廖湛、胡殷这三人可说乃是诱入长乐宫后才生疑逃跑的，但是隗嚣却连面都没露一下，难道他竟能事先看破我的预谋？若是此人有这等能耐，怕也是个不好对付的厉害角色。

隗嚣——那个曾经写下赫赫长篇檄文，披露王莽慢侮天地，悖道逆理，甚至鸩杀孝平皇帝，篡夺其位的滔天大罪，口诛笔伐到令刘秀亦不禁称赞的男人！

我心中一动，忙道："即刻责令邓晔率兵围困隗嚣府邸，我需回宫回复陛下……一有什么动静，立马来报。"

"诺。"

回到长信宫，刘玄正蜷缩在床角烂醉如泥，床上床下尽是湿漉漉的酒渍，让人看着寒碜。我屏住呼吸上前推他："陛下！陛下……"连喊七八声，他只是嘟哝着动了动手脚，怀里紧紧抱着一只铜枕，蜷得像只虾子。

酣睡中的他面容虽有些憔悴，却与平时冷酷邪魅的气质截然相反，苍白的俊颜，五官突显，加上嘟嘟哝哝的撅嘴模样，显得无辜又无害。

"父皇睡着了，你莫吵他。"正在愣神之际，身后一个稚嫩的声音突然低低响起。刘鲤倚在门框上，一脸孺慕地望着床上熟睡的刘玄。

"小鲤鱼。"

他靠着门，没想要踏进门，也没要离开的意思："父皇很喜欢你，"他眼睛并不看我，只是直勾勾地盯着父亲，讷讷地说，"他以前也很喜欢我娘，然后还有赵夫人……可是父皇不会喝醉酒喊她们的名字……姑姑，父皇大概真的非常喜欢你，所以……如果你求他让我回去见我娘，他一定会答允吧。"

我没来由地感到一阵酸涩，坚强到麻木的心里某个角落似在不经意间微微崩裂。无论如何，孩子是无辜的，他实在没理由卷入大人们的黑暗争斗中来，成为牺牲品。我走过去，弯腰把他抱在手上："想母亲了？"

"想，我每晚都梦到娘……"奶声奶气的童音带着一种呜咽，他伏在我的肩头，娇小的身子微颤，"姑姑，你替我求求父皇，让我回去瞧瞧我娘好么？"

心里一软，我不假思索地应道："好。"

"谢谢姑姑。"他破涕为笑，小脸像朵盛开的花，他凑过嘴来，在我脸上"叭"地亲了一口，"姑姑和我娘一样好，父皇喜欢姑姑，我也很喜欢姑姑。"

床上沉睡的刘玄呻吟一声，折腾着翻了个身，我站在门口，默默地看着门内的那个他，百感交集。

身后骤然传来的急促脚步声惊醒了我，我回头，果然看见复道那头刘能卿满头大汗的狂奔："不好了——陛下——陛下——大事不好！"奔得近了，他匆忙朝我瞥了一眼，随即大呼小叫地冲进门去。

"陛下——"未及床头，他已跪倒，声泪俱下，"淮阳王、穰王和随王三人离宫之后，率兵抢劫京都东西二市，火烧宫门，已经闯入宫中！"

"什么？！"异口同声，不等我心急火燎地冲进门，刘玄亦捧着额头从床上挣扎起身，一副辨不清东南西北的迷糊样。

不能不说惊愕，令我意料不到的是张卬他们居然反应如此敏捷，突围出宫后能立即带着兵马再杀进宫。

刘玄闷咳两声，尚未酒醒的他面色煞白："邓晔何在？"

"邓晔追击三王不成，转而围堵御史大夫隗嚣……"

我一把抓住刘能卿的胳膊，激动道："那隗嚣呢？"

"隗嚣……城中战乱起时，邓晔应接不暇，分出兵力镇压骚乱，隗嚣趁机带着数十骑直闯平城门，破门而出，逃往天水去了！"

"可恶！"我气得跺脚，"邓晔这头蠢驴，居然纵虎归山！"我有预感，这个隗嚣会比张卬他们更麻烦、更可怕，此番纵他离去，他日必成祸患。

"陛下！宫中执金吾抵挡不住叛军，这可如何是好？"

"张卬他们……反了？"刘玄一阵激动，苍白的面颊上突然浮出一抹异样的嫣红，"他们想要做什么？逼宫？想来杀朕吗？"他奋力一挥手，床头的一只陶尊顿时飞了出去，啪的一声落在地砖上，碎片散落。

"陛下！"我毫不迟疑地跪下，地上有砸碎的陶片，硌得我膝盖一阵疼痛，"乱臣贼子，人人得而诛之。只是眼下情况危急，还望陛下能……"

他摇晃着跳下地，伸手拉我："你起来！"一面拉我一面问刘能卿，"已经抵挡不住了吗？"

"是……只怕撑不过明日。"

眼下已是日落西山，正是酉时三刻。我扶着刘玄站直，他虽然体力未复，头脑却仍是十分清醒的："你下去准备车马，告诉各宫夫人，整理行囊，明日天一亮便随朕出宫。"

"臣遵命。"刘能卿急匆匆地走了。

"陛下这是打算去哪？"我明知故问。

"新丰！"他的手紧紧抓着我的胳膊，带着一股莫名的愤怒，"待朕集结兵力，定然剿平这帮乱臣贼子。"

眼下在新丰屯兵抵抗赤眉军入侵的将领正是之前派去的王匡、陈牧、成丹、赵萌四人，我眉心一皱，担忧道："可是……张印、廖湛原是绿林出身，向来与王匡、陈牧、成丹他们私交甚笃，这万一……陛下认为他们可信吗？我只怕我们这一去，没有调集到兵马，反而羊落虎口。"

"哼，"他冷笑，"朕岂会让他们得逞？想要谋害朕，朕会先要了他们的脑袋！"

苍白的唇瓣，酡红的双颊，微喘的呼吸，阴鸷的眼神……此时的刘玄怎么看都不像是个正常人，那种阴冷彻骨的感觉，使得我血液中隐藏的仇恨再次燃烧起来。

东方渐白，长乐宫的屋脊上反射出万丈光芒，耀眼夺目。前殿方向隐隐传来打斗之声，浓烟滚滚，直冲云霄。

我怀里抱着刘鲤，和刘玄共坐驷马龙舆，曾有宫女想将刘鲤另抱它处，我却不肯将这孩子轻易予人。不知为何，打从这支百余人的队伍驶出长乐宫，在满城烟火中，仓皇逃离长安，往东投奔新丰，我便隐隐觉得有股不祥之气萦绕心头。

因为后宫女子大多乘坐马车，所以这一路走得十分艰难。我是吃过这种逃亡苦的人，像这种在流亡路上还能舒舒服服地坐在龙舆内，吃喝不愁的生活，对我而言，简直是天堂。但是我这么想，不等于其他人也会这么想，这一路哭天喊地，叫苦不迭的女人不在少数，若非刘玄心情不好，把那些叫苦叫累的女人骂得狗血淋头，相信这种情况会一直维持到新丰也难得消停。

队伍抵达新丰，清点人数，刘玄这次带出宫的夫人之中，以赵姬为首，却独独不见他的正牌老婆韩姬。

我在瞬间明白过来，惊骇间只觉怀里刘鲤的体重似乎猛地增了十倍，沉甸甸地压在我胳膊上："你、你把韩夫人……留在长乐宫了？"虽然不大敢相信，但是事实摆在眼前，我原还想把刘鲤抱去让他俩母子相见，可是找遍所有地方，也没发现韩姬的踪影。

刘玄不置可否，冷漠地假装没有听到我的问话，他撇下我，径直带着赵姬前往赵萌的营地。

我一口气噎住，撞得胸口生疼。这个该死的男人，果然冷血到无可救药。

"姑姑！"刘鲤懵懂无知地搂住我的脖子，小小的身子扭股糖似地扭来扭去，很小声地趴在我耳边哀求，"姑姑，我能偷偷去见我娘吗？"

我心里一颤，鼻子酸得差点落泪："不行。"我一口回绝。

刘鲤失望地低下头，小鼻子皱在一起，苦着一张小脸，闷闷不乐。

"你父皇有正事要干，我们出来是逃难的，不是来游山玩水、巡幸地方的。"我尽量拿些大道理来搪塞。

他似懂非懂地点了点头，依旧一副愁眉苦脸的样子。

看着他这张稚气的小脸，我唯有在心底长叹欷歔。刘玄把赵姬带在身边，那是因为他来新丰投奔岳父赵萌，赵姬是非带不可的。可是他为什么要把韩姬扔在长乐宫呢？难道是忌恨韩姬曾与张卬等人有所勾结，意图谋害赵姬？可这也仅仅是个人猜测而已，不是还没有真凭实据能够证明赵姬的小产和韩姬有关吗？

有道是一日夫妻百日恩！这对夫妻真是疯了，妻子因妒生恨，能够因此毒害夫主的无辜子女，干出损人不利己的勾当；夫主亦能不念旧情，生生地把妻子往绝路上推。

这样的夫妻，想想就令人心寒。

一旦长乐宫破，手无缚鸡之力的韩姬碰上那群只知私利、心胸狭窄、锱铢必较的小人，岂还有活下来的一线生机？

刘玄带着赵姬去找赵萌，两人在营帐内一聊便是一整天。因为军营里诸多不便，我不得不抱着刘鲤和其他后宫女子挤一块，同住一顶帐子。

那些女人一开始背着我挤眉弄眼，唧唧歪歪，甚至还想联合起来趁机整我。结果我假装什么都不知道的在帐内拉开马步，一亮长剑，当场把一张半新不旧的木案当柴劈成两爿后，那些窃窃私语瞬间自动消音，帐内鸦雀无声，大家微笑以对，相安无事。

翌日，果然刘玄在赵萌营中宣召比阳王王匡、阳平王陈牧、襄邑王成丹三人，入营议事。陈牧、成丹先至，被赵萌事先埋伏在暗处的士兵逮了个正着，当场诛毙。

"姑姑，你在瞧什么呢？"

我伸手抚摸孩子的头顶，望着不远处的那座帅帐，讥诮地回答："在看两只狗打架。"

"在哪里啊？"小孩儿心性使得刘鲤兴奋地踮起脚尖，"打得怎么样了？"

"狗咬狗罢了……"

猛地想到一个主意，我急忙甩脱监视，去找刘能卿："你赶紧把陈牧和成丹中伏、已遭皇帝诛杀的消息透露给王匡。"

刘能卿惊得呆住："姑娘这是要做什么？万一王匡率兵打来……"

"不会，王匡不会那么蠢笨。陈牧和成丹已死，他俩手上的兵权势必落入赵萌手中，王匡手中只有一个营的兵力，以一敌三，这样悬殊的兵力，以王匡的性格，怎么敢冒这个险？我赌他绝对不会来骚扰这里，反而会大惊失色地从新丰撤兵逃走。至于他会逃到哪里去……"我哧哧地笑，"这还用我说么？"

"姑娘怎么说，小人便怎么做。"刘能卿看我的眼神起了一种微妙的变化，那样的神情中有震撼、有敬佩、有钦慕，更多了一丝惧意。

我明明看出他的心思，却唯有苦笑，用以缓解尴尬。从某种程度上讲，王匡其实并不一定会反抗朝廷，即便是张印、申屠建等人，若不是被我从中煽风点火、挑拨离间，他们都未必非得铤而走险，走到与更始帝彻底翻脸、鱼死网破的一步。

真想不到有一天，自己的所作所为，竟也能令人望而生畏。

狼崽子啊……我摊开双手，十指张开，怔怔地瞅着——这算不算是会撕裂人的利爪？缓缓将十指收拢，握紧，指甲掐入掌心，却一点都感觉不到疼痛。

我笑了，笑得那么辛酸与无奈。

到底还是被他说中了，我真的成了一头会杀人的豺狼！

第七章
三汉鼎立龙斗野

符瑞

王匡得知陈牧、成丹二人被诛后，果然带着人马逃往长安，与张卬等人联手合兵。身在新丰的更始帝刘玄自然不甘心被乱臣贼子逼在京都之外，一心要剿灭叛乱，重回长乐宫的他令赵萌收抚陈牧、成丹两营，同时召回镇守撤城的李松，全力反攻长安。

狗咬狗，一嘴毛。眼看着大汉朝的内战越演越烈，我坐山观虎，乐见其成。

刘玄忙于应战，没空顾及我，闲暇时除了和赵姬、刘鲤他们说话聊天外，我抓紧一切可能的机会勤练武功，尽可能地提高武艺。据刘能卿回报，阴识不放心我孤身犯险，已责令刘能卿将长安一带的影士尽数召集起来，在必要的时候会不惜一切代价带我离开。

我能明白这是阴识对我的任性放的最大限度，其实他待我的纵容，真的已是无可挑剔。每到夜深人静，我躺在营帐内，听着小刘鲤磨牙的咯吱声，不免会感到孤独，这个时候会想起许多幼时在阴家发生过的天真烂漫、无忧无虑的快乐点滴，会想起阴识待我的宠溺、阴兴的口是心非、阴就的关心体贴，还有我的嫂子柳姬，我的"母亲"邓氏……

回忆使人伤感，想的越多，则越容易失眠，有时候辗转反侧，竟会心痛的想到刘秀，然后一发不可收拾，会胡乱地猜测他现在在做什么，想什么，会猜想他与郭圣通的感情，他和她的儿子刘彊，他和她之间的林林总总……然后想到极处，心也跟着痛到极处，泪湿枕畔而不自知。

这样的情况持续了数天，就在我下定决心要把这个胡思乱想的瘾彻底戒掉的时候，刘能卿捎来了远在鄗县的刘秀的最新消息。

"姑娘如何看待这个情况？"自打王匡逃到长安，与张印、廖湛结为一伙后，刘能卿对我的态度愈发谦卑。若说以前他听我的话是看在阴识的面上，那么现在却已是打从心底里对我惟命是从。

我丢开一份竹简，抓过另外一册，漫不经心地开口："赤眉奉刘盆子为帝，称今年为建世元年……这很正常啊。大汉朝乱成这一团，他们不趁火打劫那才叫奇怪。只是……"

"只是什么？"

我撇嘴："怎么国号又是'汉'？除了这个，难道想不出别的国号来了么？一点都没创意！"我喃喃地抱怨，不知道刘能卿能不能听明白，不过瞧他的表情挺傻的，看来是听不懂的了。

"可是……姑娘，当初反莽而起的乱军，不正是打着匡复汉室的旗号才得以招揽将士的么？在天下百姓眼中，汉室刘姓子孙才是真龙天子……"

"是么？百姓真的那么在乎谁当皇帝吗？"我冷笑，"那以前王莽篡夺皇位，改汉为新之初，怎么也没见天下百姓站出来表示反对的？"

与其说民心思"汉"，不如说民心思"变"。

困在长乐宫一年，别的好处没捞到，倒是宫中的一些记载纪年的典籍读了不少。王莽在篡位之前，作为汉朝的大司马，已实际操控所有政权。在他从大司马过渡到"假皇帝"，全权摄政，再由"假皇帝"过渡到改朝换代，把西汉最后一个皇帝刘婴赶下朝堂，自称为帝的整个过程中，未动一兵一卒，便将历史改写，一切都是显得那么的顺其自然。而朝臣们的反应也是古怪，整个汉朝体制搬到新朝来，一切照旧，三公九卿照常上朝，除了王莽的姑妈——后宫的太皇太后气得把传国玉玺砸碎了一只角外，大臣以及百姓们的反应平淡得出奇。

应该说那时的王莽不仅不是恶人，还是个克己奉公、聘任贤良的好人。他的风评其实并不差，至少像现在人们口中所说的什么"反贼""乱臣"等等唾骂之词，在那时还未曾泛滥。

如果王莽能够就此心满意足地打住，相信之后的乱世便不会有机会发生，我和刘秀也不必劳燕分飞，而历史上的新朝也将开启一个新时代。

王莽篡位之所以造成了枭雄并起的乱世，真正原因在于他的新政。

记得上中学那会儿也曾背过王莽改制的一些条款，可是过了这么多年早全部还给老师了，记忆中除了"王莽改制"这四个字之外，对于王莽的一切所作所为我一无所知。沦落两千年前的异时空后，对历史头痛的我不得不靠着啃下那一册册晦涩难懂的文字，赖以弥补自己对时政的缺失，个中辛苦胜过常人数倍。

长乐宫，特别是当年王太皇太后居住过的长信宫中珍藏的典籍，对于王莽的记载颇为详尽，姑且不论史官对于他篡位过程以及运用手段的描述存在多少真实性，但那些改制的条款倒确是令我耳目一新。如果不是王莽已死，我真想冲到他面前，大声质问他是不是也是从21世纪穿过来的现代人。

因为，那些改制的内容，实在太……社会主义了。

譬如说"王田"，这整个就是中华人民共和国开国之初，为实现社会主义初级阶段而开展的土改运动。按照这个"王田"制，王莽宣布了土地公有制，即取消地主阶级，把田地尽数收归国家所有；手中没有田地的农民可以从政府那里拿到田；一夫一妻的家庭能够分配到一百亩地；有八个男丁的家庭能分配到九百亩地，如果家里不够八个男丁，就得把多余的土地分给九族邻里。

王莽在颁行王田制诏书中，指责买卖奴婢有违于"天地之性人为贵"之义，因此规定奴婢曰"私属"，皆不得买卖。这是承认奴婢为人而不是牲畜，在我看来，算是一项很有意义的人权改革。

然后还有"五均"、"六筦"。所谓"五均"就是政府对一般商品的物价控制，让百姓均富并防止商人独富。他在长安及洛阳、邯郸、临淄、宛、成都等六大都市设立五均官，由原来的令、长兼理，称为"五均司市师"，这就跟现代设置"物价局"一个道理，用来平衡市价，防止物价哄抬。"五均司市师"不仅起到了"物价局"的作用，还兼备"银行"、"税务局"的作用。通过"五均司市师"不仅可以办理赊贷，根据具体情况，发放无息赊款或低息贷款，还能征收山泽之税及其他杂税。至于"六筦"，笼统理解便是"工商局"，目的是为了限制富商大贾的投机兼并活动，以保证人民生活生产所需，也是为了增加官府的财政收入。

以现代人的眼光来评判王莽制订的种种条款，我唯有竖起大拇指，发出一声赞叹——这家伙若不是从现代穿越来的，可真是太有才了！

不过，正是因为这套具备现代意识的政策，在施行的同时也替王莽召来了灭顶之灾。

他要真是现代人，就该受教于马列毛邓，学过政治经济学——虽不至于倒背如流，融会贯通，最起码那句经典的"生产力决定生产关系"应该能耳熟能详吧。

从初中到高中，再到大学，《政治》这门必修课是无论怎么讨厌，也躲避不了的。因为印象太深刻，我至今仍清晰地记得考研前夕，为把这些辩证关系背出来，我和俞润两个恨不能学古人头悬梁锥刺股，激励发奋。那时候的知识点全靠死记硬背、囫囵吞枣，一切只为应付考试，考试一完也就立即全丢开了。

想到这里，我长长地叹了口气，王莽要真是穿来的，那他肯定没把《政治》学好。生产力决定生产关系！如此经典的一句话，竟然彻底断送了他的政治生涯！

这个新政无疑触犯了众多地主豪强、公卿诸侯的利益。而且，规定的田税比较高，所以他虽然给了农民田地，却没有从根本上解决农民的经济困难，土地均分制两面都不讨好，这套改革方案在实际操作中完全失效。

之前王莽之所以能够当上皇帝而没人反对，其实跟地主、豪强的支持是分不开的，在封建主义这个大的生产关系下，得了天下后的新朝正是极力需要倚靠这些人，继续维持一个国家政权的运营的时候，但是这些改革，却恰恰给予这些豪强贵族们一记毁灭性的沉重打击。豪强贵族的不支持，最终导致改制成了个副空架子，在这种无聊穷折腾的状况下，老百姓被要得团团转，改制没给他们带来真正的生活改善，反而把原有的一切社会机制给全部打乱了。老百姓没了活路，岂有不造反的道理？

记得当时了解完王莽改制的前因后果，我的第一反应是特别庆幸自己没有穿越落户到帝王家，不然凭我当初那点自以为是，到哪都蠢蠢欲动的现代优越感，搞不好会自作聪明地把我所了解的现代文明依样画葫芦的都搬来献宝。那样的话，一个强盛的封建国家，不出三年，必定在我手中彻底败光！

"姑娘在想什么那么出神？"

我回神，发现刘能卿局促不安地瞅着我，想来他刚才跟我已经讲了好些话了，只是我都没仔细听。

"没什么！"抖开手中的竹简，我微笑以对。要怎么跟他解释，说我刚才在想未来两千年后的世界，在反思治理一个国家时的基本政治国策，在品味封建主义国家和社会主义国家的区别？！

刚瞟了两排字，笑容便僵在脸上。啪的一声，我收起竹简，激动地抬起头："这上面讲的可都是真的？"

"确实不假。自灭王郎起，劝萧王自立称帝之人便络绎不绝，可他每次都笑着拒绝了，且观其态度十分坚决，并非假意托词。"

心头怦怦直跳，手中抓着那册竹简，我在原地团团打转，喃喃自语："他为何不允？以他现有的兵力和威望，大可学着赤眉军在河北放手一搏，况且他此刻占尽天时地利人和，以他刘氏宗亲的身份，比起樊崇，更具人气……"

刘能卿被我的絮叨绕得有些眼晕："这个……主公曾有话要带给姑娘。"

我猛地刹住脚："什么话？"

"主公言：'算刘文叔还有点良心！'——主公关照就把这句话原封不动地转给姑娘，说姑娘听了，是去是留，悉听尊便。"

我手一滑，竹简"吧嗒"落地。

阴识这话……难道是指刘秀不称帝，跟我有关？

猛地想起刘玄，他把我困在长安的目的，到底是为了什么？

刘秀虽然没有因为我而停止大军向河南进逼的大局，可也一直未曾公然反抗更始汉朝，他至今仍顶着更始帝所封的"萧王"头衔，这是在向天下人、更是向刘玄表明，他还是臣，更始汉朝的臣……

阴识让人把话带给我，其用意正是要逼我离开刘玄！他没办法劝我撤离险境，所以故意把刘秀抬出来，拿刘秀的前途来诱惑我离开，如果我设身处地的为刘秀着想，应该会选择离开吧。

哥哥啊，我的哥哥……

我苦笑不迭，和他们这些精明干练的人相比，我的这点小小心机果然还是稍嫌稚嫩了些。

这一夜，再次失眠。

我瞪着帐顶想了一宿，快天明的时候，悄悄起身出帐，取出随身的小刀，借着头顶微弱的月光，在一小块木牍上歪歪扭扭地刻下那斟酌再三的句子："刘秀发兵捕不道，四夷云集龙斗野，四七之际火为主。"

我不会写诗，连打油诗都写不好，更别说让我写什么汉赋了，这三句已是我绞尽脑汁后所能拼凑出来的最佳作品。原还打算凑满四句，可等我满头大汗地刻完二十一个字，才发现天居然已经亮了，有卫兵在我身前经过，眼神古怪地向我这边探头探脑，我忙收起木牍，假装出来小解完，睡意朦胧揉着眼睛地溜回营帐。

中午趁人不备，我偷偷找来刘能卿，把木牍塞到他手里："找机会尽快把这个送出去。"

"这是什么？"

"嗯……谶纬——赤伏符！"

我故意把话编得玄玄乎乎的，果然刘能卿惊得嘴都合不拢了，半天才讷讷地捧起那块木牍左右观望，激动地问："《赤伏符》！姑娘从何得来？"

我懒得跟他多费唇舌，直接说道："你找个合适的人尽快送到鄗县，交到萧王手中，这事最好不要让咱们的人出面……"

他沉吟片刻，随即道："如果是去面见萧王，倒有一人正合适！"

"谁？"

"萧王昔日太学时的同窗舍友——彊华！"

我先是一愣，转而笑道："果然是个合适人选，他在新丰？"

"原在长安，这阵子城里打得厉害，听说死了不少人，彊华逃到新丰，正愁无处可去。"

我点点头，并没太往心里去，只是抿着唇沉吟。刘能卿以为我没什么要交代了，便行了礼准备离开，我突然叫住他："等等！这道《赤伏符》献于萧王之时，务必替我转告一句话。"

"姑娘有什么话要交代？"

"嗯，就这样说——昆阳潖沱，符瑞之应。飞龙在天，利见大人。"

刘能卿重复了一遍，表示记住了。

我又问："冯异是否仍停留在洛阳城外么？"

"冯将军已被召回鄗县。"

"那就更妙了！"我拊掌而笑，"彊华献符之时，一定牢记要当着这位冯将军面转述我的话。"

他有点捉摸不透了，好奇道："姑娘这是何用意？可有玄机？"

我笑而不答，不愿多做解释。

背负神秘四象星宿纬图，按照汉人的理解方式，我应该算是个和蔡少公差不多的善于谶纬之术的预言家，再配合当初昆阳龙卷风、滹沱河结冰这些近乎神迹的天象，想让人不胡思乱想都难。

我不清楚刘秀会对我胡诌的《赤伏符》信上几分，但至少这两次神迹发生的时候，冯异都曾在场亲眼目睹。所以即便到时刘秀不肯全信我的胡编乱造，冯异也必能理解我的一番良苦用心，有他从旁劝谏，不愁刘秀最后不依从众人意愿，尊号称帝，彻底脱离更始。

我要彊华把我的话带去，同时也是从侧面告诉他我的决定——鄗县，我不会去，既然已经离了他，那便不会再回去。到目前为止，我还是没办法说服自己，能够做到坦然接受他和他的另一个老婆，甚至孩子……

更始三年六月，彊华从关中捎去《赤伏符》。

六月廿二，刘秀在众将的再三奏请下，终于依从符文所指，趁汉朝长安四王内乱之际，在鄗县以南千秋亭五成陌设立祭坛，举行登基大典，定国号"汉"，改元建武。

从此以后，在新朝灭亡的中国土地上，以"汉"定国号的刘姓皇帝，除刘玄之外，又多了刘盆子、刘秀两位皇帝。

玄汉皇朝、盆汉皇朝、秀汉皇朝，三汉并立！我忽然有种奇妙的快感，那个存于历史的东汉皇朝的时代，延续两千年后的历史轨道终于被我彻底搅乱了。

命运已然脱轨！回不去了！

究竟是我颠覆了历史，还是历史颠覆了我？这个问题就好比到底是鸡先生了蛋，还是蛋先孵成鸡那么深奥，我已无心再去探讨这种无意义的问题。

反正，木已成舟，这是当初我自己做出的选择，无论对错，我都会坚持走下去。

疯　魔

"皇天上帝，后土神祇，眷顾降命，属秀黎元，为人父母，秀不敢当。群下百辟，不谋同辞，咸曰：'王莽篡位，秀发愤兴兵，破王寻、王邑于昆阳，诛王郎、铜马于河北，平定天下，海内蒙恩。上当天地之心，下为元元所归。'谶记曰：'刘秀发兵捕不道，卯金修德为天子。'秀犹固辞，至于再，至于三。群下佥曰：'皇天大命，不可稽留。'敢不敬承。"

《赤伏符》中不伦不类的三句话到了刘秀昭告天下的祝文中，被修改成"刘秀发兵捕不道，卯金修德为天子"。对仗显得工整了许多，不知道这祝文是谁写的，果然比我有水平多了。

刘秀称帝，改元建武，大赦天下，改鄗县为高邑，定都。

这一年，他恰好三十岁，而立之年。

三汉并世，更始三年，建世元年，建武元年，七月。

建武帝刘秀任命邓禹为大司徒，封鄼侯，食邑万户，因其仍领兵在外，遂由尚书伏湛代理大司徒之职，留守高邑。之后又拜王梁为大司空，封武强侯；拜吴汉为大司马，封舞阳侯。

三公之外，又拜五大将军：骠骑大将军景丹，建威大将军耿弇，虎牙大将军盖延；建义大将军朱祐，大将军杜茂。

月末，刘秀已率兵到达河内郡怀县，命耿弇、陈俊驻守黄河边的五社津，防备荥阳以东。随后命吴汉率朱祐等十一位将军组成的庞大军队包围洛阳。

看来刘秀对洛阳已是志在必得，两年前他从洛阳离开，两年后终于又转了回来，这次带兵亲征，不知道城中的朱鲔面对如此庞大的围城，能坚持抵挡到几时。

洛阳被围，长安更是持续打了一个多月的内战才算消停。刘玄终于成为取得胜利的一方，夺回长安，但王匡、张印等人却因此败走高陵，投靠了赤眉军。

重回长乐宫后的刘玄，直接住进了长信宫，正当我不知道该如何面对他的时候，得到王匡、张印等人支持的赤眉军开始向长安展开了猛烈的攻势。

才刚刚经过战乱洗礼的长安，还没从一片狼藉中恢复喘息，敌人便已在城门外叫嚣着发动进攻。刘玄无心与我纠缠，在这个时候，他就算是个再昏庸、再好色的皇帝，也无法拿他的江山来换我这个美人一笑——别说我本就不想他多关注我，就算我有心想当妹喜、妲己，他也没那份心情和我玩乐，何况，刘玄并非愚蠢无能之辈。

兵临城下，他命李松带兵应战，每日城门上下战火纷飞，城外百万赤眉军，城内是遭过洗劫的无助百姓。

询问过刘能卿，方才得知在张印、廖湛、胡殷等人在城内恣意抢劫，杀了不少无辜百姓，掠夺财宝无算。长乐宫被攻陷后，也不可幸免，幸亏之后赵萌与李松发动反攻，这才使得张印等人的土匪行为稍加收敛。

想到自己正是挑拨起这场灾难的罪魁祸首，不由冷汗涔涔，我知道自己最近一年变化很大，心里像是被恶魔占据住，仇恨和心痛让我渐渐失去理智，只想通过报复的手段来发泄自己的不平与愤怒。

于是……有了这样的结果，我间接地害死了许多人。

“长乐宫沦陷之日，韩夫人裸袒，流冗道路，历经月余，尸身已不知去向……”

“别说了——”我难以忍受地尖叫。

我到底都做了什么？我到底……都做了什么？

捂着脸，感觉自己快被内心的罪恶感压垮。刘能卿跪下，诚恳地说：“主公让人转告姑娘——回家吧！”

回家！回家……家！我的家！

默默啜泣，脑海里浮现出阴识愁眉深锁的身影，仿佛正用无比担忧的口吻对我说：“丽华，回家吧！”

泪，汹涌而出！

我点了下头，再用力点头，泪水飞溅坠地的同时，喉咙里除了悲痛的呜咽，再也说不出一句话来。

然而，不曾预料，就在刘能卿暗中积极联络城外影士，准备将我秘密送出城去之际，李松竟然一战而败。将士阵亡两千余人，李松更是被赤眉军当场生擒。李松被擒后，长安城门由他的弟弟，校尉李泛守卫。

赤眉军用李松的性命要挟李泛开城投降，最终，李泛屈服。

大批的赤眉士兵涌入长安城，我最终没能等来刘能卿的回复。后宫已是一片混乱，宫人们尖叫着四处逃窜。长信宫乃长乐宫主建筑之一，若是不想被长驱直入的赤眉军逮个正着，最好的办法就是换去一身华服，乔装成普通百姓的模样，偷偷溜走。

换上一身男装的我，混在大批惊惶逃窜的宫人之中涌向宫门，也只有在这个曾经辉煌的大汉朝崩塌之时，才会发现原来这个庞大的宫廷之中竟然隐藏着这么多的人。掖庭佳丽三千，果然不假。因为人数太多，而这个时候赤眉军还未曾进入长乐宫，所以神不知鬼不觉地混出宫并不太难。

这个时候，谁也顾不上谁，有些人趁机大发国难财，难逃的时候卷了宫里许多的珍宝财物，负重且累赘。相比之下，我没拿什么财物，只是在怀里揣了把尺许的短剑。那是把铁器打造的剑，虽长不过尺许，但是剑身宽阔，比寻常的青铜剑在重量和强刃度上都要胜出数倍。

它本是长信宫的珍藏品，平时摆着也就当成饰物装点，但是落到我手里，却能成为一把凶器。

人群摩肩接踵，好不容易蹭到宫门，却见宫门口堵了一群女人，哭哭啼啼，一副伤心欲绝似的样子。

"陛下！陛下……"有人哭着欲追向宫外，却被身边的人一把拉住。

"只有陛下得以逃生，大汉国今后才有希望！"

"快别哭了，一会儿盗贼便要闯进宫来，姐妹们可千万不要泄露陛下的去向啊！"

我顺势往宫外看，但见道路尽头一骑狂奔，顷刻间绝尘而去。宫门口的姬妾们哭成一片，凄惶无助的哭声让人揪心不已。

我不敢久留，也不敢去想象这些女人被赤眉军发现后，最后的下场是什么。我什么都不敢去想，什么都不敢再去……正欲埋首走人，忽然马蹄声响，抬头一看，那原本去远的坐骑竟然又转了回来。

刘玄玄衣缥裳，整个人伏在马背上，随着颠簸上下震动，一脸肃杀。

"陛下——"

"陛下，当下马谢城哪！"

那群女人真是疯了，见到刘玄回转，居然一个个破涕为笑。转眼，刘玄已到跟前，纵身下马，我暗叫一声不妙，没等来得及撒腿走人，便被他一把拽住胳膊。

"你干什么？"我咬着牙，脚跟牢牢扎在地上，不肯挪步。

"别逼朕出手杀人！"他说这话的时候，眼睛并不看着我，而是如狼般盯着那群又哭又笑的姬妾。

我打了个寒噤，他用力一拉，我离开原地，跟跟跄跄地被他拖上马。

"驾！"猛地一挥鞭，马儿咴嘶一声，尥开蹶子疯狂地奔跑起来。我靠在他的怀里，能够强烈地感受到后背与他前胸贴合处滚烫的温度，像火烧似的，越来越热，越来越烫。

"你想往哪去？"身后的人不答，风吹乱了我的头发，乱发覆在我的脸上，我用手拨开，用尽全身力气大声喊，"你还能逃到哪去？你逃不了了……"

背后突然探过来一条胳膊，刘玄的左手像把铁钳一样死死掐住了我的脖子，我呼吸一窒，下意识地右手往后缩，手肘直撞他腰肋。

他闷哼一声，显然受力不轻，然而他的手却仍是没有丝毫松手，我渐渐感到窒息，因为瞬间缺氧，眼前的景物顿时变成白花花的一片，什么都看不见了。

"你得陪朕一起……"他猛地松手，我趴在马背上剧烈咳嗽，涕泪纵横，狼狈至极。"朕在哪，你都得陪着。"

他勒住马缰，驻足路边。

我勉强缓了口气，哑声："你的目标那么明显，难道要我陪你一起送死不成？"

他冷哼一声，从马背上跳下，然后又把我生拉硬拽地掀下地。

"你要做什么？"

他横了我一眼："弃马。"边说边将自己身上的衣裳脱了下来，又把头上的冠冕摘下，一同扔在路旁草丛中。

我不屑，却又不得不佩服他的果断："即便如此，你还能往哪去？"

"先出城。"他抓起我的手，这一次却没有使出过大的手劲，只是握着不松手，"我们混在人群里出城，然后往高陵去。"他的怒气消散得飞快，居然咧开唇角，冲我露齿一笑。

那两排整齐白净的牙，看得我一阵发寒。我咬了咬唇，索性开门见山，不愿再跟他绕弯："你到底想怎样？你的大汉国已经垮了，你也不会再是光武帝，你的时代已经结束了！"

"还没完。"他笑得十分笃定，"当年高祖创世，亦是大起大落，九死一生。朕曾说过要成为高皇帝，而你会是朕的……"

"你别做梦了，我不会陪你一起送死的！"我甩开他的手，用力过猛，腕骨挣得险些脱臼。

他的笑容一点点地收敛，一点点地消失，脸色终于完全阴暗下来："你真就那么想我死？"

我向后连退两步，毫不留情地丢下狠话："对！我想你死！你不是一向自负聪明吗？怎么连我对你是否真心，你都瞧不出来？"我哈的一笑，讽刺道，"你该不会自作多情的以为我喜欢你吧？"

他一言不发，那双毫无光彩的眼睛一瞬不瞬地盯着我："丽华，你我乃是同一类人！"他语速缓慢，一字一顿地说，"从我见你第一眼起，我便知道，我们是同一类人，在这个世上苦苦挣扎，寂寞、颓废、孤独，无所依，最后能倚靠，甚至拯救自己的也只能是自己。"

我吸气，一个心寒的念头在脑中闪电般的掠过——这是个孤寂如狼的男子，他本不该存于人世，他的本性就是一头混在人群里生存的孤狼，然后独自悲愤、挣扎、寂寞、颓废、自惭、骄傲……他盯上了我，是因为觉得我和他是同一类人，同样的愤世嫉俗，同样的寂寞无依。所以，他一步步地接近我，想把我同化，把我变成和他一样，甚至不惜一切地把我内心潜在的阴暗面残酷地挖掘出来。

他根本就不是人！是恶魔，心理扭曲、变态的恶魔！

"我不是你。"我舔着干涸的唇，艰涩的摇头，"我拥有你所没有的东西，我有所爱的人，还有爱我的人，在这个世上，我并非独自一个，我并不孤独。"

"你少自欺欺人了！刘秀根本不在乎你！他若在乎你……"

"他在乎的。"我柔柔地笑，笑容是笃定的，自信的，"他在乎我！你用不着再挑拨离间，这招我早已融会贯通，并且学以致用，你不用再费心教我这个……我不会再受你蛊惑，我现在能很清醒地告诉你，他在乎我，比我想象的更在乎！除此之外，我还有家人，他们也很关心我，爱护我，我比你强百倍，你才是真正一无所有的人！"

"住嘴！"随着他的话音，一巴掌迎面打来，我没留神竟是结结实实的挨了他一耳光。脆亮的耳光打得我面颊肿痛，左耳嗡嗡作响。

"你是我的，所以只能和我在一起。"他邪气地笑，上前拉我。

我拔出短剑，剑尖直指他的鼻梁："滚！别逼我亲自动手宰了你！你仔细掂量了这是什么地方，我无需动手，只要在这里大叫一声，你马上就会变成过街老鼠。"

"然后呢？"他抿着唇，不怒反笑，"不愧是我亲手调教出来的女人呢。如果能死在你手里，到了那边，我也可以一直跟在你身边，呵呵。"

他笑得阴鸷，我气得手指都在打颤。在这个时代，人们尚不信佛，没有所谓的轮回转世一说，但是他们都相信人死如生，在另一个世界里灵魂会继续生活，只是没有了肉体。如果修行有道，灵魂最终能够飞天成仙。

刘玄已经无赖到连死都不肯放过我！

我是个无神论者！我在心底默念了无数遍，然后告诉自己，我是个无神论者，所以不必惧怕他的威胁，不必顾忌他的无赖。

但是……为什么，握剑的手会抖？为什么我会犹豫？为什么无法消去压抑在心底的那丝恐惧？

"没有我的保护，会有很多冤魂缠着你的！"

"啊——"我失声尖叫，几欲发狂，"你到底想怎样？"

他抓住我的手，笑得邪魅，笑得自得，笑得疯狂："我们出城，去高陵！"

"当啷！"剑落于地，我怅然绝望。

再没有比碰上一个疯子更可怕的事了！

他会下地狱的，而我，会被他一同拖入地狱！

劝 降

玄汉更始三年，盆汉建世元年，秀汉建武元年，九月。

赤眉大军攻陷长安城，更始帝单骑而走。长安失守，更始汉朝将相大多投降，只有丞相曹竟不肯投降，结果被人用剑刺死。

历时两年半的玄汉王朝终于彻底覆灭。

十月，赤眉军贴出告示，如果刘玄在二十天内自动归降，可以封王，逾期则一切免谈。

刘玄带着我其实并没有逃远，出城门后不久，我们便撞上更始汉朝右辅都尉严本，严本见到刘玄，虽然以保护皇帝的名义派兵将他保护起来，可是我和他躲在高陵一隅，每天困在房里，如困鸟笼，却是半点自由也没有了。

这个时候与其说是被严本保护，不如说是软禁更贴切。

"去投降吧。"

他只当未闻，浑然不理会我。

"你以为自己还是那个高高在上的天子呀！"我刻意挖苦他，一遍遍地打击，"你要是不想给那十五岁的小皇帝磕头也行，你往洛阳去啊！"

洛阳打了三个月的仗，玄汉更始政权的覆灭，也让朱鲔的坚守之心彻底崩溃，终于开城投降。现在，刘秀已经率兵进入洛阳，进驻南宫，同时宣布迁都洛阳。

两年，恰恰弹指两年光阴。两年前他从洛阳狼狈地离开，执节北上，身边仅跟了百来号旧部亲随。两年后，他作为一国之君重回那个曾经令他备受屈辱的地方，只是……陪在他身边的人，不再是我阴丽华。

刘玄被我一次次的打击摧残得似乎已经麻木不仁了，无论我的用词再恶毒多少倍，他总是无动于衷，瞪着一双毫无焦距似的眼睛，无视我的咆哮与怒吼，视线仿佛穿越过我的身体，望着我身后无尽的某个点。

启门声嘎地响起，我闭嘴喘气，估摸着该是送饭的人来了，可没想到转过头去，却意外地看到严本带着三四个人走进了简陋的厢房。

"陛下！"严本跪下，举止虽然恭谨，可是那副神态却完全没把刘玄这个落难皇帝放在眼里。这也难怪，实在是玄汉王朝已经完蛋了，留下这么个光杆司令也不可能再东山再起，搞不好还会连累自己。

刘玄显然也很清楚自己的处境，所以严本进来，他连眼珠也没转动一下，仍是一副半死不活的颓废样。

"陛下！"严本身后跨出一人，三步并作两步地跑到刘玄面前，哽咽着跪在了他面前，"陛下……臣祉……"

我猛地一凛，陡然间想起来，眼前这个长相英俊的男人不是旁人，正是当年的春陵侯刘敞之子刘祉。

如今刘敞早已去世，春陵这一支刘姓宗族的宗主便由刘祉继承，刘玄封王的时候，将刘祉封为定陶王。

刘祉跪在刘玄身前，紧紧抓着刘玄的衣袖，泣不成声。

一个国家覆灭了，曾经，那是他们的理想，他们的抱负，他们的一切骄傲和自豪。

"恭，拜见……"声音小小的，似乎不知道该怎么称呼是好，尾随严本的另一位青年谦恭有礼的样子引起我的注意。

那是个二十出头的年轻公子，剑眉朗目，温文尔雅，有那么一刻，我望着那张似曾相识的脸孔失神。

他有刘秀的味道，一举手一投足都能让我的脑海里不自觉地想起那个思念已久的影子，然后引起一阵阵的心痛。

"陛下！"严本轻声道，"定陶王与刘侍中此次来是……"

"刘侍中？"刘玄那双死鱼般的双眼终于移动了，缓缓将目光投射向那位年轻公子，后者在他咄咄逼人的注视下垂了下头。"刘恭，你现在可是皇兄呢。哈哈……好歹也该封王吧，怎么才是个小小的侍中呢？"

刘玄的笑声怪磔刺耳，那个叫"刘恭"的年轻人面色微变，遭受如此侮辱后，仍极力保持自身仪态镇定。我对他的好感顿时大增，这份从容自若的姿态愈发与刘秀相仿，刘玄开始歇斯底里地发疯，拼命找东西乱砸乱丢。

房里的人仓皇躲避，严本等人急忙退出门外，刘恭正也要走，忽然见我一动不动地站在角落，忙道："夫人还是也回避一下吧。"

我愣愣地看着他，没有任何反应，眼中看到的只是透过他想象的那抹刘秀残影。

"啪！"一只洗笔的陶缸砸在夯土墙上，水珠和粉碎的陶片一起四溅，刘恭"嗳"了声，缩头拽起我的胳膊，将我一同拖出门去。

"回来——你给我回来——"发泄中的刘玄看到我要跑，竟发狠追了上来。

我对他的神经质厌烦到忍无可忍，隐忍多日的愤怒终于爆发，右手提起裙裾，左手掌心反抓刘恭胳膊，掌心借力一撑，旋身一记双飞向后连踹，右脚踹中刘玄的胸口，跟着左脚脚背踢中他的左侧脸颊。

他正向我冲过来，怎么也料不到我会猝然起脚，这两下挨得不仅结实，且还是自动送上门来的。我起脚太快，以至于旁人根本没反应过来怎么回事，刘玄庞大的身躯已斜飞了出去，连哼都没来得及哼一声，便轰然撞在夯土墙上。

墙粉簌簌落下，蒙了他满头满身，我恨道："你再发癫，我废了你！"

严本急忙命人上去探视，鉴于我刚才的凶悍，他想怒又不敢太直接："身为陛下的侍妾，如何敢……"

"你哪只眼睛看到我是他的侍妾？"我的怒气喷发，一发不可收拾，管你天皇老子，我照揍不误。而且，刘祉在场，我有恃无恐。

果然，严本正欲命手下将我拿下之际，刘祉突然指着我，惊讶得舌头打结，一脸惊惶："你……你怎么……怎么在这？"

我摆出架势，正欲将严本的手下全部放倒，刘祉急忙喊了声："且住！"喝令那些人退下，"不得放肆无礼。"边说边急匆匆地推开那些人，冲到我面前，双手作揖，"阴夫人，果真是你。"

我想了想，还礼谦让："巨伯君客气了。"

刘祉激动地回头，对周围的人介绍道："这……这是洛阳……"

他大概不知道怎么当着刘玄的面提另一位汉帝，我微微一笑，将散乱的鬓发拢了拢，眼神凌厉地瞟向严本："妾乃刘秀之妻阴丽华！"

严本骇然失色，抽气声在陋室中响起一片。

"阴丽华……"刘恭喃喃自语，我侧身，敛衽缓缓向他行了一礼，他忙回礼，虽然神色亦有惊讶，却并不像其他人那般呆若木鸡。

刘玄在身后冷哼两声，我收起笑容，回眸狠狠瞪了他一眼。他被人扶着，脸色苍白，半张脸肿起，嘴角挂着一缕血丝。

刘祉道："阴夫人，可否借一步说话。"

我点了点头，刘祉做了个请的手势，我一脚跨出门，临走回头瞥了眼满脸愤怒的刘玄，嫣然一笑："圣公的癫狂症还是赶紧请人瞧瞧的好。"

刘玄愤怒挣扎，我只当未见，挺直脊背，昂然踏出，身后骤然间爆出一声悲怆长啸。我心中一荡，说不出是何种滋味，紧咬牙关，加快脚步随刘祉、刘恭等人匆匆离开这间小院。

刘恭暂住高陵传舍，直到现在我才得知他的真正来历，明白了为什么刘玄会对他冷嘲热讽。原来他的官职虽是侍中，身份却的确如刘玄所说的乃是"皇兄"——他是赤眉军所立的盆汉王朝建世帝刘盆子的兄长。

若要追溯刘盆子的祖先，乃是刘邦长子刘肥，如果按照刘氏族谱排列，刘盆子要比刘玄、刘秀他们低两辈，算是孙子辈的人物。

刘盆子兄弟一共三人，长兄刘恭、次兄刘茂，刘盆子排行老幺。樊崇欲立刘姓子弟为帝时，翻遍军中所有姓刘的，用排除法剔除不合格的人，最后剩下血缘与汉高祖最相近的刘氏三兄弟。因为兄弟有三人，他们不知道该选谁合适，就用抓阄的方法让他们兄弟三个抓阄决定，最后年幼的刘盆子中标，选为帝。

刘恭读过《尚书》，算是位粗通文墨的儒生，因是太山式人，所以封为式侯，官拜侍中。他却是生性淡泊的人，并不以自己的弟弟做了皇帝而特别沾沾自喜。按他自己的话说，盆子也不过是一个被人控制的傀儡皇帝罢了，赤眉军一群匪类，成不了气候。

他说这种话的时候，声音低沉，压抑而悲凉，我忽然有些明白他为什么对刘玄那么在意，那么客气，非要孤身犯险，作为赤眉军代表来试图劝降刘玄——他分明已很清醒地预见到了弟弟的未来命运，属于傀儡天子的命运，要么屈服沉沦，要么玉石俱焚。

刘玄是个极端聪明的人，像他这样聪明的人，尚且在这场操控、反操控的内部政治斗争中溃败，更何况刘盆子这样一个什么都不懂的放牛娃呢？

与其说刘恭在为救助刘玄而东奔西走，不如说，刘恭在尽力想替他弟弟的未来试图抓住些什么。

刘恭很聪明，他怕单独来见刘玄，刘玄甚至不会给他见面的机会，所以先去找了刘祉，想让刘祉做个中间人，缓和了彼此的矛盾冲突后，大家能够心平气和地坐下来谈降。

一切都安排得有条不紊，只是没提防冒出了我这个异数。

要说三方代表，那毫无疑问我肯定是站在刘秀这一边的，所以，现在就好像演变成我和刘恭之间的一场降俘抢夺战。

"想不到陛下竟会让阴夫人亲来高陵劝降！"刘祉满心钦慕，"陛下如此重视……圣公，真乃情深意重之人，由此看来，刘姓宗亲们大可不必担心陛下会对我等有所芥蒂。"

我顺水推舟，由着他胡乱臆断："巨伯君真是多虑了，陛下向来宽仁谨厚，天下皆知。"

刘祉颔首笑道："如此，我便放心了。"

刘恭突然问道："贵上已下诏敕封圣公为淮阳王，并言明吏民若有戕害，罪同大逆，若有护送陛下至洛阳者，封列侯，此事可当真？"

这话倒把我问住了，我并非真是刘秀派往高陵来劝降的说客，自然也说不上来刘秀对刘玄的处理态度是什么。

"自然是真。"不等我回答，刘祉已抢先向他做出保证，"陛下的人品，我敢拿项上人头作赌，向来言出必行。"

诏封刘玄为淮阳王，若有戕害者罪同大逆不道，护送者封列侯！好大的一个诱饵，一个形同仇人的刘玄，值得用这么大的诱饵吊他吗？

心上骤然一阵颤栗，恍然明白这其中缘故究竟所为何来，一时之间，热泪险些克制不住地溢出眼眶。

"夫人。"刘恭带着一丝试探的口吻缓缓启口，"贵上确可保圣公无恙否？"

我愣住，他的疑惑不同于他人，我竟无法不假思索地拿话敷衍他。于是不禁深深思索，如果刘玄当真向刘秀投降，不说刘秀如何待他，我可会就此轻易原谅和饶恕他？

从个人立场出发，我实在没道理放过刘玄，可是此刻面对刘恭的疑虑，我的回答却不能仅仅代表我个人，我无法用我主观的意识去回答这个政治问题。

"这是自然。"终于，我舒了口气，冷静地给予肯定答复，"君无戏言！"

刘恭得到我的回答后，仿佛放下了心头大石，表情轻松了许多，笑道：

"既如此，恭这便动身回长安。"

我讶异道："怎么？难道你不是为你弟弟来劝降圣公的么？"

"欲降圣公的乃是赤眉，如何是我弟盆子？"他温婉一笑，笑容背后却隐藏着一缕通透澄晰后的无奈，"方才与夫人一席话，亦知夫人乃是豁达明智之人，君子不相欺，夫人以为赤眉所立建世汉朝比之绿林所立更始汉朝如何？治国非同儿戏，并非只是将一个头戴冕冠、身披冕服的皇帝抬上龙舆，便可称之谓'国'。若无治国之远见卓识、雄才大略，则得国亦能失国，得失只在弹指瞬间。"

他在说这话时双眸熠熠生辉，耀眼得像是闪烁的星辰。不得不承认，我被他坦诚的勇气所感动，能领悟到这一点的人不多，站在他的立场能把这番领悟开诚布公讲出来的人更是绝无仅有。

何为名士风流，胸襟坦荡，我今天算是真的大开眼界。有道是近朱者赤、近墨者黑，这一年多来我与刘玄相处日久，每日所思，无不是尔虞我诈、阴谋算计，那颗赤诚之心早不知被我遗忘到哪个角落，这时面对刘恭，不由得重新勾起我心中的豪迈侠气，笑允："公子请放心，我主今日既能厚待圣公，他日定当亦能厚待他人。"

刘恭眸光一亮，他自然明白我所说的"他人"指谁，我俩彼此心照不宣。

"告辞。"

"后会有期。"

刘祉虽是陪同刘恭一起来的，却不见得非得一起回去，我正打算游说刘祉助我逃出高陵，突然严本闯了进来，险些撞上正往外走的刘恭。

"侍中这是要往哪去？"

"回长安。"刘恭淡定而答。

严本闻言，急忙拦住他："陛下……咳，圣公方才有言，愿随侍中前往长安归降。"

在场的人一齐愣住，刘恭非但不喜，反而瞬间面色大变："圣公为何决意如此？"

严本没有回答，侧身让开道。

门外，面上尤带瘀青的刘玄唇角噙着一抹诡谲的笑意，走到众人面前，双手高举——右手掌心托着一只一尺见方的锦盒，左手擎着一把古朴斑驳的长剑。

刘祉倒吸一口冷气："这是斩蛇剑……"

如果那把古剑真是汉高祖刘邦当年传下的斩蛇剑，那么锦盒内盛装的定然就是天子象征——传国玉玺。

"我绝不会把这两样东西交给刘秀。"刘玄望着我，唇角的笑容阴冷而残酷。

我昂首，毫不示弱地顶了回去："他不需要这些也能当个好皇帝！而你，即使捧着这些所谓的宝贝夜不离身，最后也逃不脱亡国的下场！"

旁观者无法理解表面看起来温柔贤德的刘秀夫人，为什么非得和一个懦弱无能的亡国之君，跟斗鸡似的掐着对干。我和刘玄之间的恩怨，只有我们两个心里最清楚。

释　怨

刘玄不愿向刘秀投降，决定向长安的建世帝刘盆子请降，刘恭心里虽对他的决定不怎么赞同，但是以他的立场与身份却也只能缄默。

于是，赤眉军又派了个叫谢禄的人来高陵接应，刘玄又摆出一副懦弱无能的白痴样，在谢禄面前装疯卖傻到我见欲吐。谢禄为此对刘玄愈发不屑，若非碍于刘恭面子，只怕根本不会把刘玄放在眼里。

刘玄执意要我随同入京，这让刘恭和刘祉皆是大吃一惊，不过好在刘玄虽不肯轻易放我好过，却并没有在谢禄面前把我的身份曝光。

谢禄和大多数人一样，把我当成刘玄的一名侍妾，然后带着我们一起回到了长安。才短短一个月，原本萧条的长安更是成了一座死城。车马行过，到哪都是静悄悄的，连个路人都未曾碰见。

街道上冷清，圜阓内同样冷清。

回到长安后没多久，刘玄便被诏召进宫去，为显诚意，他竟忍辱负重，肉袒进宫。要做到这一步，他需要报着怎样的勇气和屈辱才能强颜欢笑着进宫向新君献玺？我不禁在幸灾乐祸之余钦佩起他的城府与毅力。

并非所有人都能做到他这一步的。

几乎是回到长安的隔天，刘能卿便摸上门来，随他同来的竟然还有尉迟峻。这两个原本互不相识的影士终于因为我的缘故而被阴识牵引到了一起，两人联手的结果是将整个三辅地区都给翻了遍。

他二人顾不得与我叙旧，便急匆匆地打昏看守，带着我神不知鬼不觉地从传舍中溜了出来。舍外车马早已备妥，要去要留只在一念之间，面对即将到来的自由解脱，我突然又不甘心就此离去，在心里冒出个强烈的念头，真想亲眼目睹投降后的刘玄会得到怎样的一个结局。

然而这也只能成为我一时的痴念罢了，好不容易有这么一个能够甩开刘玄的机会，即使刘能卿与尉迟峻没有找到我，我也会赶紧自己想办法脱身。

"刘玄他……可是已经封王了？"上了马车，巍峨庄严的长乐宫在眼帘中渐行渐远，我终于还是忍不住打听起归降一事。

尉迟峻专心致志地驾着马车，倒是车辕另一侧坐着的刘能卿听见我的问话后，回过头来："姑娘是问昨日殿上刘玄献玺一事？"

我点头："可是封了长沙王？"

"哪儿呀，赤眉那帮盗匪何曾有过君子之风？刘玄庭中献玺，樊崇等人出尔反尔，想当场杀了他，结果刘恭与谢禄二人表示反对，于是又想把刘玄诱到殿外动手……也合该刘玄这厮运气好，赤眉军中无一好人，倒是那个刘恭乃真君子，见此情形，竟而当场追了出去，拔剑欲自刎。此人可是小皇帝的大哥，再如何不受重用，却也不能眼睁睁地看着他横死殿前，所以樊崇等人急忙阻止，最后却说要封刘玄做畏威侯……"

一场惊心动魄的场面在刘能卿略带幸灾乐祸的叙述下冲淡了悲愁和凄厉，我并不为刘玄感到可怜，却替刘恭感到惋惜。

畏威侯！畏威！畏惧权威！樊崇他们果然嚣张，居然如此抠字眼侮辱刘玄。

"依小人看，那个刘恭若非刘盆子的兄长，倒是可以与他结交一番。刘玄是他劝降回来的，他为了救刘玄活命宁愿刎死，已算是有情有义。樊崇搞个畏威侯给刘玄，本有戏耍之意，刘玄尚未有所表示，刘恭却再次仗义执言，硬是逼得樊崇兑现承诺，最后封了刘玄为长沙王。"

回想刘恭如清风明月般的卓然气质，惋惜之情愈浓，我不禁长长叹了口气："但愿日后还有相见之期。"

"刘玄虽得了长沙王的爵位，却是并无真实封邑可获，樊崇也不可能放他离开长安就国。樊崇让他住在谢禄府上，连传舍也不让他回，算是被彻底看管起来，想来一生再难复自由。姑娘此时若不尽早脱身，只怕顷刻间也得被人抓到谢府去……"

我闭上眼，后背靠上车壁，随着车身的颠晃，只觉满身疲惫。脑海里凌乱的交织着刘玄各式各样的表情，有喜悦，有愤怒，有捉弄，有算计，有阴鸷，也有温柔。

最终，被囚禁！一切回忆终将被封存！带着更始汉朝曾经的荣耀，作为建世汉朝徒有虚名的长沙王，在一座小小的庭院中，困守终身。

他这辈子的路，其实已经走到尽头了。

就这样吧，就这样走到尽头。生命虽得以延续，只怕心却已经永远死去了，就这样让他生不如死的过完余生吧。

一切都已结束，随着显赫一时的玄汉王朝的崩溃，这个曾经威赫四方的皇帝最终付出的代价，将是他痛苦且漫长的后半生。

伯升，你看到了吗？你的在天之灵，可以安息了。

建世元年，十月。

刘盆子居长乐宫，三辅郡县、营长遣使来朝进贡，赤眉军士兵为争夺贡品大打出手，互相砍杀，喧哗宫廷，年幼的傀儡皇帝毫无威信，无法镇压住吵闹的将领兵卒。不仅如此，赤眉士兵横征暴敛，在长安城内四处抢劫，吏民不堪其扰。

历经数度洗劫的长安中，终于出现了粮荒现象，当民之生存根本的粮食彻底告罄后，赤眉军流寇主义的破坏性暴露至极限，放火焚烧宫室、恣行杀掠，无恶不作，这也最终导致了我现在眼前所看到的长安，满城萧条冷清，城中百姓不见一人。

据闻粮荒起时，别说长安百姓，就连长乐宫中所剩的成百上千名宫女，也因为断粮，而不得不挖草根，捕食池塘中的鱼虾来果腹充饥。但即便如此，宫中的乐人和宫女仍是饿死大半，宫人尚且如何，更何况平民百姓？

长安街头不见活人，但见路边饿骨。

十月末，当尉迟峻驾驶着马车缓缓驶出长安城门时，我不禁黯然垂首。天气转冷，只怕等到大雪舞空，覆盖这座古老的城池之时，这里的百姓要面对的，不仅是饥饿，还有严寒。

饥寒交迫中，究竟有多少人能够苟且挨过这个冬天？

"姑娘！"尉迟峻一边赶车，一边回身用手挑起布帘子，"长安以北的上郡、北地郡、安定郡地广人稀，饶谷多富，乃是休兵上佳之所，眼下大司徒邓禹正引兵枸邑一带，姑娘若要去洛阳，可先北上寻大司徒……"

他可真会替我打算，洛阳南宫掖庭之中此时的当家主母乃是郭氏，以我现在这副样子若是孤身直奔洛阳，除了落魄便只剩下狼狈。若要回去争得一席之地，首先第一步就得先寻找到强有力的后盾，以此便可与郭圣通的舅舅刘扬相抗衡。而作为三公之首的大司徒邓禹，手握重兵，其势力恰可盖过刘扬兄弟三人。

尉迟峻的心意我懂，他脑子里转的那点心思我更是一清二楚，但是他却不会明白我的心。我本无意要回到刘秀身边，便也谈不上要与郭圣通争什么。

我对刘秀的爱，不容许被任何东西玷污与污蔑。我爱他，但我也有我的骄傲和自尊："不去枸邑。"

尉迟峻略显惊讶："姑娘是要回新野么？"

"也不去新野。"我没有自信回去面对阴识，这一年多来，我经历了太多，也改变了太多，在我还没想清楚自己后半生的人生目标时，我没有足够的勇气回新野面对阴识。

"那……我们这是去哪呢？"

"我……不知道。"有那么一丝茫然闪现，我不回新野，却还能去哪？

天大地大，却无我容身之所！

我本来就是一个时空的多余者啊！

"子山。"

"诺。"

抬头望着低低的云层，看样子，寒流很快就会来袭，今年的第一场雪转眼便会落下。

"你把马车往南阳郡赶吧，容我好好想想，也许不等进入南阳地界，我便想通了。"

建武元年冬季的第一场雪接连下了三天三夜也未见停歇，扯絮似的大雪终于将山峦道路覆盖得一片银匣。

刘能卿在进入南阳郡地界后突然步行离去，我并未细问他要去哪里，他是阴识安插在长安的影士，自然有他该去的去处。

马车在冰天雪地中行驶相当困难，尉迟峻车技不赖，却也不敢恣意加快速度。进入南阳后，四周景物虽被漫天大雪覆盖，我瞧在眼里，却仍不免觉得亲切可亲。

"子山，快到宛城了吧？"

"哪儿呀。"尉迟峻笑道，"宛城已经过了，前边过去不远可就到小长安啦！"

我浑身一震，"呀"的一声噫呼，手脚并用地从车内爬了出来，周遭景物有些眼熟，我喊了声："停车！"也不等尉迟峻把马勒停，一个纵身便从车上跳了下来。

"姑娘！发生什么事了？"尉迟峻见我神色不对，不禁也紧张起来。

鼻端呼出的气息在空气中凝成一团团的白雾，我呵着气，眯起眼。眼前被大雪覆盖的山野，陌生中却又透着熟稔。

那一晚，夜色如墨，邓婵临盆，难产而亡，窃贼盗马，殊死搏杀……

那个有着一双如夜色般漆黑眸瞳、似邪似魔的男人，便是在这里与我相遇，从此一点点地渗入我的生活，潜移默化地教会我如何面对现实的残酷。

在这里，我杀了第一个人！双手第一次沾染血腥！

那一晚，距今已经整整三年，记忆却恍如昨日般清晰！

"姑娘？"

"呵……"我轻笑，胸腔中莫名地充斥着酸涩，"子山，你觉得我变了吗？"

身后是一阵沉默，过了片刻，他很肯定地回答："姑娘再怎么变，天性却始终纯善如一。"

我哧地自嘲："你信么？现在连我都不大信自己呢。"

"姑娘！过去的事情都忘了吧——刘玄已死！"

我猛地一颤，几乎以为自己听错了，僵硬地旋身。

"三辅百姓不堪赤眉暴掠，一些旧部官吏欲以刘玄之名，重新起事，张印等人恐夜长梦多，为解决忧患，便伙同谢禄杀了刘玄，永绝后患……"

风雪渐狂，鹅毛大雪扑簌簌地刮在我脸上，迷住我的双眼。

刘玄死了！竟然死在张印手里！

两年半前，张印那句"疑事无功！今日之议，不得有二"犹响于耳，正是因为他斩钉截铁的一言奠定了刘玄称帝的地位，最终将刘玄捧上了皇帝宝座。而今，断送刘玄性命的人，竟然也是他！

果然成也张印，败也张印！这般戏剧化的命运波折，怎不叫人哭笑不得？

我欷歔，眼中却是无泪。

刘玄，一个存于历史的汉朝皇帝，终于随着他的王朝，彻底消亡了！

"刘玄的尸体……"

"据说夜里突然被人盗去，有人怀疑乃是式侯刘恭所为！能卿急于赶回长安，正是为了调查此事。"

我点头，刘恭若能替刘玄收尸，也算得是尽到情义了："子山，你想办法联络能卿，告诉他尽力设法保全刘玄的妻妾儿女，将他们送到安全的地方去。"

"诺。"

我呵了口气，拂去脸上的积雪，心头仿佛卸下一块千斤重的大石，有很多想不明白的死结被我暂时抛诸脑后："小长安过去便是淯阳，子山，我暂时不打算回新野了，不如先去邓奉家暂住吧。"

香雨山

李歆 著

【玄武卷】

中国华侨出版社

目 录
Contents

玄武卷

目 录
Contents

玄武卷

第一章
身无双翼舞空华

迎　人

邓晨跟着刘縯三兄弟造反之时，新野邓氏一族受到牵连，连祖坟都被挖开刨尽，更别提那些宗祠庙堂了。邓晨因此遭到族人唾骂，说邓家原本富足，他是鬼迷心窍才听老婆的话，跟着几个妻舅发疯，以致连累全族。

邓奉是邓晨的从兄之子，也就是所谓的族内远房堂侄，从我"老妈"邓氏那层关系排辈儿，他也算是我的侄子，虽然他不过才与阴识年纪相仿罢了。

新野邓氏亲族在遭到新莽政权的血洗之后，存活下来的人丁绝大部分逃往淯阳，投奔邓奉，尊其为宗，马首是瞻。

尽管邓奉在不久之后也起兵追随刘秀，但南阳郡的邓氏一族却并没有因此改变，仍是奉邓奉为宗主。

汉代特定存在的宗族势力，在某种程度上甚至大过一些小地方政权，这些具备血缘亲属的团体，比其他零散小势力更具凝聚力。宗主的权力虽然大不过政府官吏，但是在家族内部中，却有着绝对的号令权。

幼时我常去淯阳，在邓奉家打混日子，他家地方大、人口多，虽然地广仆多在阴家而言，并不是件稀罕事，可邓奉不比阴识。也许是看我年纪比他小，也许是看我辈分比他高，邓奉在面对我的时候经常带着一种纵容讨好的味道，由着我的性子在他家无法无天似的胡来。

和阴识相比，邓奉不会给我宗主式的家长脸孔，不会动不动就给我讲一大堆大道理，不会限制我的自由喜好，不会强逼着我学琴刻字。

我唯一不喜的是邓奉的花心，他和这个时代的大多数男子一样，不仅家中收纳娇妻美妾，还蓄养娈童，喜好男色。

我对男男的"同志之恋"虽不怎么排斥，但是对这种又爱男又爱女的双性恋者，从骨子里还是难以苟同和接受。其实从某种意义上说，在对待性取向问题的态度以及看法上，我的现代观念或许还远不及两千年前的汉代人来得开放。

双性恋在汉代已盛为风行，平头百姓暂且不说，仅在上层社会，蓄养娈童的现象便十分普遍。在这个时代，男色的吃香程度，有时候甚至一点不亚于女色。

也许在他们这些古人眼里，邓奉这样的行为并无不妥或者奇怪之处，单从他家妻妾、男宠和谐相处便可知道，其实真正对此大惊小怪、久久无法释怀的人，只我一人而已。这也是为什么邓奉家虽好，我却总是住不长的真正原因。说实话，每当我看着那些妻妾与男宠们有说有笑的在一起聊天的时候，我身上就会抑制不住地浮起一层层的鸡皮疙瘩。

到了淯阳，才知刘秀为应命《赤伏符》上我胡诌的那句"四七之际火为主"，将洛阳改为了雒阳。取意乃是指新建的汉属于火德，火遇水不祥，便去了"洛"字的三点水，加了个"隹"字，改为"雒"阳。

我在淯阳刚住下不到两天，便开始懊悔不迭。

邓奉不在家，这会儿正跟着刘秀南征北战，家中门客、壮丁能用之辈，皆已带走，剩下的都是一些无法适应军中颠簸生活的家眷。

于是，从长安逃回，不肯回新野老家，反而投奔淯阳而去的我，无可避免地得面对邓奉的一家老小。

虽然行事已处处低调，我恨不能十二个时辰躲进房里便不再出来，可惜现在我的身份不容我有低调的念头。今时已不同往日，我是谁？我可是阴丽华，是汉建武帝刘秀的妻子！搞不好那可就是一代皇后、母仪天下的命。

邓奉的家人一听说我来了，那还不跟蜜蜂见了花蜜似的，一个个殷勤巴结，根本不给我有半点私人空间喘气的机会。

从眼下的形势分析，躲淯阳邓奉家实在是一招烂棋，这接连几天车水马龙地喧嚣闹腾，别说近在新野的阴识早把我的老底调查得一清二楚，只怕连远在雒阳的刘秀，也能马上得到消息。

心里忽然添了一种充满矛盾的忐忑，虽然有点像鸵鸟，但我仍会不自觉地猜度，他在得到消息之后，会不会找来？

不想他来，可又怕他当真不来！

这一夜做了一宿的梦，梦里景象凌乱，我试图在梦中抓住些什么东西，来填满自己一颗失落空洞的心，然而梦境永远只可能是梦境。当梦醒来，当黎明打破黑夜的昏暗时，仍旧只剩我一个人孤零零地独自躺在床上，眼角泪痕宛然。

拭着眼角的泪痕，我不禁哑然失笑，我在惆怅些什么？又在期待些什么？我的内心到底在等待和期盼得到一个怎样的结果？

想见他吗？他如果当真来了又如何？

跟他回去？我能吗？

闭上眼，脑子里一片混乱，像是塞了一团无法理清的乱麻。我气恼地穿衣下床，刚想找梳子梳理头发，身后蹑手蹑脚地响起一阵细碎的脚步声。

起初我没怎么在意，然而那人却在我身后停下脚步："奴婢伺候夫人梳洗吧。"

握着梳篦的手猛地一抖，我回头，果然看见琥珀正直挺挺地跪在席上，眼中含泪地凝望着我。

"你……怎么……"眼光不自觉地往门外飘去，我的一颗心怦怦直跳，"大哥他……"

她垂眼，带着鼻音回答："大公子正在堂上。"

脑袋里嗡的一声响，眼前仿佛晃过台风海啸过境后的惨烈幻象，我不禁打了个哆嗦。

"见着夫人无恙，奴婢很是欢喜……"琥珀一边说一边给我磕头，激动之余竟然滴下泪来。

"嗳，你这是在哭呢，还是在笑啊？"我手忙脚乱地将她从席上拉了起来，随手扯了衣袖替她拭泪。

"奴婢心里欢喜……自然是在笑。"嘴里说笑，眼泪却仍是不住地往下落。

她这么一哭，反倒勾起我心底的哀伤，鼻子一酸，差点便想把她拉过来两人抱头痛哭。这个念头才刚刚闪过，我突然想起一事，不由得愣住了。

琥珀是我的陪嫁丫鬟，按理不该随阴识一同出现在这里。作为陪嫁丫鬟，打从随我出嫁那天起，她就不再是阴家的奴婢，她的主人除了我之外，也不再是阴识。

"你……你从哪儿来？"

"这两年奴婢留在雒阳，未曾在夫人跟前伺候，奴婢思念夫人，常以泪洗面，傅侍中怜惜奴婢一片忠心，所以此次带奴婢一同前来南阳郡接夫人回都。不过陛下有旨，命傅侍中先往蔡阳接湖阳公主，又绕路去接了宁平公主，所以耽搁了些时日才见到夫人……"

"湖阳……公主……"我只觉得脑袋涨成两个大，不过转瞬已完全领悟这两位公主所指为何，不仅如此，隐约间我还捕捉到了一丝阴谋的味道，我紧攥的手心里顿时黏糊糊的直冒冷汗。"是哪位傅侍中？"

琥珀垂首："傅俊傅侍中。"

我眯起眼，已经完全能想象出此刻门外的一片热闹景象。这下好了，不只招来了阴识，还把刘黄、刘伯姬两姐妹也给招来了。

刘秀，你这是……非要逼得我毫无半点退路吗？

怕我再逃避，不肯乖乖跟傅俊回雒阳，所以准备跟我打一副亲情牌，把我认识的亲人都聚集到一块儿来劝我回心转意？

既然如此，你为何不亲自来？

心念方起，忽又泄气。刘秀亲来又如何，按我此刻的心情，只怕一听说他来，立马卷包袱望风而逃。

他早已把我看得透透的，甚至比我自己看得更透彻明白。

幽幽地叹口气，这份百转千折的心思却是无法跟眼前这个小丫头讲得清楚，我望着她软弱无力地笑，心里却是说不出的彷徨与苦涩。

"琥珀。"

"诺。"

"郭……郭夫人她……"

琥珀不愧是阴识一手调教的侍女，我话还没起头，她便乖觉地答道："夫人请放宽心，郭夫人即便有子，也是妾室，夫人才是陛下正娶之妻，皇后之位非夫人莫属。"

我涩然一笑："这是陛下的意思？"

她一哆嗦，面色慢慢变了："陛下……虽然未曾这么说过，但是，这是事实……"

我听出她话里的战音，不忍再为难她，轻轻拍了拍她的肩膀，笑道：

"没关系。我从来就没在乎过这些虚名。"

"夫人！"她激动道，"夫人怎么可以不在乎呢？要知道……"

我摇头打断她的话："别说了，一会儿你悄悄去把大公子叫进来，别惊动傅俊和其他人。"

琥珀欲言又止，终于在伺候我洗漱完后无言地退了出去。

铜镜中的那张脸孔，五官虽然不够明朗，可是轮廓的线条却分外清晰。经历过长安那场耗费心神、朝不保夕的劫难，我明显瘦了许多，眼眶抠了，下巴尖了，抚摸着略微粗糙的肌肤，我不禁紧张起来。

等会儿要是看到我这般憔悴落魄的模样，阴识是否会更加气恼我的任性妄为？

咬着干裂的下唇，我呆呆地望着镜中的自己，考虑要不要敷些铅华把自己的面色弄得稍许有点人样，不至于像现在这样吓人。但这种名为铅华的妆粉，其实就是铅粉，用多了，实在对身体无益。这个时代的女子爱美，素爱用铅华敷脸，我却是深知其毒，平时宁可素面朝天也不愿用它。

正犹豫不决，门上忽然发出一声轻响，门开了。

我跪坐于席的身子顿时一僵，脊背挺起，粉盒失手滑落，白色的粉尘沾上酱紫色的裙裾，分外抢眼。

铜镜中有个颀长的身影缓缓靠近，最后停在了我的背后。我鼻子猛地一酸，眼泪竟然不受控制地滴落，溅上沾粉的裙裾。

我用手捂住眼，手指用力摁在眼睑上，然而即使不睁眼，一声抽噎却已不争气地从我喉咙深处逸出。胸口一阵发闷酸涩，压抑许久的情绪像是突然找到了一个倾泻的缺口，哗啦一下全部溢了出来。

背后响起一声长长的叹息，阴识揽臂从身后搂住了我，像抱孩子一般拥抱着我，胳膊收紧，那样的力道仿佛要我把揉进他的胸膛。

抽噎声越来越大，泪水涟涟，我手上还沾着铅华，被泪水润湿后，变成一团糊状黏在脸上。

阴识的呼吸声很重，叹息声更重，他的下颌顶着我的头顶，一只手抓住我的两只手腕，将我的手强行拉下。

我哭得连气都喘不上来，一口气抽抽噎噎地憋在胸口，泪眼模糊中夹杂着一丝狼狈的扭头。

一别两年，阴识的相貌并没有发生多大的改变，气质却愈发成熟稳重，此刻那双桃花眼眸瞳微红，目中正隐隐含着泪光。

"大哥……"千言万语，凝于唇边。

他紧抿了下唇，轻轻拍了拍我的面颊："回来就好。"淡然的四个字，却带着一股压抑的暗哑。

我心里又是一酸，终于情难自禁地放声号啕，转身扑进阴识怀中，哭得浑身战栗。

没人知道这一年多的时间我受困长安，经历了多少劫难，承受了多大的压力，无人倾诉，我只得把所有的委屈都吞咽进肚，独自默默忍受。

伏在阴识肩上正哭得稀里哗啦，面前忽然递来一块罗帕，我未曾犹疑，顺手将帕子接过擦脸。

"没擦干净。"生硬的口吻，带着一种不满的情绪，我手中的罗帕被人遽然夺走。恰在我愣神那会儿，一只五指修长的大手拿着那块罗帕，径自抹上我的眼角。

"唔……"下手好狠，竟然半点怜香惜玉之心都没有。我停止哭泣，本能地冲他龇牙。

阴兴半蹲半跪地待在阴识背后，完全无视我对他的警告，漠然且固执地将我哭花的脸仔细擦了个遍。

他擦得很专注，我愣愣地瞅着他，刹那间神情有点恍惚，眼前的少年给人以亲切的熟稔感的同时，又掺杂了些许陌生。两年不见，他的脸上已褪去幼年的稚嫩，取而代之的是类似阴识般的沉稳内敛，显得更加俊气逼人。只是那对眉眼，比之阴识，却又少了份妩媚柔和，多了份凌厉冷冽。

"兴儿……长大了。"我哽咽地念叨。

阴兴倏然停手，白皙的俊面上微微一红，悻悻地站了起来："你倒是一点都没变，还是这么没心没肺，愚不可及……"

"阴兴！"阴识毫不客气地连名带姓地饬责二弟。

我噗哧一笑，阴兴瞪了我一眼，不冷不热地嘲讽："不是很会哭么？怎么不继续哭了呢？"

我扁着嘴不说话，阴识拥着我，桃花眼放电似的瞥向阴兴，声音不高，却很能压制人："还有完没完？这么啰唆，为何我让就儿跟来时，你又非说得换你随行？"

"我……"阴兴俊脸通红，阴识摆明就是故意要拆他的台，把他闹了个大红脸。

我心中泛着感动，若说这个世上还有什么人对我的关怀是真心真意、毋庸怀疑的，非属阴家三兄弟不可。不只这三兄弟，阴家上下都是我的亲人，是真心疼我、爱我、关心我的骨肉血亲。

不管我是管丽华还是阴丽华，他们都是我的亲人。

"对不起……"埋首阴识胸前，我像个做错事的孩子一般，满心愧疚。我的固执任性，害他们一直为我的安危揪心牵挂，我真不配做他们的亲人，不配享有他们待我的好。

"知道做错了么？"阴识的声音听起来很温柔，可那隐隐的压迫感却令我呼吸一室。果然他推开我，强迫我抬头，直颜面对他，那双妩媚的眼眸射出犀利的光芒，"如果当真知道错了，以后便乖乖听哥哥的话。"

我强咽了一口干沫，敏感的神经绷紧，几乎已能猜到他想说什么。

"大哥……"

"别怕。"他冲我柔和一笑，带着怜惜般的宠溺，轻轻地拂开我额角的乱发，"哥哥陪着你……"

"哥……"

"我们一起去雒阳。"他笑着眯起眼，眼眸中闪烁着一抹凛冽锋芒，这种意味深长的笑容让我心战，以我对他的了解，这代表着他已报了志在必得的决心与自信。

彷徨地移开目光，我转向阴兴，却发现他正冷着脸站在阴识身后，一副超越自身年龄的老成表情，不苟言笑，严肃冷漠，完全不像个十七岁的少年。

那一刻，我骤然顿悟。

这已经不是我逃避情感的个人问题，只要我还是阴丽华，还是刘秀的妻子，便无法真正逃离。我有家人，并非当真是孤身一人，我做什么事情，由此牵连的可能是阴氏一族的荣辱。

这便是宗族势力，一荣俱荣，一损俱损。

阴识虽然不会太过勉强我做我不喜的事情，但是……当初选择下嫁刘秀的人，是我自己。那个时候，他给过我选择的机会，是我一意孤行，自己选了这条充满荆棘的道路，而今这个选择已连带决定了阴氏一族人的命运。

到如今，我将要为我当年的决定背负起全族人的未来。

沉重地吸了口气，十指不禁微微战栗，我把双手交叠，使劲压着手指，强作镇定。

"丽华，你是个明白人。"阴识微笑。

十指绞缠，我咬了下唇，疼痛感使我混沌的头脑稍许清醒："是，大哥，我明白……但是，别对我报太多的期望。"我哀伤地抬起头，凄楚地凝眸望向他，"我怕控制不住，我没办法平静面对……我怕，到了雒阳……最后仍会叫你们失望……"

"我们能体谅你的难处。"他洞悉了然地笑，"但也相信，你无论做什么，都会先经过一番慎重考量，权衡轻重。此次到了雒阳，你且放心大胆地去做你想做的事情，其他的只管交由大哥来处理。你无需犹豫，只需记得，你永远不是孤单一人，你背后有我，有我们，有阴家。"

我疲惫地闭上眼，沉重地点了点头。

阴识的话，一语双关，看似点到即止，却字字句句点在要害。

这番话，既可以当作是他对我的鼓励安慰，也可以听成是一番提醒警示。

如今这一去，只怕当真要步步为营了。

聚 首

建武元年岁末，在一片苍茫寂静的雪色中，有这么一支庞大的车马队伍，行色匆匆地在暴风雪中蜿蜒而行。

领队的除了侍中傅俊，还有原玄汉更始王朝的西平王李通。两年多不见，李通见老了许多，原本清俊的脸容成熟中增添了几许沧桑，刘伯姬与他站在一块儿，反显得像个明媚少女，一如我初见她时的娇艳模样。

这对夫妻在人前相互交流并不多，然而每每眉眼传神之际，两人相视而笑，淡定中皆带着一种和谐的默契，让人见之心生暖意。

想当初刘家兄弟姊妹六人，高堂尚在，合家融融，那是怎样的温馨光景？转眼物是人非，到如今刘秀身边的骨肉至亲最终只剩了一姐一妹。

刘秀性柔重情，对于亲人的维护之心，从我刚认识他起便早已知晓得一清二楚。历经劫难后，他比任何时候都看重他的家人，所以刘黄、刘伯姬两姐妹未到雒阳，傅俊便已把刘秀的诏书带去了南阳。

汉代的侯爵封号向以县称为名，刘母樊娴都的娘家乃是湖阳县，所以刘黄被封为湖阳公主，刘伯姬则为宁平公主。

刘秀让湖阳公主与宁平公主转道涓阳一同来接我前往雒阳，按理说是把我的地位看得和这两位姐妹一样重的，可偏偏两位公主的封邑都很轻易的便赐予了，唯独我的身份，仍是模糊不清的。

我没有明确的身份，所以这一路上，包括傅俊在内，全都含糊其意地称我一声"夫人"。我是他贫贱时娶的妻子，若按平民的称呼，这声夫人代表的含意便是"刘夫人"，是指刘秀之妻。但现在他早已不是普通百姓，对于雒阳城内，高居南宫却非殿龙座上的建武帝而言，这一声"夫人"或许代表的就只是掖庭三千宫人中的一名姬妾。

仅此而已。

闭上眼假寐，脑袋随着马车颠晃而不时左右摇晃着，这些天我始终呈现在一种懵懂状态，其实有些道理细细琢磨起来并不太困难，但我潜意识里偏偏不愿深入地去探究思索。既然阴识说把一切都交给他来处理，那么就交给他来处理吧。我相信他能干得比我好上十倍，既然他这么有自信，便说明事情还没有发展得太过糟糕。

我并不在乎皇后的虚名，皇后也好，夫人也好，对我个人而言实在没有太强的诱惑力。能让我在意的，只是刘秀的态度。他现在是怎么想的？他打算要怎么安顿我？又或者怎么安顿那个已经给他生养了孩子的郭圣通？

明知不该在意这种无谓的琐事，理智很清晰地告知自己，应该学会漠视一切。漠视郭圣通，漠视刘疆，甚至漠视刘秀。无爱便能无恨，那样我才能活得潇洒，活得快乐。

然而想和做是两回事，理智和感性同样也是完全不同的两回事——区别在于无爱！

要我不恨他很容易，要我不爱他……很难，所以我始终达不到心如止水、视郭圣通为无物的境界。

车队抵达雒阳城时，已是腊日的前一天，腊日需举行大规模的驱鬼避疫和祭祖祀神的仪式。在汉代，人们对腊日的重视程度，远远要超过除夕与新年，就好比在现代信奉基督教的教徒对圣诞节的重视，远胜公历元旦一样。

傅俊将我们一行人安顿在宫外，然后自行进宫交差复命。没多久，宫里传来旨意，言道皇帝陛下即刻宣见却非殿。刘黄、刘伯姬两姐妹甚是兴奋，那头旨意刚下，她俩便开始着忙起梳妆打扮。

罗衣是新裁的，首饰非玉即金，人才刚刚下榻驿馆，赏赐的御用之物便不断送了来，摆满了整整一间厢房。

送礼的官吏没细说哪些是给公主的，哪些是给我的，赏赐的金银玉器、绫罗绸缎堆得比人还高，琳琅满目，晃花人眼的同时压得我有种透不过气来的窒息感。

刘伯姬嫁与李通后，虽曾做过平西王王后，但说到底也不过是担了个虚名，跟着李通一路颠沛流离，她的王后生活其实过得并不风光。刘黄则更不用说了，她在蔡阳守着那三间破瓦房，带着刘章他们三个小侄子，生活过得更加艰难，常常入不敷出，时不时还得仰仗乡邻接济度日。

那些珍宝财物，奢侈得非常人可以想象，刘黄与刘伯姬两个被这从天而降的天赐之物所震慑，激动惊喜之余除了羡慕称赞，竟是讷讷得再也说不出其他的话来。

这也算得是人之常情吧，若非我待在长安长乐宫中一年有余，见惯了这种珠玉奢华，只怕此刻也会惊讶得迷失自己。

只是……难道做了皇帝的人，都会习惯于这种帝王奢华？

挥金如土的刘秀，还是不是当年那个我熟悉的自食其力、节俭养家的男人？

"这支玉钗很适合你。"刘黄挑了一支貔貅饰雕的玉钗递给我，微笑中带着一种鼓励。

我明白她的用意，却仍是摇头拒绝。我向来不喜欢佩戴饰物，嫌那种东西顶在头上，笨重累赘，稚幼少女时如此，婚后为人妇亦是如此，现如今也实在没必要为了讨好谁而特意装扮。

"三嫂。"刘伯姬见状放下试穿的衣物，不悦地皱起眉头，"等会儿便要应召进宫，你难道打算就这副样子见我三哥？你难道不知人人都传那郭圣通年轻貌美，妖娆多姿，你这样一副萎靡不振的样子，叫我三哥见了，是能多博得他的一丝怜惜还是愧疚？"

我心中一痛，刘伯姬果然不愧为刘伯姬，字字句句，一针见血，犀利如刀，竟是丝毫不留容我装傻的余地。

我笑得尴尬，或许这个笑容在她俩眼中，比哭还不如。

这下子，就连刘黄也敛起笑意："弟妹！我在这里喊你一声弟妹，你该明白做姐姐的对你的一番良苦用心。大丈夫三妻四妾本是天经地义之礼，按理你是正娶，郭氏乃为偏纳，嫡庶之分再明了不过。但是……文叔眼下已是九五之尊，这两年你一直留在新野娘家，你都不知道他在河北吃了多少苦，那可真是九死一生……他在最困难的时候，收了郭氏，留在邯郸温明殿相伴，然后有了后嗣。弟妹，你该明白，以文叔的性子，那是个最心软和善不过的人，郭氏陪伴至今，从邯郸跟到了雒阳，仅这份情……"

"别说了。"我哽咽，胸口郁闷得像是要炸裂开。当初我以阴戟之名随刘秀持节北上，除了那些一同前往河北的部将，旁人并不知情。

"你……"

"姐姐，求你……"泪水从眼角滑落，无声无息地溅在手背上，我勉强扯出一抹笑容，唇瓣不住地哆嗦，"你们的好意，丽华心领了。"

刘黄与刘伯姬面面相觑，最终两人无奈地将千言万语化作一声叹息。

"随你吧。"刘黄满脸忧色，"进宫以后，若是那郭氏为难你，你可千万别性急乱来。这里不比当年在南阳……"

我含泪愣住，郭圣通会为难我？

这样弱智的问题我从来就没想过，我真正在乎的仅仅是刘秀的心，除了这个，管她郭圣通爱怎么蹦跶，都和我没关系。她要真是这么幼稚无知，敢公然跑我跟前使这样的小心眼，那我只会替自己感到庆幸，替刘秀感到悲哀。

若她真是这样的一个女人，我更加不会把她放在眼中。

"这么爱哭的三嫂可不大像以前我景仰欣羡的阴姬丽华了。"刘伯姬一手搭着我的肩膀，一手用帕子给我拭泪，嘴唇贴我的耳朵小声嘀咕，"她若敢欺你，以你的身手自是吃不了亏的，但大姐说的也极是有理，有时候身手再好，也比不上心眼好使。"

我微微一凛，这点道理我早已明了领悟，但是能从刘伯姬嘴里说出来，却让我不得不惊讶她的成熟转变。

果然，这两年不单只我，为了适应环境，每个人都在成长，都在改变。

为了去见自个儿的皇帝兄弟，刘黄与刘伯姬皆是刻意打扮一新，然后欢欢喜喜地踏上前来迎接的辂车。

从北边的玄武门进入南宫，一路经司马门、端门、却非门，最后停在了却非殿正门。掀开车帘，从车上下来，抬头远眺绵延的层层台阶，犹如望不到头的天梯一般，令人望而生畏。高耸巍峨的却非殿仿佛矗立在云端，虽已站在殿前，却仍让人有种可望而不可及的疏离感。

刘家姐妹已经在小黄门的带领下，拾阶徐徐而上，琥珀见我默不吱声，小声地提醒："夫人。"

我这才深吸口气，带着一种难言的惆怅与惘然，慢腾腾地踩上石阶。越往上，心跳得越快，脚下的石阶一级复一级，似乎永远到不了头。只要一想到刘秀就在这层层石阶的顶端，似乎连四周的空气都被抽走了一般，爬了没几级，我便感到手足一阵冰冷无力，竟是膝盖打战得再也抬不起来。

"夫人！"琥珀低呼一声，急忙伸手扶住我。

我凄然一笑，微微喘气："我是不是特没出息？"

琥珀使劲摇头，哽咽着说不出话来。

重新抬起头，却非殿近在咫尺，明晃晃的阳光细细洒下，屋脊顶上白色的雪光发射耀眼光芒，我下意识地举手挡光。稀疏的阳光从指缝间泻下，忽明忽暗地刺激着我的眼球，有团阴影从上迎下。头顶的阳光被遮蔽住，四周的空气似乎也为之一寒，裹在阴影下的我，缓缓放下手来。

"腿伤好了？"站在台阶之上的他笑着发问。

"嗯。"我虚软地一笑，心里的紧张感霍然扫空，看着那张宛若女子般俊美的笑脸，眼睛开始发酸发涨。

冯异微微让开身："去吧，他在等着你。"

那样温暖的眼神让我的心陡然一热，疲惫的心房似乎注入了一注兴奋剂，我不由自主地笑了起来。

应该对自己有点信心的，应该对刘秀有点信心。

十指握拳，我吸气，呼气："却非殿……有点冷呢，这两条腿受不得寒气，不知道能不能撑到上面去。"

"是么？"不经意间，他微微蹙了眉，"不然让人抬副肩舆来，如何？"

"那像什么话？"我笑着迈步，"又不是老得连路都走不动……日后等我老了，当真爬不了这几十层的石阶了，再用不迟。"抿嘴笑了下，不忘调侃，"不过，你会比我先用得着。"

冯异一瞬不瞬地盯着我瞧了好一会儿，忽然松了口气："还是和以前一样没变啊。"他和善地笑起，眉宇间却仍像以往那般，始终难却那丝忧色，似乎永远都在为某些事挂怀，无法真正释怀一般。

我撇过头，脸上的笑容僵硬地停留在脸上，终于，步履艰难地踏上了最后一层阶梯，我挺直背脊，瞪着幽深的殿门望而怯步。

冯异做了个请的手势，我深吸口气，正要跨步进殿，却突然感觉有道刺眼的光芒从眼前一扫而过。不经意地扭头一瞥，却非殿外侧西角的一支廊柱下立着一个纤细的身影。那人静静地隐在殿檐下，瞧不清衣着相貌，只隐约看出是个身量娇小的女子，若非她头上佩戴的金属头饰发光，光斑恰恰晃过我的眼睛，实在很难发现她悄然无声的存在。

见我目光投去，那女子明显一震，然后垂首退了一小步，似乎欲将自己掩藏得更深。

我心中一动，扭头去看冯异，恰巧冯异也正从那处角落收回目光，与我目光相触，他嘴角一战，勾出一抹涩然的神情。

"是她吗？"我明知故问。

冯异不答，只是默默地垂下眼睑，躬身请我入殿。

我冷笑着再度回首，只眨眼功夫，墙角那儿已空无一人，飞檐上铜铸辟邪的影子投在地上，被扩大了无数倍，宛若一只被黑暗吞噬的猛兽正狰狞地张开血盆大口。

寒气森森袭人，我忽然升起一种不祥的预感，在这个宫苑重重的南宫之中，或许从我踏足进来的那一刻，注定我今后将把一生埋葬于此。

"宣——新野阴氏觐见——"

幽深的殿堂，泛着凉薄的冷意，吁口气，热辣辣的白雾凝结在唇边，我挺直脊背，僵硬地跨了进去。

殿道甬长，青砖光滑，文武大臣分左右凛立，我踏进殿的刹那，原本安静的殿堂突然起了一丝轻微的骚动，有些人竟从软席上站了起来，私语声不断。

眼角余光微微掠去，所见之人皆是那群旧臣老将，刻满沧桑的脸上皆是露出一抹欣慰之色。我唇角噙笑，胸口微微漾起一丝感动，真是难为他们还记得我，还记得那些同甘共苦的岁月。

甬道尽头便是龙庭王座，身穿玄纁冕服的刘秀正端坐在上，旒玉遮面，珠光潋滟，却无言地挡住了我的视线。我的眼珠刺痛，胸腔中迸发出一股浓烈的酸意，突然很想肆无忌惮地在此重逢之际恸哭一场，然而脑子里却也清醒地知道，今时今日在这却非殿上已不容我再有任何言行仪态的闪失。

眼瞅着刘黄与刘伯姬口呼万岁，一半激动一半虔诚地跪伏于地，我愣了下神，目光呆滞地射向龙座上正襟危坐的刘秀，看不到远处的他此刻是何表情，然而慢慢攀升的陌生感却正一点点地啃噬着我刻在心中的熟稔，记忆中那个始终丰神俊秀，温柔微笑的影子逐渐被抹去，没法再和眼前这个如神如佛似的轮廓重叠在一起。

"妾……阴姬拜见陛下！"哆哆嗦嗦，那个谦卑的"贱"字终于还是没能从我口中吐出。尽管他已经是皇帝，尽管为显女子贤德，我该用上那个"贱"字自谦才更妥帖。

但他是刘秀！不管他变成什么样，他仍是刘秀！我没办法用对待刘玄的相同态度来对待他。

他是……我的秀儿啊。

"可。"平平淡淡的一个字，像是一把铁锤陡然敲打上我的心房，我肩膀微微一战，四肢僵硬的险些爬不起来。脑子里模模糊糊的回想着一些过去的片断，忘了自己是怎么从地上爬起来，也忘了是谁搀扶着我挪到了边上。

耳边只隐约听到有人喁喁地念叨了许多话，之后刘伯姬突然拼命扯我的袖子，见我无动于衷，于是她和刘黄两个人一左一右几乎半拖半架地将我拽到殿前。我们三人一齐跪下，又是一番叩拜繁缛大礼。

第一次行礼我还算是中规中矩，一丝不苟，可这一次神志却有些恍惚，跪拜的时候不仅频频出错，膝盖打弯时还保持不住平衡，因此狼狈地倾倒一侧。

殿上有人失礼地噗哧发出一声笑，我紧抿着唇直挺挺地跪在地上，一脸茫然，视线所及，唯有眼前那片潋滟之光。

那片潋滟的旒玉之后，他到底在注视着什么？又在探索着什么？

可知我此刻的心慌意乱，皆由他起？

"即日起敕封阴姬为贵人，赐居西宫……"

我浑身一震，几乎要从地上弹跳起来，刘黄使劲摁着我的手，广袖泻地，遮掩住她的小动作。

我眨了眨眼，傲然抬头，刘黄的那点力气如何困得住我，轻轻一挣，我便摔开她的手。

贵人！阴贵人！这就是他准备给我的封号？算是他给我一个名分？何解？贵人……何解？

果然……果然……我到底还是高看了他！

我是他的女人……之一，掖庭三千粉黛中轻微渺小的一份子，这就是我今后的人生定位？这就是我拼死拼活、苦苦挣扎换回来的价值？

趔趄地从地上爬了起来，不去理会刘伯姬在私底下的焦急拉扯，我故作痴癫，如村妇般无知鲁钝地笑问："陛下，贵人是几石年俸？"

座上的刘秀未答，底下却是爆出一片闷笑声，没有发笑的都是那些熟知我脾性的老臣。宣读旨意的中常侍见场面有些尴尬，忙匆匆走下高阶，压低声音，隐有斥责之意："贵人金印紫绶，俸不过数十斛，何来石计？"

心头如同被狠狠捅了一刀，疼得我再也说不出一句话来。

汉朝后宫的封号、爵秩、俸禄，我早烂熟于胸。皇后之下，昭仪爵同丞相、诸侯王；婕好爵同上卿、列侯；婭娥爵同关内侯，俸二千石；俗华爵同大上造，俸真二千石；美人爵同少上造，俸二千石；八子爵同中更，俸千石；充依爵同左更，俸千石；七子爵同右庶长，俸八百石；良人爵同左庶长，俸八百石；长使爵同五大夫，俸六百石；少使爵同公乘，俸四百石；五官俸三百石；顺常俸二百石；就算是最后排在第十四等的无涓、共和、娱灵、保林、百石、良使、夜者，也有俸百石。汉朝后宫三千人中俸禄在斗斛间计算的，那是"上家人子"与"中家人子"这样差不多同等于宫女的宫人。

虽然从未觊觎过刘秀后宫的那顶后冠，但我不在乎不等于他也可以无视，他把我接到雒阳来，赐了这么一个俸禄不过数十斛的贵人封号给我，简直就是当众扇我耳光，羞辱于我。早知如此，真不如留在长安，任凭赤眉烧杀抢掠。

"众卿若是无事，便都退下吧。朕……今日要与两位公主小聚一番。"慢条斯理地启口，王座上的刘秀一脉温和。

众臣面面相觑，而后齐声称诺，手捧玉笏，鱼贯退出殿外。

人走得差不多了，我仍是直挺挺地梗着脖子僵站着，中常侍小心翼翼地将手中漆盘向我推了推，示意我赶紧接印。

我杵着不动，死死地瞪着那片摇曳的潋滟光芒。终于旒玉碰撞，刘秀从榻上站了起来，慢慢跨下高阶，一步步向我走来。

刘黄与刘伯姬随即配合默契地闪向一旁。

珠玉碰撞发出碎冰般的声音，那身冕服刺痛我的眼睛，有那么一瞬，我恍惚间竟像是看到了刘玄的影子，不禁骇然，下意识地双手握拳，全身绷紧。

中常侍趁机将漆盘又推近了些，我一时火起，抬手劈翻盘子，"哗啦"一声，盘子飞出老远，盘上搁着的金印紫绶险些迎面砸上中常侍的鼻子。

刘黄与刘伯姬低呼，我双靥涨得通红，怒气冲冲地转身便走。右臂猛地一紧，刘秀从身后抓住了我，他使得力气极大，五指掐得我肌肉一阵剧痛。我不禁皱起眉，压抑许久的怒火熊熊燃烧，恨不得反手一拳将他打倒。

"丽华……"喑哑的叹息，婉转缠绵，他骤然发力，使劲一拉，将我拽进怀里。

我拼命挣扎，他用尽全力束缚住我，不让我挣脱逃跑，我气恼地抬脚去踩他的赤舄，他仍不松手，任由我胡乱地踩上他的脚背。

逐渐紊乱粗重的呼吸声终于打破了殿堂中空旷幽静的气氛，刘黄与刘伯姬悄然拭泪，一副感动莫名的模样。

我挣扎不过，只得放弃，悻悻地由着他拥在怀里。

"丽华。"

被他牢牢圈在怀里，坚实而温暖的怀抱是我渴望已久的憩息之地，我贪婪地想从他身上汲取熟悉的香气，然而，鼻端充斥的却尽是帝王冕服特有的薰香味。

我的心又是一沉，混沌的脑子顿时清醒了不少："陛下，贱妾乃是阴姬，陛下唤妾阴贵人即可。"

愕然，一丝苦笑从他脸上滑过。

一年多未见，他的样貌乍看一下，竟像是起了翻天覆地的变化，原本斯文白净的脸上此刻多了几分深沉威仪，之所以给人那么大的改观，纯粹只是因为他在唇上蓄起了一圈髭须。

视线定在他的髭须上，我如遭电殛，思绪刹那间飞转回那个离别的夜里，在绝望的抵死缠绵中，我曾那样地渴望能见到像现在这样活生生站在我面前的他。

三十而立，秀儿……蓄了胡须的秀儿又会是个什么样呢？

酸楚的泪水终于再也抑制不住，汹涌地夺眶而出。

"痴儿……"他哽声低喃，伸指拂拭去我脸上的泪水，"你是我的妻，是我刘文叔的妻……娶妻当得阴丽华啊，这般的誓愿岂是随口胡乱说得的？"

我不住地战栗，咬着唇不让自己哭出声来，心里只觉得憋屈得慌，忍不住用拳头一下下地砸着他的胸口，抽泣，无语凝噎。

腊　日

西宫对我而言并不陌生，刘玄定都雒阳之时，赵姬入宫初为夫人，便是入住此宫。没想到风水轮流，时隔两年，这座宫殿的主人竟然换成了我。

西宫正南便是长秋宫，从窗外望去，远远的虽间隔数十丈，却仍能清晰地望见长秋宫飞翘的腰檐。

有心想问，长秋宫中是否住着那位郭圣通，可话到嘴边却总是说不出口，徒惹伤感刺痛。琥珀招呼着一帮小宫女打扫宫殿，整理行李，我懒洋洋地趴在栏杆上向下俯瞰。

整座南宫，殿宇虽说不少，但论规模，论气势，皆比不上长安的长乐宫，然而长乐宫中的长信宫没有困住我，小小南宫内的西宫却要困住我一辈子吗？

我不禁迷惘，对于这样的未来产生太多的惆怅与心悸，背上的纬图已毁，蔡少公所说的归家希望或许已绝，我真不敢想象今后几十年的光阴，真就得消耗在这座死气沉沉的皇宫内。

一双温暖的手从身后插入腋下，轻轻地将我拥入怀中，靠上那熟悉却又陌生的胸膛，我瑟瑟发抖。

这个男人，便是我今后一生的依靠吗？

"两位公主都安置妥帖了？"我没回头，只是淡淡地问。

"嗯。"

他的下巴抵在我的脖颈之间，温暖的呼吸吹拂在我的鬓角，我忽然有些心灰意冷，将他轻轻推开，淡漠道："陛下回去吧，贱妾想一个人静一静。"

背后的躯体猛地一僵，良久没有动静，他仍是圈着我不松手。

我咬咬唇，狠下心拒绝："陛下恕罪，贱妾言语冒犯，实属无心，只是贱妾今日身子不爽，无法侍寝，还是请陛下移驾……"

肩膀猛地被他扳过，动作旋得太快，以至于晃得我一阵眼晕，唇上猛地一阵刺痛，竟是他的唇如狂风骤雨般覆盖上来，髭须扎痛我的皮肤，我试图推开他，可是他的舌尖已撬开我的唇，挑逗地滑入我的口中。

脑子一阵迷糊，我险些把持不住，迷失在他甜腻的热吻中，然而……一别经年，那样突如其来的热情与挑逗技巧陡增的熟练，让我背上突然滚过一道冷颤。

他的唇已滑到我的下颌，吻上我的颈子，酥麻的感觉使人如同吸了鸦片似的，迷迷糊糊中带着一种上瘾的痴迷，令人深陷其中，甘于沉醉。我承认这样如痴如醉的感觉令我着迷，然而鲠在心上的那根刺，却因为他更加深入的动作而愈发尖锐，扎得我鲜血淋漓。

一年前，他还是个连亲吻都十分别扭，会时常在我的刻意挑逗下害羞的生手；一年后，已经为人父的他，却已能如此热辣熟练地挑起我的欲火。

"唔！"我用尽全力，猛地推开他。

胸口因为激动而上下起伏，面颊滚烫，犹如烈火燃烧。刘秀温润的眼眸中带着未褪的情欲，我一手扶着栏杆，稳住身体，一手举起，手背狠狠地蹭了下红肿的双唇。

"陛下后宫三千，何必非要为难贱妾这样卑微的一个贵人？"

他眨了下眼，脸上滑过一抹痛楚之色："你这是成心跟我怄气？这是何苦……何苦……"

我别开头，强迫自己硬起心肠，极力忽视他的痛苦表情："陛下，贱妾只是一名小小的贵人，陛下何必……"

"娶郭氏，非我本意，你不能因为这件事便对我耿耿于怀，丽华，这待我并不公平。"他突然拔高声音，那般急切的样子叫人不敢相信这话出自沉稳的建武帝之口。

我黯然神伤。他说的没错，娶郭氏他极力反抗，是我，是我亲手将他推向真定王刘扬，把他推给了郭氏。

抬头，我欲言又止。

怪不了他吗？很想蛮不讲理地质问，既然不愿意接受郭圣通，为何又与她恩爱缠绵，生下子嗣……可话到嘴边终又咽下。

他是刘秀！是一个存活在两千年前的人物，他的思想与理念，何来这种从一而终的概念？我如何拿这样的道德规范去约束他，去指责他，去批评，甚至辱骂他？

他和我不一样！真的不一样！

不仅如此，他和旁人也不同，旁人娶妻，或有恩宠，或有冷落，或有贪欢，或有恋色，是以时常新人代旧颜，唯独他……他是个待家人负责、对亲人疼爱的男人，向来如此……所以即使从前万般无奈娶了郭氏，到底是他名正言顺娶进门的，不论什么原因，他今生都不会再遗弃她。

我怔怔地望着他，突然感到心口一阵绞痛，眼前那个清秀的五官轮廓，变得时而清晰，时而模糊，往事历历在目，然而早已物是人非。

"信我！丽华，你信我……"他抓着我的手，那么用力地紧握着，似乎想把一股莫名的意念传达给我，然而我的心，却如同飘荡到了无边无际的苍茫之中，无法领会和触摸到他的内心。

不是不相信他，是我即使信了又能如何？我要的，和他能给的，完全是两种不同的东西。

"这宫里没有三千宫人！或许以前有，但是我……不会有。"那双清澈的眼眸，如水般澄净。我已经很久……很久没有注视过这双眼眸了。

茫然，无语，我怔怔地看着他发呆，心痛的感觉一点一点地加深。

回不去了！回不去了！

无法让时光飞回到两千年后，也无法倒退回两年前，如果可以，当初我不会选择让他渡河北上，真的不会……宁可与他隐姓埋名，在乡野间耕种务农，默默相伴一生，过着平淡的夫妻生活，也好过现在这样无奈而心痛的相对无言。

"闺中少妇不知愁，春日凝妆上翠楼。忽见陌头杨柳色，悔教夫婿觅封侯……呵呵，呵呵呵……"我凄然大笑，眼泪一点一点随着笑声震落。

如今，我的夫婿何止是封侯？

他紧紧地把我抱在怀里，泪水无声无息地浸湿了他的肩头。

"信我……丽华，信我……"

看似热闹的西宫，实则寂静得要命，宫内随侍的宫人黄门大气也不敢喘一声。

刘秀不住往我的盌中夹菜，我却只顾用酒壶自斟自饮。他现在贵为皇帝，若要留宿在一个贵人寝宫，乃是天经地义，无有不妥，我轰不走他，所以决定无视他。

我用筷子戳着面前的菜色，东挑西拣，遵照礼仪，像我这样的吃品应该受人指责与批评，然而坐在我对面的刘秀，却是视若无睹，连眉毛都没抖一下。

这顿饭局吃得异常冷场，直到我感觉有些胃涨的时候，才惊觉自己在不知不觉中喝多了。微微挪动身躯，虽不至于神志不清，脑袋却确实有些眩晕了。

"仍是这般贪杯。"对面的人凑近了些，我眯起眼，他脸上的笑容看起来十分眼熟，眼睑弯弯，嘴角扬起，温柔且略带宠溺，"一会儿又该嚷着说头痛了。"

我不语，他也不觉得自己接话很冷场无聊，继续笑说："迁都雒阳的时候，我叫人从邯郸带了些东西过来，是你的东西……"

我忍不住讥讽道："贱妾不记得曾住过温明殿，如何会有东西落在邯郸？"

他无奈地叹气："东西我已经让人归置在偏殿了，你闲了去瞧瞧，当真……是你的东西。"

我扭过头，不再理会。

气氛正冷得诡异，忽然听到前殿遥遥传来的鼓乐之声，初听不觉得怎样，随着鼓乐声越来越响，在寂静的夜晚，显得分外嘈嚷。

刘秀偏过头，一旁随侍的宫人立即领悟，躬身退到殿外，过得片刻工夫，又急匆匆地转回。

"启禀陛下，子时已过，是宫里在逐傩！"

"哦，那可真是热闹。"刘秀剑眉稍稍一轩，脸上虽然仍在笑着，我却极为敏感地发觉他的神情略有不豫。"丽华可愿去瞧？"

我虽有醉意，脑子却并不糊涂，换作平时，我或许会顺着他的意，假装什么都没看明白，可偏偏这会儿一股怨气始终憋在胸口，不发作出来难以畅快，于是摇晃着从席上爬起："自然得去瞧瞧！陛下在贱妾宫中用膳，不知这外头的大傩祭礼正由谁主持大局呢？"

刘秀停下脚步，回眸瞥了我一眼，眸底惊异之色一闪而过。

也难怪他诧异，换作以前的我，估计只是个会纯粹兴起、跃跃欲试地想跟着他去瞧热闹的傻姑娘。他诧异，可是因为觉察到了我的变化，觉察到了我的敏锐与尖刻？

我在心底默默冷笑着，那样纯真无瑕的年少轻狂，谁都回不去了！

他递过手来，我未抗拒也未挣脱，表情淡漠地任由他握着。他的掌心结满粗糙的老茧，然而却不再是当年稼穑侍农时生成的茧子，而是常年持握刀剑磨出来的厚茧。

他用掌心摩挲着我的手背，轻轻拍了拍，却什么话都没说。

出门，七八个小宫女掌着灯，踮步轻盈，着地无声。回廊的地砖明暗难辨，远处的楼阙飞檐影影绰绰，夜色寂籁，刘秀牢牢地牵着我的手，一步步将我引向前方。

天寒地冻，路上的积雪虽然扫干净了，但走过树荫时，仍会不小心将树梢上的积雪震落。幸而之前喝了酒，这会儿脸颊虽冷，腹中却是暖的。刘秀一路小心翼翼地牵引，这一路在昏暗中跟跟跄跄地走过，我忽然很想就这么一直走下去，永远……不要有尽头。

不经意间我伸手揽住他的胳膊，他似有所觉，颇感震动地低下头来，我情难自禁地依偎过去。刘秀的怀抱……脱去那身绣着十二章纹的繁缛冕服后，依旧是我所熟悉的淡淡香气，一如从前。

"秀儿……"我低垂着眼睑，忘情地呢喃。

长臂舒展，他将我揽在怀里，大氅抖开，将我一同裹了进去。他的怀抱，温暖得使人沉醉，我已微醺，脚步虚浮跟跄，全身的力气都倚靠在他胸口，几乎是由他半托半抱地往前一路行去。

我希望这一路永远没有尽头，然而最终这只可能是个幻想中的傻念头。当熊熊篝火灼痛我的双眼，当满朝文武齐聚，当头戴面具的方相手持长矛、领着十二神将在场中绕着篝火欢呼跳着傩舞，当众星拱月似的人群中迎风俏立的姣美身影出现在我面前的时候，我便知道，一切的幻想终于还是全都破灭了。

我从刘秀的怀中挣脱出来，怔怔地望着眼前款款走近的华衣女子，云鬓高耸，玉颈修长，丹唇娥眉，月光与火光交相辉映，照在她皎洁白皙的脸庞上，犹如镀上一层银华。她的身量要比我矮些，骨骼清奇纤细，愈发显得娇小可人，身上因天冷而外罩厚实的雪貂氅衣，却仍是显得双肩瘦削，身段柔软，步步摇曳生姿。

那张年轻姣美的脸孔，顾盼回眸间总带着一种干干净净的笑容，笑得纯粹，笑得无瑕，也同样笑得令人心战、心碎。

曾经不下千百次在脑中勾勒郭圣通的相貌，却没料到她会是这样的一位女子，稚气未脱，仿佛还是个年幼的孩子，偏又不时地流露出成熟少妇独有的妩媚。

我用指甲掐着自己的掌心，心里如同翻江倒海般全然不知是何滋味。

她的眼里似乎只瞧见刘秀一人，水汪汪的凤目中盛满柔情笑意，莲步轻移，走得近了些，她目光一移，定格在我身上。

笑容微愣，脚步停住，就这么痴痴地，我与她隔着两丈多远的距离互相打量着。说不上敌视，只是感觉莫名的悲伤，莫名的压抑，我只觉得头晕目眩，仿佛有只手正死死地掐着我的脖子，令我无法透过气来。

麾衣紧裹，即便我刻意想假装眼瞎，也无法彻底无视掉那双雪玉般的小手覆盖下，已明显微微隆起的小腹。她似有所觉，脸上微微露出赧颜之色，慢慢地弯下身子，敛衽向我盈盈拜倒："妾圣通拜见阴姐姐。"

眼前的景物是深黑色的，深黑色的夜空，深黑色的宫殿，深黑色的……人影，我看不清眼前的任何东西了，四周没有光明，一切都陷入了无尽的黑暗。黑暗中我能感觉到郭圣通正在向我下跪，仅存的那丝理智告诉我，我应该克制住自己的战栗，伸手将她扶起来，然而我动不了。

我全身僵硬，胸中燃烧的是那股热辣辣的酒气，混着我无法哭泣发泄的泪水，一并压在了心里。

"郭贵人不必多礼了。"身边那个温柔的声音却在此时响了起来，钻入我的耳朵里，陡然间变得异常的刺耳。

我木讷地瞪着眼睛，深黑色的影子渐渐变得清晰起来，色彩重新回到我的瞳孔之中，刘秀正伸手挡住欲跪的郭圣通，顺势将她搀扶起来。从前那个温柔如水的笑容此刻正如昨般清晰地印在那张熟悉的脸上，只是……不再是对着我这般温存微笑……

心里刹那间像是被彻底掏空了，空荡荡的，什么都没再剩下。

"谢陛下。"她莞尔一笑，盈盈起身，身侧紧随的侍女急忙小心翼翼地扶稳她。"阴姐姐一路辛苦，今日适逢腊日，是以宫中备起傩舞，驱邪避恶，也算是为阴姐姐洗尘。"

我勉强一笑，脑中一片空白，已不知道该如何接她的话。恰在这时，边上突然传来一声奶声奶气的叫嚷："娘——"

郭圣通闻声回头，大喜道："怎么彊儿也来了？"

一个长相俊逸的少年抱了名不满周岁的娃娃，匆匆赶来，不等郭圣通伸手去接那孩子，已主动快速递将过去。

"娘……娘……"孩子生得虎头虎脑，肉鼓鼓的脸上小嘴咧开，露出四颗小小的门牙。孩子五官周正，眉眼长得竟有几分酷似刘缤。他口齿尚不清楚，扑进郭圣通怀里后，嘴里嘟哝着不知说了什么，小手揪着她的衣襟低头便想张嘴去咬。

"彊儿小乖乖……"郭圣通笑着轻轻掰开他的小手，"这么晚了，怎么还不睡觉呢？"

"臣况，拜见陛下！阴贵人！"那少年忽然跪下，恭恭敬敬地行了大礼。

刘秀并未阻止，坦然受了他的礼，我已是僵化如石，连一根手指也动不了，于是也跟着莫名其妙地受了他的礼。

少年起身，目色清纯，一张眉清目秀的脸孔，与郭圣通竟有六七分相似。我心有所悟，愈发感到一片凄凉，短短片刻工夫，犹如天上人间，果然是一个不落地把该见的全都见了个遍。

不清楚是否自己眼花，还是受到心理作用的影响，少年起身之时，目光似有心无意地掠过我，秋风霁月般清明的眼神倏地一变，唇角上扬勾勒出的那抹看似柔和的微笑，忽然像极了恶魔的笑脸，狰狞恐怖。

我莫名地打了个冷战，正在彷徨之际，身后突然响起一个清朗的声音："草民兴拜见陛下！拜见郭贵人！阴贵人！郭侍郎！"

我一震，缓缓回首，发现阴兴正恭恭敬敬地伏地跪拜。

刘秀赐了阴兴平身，尾随阴兴之后，原先津津有味地在观看傩舞的众大臣纷纷聚拢过来，一时将冷清的角落搞得异常热闹起来。

那些大臣只少数一部分我不认得，多数人不是跟随刘秀北上征战的旧部，便是昔日雒阳旧识。这些人见了我，皆是一副欣喜之容，白天在殿堂上还算守些规矩，此时却纷纷按捺不住围住了我，嘘长问短。

冯异亦在这群人中，只是他性情淡漠，仍是喜欢撇开热闹，一人窝在无人的僻静树下，不知在想什么心事。马武仍是那副飞扬跳脱的样子，朱祐、邓晨、李通……一个接一个的熟人跟我寒暄，渐渐地我把心中的悲哀冲淡，僵硬的四肢活络开来，终于勉强能与这些旧友说笑上几句。

不远处，阴兴与郭况闲闲地叙着话，两个人皆是一副客套有礼的模样，看似亲热，实则浮于表面，假得不能再假。没一会儿，阴兴与郭况分手，然后漫不经心地往我身边踱来。

"贵人也不多披件衣裳，夜冷。"他沉着脸，似怒还嗔。

我嘘了口气，口中喷出淡淡白雾："多谢。"他应该能够明白我所谢为何，刚才若非他及时援手，只怕我非当场被郭家姐弟弄疯了不可。

"贵人太感情用事了，以往大哥常赞你有勇有谋，却不知今日的雄才韬略都用在了何处？"他姿态摆得甚为谦恭，外人看来不过姐弟叙话，并无不妥，谁也不会料到他那张刀子嘴，犀利得一点都不给人留下余地。

对于他刀子嘴豆腐心的态度，我早见怪不怪："大哥在哪？"

"宫外。"

"他没进宫？"

阴兴没有立即回答，嗯哼两声，瓮声瓮气地说："郭主未现，何需着急见大哥？"

我猛地一懔，郭主——郭圣通之母，真定王刘扬的妹妹！

阴兴冷冷一笑："看来贵人还需要多用点脑子，总是这样的话，也太不叫人省心了。"

我又急又怒："你皮痒欠揍？是不是这两年武艺大有长进，所以说话愈发没大没小了？"顿了顿，不禁悲哀地感慨，"你从小到大都没好生喊过我一声'姐姐'，到如今却只会虚假得尊我'贵人'了么？贵人……贵人……好个尊贵的称呼呢。"

"外戚之家，理当如此。"他的目光穿过人群，落在远处正主持大典的刘秀身上，"如今既已卷入皇家，便当按规矩行事，旁的琐事，还是先别奢想太多为好。"

"不觉得未免谨慎过头？如此……竟是要一辈子么？"

"回到这里，难道不是贵人所愿么？"他收回目光，表情淡漠清冷地瞄了我一眼，目色却是凌厉如刀，"贵人若不愿留下，大可不必费这周章。"

我被他的字字句句刺得连躲避隐藏的余地都没有，只得凄然地望着皇城上空飞舞的点点火星，黯然欷歔："我会好好冷静下来，好好想清楚自己该干什么，该选择什么，该舍弃什么……"

脆弱的心，早已痛得麻木，再割上千刀万刀也不会让我感觉比现在更痛。

赠　礼

建武元年、建世元年十二月腊日，从刘玄手中夺得传国玉玺的赤眉军在长安设宴狂欢，酒尚未饮，群臣便因争功而吵成一团，甚至拔刀相向，相互殴斗。场面失控，那些将领甚至从宫墙上攀爬翻逾入宫，打破宫门，抢夺酒肉，彼此厮杀。卫尉诸葛稺闻讯，率兵入宫，一连格杀了数百人才勉强把暴乱镇压住。

可怜那个年幼的放牛娃皇帝，吓得除了日夜哭泣，别无他法。转眼新年元旦，刘恭不忍见其弟为傀儡，叮嘱刘盆子交出玉玺，退位让贤，结果反被樊崇等人强行制止，刘恭的特立独行，愈发招来赤眉军的恨意。

我对刘恭极有好感，只可惜他是建世帝的兄长，不然招为已用，必为贤能。这次赤眉元旦朝会的消息传开后，刘恭之名远播，没想到不单是我，就连刘秀说起他时，也是赞赏有加。话题扯到刘玄身亡之时，刘恭仗义偷偷将其尸身盗出，刘秀知晓后，随即兑现当日的允诺，追封刘玄为淮阳王，传命正在长安城外布防的邓禹收其尸身，厚葬于霸陵。

对于刘玄，我讳莫如深，饶是刘秀在我面前频频提及他的一些旧事，我总是紧闭双唇，不发一语。身陷长安将近一年，我受制于刘玄，杀申屠建，损绿林兵，托彊华转谶语，递赤伏符，这些事林林总总地加起来，我敢说他即使不清楚个中细节，也能掌握个大致详情。

我们二人之间，隔断了一年半的光阴，已无法再用以前那种温馨依赖的情感将其中的艰苦一一相互倾诉。关于他的事，他在河北如何艰苦奋战，如何博得今日冕服加身，如何娶妻生子，如何结交四方……这些他都没有跟我细细描述，就如同我闭口不谈是如何在长安卷起那场残酷的血雨腥风，最终搅得三辅天翻地覆一样。

我与他之间，缺少了以前那种生死相依的依赖感，有个微妙的隔阂横在了我俩中间。我不提，他不说，却始终很真切地摆在那儿，绝不可能凭空莫名消失。

我对他的冷淡，是从第一天回到雒阳、进入南宫起便开始的，或许许多人，包括刘黄、刘伯姬，乃至那些对我抱着极大期望的满朝文武大臣，全都无法理解我为何会如此顽固不化。在他们看来，哪怕不是作为一国之君，仅仅作为一位大丈夫而言，刘秀对我的小心谨慎，无微不至的细致呵护，近乎放下身段般地讨好迁就，已经显得过分阴柔软弱。

他们渐渐地皆由满怀希望发展到心生忧虑，十分担心这位满怀柔情的天子，会像两年前娶我时一样，身陷温柔乡中，不可自拔。

没人会真正了解，当年他娶我之时，到底经历了什么样的忍辱负重，贪恋温柔、沉湎女色的刘秀，并非是他本性，而我，不过是他绝望中的一处避风港。

郭圣通并未入住长秋宫，她的封号与我一样，皆为贵人。刘秀像是极力在我俩之间做到两碗水端平，不偏不倚。贵人的品阶也并不如我起初想象的那般低微，刘秀号称汉天子，在百姓看来，虽有继承前汉、延续汉室之名，实则全然已不同。政体官职上的些微不同暂且不说，但看这后宫体制，已被他全然推翻，改得面目全非。

自古帝王后妃，多不胜数，前有汉宫三千为例，西汉的皇帝无不把自己的后宫一扩再扩，恨不能揽尽天下美女，以显天威。这一点，即便是当初布衣称帝的刘玄也不能避免，不管他出身如何，只要一爬上那个天下至尊的位置，便会不受控制的、或自愿、或被动地接纳许多女人充斥后宫。

汉宫三千人……这绝非夸张的说词，见识了长乐宫中那些被刘玄收纳，至今却因饥荒无食果腹，活活饿死宫中的大批姬妾宫人后，我对帝王的后宫已经心冷到了极点。我真心希望刘秀不要堕入同样无节制的个人欲望，无论是为夫为友，为公为私，我都不愿看见南宫莺燕无数。

也许，他没让我彻底寒心之处便在于此，至少他不曾仿效先人，甚至敢于斫雕为朴，果断地将祖宗传下的后妃十四等级大刀阔斧地砍成了五等——皇后以下，唯有贵人金印紫绶，两者得享爵轶，俸也不过栗数十斛，此二等以下，另置美人、宫人、采女三等，并无爵轶，仅供充给，餐食温饱。

可无论他怎么改品阶，贵人就是贵人，贵人是妾，非妻，我现在的情况和当初的韩姬如出一辙，毫无分别。果然因果循环，韩姬惨死，她昔日对我的一番怒骂诅咒，如今却当真在同一处宫殿内应验。

当真，造物弄人，可怜可笑。

暖阁内纯银熏笼内正焚着熏草，淡淡的香气似有似无地弥散在各个角落，室外空气极冷，殿门微开一线，透过半敞的门缝依稀可见琥珀正与人细细交谈，这丫头平素极有分寸，走路不携风起尘，说话低吟慢语，从不大声喧哗，今天却有点儿反常，与门外之人不知在讲些什么，竟有些忘乎所以，连门都忘了带上。

我懒洋洋地躺在榻上，手里握着一卷竹简，细细瞄着。过得片刻，琥珀满脸狐疑的走了进来，见了我，把手里的东西递过来："贵人，这是方才郭贵人命人送来的，奴婢以为是参片，婉言说西宫并不缺此物，可那人却笑我不识货，听那口气，倒像是件稀罕物似的。"

我斜眼一瞧，她手里捧着一只一尺见方的漆器木盒，盒盖打开，里头露出一大把形同干枯树皮模样的东西，呈椭圆形，长不过两三厘米，外观为褐色，已洗净晒干，一颗颗的精心摆在盒内，码放得极为齐整。

"左右不过是些药草山果，这些难道我们宫里就没有了，还需她巴巴儿地叫人送来？"琥珀到底有些意难平，言辞虽说不算激愤，却仍不免带着一股子酸味。

我冷然一笑，从盒内拈起一颗凑近鼻端，轻轻一嗅，一股辛香之气直钻鼻孔。我甩手将它丢进盒内："好东西呢，收着吧。"

琥珀一头雾水："那……是吃的吗？需如何服用？"

"鸡舌香。"

琥珀仍是不解，满脸困惑。

"漱口涤齿所用，含于口中，可辟除口臭。"这种果实在现代叫作丁香，丁香分公母，母丁香便是鸡舌香。鸡舌香在民间罕有，算是种高档奢侈的消费品，一般仅供上层社会的官宦所用，其效用就如同现代人爱嚼的口香糖。

换作以前，冷不丁地扔给我这样一块干瘪瘪的东西，我也只会认作树皮果核，既叫不上名，也不可能知晓其用，但我之前在长乐宫混了一年有余，长秋殿赵姬赵夫人出身官宦之家，入宫当了夫人后，更是备受刘玄宠爱，宫中奢靡之物尽其挥霍。赵姬是个颇会享受的主儿，按现代点的说法，那就是个标准的小资，什么保养、美容、薰香、歌舞、游戏，时下流行的新鲜玩意没有一样不精的。我虽不好这些，可跟她生活久了，每日耳濡目染，岂有不识之理？

郭圣通出身豪富之家，她母亲郭主又是王室之女，这种高档消费的习惯与气派，是与生俱来的。皇家气派，赵姬仍需靠后天培养，郭圣通却已习以为常。所以，若论见识高低，赵姬尚不如郭圣通，像我这种出身乡野的人，更加没法攀比。阴家在新野虽富甲一方，到底只能算是个土财主，碰上个具有王室血统，且长于豪富之门的郭氏姐弟，便如同小巫见大巫，高低立现。

"这东西……不会有毒吧？"琥珀小声嘀咕。

眼波瞟去，我不禁失笑："按前汉制，官至侍中可口含此物上朝面君。这东西精贵着呢，哪里会有毒，不过味道有些辛辣，你一尝便知。"

琥珀悍恐："奴婢怎敢轻尝这鸡舌香？"一听说这东西是高品阶官吏所享用的特权品，她连忙小心翼翼地将盒子收了起来。

"瞧你，不过是些鸡舌香罢了，要是让你见着口香糖，那还得了？"

"贵人，何为口香糖？"

我哑然，一缕惆怅不着痕迹地笼上心头，大概这辈子我都没法再尝到口香糖的滋味了："回头你到郭贵人宫里走一趟，替我叩谢她的赠礼。"

"诺。"琥珀应了声，随即又问，"那……要用何物还礼？"

"还礼？"我抿唇微笑，"你在这宫里随便拣一样东西送去，但需谨记一件事，无须攀比，你别挑贵重之物，只管选最不值钱的。"

琥珀困惑："为什么？这不是愈发让郭贵人瞧不起了？"

"瞧不起便瞧不起呗，谁又稀罕她瞧得起了呢？难道她在这宫里独大，我做什么事都得与她争这口气，让她瞧得上眼？"琥珀错愕，我见她仍是一副不甚理解的呆滞样，不由叹了口气，"你以后会明白的，且去忙你的吧。"

"诺。"

琥珀离开后没多久，窗外忽然传来窸的一声异响，我从榻上一跃而起，直奔窗口。推开窗牖，冷空气扑面而来，我一时没忍住打了个喷嚏，惊得窗牖外又是一阵羽翅扑腾。

窗外腰檐上栖着一只灰色羽鸽，咕咕地叫着，那双小眼睛不时警惕地望着四周。我从窗边抓了把事先准备好的麦子，轻声打了个呼哨，它才慢慢从檐上飞下，落到我手中啄食。我把麦子撒在地上，诱它进屋后，顺手关窗。

这是只信鸽，阴识称之为"飞奴"，在宫外训练好了，又让阴兴带进宫来养了些时日，熟悉了西宫到宫外的一段路后，它便成了我与阴识私相传递信息的重要工具。

看完飞奴带来的帛书，我呆呆地定在窗下，一站就是良久，直到两腿发麻，飞奴咕咕的吵嚷声惊醒了我，我才回过神来。

长安城粮食告罄，赤眉将领掳劫了所有的金银财宝，纵火焚烧了宫殿、民宅，百姓逃亡，盖世繁华的长安城，已然化为废墟。赤眉在把长安洗劫一空之后，放弃了长安，这个号称百万大军的强盗团体，正沿着秦岭山脉向西流窜，所经城邑，皆是掠劫一空。

赤眉虽立帝建国，说到底却仍是底层农民出身，既无卓识远见，也无治国良方，一些行径与做法竟连绿林军还不如。绿林在立了刘玄为帝后，至少在体制上还有个国家的样子。赤眉立了个放牛娃当皇帝后，却根本没把小皇帝放在眼里，刘盆子的心计和能力远远不如刘玄，哪里压制得住那些流寇习气浓重的将领？

我真替刘盆子感到可怜，亦为刘恭感到悲哀。

赤眉流窜去了安定、北地两郡，邓禹已趁机带兵进入长安，驻军昆明池。从我离开长安至今，不过才短短一个多月，却已是物是人非。

帛书最后提到，邓禹在长安安置受难百姓的同时，似乎也在寻人。至于在寻找什么人，阴识没有说明，我也唯有黯然欷歔。

封　侯

刘秀最近总喜欢待在西宫，从却非殿朝堂上下来，他不管有事没事都直接往西宫，即便是政务繁忙，他也不离开，直接在西宫处理，以至于那些禀明要务的官吏们，每天都在我宫里进进出出的，忙个不歇。

于是，我干脆把正殿腾给刘秀处理公务，自行搬去偏殿。偏殿地方十分宽敞，只是堆放了太多的书简——我的旧物《寻汉记》正一匣匣地堆码在殿中。

琥珀替我将书案，屏风榻皆搬了过来，闲暇时，刘秀在隔壁处理政务，我便安安静静地趴在这里补上落下年余的手札记录。

晚上他睡正殿，我睡在偏殿，倒也各行其事，互不干扰。

转眼到了月中，这一日用过晚膳，与我楚汉分明的刘秀却突然不请自来，踏入偏殿暖阁。他来的时候，琥珀正忙着替我磨墨，我埋首绞尽脑汁，正在挖空心思在脑海里抠字眼。只听身边突然"啪"的一声，琥珀失手把墨掉地上。

"陛下。"地上垫的蒲席被墨迹沾染上一块，琥珀生怕刘秀责备，竟吓得双肩瑟瑟发抖。

"起来吧，原是朕不好，惊扰了你们。"

琥珀战战兢兢地爬起，审时度势，竟是乖觉地悄然退出房间。

我把她的反应瞧在眼里，心如明镜。仰起头，凝望着刘秀，大约停顿了三四秒后，我搁下手中笔管，缓缓敛衽跪伏："贱妾拜见陛下。"

磕完头起身，却见刘秀眼神悲悯地凝望着我，人呆呆的，像是被抽走了魂魄，一丝苦笑凝于唇角。他转移话题，转而笑道："正好，借你的笔给写点东西。"

我微微蹙眉，不知道他葫芦里卖的什么药，又不便直言拒绝，只得轻声问道："陛下请……"

我才刚想让席，他却立即摁住我的肩膀："我念你写。"

我嗤然冷笑："贱妾胸无点墨，字迹向来无法入陛下的眼，陛下难道忘了不成？"

寂静，半晌头顶传来一声低低的吸气声，刘秀将前胸贴近我的背，左手取来一块干净的缣帛，右手执着我的手，手把手地支使我握笔。笔管轻执，我手指微微发战，刘秀的掌心滚烫如火，灼痛我的手背。我欲缩手，却被他带着在帛上有力地落下一笔。

"将恐将惧，惟予与汝。将安将乐，汝转弃予。"

一笔一画，他写得极慢，等到写完，我只觉得背脊僵硬，脑袋发热，与他胸口贴合之处似如火烧。

将恐将惧，惟予与汝。将安将乐，汝转弃予。

思绪纷乱，呼吸在这一刻为之屏息。看着眼前这发自肺腑的十六字，我的记忆仿佛在刹那间倒回两年前与他新婚，两人无助地在新房相拥哭泣的凄凉情景。那个时候，日日恐惧，夜夜泣泪，无人可依，惟有我和他两个人……

"丽华，你当真不要我了吗？"他紧紧拥住我，声音暗哑。

原来……他还记得，还都记得。

两年前，当他彷徨悲哀地问我，能否嫁他为妻之时，我明知前方是个火坑，却毅然答应了他。可如今……那种感觉，却似乎成了我的负累，成了我的羁绊，也成了我心痛的源头。

泪水不自觉地湿了眼眶，没等眼泪滴下，我已撇开头，故作轻松地笑道："陛下是在笑话贱妾呢，贱妾如何敢不要陛下？"

我是妾！

我只是妾！

只是……只是他后宫的一个姬妾而已。

狠起心肠，我战栗着推开他的手。那个时候，敢于不要命也要嫁给他的阴丽华，已经不存在了，那个阴丽华是他的妻，是值得他珍惜呵护的妻子，现在这个……不过是大汉王朝建武帝西宫中的一名姬妾罢了。

"丽华……"他扳过我的肩膀，哑声，"你要什么？你想要什么？别这样对我，丽华……"

我低下头沉默。我想要的东西，刘秀无法懂，永远无法懂……我不属于这里，我无法真正融入这个社会，无法接受他贬妻为妾，左拥右抱。即使从理性角度出发能够体谅他的种种难处，可我无法在感情上做到从善如流。

我不是在跟他怄气，我其实……是在跟自己怄气。

早就很理智地看明白自己所处的环境，很理智的知道自己该做什么，不该做什么，却仍是无法控制自己的感情，爱上了他，无可救药……

真正令我痛恨的并不是他，而是我自己，充满矛盾却又别扭无奈的自己！

或许……我根本就不该留下……

"陛下……"沙哑着声音，我一字一顿地开口，心如刀绞，"如今陛下已尊天子之位，是否也是时候当犒赏功臣、分封诸侯了？"

刘秀愣了下，眼中的困惑一闪而过。我忽然发觉，他的情绪已经越来越容易被我捉摸到，换作从前，那样的喜怒哀乐，一并都隐藏在温柔的微笑下，无法窥得一二。

"如果这是你想要的……"他柔柔地眯起眉眼，一如以往地淡笑，温柔的气息能将人生生溺毙。

如我所愿吗？

我低垂下眼睑，生怕被他看穿我内心深处的懦弱。

秀儿，分封吧！以你一介天子之身，去分封列侯吧！

刘秀当为帝——如果当初蔡少公所断的谶语，真有如此灵验，那么就请让我也为自己自私一回吧。

我累了，真的累了……

原谅我，不愿再守在你身边陪你渡过今后的种种难关了。因为，再留在这里，留在你的身边，对我而言，只是一种煎熬，一种痛彻心扉的折磨！

将恐将惧，惟予与汝。将安将乐，汝转弃予……

当美好的回忆不复从前，当悲哀已成定局，无法逆转，我选择……放弃。

建武二年正月十七，建武帝刘秀下诏："人情得足，苦于放纵，快须臾之欲，忘慎罚之义。惟诸将业远功大，诚欲传于无穷，宜如临深渊，如履薄冰，战战栗栗，日慎一日。其显效未酬，名籍未立者，大鸿胪趣上，朕将差而录之。"

刘秀称帝半年之后，终于分封列侯于有功者二十人，其中梁侯邓禹与广平侯吴汉的采邑均为四县。古来侯爵，采邑均不超过一百里，刘秀这种超高"薪资"的做法，令许多文臣担忧，博士丁恭提出异议，却被刘秀毅然驳回。

阴识于不久前受封为阴乡侯，在打破邓禹、吴汉的先例后，刘秀又提出要增加阴识的侯爵采邑，另嘉许其战功，提拔阴兴为黄门侍郎，守期门仆射，典将武骑。

"星陨凡尘，紫微横空……你在这世间找齐二十八人，封王拜侯……二十八宿归位之日，便是你归去之时……命由天定，事在人为！"

蔡少公当年所作谶语"刘秀当为帝"，石破天惊，一语中的。如果当真顺应他的谶语，那他告知我的所谓封王拜侯，二十八宿归位之说也并非是当真不可能实现的梦想。

我让刘秀封侯，一面细数那些侯爵的名单，一面却又不禁忐忑。蔡少公的谶语不知道与我背上莫名其妙出现的星宿图有无直接联系，如果有，那……背上的图已经被我毁去，是否意味着，也许即使封了列侯，我找到了二十八宿，也没法再回去？

我不敢胡思乱想，哪怕只有百分之一的希望，我都期冀着上天能够垂怜，再次引发神迹。

"贵人，阴乡侯求见。"琥珀怯怯地频频倚门回顾。

我闻言一愣："大哥？"话音未落，门外闪入一道颀长身影，阴识头戴远游冠，身穿玄端素裳，衣袂飘飘地大步走来。

打从入宫以来，我还是第一次在宫里见到阴识，想到阴兴所透露的弦外之音，阴识一般不会主动与我见面，他若进宫，必然是发生了什么大事，我心头猛然一紧："大……"

眼瞅着阴识迎面走来，他却并未到我跟前，突然折向正殿回廊，跪叩："臣识，拜见陛下。"

我吃了一惊，刘秀居然在这儿！我以为他还未退朝，根本未曾留意他什么时候竟已经回来了。

刘秀含笑虚扶："阴乡侯不必拘礼，这里是你妹妹居住的寝宫，并非在却非殿朝堂之上。"

阴识表情严肃，直挺挺地长跪在地："天下初定，将帅有功者众多，臣托属掖庭，乃属国戚，若是再增爵邑，不可以示天下。"

刘秀笑容不变，目光无意似地掠向我，我蹙着眉头不吱声，只是一瞬不瞬地望着姿态卑躬屈膝、言语诚惶诚恐的阴识。

"阴乡侯多虑了。"

"赵国公孙龙曾对平原君赵胜言，亲戚受赏，则国人计功也。若陛下看在贵人面上格外赏赐臣，臣惶恐，愧不敢当，还请陛下收回成命。"

无论刘秀怎么劝说，阴识只是跪地不起，叩首一再恳请刘秀收回对他的厚赏。刘秀最后只得无奈地向我求助："丽华来劝劝你兄长吧。"

阴识表现出的那种谦卑让我的心格外刺痛，他在刘秀面前刻意保持的态度让我无法接受。这个人，还是平时那个睿智凛冽、优雅如风的阴家大公子吗？难道刘秀一朝为帝，就连这样清高孤傲的人也无法再和以前一样，保持一颗平静的心了吗？

帝王，天子……万人景仰，至高无上！

"哥……"我低低地喊，带着一腔不甘的愤懑与傲气。阴识这般奴性十足的做作姿态，让我实在不敢苟同。不管刘秀是不是皇帝，如果非要逼得我从心底也这般对待他高高在上、凌驾众人的帝王身份，不如让我去死。"大哥，起来吧。"

我尽量放柔声音，保持微笑地俯下身去扶阴识，双手拽起他的胳膊，看似不怎么着力，实际上我却使了极大的力气，倔强地想把他从地上拖起来。然而，阴识身子微微晃动，竟反将身子使劲往下沉，丝毫不理会我的隐怒。

"请陛下三思，收回成命。"

我气恼得恨不能把他拖起来打一架，刘秀什么时候变得让他这么尊敬和害怕了？难道仅仅是因为他当了皇帝？

我正要开口，阴识倏地抬高下颌，正俯身半蹲的我恰好接收到那抹凌厉如刀的目光，那丝充满警告意味的眼神，在那一瞬间震慑住我，竟让我失神地把想说的话忘了个精光。

"既如此……朕便先允了阴乡侯，你还是先起来吧，免得丽华难做。"

刘秀终于被迫松口，阴识继续叩首："多谢陛下。"

刘秀冲我哂然一笑，笑容满是无奈，等阴识起身，他正待再说些什么，阳夏侯冯异突然匆匆赶来，一番见礼之后，没等我弄明白怎么回事，刘秀便跟着他走了，剩下我和阴识两个在西宫正殿门口凭栏远眺。

望着匆匆远去的人影，我终于忍不住抱怨："难道他真有那么可怕，值得你如此畏惧？"

阴识不答反问，语气冰冷："难道他不值得我畏惧？"

我气噎："他是刘秀，那个会种田会卖谷的刘文叔，你别总把他想成是恐怖至极的危险人物。"

"是么？"仍是不阴不阳的语气，面寒如水，他嘴角噙着一抹极具嘲弄的冷笑，"你的聪明才智，碰上了一个刘文叔，果然便全部化为乌有。"

我被狠狠碰了个钉子，虽然阴识给我的感觉一向亲疏难定，却从不会像阴兴那样对我冷嘲热讽。今天的阴识，在我眼中，已经不仅仅只是怪异可以定论了。那个瞬间，脑子突然滑过一道警觉，我生硬地问："出了什么事？"

阴识转过身，目光清澈地看着我，眼中终于露出一丝赞许，但随即他的眉心紧紧蹙了起来，那双眸瞳中倒映的尽是浓郁的忧色。

"丽华啊……在我看来，过去的刘文叔虽然城府颇深，到底不过是个一无所有的凡夫俗子，这样的人不论怎样厉害，我都不会将他放置于心。然而今时不同往日，今日若仍是把他当成以前的刘文叔一样对待，必会狠狠地栽个大跟头，甚至……死无葬身之地。"

我打了个冷颤，他的话说得有板有眼，丝毫不像是在危言耸听，我心里的不祥预感逐渐扩大，心湖泛起点点涟漪。

"大哥……"

"刘扬这回，必死无疑！"眸沉似星，阴识的话犹如一柄锋锐的利刃，瞬间锋芒万丈地切开一道血口子。

隔了许久，我才惊觉这道血口所带来的疼痛，震得我胸口沉闷，如压大石："真定王……刘扬？"

"这事做得极为隐秘，陛下先遣骑都尉陈副、游击将军邓隆前往真定，奉诏召刘扬进京，刘扬倒也是个精明人，居然警觉地关闭城门不让他们入城。只是这一招固然好，却显然落了下乘，无故抗诏，仅是这项罪名便已不小，更何论其他？"

"你的意思……陛下……派人去杀他？这……这怎么可能？且不说对方是拥兵十余万的真定王，除去兵力，尚有姻亲在，他、他可还是郭贵人的舅舅。"

他冷笑："正因为是贵人之舅，哼，外戚之家……前朝的吕雉、霍成君，活生生的前车之鉴摆在那里，陛下若是个明智之人，必然会对外戚势力有所约束，绝不容枕畔卧虎为患。这次是刘扬，难保下次不会轮到咱们家。"

我全身血液都快被冻得冰柱，阴识的话字字犀利，句句切中要害，我趔趄地倒跌一步，大口大口地深呼吸。

"那……我该怎么做？怎么做才能不连累到阴家？"我无助地看着他。

阴家的后台拥有一张强大到无与伦比的信息情报网，若有朝一日刘秀察觉到了这个情报网的存在，且意识到这个情报网会对他，对整个国家产生何等巨大的威胁，那对阴家而言，必将引来一场灭顶之灾。只要一想到未来这种灾难发生的几率有多高，我便不寒而栗，焦急中我带着哭腔嘶喊，"带我走吧，我不要再待在这里了。大哥……带我走！"

"你舍得么？"

我咬着唇，用力点头。本来就没再打算留在刘秀身边，本来就已经做好心理准备，要割舍掉这份感情，回到属于我的世界中去，我已经硬起了心肠，如今为了阴家，我更不能，也不敢冒险再留在宫中。

"可是……"他的眼神放柔了，带着一种无奈的怜惜，缓缓地说，"太迟了。你好好想想他为什么要除掉刘扬。"

我如堕冰窖，接着他的问话木讷地重复了遍："为什么？"

"他要立你为后！你逃不掉了……他性子虽然柔和，面上丝毫不露声色，但心里一旦拿定了什么主意，那便是千阻万挠也无法抵挡他的步伐。性柔温厚之人，不等于说不会杀人，有时候为了达到某个重要性胜过自己的目的，会连本性都会狠心忽略，这样的感觉，你难道没有体会过吗？"

我如何会没有体会？为了刘秀，我甚至敢连命都不要，杀人算得什么？为了报仇，我手上沾染的无辜者的鲜血，绝对不会比任何人少。

但是……

"他杀刘扬……是为了我？"

他轻轻地笑，笑容看起来仿佛蒙上了一层薄纱，朦胧得让人看不真切："你想当皇后吗？丽华，你想当皇后吗？你的男人，正在为了能替你戴上那顶后冠，而大开杀戒……现在只要你想要，那个后位，已是探囊取物，唾手可得。"

我退后半步，早春的风刮在身上，仍是冷得出奇，犹如一柄尖锐的刀子，一刀刀地割着我的肉。

他却跟着跨前一步，步步进逼："真定王一除，郭家便只剩下个空壳子，满朝文武泰半出自南阳郡，即便是颍川郡、河北郡的大臣，也是和你一同经历过生死的旧识，若立你为后，汉国上下无有不应。不过你可要想清楚了，这顶后冠，戴上去容易，想再摘下来可就难了，你若没自信能稳稳掌控住陛下内敛深沉的心思，现今刘扬的下场难保不是日后的阴家……"

"大哥！"我厉声尖叫，打断他底下的话，心痛得声泪俱下，"为什么非得是我……为什么非要逼我活得那么累？大哥，你知不知道我现在活得很累？日日夜夜，总是在不停地顾忌这个，顾忌那个，算计这个，算计那个。为什么……为什么就不能像以前那样，自由自在，无忧无虑的……"

他叹气："因为你长大了，因为你当初选择了刘秀……大哥没办法将你庇护得像以前那样，大哥也希望你能过得开开心心，无忧无虑。你是我珍视的妹妹，但是你现在只能去依赖你的夫主，他才是你后半生的倚靠。"

"大哥……"我掩面而泣。

阴识救不了我，路是我选的，刘秀是我自己要嫁的，所以这一切的后果都得我自己扛着，我无法逃避，我也无法自私地一走了之。

祭　庙

阴识料得一点不差，真定王刘扬果然被诛。

刘扬奉诏不遵，将陈副、邓隆等人拒之城外，刘秀又改派前将军耿纯，持节北上，前往幽州、冀州，假慰问王侯之名，行密杀刘扬之实。耿纯到了真定后，入住传舍，邀请刘扬会面。他的母亲乃是真定刘氏宗室之女，与刘扬算起来也属远亲，他以亲友之名相邀，刘扬不疑有他，仗着自己兵力强大，欺耿纯人马少，且面上态度平和，瞧不出有何不妥，便带着弟弟临邑侯刘让及随从官吏们前往拜访。

刘扬也算是小心谨慎之辈了，他去见耿纯，留下自己的几个兄弟在门外严加把守，总以为这样便可万无一失，却不料耿纯先礼后兵，将他们兄弟几个都迎进传舍，一招请君入瓮，竟将刘扬等人当场格杀。随后耿纯集结兵马，率众冲出传舍，真定城震慑惊怖，竟没有一人来得及反应，稍加阻挡，任由耿纯等人扬长而逃。

已死的刘扬罪名是"假称病瘿，欲以惑众，且与绵曼县反贼私相勾结"，称其伪造谶语，"赤九之后，瘿扬为主。"有意图谋反取代建武帝之嫌。不过因为只有图谋之罪，没有实发之祸，建武帝念在主谋刘扬、刘让兄弟几人已被诛杀，便不再追究其亲眷族人的罪名，重新封刘扬之子刘得为真定王。

那个在刘秀落魄的时候，以姻亲手段强嫁外甥女，迫使刘秀做了他晚辈的真定王刘扬，就这么轻意地在建武帝的弹指间，灰飞烟灭。

不得不信，此时的刘秀，已经有足够的手段与魄力能将人的性命牢牢控于五指间，刘扬的死亡，连带着真定王势力的败落。继位后的刘得不敢再仗着外戚的名头肆意猖狂，对刘秀这位建武帝惟命是从，不敢再有丝毫拂逆之心。

也许刘扬的确是不太把刘秀放在眼里的，毕竟在他朝不保夕的狼狈时刻，刘扬以十万兵力相挟，逼得他以晚辈之姿娶了郭圣通。刘扬把刘秀看成是个乳臭未干的后生晚辈，一块乱世中的理想跳板，但刘秀称帝之后，真要刘扬屈居刘秀之下，他却又添了种种的不甘心，甚至不惜动了反叛自己称帝的念头，这些行为和心态其实都可以理解，但刘秀和刘扬的矛盾会在此时爆发出来，只因朝中有风声传出刘秀属意立我为后。

政治这玩意儿，说简单不简单，说复杂……其实看透了，也不过如此。

作为一个皇帝，刘秀杀伐决断，夺先机诛刘扬，并无过错。但若是因为我的缘故，造成他对郭氏外戚痛下杀手，拼命打压其嚣张气焰，却足以令我寝食难安。

杀刘扬，刘秀丝毫未曾顾忌郭圣通感受，若有朝一日，阴家隐藏的影士势力被曝光，刘秀又会怎么做？

帝王心术啊……君心难测！

那个勤于稼穑，精于买卖，重情重义的刘文叔，才是我所相知相熟的男人，而现在这个头戴旒冕、君临天下的建武帝，他将会如何施展他平乱、治国、定邦、安大卜的帝王心术，我却完全摸不到门径。

远在长安的邓禹，晋谒高皇帝刘邦的祭庙，然后收集了西汉十一位皇帝的神主牌位，派人送来雒阳。刘秀特选雒阳南郊，重建高皇帝祭庙，将神主牌位归位，联合献祭。又在祭庙西面，兴建祭祀土神与农神的祭坛，并建了座万神庙，共祭奉一千五百一十四位神仙。

刘秀在祭拜万神庙时，神情专注，眉宇间凝聚着沉重与正气，异常虔诚，让人不忍将他与雷厉风行的建武帝联系在一块。

虽然……建武帝也好，刘文叔也罢，本就是同一人。

如今仍只在建国之初，他手里仅仅控有河北、河内、河东、河南四地，西线的纷乱具备了长期性与复杂性，非短期内能收复，所以眼下重心只能放在关东地区，当初更始帝执意迁都长安，结果反而放弃了有利的据守地形。

雒阳作为建武政权的都城，同样也属于四战之地，若想要力求不败，保住京师，使军事前线转为战略后方，以目前局势，与占据关东地区的几个重兵势力的交战便在所难免。

这些地方势力中，占据梁地的刘永首当其冲。刘永为梁郡睢阳人氏，乃西汉梁孝王八世孙，他的父亲刘立在汉平帝时，因与外戚卫氏有牵连，被王莽杀害。更始政权建立后，刘永投靠了刘玄，刘玄封他为梁王，建都睢阳。更始政权在长安内乱，自相残杀之时，刘永趁机在自己的封国内起兵，并迅速招纳地方豪强，领兵攻下济阴、山阳、沛郡、楚郡、淮阳、汝南等地，占据二十八城，成为关东地区最具实力的武装势力。

去年十一月，刘永自称天子，他占据的地方主要在豫州、兖州一带，距离睢阳很近，对刘秀的政权威胁性极大。不仅如此，刘永还主动联络占据东海的董宪以及占据齐地的张步，分别任命这二人为翼汉大将军和辅汉大将军，借机与这些地方割据势力同气连枝，拉拢关系。

若要保全睢阳，首先第一步就要将这个刘永列为头号用兵对象。从阴识提供给我的情报，加上对天下局势的分析上看，刘秀的决策相当正确，就在不久前，他下令吴汉率王梁等九位大将，一起攻打魏郡、清河一带的檀乡农民军。两军在邺城东郊漳水畔交战，檀乡军大败，十余万人尽数投降。随后刘秀又命王梁与大将军杜茂，率军扫荡魏郡、清河、东郡等地方乱军势力的营垒寨堡。

"丽华！"

"嗯？"愣神的片刻，才惊觉原来自己竟又不由自主地想了那么多不该想的事。

"过几日我要离京去趟修武城。"我没应声，只是静静地看着他，他伸手过来，握住我的手，"和我一起去吧……"

我想了想，没表态答应，也没拒绝，只是很冷淡地反问："还有谁去？"

他笑了，眼角起了淡淡的笑纹，让我心中一动，突然那么强烈地感觉到，原来……岁月的沧桑竟也开始一点点爬上那张原本年轻儒雅的笑脸。

"大姐也去。"

"湖阳公主？"

"嗯。"

"还有呢？"

"还有？"他挑了挑剑眉，手指替我抿着鬓发，轻轻抚摸着我略显冰冷的脸颊，"伯姬成家了，要照顾妹夫和孩子，所以没法去。你要害怕一个人寂寞，我不在你身边的时候，你可以找大姐陪你。"

那样轻松自然的口吻，让我几乎遗忘了我们之间存在的那个隔阂，忘却了我们曾经失落的那段岁月，忘却他的另一个女人。时光仿佛又回到了两年前，新婚后的某个午后，暖融融的阳光照耀在我身上，他的手也是这么温柔地抚摸着我的脸颊，临出门前细细地叮嘱着，不断地提醒我该怎么打发枯燥的一天，耐心地等他回来。

那时候的我，眉飞色舞地享受着他给予的一切柔情，理所应当地认为作为他的妻子，他对我的宠溺和关心，就如同大哥对我的宠爱一样，是出于一种本能，习惯，自然。

嘴唇嚅动，我欲言又止，打量他极具杀伤力的笑容许久，我终于再次无奈地缴械妥协。

罢了，既然他刻意在我面前忽略某人，我又何必故意惺惺作态，时刻提醒他要注意另外一个女人的存在呢？

"我瞧你在宫里也实在闷得慌，不如……下个月把章儿、兴儿他们接来一起住？"

刘章与刘兴！心底的那片柔软净土突然被触及，我忍不住悠然向往，心头的抑郁之情也消散不少，语气轻快起来："几年不见，他们也该长大了吧？嗯，个子肯定长高了，如果习武，肌肉也会变得很结实，成为真正的男子汉……"

他掬起我的手，俯首在我手背上缠绵悱恻地印上一吻，沙哑的声音充满蛊惑力："丽华，你一定是个好母亲。"我猛地一战，第一反应就是想把手抽回来，可是他却紧紧握着不松手，"你喜欢孩子吗？"笑容如花般在他脸上绽放，纯真得像个孩子，仿佛我的沉默给予了他最大的鼓励和满足，"你会是全天下最好的母亲，聪慧，善良，仁爱，母仪——天下。"

第二章
执手飘零漫羽霞

宋 弘

建武二年二月十六，建武帝刘秀车驾移往修武。名为公干，我却有些明白他更多的原因是想避开些什么。据闻自刘扬死后，郭贵人躲在寝宫日日感伤，夜夜惊泣，大皇子刘彊因为母亲的反常，无法得到妥帖完善的照顾，开始小病小痛不断。虽然也有遣派太医诊治，但郭贵人在私底下却仍是时常派人来哭求刘秀前往探视。

我也是女人，面对这样的情况，虽然她是我的情敌，却也不可能做到完全铁石心肠。甚至有几次，我建议刘秀去她宫中探望，并非完全是口是心非的在故意说反话刺激他，而是真的有些心软，可怜那对母子的处境。

一夕之间，要面对自己的夫主杀死自己亲人的残酷事实，将心比心，换作是我，不说跟刘秀操刀子拼命，但至少肯定会被伤得体无完肤，然后心灰意冷地与他彻底决裂。

然而处在日前我和刘秀两人关系微妙、暧昧不清的情况下，我越是积极劝说他往郭贵人那里多走动，他反而越加怯步。这种微妙情绪，只有我和他两个才心知肚明，落在旁人眼中，听到了一丝半点的传闻，从宫内逐步渲染开去，反倒变成西宫阴贵人贤淑仁德、堪为母仪楷模之类的赞誉。

这些令人啼笑皆非的谬赞，最后夸得我这个脸皮厚比城墙砖的始作俑者也终于不敢再领受下去，在这种情况下，刘秀再次提议一同前往修武，我二话没说，拉了他就跑。

虽然人是跑到了修武，然而平时的政务却一点都不能够落下。建国之初，建武政权，天子以下，百官之首，国内最高权位的三公人选，分别是大司马吴汉、大司徒邓禹、大司空王梁。

大司马由西汉的太尉、将军更名演变而来，被授予金印紫绶，掌管兵马之事，属于职位最高的武官；大司徒由西汉的丞相、相国更名演变而来，亦是金印紫绶，全面主持国家大政；大司空由西汉副宰相、御史大夫演变而来，掌管水土营造之事，兼有监察之职，秩俸与大司马、大司徒相同。西汉时御史大夫原为银印青绶，而今的大司空已改为金印紫绶，地位比之西汉有了明显提高。

三公设立之时，因邓禹长年领兵在外，无法兼顾国内政务，大司徒之职便一直由伏湛代理，主持朝政。

这三个人，在朝中权力相当，职能互不干涉，却又互相牵制。

王梁、吴汉二人原是渔阳太守彭宠的部下，刘秀北上落难之时，幸得渔阳太守彭宠与上谷太守耿况联合拥兵相护，此二郡太守在危急时刻伸出援手，其恩情比之开出附加条件的刘扬更让人感恩念情。

然而不知为何，刘秀似乎对彭宠怀有某种成见。彭宠的手下吴汉与王梁，位居三公之列，他以前的护军都尉盖延也受到重用，刘秀犒赏了一大批有功之臣，对彭宠却只是爵秩封侯，赐号大将军。

阴识曾为此提醒我要多加留意彭宠的情绪，说彭宠有可能因此对刘秀心怀不满。经阴识提醒后，我果然发觉与彭宠素来不合的幽州牧朱浮时常会在刘秀面前打小报告，密报彭宠聚兵，意图谋反。这小报告打得有理有据，不由得人不信。刘秀将信将疑，便故意将朱浮的密奏泄露给彭宠知晓，以此来试探彭宠的心意。

彭宠到底会有何答复还未可知，然而曾经是他手下的两位大汉重臣——王梁与吴汉却在征讨檀乡变民时发生争执。

在他二人共同领兵征讨檀乡变民时，刘秀曾下令，军中一切指挥听从吴汉决定，然而王梁未经吴汉同意，私自征调野王兵力，

刘秀得知后，怒叱其擅作主张的行为，饬令他停在原地，不许再前进。结果王梁置之不理，仍然带兵进击，终于惹得好脾气的刘秀动了肝火，派尚书

宗广持节前往军中斩杀王梁。

不知为何，一说起要斩杀王梁，我心头便有种不祥的异样感觉隐隐牵扯。宗广临去那日，正是我们准备离宫出城之时，借着宫门口的那通乱，我趁机挤到宗广跟前，细细叮嘱了番。宗广对我的嘱咐虽有诧异，却还是称诺离去。

王梁获罪，他的大司空之位便空了下来，该换谁继任便成了个当下得解决的大事。皇帝不在京都，京中要事，朝内政务全靠大司徒伏湛一人主持，这个时候，作为有监察之能的大司空便断然不可缺人。

"方才与宗尚书都说什么了？"与我同车的刘黄慢条斯理地问着，状若无心的表情下隐藏着一丝窃笑。

"公主何必笑话阴姬？"我抿着唇，轻笑，"陛下宅心仁厚，如今下令斩杀王梁，不过是一时气话，若是真杀了功臣，怕还不得激起朝中某些大臣不满？届时，陛下亦会后悔不迭。"

"你很了解他。"她拍着我的手背，既感欣慰，又带隐忧地说，"但到底不比从前了，他如今是天下之主，你若总是这样自作主张，只怕……"

"诺。"我垂下眼睑，心头黯然，"这点分寸，阴姬还是懂得的。"

"你能懂就好。"车内沉寂下来，我俩各自想着心事，过了许久，她倏地喟叹，"你说，这大司空之位，陛下会任命谁代替王梁？"

我猛地一愣，刘黄受封湖阳公主以来，虽然偶尔风评传闻她恃宠而骄，那副翻身农奴把歌唱的公主脾气大有水涨船高的趋势，但却从未听说她曾有插手朝政之举。一个从不过问朝政的公主，突然对三公官位的任命感兴趣，不是非常奇怪的一件事吗？

我警觉地沉住气，不动声色地回答："陛下从不对阴姬提这些，公主若有合适人选，不妨亲自向陛下举荐。"

刘黄赧颜一笑："我能有什么人……"顿了顿，语气一转，贴近我小声问，"你觉得宋弘如何？"

"宋弘？"我只觉得名字耳熟，一时没反应过来，却惊异地发觉刘黄双靥绯红，眸光熠熠，心里猛地一惊，"宋弘——太中大夫京兆宋弘？！"

"你觉得他……怎样？"

我心里的警报线差点飙到爆，刘黄现在这副表情怎么看都让人觉得古怪可疑。她说的这个宋弘，我虽然没有见过其人，却对他的大名早有耳闻。

前阵子宋弘推荐了沛国的一个叫桓谭的进宫担任议郎，兼给事中的官职。这原不是什么大事，我却对这个桓谭印象极深，因为他为人风趣，学识渊博，且精通音律，弹得一手好琴，就连冯异也曾对他的琴艺表示赞许。

我对音律一窍不通，幼时阴识逼我练琴，自始至终我都没能学出个名堂，弹奏不出一段像样的曲子来。但是郭圣通却是个行家，她爱好音律，时常请桓谭在宫中弹奏，靡靡之音传遍后宫，这在我看来其实不算是件坏事。她心情不好，找个喜欢的东西分散下注意力也不错，且孕期做点胎教，亦是无可厚非。

然而这事最后却被宋弘知晓，宋弘认为他之所以举荐桓谭入宫为官，看中的是他的做官才能，而非是以靡靡之音魅主，为此他逮到桓谭一顿好批，吓得桓谭见到他跟老鼠见猫似的。不仅如此，此人还敢当面指责刘秀不该安于后宫享逸，整日沉浸在郑曲之中。

由此可见，宋弘秉性刚直，勇于直谏，若是举荐此人为大司空，监察官吏，倒也是极为合适。而我所惊异的并非推举候选人的问题，而是刘黄暧昧的态度。

眼前这个欲语还休的刘黄，分明便是一副女儿家爱在心口难开的娇羞姿态。

糟　糠

二月十九，刘秀任命太中大夫京兆宋弘担任大司空一职。

宋弘赶来修武谢恩时，我特意躲在屏风之后，悄悄打量了眼这位能得刘黄青睐的男人。一看之下，果然名不虚传，宋弘相貌堂堂，一表人才，更难得的是他在晋见刘秀时也能保持一股凛然正气，并不因为高升而感到激动，也不因为见驾而临阶失态，从头至尾，他都与刘秀有问有答，不卑不亢。

我对宋弘的好感猛增，刘黄先夫胡珍在小长安一役中不幸亡故后，她便一直寡居在家，到如今已是三年有余。刘秀也曾有意替这位大姐另觅佳婿，可一来战乱分离，应顾不暇，二来刘黄和胡珍的夫妻之情颇深，也担心她对别的男人不感兴趣。

如果刘黄当真对宋弘有意……

"你觉得宋弘为人如何？"等到宋弘退下，刘秀看着远去的背影，忽然问道。

四下无人，除了随侍宫人黄门外，只有躲在屏风之后的我，我叹了口气，知道自己的小动作瞒不过刘秀，唯有老老实实地答道："陛下慧眼独具。"

刘秀并不回头，坐在榻上，若有所思："打我记事起，大姐便一直代母操持家务，养育弟妹，向来只求付出，未曾索要回报。这一回，是她第一次表露她的心意，如果你是我，该怎么做？"

隔着屏风，虽然看不到他脸上的表情，我却能听出他言语中的无奈。刘黄的年纪已经不小了，宋弘亦是，两个人无论从年纪、相貌、才气、人品，身份，哪一方面做比较，都是绝配的一对璧人。然而……

"宋弘家中可有妻室？"这是个十分明了的答案，以宋弘的年纪，不可能没有娶妻生子。刘黄相中宋弘，要嫁宋弘原也不是难事，难的是以她贵为湖阳公主的身份，如何可能会甘心屈于宋弘的妾室？

别说刘黄不会甘心，就算是她肯，刘秀也不肯。更何况，自古没有公主下嫁做妾的道理。

刘秀不吱声，我也能猜到答案，不禁嘲讽地说："这有何难，陛下大可让宋弘贬妻为妾！"

他突然从榻上起身，从屏风的间隙看去，隐约可见他呆呆地站在原地默不作声，我心中伤感不减，那种压抑许久的悲痛重新被勾了起来，令我口不择言："有道是，'贵易交，富易妻'，此乃人之常情。男人么……不都是如此而为？陛下与他动之以情，晓之以理，将心比心，君臣之间彼此推心置腹……"

"哗啦！"房里突然响起陶器碎裂的声音，打断了我的话，我从屏风后疾步抢出，却只瞥见刘秀踉踉跄跄奔出大门的一个背影。

室内寂静如夜，黄门与宫女吓得噤若寒蝉，跪伏于地。我追出两步后停在原地，大感悲凉怅然，既想恸哭又想大笑。这样的伤人伤己，只怕要折磨我一辈子，也折磨他一辈子。放不下，却又逃不开，到底何时才能解脱？何时才能让我回到未来，回到起点，回到……那个不会让我伤心的地方。

原以为这件事在刘秀的主持下，自然会有一个如刘黄所愿的圆满结果，可是过了许多天也没见刘秀再提起让宋弘迎娶刘黄。刘黄似乎也有所觉，却碍于面子，不大好时常追问弟弟，于是便天天到我的住处，缠着我闲聊，消磨时间。

她能聊的话题，不外乎是公主府中的鸡毛蒜皮，除此之外便是当年在蔡阳一个人如何带着三个侄儿过活，仍然是鸡毛蒜皮，琐碎不断。但是和前者相比，我宁可听刘章、刘兴的趣事，也好过听那些奴仆不听话，封邑不够养足够多的下人之类的无聊抱怨。

这一日，我正一如往常地饱受刘黄的唠叨摧残，刘秀突然派人来将我俩请去，到了堂上一看却没见一个人影。

领我们来的人把我俩安置在屏风之后，没等我们闹明白怎么回事，便又急匆匆地退下。过了没多久，听堂下有轻微的笑声传来，我一愣，扭头去瞧刘黄，她先是错愕，须臾霞飞满面。

进得堂来的两人不是旁人，正是刘秀与宋弘。两人按主次君臣之席坐下，就一些政务讨论了一番。前阵子渔阳太守彭宠与幽州牧朱浮之间的钩心斗角，已经由背后捅刀打小报告上升为白热化的争执，刘秀为此大为头痛，便诏令彭宠入京。这一次，彭宠上书请求与朱浮一同入京面君对质。

"不准。"

"诺。"宋弘并无异议，于是接着奏禀下一件事，"尚书宗广持节斩杀王梁，未曾遵诏办理。宗广未在军中奉诏立斩王梁，而是将其抓获，槛车押送至雒阳。王梁违抗旨意获罪，然宗广此举亦有违旨意，臣不敢自作主张，望请陛下裁决。"

我心里一凛，却又不敢贸然出声。刘秀沉默片刻，忽而笑道："既如此，赦免王梁之罪，贬他为中郎将，去北方镇守箕关。"

"诺。"

我长长地松了口气，看来拿捏的分寸还是恰到火候的，刘秀并未因此而动怒，反而宽仁地赦免了王梁，且并未追究宗广的自作主张。

"朕近日听闻一谚言，'贵易交，富易妻'，跟朕提及之人称此乃人之常情，卿以为如何？"

谁也意料不到，正在谈论公务的刘秀会突然插进这么尴尬的话题，刘黄满面通红，我的一颗心也跟着提到了嗓子眼。

堂上窸窸窣窣衣袂声响，却是宋弘恭恭敬敬地叩首拜道："臣只听说，贫贱之知不可忘，糟糠之妻不下堂！"

我挺身直立长跪，刘黄面色倏然大变，良久，那双透露着羞愤之色的眸瞳微微一红，泪水顺着脸颊悄然滑落。她不愿让我见其狼狈尴尬之相，于是以袖掩面，虽然无声，却能清楚地看到她的双肩剧烈战栗。

贫贱之知不可忘，糟糠之妻不下堂！

好个有情有义的宋弘！

这世上有这等思想的男子本已属稀有，而面对皇帝很明显的说媒行为，胆敢当面拒绝的人，更是绝无仅有。这已经不仅仅是情义的问题，还事关他的前途、性命。

我忍不住欷歔，心里说不出的酸涩。

等宋弘退下，刘秀绕到屏风后，轻叹："大姐，小弟无能，这事……"

刘黄摇头，泣不成声："不关你的事，不关你的事……"边说边起身，掩面奔出。

我呆呆地望着刘黄远去的身影，木讷地问："你打算如何处置？"

刘秀不答。

"杀了他，他也不会休妻娶公主。"我冷冷地说。

他好像完全没听见我在说什么，突然伸手将我圈进怀里："你要到什么时候才能明白呢？"

我感到一阵恍惚，他的话，意味深长，我不是真的一点都不懂，只是，有时候想得太深刻，反而会害怕。

"陛下……"

"糟糠妻……不下堂！不下堂……"他把我紧紧抱在怀里，反反复复地呢喃着同一句话，那样的哀伤，那样的凄惶，那样的无奈。

糟糠之妻不下堂！

也许，他早就明了宋弘的心意，今天不过是借着宋弘之口，拒绝刘黄的同时，也向我表明了他的心意。

是这样吗？

秀儿，你也是……爱我的，是么？

是么？

爱我，如同我爱你一样！

国 情

渔阳太守彭宠奉诏不遵，迟迟未见其动身进京面圣，刘秀遂派其堂弟前往渔阳去催，孰料彭宠扣下堂弟，突然起兵叛变，率军两万余人，攻打朱浮所在的蓟城，同时还分兵进攻广阳、上谷、右北平三郡。

彭宠又接连派出使节前往上谷，试图游说上谷太守耿况一同叛变，幸而耿况立场坚定，没跟他一块儿搅和，要不然集结上谷、渔阳两大兵力，北上压力暴增，则雒阳势危。

与此同时，被刘玄赦封为汉中王的刘嘉，其部下延岑也突然反叛。刘嘉不敌，仓促间突围逃走。之后刘嘉重整兵力，与延岑展开拉锯战。两边人马打得热火朝天之际，在巴蜀之地称帝的成家国皇帝公孙述，乘南郑空虚，来了个渔翁得利。

原本已经定下目标准备打开东线战场的刘秀，被这样东南西北蹿出来的一场又一场叛乱，彻底打乱了原有的计划和部署。

数日之后，刘秀终于不得不带着人马从修武匆匆返回雒阳南宫，重新登上了却非殿，直接坐镇，全面操控这些烦乱的大小战局。

刘秀的疲惫我看在眼里，这个时候如果不想步更始帝刘玄的后尘，便不能停止扩张战果的步伐，这便如同逆水行舟的道理一样。这个时候的刘秀忙得连合眼的时间都不曾有，整日为国事忧心，不仅战事吃紧，由于战乱，经济民生也成了大问题，无数百姓死于战乱与饥饿，许多地方，包括长安都出现了人吃人的惨状。据官吏统计呈报，西汉平帝时全国人口约近六千万，如今已锐减至预估的一千余万。

田畴未得垦辟，禾稼难得收入，有限的农功和物资都耗损在了战争的征用上。战争波及之处，城邑化为丘墟，村落变为荒野，甚至有些地方百里绝迹，空无人烟。

国库的紧张造成了当前的国情，刘秀虽分封列侯，然而真正能享受到食邑的诸侯，却少之又少。为此，刘秀虽贵为天子，然而日常开销，均提倡节俭，一如从前。

皇帝既如此，后宫也当效仿，不可例外。

刘秀所设后宫五等级中，就连有爵秩的皇后与贵人尊位，年俸也仅仅不过数十斛，大抵就是管饭、管饱、少薪，余下的后三等甚至连基本工资都没有，仅仅管饭，保证不挨饿。

如今在掖庭之内，有名分的姬妾虽然只有我和郭圣通两名贵人，但刘秀的态度已经摆得十分明显，差别就在于少一个皇后册封大典而已。其实刘秀一直在等我点头答允，封后大典也已经着人在准备，我却因为各种说不清道不明的顾忌，迟迟未有明确表态。

但即便如此，掖庭的日用开销，琐碎事务，宫人们皆会默契地递交到我手里，听凭我全权处理。

郭圣通每日晨起都会到我寝宫来问安，别说我现在还不是皇后，就算是，她老挺着一个大肚子在我眼前晃悠，时不时地还让下人把刘彊抱来一块儿给我磕头，仅这份刺激便已经够我承受不起了。

我以她身子不方便为由，婉拒她的来访，让她安心在宫里安胎。这段时间她憔悴了许多，作为孕妇，身材没有比以前增肥，反倒更显骨感，好在太医诊治回禀，告知胎相甚稳，无需担心。

娇小瘦弱的郭圣通看起来，更像一朵稚嫩的雏菊，战巍巍地开在这个春寒料峭的时节，楚楚中带着一种惹人怜惜的韧劲。

面对她的凄苦，琥珀常在背地里显出一副幸灾乐祸的神气。我了解她的高兴从何而来，然而我却从不敢因此小觑了郭圣通，无论是在她得意之日，还是眼下的失宠之时。

在我的意识中，自我踏进宫门的那一刻起，这个似乎祥和的后宫已经变得不再简单。这不仅仅是因为我在长乐宫时所受的熏陶，使我潜移默化地有了这样的警觉，更是因为我进宫前一日收到的那一份大礼。

正是那份堆得满屋，令刘黄、刘伯姬姐妹欢喜得忘乎所以的贵重大礼，让我清醒地意识到，一入宫门深似海、步步为营的道理。

送礼之人的用意以及目的是为了什么？是想奉承讨好，还是想借机炫耀？如果仅仅是这两种可能，那都算不得什么，我顾忌的是第三种可能。而这种可能的可行性却相当高，如果……我不是足够地了解刘秀的为人品行，如果我不是刘秀的糟糠之妻，相交多年，如果不是深知国情之艰难，战势之险峻……那么，面对着这个第三种可能，也许我会和刘黄姐妹一样，无知无觉地忽略。

无法忘记，也不敢忘记阴兴对我的警告，无论郭圣通此刻看起来是多么地无辜无害，我都不敢掉以轻心，放松警惕。一个稚弱的郭圣通也许不足为惧，但真正可惧的是她背后始终存在的一位郭主，一个随时可能死灰复燃的郭氏外戚。

就如同我不是代表着我一个人，我背后还牵连着上千口的阴氏家族。

三月大赦，刘秀召开军事会议。

秀汉王朝虽立，更始政权虽亡，但一些玄汉朝的将领，仍遍布南方要地，保持观望独立状态。于是，执金吾贾复请命收复郾城，刘秀恩准，且命大司马吴汉收复宛城。

夏四月，虎牙大将军盖延、驸马都尉马武等四位将军攻打刘永，大破刘永军队，将他困在了睢阳。然而曾随朱鲔一起归降刘秀的玄汉朝旧将苏茂，却在这个节骨眼上叛变，击斩新上任的淮阳太守潘蹇，占领广乐，向刘永称臣。刘永遂任命苏茂为大司马，封淮阳王。

吴汉收复宛城，更始帝救封的宛王刘赐，带领家眷至雒阳归降刘秀。令我感到意外的是，刘赐带来的这批家眷中，竟然有刘玄遗孀赵姬，以及他的三个儿子——刘求、刘歆、刘鲤。

当初刘玄被杀，恰是我离开长安之际，听闻身亡的消息后，我曾叮嘱尉迟峻暗中妥善安置刘玄妻儿，把他们送到安全地带。这之后我忙于为己事忧伤，也忘了再关注这件事。

以刘赐与刘玄的交情，托孤于他，果然是最好的归处。

刘秀感念刘赐当年保举北上持节之恩，救封他为慎侯。

早在刘赐到雒阳之前，刘秀的叔父刘良、从叔刘歆、族兄刘祉等人，已闻讯相继从长安赶到雒阳。四月初二，刘秀救封刘良为广阳王，刘祉为城阳王。不仅如此，刘秀还将刘縯的长子、次子接至雒阳，封刘章为太原王，刘兴为鲁王。

一时间，亲人相聚，其乐融融。我对刘氏宗亲其实并无太多好感，只要一想到当年刘縯身故，这群人为了明哲保身，撇清关系，一个个都与刘秀保持疏离的关系，甚至连我俩的婚宴都未敢来参加，便无法对他们产生太深厚的感情。

刘章、刘兴两个孩子，已经不复当年的顽皮淘气，刘黄将他两兄弟教导得甚好，进退分寸，恭谨有礼，让人不敢相信他们都还只是未成人的孩子。

看着他们，令我想到了刘鲤，于是按捺不住思念之情，便央求刘秀宣刘求三兄弟入宫一叙。刘秀并未多问原由，宣召掖庭之后，将他们三人分别封为襄邑侯、谷孰侯、寿光侯。

这之后没多久，更始政权的邓王王常归降，刘秀与之相见后，极为欣喜，官封左曹，爵秩山桑侯。

王常与我亦是旧识，刘秀设宴接风之时命我陪席，席间笑谈幼时绑架勒索之事，王常不由困窘讪笑，连连与我稽首致歉。我面上笑着回应，伸手虚扶阻挡，客套地请他免礼起身，心里却感慨万千。

斯人已逝,往事不可追，他若知成丹之死实与我有推脱不了的干系，此时又会作何感想？只怕食不下咽，连这顿饭都没法再吃得安心了。

越是这么反复思量，越觉得心里难受，那种憋在心里、却无法讲出来与人知晓的抑郁，令人有种发狂般的烦躁。宴中，我借口更衣退了出来，殿外月色暗沉，愈发教人情绪低落。

绕过复道准备回西宫时，忽听一隅传来一缕篪声，似有似无，缥缈得仿佛只是我偶然的幻听。我驻足聆听，篪声婉约悠扬，似亲人私语，似情人爱抚，款款情意，缠绵倾泻。

我倚在栏杆上，直到一曲吹罢，良久才回过神来，轻笑："大树将军的竖篪仍是吹得这般好。"

琥珀惊讶道："贵人指的可是阳夏侯？"

我笑着点头，听这篪声传的方向离此有些距离，应该是从宫外传来。我心里一酸，忽然感觉自己就像是只笼中鸟雀，从此与世相隔，宫外偌大的广袤天地再也不属于我。

"回去吧。"许是饮酒的关系，热辣辣的滚烫脸颊被吹一吹，有丝寒意袭身，脑壳隐隐作痛。

琥珀扶着我小心翼翼地往前走，路上怕我嫌无聊，便一路不停地与我唠嗑，扯些闲话。

"前几日，郭贵人又打发人送东西来了……"

"嗯。"

"奴婢按贵人的意思，都收下了。"

"嗯。"

"郭贵人宫里又新添了几名侍女，皆是此次采选入宫的……贵人你不是常对奴婢说，陛下要开源节流，掖庭之中无论品阶高低，皆不可奢靡浪费。但是你瞧，郭贵人不仅不遵办，反而还多往自己宫里置人，且挑的皆是上等之人。她若心里当真以你为尊，怎可抢在你之前挑人？"

我笑着拍了拍她挽在我胳膊上的手："她有孕在身，自然比咱们更需要人服侍照应，西宫添不添人的，我无所谓。宫外那么多女子流离失所，三餐无继，宫里人少，我之所以允许增加采选，为的也不过多给一口饭吃，多活一人罢了。说到底，也不过杯水车薪。"见琥珀撅着嘴，仍有愤懑之意，不由笑道，"难道你要我多选有姿之女，添置宫中，等着陛下临幸，与我分宠不成？"

这原是句戏谑的玩笑话，说出来的时候我也没怎么细细掂量，完全没有经过大脑思考。可等话说出口，我却猛地感觉到心口一阵尖锐的刺痛，那种似玩笑非玩笑的痛楚与悲哀，浓浓地包裹住了我，再一次无可逃避地提醒着我，刘秀乃是一国之君，对整个掖庭的女子，享有着任取任舍的专属权。

许 氏

阴识随着贾复、刘植等人领兵南击郾城，据闻已迫使更始帝救封的郾王尹遵投降，颍川郡逐步重回建武汉朝掌控。

阴识不在身边，令我有种失去臂膀的惶然，幸而阴兴官封黄门侍郎，守期门仆射，平时出入掖庭的机会反而增多，碰上一些不是太紧急的信息传递，也无需再使用飞奴。

转眼到了五月，刘秀百忙之中，偶尔来后宫转悠，总会含蓄地提及立我为后的事情，我支吾着不答。然而立后之事属于国体，牵扯甚广，已非刘秀一人能控制。百官上疏，急切之心比皇帝更甚，无形中将立后之事推到了一个无法再拖延的境地。

郭圣通在这段时间深居简出，以安胎之名，躲在寝宫内几乎从未再露过面，无论立我为后的舆论宣扬得有多沸腾，在她那边，犹如一片宁静的死海，丝毫不起半点涟漪。

越是如此，我越觉心惊。

许是我太过以小人之心度君子之腹，但我就是无法安下心来，把她的沉默单纯地想象成认命。

我在长乐宫中见识到的一幕幕后宫之争，均与朝政息息相关，那些暗潮、汹涌、隐讳却又透着残酷。难道如今换成刘秀的南宫，从外到内，从内到外都已被改造成了一个充满和谐的新环境，所以这里不再存在士族利益驱动，不再存在权利纷争，不再存在政治矛盾？

难道当真是我神经过敏，搞得风声鹤唳，太过杞人忧天不成？

"贵人。"大清早，琥珀神色紧张地匆匆而至，附耳小声，"郭贵人一路哭哭啼啼地往西宫来了。"

我脊背一挺，露出一丝兴味："哦？"

话音未落，抽泣声已经打老远传来，我仰着脖子往门外张望了眼，沉声："让她进来。"

"诺。"

琥珀应声才要出去，我突然改了主意："慢！还是……我亲自去迎她。"

搁下笔墨，我敛衽整衣，慢吞吞地往殿外走去，快到门口时，我加快脚步，装出一副匆忙焦急之色："发生什么事了？"

门外的郭圣通容颜憔悴，妆未化，发未梳，小脸苍白，双目红肿，楚楚可怜。她身上衣着单薄，愈发显现骨架纤细，小腹隆耸。五月的天气虽透着暑热，可早晚仍是微凉，她一个孕妇，大老远地顶着朝露跑到我这里，又是战栗，又是落泪，那副凄楚模样，狠狠地撞击上我的心房。

那一刻，我险些把持不住，下意识地伸手扶她："你这是发生什么事了？"

郭圣通不待我伸手去扶，忽然双膝一软，跪下噎然："郭氏督管不力，特来请罪。"

这么突如其来的一跪，让我原本泛起迷糊的脑子猛地一凛，急忙招呼左右侍女拉她起来："郭贵人这是说哪里话，这般大礼谢罪，可将阴姬搞得诚惶诚恐了。"

郭圣通一脸尴尬，布满血丝的大眼睛里含着怯生生的泪意，羞涩地支支吾吾："的确是妾身的过失，陛下……陛下上月临幸……嗳，妾身有孕在身，不方便侍寝……所以……陛下幸了妾身宫中一名侍女，只是万万没想到居然……因此做下龙胎。这……这事……虽说不违礼制，但……事出仓促，终究是妾身督管不力，这事若早禀明姐姐，也至于落得现在这般尴尬。姐姐，你看……那许氏虽出身微寒，毕竟已有身孕，能否……先置她个名分？妾身年幼无知，不敢擅作主张，心中惶恐，唯有……赶来向姐姐请罪了。"

我脑子里呈现一片空白，双目失了焦距，唯见眼前那一点樱唇不住地开启闭合。

"姐姐恕罪，饶了许氏吧。"她一边落泪，一边哀恳地再次欲向我下跪，"她素来乖巧懂事，陛下……陛下也很喜欢她的……"

我退后一步，停顿了下，又是退后一步，仰头望天，天空碧蓝一片，万里无云，旭日初升，骄阳似火。然而我却一丝一毫的暖意都感觉不到，琥珀从身后悄悄扶住了我，我低下头，冲郭圣通笑了下："郭贵人言重了，这原是……喜事，何故自咎？"

"姐姐……"

"郭贵人也要多多保重自己的身子，还是赶紧回去歇着吧。琥珀，你亲自送郭贵人回去，好生安顿。郭贵人若有个闪失，我可如何向陛下交代？至于那位许氏……待陛下定夺吧。"我笑望着郭圣通，心里在滴血，面上却不得不笑若朝霞，"贵人莫急，你不也说了，陛下是喜欢她的，如今她又怀了子嗣。陛下自然不会亏待了她，贵人还有什么不放心的呢？"

郭圣通微微愣神，似乎听不懂我在说什么，困惑之色在她脸上一闪而过。须臾，她敛衽行礼："那……妾身先告退了。"

"郭贵人好走。"我笑着相送至殿门，眼睁睁地看着琥珀领着一干西宫侍女黄门送郭圣通走远，而后眼前一黑，扶着门柱的手缓缓垂下，瘫软的身子也逐渐滑到地上。

"贵人！"宫里的侍女吓得赶紧把我扶了起来。

一通忙乱，他们七手八脚地将我抬到了宫里，我呆呆地躺在床上，四肢无力，脑袋像是刚被一辆重型坦克碾过，思维彻底碎成齑粉。

也不知过了多久，房里响起一阵窸窣的细碎脚步声，我忍着头痛，闭着眼哑声问："见着了？"

室内静了下，隔了好一会儿，琥珀低低地应了声："嗯。"

"那么……是真的了？"我倏地睁大眼睛，顶上的承尘陡然间仿佛突然降低许多，罩在我头顶，压得我喘不过气来。

琥珀不吱声，过了片刻，突然抽抽噎噎地哭了起来。

"你哭什么？这有什么好哭的？"

"奴婢……心中惧怕……"她缓缓跪倒在我床头，掩面抽泣。

"你怕什么？"我明知故问。

"贵人，你若想哭便哭吧！"她突然放声号啕，"现在的贵人一点都不像以前在家时的姑娘了，以前姑娘生气了，想打便打，要砸便砸。奴婢虽然很怕姑娘发脾气，但……更怕看到现在这样的贵人。"

"你怕我？"我侧过头看她，她肩膀微微一缩，眼神闪躲地瞟向一旁，我冰冷地说，"我有什么反应，这没什么好奇怪的，值得奇怪的是你为什么要帮着别人瞒着我。"

琥珀猛地一战，脸色大变，面如土色，哆嗦道："贵人……"

"你不可能倒戈相害于我，但你分明却是有事隐瞒了我，究竟是为了什么呢？"我轻轻笑着，一滴泪珠慢慢自眼角渗出。

"贵人！"她咬着唇，突然重重地磕下头去，"贵人饶了胭脂吧。"

"嗯？"我未听明白。

"胭脂也是个苦命的人，当初她跟着贵人颠沛流离，九死一生，望贵人念在往日主仆一场的情分上，高抬贵手，别……别对她……她虽然人在郭贵人宫里，心里其实还是向着贵人你的。贵人……贵人……胭脂不是要与贵人争宠，真的……不敢动那心思……"

"胭脂？"我反问。

琥珀泪流满面。

"胭脂？"我从床上坐了起来，两眼直愣愣地盯着她，她瑟缩地退后，"胭脂……"

"姑娘——不要抛下奴婢——"

脑海里猛地响起一声尖厉的惨烈呼喊，我浑身一战，犹如被人劈面打了两耳光，火辣辣的刺痛。

"姑娘——不要抛下奴婢——不要抛下奴婢——不要——抛下……"

耳蜗内如雷声震动，我呆若木鸡地痴痴念道："胭脂……胭脂……"琥珀哭声响亮，我冲动地一把攥住她的手腕，目中充血，"许氏？"

她又惊又惧，哽咽着点了下头，我手指一松，颓然撒手。

怎么会是她？

怎么会是胭脂？

"姑娘——不要抛下奴婢——"

"姑娘——不要抛下奴婢——"

对不起，胭脂……我没办法带你走……

你服软屈降吧，以你的身份新军应该不会太为难你……

可是……兴儿，我不能不带他走，以刘缬的叛逆行为，那是满门抄斩的重罪，兴儿落在官兵手里，必死无疑……

"啊——"仰天嘶吼，满腔的悲愤最终激化成一声悲鸣长啸。我从床上跳起来，疯狂地砸着房间里的每一件摆设。

其他侍女闻声而至，纷纷惊恐万状，想阻挡却又不敢靠近我。琥珀伏在地上，哭得完全成了个泪人儿。

我只觉得满心的痛，满心的悲，满心的……创痕累累。

最终，房内的所有物件尽数被我砸光，面对着满室的狼藉，我赤着脚，气喘吁吁地站立在冰冷的地砖上，羞愤的眼泪无声地自脸颊滑落。

爱　恨

一身襦裙，宽松七分长裤打扮的我，不伦不类地走到他面前时，那支原本还在他唇边吹响的竖篷失手滑落，他惊愕得从树下冲了出来，一脸的不敢置信。

我瞪着虚肿酸涩的眼睛，似哭非笑地咧大嘴："大老远的听见有篷声，循声而至，果然是你。"

"你……"

"陪我去喝酒。"我抓起他的胳膊，反手将他从树荫下拖了出来。

他踉跄着跟了两步，突然定住脚步："阴贵人出宫，陛下可知晓？"

我冷笑："何需让他知晓？"

冯异面色肃然："贵人可是在说笑？"

"你觉得我是在说笑？"我不怒反笑，转身面对他，却在接触到那双忧郁感十足的眼眸时，难以自制地流下伤心的泪水。"我倒是……想把这一切看成是个大笑话，一个天大的笑话。哈哈……"

他怔怔地看着我，缄默不语。

天色逐渐暗下，按照律典，雒阳城内施行宵禁，晚上不许有任何人夜行。

"回去吧。"他轻叹。

我抽噎，泪如泉涌："每个人都这样……甚至大哥都是一语双关，明示加暗示地要我留下，想来朝中的那些大臣更希望见到我坐上皇后的位置。你们……每个人都只想着自己的利益，却不曾替我想过，我要那个皇后有什么用？如果坐在天子之位的人早已不是当年的刘文叔，我要这个皇后头衔又有什么用？"

"贵人！请冷静些……"

"我没法冷静！"我摔开他的手，厉声，"现在你只要给我一句话，陪还是不陪？别再说什么劝我回宫的废话，你再说一句，我立即与你割袍绝交！"

他微微蹙起眉，眸光转黯，深邃难懂，眉心间的阴郁之气愈发浓烈。

我凄然一笑，点头："好！我不难为你！我真傻，怎么忘了，你也早不是当年树下吹篪、逍遥洒脱的冯公孙了——你现在是阳夏侯！"

我绝望地转身。

蓦地，身后响起一声尖锐的呼哨。

我惊愕地扭头，却见树下冲出一匹脱缰的黑色骏马，飞快地奔向冯异。他站在原地未动，等到黑马从他身侧奔过时，右掌抓住马鬃，倏地腾身跃上马背。黑马驮着他马不停蹄地继续往前奔驰，电光石火般瞬间冲到我面前。

人马交错之际，他俯身搂住我的腰，将我抱上马背。我的泪痕未干，疾风打在脸上，刺得虚肿的眼睛火辣辣的痛。

潸然泪下，由无声的哭泣到最后的放声号啕，我紧紧抓着他的衣袂，犹如溺水的人抓到了最后的一块浮木。

出城的时候，北侧的夏门已经合上，守城的将士正准备下门闩，我把脸埋在冯异胸前，也听不清他与门吏说了什么，闭合的夏门重新开启，他带着我合骑飞奔出城。

从邙山山腰俯瞰雒阳城，星火点点，夜景仍是那般迷人。只是山上黉露浓重，每走一步，身上的衣衫便湿上一重。

"看样子一会儿要下雨。"他高举火把，笑吟吟地在前面领路，"还记得这里么？"

我点点头，三年前，他把我带到这里，对我说了许多语重心长的话，宛若兄长。我敬重他，不仅仅是因为他是刘秀手下的一员猛将，曾经救过我的性命。更主要的是，他是个体贴且又现实到极至的人物，他会在我彷徨的时候，当机立断地喝醒我。有些事情，我明明清楚答案，却没办法强迫自己接受现实，这个时候冯异便会适时出现，残酷而冷静地把我不愿面对的答案赤裸裸地摆放到我的面前。

对他，既敬重，又隐含痛恨。

因为，他就像是刘秀的另一个分身。他曾是他的主簿，等同于他的代言人，刘秀说不出口的东西，都会借着冯异之口，一五一十地说出来。

沉默着跟在他后面，凭借昔日的印象，一步步往山顶的那座草庐走去。

三年了，没想到草庐依旧，我有些讶然。山顶的晚风颇强，吹得衣袂飒飒作响，草庐前的冯异，跳跃的火光打在他的脸上，白皙的肌肤仿佛泛起一层透明之色，他的神情迷离，若有所思地侧首凝望山脚。

衣袂飘飘，态拟神仙，这一刻，冯异竟不像是世间之人，我仿佛又回到了昆阳初见他时的情景，那种惊艳而又不可猥亵的美，令人屏息。

"不必惊讶，我偶尔来此赏月，不然你以为这座破草庐如何能撑过这些岁月？"他洞察般地回眸一笑，轻轻推开木门。

草庐内的空气十分清新，且摆设如新，器具不染尘埃，显然有人时常来此清扫整理。向内走两步，果然不出所料的在案上找到几只陶罐，用力捧起，入手沉重，内里盛装的是酒水。

我一声不响地捧着陶罐，仰头牛饮，一口气灌下半罐子，感觉胃里撑得难受异常，眼泪竟然又不争气地滚落。

冯异坐到我的对面，先是不说话，眼看着我将一罐黍酒消灭干净，正要伸手去取第二罐时，他却抢先将它夺了过去。

我呆呆地望着他，胃里似火在烧，可是这酒度数不高，酒劲不够凶猛，无法立时三刻麻痹我的神经。虽然，我是多么期盼着能够借酒浇愁。

他将酒罐凑近自己的唇，缓缓地，像是电视上播放的慢镜头的分镜动作，一口一口地吞咽酒水。

我呵呵一笑，伸手拍着桌案，大声给他喝倒彩。冯异只是不理，慢条斯理地饮那罐黍酒，速度不快，可确确实实地一口未停过。

我笑得眼泪直流，伸手捞过仅剩的第三罐酒，叫了声："痛快！"就着罐口，和着眼泪一起，将酸涩的酒水吞下。

"痛快之后呢？"他将喝空的酒罐倒扣在案面上，一字一顿地说，"如果这样便能使你忘却烦恼，一抒胸臆，那么……我奉陪到底。"

我咯咯一笑，用手背抹去眼角的泪水："我是谁？你们别太高估我了，我没你们想的那样贤良淑德。母仪天下？我呸——"我双手用力一拍案面，震得两只空陶罐跳了起来，其中一只倾倒，骨碌碌地滚下地，啪地摔得粉碎。

"值得吗？为了那么一个微不足道的女人？你的气量便只有那么一点点？你不为自己考虑，也该为你兄弟、家人多掂量。当不当皇后，不是你一个人说了算的。"

"我不稀罕！"我毫不客气地伸手指向他，食指几乎戳到他的鼻尖，"说白了，不过是你们想让我坐上那个位置！因为我是新野阴姬，因为我是他布衣落魄时娶的嫡妻，就和你们这班老臣一样，是和他生死与共、祸福同享过的故人！和郭圣通相比，和毫不相干的郭氏家族相比，你们更喜欢把未来的荣华富贵押在我身上，押在同为开国旧臣的阴氏家族身上！"

"既然你什么都明白，已经看得如此透彻，为何还要这么折磨自己？"

"因为我不是你们的傀儡！你们永远也无法明白我到底想要什么？我为什么要当这个皇后？为什么还要留在那个到处弥漫阴谋算计的皇宫里？你明不明白，南宫宫墙虽高，若是有一天无法困住我的心，便再也无法困住我的人！"我喘着气，倔强地摇头，"你们，休想利用我！"

"这并不存在利用不利用，只是……利益共趋。陛下的皇位固然是臣子们捧出来的，然而鸟尽弓藏的道理，自古名言，谁人无忧？远的不说，当年高祖皇帝又是如何对待那帮与他共打天下的兄弟呢？听闻你曾向陛下觐言'贵易交，富易妻'，陛下回应'贫贱之知不可忘，糟糠之妻不下堂'，这正是那些浴血奋战，为陛下抛头颅洒热血的兄弟们要的结果。你——非做这个皇后不可！"

全身血液冻成冰块，我只觉得一股冷气从脚心蹿到头顶，冯异果然不愧是冯异，阴识不肯挑明的话，他却什么都敢对我说。也似乎当真吃定了我对刘秀没辙，怎么也逃不出那个禁锢住我自由的深宫牢笼。

"呵呵……君臣之道！"双手紧紧攥拳，我打着冷战。

"今天这番话，已经僭越了……论起身份，你我的立场不只是朋友，也属君臣。"修长的手指抵着额头，他自哂而笑，"看来酒当真不能多饮。"

我欲哭无泪，痛苦地闭上眼，只觉得万念俱灰。

原来，一个人的身份改变，竟会带来如此可怕的扭转。什么都变了，以前的种种，果然一去不返。

"回去吧，你明知这是他人用心设下的一个套子，何故揣着明白还硬要糊涂的往套子里钻？若真如此，岂非是让亲者痛仇者快？"他不紧不慢地说，"天亮之后便回去，只当今晚的事从未发生，你从来没有离过宫。封后大典定在了下个月……"

"是套子又如何？我在乎的……只是他的人，他的心，和他是不是皇帝有什么关系？不管是什么样的套子，毕竟是他先入了那个套，然后又套上了我，他在套中，我无法不在意，无法不入套。"我凄然一笑，"也许在你看来，我是个傻瓜，是个冥顽不灵、不知变通的傻瓜，但是……他伤了我，这是无法改变的事实。"

"果然是个傻瓜，为何始终纠缠在这等细枝末节的小事之上？他待你不够迁就么？他现在贵为皇帝，天子一聘九女，诸侯一娶三女，更何况是那女人刻意投怀送抱……"

"别跟我炫耀你们男人能娶多少多少女人的滥事！"我恼羞成怒，被激得跳了起来，"这分明便是滥情，偏偏还要替自己找寻千百样的理由来脱罪，滥人做的滥事，偏要把错怪在女人身上。投怀送抱又如何？投怀送抱便理所应当要纳入怀中吗？你们这些恶心自私的男人……"

"阴丽华！"冯异也跳了起来，一脸的羞愤与惊骇，"你怎的如此偏激？你现在这样只是把陛下往别人怀中推，于事无补！你该好好想想，怎么……"

我气得再也听不进他的任何话，伸手去抓他的衣襟，他被迫往后退开。我呵斥一声，猛身欺上，直接跳过食案扑向他。

"阴丽华——"他伸手格挡。

我顺势扭住他的胳膊，脚尖一绊，原拟将他绊倒，却不料他身手巾极为敏捷，竟然并未摔倒，反与我扭缠在一起，一路打到了墙角。

我的胳膊缠住了他的上身，他的双腿压住了我的膝盖。我呼呼地喘着粗气，他背靠着墙壁，俊颜就在我眼皮底下，不足十公分的距离，我甚至能闻到他衣衫上沾染的淡淡汗水味。

"投怀送抱便拒绝不了？嗯？"

他气息透着紊乱，却仍是十分镇定地回答："这是事实。一个千方百计想爬上男人床的女人，无可抵挡，防不胜防……唔。"

我凑上去，狠狠地吻上他的唇，带着某种报复的快感。冯异双唇紧抿，唇下的触感透着清凉，在那个瞬间，我能清楚地感觉到他身子猛然一战，僵硬得像根木头。

我哈哈大笑，疯狂般吻着他的额头，鼻尖，脸颊："不是说拒绝不了吗？那你倒是试试啊？不是讲求什么君臣之道么？你试试……什么是君，什么是臣……"

唇印一点点地落在他的脸上，最后滑到他的颈项，他的喉结滑动，我一口咬了上去，用舌尖舔着他的肌肤，牙齿轻轻磨噬他的喉结。

他没有推开我，也没有经受不住挑逗反扑向我，只是静默地任我发泄，任我施为，一动不动。

我不甘心地抬起头，他的目光深邃，白皙的双厣透着一层近乎透明的绯色，绝艳凄美。我心中充满了羞愤，他的无动于衷令我的愤怒攀升到了顶点，借着酒劲，我猛地伸手去扯他的衣襟。

"兹啦！"我自己都料想不到手劲会有如此之大，一扯之下竟然能将他的衣襟扯裂。

夏日衣着单薄，他在外袍之内竟未再穿内衣，白瓷般的肌肤赤裸裸地袒露在我眼前，我重重吸了口气，混乱的脑子只在那一刻稍稍停顿了一秒，随后我俯下头，在他胸口印上唇印。

"你……疯了！"终于，喉咙里压抑的爆出一声怒吼，他用双手紧紧地握住我的肩膀，将我推离一定距离，"我是个男人！你看清楚了！"

他的脸绯色明艳，眼眸中迸射出一种令人惊悸的光芒，我微微惧怕的瑟缩了下，但随即理智重新被魔鬼般的冲动吞噬："没错！你是个男人！你放心，我没把你当女人，我对女人没兴趣！"

"你还清醒着吗？你还知道自己是谁吗？还知道自己在干什么吗？"

"你以为我喝醉了？不！我没醉！"我笑着摇头，双手掌心撑在他袒露的胸前，无意识地摸索着，"我很想知道，你所说的无可抵挡，防不胜防究竟是怎样的情有可原？你要我原谅他，那便用事实说话，我相信事实……"我邪气地勾起一抹冷笑，"是不是欲望真能让人抛却一切顾忌，是不是欲望能够让人不畏生死，不顾一切后果，丧失理智，忘了自己是谁……"

"你就那么想知道这个答案？"

我眯起眼，舔着干涸的唇角，感觉他的脸部轮廓变得有点模糊："是……"

"那我告诉你答案。"他猛地用力推开我，我猝不及防地仰面摔倒，后腰撞上了食案，疼得我险些闭过气去。

正当我咬牙伸手去揉痛处时，突然身体凌空而起，冯异拦腰横抱起我，大步走向草庐内唯一一张草褥席地铺就的简易床。

他把我丢到草席上，身下冰冷僵硬的感觉令我不禁打了冷颤，但只须臾之间，头顶已覆上一张俊美绝伦的脸孔，他微眯起眼线："确定想知道答案？"

我微微愣怔，心里宛若生拉硬拽般的揪结，不等我给出答复，他的唇倏然覆下，吻住我的嘴角。温润的触感令我心房震颤，我抖抖索索地不知该如何回应，他的舌灵巧地挑启我的唇，滑入口中，深深吸吮。

滚烫的掌心拂过我的胸口，脑海里一片混沌，我几次想推开他，最终却又忍住，倔强地硬撑着。他的唇一路下滑，胸前陡然感觉一片凉意，襜褕尽褪，湿濡的唇瓣噙住我的一侧乳尖，我闷哼一声，背脊弓起，浑身战栗。

冯异趁势抱起我，一手搂着我的腰，一手滑下扯开我的袴子。我紧张地伸手去抓他的手，却被他挥开。

"嗯……"口干舌燥，喉咙里像是要喷火，我下意识地想躲，却被他重新摁倒在席子上。他的身体随即覆盖上来，膝盖强硬地顶开我的双腿。

赤裸的肌肤相触，滚烫如火，我的汗毛不由自主地凛立起来，身上滚了一层又一层的细小疙瘩。

"看着我。"他用手扳正我的脸，居高临下地睥睨，脸颊绯红，气息微喘，"最后问你一遍，继续还是放弃？"

我张嘴，却一个字都说不出来。脑海里闪电般划过一个声音："信我！丽华，你信我……"

我闭上眼，那个声音在我脑海里不断地盘旋，挥之不去，我紧紧地咬着唇，直到舌尖尝到一丝腥甜。

骗子！骗子……说的都是谎话！不过是一个精心编织的谎言！

你加诸给我的痛苦，我要加倍还给你！统统还给你——

我麻木地展开双臂，紧紧搂住冯异，凄迷绝望地主动献上朱唇，吻住他。冯异的发冠摘落，乌黑的长发如瀑布般泻下，发丝如云般覆盖在我的脸上，遮蔽住我的双眼。

下身略微一紧，我猛烈一震，他强压着我，不让我再有退缩的机会。随着缓慢律动带起的莫名战栗，那种略带肿胀的刺痛感，像是一柄尖锐的利刃，反复地捅进我的心房，受伤的心被飞溅的鲜血浸满。

刘秀……刘秀……

眼泪不受控制地汹涌而出。

刘秀……刘秀……心里一遍又一遍念着的名字，始终是他，始终只有他！无论我怎么做，这一辈子都无法将他从我心里抹去。

爱上他，然后任由自己堕入地狱！

我抽泣，用手背捂着眼睛，哭声渐渐大了起来。我知道我不该哭，至少不该在这种时候，为了那个伤我至深的男人而哭，明知道不值得，可心里却是那么地无助、彷徨、忧伤，乃至绝望。

我爱着他，自始至终都无法忘掉他！除非……等到我停止呼吸，不会想念的那一刻。

手被移开，冯异喘着气，温柔地替我拭去泪水，泪光婆娑中，他眼中的忧伤一览无遗地展现在我眼前。

"别哭了！"他亲吻着我的眼睫，缓缓退出，最后右手在席上用力一撑，起身弹开。他背对着我，动作迅速地穿上衣裳，重重地吐气，"回去吧……回去好好当你的皇后。"

我平躺在床上，只觉得身心皆化齑粉，随时随地都将被风吹散，化为虚无。

冯异没再回头，我无法看到他的表情，他穿戴好衣物，打开木门，径直离去。

我将赤裸的身体蜷缩起来，手臂蒙着头失声恸哭。

我也想回去，可是……我回不去了！我想逃回那个不会令我伤心的天堂，可是……上帝并不曾眷顾我。

我注定要被迫留在这里成为阴丽华，管丽华的名字，已经彻底被人遗忘，丢弃……不复存在。

舍　弃

后半夜果然天降大雨，我在滂沱的雨声中哭了一夜，天蒙蒙亮的时候，我跌跌撞撞地下了邙山，绕过雒阳城，一路往南而去。

我没回雒阳，更没回那个让我伤心痛苦的南宫。

因为战乱，一路上遇见的流民不在少数，在荒郊野外，独自一人很难苟活求存，所以流民往往喜欢成群扎堆地聚在一起。但是成堆的人聚在一块，虽然有利于互相照应，但食物的供应却又成了一大难题。

除了挖野菜充饥外，唯有向居民乞讨，但如果乞讨的对象是一些擅长欺负弱者的富户，便会时常遭到驱赶，甚至品行恶劣的人会派出家奴殴打。流民往往是手无寸铁的妇孺，少有男丁，即使我再心灰意懒，性情麻木也看不得这种恃强凌弱的行为，少不得跳出来一通乱打。

我的这种以暴制暴被视作"大义"之举，久而久之，人心所向，竟在无形中成了这群流民的首领。

我离开雒阳时并没想清楚要去哪里，这会儿眼看自己手底下的流民越聚越多，有不少人竟还"慕名"而至。待到进入颍川郡地界时，已是六月暑夏，路上不断有人生病，不是饿死，就是病死。有些人开始打起了死尸的主意，居然要烹尸而食，在我的极力阻止下才勉强罢手。

看着那一张张因为填不饱肚子而面黄肌瘦的脸，我不禁心战，如果再带着他们四处晃荡下去，终是会害人害己。无可奈何之下，想着阴家祖产殷实，养个二三十人应该不是什么大问题，于是择路往南，打算带人回新野。

这一日路过父城附近，有人打听到阳夏侯回乡扫墓，建武帝隆恩，下诏命太中大夫送牛酒，且二百里内太守、都尉以下的官员以及冯氏宗族前往父城会祭，场面之大，无可想象。

好些人怂恿我前往父城，因为那里聚集的官员多，说不定更容易讨到吃食，我却隐隐察觉蹊跷。战乱之时回乡祭祖扫墓，且排场搞得这么大，冯异平素最不喜居功，刘秀更是提倡节俭朴素为本，这件事怎么看都觉得未免太过巧合了些。

我心里有鬼，自然不敢当真前往父城一探究竟，于是反其道而行，远远绕开，匆匆南下。

六月下旬，当我衣衫褴褛地带人回到新野阴家，找机会避开众人，觑机找到阴就时，他吓得双腿打战，差点没瘫到地上去。

我勒令他不许声张，偷偷在门庑住下，换了男装，避开家中直系亲属，化名阴戬，成了阴家的一名普通下人，随我回家的那二三十人也被妥善安置在各处田庄。

阴识、阴兴都不在家，整个阴家庄园仰仗阴就全权作主，他年纪虽小，做事却极其认真，上下无有不服。在我印象中，阴就似乎仍是那个偶尔拖着鼻涕，时常被人欺负到哇哇哭泣的小毛孩子，可转眼，看他有板有眼地处理族中大小事务，展露出果敢冷静的一面，令我大开眼界之余，也不得不感慨岁月催人。

"大哥的信函。"回到阴家的第五天，阴就塞给我一只木匣。

我惊得险些跳起来，那只木匣好似烧红的烙铁，烫得我缩手："你小子……不是让你保密的吗？"

阴就一脸无奈："姐姐，这事能隐瞒一时，还能隐瞒一世不成？"

哆嗦着打开信函，却发现素白的缣帛上写着八个字，笔迹草狂，墨迹力透帛背："塞翁失马，焉知非福。"

"这什么意思？"

"六月初七在雒阳南宫举行了封后大典，陛下封郭圣通为后，立长子刘彊为太子，大赦天下……"

"哦……"我长长地哦了声，心里木木的，不知是喜是悲。

"姐姐，大哥的意思，是让你别太难过，塞翁失马，焉知非福，你不当皇后，对我们阴家来说，未必是件坏事。"

"我为什么要难过？"我勉强一笑，说不出心里是何种滋味。阴就满脸忧色，我伸手揉他的发顶，将他梳好的发髻揉散，大笑，"我既从宫里出来，便没想过再要回去，皇后什么的，哪里还会放在眼里？"

"姐……"阴就抱头连连闪避，被我蹂躏得一脸无奈，他挣脱开我的手，"可是姐姐，宫里并不曾报失，二哥传回消息说，陛下勒令掖庭一切如常，对外则向朝臣们声称阴贵人性情温婉宽厚，以己无子为由，将后位让于郭后。"

我猛地一僵："你说什么？"

"二哥说，陛下在等你回去。"

我条件反射般向后跃出一大步，连连摇头："绝无可能！"顿了下，狠心道，"他还不如对外声称阴贵人染病暴亡得了，一了百了。"

"姐，你想逼疯陛下呀！整个南阳郡谁人不知陛下待你的情意？"

"喊，小毛孩子懂个什么？"我心里烦闷，没好气地说，"你还真是单纯，怪不得大哥不带你去京城。啧啧，看来你还得再调教个几年才会有出息。"

阴就涨得小脸通红:"我今年已经十六了,我听说郭皇后有个弟弟,十六岁时便已官封黄门侍郎,他也不过比我大一岁罢了。"

"郭况么?"脑子里不由浮现出那张秋风霁月般的清纯脸孔,我再次打量眼前的阴就,仍是中规中矩的一张脸蛋,貌不出众,肤色略黑,眉宇间张扬着稚嫩与罡正的混合气质,清澈的眸底偶尔透着一股倔强,情绪显得太过外露。

果然还是……没法比。不怕不识货,就怕货比货啊,我叹了口气,轻轻拍了拍他的肩膀,戏谑地说:"小弟啊,跟姐姐混个两年,保准能把你调教得不下于郭况。现在么,好好看家,在新野当个有为少年。等过几年,行了冠礼,姐姐我再给你找门好亲事结了……"

阴就哪能听不出我在调侃他,又气又羞:"姐姐真是……一点都没变,难怪没法当皇后,这个样子怎么也没法让人信服能母仪天下呀!"

"哎呀!年岁长了,学会顶嘴了是不是?让我瞧瞧你都长了什么本事?"一个飞身猱扑,我一手揪住他的衣襟,顺势一个过肩摔,将他扛在背上甩了出去。

换作以前,这一招早将他摔趴下了,可是这一回他却在空中翻了身,稳稳落地,没让自己摔倒。

我"咦"了声:"果然有长进。"

"姐姐……姐姐……"他慌张地摆手,连连后退,"不打了,不打了,会打碎东西的……"

"你说不打便不打么,姐姐我不高兴!没打过瘾前,绝不许叫停!"

"姐——噢,饶……命……"

第三章
仗剑何处诉离觞

屠城

建武二年八月廿六，建武帝刘秀亲率大军，攻打五校乱兵，受降部众约五万人。与此同时，刘秀派遣游击将军邓隆，协助朱浮，攻打彭宠。

邓隆军队驻扎潞南，朱浮军队雍奴，两地布防居然相距百里，收到谍报的那日我便断言，邓隆和朱浮两个肯定吃败仗。

阴就原本不信，可没过多久，便传来彭宠奇袭邓隆军队，朱浮因相距太远，鞭长莫及，来不及救援而一败涂地。

"难怪大哥这般看重姐姐，姐姐竟比大丈夫更具慧眼。"

阴就自那日起便对我言听计从，事后得知，当日远在五校的刘秀亦曾对邓隆、朱浮的军队布阵大加斥责，可惜为时已晚。

自新朝灭亡后，中国的大好河山其实已经成了一块被切割瓜分的蛋糕，支离破碎，各个地方势力都在集结兵力，各自为政，疯狂抢占地盘。

为了便于给阴就详尽地解释现状，我从搜集到的情报中整理最新资料，经过汇总后绘制了一张简易地图，以雒阳为中心点，黄河为分割线，大致可将全国划分为东西南北中五大块。除去一些不足万人的零散民间势力，单单挑出那些大集团势力来统计，则东边有汉帝刘永、自封五威将军的张步；河西除了有窦融，还有从长安逃到天水后，自称西州上将军的隗嚣；北面有叛乱的彭宠，还有游移不定的建世汉朝赤眉军……

大致看来，相对安稳的只有河南的南阳、颍川两郡，这是绿林军起兵时的发源地，刘秀建立的汉朝虽然不同于绿林军，但说到底根基出处都差不多。所以招降河南，收复刘玄遗留下来的这片江山，相比之下，成了最轻松的一仗。

强敌环伺，那些大宗的集团势力，随便抽调出哪一支来，论兵力与国力都不下于建武汉朝，刘秀以一个新建的小小国家，要面对那么多强敌，不得不令人替他捏把冷汗。

不想被人吃，就要吃掉别人！进攻永远是最好的防守！

刘秀现在缺的不是能力和机遇，他最缺的是精力与财力。战争是最烧钱的游戏，没有足够的资金，他的粮草便供应不了东西南北四线齐战，所以，从他现如今的布控不难看出，他早先派邓禹驻扎在长安外围，是为了抵御及防备实力最强大的赤眉军。邓禹是个极其聪明的人，大多数情况下他都是领兵围而不打，与赤眉军保持着一种僵持局面。

避开赤眉的压力后，刘秀其实已经把下一步要夺的目标锁定在东线。第一个要对付的便是刘永，虎牙大将军盖延、驸马都尉马武等人打了四个月，终于攻陷睢阳，逼得刘永逃到虞县。随后没多久虞县百姓突然暴动，格杀刘永的母亲与妻子，刘永只带了亲信数十人逃到了谯县。刘永部将苏茂、佼强、周建等人集结三万援军赶来相救，被盖延拦在了沛县西郊，打了个落花流水。最终，刘永、佼强、周建等人向东逃到湖陵，苏茂则逃回他的老窝广乐。

盖延替建武汉朝占领了沛郡、楚郡、临淮郡三郡土地，刘秀随即派太中大夫伏隆持节出使青州、徐州，招降刘永辖下各郡国。

总的说来，建武汉朝虽然在北线彭宠那里吃了点小亏，却在东线刘永那赚回了一大票。

"你说如果收复南阳郡，陛下会否亲征？"

"四处战火蔓延，你让他舍重就轻，为了一个最没威胁性的南阳跑来亲征？"我随手拣起一片竹简戳他脑袋，"你还真是没脑子。"

"不为南阳，难道不能为姐姐你吗？"

"除非你出卖我，不然他怎么可能知道我在南阳？"

"我们家影士虽然厉害，可你别太小瞧了陛下的斥候……你躲在新野的事，他早晚能知晓。"

我冷笑："知晓了又如何？颍川已经收复，拿下南阳犹如探囊取物。如果分不清主次，为了我一个女子，放下各地如火如荼的战情，跑来亲征一个根本不需要他操心的南阳郡，那他也实在算不得是个明君，连这点远见卓识都没有，何谈一统天下？"

"一统天下……"阴就表情有些呆滞，"陛下当真要一统天下么？这……谈何容易……"

"正是不容易，所以才更具挑战性！"我一手支颐，一手将竹简敲击案面，咚咚直响，"中兴之事总需有人来完成，不是刘玄，便是刘秀，不是刘秀，便得是刘永、刘盆子、刘甲、刘乙，乃至刘丙……成王败寇，优胜劣汰，不能完成天下一统，最终实现光武中兴的人，最终的命运只能是消逝在历史奔腾的洪流之中。"

"姐姐你在嘀咕什么？我一句都没听懂。"

"听不懂最好。"我笑着岔开话题，"大哥自请去函谷关镇守，想来不会再跟着朝廷的军队来打南阳，我这会儿倒是好奇起来，不知来取南阳郡的是何许人物。"

我不担心刘秀会亲临南阳，但是，如果他委派冯异前来，那……

"来什么人都不重要，因为南阳郡太守刘骥早已准备好要投城了。"阴就眨眨眼，调皮地说，"姐姐说的对，南阳之事的确不用陛下操心，但是……"他依偎过来，带着一种怜悯之情，"我倒希望他能为姐姐走这一趟。"

我一掌推开他："所以你只能是阴三，而永远做不成刘三！皇帝岂是随心所欲，为所欲为的？"

"为何……"

我不等他把话问完，严厉道："那是亡国昏君所为！"

许是我的声音和表情太过激烈，他被唬得缩起肩膀，噤声不语。

南阳郡最终没有等来刘秀，也没有等来冯异，在大家都以为南阳郡的政权归属，由已经灭亡的玄汉王朝转移至新兴的秀汉王朝是件多么顺理成章的事情时，出人意料的事情发生了。南阳郡堵阳人氏董䜣，在宛城劫持了太守刘骥，发动兵变。

如此一来，原本可以和平处理的交接问题却不得不靠武力来解决。当月，建武汉朝扬化将军坚镡，带兵攻陷宛城，董䜣逃回堵阳。

事情发展到这一步本也能圆满收场，然而更加始料未及的是此次来南阳的领军之人除了坚镡等人，更有大司马吴汉。

吴汉是个领兵打仗的将才，能征善战，只是性格粗鲁，言辞不善修饰，在军中寂寂无名，少有人问津。直到邓禹出面，在刘秀跟前数次保举推荐，这才使他的将帅之才大放异彩，自此以后，一发不可收拾。他带兵打仗素来以狠厉出名，匪气十足，这次攻打南阳也不例外。吴汉以南阳暴民难服为由，在夺下宛城后，竟而放纵士兵在整个南阳郡内烧杀抢掠，所到乡县，暴行施虐，洗劫一空。

南阳郡在全国一百多个郡国之中，虽称不上最富饶的一个，但地属南方，豪强居多，又是刘氏宗亲集中的发源地之一，所以经历战乱虽不少，却仍是中坚之地。

吴汉率军先后攻下宛城、涅阳、郦国、穰县，皆是屠城洗劫。无辜百姓被卷入战火，大军开拔之处，尸横遍野。战火在整个南阳郡迅速燃烧蔓延，众乡亲从郡北逃往郡南，甚至淯阳的许多百姓见机不妙，为避免城破后惨遭军队屠城，纷纷携带家眷逃向南边。

一时间，新野涌入大批难民，甚至大多数人认为新野有阴贵人娘家在，好歹吴汉会不看僧面看佛面，怎么着就算进入了新野范围，也不会像其他地方那样血洗屠城。事实上不仅是旁人这般认为，连我心里也这么想的。

不过是接收南阳郡政权而已，用得着采取如此极端的手法，这般罔顾百姓性命，滥杀无辜吗？

然而阴家毕竟不是慈善机构，即便有些许能力能够帮到人，却也不可能一下子不明不白地接收那么多张吃饭的嘴。阴就在我的威逼下，勉强收容下两三百人的同时，却也很坦白告诉我，不可能再这么无偿地充当善人了。

治标尚需治本，这个问题最大的根源出在吴汉身上，最好的办法就是制止他的暴行。天高皇帝远，刘秀现在御驾远在内黄县，忙着平息战乱，根本无暇顾及他的老家，已被他心爱的大司马洗劫一空，他亲爱的乡亲们正在恶魔的爪下呻吟悲鸣。

"阴戟——二公子找你！"门庑的小厮直着喉咙高喊。

我收起长剑，困惑地往前堂去寻阴就，这小子有事向来会主动到门庑来寻我，很少这么正式地通过下人来找我。

心里隐隐约约生出一丝异样，到得堂上，却见阴就居主席，边上尚跪坐一人，见我拾阶上堂，立即站起身来，稽首行礼："阴贵……"

我一把托住他的胳膊，沉声道："小人只是阴家一名下人，邓将军何故行此大礼？"

来者不是旁人，竟是破虏将军的邓奉，他一直在外替刘秀四处征战，即便我去年借住在淯阳他家的时候，也未曾得见他本人。几年未见，已过而立之年的他两腮蓄了大把的胡子，不仔细辨认还真不容易认出他来。

"阴……"

"小人阴戟。"

"呵呵……"邓奉尴尬地讪笑，"阴老弟……咳咳，辈分乱了，还得尊称你为一声叔父，你是长辈，受侄儿一拜，理所应当。"说着，竟当着阴就的面，郑重其事地跪下。

"使不得，使不得。"我内心忐忑不安，邓奉多年未回乡，没道理这个时候冷不丁地跑了回来，且还不是回淯阳，而是直奔新野。

邓奉行完礼，直起身，表情痛心疾首地望着我："臣……奉诏回乡省亲祭祖。"

我眉心一皱。得，又是一个奉诏回家扫墓的，和冯异的情况如出一辙。难道各路战事就那么轻松，不吃紧么，居然放任手下大将一个个地回乡祭祖扫墓？

"叔父是聪明人，侄儿的来意想必叔父心中明白。"

我将视线移向阴就，阴就小脸一白，连连冲我摆手："不是我说的，我绝对没有告密。"

我恶狠狠地瞪了他一眼，沉吟片刻，忽然对邓奉问道："如今乡邻受虐，大司马屠城一事，陛下可也知情？"

邓奉微微一战，我留意到他下意识中双拳紧握，骨节泛白："陛下仁德，若知晓大司马干下这等逆行，又岂会坐视不理？"

我心中一动，继续问道："淯阳现下如何了？"

他的脸色白得吓人，双唇抿得紧紧的，额前青筋隐隐跳动。过得片刻，他突然跪下，叩首朗声："求阴贵人替南阳苍生，父老乡亲作主！"

"你这是什么意思？别说我只是一个下人，即便当真是什么贵人，也实在尊贵不到哪去，如何与乡亲作主？"

邓奉倔强道："如果贵人放任不管，南阳郡会死更多无辜……难道贵人当真铁石心肠么？"

明知道是激将法，我却仍是心情澎湃，呼吸慢慢急促起来。阴就悄悄扯我的袖子，向我频频使眼色，示意我别管闲事。

"贵人！臣来此之前，大司马的军队已经拔营，预备进逼新野。若臣所料不差，至多不出两日，新野城必破，到时候……"

"叫我阴戟！"我打断他的激昂陈词。

他呆呆地看着我。

"叫我阴戟！"我斩钉截铁地重复了一遍，"这里没有什么贵人，只有阴家家仆阴戟！你若用得上阴戟，阴戟二话没说，把这条命交给你便是。"

"阴……戟！"

"姐姐！"

我拦住阴就，对邓奉道："你手下有多少人？"

"回乡省亲，带的人并不多。"

"那你能招募到多少人？"

阴就急得大叫："姐，你想做什么啊？"

邓奉迟疑道："你的意思是……"

"你觉得对付吴汉那样的人，是用言语跟他讲道理便能够说服他，让他罢手的吗？"我冷笑，"他信奉武力，喜欢用他的拳头代替讲话。既然如此，我便让他尝尝什么是以暴制暴！"

邓奉惊得目瞪口呆，阴就面如死灰地跌坐回席上。

辱　尸

吴汉果然没有丝毫顾忌阴氏在新野的地位，居然一点面子也不留，肆意带兵攻打新野。他就像是一头尝到了血腥味的野兽，在战场中完全失去了理智，停止不了嗜血的本性。

杀人，其实很容易！特别是在战场上，有些人即便平时性格如何温厚，只要一上战场，就会失去自控能力。杀戮带给人们的其实永远只有痛苦！

既然仁心仁术已无法让疯狂嗜血的猛兽恢复冷静，那么……唯有举起手中的棍子去打醒它了！

时机紧迫，我在有限的时间内利用阴家在南阳遍布的影士力量，以邓奉的名义迅速调集了包括淯阳在内的所有宾客和壮丁，因为遭受吴汉的过分欺凌，这道檄令才发布，便从四面八方涌来数千人手支援。其势头之迅猛，远远超出我的想象。

吴汉怎么也没料到在南阳还会有武装力量能够反抗他，轻敌之间被打了个措手不及。我令邓奉带人一路将他轰到了淯阳以南，这才放他狼狈夺路而逃。

"为何不生擒了他？"邓奉很是不解，"大司马有错在先不假，但我等干下这等大事，若他回去后上疏奏禀不实，蓄意陷害，扣我们一个逆反作乱的罪名，那可如何是好？"

我冷笑："我们若生擒了他，只会令他愈发恼羞成怒，唯一最好的解决方法是将他——格杀！"我比了个砍头的手势，邓奉面色一变，一副吓傻的表情。我嗤然一笑，"既然你狠不下心杀他，那捉了他来又有何用？且让他回去……我倒要瞧瞧，片面之词，他会听信谁！"

邓奉与阴就面面相觑，他们二人自然明白我最后说的"他"指的是谁。阴就摇头道："姐姐，你这是在跟陛下赌气呢。何苦……"

我扬手在他脑门上敲了个响栗："那按你的意思，便放任吴汉一把火烧了新野？哼哼，这次算他识趣，进了新野，还算懂得要避开阴家绕道走，若是他敢碰阴家人一根毫毛，我非剁碎了他……"

阴就打了个哆嗦，似乎感应到我话里的狠意，有点不敢置信地看着我，眸底闪过一丝畏缩。

"邓将军！"

"诺。"

"董䜣是不是派人找你，想与你联手？"

邓奉震骇："这……昨天……确曾……不过我已经回绝他了……"

"不必回绝啊。"我淡淡地笑，笑得邓奉一脸发怵的表情，缩着肩膀，脸上一阵红，一阵白，"董䜣是逆贼不假，可事到如今，焉知我们不是逆贼呢？"

"阴……阴……"

"吴汉这一去，还不知会生出何等枝节，有董䜣留在堵阳，恰好在东南边替我们驻了道防风墙，雒阳或者颍川郡方面一旦有什么动静，他能事先替我们抵挡一阵。"我沉吟片刻，倏然从案前抬头，手中尺简一划，指向邓奉，"邓将军速带人前往淯阳布防，淯阳与堵阳相距不远，若雒阳无事，则可屯兵钳制董䜣；若雒阳有异动，则可对董䜣施以援手。"

邓奉悚容，片刻后才反应过来，肃然起敬，躬身行礼："诺。"随即转身离开。

"就儿！"

"姐……"

"我有一事要问你……"我笑眯眯地弯起眉眼，一脸奸笑。

"我不清楚……"不等我问什么，他已把头摇得似拨浪鼓一般。

"你一定得清楚。"我跳了起来，向他扑去，右臂勒住他的脖子，将他绊倒在席上，"河北燕赵之地，大哥花重金驯养的骑兵现有多少？"

"呼呼……"他张大嘴，大口大口地吸气，不住摇头。

那些骑兵，吸收了上谷、渔阳两郡突骑军所长，再配合上我设计的高桥马鞍、马镫的装配，如虎添翼，经过这两年的秘密蓄养训练，一定具备了不可想象的惊人威力。如果能够把这些骑兵收为己用，我敢保证，别说一个大司马吴汉，便是倾建武汉朝精兵良将全部出动，也撼动不了我一个小小淯阳的堡垒。

要我进攻反扑，鲸吞掉刘秀的兵马，那是天方夜谭，但是若能手握这支骑兵，却足以坚守南阳。

"把他们——给我调回南阳！"

九月初二，刘秀从内黄回到雒阳。

从没有这么一刻，我像现在这样如此密切关注刘秀的一举一动，他每下达一个诏命，我便会细细推敲半天，揣摩他的用意。

阴识虽去了函谷关，但是阴兴却随行刘秀于左右，我手里掌握的情报资源真实性与及时性便能得到充分保证。

或许是太专注这些事情，劳心耗神太过，忽然有一天感觉心脏像是停止了跳动一般，头晕目眩得连呼吸也透不过来，我一头栽倒在地。

眼前是漆黑一片，我口不能言，目不能视，听觉却异常敏锐。我能听见阴就与医生的争辩时，而且，每一字每一句都异常清晰。全身僵硬，四肢麻痹的躺在床上动弹不得，黑暗中却似有一团星芒划过，绽放开一朵绚烂的焰火。背上如火在焚烧炙烤，身体像是被扯裂开一般疼痛。

在我以为自己快要死去的时候，疼痛感却开始慢慢消失，没过多久，一切恢复正常。

不到半天时间，我仿佛从人间堕入地狱，然后又从地狱重新爬回了人间。身体的疼痛很快便被我遗忘，然而那一抹绚烂却深深地刻在了我的脑海中。

几天后，雒阳传回消息，陕西有个叫苏况的家伙带兵攻破了弘农，刘秀命景丹出征，孰料景丹去世，于是改命征虏将军祭遵出征。祭遵骁勇，连平弘农、柏华、蛮中三地。

与此同时，北上的建世汉朝赤眉军攻打陇县，与西州的隗嚣碰的个正着，隗嚣派大将杨广迎敌，大破赤眉，一路把赤眉追到乌氏、泾阳。吃了败仗的赤眉军抵达阳城、番须一带，那里气候极为恶劣，天降暴雪，山谷都被积雪完全填平覆盖，士兵根本无法在那种恶劣环境下生存，于是赤眉军只得向东撤退。在路过西汉王朝的帝陵时，小农的贪婪再次爆发，他们竟然化身为一批疯狂的盗墓贼，挖掘开帝陵，盗走无数陵寝陪葬的金银财物。

"啪！"竹简落地，我浑身战栗："此事……当真？不是讹传？"

阴就为难地挠头，低声答复："姐姐认为是讹传，那便是讹传吧。"

"什么叫我认为？"我啪地拍案，只觉得浑身冰冷，战栗不止，"奸尸……这等人神共灭之事，岂是人所能为，简直畜牲不如！"

谍报声称，赤眉军不仅仅挖开了帝陵，盗掠财物，甚至因为帝陵中的后妃尸身由金缕玉衣包裹，得保肉身栩栩如生，那帮畜牲不如的家伙竟然兽性大发，干起了奸尸的勾当——汉高祖刘邦的皇后吕雉，首当其冲……

"你先别动怒。"

"一群变态的死男人，杀一千刀一万刀也不足以……"

"姐姐……"

我恶狠狠地拿眼瞪他，眸厉如刃："你说，你们男人为什么都这么心理变态，不是搞女人就是搞男人，搞完女人、男人还不够，居然连尸体都不放过！"

我越想越怒，阴就吓得噤若寒蝉，等我把憋着的一通火彻底发泄够了，他才敢战巍巍地辩解："其实，依小弟看来，辱尸并非为的是……呃，泄欲。而是因为……那些女子的身份。要知道她们生前可都是皇帝的女人，皇帝乃是天子，那是最接近神明的天之子，天子的女人，岂是凡夫俗子能沾得的……生前碰不得，若是生后辱其尸身，则代表着……"

"皇帝的女人，凡人碰不得？所以他们玩不了皇帝的女人，就玩皇帝女人的尸体！玩了皇帝女人的尸体，不仅算是侮辱了皇帝，自己也暗爽了一把？我靠！真是一群变态！"我稍稍平复的心情再次激动起来，抄起案上一卷竹简向阴就砸了过去，"说白了，就是你们男人自卑、自贱、自私——"

他吓得跳开，哇哇大叫："姐姐，我尚未及冠，我还是孩子，与我无关啊！你砸我做什么？"

"早晚你也是个坏坏子，大哥娶了嫂子，却又纳了那么多妾，也不是什么好东西！"

"姐，你太偏激了……你……啊，别打别打，弟弟知错了！弟弟不敢了……以后绝不敢纳妾！"

驻扎长安的邓禹率军阻击赤眉军，却在郁夷落败，危急中大军撤出长安，退往云阳。

长安再度被赤眉军所占领。

占据汉中的乱军首领延岑，恰驻屯杜陵，赤眉军派出大将逢安攻打延岑，延岑反攻，诛杀赤眉军近十余万人，挫其精锐。

邓禹趁着长安空虚意欲突袭，却不料撞上赤眉大将谢禄领兵救援，结果战败。

投靠了赤眉军的原更始汉朝平林军首领廖湛，率十八万人攻打汉中王刘嘉，在谷口两军对决，刘嘉大破赤眉，杀敌十余万人，亲斩廖湛，至云阳夺取粮秣。刘秀命邓禹招揽刘嘉，刘嘉在来歙的陪同下，前往邓禹处会合，却不料邓禹瞧不惯刘嘉的宰相李宝，认为其态度倨傲无礼，竟而诛杀了李宝。结果惹来李宝弟弟纠集李宝旧部，攻打邓禹军队，因此连累将军耿䜣被害。

消息递到我手里的时候，我几乎以为是谬传，以邓禹的机智绝不至于连战连败，这样激进且做事不顾后果，盲目任性的邓禹，一点都不像是那个我所熟悉的阳光少年了。

"陛下之前得知长安失利，曾告知梁侯'赤眉无谷，自当来东，吾折捶笞之，非诸将忧也。无得复妄进兵。'然而梁侯显然未曾听从陛下的旨意……"

我摆了摆手，制止尉迟峻莫再陈述下去，邓禹的事让我的心情变得有些烦闷："雒阳那边没什么动静吧？"

"应该没有，二公子传递回来的讯息中也未曾说起陛下欲对南阳不利。"

"嗯。"我支颐，若有所思。尉迟峻于三天前带着两千铁骑赶到了淯阳，骑兵人数虽不算多，但个个身手不凡，马上功夫更是了得，整体配合也是进退有度，如臂使指。骑兵的提前赶到，愈发令我吃下颗定心丸，如今万事俱备，剩下的便单看刘秀的态度了。

"最近有消息递过来，报称铜马、青犊、尤来等乱民残余势力，欲拥立孙登为帝。"

"哦？"我愣了几秒，忽而笑道："强弩之末倒是不足为惧，但是……由此一来，陛下愈发分身乏术，我想短期内南阳当可安然无虞。"

尉迟峻淡淡地扫了我一眼，低声回应："但愿如此。"

小 胜

我一直认为刘秀顾不上南阳，即便他有余力回顾南阳，也不会大动干戈，最多不过是派个使者过来安抚招降。毕竟错不在我们，我们之所以会反抗，目的并不是要反建武政权，只是为了自保。

然而刘秀的心思，枉费我猜了这么多年，却仍是无法完全猜透。

十一月，当南阳郡迎来第一场大雪漫天覆盖时，雒阳方面出乎意料地派遣大将浩浩荡荡的南来讨伐南阳。

这些人的名字个个如雷贯耳，他们在建武汉朝中都是顶梁柱的将才，随便扯出其中哪一个，都能独立带兵征伐作战，为帅为将。

将领来头太大，由这些人组成的征南队伍，实力强大到令人瞠目结舌。

"此次廷尉岑彭为征南大将军，率建威大将军耿弇、建义大将军朱祐、汉忠将军王常、执金吾贾复、武威将军郭守、越骑将军刘宏、偏将军刘嘉、耿植……"

一个个熟悉的名字不断从尉迟峻口中脆亮地蹦出，邓奉面色凝重，阴就耷拉着肩膀，嘴唇抿成一条缝，眼中尽是焦灼。

我深吸了口气，这些人倒有半数与我相熟："征南军直奔淯阳而来？"

"不，他们的目标是董䜣，军队是奔着堵阳去的。"

"那如果堵阳被拿下了呢？是不是下个目标就是我们？"我冷冷一笑，"哪怕只是遣个人来当说客，都比这般与我兵戎相见来得强！"

"姐姐！"阴就忍不住插嘴，"这原本也不算是什么大事，何必非要把关系搞僵呢？陛下既然派了人来，等南征军一到淯阳，我们开城归降不就完了吗？"

我怒道："我没错！错的是吴汉！凭什么反要我们服软认错？"

尉迟峻动容，怔怔地望着我。

我冷笑："你们放心，我不会傻乎乎地拿鸡蛋去硬碰石头，我并非是要与他对着干，只是……事分对错，如果是我的错，我自然一力承担罪责，但是这件事本是吴汉有错在先，他不加以罪责便已属包庇纵容，如果再逼得我们反了朝廷，那也只能说他不适合当这个皇帝——不过是个昏君！与其将来让别人赶他下台，不如由我来亲自结束他的帝王生涯……"

"姐姐，你……"阴就骇白了一张小脸。

尉迟峻不卑不亢地回应："小人谨遵姑娘吩咐。"

我把脸转向邓奉："邓将军有何高见？"

他白着一张脸，微显窘迫："我是个粗鄙之人，不太明白贵人说的那些长远道理，只是我心里明白一件事。为乡亲而反抗大司马，纯属无奈之举，贵人说的不错，仅从这件事看，我们没做错！"

我微微一笑，继续问阴就："就儿还是认为姐姐错了？"

他闷声："弟弟年幼，不懂社稷之事，但是大哥有言，一切遵照姐姐的意愿。弟弟只是希望姐姐能够过得开心，至于打不打仗，打的又是谁……只要姐姐开心，旁的都不重要。"

我心头一软："你放心，我自有分寸。"

建武二年十一月，以征南大将军岑彭为首的征南军南伐堵阳董诉。我遂命邓奉发兵淯阳，集结万余士兵援救堵阳，在整个援救过程中，我们的人并不与董诉结盟，也不与南征军对着干，纯以混淆视听为主。每每董诉的人陷入危境，我们的队伍就会出去虚晃一枪，示威声援。

岑彭等人一开始搞不清董诉和邓奉两支队伍的关系，以为是盟军，又捉摸不透邓奉到底有多少实力，是以连打了个大半月，却连淯阳城的大门也没摸着。

我也清楚这样的虚招比不上实战，这就和空城计一样的道理，可一不可二，次数多了，对方也就瞧出破绽来了。

转眼到了十二月，或许是南阳暴动的事传到了邓禹的耳中，邓禹的行为越发躁动不安，与赤眉的对战屡屡败阵，对刘秀召他回京的旨意更是置若罔闻，依然我行我素。迫于无奈的刘秀，最后不得不使出杀手锏，委派冯异前往三辅，接替邓禹的主将之位。

可不知道为何，邓禹竟连冯异的面子也不卖。捧着尚方宝剑前往三辅的冯异，并没有如愿换下邓禹。相反的，二人在军中各领其职，各率其军，暗地里像是互相铆着较起劲来。

为此，阴就甚至开玩笑地对我说："如果姐姐一简书函递到三辅，兴许邓仲华能带上那数十万兵马南下。"

阴就年纪虽幼，但并不等于说他便真的什么都不懂，他的话似是童言无忌的玩笑话，却也并非没有半点道理。

"孩子气的话以后少讲！"道理虽然浅白易懂，但我却只能揣着明白当糊涂。

"岑彭他们那些人怎的如此不堪一击？难道陛下就靠这些庸才打天下不成？姐姐你说的一统天下，若是仰仗这些人去实现，未免太过渺茫了。"

"难道你真看不出他们的退让之意？"我笑着用竹简打他的头，"才说你胖，你还真立刻喘上了。"

尉迟峻一时没憋住，哧的一下笑出声来，反遭阴就一记恶狠狠的白眼。

雪珠子扑簌簌的像是下糖屑一样，我屏息沉气，偶尔伸出舌头舔唇，舌尖舔尝到冰霜，像极了刨冰的味道。

眼睫眨动，抖落睫上的雪粒，侧耳倾听着风中越来越清晰的马蹄声，我的嘴角忍不住翘起。

候了一上午，在身体快冻成冰块之前，终于把他们等来了。

随着混杂着沙沙奔跑的脚步声以及马蹄溅落的踢踏声，我高举起手中马鞭，在白雪舞空中划起道圆弧，"啪"的一声脆响，划破寂静的长空，紧接着一阵马嘶，隐藏在雪丛中的两千骑兵蜂拥冲出。

迎面而来的五六千步兵，显然完全没有防备，突如其来的伏击将蜿蜒的队伍打乱。无视于马背上将领的喝叱，士兵惊恐纷乱，奔走四顾。

我策马冲了上去，背后旌旗迎风展开，硕大的"邓"字招摇的在我头顶飒飒作响。

"来者何人！"

风雪吹得人睁不开眼，对面有人拍马迎头冲了过来，未及擦身，厉喝声中一支雪亮的长矛已当胸刺了过来。

我振臂举剑格挡，当的一声，长矛激荡开去，两骑随即擦身而过。我右腕一转，回手一剑刺中对方马臀。

那马咴的一声长嘶，扬起前蹄，背上那人惊慌失措地扯住马鬃，却仍是不幸被马狠狠甩下。落地时，人影在地上打了两个滚，却没想反而滚到了马腹之下。受惊的坐骑再度刨起蹶子，那人埋于积雪中，雪花四溅，马蹄不时地踩踏在他身上。

我心中一动，左手一抬，一把小型木弩对准那马，轻扣机括，弩箭嗖的一声射了出去，正中马背。

我的弩箭方才射出，身后弓弦"嗡"声不绝，百箭齐发，刹那间将那匹马给射成了一只刺猬。

趁着马匹轰然倒地的瞬间，我从马背上一跃而下，正欲上前探视，突然白茫茫的积雪中有人破雪而出，迎面一剑劈来。

我大喝一声，沉步退后，避开那一剑的锋利，抬脚一个侧踢，踢中那人持剑的上臂。不等对方喘息，我凌空一个翻身，又是一脚踹中那人胸口，将他踢得连退三四步。

簌簌的雪粒吹拂在我脸上，那人手持长剑，呼呼喘气："为何手下留情？"

我将长剑归鞘，冷笑："想必你刚才也看到了，在我身后藏着一百名死士，只要我动动小手指，那匹马的下场就是你的……"

那人冷哼，显得十分不屑，我瞧不清他的长相，只是觉得声音耳熟。

"先去瞧瞧你的同伴吧。"我返身上马。

"可是你使计派人引我们的人去小长安的？你是谁？"

我哈哈一笑："反正不会是你们的敌人。我只是希望你们能知难而退，别来南阳找麻烦。放眼天下，有多少疆土值得你们去挥血洒汗，何必纠结于一个小小的南阳？"

纵身上马，我居高临下地睥睨，"今天这一战，只是一个小小的警告！下次，可绝对不会这般手下留情了。"

我勒缰夹着马腹，嘴唇撮起，正欲打呼哨招呼人家撤退，倏地一侧奔来三四骑快马，有人迎风高喊："请留步！"

我转过头来，当先那人一径奔近，方才与我交过手的男子低呼："朱将军。"

那人顾不得理会，只是急匆匆地纵马奔向我："阴……请留步。"

"小人阴戟！"我在马上略一抱拳，微微含笑，"朱将军别来无恙？"

来人正是朱祜，算起来他不仅仅是刘秀昔日同窗，还是我和刘秀的大媒。

"阴姬……公子，你当真在此……"他百感交集地看着我，风雪呼呼地刮在他脸上，"公子乃明理之人，还是……莫要为难祜，请随祜回雒阳去吧。"

"朱将军何出此言？真是折煞小人了。"我懒得与他多费唇舌，他们这些念过书的文武全才，和他们之乎者也地做口舌之争，我终是落于下风。

在我的概念里，与其跟他们文斗，不如武斗。

"阴戟？你是阴戟！"方才与我交手的人也冲了上来，脚踩得积雪嘎吱响，"你可就是当年河北蓟县，曾在陛下帐前做过护军的那个小子？"

我身子一震，思绪仿佛在那个瞬间被拉回到了久远的过去。

"好个阴戟，我寻你多年未果，你如何却是反了陛下，做了乱贼？"那人沉声走近，雪粒子簌簌地落在他的甲胄上，雪亮得刺眼。

我眯起眼，"哦"了声，有些惊讶道："原来是你啊——耿伯昭！"

能挨住我两脚却仍像个没事人似的，大概也只有他了，难怪方才觉得他的声音耳熟。

朱祜下马欲拜，我勒马退开，隐含斥责之意："朱将军莫忘了自己的身份才是。"很显然，这些人虽然同样都是刘秀的心腹爱将，却也并非人人都知晓我的真实身份。

朱祜尴尬地僵在雪地里，进退两难。

我见之不忍，不由心软道："方才见有人坠马，可曾受伤？"

我问的极轻，朱祜心领神会，交代身边小兵几句，没多久便有了结果。

"落马者乃是贾复……受了点小伤，不碍事。"

贾复？怎会偏偏是他！

听闻贾复此人性子烈，脾气燥，且心眼也不够大。前几个月他的部将在颍川滥杀当地无辜百姓，结果被颍川郡太守寇恂逮了个正着，不只下了牢，最后甚至判了个斩首示众。贾复认定此乃奇耻大辱，与寇恂翻脸，班师回朝之际路过颍川郡，若非寇恂为人大度机智，两人早刀戈相向。此二人两虎相斗之事传遍朝野，最后竟还是靠刘秀出面，才勉强将两人恩怨化解。

我蹙眉不语，真是没想到会伤了贾复，结下这个梁子。虽说只是小伤无大碍，但……总觉得隐隐不安。

"公子。"尉迟峻悄悄靠近我，压低声道："堵阳之危解矣。"

我默然颔首："下令退兵吧。"

我欲走，朱祜却是执著地追了上来："公子，请三思。"

"战场之上实在不适宜谈这些呀。"我失笑，驾马甩下朱祜，飒然绝尘而去。

辞 官

朱祜真是个固执且奇怪的人，那天明明已经放他们安然归去，偏偏他莫名其妙地留了下来，说是甘愿当俘虏，随后手无寸铁地他跟着我回了淯阳。

我很想轰他走人，可是一想到他甘愿留在淯阳充当人质，令岑彭等人有所忌讳，不敢再随便发动进攻，反倒省去了我许多气力。

朱祜虽说是俘虏，但是待遇却比客人还要优渥，每日三餐，基本上是我吃什么他就吃什么。时间久了，甚至连看守都省去了，任他在邓奉家内院自由活动。

晨昏定省，这是朱祜反馈于我的谢礼。只要一逮到空暇，他便会坐到我面前，趁着我看书简或者写书函的罅隙，不紧不慢地念叨着刘秀的种种往事给我知晓。

朱祜前往河北投奔刘秀的时间，正是我离开他之后没多久。我走之后，当时恰是朱祜顶了我的护军一职，代替我日夜守护在刘秀身侧。

"臣还记得……当年陛下在河北四处亡命奔顾，灭王郎，破铜马……更始帝敕封萧王，实则却是要行罢兵之策……邯郸宫温明殿看似乃是萧王行宫，可殿中却常常只住着郭王妃一人……"

我搁下笔，淡淡地提醒："现在该改口称郭皇后了"。

"嗯哼。"他清了清嗓子，一副浑然忘我的模样，完全没把我的话听进去，自顾自地往下说，"郭王妃有孕，陛下却仍是奔波在外，行军过邯郸之时，军士劝其回宫探视，他却只是微笑不语。昔日大禹治水三过家门而不入，如今陛下……"

我故意用竹简敲打桌案，鼻子里大声哼起了歌儿。

朱祐置若罔闻："陛下在河北之时，常常念起阴王后……"

我再也坐不下去了，他的本事足以媲美《大话西游》里面的唐僧，我要是孙悟空，肯定一巴掌拍死他。

"阴贵人——"见我要走，朱祐突然挺直脊背，长跪而起，"贵人难道不想知道陛下为何遣我等前来南阳么？"

我抿了抿唇，终于按捺住性子，转头："说来听听。"

他微微一笑，不曾直捣主题，反而又绕起弯子："臣，可是陛下与贵人的大媒呢。"

眼圈莫名一红，婚宴上与刘秀携手敬谢媒酒的一幕，电光石火般在我脑海里一闪而过。

"陛下的媒人何止朱将军你一个。"我嗤然冷笑。

"可刘伯先已经故去了。"

我一时未曾反应过来，过了许久，才讷讷地问："谁？"

"刘伯先——昌成侯刘植！"

脑袋一阵眩晕，呼吸无端端地急促起来，我连忙伸手扶住门框。

朱祐欷歔："昔日的老臣一个个都……先是槐里侯万脩，紧接着又是栎阳侯景丹……"

"万脩？！什么时候？"我几乎是尖着嗓子叫了起来。

"贵人不知么？邓奉将大司马赶出南阳，大军撤退之时，槐里侯身染重病，病殁于军中。"

"万脩死在军中？你是说……万脩当时在吴汉军中？"

"槐里侯万脩是跟着扬化将军坚镡一起授命征伐宛城的……"

我倒吸一口冷气，胸口像是被狠狠击中，痛得我几乎喘不过气来。过得片刻，疼痛稍减，我捂着胸口，呵呵大笑："你的意思是怪我带人将吴汉赶出南阳，以至于累得万脩病死军中？陛下……也是这般想法，所以……"

"阴贵人多虑了。"他深深地瞥了我一眼，"贵人难道忘了，祐乃南阳人氏，陛下亦是。易地而处，若是亲眼目睹乡亲惨遭蹂躏荼毒，换作祐，也许也似邓奉一般，会忍不住挺身而出，愤而抗击。"

愤慨之气稍平，我笑看朱祐，发现自己实在是心软兼耳根软的人，典型的吃软不吃硬，只要对方软着声来跟我说话，我都没办法动怒生气。

忽而想起了那个最能抓住我的这个弱点，犹如水克火一般，死死地将我的金刚钻化作了绕指柔的人。

我总是这样拿他没办法。

不是么？

是年末，三辅饥馑扩大，实在没有食物可供果腹，便有人耐不住饥饿开始将屠刀伸向同胞。人杀人，人吃人，一时间城廓皆空，白骨遍地，不是被饿死，便是被人杀食。苟延残喘下的百姓，为求自保，纷纷兴筑营寨。赤眉军那伙强盗抢不到东西，只得再度放弃一片荒芜的长安，带着最后所剩的二十余万人向东撤退。

刘秀急派破奸将军侯进等人，驻防新安，又将建威大将军耿弇等人从南阳抽调至宜阳驻防，堵截赤眉退路。如果赤眉军向东退走，则宜阳军队往新安会合堵截，如果往南，则新安的军队往宜阳会合。

冯异引兵西进，所到之处皆布威信，地方豪强闻风而降，进至华阴，与东进的赤眉军狭路相逢，两军相持六十余日，交战数十次。

建武三年，正月初六，建武帝刘秀拜冯异为征西大将军，全面指挥与赤眉军的作战。然而邓禹却不甘受制冯异，二人在军中意见始终不合，结果不仅邓禹率兵失利，就连冯异救援也频频受挫。最为惨烈的一仗，邓禹败溃仅剩二十四骑逃回宜阳，冯异甚至在战场上丢了战马，徒步逃回溪坂的营地。

二月，一败涂地的邓禹缴回大司徒，乃至梁侯的侯爵绶印，上疏辞官。刘秀下诏，准了邓禹的辞官奏疏，却仍是留了梁侯爵秩。

这样的结果，让我简直不敢相信那个在三辅冒失激进之人是我所认识的邓禹，他一向是个骄傲的人，有才能，有抱负，然而现在给人的感觉，却像是个赌气任性的孩子。难道他最终要的，就是刘秀的一道罢免诏吗？

刘秀四面受敌，忙得焦头烂额，邓禹的失职令他在西线的损失不小。邓禹辞去大司徒之职后，西线的事宜全权由冯异接手，兵权集中后的冯异，放开手脚，施计命士兵换上与赤眉军相同的装束，将眉毛也染成红色，沿路设伏。赤眉军果然中计，一场敌我难分的乱战之下，汉军大破赤眉，掳获俘虏将近八万余人。

二月十七，刘秀率军亲征，在宜阳布控，伏击赤眉残部。赤眉军早被冯异追剿得精疲力竭，兵无斗志。建武帝御驾亲征，大军突至，赤眉军震惊之余不知所措。最后派出刘恭觐见刘秀，乞求投降。

二月十九，赤眉建世汉朝皇帝刘盆子，以及丞相徐宣以下三十余名官吏，袒臂归降。刘盆子献出了传国玉玺以及高祖斩蛇剑。

困扰建武汉朝的心腹大患终于除去了，刘秀并未诛杀建世帝刘盆子，受降翌日便匆匆由宜阳赶回雒阳。

关于赤眉军归降的事传到我耳朵里时，已经是闰二月下旬，当时一并传回南阳的消息，还有逃亡湖陵的汉帝刘永，封了董宪为海西王，张步为齐王。

刘秀虽然解除了赤眉军的大患，然而北有渔阳彭宠，南有梁国、楚国的豪强集团。眼看张步的势力逐步扩大，独霸齐国故地，占据了城阳郡、琅邪郡、高密郡、胶东郡、东莱郡、北海郡、齐郡、千乘郡、济南郡、平原郡、泰山郡、甾川郡，共计十二个郡国。

于是，刚刚从宜阳赶回雒阳的刘秀，又不得不马不停蹄地奔向怀县。

在这种情况下，即使我不扣押朱祜，也大可不必担心刘秀还有精力与我周旋，趁他忙得脚不离地的罅隙，我却在淯阳优哉游哉地享受起我的清平世界。

除了日常操练士兵之外，闲暇时我便游山玩水，南阳郡内的县乡无一不是我小时曾经玩乐过的天堂，如今故地重游，令我感觉时光仿佛重又回到了十年前。

"……纷吾去此旧都兮，骤迟迟以历兹。遂舒节以远逝兮，指安定以为期。涉长路之绵绵兮，远纤回以樛流。过泥阳而太息兮，悲祖庙之不修。释余马于彭阳兮，且弭节而自思。日晻晻其将暮兮，睹牛羊之下来。寤旷怨之伤情兮，哀诗人之叹时……"

泛舟沘水，碧波荡漾，我叫了声："停。"船夫停止摇橹，水浪啪啪地拍打在船舷上，我左右观望，侧耳倾听。

那个清越的声音断断续续地又响了起来："……野萧条以莽荡，迥千里而无家。风呆发以漂遥兮，谷水灌以扬波。飞云雾之杳杳，涉积雪之皑皑。雁邕邕以群翔兮，鹍鸡鸣以哜哜。游子悲其故乡，心怆悢以伤怀。抚长剑而慨息，泣涟落而沾衣。揽余涕以于邑兮，哀生民之多故。夫何阴曀之不阳兮，嗟久失其平度。谅时运之所为兮，永伊郁其谁愬？乱曰：夫子固穷游艺文兮，乐以忘忧惟圣贤兮？达人从事有仪则兮，行止屈申与时息兮？君子履信无不居兮，虽之蛮貊何忧惧兮……"

声音透着耳熟，我一阵儿恍惚，也不知道过了多久，四下里再也听不到那朗朗诵赋之声时，身后的阴就轻轻推了我一把："为何要停船？"

我怔怔地不答，思绪仍沉浸在刚才那首赋词之中，没有完全拔离。

阴就笑道："莫不是姐姐想在此钓鱼？"

我打了个哆嗦，突然想到了什么，抬头看向立在船首、负责警卫的尉迟峻："子山，庄子陵现在何处？可是仍留在下博？"

尉迟峻愣怔片刻后答："不清楚。若姑娘想知道，小人回去后便派人寻访庄公子。"

我面带狐疑地摇了摇头，刚才的吟赋之人出口不俗，竟让我一时间想起那位酷爱垂钓、不喜俗务的孤傲男子庄遵来。

招呼船夫继续摇橹划船，我沉吟片刻，扭头问阴就："刚才有人吟赋，你可曾听到？"

"啊，姐姐是为了这个停船？自然是听到的，那是班叔皮作的《北征赋》，据闻此人文采出众，才不过二十四岁，却已是满腹经纶，颇有才学。"

我对那个班叔皮不感兴趣，是以任由阴就吹嘘得天花乱坠，始终未置一词。

尉迟峻则不然，见阴就赞不绝口，不由好奇地询问："此人果有如此才学？可知现在何处？"

"此人姓班名彪，叔皮乃是其字，扶风安陵人氏。班彪本在长安求学，三辅大乱之时，离开了长安，前往天水郡投奔了隗嚣。《北征赋》正是他北上途中所作……若说其才学，以他这样的年纪，当世之中，大抵只有梁侯邓仲华可与其相较了……"

邓仲华……

我倏地弹跳而起，因为起身的动作太急太猛，船身一阵摇晃，站在船头的尉迟峻险些把持不稳而栽进水里。

"邓禹……"我哆嗦着双唇，心潮澎湃，"是他……竟是他……靠岸！马上给我把船划到岸边去。"

"姐……"

"姑娘……"

船夫不敢懈怠，拼命摇橹，眼见船头碧波破浪，水流哗哗地自船舷两旁滑过。岸边春草丛生，一絮絮的随风摇摆，一眼望去，竟像是置身茫茫无际的草海之中。

不等船身停靠稳妥，我已跃身跳到泥泞的岸上。草秆随风倾倒，发出沙沙的摩擦声，春回大地，百花齐放，岸边的景致端地漂亮。

然而我此刻却毫无心情赏景，目光只顾焦急地来回搜索："仲华——是你吗？仲华——"双手拢在唇边，我歇斯底里地呐喊，"仲华——邓仲华——邓——禹——"

"唏——"蓦地，左侧传来一声尖锐的声响，随后一首音波极高、音律却分外柔和的曲子零零落落地响了起来。

眼眶没来由的一热，我拨开面前的杂草，跟跟跄跄地奔了过去："邓禹——"

风吹乱了我的鬓发，眼前的男子身着青灰色曲裾深衣，外套的缯丝襌衣被风托起，肆意而张扬地飘舞空中。

眼睛不受控制地湿润，我握紧拳头，抿紧双唇，撇着嘴不知道是喜是悲。

昔日的稚嫩青涩已完全从他的脸上退去，那个曾经挂着比阳光还粲烂的笑容的大男孩，已经完完全全蜕变成了一位成熟英明的俊逸男子，然而在他的眼底，却始终蕴藏着那股令人心悸的脉脉深情。

我的呼吸慢慢急促起来，胸口起伏，心脏跳动得仿佛要炸裂开。几次张嘴，我却终是没能喊出一个字来。

他终于回过头来，目光与我相触，微微一震，而后放下含在唇边吹奏的草叶，略显苍白的唇瓣嗫动着——虽然风声将他的声音完全盖去，我却能很清楚地"听"懂了他的话。

"笨蛋邓仲华——"我大吼一声，泪水从眼角渗出的时候，我跳跃式地向他冲了过去，一拳砸向他的脸。

他动也不动，反而慢慢地闭上了眼。

我及时收手，拳头贴在他的额头上，呼呼喘气："你在三辅不奉诏命？"

"是。"

"带兵打了败仗？"

"是。"

"你辞官了？"

"是。"

"为什么？"

他不答。

"你知不知道，陛下派公孙去三辅代你统领全军，他手里可是握有御赐宝剑的，你与他闹别扭，搞得不好，便是在玩火自焚，白白葬送自己的身家性命。你为什么要这么做？为什么要和陛下对着干？为什么不肯和公孙好好合作……"

他抬起右手，握住我的拳头，掌心将我的拳紧紧地包裹住。

我浑然一战，下意识地便想撒手，却不想被他握牢了，丝毫没有挣扎甩脱的余地。

"因为……"他睁开眼，眸光熠熠，严肃且认真地锁住我，嘴角勾起一丝苦涩的自嘲，"在很久以前我便有了彻底的觉悟，这一生……只为了你。功名利禄也好，乱臣贼子也好，都只为你。"

耳边不断激荡着他的深情告白，他攥着我的手，紧得犹如针扎般疼。

风乱，发乱，心更乱。

我扯了个比哭还难看的笑容，暗哑干涩地说："别犯傻了，你的仕途才刚刚起步……"

"是啊，可是枉我聪明一世，在你面前却只能当个傻瓜……"

"仲华……"

"我也……没办法，没办法……"他哽咽着声，苍白的脸上，自嘲的表情更深更浓，"不然你教教我吧，怎样才能够让我不再这么傻下去。"

我无语凝噎。

风越吹越狂，泚水哗哗流淌，犹如哭泣之声。

我没法教他，因为……在某个人面前，我也同样只是个傻瓜。

爱情这种东西，完全没有道理可讲。

他爱我，我却不爱他；我爱他，可他却爱着天下！

亲　征

建武三年闰二月，建武汉朝大司马吴汉，率耿弇、盖延，在轵县西郊，大破青犊乱军，青犊残余势力尽数归降。

同月，辞去三公之大司徒一职的邓禹，千里跋涉，回到南阳郡新野故里。

三月十六，建武政权擢升司直伏湛为大司徒。

涿郡太守张丰，背叛建武汉室，自称"无上大将军"，与渔阳太守彭宠结盟。幽州牧朱浮再难以抵挡彭宠的攻势，上疏请求建武帝支援。

"他会御驾北上亲征吧。"

春去夏来，我如今最大的爱好，是在午后吃罢午饭，抱着侄儿阴躬坐在庭院的空地上晒太阳嬉戏。

阴躬刚满三周岁，五官长得和阴识十分酷似，特别是那双慑人心魄的桃花眼，百分百地遗传自他的父亲。

在家住得久了，渐渐的，我的身份不再是秘密，只是除了阴识的正妻柳姬外，对其他宗族分支的亲戚，甚至包括阴小妹的生母邓氏都仍是一致保持缄默。瞒着其他人还能说得过去，但是瞒着邓氏不说，阴就对此十分不解，在他看来，家中虽然向来是阴识兄代父职，赡养继母，抚育弟妹，但邓氏到底是"我"的生母，以汉家孝感天下的道德观念，即便我是出嫁的外妇，也不该待母亲冷淡如斯。

对此，我是有苦说不出。我和邓氏的感情并不热络，头几年刚刚穿越到古代，除了装疯卖傻，便是满脑子的寻求新鲜和刺激，什么东西在我眼里都是可以拿来玩的。都说少年不识愁滋味，那时候的我，大抵也真的是可用"没心没肺"来形容了。

我把自己当成一个不小心误入时空的游客，在这个家里作客游嬉了四五年，直到安宁被永恒地破坏……

我一直以为自己能够回去，等我玩够了，玩累了，便能回到那个我熟悉的地方，然而当安宁被破坏，当乱世降临，当生老病死统统残酷地摆在我面前时，我才恍然醒悟，原来，自己是那么无知。

不经历风雨，便不会懂得珍惜。

时过境迁，转眼十年生死两茫茫，时间无情地从我指缝中流逝，仿佛流沙一般，无法被我掌控。我也不再是当年那个毛毛躁躁，不懂天高地厚的大学生，环境能磨炼人的意志力，能改变一个人的价值观和认知观。

当若干年后，我回到这里，重新过起当年淡泊沉静的生活，却发现原来当年的那种意气风发张扬的青春，已一去不返。

虽然……邓禹努力尝试着让我找回当年的惬意和放肆。

他教我玩六博，我仍是弄不懂棋子的下法，他笑着骂我愚笨，却没有再像当年那样推枰而逃。

一遍又一遍，从晨起到昏落，他不厌其烦地讲解给我听，直到我完全对六博没了兴趣。

他陪着我，每天一睁眼他必然坐在床前痴痴地看着我，晚上则非得熬到我哈欠连天才肯依依不舍地离去。每一天，每一天，周而复始，不断重复。

他守着我，用一种不可思议的执念，寸步不离。每一分每一秒，在他眼里都像是在燃烧他一生的时光。

我似懂非懂，心里隐隐作痛，却仍是只能带着伤痛陪他入戏。

"他会御驾北上亲征吧？"

当我抱着阴躬，抬头望着蔚蓝天空中漂浮的一朵白云，低低地重复时，邓禹脸上的笑容终于战抖了。

"是吧。"他努力支撑着那个笑容，虽然在我看来，那个笑，比哭泣更让人感觉抽痛。

"他是谁？"躬儿在我怀里仰起小脸，脆生生的童音娇软动听。

我低下头，在他红扑扑的脸颊上亲了亲："是个好人。"

"好人？姑姑，什么是好人？好人有什么用呀？"

很幼稚的问题，却让我的心情陷入郁悒："好人……能解救天下苍生，救万民于水火，能让大家吃饱饭，穿暖衣，能……"

"姑姑哭了……"小手困惑地摸上我的脸颊，指尖点了点我的眼泪，然后放在嘴里吮吸，"姑姑的眼泪也是咸的。那个好人把姑姑欺负哭了，我要去告诉娘亲！"

阴躬从我怀里挣扎着下地，然后丢下我蹦蹦跳跳地跑了。

我吸了吸鼻子，讪笑着说："真是小孩子……"

脸颊被一双温暖的大手捧住，我泪眼朦胧的仰起头，恍惚中一个黑影笼罩下来，随后我的脸膛上一暖。

邓禹亲吻着我脸颊上的泪痕，小心翼翼的像是在呵护着稀世珍宝，呼吸温暖的吹拂我的面庞，我瞪大眼屏息，窘迫而尴尬。

"他心里装着天下，可我心里却只装得下你一个。如果你不嫌弃，就让我陪你一辈子吧。"

"仲华。"我胆怯地退缩。

他眼中闪过一丝绝望，凄厉得撕心裂肺："哪怕你心里只装着他……也无所谓。"

我抬起眼睑，那张略带憔悴的俊脸正近在咫尺，发髻上没有佩戴高冠，改成了平民百姓戴的巾帻。虽然刘秀仍替他保留了梁侯的爵秩，但照目前的情形看来，他显然早把建武汉朝的一切荣辱和顾忌抛诸脑后了。

"我会带你游历天下，足迹踏遍五湖四海……你想去哪都可以。"

我失语地望着他发髻上的那半支白玉钗，他捧着我的脸，焦急地看着我。

不知为何，那半支白玉钗在我眼前像是被放大了十几倍，温润淡雅的颜色却深深地刺痛着我的心。

我把头往后仰，脱离他的手掌，然后假装轻松地笑了起身："其实……家里也挺好的，待在家里吃喝不愁，比起游历天下可省心多了。"

我不敢回头，踉踉跄跄地往内院走，脚步虚浮，眼前晃动的始终是那幽白中泛着惨淡光泽的半支玉钗。

朱浮坚守蓟城，战况告急，城中粮草断绝，百姓为了生存，竟然开始自相残杀，争相以对方的尸体果腹。

人吃人！如此令人作呕的恶劣事件，却真实的发生在这个残酷的乱世中。

然而刘秀却出乎意料地没有亲征支援，只是指派上谷太守耿况，派出突击骑兵救援。朱浮随援军弃城而逃，蓟城遂落入彭宠之手。

彭宠攻陷蓟城后，自封燕王，接连攻陷右北平，以及上谷郡所辖的好几个县城。不仅如此，他甚至勾结北方匈奴，向匈奴重金贿赂借来军队，又联合了齐王张步，以及富平、获索等地豪强乱民势力。

彭宠继赤眉之后，成为建武汉朝的最强大的敌人之一。

面对这样严峻的局势，刘秀仍是按兵未动。

转眼春去夏至，建武三年四月，一声惊雷突至，彻底打破了南阳短暂的安宁——建武帝刘秀率大将彭复、耿弇、贾复，以及积弩将军傅俊、骑都尉臧宫等人，浩浩荡荡地御驾南下，直逼堵阳。

朱祜被俘后，岑彭的大军一直退守在南阳郡与颍川郡的地界交接处，不进攻也不退兵，彼此僵持不下。他们不主动攻过来，我也懒得再打过去，我本没有抢占地盘，夺取天下的野心，只是想守着南阳，守着新野，安心地过几天清静日子。

刘秀的亲征，最终没有选择北上，竟然转而南下，且如此兴师动众，这让我又羞又恼。

他先前遣了那么多熟人来，明里攻打董䜣，暗里将我圈禁在南阳郡，如今又带着兵马御驾亲征，表面看起来好像是特别顾忌董䜣、邓奉占据南阳，实际上董䜣和邓奉的兵力合起来还不到两万人，与全天下如雨后春笋般冒出来的豪强乱民势力相比，南阳的这点人马根本没法入他这位天子之眼，不可能成为他首当其冲，先得铲除的目标。

但他，最终却偏偏选择了亲征南阳。

终于还是……逃不掉。

要来的终究还是要来，面对如今这样的局面，我心如明镜。当初的一走了之，他不可能当成没有发生。只怕在他心中，我欠着他的一个解释，一个令我毅然抛夫离宫的合理理由。

他始终在等我回心转意回去，所以南宫掖庭中才会一直存在着一个莫须有的"阴贵人"，但是我的不妥协，终于突破了他能够等待的界限，于是……他来了。

我不回去，他便主动来寻。

这……难道不是我潜意识里一直在期待的结果吗？

那为什么，他来了，我的心里却殊无半分激动，反而更加地痛，更加地无奈……

刘秀的兵马抵达堵阳，邓奉问我如何应对，我默然无语，按兵不动的最终结果是眼睁睁地看着堵阳的那点人马轻意被打垮，董䜣投降。

大军随即挥兵继续南下，压境淯阳，邓奉慌了神。我托人告诉他，如果汉军攻到，不用还击，直接开城投降即可。

他要来了，我才发现原来我什么都做不了，心里仿若掏空了一般，空洞而麻木。

邓禹打量我的眼神愈发凄厉，绝望的气息一天比一天浓重。

"如果……时间能静止，该多好。"

那一天，我在树下舞剑，他弹琴作和。等到最后曲终，余音将散之际，他笑着对我如此说。

我黯然地将剑用力插入土中，使得力太大，剑柄磨得我的掌心一阵剧痛。

他遽然起身，举起手中的古琴，猛力对着树干掼去。"啪"的一声脆裂巨响，琴身支离破碎，琴弦应声而断。

我单膝点地，右手牢牢握住剑柄，手指发战。

毁琴断弦，手被断裂的琴弦割伤，殷红的血从指缝中滴下，他惨白着一张脸，冲我抿唇一笑，怀里抱着那具断琴，木钝地转身离去。

萧索的影子，在夕阳下拉得老长老长。我看着那抹残影最终消失在拐角，眼泪再也止不住地落下。

猛地抽出长剑，发狂地用尽最后的力气，挥剑砍向树木。树干震动，漫天落叶中，我哑声恸哭。

如果……时间能静止，该多好……

如果……时间能倒转，该多好……

如果……时间能回到起点，该多好……

如果……时间能回到两千年后，该多好……

如果……所有的这一切从来都没发生过……

该多好……

多好……

替　罪

"什么？你再说一遍！把话说清楚了。"

"邓奉未降，淯阳城破，他带兵逃向新野了。"尉迟峻肃然重复。

头皮一阵发麻，这个邓奉，真是笨到家了，兵临城下，他不当场投降，往我这边跑又有何用？

"速速点齐人马，拦截邓奉，不能让他把汉军引到新野来。"

"诺。"

"慢！"我斟酌片刻，毅然道，"我亲自去！"

"姑娘，万一……"

我咬牙："我正是怕出现那个万一，邓奉若是被他们先逮到，小命难保，但若是先被你们先拦到，他又未必肯听你们的话，乖乖受降。所以，只能我亲自跑这一趟，不管怎么样，我不能让邓奉有失。"

尉迟峻深深地瞅了我一眼，垂首："诺。"

我取下木架上搁置的长剑，系于腰间，整装待发，转眼见阴就一脸忧郁地走进房来，我急着出门，来不及招呼他，拍了拍他的肩说："你乖乖待在家里，别乱跑！"

"姐姐——"擦身而过，阴就突然扯住我的衣角。

"嗯？"

"邓……仲华走了。"

我直愣愣地盯着他，有那么一瞬，脑子是空白的，仿佛什么都没有剩下。

"哦，好。"我讷讷地点了点头，"我知道了，你在家……乖乖的……"

阴就满脸的诧异和幽怨，我旋即旋身，匆匆下楼，似乎背后有什么东西在追逐着我，一点点地啃噬着我的心。

旌旗蔽天。

当我赶到小长安的时候，正好撞上溃败下来的邓奉军队，兵败如山倒，那些残兵败将犹如丧家之犬般，纷纷夺路而逃。

我在溃退的人流中没有找到邓奉的踪影，眼看着杀声震天，汉军的旌旗如火蛇似的直线逼近，尉迟峻几次三番地提醒我撤离。

进则遇刘秀，退则引兵入新野。

迟疑再三，我毅然做出决定："子山，你带咱们的骑兵全部退回新野，不得我的命令，不许踏出新野半步。"

尉迟峻跟随我这些年月，我现下在动什么心思他岂有猜不到的道理，顿时面色大变："姑娘不可轻意涉险！"

"不入虎穴焉得虎子！"我扬起马鞭，"你的使命是把人马都带回去，少了一个我拿你是问。"

"诺……"

"记得藏匿好踪影，这么多马匹聚在一起……太扎眼了。"我眯起眼，"你去把朱祐带过来。"

尉迟峻知我心意已决，闷声一跺脚转身而去。没过多久，朱祐双手捆缚的坐于马背上，被人连人带马地牵到我面前。

"委屈仲先了。"我用短剑挑断他手腕上的绳索。

朱祐揉着手腕，皱着眉头看着路上一拨拨撤退下来的邓奉残军："贵人打算何去何从？"

"如今我还有得选么？"我挑眉横扫了他一眼，怅叹，"走吧。"

他没再多问。

策马逆流北行，没过多久，身后马蹄声响，却是朱祐尾随而至。

小长安……

熟悉的小村落。

马蹄扬起的尘土时而溅上我的脸颊，打痛肌肤的同时也让我的无力感越来越强烈。

往北没走多久，便迎头遇上了追击的大批汉军，甫一照面，这些人二话没说动手便打。我正憋着一股气没处发泄，一时间以一斗十，见一个打一个。可是我放倒一个，紧跟着便会有十个人蜂拥补上，如此车轮战，单凭我武艺再高也抵挡不住。

就在我累得气喘如牛，准备放弃的时候，一声厉喝如雷般炸开。

围攻的人群迟疑地退开，我单膝跪地，呼吸如风箱般喘得分外厉害。

"为何不使剑？"来人居高临下地睥睨。

我抬头瞥向他，因为逆光，他脸上的轮廓模糊且有些刺眼。我从地上摇摇晃晃地爬了起来，满脸的不屑。

"临阵厮杀，不拔剑杀敌岂非自寻死路？"他的口气咄咄逼人。

"耿将军。"惊慌失色的朱祐踉踉跄跄地飞奔过来，打量我并未受伤，这才大大地松了口气，一张脸煞白，"幸甚……"

耿弇不甚明了地蹙眉："朱将军让我火速赶来，就是为了救他？"

朱祐一本正经："正是。若是她有所损伤，你我的罪过可就大了。"

我嗤然冷笑，丢开手中的马鞭，双手平伸，递到耿弇面前："缚了我去见陛下，保你头功一件。"

朱祐微微一战，方欲解释却被我一眼瞪视过去，终是犹豫着闭上嘴。

耿弇也不客气，喝令手下将我绑了，原本是想将我的胳膊反绑在身后，朱祐在一旁不停地碎碎叨念，吓得士兵不敢做得太过，最后象征性地将绳子在我手腕上绕了两圈了事。

"绑了也好，只当负荆请罪。"朱祐一路小声叮嘱，"等会儿见着陛下，你若不知如何解释，索性放声大哭，到时自有大臣会替你求情。陛下最是心软不过，不会怪罪贵人的。"

我在心底冷笑，本想讽刺他两句，但转念想到朱祐能说出这样的话来，说明他其实是真心偏帮着我的，于是闭嘴不说。

沿途俘虏甚多，我四下打量，终于按捺不住问道："邓奉现在何处？"

耿弇骑在马上，闻声诧异地回头："事到如今，你倒还顾念着他。既能这般顾念新主，如何背弃陛下当年的恩情？"

我扭过头假装没听见。

"嘿，你这厮，倒也硬气，身手也是不错。"他在马上回首一笑，笑容虽然短暂，却极是帅气，"不如我替你求情，让陛下饶了你的性命……"

我抬头，迎风直视他："小人是否该对将军的再生之恩感激涕零，日后誓死报效将军于鞍前马后？"

耿弇诧异莫名，过得片刻，对朱祐道："这小子天生反骨，软硬不吃，仲先你留他何用？"

朱祐笑着摇头，晦默如海。

到得大营时已是黄昏，战场上人来人往十分拥挤凌乱，此次亲征十分仓促，所以虽然御驾在此，也不过简易地搭个大些的营帐，连天子御乘的六马马车都没见到影子，仪仗之类的更是找寻不见。

朱祐一路引我至营帐前。

耿弇并非蠢人，朱祐待我的态度如此迥异，他再觉察不出什么也当真不配当大将军，是以这一路他不时地侧目打量我。

因为环境太乱，营帐前只见三四名守卫，却连通秉的内侍也寻不着一人。朱祐性急，索性不等通传，便带我靠近营帐。他让我等在帐外，整了整衣裳，自己充当通传官先进去了。

帐外，耿弇的视线始终追绕着我，他的疑虑渐深，目光也越来越犀利。我被他盯得浑身不舒服，终于熬了五分钟，忍无可忍地遽然回头："看！看什么看！我对龙阳断袖没兴趣，你再盯着我看，我把你眼珠子挖出来。"

他先是大大一愣，转而冷哼："不可理喻。"

我扭过头不理他，过了半分钟，他小声在我背后嘀咕："你放心，我对龙阳断袖也没兴趣。"

驻足等了约摸十多分钟，里头却始终没有人出来，既不见刘秀，也不见朱祐。原本借着和耿弇斗嘴而缓解紧张不安的我，再度陷入焦灼，心怦怦乱跳，像是没了着落点，脑子里不停地闪现着刘秀的脸孔。

也不知道过了多久，朱祐才慢吞吞地掀帐而出："陛下宣召。"他做了个请的手势，我深吸口气，跨步向前。

耿弇尾随，却突然被朱祐一把拽住胳膊。

入帐，简陋的陈设，两个熟悉的男人面面对峙。

心在那一刻，被狠狠地提起。

"仲华！"我失声惊呼，怎么也没想到竟然会在这里看到他。阴就明明告诉我说，他走了。

我以为……他……

邓禹转过头来，目光触及我腕上的绳索，剑眉紧蹙，露出一丝不快。然而也仅此一闪而逝的刹那瞬间，他恭恭敬敬地向我拜倒："臣禹，叩见阴贵人。"

我惊骇地望着他臣服在我脚下，呆若木鸡。

刘秀欺身靠近，伸手欲替我解开绳索，我下意识地肩膀往后一缩。抬眼看他，眸光清澈柔和，波澜不惊，眼角的笑纹迭起，他冲我弯眼一笑。

一年未见，他身上的那股帝王气势愈发惊人，瞬间勃发的张力压得我险些喘不过气来。

他不发一语，我和他相隔丈许，彼此凝望。

心跳得飞快，我感觉四肢无力，这一年里设想过无数遍若与他再见，当以何种面目面对他，或怒叱，或冷酷，或漠视，或自愧，或负疚，百转千折，却终不及这真实的惊人瞬间。

他是我的宿命！是我的克星！是我的孽债！

我在他面前似乎永远都无所遁形。

我深吸一口气，直挺挺地站着，努力的……努力地在他面前把脊背挺直了，努力地维持住自己最后仅剩的一点傲骨。

然而，他的表情却始终千年如一的温吞。

没有一丝变化。

"陛下！"邓禹长跪膝行至刘秀面前，再次叩首，"当断则断！"

刘秀脸上的笑容敛起，千年不变的表情终于有了一丝震颤。

我不明白他在犹疑些什么，只是……眼底的确闪烁着某种异样，似挣扎、似矛盾、似痛苦，似不忍。

是什么令他如此？难道……

我不禁低头瞟向面无表情的邓禹。

"陛下！"邓禹声色俱厉，凄厉得令人心惊胆战。

"来人——"

"臣在。"刘秀刚出声，帐外的耿弇便走了进来，再一看不只耿弇，跟进来的还有岑彭。

"卿……以为应当如何处置邓奉？"

耿弇与岑彭对视一眼，跪下齐声道："邓奉背恩反逆，暴师经年，致贾复伤痍，朱祜见获。陛下既至，不知悔善，而亲在行陈，兵败乃降……臣等以为，若不诛杀，无以惩恶。"

我一震，险些惊叫出来。

邓禹抢在我动怒之前，掷地有声地说："两位将军所言甚是，陛下不可妇人之仁。"

倒吸一口冷气，我万万没想到邓禹会如此直谏，邓奉好歹是他邓氏宗亲子弟，同属一脉，他如何非要这般不遗余力地置其死地？更何况……他明明知道，邓奉无辜。

"邓奉是……"

我的话才刚刚喊出，刘秀突然截口，语速飞快地对耿弇与岑彭道："既如此，准了两位所奏，念在他跟随朕久已，赐他全尸吧。"

声音卡在喉咙里，我张大了嘴一个声也发不出来，眼睁睁地看着耿弇与岑彭面带喜色地退了下去，一口气硬生生地逆转回胸腔。

"你这个——"我双手使劲一挣，腕上捆绑的绳索虽然只是做个样子，却也不是轻易能挣脱得开的。我接连挣了两三次，直到腕上皮破血流，才从绳索中脱出手来。

刘秀和邓禹都没料到我会突然使蛮力挣脱绳索，见我手上流血，皆是噫呼一声，一齐凑了上来。我顺势一扬手，啪地一声掌掴刘秀。

电光石火的瞬间，时间仿佛停止了，我怒不可遏，咬牙："昏君！"

我顾不得理会他俩是什么反应，旋身出帐。

帐外兵卒走动巡视，却独独不见了耿弇与岑彭的身影。我心中大急，满大营地乱窜，冷汗顺着我的额头涔涔而下，只要一想到邓奉命在旦夕，我便感觉心在滴血。

原来……这就是皇帝！这就是一朝天子！

我原以为刘秀不同于刘玄，不同于其他人……没想到一切不过是我的空想。皇帝就是皇帝，不管他以前是什么人，只要坐上了那个位置，多么淳朴的人都会被它改变。

"丽华——"胳膊猝然被人攥住。

我一甩手，反身一脚回踢。

那人闷哼一声，竟然不躲不闪地结结实实受了我这一脚。

我回头，看到那张熟悉的脸孔面无血色，气不打一处来。

"还是……那么冲动，咳……"邓禹手捂着胸口，表情痛苦的咝咝吸气，"你还去哪里？难道这不是你的选择么？"

"我不懂你在说什么？邓奉是无辜的，你明知道他是无辜的……"

"是，他无辜。可是，他若是不死，死的人就得是你。"他面无血色，双唇一开一合，微微哆嗦，"这一仗，累得陛下亲征，贾复受伤，朱祜被俘，众将士伤亡。如果今天陛下不给出一个公平的处置，只怕很难服众……"

"公平？这算什么公平？明明是吴汉屠城在先……"

"吴汉屠城也好，掠财也罢，你难道忘了，这些其实都是陛下的纵容之故吗？你以为陛下就不辨是非，不知道屠城掠财乃是罪恶卑劣行径？当初在河北，招募不到士兵，没人愿意投效，如果不是默许这种作为，这种行径，如何能有今天？人为财死，鸟为食亡，汉国初建，国库空虚，粮草不济，你让那些将军拿什么去激励士卒，要他们拼死效命？"

我身子晃了两晃，眼前一阵眩晕。只觉得天旋地转，仿佛脚踩的不再是夯土。

"丽华，你不是不明白，你不是个糊涂人，从来都不是。你只是不愿意去看清他到底有多难，你不愿他当皇帝，所以时常用平民的眼光去衡量他，要求他，左右他……其实你明明知道，他不可能再做回以前那只知耕田卖谷的刘文叔，又何苦一直执迷不悟、自欺欺人？你若只是向往平淡生活，仅仅只是想要这个，那我完全可以给你……但你偏偏不要，可见你心里要的不是真的平淡安宁，自始至终，你要的都只有他一个，既然如此，你又何必管他是刘文叔还是建武帝？你要的……不就是一个他吗？"

他的面色越来越苍白，可是那双唇却是鲜艳欲滴，红得像是要渗出血来。

浑浑噩噩的，我像是想明白了，又像是彻底糊涂了，脑子里仿佛一下子被塞进了太多的东西，搅成一团，难以消化。

"邓奉——不得不死！这场战乱得有人为它背负后果，如果错的人不能是陛下，如果死的人不能是你，那么只有邓奉……"

"不——"我厉声尖叫，几欲崩溃。

我想不通，想不通……也不想去想！

政治！权谋！帝王心术——

太深奥了！我没法懂！也没法理解……

没法……接受……

邓奉，就这么成了替罪羊！

一条人命，因为我……我的想法过于简单，行为过于鲁莽，思虑过于轻率，就这么……成为了这场亲征游戏的祭品。

他原本完全可以不用死的！

得到这样的惨烈结局，全是因为我的自负，我的自傲，因为我的赌气……

"回去吧，你既然选择了他，就请你坚持到底吧！"邓禹悲伤地望着我，眸底寻不到昔日的一丝光彩，萦绕的尽是濒死般的绝望，"请你……幸福……"

我如遭电呃，眼泪震落的瞬间，转身落荒而逃。

请你……幸福……

我的幸福……

在哪？

为什么在你们眼中，似乎幸福干我是唾手可得的东西。仿佛只要我肯递出手去，幸福就能被我牢牢拥在怀中。

但，为何唯独我始终看不到，那个幸福的入口？

汝予

你不是不明白，你不是个糊涂人，从来都不是……

你只是不愿意去看清他到底有多难，你不愿意他当皇帝，所以时常用平民的眼光去衡量他，要求他，左右他……

其实你明明知道，他不可能再做回以前那个只知耕田卖谷的刘文叔，又何苦一直执迷不悟、自欺欺人？

自始至终，你要的都只有他一个，既然如此，你又何必管他是刘文叔还是建武帝？

你要的……不就是一个他吗？

不就是一个他吗？

汗湿了衣裳，我一口气奔出两三里地，最后累得全身脱力般地栽倒在草丛里。扎人的草稞子刺痛了我的背，我躺在厚厚的草甸上，却是连一根手指都不想再动了。

苍穹低垂，日沉月升，光与影交错。我喘着粗气，眯起眼睫看天幕西垂的最后的一道落霞。

无风，沉闷，天穹泛着红光，霞光犹如一条染血的丝巾。

汗水顺着脸颊滑入衣领，我茫然的伸手探向虚空，想象自己能够抓住那道晚霞……

无望且奢侈的想象。

一如我对幸福的认知和追求！

天黑了，风起了，虽然不清楚此刻是什么时辰，我的肚子却很不客气地叫嚣着提醒我，已经到了该解决民生问题的关键时刻。

我叹了口气，无精打采地从草丛里爬起身子，许是肚里空空饿过了头，起身的时候竟觉得有些耳鸣眼晕，才晃了晃身，身后有只手递过来扶住了我的手肘，当先把我唬了一大跳。

风越刮越大，草甸子簌簌地响着，我的右手悬在半空，手指正欲勾掠鬓角碎发，却没想这一回眸，却硬生生地把我所有的动作给定住了。

刘秀就站在我身后，不发一语地伸手过来替我将飞舞的乱发抿拢："饿了吧？"

心头百般滋味混杂在一起，说不清道不明，然后我听到一个很熟悉的声音说："嗯。"

刘秀笑了。

停顿了三四秒钟之后，我才醒悟过来，这一个声音竟是我发出的。

他牵了我的手，像是平时做惯的那样，很自然地握住了，十指交缠，紧紧地握在一起："丽华……能跟我回宫吗？"

风哗啦啦地压过草甸子，那般壮观的情景仿佛眼前是一层一层掀起的滔天巨浪的大海，分外令人惊心动魄。

恍惚间似乎又回到了四年前，那一天他也是如此蹙着眉尖问我："你能……嫁给我，做我的妻子吗？"

能吗？

那样毅然决然的抉择，还能再做一次吗？

身体不受控制地抖了起来，呼吸凝重："你……"声音被风吹散，抖抖索索的飘零在夜空中，找寻不到一丝暖意，"你……还用得着我吗？"我慢慢地退后，一点点地把手从他的掌心中抽离，"我对你而言，已经没用了……"

手上一痛，竟是他突然加重了力道，牢牢地箍住了我的手指。手指连心，那样尖锐的痛，竟像是穿透了一切直钻进我的心里。

"如果我说……不想放手呢？"

我撇开头，心扑腾扑腾地跳着，憋屈的感觉填满了整个心房，酸涨得像要炸裂开："秀儿，我不和你绕圈子，斗心思。我把心里话坦白告诉你，你当这皇帝也不是一天两天了，你应该比谁都更清楚，你为帝一日，便不可能再容许外戚掌势。想我阴氏一族，显赫新野，即便为人处事再如何低调，也总是一门望族。我若回宫，日后族人恩赏，封侯拜将，百官口舌，万民所指，是非难断……亲情之外，尚存君臣之义，昔日有吕、霍之乱，以史为镜，你断不可能心无芥蒂，日后若有一步行差踏错，便会惹来杀身之祸，与其如此，不如现在便放开……我不愿我兄弟日后成为刘扬第二……"

手上被一股劲道一扯，我不由自主地跌向他，近距离的接触到他，发现他脸色煞白，两眼瞪得溜圆："你便是这般看我的？"

"你若是平民，那便只是温文尔雅的刘文叔……但你现在是汉帝，这与你是何等样人完全无关。帝王心术……自古皆是如此，你若想坐稳那个位置，自然得有所觉悟。"

他笑，笑得悲怆，笑得凄凉，笑得我不忍再看："所以……你舍弃了我，是吗？"

"你喜欢我与人使计斗狠么？你想要我变成怎样的人呢？一旦入宫，如果不懂得保护自己，便只能给你添麻烦，甚至……如果你顾全不到我，有可能……但若是整天与人钩心斗角，尔虞我诈，你难道就不怕有朝一日我变成第二个吕雉，然后惯性使然，用同样的手段来对付你？即便如此，也无所谓吗？即便变成那样，你也仍要我留在你身边吗？"

"能对我讲出这样一番肺腑之言，便说明你还是阴丽华。我不敢信誓旦旦地承诺些什么，也没法保证自己一定能当个好皇帝，但是……我希望能结束战乱，希望百姓能够安居乐业，希望给予一日三餐，希望他们能得一家团聚……这样的愿望，说起来简单，做起来却很累人，但再苦再累，只要我不放弃，便终有实现的一日。"他握紧我的手，轻轻将我揽在怀里，"我希望你能一直陪在我身边，因为……你是我的全部动力。"

风越来越大，刮得人像是要飞起来般，我扯着他的衣襟，瑟瑟发抖。

明明是夏日，我却像是掉进了冰窟窿里，双腿膝盖又酸又麻，差点连站都站不住了："要下雨了。"我皱着眉嘟哝，"我走不了路了。"

身上一轻，我被他拦腰打横抱起："先找地方避雨。"

躲进这处凹洞前，突如其来的倾盆大雨已经将我俩给淋成了落汤鸡，进洞的时候只是觉得松了口气，然后刘秀抱我找了处干燥的地方暂时先坐了起来，我揉着麻木的小腿，感觉膝盖又疼又痒，恨不能拿把刀斫了去。

侥幸的是洞里的一处角落居然存有干草和枯枝，刘秀生了火，回头见我满脸痛苦的模样，慌得变了脸色："不是说腿伤无碍了吗？"

我咝咝吸气："碰上阴天下雨就不行了。"

他默想了片刻，把身上的衣裳脱了下来，外衣湿了，他随手脱了扔地上，然后把内里的小衣也扒拉下来，赤裸裸的露出精壮的胸背。

我只瞄了两眼，心跳便开始紊乱了。他倒没什么异样，专心地将内衣裹住了我的腿："衣裳湿了，要不要脱下来烤干？"

舔了舔干涩的唇，我赧颜："好。"慢吞吞地把外衣剥到一半，突然记起自己为了方便行军打仗，贴身用丈尺长的绢布素胸勒腰，加上这一层布料后，又怕穿衣多了闷热，便没再穿亵衣。

我紧了紧衣襟，有些为难。

"怎么了？"

我咬唇，反正自己也不是什么黄花大姑娘了，犯不着为了脱件外衣跟他多矫情什么，只是……有些东西却仍是让我心存芥蒂。

思量良久，我终于憋着气问："你怕不怕我？"

他露出一抹困惑的表情。

我叹了口气，慢慢卸去衣衫，然后转身背向他，三下五除二地将束胸的罗绢也扯散了。

满头青丝盘了男儿发髻，我裸着背，闭上眼睛："怕的话，就把眼睛闭上。"

身后再无声响。

沉默许久之后，有双温暖的手抚上后背，我打了个冷颤，险些哭了出来。

"怎么搞成这样？"

我屏息："自己弄的，是不是觉得我挺心狠的？"

背上的伤口虽然早已愈合，却因为当时经常被我故意弄裂疮疤，结果伤口反复受创，最终留下了无法磨灭的丑陋伤疤。

我能清楚地感触到那双附着在我背上的手，正如何高高低低、坑坑洼洼地在缓慢移动。

"还疼不疼？"

"比这两条腿好多了，除了伤疤丑了点，其他的没什么感觉。"我尽量放慢语速，用一种漫不经心的口吻在淡淡地叙述着。

背后没了动静，我僵硬地梗着脖子，紧张不安地绷紧了身体。

洞外雨声如泄洪一般，电闪雷鸣，狂风呼啸，我有些害怕地抱住了自己的肩膀，想将自己蜷缩起来。不知怎么的，那种微妙的自卑情愫竟慢慢渗进我的心里，让我越来越彷徨。

那声微弱的抽气声就在这个时候从我脑后猝然响起，紧接着正瑟缩自卑的我，被拥进一具温暖的怀抱。他把脸埋在我的颈窝，沉闷地吸气，微微发战。

我愣怔片刻，骤然明白过来。

"秀儿……"伸手绕向身后，轻触他的面颊。

粗重的呼吸声悠长而沉闷的萦绕在我耳边，他不说话，只是将我抱得更加紧了。

肌肤相抵，我俩正用一种近乎赤裸的方式紧贴在一起，然而无关旖旎缠绵，无关情欲放纵，他抱着我，我靠着他，却在平静中感受到了彼此间的依赖。

相濡以沫。

他之于我，我之于他。

彼此心连心的靠在一起，让我有了一种全然放松的惬意和安详。

难道这就是他们说的幸福？

雨过天晴，当我们两个人离开那处壁洞时才发觉原来冥冥中恰有因缘，那处地方正是五年前小长安遇劫，我抱着刘兴逃难途中中箭，刘秀在此替我拔箭疗伤的洞穴。

难怪洞中尚存干草枯柴，可供生火之用。

刘秀在草甸子寻到我时，我能断定当时只有我和他两个人在场，他身边并未带随从，然而当我们天亮时分离开山凹时，走了不足百米便见两三百人的兵卒持戟巡逻。

刘秀孤身一人离帐到找到我与我在一起独处山洞，想来并无他人知晓我二人行踪，然而现在看这些士兵显然有备而来，见到刘秀时并无意外神情，规规矩矩地行了礼，似乎再自然不过的事。

陡然想起阴就曾提过刘秀的斥候力量非同小可，由此可见，阴家的情报网虽然厉害，刘秀旗下的斥候也不容小觑，否则不可能在如此短的时间内马上寻到天子踪迹。

念及此，背上突然滚起一道冷颤，汗水涔涔浸湿衣衫。我不愿引人注目，是以低着头跟在刘秀身后假作侍卫。

趁着他与人说话份，我脚底抹油，打算开溜，却不料被他回头一把抓住："想去哪？"

"出恭……"

他笑："朕陪你去。"

我大糗，憋红了脸："不用。"

他攥紧我的手，扶着我的腰，小声叮嘱："你腿脚不方便，而且……朕怕你学高祖……"

底下的话不言而喻，他早看穿我想借屎尿逃遁的把戏。我无计可施，暗地里拿指甲使劲抠他手背："碰上你，我还能使什么坏？"

别看刘秀一派温柔，他鸡婆起来的唠叨本事我早有领教，于是识趣地直接选择放弃。

安安静静地和他一起坐上一辆双马轩车，自始至终他都紧紧握着我的手，片刻不放。带着一种莫名的惆怅情绪，我坐在车上随他一同回营。

车辘滚动，经过小长安村落时，村内百姓三三两两的聚在村口，齐齐向车辇跪伏叩首，口中念念有词。刘秀俱是含笑以对，并无太多的君王架势。眼前的情景一晃而过，转眼绕过村落，我眼前一亮，愈发对四周景物熟稔起来。

"停……停一下！"我着急地摇晃他的胳膊。

不等车马停步，我挣开他的手，从车上纵身跳下，往西飞奔而去。

身后蓦地传来一声厉吼，震得我身子微微一战。然而我此时脑海里只剩下那一片齐人高的茅草地，踉踉跄跄地一头钻了进去。没等我在草堆里钻入十米，肩膀上突然搭上一只手，一股强大的蛮力将我整个人向后仰天扳倒。

"你要去哪——你还想去哪？"他战抖着扣住我的肩胛，五指用力，似要捏碎我的琵琶骨。

我吃痛地耸肩，试图挣扎着甩开他。

刘秀又惊又怒，一改往日的那种温文尔雅，满脸的痛心和震惊，过得片刻，他终于松了手，表情也渐渐恢复平静。

我揉着疼痛的肩胛，叹气："我不是要逃……"

他跨前一步，紧挨着我："那跟我回去。"

"我说过不逃就不会逃，你别把我看成犯人似的。"

他轻笑："你确实犯了谋逆的大罪。"

"哦？那依汉律，当如何判罚？"

"拘禁，终身。"他表情严肃，语气却带着一抹柔情，伸手仍是扣住我的左手五指，"回头朕要打副铁索，将你锁起来，这样你便无法再乱跑了。"

我呆呆地望着他，对他无意间流露的孩子话，感到又是好气又是好笑。半晌，我答："那你赶紧锁住了，跟上来，丢了我可不负责。"

右手拨开草丛，我奋力往前迈出，刘秀小步亦趋，这可急坏了随侍的那帮兵卒，纷纷手持武器上前帮忙割草开路。果然是人多力量大，没片刻工夫，眼前的乱草便被绞割干净，空出一大片地来。

空气中弥漫着杂草的青涩气味，我停下脚步，鼻子一酸，眼泪簌簌落下。

"终于找着你了……"蹲下地，我伏在一块长方形的石条上痛哭流涕。

石条后是个拱起的小土包，上面同样长满了杂草荆棘，我边哭边拔，草叶粗糙，荆棘锋利，瞬间割伤我的手，在我手上留下一道又一道的划痕。

"丽华！"刘秀适时阻止我。

我转身扑进他的怀里："表姐……"

泣不成声。五年了，我数次踏遍小长安附近的山山水水，却总是没法寻到当年埋葬邓婵的确切地点。那座简陋的小小坟茔消失在人们的视野中，似乎永远湮没在了尘嚣之间，化为了虚无。

可我知道，它在那，始终在那……等着我，带她回家。

刘秀悚容肃穆。

石条作为临时墓碑依然忠实地矗立在坟头，然而当初用血水所写的"邓婵之墓"四个字，却早被雨雪风霜给侵蚀销抹得一干二净。

西汉末年的这个动荡岁月，墓地皆好厚葬，事死如事生，可我当初逼不得以，无奈下只能让邓婵栖身于此荒芜之地。

这个年代还不兴给坟茔立碑，若非我当时懵懵懂懂地替邓婵竖了这块石碑，权作今日相认的记号，她便只能孤零零地埋骨地下。江山易主，风云变幻，小小孤坟，到如今却又如何还能寻觅得到？

"终于找着你了……我终于找着你了……"我痛不欲生，泪流满面，"表姐，我会带你回家。你听到了吗？我来带你回家了……"

"丽华……"

我倏然跪下，呜咽："邓奉背恩谋逆，其罪虽当诛，却还请陛下念在往日情分，饶恕邓氏一族，切勿牵连他人……"

"你起来。"他拽我的胳膊，使劲把我从地上拖了起来，"朕答应你，朕会命人将邓奉归葬邓氏宗祠，连同邓婵一起……邓氏一族乃有功之臣，朕只会嘉许，不会连株。"

我默然转身，望着那凄凉的孤茔，突然扯开嗓子，用尽全身的气力，厉声哭喊："表姐——丽华带你回家——"

邓婵，你终于可以回家了。

你若当真在天有灵，便请你和孩子一起，随我回新野，回家……

第四章
母仪垂则辉彤管

婚　配

征西大将军冯异，推军直抵长安上林苑，延岑、张邯、任良联合向冯异反攻，皆被其击溃，延岑大败转而放弃关中，从武关南下南阳。

此时天下饥荒，物价飞涨，一斤黄金只可购得五升豆子，所有通往关中的道路皆被切断，粮草军需无法运入，冯异的军备物资不足，帐下将领士兵只能以野菜树果充饥。刘秀当即命南阳人赵匡任右扶风，设法带兵襄助，运送缣、谷等补给。

将邓婵的骨骸迁至新野邓氏祖坟安葬后，建武帝终于决定从小长安拔营北返。五月廿四，经过长途跋涉后，我跟随刘秀回到雒阳，再次回到南宫，做回西宫阴贵人。

回宫后没多久，听闻从关中逃到南阳境内的延岑，连夺数县，建威大将军耿弇出战，将其阻截在穰城。延岑大败，仓皇逃至东阳，与另一股乱民势力秦丰勾结，秦丰将女儿嫁与延岑为妻。

联姻与政治向来便是互通的，像是一条绳上的两股分叉线，紧密地缠绕在一起。以前也许我还曾对这种政治联姻抱有某种幻想，有些自欺欺人，到如今却早已将这一切从里到外看得再透彻不过。

回到宫里，一切像是回复到了原点，可有些东西却又分明不同了。我没主动去见过郭圣通，按理这是有违礼制的，无论如何她现在已经是母仪天下的皇后，而我只是后宫姬妾，说不上晨昏定省，也该日日问安才是。

但我心里总是鲠着那根刺，无法完全释怀，反正对外我已经抱恙一年有余，也实在不差这几日了。

邓禹也从南阳回到了雒阳，刘秀重新授予他官职，任命为右将军。他虽谢了恩，领了命，却到底有些意兴阑珊似的，仿佛无论什么事都不再挂念在他心上，一副可有可无的态度。

那几日刘秀忙于政务，宁平公主刘伯姬便时常入宫来陪我聊天解闷，我其实明白此乃刘秀授意，怕我一个人待在寝宫难免胡思乱想。我是个受不得寂寞和冷清的人，这般跳脱，不爱受拘束的性子，刘秀最清楚不过。

刘伯姬来了几回，和我相谈甚欢，没多久聊天的话题便从她的子女慢慢延伸至一个叫"李月珑"的女孩儿身上。刘伯姬口中的这个女孩子乃是李通的堂妹，年方十七，恰是值得婚配的如花年纪。刘伯姬屡屡提到她的名字，对她褒扬甚多，提得次数多了，我再假装糊涂也搪塞不过去了，只得开门见山地明说："若是当真贤惠明理，不妨回明皇后，接进宫来安置吧。"

我原以为刘伯姬会如释重负，谁曾想她听完我的话后竟是一副眼珠子都要掉出来的错愕表情。

"三嫂你当真病得不轻！"说完这句，她忍不住一阵仰天大笑，直笑得香肩战栗，发髻松动，"我皮痒找死呢敢跑你这里来给我三哥塞女人！"她抚着鬓，喘气直笑，"三嫂你真是……我三哥那性子你还不了解么？我哪敢多嘴替他说媒？我也不和你兜圈子了，省得你胡思乱想的又想歪了。直说了吧，我是瞧着月珑那女子稳重得体，品貌尚且是其次的，难得的是她待人接物，都显得落落大方……梁侯年岁也不小了，这二人摆一块儿正好登对。嫂子与他自幼知交，也好说和说和，这事成了，也是件美事。"

我咯噔闪了下神，愣了老半天才醒悟过来，讷讷地讪笑："你说的在理……"

邓禹的这门亲事说得十分顺畅，没费多大的周折便顺顺当当地办成了，邓禹一口应允了这门亲事。邓李两家皆是望族，联姻也算得门当户对，虽然是战乱之时，这场婚事倒也办得甚为隆重。

亲迎当晚，身穿玄色婚服的邓禹谈笑风生，光斛交错，与席间宾客把酒言欢，嬉笑不止。新娘是个文气的女子，低眉顺目，偶尔浅浅一笑，带着一抹少女的娇羞。

隔着两张食案，我手持酒锺，浅酌轻抿，远远观望。新人向帝后敬酒，刘秀含笑，气度从容，郭圣通娇憨中带着尊贵，盛妆之下果显仪态万方。

"贵人！"阴兴借着敬酒之机，蹭到了我的边上，眼睑低垂，嘴角勾着一抹戏谑，"贵人可曾后悔？"

"后悔？"我眯起眼线，斜乜了他一眼，慢慢地放下手中的酒盅，"事已至此，何来后悔？"

他轻笑："贵人的心结解了么？"

我垂目盯着锺内的残酒，轻轻吐气："不曾。"

阴兴举了举手中的耳杯，作势敬酒："以后会明白的……贵人在宫中请多保重。"

我点点头，他一本正经地与我行了礼，这才退下。

阴兴刚离开，那对新人敬完帝后，按着尊卑次序往我这边携手而来。我有些失神，宾客轰笑中，我扯出一丝笑意，借着让小黄门呈上贺礼之际，回避了些许尴尬。

邓禹偕同新婚夫人李氏给我磕头，看着那个玄衣高冠的熟悉男子，跪在几步之遥，恍惚间似乎又仿佛回到了见证他冠礼的那一刻。我不禁绷直了腰，佯作平静地受了礼："祝二位举案齐眉，百年好合！"端起食案上的酒盅，一饮而尽。

饮毕，却见对面跪在席上的邓禹猛地掀起眼帘，眸光逼人地望了过来，那张帅气的脸上笑靥吟吟，但那样的欢喜却半点没有传达到他的眼中，目色沉沉，似在叹息。只这匆匆一瞬，他已扶着妻子站了起来："谢阴贵人赏。"

"兄弟啊！"马武踉踉跄跄地扑了过来，满面红光，"仲华你这小子……"他一手勾住邓禹的肩膀，一面戏谑地瞟向李氏："真是会享齐人之福哪！都说你守在三辅，身边连个女人都没有，怕你……呵呵，不好女色，没想到你比我们老哥哥几个都强，真是动辄不娶，一娶便是五女连珠……"

马武贼贼地笑着，伸手去拉新娘子："弟妹啊，你可真是贤惠大方之人，过门还带着媵妾，你也不怕仲华生受不起……"

我脸色微微一变，边上立即有人去拉马武，大咧咧的马武却浑然未觉，径直把人推开，摇摇晃晃到我跟前一坐，笑着说："阴贵人，别坐着不吭声呀，你这么安安静静的样子，还真让人不习惯呢。你说我讲的对不对，我家里的怎么就没那么贤惠呢，我说要再纳个小妾，她死活不肯，那收个丫鬟做媵妾吧，她仍是不爽快。到底还是邓仲华福气好哇，娶了妻子过门还带了四个陪嫁丫鬟做媵妾……"

"子张，你又喝多了。"我招手唤来两名小黄门，"扶山都侯到边上醒醒酒。"

勉强打发走马武，再回头找邓禹的踪迹，早被人拉到一旁胡闹了，李氏面薄，却也被人调笑着灌酒，邓禹替她挡着，反被人强按住勒令罚酒……

我忽然觉得自己坐不下去了，席毡子上似乎安了针，扎得我两腿发麻。这时刘秀身边的中常侍悄悄溜到我身侧，小声交代："陛下见贵人气色不大好，问贵人要不要先回宫，马车已经备妥了，贵人可以随时离开，不必请礼。"

抬头望刘秀坐席望去，他也正透过人群往我这边看，我勉强冲他一笑，伸手扶住中常侍，撑起身子："回宫。"

夺 子

车上一路颠簸，许是贪凉吹风的缘故，回到宫里的时候只觉得脑袋特别疼，像是有人拿锤子不停地在敲打。

我揉着发疼的太阳穴，刚走上正殿大门口，正想叫琥珀烧水放汤洗澡，黑乎乎的拐角突然扑出一团黑影，一把抱住我的双腿。

我想都没想，本能地飞起一脚。那人惨叫一声，骨碌碌地原地翻了个身，竟是顺着石阶一路滚到楼底。

"啊——"殿门大开，琥珀尖叫着蹿了出来，一脸惊怖，"许美人——贵人，那是许美人啊！"

她慌得直奔楼下，我大大一怔，感到一阵头晕目眩，耳蜗里似乎嗡嗡的像有坦克车在开来开去。

"凭你是谁！不懂规矩，以下犯上者，论罪当诛！"中常侍尖锐的嗓音陡然打破沉寂，我从混沌中猛地清醒过来，忍不住瞥了那人一眼。

能让刘秀挑在身边伺候的人，必然不是等闲之辈。

我镇定下来，甩袖进殿，声音冰冷："把许美人带进来。"

在木榻上坐下后没多久，一名穿浅粉色曲裾深衣的女子耷拉着脑袋由琥珀扶了进来，她头上梳的三股发髻散开了一股，长长的青丝披盖住她半侧脸颊，昏暗不明的烛光下，那抹苍白的肤色刺痛了我的眼球。

"贱妾许氏……"琥珀扶她跪下，她哆哆嗦嗦地叩首，"拜见阴贵人！"

手足发战，我深吸一口气，极力使自己保持冷静："抬起头来。"

她抖抖索索地抬起头，目光触及我时，娇躯一战，飞快地垂下眼睫。

眼前的女子肤如凝脂，体态丰腴，面颊圆润，我蹙着眉把她从头打量到脚，来回数遍，终于将她的五官轮廓与我记忆中那个瘦小胆怯的丫头合二为一。

她见我不吱声，半晌怯怯地扬起眼睑，偷觑我一眼，见我目光如炬地死死盯住了她，吓得脸色一变，差点儿没瘫到地上去。

"原来真是许美人呢。"我眨眨眼，故作无辜的瞪大眼。她额头肿起老大一块青瘀，显然是方才摔下楼时碰上的，"许美人不在自己寝宫歇息，深夜到访西宫，事先怎的也不打声招呼。刚才门口一团漆黑，我还以为是哪蹿出来的野猫，没瞧清抬脚就踢出去了。呵呵，美人万勿见怪，熟悉我的人都知道我打小就这坏习惯，最喜欢练练腿脚，踢猫踹狗……唉，琥珀，还愣在那发什么呆哪，赶紧扶许美人起来，小心地上凉。"

"哦……哦，诺。"琥珀如梦初醒，急急忙忙地将胭脂扶了起来，搀到一旁的蒲席上坐下。

"方才没伤着许美人吧，若是伤着了，真是我的罪过呢。"我随手拿了案上的一只梨子，取了匕首慢条斯理地削皮，琥珀想接手，我用眼神制止了她。

嘴里说着话，眼睛却专注地盯着梨子，我并不抬头。

或许是因为我没有再死盯住胭脂看，让她松了口气，隔了片刻，她终于恢复了冷静，不再哆嗦："贱妾无碍。"

"嗯。"我继续削皮，一层薄薄的水果皮削完了，刀刃却仍在果肉上一层层地刮着，不曾停歇。

梨汁顺着手指滴滴答答地溅在案上，我神情专注地一层层削着果肉，直到最后手里只剩下一枚梨核。当啷一声，我将梨核扔进果盘里，一扬手，手起匕落，匕尖戳中果核，一并将木胎的漆盘钉在了桌案上。

随着"吋"的一声巨响，胭脂似乎再次被惊吓到，脸孔煞白，面无人色，一双眼瞪得老大，盛满惊恐。

我随手取了琥珀递来的湿帕，慢吞吞地擦手："琥珀，去瞧瞧沐汤放好没，我累了，一会儿洗完澡便歇了，陛下若是晚宴回宫，你让他歇皇后的长秋宫安寝吧。"

琥珀是个直肠子的傻气丫头，我的话半真半假，没唬住胭脂，倒把她给糊弄晕了。愣了半天才答我一个字："诺。"

那个中常侍倒是个机灵的家伙，俯身说："陛下吩咐了，今晚仍宿西宫，只是让贵人不必守着，先安寝便是。"

我不得不再次对他投去关注的一瞥，眼中已有少许赞赏："陛下也真是的，每次都爱这么费事儿，不愿打扰皇后安寝，便来折腾我……今儿我实在累了，不如这么着，你引陛下今晚去许美人宫里吧。"

话音刚落，只听琥珀一声低呼，扭过头，却是胭脂面如白纸的闭目斜斜瘫倒在了席上。

我险些于心不忍，忙狠下心转过头去，继续对那中常侍吩咐道："劳烦中常侍送许美人回宫吧。"

"贵人直呼小人名讳即可，小人姓代，名印，字子予……"

"带子鱼？"

"诺。"

我差点喷笑，强行忍住。代印正要招呼小黄门带许美人出去，她却忽然醒了，爬起来两眼木然地望着我。我反被她盯得发忧，代印说道："许美人，天色晚了，小的送你回宫吧。"

胭脂浑不理会，我被她瞪得怒火一拱一拱的，正欲发话，忽然侧殿传来一阵婴儿啼哭声。我呆住，诧异地以为自己听错了，却不料胭脂腾地一下从席上跳了起来，扭身往侧殿冲去。

代印反应比我还灵敏，胭脂没跑出十步，便被他追上，一把扯了回来："许美人，回宫的大门不在这边……"

"撒手！"胭脂突然号叫起来，"你给我滚开——"她叫嚣着，小小的身躯像是突然迸发出惊人的力量，居然将身材比她高出大半个头的代印推得差点跌倒。

代印抿着唇，脸色铁青地勒住她的胳膊，不让她动弹。

胭脂低头狠狠咬在他的手背上，代印呼痛撒手，她趁机推开他，继续掉头往侧殿门口跑。只这片刻工夫，我早抢在她之前堵到门口，她冲过来的时候，我劈手一掌打在她的肩胛，右脚往她奔跑的下盘一勾，她尖叫一声，绊倒在地上栽了个筋斗。

我飞快地跳到她身上，将她双手反拧到背后，用膝盖死死顶住她的后腰，怒叱："你当西宫是什么地方，岂容你在我面前放肆无礼！"

她吃痛哀号，痛哭流涕，代印三步并作两步，招呼一帮吓傻了的黄门宫女，将胭脂捆绑起来。

站在侧殿门口，那撕心裂肺的婴儿啼哭声听来愈发清晰，胭脂花容失色，浑身发战，尖叫道："把我的孩子还给我——你不能抢我的孩子——"我心神大战，胭脂声泪俱下，"你总是这样，当年把我扔在乱军之中，受尽凌辱，生不如死；如今却又夺走我的孩子，再一次要生生剜去我的心头肉……你怎么能够这么狠心，你怎么能够这么没人性，你怎么能够这么……"

她哭得连气也喘不上来。

我的一颗心怦怦直跳，牙齿咬着唇，痛苦地反复啃噬着。琥珀揉着她的胸口，替她顺过一口气来，我冷冷地望着她，居高临下："你不也在背后捅了我一刀？这个世上没有无缘无故的爱，自然也就没有无缘无故的恨！我承认当初亏欠你，但如果让我重新再选择一次，我仍是会那么做……我只是个人，不是个神，即使我当年有心救你，也无力回天！所以，既然做了，便不容许我再后悔当初的所作所为！就像如今换你做错了，也不能怪我夺你心头所爱一样！"

胭脂只是哀号，泪流满面，我冷漠地瞥了她一眼，环顾四周："今天许美人可曾到过西宫？"

众人面面相觑，一脸茫然，战战兢兢的不甚明了，仍是那个代印心思敏捷，答道："小人送阴贵人回宫，这一日都未曾见到许美人……"

余人恍然大悟，顿时纷纷附和：

"许美人不曾来过西宫！"

"奴婢未曾见过许美人……"

我满意地点点头："不相干的人都退下去，该干什么仍干什么去。今晚的事若是有谁在外头乱嚼舌根，哼，宫规处置。"

"诺……"长长的一串沉闷的应诺声，宫人纷纷退去，脸上各自不一地带着一种惊惧。

胭脂也被人拖了下去，起初还哭号两声，一出宫门，便听一声吱唔的闷哼，再没了动静，显然是被人拿东西堵上了嘴。

呆呆地站在原地愣了好一会儿，耳听得那婴孩啼哭声渐渐弱了下去，我打了个寒噤，质问道："这究竟是怎么一回事？"

我把视线直接投向代印，他先是一怔，而后扯着尴尬的笑容，一副讨好的口气："这是陛下的意思，许美人身份卑贱，不足教子。陛下赞许阴贵人雅性宽仁，三皇子交由贵人抚养，最为妥帖。"

我面无表情地"哦"了声："贱妾只是名小小的贵人，说起来身份也高贵不到哪去，如何敢轻言教导抚育皇子？"

代印被我一句话噎得说不出话来，只得讪讪闷笑，窘迫异常。

我转身入侧殿，殿内有三四名妇人团团围着一个怀抱男婴的乳母，正想尽一切办法哄着那孩子吃奶，见我进来，这些人吓了一跳，齐刷刷地跪下，室内只剩了那个抱孩子的乳母，表情尴尬地望着我："贵人恕罪，小皇子方才吐了奶，不曾想惊扰了贵人……"

那男婴约摸半岁大，小小的脑袋上稀稀拉拉地长了几绺黄黄的头发，容长脸型，嘴角鼓鼓的全是肉，两只大大的眼睛里含着泪水，嘴角沾满白白的奶汁。见到我时一副惊恐的表情，小嘴扁着，似乎又要放声啼哭。

乳母拍着他的背，细声细气地哄着，那许多妇人也连忙上前使劲摆弄着一些小玩意儿吸引他的注意。

我只觉得头疼欲裂，抚着额头闭上眼，那孩子委屈惊恐的小脸却仿佛始终在眼前晃悠："这么晚了，怎么还不安顿小皇子睡觉？"

"原是睡着了，可方才不知怎的，突然醒了……"

我没兴趣听这些育儿经，心慌意乱地退了出来，只觉得浑身是汗，衣裳黏糊糊地紧贴在身上，闷热难当。

去单独修建的沐浴间洗完澡回来，躺在床上却辗转反复，再难入眠，明明身体累得半死，可脑细胞却兴奋得异常敏感，似乎……半梦半醒间，能一直听见婴儿的啼哭声。

快天亮的时候，感觉有什么东西在我身上爬来爬去，弄得我分外酥痒，我揉着困涩的眼皮，勉强睁开眼睑，却发现刘秀手肘撑着床，正伏在我身侧，一脸宠溺地望着我。

"唔，早……"我含糊地打了声招呼，翻个身，嘀咕了句，打算继续睡回笼觉。

刘秀显然不甘心被我就此冷落，伸手扳过我的肩膀，戏谑地笑："你昨晚上是不是准备赶我出西宫睡？"

我一凛，顿时睡意全无："哪个嘴碎的家伙乱嚼舌根？"

他呵呵笑了两声，胸膛震动，从身后揽臂搂住我的腰，让我的后背紧贴在他胸前："谁说的又有什么要紧？我只想知道你是不是真打算赶我走？"

我背上出汗，于是用手肘推他："热啊。"

他抓着我的胳膊，反而愈发贴伏上来："你总是这么怕冷怕热的……"

热辣辣的呼吸吹在我耳后，我面上一红，只觉得心跳加快，咬着唇闷着头反复思量。他的手慢慢地开始在我身上游走，沿着上身的曲线一路往下，我面红耳赤，终于忍不住一把抓住他继续往下移动的手："把三皇子送回去！"

他不吭气，微微的呼吸声紧贴我的耳廓。

我舔着唇，强作镇定，但内心里压了一晚上的炉火却终是旺盛地燃烧起来："想要孩子，我自己难道不会生么？为何偏要你拿别人的来硬塞给我？这算什么？讨好么？嫌我没孩子么？"

他吸气，沉寂了数秒钟后，猛地扳着我的肩膀将我翻过身来，没等我看清楚他的脸，如暴风疾雨般的吻已如火般落下。

我呻吟一声，下意识地伸手揽住他的脖子。吻一路下滑，像是埋下一个个小火种，最终点燃了全身肌肤。

刘 英

许美人的儿子继续留在西宫照料，小家伙才七个月大，放在床上连坐都坐不稳，像个不倒翁似的。本来我也没想过要多花心思去看顾这个孩子，可没想到孩子体质弱，以前由许美人亲自喂乳，现在突然挪了环境，换了乳母哺育，居然上吐下泻。

时逢夏季，腹泻疟疾之类的病症原就容易多发，小孩子的体质一旦扛不住，便一股脑地发作起来，高烧不止。

我面上装作不关心，心里头却仍是挂念着孩子的病情，期间郭圣通派人来问了三四次，又亲自来瞧了一次，我见她面上关切着，嘴上却也始终没替许美人求情，有把孩子要回去的意思。宫里偶有风声，只说许美人自从丢了儿子，像是发了疯一般，宫人为防她想不开自残，便把她严密看管起来，平时连上个厕所都有一大堆人看着，生怕出什么事担上风险。

我和郭圣通两个面上仍是十分客套，人前我敬她是皇后，她尊我卑，我处处以她为贵，让着她，忍着她。

孩子的病始终不见好转，只要一吃乳母的奶水，便又会腹泻不止，换了七八个乳母都不管用。我原也动过把孩子还给胭脂的心思，可既然郭圣通能沉得住气，我便不能主动示弱。

转眼过了酷夏，天气微微转凉了些，三皇子在我宫里也待了三四个月，渐渐地随着月龄增加，他开始会认人了，牙牙学语间竟然会喊出一声娘来。

其实他并不清楚哪个是他的母亲，也不会懂得那一声"娘"，具有什么样的意义，他只是个被一群仆妇抱在怀里，见奶便扑的小小婴儿。

有奶便是娘！

他饿了会喊娘，尿了会喊娘，高兴的时候喊娘，困乏的时候还是喊娘。那一声声奶声奶气的娘，却像是一遍又一遍的紧箍咒般，每天在我耳边咒念着。

每每看着这个笑得天真无邪的娃娃，甚至眼睁睁地见他咧嘴笑着要我抱，对我喊："娘……娘……"的时候，我的心会像刀扎一样痛。

我愤怒，同时也深深地感到了——嫉妒。

特别是宫里除了这个牙牙儿的小三，还有个三岁大的皇太子刘彊和二皇子刘辅。刘辅只比三皇子大了几个月，可因为他是正出，而小三是庶出，尊卑份位上便差了许多，小三儿没法跟他身为皇太子的大哥比，同样也没法跟他的二哥相争。

小三儿满周岁的那一天，我在宫里给他简单的办了个生日宴，那天刘秀下了朝，我便对他说："给孩子起个名吧，总是三皇子、三儿的这么叫着也忒别扭。"

刘秀显然没太把这些宫闱琐事放在心上，这些日子他忙着打延岑、破秦丰、诛刘永，朝政上的事情已经占据了他大半心神，他或许早忘了自己的小儿子已经满周岁却还没起名。

"你这个做娘的给起一个吧。"他笑吟吟地抬头看了我一眼，然后继续埋首批复奏疏。

"我可不是他的娘……"我淡淡地一笑回应，"既然你不起，我便随口叫了。"

"好，随你。"这次他连头都没抬。

"就叫刘英吧，英雄的英。"

"诺。"

"快入冬了，我在想……"我低头摩挲着裙裾上的褶皱，一遍又一遍，直到冰冷的掌心有了些许暖意。

"想什么？"

"想把刘英还给许美人。"

他停下笔来，慢慢地抬起头来，目色温柔："为什么？你不喜欢这孩子？"

"也不是……谈不上喜欢不喜欢。"在他面前，我没法违心撒谎，只是很平静地交代，"最近天冷了，觉得身子很乏，老是打不起精神似的，大概是腿伤的宿疾又要发了，我怕我没多余的心思和精力看管刘英。孩子照看得好，那是我应该的，若是照看得不好……我的压力会很大。刘英……打小底子就不好，按太医说的，那是奶水喂养不当……"

刘秀搁了笔管，从书案后走到我跟前，执起我的手："不会是病了吧？手好冰啊，召太医瞧过没？这几日忙得我有点儿晕……"他伸手抚摸我的脸颊，充满怜惜之情，"你若觉得累，我把刘英送到长秋宫由皇后抚养吧。"

"别……"我喑哑着声，深吸了口气，"还是把孩子还给他的母亲吧。"

"傻女子，还是那么善良。"

我鼻头一酸，不知道怎么着了，差点很情绪化的哭出来，忙别别扭扭地闷声说："我心狠着呢，以后你就不会这么夸我了。"

他轻笑，低下头来亲了亲我的额头："今天刘英满周岁，把孩子抱去让许美人瞧瞧就是了。至于抚养问题……容后再议。你先再辛苦几日……"

他似乎铁了心不打算把孩子还给他的母亲，我知道这其中必有缘故，若说我一开始不把孩子还给胭脂，是为了打击报复，可到如今我已松口，他却仍是执意要将他们母子骨肉分离，其手段和用心，委实匪夷所思。

刘秀向来不是一个心狠的人，他会这么做，必然有让他必须这么做的理由。

我软软地靠在他肩上，眨巴着眼睛，不想再为这些琐事伤脑筋，一副懒洋洋的样子："你是不是又要出去打仗？"

"嗯……"

"下次带了我去吧，宫里实在太闷了。"见他不吱声，我撅嘴嘟哝，"不带我去也行，你仔细瞅着琥珀和带子鱼两个人，可看得住我……"

唇上一紧，他狠狠吻住我，用力吮吸。在我快透不过气来前才猛地松开我，大口喘粗气地直笑："我是不是永远都拿你没办法了？"

我定定地望着他，目光贪婪地锁定他的每一个笑容，心动的伸手抚拭他眼角的笑纹，低声感慨："不是。是我拿你没办法……一点办法都没有……"

刘英被送去许美人那里半天便又被抱回西宫，琥珀回来后突然变得沉默了许多，偶尔我会见她躲在角落暗暗拭泪。她的心思单纯，一如白纸，我不是不明白她为何忧伤落泪，但这个时候却只能选择漠视。

刘英开始学步了，乳母用手抻着他的胳肢窝，他的两条小腿跟蛙腿似的上下弹跳，摇摇晃晃的样子分外可爱。我愈发觉得烦闷，虽然明知道孩子无辜，可我却没法大度到能真的将他视若己出。

随着冬日的来临，我变得异常敏感起来，经常会感觉身体发冷发寒。一向不习惯午睡的我竟然会在晒太阳的时候倚在木榻上昏昏睡去，梦里依稀见到刘英流着口水冲着我甜甜的笑，张开藕节似的小胳膊，喊着我一个劲地嚷嚷："娘娘，抱抱！娘……娘，抱抱……"

那样的喊声太过真切，以至于我分不清哪个是梦境，哪个是现实，于是打着寒噤惊醒了。睁眼一看，果然有张圆滚滚、胖乎乎的小脸凑在我面前，乌溜溜的眼珠子不住好奇地打量我。

揉着发木的胳膊，我假意笑问："二皇子什么时候来的？"

一旁看顾刘辅的乳母急忙将他抱开去："二殿下非嚷着说要来看小弟弟……惊扰贵人了。"

她嘴上说着抱歉的话，可我却没听出有多少歉疚的诚意，从某种意义上说，她此刻手里抱着的孩子是嫡子，而我，不过是宫里的姬妾罢了。姑且不论皇子的身份有多尊贵，仅以寻常人家作比，嫡出的子嗣乃是主子，而小妻媵妾，地位却和奴仆差不多。

我起身，含笑逗弄刘辅。才不过比刘英大不到半岁的孩子，却明显要比刘英长得结实、壮硕："弟弟睡了，二殿下等弟弟醒了以后再来找他玩吧。"

乳母抱着二皇子，屈膝对我做了做行礼的样子，便打算离开，这时殿外人影儿一闪，又有个小小的身影晃了进来，后头跟着一大帮子人。

"弟弟，弟弟，母后找你了，赶紧回去！"刘彊甫一冲进门就扯着乳母的衣角，踮着脚尖作势拉她怀中的刘辅，"快跟我回去，跟我回去。

刘辅咧着小嘴，俯冲着脑袋冲哥哥直笑。一干子跟从的奴仆人仰马翻似的，给我行礼的行礼，哄孩子的哄孩子。许是方才醒时惊魇住了，我觉得胸闷气短，心里说不出的滋味，极是不舒服。换作平时，太子驾临，我怎么着也得客套个几句，可这时却半点笑容也挤不出来，只得摇着手说："带太子回长秋宫去吧，别吵醒了三皇子。"

一干下人侍从忙慌不迭地把两小主子请了出去，好容易堂上又静了下来，我正想找琥珀倒杯水顺顺气，那头她却急急忙忙地跑了来，说道："许美人在殿外求见。"

心里愈发添堵，我皱着眉头，一句"不见"几乎便要脱口，但是触到琥珀哀恳似的眼神，心里不由发软，叹气道："你让她到侧殿等我，还有，肃清殿中闲人，不要让无关紧要的人靠近。"

琥珀点了点头，匆匆离去。

我轻轻拍着胸口，招来其他宫女给倒了热水。就着点心糕饼吃了五分饱，耗去差不多一个小时的时间后，我才慢吞吞地往侧殿走去。

才进门，就见胭脂直挺挺地跪在门槛后头，与数月前那一面相比，眼前的她变化相当之大，显得既消瘦又憔悴。

我嘘了口气，让琥珀出去守住殿门，然后也不理会跪在地上的胭脂，径直走到榻上坐了，随手翻着自己写的那堆《寻汉记》。

胭脂默默流泪，一脸凄苦之色，我悄悄打量她时与她目光撞了个正着，她身子发战，掩面放声大哭。

"闭嘴！"我啪的摔简，"你这是想让外人觉得我在欺负你呢？在我面前趁早收了那一套哭闹的把戏。我是什么样的人你不会不清楚，有什么事只管开门见山地说，说完了事。"

她紧抿嘴，憋着气，一张脸涨得通红，泪水肆意纵横却当真不敢再放声哭喊上半句。好半晌，她战巍巍地磕头道："奴婢知错了！奴婢……知错了……"

我奇道："许美人温顺有礼，侍奉陛下，诞下皇嗣有功，何错之有？"

胭脂的脸红得似能滴出血来："贵人休要再臊奴婢了。奴婢听从皇后之意，接近陛下，获取宠幸，不过为的是要以此报复贵人。贵人的心思奴婢打小就明白，贵人好强，敢上阵杀敌，胆色堪比男儿，几乎没什么能伤得了贵人的心，除了……陛下。"

我端坐在榻上，身子愈发地感到寒冷，只能冷冷地注视着她，无言以对。

她默默流泪，神情那般的绝烈，看得我胆战心惊："奴婢苟且偷生，心里除了恨，仍是恨……虽然身份下贱，命如蝼蚁，主子待奴婢无论做什么，都不能心生怨怼，只能怨天尤人。可是……一想到当日所受凌辱，苟且之余便充满了满心的恨。只有靠着那点恨意，奴婢才有勇气活到今日。郭家的人找到了奴婢，安排进宫，到皇后身边做了侍女，他们不让我问为什么，我也不多问，只要给口饭吃，能供三餐温饱，便胜似我的再生父母。"她抽泣，痛不欲生，"我只是隐约知道他们想让我干什么，当时什么脸面都顾不上了，只要……只要能让贵人痛苦，我比什么都开心。陛下醉了，梦里念着贵人的名字，皇后把我推上了床……"

"够了！"我一掌拍在案面上，手指抑制不住地颤抖，全身如堕冰窖般冻得彻骨。

我仇视地盯住了她。她面颊通红，牙齿紧紧咬着唇："奴婢本就是没脸没皮的贱人，按贵人所言，既然做得便该敢于认得……"她磕头，额头撞在地砖上砰砰作响，"但奴婢要申辩的是，奴婢没想过会得上天垂怜，赐我麟儿。奴婢绝没想要仰仗这个孩子再攀附什么富贵，只是……他毕竟是奴婢身上掉下来的一块肉。母子连心，求贵人开开恩，把孩子还给我吧！"

我霍然站起，跳到她的面前，她吓了一大跳，下意识地把眼睛紧紧闭上，瑟瑟发抖。

"我本可废了你，逐你出宫……"

她抖得愈发厉害，牙齿咯咯作响，嫣红的血色逐渐从她脸上褪去，变得像纸一样白。

我冷冷一笑，用手捏住她的下颚，强迫她抬头。她被动地抖着睫毛，战战地望着我，眼中满是惊慌。

"皇后母仪天下，岂会像你说的那般不堪？你莫推卸责任，血口喷人……"

"我没有……"她失措地重复强调，"皇后……真定王被诛，宫廷内外人人皆知陛下预立阴贵人为后，郭氏无所依，若是不使些手段让你主动退位，如何能有今日妻妾互换的局面？"

我怒火中烧，一扬手啪地甩了她一耳光："贱婢！你再无中生有，诽谤皇后，挑唆滋事，我现在便代替皇后置办了你！"

"贵人为何不信奴婢说的话？奴婢句句属实，绝无半句造谣……"

"住嘴！"我扬手恫吓，声色俱厉，"你果然不配做一个母亲，给我滚出去！"

"贵人……"

"来人！"我拔高嗓音唤人进来，"请许美人回宫！"

胭脂失声恸哭，在闻声赶来的侍女黄门的扶持下，踉踉跄跄地被拖出了西宫。她前脚刚走，我便觉得眼前一团漆黑，眼冒金星，头顶起了一股风旋。

"贵人！"正郁闷难抒的琥珀刚进门便看到我摇摇欲坠似地扶着墙晃悠，吓得一把抱住了我，"难道是刚才许美人出言无状，顶撞了你？贵人你别生气，都怪奴婢不好，奴婢只想到许美人处境可怜，一时竟忘了贵人比她更苦……"

我深吸一口气，哭笑不得："我没事，你扶我到床上躺会儿，我保证一会儿就好。"来到古代，身体经常会莫名其妙地发生异常状况，一般情况下只要镇定外加静养，是不会出现什么大问题的。

这一躺便是一下午，等到再睁眼时已是晚上，寝宫内燃着数十盏灯烛，把偌大个宫殿照得犹如白日。我挺身欲起，不料被人按住了肩。

"躺着。"刘秀的声音不高，淡定中却带着一种威仪气魄，我情不自禁地顺应他的话，乖乖躺下，"病了怎么也不召太医？"

"我哪有病，你少咒我。"我翻了个身，伸手搂住他的腰，他坐在床沿上身子微微一僵，任由我抱着，一动不动。我慢慢蹭过去，把头枕上他的膝盖，他微笑着抚摸我的长发，五指成梳，一寸寸地拢着。

良久，我轻声启口："把刘英还给许美人吧。"他不作声，手停下动作，我仰面朝上，伸手合掌捧着他的脸，大拇指拂拭着那张棱角分明的薄唇。

"别让人亲你的嘴！"我痴痴地低叹，"它只能属于我……"

他噘唇在我手指上吻了下，然后张嘴含住，眼中的笑意愈发浓烈。最后慢慢俯身低头，最终吻住了我的唇。

我勾着他的头颈，沉醉在他的亲吻中，情难自禁。

"秀儿……别恨她，只当我欠她的，刘英替我还了。"

微眯的双眼陡然睁开，眸底精芒一闪而逝，我在心底微微歔歘。

他果然还是介意的，所以不打算给胭脂留任何后路。孩子虽然是这场谋算中出现的一个小小意外，但是他却同样可以剥夺她成为母亲的权利。在这个时代，一个没有子嗣且又不受宠的姜室，下场会是如何，已经可以预料得清清楚楚。

刘秀在打什么主意，我现在已经摸到了一些门径，虽说不能保证百分百准确，但也八九不离十了。

我不禁幽幽叹息："塞翁失马，焉知非福。皇后之位，本来就不是我真正想要的。我……不愿被放在火上烤……"

他用脸颊紧紧贴着我的额头，低喃："该拿你怎么办好呢？我的痴儿……"

喜　脉

当太医令与太医丞一起被召到西宫大堂等候问诊时，我正津津有味地陪刘秀享用着晚饭。

睡醒一觉起来后，倍感神清气爽，我的胃口随之大开，一口气吃了两盔粱饭，外带六串犬肝炙。因为惯于和刘秀合案同食，所以食案上摆放的食物不仅丰盛而且量足，我的大快朵颐令刘秀不住地侧目，严重影响到了他的食欲，于是我边嚼肉脯边朝他瞪眼："是不是觉得没立我当皇后，实在是明智之举？"

他笑着摇头，取了帕子替我擦拭唇角："慢些吧，慢些，别噎着。还以为你病了，瞧这架势，哪里像是有病的样子。"

"那就请太医们回去吧，反正我没病。"

"来都来了，便诊一下吧，你上次不也说担心天冷腿疾又犯了么？顺便让他们开些补药也是好的。"

我知道他看似温柔，其实有些事情一旦坚持便会相当固执，而且他现在是皇帝了，怎么说也该给他留几分面子，好歹不能召了太医们来又无缘无故地打发人回去，于是乖乖地点了点头。

他满意地冲我一笑："还吃么？可见今天的饭菜对你的味口，下次朕嘱咐他们照原样儿再做。"

"偶尔吃着觉得味道还不错，总不见得让我天天吃同样的菜色？"放下汤匙，我接过琥珀递来的盛装清水的盌，匆匆忙忙地漱了口，"别让太医令丞老等着了，兴许他们还饿着肚子呢。"

不等刘秀应声，我已整了仪容准备去大堂。

"让他们过来便是。"

"我的陛下，这里可是掖庭寝宫，召见外臣还是去堂上说话方便。"我回眸一笑，刘秀正慢腾腾地起身，竟是打算要陪我一同前往。

我脚步走得奇快，他反倒是慢条斯理，慢慢地跟在后面，身后尾随中常侍代印以及一堆的宫人。我本已一脚跨进大堂，却在那个瞬间触及了心中某根紧绷的弦，忙硬生生地把腿收了回来。

刘秀跟了上来，眉头微微一挑，露出困惑之色。

我微微一笑，敛眉垂肩，恭谨地退至一旁。他深深地瞅了我一眼，忽然若有若无地叹了口气，跨步迈进大堂。

笑容慢慢敛去，望着那个熟悉的背影心中一阵隐隐抽痛，我一时失了神。身后响起刻意的一声"嗯哼"，代印清了清嗓子，和颜悦色地说："贵人请。"

是了。在代印面前，我尊他卑，所以他得让我先行。同理，在刘秀面前，他尊我卑，如果说这个皇宫里还有谁有资格能与他携手并肩，那唯有母仪天下的皇后。

皇后是妻，是主母；贵人是妾，是奴婢……我再如何受宠，也不过是个身份卑微的贵人。

我不禁在心里冷笑着，无奈却又凄凉。

郭家费尽心机地把郭圣通捧上那个后座，为的无非是巩固自己家族的利益。刘扬虽然死了，真定王的实力却仍在，刘秀没办法把那么强大的外戚势力连根拔起，何况现如今战乱迭起，安抚也实在比强压来得更理智，朝中河北豪强出身的官吏也不少，这些人与郭氏的利益息息相关，牵一发而动全身。

我不清楚郭圣通做何想法，但是对我而言，正如阴识所担忧的，如果我真的坐上那个位置，只怕也不会全然毫无顾虑。有道是高处不胜寒，君臣之道，外戚之家，恩宠再大，毕竟有限，一旦过了某种限度，便会遭到帝王的猜忌，终不免落得伤筋动骨的惨淡下场。

刘秀性子虽柔，终究已经是个皇帝了，他的手腕不算刚硬，但该下手的时候却也绝对不会手软，譬如对待李轶、刘扬，乃至邓奉。这就好比武侠小说里面描述的少林绝技和武当太极，一个架势刚猛，一个招式阴柔。虽然后者看似要温柔许多，但杀伤力却是同等的致命，最终效果殊无半点分别。

我和刘秀之间存在的别扭是，他或许是当真在乎我，会处处替我考虑，但是一旦我背后的阴家，甚至河南的豪强士族、官吏有所异动的话，我无法想象他会采用何种手段来压制和打击。阴识毕竟是有远见卓识的人，他或许早就预见到了一旦我登上后位，即使阴家能刻意保持低调，但也难保族中某些人，或者亲族之中的某些人得意忘形，恃宠而骄。这样的后果是相当可怕的，更何况阴家本就有个影士谍报网得尽量瞒着掖着，不可示人。

君不可无臣襄辅，臣不可功高盖主。

君臣之道……

"敢问贵人上次癸水何时结束的？"

魂游太虚，我两眼发呆，以至于太医令连问数遍才慢慢回过神来。

太医令苍老的面颊上肌肉战动，连带他的花白胡须也在微微抖动，翘翘的。我茫然地望着他的脸，心里陡然一惊。

抬头望向刘秀，却发现他面上的笑容不见了，取而代之的是一脸的紧张。我看着他，他盯着太医令，双手下垂，掩在袖管下的手紧紧地握成拳，指骨凸起，泛着白。

"上……上月没来……"最后一次来月经好像还是在八月初，眼下已经是十月了。

太医令笑眯眯地松开我的手，笃定地说："恭喜陛下，恭喜阴贵人，贵人无恙，此乃喜脉——依臣诊断，胎儿已有两月……"边说边膝行向刘秀叩首，一旁的太医丞也赶忙跪下，一同说恭贺的言辞。

琥珀笑歪了嘴，唯恐自己失态，便用手紧紧握住了嘴，但是她的眼角眉梢却早飞泄出异样的惊喜。

我的心扑腾扑腾地跳着，低头瞪着自己平坦的小腹，心里猛地一酸，竟然控制不住地落下泪来。抿着嘴不住偷笑，可眼泪却是越落越多，刚想抬手去擦，身子却蓦然腾空而起，我被人一拦腰抱在了怀里。

"以后别老跪坐着，小心压着肚子。"刘秀旁若无人地抱着我离开大堂。

我瘪着嘴不说话，泪眼模糊，满满的喜悦塞满胸腔。刘秀走得极稳，令我感受不到一丝一毫的颠晃。耳畔风声呼呼刮过，他越走越疾，竟像是要飞奔起来，我有些害怕地抓紧了他的领口。

"秀儿——"眼看把代印一帮内侍给甩开了老大一段距离，他却完全没有要停下来的意思，我惊惶地失声尖叫。

他突然停下脚步，呼吸粗重地大声喘着气，胸膛急促地鼓动着，然后用一种不可思议的声音大笑了起来。我从不见他这般畅笑，不禁骇得愣住了，忘了自己到底要说什么。

他的眉眼弯着，蝶翅般的长睫毛沾着晶莹的夜露，仿若泪水一般。他将我放下地，然后扯起自己的貂氅，连同我一起裹在小小的空间里面，鼻端呼出一团团的白雾："丽华，我们有孩子了，这是不是真的？"

我好笑地看着他，红着脸回答："我不知道，你去问太医令。"

他把我抱得更紧，咻咻地笑着："诺。回头的确还得去仔细问问，看都要注意些什么。"他在我额头上亲了一下，显得有些兴奋过度，"你累不累，回寝宫休息好不好？"

我瞥眼望向他身后，只见代印知趣地把侍女宫人拦在五六丈开外，不由懒洋洋地笑道："你哄我睡着了，又想去哪儿厮混？"

他呼气，黑暗中虽然瞧不太清他的表情，但那异样的温柔语气却生生地要将我融化："我哪都不去，你在哪，我便在哪。"

我心中一动，急忙附和："好！自此以后，我在哪，你在哪，你在哪，我便也在哪，再不分离。"

刘秀是个精明人，在这种氛围下，或许会被我海誓山盟、甜言蜜语搞得一时迷糊，我却不敢打包票等他清醒的时候还能听不出我话里设的套子，于是一讲完，便忙着嚷嚷："啊！我觉得冷。"

他果然慌了神，没去在意我刚才的说词，重新将我拦腰横抱在怀里，大声叫道："代印！"

"诺。"代印忙找人打着灯在前头领路。

我有些不好意思地挪动身子，附在他耳边小声嘀咕："你放我下来自己走吧。"

"你腿上有伤。"

"腿伤早好了，不至于连路都走不了。"

"不是尚有宿疾难消么？万一……摔一跤可如何得了。"

我听了又羞又恼，伸手在他胳肢窝使劲挠痒："你到底是顾惜我，还是顾惜我的肚子？"

他被我挠得手软发抖，却偏又不敢松手摔着我，柔声哄着："别闹……你和孩子，我都要。"

我松了手，愣愣的，觉得眼眶湿湿的，情绪失控地直想大哭，忙把脸埋在他的胸口，以此掩盖自己的失态。

回到寝宫，琥珀打来了热水，刘秀却下令摈退众人。

房里只剩了我和他两个人，他笑吟吟地卷了袖子，伸手入盆试了试水温。我坐在床沿上正自纳闷，他突然一把抓住我的脚踝，脱了我的袜子。

"你做什么？"没等我惊叫出声，他已经握着我的脚放进了水盆里，"使不得！"我真被吓坏了，急忙抽脚，却被他用手死死摁住。

"别动！"他笑着握紧了我的双脚，水温热，他的手心更是滚烫如火，"不把脚焐热了，你会睡不踏实。"

我目瞪口呆，忐忑不安地注视着他。若是换作以前，我大可坦然接受他对我的种种示好，可今时不同往日，如今他可是万人之上的皇帝，是天之骄子，怎能再做寻常贫贱夫妻间的事情？

刘秀浑然未觉不妥，跪蹲在床下，自顾自地将我的裤腿卷高，露出膝盖。他拧了热帕子，从我双腿膝盖处慢慢往下擦拭，边擦边随口问："腿伤也要注意，现在你年纪尚轻，自然不觉得……日后生养，难免会疲累。总不能儿孙绕膝承欢时，你却……"

我一把摁住他的手，眼泪不争气地簌簌落下，哽咽："到那时，若真不能走了，我便让你抱着我走。"

他抬头，眼中满是宠溺："我比你大那么多，只怕到时早已老得抱不动你了……"

"我不管！抱不动你就扛着，扛不动你就背着！"我情绪激动起来，近乎要赖地磨着他。

"好，好，好。"他拗不过我，哄孩子似的连声答允，"我背着你，你想去哪我便背你去哪。"

我破涕为笑，像个终于吃到糖果的孩子。半晌，我伸手抚着他宽宽的额头。

三十二岁的刘秀在这个时代而言已经不算年轻了，他的额角也因为岁月的打磨留下了沧桑的痕迹，不复以前的光洁。许是太过爱笑的缘故，眼角的笑纹比旁人更显突出，虽说并不显老，却总也不似当年与我初识时那般青春靓眼了。

"秀儿！"手指一一滑过他宽宽的额头，挺直的鼻梁，薄薄的双唇，我歓歓着，感动着，喜悦着，呢喃着，"我要给你生孩子，生很多很多孩子……等你我两个老得都动不了了，便让孩子们来背我们，你说好不好？"

他的双眸熠熠闪光，那般清澈明亮，一如湖面上倒映的宸星。他凝望着我，喉结错动，最终化作一声低咽："好。"

返　乡

翌日西宫传出喜讯，长秋宫按制遣人送来皇后的赏赐，我跪着接了，然后让琥珀谢了来人。一番折腾下来，倒是觉得才用罢早膳的肚子又有了饥饿感，正准备叫人弄吃食，刘秀从却非殿早朝回来，见了我命人堆在大堂上，当牺牲、祭品一般供奉的赏赐物，原本舒展的眉竟紧紧蹙了起来。

"快来瞧，皇后赏的……我儿真有财运，还没出世呢，倒先替他娘赚了一大笔进账。"我佯作未见到刘秀动容的表情，拉着他一路看去。

他颔首微笑，转移话题："才下了朝，又得了件喜讯。"

"什么喜讯？"

"梁侯妻李氏，与家中媵妾均有了身孕，明年四月里，兴许便能和我们一般，喜获麟儿了。"

他说得轻描淡写，我却从他的微笑中瞧出一丝异样的兴味，一时领悟到他的真正用意。虽说明知他是在吃味儿，所以才故意讲出这番话来，而且……邓禹能得子嗣，于情于理都应视为喜事，但我仍是讨厌那种什么都被他看透，且一副十拿九稳的笃定优哉表情，心里一恼，一些本不该挑明的话，便未经思考地冲口而出："那可真是太好了！妾的俸禄微薄，一年里能管着自己吃用花销便不错了……梁侯有喜，妾正好拿着皇后的赏赐做个顺水人情，想来陛下不会责怪妾……"

母仪垂则辉彤管

刘秀有一瞬间的愣忡，但转瞬即逝，搂住了我的肩膀，细声慢语："别顾着忙那些琐事，当务之急是先把自己的身子调养好。"

换作以前，我估计非得打破砂锅地跟他较真到底，但现在……我嘻嘻一笑，顺着他的话说："觉得饿了，叫人准备了些吃的，你要不要也用些？早朝累不累？"

"不累。"

他每日天不亮就起，晚上非忙到三更后才睡，思虑国事，忧心战况，周而复始，铁打的身子也经不住这般苦熬，哪是这简单"不累"二字便能敷衍过去的。

我明明清楚，却只能放在心底暗暗叹息。

闲聊间，中黄门将一应餐食奉上，我笑着邀请刘秀一起用膳，他却只是摇手，我也不跟他客气，大笑着正欲跪下，他却在边上突然说道："别那么正坐着了。"

不跪坐，难道还让我跌坐？相比之下我倒是更喜欢踞坐，可是……

"陛下，这恐怕与礼不合吧？"

"阴姬什么时候也顾忌礼仪了？"他半开玩笑半是认真地笑言。

"新野阴姬自然不必顾忌礼仪，但妾如今是汉宫掖庭阴贵人。"我盯着他的眼睛，表情认真地告知现实。

"朕……赦免贵人失仪之罪。"他也很认真地回答我，"寝宫之内不必太过拘礼，且，尔非皇后，不必母仪天下。"

他分明就是狡辩，瞎掰外加胡扯。

我哧然一笑："妾领命，叩谢圣恩。"

我假意要跪拜叩首，他那皇帝架子终于摆不下去了，一把扯住我的胳膊，托着我的手肘："别闹，别闹……有娠之妇，目不视恶色，耳不听淫声，口不出敖言，能以胎教。"

胎教？

我眼珠子瞪得溜圆，想到自己身为孕妇，反而还得让一个大男人来说教如何安胎之法，不免别扭。转而想到他早已不是初为人父，知识面之广，经验之多，自然在我之上，不禁转生出一股浓浓的醋意。

"妾竟不知陛下还懂得胎教之法。"

他扶着我在软榻上踞坐，笑容里竟露出一丝腼腆："昨日才问了太医令……"

我吃惊道："昨天？晚上吗？难道你趁我睡着了，又出去召见了太医令？"

"啊……"他含糊地哼哼，算是默认，白皙的面颊上竟而微微浮现一丝绯色。

我忍俊不禁，噗哧一笑，内心里涌起一股暖暖的甜蜜。忍不住伸手勾下他的脖子，在他泛着淡淡绯红的脸颊上亲了一口，无视一旁众多的宫人内侍。

刘秀清咳一声，颧骨双靥的颜色却愈发红了，微窘的转移开目光，落在一旁的食案上。

"怎么有兔肉？"

我瞟了眼食案，菜色很丰富，荤素搭配得也很好，兔子肉切成小块状，做的是热炸，不是肉干，闻起来一股肉香味。

"你喜欢吃兔肉？"我随手夹起一块，"那便尝尝吧……"

话还没说完，木箸被他用手一拍，夹着的兔肉"吧嗒"失手跌落，滚到了我的裙裾上。没等我尖叫，他已抢先说道："妊妇不得食兔。"拾了那块落裙裾上的兔肉，连同那盘子香喷喷的油炸兔子，一并端了，直接递给随侍的代印。

我满脸不悦："为什么？"

他语重心长，非常严肃地望着我说："妊妇食兔，子生缺唇。"

"啊？"我下巴险些掉了，嘴张得大大的，"敢情婴儿长兔唇畸形的，就是因为吃了兔子肉？"

他一本正经地点头，扭头叮嘱代印："以后贵人的膳食由你亲自盯着，饮食必精，酸羹必熟，毋食辛腥。但凡葱、姜、兔、山羊、鳖、鸡、鸭等物，皆不可食……"

"那么多忌口，那你让我吃什么呀？"我大急，一把扯住他的袖子，叫道，"兔子肉吃了会生兔唇儿，那你告诉我，为什么生姜不能吃？山羊、鳖、鸡、鸭这些也不能吃？"

"不能吃。"他斩钉截铁地回答，"朕仔细问了太医令，这些都不能吃。"

"为什么？"我坚决铆到底，都说孕妇容易害喜，好容易我对食物都不算敏感，胃口也极好，就连那些带刘英的保姆也说我精神好，胃口好，算是个有福之人，没有遭害喜的罪，实属难得。

"妊娠食姜，令人多指。"

"呃……"额上垂下数道黑线。

"食山羊等物，令子无声……"

兔唇，多指，哑巴……我险些抓狂，古人果然难以沟通，居然迷信这种无稽之谈。

"我……"

"丽华，别任性，听话，只要熬过这几个月便好。"他轻轻拍着我的手背，安抚着我的不满，嘴巴凑近我的耳朵，贴着耳蜗细语，"我知道你辛苦，不然……我陪你一起忌口如何？"

我斜着眼瞪他一眼，没说话。

他反而笑了，用一种很轻快地口气说道："朕决定了，过几日带你回春陵。"

"春陵？陛下要回乡？"

"嗯。"他的眼神迷离，那抹宠溺若隐若现，柔得似乎能掐出水来，"回乡……祭祖。"

我猛地一战，他的笑容里包含了太多异样的情愫，令人心悸战抖。

"那皇后……"

"太子监国，皇后辅政。"

太子才三岁，谈什么监国？至于辅政，汉朝自打出了吕雉，最忌讳后宫掌实权，虽说皇后的确有义务帮助皇帝辅佐朝政，但是照目前的情况看来，皇后所能行使的辅政权基本只是个幌子，刘秀绝不可能放任郭圣通参与朝政。

唯一的解释是……皇后和太子都被他以相当合乎情理，且冠冕堂皇的理由给留在了宫里。

打从他跟随刘缤春陵起兵后，他便再没有回过蔡阳老家，在经历了这么多年的风雨后的今天，为何突然决定返乡祭祖？

"你……"

他眉开眼笑，却并不明说，只是弯着眼眸，盈盈而笑："贵人随朕回乡，也正好见见那些宗亲、乡邻，你说要不要顺道回趟新野，见见母亲？"

愣了半天我才听明白，他指的是我那个娘亲邓氏。

我舌头跟脑子一块打了结，结结巴巴地憋了半天，才挤出一句话：

"我……我……妾只是贵人。"

"你是阴丽华。嗯，阴丽华……"他一下一下地轻拍着我的手背，神情温柔，"快吃吧！饭菜若是凉了，容易伤胃。"

我咬着唇，手指战抖着用木箸夹菜，却始终夹不起任何东西来。

刘秀净了手，在一旁用匕首割着干肉，撕碎了，一片片地塞进我嘴里："多吃些，长胖些。到时候，先父先母见了才会欢喜……"

建武三年冬，十月十九，建武帝刘秀返乡祭祀祖坟及宗庙，除了我之外，同行的还有湖阳公主刘黄，固始侯李通、宁平公主刘伯姬夫妇及其子女，另外还有帝叔父广阳王刘良，帝侄太原王刘章、鲁王刘兴，以及一干春陵刘姓子弟，文武大臣。

运动量减少以后，慢慢地，我发觉自己变胖了，每天在刘秀的监督下，吃了睡，睡了吃，长肉是正常的，不胖才是非正常的。回到蔡阳，刘秀坚持不住传舍以及春陵行馆，带着我住回刘家那简陋的三间夯土房。

皇帝既然如此坚决，那两位公主也不能特立，于是一大家子的人抛却王侯尊贵，像寻常百姓一样，过起了平凡人的生活。

这段时间于我而言是最为惬意和自在的，虽然这份安宁有些掩耳盗铃，自欺欺人，但我仍是感受到了一份前所未有的满足。

随着我素来平坦结实的小腹日复一日稍显隆起，他潜在的鸡婆特质开始愈发变本加厉地挥发出来，直到连刘黄和刘伯姬都忍不住要抱怨他的碎碎念实在让人耳根无法清净。

"三哥太紧张了。"每每至此，刘伯姬总会捂着嘴偷笑，斜眼睨我的眼神中满是调皮，早为人母的她，也只有这个时候才会显露出当年那个充满灵气的俏皮模样。

"这样真好。"她不无感慨地笑谈，"感觉好像又回到了小时候，那时父母兄姐俱在，在外沉闷寡言的三哥回到家里，却反而更像兄长一般，不厌其烦的叮嘱着我们每一个人。"她的眼中泛着泪花，表情却在真诚地欢笑着，"这样的三哥，才是最真实的，不是那个端坐在却非殿，高高在上的皇帝，只是我最亲最真的三哥……"

我递手绢儿给她，也微微笑着回应："陛下一直都是公主的三哥，以前是，以后也是，不会变的。"

"那是因为有了你。"她抹干眼角的泪水，很认真地凝视着我，"三哥是皇帝了，这是没法改变的。他做了皇帝，你我便都成了他的臣子，虽然他仍是我的三哥，但我知道亲情之前，先得是君臣之情。不过……幸好有你，才让我知道，三哥……仍旧还是那个三哥。"

"公主言重了。"

"三嫂，委屈了你，但我心里，始终把你当我的嫂嫂。我想大姐心中亦是如此，甚至三哥也……不然他不会带你回乡祭祖告庙。"

有些道理我懂，但是只能放在心里，不能明着说出来。虽然刘伯姬这番话真情真意，发自肺腑，但我却不能因此忘乎所以，失了应有的礼数。

"这是陛下和公主的抬爱，阴姬愧不敢当。"

刘伯姬盯着我好一会儿，眼中迸发出激赏的光芒，半晌，自言自语似地呢喃："好，很好，三哥果然没有选错人。"

和刘伯姬闲聊完已过了午睡的时间，再解衣躺下却怎么也睡不着，于是在被窝里捂了半个时辰，发了会儿呆后我又重新穿衣爬了起来。

身上裹了件鼠貂斗篷，趁着刘秀不在，我悄悄避开了房中伺候的丫鬟，一个人偷溜出刘家。

蔡阳刚刚下过一场大雪，地上的积雪没有来得及清扫干净，便被来往车马人流给踩踏得犹如一锅烂粥，泥泞得根本没法再踩下脚去。

小心翼翼地在烂泥地里走了十多米远后，我终于提着裙裾无力地宣告放弃。

正预备打道回府，身后突然有个低沉的声音不确定地喊了声："阴贵人？"

闻声扭头，意外的在几丈开外看到了手持长剑、大汗淋漓的耿弇。

"耿将军！"我慢吞吞地转身，立定。

他从路边的一处雪堆上跳下，三步并作两步地跳到我面前，顿时踩得泥巴飞溅，我裙裾上不可幸免的落了污泥。我低着头盯着那两块污渍，心疼身上才做的新衣，却又不便出言抱怨，只能低头叹息。

"果然是……我本还以为是自己看走了眼。好个阴戬！好个阴贵人！"

我猛地一战，倏然抬头。耿弇目光炯炯地瞅着我，一脸讥诮之色。我顿生不悦，不冷不热地反问："不知耿将军有何见教？"

"见教如何敢当，阴贵人有勇有谋，耿某不才，自愧不如。"

我呵呵一笑："是么？"

当下无话，两人面对面站着，冷潇潇的只剩下尴尬。最后还是耿弇轻咳两声，先打破了沉闷："贵人进了宫，可还会再想上战场杀敌立功么？"不等我回答，他已笑着摇头，"瞧我问的呆话，贵人居于掖庭，如何还能上阵杀敌？"

"如何不能？"我不服气地扬起下颚。

他先是惊讶，而后大笑："请恕臣无礼，臣实在无法将阴戬当成阴贵人来看待！"

我豪气地冲他抱拳作揖："彼此彼此。"

大笑过后，他的神情自然了许多，不无感慨地说："如何会入宫呢，即便身为女子，也照样可以建功立业。如何便……实在可惜了。"

我很奇怪地瞟了他一眼："你当真不知道么？"

"知道什么？"

"仕宦当作执金吾，娶妻当得阴丽华！"

"唔？"他一脸困惑，"有何典故不成？"

这下换成我傻眼了，愣了好半天才哈哈大笑，借此掩盖自己的尴尬："不，没什么典故。"

我曾以为耿弇作为河北士族中的一员，或许会和郭氏家族有些渊源，如果基于此等原由，他这般寻机接近我，便不得不防。但是方才刚把话放出去，还没等我进一步试探，他已经摆出一副完全不知道后宫为何的莫名模样。如果不是他当真对后宫不感兴趣，以至于连娶妻阴丽华的言论都没听说过，那他便实在是个装傻的高手。

耿弇将手中的长剑握得紧紧的，剑身与剑鞘碰撞，发出当啷的声响。

"与你交手数次，次次由你占了上风，好不甘心。原是心心念念要寻你讨回这口恶气，如今看来，已是不能。"他惋惜地摇头。

"如何不能？"一时间我被他勾起满腔豪气，脚尖不由在泥地里划了道弧，摆出个跆拳道的起手式，"随时奉陪！"

他嗤的一笑，推开我的胳膊："我再放荡不羁，现在也不敢跟你动手，君臣尊卑之礼还是要守的。"

"那你岂不是一辈子不甘心？"

"那也没办法。"他淡淡地笑，眼中蒙上一层落寞。"不过，你也许倒可以帮我一个忙，事若成，也了却我多年的一个心愿。"

"什么事？先说来听听。"知他有事相求，我却还没糊涂地满口答应。

"我少时便立志要建功立业，昔日陛下曾赞誉'小儿郎乃有大志！'，虽名为称赞，终究还是嫌我年轻气盛，怕我有勇无谋……"

"伯昭你别这么说，我信你乃将帅之才，陛下待你也是青睐有加，甚为器重。"

"可那样离我的志愿始终差了一大截！"他自嘲地撇嘴，"与其留在雒阳，不如回到河北去。我想回去征集留在上谷的突骑军，招募士兵，占据要点，如此今后向东可取渔阳彭宠，向南可灭涿郡张丰，然后回师，剿了富平、获索等地的乱党，最后向东直取齐地的张步！"

说出这番抱负时，他的眉宇间绽放出一种前所未有的自信与神采，我被他的理想和志气所打动，恨不能立时三刻也随他北上，创立一番伟业。

良久过后，我长长地舒了口气："小儿郎乃有大志！果然不错！伯昭啊，终有一日，你会成为汉国一代良将，建国功臣，功比韩信！"

"楚王韩信？"他悚然动容，"我岂敢跟他比。"

我哈哈大笑："你怕什么？你自然不可能是韩信，当今郭后也不可能是吕后！"

他稍稍缓解紧绷，也笑道："郭后比不得吕后，贵人可比得呢？"

我半真半假地笑："伯昭若真像楚王那般，动了不该动的心思。说不得，我也只能勉为其难地学学高皇后了。"

他收了笑容："我还一次都没赢过你呢，所以……这个险，显然不适合冒。"

我抿嘴儿笑："我又算得什么，我们的陛下，才智谋略皆高出我十倍不止。能令我折服，委身而嫁的夫主，自然得是人上之人！"

他略微沉吟，显然不是听不懂我话中含意，愣在原地看着自己手中的佩剑，一时竟像是看痴了。

其实要不要放耿弇回上谷，只是刘秀一句话的事。但是眼下河北的形势，渔阳的彭宠勾结匈奴，自立为燕王，正闹得如火如荼。幽州牧朱浮克制不了彭宠的势头，仅仅靠着上谷的耿况才勉强压制些。彭宠也不是没有拉拢耿况，好在他立场也算坚定，一直没有跟着彭宠乱来——从某种程度上说，作为耿况的长子，耿弇留在刘秀身边，也算是一个变相的人质。

当年刘玄放刘秀持节北上，纵虎归山，一时大意，结果反给自己造就出了一个难以收服的致命强敌。现如今，谁也不敢拍着胸脯保证，答应耿弇回上谷郡后，会出现什么样的后果。

忠心吗？

在这个儒家思想才刚刚开始缓慢传播，但是"不可事二主"的忠君思想还没成形的时代，哪是什么虚无的忠心能够随意托付的？

我猛地一拍耿弇的肩膀，岔开这些沉重的话题，故作轻松地大笑："伯昭不可比楚王，要么不做，要做便要做战无不克的——战神！"

"战神？"他呢喃，眼中慢慢绽放出异样的神采。

"没错！战神——耿弇！"

胎　动

说没私心是不可能的，或许连我自己都说不上来究竟该如何抉择，耿弇原是指望我能够对刘秀多吹些枕边风，结果我却因为实在拿不定主意，而把这事给咽进了肚里，假装不知情。

最终在一次欢宴上，耿弇大胆地将自己的理想和抱负向刘秀提了出来，他在重述那些个远大的计划与步骤时，不时地用眼角余光扫向我。我心虚地低头，面上努力维持着礼节性的微笑，听他激昂地把话讲完。

众人无不为之感动，纷纷附和，表示赞扬。当然，这其中也有一些脑筋转得快的，立马想到了后果，便也学着我的做法，闭口不提。我悄悄观测刘秀的表情，发觉他虽然面上仍是一副善意的笑容，可骨子里却带着一种陌生的疏离与锋利，让人瞧得心惊胆战。

"伯昭既有此心，朕当允之。"出乎意料，沉默许久后的刘秀最后竟轻松地答应了耿弇的请求。

我诧异，但在耿弇叩首之余投来感激的目光后，连忙尴尬地扯出公式化的笑容相对。

耿弇显然误会是我替他说了情，无意中倒教我白白拣了份人情。但我相信刘秀肯同意耿弇回河北的请求，必然早做了万全的预测和准备，我能想到的那些隐忧，没理由他会想不到。

十一月十二，在一片大雪弥漫的冰冷冬日，建武帝的车驾从南阳返回了雒阳。

这时，李宪在庐江自立为帝，设置文武百官，手下共计掌控九座城池，兵马十余万人。年末的时候，刘秀与太中大夫来歙商议，最终决定对盘踞天水郡的隗嚣采用招抚策略，隗嚣倒也没有抗拒排斥，甚至还派了使节欣然前来雒阳觐见。

我虽未曾有真正的机会和隗嚣当面交手，然而此人心机之深，心智之狡，却给我留下了深刻的印象。

但是刘秀却甚少在我面前提及朝政的事情，大多数外界的情况全凭阴兴用飞奴暗中传递给我知晓。我不敢在刘秀面前胡乱建议，怕露出马脚，被他看出破绽，于是但凡与他相处，都尽量避开敏感话题，只是围绕着腹中逐渐成型的胎儿打趣作乐。

转眼间辞旧迎新，过了元旦后第二日，大汉宣布大赦。

冬天的寒冷被春风吹暖的时候，我的肚子像是吹了气的气球一般见风便长。从怀孕至今我都没有什么害喜症状，一贯保持着好动、能吃、能睡的好习惯，这让刘秀颇感欣慰。

二月初一，他去了趟怀县，十天后返回雒阳，第一件事竟然便是飞奔至西宫。看到他呼吸急促，面颊染红地出现在我面前时，正仰面躺在床上抚摸肚子的我差点儿尖叫出来。

"不是说要去一个月么？"

他边脱外套，边往床上爬了上来，舒缓气息，像是怕吓着我腹中的小宝贝一样，压低了声音，语气柔和却紧张地说："不是说孩子终于会动了么？"

"咦，你怎么知道？"

也许是我神经线比较迟钝大条，那些负责生产的仆妇以经验告知，怀孕四个月后便能轻微感受到胎动，然而我直到五个月过去，也没体会到任何感觉。也许孩子的确在我肚子里慢慢生长着，活动着，然而我却像是没有找对感觉似的，始终感受不到孩子的动静。

刘秀为此大为焦急，召了太医们一遍遍地诊脉，一遍遍地反复询问，太医们不敢指责我这个当妈的神经粗线条，只能编造种种理由来解释这等怪异现象，更有甚者，他们居然把这一切归结于孩子的孝心。

我腹中的孩儿，是个听话的孝子，因为不忍心让母亲受苦，连带的在胎儿时期便出奇地安稳，从不胡闹。

太医们的理由层出不穷，然而最让我，还有刘秀舒眉的，便只有这一条。

孝顺的孩子……

然而再孝顺的孩子也始终有调皮的一面，就在三天前的夜里，在我沉入梦乡之际，这个淘气的孩子突然苏醒了，贪玩地叩响了妈妈的肚子，激烈地闹醒了我。

他似乎在我肚子里练跆拳道，且一发不可收拾起来。我震惊于这般突如其来的强烈胎动，惊喜与激动随之袭来，静谧的黑夜，我坐拥锦被，第一次体会到了即将为人母的异常喜悦，感动得痛哭流涕。

这一哭不打紧，竟而把守在外屋的琥珀给惊醒了，之后没多久，整座西宫上下，乃至中常侍代印也被惊动。于是三天后，原该身在怀县的刘秀，赫然出现在了我的床头。

"别怕！"他摸着我的长发，柔和地望着我，欣喜之余难掩满脸的疲惫，"以后我陪着你，别再哭了……"

"我不是害怕……"我习惯性地依偎进那个熟悉的怀抱，汲取他身上的淡淡香气。

他伸手触摸我圆滚滚的肚子："他在动？"

"嗯。"

"在哪？"

"不是一直在动，偶尔……"我握着他的手，轻轻搁在胎动最频繁的左侧，"宝贝，爹爹回来看你喽。来，跟爹爹打个招呼！"

覆在我肌肤之上的那只大手竟在微微发战，许是感应到了这种震颤的频率，隔着一层肚子，腹内倏地顶起一个小包，刘秀吓得猛然缩手，那个凸起的小包从左上侧滑到了左下侧，然后突然消失不见。

"这……这是……"他又惊又喜，满脸震惊。

"是宝宝的小手，也有可能是他的小脚，嗯，也可能是他的小屁屁。总之，是他在跟你打招呼呢。"我打着哈欠，笑眯眯地解释。

经过三天的适应期，我早已见怪不怪，反倒是刘秀，像是发现了新大陆的哥伦布一样，两眼瞪得极大。

"在哪？"他的两只手开始在我肚子上不停地游走，满是兴奋地问，

"他现在在哪？"

我被他挠得痒死了，几乎笑岔气："好痒，别摸了……再过三个月你就能见到他了，到时随你摸个够。"

他感叹一声，突然张开双臂抱住了我："我想这肯定是个儿子。"

"为什么？难道不能是女儿吗？"我不能指责他重男轻女，他是生活在公元一世纪的古人，而且还是个皇帝，有这样的思想无可厚非。

"会是个儿子！"他用下巴蹭着我裸露的肩膀，半长不短的髭须扎得我皮肤又痛又痒，很笃定地回答，"是个聪明孝顺的好儿子！"

他侧过头来亲吻我的唇瓣，细细地吮吸着。我喘着气，平复暗潮涌动的情欲，强迫自己重新恢复冷静："你想说，有了儿子，我便有了依靠是不是？"

他垂着眼睑缄默不语。

我搂住他的腰，反抱住他，喑哑着声说："可是，这辈子我最想依靠的人，只有你。"

他轻轻拍着我的背，像是抚慰，像是感动，竟半晌再无半句言语。

我靠在他怀里，享受着他的温情："我们会有儿子的，我保证！所以，让刘英去做他母亲的依靠吧，我有你，有儿子，足够了。"

他闭上双眼，长长的眼睫使得烛光在他脸上投下一片灰色的阴影。

沉默……

直到我也闭上双眼昏昏欲睡，耳边才有个极低极柔的声音惋叹："人善人欺……"

昏沉间，我无力睁眼，却下意识地嘟哝着接了句："……天不欺。"

身侧的怀抱微微一战，然后是一声长叹。

我却在叹息声中终于难挡一波波袭来的倦意，枕着颈下的胳膊，沉沉睡去。

郭　主

建武四年春，延岑再度攻打顺阳，刘秀命右将军邓禹带兵迎击，大破延岑军，延岑投奔汉中，成家皇帝公孙述，任命延岑为成家朝大司马，封汝宁王。

把刘英送回到了许美人宫里后，西宫少了很多带孩子造成的烦扰，与此同时也显得冷清了许多。

　　算算日子，离我临盆分娩还有两个月，然而我的肚子却要比邓禹的妻妾她们大出许多，站直了身子低头，居然已经无法看到自己的脚尖，肚子鼓得跟足月了似的。不过，肚子虽大，却丝毫不影响我的行动。刘秀要求在我散步的时候必须由侍女搀扶，可我不喜欢那么别扭矫情，在他看不到的地方，不仅自己走路，甚至偶尔忘形之余还会忘了自己是个孕妇，然后奔跑跳跃……

　　那些有经验的仆妇闲聊时溜须拍马，都奉承的断言我肚子里怀的一定是个皇子，风言风语流传得多了，不知道怎么的，竟连刘秀也听到一二。

　　我开始有些惴惴不安起来，似乎每个人都认定我这一胎会生儿子，刘秀更是让人准备了很多男婴的用品，大到侧殿布置的类似婴儿房，小到简单的襁褓、玩具。我莫名地开始有了压力，随着产期临近，这种压力也在一点点地逐渐增加。

　　原定每日早起应去长秋宫给皇后请安，因为怀孕，这个规定放宽了要求，不必天天去，改成了半月一次。没多久开始有了胎动迹象，掖庭令又把每半月一次的觐见礼改成了一月一次。

　　天气逐渐转热，脱去青色的春衫，改换上红色的夏服，这一日乃是四月初一，照例又该是去长秋宫的日子。我换了新裁的襦裙，却仍是觉得腹部那里稍嫌紧了些，想着如果不穿，这么宽大特质的衣服也没法赏赐给其他人穿，于是勉强凑合着套上身，也算穿了个新意。

　　这一路琥珀亦步亦趋，丝毫不敢怠慢——这丫头已经彻底被刘秀洗脑了，在刘秀的絮叨下，她现在简直成了刘秀鸡婆理念的严格执行者，除她之外，还有那个代印带子鱼，也非常令人抓狂。

　　进入长秋宫地界后，我下意识地放慢了脚步，收敛姿态，悄无声息地进入大堂。

　　长秋宫主殿高大阔绰，满室芬芳，殿内安静得听不到一丝杂音，我才进去，便听里面有个战抖的声音低声喊：“贱妾……拜见阴贵人！”

　　胭脂缩着肩膀，秀目微红，战栗着便要给我下跪，我一把拽住她的胳膊，笑道：“许妹妹这是做什么？都是自家人，何必客气。琥珀，快些帮我把许美人扶起来，我身子沉，撑不住……”

　　没等琥珀上前，胭脂已慌了神，赶忙站直了，反伸手来扶我。

　　我知道她现在对我既是感激又是敬畏，郭氏一族显然已经丢弃了她这颗小卒子，如果没有我的保荐庇护，刘英绝无可能回到她的身边。

堂上静悄悄的，等了好一会儿才听到内室有了窸窣动静，而后身穿华服、发挽望仙髻的郭皇后在众人的簇拥下莲步姗姗而至。

可以看得出她的面颊是敷过粉的，白皙细腻中透着一层粉嫩的光泽，眉毛画的是时下流行的远山黛，铅华恰到好处地遮掩住了她眼袋下的憔悴。

"贱妾……"愣怔间，许美人已经半屈着膝盖准备下跪，瞥眼见我仍是直愣愣地站在堂上，她又不敢抢在我之前行礼，一时间跪也不是，不跪又不是，僵硬地呆在原地。

郭圣通抿着唇一语不发，眼睑下垂，目光并不与我直视，旁若无人般地径直坐到堂上主席之上。

她坐下后，伸手示意边上之人入席，边上有一妇人微微颔首，敛衽坐于下首，脸微侧，目光似有似无地向我投来。

我猛地一凛，那妇人貌不出众，年过四十，但面颊肌肤光滑，仿若少女，看得出平日保养甚是得当。她面上带着一种亲切的笑容，只是那份笑意转到眼眸中，却像是化作了千万支利箭般，直射人心。

只一个照面，我已猜出她的身份。我强作镇定，保持着脸上和煦的笑容，缓缓下跪："贱妾阴姬拜见皇后！郭老夫人！"

"贱……贱妾许氏，拜见皇后……老夫人！"许美人匍匐在我身侧。

双膝着地的同时，我摆出一副艰难的样子，双手举额，身子故意晃了晃，突然倾身向前扑倒，我忙用右手撑地，满脸愧疚。

这一举动没有对堂上端坐的郭主产生任何影响，倒是把一旁的中常侍代印和琥珀吓了个半死。琥珀当下伸手欲扶，我急忙推开她的手，仍是恭恭敬敬地放正了姿势，缓缓磕下头去。

郭主面带微笑地望着我，似乎在看好戏，又似乎在品评揣摩我，倒是主席上的郭圣通仿佛心有不忍，终于开口说："阴贵人怀有身孕，行动多有不便，这礼便免了吧。"

免个头！跪都跪了，现在才来免，漂亮话说得也未免太迟了些！

"多谢皇后！"我从容不迫地伸手递与代印，代印赶紧利索地从地上爬了起来，扶着我的手准备将我拉起来。

其实我大可不必这么做作，我虽是孕妇，却还没娇气到连起个身也要人扶，这一切不过都是场戏，看戏的，演戏的，彼此间已经不能分得清楚。

我在戏中，她们亦是如此。

"代印！"郭主笑了，声线温柔，嘴里喊着代印，眼睛一直看着的，却是我。

"诺。"

"你这竖子，真是越来越不懂规矩了，如今在陛下跟前做事，难道也会这般失了礼数不成？"

代印面色大变，额上沁出一层薄汗，扑通一声跪下："小人知错了。"

他没能扶我起来，我仍是直挺挺地跪在地上。也是，皇后只是让我一个人免礼，可没说让其他人也一块平身了。

郭主仍是笑眯眯的，一脸和蔼，她若是个声色俱厉的老妖婆，那倒也就罢了。我最怕的正是这类面慈心狠的人，实在太难捉摸，也太难对付了。

对郭主，向来心存惧意，不敢轻视。一个郭圣通也许并不可怕，郭圣通之外加一个已经修炼成精，经年在宫廷中浸泡打滚的郭主，对我而言，却是如临大敌——连阴识也不敢小觑的人，我岂敢掉以轻心，在她面前胡来？

只是……

"皇后，请勿怪罪中常侍，是贱妾出身乡野，不知礼数之过。"我着急的解释着，眼中已有盈盈泪光。

代印愧疚地瞥了我一眼，冷汗正顺着他的面颊滑入衣襟。

"陛下驾到——"长秋宫外，远远的响起一声传报。

汗水淋漓的代印，嘴角在不经意间勾起一丝笑容。

我心知肚明，带子鱼这家伙能混在刘秀身边当差，自然有他小人物的狗腿本事，通风报信这类的小小伎俩，乃是这种内侍宦臣的保命绝招。你别看他此刻人在长秋宫，他却能用不为人知的手段，巧妙地打暗号通知守候在殿外的黄门们出去送信。

刘秀突然驾临长秋宫，郭圣通显然有些慌神，她不由自主地挺起上身，从席上站了起来。郭主的动作却比她还快，一把拽住女儿的同时，笑着对我说："天子莅临，可真是巧了，阴贵人和许美人起身一块去接驾吧。"

胭脂诺诺地站了起来，伸手欲扶我起身时，我搭着她的胳膊，皱着眉头，很小声地说："我……起不来了……"

她顿时慌张起来："那……那怎么办？"

我咬着唇，一脸痛苦："怕是腿上旧疾发了，你赶紧拉我起来，陛下快要到了……"

胭脂拉我，我故意使力往下沉，一面连连摇头，一面双腿不住地战抖。

"皇后！"胭脂急得什么都顾不得了，扭头求助，"贵人腿伤发了，起不来了……"

话音刚落，刘秀恰巧一脚跨进殿来，郭氏母女正欲下跪接驾，听了这话，不由得一齐转过头来。

我扭着头，眼里含着泪花，刘秀错愕地愣了片刻，猛地向我冲了过来。

"怎么了？"

"没什么。"我说的很小声，却确保堂上的人都能听得见，"是贱妾自己不争气，失态了……"

刘秀弯腰把我从地上拉了起来，素来温和的语气中带了一丝责备："代印，你怎么伺候的？"

"是小人的错……"

"不，是贱妾的错……"

我和代印抢着认罪。

"去叫人抬副肩舆过来，送阴贵人回宫。"

"陛下。"我眼瞅着郭圣通满脸通红，面子似乎挂不下了，忙说，"贱妾不要紧，不是什么大事，礼数不可废……"

正说得起劲，突然胳膊上一疼，竟是刘秀趁人不注意在我手上狠狠掐了一把。我疼得直咧嘴，又不敢被人看出破绽来，只得强颜欢笑地忍着。

这家伙，就算看出我在演戏，也没必要下手这么狠吧？

长秋宫里一通忙乱，最终结果是我被一副肩舆抬回了西宫。

回到寝宫，琥珀急得直掉眼泪，为把戏份演足了，我反倒不敢直言安慰她说没事，只得扯了被子蒙头大睡。没一会儿太医令奉皇后之命前来探诊，我随口东拉西扯，把太医令唬得晕头转向，只得一连迭地说："贵人受惊，臣开副安胎药养神固本……"

刘秀在长秋宫逗留了一天，午饭是在长秋宫椒房殿用的，一直磨到太阳快下山的时候才蹭进了我的西宫。

进了门也不说话，只是看着我笑，可那样的笑容不知怎么的，却让躺在床上的我，有种冷嗖嗖的毛骨悚然之感。

"有话直说啦！"我终于按捺不住，不耐烦地蹬掉身上的薄被，从床上坐了起来，"我都给她下跪了，你还想让我怎么样？"见他不吭气，我越说越快，"我明白自己的身份，我是妾，她是妻，妾不与妻争！妾乃下贱之躯……啊，唔——"

惊呼声戛然而至，噎在了我的喉咙里，刘秀突然如猛虎扑兔般跳上了床，直接用嘴将我的话给封了口。

吻完，他松开手，蹙着眉说："我和皇后商量好了，孩子降生之前你不必再去长秋宫。好好照顾好自己，别让人担心，你马上要做母亲了，怎么还能像个孩子似的……"

我仰起头："郭主什么时候进的宫？"

"就这几天吧。皇后说一个人住在长秋宫里，寂寞冷清，思念母亲……"

我笑，寂寞冷清倒也难免，自我怀孕以来，刘秀待在长秋宫的时间明显减少了许多。

"皇后虽答应免去俗礼，我却不认为郭主会答应。即使面上应了，心里怎么想的又有谁知道？"

他沉默不语。我用手抚摸着自己的肚子，掌心能感觉到孩子在腹中的轻微震动。

"如果只是我一个人，我自信足以应付，但……若是加上这个小家伙，只怕……"我直视他，很诚恳地望着他，"你难道打算把我一个人扔在宫里生孩子？"他猛地一战，我不依不饶地追问，"下跪问安可免，生产分娩只怕不可免了吧？"

按照习俗，生产分娩乃属大忌，在民间，有的产妇甚至不能在家中生孩子，更不能回娘家生，只能在荒郊野外搭个草庐，或者跑祖坟墓地，住在墓道中分娩，等孩子满一个月后才准许回家。

当然这并非代表全部，但是这里的古人就是如此迷信古板，把女人生孩子看成是不洁的事物。虽然我此时的身份乃是贵人，住的是皇宫，日后所生子女不是皇子便是公主，都是大富大贵之人，但是下人可免俗，不等于说皇后也可免俗。若是想指望郭圣通在我生孩子的时候搭把手帮忙照顾我，那是绝不可能的。她的身份在那摆着呢，能按例派个人过来问一声已属好心，若是不厚道的往极端处想，她要趁我生孩子时使个什么心眼，动些什么手脚，到时候我又能拿她奈何？

"我……"

"说好了的，我在哪，你在哪；你在哪，我便也在哪！君无戏言，你不能说话不算数！"

"我……"

"你要出宫，离开雒阳，必须得带上我！不然，我回新野生孩子去！"

"你……"

"没得商量！"我最终一锤定音，"反正对我而言，宫里宫外没太大区别。"

他垮着肩膀，低下头去："真是霸王。"

"陛下这是要封贱妾做霸王吗？"

他无奈地叹气，伸手抚摸着我的脸颊："你的身体会吃不消的。"

我眨巴眼："你会让我吃苦吗？"

他静静地看着我，眼眸如水，琥珀色的瞳孔里淡淡的倒映出我的身影，但转瞬已被氤氲而起的朦胧笑意湮没："不会！"

分　娩

建武四年夏，四月初七，建武帝刘秀前往邺城。

四年多前携手北上，初次来到邺城时的情景历历在目，如今故地重游，不免多生感慨。然而此次御驾北上为的毕竟不是游山玩水，十九日我们又马不停蹄地赶到了临平。刘秀将驿馆传舍当作行宫，发下号令，命吴汉、陈俊、王梁等人，一起攻打据守在临平的五校乱军。

虽然不用亲赴战场厮杀，然而刘秀依然忙碌于指挥整个战况，无暇分心来照拂我。不过也亏他想得周到，临出宫上路前竟把阴兴给叫上了。

阴兴仿佛成了勤务兵，每到一处便要事先忙前忙后地张罗，为了让我这个大腹便便的孕妇住得舒心，他明里对我恶言相讥，暗里却是上下打理，四顾奔波，一点都不比刘秀轻松。

其实我心知肚明，攻打五校的暴民只是一个幌子，刘秀大老远地跑到河北来，真正的目的无非是为了解决一个早该解决的毒瘤——燕王彭宠。

因为出发之前便预料到有可能会在宫外分娩，于是这一路连仆妇、乳母、太医，七七八八加起来竟是累赘地多带了二十多人。从雒阳往河北，路途遥远，车马劳顿，太医甚至诊断我可能会因此动了胎气，导致早产，然而大概是我天生贱命，身子骨太能扛累，直到一路颠簸至元氏，我的肚子仍旧毫无动静。

预产期已过，我能吃能喝，食量和活动量惊人，但是除了晚上睡觉有些被压得胸闷气短外，我甚至连太医一再密切关注的双腿浮肿现象也不曾出现。

五月初一，队伍抵达卢奴，刘秀准备亲征彭宠。

"乖孩子！哈哈哈……"我一手一块肉脯，一手开心地抚着肚子大笑，"一点都不用老娘操心，多乖的孩子！"

琥珀在一旁用力替我扇着风，然而被胎气所累，我却仍是热得额上冒汗，脸颊发烫。

"少吃些吧。"阴兴对我龇牙，劈手夺掉我手中的肉脯。

我舔着唇，一脸悻色："做什么？还给我！"

"已经五月了，你是真没脑子还是……"他一副气到不行的表情，扬手恨不能拿肉脯砸我。

"五月如何？"我随意地用帕子擦手，脸色却也沉了下来。

"别告诉我，你不明白五月生子意味着什么！"

"迷信！"

"什么？"声音太小，阴兴没听清楚。

我敛起笑容，仰八叉的躺在蒲席上，热得直喘粗气："兴儿，别管那有的没的了，你的外甥想什么时候出来见人，不是你我在这唧唧歪歪便能决定的。"

这又没有剖腹产，肚子没动静，我又能怎么办？

"后天，便是五月初五了……"他紧皱着眉头，忧心忡忡。

五月初五！

汉人信奉鬼神，忌讳颇多，产子忌讳正月、五月，将正月、五月出生的孩子视为不吉，说什么这个月份出生的孩子会杀父杀母，大逆不道。

特别是五月初五之日，更是大忌！

"举五日子，长及户则自害，不则害其父母！"阴兴突然念出这句早已深入人心的谚语，我心里猛地一跳，不舒服的感觉更加强烈地缠绕上心头。

五月初五出生的孩子，长大后，男孩害父，女孩害母！

似乎每个人都对这样子虚乌有的巫术谶语深信不疑，身为两千年后的现代人，我自然不信这一套无稽之谈，但是我一个人不信有什么用？

问题是这里的人没有不信的！

有些愚不可及的父母甚至当真会把自己的孩子丢弃，杀死……

"阴兴！"刘秀不知道什么时候从门外进来，悄无声息的，我和阴兴两个居然完全没有留意到。阴兴和琥珀一起跪下行礼，刘秀看着脚边的阴兴，表情淡然冷峻，"别再吓唬你姐姐了。"

我从床上溜下地，刘秀拉起我的手，柔声安慰："昔日齐相孟尝君田文，便是五月初五生辰，前朝成帝时，权倾一时的王太后之兄王凤，亦是五月初五生……"我张口欲言，他却笑着用手掩了我的唇，"你安心养胎，孩子无论什么时候生，都是值得我们期盼的……"

我一把扯下他的手，呼气："我才不管什么五日逆子之说，扯得也实在太离谱了……"说到这里，停了一下，眼珠一转，不禁笑道，"我所出谶语也极灵验，我断言这孩子今后必然是个孝顺的好孩子！"

刘秀先是一愣，转而也笑了："是，是，今后他一定听你的话，孝顺母亲……"

"还有父亲！"

"是……还有父亲！我们的孩儿，是全天下最最孝顺的好孩子！"

明知道他拿话哄我，图的是让我放宽心，并不一定就代表着他真的不介意五日逆子之说。刘秀是古人，和阴兴他们没什么两样，况且刘秀这人什么都好，只是对谶纬之术却要比旁人更加深信不疑。

我忽然有种作茧自缚的悲哀！

究其原因，归根结底，源头大概还是出在我的身上。

如果当初背上没有长那劳什子的纬图，如果我的胡说八道没有与天象巧合，如果不曾进献《赤伏符》助其称帝，相信现在也不会把刘秀搞得这般迷信谶纬之术。

中午照例眯了一会儿，却不曾想胎动得异常厉害，整颗心脏似乎也被频繁的胎动闹腾得忽上忽下，特别烦闷难受。躺着睡觉成了一件十分吃力的事情，腹压太大，以至于呼吸都不是很顺畅，加上天气炎热，我的身上像是有把火在不停地烧，不用动也能出一身汗。

原以为怎么也睡不着了，身体的难受却最终抵抗不住精神的疲惫，迷迷糊糊地沉入梦乡。半梦半醒间，耳边似乎听到了冗长的号角，激昂的战鼓，清脆的兵刃相接……我强撑着想睁眼从床上爬起来，可试了几次却总是徒劳。

神志恍惚，依稀觉得自己已经起来了，似乎已经走了出去，骑上了马，挥舞着染血的宝剑，驰骋疆场，但一个转瞬，我却又像是什么都没做过，仍是躺在床上没有醒来……反反复复的梦魇，反反复复地挣扎。

反反复复……

直到我被折磨得精疲力竭，终于忍受不了地逸出一声悲鸣，啜泣……

"贵人！"

琥珀的一声尖叫将我彻底从梦魇中拔离，我浑身一震，终于睁开了眼，只觉得口干舌燥，浑身乏力。下腹一阵突如其来的抽痛，在下一秒钟强烈地刺激了我的脑神经。

"快来人——贵人要生了——"

撑起身子，我低头看着自己的下身，裙裾染了红，我呼呼喘气，满头大汗："吼……吼什么！"眼看许多人像群没头苍蝇似的在房里乱窜，我一边忍着腹痛，一边拦下琥珀，"别急，去把管接生的人找来，不是之前……她们就嘱咐过了吗？别急，别慌，生孩子……没那么快……"

之前的分娩教育真是白学了，她们一个个跟着我听那么多有生育经验的妇人教了那么多，怎么事到临头，却全都没了主见？

事实上，我也紧张，手心里正攥着一大把冷汗。但慌乱并不能解决问题，该痛的还得痛，想把孩子生下来，成为母亲，必然逃不了这一关。

仆妇们进来了出去，出去了又进来，热水一盆盆地端进来，变冷了又再端出去。躺在铺着稻草与麦秸的席上，愈发叫人感觉闷热，背上火辣辣的，肚子紧一阵慢一阵的疼。

这一折腾，从下午开始阵痛，一直磨到了晚上，十几个小时过去了，眼瞅着天快亮了，疼痛加剧，负责接生的那个女人却只会不停地在我耳边絮叨："用力——用力——再加把劲——"

破锣似的嗓音摧残着我的耳膜，我已经筋疲力尽。

人很困，阵痛不发作的间隙，我闭着眼，疲惫不堪。太累了，累得浑身的每一根骨头像是被锯裂了一般，哪怕只有一秒钟的时间让我喘口气也是无比美好的呀。

"贵人……不要睡啊……"

"醒醒……"

"用力啊……"

别吵了，让我睡一会儿吧。

只一会儿……

"丽华！丽华！醒醒！"朦胧中，有个温柔熟悉的声音在叫我的名字。我撑开眼，模糊的看到一张亲切的笑脸。圆圆脸孔，微卷的短发，正低着头站在床前轻轻地推我，"醒醒了……"

"妈……"我喑哑地喊了声。

"该去学校报到了！八点钟的火车，一会儿让你爸爸送你去车站！"

"妈妈……"看着她转过身，我眼泪哗地流了下来，哭着喊道，"妈妈——"

"早饭煮了你最爱吃的鸡蛋挂面，你爸爸煮的……"她走在门口笑着转身，"别赖在床上了，快点起来洗洗，你可已经是大学生了……"

"妈妈……妈妈……"我泣不成声，"我想你，妈妈……"

"傻孩子！"她依着门笑，眼里闪烁着感怀和温馨，"舍不得妈妈？一个人在外地念书，要自己懂得照顾自己，你是大人了……"

"妈妈！我想你！妈妈……我好想你和爸爸，我想你们……"

"得了！别撒娇！"她咯咯地笑，"你打小那么独立，连学习都不让我们过问，今天是怎么了？那么小女孩子气了？"

"妈妈……妈妈……妈妈……"我躺在床上，泪水模糊了双眼，眼前是白茫茫的一片，妈妈站在门口看着笑，温柔地向我伸出手来。

"妈妈……妈妈……妈妈……"

"用力啊——"

"贵人……醒醒！"

"是胎位不正吗？"

"不是。"

"那是为什么？"

"孩子的头太大，贵人没力了，一直昏着……怕是生不出来了……"

"你想不想要命了？他们母子若是有个三长两短，你我这干人只等着一起陪葬吧！"

"陛下……"

"陛下传了谕，保大人……"

我怒！胸口一团火噌地烧了起来！

保大人？！那我的孩子怎么办？

"啊——"我哑着声叫了起来，额头青筋暴起，用尽全身最后的力气。

"贵人醒了……"

"用力——"

"看到头了……"

"快生出来了……"

憋足了一口气，我涨得满脸通红，脑袋发晕。

妈妈……我也要做母亲了！

妈妈！我爱你，我会好好活下去，像你爱我一样，爱着你的外孙……

妈妈——妈妈——

妈妈……

"哇啊——"

响亮的婴儿啼哭声，最终伴随着黎明的曙光，一起迎来了崭新的一天。

建武四年五月初四，我在这个两千年前的汉代，终于又有了一个全新而神圣的身份——母亲！

第五章
天时怼兮威灵怒

用　将

　　巴掌大小的脸，皮肤红红的，眼睛眯成一道细缝，鼻头上密布着小小的白点，嘴巴小小的，不时嚅动地啜着奶。

　　"哎唷我的妈呀，疼……疼……"我龇牙吸气，乳头被他吸得像在刀剜针戳，眼泪都被生生逼了出来。

　　见我五官扭曲的痛苦模样，刘秀不禁变了颜色："找乳母……"

　　我抱着儿子，摇头："不用……"

　　吸气，再吸气，我忍。

　　"可是你的奶水明明不够！"

　　我横眼扫了过去，恶狠狠地怒目瞪他。

　　他无可奈何地望着我笑："别逞强……阳儿的胃口比寻常娃娃都要大，这又不是你的错。"

　　我低下头，爱恋地看向襁褓中熟睡的小脸。这个在我肚子里足足待了九个多月的小家伙，营养吸收过剩，打一落草便比普通婴儿要显得健壮、肥胖，脑袋上的胎发足有一厘米长，且乌黑浓密。

　　他不大爱哭，但是食量惊人，差不多每隔一个时辰便要喂一次奶，吃饱了就睡，醒了继续吃。我本来还坚持独自母乳喂养，可只凭我一个人的奶水如何能够满足他的大胃？没奈何只能和乳母交替喂养。

太医令曾告诫奶水因人而异，频繁换人哺乳，可能会造成婴儿肠胃不适。想到当初刘英的上吐下泻，我原还心有疑虑，担心孩子会不适应，哪知道他浑然无事，一点都不挑嘴，有奶便吃。

他平时不哭不闹，除非不给他喂奶，否则他的要求很低，真正是个很乖的宝宝。

满心洋溢着无限的欢喜和疼爱，我在儿子娇嫩的脸颊上亲了亲，然后递给刘秀。

刘秀略一迟疑，伸手把孩子接了过去。

等我把衣裳穿好，整理妥当后抬头一看，却见他满脸紧张地捧着儿子站在原地，姿势古怪，腰脊紧绷僵硬。

"噗！"我忍不住笑了起来，"搞什么，有你这么抱孩子的吗？这副样子倒跟端食案似的。"

他不好意思地赧颜一笑，我上前替他调整姿势，把宝宝的头枕在他的胳膊上："这样……手托着他的小屁屁……嗯，很好……放松点，唉，放松……肌肉别绷那么紧……"

他依言舒缓了紧绷，小心翼翼地把儿子搂在怀里："会不会贴太近了？天热……我身上有汗。"

我一时忘形，嚷道："你以前没抱过孩子啊，这么笨手笨脚的。"

他不安地扭动，调整着姿势，使儿子的小脸尽量避免蹭上粗糙僵硬的甲胄："小时抱过刘章、刘兴，如今这两小子都长那么大了，哪还记得当初是怎么抱的？那时候二姐的女儿……"

说到这里，戛然而止，他沉默下来，脸上的笑容也渐渐收起。

我知道他又想起了刘元和那三个外甥女，脑子里似乎也回响起邓卉的叫嚷声：

"……三舅舅！三舅舅！这个也给卉儿，这个也给卉儿……"

"……娘，卉儿怕，卉儿要三叔，卉儿要小姑姑……"

打了个寒战，我鼻子酸涩地吸了吸气，连忙撇开头去，闷声岔开话题："听说你打算撤军？"

"你也知道了？伏湛谏言，说眼下衮州、豫州、青州、冀州皆是中国疆土，盗贼纵横，未及从化。渔阳之地，边外荒耗，不足以先以收服，无需舍近求远……"

我似笑非笑地打断他的话："这都到彭宠的地盘门口了，那么多兵马粮草拉到元氏、卢奴，现在说不打便不打，岂不有劳师动众之嫌？大司徒这番谏言早该出京前在却非殿朝堂上讲出来，现在再谏，又有何用？"

他无奈地看着我笑，神情复杂，我斜飞眼波，戏谑地盯着他偷笑。

许久，他好气又好笑地吁气："顽劣淘气的女子，都已经身为人母，如何还这般狡黠促狭？"

我吐了吐舌头，朝他扮个鬼脸，心中既是感动又有愧疚："硬要你带我出来，以至于拖累了你……其实你大可不必顾虑我们母子，我们躲在城里也很安全。"

"刀剑无眼，我也没法保证一旦开战，元氏县固若金汤，万无一失。我不能让这个万一有一丝发生的机会。"他的表情沉重而严肃，儒雅中散发出一种震撼人心的气势。

我点点头，能领会他的一番心意。我和他之间的感情，无需再用任何言语来装饰，我对他的心，他懂，如同他对我的心，我亦懂。

"什么时候走？"

"再过几日，等你的身体再养好些。"

"那……也不一定我们离开，大军便非得跟着撤离，任由彭宠逍遥了去。"

"我会有所安排，你放心。"

我迟疑了下，试探着报出一个名字："耿弇？"

刘秀眼眸一亮，但转眼眯了起来，笑意融融，颇有赞许之意。正欲开口，突然面色大变，他紧张地叫了起来："不好！丽华，快来……"

我还没怎么反应过来，却见我的宝贝儿子在他老爹的怀里不安地扭动起来。下一秒，在刘秀的慌乱中，阳儿哇地放声啼哭。

水，滴滴答答地顺着刘秀的手掌往下滴，大部分落到了衣袖上，落下好大的一滩水渍。

呆愣片刻，我仰天大笑。

"丽华……快帮帮我……"威风凛凛的堂堂一国之君，却彻底被一个无知小儿搞得手足无措。

建武四年五月，刘秀命建义大将军朱祜、建威耿弇、征虏大将军祭遵、骁骑将军刘喜，率军在涿郡会合，共同讨伐张丰。祭遵军先至，一番正面交锋后，生擒张丰。随后没多久刘秀下诏，命耿弇攻打燕王彭宠。

"耿弇怎么说？"

"他递了奏疏，称自己不敢擅自单独领兵，恳请卸去兵权，返回雒阳。"

看不出来，耿弇虽然年轻傲气，却还算是个识实务的家伙。我啧啧咂嘴，一面逗着儿子，一面头也不抬地直言："那你打算怎么办？"

"依你当如何？"他不紧不慢地说。

闻声抬头，我傲然一笑："陛下这是在考我？"

他不置可否，只是面上挂着一丝笑意。我也不跟他虚伪客套，直言道："下诏，很明确地告诉他，他的心意陛下心领，让他……大可打消疑虑。"一面说，一面又暗自偷笑，耿弇如今投鼠忌器，不敢妄动，可不正是应了我当日恫吓警告过头之故？

刘秀微微一笑，当真执笔，铺开缣帛写下诏书。

我好奇地凑近一看，只见诏书上工工整整地写着："将军举宗为国，功效尤著，何嫌何疑，而欲求证！"

"猜猜……这份书交到耿弇手里，他又会如何应对？"我展开无限遐想，一脸狡黠，"耿弇梦想当战神，又不敢步韩信后尘，陛下可要大加抚恤安慰才是。"

"丽华。"他突然喊我的名字。

"嗯，什么？"

氤氲朦胧的眼眸闪动着一些我不熟悉的东西，似在赞许，似在惆怅，复杂深邃，隐晦难懂。

"你……"他低下头，取了印玺在诏书上盖上紫泥印，"不做皇后，可惜了……"

我心领神会，笑答："何为可惜？阴家不需要那么多的恩宠，我兄弟的心性，你应该很明白。"

"是，朕明白，朕……明白。"终是换来一声若有若无地低叹。

他用的是"朕"，而非"我"，这一刻我也清醒地明白，他脑子里正在计量和盘恒的，是作为一国之君需要思索和权衡的东西。

帝王心术！

耿弇接到诏书未有所表示，但上谷郡太守耿况却立即作出反应——派耿弇之弟耿国，前往雒阳。

名义上耿国到雒阳，为的是代替父亲、兄长侍奉皇帝，常伴天子，实则只是充当一枚大大的人质。耿氏一门，由耿况起便是兵权在握，耿弇若是再得重用，无论刘秀心胸如何宽广，治国统帅的手段如何温柔仁慈，也没办法消除君臣间应该遵守的游戏规则。

耿况为表忠心，于是毅然将儿子送入京都为质。

祭遵驻屯良乡，刘喜驻屯阳乡，燕王彭宠率匈奴汗国的援军，准备突袭祭遵与刘喜。耿况在派出耿国入京的同时，又派出耿家的另一个儿子耿舒，反袭彭宠，匈奴军团大败。耿舒阵前斩杀匈奴两位亲王，彭宠落荒退走。

耿弇与弟弟耿舒两军汇合，追击彭宠，攻取军都……

耿氏一族，由耿况起，再到耿弇、耿舒，逐步受到朝廷重用，在战场上大放异彩。

随　征

六月初二，建武帝銮驾回朝。

刘秀只在宫里待了一个月，入秋时分，七月初八，他便又马不停蹄地匆忙赶往谯城，指挥捕虏将军马武、骑都尉王霸，与梁王刘纡之间的剿灭战。

我原是死乞白赖的要跟着一道去的，甚至连行李包裹都打点好了，可是被他轻描淡写的来一句："你不管儿子了？"被彻底轰了回来。

的确，我舍不得尚需哺乳的儿子。刘阳才两个月大，带他一同从征断然是不可能的事，但如果撇下他一个人留在掖庭深宫，我肯定不可能安得了心。

刘秀真是犀利，他不说我身体不好，尚需调养，承受不了长途奔波，只单单把责任都推到儿子身上，四两拨千斤地化解了我的纠缠，让我恨得牙痒痒的，却又无可奈何，只能眼睁睁地看着他撇下我们母子自个跑路了。

"骗子！果然还是个大骗子！"我忿忿不平，果然还是不能轻信他的话，嘴上抹着蜜呢，笑起来温柔，满口应承，转身却又把人给哄骗得晕头转向。

八月初十，在外奔走的刘秀又去了寿春，派扬武将军马成，率领诛虏将军刘隆等三员大将，征调会稽、丹阳、九江、六安四郡的兵力，攻打刚刚登上帝位的李宪。

九月，汉军包围李宪王朝的都城舒城。

刘秀一直在外督战，一直忙到入冬，十月初七，刘阳满五个月时，他才风尘仆仆地返回了雒阳。

这期间听说他还网罗了临淮郡大尹侯霸，特别在寿春召见了他，甚至任命其做了尚书令。侯霸在王莽新朝时便是位中坚骨干，素有威名，这个时候刘秀一手创建的汉王朝还没正式的律典章程，刘秀忙着平四乱，虽然胸有丘壑，却苦于无暇分身分心来兼顾这些细琐的事务。侯霸有此才能，恰好为之重用。

我在宫里无所事事，刘阳很听话，基本上不用我多操心。我初为人母，对这个孩子倾注了最大的关注和宠爱，希望能给他最好的东西，但同时又不得不承认，这孩子太乖了，加上宫里十多个仆妇乳母，根本用不着我插手。

我嘴又馋，人还止不住偷懒，外加为了早日恢复身材，能跟着刘秀出去透透气，所以日日勤练武艺。伴随着我毫无忌口，且体力训练强度增加后，我的奶水竟然慢慢停了。六个月后，刘阳不再吃我的乳汁，喂奶的活全权包给奶妈们。

真是欲哭无泪啊！

好在我为人豁达，事后想想儿子是我生的，不管吃谁的奶，他开口学说话的都还得管我叫声娘，不免又喜上心头，抛却了所有烦恼和顾虑。

那一日刘秀带我去了宣德殿，他身上仅穿了常服，头带巾帻，通身上下没有一处奢侈华丽的装饰，简单朴实得一如当年庄稼地里勤喜稼穑的青年农夫。再看我，发髻轻挽，未施胭脂，也同样一身俭朴，不似贵人，比宫娥还不如。

他挽着我的手，在宣德殿南侧廊庑下席地而坐，细语言笑。

不过是数月未见，却像是已经长别了数年，我看着他的侧脸，忽然冒出一个念头，如果有一天这个男人不在了，我还能不能一如既往地活下去？

这个念头就像是条毒蛇一样，突如其来的在我心上咬了一口，我吓得变了脸色，急忙心有余悸的将这个胡思乱想扫出脑海。

气温有些冷，我闭着眼感受着掌心的温暖，忍不住欷歔，这样宁静安详的生活正是我所梦寐以求的，而能带给我这般感受的人，只有他！

脚步声越来越近，终于打破了这方宁静，风儿沙沙地刮过树梢，几乎没剩下几片树叶的树木，纷纷哆嗦着抖掉了最后的一点残叶，光秃秃的枝杈张牙舞爪地张开着，似在发泄着不满。

刘秀在我身边发出一声低咽般的惋叹，我扭头往脚步的来源处瞧去，只见一名中黄门领着一人匆匆而至。那人年过不惑，一身武将打扮，健步如飞，肤色晒成古铜色，颌下三绺长须，乍看清癯儒雅，细品却颇有一夫当关万夫莫敌的张扬傲气。

我呼吸微微一窒，不知为何，心底自然而然地生出防范之心。

"陛下！"来人微微行礼，却并不叩首，不卑不亢间那份傲骨愈加突显。

"坐。"刘秀指着身侧的席位，微笑以对，"卿遨游两位皇帝之间，素闻大名，今日得见，颇使朕自惭哪。"

那人对刘秀温文的态度显然颇感惊讶与震动，堂堂一介天子，接见外臣不在却非殿高堂之上，却身穿常服随意地坐在廊庑下。别说他，换成任何一个不熟识刘秀为人的人，都会感到难以置信。

"当今之世，非但君择臣，臣亦择君。臣与公孙述同县，自幼交好，然而臣前往蜀郡，公孙述高居金銮，侍卫戟立，好不威严，如今臣远道又至雒阳，陛下怎知臣非刺客奸人，如何有胆识这般简易召见？"许是刘秀给予了他太强烈的震动，这一次他没有再矜持，反而跪下磕了头，言辞感人肺腑。

刘秀笑道："卿非刺客……卿乃说客！"

我猛然一震，终于想起此人为谁！

马援——天水郡西州大将军隗嚣帐下第一谋士兼将才！

隗嚣名义上在邓禹的说和下虽投靠了刘秀，但也只是留于形式，他掌握天水郡兵马，独霸一方，摇摆于成家帝公孙述和刘秀之间。

马援作为他的得力臂膀，在这个月内接连出使蜀郡的成家国和雒阳汉国，其用意也无非是想进一步以马援的眼光，来确认到底哪一方才是值得投资的绩优股。

阴兴在对于隗嚣的资料描述中，曾着重提到眼前这位马援，言词对他颇有激赏。

我不禁倾起上身，对这个似文似武的汉子多打量了几眼，许是我的目光太过直接，马援似有所觉，眼波流转，也向我投来一瞥。

我微笑颔首，并不回避他投射过来的目光，他微微一怔，神情有些尴尬。

"妾……阴姬见过文渊君！"

刘秀面不改色，从容浅笑。马援的脸色却是阴晴不定，连连闪烁，似惊似喜："阴……贵人？"

"诺，正是妾身。"我欠身而笑。

"阴贵人识得……臣？"

"久仰文渊君大名，今日得见，妾幸甚，陛下幸甚。"

马援彻底蒙了，半晌激动地向刘秀叩拜："天下反覆，欺世盗名、称王称帝者不计其数。今日得见陛下恢弘气度，仿若昔日高祖，臣乃知帝王自有真人也！"

刘秀眼角的笑纹越深，脸微侧，看向我。我与他心意相通，相顾而笑。

十一月，刘秀决定前往南阳郡宛城，彼时征南大将军岑彭正围攻秦丰所在的黎丘，打了三年，杀了对方九万多人马。秦丰残余的队伍，最后仅剩了一千多人。

这一次，在同样面临选择儿子还是老公的问题上，我硬起心肠，最终决定把才刚刚半岁大的儿子留下，跟随刘秀从戎天涯。但我又实在不放心刘阳留在宫里，于是把刘阳送到了湖阳公主府，刘黄无子，身边多了刘阳作伴，倒也欢喜。

临走我又再三叮嘱阴兴暗中保护刘阳，此时的阴兴已然成年，行了冠礼，他以一种令人心折的大人口吻，慎重地允诺："我在，甥在！"

十一月十九，我怀着母亲对儿子的挂念与愧疚之情，毅然跟随刘秀踏上征途。

十二月廿十，刘秀带着我由宛城抵达黎丘，站到了烽火的最前沿。

秀儿！从今往后，你在哪，我便也在哪，誓死相随，永不分离……

皇　嗣

成家帝公孙述，集结兵力足有数十万人，且在汉中郡大量囤积粮秣。建有十层楼船，大量刻制天下各州郡牧守印章。公孙述命手下将军李育、程焉等人，率军数万，进屯陈仓。这些兵力与据守陈仓的乱民势力吕鲔会合后，向东挺进，直取三辅长安等地。

征西大将军冯异迎击，大破成家军队，李育、程焉撤退汉中。冯异再次大破吕鲔，各地占山为王的营寨土寇，纷纷归附。

在雒阳的时候，刘秀接见马援不下十四次，有十次我都在场，刘秀对马援怀以仁性，展露的皆是简易朴素的一面。我不用深思也能猜到，平民化的刘秀，人格魅力有多惊人，马援被他折服，以至感佩，视为明君，这样的结果早在预料之中。

马援乃是隗嚣的心腹，马援对刘秀的感官评价直接决定着隗嚣对汉的态度。果然，在这次三辅之战中，隗嚣派出军队，协助冯异，大败成家。

隗嚣甚至亲自上书，以报军情。

面对隗嚣的一番投诚心意，刘秀亲笔回复："慕乐德义，思相结纳。昔文王三分，犹服事殷，但驽马、铅刀，不可强扶，数蒙伯乐一顾之价。将军南拒公孙之兵，北御羌、胡之乱，是以冯异西征，得以数千百人踯躅三辅。微将军之助，则咸阳已为它人禽矣！如令子阳到汉中，三辅愿因将军兵马，鼓旗相当。倘肯如言，即智士计功割地之秋也！管仲曰：'生我者父母，成我者鲍子。'自今以后，手书相闻，勿用傍人间构之言。"

文绉绉的话我不是很懂，刘秀便一字一句地译给我听。

说到兴头上，我也曾大着胆子对眼下的局势说上几句自己的见解，每次却又不敢多说，怕说多了露出马脚。然而刘秀却似乎对我的反应毫不起疑，从不过问我从何得来那么多的信息，只是耐心极好地与我畅谈天下，分析时政，针砭利弊。

有时候他的见解和目光足以令我汗颜，会觉得自己渺小，见识浅薄，可等不得我静下心来自卑，他便会笑着夸我："丽华不愧为管仲后人！"

刘秀这边和隗嚣书信往来，换来的成果也颇为丰硕——成家帝公孙述屡次派出大军攻打三辅，却次次被隗嚣与冯异联合挫败。公孙述意识到隗嚣的重要性，于是遣派使者前往天水，送上成家国大司空、扶安王的印绶，却不料被隗嚣直接诛杀了来使。公孙述有了顾忌，不敢再向三辅发动军事行动。

建武五年，正月十七，我随刘秀车驾返回雒阳，第一件事便是飞奔至湖阳公主府见儿子。

刘阳八个半月了，长得肥头肥脑的，模样十分讨喜。刘黄把他带得极好，我抱他入怀，只觉得手上沉甸甸的，分量重了不少。

我抱着他亲了又亲，直到亲得他开始不耐烦，小嘴瘪着要哭出声来。

"好了，好了，快点把他抱回去吧，省得搁在我这里闹心了！"刘黄嘴上虽然这么说，可眼睛一直没离开过刘阳，一根食指牢牢地被刘阳握在小手里，不停摇晃着。

"大姐，谢谢你。"我由衷地感谢。

"自家人说什么见外的话。"她在刘阳的小脸上亲了亲，"阳儿乖乖跟你母亲回宫，得空你娘又跟着你父皇到外头疯去，你再到姑姑家来，好不好？"

刘阳不会说话，嘴里咕咕地发着古怪的声音，冲着她咧嘴直笑。我注意到他粉色的下牙龈上居然冒出两点乳白色的牙齿，不由又是欣喜又是愧疚。

"娘真是对不住我的阳儿呀！"我抱着孩子差点儿当场落泪。

回到宫里，刘秀自去处理朝政，我按例去晋见皇后。

郭圣通气色不是很好，脸色黄黄的，气恹恹地仿佛大病初愈。椒房一团暖意，可我瞧她身子单薄得竟像是不停地在发抖。

"他也是我的小弟弟吗？"三岁的二皇子刘辅好奇地踮起脚尖，试图看清楚我怀里的刘阳。

太子刘彊一把将刘辅抓了回去，冲他撇了撇嘴。

"我想看看小弟弟。"刘辅不以为忤，"哥哥你不想看小弟弟吗？"见刘彊不回答，又扭头去拉扯躲在胭脂身后的刘英，"你也不想看吗？"

刘英吓得直躲，双手合臂，一把抱住母亲的大腿，把脸埋在厚厚的裙裾之中。

胭脂尴尬讪笑，想把儿子拉到身前来，他却扭股儿糖似地死活不肯出来，声音呜咽，竟像是要哭了。

郭圣通微微皱了眉，却并没有表现出不悦来，她神情虽然委顿憔悴，气度却仍是雍容华贵，具备皇后风范："都坐下吧。阴贵人随驾从征，一路辛苦了。"

我抱紧了儿子，笑着说："早知二殿下这么喜欢小弟弟，贱妾应当婉拒陛下之意将阳儿托付湖阳公主，直接放在长秋宫皇后这里不是更妥帖么？"

郭圣通双肩战了战，却没马上回答，隔了好半晌才说："湖阳公主乃陛下亲姐，她膝下无子，四皇子托她抚育，添以孺慕乐趣，也在情理之中。"

我抿嘴一笑，自此无言。

那边刘辅和刘彊打闹嬉戏，尖叫大笑，刘英窝在胭脂怀里，满脸眼馋，一副想同去加入却又不敢的怯怯表情，十分可怜。

我忍不住一阵心疼，这孩子好歹在我宫里养了一年，说完全没感情除非我是铁石心肠。

"英儿！"我向他招手，"来看看小弟弟。"

他迟疑地看看我，吸了吸鼻涕，转头看向母亲。

"去吧。"胭脂怜惜地推了他一把。

刘英踯躅，犹犹豫豫地蹭到我身边，舔着舌头向我怀里张望。刘阳看到刘英，咕咕一笑，发出哦哦的叫声。

"他……他在说什么呀？"他结结巴巴地问。

"他在喊你哥哥呀！"我笑答。

"我也——"满头大汗的刘辅冲了过来，险些撞翻了刘英，"我也要他喊我哥哥，我也是哥哥！"

刘彊也跑了过来，十分不满地发泄他的抱怨："我不要小弟弟！我喜欢小妹妹，我不要小弟弟！"

言语稚嫩，他却非摆出一副太子的架势来，扯着刘辅叫道："我要小妹妹——"

刘辅呆了呆，然后突然很奇怪地回头问郭圣通："小妹妹？母后，为什么没有小妹妹？"

郭圣通脸色发白，全身像是被抽光了力气一般，哑着声说："辅儿别胡闹！"

"母后，我要小妹妹！"太子执拗地跑到郭圣通跟前，"小弟弟太多了，我讨厌那么多小弟弟，我只喜欢小妹妹！我要小妹妹——"

"我也要小妹妹！"刘辅跟着哥哥乱吼乱叫。

郭圣通不耐烦起来，伸手推开刘彊，唤来乳母及一干宫人："把皇子们带到外头玩去，别在椒房里吵闹！"

我垂目不言，轻轻摇晃着怀里的刘阳。

阳儿困了，眼皮奄拉着，渐渐睡去。

小妹妹啊……

阳儿喜欢小妹妹吗？

你想要个小妹妹和你作伴吗？

是夜在西宫用膳，我对刘秀提起在长秋宫发生的趣事，刘秀听后含笑不语。

等洗漱完毕，准备上床，刘秀在被中拥住了我，嘴唇贴在我的耳边，轻轻地抚摸着我的背，柔声软语："等你身子再好些，一定给阳儿添个妹妹……"

子 密

刘秀派来歙持节送马援回陇右。

据天水影士递回消息，隗嚣与马援交情亲厚无间，夜里同卧，问起建武汉朝之事，马援给予刘秀的评价极高，称其才明勇略，非人能敌。引其原话，乃是个开心见诚、无所隐伏之人，阔达恢弘，不拘小节，和高祖略有所同。且经学博览，政事文辩，前世无比。

因为马援的评价太高，惹得隗嚣很不高兴，马援拿刘秀与高祖刘邦作比，竟称刘邦乃无可无不可的性子，赞刘秀喜好处理政务，动如节度，亦不喜饮酒。隗嚣听了十分不悦，驳斥："照你这么说，刘秀岂不反比刘邦更高明了？！"

收到线报的当天，我乐不可支。照此情形看来，马援已彻底被刘秀的人格魅力所掳获，毋庸置疑。

二月初，刘秀命阴识迁回雒阳任侍中一职，我又惊又喜。喜的是能够重见阴识，惊的是刘秀升了阴识的官，只怕以阴识的处事为人必不肯轻易高就。

果然，阴识回到雒阳，未曾领受侍中，却以家中母亲担忧为由请辞归故里。

谁人不知"我"的老妈邓氏乃阴识继母，两人年纪差得并不太多，邓氏嫁入阴家时，阴识早过了不分亲母继母的混沌年纪。他待邓氏有孝心，也不过是在伦理之中，实在难以归入孝感动天的狗血亲情戏码。

虽然明知这是他的一番推词，但是时下的风气便是以孝道为人道，孝行乃是衡量一个人道德品质好坏的重要标准，无论是生母也好，继母也罢。在伦理上邓氏的确是阴识的母亲，所以他为了母亲行孝道尽孝心，无可厚非。

至少刘秀也无法就此指责阴识胡说八道，数次挽留无果，只得允其辞归新野。

"大哥真的要走么？"虽然明知不可挽留，我仍是动了情，泪水噙在了眼眶里，水汪汪的迷糊了眼睛。

"你认为还有留下来的必要么？"年过三十的阴识，沉稳中透出内敛睿智，在外人面前，他甚至将这点光华也克制得极好。他向来把身边周遭的事物都看得极淡，不卑不亢，不偏不倚，稳固如山，这样的兄长，就像一支擎天大柱，能稳稳地撑起一个家，给予家人安宁、幸福。

阴识拍了拍我的肩膀，眼神渐渐柔和下来，他静静地望着我，像是要看进我的灵魂深处，那样直白且毫不避讳的目光令人心战，心悸。最后他低叹一句，张开双臂，我犹豫了下，终于还是像小时候无数次的那样，窝进他的怀里，下巴搁在他的肩头。

"别走……"

"你爱陛下么？"

很直白的问题，我却只能老老实实地点头。

"我的妹妹啊，因为爱一个男人而甘愿屈居掖庭永巷，是否也能因为爱一个男人而放弃思想、放弃抱负呢？"

我沉默，久久不语，眼泪却止不住地滴落。

知我者，懂我者，莫过于他！

"若想保全阴家，唯二法。其一，你深居简出，敛藏心性，从此不过问朝政之事，只在掖庭教子……"

我身子情不自禁地微微一战，这样的生活和坐牢实在没什么区别，只怕以我的心性，过不了两年，不疯也亡。

"……其二，阴氏一族退出朝廷，族中亲系不受官禄爵封。"他抱着我的双肩，语重心长，"你若强，则我必弱，此消彼长，乃唯一的折中之法。"

眼泪哗哗地流，我抽咽，双肩发战。

阴识说的句句在理，我若留在刘秀身边光芒太过耀眼，必然遭到朝廷上其他政党的排斥和打击，以一个后宫女子而言，并不能左右什么，大臣们甚至刘秀顾忌的无非是我背后的阴氏外戚。

刘秀宠我，爱我，若是真的只是单单为了我，那么必然不会像对待郭圣通那样，颇为有心地想要借用郭氏的外戚势力。刘秀会放阴识离开，必然也是顾虑到了这一层，他放了阴识，更是在向我表明他对我的心意。

阴丽华只是阴丽华，阴丽华不能是阴氏外戚……

这怎么可能呢？怎么可能呢？

我和阴家，虽无真正的骨血相连，可这份感情，这份依恋，却比骨肉血脉更亲，更深啊！

"君陵已成年，我让他留下陪你，你有什么困惑大可向他询问。只是有一点，你得牢记，别让他的官职做得过大，无论将来陛下如何恩宠，也不能忘形大意！"君陵乃是阴兴及冠后取的字。

我再次点头，这一次却是把眼泪吞咽下肚，强行止住了哭泣。

他见我露出坚毅之色，不禁笑道："好！这才像我阴识的妹妹！"

笑容里，那般妖艳的眼波竟泛着一层微光。

他终于松手，慢慢后退，最终，一个扭身，毅然远去。

阴识走后的第二天，阴兴进宫。

"大哥有份东西留给你。"一只锦袋搁在书案上，修长的手指摁住锦袋，缓缓将它推到我的面前。

阴兴一脸沉静。

狐疑地解开锦袋，取出那块玉佩时，指尖的冰冷迅速传递到周身，我浑身发抖。

一指长、半指宽，白璧无瑕的玉面上雕琢出一只肋生双翅的辟邪，兽须齿爪无不栩栩如生，我将玉佩翻了个面，果然看到一个熟悉的篆体"阴"字。

深吸口气，我从身上解下当初阴兴给我的那块银制吊牌，一并搁在一起。

他收走那块银吊牌，起身，语气冷峻："以后，阴氏一族的命脉全权由你来掌控！"

我手指战栗，指腹摩挲着那凹凸起伏的纹路，最终将玉佩紧紧握于手中。

阴兴沉默着退至殿外，临出门前，忽然顿住，手扶着门框回首喊了声："姐……"

我猛一哆嗦，他有多久没喊过我一声"姐"了？

"大哥临走交代，有份礼物要送你……过些时日便能置办妥当。"不知为何，总觉得阴兴讲话的语气怪怪的，带着一股诡异。

"什……什么礼物？"我茫然懵懂。

"大哥说，给你的修行上最后一课，让你真正了解它的实力！"手指遥指我手中的玉佩，那张俊逸的年轻面庞上，忽尔眯起眼，勾起唇角，露出一抹诡黠的笑容。

二月廿十，建武帝刘秀前往魏郡，阴贵人随行。

抵达魏郡后没多久，渔阳传出燕王彭宠夫妇二人被三名奴仆刺杀身亡，渔阳乱作一团，尚书韩立等人仓促间拥立彭宠之子彭午继任燕王。混乱中国师韩利叛变，斩杀彭午，带着彭午的首级向汉朝征虏将军祭遵请降。

祭遵进驻渔阳，将彭宠全族尽数诛杀！

没想到纠结了许多年的渔阳彭宠叛乱，竟因此而消弭瓦解。

两只染血的锦袋搁在木漆的盘上进献至刘秀面前，我坐在他的身侧，鼻端闻到那股浓重的血腥味，胃里一阵翻涌。

三名刺杀彭宠的彭家奴仆呈品字型静跪在阶下，三人虽垂首缄默，却并不见慌张。

"尔等叫什么名字？"

其余二人未见回答，只领头的那位低低地答道："子密。"

子密——名字保密！

一听就是个随口捏造的假名。

我一面用袖掩鼻，一面悄悄打量起这三人来——皆是身材魁梧健硕之辈，虎背猿臂，想来能在渔阳刺杀彭宠后秘密全身而退，必然有其过人的心智。

刘秀的手放在案上，白净修长的手指慢慢解开锦袋口紧系的绳索。袋子散开，露出一颗发髻凌乱、血肉模糊的圆滚脑袋，彭宠怒目而张，惊恐震骇之色犹然停留在僵硬的脸上。

我捂着唇，胸中气血翻腾，那颗脑袋在眼前一阵儿摇晃，目眩头晕。我强压下呻吟和不适，把头撇开，目光转向别处。

阶下三人中忽然有人迅速抬起头来，微侧着脸向我的方向张望了一眼。

我愣住，半天也没反应过来。

"如此，封子密为——不义侯！余下二人赏金二百，食邑百石，下去领差吧。"

不义侯！刘秀的封赏真是明褒暗讽，虽说这三人杀彭宠有功，然而卖主求荣，是为不义。想来刘秀对这三人的行径不齿到了极点。奈何，他是帝王，自得赏罚分明，不能纯粹以个人喜恶来决定好坏。

三人谢恩起身，趁他们站起时，我紧紧盯住站于左下角的那人，果然他抬起头，举手投足间无一不让我感到眼熟。虽然蓄着满面络腮，刻意遮住大半张脸孔，然而我却分明瞧见了他眼中透出的淡淡笑容。

那是——尉迟峻！

"大哥临走交代，有份礼物要送你……过些时日便能置办妥当……"

"大哥说，给你的修行上最后一课，让你真正了解它的实力……"

真正的实力……

手下意识地去摸垂挂在腰间的玉佩，旁人看来，这大约只是贵人身上的一件普通饰物，却不知它掌握了何等样的生杀大权！

身侧有道灼热的目光黏住我，我收回游离的心神，转向刘秀。

"你看来脸色不大好，不舒服？"

眼角余光瞥及彭宠夫妇的头颅，扑鼻而来的血腥味再度刺激我的大脑，胃里的恶心感再也压制不住地翻涌上来。我捂住嘴，"呕……"的一声干呕，只觉得心肝儿俱战，急忙从席上跳了起来，慌乱地下堂奔向内苑。

刘秀随即丢下堂上众臣，跟在我身后追了上来。

我扶着墙，躲在墙角，干呕不断，胃里翻江倒海，直到我把昨夜吃的晚饭都吐得一干二净，仍是不停地呕着酸水，不能自己。

"丽华……"

我用力拍打着胸口，做长长的深呼吸，身子不停地打着冷战。回首见刘秀站在墙根儿，似笑非笑地望着我，一脸的宠溺与怜惜之情。

"笑……笑什么笑！"我恼了，无名火起，"我吐得腿都软了，你怎么也不扶我一把，只知道站在那笑个不停。看我这么狼狈，你觉得很好笑吗？"

"丽华啊……"他长长地嘘叹，伸臂过来从身后抱住我，双掌有意无意地覆在我的小腹，掌心滚烫，像把火似的灼烧着我。

我忽然也有点儿醒悟了，脸上噌地一下烧了起来，低下头看向自己的肚子。

"丽华啊……"他又是一声长叹，然后扭头吩咐，声音不高，却听得出来，带着一种战栗的喜悦，"去传太医速来见朕！"

"诺！"随行的侍卫应了声，急匆匆地走了。

我一阵儿的战栗，是兴奋，抑或是喜悦。

他仍是不松手地抱着我，我把手心贴在他的手背上，羞颜轻声："我希望……是个女儿……"

"嗯。"他轻轻哼着，喉咙里带着一种笑战的音儿，"阳儿会很欢喜。"

"那你呢？"我仰起头，后脑勺靠上他胸口，不依不饶地问。

他笑了，笑容如天空般明亮无暇，如春风般撩人心弦："我比他更欢喜……"

平　乱

彭宠父子相继身亡后，刘秀当即派郭伋前往渔阳接手太守之职。同时刘秀又让自己的舅舅、光禄大夫樊宏，持节北上迎上谷郡太守耿况至雒阳，刘秀赏赐下宅院房产，封耿况为牟平侯，让耿况留住京都。

彼时，大司马吴汉率建威大将军耿弇、忠汉将军王常，攻打富平、获索两地乱民，在平原县拉开大战，一路追击到勃海县，收降四万余人。

就在樊宏接耿况去雒阳定居的同时，刘秀下诏，命耿弇带兵攻打齐王张步——解决掉彭宠之后，刘秀开始定下下一轮的平乱目标，而主战挂帅者正式选定为——耿弇！

我怀了这第二胎，胎相却与怀刘阳时大相径庭，一直孕吐不说，还特别挑嘴，吃什么东西都觉得没胃口。怀刘阳的时候我体重急遽飙升，可这一胎非但没胖，体重还不断地在往下掉。

刘秀心疼，有心想结束手头的政务，带我回雒阳养胎，可没想到这当口原本素来忠心、恭谨谦逊的平狄将军庞荫竟然叛变，自称东平王，驻屯桃乡。

刘秀向来待庞荫信任有加，曾对左右言称，庞荫可托六尺之孤，寄百里之地。庞荫的叛变令素来稳重温柔的刘秀勃然大怒，决意亲征。

我原不懂他为什么这么生气，事后他说了一句话，却险些让我落泪。

"予他百里之地，朕尚有追讨重归的一日；托六尺之孤，若是当真把我的子女托付给那老贼，到如今朕如何挽回？信错人，乃朕之过，此过，险铸大错！"

建武五年，夏四月，逢大旱，遇蝗灾。

尉迟峻悄悄递来消息，天水郡隗嚣有异动。

对于隗嚣，我向来认为此人不可信，大汉与他交好也不过是权宜之计。此人野心不小，决不肯就此屈于臣下。

"隗嚣遣了使者张玄去了河西，试图拉拢窦融。"

我支颐，感觉脑袋空空的，怀孕之后总觉得精神萎靡不振，脑子也不怎么好使，常常会在想事情动脑筋的时候无故走神。

"他想做什么？"我敲着桌案，微嗔，"真后悔当初没有在长安一并做了他，留他苟安天水，果然成了一大祸害！"

"小人估算着窦融倒是有心想依附汉国，只可惜河西与雒阳离得太远，且中间隔着天水，行事极不方便。若是隗嚣从中作梗，只怕此事不谐。"

我咬着唇，抖着手中的竹简，冷笑："他这是痴人做梦，妄想豪桀成王，再创六国并立！"

战国之时，有六国并立，隗嚣想仿效先例，趁乱瓜分江山！

"现在益州有公孙述，天水有隗嚣，如果成家与汉再起争戈，那么胜败的关键便掌握在河西窦融手中。窦融的决定，举足轻重啊！"

我点头，窦融在此等局面下做出何等样的决定，是最为至关重要的。

"姑娘可有意向陛下谏言？"尉迟峻似乎拿不定主意，试探地询问。

"你以为你能想明白的浅薄道理，陛下会想不到吗？"丢开竹简，我站了起来，冷笑，"窦融只有两条路可选，一为归附，二为对抗——顺我者昌，逆我者亡！"

秦末的时候有位将军叫赵佗，被封副帅随主帅任嚣率领五十万大军征战岭南，而后创立南越国，自号"南越武帝"。秦末陈胜、吴广起义之时，赵佗按照任嚣的临终嘱咐，封关、绝道，筑起了三道防线，聚兵自卫，控制了七个郡。

隗嚣的使者张玄给窦融出的计策，成则分疆，列国并立，败也能当个赵佗，独霸一方。

我左思右想，最终还是决定把这个情报透露给刘秀知晓，我给自己编了个很烂也很蠢的借口——谶语之术。

我本以为刘秀就算不起疑，也没道理会信我的胡诌鬼扯，可不曾想他听我说完，只是略有惊讶之色，冥想片刻后，反而表情凝重地对我说："丽华替朕研墨，朕要给窦融递份诏书！"

他嘴角噙着一抹笑意，那是心情愉悦的表现，指运笔尖，下笔如有神助。

> 今益州有公孙子阳，天水有隗将军。方蜀、汉相攻，权在将军，举足左右，便有轻重。以此言之，欲相厚岂有量哉！欲遂立桓、文，辅微国，当勉卒功业；欲三分鼎足，连衡合从，亦宜以时定。天下未并，吾与尔绝域，非相吞之国。今之议者，必有任嚣教尉佗制七郡之计。王者有分土，无分民，自适己事而已。

这封诏书后来传到窦融手中，据说把窦融那帮谋臣们个个吓得脸色大变。万里之外，天子明察，这简直给刘秀的帝王身份又镀上了一层闪耀的金粉。

建义大将军朱祜，向包围了四年的黎丘发动最后攻击，秦丰抵挡不住，投降。朱祜用槛车将秦丰送至雒阳京都，不料反被大司马吴汉弹劾，称其抗拒诏命，擅自接受秦丰投降。

刘秀知晓后，下诏诛杀秦丰，却赦免了朱祜。

海西王董宪护送梁王刘纡、苏茂、佼强三人离开下邳，还都兰陵。之后又派苏茂、佼强协助庞萌，围困了桃城。

当时刘秀和我正赶到蒙县，得到斥候密报后，刘秀毅然决定将辎重留下，亲自率军队轻装上阵，奔驰救援。我知道他的目标是庞萌，不把庞萌打趴下，他胸中的那口恶气难除。

此时我怀孕已有五个月，身子逐渐变得笨重，行动迟缓，且这一胎的反应太过激烈，搞得我神经衰弱之余常常丢三落四，思维时时断层。这种状态下，我如果执意跟去，不啻于给刘秀捆绑上手脚，令他分心。

于是，我主动要求留在蒙县，刘秀让阴兴留下照顾我，殊不知我前脚等他出发，后脚便发出辟邪令，命尉迟峻召集桃城一带的影士，暗中相护。

刘秀的动向及时地被影士传报给我知晓，我因此得知他为了赶路，竟然日夜奔驰了数百里，一路经亢父至任城。然而奇怪得很，到了任城，原还不分日夜黑白拼命赶路的刘秀却突然勒令全军停止向前。

任城离桃城仅余六十里，他却按兵不动，不禁我觉得奇怪，就连庞荫也开始惊疑不定，最终决定一探究竟。

这一仗足足打了二十多天，每打一天，我的心便纠结一天，这种提心吊胆的日子令我几乎疯狂。有时候我脾气变得很糟，发起火来无处发泄便砸东西，甚至开始埋怨这个孩子来的不是时候。

六月底的时候，吴汉、王常、盖延、王梁、马武、王霸等人的大军纷纷集合至任城，刘秀终于下令发动总攻，庞荫大败，与苏茂、佼强连夜投奔海西王董宪。

这一战，汉军士气大涨，刘秀自称帝后，便鲜少再亲自带兵打仗，更多的时候他御驾亲临，只在城中做着督导指挥的工作。这一次他大显身手，再次发挥出当年战场飒爽英姿，竟是将我吓得胆战心惊，三魂丢了七魄。

七月四日，刘秀带兵往沛县，再到湖陵，董宪与刘纡集结全部兵力，约数万人，驻屯昌虑，又征召五校乱民势力，进驻建阳。汉军进至蕃县，距董宪营地仅百余里，采取守株待兔之法，等敌军消耗光不多的粮秣后，刘秀亲自领兵，向驻守兰陵的海西王董宪发起围攻。

仅三日，城破，佼强带军尽数投降，苏茂投奔齐王张步，董宪与庞荫却趁乱逃走，逃到了郯县。八月初六，刘秀进逼郯县，留下吴汉围攻后，自己却带兵直扑彭城、下邳。

吴汉攻陷郯县，董宪、庞荫再次逃遁，跑到了朐县，吴汉紧接着带兵包围朐县。

这仗打得简直跟猫抓老鼠似的，周而复始，没完没了。我暗中指使影士，最终趁乱将逃亡中的梁王刘纡斩杀。

但刘秀依然没有回蒙县，十月，他直奔鲁城。这个时候我再也按捺不住了，焦躁之余我挺了个大肚子，不顾众人的劝说，毅然前往鲁城找他算账。

可没等我赶到鲁城，刘秀听说耿弇在临淄被张步围困，于是率军救援。我扑了个空，气得险些抓狂，有种刘秀是鼠、我为猫的挫败感，只怕转来转去，我的步调永远跟不上他。

刘秀赶到临淄的时候，耿弇已经突破重围，将张步赶回了剧县。于是刘秀带兵逼进张步的老窝剧县。耿弇神勇，竟把张步打得不得不放弃剧县，逃往平寿。这时当日投奔张步的苏茂，带着一万余兵卒，前去救援。

突然感觉这仗打得没完没了，无止无休起来，我急匆匆地赶到临淄，当刘秀看到风尘仆仆的我出现在他面前时，温情刹那间从脸上褪尽。

"你真是——胡闹！"

很平静地看着他，我贪婪地将他的模样尽收眼底，数月未见，他瘦了，面上的髭须来不及清理，凌乱地占满他的面颊。我忍不住抚摸起他扎人的髭须，轻笑："我来了！踩着你走过的脚印，总想一步不落地跟上你。知道么？这辈子，你都休想再甩开我！"

他呼吸加重，猛地将我拉进怀里。

我搂紧他的脖子，贴着他的耳朵小声问："秀儿，你信我吗？"

"信。"几乎是毫不犹豫地，他肯定地给予了答案。

"那好，接下来，你得听我的……"

翌日，刘秀派人告知张步、苏茂，他们二人中，谁若能斩杀对方，便算是有功之臣，大汉将赦封列侯。

没多久，已被耿弇围困得走投无路的张步将苏茂斩杀，随即打开城门，向耿弇肉袒而降。

耿弇进驻平寿城，将张步遣送至临淄听候刘秀处置。张步还剩下十余万残兵，尽数解散，遣归故里。

刘秀下诏赦免张步，封张步为安丘侯，连同张步的妻儿，一同迁往雒阳。

耿弇随即率领大军抵达城阳，收服五校乱民势力，原来的齐王全境，自此完全被汉平定收复。

耿弇跟随刘秀一起班师回京，这个充满傲气的青年，自受将领兵之日起，共平定郡县封国四十六个，城池三百余座，从未出现败绩，真的成了一个名副其实、当之无愧的战神！

执　迷

十一月，刘秀带我回到雒阳待产。

我的两条腿开始出现浮肿，脚踝处一掐一个指印儿，平时穿的鞋子也套不下脚了。

刘秀每晚会把宫人全部打发掉，我弯不下腰，他便替我一遍遍地用温水泡脚，希望按太医说的那样，真能够舒筋活血。他很担心我腿伤旧疾复发，一看我小腿肿得跟两根萝卜似的，便急得不行。

有时候我会觉得这样的生活既简单又很幸福，但有时候又会产生出不确定的犹豫和怀疑。西宫毕竟是掖庭中的一部分，即使我与他宫闱内的私密恩爱只有我俩知晓，但我总觉得这事不够隐秘，像是时时刻刻都有种被窥探的感觉。

还有刘秀……他那么精明的一个人，如何会不懂这些？我一方面欣喜着他对郭圣通的疏离，以至于郭圣通偶尔不经意间会流露出幽怨神情；另一方面也暗暗担心，这种专宠总有一天会引发矛盾。虽然，我一直恪守本分，尊敬皇后，做足了小妾该守的礼仪与功课，也给足了郭圣通尊荣与颜面。

刘秀把注意力大部分都放在对外的平乱上，太多支离破碎的江山需要靠他一小块一小块地争补回来，虽然解决了张步，但是公孙述还在，且那个隗嚣更是一颗不稳定的炸弹，随时可能爆炸。

我心疼他的辛苦，于是暗中关注起国内政务的处理，先是小心翼翼地提议在雒阳兴建太学，刘秀欣然应允，甚至还亲自到创办的太学视察。自此以后，有关国策方面的事务，似有意，似无意的，他都会与我一同探讨。一开始，我还有些担心自己插手国政，唯恐引来反感猜忌，然而慢慢的，见他并不为忤，胆子大了些，手脚自然也放开来。

只可惜因为怀孕，脑子似乎变迟钝了，反应总是慢半拍。以前一份资料通读下来，不说过目不忘，至少也能解读出个大概内容，而今，却需要反反复复地再三细究。

我明白体力和脑力都没法跟普通人相比，喟叹之余也只能默认自己的力所不及。

十一月，刘秀下诏让侯霸取代伏湛，任大司徒一职。

新一轮的人事调动，代表着大汉国政开启了崭新的一页。

侯霸上台后，开始向各地招揽人才，一些有名的学者及隐士都在招揽范围，邀请檄广发天下，一时间，雒阳的学术氛围空前热烈起来。

说起人才，我能想到的首推邓禹，然而邓禹自打成家后，仿佛变了个人似的，他无心政治，每天把自己关在家里，与妻儿共乐。即使在朝上，也好似有他没他都一个样，刘秀每每提及，总免不了一通惋惜。

邓禹的才华，邓禹的抱负，邓禹的傲气，像在一瞬间烟消云散，再也找不回当初那个才华横溢的年少英姿。

我无奈，剩下的唯有点点心痛。

"闵仲叔为何要走？"捧着这份闵仲叔的辞文，我满心不悦，"既从太原受邀而至，为何又要离去？难道汉国不值得他留下么？"

"侯霸只是想试探一下闵仲叔，没想到却得罪了他，因此辞官。"

刘秀的解释在我看来，更像是在替侯霸找借口掩饰。

"如此不能容人，如何当得大司徒？"我悻悻地表示不满。

"你太过偏激了，侯霸颇有才干，不要为了一个闵仲叔而全权否定了侯霸的能力。"他极有耐心地开导我，"为政者要从大局出发，权衡利弊，不要因为一点小小瑕疵而对人轻易下结论。"

他最终在辞呈上给予批复，准奏。

我冷哼一声，不置可否，怀孕令我的脾气更为躁乱，有时候连我自己都没办法解释为什么就是静不下心来。

"若说才干……"刘秀沉吟，若有所思，"倒让我想起一个人来。"

"哦，谁？"

"我在太学时的同窗……"

"又是同窗？"他的同学还真是人才济济，想当年长安太学的才子一定爆棚。

他被我夸张的表情逗乐，笑呵呵地说："什么叫又是？"

"别打岔啊，快说说，你那同窗是什么人？"

他冥想片刻，神情有些恍惚，似在努力回忆："此人姓庄……"

我心里咯噔一下，像是突然受到了某种刺激，不假思索地脱口叫道："庄子陵！"

"你知道？"他也诧异。

"我见过他！"我不无得意地炫耀，"不过……那是在五年前。"

"庄光为人怪癖，难得你见过……交情如何？"他像是突然来了兴趣，"你可知道他现在何处？唉，我找了他很多年……"

　　"庄光？不是……庄遵吗？"我狐疑地问。

　　刘秀愣住："庄光，庄子陵……难道我们说的不是同一个人？"

　　我有点傻眼："那个……是不是人长得……"有心想描述庄遵的长相，却讶然发现自己根本形容不出他的特征来。庄遵整个人更像是团雾，看不清，也抓不着。嗫嚅半天，我终于憋出一句："是不是……他喜欢垂钓……"

　　刘秀的眼眯了起来，似在思索，半晌沉静地笑道："原来竟是改名了。庄光啊庄光，你是如此不愿见我么？"

　　他似在自言自语，见此情景，我对庄遵的猎奇心愈发浓烈起来："既然如此，那便将他请到雒阳来吧！"

　　他笑着摇头，表示无能为力："庄光若有心想躲，自然不会让人轻易觅到踪迹。"

　　左手手掌压着右手指关节，喀喀作响，我一脸狞笑："掘地三尺，我也要把他挖出来！"

　　刘秀缩了缩肩膀，轻咳："丽华啊，注意仪态！胎教啊，胎教……"

　　隗嚣自作聪明地将自己比作周文王姬昌，他想独立称王的野心已逐步显露出来。隗嚣这人若是靠得住，只怕母猪也会上树了，不过刘秀和我对马援的印象都很不错，于是极力怂恿马援携同家眷来京定居，甚至让马援劝说隗嚣，一并来京，允诺封其爵位。

　　隗嚣自然是不可能来的，这个结果我和刘秀心知肚明，但退而求其次，抛出这么个诱饵，无非是想让马援来雒阳。马援一走，隗嚣等于失了一条得力臂膀。

　　最终结果马援果然携带家眷定居雒阳，隗嚣虽然未来，却也不敢公然拂逆皇帝的意愿，于是把自己的儿子隗恂送到雒阳，暂时充当了人质。

　　进入十二月，随着产期临近，掖庭令开始命人着手安排分娩事宜，具体添置物件的采买要求递交到皇后手中时，郭圣通正抱恙在床，对个中细节表示暂无精力插手，下令全由掖庭令负责调度安置。

　　这一日晨起，莫名感到小腹有些坠胀，有了上次分娩的经验，我倒也并不显得太过慌张，没吱声张扬，只是命琥珀替我预备洗澡水。

　　琥珀对我提出的要求惊讶不已，不过她虽然惊讶，却仍是照着吩咐老老实实做了。吃罢早饭，舒舒服服地洗了个澡，换上一套宽松舒适的长裙，我心满意足地抚着肚子，非常有耐心地等待刘秀下朝。

　　也许今晚，也许明天，分娩前的宫缩阵痛便会发作，按照正常时间推算，最迟明后天我便能见到这个足足折磨我九个多月的小东西了。

　　刘秀踏入西宫的时候，乳母恰好将刚刚睡醒的刘阳从侧殿抱了来，小家伙坚持自己走路，硬从乳母的怀中蹭下地，摇摇晃晃地扑向刘秀。

　　换作平时，刘秀早大笑着将儿子抱在怀里，举到半空中逗乐了。但今天却是例外，刘阳抱住了父亲的一条腿，咯咯脆笑，嘴里奶声奶气地喊着："爹……爹……抱！"刘秀没有伸手，只是静静地抬起右手，抚摸着儿子的头顶。

　　我觉察出不对劲，挥手示意乳母将刘阳抱走，刘阳先是不肯，在乳母怀中拼命挣扎。乳母抱他匆匆出殿，没多久，殿外哇地传来一阵响亮的哭声。

　　心里一紧，小腹的坠涨感更加强烈。

　　我想站起身迎他，可是小腹处一阵抽痛，竟痛得我背上滚过一层冷汗。我双手撑在案面上，下意识地吐纳呼吸。

　　刘秀走近我，却并没有看我，静默了片刻，他从袖管内掏出一块缣帛，递到我面前。

　　我伸手去取，手指微战，堪堪捏住了一角，他随即松手，我却没有捏牢，缣帛从我眼前落下，轻飘飘地落在案上。

　　腹部抽痛了几分钟后，然后静止。我定了定神，顶着一头的冷汗，细细分辨上头写的文字。

　　照旧是篆书，大臣们上的奏章一般都喜欢用篆体。我在心里暗暗地想，有朝一日定要废了篆书，不说通行楷体字，至少也要让时下流行的隶书取代篆书做官方通用文字。

　　不然……这字实在瞧得我费心费力，几欲呕血！

　　冷汗顺着额头往下淌，甚至滴到了缣帛上，刘秀冰冷的声音从我头顶洒下，陌生得让我直打冷战。

　　"你认为……此事应当如此处理？"

　　我逐行跳读，因为实在看不懂那些文字，只能拣了紧要的匆匆往下看。越看，心越凉。

虽然还是不大明白是什么意思，但通篇出现最多的居然是"冯异"二字。

目光来回扫视，最终定格在一排句子上："……异威权至重，百姓归心，号为咸阳王……"

"这是……什么意思？"声音在战抖，虽然极力使自己保持平静，但再度袭来的宫缩已经让我无法自抑。

"冯异驻守关中三载，上林苑俨然被他治理得如同一座都城般。这一份是关中三辅递来的密奏，弹劾征西大将军拥兵自重……"

"咸阳王是吧？"我冷笑，啪地一掌拍在那块缣帛上。闭了闭眼，我强撑着一口气，厉声喝问，"陛下到底还能信谁？还打算信谁？"

他沉默不语。

"别人我不可妄作评断，但冯异对你向来是忠心耿耿，难道你忘了河北一路上他是怎么陪你熬过来的吗？你难道忘了他……"

"忘不了！"僵硬的三个字，一字一顿地吐出，"正是因为忘不了，才一直在心里问着自己……他可信吗？"缣帛猛地被扯走，刘秀的右手突然抓住了我的左手，攥得很紧很紧，手指被他捏痛。

我冷汗涔涔地抬起头，那张俊雅的面庞在微微抽搐，眼神复杂莫名，闪动着锐利的慑人光芒。他的手在微微发抖，声音嘶哑："丽华，你告诉我，冯异可值得我信任？"

我一阵眩晕，眼前顿时陷入一片漆黑，耳膜嗡嗡作响，只觉得他那样羞恼的眼神带着一种伤痛，赤裸裸地刺中我的心口。

手松开，跌落。

我无力地瘫软在席上，微微喘气，自愧内疚令我面红耳赤，然而骨子里的那股倔强却让我硬挺着，不肯轻易服输地咬紧了牙关。

"你是在指责我么？"心痛。有些东西自己一厢情愿的隐藏起来，并不等于别人永远看不到——原来他和我一样爱自欺欺人。

我……没办法承认自己做错了，就像他永远也不会承认自己做错了一样。

我倔强！我自傲！我狂！我怒！我仅仅只是想为自己的最后一点尊严做垂死挣扎。我下意识地感觉到，一旦……我认错，我、刘秀、冯异……所有的一切都将变得无法挽回。

"如果郭圣通无辜……那么冯异也同样如是！"我昂起头，战抖着大声回答。

他的脸上闪过一道羞愤之色，右手高高举起，却战抖着没有落下。

但他的这个动作仍是伤害到了我的感情，我气急败坏，口不择言："你有种打！我知道你现在当皇帝了，谁都不能再逆了你的龙鳞！你想杀谁就杀谁！你想打谁就打谁……你是天子，普天下的女子都是你的，你想要谁也……"

"阴丽华！"他压低声怒吼，虽然愤怒，却仍是很节制地压住了火气，"你还要怎么践踏我的心才够？我可以当作什么事都没有发生，但是……你为什么非得这般袒护他？"

"我为的是一个'义'字！"

"他待我何来义？"

"他待我有！"我梗着脖子，死不认错，"待你——也有！"

强烈的宫缩已经让我的神志彻底陷入狂乱，我喘着粗气，从发髻上拔下一支金钗："人可以无情，但不能无义！如果你非要降罪于人，那么……始作俑者是我，所有过错由我一人承担！"

金钗对准自己的手背狠狠扎下，却被刘秀一掌拍开。

宫缩加剧，下身有股滚烫的热流涌出，我痛得难以自抑。

"啊——"撑不下去了，我发出一声嘶声裂肺般的尖叫，险些咬到自己的舌头。

"丽华——"

我痛得打滚，一掌掀翻了书案，刘秀用力抱住我，怒吼："来人——"

这是我第一次亲眼目睹他的气急败坏，全无半分镇定与儒雅。

疼痛使我隐藏在内心深处的委屈与怨恨一并迸发出来，我用指甲死死掐住他的胳膊，说："你不是我，你永远不明白我心里有多恨……我恨这该死的封建社会，我恨这……该死的一夫多妾制度，我恨……"

"丽华……丽华……"

"我恨——"一口气喘不上来，我憋得满脸通红。

脚步声纷至沓来，侍女仆妇慌乱地涌进殿。

刘秀看我的眼神刹那间变成绝望，他面色惨白，嘴唇哆嗦着，却一个音都发不出来。

我掐着他的胳膊不松手，疼痛传遍我的四肢百骸，我狂吼狂叫："我恨这该死的……"

他猝然低头，封住了我的嘴，我闷哼一声，牙齿磕破了他的唇，腥甜的血液流进我的嘴里。

他的唇冰冷，不住哆嗦着，言语无序："别恨……"

"陛下！贵人要生了，请陛下回避……"

"别恨……"他抱紧我，久久不肯松手，眼神迷惘，失了焦距，"你要怎样都好……只是……别……恨……"

别……恨……

声音越来越遥远，我的意识涣散，最后只剩下一片撕心裂肺的痛觉。

秀儿，你不明白！

两千年的思想差距，犹如一道难以逾越的鸿沟！

你要我怎样……怎样才能爱你？怎样才能无拘无束地爱着你？

我其实……只是想爱你！

单纯的……爱着你……

义 王

建武五年冬末，阿陵侯任光卒，其子任隗继承侯爵。

也正是任光故世的这一天，我在南宫掖庭西宫侧殿嚎叫了一个多时辰，终于精疲力竭地产下一个女婴。

据说女儿落地前，建武帝跪在西宫侧殿外，面向春陵，深深叩拜，足足长跪了一个时辰，直至婴儿响亮的哭声传遍整座西宫。

孩子生下来当天我便昏死过去，整整昏迷了两天三夜，滴水不进。据说建武帝坐在床头，亲持汤勺，低声耳语，一遍又一遍地将汤药强灌进我的嘴里。

三天后我终于醒来了，可脑子仍是不太好使，像是缺少了什么，有种生不如死的强烈失落感。女儿的诞生并没有带给我多大的惊喜和快乐，相反，孩子的阵阵啼哭声会莫名地惹来心头的烦躁。

女儿的五官长得更偏似于父亲，尤其是她睁开迷蒙的眼睛，眼珠子直愣愣地看着你的时候，那种说不清道不明的悸动常常使我鼻酸落泪。

刘秀将弹劾冯异的那份奏章送到了关中，交到了冯异手中。冯异是何反应我还不清楚，因为刚生完尚处月子期间，刘能卿即便把消息已送交到阴兴手中，我也没法接管打理这些事情。

建武六年正月十六，在女儿满月之时，刘秀将"春陵乡"改名为"章陵县"，允诺世世免除田赋税收以及各类徭役。

新年初始，捷报纷至，大司马吴汉攻陷朐县，斩杀了海西王董宪以及东平王庞荫。长江、淮河、山东一带，终于尽数被收复。

庞荫死了，却让我更加领悟到一件事。刘秀当日对庞荫背信之举异常愤怒，曾言："予他百里之地，朕尚有追讨重归的一日；托六尺之孤，若是当真把我的子女托付给那老贼，到如今朕如何挽回？信错人，乃朕之过，此过，险铸大错！"

信错人，乃朕之过，此过，险铸大错！

现下想来，也许在他心里这句话并不仅仅是对庞荫而言。他的怒，他的恨，并不是单单冲着一个庞荫发的！

吴汉等人班师返回雒阳后，刘秀设宴款待，置酒赏赐。

我的心情越来越沉重，睡眠不够，吃得又少，以我的身体状况和精神状态，根本没法再亲自抚养孩子。郭皇后无女，来西宫看过几次孩子后，提出要将孩子领到长秋宫代为抚育。

那一日，刘秀退朝后照例来西宫探望，见他伸手欲抱孩子，我突然神经质地大叫起来："不许你碰她！想要带走她，除非我死——"

我发疯般推开他，从床上抱起孩子，紧紧地搂在怀里。满室的侍女黄门吓得面如土色，惶惶不知所措，代印机灵地打着圆场："贵人说笑了，陛下只是想抱抱小公主……"

"别以为我不知道你们打的什么主意！"我厉声尖叫，襁褓中的婴儿受到惊吓，哇哇啼哭。

刘秀错愕，转瞬脸上浮现出一种无奈的哀伤："听朕说，朕……"

"她的儿子，唤我作贵人，我的儿子，却得唤她作母亲！凭什么？凭什么？如今只因为她没有女儿，轻描淡写的一句话便想夺走我的女儿？简直做梦！"我站在床上，居高临下，指着刘秀气急败坏地叫嚣，"她要女儿，你让她自己生！你去——你……"

刘秀一跃跳上床，抱住我的同时，低喝："代印！"

代印打了个激灵，慌忙带了一干下人退出寝室。

"放开我！"我拼命挣扎。

"丽华……"双臂紧紧箍住我的腰，"安静些，瞧把女儿吓着了……"

低头看着女儿哭得通红的小脸，泪水模糊了视线，我无力地瘫软在他怀里，恸哭："我自己也不知道怎么了……只是、只是……"

"我明白，我明白……"他低声哄我，一再重复，"镇定点，没事的。女儿是你生的，肯定是你的……谁也抢不走！你别慌……"他低头吻了我的额头，髭须扎人，然后把脸贴在我的面颊上，滚烫的肌肤像烙铁一般烫贴着我的肌肤。"我的丽华，向来都是那么自信自强，英姿飒爽，豪情不输男儿，柔情更胜一般女子的呀！"

我哭，泪如雨下："我不是……不是……"

"我们的女儿，我希望她以后能够长成她的母亲一般……坚强，百折不挠，不输男儿。"他低头看着小女儿，女儿似乎感应到了父亲的注视，渐渐止住了哭啼，小脸上沾满泪花。

叩紧牙关，我默默抽泣。

他温柔地用手指拭去女儿小脸上的泪痕，低声说："这个孩子，就叫刘义吧！"

刘义！

义……

"但愿她虽身为女儿身，真能不输男儿，将来亦能封王封侯！"深深吸了口气，我嘘声喟叹，"义字后面再添一字，就叫她——刘义王！"

产后，我的精神状态一直欠佳，太医诊断说是心结抑郁，讲了一大通我听不太懂的话，最后却只开了几副补药，没起到真正太大的作用。

刘秀整日陪着我，给我说笑话儿，逗着我开心。年前便听说皇后长期拘恙，久病不愈，这病歪歪的样子倒似跟我有得一拼。

有时候郭圣通也会派人来西宫送些赏赐之物，我一一领受，只是心情不好时连装样子笑纳谢恩的那套虚礼都省了。

阴兴入宫探望，顺便告诉我，征西大将军近期有可能会回雒阳朝觐天子，且为表忠心，冯异的妻儿作为人质已被他先行遣送至京都安顿；另外刘秀在却非殿朝议之时，对臣子们说，他对连年的战事感到了厌倦，决定将隗嚣、公孙述这两个大麻烦先搁置一旁，置之度外，下诏勒令所有还朝的将军留在雒阳休养，把军队调防河内，打算暂时休兵。

这个决定让我目瞪口呆，当场石化。

自当年春陵起兵以来，刘秀除了打仗便还是打仗，一场接一场的战争接续，使得他就像一只陀螺，从未有暇隙停止过转动。

如今……这只疲于奔命的陀螺却突然在这紧要关头说要停下休息……

不可思议……也，无法置信！

"贵人，请多珍重！"阴兴淡淡地望着我，平时冷峻的脸上也起了一丝微澜，"即使为了陛下，你也……不能这般糟蹋自己！况且，你还有一子一女……你好好想想，庶子，不是那么好当的，除了自己的母亲，谁能给他们更好的庇护？"

庶子！

我的阳儿和义王！

心，如果能够感觉不到这种锥刺的痛，该多好！

我逃不了！

无论如何，我仍是建武帝的贵人！仍是刘阳和刘义王的母亲！

我的肩上已经压下了不可逃避的责任！

第六章

指挥若定失萧曹

无 悔

冯异的发妻吕氏奉召，携长子冯彰入宫晋见皇后。

吕氏面相敦厚淳朴，一看即知乃是不擅言辞之人，长子冯彰才不过十岁，身量却已拔得极高，只略比吕氏矮了半个头。

吕氏跪叩行礼，手脚粗大，举止笨拙，看得出她内心的忐忑腼腆。郭圣通倒也善解人意，并未指责她的礼数不周，反赐了席位让她坐在阶下答话。

吕氏显得很是拘束，问的话有时候支支吾吾半天也答不出个所以然来，最后只能惶恐地磕头称罪，仿佛自己罪孽深重似的，那副委委屈屈的卑微模样，瞧得我心里愈发难受。

"本宫听闻阳夏侯在关中斩长安令，治理有方，百姓归心，送其号为'咸阳王'……可有此事？"

郭圣通笑容淡淡的，看不出一丝凌厉，仿佛只是好奇，所以才随口一问。然而这句话却把吕氏吓得面色发白，跪坐于席，双肩微微发战。

我心存不满，重新将目光转投向郭圣通，端居主席的她神情自若，面带和善，似乎并没太深的用意。我一时捉摸不透她的心思，但不管她是无意还是刻意，这个话题本身便太过敏感。

"启禀皇后！夫主曾为此事上奏，称：'臣本诸生，遭遇受命之会，充备行伍，过蒙恩私，位大将，爵通侯，受任方面，以立微功，皆自国家谋虑，愚臣无所能及。臣伏自思惟：以诏敕战攻，每辄如意；时以私心断决，未尝不有悔。国家独见之明，久而益远，乃知'性与天道，不可得而闻也'。当兵革始起，扰攘之时，豪杰竞逐，迷惑千数。臣以遭遇，托身圣明，在倾危混淆之中，尚不敢过差，而况天下平定，上尊下卑，而臣爵位所蒙，巍巍不测乎？诚冀以谨敕，遂自终始。见所示臣章，战栗怖惧。伏念明主知臣愚性，固敢因缘自陈。'陛下知人善任，体察详情，下诏抚慰……"

清脆悦耳，字字珠玑，这番话若是出自吕氏之口，我当喝一大彩，然而这时吕氏早被郭圣通吓得面色发白，口不能言，讲出这番大道理的却是吕氏身后的一名妙龄少妇。

"哦？"郭圣通抿着唇笑，笑容中莫名地带着一股寒意，"这位是……"

"回皇后，妾乃阳夏侯媵妾丁氏……"少妇跪下叩首，举止从容，恭谨却不卑微。

"媵妾……"郭圣通冷笑，"本宫可曾向你问话？擅自多嘴，可还有将你主母放在眼中？"

丁氏变了脸色，只是眼中仍含了一丝倔强。吕氏慌忙请罪："皇后息怒，这是……"

"冯夫人！身为主母，当有主母威严，岂可纵容家中媵仆欺主？来人哪——将恶妇丁氏拿下，送交永巷令，按规惩戒！"

"皇后！不可……"吕氏哆嗦，从席上膝行至地砖，叩首，"皇后息怒，丁氏并非有意冒犯……"

求饶声中，守候在殿外的内臣涌进来三四名，不由分说地拖了丁氏往外走，丁氏大叫，却被人随即用帕子堵上了嘴。

"你呀你！"郭圣通一副恨铁不成钢的表情，"家奴放肆，焉知不是你平素放纵之过？"

一句不轻不重的话便将吕氏的哀求给压了下去，吕氏眼中含泪，黯然回首，眼睁睁地望着丁氏挣扎着被人拖出宫门。

"阴贵人以为如何？"郭圣通侧首将视线瞟向我。

我吟吟一笑，颔首："皇后说的极是。冯夫人，皇后母仪天下，当为尔等命妇之楷模！"

泪水滴落在地砖上，吕氏战巍巍地磕下头去："妾身谨记皇后教诲！"

放眼吕氏身后，冯彰双手握拳，单薄的身子直挺挺地跪在吕氏身后。

我挂着那一成不变的职业化微笑，从毡毯上起身，向郭圣通行礼："皇后，贱妾尚需回宫照顾小公主，这便先告退了。"

郭圣通颔首默许，我又向吕氏敛衽作揖："冯夫人居雒阳，若有不适，可告知皇后……妾先告辞了。"

"恭送贵人。"吕氏像是丢了魂，木讷地向我叩首。

一出长秋宫，琥珀便赶紧将貂皮风衣替我披上，我头也不回，低喝："马上去把中常侍带子鱼给我喊来，要快！"

琥珀跟了我这么些年，哪还猜不到我的用意，不等我说第二遍，撒腿就跑。

踏上通往西宫的复道，我凭栏而立，冷冷一笑，一掌拍在栏杆上。

媵仆欺主？！

这哪里是在斥责丁氏无理，分明……分明暗里字字句句都是另有所指，别有用意。

当晚戌时，代印带着掖庭令急匆匆地从永巷令手中将丁氏解救出来，据说当时正在施棍刑，才打到十棍子，代印便到了。也幸好去得及时，若是再晚些，只怕非死即伤，永巷令称不知详情，但听上头有旨意，说要重重地罚，打死勿论。

郭圣通草菅人命的做法不禁叫人寒心，然而时世如此，媵妾等同家仆，对于身份卑微的奴婢而言，是没有地位和尊严可言的，就连自身的生死去留，也全凭主人做主。

没法拿这件事去质问郭圣通行事残忍，因为同等的事情，我并不是第一次才见。别说这偌大个皇宫，命妇姬妾全由皇后一人说了算，只单单在新野阴家，当初因仗着受宠而借故顶撞我大嫂柳姬的小妾，一个个也全被柳姬轻而易举地借故打发了。

这便是媵妾的地位！媵妾的……悲哀！

丁氏背上挨了十棍，好在年轻，身子骨硬朗，倒没搞出什么致命创伤。掖庭令与永巷令商议后，定下丁氏冒犯之罪，贬为宫婢，配于西宫为奴。

我无法明说我在其中掺了多少，有些事阴暗得很，见不得光，所以也只能任真相腐烂着，最后都成了幽幽深宫的一则传闻。

"奴婢知道，阴贵人是个大善人！"丁氏在替我梳妆时感激地对我说。

铜镜中映照出的她，容姿卓卓，那张娇俏的脸孔，是那般的年轻。我如坐针毡，终于按捺不住从镜簋中一把抓起青铜剪，转过身。

丁氏一怔，瞪着一双黑白分明的大眼睛看着我，烛光下，那张脸肤色如雪，愈发突显出额头的黥疤狰狞恐怖。我嘘气，将她的发髻放下，挑出额际线上的一绺，用剪刀慢慢打薄。发丝飘落，丁氏苍白的手指微微收紧，最后握成拳状。

我细心地将她的额发削剪出齐眉的刘海，恰恰遮住那个丑陋狰狞的黥字。

"好了！"我退后些端详，"怎么瞧都是个美人坯子啊。"

丁氏垂下头："多谢贵人。"

我转身背对着她，假意在镜簋翻捡首饰："我……并非善人。"不等她开口辩驳，我径直站起，离开侧殿，大声嚷道，"琥珀，小公主可醒了？"

并非……善人！

我若当真心善，在她被郭圣通拖下去的时候就该及时制止；我若当真心善，当初自己情困，胸臆难抒，便不该拖累冯异……若无以往种种的因，何来今日种种的果？

我非善人！

其实不过是个……自私的人！

建武六年二月，征西大将军自长安入朝面圣。

事别三年，朝中大臣换了一拨又一拨，提拔的新人更是数不胜数。冯异还朝后，朝中新贵泰半不认得其人，只是听闻其在关中治理有方，威名卓越，深得人心，外加百姓封冕的"咸阳王"之说。

昔日的冯异，战场杀敌，功劳显赫，而在论述战功时却总是退避三舍，默默独守树下，不卑不亢，最终得来了一个"大树将军"的戏称。

昔日的大树将军，如今的咸阳王，虽说皆是戏称，却是今非昔比。须知一个"王"字，可让皇帝生出多少忌惮？多少猜疑？

冯异的为人，我信得过。只是不知刘秀会如何论处，大臣们对他又会如何非议？

不忍见冯异受辱，冯异回朝后第二日，我便向刘秀提出，要在宫里宴请冯异，一如当日在武信侯府一样。

刘秀同意了，设宴建德殿。

赴宴那日，我并未带琥珀随行，指名让丁氏一人同往。

四年不见，记忆中那个美若女子的青年，陡然出现在我眼前，却惊得我几乎不敢相认。

头戴高山冠，负赤幡，青翅燕尾，曲裾绕膝，冯异垂首站在刘秀下首，衣着的华丽无法遮掩那面上的憔悴与疲倦。唇上蓄了须，未见霸气，只是略显沧桑，白皙的肤色中更是透出一抹病态的嫣红，唯一不变的是眉心间紧蹙的忧郁，始终萦绕，挥散不去。

"臣异，叩见阴贵人！"声音不复当年的磁石醇厚，声带振战，带着一种沙哑。

我如遭雷殛，直到丁氏在我身旁失声抽泣，我这才猛然觉醒，不敢置信的低呼："公孙……"

冯异跪地不起，丁氏强压伤感，用手捂着嘴，呜咽而泣。

"免……免礼。"我战声，弯下腰虚扶。

"谢贵人！"不等我手伸出去，他已利索地从地上爬了起来。

我困窘地讪笑："几年不见……阳夏侯变化好大呢……"

冯异仍是低着头不作声，我再度陷入尴尬窘境，刘秀走过来挽住我的手，带我入席。我不忍再看冯异憔悴苍白的容颜，生生将头拧开。

"当年芜蒌亭豆粥，滹沱河麦饭，公孙的情意，无以回报啊！"刘秀的声音淡然镇定。

冯异离席，叩拜："臣闻，管仲谓桓公小白曰：'愿君无忘射钩，臣无忘槛车。'齐国因而靠此君臣强大。臣今日也愿陛下不忘河北之难，臣不敢忘陛下赐予的巾车之恩。"

我死死地咬着牙，用尽全部的力气来压制内心的悲恸。

一场家宴，冷冷清清，气氛冷场，君臣间似乎永远隔了一层，无法回到当初似兄似友的亲密。

须臾，冯异起身告辞，我对他说："你把丁氏带走吧。"

丁氏掩面而泣。

冯异毫不动容，只是淡笑："她乃罪人，既已被贬为宫婢，如何还能跟臣离宫？"

我呼吸一室，他虽在笑，可眼神却是冰冷无情的，丁氏娇躯震战，泣不成声。

"公孙！"刘秀在我身后突然发话，语气深沉凝重，"过几日你仍回长安去，替朕镇守关中，朕信得过你！你的妻妾也无需留在京都，你一并带了去吧！"

冯异惶恐跪下："这如何使得？陛下还是免去臣征西大将军之秩，改任他人吧！"

"关中你治理得极好，旁人不合适……"

"陛下……咳，臣近年身体颇觉不适，大不如前，蒙陛下错爱，还是另委他人……"

"公孙！"刘秀亲自将他扶起，"当年昆阳突围，你曾问朕，信不信你？朕今日的答案与当年无异。朕要明明白白地告诉你，无论这些年发生过什么，朕都视你为兄弟挚友，无嫌无疑！"

刘秀目光清澈，面色坦然，我终于明白，他梗在心中的那个疙瘩，终于解开了。冯异是他兄弟，是他挚友，患难之交，生死与共……这份情谊无可替代。

我酸涩地吸气，泪意直冲眼眶。

"臣……"冯异亦受震动，半晌，伸手牢牢握住刘秀递来的双手，"士——为知己者用！"

刘秀五指反握，笑若春风，坚定不移："国士遇我，国士报之！"

冯异离开雒阳回长安的那天，我特意换了男装，出宫相送。

北望邙山，我与他相顾无言。风吹乱了长发，牵马而行的颀长身影在春寒料峭中更显单薄。

"公孙，你的身体……当真不要紧么？"

"有劳贵人惦念了，臣无碍，只是偶染风寒……"

"连你也这样啊。"我轻笑，说不尽的哀伤，"阴兴这样，邓禹这样，原来连你也这样……也罢，人生若只如初见……果然，也只能这样了！"我故作轻松，冲他抱拳，豪气干云般地高喊，"祝愿大将军……"

说到一半，却见他隔着马驹，眼神柔和地望着我，隐有怜惜的笑意，莫名地扣人心弦。

"公孙……"我呢喃，一时失语，"能把你的竖篾送给我么？只当留个念想……"

他缓缓闭了双眼，再睁开时眼中已没了那片柔情："有那必要么？"

一句话噎得我完全说不出话来。

翻身上马，队伍已徐徐前进，他勒马欲行："贵人回去吧，臣就此别过！"

我无语哽咽，忽然觉得今日一别，或许此生再无与他有相见之期，心中对他的愧疚感愈加沉重，压得我连气都喘不过来。

他轻轻夹着马腹，坐骑从我身边慢慢踱过，擦肩。

"异……无悔！"

仿若春风吹落枝头的片片桃花花瓣，他轻柔却坚定的留下这三个字，袅袅吹散在风中。

无悔！

凝于眉睫的泪珠随着那道喝马绝尘的削瘦身影，凄然坠下，深深没入尘土。

人生若只如初见——无悔！

国　策

隗嚣身边有两大重臣——文郑兴，武马援。

马援是位能征善战的将才，这一点毋庸置疑；而郑兴，则对隗嚣上谏无数次，每一次都能使隗嚣哑口无言地被迫放弃许多错误的决定。但自古忠言逆耳，郑兴的大胆谏言，最终换来了隗嚣对他的不耐烦，于是郑兴借父母归葬为由离开了天水。

就在冯异离去后没多久，隗嚣手下申屠刚、杜林，脱离西州，投奔雒阳。刘秀大喜，皆拜为侍御史，另外又拜另投明主的郑兴为太中大夫。

三月，公孙述命田戎出江关，集结旧部，欲攻打荆州，结果没能得逞。于是刘秀下诏隗嚣，命他率兵从天水南下攻打蜀中。

夏四月初八，刘秀前往长安，祭拜前汉历代帝王园陵，这一次我没跟去，因为实在不知道去了长安要如何面对冯异。最终，我没去，刘秀却把郭圣通带走了，临走又命建威将军耿弇、虎牙大将军盖延等七人，取道陇西讨伐公孙述。

　　想想也是好笑，除非刘秀在宫里，不然的话，他似乎总在有意无意之间想尽办法分开我和郭圣通共处一个屋檐下的机会，用一种怀柔的手段，巧妙地化解着我俩之间的冲突和矛盾。

　　刘秀一走，留下一座空落落的皇宫给我，虽然胭脂为了讨好我，隔三差五地便会来西宫问安，但我抑郁的心情却始终得不到缓解。

　　刘阳满两岁生日那天，阴兴趁进宫送贺礼之暇，向我透露了一个令人振奋的好消息——庄光找到了，而且已经秘密入京。

　　我喜不自胜，翌日便换了便服，出宫拜访。

　　庄光住在阴兴府中，待若上宾，然而按他的要求，却处处显得低调，并不刻意张扬。阴兴门下也蓄养门客，却从无人知晓这个受到主人家另眼相待的神秘人物是何来历。

　　见到庄光的那一霎，我有些发懵，六年过去了，庄光的相貌似乎根本没有改变，秀气的五官，依然仿若少年，只是气度从容稳重，目光睿智明利，更胜从前。

　　"庄……庄公子……"

　　阳光下，他正弯腰侍弄着一大块枝叶粗壮的树根，手中的匕首一刀刀的刻在桩上，雕出凹凸的不知名形状。金色的光曦洒在他的发上，眉睫的阴影投射在脸颊上，随着他身姿的轻微摇摆，明暗不定。

　　我出声喊他时，他并未抬头，专心致志的干着手里的活，旁若无人一般，虽然……早在进门前我便已敲门通禀。

　　我踮着脚尖踩在蒲席上，才刚走近两步，突然听他一声厉喝："停——"手中匕首指着我，仍是不抬头，语气却带着不耐烦，"在我没刻完之前，不许打扰！"

　　早已见识过他的狂傲，我见怪不怪，虽说心里不舒服，却仍是耐着性子坐在离他五六丈开外的一张榻上，安安静静地看着他雕刻。

　　隔得稍许远了些，看不清他到底在刻什么，只是看那木屑纷纷飘落，他手中的木桩却在一圈圈的逐渐缩小体积，隐约显出一个人形来。

　　他冲着那块巴掌大的木头吹了口气，阳光从窗櫺外透进来，远远的，满眼尽是尘埃舞动。

　　"阴丽华，你觉得邓禹与我相比，如何？"

　　我正愣愣地看着那金色尘埃飞舞，他突然不冷不热地丢出这么一句，我一时反应不过来，讷讷地说："不曾作比……"

"朝中既有梁侯，又何必非要强求庄某？"他抬起头来，目光如炬地看向我。

我呆呆地望着他的眼睛，忽然脑海里冒出一句"既生瑜何生亮"的感慨。但是……但是，禹光如何能与瑜亮相较，这两者之间不存在可比性啊。

猛地发觉自己似乎被他绕进了一个盲区，如果脑子真跟着他的思维运转，或许会被他彻底牵了鼻子走。

我不动声色："我一直好奇一件事，庄公子究竟是名叫庄光还是庄遵？"

"这有什么区别么？庄光也罢，庄遵也罢，我叫什么，不叫什么，难道随着名字的改变，我会变得不是我吗？"

能说会道的人，果然擅于唇枪舌战。

假若单论口齿辩论，我绝对没有赢的机会，于是转移话题，笑嘻嘻地说："那公子怎么又屈就来雒阳了呢？连陛下都说，子陵若是不肯现身，任谁都没办法让他主动屈就！公子傲骨，阴姬佩服啊佩服……"

他眼一翻，鼻孔朝天："我愿来便来，愿走便走！"

"是呀是呀！"我不咸不淡地附和着，脸上却笑得甚是促狭，"我在想，其实陛下应该好好谢谢子陵的，当年若非子陵托程老先生指路，只怕我等饥寒交迫，还得在下博绕不少冤枉路呢。子陵当真是待陛下有心了……"

我笑得愈发暧昧，庄光一愣，俊俏的脸上忽然露出一抹好气又好笑的神情："你的那颗脑袋里到底装的是什么？猪脑吗？"

我托着腮，鼓着腮帮子笑："子陵待陛下有情有义，此番进京，心意更叫人感动。我……"

噌的一下，庄光从席上跳了起来，一副快气炸的表情："果然是猪脑，难道刘文叔做了皇帝，也喜好上了男风不成？"

我噗嗤一笑，继续胡搅蛮缠："旁人陛下或许看不上，但是子陵一表人才，倜傥风流……"

他冲过来一把拽住我，将我用力往门外拖，半点怜香惜玉之情也没有。好歹，我不是美女，也是贵人哪！他可真是狂癫得什么事都干得出来！

"出去！出去！尽想着那些龌龊事，我怎么认得你这样的女人！"

我大笑着挣脱开他的手："是子陵你让我这么想来着，不然的话……你到雒阳所为何来？你若不肯屈就，旁人拿刀逼你也是无用啊！"

他嘴里啧啧有声，一半赞许，一半愤怒："六年前看你还像个人，六年后再看你，简直不是人！"

"诺。孔圣人曰：'唯小人与女子难养也！'不巧的是，我既是个女子，更是个小人！"

庄光气得两袖一甩，再不说话，只是站在我面前，面无表情地瞪着我。

我这才敛衽肃容，对他稽首，一揖到底，正正经经地拜道："阴姬求子陵授予安国定邦之计！"

他双手负于背后，眼神犀利地瞅着我。我坦然再拜，屈膝跪倒："阴姬求子陵……"

终于，我的诚恳换来一声叹息："我不出仕！以后一切的主意、决策皆与我无关，若有人问起，你绝不可与人提及……包括你的夫主，汉朝天子……"

他肯让这一步已属难得，我不敢奢求能一步登天，忙腆着笑脸，喜不自胜地答允："一言为定！"

五月廿三，建武帝后车驾自长安返回雒阳。

隗嚣终于撕下虚伪的面具，公然起兵叛变，他命手下王元据守陇坻，砍伐林木，堵住了通往雒阳的道路。前往讨伐的汉军为此吃了大亏，溃败于陇山脚下，隗嚣乘胜追击，幸亏捕虏将军马武，亲自带人断后，汉军才得以逃脱。

这一个多月，我隔三差五地便去阴兴府中拜访庄光，刘秀回京后，我整理了一份奏章，慎重地趁无人呈交给他。

奏章写得极长，以我的水平要写出这么一份长达两三千字、文里通顺的报告，实属不易。刘秀初时并未有所表示，我把奏章交给他后便自个儿回寝宫睡觉去了。夜里酣梦正甜，却猛地被人摇醒："丽华，你跟朕说说……这裁并郡国，具体应当如何操作？"

我被他摇醒，人还不甚清醒，打着哈欠，迷迷糊糊地回答："和公司裁员一样搞嘛！合并部门，裁减相应部门管理人员……"

打了个激灵，我彻底醒了，却见刘秀坐在床沿上，一脸错愕地看着我。明晃晃的烛光打在他脸上，好一会儿，他才歉疚地说："朕有些心急了……你继续睡吧。"摸了摸我的脸，笑着微微摇头。

正欲离去，我猝然伸手扯住他的袍角："你去哪？"

"你写的东西很有意思，朕再琢磨琢磨……"边说边往外走。

我忽然有些后悔给他那份报告，瞧他那神魂颠倒的模样，早已废寝忘食，忘乎所以。我叹着气，从床上爬起，守夜的侍女取来外衣给我披上，我跟着他慢腾腾地走到了侧殿。

"其实也非一朝一夕能够扭转国体，陛下也不要太过着急了。"

他拿起竹简，疲惫的脸上露出一丝嘉许："还是要谢谢你，也只有你……能明白朕在想什么。"

我幽幽地叹了口气，命人将殿中即将烧到尽头的蜡烛尽数换上新的，又逐一剪了烛花，刹那间，殿内亮如白昼。

"全国现有郡国一百零三个，县、邑、道、侯国一千五百多个，各地官员上下层叠，数目庞大。其实有些地方，遭受连年战乱，早已变得人烟稀少，重复的官员设置，甚至使得吏多民少。虽说完整的官吏制度很重要，但是……并不利于现下的情况！"我坐在他对面，整了整思路，仿造着庄光的口吻，加上自己的理解，侃侃而谈，"把这些不必要的县邑裁并掉，可以大大节省行政消耗，同时也能提高行政效率。朝廷提倡节俭的同时，也可大大提高执行力……"

这一夜，我与刘秀促膝长谈。

西宫侧殿的烛火，燃烧至天明也未曾熄灭。

六月廿四，建武帝下诏，曰："夫张官置吏，所以为人也。今百姓遭难，户口耗少，而县官吏职所置尚繁，其令司隶、州牧各实所部，省减吏员。县国不足置长吏可并合者，上大司徒、大司空二府。"

这一诏令针对地方政府的机构庞大而颁发，由于天子的重视以及大司徒、大司空两公的全力配合，裁并工作进行得十分顺利。在较短的时间内，省并四百多个县邑，山东、河北之地省并数目最多，其中琅邪国省并了四十七城，勃海国省并二十七城，巨鹿郡、涿郡、山阳郡、西河郡各自均省并二十余城。

九月三十，时逢日食，执金吾朱浮上奏，指出建武帝执行的"法理严察"所带来的弊端，称以往频繁撤换郡县太守、县令，新旧更替，车马劳顿，无法让那些官吏在短暂的任期内真正发挥作用。另外，有些监察官吏公报私怨，往往对地方官吏吹毛求疵，苛求长短，以此取媚皇帝。太多严苛的举劾和纠弹，反而使得真假难辨，地方治理因此无法得到有效改善。

针对这一奏章，朝臣廷议，建国之始刘秀的初衷乃是以严法来整饬吏制，却不料急于求成，没有预料到结合当前的实际情况。刘秀表示愿意接纳谏言，从此地方守令的任免不再如此频繁。

冬十月十一，诏令曰："吾德薄不明，寇贼为害，强弱相陵，元元失所。《诗》云：'日月告凶，不用其行。'永念厥咎，内疚于心。其敕公卿举贤良、方正各一人；百僚并上封事，无有隐讳；有司修职，务遵法度。"

相对数月前的裁员诏令，建武帝又颁布了推举贤良、方正的诏令，国内政策体制的重心在不知不觉中转移。

十一月颁布诏令，凡王莽时期被没籍、贬为奴婢者皆获开释，赦免庶人。

十二月廿七，原大司空宋弘免职。

翌日十二月廿八，建武帝下诏："顷者师旅未解，用度不足，故行什一之税。今军士屯田，粮储差积。其令郡国收见田租三十税一，如旧制。"

战乱后，国家要发展，需抚民以静，休养生息，恢复经济。眼下国库匮乏，资金不足。于是刘秀和我商议后，最终决定减轻百姓赋税。

西汉初的田租是十五税一，景帝时改为了三十税一。刘秀效仿景帝，将建国时实行的十分之一的抽税形式改为三十分之一的比例份额。

正如庄光所言，一个国家要变得富强，不能仅仅依靠武力掠夺江山！

古之欲明德于天下者，先治其国；欲治其国者，先齐其家；欲齐其家者，先修其身；欲修其身者，先正其心；心正而后身修，身修而后家齐，家齐而后国治，国治而后天下平！

璋 瓦

岁末，灵寿侯邳彤病故，那一日我突然四肢发冷，晕厥倒地。事后经太医诊断，竟发现我已怀有身孕。

谁也想不到，建武七年新年迎来的第一件意外之喜，竟是我又怀上了第三胎。

不孕吐，不嗜睡，胃口正常，在我晕倒之前，身体丝毫没有半点怀孕症状，以至于已经有了两个孩子的我，在太医请脉后乐呵呵地报喜时，竟变得无所适从起来。

预产期在七月，也就是说这个孩子无声无息、默默无闻地已经在我肚子里待了两月有余。我一直认为是年前太过操心政令国策，以至于内分泌失调……

"怎么办？"我苦着脸，殊无半分喜悦。

"什么怎么办？"相对我的苦恼，刘秀却是喜上眉梢。

我更加来气儿，嗔道："你真不知道还是装糊涂？你把我当母猪啊，一胎接一胎地生个没完？"

刘秀诧异地睨眼瞅我。半晌，这个三十六岁的大男人居然为难地皱起了眉头："这岂能怪朕……"

"不怪你，难道怪我？"我瞪眼。

一旁的内臣宫女也一起臊红了脸，压低着头，想笑却又不敢。

我这才意识到自己说错话了，臊得满面通红，一跺脚怒道："以后……以后不许你碰我……"

"噗……"有人没憋住，笑漏了气。虽然声音不响，却仍是将我闹了个大红脸，从里臊到了外。

"滚！滚！滚！"我佯怒轰人，"都给我出去！让你们笑个够！"

琥珀眉开眼笑地来拖我，我恼羞成怒，一并开涮："臭丫头，别以为我不知道你那点事，你和君陵眉来眼去的勾搭可不是一天两天了吧？"

琥珀变了脸色，脸上一阵青一阵白，异常尴尬："贵人……"

"得了，你的心也早不在我这了，等出了正月，我便将你送出宫去，以后你尽心服侍君陵去吧！"

琥珀又惊又喜，也顾不上羞臊了，双眸熠熠生辉："贵人不是说笑？"

"等不及了？"

"不……不是，奴婢哪有……"她红着脸，想笑却又不敢放肆，嘴角抽搐着，终于低着头一溜小跑地出去了。

宫门阖上，殿内安静下来，我拉紧身上的麾袍，甩不去的忧心忡忡。

"为何愁眉不展？"刘秀顺势将我拉进怀中。

我舔着唇，尽量小心翼翼地问："有了身孕，你还能准我出宫去找君陵么？"

秀丽江山

玄武卷

194

其实即使之前没有怀孕，我也不敢过于放肆，大多数的时候，都是阴兴将庄光的意思传递进宫与我知晓。只是这种隔了一层、且单单靠文字来传达的表述方式，很难做到双方意见互换，及时沟通甚至领悟对方的意思。

于是再麻烦，我也总会找机会一个月出宫一趟，当面和庄光把那些讲不清的意思说个彻底。

"你想见弟弟，让他像郭况一样，时时进宫便是。"

我眉头打结，一筹莫展，再看刘秀，正埋头批阅奏章，专注的样子哪里还容我分心插嘴。

气闷的去另一间侧殿探望儿子女儿，却恰好撞见刘阳将刘辅一掌推翻在地。刘辅比刘阳大了一岁半，个头却只高出刘阳一根手指的长度，所以单论小孩子的气力，他的年龄并不占优势。而且刘阳刚才出手太快，他一个没留意便吃了大亏。

一旁的内侍赶紧将他从地上抱了起来，他却不依不饶，坐在地上一边踢脚，一边带着号啕的声音叫嚷："反了你了！我要告诉母后，叫母后打你——"

刘阳吓白了小脸，却仍是很倔强地挺起胸膛，张开双臂，硬气地顶嘴："是你不对！是你先欺负妹妹！"

"我没欺负她！我……我只是觉得她腮帮子鼓鼓的，都是肉，很好玩！"

"你捏她的脸，把她弄哭了，你不是好哥哥！娘说，好哥哥不应该欺负妹妹！妹妹小，哥哥要疼爱妹妹，保护妹妹……"他的身后，刚满一岁的刘义王正被乳母抱在怀里，小脸挂满泪痕，像只糊花脸的小猫咪。

我见女儿哭得可怜，正想进殿去抱她，刘辅突然尖叫："那是你的妹妹！才不是我的妹妹！"

刘阳小脸通红："我的妹妹，就是不要跟你玩！我以后也不要跟你玩……"

许是恼羞成怒，刘辅突然撞向刘阳，双手用力一推，试图报刚才一跤之仇。刘阳撇嘴，两只胖胖的手掌伸出去挡。两个小屁孩相持不下，角力似地扭打在一起，翻滚倒地。

刘阳虽然力气不小，到底少吃了一年多的饭，刘辅的肢体灵活力远胜刘阳许多，只翻了两个滚，便把刘阳压在身下。他得意地骑在刘阳身上，用手拍打弟弟的屁股，嘴里不停地嚷："驾！驾！你给我当马骑！哈哈……驾！"

"二殿下！"

"四殿下！"

众人慌了神，七手八脚的将他二人分开，刘辅拼命挣扎，临被人抱走前还用脚踢了刘阳两脚。

刘阳被人抱在怀里，小脸紧绷着。

我挨着门框站着，却并不进去，心里既疼惜又酸楚，说不出是什么滋味。

刘阳撇过头，视线恰好与我撞上。蓦地，他一愣，倔强的小脸突然垮了下来，小嘴一扁，哇地放声大哭："娘——娘——二哥哥欺负妹妹！他还打我——"

我在心里叹息着，一脚跨进门，刘阳在乳母怀中倾过身子，张开双臂向我扑来，我蹙着眉没有迎上去，反而退后一步避开他。

"哭什么？！看看你现在像个什么样子？"我硬起心肠，怒声喝骂。

刘阳哭声噎在喉咙里，但转瞬嗓门放开，哭声成倍扩大。

我不理他，扭头看向刘辅，刘辅略一哆嗦，转身扑在中黄门肩上，倒也不再哭了。

"带二殿下下去洗把脸，吃点儿点心，然后送回长秋宫！"

"诺。"

刘辅被迅速抱离现场，临走，还对刘阳偷偷扮了个鬼脸，刘阳的哭声更大了，身子不安分地在乳母的怀里扭来扭去，险些害得乳母抱他不住。

刘义王毕竟年纪小，哭过之后早就忘了什么事，这时反而瞪着一双酷似刘秀的眼睛，乌溜溜地望着哭闹的哥哥，不时地发出咿咿哦哦的牙牙之音。

"带公主下去！"我低声吩咐，"阳儿留下，其他人都先下去！"

刘阳被放下了地，他哭声渐止，只是仍不时装样子地干嚎一两声，装可怜做戏给我看。

我将右手摁在他的头顶，他长得很高，小小年纪个头已经到了我的胯腰。

"刚才挨打了？"

"呜……"他继续假哭。

"知道为什么会挨打么？"

"呜呜……二哥哥坏……"

"是你笨！"我揉乱他的头发，退后两步，朝他招了招手，"跑过来撞我，像刚才你二哥对你那样……"

刘阳没有迟疑，缩着肩膀，低头像头倔牛般直撞了过来。我身体稍侧，在他冲力最大，快要挨近我的时候，突然提起脚尖，横在他膝盖位置。

扑通一声，刘阳摔了个狗啃泥，他趴在地上动也不动，过了不久，哇地一声又是号啕大哭。

我叹了口气，把他从地上拎了起来："看来还是太小了，还是得等你再长大些，才能开始扎扎实实地练基本功。"

他用手背噌鼻涕，一脸邋遢样，我龇牙："真脏！"取了帕子替他擦脸。

他擦干净脸，突然直愣愣地冲我背后喊了声："父皇……"

我吃了一惊，转身时候扭得太快，险些崴了脚。

一只温暖的大手及时托住了我的腰："小心哪！"

我有些心虚地低下头，支支吾吾地不知道该说什么，只祈求刚才教导儿子的那一幕没有被他老子撞见。

然而人算毕竟不如天算，刘秀蹲下地，视线与刘阳齐平，拍着他的肩膀，笑说："你娘刚才可是脚下留情了呀！"

刘阳似懂非懂地瞪大了眼睛，一脸茫然。

刘秀松开手，提起裳裾，脚尖点在儿子膝盖上来回摇摆数次，做踢腿状："看清楚没？"他以超出我十倍的耐心，慢声细语地给儿子做着详尽的示范和解说，"像这样，抬腿起脚都要快！你娘刚才只是略略抬脚绊了你一跤而已，姿势是对的，力道却是极轻的。"

脸上火辣辣的一烫，幸好他背对着我看不到我窘迫涨红的脸。我赶紧提着裙裾，踮起脚尖，悄悄往门口撤退。

后退间，父子俩的话题已然转变。

"阳儿喜欢妹妹么？"

"喜欢……不过我更喜欢小弟弟。"

"为什么呀？"

刘阳伸出小胳膊弯曲上臂，展示了下其实根本不存在的肌肉："我要教他打架！就和刚才父皇和娘教我的那样……"

"哦？"

"然后……我要和弟弟一起，把太子哥哥和二哥哥一齐揍扁！"他皱着鼻子，用力吸了吸鼻水，一脸得意，"三哥哥太怂，所以太子哥哥连打架也不肯算上他！嗯，那我也不要跟他打，太没意思！"

我脑袋猛地一炸，嗡地一声像是眼睁睁地看着儿子捅了一只硕大的马蜂窝，而下一秒窝里的马蜂便将向我疯狂扑来。

果然，刘秀转过头来。

我背贴在墙上，呵呵干笑："阳儿你胡说八道什么呢？"

刘秀轻笑，笑声暧昧，似乎别有用意。

我心里愈发紧张，咽了口唾沫，龇牙咧嘴地笑："我……我饿了，去找点吃的……"边说边僵硬地转身。

"丽华……"

"我……我去看女儿……"头也不回地快步走向门口。

"你的新词儿可真多！"

我终究是晚了一步，刘秀的两条腿比我长，三两步便拐到我面前。

"不……不是我教的。"我狡辩，死鸭子嘴硬，"我……我整天跟你在一块儿，哪有闲暇教导儿子！"

"嗯……这倒也是。"

"是吧？是吧？我没胡说吧！"

"嗯。"他笑，眼睛里全是洞察了然的笑意。

在他的温柔一刀下，假面具没有维持多久，终于尽数塌方。

我决定破罐子破摔，耍无赖地大叫："啊——我不管了！嫌我教的不好，以后你自己教！"

"朕没说不好。"

"嗄？"

"只是……"他眼睑下垂，视线瞄在我的腹部，"还是应适当注意些胎教为宜！"

我险些厥过去，嘴角抽搐，好半天才有气没力地嘟哝："鸡婆。"

他眯起眼："朕不是鸡的婆婆。"

"喔！"我故作惊喜状，插科打诨，"你还记得呀！"

眼中的危险系数在上升，笑容愈发诡异："你说过的每一句话，朕都会记得！"

心跳漏了一拍，他的眼神能溺毙人，我在这样的注视下渐渐软化。他的左手揽起我的腰，右手托起我的下巴，脸缓缓靠近，炙热的鼻息拂在我的脸上，又酥又痒。

我意乱情迷地半闭上眼，红唇微撅的主动迎了上去……

身下有股力道在扯我的裙裾，我不耐烦地挑了挑眉，唇仍是撅着继续凑上去，却意外发现刘秀睁大了眼，无奈又好笑地仰高了下巴。

"父皇！娘……"刘阳不依不饶的一手扯了一人衣角，使劲摇晃，"你们是不是要打架呀？"

我闭上眼，恨不能将这坏事的小鬼头丢出去，却听刘秀沉沉而笑，腾出一只手抚摸着儿子茅草似的发顶。

"不是。"他一本正经地答复儿子的问题，"父皇和你娘亲更喜欢等你睡着了，在床上打架！"

我痛苦地呻吟一声，终于恼羞成怒地暴跳，双手使劲掐上他的脖子："刘文叔——"

毒 舌

建武七年春正月初二，建武帝下诏令中都官、三辅、郡、国释放在押囚犯，除犯了死罪的犯人外，一律免除查办。服劳役的免刑，赦为平民，判刑两年以上而逃亡的犯人，将名字记下，以备查考。

诏令曰："世以厚葬为德，薄终为鄙，至于富者奢僭，贫者单财，法令不能禁，礼义不能止，仓卒乃知其咎。其布告天下，令知忠臣、孝子、慈兄、悌弟薄葬送终之义。"

刘秀打破西汉末年盛行的厚葬之风，提倡薄葬。

二月十七，免去护漕都尉官。

三月初四，诏令："今国有谲军，并多精勇，宜且罢轻车、骑士、材官、楼船士及军假吏，令还复民伍。"减少将士，令多余的士兵卸甲返乡为民，以利加快恢复经济发展。

彼时，公孙述封隗嚣为朔宁王，派兵协助，抵抗建武汉朝。

四月十九，建武汉朝大赦，刘秀再次公布诏令，命公、卿、司隶、州牧举贤良、方正各一人，为显求才若渴之心，愿亲自御试。

随着身体的逐渐笨重，我的体力和脑子都呈现出退化趋势。虽然我每天坚持散步锻炼，但是鉴于上一次临产出现的恐怖症状，这回刘秀将我盯得极紧，几乎事事都要过问，我的一举一动都在他的监控之下，每日都要饱受他的鸡婆唠叨。

我着急的是没办法再和庄光取得联系，即使中间有个阴兴传递有无，也甚是不便。

"我要出宫！"我撅着嘴耍无赖，虽然这样的手段每次均未见有何成效，但我除了发发孕妇脾气，实在想不出更合理的理由要求出宫。"宫里太闷了！"

刘秀没理我，径自取了皇帝信玺在诏书上盖了紫泥印。

"这是什么？"除秦代和氏璧传国玉玺外，皇帝玉玺一共有六枚，用以处理各类行政事务。这六枚玺印分别刻的是"皇帝行玺"、"皇帝之玺"、"皇帝信玺"、"天子行玺"、"天子之玺"以及"天子信玺"，其中"皇帝信玺"专门用作三公任命诏书。

刘秀将诏书收于袖中，脸上露出满意的笑容："朕择定了大司空的最佳人选！"

"哦。"我没留意，心里琢磨尽是要如何溜出宫去。

"过来！"他向我勾勾手指，神态轻佻得却更像是在召唤宠物。

"我要出宫！"我蹭过去，抓着他的胳膊使劲摇晃，旧事重提。

笑容倍加宠溺："朕陪你一起去……"

"不要！"我一口回绝。

开玩笑，他要跟我一同去，那不是什么都穿帮了？

琥珀色的眸色逐渐加深，心跳没来由地跟着漏了一拍，我对他的神情变化实在是太熟悉了，外人或许看不出他细小动作的变化，我却了如指掌。

心中警铃大作，才要提高警觉，他已慢条斯理地笑说："朕想，也是时候去见见故人了。"

我呆若木鸡，半天也消化不了这句话，他泰然自若地起身，顺手也将我一并扶了起来："一起去吧，朕命人备辇。"

抓狂！

欲哭无泪！

背上突然爬上寒丝丝的冷意，看来他不仅早知道庄光的存在，也早知道我和庄光联手玩的那套暗度陈仓的把戏。

他什么都知道，却偏偏不戳破，任由我们一伙人在他面前演戏。

我心里不爽，甩了他的手，摆出一张臭脸。

"怎么了？"

"你明知故问。"

"生朕的气了？"他搂住我的腰，空着的另一只手抚上我的肚子，碎碎念地唠叨，"目不视恶色，耳不听淫声，口不出敖言……"

我的手肘向后一缩，使劲撞在他的肚子上："整天听你唠叨，不疯才怪！"

他挡住我的手，笑："不是朕故意要瞒着你，而是……以庄子陵的为人，他若得知朕已知晓，立时便会离开雒阳。"

"那你也不必瞒着我啊！"我仍是耿耿，难以释怀。

他用食指点在我的唇上，一副深为了解的表情："以你的性子，能瞒得过他的眼睛么？只怕瞒得了一时，天长日久，难免露出马脚。"

"那你现在又不怕他知道了？"

"不是不怕，只是……事情总这么拖着，绝非长久之计。朕看了那些简章，句句精辟，此等人才如何能让他屈居民间，不为所用？"

我眨眼："你打算怎么做？"

他沉吟不语。

"高官厚禄诱惑之？摆出皇帝架子强迫要挟？"

他摇头："庄子陵何等样人，此等做法只会更快把他逼走而已。"

"那你究竟想怎么做？"

"昔日武王以太公为师，齐桓以夷吾为仲父，而今——朕欲拜子陵为三公！"

猛然领悟到刚才那张盖了皇帝信玺的大司空诏令，我顿时恍然。

我最终还是没让刘秀直接去见庄光，而是先将庄光从阴兴府邸"请"到了北军传舍，庄光是何等聪明之人，这一折腾，岂有猜不透的道理？于是，在请他移驾的同时，我又命执金吾派人将传舍四周围了个水泄不通。

我独自先去见了庄光，好话说尽，甚至还取了刘秀的任命诏书来给他，他却不屑一顾。那副疏狂傲气的模样，真让人恨不能打爆他的头。

庄光来到雒阳的事算是彻底曝光了，一时间众说纷纭，传舍前车水马龙。人人都知道他是皇帝重视的贤良，所以慕名者有之，巴结者亦有之，险些将大门挤破。

静观其态，发现庄光这家伙当真狂傲到了骨子里，一张嘴更是毒舌到令人牙痒却又无可奈何。

大司徒侯霸与庄光曾打过交道，算是有些交情，但碍于庄光眼下门庭若市，乃人人争抢的香饽饽，若是以三公的身份光临传舍寻访旧友，知道的会称赞是礼贤下士，不知道的会指责他谀奉新贵。

侯霸是个有头脑的人，他选了个折中的法子，既不怠慢旧友，也不辱没自己身份。他派了属下，一个名叫侯子道的人前往探视。

侯子道上门的时候，我正在跟庄光费舌，我的胡搅蛮缠，东拉西扯正气得庄光一肚子憋气，他拿我没辙，只差破口大骂。这当口侯子道递了侯霸的名刺，登门造访。

因为不方便和外人打照面，于是我躲进了复壁，侯子道翩然进门时，我飞快地伸头窥了一眼，却没能来得及瞧清对方的长相。

接待客人原该去堂上，可庄光不管这些，他够狂，也够傲，明知道侯子道是代表谁来的，却仍是无动于衷，没心没肺地安然坐在床上，箕踞抱膝，连最起码的礼仪都没有，放荡不羁。

"侯公听闻先生到来，本欲即刻登门拜访，然而迫于职责，是以未能如愿。希望等到日暮后，待侯公忙完公务，请先生屈尊至大司徒官邸叙话。"

我揉了揉鼻子，心里暗自好笑，庄光连皇帝的面子都不给，侯霸未免也太看得起自己了。

果然，庄光答非所问："君房素来有痴病，现在位列三公，这个痴病好些了没有？"

侯子道噎得久久没有回答。我躲在复壁中咬着下唇，使劲掐自己的大腿，这才没有笑出声来。

"那个……位已三公鼎足，痴病……自然不……不发了。"

"你说他不痴了，那怎么刚才说的尽是痴话？天子征我来京，使人寻访了三次，如今我人主尚不见，又岂会去见他这个人臣？"

侯子道岂是这毒舌的对手？几句话下来，便被庄光打击得频频擦汗：

"那……还请先生手书一札，也好让我回去向侯公有个交代……"

庄光很无赖地回了一句："我的手现在没法写字！"

"那……我来写，请先生口述吧。"侯子道估计心里早就快气炸了，却只能装作若无其事地研墨，铺开竹简听庄光大放厥词。

"君房足下：位至鼎足，甚善。怀仁辅义天下悦，阿谀顺旨要领绝。"

侯子道写完，再等，却已没了下文，不由说道："请先生再多加几句吧。"

庄光冷笑讥讽："在这买菜呢？还讨价还价的！"

侯子道大为狼狈，从席上起身，拿了竹简，跟跟跄跄地告辞而去。

我从复壁出来，庄光仍踞坐在床上，脸上带着一抹看好戏的笑容，我岂能猜不到他的用意，于是笑道："你也太有恃无恐了。"

他懒洋洋地伸了个懒腰："贵人既在此，光何惧之有？"取了竹简，展开，继续慢条斯理地看了起来。

我和他道了别，心里一边对庄光的机敏发出赞叹欣羡，一边又对他的倨傲难折而叹惜不止。

当天下午，得到侯子道回复的侯霸，一怒之下将弹劾庄光的奏章，连同那卷狂傲的回礼手札，一同递到了刘秀手中。

而有关这件事的来由，刘秀却早已通过我的描述，知晓得一清二楚。虽说我其实并不赞同吹枕边风的行为，平时也一贯主张讲求客观事实，但还是不得不承认一点，人有时候真的会被自己的主观喜好所左右。

侯霸其实并没有错，但在侯霸和庄光之间，我的天平明显地倾向了后者。侯霸的小报告自然没有我这个皇帝的枕边人打得更精彩，更直接，这也是庄光一开始便有恃无恐的真正根源。

刘秀没把侯霸的怒气太当回事，接到弹劾告状的时候，只是笑眯眯地说了一句："这家伙的脾性还真是一点都没改啊。"

明着听来是在斥责庄光，可仔细听听，却又像是在夸他。我想侯霸当时的表情，一定就跟吃饭嚼了满嘴沙砾一般，吞也不是，吐也不是。

当夜在西宫就寝之时，刘秀却在床上辗转反侧，难以入眠。我了解他的心事，于是安抚道："鱼与熊掌不可兼得！庄光故意挑衅侯霸，惹得二人不和。你若再想封他为大司空，岂不是日后让三公相处不睦？"

庄光看来是铁了心，不愿待在朝廷吃俸禄了，他向往的生活，也许仅仅只是河畔一竿垂钓。其实这样无拘无束的生活我也向往，只是……我和刘秀注定是捆缚在一起的两个同路人，他的欢喜才是我的欢喜，他的幸福才是我的幸福，所以，他的生活，也注定才是我的生活。

我没得选择！因为我早已选择了他！

"朕……明天去亲自见他！"

我在心底叹气，翻了个身，他从身后靠近，搂住我，宽厚的手掌摩挲着我高高隆起的肚子。

"朕是不是一个好皇帝？又或者是朕做得不够好，所以像周党、庄光这样的贤士才不肯为朕所用？"

太原人周党，在被召见时，当着刘秀的面连叩首磕头都不肯，甚至拒绝自报姓名。当时周党的狂傲惹得博士范升等人，上奏表示要和周党同坐云台，辩论国策，一较高下。

宽厚性慈的刘秀制止了他们的激愤，最终非但没有治周党的罪，还额外赏赐了他布帛四十匹，送其归乡。

"不，你是个好皇帝！"我没有一丝阿谀奉承，真心实意地说，"天下有你，乃万民之福，苍生之福，社稷之福！"

作为一个乱世中拔起的开国皇帝，能够带领国家在战乱中抚平疮痍，蠡立不倒，且没有骄娇之气，不求奢华，不贪图享乐，礼贤下士，不随便摆皇帝架子，事事亲力亲为……我能很自豪地说，作为一个女人，我为拥有这样的一个夫主而感到骄傲！

虽然……我不是他的妻！

心上猛地尖锐刺痛，我忙闭上眼，尽全力将刚才钻进脑子里的杂乱念头摒弃出去。

不要再想了！不要再想了！真的……不能再想了……

昆　相

第二天刘秀下了朝便直奔馆舍，六马龙舆奔于驰道，执金吾跸喝开道，声威震天。

帝王的气派这会儿发挥得淋漓尽致，满雒阳城的人都知道建武帝求才若渴，亲临馆舍，会见庄光。

古往今来，能得帝王屈尊降贵至如此地步，想必早已感化无数良臣隐士。如有例外，那么这个例外也必当非庄光莫属。

庄光是个异类，一旦他拿定了主意，便早已心如顽石。不管刘秀如何赤诚相待，也无法再捂热这块冰冷的大石头。

刘秀驾临馆舍的时候，庄光非但未如众人预想的那样亲跪迎接，反而躲在屋内呼呼大睡。

这样隆重和喧哗的阵仗摆开来，如何还能在室内安然入睡？

刘秀踏步进入内室的时候，侍卫皆摒于屋外，我悄悄跟了上去，隔了七八丈远隐于屏风之后。

庄光四仰八叉地平躺在床上，鼾声震动，刘秀走近床边，站在床头静静地低头看着他。一边是沉默无语，一边是鼾声如雷，两个男人以一种诡异的方式对峙着。

"子陵……"刘秀伸手，轻轻拍打他的肚子，轻笑，"子陵啊，你难道真的不能帮帮我么？"

鼾声持续，我眼瞅着门外的代印焦急上火的来回打转，却不敢越雷池一步的表情，不由得在心底叹了口气。

隔了好一会儿，也不知道刘秀在暗地里对庄光做了什么小动作，原本还呼呼大睡的庄光突然停了鼾声，睁开眼来。

两个人仍是一动不动，你瞪着我、我瞪着你地互视，目光胶着，却别有一番较量。

"昔日唐尧著德，巢父尚且洗耳。士各有志，为何独独要逼我呢？"庄光开诚布公，然而这么直接的话却很是伤人，他在直颜面对当今天子时，也照样不改张狂本性。

刘秀点了点头，无奈喟叹："子陵啊，我竟不能使你做出让步……"黯然转身，缓缓向门外走去。

刘秀的身影有些孤单寂寥，我见之不忍，为了治国，他当真已经费尽心力，庄光有才，胸有丘壑，如果能得他一臂之力，刘秀肩上的担子也不必压得那么吃力、沉重。

代印恭恭敬敬地领着刘秀往馆舍外走，我从屏风后出来，庄光仍是平躺在床上一动不动，眼睛直直地瞪着头顶的承尘。

"真的不能留下吗？你都已经帮了他这么久了……"我苦苦哀求着。

他侧过头来，眸光深邃，直射我心底："你哪只眼睛看到我在帮他？"

我愣住，他说完这一句，突然翻了个身，背对向我，再无一言。

刘秀是位宽厚的仁主，他对周党尚且能够恕其罪，送其返乡，更何况对待故人庄光呢？庄光不肯留下来辅佐他，他也不会摆出帝王姿态强加于人，于是最终的去留问题已不再有任何悬念。

刘秀最后下诏召庄光入宫，他们虽然做不了君臣，但情谊仍在。刘秀宴请庄光，两人纯以旧友的身份促膝长谈，席间倒也和谐自在。

刘秀问他："你看朕比起以前，可有什么改变？"

庄光一本正经地想了半天，却给出个令人啼笑皆非的答案："陛下与过去相比稍许强了些。"

答与不答，基本没区别。

两个大男人，碎碎念地回忆着过往一段青葱岁月，有嗟叹，也有欷歔。

一向少饮的刘秀，却在不知不觉中喝下不少酒，直到在说笑声中烂醉如泥。夜深了，我派人几次探访，都回复说陛下和庄光在饮酒，陛下甚至击筑欢歌。

这是从来没有过的事，我在床上颠来倒去，一宿无眠，满脑子晃来晃去竟全是庄光和刘秀交迭的影子。

四更的时候，我便再也按捺不住了，从床上爬起来往宣德殿一探究竟。才到殿前，台阶才爬了几层，鼻端便闻到了一股浓烈的酒香。等到了殿门前，更是满室酒气，我憋着气进屋，却发现外室值夜的内臣宫女见到我时，一脸窘态。

我愈发起疑，及时阻止了通报，悄悄往内室走去。

满地的狼狈，酒尊空了，酒锺倒了，外衣像块抹布似的扔在地上。目光拉远，绡红帐内，两个大男人同床共枕，并头而卧。

后脑勺的某根神经猛地一抽，我险些鼻血飞溅，这个世上俊男美女委实见得太多了，可如此香艳的景象仍不免叫人心跳加速——庄光那家伙的一条腿竟然搁在刘秀的肚子上！

我站在床头，视线从刘秀儒雅的脸孔转到庄光秀气的五官，反复看了无数遍。

走神的间隙，却不曾想本该熟睡的庄光突然睁开眼来。

我眨巴着眼睛看着他，他动也不动，那条腿仍是肆无忌惮地搁在刘秀身上，没有半点要拿开的意思。

我看了他半分钟，很不满地冲他努了努嘴，他却似笑非笑地冲我狡黠的眨了下眼，手臂微探，居然侧过身将刘秀搂在了臂弯里。

我像被人施了定身法一般，呆住了。

本来还没太在意这档子事的，他居然还当着我的面胡来？

我冲他龇牙，示意他少给我恶搞乱来，他却带着报复似的促狭目光，奸佞地笑了起来。

不可否认，他笑起来的确很美，可就是这种富有男性气息的美感让我的好心情顿时跌到谷底。

大哥！你阴我也不是这种玩法吧？

我打眼色给他，示意他别再玩了，门外一堆黄门守着呢，这要是有半点风言风语的花边绯闻传了出去，那还得了？

他依然毫不理会，眼中笑意却是更浓。

我杀了一个"算你狠"的眼神过去，掉头就走，快到门口时猝然扭头，却见庄光松开了刘秀，见我回头，又马上大咧咧地将腿搁在他身上。

真是气得我险些抓狂！

跟这家伙混了一年，没少抬杠，他这个人性情狷傲，有些事越是求他，越会遭他毒舌。后来我摸透了他的脾气，在他面前极尽小人之态，胡搅蛮缠，他骂我笑，他损我乐，他拿我没辙，却因此也发现了不少的乐趣，也许是我的无赖传染了他，搞得他现在也开始学起了无赖。

我怒气冲冲地出门，站在门口被风一吹，脑子倒也清醒了不少。抬头看着满天星斗，我突然笑了，伸手将代印召唤到跟前，耳语一番。

果然天才蒙蒙微亮，旭日东升，太史已匆匆入宫，直奔宣德殿，一脸惊慌之色。

"启奏陛下，昨夜天相，有客星冲犯帝座，不祥之兆啊！"

刘秀和庄光两个洗漱完毕，正在享用早点，听了这话，刘秀还没做出什么表示，庄光却是一口水呛到了气管里，痛苦地剧咳起来。

我闲闲地坐在对面看着他笑，一副等着看好戏的表情。

刘秀迷信，这已经成了宫内宫外众所周知的事情。这个时代的人本身对于不可解的神秘未知事物有种膜拜和恐惧心理，所以才有了神灵的供奉，才有了谶语纬图的兴起。而刘秀，也许是因为我的关系，一再的机缘巧合令他对于谶纬之术，达到了深信不疑的境界。

也可以这么理解，如果这世上真有鬼神，那我就是最大的神棍！如果谶纬真的可信，那我就是最能扯的算士。

刘秀很迷信，对这种神乎其技的东西，深信不疑！

我乜眼看庄光，然后瞥向刘秀，想看看这个被迷信观念渗入骨髓的皇帝，要怎么应对这场异变的星相。

"卿多虑了！"刘秀和煦地笑道，"昨夜，朕与故人子陵共卧而已。"

既无暧昧，也无责怪，一句话便轻描淡写地把一场可能引发的轩然大波给熨平了。

君子坦荡荡！

我忽然也笑了。

庄光与刘秀面向而坐，怡然轻松，两人面上皆带着一种出尘般的光泽，相视而笑。

"子陵，与朕弈棋如何？"

"诺。"

代印机敏，不待刘秀吩咐，便利索地将棋盘置于案上。

我对棋类不精通，虽说现代也有围棋，可是现代围棋是十九道，这里下的却是十七道，现代的棋子是圆的，这里却是方的。现代的围棋我都看不太懂了，更何况是两千年前的对弈？

我用手指蹭着鼻子，只觉得意兴阑珊。站在阶下太史，更是不明所以，唯有进退两难地站着，动也不敢动。

"阴贵人可会弈棋？"也不知是无心还是有意，庄光在棋盘上落了一子后问。

"不会。"

"哦？那贵人平素是爱玩六博了？"

当下的确是盛行玩六博，对弈比之老少皆宜、甚至带了点赌彩的六博而言，高雅了些，也更费脑力了些。

可偏偏我却连最大众化的六博都学不会，此乃我毕生引为憾事的痛处，不曾想却被庄光一脚踩中。

耳听得刘秀吃吃轻笑，我涨红了脸，从牙缝里挤出四个字："玩物丧志！"

我本是被逼急了脱口而出，倒也并非有心嘲讽，却没料到庄光与刘秀闻言俱是一愣。这一手本该刘秀落子，他却双指拈棋，侧首冥思愣怔起来，也不知道在想什么。

须臾，庄光突然爆出一声大笑，双手在棋盘上一推，将满盘棋子打乱，起身笑道："饱食终日，无所用心，难矣哉！不有博弈者乎？为之犹贤乎已！"

他冲我稽首一拜，起身又冲着刚刚从深思中回过神来的刘秀一拜："既得阴丽华，何需庄子陵？"说罢，竟是大笑着迈出殿去。

殿外众人无措，竟是无人敢挡，任他大摇大摆地扬长而去。

刘秀的眼眸清澈如水，唇角间噙着一抹洞悉彻悟般的微笑，他最终落下了手中那枚棋子，玉石相击，啪一声脆响，跳跃在耳边。

"既得阴丽华，何需庄子陵……"他咀嚼着这一句话，嘴角的笑意更深。

我却被他笑得浑身发怵，傻傻地挺着个大肚子，坐在重席上动弹不得。

许久之后，他才转过头去，对阶下的太史问道："卿以为星相之术可准？"

太史被晾了老半天，神经都有些发木了，这时突然听皇帝问起，唬了一大跳，反而磕巴起来："自……自然准，此乃天……相！"

"那谶纬如何？"

"这……亦是天命！"

"嗯。"修长的手指摆弄着零乱的黑白棋子，喜悦的神情慢慢爬上他的眉梢，他用眼角余光斜睨着我。

我忽然产生出一股强烈的罪恶感！

再准的天相，也不可能把庄光压在天子身上的一条腿给立竿见影地显现出来吧？但我现在又能解释什么？实情相告？说太史欺君？那追根究底，不还是我在欺君么？

完了！完了！我在心底呜呼哀号！

本该对他进行无神论的熏陶教育，没想到鬼使神差的，却更加使得他对这些神怪论，深信不疑！

我不要做千古罪人啊——

中 礼

五月初六，刘秀任命李通为大司空。

庄光离去后，刘秀在一些决策上更加迷信谶纬之术，比方说有次与郑兴讨论郊祀事宜时，刘秀准备完全参照图谶办理，郑兴当时只是说了句："臣不信谶纬！"

结果引得刘秀大为不满，直接问他："你不信，认为它不对，是不是？"

搞得郑兴惶恐，赶紧找了个理由搪塞："臣没有读过谶纬，所以无法印证对错。"

看着刘秀对谶纬一点点的沦陷，乃至痴迷，我真是哭笑不得。

这一年的夏天，一直沉浸在雨水连绵中，沉闷外加无聊。眼看我的产期日渐临近，朔宁王隗嚣却突然率兵三万，攻下安定，直逼阴槃。

这个杀千刀的隗嚣，大概真的跟我犯冲，偏偏在我要生孩子的关口和大汉干起仗来，幸而征西大将军冯异率军堵截。隗嚣没在冯异手里讨便宜，转而沿陇山而下，攻打征虏将军祭遵所驻扎的汧县。

这一来二去，刘秀被激起了火，于是甩下挑战书，约了日期要跟他亲自打一仗。

雨，没完没了地下。

我被闷在西宫这块方寸之地已经足足两月，这两个月除了听雨声渐渐沥沥外，了无乐趣。随着日子滑入产期的最后一个月，原本并不太显挺的肚子，却像吹足气的气球一样疯长。鉴于前车之鉴，接生的仆妇早早便安置进西宫侧殿。

产期在七月底，原本还要大半月才会有动静，可谁曾想恰在刘秀预备出征与隗嚣对决的前一天，阵痛突如其来地发作了。

分娩进行得十分顺利，仅仅痛了二个时辰不到，一个红彤彤的小女婴呱呱落地。虽然有些早产，但孩子很健康，哭声也十分洪亮。因为分娩顺利，我的精神状态也很不错，并没有吃太多的苦。

除了女儿稍许提早了些日子从娘胎里钻了出来之外，一切都还在预期的掌控之中。我没料到的是，原该出发亲征和隗嚣一较高下的建武帝，却以雨天路断而由，宣布取消了此项出行计划，安安心心地守在西宫正殿外当起了奶爸。

月子期间我没法和他见面，却总能时不时地听见他在侧殿处理公务时刻意压低的声音，以及他偶尔和刘阳、义王逗弄小妹妹时传出的阵阵欢笑声。

等我坐完月子出关，刘秀邀功似的将给二女儿取的名字报到我面前——刘礼。

先是一个"义"，再来一个"礼"，估计再往后排，就该是"忠"、"孝"、"节"、"列"了。看着他喜滋滋的笑脸，我想也不想地大笔一挥，在"刘"和"礼"字中间插了个字进去。

"中？刘中礼？这算什么意思？"

"不上不下是为中，这礼有什么好守的？马马虎虎也就是了，难道你想女儿变成古板之人？"

他急了："守礼方知进退，她乃我汉室公主，如何……"

我用食指堵住耳朵，嚷嚷："不听！不听！做公主有什么了不起，难道我女儿还稀罕不成？"

他苦笑，伸手将我的手指拉下："你呀你，难道要把女儿们都教导成你这样子的么？"

"我这样的怎么了？我这样的，不也找了你那样的？"我撇着嘴，插科打诨，戏谑调侃。

他拿我没辙，无话反驳，只得应道："好吧，好吧，中礼便中礼……刘中礼……"念了两遍，估计是觉得这名字拗口，自己也禁不住笑了。

我哈哈大笑："我的女儿就是要与众不同！"

建武七年冬，匈奴支持称帝的汉帝卢芳，诛杀了五原太守李兴兄弟，引得众叛亲离。朔方郡太守田飒、云中郡太守乔扈纷纷举郡投降秀汉王朝，刘秀命其留任原职。

是年，昆阳侯傅俊病故，谥号威侯，嫡子傅昌继承爵秩。

建武八年春，中郎将来歙率两千多人，翻山越岭，另辟蹊径，从番须、回中取道，直袭略阳，斩杀了朔宁守将金梁。隗嚣对此感到异常震惊。

大司马吴汉听闻来歙占据略阳后，争抢着要去向西直捣隗嚣老窝。刘秀虽身居雒阳，却将战局分析得犹如亲临，他料定隗嚣丢了略阳，必然会全力反扑，于是勒令吴汉等人原地待命，不可急进。

隗嚣果然反击，派大将王元把守陇坻，行巡把守番须口，王猛把守鸡头道，牛邯把守瓦亭，自己亲自带领数万大军，包围略阳。偏这当口公孙述又来插了一杠子，派了大将李育、田弇带兵参战。

挖山筑堤，积水灌城，手段无所不用其极。来歙和那两千士卒誓死守在略阳城内，箭矢用尽，便就地取材，拆了城中房屋，用那些木材竹片作为兵器抵御强敌。

如此苦撑了一月有余，硬是没让隗嚣攻下略阳。这时已是闰四月，刘秀终于决定亲自出征，以解燃眉。

朝廷上却因此分作了两派，一派支持帝征隗嚣，一派认为天水陇坻，蛮荒之地，刘秀作为天子，不应深入如此遥远且危险的地方。

对此，我毫不犹豫地脱下华服，换上武袍，腰配长剑，俨然一派男儿气派的站到刘秀身旁，在仪仗卫队的开道下，随驾出城。

自古帝后同行，天经地义，然而这几年，刘秀对西宫阴贵人偏宠，即便宫中郭后未有传出半分怨怼之言，然而百官却仍能从细微处揣摩出一二分真味来。

如果以前说皇帝出征，皇后需要留在宫中辅佐太子留守，稳固民心，那到如今太子刘彊年有八岁，入学拜少傅，自有三公九卿可以辅佐。皇后辅佐太子过多参于朝政，反而不合时宜，是以奏请若有伴驾从征，理应换成郭后更妥。

对于这等朝堂上的弹劾与舆论，刘秀在我面前只字未提，但影士眼线分布渗入何等之广，这等眼皮底下的事情如何能瞒得过我？

只是刘秀既然不提，我便也假作不知。

帝舆浩浩荡荡离开雒阳，出城之际，百官相送，其中不乏劝阻帝征之人。光禄勋郭宪眼见无果，为逼我下车，竟而当街拦下銮驾，大声喊着："东方初定，车驾未可远征！"

他抽出佩刀，一刀将车靷砍断。

靷断马奔，车驾往前一冲，刘秀眼明手快地扶住我。我一手挡开刘秀的手，一手拍在车辕上，腾身跳下车去。

百官瞩目，城门口执金吾率领卫队将围观的百姓驱散开，我懒洋洋地笑着，走向郭宪："光禄勋好身手！"

郭宪不冷不热地向我拱手，却并不叩首作揖："阴贵人！"他眼睑上翻，面上神情尽是不屑，"军营岂同儿戏，阴贵人更适合留在宫中抚育皇子公主。"

我柳眉倒竖，怒极反笑。刘秀从车上下来，在我身后喊了声："阴姬！"

我身子稍侧，冲身后稍一行礼："陛下请恕贱妾无礼之罪。"我没回头看刘秀的脸色，也没再给机会让他阻止我。

怒火压在心头，已然熊熊燃烧，这几年的郭氏族人仗着郭后，发展得甚是迅速。汉代向来奉行亲亲之义，郭圣通要扶携她的族人，这本无可厚非，但若是因此恃宠而骄，骄奢无度，只怕更快会引得天子忌惮，自掘坟墓。

外戚之家的分寸，岂是寻常人懂得把握的？当初正是预见到这种情况，阴识才会决意辞官，勒令阴氏子弟不得在朝谋官，即便留在我身边的阴兴，行事也处处低调，绝对不会任意出头，招惹是非。

"君陵！"我解下披风的系带，扯着披风的一角，连同腰上的佩剑，一同扔给阴兴。

阴兴伸手接过，我冲他摆摆手，他抱着长剑护着刘秀往后退，脸上似笑非笑地露出古怪憨笑的表情。

"阴姬瞧郭公刚才身手极好，想必上得战场也必是一员猛将。阴姬不才，不敢将两军厮杀视同儿戏，是以感念郭公的提醒，在此再讨教一二。"

郭宪终于变了脸色，犹豫片刻，也不知道人群里谁给他打了暗号，他原本还在踌躇不决的表情忽然镇定下来，随手将佩刀搁于地上，笑道："还请阴贵人手下留情。"

"好说！"我高高扬起下巴。

兴许是觉得我说大话，有大言不惭之嫌，官吏中很多人不给面子地发出窃笑之声。

郭宪一来轻敌，二来敬我为尊，所以绝对不会先出手，我本想戏弄他一番，却听身后传来刘秀一声问话："车子还有多久修好？"

他问话的声音大了些，倒像是故意让很多人听到似的。

"回陛下，即刻便好……"阴兴回答。

我心里有了数，双手握拳，脚下跳跃着，一边做肢体预热，一边目不转睛地盯住郭宪。许是我的眼神太过专注，郭宪也稍许收了小觑之心，竟而下意识地摆出防御姿势。

我冷笑一声，右脚蹬地，重心放置左脚，右脚屈膝上提，直取郭宪左肋。郭宪大吃一惊，急忙闪身后退。我哪容他躲，不等右腿收回，左脚跟着蹬地起跳，身体腾空右转，左脚凌空横踢向他的腹部。

右脚那一击被他闪过，但左脚却结结实实地踹中他的腹部，他闷哼一声，高硕的身躯倒飞出去，砸上人群，撞倒一片。

我右脚落地支撑，左脚仍是屈膝半抬，故意当着众人的面金鸡独立地站了半分钟后，才缓缓放下地来。

郭宪在这半分钟内被人踉踉跄跄地扶着重新站了起来，他面部肌肉抽搐，脸色煞白，额上豆大的汗珠滴落。看他咬牙硬撑，明明痛得挥汗如雨，却仍颇有骨气的强忍住，倒令我起了惺惜之情。

"阴姬！"身后传来一声低柔的呼唤，披风跟着盖在了我的肩上，竟是刘秀亲自将披风替我披上系好。

"承让！"我扣好佩剑，"如果郭公还有兴趣切磋，不妨等阴姬陪陛下凯旋后再择日比试。"我勾着嘴角，笑得极端粲然，"今天的鞋子真不合脚，陛下，下次还是穿帛屦方便，丝履不适合搏击呢。"

刘秀微笑不语，右手掌心摊开，伸手递向我。我笑吟吟地抬起右手，搁于他掌心之上。他倏地收拢五指，携手带我上车。

"起驾——"

"哗——"

銮驾缓缓驰出雒阳城，百官跪送，我扶着车驾，回首看着乌压压的人群。那些影子越来越小，直至消失不见。

"这一战，许胜，不许败！"掌拍车壁，我对自己，也是对刘秀，坚定地吐出一句话。

胜了，以后才能有说词可镇住百官，证明刘秀此次亲征的决策是对的；败了，则不仅仅是败给了隗嚣，同时也败给了那些支持郭后，支持郭家，以及反对御驾亲征的官吏们。

许胜，不许败！

绝对不能败！

祸　乱

御驾西行到了漆县，仍是遭到大多数将领反对，我这才开始意识到这件事背后的复杂程度只怕远超出了我的想象。

刘秀征召马援，欲借助马援对天水地形的熟悉，以及对隗嚣的了解，详细询问关于此次作战的部署情况。马援果然不负所望，居然在刘秀面前用米堆出一幅山谷河川地形图，这种三维立体的地图，在当时真可谓超一流的先进啊，使得隗嚣倚仗的复杂地势，尽显眼底。

马援很肯定地指出，隗嚣的军队已显土崩瓦解的趋势，如果汉军在这个时候进军，必可击破强敌。

与马援会面交流后，刘秀信心大增，翌日清晨，下令拔营进军高平县第一城。

这时凉州的窦融听闻汉帝御驾亲征的消息后，率五郡太守以及羌、小月氏等部族士卒共计步骑士兵数万人，辎重五千余辆，赶到高平第一城会合。

这是我第一次见到这位闻名已久的窦融，那是一位已近五旬的老人，精神矍铄，甚为健谈。他对刘秀的谦恭有礼也是别具一格，给人留下深刻而特别的印象——秀汉王朝自建立起来，虽然时间也不算短了，但因为常年征战，君臣之间能做的，更多的如何是上阵杀敌。军营里厮混久了，那些将士们对朝见皇帝的礼仪做得都非常简化，加上刘秀本身又是个没什么脾气的好好皇帝，大家更是少了拘束——窦融觐见刘秀时，却依照应有的礼仪，先遣从事小吏到御营请示，得了皇帝恩准，才正儿八经地赶过来叩见。

窦融的进退分寸，一致博得刘秀和我的好感，刘秀为此特意设宴款待，给予他同样最尊贵特殊的回礼。

应该说此次出征的准备工作做得十分充足，进展也非常顺利。大军分兵数路，一起进攻陇山。刘秀命王遵写信招降牛邯，牛邯见了汉军这等阵仗，明白这要真硬拼起来，无异于鸡蛋碰石头，于是献出瓦亭投降了。刘秀任命他做太中大夫，这一招忒好使，有了牛邯做榜样，刹那间隗嚣的十三名大将连同十六个属县，军队十余万人尽数归降。

隗嚣在震骇之余，带着自家老婆孩子逃到了西城。成家那边的大将田弇、李育见势不妙，纷纷退兵至上邽。

刘秀此次亲征，正如马援所料，几乎可说不费一兵一卒便轻松解除了略阳危机。

庆功宴上，刘秀将来歙的坐席安置在诸将之右，以示犒赏，另外赐了来歙妻子缣一千匹。

男人们在堂上开大宴，我和将士们的女眷另开小宴庆贺。论起关系，来歙的妻子也并非外人，来歙的母亲乃是刘秀的姑姑，来歙的妹妹又嫁给了刘嘉，这样亲密的关系，怎么绕都是亲上加亲的族戚，正是符合亲亲之义。

说到亲亲，我便想起了郭宪，不知为何，虽然战事进行得很顺利，我却总是心有忐忑，难以真正安宁。

不过……这也许跟我最近的身体状况有关。

散席后，诸位女眷都走了，唯有来歙妻子留了下来，犹豫不决地打量着我。

"夫人可是有话要对我说？"她比我大很多，有时候会觉得她不像姐姐，更像长辈。

"你……"她吞吞吐吐，终于按捺不住地小声问道，"贵人已育一子二女，理应……理应有所觉察才是呀，怎么……怎么好像……"

我抿唇笑了一阵儿，终于实言坦诚："知道！自打离开雒阳，我的癸水便再未来过。算算日子，也有两个多月了。"

她瞠目结舌："那……那贵人还……"

"夫人是个细致的人儿，方才我不过在宴上挑了些嘴儿，便被夫人瞧出了端倪。"我敛衽向她行了一礼，她慌得连忙扶住我。"行军在外，我不想令陛下分心，所以……还请夫人暂替我保密。"

"可是，这……"她的视线滑至我的小腹。

我幽幽一叹："等到肚子大起来，遮瞒不过去再说吧。唉，这孩子来得真不是时候！"说到这里，脸上不觉一烫。

这个时代还没有有效的避孕之法，刘秀跟我欢好时又完全没有任何防护措施，基本上我生完孩子身体一恢复，两人同房不出二月，便会受孕。

其实这次刘秀并非没有怀疑过，前几天他还曾用玩笑的口吻试探我，只是我不想他为了这事分心，所以撒谎蒙混了过去。

她瞧我的眼神渐渐变了，怜惜中多添了一份敬重。我能明白那份敬重从何而来，同时也能体会这份敬重代表着何等沉重的负担。

那场宴席后，刘秀封窦融为安丰侯，划了四县食邑。同时又封窦融的弟弟窦友为显亲侯，另外的五郡太守分别为助义侯、成义侯、褒义侯、辅义侯、扶义侯，命他们仍复原职。

汉军进逼上邽，炎炎夏日，单薄的衣衫逐渐无法遮掩我日渐隆起的肚腹，虽然我的精神状态颇佳，平日里坐卧起行并不曾受怀孕之累，然而当刘秀终于发现我隐瞒不告的秘密时，一向好脾气的他却因此动了肝火。

他想将我遣送回雒阳皇宫安胎，我死活不肯，咬牙说道："你在哪，我在哪……我哪都不会去，只要你留在这里一天，我便陪你一天！"

刘秀下诏隗嚣，招其投降，然而隗嚣仍是执迷不悟，负隅顽抗。这一次，向来温柔的刘秀却狠心地下了诛杀令——阵前斩杀隗嚣的儿子隗恂，以儆效尤。与此同时，他命吴汉、岑彭带兵包围西城，耿弇、盖延带兵包围上邽。

隗嚣被围困成笼中之鸟，只得做着最后的垂死挣扎。

攻打隗嚣到了最后的紧要关头，整个夏天都耗在两军的攻防拉锯战中，眼看胜利在望，压在我心头的阴霾也终于稍稍放下。只要这一战能一举灭了隗嚣，收复陇西，那么班师回朝之日，便是天子扬威之时。

到时候，我倒要看看大臣们还有何质词！

转眼到了八月，这一日午睡小憩后，我依旧伏案整理着我的《寻汉记》，这些年不停地写着自传，记录着自己生活在汉朝的所见所闻，感悟的点点滴滴。迄今为止，这部手札已经累计二十余万字，所用简牍堆满了西宫侧殿的整整两间房室。

写这东西没别的好事，倒是让我的毛笔字增进不少，也让我对小篆、隶书熟识良多。一开始我是不会写隶书，所以满篇大多数都用楷书简体字替代，到后来我会写的隶书字越来越多，字迹也越写越漂亮，我却反而不敢再用隶书写下去了。

我怕刘秀看懂我在写什么，这部东西就和我的私人日记没什么区别，如果被他窥探到一二，岂不糟糕？所以写到后来，反而是满篇的楷书简体字。放眼天下，我想这部《寻汉记》除了我自己，再无第二人能读懂。

写得虽多，但真正去读的时候却很少。更多的时候，它像是一种发泄，过往的十多年，是用血泪交织成的一部辛酸历程，翻阅的同时会让我再度品尝到心碎的疼痛。我其实是个很懦弱的人，所以只敢奋笔疾书，却不敢捧卷重读。

午后有些气闷，我写一段发一会儿呆，脑子里回想着刘秀得知我怀孕隐瞒不报时，又惊又恼的表情，不禁心中柔情荡漾，长长地叹了口气。

正咬着笔管发呆，尉迟峻悄无声息地闪身进来，躬身呈上一片木牍。

我随手取过木牍，匆匆一扫，骤然间胸口像是挨了重重一锤，闷得我连气都透不过来。

抓握木牍的手指不自觉地在颤抖，我抬眼看向尉迟峻，他的脸色极端难看，哑声说："已经查实，此事千真万确，祸乱发生得十分突然，令人措手不及。颍川以及河东两地的影士差不多时间得到的消息，想必要不了多久，陛下也会得到八百里加急奏报……"

"啪！"木牍跌落案面，我撑着案角摇摇晃晃地站了起来。

现在总算知道为什么总是忐忑难安了，我一味地只想到收复陇西，剿灭隗嚣，想着只要此战胜，则百官平。不管之前官吏们对我的随驾从征抱有多大的怨怼和不满，只要战捷班师，一切的问题都会迎刃而解。

是我想得太天真，还是多年的安宁让我的警觉性大大降低？

我怎会遗忘了朝政后宫的尔虞我诈、你死我活的斗争，比之战场杀伐，更为惨烈的事实呢？

就在刘秀即将收复陇西之时，几乎在同一个时间，颍川郡盗贼群起，攻占属县，河东郡也发生叛乱。颍川郡、雒阳、河东郡，这三地几乎是在一条直线之上，颍川距离雒阳五百里，河东郡距离雒阳同样五百里。距离京都如此之近，且如此的巧合，同时发生祸乱，京师骚动，势在必然。

"可查得出，幕后究竟是何人在挑唆？"错失先机，我现在能做的，仅仅是亡羊补牢。

"还在查，但是……"他轻轻嘘气，"祸乱发生得虽然突然，却不像是临时起意，倒像是事先筹备好的。如果真是这样，只怕我们很难找出疏漏，查到幕后之人！"

我颓然地闭上眼，心底一片悲凉。

果然是一招错，满盘皆落索。

查与不查，其实都是多余，有证据又如何？没证据又如何？

真正狂妄自大的人是我才对！我低估了对手，其实从我不顾众人反对，招摇地站在刘秀身边，抢了郭圣通的光芒起，我便已经错了。等到在百官面前，羞辱郭宪，端出那看似解气的一脚时，我更是已经彻底输了！

我输了！输得惨烈！也输得悲怆，甚至可怜！

阴贵人惑主，骄纵失德——不用返回雒阳，我便已能猜到了将要面临怎样不堪的指责和弹劾。

陇西征隗的战果比不得京师周边的活动，雒阳不稳，则民心不稳。京师骚动，百姓惶恐，郭皇后偕同太子刘彊理国，安抚官民，德庇四海，母仪天下。

八月，建武帝在获悉颍川、河东两地骚乱后，坦诚自己的过失："朕悔不听郭子横之言。"随后御驾自上邽星夜东驰，轻车简从一路赶回雒阳。

他将过错尽可能地揽在自己身上，未曾回京，便先给郭宪补上一个大大的面子。然而如果这场风暴真能如他所掌控地从我身边呼啸着绕开，最终不会波及到我，这种可能性几乎是微乎其微的。

无论他出于怎样的心态来维护我，我都无法安然躲避得了。

其实事到如今，真正能给予我庇护的护身符，不是刘秀，而是我腹中这个曾被我嫌弃来得不是时候的胎儿。只要我身怀龙种，郭后党们即使想置我于死地，也绝无这个机会——我或许有罪，但我腹中孩儿却无罪。

如果非要说这个计划存在了唯一疏漏，那便是他们没一个人会料想到我珠胎暗结，而且长期隐瞒了怀孕的事实。

最极端的处罚——赐死，最柔和的处置——贬入永巷，无论哪一种都能令我这个得宠的西宫贵人打入万劫不复的境地，而且永不翻身。

幸而我有了这个孩子！

刘秀先行回京，临走故意叮嘱我暂缓回京，我知道他是想用拖延战术，风口浪尖上，我要是贸然随他回去，即使不死也会被人用口水淹了。

他去了没几天，便有信发回，命令岑彭等人继续强攻西城、上邽二城，诏书词简意骇，竟是让他们切记灭了隗嚣后一举再拿下公孙述。

看着那份"得陇望蜀"的诏书，我忍了多日的眼泪终于再也控制不住，簌簌滚落。

再如何扩大战果也无法挽回两郡祸乱所带来的负面影响，郭家作为皇后外戚，当年虽然在真定王刘扬被诛时稍许弱了些气势，但多年的培植，党羽终究再度权倾朝野。而我呢？我有什么？为了顾及刘秀的感受，我将自己的娘家势力一压再压，低调再低调，示弱再示弱。

以前我总以为自己做得不错，阴识预见的道理不可谓不正确，外戚之家要自保，讲求的是低调做人，不要谋求太多的政治利益。

为了我的幸福，为了和刘秀之间的相处能够少些功利，多些真情，我极力压制着阴家的势力，不让阴家人出头，不让阴家人深入官场，插手朝政。

可结果呢，我得到了什么？

我一无所有，没有依靠，没有臂膀，我全心全意地信赖着刘秀，倚仗着刘秀，可最终刘秀也没法护我周全，令我不受半点伤害。

在遭到郭家势力致命打击的危难关头，我像是突然被一巴掌打醒了。如果阴识现在站到我面前，我想我会哭着问他一句话，之前对阴家人的处理方法，究竟是对还是错？

第七章
忽复乘舟梦日边

因　果

"今天拜见母后，母后夸我懂事，所以赏了这个……"柔软的小身子窝在我怀里，我贪婪地嗅着他发端的奶香味，手掌轻轻拍着他的背。

胖乎乎的小手举起一块东西，献宝似的递到我眼皮底下，他稚声稚气地炫耀着："娘，你说我是不是很乖，很棒？"

"嗯……乖，我的阳儿最听话，最懂事。"脸颊紧贴着他的发顶，我的眼睛胀得又酸又痛。

鸡舌香略为辛辣的气味直钻鼻孔，阳儿却如获至宝般将它放在手中反复把玩着，小脸上满是欣喜。

"四哥哥，给我玩玩好吗？"义王扑闪着水汪汪的大眼睛，一副羡慕眼馋的表情。

"不给！"刘阳从我怀里挣扎开去，一边举着鸡舌香，一边引诱着妹妹跟他争抢，他长得比义王高，义王踮起脚尖也徒劳无获。

"四哥哥，给我……我要……"

"不给！不给……"他把胳膊举得更高，大声炫耀着，"这是母后赏我的，谁都不给……"

凝在喉间的伤痛就此不经意地被小儿的嬉笑给一并勾了起来，眼泪不争气地顺着腮帮子滑进嘴里。

泪，又苦又涩。

九月初一，刘秀赶回至雒阳，初六便御驾亲征颍川。那些原本还叫嚣疯狂的暴民盗匪，没有望风而逃，也没有做负隅抵抗，却在御驾的铁骑到达后纷纷缴械投降。平复叛乱的过程如此简单，如此轻松，如此不可思议，以至有大臣趁机阿谀奉承说此乃天威无敌。

东郡、济阴的暴民，共计九千余人，刘秀在收复颍川乱民的同时派大司空李通、忠汉将军王常率军镇压，太中大夫耿纯作为先行官刚到东郡地界，那九千余人居然全部缴械归降，李通、王常的大军甚至根本没有拉开战形，动用一兵一卒，便得以班师回朝。

短短半个月，那场引起雒阳京都骚动的祸乱便被悉数平息。

九月廿四，建武帝从颍川回到雒阳。

三天后，在路上逶迤拖延了半个多月的我，也终于从陇西回到了雒阳。

"给我……给我玩玩……"

"不给！不给！"

我伏案，将脸深深埋于双臂间，任由眼泪汹涌流淌。

身怀六甲的我，虽然遭到群臣非议，却终究因为这个孩子而被保全了下来。只是从今往后，被勒令禁足于西宫，再不许跟随皇帝东奔西走，将战场当妇人嬉戏之所。

那一句"你在哪，我在哪"的誓言，终成一场空谈。

阴贵人恃宠而骄，阴贵人无才失德，阴贵人性情暴烈，阴贵人不适教子……种种非议铺天盖地地向我泼来，我什么都做不了，只能终日蜷缩在西宫，仰仗着腹中尚未出世的孩儿苟延残喘。

背负了种种指责的阴贵人，如果不是这个因为有孕在身，统御掖庭的皇后在此情况之下，完全可以按照宫规将我贬谪。我的生死，我的荣辱，在这一刻显得如此渺小，使得我空有一身武力，却连自己的子女都留守不住。

刘阳、刘义王，甚至才一岁多的刘中礼，统统被带到长秋宫抚养听训，每日接受皇后的关照和教诲。

"哇——"义王抢不到鸡舌香，耍赖似的一屁股坐到地上，放声大哭，两只小手使劲揉着眼睛，哭得似模似样。

刘阳有些着慌，足尖踢了踢妹妹："喂……"

"呜——"

"别……别哭了，给你玩还不成么？"

义王放下小手，眼睫上仍挂着泪水，小脸却是笑开了花："真的？"

"给你。"他吸着鼻子，一副壮士断腕的割舍痛惜之情，"你果然是个王，娘给你娶的名儿一点不错，你是个最霸道的大王！"

手蒙住双眼，我吞咽下潜然不止的眼泪，扣紧牙关，双肩却抑制不住地战抖着。

"阴贵人！"殿门外，长秋宫总管大长秋带着一群仆妇黄门，恭恭敬敬地垂手站着，一脸为难。

深吸口气，我用袖子擦去泪水，勉强挤出一丝欢颜："知道了，请稍待片刻。"

将忘我嬉戏追逐的两个孩子召唤到身边，刘阳仰着红扑扑的小脸，黑白分明的眼眸望着我。

"娘，你是不是哭了？"

"没有。"我拉过他，强颜欢笑，声音却哽咽起来，"以后记得别老是欺负妹妹，在母后跟前别太淘气，别和太子和二殿下争吵打架……"

"娘，这个你说过很多遍了。"

"娘。"柔软的小手抚上我的眼睛，义王依偎进我的怀里，撒娇着说，"我想听娘讲故事。"

我吸气，再吸气，极力克制着不让眼泪滴落。手掌抚摸着义王柔软的头发，我怜惜地亲了亲她红彤彤的小脸："今天来不及讲了，等……下个月你们回来……娘再讲给你们听……"

"娘！"义王的小手紧紧地握住我的食指，脑袋蹭着我的胸口，"不去母后那里好不好呀？我想听娘讲故事……"

"义王乖……"我柔声哄她，撑着她的腋下，将她抱起来，"来，义王给娘唱首歌好么？还记得娘教的歌吗？"

"记得。"她奶声奶气地回答。

"阳儿和妹妹一起唱，好么？"

刘阳点点头，两个孩子互望一眼，然后一起拍着小手，奶声奶气地一起唱了起来。

"黑黑的天空低垂，亮亮的繁星相随，虫儿飞，虫儿飞，你在思念谁……天上的星星流泪，地上的玫瑰枯萎，冷风吹，冷风吹，只要有你陪……

虫儿飞，花儿睡，一双又一对才美，不怕天黑只怕心碎，不管累不累，也不管东南西北……"

我捂着嘴，摇摇晃晃地站了起来，从乳母手中接过熟睡的刘中礼，亲了亲她的额头，却在不经意间将泪水滴落在她的脸上。

她在睡梦中不舒服地扁了扁小嘴，我狠狠心将她塞回乳母的怀里，然后转过身子，挥了挥手。

"黑黑的天空低垂，亮亮的繁星相随，虫儿飞，虫儿飞，你在思念谁……天上的星星流泪，地上的玫瑰枯萎，冷风吹，冷风吹，只要有你陪……娘——"歌声中断，义王在中黄门的怀中拼力挣扎，尖锐地迸发出一声嘶喊，"我要娘——我要娘——我不要你——"

我仓促回头，却见义王哭得小脸通红，嘶哑着喉咙，像是快要喘不过气来。

刘阳被强行拖到宫门口，却在门口死死地抱住柱子，不肯再挪一步。一大群人围住了他，先是又哄又骗，然后再用手掰。

手指被一根根地掰开，当最后完全被剥离开柱子时，他战抖着，终于哇的一声号啕起来。

撕心裂肺般的哭声响成一片，在瞬间将我的心绞碎，变成一堆齑粉。我无力的瘫倒在席上，蜷缩着身子跪伏痛哭，双手紧紧握拳，却只能徒然悔恨地捶打着地面，一下又一下。

手，已经麻木了，完全感受不到痛意。

只因为，心，已经碎了。

观　戏

十月廿二，刘秀去了怀县。这期间安丘侯张步带着妻子儿女从雒阳潜逃回临淮，联合他的两个弟弟张弘、张蓝，企图召集旧部，然后乘船入海。结果在逃亡中被琅邪太守陈俊追击生擒，最终得了个斩首的下场。

十一月十二，按例又差不多该到了孩子们回西宫请安的日子，却没想到大长秋特来通传，让我过去探视。

仅有的一月一次亲子日最终也被缩减成探视权，我空有满腔悲愤却不能当场发作，还得强颜欢笑地打赏了来人，然后换上行头去长秋宫向郭后请安、报备。

我只带了随身两名侍女和两名小黄门，却都在长秋宫宫阶下便被拦了下来。大长秋带我进了椒房殿，这是长秋宫正殿，乃是郭圣通的寝宫，满室的馨香，暖人的同时也让我心生异样。

"皇后在何处？"

"奴婢不知。"小宫女跪着笑答，稚嫩的脸上一团谦恭和气，"请阴贵人在此等候，皇后一会儿便来。"说着，取来重席垫在毡席上，请我坐了。

心头的不安愈加强烈，我如坐针毡，小宫女给我磕了头，然后悄无声息地退了出去。

等静下心来撕下环顾，我才发现现在所处的位置竟然是在椒房殿的更衣间。虽说是更衣间，却布置得雅洁端正，四角焚着熏香，袅袅清烟飘散，使得室内闻不到一点异味。更衣间的空间极大，室内除了洁具外，还另外搁置着屏风榻、书案，案旁竖着两盏鎏金朱雀灯，案上零散的堆放着三四卷竹简。

我正襟危坐，眼观鼻，鼻观心，屏息凝神，耳朵竖得老长，接受着椒房殿内的一切窸窣动静。

等了小半个时辰，跪得两腿都快麻了，也不见半点动静。辰时末，那个小宫女才匆匆回转，带着歉意地小声回禀："请贵人再稍候，陛下这会儿莅临长秋宫，正和皇后说话呢。"

我猛然一震，慢慢地终于有了种拨开云雾的明朗。

"陛下还朝了？"

"是，好像才回宫。"

我点了点头："知道了。"挺了挺发酸的脊背，我强撑笑意，"我会在这等着的……"

接下来的剧本，我已经能够完全想象得出来。把我安置在椒房殿的更衣间，是希望我这双眼睛看到些什么，这对耳朵听到些什么，然后我被打击到什么，而郭圣通又向我炫耀些什么。

这什么的什么，看似荒唐可笑，却是最犀利且直接的一种手段。

我是该选择抗命回宫，还是留下来观看一场导演好的精彩剧目？

手掌抚摸着僵硬的膝盖，十指在微微打战，我吸气，抽咽，眼泪滴落在重席上，洇染出一圈淡淡泪痕。

腹中的胎儿却在这个时候突然踢腾起来，我猛地一震，双手下意识地抚上肚子。

眼泪无声滴落，我哑声，掌心轻抚："宝宝是在提醒妈妈要坚强吗？知道……我都明白……"

扶着墙，趔趄地从重席上爬了起来，我揉着僵硬的膝盖，伸展四肢，一手扶着腰，一手搁在隆起的肚腹上："给宝宝唱首歌好么？就唱哥哥姐姐们最喜欢的……黑黑的……天空低垂，亮亮的繁星相随……虫儿飞，虫儿飞，你在思念谁……天上的星星流泪，地上的玫瑰枯萎……冷风吹，冷风吹，只要有你陪……虫儿飞，花儿睡，一双又一对才美……不怕天黑只怕心碎……不管累不累，也不管东南西北……"

压低着声，我一边踱步一边低吟浅唱，腹中焦躁的胎儿安静下来，胎动不再激烈，仿佛已经在歌声中继续沉入香甜的酣梦。

我擦干眼泪，从更衣间转出来。似乎早有安排，椒房殿内空无一人，竟是连个下人的影子也瞧不见，空荡荡的屋子，飘散着浓郁的香气，红绡软帐在微风中张扬地摇曳着。

我深吸口气，从椒房殿出来，绕过回廊，往正殿方向挪。

也许此刻，我的背后，无数双眼睛正在火辣辣地盯着，等着欣赏接下来的那场好戏。

我是否该配合地入这场戏？

脚步沉重，脑袋有些发晕，走到正殿门口的时候，感觉像是跨过了漫长的千年，终于再也迈不动了。

扶着门框，瞪大了眼睛，殿内光线够亮，即使不够亮，上千盏的烛火映照下，也能将整个大堂照得仿如置身金乌之下。

喁喁之声从殿内传来，因为隔得远并不能听得太真切，我抓着心口，感觉气都快透不过来了，压抑感几乎要将我的精神击溃。

殿内人影晃动，一人向门口行来，一人随即尾随而追。

"陛下！"

"皇后还有事么？"风尘仆仆难掩其英姿，他侧首回眸，脸上一如往日般地报以温柔的微笑。

"陛下……陛下难道不留下用膳么？"郭圣通面若胭脂，下颔微仰，纤长白皙的脖颈勾勒出完全的曲线。少妇独有的妩媚外加少女般清纯的气质，想不心动都难。

"皇后留朕吃饭？"

"陛下……"她娇羞地挽住他的胳膊，声若莺啼，"陛下，难道不想圣通么？"

纤纤玉手抚上甲胄，修长的食指在他的胸口调皮地划着小小的圆圈。我几欲目裂，虽然早有心理准备，却仍是比当胸一刀还要疼。郭圣通的手停留的地方不只是刘秀的胸膛，也正掐住了我的脖子，让我生生喘不过气来。

刘秀没有伸手拥抱她，却也没有推开她，任由她顺势倒在怀中，巧笑依偎。

"陛下……留下来陪陪我好么？"

"皇后。"他轻笑，醇厚的嗓音中带着好脾气的笑音，似宠溺，似愉悦。

"陛下……"她仰着头，眼神迷离，双靥绯红，目不转睛地凝望着他，似乎动了真情，忘却了本该继续下去的柔情戏码。像个痴恋中的少女，娇羞却柔情蜜意，楚楚动人，"圣通好想……好想替陛下生个小公主，她长着一双陛下一样的眼睛。我爱着她，每天看着她，如同看到了陛下……"

"皇后啊。"他笑脸相迎，语气温柔，如春风拂面，倾洒暖暖阳光，"朕刚从怀县回来，不及沐浴更衣，发染虮，胄生虱，还是容朕……"

"呀——"他话还没说完，郭圣通已花容失色地从他怀里跳了出去。

他静静地瞅着她，好半天她才哆嗦着，尴尬一笑："那……妾身让人给陛下准备汤沐。"

笑意一点点地从他脸上敛去，他目光平静地凝视着她，直到她慌张地垂下蝤首。

"朕……半生戎马征伐，光复汉室社稷，战场上雨里来，火里去，刀光剑影，戟戈箭弩，无一不经。朕的江山便是靠这满身虮虱换来，朕……本也只是个侍弄稼穑的农夫而已。"

"陛下……"泪光点点，她战栗着，缓缓跪下，"陛下息怒，妾身并无他意，妾身……"

"原也怪不得你，你出身士族，王公侯门，自然没有吃过这些苦的。你且起来，朕并没有怪责你的意思。"

刘秀弯腰相扶，郭圣通垂泪起身。

"北方有佳人，绝世而独立。一顾倾人城，再顾倾人国。宁不知倾城与倾国？佳人难再得！"他喟叹着，笑容沉甸甸的，"卿本佳人……"

慢慢迈开步子，他往殿外走。

身后，郭圣通忽然掩面失声啜泣。

我闪身避退数步，等那双鞋子从门内跨出时，适时提裾跪下："贱妾叩见陛下。"

脚步停顿，我看着那鞋面，只觉得眼睛渐渐湿了。

"你怎么在这？"带着一丝惊讶，他搀我起来。

"贱妾来向皇后问安，顺道……过来看看皇儿。"

"嗯，你自个顾惜着自个的身子吧。朕看阳儿他们几个就先留在长秋宫，让皇后多照拂。等你生了，养好了身子，再让他们回西宫也不迟。"

托在胳膊下的五指用力地掐着我的肉，我如何领会不得，内心一阵激动，赶紧又跪下磕头："贱妾叩谢陛下！叩谢皇后！"

郭圣通表情呆滞地站在门边，眉尖若蹙，强撑的笑容下难掩哀怨之色。

"嗯，掖庭琐事，便有劳皇后了。"他向郭圣通点了点头，再不看我一眼，大步离去。

"恭送陛下。"我跪伏在地，久久不曾抬起头来。

刺　客

建武八年，在大水成灾中寂寂滑过。

建武九年正月，征虏将军、颍阳侯祭遵薨于军中，刘秀下诏命征西大将军冯异接收其军队。

祭遵的棺木运抵雒阳时，建武帝刘秀穿戴起素服，亲临吊唁，哀恸痛哭。回宫经过城门时，看到运输棺柩的车子从城门口经过，竟而泪流满面，不能自已。

跟他做夫妻这么多年，不可谓不了解他的为人。刘秀喜笑，也并非不会流泪，但像这样的哭法，竟比当年小长安一役亲人丧失时还要露骨夸张，这实在让人难以置信。

丧礼吊唁完毕，建武帝亲自用牛、羊、猪三件太牢祭奠，以示隆重，不仅如此，还下诏大长秋、谒者、河南尹三吏，共同料理丧事，费用让大司农从国库支领。到了下葬之日，皇帝又亲自驾临，下葬后，还去了墓地至哀，抚恤祭遵夫人、家眷。

在这之后，每到临朝，龙舆上的皇帝便会叹息着说："今后让朕上哪儿再找祭公这样忧国奉公之人？"

皇帝的一连串反常举动终于搞得群臣抓狂，最后由卫尉铫期上奏，进言请求天子不要再鸡婆下去了。

"陛下至仁，哀念祭遵不已，然而这等哀伤，也使得臣等恐惧难安，自愧不如祭遵……"

铫期给我的印象向来寡言少语，不说则已，一说必中。官吏们推他上言，说出这样一番话来，真是让我笑痛了肚子。

其实当皇帝真不容易，不能随心所欲地和群臣公然对抗，为了发泄当初贬谪我的小小不满，我的秀儿居然采用了如此近乎无赖的手段，真是叫人忍俊不禁之余也笑出了无奈的眼泪。

陇西因为粮荒，人心涣散，即使尊贵如朔宁王隗嚣，也只能啃食糗糒，这是种将曝干的麦饭，口感粗糙，平时只有军卒平民才会食用。

也正是在这个月的月底，我顺顺当当地诞下一女，母女皆安。

小女儿生下后没多久，陇西便传来了隗嚣又病又饿、最后恚愤而死的消息。隗嚣死后，由大将王元、周宗拥立隗嚣的幼子隗纯继承王位，继续据守冀县。然而根基已倒，隗嚣的死带给敌人难以预估的打击和损失，陇西从此失去擎天大柱，在风雨飘摇中垂死挣扎，苟延残喘。

刘秀给女儿取名"红夫"，谐音"洪福"之意——能撑到今日，全靠了这个孩子。她是我的福星，有了她，我才能洪福齐天，侥幸逃过这场劫难。

六月初六那天，刘秀去了趟缑氏，这一次帝后同行，一起攀登了辕辕关。

为了对付以陇西、天水两郡为屏障的成家帝公孙述，刘秀接受来歙的建议，开始在汧县囤积储蓄粮食。当时国库资金紧张，掖庭在郭皇后的主持下停废一切奢华，大批量地裁减宫人。我身为贵人，配用中黄门、侍女自然不得逾越皇后等级，然而郭圣通的长秋宫只有两个儿子，我的西宫却住着一子三女。皇子公主的侍人配额省略不计，随母分定，按照这样的划分，西宫的宫人分派，能帮我照顾孩子的人还远不及许美人的宫殿。

我有苦说不出，思来想去，要怪只能怪自己生得太多。后宫的俸禄本来就只郭圣通和我一年十来斛粮食，其余的都是吃白食，管个饭饱。想想自己嫁的老公歹也是个皇帝，而且还做了快十年了，可自己的老婆孩子却得勒紧裤腰带，紧巴巴地过日子，真是越混越回去了。

早些年我在阴家，阴识何曾让我受过这样的罪？

推己及人，转念想到郭圣通，只怕未嫁时在娘家更加锦衣玉食，风光无限。她受的罪，前后遭遇的落差，比我更强百倍。

西宫人手不够，照顾孩子在很大程度上便只能亲力亲为。早些年跟着刘秀东奔西跑，忽略了许多亲子的机会，这回倒是托了郭后的福，一并补了回来。

终于秋天来临的时候，汧县凑足了六万斛粮食。八月，来歙率冯异等五位将军，向西攻打天水，讨伐隗纯。

刘秀来西宫的次数明显减少了，但不知为何，我的心境比之初入宫时却要淡定安静了很多。这或许跟年龄有关，我已经不再青春年少，虽然偶尔仍会难改一时冲动的毛病，但多数时候，已经有了为人母的自觉。生理年龄二十九，心理年龄三十八，一个女人到了我这样的年纪，又经历了那么多的世态炎凉，大起大落，有些感悟早已超脱，看得轻了，也看得淡了。

儿女成群，我不求别的，只希望下半生能和刘秀一起，平平淡淡地抚育子女，偕首白头。

这样就已经很幸福、很知足了！

"咕……咕咕……咕……"我一边学鸽子叫，一边低头小心绕开满地乱七八糟的玩具。

天还没大亮的时候，明明听到鸽子在窗外扇翅飞过，当时虽然睡得迷迷糊糊，我想我还不至于听错。

这几年飞奴传信少了，大部分消息都是阴兴通过其他渠道送进宫来，他的手法高明至极，到现在我也只是隐隐觉察西宫中安插了他的眼线，却不知到底是谁。前阵子搞裁员，我原打算趁机挖出这么个人来，却仍是一无所获。

"娘，你在找什么？"义王蹑手蹑脚地走到我身后，探着脑袋好奇地问。

"我在找……"回头见她眼线弯弯的，笑得很假，不由顿住，将她一把扯到跟前，"说！藏哪了？"

"娘你在说什么呀？"她无辜地眨巴眼，酷似刘秀的眼睛，让人怎么看怎么爱。

"少给我装傻！"我在她脑门上扇一巴掌，架势吓人，力道却很轻。

果然这小妮子也非等闲，早已司空见惯，居然连脸色都没改一下，仍是无辜地耸着肩膀，摊开小手，一脸无奈地说："娘，你很暴力耶。四哥哥说娘脾气差，性子烈，果然一点都没错……"

我气歪了嘴，叉腰怒道："反了你们了，小屁孩子敢以下犯上，还懂不懂规矩了？你哥带着你们尽不干好事，改明儿让父皇送他去太学，拜个博士为师，也是时候该叫他收收心了。"

"娘——"她讨好地抓住我的胳膊直摇，"别送四哥哥去太学嘛，我还要四哥哥教我打拳呢。"

"打拳？他教你？哈哈哈……"我仰天大笑，"就他那三脚猫的功夫……"

"四哥哥很厉害呀，上次一拳把三哥哥的门牙打掉了……"她猛地用手捂上嘴。

"什么？你再说一遍。"

"没有……"

"坦白从宽，抗拒从严！"我作势欲打。

她缩着头，连连摆手："不是，不是，许美人说三哥哥换牙，那牙齿本来就要掉的！"

"哟！"我气得直翻白眼。这孩子淘气得跟个皮猴似的，真后悔不该教他跆拳道，搞得他现在动不动就爱挥拳头，一个不留神便上房揭瓦。

"娘！娘！别生义王的气！"小女娃扭股儿糖似的晃着我，奶声奶气地说，"我告诉你个小秘密，你别生我气……"

我不理她，她继续扭晃："你可别说是我说的呀！娘呀——"她朝我勾勾手指，我不情不愿地低下头，她用双手拢着嘴，贴近我耳朵，"娘，你要找的飞奴，四哥哥抓到了……他把飞奴拔光了毛，烤了……"

"什么？！"我失声尖叫。

义王怯怯地眨巴眼儿，小脸上完全没有害怕之色，反而更像是在偷笑。

"你……你再说一遍！"我抖着手，指着她，"说清楚！"

"烤了……吃了……嘻嘻……"她用手捂着嘴儿贼贼地笑了几声，突然扭身撒丫子跑了。

我脑袋发懵，愣了好半天才反应过来。

一只信鸽从培养、训练到最后能派上用场，这中间得花费多少精力和金钱？居然……居然被那小兔崽子……吃了？！

"站住！"我哭笑不得地追了上去，"告诉我，刘阳那兔崽子野哪儿去了？"

转了个角，追出去却没看到义王的人影，先还听见哪个角落传来银铃般的咯咯笑声，可一连找了好几处殿阁却始终没找到半个人影。

过堂风吹乱了我的发，我撩着发丝轻笑："疯丫头，跟我躲猫猫，看我逮到你，不打得你小屁屁开花！"

风一阵一阵地从脑后吹来，我站在堂上，只觉得四周寂静。秋天了，树梢上早没了嘈杂的知了。

很安静……安静得没有一丝人气儿。

倏然转身，冰冷的刀尖贴着我的鬓角无声无息地擦身而过，发髻散落，一绺青丝割裂，纷乱散开，飘落地面。

我拧腰转了一百八十度，虽然避开了那致命一刀，却重心不稳地屈膝摔在地上。对面持刀的是个身穿黄门内侍衣裳的男子，匆匆一瞥间我已确定他的面相十分陌生，并非是西宫的宫人。

左掌撑地，我借力弹起，没想到他的刀来得如此之快，刀光闪动着凛冽寒芒，直逼我胸前。我飞起一脚，抬高，足跟直压他的胳膊。

刀撤，我踢空。

是个高手！

一脚踢空后，我暗叫一声不好，身子不可避免地向前跟跄出去。我急忙低头颔胸，本欲就势向前翻滚，哪知道身后"兹啦"一下裂帛声大作，长而曳地的裙摆竟被那人踩踏在脚下。

裙裾裂了，却没有断，我跌了个狗吃屎，额头磕在地砖上，险些砸晕了自己，狼狈间头顶刀风呼啸，竟是劈头斫下。

我使出吃奶的力气，鼓足劲放声尖叫，叫声尖锐，气势惊人，在空荡荡的大堂上震出旷野般的回响。

那人大概没想到我会突然叫了起来，下落的刀锋略略战了下，我趁机翻身，豁出性命，一头向他怀里撞去。

脑袋撞得生疼，想来他也不会好受到哪儿去，噔噔噔连退了好几步。

我呼呼喘气，从捆缚中挣脱开来的第一件事，就是直接提了裙裾，把裙边卷了卷，束在腰上。

裙内没有穿长绔，只按照我的习惯，穿了特质的平底短裤，底下光溜溜的露出两条雪白修长的腿。

在此之前，我完全没想过有朝一日在宫里和人动手，身上穿着的是繁缛华丽的裙裾，肩上甚至还披挂着长袿。

我冷哼着，将袿衣扯下，扔到一旁。

我敢打包票，对方是个假宦官，瞧他现在那两眼珠子发直，盯着我大腿猛闪神的窘样，也知道他不可能是个阉人。

刘秀当皇帝，基本上没什么当皇帝的架势，住的南宫是前朝旧址，不曾自掏腰包翻造过什么建筑，最多内部搞点清洁、装修，大致像个皇宫，能住人不算折辱天子威仪，能勉强过得去就行。他没太多的皇帝架子，掖庭不搞三千宫人，所以一个南宫勉强塞下行政处和掖庭两部分，也不用愁房子少，够不够住人，反正他姬妾不多……但只一点，只一点，他有个比前朝皇帝都怪癖的毛病。

前汉时后宫或许还有男人充当黄门，可到了他这里不行，别看他平时不声不响的，其实醋劲大得能熏死人。汉建国没多久，宫里的黄门一律全被换成阉人，长胡子的生物基本没机会再出现在我周边三十丈以内。

我舔着唇，心里冷笑。

太好了！真是好得没法形容啊！这么个大男人如今堂而皇之地站在我面前，这么好玩的事，怎么就尽给我碰上了呢？

不仅如此，我刚才叫得那么大声，过了这么久，居然到现在连个人影都没出现，这宫里人怎么回事，都死光了不成？

"谁让你来的？"我卷高袖子，不紧不慢地问。

他紧闭着嘴，一脸严肃，但我的无惧无恐显然超出了他的预料，眼神滑过一丝困惑和迟疑。

"隗纯？公孙述？"每报一个名字，他嘴角若有若无的不屑讥冷便加深了一成，或许这个不经意的小动作连他自己都没注意到，可我的视线却是一刻都没离开过他的脸。

"兄弟，你确定没摸错地方？找错人？"我痞笑，翘起大拇指指了指南边，"长秋宫在那头，不远，走个几十丈就到了，皇帝和皇后都在那……你怕迷路，要不我带你过去？"

那人眉头一皱，终于忍不住开口道："世上岂有你这等不知廉耻、心肠恶毒的贱人……"嗓音异常沙哑，和他的容貌完全不符。

我没心没肺地笑逐颜开，他警觉性倒也挺高，话才说了一半，马上闭了嘴。下一秒，他似乎也察觉到刚才无意中钻了我的套子，不由恼羞起来，脸上露出狠戾的神情。

刀风起，寒光迫人。我大喝一声，一掌欺近，屈腿踢向他的下颌，他人长得比我高大，且身手不弱，我不敢再托大下劈，只得虚虚实实地试图以快取胜。

事到如今，我并不着急自己能否脱身，这个人本事再高，要想杀得了我，还得说欠点火候。我担心的是我的孩子……

义王躲猫猫不知道躲哪去了，西宫内外整个死气沉沉的。刺客能如入无人之境地顺利摸进宫，这件事背后本身就带着诡异和蹊跷。

脑子里正盘算着这些事，却没想一个分心，右臂挂了彩，被刀刃刮了下，划出道血口子。

"呜……"

我捂着伤口退后，却不想殿角传来一声呜咽。我浑身一震，哭声是义王的，我绝对不会听错。

对面的男人也愣住了，侧耳凝神，似乎想分辨哭声的方向。我腾身双飞连踢，不管有没有伤到他皮毛，踢完撒腿就跑。

"义王——藏好了！娘没找到你，游戏便不算结束！"我边跑边叫，头发散了，我狼狈得像个疯子。胳膊上的伤口看似小，却好像割到了血管，血不停地往外冒。我跑过的地方，一路洒下点点血斑。

哭声听不到了，我估摸着那孩子可能藏在她平时最爱躲的地道里，但我现在不能过去找她。当务之急是把刺客引开，可又不能一鼓作气地逃出西宫去，不然他万一杀不了我，扭头去找我的儿女下手怎么办？

我在西宫各个殿阁间来回穿梭，脚步时快时慢，好在这几年年纪虽长，体力还没有退步，论起长短跑，我仍是一员猛将。

绕了个来回，刺客被我若即若离的诱敌之策玩得没了耐性，几次想放弃追逐，我故意假装绊脚摔倒，发出惨叫呻吟之声，引得他又上钩继续追。

在西宫侧殿的一隅，我终于发现一堆宫人的身影，都倒伏在地，也不知道是死是活。人堆里我没发现刘阳，也没发现中礼和红夫，可是却发现了照顾她们的乳母。

我来不及查验她们的生死，身后的刺客便又冲了上来。

几个轮回下来，他终于厌倦了这种冗长而无聊的游戏，这时候我也已经累得精疲力竭，手脚发软。臂上伤口不深，可是奔跑带动血液循环加速，一直不曾止血，我即使是铁人也扛不住这么失血。好在他放弃了，其实要再坚持上一段时间，到底鹿死谁手还未可知。

喘气如扯风箱，我累瘫在地，回头查看却没发现刺客的踪影。难道是离开了？还是潜伏起来，准备守株待兔？

脑子乱了，起初我还能刻意保持冷静，可从刚才发现那堆不知是死是活的宫人后，便彻底心绪不宁起来。我的阳儿、义王、中礼、红夫……他们到底怎么样了？

心里着急，眼泪差点掉了下来。我果然不一样了，从前我的软肋只有刘秀，现在却多了好多牵挂，如果孩子们出事，就算是把整个汉朝翻转过来，我也要血债血偿！

深埋骨子里的邪恶因子似乎再度被激活了，这个时候别说杀人，我吃人的心都有了！

踉踉跄跄地摸进侧殿——我的专属书房，我从案角摸出一把宽刀短剑，剑身宽厚，原本平整的刃上加了血槽，青幽幽的发出一种慑人的寒光。

握剑在手，先将碍事的曳地长裙割裂，切成旗袍开衩式样，再用多余的碎布料简单地包扎了伤口，虽然无法完全止住血，至少在心理上缓和了紧张压力。

做完这一切后，握着刀跨了出去，这一刻我决定不再闪躲，刺客再敢来，我要他今天把命留在西宫。

宫殿里静谧得诡异，丝履踩在青砖上，柔软无声。心跳如雷，强大的压迫感突然从天而降，我刚一抬头，一片闪亮刀光便已从天罩下。刀剑相交，发出铿锵之声，我承受不住那股巨大的重力，一跤跌坐在地上。

"娘——"稚嫩而熟悉的呼喊，带着一种难以想象的惊恐，犹如晴天霹雳一般在我身后炸响。

"不许打我娘！"背后脚步声踏响，蓝色的小身影如旋风般刮了过来，不等我出声喝止，他竟然跳起来，双臂吊住了那名刺客举刀的胳膊，张嘴一口咬了下去。

"嗷!"刺客咆哮,甩手试图将刘阳甩出去。

我从地上弹跳而起,趁他胸前空门大开,迎身撞了过去。"噗"的一声,手中短剑没入他的腹腔。

"啊——"刘阳的小手抓握不住,直接被巨大的掼力甩将出去。

我尖叫一声,来不及拔出短剑,奔跑着飞扑出去。阳儿的身子从高空坠落,我伸出双臂堪堪够到他的身子,接抱住他的同时,一同坠下高阶。

天旋地转的翻滚,我紧紧地抱着儿子,不让他受到一丁点的伤害。背脊、手肘、脑袋接连磕在石阶上,我却感受不到丁点的疼痛,只是神经质的害怕、战抖、抽搐,紧紧地将自己蜷缩起来,不顾一切地想要护住怀中的小人儿。

那是——比我性命更加珍贵的东西啊!

从上摔到下,滚落数十级台阶,时间并不长,我却像是渡过了漫长岁月。眼前一片漆黑,我隐隐觉察自己或许是摔昏脑袋了,但心底却有个尖锐的声音对自己不断地喊:不能晕!不能晕!这时候若是晕死过去,等于直接把儿子送到虎口!

喀的一声,滚动停止了,似乎已经到了最底层,后脑勺重重地碰在青砖上,胸口剧痛。刘阳趴在我身上惊恐地哭喊:"娘——娘——"

我吐着气,眼睛瞪得大大的,却什么也看不见。

微弱的意识告诉我,阳儿在喊我,他没事⋯⋯可是我却连胳膊都抬不起来,我想抱抱他,安慰他,哄他不要哭,不要害怕⋯⋯

"娘啊⋯⋯娘——娘——"

娘在,我的阳儿,不要怕!别哭⋯⋯娘会保护你⋯⋯

地皮轻微震动,似乎有纷沓的脚步声靠近,我紧张地绷紧身体,也不知打哪来的力气,竟然撑着最后一口气举起手来,摸索着将刘阳抱进怀里。

"娘⋯⋯"怀里窝着柔软的小身体。

有人靠近,我一手抱住儿子,一手挥了出去,拼死厉啸:"要我的命拿去!不许碰我儿子——"

视线模糊,人影叠嶂,有只手抓住了我的手腕,我的微薄之力根本无法撼动对方分毫。

我放声大哭:"滚开——不许碰我儿子⋯⋯滚开——滚开——"

头晕耳鸣，我甚至听不到儿子的哭喊，胸口重量骤轻——孩子被人抱走了。

那个瞬间，我紧绷的弦终于断开，瞋目裂眦："你敢动他分毫，我要你百倍偿还！"胸口剧痛，我猛烈咳嗽，肺叶震动，连气都快喘不过来了。

我被抱了起来，动作轻柔中带着战栗，在我神志浑噩混沌的几欲失控的时候，唇上一暖，有人用嘴向窒息中的我缓缓渡了口气。

"呃——"我重新喘上气来。

前一刻还张牙舞爪的我终于安静下来，随之而来的是莫名的害怕和悲痛。

我以为自己很强，可是，我却没能保护好自己的儿女！原来再坚强，也会感到无助和害怕，我躺在他的怀里，战抖着，哭泣着……

差一点……只差一点……我就再也见不着他了！

陈　敏

昏睡了到底多长时间才清醒的，我已经都说不上来，只知道醒来的时候，浑身哪都疼。骨架痛，肌肉酸，似乎全身上下每一处不在叫嚣着疼痛，右臂上的伤口反倒显得无足轻重。

脑袋被纱布包扎起来，我下意识地吃了一惊，抬手摸上额头："毁容了？"

手被人抓了回来，紧紧地摁到心口上，刘秀如释重负地吁了口气："没有，没有……只是脑后撞破了，你难道一点都没感觉么？"

"是么？"我傻傻地笑，"阳儿……义王他们……"

"他们没事，有事的是你，傻女子。"他将我的右手轻轻放在唇边，吻了下，唇角在微微抽搐，说不清是什么表情。

我静静地瞅着他，看了很久，才低低地问："你哭了？"

他不说是，却也没有否认，只是抿着嘴，低垂着眼脸，不知道在想什么。从他脸上看不到愤怒，也看不到悲伤，但我却似乎能感受到他内心的慌乱和焦躁。

"抱抱我，秀儿……真庆幸，我还能活着见到你……"

他没抱我，只是靠过来，在我唇上细细地吻了下来："傻子……你的左手腕脱臼了，太医才接好骨，胸口也是……肋骨……"

"哦。"我漫不经心地哼哼，虽然身上的剧痛使我遭受着生不如死的折磨，但我还是要庆幸我活了下来，"所以你不敢抱我是不是？没关系，不疼，你抱抱我吧。我想你……"

"怎么会不疼？怎么可能不疼？"眼眶终于湿了，我看到那双素来温润的眼眸透着血红血红的血丝，竟有种噬人的阴鸷。

我忙用唯一能动的右手手腕轻轻抚摸他的鬓角，细声宽抚："你看，我还能触摸你，还能亲到你，还能陪着你……真的，不疼……只要能再见到你，多疼都没关系……"

"丽华！丽华……"他伏在床前，将脸埋在被褥里。没多久，被子里传来闷闷的哭泣声。

我知道他在悔恨，在自责，却只能心酸地用战抖的手指抚摸着他的头，一下又一下，什么话都说不出来，也不用再说。

我的心，他懂；他的心，我也懂。

可很多事，由不得我们的心做主！

催赶着刘秀去处理朝政后，我宣召守在殿外的阴兴进来。

他铁青着脸，成年后的阴兴长得高大威猛，孔武有力。有次阴就给我写信，我才知道他现在的武艺居然已在阴识之上。

"叩见阴贵人！"虽无外人，他却仍是一丝不苟地遵照着应有的礼节，恭恭敬敬地跪下磕头。

这一次，我却恼了，恼他的君臣之分，恼他的尊卑有序。

"这事怎么说？"我很不客气地开门见山，言辞中的火药味十足。

"已交卫尉处理。"

"哦？然后呢？不了了之？"

"刺客分为两拨，不仅误闯了西宫，还闯入了长秋宫……"

与他的冷静相反，我嘴角抽搐着，差点儿控制不住自己的情绪："那么，皇后呢？现在也像我一样，躺在床上动弹不得吗？"

他飞快地扫了我一眼，低头："适逢郭皇后带了两位皇子去了东宫，长秋宫中宫人一十三人亡，五人伤。"

"很好！很好！"我哈哈大笑，笑声震痛肋骨，"皇后与太子真是吉人天相啊！"

阴兴撇嘴，突然激动起来："这能怪谁？宫中有异变，我昨晚得了信，虽不知详情，却也连夜放了飞奴示警，是贵人你自己一味托大，居然一点防备都没有……"

"什么？"我呆住。

飞奴……

他握起拳，在半空中划了道弧，险些砸到我的脑袋上："你要不是阴丽华，要不是看你现在狼狈得还只剩了一口气，我……我真想揍你！枉费大哥还常赞你聪颖，我看你简直糊涂透顶！"

我哽咽，胸口的气儿不顺，眼圈儿跟着红了："是，我是糊涂。"

他撇开头，深吸一口气，然后一拳砸在我的床头。

床板被震得咣当响，连带震痛我的伤口，就在我呻吟出声时，他朝着殿外喊了声："进来！"

门口随即有个粉白色的影子跳跃着闪了下，一个娇小玲珑的宫女敛衽垂首，规规矩矩地走了进来。

"奴婢叩见阴贵人！叩见阴侍郎！"

我狐疑地看着这个女子，身量还小，身高估摸着才一米五六的样子，怎么看都像是个小孩子。

"抬起头来！"

"诺。"她听话的仰头，我看清了她的样貌，果然是个十来岁的小女孩，五官端正，说不上好看，也说不上丑陋。很大众化的一张脸，相信把她丢一大堆人里头绝对不会惹人瞩目。

目光从她身上转到阴兴身上，他缄默不语，我将视线重新转回来，问道："你叫什么名字？"

"奴婢陈敏。"

"进宫多久了？"

"奴婢建武七年进的宫，在温德殿干了九个月的仆役，承风殿干了三个月，最后在阿阁干了十一个月，两个月前到了贵人的西宫。"

我这才开始对她有些刮目相看，别看她长相不起眼，可答词句句清晰，我只问一句，她却能顺着问话回答十句，滴水不漏。

西宫里的内侍宫女全都死绝了，现在还能活着站在我面前跟我说话的，她是独一无二的那一个。我来了兴致，不禁好奇道："刺客闯宫的那天，你在哪？"

"奴婢抱着二公主、三公主躲在尚衣轩的复壁之中。"说到这里，面露愧色，"请贵人恕罪，奴婢没有看顾好四殿下，这才让他跑了出去……"

这么说来，那天是她救了我的儿女，我转头看向阴兴，赞许道："被你骂也是值得的。"

原来找寻多日的暗线是这么个不起眼的小宫女，任谁也想不到这么个小女孩子放在宫里能有什么作为。

"以后让陈敏跟着你吧。"他悻悻地说，"原是派她另有用处的，现在……"

我笑道："我将琥珀送了你，你自然得还一个人给我。"

阴兴嗤之以鼻。

说了那么久的话，我早有倦意，他看出我体力不支，于是便请求告退。

临走，我望着他转身的背影，忽然叫道："君陵！"

他停步，侧脸挑眉，露出困惑之色。

"如果……陛下晋你官职，封你侯邑，你会不会接受？"

虎目陡绽精芒，他吐气，斩钉截铁地丢下两个字："不会！"

望着他远去的身影，我颓然地闭上眼。

不会！好简洁的两个字！

可是阴兴你懂不懂，正是因为阴家人抱着这种凡事不争的宗旨，才会在面对今日这种情况时，毫无还手之力！

我不信这样的事情只是巧合！

更不信这样巧合的事情，仅仅是个偶然！

也许……这还只是个开端……

亲　丧

伤养了四五天，脑袋上裹着的纱布终于被拿掉了，我小心翼翼地摸了下后脑勺，发现偏右侧的地方鼓起老大一个包，一碰就疼。

陈敏年纪虽小，却人如其名，相当机敏伶俐。在经历了一次皇宫洗劫后，原本松懈的守卫变得异常严苛起来，整个皇宫塞满了侍卫，西宫外围守护的卫队人数居然和长秋宫一样多。

作为禁军侍卫总负责人——卫尉铫期，面对此次刺客闯入掖庭之事，有着不可推卸的责任。这件事发生后第二天，铫期便在朝堂之上自己摘下发冠，引咎自责。然而震怒中的建武帝似乎没打算这般轻易饶过他，居然当堂削去了他的卫尉一职，幸而群臣力保，才没有褫夺侯爵。

虽然我知道刘秀动怒是真，但要说为了这事迁怒铫期，未免说不过去。这桩案子明摆着已经无法追究到元凶，贬责铫期，不过是做个样子给出一个官方交代，也就是说铫期——很无奈地暂时背下了这个黑锅。

要不了多久，等所有人或主动、或被动的淡忘了这件事，铫期又会被重新重用起来。

会忘吗？

不知道！

伤口也许会很快结痂，愈合，但是那种生死悬于一线，眼睁睁看到自己的子女险些丧命的惊险场景，我永远不想再经历第二次。

然而……正如我所猜想的那样，这真的仅仅只是个开端！

只是个……残酷的开始！

"陈敏！陈敏！"

"奴婢在。"悄无声息的，她突然出现在我的床头，像个幽灵一般。

我没做理会，只是皱着眉头很不舒服地喊："胸口发闷，你拿个软垫过来，扶我起来略略坐坐。再躺下去人都快发霉了！"

她却反常地没有听从吩咐，余光瞥去，她的神情有些呆滞，眼睑低垂着，一副魂不守舍的样子。

"陈敏！"我大喝一声，将她吓了一大跳，扬起眼睫飞快地扫了我一眼，重新又把视线落下。

"诺。"

她转身去取垫子，我突然探出唯一能稍稍活动的右手，一把抓向她的手腕。我虽然受了伤，但自问这一抓动作迅速，而且出其不意，孰料她娇小的身躯突然向前晃了晃，表面看来不过是加快了去取东西的脚步，可偏偏是那轻微的一晃，居然无巧不巧地避过了我的爪子。

巧合？还是……

嘴角勾起，露出一丝玩味。有意思！真不该小觑这孩子，大智若愚哪，她要真是普通人，能在那么危急的情况下，机警地从乳母手中抱走两位小公主？

　　"陈敏，你是哪人？"

　　她侍弄好我，偏着头略略想了想："奴婢的母亲原是汝南人，母亲有孕的那年遇上饥荒蝗灾，夫家把能省的吃食都留给了母亲，结果全家人一个个的都……饥寒交迫的母亲不得已流落南阳，可最后生下的婴儿也没能撑过冬天。据说那一年恰好碰到阴家小公子诞下，满府欢庆，满乡聘购乳母，母亲便自卖身家，进了阴家，抚育小公子。"

　　"这……这是什么时候的事？"我在阴家这么些年，居然对这样的人和事闻所未闻，"阴家小公子，这又是哪一个？"

　　"是……贵人的异母弟弟阴诉……"

　　"瑟"的一声，似乎有什么东西在我眼前飞快坠落，我惊愕地盯住陈敏的脸。

　　"奴婢……思母心切，失态了……"她擦干眼泪，脸色重新恢复正常，继续说道，"阴诉公子虽是庶出，但因是主公中年得子，所以格外疼爱。奴婢的母亲尽心抚育，把小公子抚养至三岁，直至主公和公子生母相继过世。当时大公子怜小公子无人照顾，便作主让母亲嫁给了府中的庖厨，也就是奴婢的爹爹……"

　　她像是极力在克制着什么，然而说话的声音却是越来越抖，到最后她身子一软，跌到在床下，面色苍白，两眼发直地望着我："奴婢的母亲……母亲……一生悲苦，她失去过一个儿子，所以……所以对小公子尽心侍奉，比自己的亲子还……视若己出，哪怕……哪怕……"

　　"陈敏……"我不知道以前发生过什么事，阴诉在我的记忆里一直很模糊，没有留下太深刻的印象。我只隐约记得小时候他很淘气，但是却很怕阴识，事实上当年阴家的几个兄弟没有不惧怕这位兄代父职的当家大哥的。"是不是……阴诉他欺负你……欺负你母亲？"

　　她摇头，手背胡乱地抹着眼泪，极力克制自己的情绪，却是徒劳："对不起贵人！奴婢想起了一些……不开心的事，所以……"

　　"不要紧。你是阴家的人，和我的亲人没分别。"我感激她救了中礼她们几个，所以待她自然与众不同，"私底下，你大可不把我当成什么贵人，你要想你的家人，你便把我当成你的姐姐吧！"

"姐……姐……"她突然不抖了，两眼发直地望着我，满脸悲伤。须臾，她摇头，"不，你是贵人！你是阴贵人！你是阴家的贵人哪！"她突然扑过来，失态地一把抓住我的胳膊。

我被她粗鲁的动作抓疼，却不忍发怒，只是咬牙忍住。

她大哭，不断再三重复："你是阴家的贵人！你是阴贵人！你是阴贵人啊……"

"陈敏！"我忍无可忍，逸出一声痛楚的呻吟，"松手！你抓疼我了！"

她猛地一战，扑通跪下："奴婢——死罪。"

"陈敏！"我被她弄得哭笑不得，完全搞不清状况了，她一会儿哭，一会儿疯，根本不按常理出牌。

"陈敏！陈敏……"真是敏感的小孩子，我见她哭得可怜，不忍责备，耐着性子哄她，"你别担心，等我养好伤，写封书函回阴家，警告阴近那小子，他要是再敢伤我们敏姑娘的心，我让大哥鞭笞他。"

她忽然大恸，苦苦维持的坚强面具瞬间崩溃："贵人啊！你可知此生……再也……见不着他们了！"

"什……么……"我隐隐觉察不祥，心跳蓦然加快。

"奴婢的母亲……贵人的母亲……奴婢不该多嘴！可是……奴婢愚笨，想不通，想不通啊！你是贵人，阴家贵为国戚，那是何等显赫，何等荣耀？可为什么……为什么会是这样？为什么贵人会被追杀，身负重伤？为什么阴家要被满门血洗？这不公啊！不公啊！"她号啕，哀号，伤心欲绝，"不该是这样的，我的娘啊……娘啊……你不该死得那么惨……"

我震动，如遭雷殛："陈敏！你……说清楚！阴家……怎么了？"结结巴巴地问完这句话，见她早哭成了泪人儿，似乎快厥过去了。

我用大拇指指甲狠狠掐住她的鼻下人中，好一会儿她才恍恍惚惚，似醒非醒的憋着嗓子又哭出声来："他们不让我说……可我憋了一晚上，心里疼……疼得像是有刀在扎……"

我再也顾不得身上有伤没伤了，挣扎着从床上跳了起来，连滚带爬地冲出殿外。

这一跑不要紧，登时惊动了殿外的其他内侍。

下阶梯的时候，脚下无力，险些一个趔趄从台阶上翻下去，幸好身后的中黄门眼明手快，可他拽住我胳膊的同时也把我的伤口给挣裂了。

他吓得哇哇大叫，一大群人围着我不知道在七嘴八舌地说些什么，我无知无觉地箕坐在石阶上，背靠着冰冷的石柱。

心如刀绞！

阴家……血洗……

一幕幕血腥的场景呼啸着在我脑海里晃来晃去。

老天爷真会对我如此残忍吗？阴识、阴就、柳姬、邓母、阴躬……一张张熟悉的面孔在我眼前滑过。

"啊——"猛烈地用拳头敲着自己的脑袋，我失声恸哭。

那是……我的家人，我的亲人哪！为什么……为什么要这样赶尽杀绝？为什么？

"丽华——"脚步声在瞬间靠近，刘秀旋风般地冲到我面前。

他俯身想抱我，我倏地抬起头来，双目刺痛："告诉我，这到底是怎么回事？你要瞒我到几时？"

眼睛里流淌的不仅是我的眼泪，更是我的血啊。

"丽华，我没打算瞒你，你听好了，三天前……新野出现一伙盗匪，闯进了阴家……你的母亲还有你的弟弟阴䜣不幸遇害……"

脑子里一阵眩晕，我险些听不见他说了什么，死死地用手揪住了他的衣襟，哑声："你再说一遍？"

"阴家遭劫，你的母亲和弟弟遇害，你大哥与敌相抗，身负重伤……"

"你胡说！你骗我！你这个大骗子！"不顾他的帝王身份，我撕心裂肺地尖叫，用拳头狠命地砸他，"那是什么地方？那是你统御下的江山！怎么会突然出现强匪？你真当我是傻了么？啊？我大哥是什么人？当年王莽的新野宰把邓氏一族赶尽杀绝，也没能撼动阴家一片砖瓦。现在你告诉我，一伙不知名的小蟊贼就把整个阴家打垮了？血洗了？我娘和弟弟甚至还搭上了性命？你骗谁？你又想骗谁？"

他不说话，默默承受着我的拳打脚踢。我拼命挣扎："我不会相信你的话！我要回新野……我要回家……我要去找大哥……不是亲眼看到的事实，我一概不听，一概不信！"

他牢牢抱着我，仍是不说话。

我终于失去理智，发疯似地掐他，抓他，挠他，甚至扑上去咬他……

"我恨你！恨你！恨你！为什么非得是他们？为什么？为什么？为什么——"

我到底作了什么孽？要阴家一族与我一同陪葬？我宁可挨上一千刀一万刀，小小的切肤之痛如何比得上我现在的剜心之痛？

内疚、自责、惭愧、屈辱、憎恨……这些感觉犹如滔天巨浪般砸向我，摧残着我，击垮了我。

"……以后，阴氏一族的命脉全权由你来掌控……"

一族……全权……由你来掌控……

我哪里是什么贵人！我是个彻头彻尾的罪人！是阴氏全族的大罪人！

十指掐进刘秀的肩胛肌肉，刘秀不避也不闪，任由我发泄，我战抖着嘶哑恸哭。

对不起……对不起……

哭干我所有的眼泪，也换不回阴家的一条无辜性命！

是我的错！

他们本可仰仗着我享尽荣华富贵！外戚把持朝政，恃宠而骄、小人得志、耀武扬威……即使做下再大的错事又如何？了不起满门抄斩，株连九族，但至少我死活能和他们连在一起，千百般不好，也总胜过现在凄惨得犹如鱼肉般任人刀俎，毫无抵挡还手之力！

"是我……是我害了他们……"话语哽咽，我哭得精疲力竭，伏在他肩上浑身战抖，"秀儿，我这一辈子……都没法原谅我自己……"

"不是你的错！有错，也是我一人之错！"

我已哭得浑身脱力，耳鸣目眩，意识昏昏沉沉，气息奄奄地说不出话来，只是伏在他肩上不住摇头。

神志昏厥，恍惚间听到他断断续续地对我说："……不再……让你……委屈……"

诏　书

"娘……是不是心口疼？我给娘揉揉！"乖巧懂事的义王趴在床边，踮着脚尖靠近我，小手还没挨上我的胸口，却被一旁的刘阳霸道地推开。

"你干什么呀？"义工跺脚，气鼓鼓地撅起小嘴。

"娘需要静养，你不该在这里胡闹，更不该把二妹妹也带来！"

"我……"

"回去！到你自己寝宫玩去！"不由分说地，他将还在地上翻滚攀爬淘气的刘中礼一把抓着领子拎了起来。

"你……哼，坏哥哥！"义王拉过妹妹，鄙视地瞪了刘阳一眼。

"坏哥哥！"中礼压根没有搞明白是怎么回事，却笑嘻嘻地跟着姐姐一起冲着哥哥嚷嚷。

刘阳沉下脸，对那班看妇吩咐道："带她们下去，该上哪玩上哪玩去！"

监督着下人把两个淘气的妹妹给带出寝宫，一向顽劣的男孩儿此刻却突然安静下来。

这些天我一直把自己封闭在狭小的空间里，除了自责还是自责，甚至没有心情好好地去关心一下劫后，孩子们幼小的心灵是否会留下不好的阴影。

"阳儿，娘累了，你也到外头去玩吧……"

"娘！"他走近两步，跪在床下，仰起满是稚气的小脸，一本正经地开口问我，"皇后的位置原来是不是应该属于娘的？"

我一惊，厉声呵斥："哪个混账东西在你跟前吃饱了撑的，乱嚼这舌根子？纯属无稽之谈，小孩子管这些做什么？"

"是父皇说的，父皇不会说假话，他说娘本该是他娶的正室，皇后本该是娘来当的！"

口齿伶俐，咬字清晰。

"你父……"我又惊又骇，从床上撑起身子，艰涩地问，"他、他真这样对你说的？"

"父皇没有对孩儿这样说！他是对全天下这样说的！"刘阳的脸上绽放出一抹骄傲、崇拜的神采，乌黑的眼眸熠熠生辉，"父皇下了诏书昭告天下，对全天下所有人说，娘才是他的爱妻。他原是要立娘当皇后的，现在的母后之所以能当上皇后，都是因为娘辞让的缘故！"

我懵了，刹那间脑子短路似的，嘴唇哆嗦着张了张，喉咙口一阵发紧，却是连一个音都没能发得出来。

刘阳又恨又恼，我不知道为什么他会有这样的表情，这个孩子自打遭遇那场劫杀后，仿佛突然间变了个人似的，完全没了以往的活泼开朗。

"娘——这是真的吧？"他跺脚，满腹怨气，尽数显现在稚气的脸上，"娘你为什么要让？为什么？如果你是皇后，我和妹妹们便不会被人欺负……"

"你们被……欺负……"我言语无序，木讷地看着自己的儿子。

"如果娘是皇后，我和妹妹怎么会被人送来送去？我大可像太子哥哥一样威风，不……不是！根本没有什么太子哥哥！娘如果是皇后，庶出的他怎么可能成为太子？这个国家的太子应该是我才对！"

我目瞪口呆，完全没想到他会语出惊人，讲出这样一番野心勃勃的豪言壮语来。

"阳儿！"眼前这个满脸稚气的男孩子，真的只是个才六岁的垂髫幼儿吗？"你想当太子？为什么？"

他紧抿了下唇，十分肯定地说："因为，我从没见有人敢欺负太子哥哥！我若当上太子，必然也能保护妹妹们不受任何人欺负！"

我舒了口气，原来是这样。毕竟还是个孩子，没有太强烈的野心，只是很单纯的念头。但是……话虽天真，道理却一点不假啊。

一时间，我有些哽咽，伸手抚摸着他的头发，心里渐渐浮起一个念头。

"我的阳儿，想当太子啊。"我笑了，虽然笑得有些苦涩，却仍是笑了起来，"想当太子，是不能把这话挂在嘴上说的。皇太子肩负着一个国家的未来，你知道你的太子哥哥每天要学多少学问，懂多少道理吗？"

刘阳年纪虽小，却是异常聪颖的。小小的鼻翼翕张，他先是沉默，而后快速的扬起头来："娘！我会比他学得更多，懂得更多！我会证明给父皇和全天下的臣民看！我会快快长大，我会靠我自己保护妹妹，保护娘……"

"好儿子！"鼻子发酸，眼眶湿湿的，我欣慰地搂住他的头，拍着他的后背，"你是娘最棒的儿子！"

那份诏书在一个时辰之后，由陈敏一字不差地默写出来，交到了我的手里。

素白的缣帛，墨色娟秀的字迹。原版的那一份，此刻正放在大司空李通那里，藉此檄告天下：

　　吾微贱之时，娶于阴氏，因将兵征伐，遂各别离。幸得安全，俱脱虎口。以贵人有母仪之美，宜立为后，而固辞弗敢当，列于媵妾。朕嘉其义让，许封诸弟。未及爵土，而遭患逢祸，母子同命，愍伤于怀。《小雅》曰：'将恐将惧，惟予与汝。将安将乐，汝转弃予。'风人之戒，可不慎乎？其追爵谥贵人父陆为宣恩哀侯，弟䜣为宣义恭侯，以弟就嗣哀侯后。及尸柩在堂，使太中大夫拜授印绶，如在国列侯礼。魂而有灵，嘉其宠荣！

吾微贱之时，娶于阴氏……

将恐将惧，惟予与汝。将安将乐，汝转弃予……

每读一句，心口的痛意便加深一分，读完全部诏书，我已泣不成声，紧紧地将诏书揾在胸口，泪如雨下。

过往种种，仿若一部陈旧的影片被重新倒带，萧索地在无声中缓缓播放。

从初遇到相识，从昆阳到河北，我一路追逐着他的脚步，同生共死；纳妾、分离、回宫、出走……一幕幕，一场场，支离破碎的片段拼凑起我和他的十多年的相濡以沫，荣辱扶携。

刘秀！那是我的夫主！我的男人！我的挚爱！更是我的……毒药！

"何必……何苦……"我嘘声哭泣，为了我当初的任性，付出了如此惨痛的代价。时至今日，这份直言不讳的诏书昭告天下，刘秀对我情意表露无遗的同时，也等同给郭圣通这个国母皇后乃至她背后支撑的整个郭氏家族一记响亮的耳光。

何必……何苦……这样为难自己？

傍晚时分，斜阳西沉，他默默地站在门口，隔了七八丈远静静地注视着我。

好像从一开始就没打算进门，夕阳将他的影子拉得老长，一直拖曳到我的床头。

我贪婪地侧过头，睁大了眼睛看着他，急促的呼吸带动胸口不停起伏。虽然逆光，看不清他的脸，我却仿佛就站在他面前，将他抿唇、挑眉这般细微的表情一一尽收眼底。

他的举手投足，每一分的细微习惯，都印刻在我的脑海里，深入骨髓，久而久之，似乎与我合而为之，成为我身体中的一部分。

也不知过了多久，天色越来越暗，宫中的奴婢不得不掌起灯。一盏盏的烛火逐渐将殿内照亮，他却在代印一遍遍的催促声中，终于扭身而走。

当那道身影消失在我视野中时，我突然像是失去了一道支柱，心口空荡荡地像是破了个洞，冷风呼呼地往里倒灌。

"别去……别去——"我哑声尖叫着从床上滚了下来，"秀儿，秀儿……你回来……"

"贵人！"陈敏扶起了我，双手压在我的肩膀上，"贵人请冷静些！陛下也是为了贵人着想……"

为了我……为了我……

是啊！他不仅仅是我的秀儿，他还是个皇帝！是一个中兴之帝！

我仰天长叹。

陈敏一手托着我的腰背，一手抻在我的腋下，使劲将我从地上拖拉回床上。其实她大可找人来帮忙，可是我现在的精神状态，实在不足以让外人瞧见，哪怕是西宫的其他下人。

"贵人！"她细心地将开我额前的散发，将它们一绺绺抿到耳后，"奴婢虽然年幼，但……有些事情并不是看不明白。陛下心里爱你、疼你，所以才会想尽法子保护你。贵人不要辜负了陛下为你所做的一切，不要让陛下失望才好。贵人，陛下是你的期望，可你……却是我们所有人的期望啊！"

咬牙，我将眼眶里含着的眼泪强行吞咽下。

一个十几岁的孩子尚且能明白的道理，我如何想不明白？我何至于还不如一个孩子？

阴家惨遭重创，这种以血换来的教训只此一次！我绝对不会让他人再有第二次机会伤害我的家人！

血债血偿！

血债血偿！

心里有个声音不停叫嚣着，我深深呼气，强迫自己恢复冷静："阴兴可是拒绝了封绶？"

刘秀借着这次阴家遭难，特将先父阴陆封为宣恩侯，谥号哀侯，又破格将庶出的阴䜣封为宣义侯，谥号恭侯。因阴识已有封侯爵秩，所以又命阴就承袭了父亲的宣恩侯，借此大大抬高了阴家的地位。

这些事其实早该在我受封贵人时，便可一人得道、鸡犬升天地做了，可当时因为我极力反对，加上阴识、阴兴百般辞让，所以抬举阴家子弟一事便就此不了了之。

当时固然觉得低调处事比较好，可今时不同往日，要想和郭氏家族一较高下，如何还能低声下气，忍气吞声，做个清闲散人？

"陛下授侍中一职，封关内侯，二公子领了职，却不肯受爵秩，声称一家数人并蒙爵士，令天下觖望……"

"哼！"我一听就来气，这个死脑筋，家里遭了这么大的罪，他居然还是执迷不悟，死抱着以前的观点不肯跨步。"明早宣他进宫见我！"

没过问陈敏用的什么法子，反正一大早阴兴果然便出现在宫门外求见。

我让他到侧殿书房见面，才进门，我便抄了案上一卷书册向他砸了过去。

他不躲也不闪，脑门上结结实实地挨了一记。"叭嗒"竹简落地，那张帅气的脸上被粗糙的竹片刮了两道一指长的印子。

他仍是不卑不亢地绕开地上的竹简，走到我面前，规规矩矩地磕头："臣叩见阴贵人！"

我怒极反笑，被他的奴性品质气得直拍书案："阴兴你还是不是男人，你还有没有一点骨气？整天磕头，是不是把你的男子气概也全给磕没了？"

对面跪伏的他，倏然抬头，眼神中闪过一道凌厉光芒。表情沉沉的，冷得像块冰坨子。

"为什么不肯受封？难道你以为明哲保身还适合我们阴家的处世之道吗？"毫不客气地质问，一分婉转都无。

他冷冷一笑，眼神中充满不屑，有那么一瞬，我似乎又见到了小时候那个处处与我抬杠的少年。

"贵人不读书的吗？难道没有听过'亢龙有悔'这句话？"

亢龙有悔？我还降龙十八掌呢！

我直接朝他翻了个白眼。

他从地上跳了起来，直冲我面前，气势惊人："外戚不知谦退，嫁女欲配侯王，取妇眄睨公主，看着一时风光，早晚都要死光光！"他现在站起来可比我高多了，指头恨不能戳到我脑门上，那副架势活脱脱比阴识还慢人，"富贵有极，人当知足！这是在跟你讲的大道理。往小了讲，我不是不理解你在动什么脑筋，打什么主意，但是请你有点分寸，做得太过火，会引火上身！昨晚陛下临幸长秋宫为的是什么？你好好想想！少逞强争一时之气！来日方长，懂不懂？这笔账不是说马上就能算得清的，要算，你心里就得先记住一个字——忍！"

忍？！

"想想当年昆阳之战后大哥如何评价人主的，你跟在他身边十多年，难道还学不会一个忍字不成？"

忍？！

忍……

刘秀的隐忍……

刘秀的韬光养晦……

刘秀的忍辱负重……

心不禁战抖了，不是学不会，而是不忍学！要做到刘秀那样的忍人所不能忍，需要多坚强的毅力？我不敢想象自己换成他，能有几分忍耐力。

阴兴什么时候离开的我并不清楚，整整一天，我都待在书房里浑浑噩噩地胡思乱想。陈敏乖巧懂事的侍立一旁，她不出声打搅我，也不让任何人打扰。日升日落，枯坐到天黑，直直宫人在偌大个侧殿内穿梭如蝶地点燃一盏盏火烛，我才似刚刚醒悟过来，稍稍动了动麻痹的身子。

"贵人可要传膳？"

摇了摇头，案上摆着一块干净的素绢，砚内的墨汁却早已干涸。

"需要奴婢研磨么？"

仍是摇头，我最终张了张嘴，用干涩的嗓音问道："什么时辰了？"

"戌时初。"

我茫然地看向窗外："陛下呢？"

"陛……陛下退朝后便去了长秋宫，今晚仍是留宿椒房。"

"喔。"木钝地应了声，我低头呆呆地瞪着面前的素绢，目光聚焦，似乎要把它烧出一个洞来。

陈敏不再说话，似乎她也拿不定主意要问些什么。

我哼了声，左手从案角锵地抽出短剑，在她的噫呼声中割伤右手食指，血珠子汩汩地冒了出来，我抬手在素绢上写下一个大大的"忍"字。

无论是篆体还是简体，"忍"都是插在心上的一把利刃！

古今无有不同！

陈敏惊慌却并不无措，她手脚麻利地替我处理伤口。我用左手抓了那块绢帕，面无表情地掷到她怀里："烧掉！"

陈敏接住了，满脸诧异："贵人？"

我越过她，径直往殿外走，守在门口的宫女们赶紧掌灯替我带路。晚风呼啦啦地刮着，隔不多远，长秋宫中灯火通明，歌舞升平的热闹景象在我眼中成倍放大。

凭栏而立，五指扣住栏杆，指甲深深地抠进髹漆内，我无言冷对。

笑吧，尽情地笑吧！今日的痛，他日我定要一五一十地讨要回来！因为，悬在心上的那把刀已经被人深深地捅进了我的心里，不容我有任何机会闪避！

魂　殇

建武十年正月，大司马吴汉与捕虏将军王霸等四人，率军六万人，出高柳攻打有匈奴撑腰的汉帝卢芳手下贾览。匈奴骑兵数千赶来援救，在平城大战不止。最终，彪悍的吴汉将匈奴人打跑了。

铫期自刺客事件贬黜后，原是打算过了一阵等风平浪静了，再重新启用他。可没想到他这一去，居然一病不起。病势沉疴，从去年拖到了今春，最终竟撒手人寰。

我深感哀痛，铫期为人重信重义、忧国忠主，谁也料想不到最后竟会如此离世。记忆中，当年那个踅喝开道的铫期，依然威风凛凛，犹如天神一般，矗立在我心里。

铫期病故后，刘秀亲临治丧，赐谥号忠侯。

与此同时，征西大将军冯异，接下祭遵的军队后，与朔宁王隗纯的部将赵匡、田弇，苦战了一年，终于将赵匡、田弇二人斩杀。之后，隗纯仍据守冀县落门，各路将领围攻，却没能攻下落门，于是纷纷请求暂时撤退，休养生息后再战，然而冯异不为所动，坚持不退，常身先士卒，作各路军队的先锋。

夏五月末，皇后郭圣通产子，取名"刘康"。

天气越来越热，挺着八个月大的肚子，我整天躲在西宫的阴凉处避暑，一步也不肯迈出门。

"不出去走走么？"声音温柔而宠溺，他俯首笑看我。

"天太热。"我懒洋洋地躺在床上，"嗯……不想动。"

他从陈敏手中接过扇子，替我不紧不慢地扇着风："也别总在风口躺着，小心睡着了着凉。"

我笑嘻嘻地搂住他的脖子，趁陈敏转身倒水的罅隙，拉下他的头，在他的唇上偷亲了一下："不是有你在吗？"

我挨过去，舍弃硬邦邦的铜枕，直接把头搁在他的腿上。唉，好舒服，既柔软又有弹性，比凉枕好上万倍。

他用手指梳理着我一头乱蓬蓬的长发，很有耐心地哄着我："等金乌西落，温度没这么烧人了，朕陪你去园子走走……"

"走不动，腿肿。"我要无赖，虽然年纪已经不小了，可在他面前，却总不由自主地喜欢装嫩装幼稚。

"多走动走动，利于分娩。"

"喊！"我嗤笑，"你还当我是生第一胎呢。我啊，已经三十岁了！三十岁……是四个孩子的母亲了！你瞅瞅……"我指着眼角凑近他，"我满脸的褐斑，眼角有了鱼尾，额上还有了抬头痕……"

他抓住我指指点点的手，似乎在责怪我的胡说八道，食指顺势在我鼻梁上刮了一下："能否理解成，你这是在嫌弃朕老了？"

我噗嗤一笑，他的语气自嘲中带着一种体贴的温馨。我眯起眼，仔仔细细地打量他。年近中年，刘秀非但没有发福，反而比以前更清俊不少，他原是在唇上留了撇髭须，如今胡须蓄到了下颔，虽然没有留长，可也平添出一份成熟的魅力。

我伸手揽住他的腰背，臂弯间的真实感让我觉得倍感窝心："每一天我都在等着你慢慢变老，也每一天都在陪着你一起变老！"

他抚摸着我的长发，像看着稀世珍宝般，眼神柔得能掐出水来，温润如玉，柔情荡漾。

睡意袭来，在那样独一无二的眼眸注视下，我缓缓阖上眼……

悠扬舒缓的篪声似有似无地从窗外飘了进来，音色潺潺，犹如一道清泉般流淌，沁人心脾，我不禁露出一丝笑意，胸口闷热的暑气被冲散不少。

篪音婉转承吟，如诉如泣，曲调渐渐转悲。笑容凝结在唇边，我循声追去，缥缈中如同踩在云端，烟雾缭绕。

篪声时有时无，拨开云雾，穿过氤氲，眼前豁然开朗——一株参天耸立的桑树，阳光将树影拉得一半儿倾斜，光斑在阴影中交错跳跃，树叶在风中沙沙作响，仿佛和着时高时低的篪音，在一同低吟。

树荫下有人倚树而坐，阴影打在他白玉瓷器般光洁的脸上，仿若不可轻亵的神祇。他低垂着头，眼睑微阖，眉宇间带着挥散不去的浓郁忧伤，唇边浑然忘我地吹响着天籁之音。

我站在阳光里，却感受不到阳光的毒辣，他栖身在树荫下，更加使人感受不到一丝热气。

竖篪凄婉，带着一抹决绝，深深压抑在我胸口，我竟无声无息地落下泪来，无法抑制那种说不清道不明的莫名悲伤，心头一阵接一阵地发紧。

风声大作，呜咽的刮过我的耳畔，篪声减弱，被哭泣般的风声压下。

眼泪越落越凶，我想放声大哭，却一点声音都发不出，只能傻傻地站在原地，隔着那段遥不可及似的距离看着他无声地吹着竖篪。

悲伤感越来越强烈，压抑在胸口，像是要炸裂开来。泪眼婆娑中，满天的桑叶飘落，在风中漫漫起舞，遮挡住我的视线，在我和他之间架起了一座桑叶屏。

风呜咽，篪呜咽，人呜咽……直到那个空灵的身姿完完全全消失在我的视野中，那纷扰的呜咽之声却始终缠绵不断地在我耳边回旋……

回旋……

久久不曾落下……

"嗯……"身子一震，神志猛地从梦境中抽离出来。

睁开眼，窗外知了吱吱地吵闹着，何来半点篪声？

但是，为什么胸口的心悸那么明显，为什么心里会像压了巨石般难受？

我被梦魇着了么？刚才……那是梦吗？究竟是不是梦？为什么……那么真实……

"秀儿——秀儿——"慌乱地张嘴喊了两声，身边一个伺候的卜人都没有，按照这个习惯，刘秀应该就在附近，不会离开我十丈范围之外。

喊了三四声，等了一分多钟才听到隔壁传来一声含糊的应答。

我用手按着心口，努力做着深呼吸，三四分钟后，刘秀的身影才慢吞吞地从隔间挪了过来。

"秀儿，我做了个梦，我……"

倏然住嘴，他的神情不对，眼神闪烁中滑过凄迷哀伤。

我惊讶地望着他手中摩挲的一支竹篌，他走近我，欷歔了声，将它递给我。

心猛烈地狂跳起来，我用战栗的手接过那支曾经被人摩挲了无数遍，以至于竹管某一部分已经被汗渍浸染得变色的竖篌。

竹篌下方系着飘穗，许是岁月侵蚀，飘穗已经褪色，变得暗淡晦涩，完全辨认不出原有的色泽。手指战抖着托起那个穗子，呼吸变得急促起来——我很清楚地记得，最初挂在这支竖篌上的飘穗，如同它的主人一样，有着如仙如谪的艳丽光彩。

竖篌上方，就唇的吹口处，一抹刺眼的暗红，突兀地跳入眼帘。刹那间，我的眼睛瞪得溜圆，嘴张大，眼泪突然无声地滚落。

"公孙，殁了……"

泪一滴一滴滚落，滴在竖篌上，泪痕迅速洇开，渗入篌管。

"……我姓冯名异，字公孙……"

"……那你以后便跟着我吧……"

"……是，我原该心狠些才是……"

"……别担心，一会儿就好……我保证不会让你再有事……"

"……如果是我，即便废妻为妾，我若敬她，重她，宠她，爱她，便是一万个郭氏也抵不上她一个……即便无名无分，她依然是我心里最疼惜的一个女人……无可替代……"

"……没木箸，你将就着喝吧，当心烫嘴……傻女子……还等什么？赶紧送去吧！粥冷了就不好吃了……"

我死死抓着竖篌，哭得浑身发战。

"……能把你的竖篌送给我么？只当留个念想……"

"……有那必要么？"

"……异，无悔……"

"呜——"涕泪纵横，我将竖篌紧紧搂在怀里。

那一日，一别终成永别！

人生若只如初见……

注定我欠下他的，注定要负疚一生！